系列叢書

清代杭郡詩輯三種彙刊

國朝杭郡詩輯

第一册

（清）吴顥 輯 （清）吴振棫 重編
杭州圖書館 整理

國家圖書館出版社

圖書在版編目(CIP)數據

國朝杭郡詩輯:全四册/(清)吴顥輯,(清)吴振棫重編,杭州圖書館整理.—北京:國家圖書館出版社,2020.11

(清代杭郡詩輯三種彙刊)

ISBN 978-7-5013-7063-4

Ⅰ.①國… Ⅱ.①吴… ②吴… ③杭… Ⅲ.①古典詩歌-詩集-中國-清代 Ⅳ.①I222.749

中國版本圖書館 CIP 數據核字(2020)第 173547 號

書　　名	國朝杭郡詩輯(全四册)
著　　者	(清)吴顥輯　(清)吴振棫重編　杭州圖書館整理
責任編輯	南江濤　潘雲俠
封面設計	翁涌
出版發行	國家圖書館出版社(北京市西城區文津街 7 號　100034) (原書目文獻出版社　北京圖書館出版社) 010-66114536　63802249　nlcpress@nlc.cn(郵購)
網　　址	http://www.nlcpress.com
印　　裝	河北三河弘翰印務有限公司
版次印次	2020 年 11 月第 1 版　2020 年 11 月第 1 次印刷
開　　本	787×1092(毫米)　1/16
印　　張	150
書　　號	ISBN 978-7-5013-7063-4
定　　價	2400.00 圓

『襟江書舍』系列叢書編輯委員會

出版説明

清吴顥輯、其孫吴振棫重編的《國朝杭郡詩輯》（三十二卷），清吴振棫纂輯的《國朝杭郡詩續輯》（四十六卷），清丁申、丁丙編輯的《國朝杭郡詩三輯》（一百卷），三部杭州地域詩歌總集以一百七十八卷的篇幅，前後搜集了清朝從順治迄光緒年間杭州府詩人七千九百三十三人的部分詩作，這是一個非常龐大的數字。

國朝，指本朝，即清朝。杭州在清朝爲府，杭郡，指杭州府，包括錢塘、仁和、富陽、餘杭、臨安、於潛、新城、昌化八縣與海寧州。新城，後易名爲新登，現并入富陽；昌化，今爲鎮，隸屬臨安區。海寧州，民國改州爲縣，新中國成立後劃入嘉興地區，現在是縣級市，儘管不隸屬於杭州，然而文脉相連。

這三部書文化積澱極其豐富，搜輯杭州地方詩人詩作，着重搜輯『名位未顯』或『後嗣式微』的詩人之作，而且所收詩人録小傳、所著集名以及詩人生平逸事和時人的評論，材料十分豐贍。三輯共收録清代杭州近八千人的詩作，加上小傳和逸事、評論，是名副其實的清代杭州人物、人文史料的寶庫。

三部書的特點有：一、以詩存人，不論良莠，務求廣爲搜羅，詩人與詩作數量極爲龐大。二、詩輯的編纂所跨年代較長。《國朝杭郡詩輯》原輯刊行於清嘉慶五年（1800），重輯於清道光十年（1830），《續輯》亦在此時開始編纂，刊行則在清道光十六年（1836）前後。《三輯》開輯於清同治十二年（1873），清光緒九年（1883）開雕，刊竟已是清光緒十九年（1893），前後歷時二十年。三、搜羅面極廣，上至公卿，下至布衣，旁及閨秀、方外，更有駐防杭州的八旗旗丁作品，以及咸豐庚辛（1860—1861）殉難於太平天國戰争人士的作品，因此題材也極爲廣泛，詠懷、詠古、狀物、寫景、抒情等等題材都有涵括，涉及社會生活的方方面面。前後三編，共同爲保存和研究清代杭州地方的詩歌資料和創作面貌做出了重大的貢獻，保存了極爲豐富的清代杭州史料。

三種書清末雖有刊本，但流傳并不廣泛。然而杭州地方文史研究者和愛好者的使用需求却很高。杭州圖書館所藏品相完好，整個杭郡詩輯系列完整，爲了給相關研究者提供便利，我們將三種書影印出版，定名爲《清代杭郡詩輯三種彙刊》。

《清代杭郡詩輯三種彙刊》所收各書版本情况如下：

《國朝杭郡詩輯》乃吴顥輯、吴振棫重編，清同治十三年（1874）錢塘丁氏刻；《國朝杭郡詩續輯》乃吴振棫編，清光緒二年（1876）錢塘丁氏刻；《國朝杭郡詩三輯》乃丁申、丁丙兄弟合輯，清光緒十九年（1893）刻。

我們相信，《清代杭郡詩輯三種彙刊》的影印出版，對於發掘、保存杭州地方文化史料，以及進一步促進杭州地方史和清代詩歌等領域的研究均有積極意義。

爲了滿足不同研究人員的需求，我們根據三種書原來的刊行次序，分批次推出。首次推出的是《國朝杭郡詩輯》。《國朝杭郡詩輯》乃吴顥原輯，初爲十六卷，嘉慶五年（1800）刊刻。由於清代杭州人文薈萃，詩家輩出，流寓雲集，詩歌數量極爲豐富，此集所録詩作不免過少。因此，吴顥之孫吴振棫三十年後重加輯録，增至三十二卷，刊刻於道光十年（1830）後，同治十三年（1874）錢塘丁氏重校刊行。三十二卷本相較十六卷原本，詩人小傳尤爲詳實，收録詩作力求諸體皆備，收録數量多出將近一倍，保存了更爲豐富的地方史料。三十二卷本又以錢塘丁氏刻本影響廣泛，最爲通行。因此，此次編印《清代杭郡詩輯三種彙刊》，我們選擇同治十三年（1874）錢塘丁氏刻本作爲影印底本。

《國朝杭郡詩輯》三十二卷收録清初迄嘉慶初一百五十餘年間杭州一郡之詩，共收録一千三百九十人之詩作。卷一至二十八以時代爲序，末附時代未詳者作品；卷二十九收録『無名氏』作品；卷三十至三十二分别收録『閨秀』『名流寄寓』『方外』作品。書前有索引，將所録詩人姓名按韵目編列；每卷卷前有本卷所收詩人目録，頗便檢閲。

杭州圖書館

二〇二〇年十月

總目録

第一册

第二册

第三册

第四册

第一册目録

國朝杭郡詩輯

吳氏原刻燬于咸豐辛酉之亂越十三年同治甲戌同里卜氏重校刊本

國朝杭郡詩輯序

國朝詩輯夥頤惟輯杭郡者鯫生之尠聞也前人選詩皆綜括宇內諸家以徵宏富

國朝詩別裁選本會經

欽定亦合天下而言詩故杭人之入選者少且

高宗御序在二十六年則此後數十年之詩多未選錄今顧以杭人輯杭詩竊謂舊選所遺及後來繼起皆有不可泯沒者用是仿檇李詩繫三台詩錄及越風甬上集之例就吾杭一郡輯之自

國初以迄嘉慶採

四朝熙皞之風一百五十餘年之作而且上及遺民旁及閨秀方外兼錄及于姓名未著寄籍流寓之詩凡得一千四百

餘人其名家有集行世者皆僅存一二謂其無藉此書其名位未顯姓氏將湮者不以寒士遺之或後嗣式微則勉爲多刻非偏有好慉也搜集所本除名家專集及詩觀別裁所選外有孫可堂以榮湖墅詩鈔趙笠亭時敏郭西詩鈔柴臨川杰浙人詩存又于朱朗齋文藻處得二百餘家以增補所無而同里先達梁山舟葉古渠同年葉絳巖龔匏伯又各彙交數十家且各爲酌定其閨秀一門則芷齋汪夫人以

國朝名媛集見益而璧池蔡夫人用硃墨擇取之書成非一人之力特哀聚鈔錄之責有不敢辭耳既付梓因述其畧于簡端嘉慶五年歲在庚申春三月錢唐吳顥退庵序

例言附

彙錄小書不敢云例惟是書之輯存吾杭詩學之觕略而

作意尤重表微故卿大夫與布衣同列人以時序先科第者以有年分可稽其無科目者約以輩行之先後爲次但科第之先後易查輩行則不能無誤閱者諒之至所輯皆已往之人亦别裁論定身後之旨又鄧漢儀謂詩忌應酬以其膚襲好語無有性情亦不關學問予此集則有所不免特欲因以存其人至此外名作鴻篇不能廣見幸同志錄稿貽我以便續鐫顥又識

國朝杭郡詩輯總目

卷十一　六十人康熙閒人約畧爲次

卷十二　三十五人雍正元年癸卯至七年己酉以科目爲次

卷十三　四十一人雍正八年庚戌至十三年乙卯以科目爲次

卷十四　四十七人雍正朝人生于康熙沒于乾隆者約畧爲次

卷十五　四十九人雍正乾隆閒人約畧爲次

卷十六　三十一人乾隆元年丙辰至三年戊午以科目爲次

卷十七　十八人乾隆四年己未至六年辛酉以科目爲次

卷十八　三十八人乾隆七年壬戌至十三年戊辰以科目爲次

卷十九　二十六人乾隆十五年庚午至十七年壬申以科目爲次

卷二十　十三人雍正乾隆閒人約畧爲次

卷二十一　二十六人雍正乾隆閒人約畧爲次

卷二十二　六十六人乾隆初人約畧爲次

凡一千三百九十八人原本卷一有李鴻霔新城人順治辛丑進士卷六有高金鎔臨安諸

生今按題名碑録康熙甲辰進士李鴻霔山東新城人
府志明循吏傳高全巍明萬歷甲午舉人初授長興教
諭擢山東鄒平知縣卒
祀名宦皆不復載入

國朝杭郡詩輯姓氏韻編

上平聲

東

童　堦卅八三

馮　融三卄　馮　景六卄　馮　瑱十卄　馮復鐸十二川　馮法唐十二丄

馮法京十一文　馮永振十三ㄐ　馮國佐十五卄　馮準治卅三卄　馮　元卅五〤

洪　昇六卜　洪之震十四乂　洪靑選卅三卄　洪鶴書卅三川　洪　棣卅四卄

翁祖望一幺　翁世庸一卄　翁嵩年五文　翁必遐十〤　翁必遠十〤

翁鼎業十卜　翁遠業十卜　翁世衡十一〤　翁世纘十五卄　翁光遐卅三卄

翁光達卅五卄

冬

鍾彝鼎十四卄　鍾鳳翔十八幺　鍾麟書十八卄　鍾和梅卅三〤　鍾蘭枝十八〤

鍾　汾卅八卄

龔翔麟四卄　龔茂基十二乂　龔之綸十三幺　龔之銑十四幺　龔之鏐十四幺

龔　本十六〸　龔　同十九〹　龔培序二三〣　龔　鐸二三〣　龔　斌二三〣

龔　淇二三〥　龔禔身二五〹　龔澡身二八〤　龔之駿二八〨

江

江運機十一〤　江　源十二〹　江汝器十六〦　江鯨南十九〹　江　瀠二七〩

江　縉二八〹

支

施相三〦　施　瀛四〦　施　清五〤　施　槃十四〧　施　安十五〣

施　謙十五〹　施廷樞二十〡　施養浩二四〡　施鳳起二四〧　施學濂二五〹

施學韓二七〤　施承烈二八收

時長延二六〹

魚

余國士十四〹　余　安十五〹

徐旭齡一〹　徐元粲一〤　徐　介三〢　徐宏道三〦　徐允翊三〺

徐允翀三〺　徐允翹三〺　徐　潮四〢　徐剛振四文　徐張珠四〹

徐旭旦五〹　徐士俊六〡　徐林鴻六〢　徐　汾六〦　徐　鄴六〦

徐　酉〹六 徐旭升〡七 徐　本〹九 徐聚倫〩九 徐逢吉〥十

徐秉仁〣十一 徐繼穉〤十四 徐　瀾〣十四 徐夢元〥十四 徐肇基〩廿四

徐觀海〥廿四 徐紹鑑〢廿五 徐　鰲〦廿六 徐願學〣廿六 徐士珍〥廿六

徐士榮〤廿八 徐紹鈞〹廿八 徐兆桂〩廿八

諸長祚〹三 諸九鼎〡十 諸匡鼎〢十 諸璧發〡十二 諸㢸發〡十四

諸朝棟〣十四 諸師孔〹十四 諸克任〩十六 諸克紹〦廿四 諸　瀊〥廿八

虞

虞　鈖〣二 虞黃昊〦四 虞汝翼〦七 虞　宏〩八

朱　昇〩一 朱嘉徵〦二 朱一是〸二 朱兆震〥三 朱願爲〹三

朱宗文〣六 朱大年〣六 朱式會〩六 朱爾邁〦七 朱　璆〥七

朱　樟〤八 朱　渲〹十 朱　楡〢十一 朱奕會〹十三 朱　軺〩十五

朱戴會〩十五 朱允治〣十五 朱世恩〩十五 朱心學〩十八 朱　震〥廿二

朱　昺〣廿二 朱敏學〥廿三 朱　霖〥廿七 朱　達〥廿八

吳嗣范十九丨　吳　鴻十九亠　吳　坦十九乂　吳嗣廣二十卄　吳穎芳二十三乂

吳　城二十三文　吳維烈二十三卄　吳維嵩二十三卜　吳嗣韓二十三川　吳嗣蘇二十三川

吳天煒二十三以　吳　鏡二十三亠　吳元治二十三亠　吳　增二十四十　吳　寧二十四亠

吳繩基二十五以　吳爲金二十七卜　吳中麟二十七卜　吳象鼎二十七亠　吳壽宸二十七亠

吳　紀二十七廾　吳　均二十七亠　吳世昌二十七亠　吳　鏕二十八川　吳夔元二十八亠

吳　嶪二十八以　吳金城二十八卜　吳發第二十八廾　吳四古二十八乂　吳彝錫二十八乂

吳德風二十八乂

盧　琦四亠　盧之翰六亠　盧　軒九乂　盧　報十三以　盧憲觀十六亠

盧存心十九亠　盧文弨十九亠　盧　同二十三卄　盧壽朋二十三卜　盧　鍾二十三亠

盧潮生二十五以

蘇　輪七亠　蘇　白十六亠　蘇大振二十三亠　蘇雄振二十三亠

都　鏞十九乂

殳　浚二十三幺　殳世楷二十七乂二

俞　灝一收　俞宣琅一卌　俞　甡一收　俞嘉言一业　俞　森五沙

俞　珣六以　俞元祺九非　俞敦仁九卄　俞兆岳九沙　俞長瀴十二卄

俞鴻赤十三仁　俞維墉十二非　俞大受十三收　俞班筍十四上　俞艮模十四卄

俞　珮十四仁　俞調元十六卄　俞永弼十六沙　俞　成十八止　俞　棠二十三上

俞　楷二十三仁

齊

嵇奎光二十五卜

倪祖喜十七非　倪國璉十三〢　倪　文十四上　倪嘉謙十六仁　倪錫祺二十五卜

倪善理二十六卝　倪念祖二十八上　倪印元二十八收　倪　鏞二十八业　倪　泓二十六㐅㐅

佳

柴　望一〢　柴世堯二文　柴紹炳二收　柴　謙五仁　柴世疆七〣

柴世垣七乂　柴　豫七乂　柴　升七乂　柴載庸九〡　柴允鋒十一非

柴允鍠十一非　柴　才十四攴　柴　粲十五卌　柴　㷊二十三攴　柴暘谷二十八沙

眞　申發祥十八文

陳鴻烈一乂　陳之遜一文　陳容永一巨　陳鼓永一作　陳奮永一收

陳殿桂二圭　陳明彥二仨　陳天麟二巨　陳確二作　陳廷會三〡

陳枚三上　陳麗三仩　陳祚明三伎　陳晉明三卜　陳源世三卅

陳萱永三㣺　陳論四幺　陳秉謙四文　陳詵四十　陳齊永四伎

陳元龍四作　陳慈永五卅　陳訏五卜　陳奕昌七〡　陳奕培七川

陳奕禧七川　陳燾七乂　陳清鑑七伎　陳恂八〡　陳世倌八卄

陳邦彥八作　陳世侃九文　陳世修九十　陳朝儼十一〡　陳之瑜十一川

陳克鬯十一幺　陳善十一作　陳綗十一作　陳兆嵋十二㣺　陳兆嵛十三仨

陳常十三仛　陳芝光十四三　陳撰十五〡　陳章十五幺　陳基十五作

陳勉忠十五作　陳士璠十六仨　陳豫誠十六作　陳景鍾十七仨　陳廷訓十七卄

陳士珖十七卜　陳璵十八文　陳淦十八作　陳克光十九〡　陳存矩十九川

陳鴻寶十九〡〤 陳沆二十二〥〡 陳栟二十二〤〨 陳台二十三〡〡 陳梓二十三〢〩

陳縝瑜二十三〢〩 陳參二十三〡〡 陳鑑二十三〥〢 陳嵇二十五〢〩 陳文樞二十六〡〡

陳宜振二十七〣〢 陳棻孝二十七〣〢 陳燧二十七〡〢 陳謝駰二十七〦〡 陳光煒二十七〤〤

陳植滋二十八〦〡 陳文棟二十八〦〢 陳文栟二十八〦〢 陳思起二十八〤〥

文

聞元炅四〢〢 聞肇堭十六〢〩

元

言廷坊二十八〢〩

孫

孫治三〡 孫之騄九〡〤 孫大志廿〢〢 孫宏十〦〡 孫寅十一〡

孫永謀十一〣〢 孫灝十三〡〡 孫元植十五〢〢 孫焜十七〤〤 孫鳳儀二十三〡〡

孫羽芳二十三〡〤 孫以榮二十三〢〩 孫士毅二十五〡 孫健二十七〡〤 孫元棟二十七〤〤

孫錡二十八〡〡 孫鍵二十八〡〡 孫嘉駒二十八〡〢 孫成德二十八〤〤

袁

袁英一〡〡 袁祩一〡〢 袁宏譽九〡〣 袁宏謨十一〦 袁枚十七〡

袁鑒二十四〡〣

寒

韓承節二三卄 韓芝眉二六〤 韓泓緒二八〨

潘廷章二〥 潘杓燦三〩 潘樹栴五〨 潘　崧四〩 潘元燦八〢

潘問奇十〡 潘成年二六〡 潘　豪二六〡 潘思齊二六〩

刪

關仙渠一〤

下平聲

先

田　徹三〢 田世容十〡 田嘉穗十五〢 田嘉潁二三〢

錢朝彥二十 錢德震二〤 錢儼武三〩 錢廷枚三〤 錢　覲三〣

錢登峯四〩 錢肇修五〡 錢　璜七〨 錢　杲九〡 錢　琦十六〢

錢　棻二六〢 錢　乾二六〨

蕭

蕭立選二四〢

姚文虞三〤 姚際恆七〤 姚三辰九〡 姚之駰九〩 姚廷傑十一〩

姚　炳十二〩 姚成烈十六〡 姚　遷二三〡 姚麟祥二三〡 姚思勤二六〢

肴

茅兆儒七

包　濤十三　包大瑨十五　包廷相二十六

豪

曹三才八　曹三德八　曹　璡九　曹猶龍十三　曹　芝二十五

曹　鑑二十五　曹延宗二十五　曹有光二十六　曹有成二十六　曹允玫二十六

高思謙三　高式青八　高徐基八　高日崇十二　高　靄十三

高瀛洲十六　高繩武二十三　高　順二十五　高　商二十七

毛先舒三　毛宗文十　毛宗亶十　毛宗旦十　毛陳謨二十六

毛　俶二十七　毛　逵二十六

歌

羅志倫七　羅　埜十八　羅　棠二十五　羅　福二十六　羅夔梧二十六

羅文璧二十六

何爾彬一　何且純一　何喬雲四　何石雲五　何之鯨七

何鍾江七　何洪文十一　何玉粱十三　何　熊十三　何陳調十六

何廷模十八 卄上 何斗文三十二 川上 何錫爵三十二 川上 何宗灝三十六 川乂 何鍾錫三十七 乂上

何紀堂二十八 丨 何元煥二十八 卄上

柯一騰十九 卜 柯一鶚三十 川

麻

查培繼一 卜 查詩繼一 仨 查繼佐二 文 查旦二 仨 查嗣琪三 川上

查遺三 仨 查嗣韓五 丨 查昇五 川 查容七 么 查繼佣七 丄

查㬎七 卄 查克建八 川 查嗣瑮八 卄 查慎行八 乂 查嗣珣八 卄

查祥九 乂 查克念十二 卄 查開十四 丄 查克敬十五 卄 查昌圖十九 丄

查羲十九 卄 查岐昌三十二 川 查昌禧三十二 么 查岳三十二 么 查芬二十八 丨

陽

楊雍建一 卄 楊廷棟四 丨 楊鼎四 川上 楊聯薯四 卄 楊中栯四 川

楊中訥五 川上 楊中發八 川 楊守知八 文 楊嗣震九 攴 楊觀誠十一 十

楊景漣十一 十 楊標十一 十 楊發十一 乂 楊正講十二 乂 楊大晟十四 川上

楊楷十四 乂 楊仲達十八 乂 楊疇十九 仨 楊鴻遠三十二 卄 楊煥綸三十二 卅

楊　知二十三〥　楊　策二十三卄　楊學易二十五〣　楊　倬二十七㸚　楊興國二十九〨

楊　基二十八〨　楊廷選二十八〨

章日躋七〣　章　昂七〤　章藻功八〦　章撫功九〤　章　達十一〩

章　楹十三〩　章　炳十四〩　章志伸二十六〥　章國佐二十七㸚　章乾中二十九〩

章金梈二十八〩

張　壇一卅　張晉祺一〦　張賁孫二〤　張遂辰二〣　張右民二〩

張　丹三〣　張兢光三〤　張　玲四〣　張曾祚四〤　張　英四〨

張曾禔四卄　張　吉四卄　張曾裕五〤　張纘孫五〩　張　埈六〡

張　昱七〣　張潔堂七卄　張松霞七〩　張美文七〦　張　韜九〦

張元時十〤　張孫鳳十一〣　張　泰十一〤　張一騤十一〨　張思問十二〣

張映辰十三〣　張　湄十三〩　張爲儀十三〩　張爲儒十三〥　張國綸十三〥

張　寅十四卄　張　暘十五〨　張昌言十五〦　張自新十六〩　張學浩十七〣

張　果十七　張開士十八　張世犖十八　張　熷十八　張　岡十九
張傳書二十一　張　海二十一　張永祚二十一　張　玘二十一　張　彝二十一
張靄生二十二　張承顯二十二　張艮樞二十二　張　作二十三　張濟川二十三
張廷謨二十三　張廷俊二十三　張　泰二十三　張鵬翮二十三　張嘉猷二十五
張時風二十五　張光湜二十六　張廷琮二十六　張賓鶴二十七　張　淇二十七
張蘭燈二十七　張　潞二十七　張光復二十八　張　曜二十八　張　灝二十八
張景筠二十八　張中發二十八
王紹貞一　王益朋一　王蔚章一　王復禮三　王豸來三
王　典三　王修玉四　王嗣槐四　王廷燦四　王丹林五
王士駿五　王武功六　王　暐六　王元斌七　王愚叟七
王　濤九　王　晪九　王元墀九　王　錫十　王　溶十
王求皇十　王　潞十　王孫華十一　王路清十二　王雲廷十二

王延年 十二 卄　王德沅 十四 〡　王德淇 十四 〡　王裕霦 二十五 卅　王埶玉 十七 比

王三曾 十八 〥　王騰蛟 十八 比　王曾永 二十 〥　王曾祥 二十 〥　王德溥 二十 〡〥

王承祖 二十三 仁　王道寧 二十三 廾　王　澄 二十三 比　王國熙 二十三 〡〥　王　鏘 二十三 比

王　誥 二十四 丄　王學濂 二十五 攵　王　昞 二十五 攸　王　鑑 二十七 火　王　翼 二十七 火

王守矩 二十八 比　王　絅 二十八 火　王　靄 二十八 火　王　祺 二十八 火

梁文泓 十 攸　梁文濂 十二 卄　梁詩正 十三 〢　梁啓心 十七 十　梁敦書 十八 〡〥

梁夢善 二十四 〢　梁履繩 二十八 廿　梁　序 二十八 〥

黃　機 一 〡　黃　祜 五 〡〥　黃彥方 五 卅　黃中明 七 〡　黃百穀 十三 卄

黃樹穀 十四 〢　黃大齡 十九 卅　黃　琛 二十 比　黃萬鈞 二十三 比　黃瀛元 二十六 〡

黃　炳 二十六 卄　黃　基 二十七 攸　黃　堂 二十七 卄　黃宏業 二十七 火　黃　畹 二十八 仁

黃茂芳 二十八 攵

皇甫士坊 十二 〢　皇甫鯤 十七 比

郎璧金三乍 郎龍有七以
唐　震十五乍 唐　樞二十〢 唐　澧二十三卜 唐學潮二十八卄
姜圖南一乂 姜培允二十三止 姜以潮二十五十三
桑調元十三乍 桑繩箎二十七十
湯右曾五〣 湯可宗六卜 湯　聘十六皮 湯蕚聯十八卜 湯世昌十九巨
湯　憲二十五乍 湯雯榮二十八丄 湯霙采二十八丄
汪汝謙二卜 汪肇衍四〣 汪鶴孫四巨 汪　霦四匕 汪志道六止
汪文孫七〦 汪見祺九〥 汪泰來九十 汪　坤九匚 汪援甲九〦
汪衣善十一巨 汪德容十三乍 汪由敦十三〤 汪惟憲十三〦 汪宏禧十三卜
汪振甲十三匕 汪師韓十三止 汪先舒十四文 汪繹辰十五止 汪　浦十五止
汪立愐十五收 汪曾蕚十五乍 汪　臺十六丄 汪　憲十六匚 汪　沆二十文
汪世勳二十三止 汪　鵬二十三止 汪春溶二十三卜 汪　時二十三止 汪得稻二十四文

汪　治二十四十　汪　新二十四〦　汪日贊二十六〡　汪步蟾二十六〩　汪介壽二十六〣

汪鳴珮二十六〨　汪彭壽二十七〦　汪　城二十八〤　汪鳴逵二十八〤　汪　錕二十八〤

汪　淇二十八〤　汪　炘二十八〤

杭世駿十六〡

方躍龍一〥　方　策十四〨

庚

成廷楫九〦　成　城二十四〧　成　金二十五卅

程　川十三〤　程　鋐十四〤　程　濬二十三〨　程之章二十四廿　程　瑾二十八〣

程樹本二十八卅　程宏道二十八〥

青

丁　澎一〤　丁文策二〧　丁　濚十〡　丁詠淇十二〤　丁　敬十四〤

丁　健二十七〡

蒸

凌紹雯五〦　凌紹乾八〩　凌爾城二十七〤　凌世材二十八〥

應撝謙二〧　應重華十二〣　應際盛十三〦　應昌緒二十八〤

九

劉允升 十一

周崧 八 周奕 九 周本治 九 周逢吉 九 周雯 十

周敬 十 周永齡 十 周經邦 十一 周豐 十一 周初 十一

周炎 十二 周錚 十二 周霨 十三 周璟 十三 周助瀾 十三

周本孝 十三 周永銓 十四 周旦 十五 周秉鎬 十五 周景琦 十五

周玉章 十六 周京 十七 周昱 十八 周天度 十九 周二學 二十二

周鶚薦 二十二 周龍騏 二十三 周宸望 二十三 周嘉猷 二十四 周心傳 二十四

周成瀅 二十四 周元鼎 二十五 周蓮 二十五 周燮 二十五 周嘉猷 二十六

周喆 二十七 周宗杰 二十八 周彥國 二十八 周利親 二十八

邱京 十 邱大振 二十七

裘肇煦 十三

仇瀾 十一 仇瀾 十一 仇養正 二十六

鄒允煥九上三 鄒 瀚十八上 鄒廷梅二十八上

侵 林 璐三上 林玉藻十三上 林 元二十三上

金漸皐二丨 金成器四卄 金 張七上三 金惪馨七卟 金 虞九卄

金日燦十一メ 金 標十一卜 金蘭旌十二卜 金志章十三上 金 焜十三卜

金 農十四上 金 呟十五卜 金肇鑾十五卟 金德瑛十六上 金韻古十六卜

金文淯十七メ 金 甡十八丨 金 湆二十卜 金顧裴二十卜 金萬春二十八卜

金成楝二十八上 金 淏二十八上

任 經二十八上

覃 談 遷二上

鹽 嚴 津一文 嚴 沆一上 嚴曾榘四丨丨 嚴 槫四ㄠ 嚴曾業七上二

嚴曾枈七上二 嚴曾槷七上三 嚴曾相七上三 嚴 烺十二ㄠ 嚴啓煓十二上

嚴 璲十三上 嚴 晙十五卅 嚴 垣二十三丨 嚴際昌二十三上 嚴 誠二十五上

嚴 果二十五〤〥嚴 鈞二十七〣〡嚴錫謨二十七〤〦

詹夔錫七〹〡

上聲

董

董宗城一〦〣董宗元四〸董邦達十三〤〥董廷鐸十四〤〥董 璜二十七〤〦

董廷鏜二十七〤〦

孔衍昌九〡孔尚質十五〹〦

講

項景襄一〦〡項 溶七〦〡項方泰十三〦〣項又斯十五〺項 杰二十七〤〥

紙

李式玉六〦〣李世衡七〤〥李 濤十一〤〥李琯和十一〤〤李肇開十三〺

李 杜十四〦〡李 紳十五〤〤李 情十八〤〤李 昇二十三〺李汪度二十四〦

李 照二十六〣李 睿二十七〦〢李 璣二十八〦〦李 鑑二十八〹

語

褚陸玫一〤〤褚 彤七〹〡褚國輪十五〤〤

許 奫三〦〦許 蛟三〤〤許日琮四〦〢許汝霖四〦〦許 田八〹〦

許惟植九巳 許惟枚九以 許大綸九卄 許　掞十一以 許大綱上卯

許　焞十二丨 許勉燉十二咋 許道基十三名 許　奎十五卅 許光驥十五卯

許　鉞十六咋 許逢辰十七卜 許　葵十八巳 許昂霄十八巳 許寧基十九乂

許承祖十九上 許　機二十三丨 許震元二十三上 許升元二十三上 許飛鵬二十五上

許　鎮二十六丨 許華鐘二十六上 許　奎二十六廾 許申璟二十六巳 許丹圻二十八咋

許　琳二十六卅 許　奎二十八左 許肇位二十八外

慶

伍涵芬四以 伍炳日十三咋

薺

禮思夔二十七名

軫

閔　珮九乂

篠

趙吉士一上 趙　昕一以 趙沈壎七上 趙嘉楫八丨 趙殿最八咋

趙金章十咋 趙　端十二丨 趙大鯨十三巳 趙　鎮十三上 趙　泰十四上

趙　賢十六咋 趙　昱二十丨 趙　信二十丨 趙廷璧二十二卜 趙時揖二十三上

趙承錫二三三〡作　趙一清二三七八　趙鈁二三七〤作　趙時敏二三八收　趙大槐二三八收

趙元敏二三八收

巧

鮑庭堅十二〡作　鮑棫十二作　鮑志周十三〢作　鮑鴻勳二三三收

馬

馬遇知三〣作　馬翀四〣作　馬銓五〤　馬思贊七〢作　馬翼贊十三〢

馬昄二三七〤作

養

蔣薰一〢　蔣作楫三〢作　蔣淑十三十　蔣宏道十三十　蔣芑廿十

蔣覛十三〣作　蔣作楫十六〢作　蔣仁二三八十

梗

景星杓六收

有

柳葵十四〣作　柳溥十七〤

寑

沈兆璉一〤　沈峻曾一〦　沈昀二〢作　沈謙三〡　沈寬三〢作

沈珩四〡　沈璔四〤　沈鈁四〢作　沈曰掄四〤　沈佳五〣作

沈名蓀五〤　沈傑四〢作　沈謙益五〤　沈元琨六〢　沈驥六〢作

沈兆乾七〣〸　沈允亨七卌　沈　宣八〡〸　沈近思八〡〸　沈元滄九〡

沈世屏九〸〡　沈元會九〤　沈錫輅九〥　沈　塡九〡〸　沈紹姬十〸

沈用濟十〢〸　沈在沚十〤　沈　峄十一〤　沈周世十一〡〸　沈文豪十二〤

沈廷薦十三〸〡　沈維基十三〢〸　沈嘉轍十四〣　沈子豐十四〢〸　沈緒延十四〢〸

沈　梓十四〡〸　沈廷櫰十五〤　沈　心十五〹　沈維十五〥　沈廷芳十六文

沈濟壽十六〹　沈清任十九〤　沈　濬二十二〤　沈　渭二十二〡　沈光祀二十二〢〸

沈　泰二十二〢〸　沈　乾二十二〤　沈宏勳二十二〤　沈麒貞二十二〤　沈　情二十三〥

沈世煒二十五〥　沈映桂二十五〡〸　沈孫璉二十六〡　沈德基二十六〢〸　沈　鵬二十七〥

沈宗游二十七〤〡　沈守正二十八〥　沈景艮二十八〡　沈　碧二十八〤　沈　旭二十八〤

沈毓勳二十八〤〡　沈庭枏二十八〤〡　沈維檣二十八〤　沈廷縱二十八〤　沈士瑛二十八〸〡

范

范　驤二〤　范　鯤二〥　范允鏋八〡〸　范　咸十三〤　范　炳十四〣

范肇新十四〡〸　范容治十六〤　范鶴年二十三〡　范　昱二十八〹

去聲

宋

宋嗣京四〣 宋維藩十〤 宋樹穀十九卄 宋慶嘉二十三十 宋光熊二十四〦

未

費士桂十六卄

魏三湘二十三〥 魏之琇二十七〤

遇

顧豹文一〤 顧龍文一〥 顧卦二〦 顧自俊三〩 顧永年四〩

顧之瑀四卄 顧之珽八〣 顧升十〤 顧楝十〦 顧洪十一〡

顧正謙十五〦 顧之麟十六〦 顧啓文二十三〥 顧塏二十三〦 顧大本二十七〨

顧景二十八〦

傅感丁一〢 傅齡文三卄 傅光遇四〩 傅棫菁七〥 傅廷標十一〦

傅冠十五〩 傅梅二十三卄 傅肇菦二十八〦

霽

桂成章十一〥

厲鶚九〦 厲鶚十四〤 厲玥二十四十

泰　蔡　遵三〡〦　蔡朱澄十三〢〤　蔡朱源三十二〡〦　蔡　棨三十八〢

隊　戴　梓五卅　戴　熙十〡〦　戴廷熺十五〡〢　戴武孫十五〢〧　戴葆元三十三十

嘯　廖　齡三十八〤

邵光允一〡〢　邵嘉允一〡〧　邵遠平四〣　邵九皐七十　邵錫蔭七〡〨

邵錫榮七〡〨　邵嘉客七卅　邵錫光九〤　邵　槐十〡〨　邵　雋十三〩〡

邵　庚十五〡〨　邵樹本十八〡〨　邵祖節十九〡〨　邵晉之二十四十

禡　謝　謙三十八〢〨

華　嵒二十〡〦

敬　盛經三一〦　盛經儒一〡〨　盛鍾賢四〤　盛宏邃八〡〨

鄭吉士一卅　鄭　滋三〡〧　鄭　江九〡〢　鄭繼坤三十二〡〧　鄭景濂三十二〡〧

鄭之翀二十四〢

若　壽啓斌二十六〡〤

入聲

屋

陸 進 一 陸 圻 二 陸嘉淑 二 陸宏定 二 陸 堦 二

陸 堦 二 陸彥龍 二 陸 寅 五 陸次雲 五 陸敏樹 十六

陸 韜 六 陸繁弨 六 陸鳴皐 七 陸曾禹 十 陸 峻 十三

陸 秩 十七 陸文謨 二十三 陸攀堯 二十三 陸 飛 二十五 陸 謙 二十七

陸曾蕃 二十八 陸 建 二十八 陸紹裘 二十八

祝洵文 三 祝翼權 四 祝 塏 四 祝秉貞 九 祝 宣 九

祝 淦 十六 祝維誥 十六 祝兆星 十七 祝華鼎 十八 祝喬齡 二十二

祝懋誠 二十五 祝咸章 二十八 祝 翊 二十八

濮 炳 二十八

郁志文 二十七

沃

曲 靄 十五

覺 卓發之二 卓 回二 卓長齡七十

曷 葛 洽七 葛 璇二十八

黠 滑 楷五廿 滑 彬四 滑吉登七 滑汝謀七

屑 薛 芝十八 薛 洪二十七 薛蔭震二十八

藥 郭 濬一 郭夢元十九 郭之煓二十五 郭紹勳二十八 郭名揚二十八

陌 柏 磵二十八

錫 翟 振二十七

葉 葉大緯四 葉世度十八 葉 能十九 葉 菁二十三 葉 誠二十六

葉 焱二十六 葉以映二十八

國朝杭郡詩輯卷一目 順治朝有科目者以科目爲次

黄　機　柴　望　何爾彬　王紹貞　陳鴻烈

姜圖南　翁祖望　胡　亶　方躍龍　袁　英

盛經三　趙吉士　董宗城　陳之遴　嚴　津

吳雯清　查培繼　傅感丁　邵光允　郭　濬

袁　祩　查詩繼　陳容永　何且純　沈兆璉

闕仙渠　沈峻曾　盛經儒　項景襄　徐旭齡

嚴　沆　顧豹文　王益朋　楊雍建　陳鼓永

徐元粲　丁　澎　邵嘉允　翁世庸　俞　灝

朱　昇　俞宣頊　鄭吉士　張　壇　趙　昕

俞　甡　王蔚章　顧龍文　張晉祺　俞嘉言

陸　進　褚陸玫　吳夢鼎　陳奮永

凡五十四人

國朝杭郡詩輯卷一　錢唐吳顥原本孫振棫重編

黄機字次辰號雪臺錢唐人順治丁亥進士歷官文華殿大學士贈太傅謚文僖崇祀鄉賢有浥露堂集

退庵氏曰輯　國朝詩先科第以有年分可次序耳文僖公爲名相祀鄉賢初不以詩重然杭郡人詩惟公可爲領袖也

文僖入詞苑後一典江南試　章廟幸內苑命同法若眞呂宮程芳朝撰栁下惠不以三公易其介論遂蒙知遇康熙十一年以宗伯乞歸臥痾六載特旨召爲大司寇不數年遂正鼎席立朝四十餘年端恪老成終始如一疏陳國事如請修　祖宗聖訓科塲不宜專用策論豁免各省無徵荒逋禁止九門捕役邀賞累民又審案誣引良民反覆妄供貽累者衆當照初供定擬毋許任意株及皆洞見利病侃侃指陳眞良相也後以齒衰乞休遣官護送回里田衣山屐出入坊巷雖輿丁廝卒皆接以溫言鄉邦至今傳誦之卒年七十五墓在西湖瑞雲山麓府志入名臣傳

讀歐陽永叔秋聲賦有感

執素不盈尺撫桐何事弦夜氣還太初杳無塵慮牽清商入林杪抱膝忘吾年人生感榮辱而自損其天聞玆簷外聲烏乎使之然

和高念東先生六合道中作

寄眼秋光好停車問所經迴峰藏短徑疎竹掩空亭稻熟平棲畝蘋開淺見汀蔣山新入望端爲客來青

丙戌計偕冬盡獨游虎邱作

孤峙東南跨遠疇千人座上一人游寒巖葉盡鴉聲急冷澗霜凝鶴影浮犢鼻西川新錦字角巾東洛舊風流生公臺畔餘頑石半偈當年盡點頭

送王鐵山先生予告旋里丁亥

西湖載酒舊風流重過燕京二十秋雪滿程門親捧杖月深

庚府共登樓蒼生悵切東山屐名士悲看洛水舟徧野哀鴻思叔子他年應續峴山游

柴望字秩于號雲巖仁和人順治丁亥進士歷官廣東布政使

退庵氏曰方伯弱冠捷春官宰河南淇縣值大同姜瓖之叛山賊竊發突入縣城方伯躬擐甲胄射殪賊目一人餘賊驚散城遂獲全後守山東萊州築城東濠隄民稱爲柴公隄顥于乾隆丙戌至萊參州幕嘗于夏日出郭觀荷環濠十里水碧花香猶方伯之遺愛也府志入循吏傳

同人秋汎

淡淡湖光一望虛酒帘茶社半樓居疎簾未雨涼先入芳徑無塵草自除得意欲飛乘與鷁忘機不飼放生魚秋荷漫說將零落猶散香風十里餘

西湖

年年楊柳春長在門外游人可是閒晴雨有時都入畫樓臺無處不依山風前蜨影穿花徑船裏簫聲落水閒光景流連空自惜漫將杯酒對衰顏

題友莊庵十景 按金氏友莊庵在湖墅舊有十景之稱先輩如嚴曾榘杜峰陳維崧其年惲格壽平沈荃繹堂顧豹文且庵洪昇昉思王晫丹麓皆有詩後屬王澹和更名養素園

梅老愈作花花開自於玉密密復斜斜無枝不繞屋 繞屋梅花

空潭淨無塵與天同一色脈脈倚樓人于茲若有得 倚樓臨水

參差遠樹枝春光見來早篳路舊時衣休誇顏色好 遠樹柔藍

尋常無斗水沙石明可數綠漲何由生多緣昨來雨 乾溪雨漲

古木立四周交柯密無罅六月敞亭臺翛然不知夏 夏木垂陰

碧樹金井頭高枝攀莫及漫說坐題詩葉葉尚沾溼 疎雨梧桐

八月叢桂開飄香朝及夕何必白侍郎人皆識佳客 三秋丹桂

或逐晨風飄或帶夕陽度一杵響空山白雲籠不住古寺鳴鐘

一夜著嚴霜紅霞映簾幙矯首望秋空庶幾不寂寞秋深紅葉

雪霽起看山開簾氣凜慄安得飛白手傳此數峰出遠山雪霽

何爾彬字霜厓於潛人順治初年拔貢官禮部主事

於潛縣南四十里七坑險崔峭壁五十餘丈矗溪中其下小徑盤曲二里許行人往往失足霜厓築成坦途歲旱捐賑邑中重構學宮獨建兩廡有姪十餘輩教育如己子親族待以舉火者數十家康熙癸丑修邑志任編纂之役府志入義行傳

印渚

選勝窮登臨適意足泉石平野望葱芊人情自開滌叢林翠欲浮遠山靄如積曲渚環通州夾岸凝澄碧嵐含雨氣淸石瀨灘聲激好風常徘徊時雨每淅瀝寒暑逐春秋景物殊晨夕中林可相羊嶺雲堪怡懌甘素辭軒冕拙宦憚行役寄志

在林邱守兹五畝宅

王紹貞字約園餘杭人順治戊子舉人官湖廣景陵知縣有湛清軒集（按景陵縣雍正四年改天門）

坐花隱庵贈林茂生兼懷自昭姚子

一廛君自足花藥況紛披世味從風捲禪心對月宜可堪多去日亦復少新知只有耕雲子頻來弄酒巵（姚自號耕雲子）

又韓姪書屋午睡

菡萏初開夏晝長城隅斗室有羲皇已知貧是三分福況乃閒從一枕涼世味短來垂老覺庭花澆後夢餘香浮雲誰道成蒼狗高臥于今絶忖量

清和二十一日夜夢塞翁寄子詩牋有春情載得羇人酒離緒吹殘夜雨詩之句懷人之切情事難忘因

續成一律

夢中何計慰相思憔悴重過櫻筍時爲惜眼前稀解事那須身後託心知春情載得羈人酒離緒吹殘夜雨詩松菊故園無恙否樓船下瀨柰遲遲

陳鴻烈字梔山於潛人順治戊子拔貢官河南嵩縣知縣

太平庵

落落高陽侶登山道念深齋廚無世味清梵有仙音草色供幽坐雲光澹素襟蕭蕭稽與阮何處證禪心

姜圖南字匯思號眞源錢唐人大興籍順治己丑進士歷官河南睢陳道有關隴惟揚客堂諸集山陰人誤作輶軒錄

眞源爲明崇禎壬午舉人性英邁負氣岸雯賓客喜聲伎所至車馬輻輳毅然以英傑自命自江左擁立三上書言事不報拂衣去及入國朝爲詞臣益自負爲御史多所彈劾時武進侍恩偃蹇劾其表詞淫褻無人臣

禮且庸輭不可尸鼎席武進由是而去巡茶馬關隴廉得吳三桂跋扈狀露章奏之者三由是直聲震天下巡兩淮鹽務革梔封革闗勝橋廳稅革餘鹽豪右皆斂手出爲外臺由參議爲江西南瑞道出迎巡方御史御史中坐兩司皆旁侍眞源引故事力爭謂外臺與內臺竝重雁行列可也無屬吏禮旋擢副使爲山東濟南道丁內艱起補河南睢陳道未幾鈌裁兼以病去官而歸家驟貧老屋數椽升斗告匱故交皆匿影不往問顧頷而卒

閶門

連歲閶門泊游人日醉筵樓臺千樹影城闕萬家烟財賦資軍國笙歌蕩畫船誰知村落夜杼軸亦堪憐

登北固山眺望

望盡迴沙遠樹多金焦卷石亦嵯峨千帆估舶城邊起萬里晴雲檻外過直北風烟生白晝江南春草度黃河何時鼙鼓無聞處漁子清歌到薜蘿

秦亭

秦亭斜日自徘徊小艇頻從河渚來處處舟依蘆港宿家家門逐竹溪開怪人野鴨聞聲没戀子沙雞接翅回乘興不辭村路遠肯傷寥寂一銜杯

欒邑署中漫興

鳥下西園乍放衙憑高寄嘯與偏賒緣分平野千林雨春到深山二月花可是柴桑需秫釀肯從句漏覓丹砂蕭蕭四壁孤琴在依舊蓬蒿處士家

翁祖望字渭公錢唐人順治已丑進士官吏部員外郎

渭公授中書歸里旋起拜御史巡視宣大有紳素橫不法特疏劾之朝野震悚然以此失左右歡後調考功員外郎乞歸家居杜門課子府志入名臣傳

新灘

蜀棧未云險江行見此磯濤聲衝地轉峽勢東天微舟苦摧檣速人憐脫命稀浮生應有盡何事履危機

胡亶字保林號勵齋仁和人順治已丑進士歷官右通政使

勵齋由編修出爲常鎮道海寇犯境親佩弓韃力扞危城入爲鴻臚卿進通政乞養歸不復起持身嚴正居鄉不以寸牘干官府邑有利弊則竭力爭之生平博綜羣書尤精天官家言日月薄蝕星辰躔度推測毫髮無遺與監中西洋專家反覆辨論羣皆歎服所著有中星譜周天現界步天歌行世父患脾疾日夜視湯藥衣不解帶中帚廁牏皆親滌之及父卒三日勺水不入口一慟嘔血數升竟以毀卒府志入名臣傳

寧海道中

蒼山插霄漢縱目豁心胸嵐氣連千嶂濤聲入萬松沙明帆影斷雨霽翠陰濃歧路無須歎琴書樂我從

方躍龍字去霓於潛人順治已丑進士官甘肅臨洮同知

去霓初宰湖廣華容土瘠而衡賦重役繁竭心撫集治稱楚最府志入循吏傳

晚眺

幔卷晴窗坐更幽夕陽低映水西頭一聲鳥破林烟冷百尺松圓塔影秋何處疎鐘沈野寺無邊山色湧危樓曠懷擬欲登天目狂賦淩雲紀勝游

袁英字千一號邱園新城人順治己丑進士官山東青州同知

弔沈烈婦

乙酉十月文學沈薦夫室陳氏被俘至搖車嶺投水死僕乞免亦被害鄉里義之

白雁悲鳴霜氣冷松風淒斷搖車嶺紅顏慷慨赴清波義僕哀詞長跪請願貸主死不惜身主死亦死血染塵東山明月

塔山雨夜夜啼鴟愁煞人

張邑侯招飲百丈山步壁間舊韻陳焯選浙詩錄于百丈山石刻

琴靜風高佳氣浮攜尊杖策伴尋幽芙蓉翠挹仙鳬賞秔稻黃收旅雁愁石破翻憐塵象教泉飛擬似噴龍頭百年勝會傳今日卓筆長橫萬仞秋

盛經三字兼兩於潛人順治庚寅由諸生辟署浦江教諭

馬嶺

蒼莽清溪小徑通往來多半鹿皮翁橋邊不共桑麻話嶺上還同蓑笠風短笛斷烟初弄碧長歌野鳥亂啼紅欲知天籟從何發聲在寒雲綠樹中

趙吉士字天羽號恆夫一號漸岸安徽休寧人仁和籍順治辛卯順天舉人辛丑會試副榜官戶科給事中有林臥

遥集雜感諸集萬青閣詩

恆夫祖籍新安居杭入籍中順天舉人初令交城以奇兵破交山巨寇有功行取主事升給事以父子各占籍被劾落職尋降補國子監學正性豪爽好義會憫鄉里游京師者無所棲止出三萬金創造全浙會館至今寒士北游猶得庇其宇下焉官京師時即月張園舊址築寄園以居有緣天深處叢桂小山拄笏軒狝青閣諸勝境仰屋著書風流照耀康熙丁丑七夕大會名流一百六十七人以詩牌集字用堂額相賞有松石閒意爲一韻分賦五言七章主人延賓治酒之餘即席詩成客散後復用前韻成詩如數雕繪滿眼一時皆服其速藻先是康熙甲寅遭逆藩之變家人離散恆夫至塘棲寓棲霞院院僧石菴其族弟也至除夕離家人十餘輩不期竝集恆夫作詩志喜棲水士人和者甚夥章六象作序名棲霞倡和集所著有春秋屬詞續表忠記詩多刊本晚年自訂萬青閣詩尤清雅可誦恆夫未遇時讀書靈隱偶憩冷泉亭見學使屏去騶從擕一小童入寺良久步行去寺僧告恆夫曰黃公以尊名問僧遞與學使云寺中有一士子未識其面夜過午書聲不輟當培植之學使唯唯而去特來報喜詢之方知所儆居之旁有黃中丞鳴俊者乃學使房師避靜寺中絕無人知前輩之斂跡籍光而不憚提奬後進如此府志入武功傳

丁丑孟夏十九日招同汪東川彲史胄司夔袁杜少
佑胡鹿亭德邁于章雲漢翔張小白晧李霞裳世錫
廖維庚長齡張萼山起宗許冠婁奎崔玉鉉維鼎王
序綸英謀曹希文三才查德尹嗣瑮周容齋士裕許
不棄過屠梅湖孝義汪千波澐朱漢源星渚閻復申
詠羅輯五瑞孫克齋嚴朝吳青霞啓元汪與循升英
吳宛先一元夏酉山荀慈金閬客碩佺汪獻其鴻璵
家二今晉男景衢孫繼授繼揀飲寄園作

文游今白社才調孰青蓮湍醬雲巖側峰攢天井前桐孫聯
首尾石丈峙中偏竹閣浮葭葦松窗胥水烟層巒分北麓老
樹翳西壚久客疎蠻語分吟碎蜀牋摳趨忙履屐彫綺飾廚
傳借叶鶴唳清空谷魚喁咽澗泉循環開藥圃汲引灌花田葦

下龍光徧月張兔影全小山招大隱浮世挽沈員擁萬三餘足長嗤挂百錢按此詩用明袁中郎月張園看荷花得蓮字詩韻漸岸疊元韻凡十五首屬和者凡四十人

九日晚眺次吳與公韻

偶來尋蔣徑二仲亦同游轉眼峰巒變驚心歲月遒柴桑五柳宅風雨滿城秋野色蒼茫裏何人獨倚樓

金山蘄王廟

古廟巋然控上游雲沈戰艦夕陽收江烟時帶魚龍氣潮水猶傳鼓角愁南渡衣冠空半壁中泠俎豆竟千秋可堪驢背投閒處長使匡山作帝州

冬日自南陵至新嶺道中即事

黯黯烟波接大荒短蓑牛背笛聲長隔林溪響千山雨近墅

梅開十里霜何處高原封馬鬣幾人岐路泣羊腸行逢故友迎譙郡爲道當年舊酒狂

還寄園 園在京邸宣武門西偏

峰巃松高影入樓夢游長夜續心游烟霞絡樹翻空浪沙石縈池織細流自詡家藏書簏富長思客滿酒巵留半天積靄籠樵響空谷猿聲早報秋

陸左城遠就滇幕賦詩以壯其行

聞道昆明已息戈蓮花幕府待君過西湖淚灑忠魂遠 謂令兄鯤庭先生 南詔人逢犵老多午夜聞雞應起舞丁年躍馬漫悲歌書生草檄從來事萬里思鄉柰別何

董宗城字子長餘杭人順治辛卯舉人官陝西甘泉知縣 通志作董成宗

將之建平酉別同學諸子

蹄涔幾載伴牢愁蒼莽仍慚賦遠游浪跡風鳶拋線腳生涯淅米在矛頭憐人老馬關河晚蹴我荒雞古驛秋應憶西堂尊酒樂華燈燒盡數更籌

羸得孤幃襆被輕女嬃無復詈申申見聞遠隔憑山鬼邑屋難居類柏人此去知誰酬駿骨他年聊許盼龍鱗蒯緱怕和悲新調謬擬題橋慰老親

送別吟詩與不孤紛披老筆已先驅誰將燕市同酣筑自笑齊門亦濫竽破浪肯輸餘子健淩雲終遜列仙癯他年解組歸來吕共看天邊種白榆

陳之遜字穉升號立庵海寧人順治辛卯拔貢官中書科中書有三餘漫詠

立庵爲明薊遼巡撫祖苞子官中書後以子齊永貴贈太常寺少卿

泊寶應縣

小邑維揚郡扁舟宿水涯吳天征雁少淮浦客帆遲獨飲邀明月孤眠憶昔時故山遙在望愁絕竟何爲

登皎光閣

林端聳朱剎檻外俯青溪幽谷雲初起遙江日漸低鶴飛仙馭杳烟暝客歸遲卻話無生法相將度澗西

嚴津字子問號陶庵餘杭人順治辛卯拔貢有嘐城寓言

嚴氏爲文章淵藪陶庵父敕字無敕與其伯兄調御印持仲兄武順訒公有三嚴先生之目今所行作朋集是也陶庵世其家學領袖時賢應拔貢巡撫霍達表爲督漕推官不就事親孝家中落而甘旨不缺顏所居日陶庵日哦詩以明意惜全帙未見嘐城寓言者乃游嘐川之作也府志入文苑傳

代飲

一語能愜心快不減浮白獨寤還獨歌我與我莫逆妙處何必傳詞場任紛劇千載俟知音遺言巳糟粕

燈前援筆書漏下未休息妻女詰所爲是豈充衣食含笑謝閨中汝輩固不識飽暖何足云醉心踰酒力吾其默巳乎何用行胸臆汝試聽余歌卽此是耕織

張顚草聖傳無往不神寓庖丁善解牛養生于以悟善飲不在飲觸境皆酒趣婦歎想伯倫鄰誶疑灌孺歌豈緣聲傳醒尢見眞素

我妒陶元亮飲酒復有詩李白百篇成斗酒爲先貧我輩鍾情事二公乃兼之吾尢據勝要高吟卽清卮如或訊尊罍掩卷酒在斯

有亭名醉翁意原不在酒逸興出高雲暢情寄山藪作詩必

以詩詩趣復何有說夢癡人前酒漿挹北斗
怒罵皆成文千古稱坡仙譬若季布流使酒亦可傳誰言身
後名不如杯酒前蘇子非善飲布也無遺編一事入閻奥詩
酒名各全吾今但解吟於酒何閒然

吳雯清榜名元石字方漣號魚山安徽休寧人仁和籍順
治壬辰進士官御史有雪嘯軒集紀游草

魚山官潯州司李時粵西初闢官無廨舍結茅而居會峒寇薄城下民驚竄魚山堅守不爲動城賴以全未幾寇引兵窺潯兩臺將勦之魚山不可單騎入賊壘曉以大義寇皆懾服來降行取擢御史府志入循吏傳

入法華山夜宿石人塢

散步入深林山山作秋暮幽徑引孤筇蒼翠自成兩籬落烟
水微樵斧響前路徘徊桑畈閒閒得吾素竹徑通僧扉古
木自盤互月明空谷中石人影相顧

宿文殊院

曲徑尋幽上穿雲夕色妍寒風吹石壁落日照松烟客話圍爐火僧茶汲澗泉一燈禪榻寂高枕萬峰巔

立夏前二日許浣月招游摩訶庵

畱春尋野色曉出鳳城西芳草迎人面殘花亂馬蹄遙看村樹密漸覺遠山低不負雙柑約相將共聽鸝

偶集

星聚忘賓主歡成山水緣淸狂隨意適嘯傲任情偏秋爲寒峰老林因夕照鮮劇游看欲暮歸鳥落城邊

送友入燕

霜醉楓林葉下初送君江上歎離居故人驄馬如相問爲道窮愁不著書

查培繼字王望海鹽籍海寧人順治壬辰進士歷官江西饒九南道按察司副使

王望初宰東莞有政聲歷兵戸刑三科給事中疏章數上如清關弊行官兌禁鷹戸皆關國計出爲饒九南道務以教化爲首修白鹿書院時與諸生講學其中旣報最三郡士民爲建講堂辭弗獲乃改爲希賢書院取漢唐以來官于三州者得十四人而祀之自爲記府志入循吏傳

游孤山放鶴亭

長隄西盡一山孤山下輕陰長綠蕪無限游人停畫舫至今風雅屬林逋

萬樹彫殘翠嶂空寥寥霄漢度孤鴻風前俯仰千秋事惆悵寒烟野寺中

宋祖規橅亦壯圖卻令青史笑祥符茂陵封禪無遺草曾詠先生此句無

消息梅花又薄霜水邊籬落晚烟黄扁舟入夜遲歸去猶是沈吟詠暗香

諸公袞袞登黄閣獨買青山放鶴來記得石湖詩句好釣臺無意壓雲臺

當時已笑种師逸後世還傳孫一元羞與獨山稱伯仲子陵元亮好同論

傅感丁字雨臣號約齋錢唐人順治壬辰進士歷官副都御史有舒嘯軒集

約齋初授德安理刑擢御史巡河東鹽政歸裝惟琴書而已歷僉都通政上念其爲言官時有直聲特授副都御史丁母憂歸籍不復出府志入名臣傳

登海湧峰

昔聞虎臥此高邱今日登臨最上頭近接靈巖惟片石遥觀

雪浪有孤舟消沈伯業同烟草寂寞禪心覗水漚劒窟泉飛石梁北聲隨香梵幾時休

邵光允字吳如富陽人順治壬辰進士官河南息縣知縣

觀山

十里江山指顧中波光澹蕩映晴空相看形勢無如昔共歎英雄所見同落照帆歸千點白曉星海起一絲紅孫郎已去烟雲沒當代誰與百世風

郭濬字彥深海寧人順治壬辰進士官行人有虹映堂集

香山寺

古寺能藏勝攀林殿始開花光凭檻合山色捲簾來遠水浮燕樹春雲落薊臺青天挂松瀑彷彿玉龍回

袁祩字丹六嘉興人海寧籍順治癸巳歲貢

丹六與海昌范驤朱一是輩十二子爲觀社

燕京旅懷

上谷稱天府雄圖自昔開停車碣石館置酒華陽臺醉舞高虹動悲歌白日哀寂寥千載後惟見起黄埃

題海昌北城樓

東南佳氣鬱樓臺畫棟霞連埤堄開吳越星分從檻出江湖水合抱城迴烟含萬樹天邊盡浪涌三山海外來此際臨風瞻北極五雲深處是蓬萊

查詩繼字二南號愚溪又號樊村海鹽籍海寧人順治甲午舉人官安徽霍邱知縣有樊村集深寧齋近稾蕭蕭軒稿北窗小草

愚溪年十五學使泗山鄒公賞其卷曰此渥洼神駿也崇禎壬午年副榜入 國朝以舉人宰霍邱霍邱瘠土

也愚溪加意撫字民賴以小蘇會上官督催科甚迫愚溪題元道州春陵行詩呈之上官讀之改容甫二載乞休士民攀留者數百人府志入循吏傳

讀元道州春陵行有感呈上官

民命眞當惜守官良獨難不因兩稅緩那得一州安署考甘中下臨危耐錯盤心肝奉 宸極酉向 御屏看

陳容永字直方海寧人之遴子順治甲午舉人

詠史

宣宗十載稱神武一日居然了萬幾玉璽自從慈極授金戈親埽塞塵歸詩成西苑方垂釣兵下東藩早決機閒道三楊曾補闕晚年遺恨在椒闈

何且純字巽子號訒齋錢唐人順治甲午舉人官江蘇江陰知縣

訒齋爲明兵部尚書琮七世孫張祖望集有哭何巽子兼慰岱瞻諸子詩云才人無比如何遂不道別來倏已亡任昉諸孤誰解恤幾番懷舊媿劉郎是巽子篇章甚爲當時名流推挹今遺集久不傳其曾孫春渚徵君琪以詩繼起搜輯散亡僅得此二首

王瑞虹壽 原注瑞虹名湛字澄之丹麓之父

春風宜燕喜玉樹發新枝巵酒登堂奉嘉賓爭致詞羨君矍鑠稱難老丹書幾卷能談道九節菖蒲氣味馨千歲桃花顏色好幽居酬唱樂事偏散髮行吟儼若仙慇懃誨子眞令器會見致身青雲顛明光殿中靈壽杖還應載錫大椿前

同張秦亭毛稚黃湖上晚歸

酒痕不惜涴春衣又向湖邊汎棹歸島嶼微茫連樹色樓臺縹緲隔烟霏桃花開後燕方到楊絮墮時魚正肥吟徧逋仙三百首鐘聲漸聽出禪扉

沈兆璉字器先號鶴沙錢唐人順治甲午舉人

王晫今世說補稱鶴沙善書孫以榮湖墅詩鈔稱鶴沙工書而立格高尚今遺蹟不可覯

春日有感

山麓性之近林泉心所欣投閒思放艇無計學耕耘芳草生新綠莓苔映夕曛更逢春色豔蕙靄散輕雲

每抱登臨興時憂足不勤鳥啼添靜籟花落任繽紛扃戶親蘭氣清池玩石紋閒來書道德不肯換鵞羣

闞仙渠字槎度錢唐人鏈子順治甲午舉人官餘姚教諭

槎度爲名父子與何弢子且純讀書南屏山中頗有時譽孫宇台治贈以詩曰文苑看吾子詞場自鳳毛誰能當弱歲而已擅風騷賦就雲間重名成日下高憐余欲有贈爲問呂虔刀

送王備五之燕

王子才名傾八斗國門懸格重千秋且尋石鼓摹奇字可上

金臺憶舊游奪席談經同舍避淩雲作賦上林求片帆直北無愁遠燕市高歌足唱酬

沈峻曾字疏庵仁和人順治甲午副貢有漣漪堂遺稿二卷

疏庵中南北副車年未五十即棄舉子業從事詩古文詞與徐狷庵應潛齋毛稚黄魏昭士丁素涵陸左城史及超闕槎度相唱和晚號破甑翁自爲傳遺稿爲晉安林雲銘所選定上卷爲雜文下卷爲詩末附雜言數十條皆談理之語

府志入文苑傳

梅雨

積雨蒼茫烟樹浮水聲汩汩送沙鷗湖邊高士常浮宅世外仙人亦燮樓把釣孤舟應荷笠負薪五月好披裘如何得向名山住坐對龍湫瀑布流

鶯脰湖建張高士祠

扁舟一葉快登仙泛宅浮家不計年世外漁樵同白鷺雨中蓑笠冒蒼烟太虛明月長爲客流水桃花別有天遙念鶯湖亭閣上詞人得句向誰塡

赤壁庵

一峰精舍迥臨風旁有危巖倚半空城郭含烟秋氣白江湖返照暮天紅攜兒極目雲霄上與客登高圖畫中他日提壺來此地孤吟隨處荅飛鴻

盛經儒於潛人順治甲午拔貢

題蒼玉軒

幽居耽習靜種竹漸成林避暑堪移榻登樓獨抱琴晴光分午影涼翠入秋陰烟篠叢遙護風篁韻徧吟圍棋聞子落留客喜杯深地勝宜中散翛然高世心

項景襄字去浮號肩山錢唐人順治乙未進士歷官兵部侍郎按通志及題名碑錄竝列乙未榜輶軒錄作壬辰誤

肩山爲世祖所特簡迴翔館閣三十餘年充講官時進止從容引據鴻碩縱言民生利病人才消長最多裨益康熙十八年刑部請改五流之例應戍邊者無論遠近皆戍烏剌烏剌去遼陽尚萬里苦寒無人居之地也肩山力爭以爲五流去死罪爲輕今開此法無生理矣廷議不從會京師地震有 詔修省許廷臣直言肩山又申言烏剌事九卿仍執前說且有言者曰烏剌雖邊實舊京地徙有罪以實舊京何爲不可肩山曰果爾則當用公侯貴臣出鎮之何乃爲投禦魑魅地議者語塞遂止不行時閩浙海寇未平東撫以海濱漁戶篷桅行舟漸不可制欲坐以通海復爭曰山東與閩浙不同閩浙海無礁寇來往易故禁捕魚東海多礁寇不敢入已奉 旨奉天直隸山東沿海許捕魚船限容二百石夫二百石舟非篷桅不行今令捕魚而禁篷桅是絕民命也由此得免且著爲例閩海既平朝議遷福建二旗兵于浙江實以閩浙兵互更也鎮浙將軍請割杭州城東地駐閩兵肩山言定例同城不得兩 處立營所請不可許已又請圈近滿洲營民居肩山言 國初割二城以駐滿兵可屯萬騎且閩浙更戍主客相等即以浙兵移閩者之居以屯之可矣事得寢生平以正直結 主知

以和平養國脈事績多可紀者茲姑繫其一二大者而已府志入名臣傳

南屏

蕩艇入南山晴湖淨如拭繫纜枯樹根寒烟生微白偃臥周山阿脚步層巖隙方丈出松顛亭亭高百尺入門逢老僧塵攖頓若失說法水月心妙香浮廣澤落花滿空林披雲坐磐石置身在霄漢庶以慰營魄安得常如此元言共朝夕月出意忘歸零露沾衣溼

題畫

閒來結得小茅亭但識烟雲月露形歷日不書藤葉紙年年只記柳條青

徐旭齡字元文號敬庵錢唐人順治乙未進士歷官工部侍郎總督漕運謚清獻

清獻既成進士復與毛稚黃諸人訂鷲山盟以詩文相劘切時號鷲山十六子其先世居玉山父一鴻徙家錢唐仍授徒故里順治戊子山寇竊發一鴻遇害清獻往來求父屍夜夢父攜示屍所且曰當問之毛廿八清獻行至魯家倉風雹大作有童子引入茅屋一父老出清獻曰丈人非毛廿八乎父老驚駭告之故乃指空林間土微掩處恍然如夢所見急嚙指血沁之解所衣裹骨歸鄉人繪徐子負骸圖以紀其事焉府志入名臣傳

送吳次公游蓬萊兼呈沈酉侯

爲厭風塵作客難且依仙吏策輕鞍燕臺碧樹雲初轉泰望神芝露未乾豈有侯門憐駿骨好從海客問金丹酒徒去住應無定離思中宵月裏看

嚴沆字子餐號顥亭餘杭人順治乙未進士歷官戶部侍郎有皐園詩文集四卷

餘杭有三嚴先生者長調御次武順次敕明嘉靖乙未進士太常大紀之子也最有名三嚴各有才子曰渡曰津及侍郎亦曰三嚴而侍郎名尤著幼以孝聞善射命中無虛發既由常吉拜諫官順治丁酉典山東試以聖

裔向無舉額四氏子每難中雋疏請科舉二人遂著爲令是年江南科場舞弊各省舉人皆覆試惟山東奉旨不必覆試康熙己未詔舉鴻博朱彝尊方象瑛魏禧皆侍郎所薦舉也太常始居杭州今俗呼嚴衙衙者舊第在焉其後侍郎又割泥橋前明金中丞學曾別業之半爲皐園以志皐魚之痛有梧月樓綠雪軒小太湖芙蓉亭諸勝宋荔裳施愚山諸公皆有詩紀之若清梭樓則藏書萬卷處也官京師與丁飛濤陳允倩諸人有燕臺七子詩刻畫則世未之見然集中有田凝只索畫詩又遐佛詩傳稱其爲嵇留山作留山堂圖五闋月始成是又工于六法不僅詩豪矣所著有北行日錄二卷奏疏十二卷府志入名臣傳

田凝只索畫久不得報歌以代柬

我昔平湖弄秋水酒酣最愛羣峰青興來落筆寫山色泉石出沒雲冥冥一日十紙不厭速貴取繪意非傳形三春索米長安陌馬足涔泥滯行跡西山玉河在眼前神昏腕强眞意隔案頭緗素委零亂貴游尺一相催迫必逢好友情性諧吮墨含毫始光澤首秋暑退風簾開疏雲細雨滋綠苔玉盌烹

茗泛香雪十指拂拂神初來故舒直幹筆一放試疊層嶺烟齊迴須臾脫手天宵森此事原堪一朝了不嗔濡滯嗜我眞相遲霜前看雲嶠

登湖心亭風雨

浙江春濤欲倒回湖光慘淡涵風雷大魚撥剌小魚徙河伯乘鯉黃金臺琉璃千頃波瀾開氣象恍惚淩蓬萊鱣鮪潛游瘦蛟舞黑風蕩日如山來我今登樓歎奇絕昨夜臨流弄明月芙蓉似錦長隄平照見冰輪碾雙闕此時魚龍安窟穴江妃拾翠哀歌發楊栁披襟風力微安得百靈移溟渤驚颷颯颯吹飛沙日車欲倒扁舟斜舟子徒憐好身手雲旗翠羽爭相誇瞬息波平風雨住山月照人河漢曙我今還記約重游與爾金樽掠波去

丙申夏讀北海先生退谷志賦贈

西山冥冥水蕭蕭退谷幽人誰見招馬蹄蹴踏狹斜路塵飛日暗咸陽橋北海先生結廬處山風歷歷檐前樹自有圖書屋裏藏不勞車轍門邊駐晉人法書唐人畫周鼎宋瓷不論價宜和御印硃鮮新景陵署款翠相射石牀垛積書架平竹光巖靄繚縱橫昔人已遠物亦貴懷古撫今無限情請看滾滾東西南北人奔走富貴勞終身一官寄迹山林輿翻似烟霞鄭子眞

報國寺雙松歌

燕山突兀幾千載四百餘年景物改惟有慈仁雙老松霜皮剝落至今在其一婆娑勢攫地撐拏詰曲春雲靆一株稍欲干層霄卻顧徘徊意相待紛繙密葉生風濤屹立虬根玩眞

宰慣看城市變烽烟幾見桑田作滄海何年紺殿啓琳宫石欄磴道盤虛空飛花濛濛日月静灑雨黯黯神靈通大都月市番估集胡牀翠幕陳西東哥柴古窑周漢鼎陸離法物羞雷同似與雙松較年歲必有眞賞窺鴻濛日斜入散蒼烟重倒景上殿雲瓏蔥軒車冠蓋謬相欺肩摩轂擊勞過從于嗟此松澹蕩有眞意只愁化作雙虬龍直上燕山絕壑一往不得見悵望千峰與萬峰

春日漫興

省掖遷除數封章報罷多　聖時無絳灌好友憶羊何雲擁甘泉樹春增太液波入　朝齊委佩忝竊愧鳴珂補袞瞻　天近斑衣愛日長生成看燕雀戰伐賸豺狼紙筆兒誰好柴桑婦不忘閉門荻草畢歸夢五湖旁

寄子問家兄

闕頭碧柳又三春送別詩篇久愴神相讓五湖兄是長乍隨三殿朔稱臣一官薄祿逢時拙半畝閒園乞食貧多負仲容能躡屐可教松竹過西鄰

送柴虎臣歸里

偶攜詞賦客燕闕避世仍勞小艇還高枕自娛鴻寶冊荷鉏終變鹿門山石城五月披裘過鷲嶺千峰放鶴閒卻媿浮沈金馬客未容蓴鱠共躋攀

顧豹文字季蔚號且菴錢唐人順治乙未進士歷官江西道御史有世美堂集

且菴小名日科生以穎悟稱讀書能記其他生所習初除眞陽令眞陽經流賊蹂躪落然無一人城居者乃招流亡建鹽肆立學宮釋滯囚期年戸乃盈萬丁酉行取詔見于西苑試文試論試時務策擢且菴臺臣第一數

上疏言天下要計彈劾貪懦不避權要洎巡視東城發姦擿伏應機而得出按楚北時李自成餘黨如郝搖旗一隻虎之屬盤據鄖襄川蜀諸境所謂西山十三家是也 王師進勦不知地形遂使游魂殘魄嘯聚不逞且菴乃圖其出入 諸徑蠶叢鳥道鉤梯俱窮者必求其要領所在又宣布 朝廷恩命招降歸農者數萬人復築安陸蘆洑口以弭水患建義倉一百四十餘所庚子撤巡 命下還京師以省親歸再入臺遭內外艱遂不出舊第在竹竿巷又得近巷廢園建小樓與二三老友商畧經史名曰願圃毛先舒作記畧曰武林城街北斗折稍西入曲巷曰皇親巷明世宗封昌化伯邵鑑居此故名之也入巷故有廢地周袤曠闊故老相傳是伯第遺址也後數年而海昌光祿卿葛公築而園之名曰桐園久之園仍圮顧且菴侍御復構得半址啟闢荒穢疊石穿池構亭榭藝花木佳境大豁題曰願圃取遂反初服之願云大科之徵以老病數辭不允不得已治裝至吳門屬蘇撫代題而歸時高陽寶坻益都諸相國見一蘇撫疏皆憮然曰獵客張兔罝不能挂龍虎也性好客一日無客則不樂酒戶中下巧為令章以相糾舉家居二十六年卒年七十五疾革時猶自作數語且曰吾家死後即作吾志銘也所著有願圃日記三楚奏議六書古韻府志入名臣傳

登六和塔同顒亭淇上

高塔鎮江浦浮屠開化城俯挹江湖流仰視日月生東隅啟戶牖北斗低檐楹頗媿羽翮微顧覺形體輕昔聞武肅王此地久削平澤國苦風雨江介愁滄溟强弩射潮頭氣巳無蓬瀛天吳與海若指揮歸前旌猶恐數百年崩濤東南傾大師荅願力七級增光明風鐸喜突兀星燈何崢嶸鬼神守法界造化知中誠百國奉正朔從此當銷兵　熙朝深德澤一戰巨海清詠歌尊百度肸蠁懷三靈陳跡一以思再拜方屏營傾杯相歌舞春衣墮明星陳詩紀錢唐法鼓破青冥

林逋墓

孤山孤絕孰爲朋埽徑烹茶仗老僧雪瘦只留梅幾樹秋高不見鶴雙騰夢過栗里依彭澤水隔桐江伴子陵千古清風兩湖月我來坐對暮烟凝

河渚贈咸上人

上人高臥隱巖扉聞爾聲名見面稀安坐不知雙樹老行齋正值百花飛石牀暑氣消芒屨乳竇仙飇卷葛衣我有愁懷平未得不因傳法欲皈依

王益朋原名聘字莘民後改今名字元之號鶴山仁和人順治乙未第二甲一名進士歷官太僕寺少卿祀鄉賢有清貽堂存稿

鶴山少時讀書海昌道出臨平忽夢身爲虬螭騰雲電而排閶闔有紀事詩云朝來忽夢赤虬公兩手推日排天空紫髯使者傳帝敕命臣激水南海東後官諫垣首劾海上鎮將交通賊黨請按治後果事敗他如清鹽政以足軍需酌漕運以裕國用外復所衞內復五府以保治安修盛京以重根本發淮課以奠巖疆糾貪吏以儆官邪皆侃直無隱故孫宇台治稱其有漢汲黯唐孔揆宋常安民之風府志入名臣傳

冬夜有感

北風蕭蕭木葉落凍雲不開雪又作一聲孤雁渡河來城頭夜半猶聞角君不見南征將士多苦心轅門日落烏歸林鐵衣慘淡冷難著月黑沙場鬼火侵

同門人柴士容詠田舍

野望何寥廓老農私自憐荒田五六畝茅屋兩三椽雞犬供胥吏桑麻辦稅錢幾時兒女樂共祝太平年

贈均知上人

桑麻十里擁精藍瀲灩波光接遠山覆砌晴烟花正發侵牀明月鶴初還六時蓮漏人猶在三徑修篁手自刪鞅掌風塵棲宦海從師分得片時閒

贈李上知孝廉掌教長興

巃嵸山阜俯平川此地創夷漸管弦吳嶺堠烽雲外絕畫溪

花雨月中妍應知絳帳風流近共說鱣堂瑞事偏吾道艱難須接引只今誰上李膺船

楊雍建字自西號以齋又號艾田嘉興籍海寧人順治乙未進士歷官兵部左侍郎有弗過軒詩集九卷自怡集一卷

侍郎初宰廣東高要縣掾以羚羊峽研石奉御不受行取入諫垣上疏諫獵忤 聖意時方獵南苑牽跪苑中羽林佽飛皆色然駭怒羣以馬箠擬之宣使傳問知罪否侍郎嘿不應俄而 聖意解復使問曰爾所言固當得毋類邪乃叩首謝罪在臺中三年疏前後三十上嘗一日上九疏其忠讜如此康熙三年以彗星見赦天下侍郎于天安門聽宣赦書是日接 御前發下紅本二獄四當决吏請鈔發侍郎曰方頒赦而即行刑是詔令不信于天下也紅本當封還同官皆變色爭不可侍郎曰六科以封駁爲職吾封之咎吾任之不以累公等有 旨三法司再議二囚得不死新城王文簡公稱爲本朝諫臣第一見池北偶談撫黔日軍帥有約束不嚴者輒奏劾不避權貴軍中稱爲楊一本後以母老乞養歸覲膳餘閒攜二三故人探尋林壑之勝田衣山屐見

者不知爲中朝貴人也所著有黃門疏稿二卷撫黔奏疏八卷政學編一卷景疏樓文集十卷府志人名臣傳

王虎子歌 虎子諱起彪錢唐人順治丁亥進士授江西德興令之官甫十日鄰寇曹鳴遠等擁衆襲破被執不屈遇害詳本傳

天畀完節兮毓德錢江春秋大義兮明自雞窗百里之寄兮身入危邦亂賊蠭涌兮倉卒紛龐白刃環向兮劍戟相撞從容致命兮誓不肯降氣塞蒼冥兮碧血滿腔日星燦燦兮流水瀧瀧

南湖有感

佳人何縹緲綠水夜光浮寂寞梨園曲蕭疏竹徑秋滌愁還問酒乘興卽登舟鄉夢蘋花冷浮生愧浪游

上巳送安遠大將軍渡江

宗臣秉鉞事西征耆定功成在此行照水龍旗臨上巳銜枚

虎旅戒先庚動遵 廟算能無越帥出天潢更有名料得夜郎齊喪膽五溪草木盡皆兵

觀風臺

城上高臺接混茫天都風物鬱蒼蒼雲封雉堞千村遶地竝烏聊六水長見說春溪仍樂土安知歙浦一殘疆黃山極目徒相望贏得愁心滿客囊

吳江道中

錦纜風高繫晚秋客心流水共悠悠一江疎雨催殘葉數點輕鷗狎去舟得近遠公忘說法笑看漁父學垂鉤長橋虹亙還如舊躑躅行人問渡頭

送屺瞻少司空 恩假省覲

上林詞賦早知名玉殿風高講幄清忽望白雲懷霅水暫辭

丹陛向南征歸心不爲秋蓴動省覲寧誇晝錦榮　宸眷日

殷需啓沃相期早晚入承明

陳鼔永字雝期號學山海寧人順治乙未進士歷官工部

尚書謚文和

文和成進士授內翰林宏文苑庶吉士歷左都御史晉工部尚書服官二十四年勤愼如一日入閩初平軍需旁午度支日絀獨疏乞蠲全省逋課竟得請又上表揚忠節疏請卹死事諸臣及掌工部遇獻議開採者必力持之生有至性父爲人株累訟寃請以身代事繼母孝復推蔭于繼出之弟貴而能貧沒無以爲斂府志入名臣傳

龍門龍潭

最夔龍潭勝松風坐草亭蒼山藏窟穴白晝走雷霆炎暑消三伏神威集百靈幽深留化跡一勺見滄溟

依韻酬念祖弟歸應省試

河橋折栁悵離𨕖且試驅車歷九州芳草平沙逢驛騎斜陽深樹見山樓洛中已識三都賦江上休披六月裘桂子秋風應早發好攜彩筆渡金溝

徐元棨本姓林字道力號韋庵海寧人順治乙未進士以庶吉士改官湻安教諭

經譚仙嶺

策杖躡危磴木落天氣清雲過少人跡虛聞松柏聲經冬澗水落了了重湖明荒祠一延佇彷彿游金庭我欲招仙侶縱談物外情仙侶去已久樵牧空自行回首來時徑紛紛紫翠橫

丁澎字飛濤號葯園仁和人順治乙未進士官禮部祠祭司郎中有扶荔堂信美軒葯園等集

葯園少時爲白雁樓詩流傳吳下士女爭相採摭書之衫袖居鹽橋與仲弟景鴻弋雲季弟潆素涵竝有名號鹽橋三丁初官法曹時治獄多鉤摭毛舉救正無術因爲兩議之說觀其上劉尚書書眞仁者之言也繼以大婚褒禮需才移春曹主客時貢使至廉知主客爲葯園以貂鼠犀玉易其詩歸與祥符張文光汴州趙賓萊陽宋琬宣州施閏章餘杭嚴沆仁和陳祚明相倡和號燕臺七子順治丁酉主試中州爲榜首數卷更易數字廷議譎戍奉天值冰合不得汲取蘆栗小米和雪嚼之躬自飯牛與牧豎同臥起暇則乘牛車行游紫塞中作遼海雜詩磊落雄秀絕無失職不平之慨戍五年而歸徧游天下名山大川著述益富浙督李尚書欲薦之作書辭焉府志入文苑傳

按扶荔堂集周禹吉槩堂詩集序云禹吉字介石一字敷文錢唐人今求其詩已佚又有弟令宜亦能詩集中有昌亭喜值令宜舍弟詩云兄弟家何在相逢各破顏亂餘存白袷生計累青山放艇渾無定輕裝亦自艱行行陂頭盡莫說是江關

錄別八首錄二

鶗鴂變哀音枯條結繁霜不惜衆芳萎所悲道路長晨興整

衣帶明星入我堂馬行戀生芻客行思故鄉出門誰與懷況復踐沙場羲馭不可停海水不可量或當有還期擘鬢徒憂傷

朝出城東門征車何般般送客黯無色强辭慰我顏相憐復自痛不久當回還十里各分手弔影身獨單水涸白石見去馬知天寒安居不云樂行役良苦艱寄語同袍子努力須盛年

張泰亭過訪

鳩鳴幾何時菩草綠巳希惜別山中人三見桃花飛庭空元鶴來翩然啓我扉云是華陽客雪髯蕩清暉燒丹合大藥玉鼎松火微無求辟穀方黃精療朝飢手註逍遙篇眞詮豁元機冥搜邈太古參同誰是非

風霾行

今上御宇十三載三月旬日風晝晦　詔問有司災異狀法部郎臣昧死對臣聞漢帝除肉刑醴泉溢出芝草生秦時赭衣常塞路日蝕星移失恒度古來祥眚信有諸劉向李尋數上書丞相席藁請避位　帝曰咨爾言非虛方今陽和布大澤雌蜺晝見飛沙赤馮夷擊鼓蚩尤爭太乙靈壇詛風伯秦川地震三輔霜郡邑不敢追流亡宿舂未給縣官稅更煩徵調徙燉煌鉤考參連不知數譴卒稍遲督郵怒司空歲滿城旦書廷尉門塡桁楊路殷宗解網舜好生　聖朝尚德復緩刑黃麻如飛赦書下父老涕泣祈昇平　帝省齋宮天可變風不鳴條世清晏蒼鷹乳虎投遠裔赤烏應集靈和殿臣等披瀝惶恐言　陛下聖明制曰善

送孫無言自廣陵歸黃山

三月風吹江上柳浣紗磯頭勸君酒送客一尊詩百篇長笑攜來滿懷袖何事忽然歸去來蕪城亭館非蒿萊邵平亦向東陵老觀濤況有枚生才君不見多少宦游人失意五斗折腰長作吏老大風塵未拂衣欲賦歸田苦非易君是淮南老逋客何惜他鄉徧游屣屈指浮邱丹鼎成仍傍靈巖作仙第落拓辭家二十年灞陵秋草鹿門烟山中猿鶴如相待三十二峯頂上眠

送章載宏令壽光

巖邑望崔巍荒雲抱海隈夕陽平野度秋色亂山來虹挂孤城暮龍吟萬壑哀神仙多吏隱咫尺是蓬萊

送王山長還楚南

地盡三巴路將歸南雍州天空一雁斷何處岳陽樓橘樹侵
寒雨猿聲入暮秋仲宣仍作客更切望鄉愁

隴頭

隴水西流急陽關此路過鳴沙迴黑石橫嶺截黃河磧裏看
鴻小城邊飲馬多梅花渾欲折春盡柰愁何

初至靖安寄邸中諸舊友

萬里從戎路崎嶇正此行雁聲孤斷磧虎氣撼空城淚盡慚
兒女身危仗 聖明刀環何日約回首玉關情

野寺

何代興隆寺碑荒不記年鐘沈殘雪外僧老白雲邊牛背棲
烏定松根吐蕨鮮將尋慧遠去山木正蒼然

贈魏環溪都諫左遷光祿

掖省春雲接 御溝長隨 天仗奉 宸游詩名會比顏光
祿封事還同魏憲侯自是 朝廷容折檻肯令湖海有披裘
莫嫌左席明廬遠退食仍趨 玉殿頭

送張旭源赴邠州

孤城萬仞壓雲中絕漠烟荒有路通邊馬尚嘶遙塞月山農
不改古豳風函關曉角胡沙斷渭水秋花漢苑空君過灞橋
應極目幾回吟眺寄飛鴻

送胡天行之潯陽

匡廬晴色轉迢遙南去江州萬里橋鼓角城邊雲黯黯松篁
嶺際日蕭蕭山連湓浦春回雁樹出潯陽晚帶潮應識王喬
飛舄處雙鳧何日下層霄

左萊陽著書宅

平生苦憶左萊州謫去龍沙萬里流按曲能傳中散調遺書應恥茂陵求黃榆夜雪長驅犢紫塞春風幾換裘潦倒暮年誇健筆至今詞賦滿滄洲

送王邁人少參由始安遷懷州

楚天西盡穆陵關白帝孤城霄漢間兩地相看萬餘里故鄉今隔幾重山

橫江詞

東風吹浪北風寒船到江心欲住難船頭小婦知風汛說與篙師莫放灘

邵嘉允字令如富陽人順治乙未進士歷官鴻臚寺少卿有詹詹集按令如與光允似係昆弟行題名碑錄恭避廟諱作嘉引府志作邵嘉誤

令如視學江左時州縣學額止四名每得佳卷不忍棄置即捐俸代爲援例學宮有積廢者輒爲葺治魏環極

先生疏薦晉鴻臚卿以乞養歸府志入循吏傳

雲泉寺

一路經游處能清塵外心禪房藏曲徑仙梵響疎林岫遠烟雲合庭空草木深此中多別趣臨去復沈吟

獨坐桐嶺下

獨坐層巖下悠然清景來白雲留日畔餘影落青苔

翁世庸字用公號東山錢唐人順治戊戌進士歷官貴州思南知府有東山草堂集

東山令思恩七年擢隴州牧會王輔臣叛上血書乞援兵未至城陷被執不屈王師將至賊遂解散東山走將軍營合兵進討以復隴功擢思南府丁艱歸里服闋補臺灣未到官卒

瀟湘道中

心識瀟湘路無時厭客游山依衡嶽曉水入洞庭秋明月聞

回雁蘆花見釣舟他年蘿薜意應得夢滄洲

百折瀟湘水千重楚粵山寒松隨地古啼鳥向人閒瘴斷沈香岫雲歸荔子關盧舟何所載過影是峰巒

郡中寒食

嶺外天桃落愁中正暮春食寒官祭鬼火禁俗迎神燕宿新茅屋花開舊主人不知連夜雨漲斷麗江津

麗水逢寒食逋臣已七春頻看江上草幾見瘴中人白髮羞微祿青山慰老親故園不可問獨對更無鄰

寄河渚友人

知君高拂遂初衣豢鶴栽梅息世機身臥西山徐孺在名留東海魯連歸草堂客滿黃花笑竹閣卮浮紫蟹肥六十朱顏還更健扁舟來往釣魚磯

俞灝字殷書號可庵仁和人順治戊戌進士官江蘇揚州同知有春早堂詩集

可庵宦轍所至如桐洒樂陵以逮維揚皆有聲績詳見童雯所撰詩序暨府志八循吏傳

芙蓉石 宋故宮物在南推署中上鐫鐵雲二字

杜鵑啼冷西陵月月落烟寒宋宮闕埋香瘞玉鳳山隈紅顏綠鬢同銷歇離宮十二草淒淒城郭半是人民非獨留織女支機石常伴芙蓉倚翠微芙蓉可似宮人面背卻秋風泣團扇當時翡翠縷金衣石上苔痕深莫辨鐵雲二字誰雕鐫石似雲根雲不穿西湖會作巫山峽暮暮朝朝歌舞船傷心南渡偏安日累葉河山輕一擲靖康之禍何自胎江浙年年運花石君不見宋家宮殿長蒿萊惟餘此石空徘徊至今明月清風夜疑挾香魂獨往來

立夏過穆陵關

送盡春光歷盡山相看惟有白雲閒倚霄絕壁森千尺到澗寒流碧一灣草露已隨朝氣散淡烟又帶夕陽還由來險峻雄齊國賜履東封第一關

朱昇字子旦號方菴海寧人順治已亥進士官四川峨嵋知縣有蜀中草一卷

順治已亥以雲貴蕩平特開恩科方菴榜下授山東東昌府推官時有于七之獄案連數郡方菴悉心研鞫矜釋甚衆旋因缺裁改任四川峨嵋知縣有治績旋引疾歸府志入循吏傳

中秋嘉州江樓看月同高銘止張之一

秋風嫋嫋動江津故國蓴絲又一新遂有客心驚勝地卻憐明月送行人漁燈影樹成三五嵐氣侵衣共主賓他日京華裘馬伴莫忘此夕對冰輪

樂清道中

攜筇欲上最高峰又值嚴城息堠烽菊在故鄉應滿插衣來此地未須縫東甌九月無菊尚衣單葛千山對面愁俱擁獨客顰眉酒正濃回首十年游俠事不勝憔悴入秋容

俞宣瑔字雍來號蓼山海寧人順治己亥進士官四川大竹知縣

大竹經張獻忠殘破居民鮮少蓼山下車卽稽戶口墾田畝招徠撫循靡所不至先是邑令公牘籍編戶按月供億蓼山一切罷之疲民以蘇歸籍者亦漸衆會以病卒貧不能反櫬邑民醵金送之始得歸府志入循吏傳

贈張給事惟赤

春階協令序閶闔開晴暉威鳳有奇氣羽儀振天逵梧垣久視草直聲動四圻競憚驄馬貴兼工曲江詩昔充觀國賓瑔也同追隨龍門分一座交誼矢不移自來鄞江上燕山何遙

迤新秋薦涼爽遙指懸弧期望望千里隔何由晉瓊巵願君保令德眉壽長在玆

鄭吉士字有章仁和人順治庚子舉人官教諭有鹿苔山房稿

新安返棹夜宿浦口

春仲來鄣郡歸舟逼歲除擔囊非故僕伴篋有殘書不畏窮途迫眞驚少壯虛五更眠不熟篷外雨聲疎

舟行即事

低篷一葉走寒河水澀途荒敗意多百里竟分三日度六時全少片帆過蕭蕭古岸披衰葦獵獵西風滾濁波爲念舟人筋力盡空村無酒奈愁何

張壇字步青仁和人順治庚子順天舉人有東郊草堂集

鈔

張氏祖望繡虎兄弟以詩雄壇坫步青爲大阮行而齒稍弱赫然竝起遂欲齊驅嘗與王阮亭論詩汪苕文論古文二公一代作者深相引重同里徐公旭齡潘公沐邵公奏平與步青相友善時號四俊同母兄四人長水部若青壎次明經幼青岑孝廉稱青光球文學效青埈慨念弟兄多故往者不可復見而其時錢唐謝文侯者名畫師也因以若青幼青稱青遺像丐其重摹竝貌效青及已于圖中以寄脊令之思其曰五艮圖者文侯所命名也三上春官卒于京邸年三十九府志入文苑傳

行路難

于嗟乎行路難富老不如貧少壯游不如困還悲歌泣下飢不及餐上有倉浪之高天下有黃河之波瀾行路難歸去來人間得失那足數鳳皇欲下鴟鴞猜張良思從赤松子樂毅空上黃金臺自古達人皆知命拂衣富貴如塵埃君不見洛陽游說客不折一矢相六國爲君則忠身則愚負郭之田那

可得又不見監門一狂生長揖龍準衆皆驚高談雄辨亦烹死可惜酒徒空畱名擊君缶酌君斗人生貧賤莫長嗟我相不侯數不偶千金寶刀腰下鳴市上小兒笑下走于嗟乎行路難白日不照黃泉寒地下酒壚何處邊屈原漁父皆徒然雲鱗鱗兮蛟龍吼風慘慘兮斗極懸蓬萊之山上參天手摩穹窿登其巔

築城謠

莫用兵且築城城如礪河如帶兵在內民在外雞鳴喔喔狗觫觫築城民夫不敢哭解一 一石高一尺十石高一丈城下呼城上唱佳哉蕩蕩寇來不能上彼何人子逍遙豹韃烏號解二

孤山墓下作

我父昔罷官幽居此山隈上植松柏桐下植桃李梅彈琴詠

猗蘭慨慷有餘哀自言百年後魂魄長往來歿後幾何時孤墳草離離墓門何蕭索狐兔羣相追淒風生白楊野雉還飛飛撫茲感存沒泣下溼我衣

席上戲作

辟疆丈人好說古開元天寶屈指數晚年自敎楊枝舞鄧尉席上賦鸚鵡酒酣脫帽起擊鼓未肯隨人向黃祖友沂握手肝膈吐携蒲百萬一擲賭褰衣南山射猛虎其年低頭事八股狀貌參軍與主簿咄咄書空徒自苦錢唐諸生亦豈腐年逾三十受人侮何不投筆去學武

與祖望道別長句兼呈眞源先生

我昔游京師爾已歸吳中我今滯吳中爾又往山東北風捲地黃塵走清秋濁浪長淮口沙邊已朽千夫骨隄上空栽萬

株栅爾時游子起太息仰視長空日無色虬髯三尺徒老大用盡黃金歸未得我家舊住石湖邊中丞遺宅五世傳東山聲妓時娛樂北海賓客相周旋人生得志若不早臺榭須臾成蔓草青門有瓜不能種白壁無媒空已老卽今風塵分手地遠近總是飢驅事暮雨秋深白馬湖曉霜客過青駝寺岱宗峩峩滄溟碧此行弔古兼結客道上時逢帶索歌山中舊有分金迹我師姜公眞大賢家徒四壁捐俸錢歸來好乞山中槖爲買泰亭屋後田

丹陽早發

早發丹陽道沿洄鐵甕城危檣行月色敧枕入江聲鳥語來春思漁歌動旅情坐知山寺近寥寂曉鐘清

渡揚子江

秋風出潤城日暮片帆輕海鳥盤雲上江豚拜浪行平沙沈

睥睨遠水入空明坐覺東流逝徒懷擊楫情

雨夜飲徐念茲宅

六載曾游地相攜坐夜闌張燈秋葉落聽雨梵鐘殘樹色連

雲暝人烟到酒寒故鄉歸信杳醉後且盤桓

過從野堂示祖靜祖定二姪時祖望客燕

卜築馬塍下先生曾授經十年逢喪亂此地久飄零破壁留

絲竹荒原感鶺鴒家聲看汝輩吾意已鴻冥

汝兄燕地客飄泊近如何應有烏號淚誰憐白雪歌江湖春

水闊去住夕烽多好事孤幃母山中有薜蘿

送吳岱觀北上

送君折柳怨長途無數梅花落酒壚故里幾年淹歲月扁舟

明日渡江湖銅仙縹緲空烟霧金馬浮沈定有無此去春風誰不羨好看搖筆賦燕都

送王懷人（亦世）還楚

九月扁舟下洞庭送君南浦舊離亭他鄉明月樓頭夢一路寒砧客裏聽江上風烟長慘淡天涯兄弟感飄零湘潭秋色還無恙好采芙蓉向晚汀

隋宮隄畔結交初訪我錢唐舊隱居慷慨論心恨見晚蕭條怨別渺愁予天連巫峽啼猿急秋盡衡陽古木疏及爾總成傷亂客吳山楚水各躊躇

嚴顥亭都諫招飲時立春前一日

故人相見即相親促席行杯意倍眞客裏寒花重對酒天涯明日又逢春星河欲淨千峰雪車馬猶通九陌塵最是他鄉

離別後良辰高會莫逡巡

廣陵秋暮

頻年匹馬悲長道昨夜孤帆感逝波世事江山風景異天涯去住戰場多寒花客到催霜露暮雨秋深戀薜蘿聊過旗亭拚一醉不將生計歎蹉跎

趙昕字雍客號雪乘餘杭人順治辛丑進士官江蘇嘉定知縣有永和樓集

雪乘工詩集藏于家因山水暴發漂失無存顧文彬云

擬蘭亭詩

八公吟小山七子觴南皮眷言同心友期我桃花時乍聞鶗鴂鳴瑤草忽已滋以茲感春風歲歲朱顏移緩帶勸旨酒伸翰徵妙詞白雲有卷舒流水無還期今我不爲樂後來良共

嗤越王遺堅城他人令宴娛

雪後望五峰有懷王止菴高士

山城臘月雪初霽東郭小樓眼倍明落日倒銜雙徑出歸鴻低傍五峰晴匡廬社外懷元亮桑落尊前待步兵不識夜來幽獨興幾思搖櫓剡中行

俞甡字吉人號望屺餘杭人順治辛丑進士官湖廣長沙知縣

望屺生時母夢魁光繞屋因名魁後改名甡宰長沙有吏才一日指空中曰有魁光引我吾逝矣未幾卒詳餘杭縣志

賦贈琉球冊使

使節迢迢萬里船葛衣遥往著裘還裝輕陸賈行程速檄擬相如遠徼傳豈度支祈排雪浪非求象罔入珠淵歸來寫就

東方傳未許何人得註箋

王蔚章字豹采錢唐貢生有淯盤山人集以下諸人不詳何年何貢竝附卷末俟考

豹采湛深經術與萬充宗發明漢學嘗推算六日七分之義成易四譜既又成十譜精博奧渺多所心得其他若河圖洛書廟制日度月度大初歷大統四分歷諸論皆推明絕學于舉世不爲之時眞傑士也府志入文苑傳

出塞

曾聞長水列屯開又見良家早出關趙信城臨光祿塞李陵軍在浚稽山紫貂大雪腰弓劒白馬平沙走佩環共道人生行樂好燕支何地不紅顏

文丞相祠

塞草邊沙迥自悲行人瞻拜舊威儀十年漢相嗚吳甲萬里

幽州作楚詞明月雁關歸正氣海天龍穴墜孤兒可憐易世還祠廟應勝羊公墮淚碑

顧龍文字仲御錢唐貢生

仲御爲且庵侍御從兄夙有二難之譽且庵成進士而仲御以貢生老與吳徵君慶百友善刻燭聯吟一時傳誦歿時其父君明先生尚存仲御指心言曰修短數也所悲者吾父年老身爲壯子不及事晨昏耳聞者皆爲歎息府志入文苑傳

采葛篇

采葛北山陲萋萋蔓空谷絺綌各有材取足供杼軸素采挹霜華莖文展冰幅雖與錦繡殊理不異紈縠本期獻君王一朝解蒸溽豈伊抱中孚而致貝錦辱諭諭宜有讒訛訛亦有族初懷苟無然積毀豈攸伏愼當念古人無斁以爲服

雲山夜雨

空山晨夕雨客旅倍淒然夜久鑪應燼更寒漏不傳夢殘僧
寺火響落碧溪烟雲氣千巖淫江聲萬樹懸回風驚宿鳥複
嶺下飛泉嵐動腥迷屋林深冥接天撫觴嗟獨旦破夢發陳
編白髮經年歲消磨是此邊

張晉祺字覲宸號陛釆仁和貢生有湖上西江海陵燕行

倦還諸草

龔蘅圃言覲宸承賢大夫之後篤守一編窮年閉户俗累塵事舉不足溷其受塊之墟或遇登山臨水送遠懷人則閒發于詩以見志

靜夜思

入冬更彌長一夜是兩夜沿河北風來最易入窗罅衾薄冷
于冰欲寐不少假展轉思無窮直到天明罷

除夕過倪永淸寓齋

建隆寺中天欲暮風蕩雪花細如霧宿釀欲開未忍開老梅將吐不全吐髯公髯公何彪彪與酣落筆空九州紅橋淮海雪三尺約爾同爲十日游

贈萬季野

名下悠悠半未眞似君著述邁羣倫指揮經史文無價步武班遷筆有神邱壑何嘗隨我寫鶯花到處引人親三春客邸翻多悶今日過從意少伸

海陵登舟程姬田俞學耕見訪

鴻向南天振羽騫二君相繼過高軒春風拂面來新好秋雨催人返故園城上更聲遲玉漏天涯別淚墮芳尊縱燒紅燭同閒話終覺悤忙不盡言

俞嘉言字孔彰號臣狂海寧人順治年歲貢由壽昌訓導

擢陝西三原知縣有卒吐篇燕朝柯竿集質亡集府志列餘杭學

喜胡樸菴先生見過時久謝政

梁上猶懸舊日魚廉名何便不堪居多方終有徵車告下士
能無伏檻書官去全留詩筆在俸貧未聽酒杯疏秋深到處
林泉好肯爲蕭森動短歗

陸進字藎思仁和人餘杭歲貢官溫州訓導有巢青閣集

藎思工制舉業又篤嗜爲詩與西泠十子皆有酬倡同弟升竇居夾城巷時王仲昭居羊角埂王丹麓亦家北墅有北門四子合刻而人之稱藎思曰北門大陸子以別于升竇也府志入文苑傳所著詩文盈尺貧不能付剞劂賴上官分俸遴刻纔十之三事見王仲昭序上官亦殊風雅惜不詳其姓氏藎思又嘗與友人輯東白堂詞選未見傳本其仲氏高仲名售善畫季氏升竇名雋工篆刻

過石屋

入雲無數重清泉已聒耳忽見桃花開春色映溪水洞豁竹

風涼山靜鳥聲起坐久憺忘歸烟鐘連十里

同胡循蜚先生高仲弟發吳興道中

武林抵吳興迢遙百餘里篤言一往游三人戒行李方舟何蕩漾寒風吹遠水落雁捎檣飛沈魚觸橈起倚窗聊偃仰夾岸多晴峰烟洲蘆花白霜林楓葉紅憶余廿載前往來苕溪中山川尚如故景物已不同雞犬聲杳然黃雀飛深叢寓目感余懷撫膺心沖沖

孤山草堂偶集

春風吹綠湖上蘋翠烟凝栖栖色新雕鞍踏踏車轔轔我亦攜朋過水濱沙鷗洲鷺飛不已孤山翠色浸湖水七子賦詩逸興來（同集爲王仲昭吳志伊虞景明沈漢儀張步青諸駿男林元淑）俄見斜陽照桃李滿前芳草何萋萋蘇小孤墳竟誰是湖中畫舫揚清波彈箏鼓

瑟還高歌我輩開襟且縱飲明日落花當已多

題祁止祥先生畫障

越中祁子畫足傳落筆往往生山川北苑大癡隨手抹此障直竝雲林肩雲林之畫多蕭瑟古木空江石兀突柴門遠傍蘆葉開野橋半向炊烟沒看君筆力更奇矯亂石堆中烟氣繞古渡扁舟宛落葉絕磴行人如飛鳥張之素壁雲濛濛千峰萬壑高堂中儼然身在畫圖裏耳邊謖謖松濤風

送周櫟園侍郎旋里次龔芝麓太常韻

把臂離亭暮疎林噪野烏一官多難後千里片帆孤白髮辭雙闕愁心入五湖此行逢旅雁應憶舊菰蘆

送沈亞斗宋禹域何巽子公車北上兼寄潘新彈

三子公車去長途秋氣深離情依斷岸客夢託清砧日月河

流濁關山樹色陰到時語潘岳莫歎鬢毛侵

登秦亭山

漫攜藜杖倚危岑風景依然自古今石磴迴懸蒼樹杪珠宮長傍白雲深掉頭湖海孤城外到眼烟嵐落照陰疇昔東南銷王氣塵蹤此日一登臨

郟縣過大司馬孫白谷先生戰場

中原回首事如何一敗功隳漢伏波誰使羽書飛紫禁御憐司馬渡黃河忠魂夜哭旌旗出戰血秋斑草蘚多此日蕭蕭惟舊壘西風無賴起悲歌

洛下寄沈壻周儒

使來不見數行書終日含愁賦索居賣犬隱之空浪跡搴帷衞玠近何如漸河花老西風後涓水寒生夕照餘弱息閨中

無恙否眼看雙鬢漫躊躇

登大觀亭

石磴層層鳥道盤振衣天際一憑闌鹿城風起秋聲急蜃浦雲深暮色寒兩岸芙蓉開自落故鄉叢菊待誰看獨憐撫景偏多感嗚咽江頭畫角殘

褚陸玫字冬生號東山錢唐貢生官福建將樂知縣有東山詩集

冬生授將樂敎諭後遷知縣節徭清賦善政宜民先是其從兄唐俊亦官將樂令以忠烈稱棠棣碑成後先競爽一時傳爲佳話

孝感道中望木蘭山

山行兩日復行山遙盼巍宮疊嶂間忽動壯心頻把琖難忘往事竟持環烟浮碧草春來野松響蒼巖馬到關我欲瞻依

同調遠深悲能望不能攀

吳夢鼎字仲鎮錢唐人郡歲貢官蘭溪知縣 族孫鴻達塡諱

械謹案仲鎮公為恒吾公次子由休寧徙杭萬歷時横河垻圮抽分木之過會源垻者多阻滯衆病之恒吾公獨捐數萬金建垻于泥橋增築水門城樓時仲鎮公實左右之通志謂至今稱吳公新垻者是也後舉孝廉方正入北京國子監肄業順治二年巡撫張檄攝蘭溪縣事土寇竊發撫禦兼施既而賊大至猶發袖箭射賊被執不屈賊沈之江以死曾祖孟昭公聞難奔赴有僕言公死時衣油綠色袍沿江求訪竟得其屍于窄溪面目如生人以為忠烈所感事詳見浙江通志兩浙鹺志乾隆六十年特賜恩蔭府志入忠臣傳

蘭陵道中

運會何今古焚香祝太平干戈憂父老戎馬媿書生富渚搜山寇閶江耀使旌帆開神力助辛苦是王程

陳奮永字撝謙號寄齋海寧人之遴子順治年一品廕生

將進酒

春風吹花花叢叢昨日滿枝今日空惜花莫若春風好不能留花使長紅堂上美人顏如花日催進酒彈琵琶豈無樂事只痛飲花開花落與咨嗟人生半百焉可必長夜分卻一半日十五無知五十衰三十五年駒過隙三萬六千徒虛言何如日醉春風前青山荷鍤便埋骨糟牀聽滴先流涎阿誰不如阿誰勝不可不飲其發興有卽傾倒無更沽肯惜瓶罌兩交罄身後名高鬼不知古來賢聖皆安之九泉一滴不易到子孫須澆埽墓時三升美醞肯日給坎壈卑官願羈縶賢哉婦也頗解事時藏斗酒供鯨吸將進酒切莫遲玉壺那及瓦盎樸但吹脆管和哀絲青天憐我照明月對月且盡三百卮黃河瀉作卮中酒百事不憂長在手

國朝杭郡詩輯卷一終　　錢塘吳慶坻校字

國朝杭郡詩輯卷二目 由前明科目入仕或不入仕暨前明遺老入國朝有年者合爲卷

金漸皐　胡文蔚　蔣　薰　吳山濤　吳百朋

朱嘉徵　陳殿桂　柴世堯　查繼佐　錢朝彥

朱一是　陳明彥　陸　圻　查　旦　陳天麟

范　驤　張賁孫　卓發之　汪汝謙　張遂辰

張右民　丁文策　虞　鈖　應撝謙　柴紹炳

沈　昀　陳　確　顧　圤　談　遷　俞時篤

卓　回　錢德震　范　鯤　陸嘉淑　陸宏定

陸　堦　陸　坒　陸彥龍　潘廷章

凡三十九人

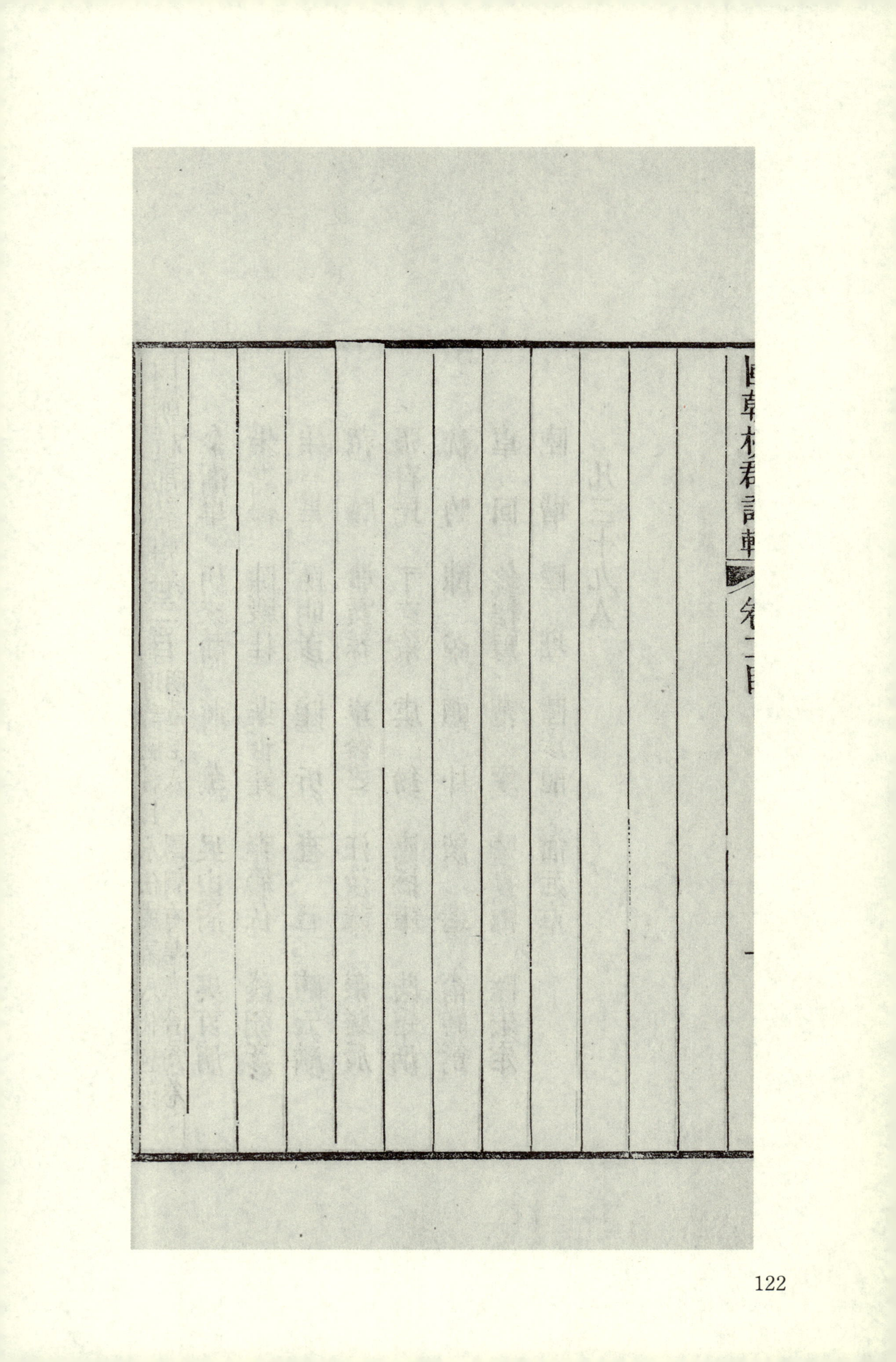

凡二十九人

國朝杭郡詩輯卷二　錢唐吳顥原本孫振棫重編

金漸臯字夢蜚號怡安仁和人官湖廣漢陽知縣有怡安堂集仁和縣志崇禎九年丙子科舉人金漸臯注云王辰進士按王辰爲順治九年而鄒忠倚榜無金漸臯名進士題名碑録亦無之今列之前明科目以俟攷

怡安身任劇邑大吏方以才能登之薦剡而遽乞骸骨有古人勇退之風其論詩謂泥古則拘趨今則襲故所作務覲抒寫襟懷自露面目

秦淮女郎卞雲裝僑居半塘八九年前曾過一面比來湖上見其案頭有吳梅村詩冊尋覽情詞不無今昔之感因竊取其意并雲裝近事檃括成詩

芸帙緗函繫所思玉人鄭重遠相攜悶來只仗琵琶寫說處仍防鸚鵡知破鏡刀環尋舊約瓊枝璧月費新詞莫嫌大雅凋零盡猶有春風屬埽眉

結綺臨春恨未終輕烟淡粉埽成空還家江令頭仍黑避席崔娘臉自紅遼海鶴歸無主墓吳江楓冷未栖鴻都將月地雲階夢泣向荒田野草中

不向長安鬬狹邪揭來水國傍兼葭曾探織女機邊石再見元都觀裏花秋思潘郎驚鬢髮夜情白傅感京華三千年後蓬萊路知在瓊樓第幾家

邗江

畫舸南游錦纜移垂楊空有萬條垂二分明月仍今夕十里珠簾異昔時回望鄉關迷咫尺頻年蹤跡愧支離可憐揚子橋邊水只與征人照鬢絲

冬日襍詠

日日愁仍攬鏡看楚人憔悴尚南冠力微不任施橫草論定

終當待闔棺元亮晚途甘石隱孔明早歲本龍蟠救時事業須經術莫遺蒼生笑謝安

胡文蔚字豹生號約菴仁和人官廣東高州推官有浮湛集十三卷約菴詩選十卷

約菴爲明崇禎癸酉舉人性嗜學雖嚴寒溽暑不輟善詩文足迹半天下遇山川名勝輒爲題詠順治間授高州府推官尋去職寄居南海注南華十餘年始成兼綜條貫識者以爲郭象所不及久之歸至南雄卒府志八文苑傳

失題

十日索河舟童僕皆勞苦月朔始解維破篷不堪取風來寒逼人何以支夜雨數朝滯水濱溼霧眉間聚沽酒向前村歸來日亭午快飲扣舷歌層巖白雲吐

夜雨喜朝晴舟行仍不惡緜亙蒼嶂連鬱森遠烟錯風逆水

帆多浪捲櫓聲弱泠然江氣生漸覺衣裳薄

蔣薰字聞大號丹厓海寧人官甘肅伏羌知縣有留素堂詩集汪淮選本作嘉興人蓋亦海寧人而籍嘉興者故于曹秋岳稱同郡丹厓明崇禎丙子舉人國初時吏部按籍授官丹厓選授縉雲教諭時縉雲經亂無學舍丹厓僦居樊氏之天際樓講藝會文經生皆奮勵向學遷知伏羌按索朱圍積石故迹所至輒題名壁上會年饑流移載道逋賦三萬六千請豁不允又請革除濫征勒碑衢道並作詩勸民之不急輸將者府司交怒遂以性近迂闊賦詩勒碑劾歸歸後自稱南村退叟終年不入城市青鞵布韈日狎漁樵惟以吟咏自遣積至萬篇手自刪除猶存五千餘首其論詩以言志爲本嘗云六朝不必學漢唐不必學六朝宋不必學唐元不必學宋今人何必學宋元是學乎蓋意取自怡不與逐名者鶩也其後人有名開字逕三者亦能詩

曹秋岳招集湖樓偕張登子原注同郡曹溶山陰張陛

煩書招夜飲翦燭話高樓客自山陰到秋同湖上游泉聲清几席月影落簾鉤坐聽漁歌近窗前起白鷗

晚至安慶

斜陽明楚甸暮靄隱江城前岸青山出孤舟白浪生橋高知渡口燈遠辨人聲歷歷寒星照寥寥夜柝清

被劾蒙赦作

迂嬾當亭吏催科柰拙何雖然苛政少無乃賦詩多白簡虛名誤皇恩絕塞過不才猶未棄松竹待巖阿

寧河王鄧愈祠

將軍麟閣與雲齊絕塞荒祠落日低舊國山川新草木更無人說鄧征西

吳山濤字岱觀號塞翁錢唐人官甘肅成縣知縣有塞翁集塞翁本歙產爲明崇禎己卯舉人入國朝授成縣令王師由成入蜀吏民駭走塞翁集鄉三老分糗芟爲八

區分旂關支無越伍者同谷者境內地也因建七歌堂以祀少陵爲巡撫所糾是時同里蔣薰官伏羌亦以賦詩勒碑先後落職傳者不責其非轉以爲嘉話焉塞翁書法自成一家不落蹊徑畫亦殊妙十歲時從楊村望烟村得句曰楊柳烟中樹其父光祿丞之龍謂此兒他日必善畫然生平不多作嘗破劍爲毛稚黃作扇頭冊子以慰其病方出關時賦西塞詩三十首此塞翁之號所自始也歸里後浮家泛宅往來苕霅間年八十七卒府志入文苑傳

西塞詩

紫塞長城路極天祁連山勢接居延平沙漸闊明駝沒短草初黃怒隼偏亭障夕陽空大漠羽書秋汛達甘泉安西近日無征戰風定轅門鼓角傳

龜茲原隰古涼州五郡雄藩控上游一抹幕低番部落千羣馬放海西頭居人戸壁惟弓箭戍卒炎寒總革裘六月雪山消未得油油禾黍又新秋

金城峭壯壓長河浩莽邊風掠怒波樓櫓晴雲明粉雉林巒陰雨溼青螺諸番貢馬循牆入老佛乘軺絕域過滿把蒲萄須盡醉伊涼新譜柘枝歌

莫道春風斷玉門磧間又見柳成屯輭裘午卸鳴沙暖羯鼓宵繁塞月渾土屋女兒拋綵索毯場壯士醉蘆根征人但說江南好芳草年年入夢魂

吳百朋字我百一字錦雯號樸齋又號石霜錢唐人官直隸南和知縣有娛暉堂集

錦雯初生其父思穆夢紫衣人高冠白馬而入既長具奇表身長七尺餘目有青睛須髯甚紫怒則戟張胸有毫數莖長三寸為人少言不泄及遇事不平輒侃侃不畏強禦至于推座屬起旁觀畜縮與人交抒肝鬲急患難慈負氣好俠其天性也中崇禎壬午舉人順治已亥始為蘇州府推官年已五十矣蘇漕務刑獄最繁錦雯用官收官兌法一切獄訟得平滑吏斂手以簡亢得畀中攷功法明年乃得白復補肇慶郡會推官職裁改補

南和縣令其俗見廉明之吏士民咸標彩幟于壁上以旌之南和旗幟爲滿及卒于官百姓泣奠者比肩接踵一邑楮鏹盡空東西各立祠祀之兒童亦疊瓦礫爲小屋祀吳公云

西泠十子詠

陸生倜儻士風雅發高唱賣藥學韓康讀書薄劉向豹文既以隱鳳翮何由颺抱此珪璧姿天機日澄曠 陸麗京圻

世臣雖淪迹志朗識亦深不作洛生詠時爲梁父吟博藝既文府談禪亦道心歲月浩漫漫能無悲滯淫 徐世臣繼恩

虎臣嶔崎人長不滿七尺蕭蕭彈鋏便便富文籍既安原憲貧復精扁鵲脈十年風雨交譏彈見肝鬲 柴虎臣紹炳

矯矯陳鴉客幽尚殫毫素秀健孔璋書麗則長卿賦威鳳困樊籠神龍阻雲霧委懷在山林寥廓恣高步 陳鴉客廷會

沈子西泠秀兄弟若機雲纂史隆本朝博物多異聞孤鶴雲

閒蓊蘭茝谷中芬匪無竹帛志且勒翰墨勳（沈甸華蘭先）

任俠周急難之子氣如雲慕義重然諾談道殊紛紜作賦比孫綽草字同右軍顧余蹇駑姿好與騏驥羣（孫宇台治）

結廬在河渚膝上横鳴琴艮田自蕉蕘濁膠時酌斟松柏挺勁節山水助高吟偃息意已足殊忘逝景侵（陸梯霞堦）

張子何磊落顧盼旁無人醉倚臨平樹坐嘯西湖春四愁發河閒雙劒躍延津試歌從野草髯公眞絕倫（張祖望綱孫）

吾夔小毛子消渴能讀書伏櫪鳴騠駃被褐懷璠璵縱酒嵇叔夜情深王伯輿世無高陽客誰與結相於（毛馳黃先舒）

我憐虞仲子同黨最年少高文既綺麗詩章復窈妙遭亂愴深情登山恣遐眺末世無知音之子可同調（虞景明黃昊）

懷同盟汪魏美

不見汪生將一載獨向山中種蘭茝鹿門避世不入城皂帽達時泛遼海憶昔同舟賦帝京汪子才華有大名聞雞蹴腳夜半舞揮麈當筵四座驚酒酣耳熱發高唱爾我雄心殊骯髒赤眉青犢犯神京江北江南盡淪喪嗟予溷處城市中牢愁嗟咄但書空羨子結廬在河渚科頭箕踞披松風生計蕭索苦寒月首陽之巔採薇蕨山妻能甘桓女貧老母常截湛氏髮君不見庾叔褒作筥養親藜藿勞又不見朱桃椎被裘曳索常伸眉汪生苦節亦類此只今廉孝並者誰烏呼高士眞無匹梁父之吟時抱膝深山大澤蟄龍蛇我輩甘心老書帙

喜麗京閭歸有贈

細雨沈沈雲走壑欲見西頭出城郭有客半夜扣門歸孫郎

吳子相蹴脚時與宇台相迎子昔紅顏美丈夫瞿曇黄面胡爲乎秉燭相看如夢寐畏去牽衣有鳳雛束髮讀書誓車笠我纔十八君二十兩家子弟定珠盤餘子聲名嶄角立發憤要爲天下奇憂時欲鼓中流楫顧廚俊及互題評徐陳應劉如雨集平原家學人所宗陸生豪氣如元龍方羨上林給筆札更思幕府開芙蓉豈知一旦滄桑變荆棘銅駝未央殿手裏空持金僕姑馬上誰彎大羽箭大行仲子死如歸厲鬼茫茫白日見彄環别母賦南征沃焦海若隨鯢鯨蘭亭四明不可住天台五岳何峥嶸可憐烽火來閩嶠登樓無地堪清嘯自此高蹈提青囊小兒帶下皆奇妙嗟予碌碌無一長褊性幽居薜荔牆袁豹之書未遑讀向平之債豈得償單衣短後隱塵市白狐人立黄狐翔

朱嘉徵字岷左號止溪圖人海寧人官四川敘州推官有

止溪詩文集

止溪爲明崇禎壬午舉人癸未會試副榜國初署會稽敎諭謁選得敘州推官六年告休少與朱一是范驥袁祩韓結十二子社官蜀時值喪亂之後天荆地棘極目蕭條問杜公草堂居人無識其處者一日于烟叢露蔓中覓得浣花殘碑尺寸推按故地始出止谿大喜歡呌欲絕歸里後與張次仲朱朝瑛斜史談經蕭然自得一子三孫一媳一女孫皆工詩偶倡一章門內和者已有六人藝苑以爲佳話嘗取漢魏六朝及唐人樂府古詩序論之撰有樂府廣序古詩廣序詩系諸書府志入文苑傳

入棧溯清江河第一盤

青山意無盡白雲何年封客行亂雲氣起滅千萬峯清江貫其裏湎水清溶溶東流還入渭勢下黃河衝征鳥相背飛舉翮淩爽卬緘怨託微波歷亂無春冬

雞畱坡第二盤

行行不覺遠石路緣溪長東坂已九折猶與前山望荒哉鳳鳥遊寶雞鳴陳倉光景動民人霸業秦以昌縹緲空坡上一絕若流光我來眷芳節山風吹襟香還復理蕙帶飄然約我裳

武關第十三盤

武關道益隘林壑生虛籟浮雲遊子情悠悠卷飛旆日月如兩丸卻行石壁外鎖鑰西南徼勢與函關會天險不可登地險自雄大百年成霸圖大風起豐沛

閬中

會聞屈平子䌖馬閬風巔余行巴西道羣壑赴一川錦屏出江面四水相貪緣嘉陵走千里遙映川上山左倚文城翠右帶蟠龍偏佳氣鬱蔥發仙靈以萃焉欲招清光來寫此遠遊

篇

龍門灘

瀵瀁發兀江鬵沸龍門首江光何瀲灩晴峯出其右厓壁抹如黛鶱虧結戸牖或黄或丹朱紺綠亦時有了了巖上松白雲相與久此是龍門灘巴峽鎖其口咄哉古人言扁舟落吾手

田家襍詩

田父班草坐高話皇初事迂亦有徵尚不爲繭絲計土地得耕桑豺虎息狂噬循良列上第流冗鮮淫滯三日賦冬官什一輸井稅窮鄉長雞豚乘輿備鈎駟野外少遺賢亭落若無吏

爰居駭鐘鼓山鹿思豐草人生葢有道稱心故言好三季事

縱横薄俗任機巧上勢列宰衡下董鄉三老放廢詩書文傎身營一飽高者尚清談誤國亦匪小世事若蟣蝨爬梳不可了多謝諸老翁推襟送懷抱

立春日過洞庭

臘去城陵驛風光滿洞庭雪前三楚斷雲外九疑青草色連芳杜漁歌出晚汀天邊傳使者移步看春星

自題草堂

行行何所適吾道在青溪漁浦春城北人家秋水西門前五栁合屋後亂峯低滿目無塵物流鶯日日啼

黃牛峽

三朝三暮灘聲轉短拍長歌出水齊白雁書難過夢北清猿淚不到巴西江連斷峽風威壯雲逐荒臺雨色迷客路不堪

搔首佇黄陵月冷鷓鴣啼

涉灞水

遊人西去蜀灞水復東流宦拙思江總辭家已白頭

陳殿桂字岱青號長生海寧人官廣東高州推官有與袁堂詩文集

同陳子木巢端明陳元倩允倩西湖秋汎

岱青爲明崇禎癸未進士入國朝爲高州推官卒于任

秋洗雙湖曉鏡聯四山螺髻色娟娟鱸魚味好堪同客鷗鳥機忘不避船曲度秦箏催勸酒風清晉麈坐談元斜陽返棹南屏路十里芙蓉淨可搴

海角亭

狼荒八望草粘天亭枕城西隔水偏銅柱未銷茅嶺瘴浦江

欲墮武溪鳶民居半襍鮫人室官稅全蕪蜑子船滄海不遮
南眺眼蘆花晚色一茫然

柴世堯字雲倩仁和人

雲倩爲明萬歷戊午舉人享年甚永嘗作蓮詠一百十首可與明文少卿鳳翔嘉蓮詩四百餘篇並稱佳話工琴嘗以一琴名老龍吟者賜其女季嫻又嘗畫采芝圖以示商維之意孫宇台爲之贊縣志載其墓在龍池墩當春月桃花爛漫杭人出游半山者每于柴墳停橈焉

青蓮

翠蓋翩翻碧沼邊青螺天賜靚妝妍似因沈醉葡萄酒也得
佳名擅謫仙

查繼佐字伊璜號與齋海寧人有敬修堂先甲後甲集釣業先甲後甲集落葉編遠道編共十七卷

伊璜爲明崇禎癸酉舉人初名佑以試誤今名遂仍之申酉後更名省入粵後或隱姓名爲左尹及已亥以後

凡有大書率用櫨以查古篆缺也魯藩之立徵爲職方郎中鼎革後不復出少有異才漳浦黃石齋先生極推重之嘗識吳將軍六奇于未遇時後莊廷鉞私史事發伊璜名在參閱之列賴吳奏辨得免事詳鈕玉樵觚賸及陸次雲吳將軍傳然觀伊璜所作敬修堂同學出處偶記則又極辨世間傳聞之誤豈以其既貴而爲之諱邪敬修堂在鐵冶嶺下講學其中自稱敬修子人稱之曰東山先生書法顏平原畫從黃一峯人乞揮寫者縑素堆積童婢解歌舞者十人皆以些名之時稱十些雲些月些二童尤聰俊能記伊璜詩有乞書者命二些誦而書之人呼爲活錦囊又有柔些者色藝尤佳汪蛟門製春風孃人娜一曲以贈毛西河亦有獨有柔些頻顧影倩人不敢近闌干之句百年電過往迹皆空惟百可園中緗雲片石巋然無恙然已數易主人矣有妾蔣氏名宜亦嫻吟事伊璜沒後遂遁空門號然燈大師著有語錄

送朱子錫鬯北歸

自負人誰識其如世道何耽書誠有癖快語愼無多月影東南小江聲日夜磨與君期歲月袖草一來過

夜泊七里灘

小棹凝寒落日邊碧空削出水雲偏烟將帆影疑前浦雨共灘聲度短眠客去無星臨此夕我來何處認當年只應鄭重高深意未是桐江莫與傳

九日飛來峯登高

九日孤筇意興遙同人恰此共嵒甍樹頭躡磴初無路湖外看江正有潮山志不妨添好句僧心亦解聽吹簫始知破界眞無極佛火寒侵夢寂寥

錢朝彥字殷求號定林錢唐人吳允嘉武林耆舊集言定林任句容調旌德吳農祥所撰傳則不及調旌德之說

定林爲明崇禎丁丑進士治句容有聲在官五年以丁外艱去官未幾而明鼎移矣閉門卻軌且十餘年自此于棄妻嫠婦匿影牆壁同年故人官浙中者概謝不與見亦不報謁家貧所居皆僦人老屋危榱折棟不蔽風雨性愛潔所至焚香靜坐又喜飲客至典衣以償酒劵家人或以晨餐不繼告一笑而已已亥江上之變有言

定林將爲內應者提督田雄下章捕之定林往見曰某
故遺臣坐死固當若所言則無其事雄瞋目嫚罵囚獄
中且十日偵者告曰錢公儒者莊坐囹圄若無所畏苦
田意解乃遣歸定林工書時作詩自遣詩與書皆法其
師漳浦
黃公

過功德坊 原注在西湖錢王祠

百戰瞻烏日中原逐鹿時鯨鯢方建節虎豹敢交綏風雨侵
車轍江淮照戟枝士人嚴伏臘猶自望旌旗

朱一是 字近修號欠庵海寧人有爲可堂集

欠庵爲明崇禎壬午舉人少孤貧一日由葛氏館舍歸
廚無握粟僅餘穅秕三升襍以鶩腸菜作餅與妻妹共
食惟母得食粉果明祚既畢抗迹行遁嘗舉家餓四明
山中又嘗問道于古南牧雲牧雲名以洭晦字以養明
故朱竹垞書周篔墓表後言其披緇衣授徒蓋以此也
自署曰林居士曰濇溪下農曰梅溪旅人曰欠菴者殆
謂所欠惟一死歟邑有觀社十二子欠菴與范文白迭
主牛耳同里陸冰修才藝相抗又俱以志節終故有二
修之目冰修稱其五言如十暑杜陵葛一寒范叔袍野
火燒山近寨星照水明山容初過雨水氣忽生秋青山

寒照日黃葉晚從風七言如牧馬官同張萬歲進賢賞並鄂千秋代北重關飛白雁京西古鎮出黃花笛裏羌歌憐折柳馬頭關樹但生榆十數聯以爲音調清鏘是歷下四溟敵手又善畫嘗作江上數峯圖有淡遠之致見讀畫錄府志入文苑傳

自魏嶺攜家還通德里

鬱鬱山阿深徑竹盤十里繁花照人明鳥聲出花裏江橋瀉春流響輪激舂米溫風散物華阡陌錯繡綺客子久倦游攜家尚轉徙妻孥行路難欲前卻迤邐盤石招人憩遙睨暮雲紫歸來月出林幽庭淨如水

重過濇溪舊廬

老病無家客重憐返故州鄉鄰爭識面霜雪各盈頭瀕死舌還在餘生魂未收湯湯濇溪水洄洑淚同流

過硤石南寺橋哀五舍妹橋爲妹赴義處

鬱律紫薇洞橋憑孝烈高破看身化石水欲怒生濤薄命如吾輩難兄媿爾曹白楊牽積恨處處晚風號

觀周五重所設木柵關廂有歎兼悼其弟緯光

戰合三千騎關封十八盤亞夫眞將種公瑾豈儒冠仇國憑多口亡家痛二難紫泉流不盡落日幾人歎

懷蔣薰

千里君遊宦三年我掩扉吟詩工漸減行事老知非黃雀山廚美紅菱水蕩肥黃雀紅菱出蔣村寂寥蔣詡徑猿鶴待人歸

同顧子宸嚴子正矩孫子魯再遊虞山

輕舟十里泛平沙雲外虞山一半遮隄勢遠回言偃墓草痕青入仲雍家野泥初坼未抽笋溪雨欲流將盡花乘興不辭今日醉此身誰記在天涯

陳明彥字玉倩號鶴汀仁和人

鶴汀爲明崇禎壬午舉人與名臣姜匯思孝子宋子元名士吳錦雯丁飛濤同榜而名實相符子縝瑜克紹家學孫瀾旎誠博雅洵堪繩武同里柴氏代著節孝其裔有名潢者爲邑諸生鶴汀以女歸之未幾潢卒女亦守志而亡見孫以棠湖墅詩鈔

哭女

當時重采風棹楔表宅里聊慰生者悲幽貞寧事爾一眞戒弗傳反照光逾美在昔稱未亡只今匪徒死死易立孤難古道昭青史南山有舊阡魂魄歸于此纍纍地下人相見無顙泚

圯橋

子房世相韓報韓固應爾所圖一不就匿跡下邳里黃石彼何人從容跪進履咄哉帝王師孰與神仙比功成亦難居辟

穀艮有以我來圯橋上蕭蕭餘故壘何處問遺蹤惟有碧流水

陸圻字麗京一字景宣號講山錢唐人有威鳳堂集

講山爲明吉水令夢鶴公運昌之長子崇禎年選貢與弟培堦高文異釆一門競爽號爲三陸乙酉培以行人殉國縊死桐鳩講山奉母隱河渚之駱家莊而賣藥若雲間月一歸省黃書匡武林先雅言講山性滑稽嘗過疾宛轉牀第儻矣陳際叔視之鬰額日柰何歲在龍蛇際叔日正恐吳中高士薄遊武塘度曲四劇錢仲芳大集賓客郎令吳伶演唱新聲豔發絲竹轉清四座之間魂搖意溙蕊亦借以耗其壯心焉爾生平數遭厄難康熙初莊齷私史獄起无妄被收久之得釋癸丑杭城火一晝夜焚五千餘家講山以夢免相傳火未作講山夢朱衣神坐其庭左右侍者頳髯赤髮氣餧偪人驚寤日殆火祥也遽徙入山而故廬爐已乃攜一老僕探葯名山迨老僕歸講山不返或云在嶺南爲僧名令龍或云隱武當爲道士竟不知所終所著有陸生口譜西陵新語靈蘭壘守府志入隱逸傳其以醫活人箸驗甚多有人疾革諸醫東手忽夢神告之日汝之疾得九十六兩泥可生也旦以語其友友沈吟久之日此必陸講山先生也先生名圻圻字分之爲士爲斤其姓同六六斤之

士合之爲九十六兩泥也非先生而誰其人恍然卽延講山來藥之立愈講山年德既升領袖羣彥王漁洋推爲西泠十子之冠十子者講山與柴虎臣紹炳陳際叔廷會孫宇台治張祖望綱孫丁飛濤澎吳錦雯百朋沈去矜謙毛稚黃先舒虞景明黃昊也

望遠十四首 錄三 按吳門十四歲女子作望遠圖此蓋題畫之作

采罷蘼蕪望故夫藐姑仙子不曾殊屛閒歷歷觀青瑣道上離離種白榆舉體作飄蓮理帶定情羞解合歡襦可憐漂泊刀頭約坐看天街夜月孤

雙啼玉箸溼羅巾爲結相於訪故人自是口中生石闕何堪腹內轉車輪儂聞梧子心難變郎比蓮花貌絕倫何事小姑偏獨處淸溪簫鼓夜迎神

皓腕輕羅驗守宮纖纖手爪似春蔥常時小婦誇中婦不擬賢雄是故雄九醞滿浮金鑿落兩環眞作玉玲瓏何妨深鎖

青苔溼說與昭陽絕不同

查旦字孟耀號封斐海寧人有始讀軒遺集

封斐爲明崇禎年嘉興籍選貢晚號海上迂人居龍山不慕榮利與黃梨洲陸麗京雅意切劘所著文二卷詞一卷皆其壻朱逵裒集之者

春日同陸麗京宿靈隱寺曉起遠眺

百尺樓頭曙色開春風昨夜雨初迴簾前幽鳥銜雲去江上羣山擁翠來怪石千年留古寺飛泉百道走輕雷石橋西渡天台路幾見詩人吟眺回

陳天麟字天石富陽人有魯齋集

天石爲明崇禎年選貢先是父二曜以貢赴禮部時流賊梗路除夕家人酌椒酒相賀天石淚涔涔下元旦即蹇驢北上竟覓父歸見縣志

過長沙

北風歸雁數行斜老去疎狂不憶家萬壑烟雲迎舄履一川風雨浸桑麻何年江國吟芳杜別有幽巖種玉花自分芙蓉城裏客未煩車馬渡龍沙

范驤字文白號默庵海寧人有默庵集

默庵爲明崇禎年歲貢才敏絕倫文尚經術人以方廣川董子同里先輩吳本泰一見稱異盡以書籍畀之嘗舉賢良方正辭不就孫宇台稱其詩風調簡率意致高遠有王孟氣象又能掉臂游行不爲聲律所縛當時與查繼佐談遷陸嘉淑齊名有查談范陸之目年六十八得腹疾自夏涉冬而卒支離臥榻尚成詩百三十餘首與白傳六十八歲病腹時作病中吟十五首情事頗似卒後鄉人私謚清獻所著有十三經評註百卷古韻通譜十卷夔日堂文集二十卷得間草一卷府志入文苑傳

喜雨

高臥北窗中瓶中粟已空米增一倍價人到十分窮幾尺稻花雨半牀蕉葉風莫將同舍火因熱召梁鴻

遊東寺

壁觀高僧白日長不將魚鼓動修廊籬疏遙見茶烟逕齋近微聞佛粥香繞屋竹陰遮梵榻半天花雨散橫塘自嫌綺語妨禪寂拋卻奚奴舊錦囊

閒居

江蘺已綠越王浦夜月初生伍員潮借得鄰翁半畝地學驅黃犢種春苗

張賁孫字祖明號繡虎錢唐人丹弟有白雲集錢唐二子詩集

府志文苑傳張丹弟賁字繡虎錢唐諸生有白雲集按繡虎即祖明也明末諸生貢入太學甲申後以事論死滅戍卒于戍輶軒續錄所載阿磯一詩備述出塞驚愕之狀而秦亭得祖明弟信云松花江上雁南翔聞道阿磯人已亡萬里關雲愁寂寂百年沙樹恨茫茫馬嘶烏獵春無草鬼哭龍堆夏有霜幾度臨風哀棣萼可憐雙

淚涇蒼筤又送別祖明弟詩云知君流向苦河開白草龍沙出漢關回首家鄉萬餘里可憐惟有雁飛還以詩與事證之自是一人也白雲集凡十七卷文十詩七分類爲卷有陳撰序錢唐二子詩集則祖望祖明合稿有毛稚黃序

過孤山廢莊 先祖讀書處

興廢何年事荒山此獨存野花低燕子枯竹長龍孫有客譏留姓無牆不閉門登臨懷祖德俯仰欲銷魂

登雲龍山憩黃茅岡

黃茅岡上雪初晴極目關河感慨生九里風沙迷漢壘幾家烟火暗彭城龍成雲氣人安在鶴老空山水自淸千載雄圖蕭瑟甚漫因酹酒一題名

送吳次公之河北訪興公

我歎無家任飄泊憐君千里尚尋兄異鄉離別眞堪哭故國

兵戈未肯平野外飢烏愁落日天邊一騎遶孤城行行前去臨淝水爲問黄河幾度清

卓發之字左車號蓮旬仁和人有漉籬堂集原輯以爲副貢按府縣志前明及順治朝皆無卓發之名今列於科目之末以俟攷

蓮旬爲明瑞安卓忠貞公敬八世孫公子孫脫難流寓武林遂隸籍仁和家塘栖蓮旬博究縑緗名其堂曰傳經以延四方賢俊並精竺乾之學嘗寓金陵築室清涼山下名曰祗園園貯一山類襄陽袖石巒壑畢具其中衆花滿林可供塵剎疑是西土盛花之祗因處處誌之得詩十有六首以表蓮宗運想諸境標題曰祗園嫖史其文字交幾徧天下子人月孫天寅皆爲士林之望八月字珂月號蕊淵崇禎年選貢有蕊淵蟾臺合刻輶軒錄補遺采其詩按原集有崇禎丁丑倪元璐序言珂月修文數月始交蓮旬是珂月沒于前明不能因已收蓮旬詩而遂及其子也

中元遊三潭同王孝先賦

草淺水同色一舟搖月明秋心如許淡涼氣此時生酒琖露

華溼棹歌鷗夢驚三潭漾空碧永夜起吟情

桃葉渡種花

風流千載憶蛾眉小立溪邊知爲誰兩岸嬌嬈羞粉黛一時簾箔盡低垂應憐豔冶沈金屋故遣幽香映水湄只恐江頭頻錯認雲愁露泣溼臙脂

秦淮竹枝詞

楚歌湘曲未須哀遙見燈船趁月開長笛叫雲簫咽水百千神女弄珠來

汪汝謙字然明號松溪道人錢唐人

然明於明季自歙徙杭居缸兒巷延納名流文采照映董尚書其昌以陳太邱目之製畫舫於西湖曰不繫園曰隨喜庵其小者曰團瓢曰觀葉曰雨絲風片又建白蘇閣葺湖心放鶴二亭及甘園水仙王廟四方名流至止必選伎徵歌連宵達旦即席分韻墨汁淋漓或緩急相投立爲排解故有湖山主人之目思陵未造陵谷淪

夷遂入閩為福盧武夷之遊比歸年已逾六十順治開元太平既告乃與李太虛馮雲將張卿子顧林調訂孤山五老之會西湖韻事漸次修復乙未年七十有九矣彌留待盡神明湛然猶要雲將諸公品畫談詩吹簫摘阮視蔭既移抗手告别而卒所居日春星堂其為董尚書題榜者日夢草齋聽雪軒陳眉公題榜者日攝臺所著詩凡十種惟松溪集為入本朝後作今即其集甄錄焉

六橋補桃柳歌

西湖名勝天下奇湖上六橋橫參差老夫遊此忘歲月依稀卻憶少年時梅放孤山春爛漫紅嬌綠嫩東皇迷長夏芙蕖還泛泛桂香菊綻秋偏宜冬殘松竹自蒼蔚四時欣賞類可追寶馬雕車並襍遝畫船簫鼓揚清漪挾彈翩翩遊俠子穿林掩映神仙姿太平氣象被草木詩壇酒社徵雍熙未幾繁華忽凋落橋邊好景潛改移柔條翠幹任樵採行人瞻顧空嗟咨風流墜地待賢者慚予隻手功難施長吏只今事儒術

范老蘇公良在玆競分冰橐謀補綴區區老病安能辭裁以桃花閒垂柳拖雲帶月重紛披良辰佳與人所共雖云好事心無私試看不朽自千載湖光一片長相思

同李太虛先生馮雲將顧林調張卿子訂五老會

太虛本是人中瑞逍遙脫屣青雲器直節森然孰可攀拂衣不挂塵寰事翩翩佳士馮雲將滑稽驚座少年場林調顧君才最富五經腹笥名山藏（著有五經解注）張郎卿子亦罕遘手編說郛播宇宙（輯類書名說郛）一朝聚首西湖濱衮衮奎垣占輻輳紫綬黃金非所求杖藜羣逐商山遊慚余白首無建立厠身五老難匹儔人生行樂當如此何用浮名混青史楚國三生少見機竹林七子徒然爾洛社風流迹已稀文章道德留餘徽卽今四海正清晏急須攜酒烹鮮肥

靈隱寺重建呈巨德和尚

離羣絶類羨吾師魚躍鳶飛任所爲天下幾多難了事人間何處是歸期藏來一笠憑誰識踏遍三生許自知靈隱復開眞面目四圍山色月明時

次兒去粤西三年不通音信入夏焦勞成疾伏枕浹旬得詩八章自嘲并示兒輩錄二

生事年來誰與謀笑無負郭望秋收時值編審余無田畝兩山不禁採薪感兵丁打柴殆盡八口常懷負米憂昧爽郵筒傳枕上夜分絮語鎖眉頭連枝棲息嗟難穩驚顧巢成又屬鳩先兄居址皆余手成今姪輩又典人

一生未覺爲貧愁此日栖遲況白頭故態不應隨改革晚年猶尚說風流青衫有淚聞歌溼有女史教女劇以善清歌者寄余旋聞病沒畫舫

無權逐浪浮余家不繫圜亂後重新每爲差役不能自主　堪歎優悠多悦惚空教日月去如流

次兒請假歸省督師贈余風雅典型扁額兒歸因敘親友隨任十無一存僮僕亦亡十七余慨八十老人一切當謝使餘年得閒卽兒輩養志感懷述事復拈八章自此當焚筆硯矣錄二

六載危疆僅一身得求歸省暫娛親相看莞爾猶疑夢侍側依然尚愴神卻感嚴寒誰送暖那堪晚景望回春囊中酉得餘錢俸屈指交情且佐貧

結客垂髫到白頭湖山每集盡名流章臺會與修眉史畫舫還存不繫舟三竺松筠時嘯詠六橋烟雨日夷猶典型有媿稱風雅道廣尤慙比太邱董宗伯贈予小引云道廣太邱

張遂辰字相期號卿子又號西農仁和人

卿子本家江西隨父徙杭州其稱西農志不忘也高懷卷迹似嚴君平鄭子眞一流人而文藻勝之野花十首人尤豔稱故有張野花之目生平好譚易其于黃花扁鵲書尤有洞垣之妙歲輒括數百人余所居宅後有張卿子巷卽先生舊居處當時婦孺皆震其名委菴流傳竟成故賓同時錢唐靳若霖爲南宋醫官靳從謙之後家有御賜百子圖命所居之巷爲百子圖菴世傳其小兒醫名名與卿子埒黃書厓模武林先雅云西農當與鄧林宗閎子善鍾瑞先劉叔任諸子夜半步佑聖觀缺月當眉際涼楚偪人諸子欲歸西農日落花殘月惟苦有情吾儕正屬其人不得以硬賜悉性復步玩將曉而散其高致如此然余觀其用心有不可及者如至白水渡已昏黑偶輩見戲隔岸蒼頭大呼渡我者五鐶俄一老人放筏過贈以許金辭官渡弗受西農不欲詎羣兒强納之而行又嘗自餘杭歸晚二鼓始抵松木場値疾風雨無寄宿處舟子覓有彌陀菴拒不納西農婉借佛堂坐息曉起見一沙彌跪誦華嚴乃解三金爲供蒼頭憤諫笑謂正欲慰再來雨客耳每于歲闕輒勉誠子息云家足過年之用座無寒士之求不惟有愧本心抑且無別庸俗又嘗述其祖龍墩公貧止一布袍除日逢急者卽解贈之清門世德可以激薄停澆矣所著詩分四編曰湖上曰白下曰蓬宅曰衰晚衰晚編爲八　本朝

後作今就是
編甄錄焉

贈顧不夜歌

東街老樹最閒僻帶郭曾無車馬迹井上常嬉垂綆兒斜景倒庭莎草積左偏潘遯舊柴荆踏月相尋記疇昔何復晚過顧仲君布衣高義寡知識學圃但欲救朝飢讀書不慕爲士則阿兄賣藥都市中尚怪近人恆見德不如併謝不二名試問艱虞此何日以茲長齋一事無經卷繩牀守禪律偶然信步安所之嚴翁藍叟家咫尺（嚴無敎藍田叔）若非壁上看雲烟卽坐窗閒了棋弈茗椀爐香喜不空豆棚花架況疎歷武林高門酒肉多卻笑經過無此客憶昨師經王子侯挽粟荷芻役方急稚鬟驚越短牆頭大令不離官廐側我時臥病獨念君徵索得無妨抱膝後知一月蕭寺中散髮淸涼有餘適蟻宮蝸

角自昔聞嫌盡年華鬬空力因憐桑海只須臾不值風軒一鼾息

杪秋月夜放舟下洄村訪潘爾瞻時南粵初歸

木脫孤村急人歸萬里初停舟風墮月擊火夜烹魚喪亂生疑再相逢老是餘南裝無改故新語卻誰如

十七夜飲馮孟韓宅同潘爾瞻翁去疾談易

雪泥汩汩上元過擁坐爐灰凍未和風物年來隨世換詩篇老去柰春何因憐笑舞逢場少敢謝華燈接宴多此夕君堂論妙義肯教倚和落梅歌

新歲五日小雨酉許卜年胡我屏周藝功飲梅花下

嬾赴春朝酒會頻草堂冷對兩三人梅花細雨魂眞斷壁壘悲笳鼻欲辛老惜窮交長願見詩耽大雅欲誰陳醉來科跣

狂如故不道時呼舊逸民

夏日過邱思孟齋頭瀹茗品畫坐中同金子重顧山臣慈受禪師

跨河疊閣俯陰澄松色寒淩六月冰寶硯詩牋留故客繩牀茗椀坐高僧不知世換門深掩無柰懷多酒莫勝萬軸收藏皆逸品當時差劣趙吳興

喜袁槐翁謝象翁僑寓咫尺新年四五日邀陳聖則張用霖沈亮宸屢同遊宴

客稀車馬巷門偏老不梳頭意灑然詎敢平生傲餘子重傷故里入新年手中酒盞眞須惜江上烽烟昨又傳卻喜柴桑愛隣曲連朝風日共斜川

潘爾瞻姚山期過談感贈

何處斯文見典刑還山敢戀故衫青弟昆聚食田於硯子婦能家孝作經豈是年侵多潦倒請看友散半凋零短檠雖棄長鑱在養壽相期釆茯苓

李太虛先生招集湖上同馮雲將汪然明顧林調結五老社劇談豪飲聽侍兒弦歌分賦得容字

西湖過暑少遊蹤公獨邀賓坐晚鐘簾內四弦驚裂帛尊前五老屹如峯共披水竹涼風快不厭金爐畫燭重世閱滄桑知舊幾狂歌據地且相容

贈沈則之六袠

先生結廬谿上林歸來亦遁城之陰壺中方外有天地論道讀書無古今盡訝情忘於世淡獨留義激向交深喜周甲子上元夕燈火梅花醉二參

喜還舊里

亂山逋竄計如何零落琴書歲再過昨喜相將尋舊里柴門芳草夕陽多

張右民字用霖號東皐錢唐人有東皐詩文集

用霖爲葛寅亮高弟窮究往籍天崇間與龍門諸子創登樓社明鼎既革栖隱東城皐比講學負笈者無問遠近毛稚黄其高第弟子也所著有史論史略竹窗語錄康熙間預修省志己未鴻博之徵撫臣欲以用霖應堅辭不就嘗客越中慮兵變儲有小舟及勢迫登舟而舟中已坐二少婦時白頭兵滿兩岸不得已與二婦避於曲港夜則寄之尼菴閱數日覓其夫歸之年八十三乃卒四方會弔者八百餘家學者稱爲東皐先生府志入文苑傳

雪夜同陸夢文江道信徐世臣遊淨慈寺

滿天風雪值殘年古寺蕭條借榻眠四壁寒生江海氣重門暮起石林烟山僧廚內無兼味野客囊中有一錢相對即今

如不醉異時空上剡谿船

首春同錢生一顧且菴應嗣寅陳際叔快雪堂致奠

嚴顥亭

梅香梛色競芳晨觸緒驚看雲物新江左風流悲喪逝中原文獻歎沈淪數莖白髮來遺老一束生芻笑故人遙憶峴山當日事古今俯仰淚沾巾

訪應嗣寅

故人高閣倚層霄風雨青山入望遙簾外朝朝升海日枕邊夜夜落江潮幾年草暗吳門市何處雲深谷口樵同學淪亡今殆盡惟君林岫欲相邀

懷蓮居菴本金法師

編籬結宇在城陰曲徑微聞鐘磬音修竹數竿高士屋白雲

一片故人心遠公常與陶潛友支遁惟餘元度尋晨夕相過殊不厭經旬不見思難禁

丁文策字叔范號固菴錢唐人

固菴瘦削而面黑人目爲黑丁少爲諸生祭酒與四方魁艾結登樓社甲乙後遂棄去偕母妻避居駱家莊張忠勤公存仁聞其才迹所在而說之嘿不應承之以威不動曰此鐵石人也幅巾單衣蹴躡風雪旣哭二人痛不能盡養鞠育二弟周郵有無家貧授徒以給朝夕學者稱曰江樵先生迨後武林耆舊凋喪惟固菴與張用霖右民沈宣子九如尚存且皆康强每宴會飲噉兼數人饌故爲令甲以挫機警至昏酣不聽客去張沈旣逝固菴傷之避跡菱湖鶯脰閒當兩應督撫之聘纂修通志府志制府開宴貢院酒半酣命吏乞詩固菴信筆酬荅皆具奇致甲戌年八十一卒府志八文苑傳

天然圖畫閣

雨向前林歇青冥落水開斷雲歸別浦殘照落秋山畫舫晴爭出漁舟晚對閒行人喧渡口倚杖未能還

同人小集

吳山佳氣滿前峯曉日層軒翠萬重往歲琴書嘗對酒故人風雨自攜笻南陽龍臥雲皆逕東國鶯啼栁正濃今日不嫌重秉燭衝泥歸去亦從容

虞白菴墓

北郊荒草黯銷魂宿雨蕭條阻墓門一拜未通酉劒處三年徒望浣花村經横自合庚桑祝龍蟄猶傳絳帳尊門下康成情不淺春風血淚滿乾坤

登千佛閣和卓亮菴韻

臘月重來倚曲闌平原十日翠琅玕兔園花發思攜筆軍壘風高意築壇芳杜洲前帆影落碧天橋外雁聲寒百年古德酉題處正好清流洗眼看按閣在臨平古清流寺

虞鈖字畯民號兼山又號白菴錢唐人

白菴明季諸生少孤性至孝侍祖母疾嘗戡胸肉療之母氏王後病篤戒之曰吾茹素四十年慎毋以葷事柎累素善飲嘗于除夕獨飲一斗洎母沒終身不御酒肉廬墓側三年有事而出雖風雨泥淖夜必趨至墓所人稱爲虞孝子云寡嫂失明事之盡禮族有未葬二十餘棺爲營幽竁易代後荷鉏自給不入城市其學于佛老王陸皆有所取而以朱子爲宗明經修行耆年益篤後游蕪湖得疾歸而沒年六十一弟子沈瑺施相及兄子汝翼私謚曰貞孝先生府志入孝友傳

兩峯

萬山凝碧排雙峯一朵兩朵青芙蓉欲飛不飛勢成龍仙掌遙分雲五色海門捧出扶桑日

應撝謙字嗣寅號潛齋自稱無悶先生仁和人有潛齋集

潛齋爲孝子思橋子生而有文在其手曰八卦左重耳右重瞳稍長以斯道爲己任與虞畯民張伏生蔣與恆結狷社或匿妓館舍醉而納之潛齋雒誦達旦不爲動侍母疾數年不懈母憐其勞强爲娶婦終不入私室母

卒逾祥禫始行合巹禮家貧授徒自給始居豐寧里後遷吳山承天院前妻主炊子執役環堵蕭然而四方賢士造廬請益者恆履滿戶外鴻詞之徵閣學李公天馥項公景襄交薦輿牀以辭范公承謨又欲薦之遂稱癈疾所著有周易集解詩傳翼書傳拾遺春秋備考禮樂全書論孟拾遺學庸本義孝經辨定性理大中幼學養蒙編朱子集要教養全錄沒後河陽趙世麟刻其性理大中儀封張伯行刻其潛齋文集行世府志入儒林傳

子禮壁禮琮從陸稼書先生遊克紹其學

按應門弟子甚眾而篤信師說終身力學者得二人焉

一淩文衡名嘉印錢唐人少爲杭郡司李吏好讀書嘗匿書直舍案下夜伺他吏熟睡然燈默誦四十後棄爲吏受業于潛齋盡得其所傳氣象寬和渣滓悉化六旬後嚴寒呵凍注禮書日幾葉謄寫日幾葉皆有課程嘗言學問須到造次顛沛必于是方有得力卒年六十七

一沈志可名士則仁和諸生嗣母周氏性嚴厲常加譴責長跪待罪雖勞不怨學禮于潛齋居家授徒端坐整肅盛暑不去冠襪本生母歿請于督學使者守制一載補考值父忌又請改期下至功緦之喪亦必成服嘗定宗祠祭規而尤詳于古斂禮葬禮雖遠親疏朋不惜竭歷以襄事人皆感其誠而化之此皆吾郡先正典型慮其日久而姓氏翳如也故附記于此

贈施贊伯

秋水曲以長之子在一方口不言世事足不履華堂垂竿俯小沼穿藤坐匡牀架上何氏書康節與淵明寂然觀未發閑卷問羲皇時其野老言笑指麻與桑更偕二三友倡和川之梁我欲就君住從登千仞岡漁舟難久留言歸徒相望

春遊

乘興理春衣行游攄情愫雲物散芳暉延賞隨所赴山坳草木長鬱鬱展生趣披覽古人碑靜言如所遇俄聞鐘磬音已出前溪路

柴紹炳字虎臣號省軒又號翼望山人仁和人祀鄉賢祠

有青鳳軒詩十卷省軒詩十卷

先生爲明御史祥孫學博應權子少奇敏爲文宏博典麗與陸行人培主登樓社父洞山公敎諭莆田故事學

官子弟許隨任赴試因試補莆田諸生移牒本籍浙學使不可復歸應試自試縣府以至學道三試皆第一天質素羸弱軀短瘦膚色不華而肝鬲之要無殊于大庭屋漏馬士英當軸欲引先生以翰林官誥命中使馳召先生不爲動馬日澌小丈夫矜高乃爾邪先生歎日吾深恨一夫以負七尺軀以敗乃國事者其後布衣幅巾鍵戶南屏一以著述爲事凡天文地理禮樂田賦水利兵制莫不窮竟原委勒爲一書康熙己酉　詔舉隱逸巡撫范忠貞公以先生應力辭乃已與陳處士際叔皆家城東偏而先生居尤僻老屋數楹廁于壞垣廢圃間枯桑敗竹三徑荒寂際叔時過從劇談雖樵蘇不爨意氣自豪里有父笞出亡者遇先生于道譬之曰吾今欲求父杖難可得爾乃避乎爲賦先遊子遇孤兒行一章其人卒改悔爲孝子一夕夢黃公道周劉公宗周倪公元璐奚公麟徵合一刺召先生遂歿歿後有傳其爲冥官者所著有省軒文鈔柴氏古韻通白石軒襍稿通攷輯略省過紀年錄家戒明理論考古經濟類編府志入儒林傳

題許氏閣子

柴桑處士願常醉汨羅先生呼獨醒醉後那尋高士傳醒時空著離騷經祇今不醒復不醉樗散優游方外內痛飲還當

是名流行吟何必非吾輩幽室焚香聊試茶春風自拂菖蒲花

重贈毘陵龔仲震兼送入越

龔子昔年湖上歸秋風瑟瑟吹單衣今年龔子來湖上潺湲春雨添新漲春雨秋風三載過故人握手仍無恙相逢無恙訊加餐短髮蕭蕭行路難江左愁看桃葉渡山中幾戴竹皮冠江山不殊風景惡舊游回首都非昨吳郎失意陸生死悼驤武沒且訊子虎近狀眼前諸子更落魄蘭陵越嶠春可憐徒步囊中乏酒錢惻惻杜鵑啼有血茫茫柳絮恨如緜落花啼鳥俱蹉跎少壯不來老柰何歎我未深偕痛飲多君應是足悲歌悲歌痛飲那得住野外雞號天欲曙不醒不醉蹴腳行片帆載向江東去江東此去若爲羣烏榜淸溪弄白雲相依不盡山陰

與千里還思一訪君

酬毘陵劉慶雲湖上見贈

劉生纔把臂幾載客錢唐一見如相識重游卽故鄉春陰桑葉白日暖柳花香未遂湖山興高歌那斷腸

過汪魏美村居有贈兼示錢碩邁

磊落多疇昔流離遂至今關山戎馬淚風雨故人心卜築全幽與比鄰助放吟雲霞連海嶠葭菼勝江潯載酒隨蓮社彈棋坐竹林渾忘三耳辨不厭二毛侵南郭安寥寂東方任陸沈緬余勞市上喜爾息湖陰白日追元契清風豁短襟寄言二三子竊附愧知音

喜陸大景宣歸河渚

征途幾歲竭歸來庾信江南重可哀春雨草連村市沒曉風

花傍戰場開我思賣藥仍無地君定垂綸何處臺總是他鄉成浪迹故人相見且銜杯

吳山春望和張子

及爾吳峯攬曙暉江南風景思依依雪消春水江湖闊樹隱晴烟島嶼微故苑草生麋鹿上高臺花滿鷓鴣飛誰知目送年華好腸斷登臨淚溼衣

懷景宣際叔湖上

飛書湖上問王孫片語城頭白鳥翻一臥杜陵猶病瘧幾憐湘水賦招魂屋頭落月啼烏曉門外長河飲馬渾千載風流看後顧于今何處託邱園

鑒菴捐餉斗米

寒雨蕭條晝掩軒飢烏樹底更飛翻忽傳好友來芳訊爲佐

中廚辦夕飧宿飽未須收橡實新炊猶喜斵梅根一囊勝向長安索捧腹閒吟勝故園

哭覺上人

彩筆豪吟四十春誰知布衲老風塵江南花草渾如夢不道文通是恨人

沈昀字朗思初名蘭先字甸華仁和人有粵遊草

先生年十六入郡庠甲申年二十七棄舉業攻詩古文與弟蘭彧自相師友以考究性命為務嘗執經于劉念臺先生之門事父博山與母氏秦至孝以束脩為養誨子穀中純中弗令干祿室無容榻桁無懸衣披帙覽書凝坐終日嘗絕粒采階前馬藍食之或餽米數斗不受其人固請則固辭方宛轉避謝聞遂餓仆于地其人惶駭而去良久始蘇笑曰其意可感然適以困老子耳康熙丁巳年六十三卒無以為斂應潛齋經紀其喪曰吾不敢輕受賻遂以玷先生應門人姚宏任趨前曰如宏任可以斂先生乎潛齋曰子篤行可也所輯有宋五子要言四書輯略四書宗法憫經術自漢以來各擅專家于是博攷異同為七經平論又著士喪禮又謂綱目為

朱子未成之書中多門弟子補綴爲質疑錄以附綱目之後他若古今升降編名臣言行錄居求編古今詩最今詩紀諸書皆其所輯然已佚不傳矣府志入儒林傳

懷際叔

我居城北墅之子城東隅結交亦有素姻誼存葭莩出門近三載來往稀音書居者念轉蓬游子嗟僕痛豈無葵與藿俯仰戚荷鉏安得百斛酒賓載手自斟嘯歌達窮巷千載靡所如

卓烈婦明指揮卓煥妻錢氏揚州城陷投水死

倉皇烽火照城頭頃刻紅顏一葉休慷慨捐軀腸解烈從容延嗣智能周名留青史芳應遠魂黯邗江咽不流多少楊花飄泊去歌衫舞袖愧伊儔

陳確字乾初原名道永字非元海寧人

乾初明末諸生與同里祝開美淵游劉念臺先生之門以志節相砥厲乙酉閏六月五日開美賦絕命詞扼吭而死乾初則抱節空山幾二十載生平善于議禮度今所可行者變通古禮以敎人疾地師妄言吉凶惑世緩葬歎爲異端之禍友朋有過必正色相告聞者諒其誠府志入儒林傳

訪蔡來老

東海尋高隱翛然屢空餘衰年千里客茅屋一牀書傲骨支天地淸風動里閭日斜攜手出恰是晚潮初

東董子

春風亭子雨迷離旅思紛紛憶舊知別去好山遊幾處倦歸蕭寺記何時期君南閣尊前話看我西湖隄上詩莫謂兩人容易見滿頭白髮已如絲

憶自崇禎丙子春有四遊西溪詩已二十三年矣今年由雲門歸同吳仲木復尋舊遊慨然而作

秦望歸來與尚賒幅巾笻杖入山渥迷離不記前游路寂寞還開古寺花春水橋邊雲萬樹晚風亭外月千家可憐潦倒吳公子頻道西溪勝若耶

顧圤字竺公亦曰琢公號山臣錢唐人有今年草

山臣長須善詼諧家貧支一足鑴于慶忌墖晚乃移入城是時婁東虞山以舊臣赴闕號于人曰吾輩起以紓清流禍也山臣曰淫人能衞貞女邪有桑門勸其修行以資來世福笑曰不知前生是何雞狗作之孽使我今生窮苦若從上人言又不知來世是何雞狗安享是福傳者以爲笑然正可發愚夫婦深省也吳中允太沖幽囚十年門生故吏搖手不敢一問山臣獨冒死相對周旋患難君子賢之工詩以尖穎通脫自憙善大小篆顧人日若爲我治良田十畝我爲卿篆我死其價可當秦十五城順治乙未卒無子詩與字遂無傳之者同時有施萬字大千號汗漫子施顧兩人皆以詩名家善篆隸摹印尢在何震陳士衡上

有夏

淫雨積洪澇八十有八日是月月小盡九十日餘一所賸無

幾時夏令倏云畢陽光久淪陷陰慘恣騰溢龍蛇起平陸鬬水入人室翳此白晝暉恐爲魑魅叱阡陌匯爲海何有蓬與篳人非金石軀浸寢自腰疾赤帝職煊赫位莫與甲乙豈問大火亡秋冬竈爲質江南號炎方古語亦妄述土山焦欲流說者第詠誦彼蒼奪農夏豈有富民術無已請端策筮卦十之七其占不濡尾是日卜乃吉無何若木枝影向意表出朝光被畎畝疆理辨溝洫鉏鍤四五動田父不終逸時還衣我葛飢也樂我泌譬之出幽谷暗昒忽自失又如殿後師師老撫軍實取勝在一伸安問嘗九紲無夏忽有夏有夏乃有秫有秫且釀酒以醉契元謐

江皐

江皐有梅梅有枝青樓悅君君不知水郭舟喧趁潮去月落

沙禽啼滿樹

夜思

疎雨乍過菡萏陂好風微動楊柳枝前溪後溪櫂歌歇夜半水明飛鷺鷥

和汪然明咏物詩四首為眉史張宛仙作

影蝭何分小豔書度阡越陌夢紛如紫烟消處檀心結疑抱雲和臂緩舒紫檀牀

刺鳳人閒午晝長儘虛繡榻倚鴛鴦漢宮春色原如玉漫著氤氳使者忙漢玉鴛鴦枕

溫柔鄉與夢鄉歧巫峽行雲遞九疑室有異香能化物薄帷應著好風吹伽南香山

蘭陵酒墮十分春不作霓裳舞錦茵一臥琉璃冰簟穩毫無

香汗污佳人嘉文錦席

談遷初名以訓字孺木號觀若海寧人有棗林集

孺木性孝友而廉不妄取一介蘋山張公硜齋高公素交也金陵擁立之際高入相張爲冢宰孺木以布衣遊二公間頗爲引重後高公力薦于朝孺木見時事日非固辭不就迨二公相繼野死孺木抱遺民之恫拜思陵哭故人閒關跋涉終于平陽司李廨中吁可悲已平生深于史學嘗集十五朝實錄并訪崇禎十七年邸報成國榷一書即皇明日錄也會里中盜起稿遂失去乃復沈思强索復閱羣書詢訪故老墨枯筆禿飢不及餐日得十二紙爲率書成約數百卷

國朝康熙中開館修明史館閣諸公延萬季野斯同以布衣參史局遂用季野之稿爲藍本而國榷殘編僅流落于蠹篋鼠箱之餘蓋文章著述之傳不傳有定數也按海寧經籍志棗林全集北游集外有晉游集未見至所撰棗林襍俎海昌外志則吳兔牀騫家有藏本府志入文苑傳

南昌婦流寓燕中值鄉人范生書其家感而有作

涕泪復涕泪西江無還期逐逐都市側鄉音怳焉疑蒙恥不自惜前問客爲誰維桑果同土掩泣立路歧豫章忝右族大

父聲四馳侍中佇朝端居然次龍夔騎箕日未遠棨戟仍相推潛閨弱蘭蕙襍佩厘姆師内則夙所誦二南更爾宜雙雙堂上雁南陽結其禱鼎閥匹齊晉華奩傾瓊琪牽絲絲五色種樹樹連枝鳳凰非凡鳥胡不集芳池所嗟人事改奄忽聞鼓鼙龍沙豎白幟彭蠡塞流屍倉卒不及顧跬步成參差君生妾不見妾死君不知泉路猜兩墮誰謂各見嗤男兒身七尺忍活猶可爲賤軀何足道亦復偷斯須一辱萬事喪轉眼無可追幼女今漸長弱抱仍能隨破鏡雖未合能不念前帷匈奴歸蔡琰烏孫返漢姬往事良可按毋爲棄蕪蘼恩恩數行字煩致劉家兒緘題沾淚濕何日及江湄經月當郎達經歲慮多遺殷勤謝塗客千載僅一時

石門蔡烈婦祠 清江司諭蔡天錫女適何某至欲攕婦遂沐浴更衣自經嘉靖年旌

呑聲復呑聲男兒有如此不惜郎身名乃壞妾廉恥思昔結縭時瑤環垂雙珥家範號嚴潔里人俱仰止狂且不足言揜袂泣覘履梟鳳不並栖蕭蘭不並沚綱常繫日月消得尺一紙雖今廟貌荒正氣秋光紫因嗟越西施徒爾汚青史

張都督深之誕日同余甲午生賦贈

朔雲寒隔襄陵酒遷客飄零問南斗霜花如雪深閉門少時曾折新城柳男兒今日恥自明壯心落落徒干城長安擊虜二十騎北闕上書嗤公卿長安北闕當時見波臣又覩天吳面濤陽琵琶不復彈遼左胡笳聞轉戰人間萬事解相惜江南流寓我其客投筆班超待拜侯下第劉蕡方在籍毛錐碌碌未能前甲午同生萬歷年江東米價差堪問洛下書生私自憐爲君慷慨無窮極銜杯天地俱動色蛟龍夜夜驅江聲

晉洗燕然補殘墨

青羊周先生挽歌先生家硤山能詩文尤善畫葡萄著唐詩解廣孝錄若干卷年八十有二臨沒遺詠蓋非塵中人也

青羊山人不可作硤山黛色何蕭索啼鴂聲聲去未回少微江左愁藜藿于嗟硤山春復春培塿寂寂水之濱元和白傳游其上不過天涯偶問津曉山青青暮山紫禽鳥笑人愧欲死千秋地主誰其流青羊山人家於此閉門兀坐嘗終年神情飛動烟霞裏鷺溪匹絹高麗紙隃麋斗瀋傾侍史晴窗吹度玉關風草龍珠帳隨生指近今岳正擅此技元僧日觀遠相似山人氣節古所同不踏侯門望進止硤山咫尺搖清光翩翩綵筆滿奚囊三唐檢點追嚴羽二酉搜羅鄙少張雕蟲小技羞前人晚樵曾閱得其神概求六義維千古曾恨當時

溫太眞載籍以來幾孝子上自帝王下庶士蓼莪枯卻墓頭枝桑蓬望盡門前矢我編廣孝醒愚俗晨硯宵藥病已篤山河處處吹腥塵葡萄移種咸陽綠八十老翁何所求殘編字字手相觸管寧漢末避遼東譙定宋初隱西蜀山人去後硤山空徒煩翠色摩蒼穹感舊故人解作賦笛聲悽咽任西風

題徐道力壁上墨梅

獰龍蜿蜒幾千尺下挾風雷噴四壁天公激怒醒長夢左耳割入華陽洞怨血流腥涌墨雲枯鱗脫盡三江凍蒼髯筆筆皴莓苔寒冰畫裂橫飛來長風萬里吹不落羌笛關山易蕭索

裁衣曲

裁衣莫裁短短裁恐畏君體寒裁衣莫裁長長裁恐畏行路

難別來長短心自測欲翦遲情重太息重太息當語誰刀欲
裁傷斷絲安得爲君鐵作甲利鏃銛鋒不穿札安得爲君錦
作衣輕裘緩帶蚕旋歸

臨平

宿雲棲嶺上往往有松茶疊嶂樵初到空香梵乍聽魚苗太
湖白桑種睦州青欲問前朝事輕舠此暫停

里婦陳氏徵甚守志不嫁爲錄之

鳩聲春雨雁聲霜十畝青苗五畝桑血淚不啼刀上月寒砧
帷擣嫁時裳宵光鄰燭潛辭績苛政官租黯自傷辛苦田家
鉏笠在孤兒他日便農裝

過魏忠賢葬處

口敕曾聞敵至尊九重日月竟黃昏北邙張趙無歸路西市

斯高有瘞魂國社遂傾悲大廈軍容翻使詬重闈一抔臭骨何堪記頌德空勞義子孫

舟中襍咏

九河故道改東流此地嘗貽漢帝憂碣石舊思崇伯子代田今少富民侯天津月落啼鵑夜瀚海風橫戰馬秋寄慨目前非一事先須鑿石爲沈牛

舳艫銜尾餉江淮萬姓啼飢孰置懷句曲有山爲地胏昴星無夜不天街愁吟失次閒方理晚酒零沽濁亦佳每聽棹歌還自遣故山登陟仗芒鞵

渡江

長江駭浪限東南當日降帆有舊慙擊楫空聞多慷慨投戈畢竟爲沈酣龍天浩劫餘孤墖海嶽書生別舊庵聞道佛貍

曾駐馬豈因佳味有黃柑

廣陵懷古

南朝舊事一蕪城故國飄零百感生栜影天涯隨去輦楊花
江上變浮萍遠山依舊橫新黛斷岸還看散冷螢今日廣陵
思往事十年前亦號承平

西湖廣化寺弔甲申殉難諸公

音容猶對此湖山太息新亭淚已潸塡海漫銜精衛恨驅潮
長怨子胥閒岳家雙塚愁相近蜀國孤魂杳未還天外露盤
辭漢遠禁門誰問舊銅鐶
臣心如水有同醒湖上青山似畫屏寃血三年曾化碧騎箕
萬古亦爲星險途驚見黃牛腹新曲愁聞白雀翎堪歎西陵
松柏路祇今噓氣叱雷霆

邊詞

白龍堆上草千秋元菟城南雨亂流少婦不知邊塞苦時時飛夢到涼州

俞時篤字企延號近蘇錢唐人

近蘇明季諸生少與章士斐諸君砥礪為古學同郡許光祚嚴調御皆工書近蘇盡窮其妙請乞滿門至廢七箸老而貧頗資之間亦作畫嘗自笑曰此中山水清絕僅供俞生饘粥耳順治十三年卒府志入文苑傳

東皋為馬仲蔚賦

初夏藹眾綠霏霏繞園霧橫書散輕策愜我林皐趣衣涼水氣襲屐潤苔痕汚雨菌結芝肪烟莎緣鶴步意消念慮平景適眞樂遇眾妙入靜觀前非覺神悟江花自孤婉芳草忽已暮為鼓朱弦琴南風在庭樹

題畫

澀雨纖雲浩蕩烟已知秋思在林泉十三漁具賡吟遍未買松陵一釣船

卓回字方水仁和人

方水家唐棲爲明月波光祿明卿之孫光祿有别墅曰東園中構樓曰太空曰梅花軒曰茶癖堂曰衆白其堂顔壁畫並董思翁手筆左右花木交蔭闌楯周接無不妍巧若夫水光鏡展山色黛横斯又樓中之勝矣後鬻于鄰人吳氏方水低徊不忍去作詩留别其兄珂月人月沈椒羽洪芳皆有和作見何春渚琪唐棲志略

別東園

虬枝百尺鬱長松爲桂間愁幾萬重瘦石一卷人小憩亂苔千疊逕斜封無錢賣竹慙蘇軾有興攜琴憶蔡邕待到滿園秋桂發行吟容我暫從容

贈馮硯祥盛夏移家河渚

息影離居度歲華閒行無過兩三家心情減似消殘雪興會

濃猶趁晚霞逃暑高眠他院竹逢秋多貯此山茶先余休去
針鋒捷何用臨風詠落花

錢德震字武子海寧人有金粟集

東郊訪狷菴

駕言何所適雙屐破苔痕野色臨高樹秋聲近郭門繩橋烟
外路茅屋水邊村為有尋幽意於陵方灌園

趙蓴客移居潭上初訪不得

皐廡無從寄誰知童子鴻詩囊梨雨外客夢荔雲東潭水盈
新綠斜陽落淺紅徘徊原上柳飄颺感春風

臺城

寒烟猶自鎖靈和玉樹曾聞起豔歌芳草未消香輦色清淮
常送夕陽波鐘鳴內苑紅妝麗雉散平田錦騎多最是女牆

人獨望月明空照舊銅駝

范鯤字北溟號蜀山海寧諸生

北溟讀書能身體力行于閩洛之傳潛心探索嘗編次張楊園先生諸書行世大學士陳世倌其弟子也府志入儒林傳

贈友

翩翩書劍向燕州分手河梁不少留迨出臥龍寒日曉關臨倒馬朔風秋時聞由井陘抵都門爾衡姓氏應投遍司馬文章又遠遊莫道京華嫌寂寞三春花柳映蘆溝

陸嘉淑字子柔號冰修一號辛齋又號射山海寧人有辛齋遺稿

辛齋居海昌之硤滸村是爲塘北陸氏父名鈺字退山萬歷戊午舉人辛齋生時父有巨蛇攫拏之夢其祖母亦夢巨象入室稍長工詩文奇麗博綜與朱近修一是齊名世謂之二修書法蒼勁中時露豐韻工弈善醫作

畫亦具邱壑家素封性好賓客四方來謁者桑柘楊柳之側皆繫舟以俟燭影棋聲達旦不息有以緩急至者必厭其欲中年家日落不得已為貴人所邀致然以筆墨治生非其志也憤發輒罵曰鳳皇翔于千仞乃辱于笯閒眞媿死矣自稱曰射山哀鳳以傷其遇未幾死有女四一適查夏重府志入文苑傳

壽查逸遠

攜手論同調蒼茫三十年姓名留白社心事老朱絃漸覺浮沈拙徒令歲月遷故園風物好策杖且流連

送徐電發

似爾辭官去蕭然一腐儒江雲春渡雁驛樹晚啼烏月旦時情改風濤客夢孤東門車幾輛也似昔人無

與丁藥園

積雨空城春色遲乍逢車騎慰相思才人失職名猶起遷客初歸鬢欲絲蹤跡獨憐窮海夢牢愁空託異鄉詩江山搖落

人誰在潦倒臨風醉莫辭

荅洮侯

甲乙丹鉛點次勞書齋寥寂鎖衡臯歌殘白帽雙絲鬢賦就雄文八月濤曲巷有人回轍迹故園經亂亦蓬蒿朔風一夜催寒色矯首雲霄雁字高

除夕還里和姜西溟元韻寄陳簡齋震孫子桀子文

摇落華年百感生可因消渴憶金莖新詩變格吟難就舊事驚心夢不成已厭積陰沈霧氣忽聽窮臘迸雷聲杞人曾笑憂無謂負米偏深望歲情

送查韜荒同盛南樵入大梁

羸糧躍馬去何之滿眼關河帶甲時結伴有人誇並載治裝無策笑更期燕南地勢連秦險江外春風隔隴遲何以送君

徒抗手尊前意滿拙言辭

過馮研祥兼憶黃晦木

重游何意五湖東白髮蕭蕭老敬通硯匣尚留孤石在書牀長對一尊空身經開寶衰猶健句學風騷拙更工屈指舊游誰總在暮雲江樹隔冥鴻

荅德尹送別元韻

江上青楓映客袍關河處處夢魂勞離亭夜永哀鴻斷驛路秋深太白高浪迹已知爲計拙悲歌還擬向誰豪倦游舊事君應見況復當年未二毛

荅夏重瑁送別元韻

荒池野岸隱漁磯叢桂蕭條傍紫薇五畝未成他日計扁舟空惜寸心違哀蟬怯暑秋猶咽病葉驚風曉自飛正是鱸魚

好時節季鷹未去已思歸

壬戌上元後余將東歸再疊仲韋元日詩韻以志別

浮雲蒼狗變仍頻一局棋翻譜劫新牧馬嘶殘芳草暮乳鴉啼斷故宮春歸從北固思丁卯事滿錢唐憶癸辛欸乃櫂歌君試聽漁舟仍有唱酬人

得允倩書卻寄

灤河流水近燕都臺上黃金更有無莫爲蓴鱸動歸思江南秋色儘荒蕪

送董皓如南還

函谷關山鄠杜花此身爭遣客天涯卻聽繡嶺開元曲一夜清霜換鬢華

陸宏定字紫度號輪山又號蓬叟海寧人嘉淑弟有一草

堂爰始樓寧遠堂諸集

輪山九歲能文尤工于詩與兄冰修齊名有冰輪二陸之目鹽官詩系言輪山嘗過儀部陸舜署品其所屬一百四十九泉各有詠記含毫呼酒者浹旬後儀部督學于浙密招輪山卻之且止子姪應試曰事涉嫌疑爾曹姑待之云云操履高潔觀此可見惟儀部署安所得一百四十九泉此說或未可徵信耳輪山室人姓周名鎣字西鑫海寧人好作詩詞小令戒勿示人其別母錢唐江有云未成死別魂先斷欲計生還路恐難送夫子入燕減字木蘭花云莫便忘家莫憶家惜全什皆佚嘗讀元稹詩至感懷三首泫然流涕曰使我謝人間世若豈必爲悼亡詩者彼元氏先獲我心矣年三十九竟卒

仲春襍感

三徑頻年獨掩扉春泥苔滑過人稀天荒魚雁無消息金盡交遊有是非百尺晴雲繙史閣一溪明月釣魚磯何妨歲序看炎冷嬾性從來與世違

送于一之越

旅鬢秋霜任轉蓬西陵殘月渡寒風依然流水蘭亭外自買扁舟剡曲中潮落暮雲沈海日氣蒸朝雨見江虹秋時莫作南遊賦空向天涯慰路窮

陸堦字梯霞錢唐人圻弟有白鳳樓集十四卷

梯霞生時有文在其手曰才人嘗卜夢於于公祠公餉以筆一斗長與兩兄齊名號曰三陸隱居河渚康熙元年南潯莊鑨莊廷鉞兄弟私史獄起牽連其兄麗京及范文白查伊璜三人投牒訐異同眞僞俱言南潯妄並非識面已存案俟申雪矣是年秋吳之榮復至京師告密緹騎四出全家逮捕梯霞脫身冒萬死北走投其從舅氏裘信甫謀申救信甫長安大俠也歎曰酷哉此禍顧一牒是三家活命符沈閣不上柰何是時麗京至都復解浙候鞫而捕梯霞甚嚴梯霞聞道歸自詣獄父子兄弟僕從婦女百餘口相向哭失聲而裘信甫已陰以實情別白黑輸要路內外無一人知者五月二十六日錄囚呼名共二十一家長刀邀遮顛踣人市陸范查三家竟獲免及信甫死爲制服三年泣語子弟曰微舅氏爾曹皆黃沙白骨也麗京既脫難去爲僧子寅旁求見父于徽州奉之歸時梯霞適患風疾乃爲療之且日會鄉人道故舊示無去意乃梯霞疾愈遂失所在梯霞少

時已爲大師難解復招生徒開講肆樞衣升堂鐘鼓相應遂寧張公運青來撫浙開萬松書院延爲講師乃輯前儒文集捜羅考訂爲大成錄又著四書大全六十卷卒年八十三府志入文苑傳

河渚草堂

放愁三十載茅屋問農耕天目溪流迴湖心雲氣淸靑陰畱竹色飛躍澹魚情不厭城居好時聞笳吹聲

訪張靑子不遇

風雨春秋四十餘交情老友賦離居羈囚我歎驚弦鳥流寓君傷赴壑魚朱履但來誰倒屣絳帷何處只荒廬頻經采葛空相憶獨對元亭揚子書

過駱塢看拒石冠周兩姪

流水飛花古渡頭橫舟蕩槳欲驚鷗遙憐多病三秋逝近喜新詩一卷畱看竹祗須尋小阮栽桃還想賦前劉郎今滿眼

悲烽火好慰慈親此放愁

陸埜字左城錢唐人圻弟有丹鳳堂集

夢鶴先生凡六子曰圻培堦垣埜坊圻培堦世皆知之垣字紫躔詩文無傳坊早夭左城蓋居第五碧溪詩話謂爲夢鶴第六子者誤也爲文沈博絕麗類諸兄餼于庠其時文社飈舉左城繼起爲諸生祭酒所至傾座人賣文爲活積歲時所得束修手構一椽以庇燥溼以兄紫躔之散徙也復推與共之友張步青死遺孤無所倚爲飲食之教之成立別有稿數十卷名經世驪珠蓋三通之流裔也卒年四十四府志八文苑傳其孫宗楷官至大司馬

橫浦道中憶諸兄

乍分四鳥翮前向五羊城地接蠻烟近天連嶺霧平旅愁多短夢離緒念諸兄回首關山遠因風寄客情

曉出西郭

爲愛西郊勝深秋客再過鐘鳴知寺近木落見山多曉氣涵

芳杜寒光蕩綠波於時聊一望顧影惜蹉跎

贈張元岵先生

草堂寒日對林邱落落聲名百尺樓但說人倫冠東國已知高士比南州棲遲蔣詡開三徑寂寞張衡有四愁莫訝小山叢桂晚青雲未老漢宮秋

寄懷朱人遠

相思隔歲暮雲愁況是蕭蕭宋玉秋詞客有情應慷慨故人何事久淹留一天星斗河中出七夕蛟龍海上浮最是傷心明月裏空疑顏色照孤舟

陸彥龍字驤武錢唐人有燹餘集

驤武年十六補弟子員負奇好學陳臥子過武林驤武訪之門者不與通驤武題詩以去臥子見詩大奇之倒屣迎焉宏光時趨晉安陸麗京亦避地于此人目曰錢唐兩陸生已而終中丞延爲上客周櫟園亮工夔才者

也方官閩中益相重會其父汝同死驥武自閩歸以不得覵飯含一慟幾絕又其婦張氏亦賢婦也先翁三日卒驥武痛之遂以病亡年三十六無子以弟子韜爲子

上龍湫巖贈行止開士

重過丹霞山更幽春山澹泊到龍湫野田半襍荒蕪綠澗道斜通雲水流石上桃花猶解笑庭中桂樹不知秋遠公精舍開蓮社得許陶潛一臥遊

潘廷章字美含號梅巖海寧人有渚山樓集

梅巖明季諸生鼎祚既移遂棄舉子業以著述爲事硤川志其一種也與仁和陸圻同邑陸嘉淑善唱酬之作互見集中

武林館中伯兄錢江晚至

西陵收晚渡及郭正黃昏夜火開江市秋星落海門異鄉雙剱合故物一壇存近得家園信挑燈與細論

曉發南塘自海昌城至赭山湖

旅館回清夢驅車出海城微燈孤店啟殘月早潮平沙落黿鼉徙溪喧鵝鴨驚不辭衝曉瘴寒重覺衣輕

同白方闇伯幼吉冰修集郁儀臣齋招同梅村太史及陸道威翼王周子俶王維夏郁計登許九日諸子

高館華燈尊酒開芙蓉烟月下池臺三江潮落吳魚集九月霜飛楚橘來紀事漢廷存太史談經魯國見英才十年獻賦心同切回首金門罷舉杯

臨平湖觀新漲憩草閣示聞上人

自昔奔濤下海門獨來新雨漲江村石潭雷起蛟龍鬬芒角星飛日月昏一臥滄洲成浪迹十年湘浦未招魂山僧草閣堪乘興岸芷汀花與細論

國朝杭郡詩輯卷二終　　錢塘吳慶坻校字

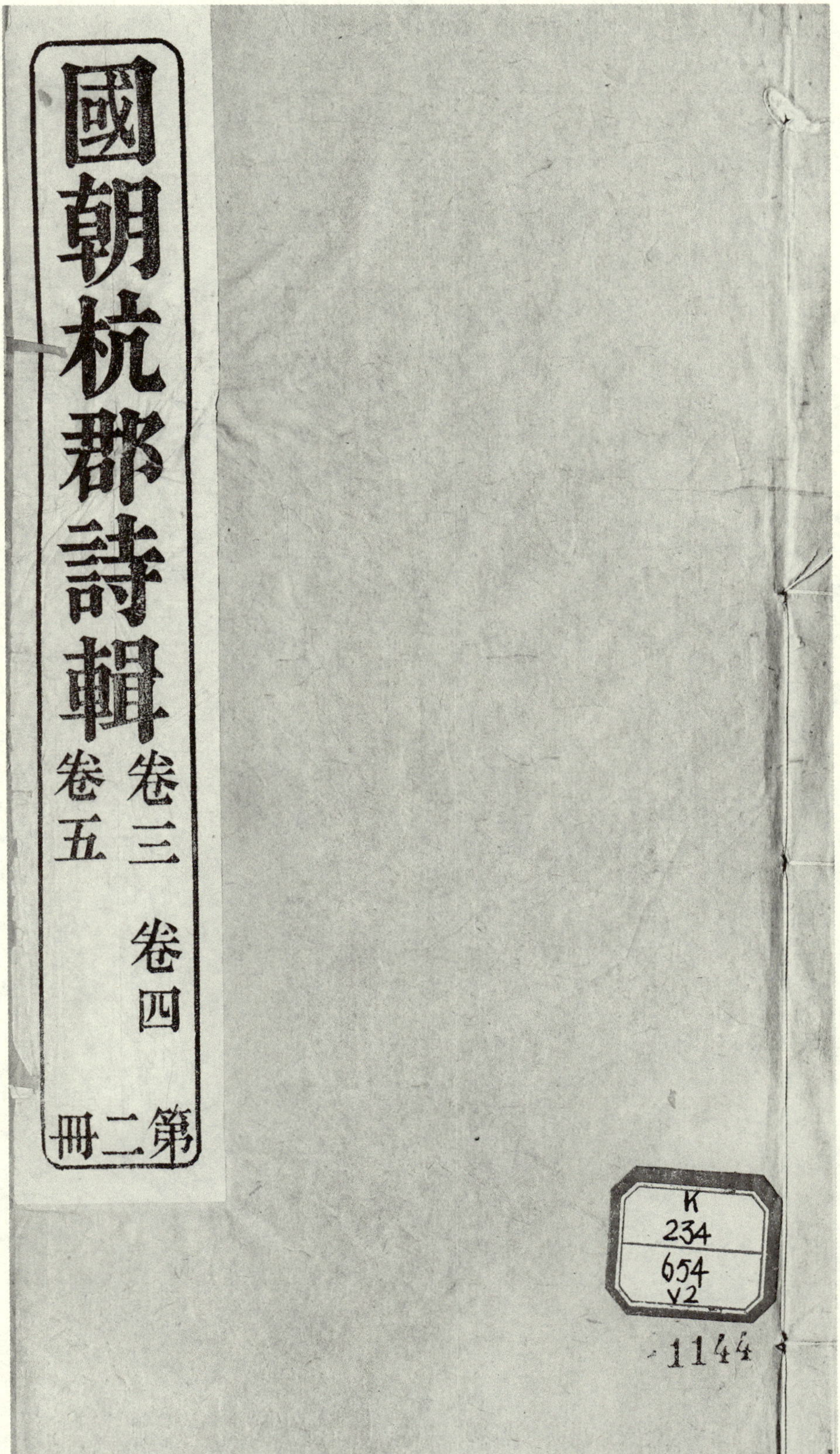
國朝杭郡詩輯
卷三 卷四
卷五
第二册
K
234
654
v2
1144

國朝杭郡詩輯卷三目 順治初人約略爲次

陳廷會　孫　治　張　丹　沈　謙　毛先舒
施　相　徐　介　姚文虞　徐宏道　祝洵文
蔡　遵　陳　枚　馬遇知　陳　麗　陳祚明
陳晉明　胡　介　張競光　查嗣琪　傅齡文
吳名溢　鄭　滋　朱光震　許　旂　查　遺
吳振宗　吳亢宗　陳源世　徐允詡　徐允狆
徐允翹　田　徹　沈　寬　鄖璧金　林　璐
馮　融　顧自俊　錢儼武　錢廷枚　許　蛟
陳萱永　王復禮　王豸來　朱願爲　錢　覲
諸長祚　潘杓燦　蔣作楫　高思謙　王　典

凡五十人

國朝杭郡詩輯卷三　錢唐吳顥原本　孫振棫重編

陳廷會字際叔號瞻雲錢唐人

際叔六歲始能言九歲作寇萊公枯竹生筍賦人皆奇之稍長補諸生崇禎癸未郡東門有海大鳥集焉人面獸身六翼四足際叔歎曰此鵜也所見之國其下多放士閩自號鵜客作鵜客問未幾若金堡徐繼恩陸圻應撝謙沈捷汪渢輩或拄衲談空或鑿坏遁迹人皆服其前知與陸鯤庭有性命之契鯤庭殉國難留書與別以書籍盡遺之際叔奔赴爲書以報地下美其得死所後教其子繁弨學旣成舉其父所遺書籍返焉通黃帝扁鵲言能立起奇疾性孝友居親喪斷去酒肉傫然骨立及今讀寒盧狀親之作與私諡兄文猶使人流涕也卒年六十一無子以弟廷會子調士爲後府志入文苑傳

過慈雲寺

遠公駐錫此城東寶殿荒涼古寺中門映清池塵不染月高雙樹色偏空飛花入座長疑雨拂塵當窗欲御風我悟無生曾未得好將出處問冥鴻

贈陸梯霞

東郊十畝漫沈淪小陸當今鄭子眞酒釀葡萄春薦母羹調芍藥晚留賓坐吟梁父看山色愁賦招魂問水濱自古風雲多草澤如君何必厭垂綸

懷陸驤武

西陵春草又芳菲才子飄零未忍歸越嶺半殘人迹少海天中斷雁書稀登樓有賦同王粲去國何心比陸機最是情傷舊游地知君回首淚沾衣

孫治字宇台號鑒庵仁和人有孫宇台集四十卷

宇台爲明給事中枝曾孫長身玉立廣顙豐頤幼與毛稚黃游聞子將之門子將稱爲二俊乙酉後隱居不試自稱武林西山樵者與陸麗京並精京氏學甲申除夕各占元旦明晦麗京決晴宇台斷雨次旦曈曨日出晚卽滂沱雨來人咸異之又嘗與麗京同在沈去矜座陸舉之字問云今日當得幾客應聲曰之字文十一也已

而果然是時戰場紛騷道殣相望宇台埋瘞骸骨人多作詩頌之兩親篤老硯耕謀食北燕趙南閩粤涉歷甚遠生平篤于友誼有魏姓友逮繫以妻女爲託及友被法卒娶爲子婦陸驟武死亦以一女託之爲擇吳檢討任臣妻之又爲立嗣以己甥女嫁焉吳百朋令南和卒于官囊無遺貲爲經紀其喪以歸人尤高其義王于一飲宇台于昭慶山房有兩狂生痛詈而擊之傷其頰于一欲召其人攻之宇台止之日此吾德薄所致子弗紛紜人又咸服其量既老矣以父殯未有葬地復出游遂歿于澤州年六十六其門生沈承爵居橫塘有南園詩若干卷惜未見

桐隝引

桐隝引者孫子哭其友人大行陸先生之所作也先生死桐隝有宿草矣孫子過憩於此三日三夜彷徨山澤靡有止所於是援琴以寫斯曲焉

竭來深林兮溪谷巃嵸糺木輪囷兮百卉蒙茸薄寒之中人兮罔知西東何辜皇天兮涕泗霑胸

登山椒兮長歌泝流水兮曾波水澹澹兮山嵯峨我思君兮不見君思我兮若何憯悽兮恍忽若交手兮婆娑

喜海昌許欲爾過舍

猶憶丙辰夏流汗戲枯棋酣戰如鉅鹿誰得分雄雌別來走閩嶠鬢毛霜雪欺頭從長溪歸精魂碎嵚嵚虎牙與羊腸險艱命如絲思君不可見夢繞碧海陲忽焉降光儀爲酌堂上巵擕來仙人茶芬芳商山芝既以慰夙昔并以解渴飢海內方湏洞歎子青松姿滄洲有宿諾盤石無遷移

短歌行與蒲玉書

狂莫狂兮楚接輿俠莫俠兮吳專諸爾我本是吳楚傑三十年來老巖穴腰中有劒未用渠鳳兮作歌徒騷屑故鄉春鴻渺難求卻被秋霜催上頭去去莫戀陳蕃榻行休至仲宣

樓吾爲楚舞爾吳吟西山猿鶴能知心

清溪

徙倚清溪側徘徊高柳間鳥飛仍帖水雲吐復歸山野客荷鉏立漁人擊檝還狂歌出塵表與盡掩柴關

冬日同翁屆子張祖望閒詠集字成詩

舉目園林盡高人暫午眠遠山遮戶北落木動樓前窮鳥銜殘雪孤鴻滯遠天心期尋逸興爲賦釣竿篇

懷誰菴羅浮

握手東行後言從海嶠遊飛鴻萬里道落葉五湖秋世事今如此離心遠更愁慚予獨畱滯天際望羅浮

讀張西銘先生七錄齋集有感

庶常一代李膺門迹作琅琅大雅存帝勅所忠無禪草臣悲

宋玉有招魂十年湖海推牛耳今日風流歎虎賁況是人亡同野哭不勝哀怨滿乾坤

與闢六鈐

故人栖託近如何聞道元亭自咏歌梅福游吳辭宦久虞卿去趙著書多秋風絕塞來鴻雁白露寒塘遍芰荷君意陸沈堪寄傲獨慚年歲轉蹉跎

懷驤武

當年文苑盛暉光何意飄零滯一方自是仲宣愁作客應知明遠夢還鄉春歸驛路梅花發秋到山居薜荔長憶爾天南空佇望越臺雲樹曉蒼蒼

張丹原名綱孫字祖望號秦亭錢唐布衣有張秦亭集十二卷

張氏自中州遷錢唐在前明時九世簪纓頗稱甲族祖望爲都御史濂之元孫所居第宅　國初圏入滿城播遷無定所後居西馬塍有從野堂有三徑三徑者蘿竹槐也又居秦亭山村因以爲號年三十二喪妻不再娶晚夢神人更名丹講服氣導引之術同時有兩張祖望秦亭多髯或呼髯張祖望以别之氣岸高簡不能自下手足腹背毫毛長寸許夏日喜坦腹臥大樹下自稱竹隱君詩名在十子之列及門著籍最衆輯有秦亭風雅其貫履多未詳然以秦亭山水繫之大抵皆吾郡人也又嘗于大雪中從老宮監至天壽山遍歷前明諸陵識其道里遠近寢隧規制而詳爲之記焉府志入文苑傳

節婦吟 爲門人周獻祖母陳作

節婦生陳門于歸周氏之子孫孝事王父并王母二十便稱未亡人常詠柏舟什不復理紈巾教兒以義方辛苦忘賤貧至老守厥志絲絲白髮新古有東海婦捐軀報夫君偶値使君賢飛章奏楓宸流徽播千古表在列女文歎彼周賢婦竹帛宜令聞柰何失記載蘭香莫爲覯相傳颷風起會構鄰火

熒光中忽現節孝字以此屋宇免爲薪我讀琴曲歌傷哉雉朝飛孤栖而彈絃瞑目歸黃泥賢哉此節婦前後與之齊子既能克家百世揚光輝

學者行

秦亭學者徐肇俊筆如利刃文機迅常常過我倚古槐綠烟紫蘚染雙鬢今歲三十氣如虹讀書攻苦古人同阮修三十成名士王瑜三十官侍中古有臧質年三十談兵指掌好畫策子今才氣亦無雙一舉萬里振羽翮我忝爲師何所云持鉏負耒機春雲看子功名比陸據三十英英邁等倫

沈郎行與門人聖昭

臨平沈郎能著書高齋桂樹色有餘窮年賣葯臨平市門外常停長者車苧衫蔴帽好隱遯蕭蕭攲枕閉茅廬憶昔汝父

南園日芍藥春光蝴蝶出一時賓客俱風流把酒與我坐稠密簾下輕吹弄玉簫燈前再鼓趙女瑟高談沈醉忘卻歸東池月上光滿室此時歡樂秉夜游題詩更唱晚娛樓棹頭長吟千百句春風吹過芳蘭洲朝來揮手且別去滿目烽烟不知處可憐睽隔三十秋我來墳墓謁清曙桐湖始波沙雁飛楓黃菊白木葉稀流光倏忽秋又老庭前露下侵我衣我衣芰荷八月涼于今思昔心繫傷春發扁舟擬再過梅花如雪照深堂

五弟子詩

數載盧龍郡終年楚水鄉雪花遼地迥波路洞庭長征雁兼風落雕胡帶露香邇來詩句好發興意蒼茫 陸曾紹

汝才能繼述舉世莫知何翡翠原交鳥珊瑚豈素柯貧眞晉

陶淡詩自魏東阿朋輩多風雅湖山足嘯歌 諸王發

周郎有雅韻英氣世間稀蘆葉弓弰脆桃花馬色飛逢人常脫帽見我必摳衣旦旦竹籬過談詩掩蕙幃 周獻

吟罷時過我荒村兩度橋偶驚魑魅出最喜薜蘿邀汎汎步兵酒依依弄玉簫汝琴已在几坐待鳳皇調 沈宗琦

堂中奉嚴父室內喜眞妻出則丰神異入還居處齊英年夓學道僻性暫幽栖語我游天目幾時可杖藜 陸曾禹

送諸駿男入蜀

萬里巴江水日東嗟君此別一孤篷衡陽雁影秋天外巫峽猿聲暮雨中兩鬢關山空白髮十年詞賦自青楓永安宮在知懷古梁父吟成恨未窮

王仲昭過訪 時有富春之游

秦亭秋色老巖阿訪戴王郎忽爾過我每高吟隨杖履君還幽意胷藤蘿青山抱病烟霞久白首論交涕淚多霜滿富春紅樹好蘭舟容與醉江波

寄吳舒鳧時隨姜京兆之北

木葉蕭蕭喚客情西風送子塞垣行三年笛裏梅花落萬里弓弰柳月明白馬曉關開薊野黃榆夜雪向遼城到時春滿新京兆極眺深知涓水清

別朱寧文

憐子漂泊向京華君自南歸竟到家此別相思復何處西風霜老薊門花

射陽湖懷朱撰序

高郵城上暮啼烏遠水扁舟此日孤一片愁心天際落秋風

吹滿射陽湖

沈謙字去矜號東江仁和人有東江集鈔十四卷

去矜六歲能辨四聲入鄉塾默然端坐詰朝責課則倍誦無遺稍長補諸生益工古文詞日覽夜誦坐臥南樓者垂二十年才名爲西泠十子之一又與毛稚黃張祖望稱三家其兩兄久析居後被焚掠即割屋居之不以巳析有客色性不喜飲顧好賓客過從即甚貧必質衣治具歡笑達曙鼎革後嗣其先人逸眞先生名士逸者爲岐俞術故吳百朋贈詩有乃公術過長桑君之句暮年益耽著作有詞韻詞譜古今詞選沈氏族譜臨平記諸書所居鼓村爲古東江誅茅架屋顏曰東江草堂遂以名集嘗言詩文當及身刊行若欲俟之子孫恐故紙斤不足當二分直也没前一年過其內忌謂諸子曰汝母先我十年而去來歲今日當與汝母共享矣後果如其言年五十一府志入文苑傳里中金氏今藏有去矜手書詩卷自跋云庚寅四月二十三日四鼓過寒山曉月映墖流屍觸船余披衣起視悲愴欲絕離亂之苦大略可見矣天明因錄本年五言律四十四首聊以當哭餘體不及備書緣驚悸顫掉筆勢敧斜不足觀也以東江集檢對內三十七篇未刊入集中今就錄二十篇以入輯集中諸體遂不復錄

人日

去國又人日風光殊可憐江鴻迴凍雪沙竹淡春烟世事交遊淺鄉關戰伐偏病餘聊騁望無那惜華年

雪夜集太倉何山人草堂

把燭草堂夜雰雰雪正飛未妨欺短鬢偏欲近征衣看劒客愁在銜杯世事非蕭條復何戀朋舊未全稀

雨中郎季午過訪

故友經時别乘春問草堂鳥啼花淡淡山靜雨蒼蒼逢世應無計論交轉自傷風塵今未息吾意在滄浪

喜張祖望館余南樓寄毛馳黄

南樓春色好幽客恣來過把燭酒盃罄憑欄詩興多飛花捎白鳥殘雪帶青蘿寄語毛公子何時共浩歌

曉起望雨

竟夕聽春雨開門失曉山雲低沙樹黑泥漬野花斑薄醉聊扶杖閒吟好閉關愁懷柰蕭索行客幾時還

送友人北上

嗟君此行役把酒一沈吟驅馬河冰滑聽雞塞雨深鼓鼙孤客淚書札故人心念母歸應早天涯勿滯淫

春日慰祖望

春來風日好因汝一傷心孤冢兒啼苦空庭馬跡深但愁增白髮詎遂惜黃金且對生前酒西湖花滿林

同友人集西公竹林

西公有精舍春日更來過修竹啼鶯換斜陽醉客多鐘鳴殷洞壑泉響咽松蘿堪訝浮生事風塵柰爾何

飲田家

田翁知耍客溪上對傾樽白鳥飛春草桃花媚遠村狂歌山愈靜醉眼日初昏莫厭爲農苦優游弗復論

夜雨宿昭慶寺

到寺仍逢雨登樓已叩鐘山烟入夜暝湖色向人濃清梵隨孤磬禪燈出萬峯空王憐病客何日遂相從

飲天竺山樓

閒登天竺路春酌可銷憂亂石沈山磬飛花撲酒樓野禽如解意溪女不知愁此地堪幽賞何妨日暮留

半山卽事

歸棹一何速春游正此時客呼田舍酒花覆女郎祠豔曲臨風苦明妝渡水遲重看行樂事野老不勝悲

重經岳忠武墓

重經岳祠下松柏晝陰陰共灑中原涕誰憐我輩心繡旗疑出塞石馬自空林遺恨班師詔南枝獨至今

新晴同鍾師夏過安隱寺

西郊春雨歇古寺況幽期白髮悲行樂青山厭亂離泉香僧茗熟石立徑花垂不謂風塵裏悠悠共采芝

春遊即事

霽色西村好尋春强自寬山花襯茵席溪鳥怪衣冠元髮愁時變紅塵醉眼看不知歸與晚落日過前灘

晚步示祖望

與爾庭前步蒼茫夜色分落花多映草新月乍離雲漂泊無歸計歌呼憶故羣如何子規鳥啼向醉中聞

將赴吳門對月留別諸子

惜別重攜手堂前月色澄蘇臺後夜望知與阿誰登素彩沈珠斗清輝映玉繩獨憐游子意孤棹待晨興

石門雨望

石門北去遠遊客倍愁思雲溼炊烟倒泥深驛馬遲苦吟聊澤畔對酒忘天涯設險眞何用吳宮重可悲

曉至震澤鎮

挂席乘清曉誰憐此路長重闗喧急水古墖射初陽野草猶春色浮雲自故鄉風塵有行役何處不沾裳

曉月

寒山四更月流影到孤舟苦霧沈荆棘青燐見髑髏風塵吾自識戰伐幾時休借問長征者栖栖何所求

毛先舒字稚黃初名騤字馳黃仁和人有思古堂集二十四卷東苑詩鈔一卷毛馳黃集八卷晚唱一卷蕊雲集一卷

稚黃明季諸生八歲至西湖有船行明鏡裏人醉畫圖中之句爲一時傳誦弱冠刊白榆堂詩陳臥子方司理紹興見之嗟賞讀至滄海春潮隨月落瀟湘暮雨帶雲還歎日吐句可謂落落孤高惜非功名中人耳西泠十子以稚黃爲項領其後與張祖望沈去矜日登南樓悲歌飲酒或稱爲南樓三子又京師語日浙中三毛東南文豪則以稚黃與紹興毛奇齡嚴州毛際可並稱也嘗從劉念臺先生講學中年困枕席所臥草蓐益至二十八簾林璐爲撰草薦先生傳病愈忽益强健始居螺峯徙清波門後居郭東園自號郭東園茱傭又號四福先生卒年六十九所著如匡林潠書螺峯說錄小匡文鈔聖學眞語格物問荅東苑文鈔詩辨坻韻學通指韻白鸞情集選塡詞名解皆有刊本其未刊者有芝塢集稚黃子文洴澼志別鈔辭細衷符慈勸詒家苞訓讀書隨記別稱錄南唐拾遺記支離餘筆擇摧命兒子語愴詞南曲正韻十餘種府志八文苑傳

五子歌

祖望倜儻好畫策于思之鬚蝟毛磔中夜仰視星漢白虎臣長未滿六尺三杯濁醪顏貌赤醉後往往論肝鬲去矜緩轡桃花陌子房孺子狀巾幗舉體金錫珪玦璧飛濤淩風扶勁翮前鳴珊瑚後琥珀傳書那論疲執戟聊復浮沈閱殘客景明詩才近高適多病欲丐金莖液自言量可傾一石

贈鄭去非 并序

鄭去非與余夙在里閈少相識已去游四方倦不適意歸館東城安貧孑處志頗閒佚比過余則兩人俱過壯久矣子瞻云英悍之色猶見眉睫然蕭然巷隱無以異于山中人也追懷三十年來萍合雲散之故慨焉賦詩

浮波既有石沈水亦有香物性固其然孤懷特殊常鄭子秉靜理攬策覩四荒臨流不欲濟河水何湯湯歸來城之隅一

畝騶苞桑嗒焉喪其偶何必嗟無裳浮雲不過天下覩疑何妨紛紛亦已久一吷安能詳泥途與軒冕孰問隱與彰丹鳳顧冥鴻各自成翱翔

贈徐子

徐子紫凝眞才子落筆銀河捲秋水獨排塵土論千秋此日風流還正始南屏四面擁奇石徐子高吟與晨夕詩成白鳳銜之去飛入雙峯最深處閬苑神仙復幾羣玉京消息定相聞一枝青桂九霄外吹落天香滿紫雲

贈石崑圃兼寄訊李天生

漢京三輔地才傑鬱雲蒸健筆君眞好悲歌我亦能秋風寒八水落日見諸陵還擬驅車過登龍揖李膺

姑蘇值金道庶飲中作

吳市逢君是故鄉皐橋沽酒脫行裝悲歌欲倚荆卿發醉態何辭阮籍狂歲老驊騮還短路秋聲蟋蟀在空牀亂離亰會眞堪惜別後風烟動渺茫

秋

病對西風素髮垂滿天蒼翠漸離披山中桂樹應招我江畔芙蓉欲待誰蟋蟀深知秋氣冷蛟龍何處夜吟悲一歌九辨增惆悵宋玉風流政可疑

潮鳴寺

城東東苑潮鳴寺此地曾經駐翠華南渡地靈猶表海北巡天子更無家宮人步屧生春草侍從鳴珂委砌花最是帝魂哀故老百年雷雨作桑麻

怨歌行

南陌提籠葉始生西堂秉杼錦旋成郎心莫是黃梅雨看過春蠶便少晴

吳宮詞

蘇臺月出夜烏栖宴罷吳王醉似泥别有深恩酬不得向君歌舞背君啼

閨俞瓊英集 俞爲仁和女子名桂年二十而夭其遺詩文纔一十六篇才思清綺未行世余别有序

宋玉眞愁客江淹本恨人何當誦遺稿霜鬢又添新

施相字贊伯號石農郡人有幽居詩梅花詩歛遊襆咏移居咏

石農嘗爲諸生性高潔不樂塵市順治丙申移居河渚張村名日幽居其地正當法華之北旁有張氏樓登眺極佳一時賢豪長者如貴池吳企岡上海李見石常熟顧景范衢川葉靜遠寧波萬公擇充宗臨安徐子山海

寧許欲爾徐炯一陳潮生同邑應嗣寅陳際叔沈甸華方稷陸拒石諸先生先後過訪座上雄談遞起觥籌交錯號爲一時之盛與徐介狷次交契尤厚爲築一室于叢竹間名曰竹廬狷次居其中十六年康熙乙丑遣妻子返湖墅故居獨與狷次嘯傲烟霞往返無定其後狷次卒會石農他出其子雲蒸在滇而雲蒸婦命稚孫傳語諸門生曰徐先生大故嘗聞翁言矣請以中堂奉棺含斂明日石農歸撫棺慟哭且摩稚孫頂曰汝能代母傳言眞吾孫也其篤友誼如此著有周易大象集解粹言

贈應潛齋

先生志聖學斯文應在茲側身隱教授聲望震當時悠然情獨遠塵涅不能緇讀書從吾好得意絕羣疑衰老富著述勤苦未嘗辭每一親眉宇寤寐深懷思襟度多所容不嫌世俗欺存誠而用晦潛德誰知之

徐介初名孝直字孝先後改今名字堅石號狷菴復號狷次又名曠又號涤溪仁和人有貞白齋詩集集陶杜詩各

一卷

狷次明季諸生明武陵令瀨之子陸圻之甥也家塘栖落瓜堰甲第蟬聯世稱落瓜徐氏乙酉年二十棄諸生易其名曰介妻死不娶子死不嗣去田園壟墓白衣冠垂五十年中間轉徙無定所後入河渚愛其地浦漵陂塘之勝遂寄棲施石農廡下嚴毅疾惡狹中鮮容非分之餉錙黍不受顧篤朋友之誼有友繫獄非冤溪顧祖禹景范不可解非狷次不可致景范景范主顯者家狷次不遠數百里詣之不登岸使人招至河辭立談別去而友人事立解景范所主者慕狷次名亟造舟請謁而維已解矣魏叔子死眞州走千里哭之且手錄其遺稿焉性豪于飲大醉取詩牋寸寸碎之投水曰世安有能讀徐生書者又善哭醉益甚春晚聞杜鵑啼聲則抆淚擊涕發聲磕磕而不可止見者以爲狂生曰我非狂乃狷也因號狷菴既以爲狷不敢希復易爲狷次生平雅不自居隱逸嘗云億兆之人無官者十九豈皆高士哉我自服親喪終身非敢爲高也年七十二卒于施氏近時蔣蔣村烱得其手鈔古今體詩三冊集杜梅花詩二冊集文鄭詩四冊別集二冊晚歲五言律一冊因爲刪存十一并殁逸事成年譜一卷可謂能變古人者矣

題黃山周將軍祠

將軍名應禎嘉靖時爲浙都閫禦倭于海寧之黃山頗多殺獲以伏

發致殞至今土人廟祀之

黃山古道陰風生松林颯颯吹月明周侯祠宇傍高嶺靜夜髣髴鐵騎鳴嘉靖年中災禍切島夷深入窺閩浙往來飄忽總無常東海之濱滿喋血跣足披髮揮雙刀盤舞跳躑同猿猱千家百家恣剽虜可憐村市徒哀號侯也是時怒衝髮左挽雕弓右仗鉞馬頭飛鴉著箭墮相傳將戰時有二鴉飛鳴馬前射落其一麾兵力戰當山窟須臾小醜勢不支半死半逃聚林樾大呼逐北氣雄哉伏戎何意逢倉猝于嗟爾侯空陷沒于嗟爾侯雖陷沒身騎箕尾上天門搖曳雲旗神恍惚冠裳凜凜憶嗚珂毅魄英姿今若何尚有土人嚴禱祀釃酒豚蹄羅拜多我思丈夫提戈志滅賊縱無成功須殉國如周侯者豈易得生專分閫死廟食赫聲濯靈安有極檜柏幽森鳥雀啼徙倚黃山三

歎息

悼崇德吳子虎

禦兒亭畔客高隱似君稀濁世佳公子先朝舊布衣逃名思采葯避世故餐薇滿目烟塵久將無抱恨歸

旅舍秋感

遊子何方可卜居天涯漂蕩渺愁予紀年漸老陶徵士避世難希楚接輿露冷空堦吟蟋蟀風翻淥水落芙蕖莫疑湖海終淪放豪氣于今未易除

金天景物正淒淒不斷悲風入鼓鼙故國幾人還逐鹿中宵有客共聞雞天邊河漢參差見夢裏關山咫尺迷爲問啼鴉空繞樹南飛安得一枝栖

楚吳遥隔三千里少小曾爲汗漫遊江漢水連雲夢澤風烟

晴敞岳陽樓追思花縣趨庭日極目荆門故國秋沅芷澧蘭
堪采佩夢魂猶自泛扁舟

一自神州開殺氣漢庭非復舊山河李陵臺上黃塵入趙信
城邊白草多矯首古今餘涕淚寄身天地且狂歌美人遲暮
勞余望冉冉年華逐逝波

陰蟲淒切柝聲遲梧葉蕭疎柳色衰作客頻傾秋夜酒懷人
長是月明時濯纓誰奏滄浪曲染翰新題白紵詞可奈風流
慚宋玉高天寥泬易生悲

漢武極歡曾發櫂庾公乘興亦登樓須知皓月堪憑嘯莫是
秋風故送愁砧響千家聞野外菱歌幾處出溪頭高空不盡
淒清色長夜逍遥擁敝裘

先朝寢墓隔燕山列帝遺弓不可攀漫照金燈移鳳輦虛瞻

玉座憶龍顏風雲蕭颯天門暗檜柏凋傷御路閒歎息北都
佳氣盡青燐吹滿紫荆關
江天東接潤州城二水三山拱舊京豈謂艟艨浮夜月暫驚
笳鼓散秋聲雲梯眞媿公輸技風鶴空傳幼度兵漫向新亭
重對酒河山無限涕沾纓
太乙壇前烏夜啼昭陽別殿草萋萋班姬無處裁紈扇漢使
何從祀碧雞塞北荒烟通燧火天南妖氣障虹霓憑誰更請
長纓往媿我難將一劒攜
閩海蒼茫分粤嶠瀛洲縹緲溯河源早知博望槎曾泛似有
靈光殿尚存萬里波濤懸日月十年兵甲闘乾坤長空欲縱
登臨目徙倚高邱轉斷魂
半生栖託近牆東偕隱其如吾道窮已爲亡琴悲子敬每思

采葯媿龎公江津嘹唳逢孤雁天路飄搖見斷蓬況是二毛催老大幾回搔首向西風

蘆荻蕭蕭覆水涯飛鴻渺渺度風斜縱敎入望生秋興無那多愁歷歲華八月大江千尺浪小山叢桂幾枝花忽驚客子羈棲久誰寄寒衣苦憶家

姚文虞字德善號舜菴仁和人

舜菴當甲乙之後澗壑自安蹤跡與徐狷次相似書善狂草所作詩皆燬于火

巢雲牡丹

蔟蔟紅妝衣錦霞西泠金谷自繁華主人刮目非逾分一笑春風甲萬花

徐宏道字景行仁和人

明季福王建國南都景行爲督工官入本朝罷職家居寄迹湖山以終

棲淨寺山房

僧老畏霜寒談經件子坐林間踏葉聲知有樵夫過

落花吟

東君行色何怱怱一番驟雨和狂風西園落紅速辭樹狼藉春妝不堪駐朝來片片逐溪流我淚灑花花亦愁不恨此花逐流水只恨年華疾如矢流水落花愁殺人棠梨枝上無多春無情杜宇聲不靜滿地臙脂臥烟冷試看點點非落花盡是傷春血淚併

祝洵文字眉老晚更名遁自號東濱山臞海寧人有影山樓詩集

眉老家龍山補諸生後目擊時艱畱意司馬諸葛家言豫籌國事皆奇中旣而晦迹海隅與陳乾初確入黃山講性命之學晚更仿汐社遺意集隱君子蔡養吾遵陳叟立枚十四人爲省過社日相倡和計社中人年歲名

日千齡社集年七十七無疾而逝

山樓次乾初韻

山色青終古登臨感世人高樓寄長嘯秋宇淨纖塵牛渴寧辭飲車勞悔用薪與君同卜隱天遣作閒人

夜集湯仁侯宅贈王元倩

故人相見倍相憐別去追思便十年亂後滄桑歡會少老來身世感傷偏婆娑枯樹今如此倡和清歌久不傳懷舊竹林餘向秀山陽鄰笛意淒然

蔡遵字養吾海寧人

客館詠梅呈眉老

擔書懷故住龍山雖被春光春尚寒每歎芳蹤空寂寂自慚瘦影獨珊珊烟銷十步澄飛霧路畋橫江誤舞鸞造物養成

清亮節莫疑霜凍作摧殘

陳枚字爰立號補菴海寧人確從子明末諸生

初營棣園有述

曰余遘時艱夙抱每易虧二人早捐棄有懷不可追惟是昆與弟旦晚樂塤篪西山田二頃不忍負先遺攜鉏謂我季終老艮在兹結籬盡紆曲闢徑半平陂眷言植常棣斷章取雅詩園小不足名聊用寄我思其南負塘陰其北俯池湄境亦在人寰情乃與世睽佳木欲向榮野蔬實繁滋猗猗數行竹相對日漸宜伯兄方披絳聚經授羣兒亭午或散步彷彿浴沂時亦有素心人林下共棲遲烹葵酌濁醪言笑竟不疑鳥還明月夕花爛春風枝終宴弗能忘歲序忽復馳慨焉易征邁何以愜心期

馬遇知字楚白號槐村海寧諸生有桐溪詩草

桃源春曉

渺渺桃源水晴春曙色浮穠花迷曉渡細草入遙洲雲暗谷如暝溪迴路轉幽溟傳劉阮事何處覓同遊

陳麗字貞倩號正菴錢唐人有采菽堂詩集

貞倩少失學長始讀書從兄元倩治軍大梁所籌畫暗與孫吳合當其時諸營纍纍如兒戲耳獨貞倩軍屹不可動既而滄桑改易恣意謳吟孫宇台稱其一爲詩而橫絕一時且謂鍾嶸所當第一標置蓋甚重之也

放言

武林城中游俠子自言生長東城裏男兒意氣在四方雄心磊落誰能此生平不喜事文章走馬射箭心膽揚憶昔曾爲大梁客憶昔嘗登公子堂雕弓大羽追飛蓋楚舞吳歌繞畫梁頻川日落征旗出河曲風高曉角長可憐遊遍青山道可

憐踏遍春郊草隻身許國未曾捐頻年遭家多不造短髮蹉跎空自憐人生致身苦不早回首風塵一劍隨做衰零落秋風吹百年徒侶蕭條盡舊國勳名那可追窮澥天寒風瑟瑟金盡牀頭空抱膝無家可種故侯瓜何地容栽陶令秫村中濁酒聊自斟耳熱歌高無古今功名富貴豈長在流水浮雲何足尋勸君且酌杯中酒秋月春花隨地有逸羣傲世烈士心玷玉鑠金衆人口時危盡見世人情不如壠上還躬耕縱令疎拙非時調吾自悠悠獨長嘯

五月三十日爲先兄諱日泣賦

一氣乾坤大三秋日月寒歸雲淩劒舄陰雨拜衣冠國破魂難穩家危廟未安江流終不返懷舊幾悲酸

襍詩

市井城居僻襟懷野老迂病從違世得客自不才無道喪憂
何用杯深興未孤苟全眞此日遮莫問前途
可求非所好不復更依人仰屋書空著秋天月自親雪深高
士臥瓜美故侯貧此意今誰解吾思早卜鄰

襍詠

任嬾吾眞疾孤居世未同驚人言豈會閱俗禮難通名或他
時在身憐故里窮短詩聊慰藉擊筑此城東
出門時極目今晚又河干岸東人聲靜天垂斗柄寒樹明燈
出閣水暗月歸灘夜禁巡城急荒荒早與閒

喜康侯弟歸

觸暑歸容易循環記一年草生今日緣閣有昔時元棟折支
難穩牆穨補更穿況經春去遠幾度憶花前

暑散横河雨塵清陋巷風一時朋自遠兩日酒應空汝亦愁行路吾今識固窮初歸莫惆悵前去任西東

扶病同康侯弟登後園假山

無那遣愁偏抱病最憐春色强登高山空老圃還生竹栁暗鄰家更著桃涕淚弟兄銷節序飄零關塞憶風濤東城蒼翠年年發幾日同來醉濁醪

九日

九月九日風日清一尊獨倒倚東城紫萸欲插不忍插白髮偏生未可生落帽孟嘉眞絶俗整冠杜甫故多情最憐人到傷心處乘醉登高亦强行

贈梁仲木

丁酉之歲七月中薊門梁大來城東投刺豈因諸弟好訂盟

會與先兄同班荆古寺留殘日懷舊中原有戰功四海空囊雙鬢白青樓綠螘與偏雄

陳祚明字允倩錢唐人有稽留山人集二十卷

允倩爲耆儒石耕先生子侍御元倩總戎貞倩弟丙戌夏侍御畢命江上允倩一身間關攜櫬以歸棄諸生與兄貞倩弟康侯奉母居河渚久之故人嚴侍郎顥亭初官中祕以書招之至京與宋荔裳趙錦帆丁藥園諸公倡和號燕臺七子嚴公子少司馬方貽曾絜實受業焉方貽登第允倩思歸因循不果康熙壬寅卜居吳山之麓偶一返杭旋即北上後其家遷威乙巷但遙聞而紀以詩不返矣武林先雅云允倩長髯如戟雙眸若電博學通方諸公倩作奏章言事輒報可以故貴游倒屣號爲白衣臺省其才思敏給每當霜檐星馭燈灺酒闌頓十指而應之無不屬饜人意二十年名滿長安坐無車公不樂乃竟以賣文客死年止五十烏乎可哀也已未刻詩文有狀頭集三十卷擬李長吉詩三卷前集十卷又評選古詩文爲駢拇集倣元人襍劇爲鄰米集其稽留山人集亦名敝帚集自順治乙未至康熙癸丑凡十九年之作府志入文苑傳

按敝帚集有訓同里吳雁市五古盛稱其才藻孫宇台與吳雁市書有閩游作如栁子厚栁州諸記語顧雁市

詩不傳附識俟攷

送曼石之廣陵

爾自廣陵來還向廣陵去低迷何所爲漂泊不知處饑難供爾食寒難製爾衣但知意厚薄不解情是非悠悠管鮑交古道委黃土白蜜柏子丸外甘裏懷苦我住歸無時君行歸不得生作汗漫遊寸心人不識三金買舟船二金買白飯啗飯臥舟底廣陵在天畔若見故人面不知故人心故人但相憶豈變雙南金南行荆棘多北行塵土暗蒙袂衝塵沙顧我慰孤散來亦復苦愁去亦復苦愁行行重相見延年壽千秋

送劉清餘民部請假歸里

燕山八月白雲生灝瀁高秋玉澗清仙郎卻憶鱸魚鱠移疾扁舟破浪行家在錢唐門外住小閣臨流山在戶別業西溪

北山北短棹時沿溪上路溪上家家綠竹饒梅花繞屋影蕭蕭幽窗雪色窺林麓小市人烟蔟板橋問安堂上宜春酒七十童顔垂素首池塘細草更聯吟獻歲烹葵還翦韭長丈著膝容如花棣裏回看谷口霞便疑仙洞非人世肯戀長安有狹邪一官脱屣浮雲薄三徑棲遲得眞樂謝安捉鼻愁不免肯使終身在邱壑我愛湖山作逸民遠游卻踐洛陽塵不如一脱金閨籍便已爲漁向富春

攜手行燕山旅舍冰修至有贈

昔年避世友麋鹿我隱河滑君海曲乘興拏舟一到門鯉魚上鉤酒新熟烹魚漉酒飲花閒風吹花落衣斑斑山空水遠笑語響別有得意非人寰可憐八口闕衣食千人馳走金臺側一十三載風塵中鬢髮已白面黧黑中閒乍歸不當歸天

邊知己眼前稀只羨君身在霄漢豈知心事已多違秋風搖落金臺柝道上逢君更攜手衣裳且念故人寒顏色同悲賤士醜莫更京華擬賣文工書何處換鵝羣淒涼悔別西湖水悵望空愁日暮雲

送陸左城赴袁大中丞幕府

仗劍且南征嗟君萬里行雁行鄉夢遠馬首瘴雲生磨楯看飛檄垂櫜正寢兵徒非乘傳使不擬請長纓

送吳錦雯司李端州

共歎風塵再仕年一官佐郡歷蠻烟仍披案牘曾諳律去買舟車便少錢石硯幸饒堪潑墨端溪最潔但烹泉題詩不易夷齊節此事君家嶺外傳

今年時方卻楚蜀制府蔡公之聘

今年五十稱翁可作賦談經是事慵竟恐偏枯風右厥祇便偃臥日高舂饔飧北首飢須給書記南征病嬾從下榻獨依嚴太僕酒狂謬誤每優容

陳晉明字康侯號德公錢唐人有采菽季子詩畱

康侯於鼎革之後與兄貞倩允倩詠茅借隱不復干進其論詩謂王李但揭高華鍾譚專搜冷雋兩者均失之選有八代詩鈔初盛唐詩世稱善本云

至正年間寺

至正年間寺荒亭撫舊碑日斜祇樹冷烟沒故宮悲人代巢烏識風流繫馬思近來憑弔地無處不淒其

蓼花

苦蓼花爭發淒疎十里過葉垂臨水遍蕊密向船多溼翠沾新雨輕紅落晚波最憐生意薄霜露復如何

鄒大孝直同被劫質在盜中僞與余爲兄弟稱請先出辦贖卒就兵閒營救得歸未能償金賦詩言謝

豺虎巢中那長策脊令原上賴深謀無錢欲乞朱家買讓死非關趙禮畱竟自黃金酬部將遂令黑索免纍囚執勤但可身居作廡下從君學飯牛 按孝直爲孤山慵隱仲錫之長子西溪泊菴者其莊也

胡介初名士登字彥遠號旅堂錢唐人有旅堂詩集

彥遠幼穎異年十二補諸生故居在河渚人迹罕至及江上兵起復入城僦居一畝田遂更其名以示蠱上履二之志所娶爲翁少君桓閨中贈荅有秦嘉徐淑之風一日語少君曰身既隱矣無買山貲柰何少君曰君第如北游貴人重君此區區者不余畀乎乃游京師其時如吳公偉業龔公鼎孶曹公溶周公亮工皆折節納交而彥遠意氣寡兀亦莫能籠絆之也舊時武林壇坫陸先生圻實執牛耳獨不能屈彥遠及陸罹死妄彥遠乃竭力營救之其風義如此府志入文苑傳同父弟懋遠亦能詩見邱象隨序中今佚

二月六日醉中作兼寄程二邱四

二月六日雞初鳴胡介祺被淮南行是月是日介始生春帆細雨難爲情江花如烟柳如綺胡爲勞勞去鄉里自笑平生馬少游坎軻歷落心難已悠悠天地復何求落魄長教僕婢羞數致千金還復散忍飢那肯事王侯牢騷今年四十七鬢毛欲白面欲黑虛名贏得九重知泛交誰念三旬食淮南渺渺隔江水生死之交半在此朱萬蕭條墓木平思殺程生與邱子漂母祠前春草深南昌亭上啼春禽弓藏狗死空千古獨餘一飯傷人心孤舟夕雨雨不止蹲鴟兀兀啼空壘百丈城扃不見人拍槳高歌送暮齒

贈孫八豹人

十年兩見孫焦穫頭鬢蕭騷似飛藿留得雙瞳炯炯青終日仰天望寥廓總角盤頭便有名吐詞屬對坐客驚謂當三十

取卿相誰令四十無所成華嶽有家歸不得一身落魄揚州驛揚州自昔稱繁華戰血風吹滿溝澤梅花嶺上葬衣冠丞相精靈去不還我曹安忍不貧賤朱顏綵筆常飢寒我年四十七忍恥人間覓衣食汝家三十口日日市上糴升斗自矜敏捷千首詩換得飄零一杯酒爲語焦穫得酒毋勞更作詩李白杜甫世所嗤

發邗上寄邱四宋大兼傷萬大朱三

二月下蕪城桃花春水明新楊喧浴馬廢苑一啼鶯郊外餘軍壘人間重友生存亡兼契闊悲喜總傷情

山行懷沈四以沖

盤躃荒溪上峯回路自通秋光雨後闊山氣晚來空立馬斜陽外懷人古道中知君方薄醉燒燭小齋紅

集飲周司農櫟園

下馬投鞭乍已親論懷感舊黯傷神文章直與干戈老患難能令意氣眞斗酒縱橫猶致客庭梅消息欲開春不須牢落悲儋耳橫海南來有故人

同姚大辱菴邸四季貞泛舟石湖兼懷侯月鷺歸元恭陸梓亭諸子

吳儂楚客同歧路蕩槳乘風此見招茶磨春帆開舞袖橫塘綠樹坐吹簫劇憐千里人初合柰可三年恨未消東出洞庭烟水闊支離天地有漁樵

九日章司李翊兹招同陳康侯潘梅臣集月波樓

殊方作客憂登臨佳節重陽感倍深盤馬嚴城當返照開尊傑閣動孤吟共傷瓜苦三年別獨惜鴻飛萬里心西望匡山

還極目幾時襆被問東林

送顧庶其南還兼訊茂倫諸子

離堂尊酒恨難平久客何堪送客行落日自傷遊子意殘年倍有故鄉情帆檣楚國羣烏晚橘柚吳天一雁晴歸訊江城隱君子幾人雨雪憶劉生

送唐大祖命還太平

短鬢長攙心事微憑高萬木隱朝暉人逢白眼誰同調門對青山好獨歸雲散江湖遺老在春深淮海故交稀臨歧握手無多語采石嵯峨有釣磯

北還夜泊吳門

身是江南客憂看江南樹烟樹夜冥冥知入吳閶路

雨臥

渚北渚南花發生屋前屋後雨縱橫旅人未是看花客獨坐茅堂聽雨聲

張兢光字又兢號覺菴郡人有寵壽堂詩集二十卷

覺菴長自名閥于祖望昆弟爲大父行絕意仕進束修砥厲如後門寒素性峭獨自憙不妄交一人終歲研鍊藏草稿篋笥中雖宗族子姓不得一讀柴虎臣與爲鄰並始得窺所撰述因呼毛稚黃諸公共訪之于是覺菴之名始著

節婦詩

毛子馳黃向余曰有伯母孫氏年十八歸伯伯氏豪宕不羈母貞靜自嫺動規以禮後遊西粵客死無子母南望長號悲鸞感鵠五十年如一日也性秉純孝克承姑顏仁兼慈幼諸姪多人皆賴含飴縫紉提攜寢處顧復篤摯匪朝伊夕寡言笑喜皎潔屏浮華甘澹泊通曉內

務不以敏習見才冰槩自礪不以丰采淩物莊莊乎稟
稟乎貞姬女士之行可謂兼而有之矣茲惟季冬爲母
八十初度乞言增重用揚清芬余居同里閈習聞大略
不揣鄙陋敬獻巴言詩曰
延佇歲云暮重闈朔風吹寒螿依北渚毚兔營山基萬物欣
有託而我獨何爲荏苒八十載感往憶昔時良人遘不造遠
行悲別離滯淫在西粵一往無歸期南望思其人淚下何漣
洏遙遙歷歲序寂寂守空帷上堂惟老姥下觧黃口兒轗軻
煎日夜苟無寒與飢殷勤供織作肅穆端操持黽勉佐中饋
祇奉殊復奇冰霜越五旬執心遂兼茲慈愛由性生撫姪共
餔糜劬勞一何篤積久迄于斯猶子感惠義揚光藉新詩曰
余荷采甄聊復爲此辭良辰瞻貞母磬折泛羽卮天地有成

理淑問垂不虧

呈從兄仁菴 名岐然字秀初寄迹方外

清徽勵成操卓犖擅奇才抗志淩虛上豈伊金銀臺圓像積陽九素心不可回飄颻甘淪迹慷慨無悲哀豈不念妻子含情有獨裁幽棲何寂寞聊用屏浮埃曰余師哲兄式好無嫌猜昔躋雲居巔蒙昧一爲開假檝祖江北傾想信悠哉依仁繼往聖明道啟將來至理原無二莫復轉徘徊

贈谿上人 并序

師勝依號溪塘錢唐人也少年捨身大仁寺屈首讀書邁志參學筆札超軼三有心性洞遠五燮出門訪道親炙三峯盡得其傳焉益澡身微淵宅心道祕爾迺飛錫南山覩廣殿之傾危辛勤修飭哀衆生之塵縛婆娑妙

鑒雖困頓絕粒從游益衆問道日繁亦可以占其所抱矣

碧水含清暉崖崿何嶙峋緬彼冥寂士翹迹亦殊倫勅躬既窈窕卓犖慕古人寸心有不厭出門溯長津中懷弗標異析理日以新消搖攬物序容與樂好仁散袠綜羣書手札妙入神南山聊止託延佇洽隱淪灌木翳陽景綺疏生滐雲結構飭丹宮迢遞翦蔦榛從游一何繁絕粒不患貧含意濯入解微言撤六塵般勤貴識義道論更四陳靜以暝思慮動以守其眞何因蒙善誘披雲信可珍

渡江

吳越一江合烟波三浙開潮聲連海嶠日色映樓臺野艇千檣出離亭萬里哀櫂歌寧有意蕭瑟且銜杯

淮南夜雨

高城吹夜雨古道瀉寒流野戍千峯合孤村一帶浮離顏悲水國旅思歎芳洲爲問淮南客小山何處遊

送趙聲伯北遊 名時楫紹興人

才子飄飄事遠征長安市上早知名蕭條靜眺三河月颯沓遙悲五壘城對酒高歌還擊筑出門撫劒更談兵書生莫被儒冠誤雲樹蒼蒼萬里情

送楊克偉還閩 名學傑

半生結客少年場南去迢迢道路長九曲浮雲連海嶠七閩疏雨遍河梁天涯睥睨催衰鬢人事蕭條枉斷腸總是故鄉堪眷戀何如思舊下錢唐

查嗣琪字肇五號石丈海寧人

石丈嘗師事劉蕺山受微過顯過隱過之格日記月課首戒自欺居常草屩布衣絕迹城市

詠梅

孤山人去矣寒卉卻依誰春氣許先占冰心甘後時蒻香清寫照索笑獨吟詩昨夜聞鄰笛吹殘第幾枝

傅齡文字長質錢唐人

長質父巖字野倩號辛楣其先義烏人從父遊于杭遂家焉中明崇禎甲戌進士官歙縣知縣從朱閣部大典駐師金華　王師下浙江被執死之子三皆有文名齡發齡熙抱父屍以死長質遷其柩歸杭藜藿不充者十年而卒見武林耆舊集

題功廟郎岳琚祠

宋室危南渡空城守禦稀忘生知轉鬬忍死出重圍諸將多茅土成功獨布衣淒涼靈衛廟吹淚上旌旂

吳名溢字暨知號我匏又號匏庵錢唐人

我匏明季諸生兩喪皆廬墓著喪禮注築匏庵于滿覺隴因以自號晚年又構藥園于城東隅與皐園相望軒檻虛敞竹木蕭森玉照堂前玉蘭一枝大可數抱高花如雪蓋百餘年物也與嚴沆柴紹炳查繼佐祁豸佳吳山濤諸公觴詠其中輯其詩爲藥園盍簪集又嘗攷三傳異同折衷諸家爲春秋詳註嚴沆嘗語人曰林繼標致當推是公非晚近人也卒年七十六府志入文苑傳

冬白苧詞

夜風蕭騷促寒杵館娃宮中列寶炬美人結束澹容與爭向君前舞白苧趙瑟秦箏仍次序絕調清商響花杵裂帛一聲杳何處纖腰宛轉因風舉妙旋自是蓮花侶霎時階前拾翠羽玉容嬌困氣如縷薄汗揾妝霏紅雨更咽銅壺夜正長越女那知非故鄉一卮美酒壽君王破楚門東霜月涼

鄭滋字羽詵仁和人有平千偶集

平千少與毛稚黃丁藥園素涵友善後以游幕老于湖湘之間

寄懷徐汝嘉

相違未十日離緒已三秋冷落陳蕃榻淒涼庾亮樓客途沙草合歸夢嶺雲浮安得西窗燭聯牀語不休

朱兆震字卺子仁和人有夢餘草

卺子明季諸生幼好讀書處兄弟間友讓無間言性疎澹薄聲譽接人如在春風中而少所許可獨與嚴津及應撝謙相友善嘗擁皐比說經造就學者先名節而後文藝門下多一時知名士至康熙間以壽終府志入文苑傳

懷古田舍

日處塵市中良疇不獲踐平年且長飢歎歲安所免偶一入春郊農桑懷已緬村鄰咸樸湻畜牧亦兼善習勤心既安地僻塵更遠汙尊有餘歡黃虞何必返榆栁疎高風子懷正不淺

往時值衰季終歲抱長貧筋力皆紓緩耽樂不務勤出郭行村鄙方知稼穡人荷鉏桑陰下畝歷不知新耨火亘云苦壺漿亦自欣歸來量晴雨比閭皆好鄰但願催科薄即是太平民

許裔字大辛海寧人明末諸生有鐵函集

積雪訪張元岵先生吳山作

積雪憑高閣吾慙王子猷孤城巢鸛鶴遠水狎鳧鷗地僻人俱寂天寒凍不流興來舒望眼幽意屬滄洲

查遺原名崧繼字桂青後改今名字逸遠號學圃海寧人海鹽籍明季諸生有澄清堂集輶軒錄作學圃集

庚戌除夕

殘年傷老大萬事感因循去日知何日淒其戀此辰明燈還

顧影細草自迎春尚有忘年者嶔崎歷落人

甲寅元旦

不道菁華減春風入敝廬心驚殘臘後身歷歲寒餘年往仍憂世時艱卻著書平生蒼莽意獨悵此居諸

揚州詞

江都士女蕩輕舟傳說當時翠輦留二十四橋人散後風吹螢火徧邗溝

吳振宗字與公錢唐人

與公高祖名鼎字維新官廣西布政司左參議學者稱文節先生武宗朝令臨淮忤先鋒中貴人張雄下詔獄廷杖者也曾祖遵晦字明仲官山東按察司副使治臨清盜最有聲明仲生一駿一駿生斯盛字爾昌官鄒縣丞崇禎末齊魯郡縣望風逃避鄒無令以丞攝令繕城郭治樓櫓攻守之具始備又以與公與弟次公爲左右翼分疆畫界誓以死守後中孟博士讒免官去與公與吳慶伯交最善嘗言與公爲名諸生豪宕敢激好與奇

材劍客游後客游邳州而死府志入文苑傳

東王望如張修崖鄧叔可

同心二三子滿目歎蕭條薊北秋風署江南明月橋離情逢候雁别念寄歸潮斗酒休辭醉東西溝水遙

晚秋客淮寄顧茂倫

西風吹雨雨初收寥落空亭感暮秋白雁遠飛南浦宿丹楓遙動隔江愁松陵波漾蟾蜍影淮墅烟迷蘆荻洲千里勞勞成悵望楚天涼露冷孤舟

谿亭小飲懷茂倫

野旆山橋得酒賒栁陰濃處近漁家一溪殘照能留客幾樹新鶯惜落花南國美人仍海嶠東風芳草又天涯應知别路吳江遠夢到垂虹月未斜

吳亢宗字次公錢唐人振宗弟

次公性謹信然伉直守高槖筆四方所如多不合

遼陽依韻荅仲兄見寄

路出陽關別有天隴頭流水正潺湲黃雲重暝邊笳合白日横空塞草連骨肉深憐人面改風波遥憶歲華遷漂揺蹤跡憑誰問一望鄉園一黯然

奉酬張伯玉枉寄之作并詢淮陰游好

九月霜凋木葉稀故人書到鯉魚肥平臺客散人多病郢里歌殘調轉微砧杵幾家逢候雁風塵千里憶征衣月明更聽關山曲楊柳梅花一夜飛

城南眺望

城南憑眺興如何徙倚愁懷且放歌橘柚紅顏霜後變江湖

秋水晚來多孤城細雨聞傳柝古道崩沙見荷戈蕭瑟平生慚杜甫但驚蓬鬢已蹉跎

陳源世字子遠號適齋海寧人

適齋常與楊自西酬唱卒年九十三

題寄菴懷朱人遠

雲構依巖出秋深一徑通江天難辨色樓閣迴含風有竹峯峯翠無花樹樹紅長懷入蜀者吟苦萬山中

喜晤普西元指

憶别春光暮重來山氣秋閒窗曾嘯咏孤榻幾淹畱題竹迴青眼看雲共白頭與師一飯罷他日載登樓

徐允翊字孟淩錢唐人

孟淩爲田藝衡之外孫聞秀田玉燕之子見武林耆舊集

徑山次蘇長公韻

山爲主人我爲客老杉不改冰霜色試問巖前喝石人白兔靈藏何處骨林風凍蘚日氣蒸淩摩峯頂鶱孤鷹五峯芙含泉堪枕丙夜蒲團月作燈茗花溪上人曾至消搖蹤跡雲相似不能草屩結山鄰但學蠹魚食仙字

望徑山積雪

往時策杖淩夐絕滿地雪光蹋松葉今日溪邊望遠山高高下下封春雪不知此山高幾許但見峩峩半天白五峯雲臥玉麟飛雙徑泉僵冰柱立恨不此時坐僧寮地爐煨芋聽竹折凝眸一餉雲忽迷山重重兮雲疊疊

徐允狆字仲淩錢唐人允胡弟

徑山三詠

石梁度幽澗潺潺落寒泉蒲石激清泚竹風韻冰弦東澗橋

兵器沈荒井雄圖半已殘如何山下水猶射劍光寒鎖井

巋然衣錦山草樹綴蒼碧塵埃鑑英雄獨此一片石石鏡山

徐允翹字幼淩號巢飲錢唐人允翃弟

徑山次韻

徑山曾過眉山客詩與山山鬬奇色我來登覽誦詩篇眼空塵世饒仙骨龍歸大海雲猶蒸杉生太古不巢鷹八十七祖在何處于今誰續欽公燈一片寒光天外至變幻千峯不相似忽感往事如流雲笑對碧空吟數字

龍門行

龍門之山飛從天目來丹崖翠壑相縈迴霞奔霧竄不知數混元蟠結長崔巍神工不能闢鬼斧不能摧誰知下有飛騰

物精光透出千年胎鱗角屈伸白日動劈厓摧壑雙洞開上有千仞摩天之絕壁下有一尺沒履之荒苔不識神龍在何許但見飛泉挂壁零秋雨褰裳濡足窮冥搜嵓傾澗仄路修阻何如躡峯頂探龍湫洗滌肺腑明雙眸跳珠濺玉空中起翠黛濃疊羣峯稠捫崖倒瞯不見底心魂搖蕩龍湫水能令見者驚不止寒鳥哀啼古道傍元猿嘯匿深叢裏日落慘淡激陰風恍若棲我蛟龍宮乾坤旣兩闢萬古無鴻濛塵世難久處矯首問蒼穹吾將喚起老龍騎向天目去坐看東海日月摩盪無終窮

田徹字道耕號浙汜漁隱海寧人

徹即陳確硤晤詩所云道耕自隱者

登紫微峯和章孝標韻

散步高峯上披襟坐翠微蒼藤穿石冷古木凝雲飛路僻苔攲杖山空翠溼衣隔林清磬度明月送人歸

沈寬字碩菴仁和人有燕市偶吟

飲曹子顧邸中分賦

蹉跎又過早春時老友相招慰我思醇酒不辭今日醉名花如拜美人貽小奚檀板歌長短深樹流鶯喚別離莫道滄桑多變易禁城垂栁正參差

讀吳梅村宮詹永和宮詞

羣盜縱橫日深宮涕淚時千年亡國恨珥筆近臣知

郞璧金一名鉊字躬府郡諸生有疊齋集

躬府嘗寓孤山竹閣舊址今不可考兄斗金字公宜入　本朝官富陽知縣殉城守

寄懷

大宇寘我軀何異蝨處縫心遠世自違芸籖目長縱齒冷一
囊錢腰折五斗俸達者恥不爲斤斤寶其重

陳梅臣水部建天啟崇禎兩朝忠烈祠于孤山

楚些親與誦招魂越國三千浩氣存劊牘尚懸新日月寢戈
莫挽舊乾坤使君弔古祠堂闢彤史留馨藴藻繁血牲何須
多灑淚英雄莫道醴無源

林璐字玉逵號鹿菴錢唐諸生有歲寒堂集

鹿菴好倜儻大節於學無所不窺入國朝仍躓諸生
閒貧落流離往往縱酒嫚罵坐是得狂名中年肆力于
古文有歲寒堂集性好客雖處憂勞況瘁中遇良友至
則大喜嘗日友者儉歲之粱肉寒年之纖纊也西泠十
子外如關鍵沈九如張右民徐繼恩程光禮丁文策顧
龍文豹文皆在所友武定李相公總督閩浙已定耿亂
會介金幣延之既至長揖就坐爲畫善後策七日辭去
留之不可日山林麋鹿非幕下長物也所居在連橋後
燬于火既喪父母又喪其婦長子鍔抱痼疾次子鑣鎮
相繼死五年之間弔者相踵廚下磁碗時悲鳴作聲若

有物憑焉者侘傺無聊遂以疾
辛年六十三府志入文苑傳

冷泉晚眺

泉冷須停屐山空且拂衣但看新月上誰見舊峯飛洞古猿何在橋長龍幾圍禪燈眞習靜堪對老僧依

金陵卽事

苑外楊花待暮朝隔溪桃葉限紅橋夕陽凝望春如水丁字簾前是六朝

扁舟慣聽浪淘聲昨日危沙今日平惟有江豚吹白浪夜來還抱石頭城

馮融字首川仁和諸生有屺閣集

首川父延年字千
秋崇禎己卯副貢

屺閣感懷

鳴鳥必求友好花自迎春吾廬二仲外相問無襍賓結契託禽魚種花共比鄰我亦斯人徒豈云遺世塵且與猿鶴侶遠此風波民

顧自俊字秀升號愚菴仁和諸生

古詩

鷺羽抑何白鴉羽抑何烏受性既迥別顏色亦大殊鷙不與雀游鶴不入雞羣況乃垂天翼矯然超風雲種蘭兼種蕙采薪不采桂孔雀雖多姿終非鸞鳳類何當駕馬鞭用以策騏驥

錢儼武字元可錢唐人郡諸生有鵑啼集六卷

元可為明刑部主事養度之孫國朝御史肇修之從叔

旅中誕日

傲骨多磨折窮愁不記年未酬生我德猶媿受人憐霜雪尊前酒雲山几上篇余心惟守拙何必訪神仙

題畫

尺幅峯巒壘丹青史玉京（黃帝命史玉京作畫）未晴山有色不雨水多聲空谷鮮人跡危橋乏蹇行幾時遊覽徧相與說遥征、

初夏偕署內同人游櫻桃溝

聲聲杜宇巳堪悲幸值朱櫻正及期載酒不逢春薦日吟詩未遇鳥含時珍珠倒影霞杯映琥珀垂枝絲籠宜劇飲深林忘薄暮歸途唱和馬行遲

錢廷枚字照五號樸園仁和諸生

（樸園為明崇禎辛未進士震瀧子有次公之狂酒酣耳熱論辨蠭起其室人馮又令工詩有樸園唱和集皆伉儷雅什也）

玉階怨

夕殿沈沈夜偏懸明月光君恩向何處隱隱漏聲長秋露凝于玉階靜秋風吹遍羅衣冷寂寞長門思悄然含情獨對冰簾影

秋思

羅袂涼生體不支西風偏向小窗吹眼看滿地飄梧葉又是紛紛細雨時

許蛟字潛飛海寧諸生

潛飛日誦數千言吟咏甚夥卒年八十餘

沈太僕升墓下作

太僕風流異代存當年給札重薇垣蘚碑尚許憐詞客樵採誰能掩墓門蔓草飛花增寂寞荒猿野鶴怨黃昏千秋塵劫

長如此者舊何人爲細論

陳萱永字樹北海寧人有粵東紀行詩一卷 樹北爲明湖廣參政之仲子

別應嗣寅先生

龍門西望水潺潺湍急風高不可攀巴笑無端生白髮更從何處買青山詩追甫里先生後學媿河汾弟子閒落日臨歧思何限漁歌哀咽向前灣

望亭驛夜泊

閶門西去廿五里望亭驛路烟光微數枝殘栁岸先脫幾點夕陽鴉亂飛近水田家香稻熟迎風漁艇秋鱸肥提壺沽酒聊自醉起舞月明霜滿衣

庚寅生朝招諸同人小集

鹽車久困志偏豪都忘年華巳二毛米甕常空飢鼠笑布衾未暖曉雞號從教弧矢成虛擲且罄尊罍醉老饕寄語諸公須作計長留詩卷是吾曹

王復禮字四勿號草堂錢唐人有草堂集選

草堂別著有家禮辨定十卷四書集注補十四卷

同人遊漈上菴

初冬移艇訪名藍水色巒光次第探二客喜同能濟勝一僧聊足繼清談松門疊翠開禪徑竹嶋環青擁法龕日落催歸猶戀戀還期花發共停驂

王豸來字古直錢唐人

春興

閫戸新驚節候移倚鉏長自坐疏籬家貧畏客非關傲地遠

懷人只有詩過眼紛紛同敝帚傷心默默付深卮可憐門外
西湖水流盡桃花總不知

秋日同徐伯調葉元禮登瑪瑙寺山閣

山郭秋生畫角哀澄湖如鏡晚風開樓臺影逐晴波出鴻雁
聲連夕照來一徑寒烟高士墓幾重紅樹越王臺憑高祇恐
愁難遣待策孤笻去復回

朱願爲字求侯號不爲海寧人一是子監生有紫薇軒存
草

暮秋山行

峯勢轉溪灣藤蘿不可攀誰爲同調者相對有高山目送飛
鴻疾心如太古閒最憐蒼翠色偏在夕陽間

苦雨

鳥道天邊斷野烟凝數家門前客不到村外酒能賒松徑荒逾甚山厨冷更加半春竟如此開過隔牆花

書感

結客如今與已殘相逢何必羨彈冠深交只到黃金盡末世難供白眼看在魯朱家空好俠入秦范叔不知寒他時再過淮陰市一哭知恩舊釣竿

錢覲字目天號波齋錢唐人有粟園詩草

遊西山

同人纔别章江渡策騎初來萬壑中出谷亂雲蘊古寺滿山殘葉起天風波回絕澗千峯合日落寒林萬籟空猶有嵩陽舊時事好將清磬禮休公

諸長祚字永齡號秋鶴山樵仁和人

歸來社集歸去來辭字

行遊復憩息杖策盼春蕪松老木成傲雲飛岫獨孤邱壑將畱矣琴書可寄乎歸來余有覺昨入者迷途

潘杓燦字月山仁和人

月山父楫字碩甫號鄧林少以孝弟聞樂道不仕賣藥都市中人以韓伯休目之受業數百輩治疾皆有奇效所著醫燈續燄大有功于世年七十五卒月山爲鄧林長子有父風

襄城紀異

運會際變革民庶罹坎坷義節委草莽淹沒其奈何維彼純孝子至性動天和鬼神昭格顯賢達襄贊多遂使俠骨香千載無消磨昔聞流氛起荊豫蹂躪中原無寧處王章板蕩兵力微五城三都供佔踞殺人如麻骼胔寒平原血滿生波瀾總制汪公死社稷關河豪傑無歸鞍是時旗靡鼓聲絕襄城

四望人烟滅永夜誰看燐火青白楊徒向悲風咽闕西壯士氣如雲慷慨仗策何忠勤以身許國明大義玉碎同作皇岡荧李君有子賢豪士忠孝相沿翼世美朱程孔孟得眞傳屢謝蒲輪高不仕是時先生尚藐孤卽思負殖大愴呼徒以有母悲煢子廿年涕泣銀海枯歲在庚戌母服闋痛念遺骸心轉切墨衰屝屨事長征哀感旁人爲飮血孝子東行出古關蕭蕭草木盡愁顔神明邑宰欽高躅負弩傳餐俟往還襄城白骨久山積恨血年來已化碧終古誰知姓與名惘惘煩寃匪朝夕同仇賴有李君賢義士旋因孝子傳精誠能使金石動天人應兆豈茫然吁嗟乎不朽功名孝與忠行藏成敗將無同子臣家學淵源嗣襄城萬載傳高風白楊歷歷埋芳地蠹列鱗聯烟草被行人坐臥讀遺碑片石郊原彰孝義白骨

平沙多戰場西風落月任淒涼何能盡遇尊賢宰錫類同教姓字揚按李二曲先生之父信吾明季壬午春從總督汪公喬年征闖賊于襄城師潰隨汪殉難是時先生尚幼後年漸壯以母在不獲遠行及母歿服闋遂孑身至襄城遍覓遺骸不可得捧魂牌以歸襄城宰義之為起冢西郊題曰義林春秋祀之

蔣作楫字韓方海寧諸生有適齋詩草

汪小海淮曰蔣氏以詩文名者如伏羌令南村先生湖廣學使凝齋先生其尤著也韓方胚胎前光好古績學其詩天機情妙不為險怪深僻之句尤工繪事殘縑零幀人競惜之

同人遊昂驤舊園

惆悵田園主已非烟霞空鎖草痕肥敗牆有址牛羊牧破屋無人鳥雀飛昔日琴樽良會數此時簪履到門稀炎涼聚散如棊局每一經過歎式微

高思謙海寧人

雲岫菴

飛閣臨高磴攀蘿興轉濃長天低遠樹怒瀑瀉危峯經曬前朝字僧談往日蹤白雲迷去路謖謖聽風松

暮春過拙園

地僻會無車馬喧紆徐一路入空園雨啼桑外鳩夫婦春長林閒竹子孫十里溪光涵水榭幾重嵐翠鎖柴門輞川地隔孤山遠遊釣名傳甪里村

王典字備五號慎齋仁和例貢官河南杞縣知縣有慎齋詩存

慎齋九試不售循例除湖廣永興令兵燹之餘城中居人僅數十戶慎齋加意招徠流亡漸復又引千秋騾溪栖鳳白豹諸水多爲水門以備旱潦民感之稱爲王公堰一日市有虎爲文禱于城隍社令明旦報有三虎斃祠下患遂絕後以詿誤去官事白再除杞縣時方有蝗荒土之令慎齋力言于上不敢以開墾虛文報功爲百

姓累杞遂獲免未幾卒于官

年五十八府志入循吏傳

送陳康侯南歸

與君離故國楊柳正啼鶯鄉夢生風雨征途慰弟兄題詩窺

鳥過把酒向人傾自是難爲別低頭淚欲横

國朝杭郡詩輯卷三終

錢塘吳慶坻校字

國朝杭郡詩輯卷四目 康熙二年癸卯至二十六年丁卯以科目爲次

楊廷棟 吳觀垣 沈珩 嚴曾榘 汪肇衍

邵遠平 沈瑲 陳論 嚴榑 虞黃昊

盧琦 許曰琮 宋嗣京 張玲 葉大緯

張會祚 陳秉謙 徐剛振 陳詵 董宗元

滑彬 祝翼權 徐潮 汪鶴孫 張英

楊鼎 馬翀 徐張珠 吳萬濬 潘崧

汪霦 何矞雲 陳齊永 祝堉 金成器

楊聯萼 張曾禔 張吉 施瀛 王修玉

錢登峰 沈鈞 盛鍾賢 吳任臣 王嗣槐

王廷燦 龔祥麟 許汝霖 聞元炅 吳燿

顧之瑀 楊中柟 沈傑 顧永年 傅光遇

陳元龍　伍涵芬　沈日掄

凡五十八人

國朝杭郡詩輯卷四　錢唐吳顥原本孫振棫重編

楊廷楝字豫楨海寧人康熙癸卯舉人官江南寶應知縣有豫游草

餞燕

念爾離堂幕南歸亦壯哉棄巢知不惜戀主得無哀荒草悲吳苑寒烟下越臺海天彌望闊再到待春來

吳觀垣字六平錢唐人康熙癸卯舉人官義烏教諭

都門送友南歸

客路當春日自憐猶不歸看花增寂寂折柳悵依依河淚催鄉夢風沙瘁客衣且將三徑志暫息北溟飛

沈珩字昭子號耿巖又號稼村海寧人康熙甲辰會元官中書已未薦試博學鴻詞列二等授編修有耿巖集

康熙三年以八比多勦襲鄉會試改用策論甲辰會試昭子以二場擬上太祖太宗尊號表最工中會元成進士歸凡十五年不仕既以召試入翰林一副順天考官尋乞假歸性耽鉛槧淡于榮利輯十三經名文鈔黃宗羲序之凡所屬綴皆本經訓無不根諸府志入文苑傳

王丹麓招集牆東草堂

武林城外千萬家獨有牆東貴無價避世君平本市門論文中散時停駕買山無錢泉自出蒔草經秋花似霤方庭十丈邱壑深龍眠尺幅稱奇逸草堂畫手整復斜小樓著書天半霞聞君置酒神先勇入門一笑容更嘉遂安毛子別幾年袖中雲夢氣莫前行觴騁辨黃馬劇主人便便邊孝先更有秦亭舊弟子吳生古確差可喜當時游從二百人扶風帳下存遺指蓺甌襲襲楓藤香半寒復燖宜沃觴沈頓不辭耳倍熱著屐徑去身茫茫畱客紙帳氍毹張蟬聯永夕空相望惟有

牆東石邊樹牽人想似常青蒼

次韻荅李秋錦良年

谿堂斜有徑苔雨綠生痕已見藏書隖空尋種藥園山中非價貴谷口舊名尊予亦沈冥者披帷願細論

讌集眞如塔院懷曹秋岳先生

兩國人文會岷峨本競高於今江左席孰與謝公豪霜染秣陵樹波傳胥嶺濤盤空同極目延望主風騷

嚴曾榘字方貽又字蘉菴號杜峰餘杭人沆子康熙甲辰進士歷官兵部右侍郎有德聚堂集

杜峰早傳家學才識超越善行楷書以庶常授廣西道御史後以父在僉都御史循例迴避父憂服闋補原官先後歷臺諫二十四年不茹不吐多所建白內外悉畏憚之名位既崇汲引人才推獎後進惟恐不及俸祿所入多不給數典朝服會親友桑盆瓦器飲酒賦詩意豁如也卒年六十二柩不能歸僚友故吏下至貪掾賤卒

皆涕泣致賻或典質以辦生芻焉詳
見西湖先覺堂志府志入名臣傳

閒居漫興

蕭瑟此登臺西山爽氣開千峰黃葉落萬里素書來慰藉慚知己漂零自不才南征舊同學一一棄繻回

涉園

林居不厭僻築地此中偏水闊含秋色峰青出遠天古臺高見月喬木澹生烟夕鳥歸飛外漁人駕短船

喜張祖望入都

七葉張公子來游京雒中登樓就劉表閉戶託揚雄月市松全碧秋陵樹半紅爲君攜手去憑弔古人風

趙友沂席上贈紀伯紫

裘馬逢君郭隗臺經冬木葉帶霜催天清雁向城頭過月落

人從江上來十載梁園推作賦一時河朔共銜杯新詩座客多相和歌罷春生笛裏梅

懷陸左城

三年不見陸平原著就長楊賦幾篇解識酒同高士飲肯將元借富人傳月明千里江南夢木落三秋薊北天遙想西陵楓樹下賓朋滿座菊花筵

汪肇衍字子四仁和人康熙甲辰進士官編修

讀書城東草堂梅開自賞

竹籬茅舍寄幽蹤白眼孤懷意未慵恨不同時霜後菊喜曾相約歲寒松暗香入座春風細疎影橫窗夜月濃謝卻交游辭俗累閒來相對自從容

邵遠平字呂璜號戒三仁和人康熙甲辰進士榜名吳遠

歷官光祿寺少卿己未薦試博學鴻詞列二等授侍讀官

至少詹事有京邸粵行諸集

退菴氏曰宮詹與修明史建文帝之死于火明史辨之甚詳宮詹力主致身錄等書之說退而撰帝後紀并著從亡諸臣程濟等列傳其在史局持論不合如此別有戒三文存河工見聞錄行世

戒三初襲舅氏姓後復邵姓康熙乙卯視學江右時滇逆之亂軍務旁午士民驚竄遂捐設試場士子至者隨其後先輒試之甲乙殿最取決俄頃無不驚服兵燹之餘學校多廢及再任十三郡學宮皆重修之有建昌士人妻被掠訴之即傾囊以贖又嘗命治南河著河工見聞錄其高祖經邦明世宗朝以議禮廷杖謫戍有宏道宏簡宏藝三錄戒三既致仕歸築室湖上有四可樓正對孤嶼栖遲偃息鉛槧自娛著有續宏簡錄宏道錄則隨類加訂焉生平尤篤族誼置田以供祭祀鄉人稱之府志入名臣傳

贈馮再來少司寇二首

天台名山宗華頂高百越霞標接層雲瀟灑石梁月異姿乃挺生擢英何勃發翩翩虬龍性獨秀鸞鳳骨長風蕩萬里振

衣入窮髮孤蹤渺天外高舉何超忽　天眷不遐遺相將向
北闕貳長白雲曹平反克愼罰憶昔共賢書貞心勒珉碣女
蘿託青松願言無翦伐
滇南越天末志乘苦闕畧相如絕麗才不聞俢筆削近代楊
升菴聞見頗宏博滇程蒙段記亦復恣研索上古迄今茲未
能悉諏度先生好著書游覽窮幽邈編輯紀滇事亟推大著
作文詳事亦贍信史良有託別錄表遺忠闡幽意不薄大書
與特書後來免踳駁我徒仰視公眞同雲中鶴願言時談諧
心賞縱盤礴

南雄登舟

嶺外誇雄郡南天第一城殊方雖設險在德總銷兵車就通
津稅舟憑下水行蚤知風土異爲有鷓鴣聲

遲梁藥亭孝廉不至

高士聞人說南中有伯鸞才名齊鄴下詩句滿長安近郭相過易停舟一見難從來多閉戶不肯累豬肝

湖口阻風

南北將行李炎風朔雪天敝裘寒日下孤枕遠江邊霽色開仍閉濤聲去復旋倚船方悵望兒女隔殘年

沈璔字大珩仁和人康熙甲辰進士榜姓錢官雲南呈貢知縣

寄懷王丹麓

王子風流近若何篋中新句定應多右軍輿到烟雲落摩詰心空筆墨歌閒對碧窗聽鳥語喜尋高士步山阿君家更有陽明洞定把遺文細揣摩

陳論字謝浮號丙齋海寧人康熙甲辰進士歷官刑部侍郎有賜硯齋詩集

丙齋以順治辛丑會試中式康熙甲辰補殿試成進士與王阮亭同官司寇以讞案未當同罷歸家居六年卒

府志入名臣傳

送姚贊思歸西泠

妙選西清侍從臣黃縑未染墨華新十年需次猶爲客三月還家尚及春樹色暖隨嵐翠合湖光晴漾縠紋勻綵衣莫久淹晨夕待爾趨朝直紫宸

程梓園招同人讌集次存庵韻

夕陽芳草徧庭隈尺五城南折柬來白髮漸生貪聚首青春好在且銜杯重來紫陌人誰健頻促官壺客未回漫道金門容大隱尊前豈少濟時才

閏三月七日乾齋弟招飲紫丁香花下偕諸兄弟同賦

淸芬紫氣暖薰人兄弟招攜送酒頻美景莫過三月閏好花重占一分春依然組綬當庭貴曾見葡萄照眼新銀燭光中香滿座旃檀爲骨玉爲神

嚴槫字庶華錢唐籍餘杭人沆三子康熙甲辰武進士

王僃五以吉壤贈孫嘉客葬其親楦嘉客感之索詠其事

君不見富家子弟爭遺金鬩牆禍起干戈尋錙銖分寸不可奪豈得揮金肯濟人又不見今時黃金交貴游樽前然諾死可酬雨雲背面莫復保世上悠悠盡此儔我兄海內稱俊傑孝弟立身等前喆風木情深厚葬親推此牛眠建奇節父友

蕭蕭四皓身乾坤雙眼老風塵繭足萬山爲覓地多金不顧奉佳城高懷傳頌能悲感行勤芳名誌幽坎麥舟古誼久淪亡今繼詩篇傳肝膽王侯王侯天下無賢君賢君仗義扶卽看贈友完窀穸媿爾見義不爲諸儒夫

虞黃昊字景明號景銘石門籍錢唐人康熙丙午舉人官臨安教諭

虞氏世居清泰門內德園司勳文章碑版照映東城子宗玫字大赤宗瑤字仲皜著名復社號爲二虞仁和馮倧社中知名士也貧無子病危屬家人巾車至二虞家爲之視治醫藥及卒中堂治喪門署喪屏庭設司鼓二虞跪拜謝弔客服古友朋喪服交誼之篤如此景銘則仲皜子也十歲卽善屬文體羸易病故毛稚黃五子歌云景明詩才追高適多病欲丐金莖液自言量可傾一石也以柳州有乞巧文反其意作辭巧文見者歎其詞義雙美詩名爲西泠十子之殿雅裁秀色蔚然成家府志入文苑傳

襍興

東園何芬菲桃李揚其華春風一夕起飄蕩委泥沙株荄空復留花葉堪咨嗟熠燿固難久衰榮迭相加所以浮邱子驂鴻乘紫霞寧爲澗底松不作成蹊花

謝靈運繙經臺同孫宇台

杖策尋名山山行忘歸路相攜登古臺披襟得情素渺與人境殊內顧無一務陰陽空見移風景宛疇故廢興强自名任心忘醜姱斯人不可作聊共賞心晤

姚江夜泊懷同學諸子

閱歷江山勝霏微逼眼青鄉心風雨榻驛路短長亭雲湧峯圍障星浮水聚萍淸宵篷底月輾轉舊忘形

楊栁枝詞

楊花如雪撲征衣馬上征夫苦憶歸會向曲中回首望而今

眞在路旁飛

盧琦字景韓號西寧餘姚籍錢唐人康熙丁未進士歷官

內閣學士

景韓生三歲未嘗聞啼聲斷乳後不食他物晝夜飲酒三五升一吸輒盡家人謂之酒仙五歲始能語遂與兄璉質存同就外傅讀書往往不肯讓其兄東方甫白每伺兄未起輒先至塾中復所肄書年十二應省試人多有物色之者初以編修請告歸養居里門者五年吳三桂反母劉促之入都曰此非臣子偃息時也起補原官歷仕至內閣學士會以前所舉大吏被劾牽連落職歸年五十三執母喪哀毀盡禮兄質存卒于官多逋累爲代任之父友三喪未葬竭力佽助家無餘貲而麤服菲食處之泰然所居在東城批驗所前府志入名臣傳

送汪舟次使琉球

翠蓋朱旂照素秋詞臣銜　命出皇州宮袍新　賜麟爲錦海霧遙開蜃作樓東壁一星持使節南風五兩送扁舟貢琛早已來重譯不比當年博望侯

重陽後三日同周緘齋李貞孟陳謝浮儲玉依趙鐵源孟繹來集張敦復齋中看菊分賦

插罷丹萸續舉觴東籬初放數枝黃登山歸去秋容老冒雨尋來晚圃香翦燭詩成逢月上添衣話久聽更長故園松徑還依舊留滯潘郎鬢已霜

送毛會侯令祥符

九日霜高汴水清驛程遙指漢東京黃河曉度星隨馬嵩嶽雲開花滿城臥閣畫閒栖一鶴行車雨潤傍雙旌知君梁苑應多賦何日乘風一寄聲

許曰琮字亦蒼錢唐人康熙丁未進士官御史仁和縣志許曰霖文岐子辛卯舉人改名曰琮丁未進士按府志及歷科題名錄順治戊子科許曰琮杭州人辛卯科許曰霖錢唐人則曰琮非即曰霖也俟攷

送武原之黃州

二月輕寒驛路長春風飄拂到垂楊捷書飛渡投戈日攬轡行看賣劒鄉惜別有心題芍藥思親無路憶瀟湘知君佐郡承恩早江上頻歌水一方

宋嗣京字禹玉號定山仁和人康熙丁未進士官江西饒州知府

毛稚黃題宋禹域詩卷云禹域今行作吏但稍折剛骨自應功在民社而兼一方足千古矣奚而事此禹域曰聊爲之免人以俗吏相目耳毛曰必欲作詩求免俗正是大俗相與撫掌大笑禹域當即禹玉也

輓篔山先生按篔山姓張名貞生廬陵人順治庚子典試浙江定山其所取士也

抱道如夫子于今得幾人高山符懿行素水洽天眞蔾閣詩書舊花磚劒佩新文瀾驚走電筆彩欲生春永叔千秋鑑昌黎八代津芬芬蘭桂集郁郁李桃陳白簡森風骨丹心貫日

輪身輕浮似葉節重挺如筠環賜　宸恩亟綸宣　帝眷頻蒼生方待澤箕尾忽遺塵北斗懸終古南軒志未伸哀哉門下士涕泗盡沾巾

張坽字露森仁和人康熙己酉舉人官定海教諭府志作張岭

寄速朽徐衲

千峰萬峰不見影入山風暖出山冷山泉汩汩客聽之泉未響時中有詩道人坐月如坐水施食臺前白鳥屎

葉大緯字緯如號玉岑錢唐人康熙己酉舉人有嶽來堂詩

緯如少嘗讀書玉岑山玉岑臂淨慈松栢森然閉門無度外意從應嗣寅陳際叔柴虎臣汪魏美陸麗京梯霞講求經史性命之學後久客嚴州宋价祝弟兄爲刊其詩

懷丁叔范文策

憶別橫塘路秋深和尚原蒹葭空極目風雨總消魂衰鬢愁中換離情客裏繁遠游徒碌碌羨爾在衡門

張曾祚字繩其號中峰海寧人康熙庚戌進士官吏部主事

冬夜

閱歷風霜飽偏宜耐歲寒世從忙裏過我向靜中看千古如相接三餘未覺殘欲眠偶得句呵筆趁燈闌

陳秉謙昌化人康熙庚戌進士

晚歸同山草堂

歷歷荒郊暮色新草堂深處絕無塵林花風動香迎戶徑竹晴搖翠滿茵檻外流泉供洗耳籬邊宿鳥不驚人揭來行止何須問短褐烹葵意自親

徐剛振字子大號芝川海寧人康熙壬子舉人官上虞敎諭有毅庵集原輯卷三徐剛正字子大壬子舉人載宿遷舟次詩一首卷十四勝國遺民徐剛振字生文載褉詩一首同爲海寧人按府志及歷科題名錄壬子舉人有徐剛振無徐剛正正必振之誤生文亦恐子大之誤今併歸一人

芝川爲明刑部郎中伯徵子

褉詩

淒淒明月暉颯颯寒風涼征人起視夜繁星粲成行雞鳴戒徒御去去違故鄉策馬向長阪驅車上高岡良友不相顧骨肉天一方黃雲蔽白日戰伐殊未央豈不顧家室王事羈沙場願隨晨風翼高舉見容光

宿遷舟次

扁舟河上泊竟夕畏風波水國居民少秋山夜雨多更分沈

晝角人靜起漁歌旅客增惆悵臨流奈若何

陳詵字叔大號實齋海寧人康熙壬子舉人歷官禮部尚書贈太子太保文淵閣大學士謚清恪

清恪由孝廉授中書科中書康熙二十八年考選科道授給事中屢上疏言事頗著侃直進鴻臚大理遷副憲巡撫貴州以黔省士瘠薄收開墾成熟之地請依輕則調撫湖北會江浙米貴奏旨酌議救濟遂大弛米禁商販銜艘南下而楚米騰涌立借藩庫金五萬貫糴賤糶以家貲償減直三省米價悉平內擢工部尚書調禮部以老乞歸逾年入覲卒于邸第年八十一府志入名臣傳

送張權六之任烏程

紫微碧浪一程通絳帳高懸品不同曉市千家連峽雨暮帆六幅落蘋風牆頭草逼書衣翠殿角花侵講席紅莫對空盤吟苜蓿魚鰕正滿水晶宮

董宗元字老泉餘杭人康熙壬子副貢有樹缶堂玉杯堂

詩原作董宗原康熙壬子舉人按府志及歷科題名錄康熙壬子榜皆無董宗原名府志是科副榜有董宗元餘杭人今據以改正

寒食後一日自吳門歸舍

昨日分新火春風又一年村村穀雨水岸岸豆花田孤塔斜陽市千帆估客船不知歸路遠沙際一燈懸

河渚草堂

小橋傍岸緣成溪高閣輕陰春晝齊鳥語緜蠻簾上下魚梁深淺舍東西青分楊栁風中亂紅壓櫻桃雨後低惆悵當年多勝概巡廊猶見舊碑題

同沈元伯訪姜眞源侍御山陰

爲愛青山住海東片帆乘興暮濤空春光晴入三吳樹江色寒收二月風世態浮沈慚阮籍酒腸寬窄敗王戎挑燈意緒

渾如昨幾載飛花不負公

游臨安石鏡山有懷許舜功青田

盤山樓閣鎖空雲野饁招攜客不羣萬壑東流喧夜碓千峯西遶亂斜曛錦衣有汗流孤塔石鏡無光照古墳漫憶青田鄭博士寒鐔留客坐紛紛

吳孝升潘孟瞻約游徑山

山城百里接天遙纏嶺珠宮記歷朝一路松杉迷遠翠千崖樓閣敞層霄僧閒憩石聽秋雨客到收雲看海潮試刻琅玕題歲月墨池風起浪花搖

夜泊金閶亭

茂苑城邊恰晚秋山塘木落水痕收雙橋夜市尋殘夢獨客春風記昔游樓上銀箏纔遣悶尊前桂釀不供愁無端又聽

敲篷雨華燭三條照淚流

閒居襍感

幽棲只合浣花偏小築臨流似輞川蘆葉有聲秋岸遠翠屏無際野雲連千家水市喧春曉五月漁罾觸晚烟如畫家山抛不得慚無十畝種瓜田

滑彬字又彬號魯齋仁和人康熙壬子拔貢見湖墅詩鈔府志失載官河南溫縣知縣

魯齋宰輝溫二邑有循聲年祲傾產代民輸糧迄今有司春秋致祭焉

九日

策杖獨登臺飄零濁酒杯花黃迎序發雁白背風哀北嶺孤烟直東湖曙色開離憂已無際落木不須催

祝翼權字端宸號斗巖海寧人康熙癸丑進士榜姓許官

工部員外郎有了園詩存吟廬集

祝氏世居海昌之園花鎮斗巖得嘉興錢氏絲溪莊擅泉石之勝遂移家焉少工制義與韓慕廬菼齊名又游合肥京江兩公之門最加賞識出宰齊江時耿精忠初平民困未蘇軍府以勢相凌事多掣肘斗巖不畏彊禦加意撫綏民甚賴之累遷工部員外郎母老乞歸府志入循吏傳

煑茶歌和傅笏巖

曉院鹿盧如轉轂古牆不礙詩城築春雲八頫細無痕卷簾長嘯清酣獨十年閒爲一官忙乘興何當頻看竹故園筍蕨夢中肥覺來初報淩霄熟我昔最慕武夷茶解事還能散馥郁沸鼎松聲噴綠濤雲根漱玉穿飛瀑此時拄頰意超越置身仿佛南泠曲小軒蘭韻午晴初箇中自有眞清福不須斗酒換西涼春芽絕勝葡萄麯習習生風兩腋開狂來潑袖忘杯覆所謂伊人在水湄詩來百讀沁心脾鶴怨猿啼歸未得

文成應有北山移

喜兼三兄歸旋別之吳興

日日蕭齋裏頻過不厭君談清松代麈帙散蠹逃芸憫俗無

醫法銘心索篆文明朝霅水上蘋老白如雲

春暮

小院斜陽不滿庭鶺鴒聲裏悶輕陰綠窗深鎖瓊簫怨香夢

誰憐子夜吟花雨點衣分麝氣栁風引扇撲蘭心軟塵一片

長安道烟驛重重無路尋

依韻荅查聲山

我如何遜未知名借爾聲華四座傾千載蘭亭存舊法三湘

秋水想詩情須看花事隨時換正好春衣待月更不見烟溪

雙槳子鶯黃樹碧總淒淸

綠溪莊即景

策策花泥逕漸消尋詩不覺過溪橋垂楊一夜風吹綠選就鶯啼一倍嬌

徐潮字青來號浩軒錢唐人康熙癸丑進士歷官吏部尚書謚文敬

文敬父名欽安在江上開過載行祈夢于忠肅公祠夢神與以筆子晚年受封始悟其兆文敬由刑部出撫河南苞苴屏絕凡藩司加平糧道贈耗知府季規悉爲革除除南陽黑鉛之累清衛渾辦漕之弊閱四年擢戶部尚書奉命董高寶隄工尋轉吏部以病乞休卒于家年六十九府志入名臣傳家居時徒步里中兒童見之羣相指日徐潮來矣文敬問羣兒曰汝等何以識吾爲徐潮兒日聞人以此呼公故知之乃曰潮吾名也未可呼我字青來自後汝等但呼我爲徐青來可也其雅量如此有別業曰清風草廬在聖因寺右當巡撫中州時仁廟御賜凜矢清風四字故以顏其廬中有樓舊名風滿後取東坡詩意改雨奇晴好之樓背倚石壁修篁古木參蔽天日昔時湖上銷夏者以此爲選勝場今已傾陁不復能問其處矣

南巡紀事

聖代時巡重欣逢熙皡年寒輕猶北闕春迴已南天仗八江雲遠旌連海日懸萬民齊引領羅拜　翠華前

飛輓供京國長河卷素濤地官難作計　天步不辭勞刋滌蹤非遠平成績並高江鄉好安枕　睿鑒析秋毫

初日照江城城邊鼓吹迎何知　九重遠眞見六龍行結隊疑山勢羣呼作海聲翻勞

聖天子愛惜到敧傾

問俗風淳古遙聞　誥誡嚴　深宮先尚儉長吏敢忘廉舊習風斯變豐年瑞屢占從茲比戸慶藏富在茅檐

汪鶴孫字雯遠號梅坡錢唐人汝謙孫康熙癸丑進士改庶吉士有延芬堂集

梅坡神情飛動識解過人虞山目爲閒鍾之才早年生子女輒不育哭之甚哀每一念至輒疑身是眼淚結成其鍾情如此韓門重刊延芬堂集言梅坡少無宦情雖早入詞館卽請假南旋性好游年踰七十沒于江都今按集中將赴都門時詩云最愛前賢肝鬲語時清終未忍辭官又庚寅十一月都門寓齋書懷云偶逐鶯花入帝城五湖風景有誰爭又云豈知遲暮飄零日黼座重看列姓名注云時開列五科進士進呈賤子亦厠名其間則似又嘗供職承明也別有匯香詞陸拒石毛稚黃爲之序

吳陵荅贈野人先生 按野人姓吳名嘉紀海陵安豐人

世上無神仙英雄寄酒色援筆賦美人微意只君識奇士論草莽晚年爲我得良友比傾城睽離動相憶綢繆與愛護自不惜餘力我嘗慕相如文章媿華國袖中諫獵書養閒還自匿

人各有不能爲通匪爲病子窮我宦拙要各有天命昨逢東海濵俗人不知敬鴟鳥啄孤鳳逝將逞凶橫酒酣拔劒起鋒

鋭氣彌勁移之千仞岡德輝始相慶從容論素心蒼茫發高
詠

走筆贈張世仍 原注卿子先生之孫

于嗟乎我無太倉五斗米亦無屋上三重茅舉止落落與衆異獨有文章氣自豪堨來武林反爲客某水某山記歷歷徧向舊交尋門第恥從貴人望顏色張君自是三世交顧我僧寮破岑寂太公我少曾受教不媿西陵號詩伯陳編重讀吐光芒墓木還看拱松栢吟成詩句有祖風解黏去縛務超脫從此餘年當盡歡卜居東苑共晨夕

過露筋祠

破浪逼秋旻風帆早嚮晨會聞蕭氏女不數洛川神正氣留巾幗荒祠問水濵忙忙名利客誰爲薦芳蘋 露筋夫人姓蕭見徐文長別集

追悼先師家比玉先生

夫子乘箕巳廿載門生追感未能忘講易座荒餘攲几草元帷撤鎖閒房吾家本自有顏子閭里今猶說彥方好傍湖山成墓道欲磨片石誌幽光

早春與洪稗村水亭閒坐 按稗村卽稗畦

殘雪未嫌雙鬢白春風欲遣栁條青水邊亭子殊清絕君但吟詩我解聽

示洪之震 稗村子

制科文字未爲精爲晰源流汝自成莫慮東堂一枝桂近來難作是公卿

贈丁北星 原注儀部葯園先生子

儀部才名自昔傳翩翩公子信稱賢不須更聽山陽笛第覽

遺編爲惘然

張英字仲張海鹽籍海寧人康熙癸丑進士授中書已未薦試博學鴻詞歷官廣東提學僉事有一經堂集鄞人遷軒錄

海寧

仲張爲嘉禺子幼有聖童之目癸丑出桐城張文端門師生姓名相同以視沆瀣一氣尤爲嘉話戊午分校北闈文端子廷瓚復出仲張門事涉因緣乃有理藩院知事之謫薦舉後起原官歷禮戶二曹以僉事提學廣東未到官以母憂歸卒于贛州旅次

郎事

異代還祠廟殘僧哭墓門末銷春陣血不死夜歸魂落日寒鴉亂陰風石獸蹲椒漿遙一奠往事總難論

過宛陵追感外大父豈塵錢公兼呈鼎銘二舅氏

美人爲郡萬山中亂後重尋思不窮話舊存亡應八九感懷

親故各西東白雲歸夢傷游子班鬢他鄉老寓公卻怪相逢還問姓滄桑何地不飄蓬

郡樓疊嶂起層陰漠漠春雲自古今抔土半生純孝血君門三泣老臣心當年吳市投簪早遙夜山陽怨笛深記有留題遺句在天涯曾否痛人琴

楊鼎仁和人康熙癸丑進士

泊蘭江弔前令吳公夢鼎

落帆秋早艤江濵聽說當年殉節人感激從戎誇白袷從容飲刃罵黃巾　盛朝有史傳忠烈小邑無祠薦藻蘋行客至今同歎息　九重何日慰孤臣

馬翀富陽人康熙癸丑進士

夜登觀山坐待月橋望月

孤峰高出富春城四面波光夜正平銀漢倒流通溟渤石梁横渡接蓬瀛謝莊作賦才偏麗庾亮登樓興轉清最是更闌漁唱發碧天無際斗參横

徐張珠字月涵號映川錢唐人逢吉兄康熙乙卯舉人榜名張珠官德清教諭按湖州府志學職表張珠三十六年任尚不冠徐姓

秋日錢它石璜沈方舟用濟過草堂小飲遂偕紫山弟重游南屏

孤雲飛不去二客自何來衣染烟霞色人皆黄綺才蔭檐松樹老繞砌菊花開試與論今古陶然醉一杯

山翠溟濛處南屏近可游池光銜落照天氣入高秋寶樹何年伐空王劫火畱谿公遺骨化幢影一燈幽

吳萬濬字亦哲錢唐人康熙乙卯副貢有東柯草堂集

亦哲著有浴象賦一首歸安沈涵歎詡顏延之赭白馬賦不能專美于前府志入文苑傳子應本字潢序諸生工左筆書

題池上雙桂圖

我聞太山北有桂七十株青腰玉女相呵護時有采鳳來飛呼又聞閶闔河桂其實大如棗韓終昔日采藥吟入得食之後天老往牒荒唐半不經十年種樹貴奇馨淩寒不改青柯青金粟兩叢好顏色早晚成陰比松栢莫采春華忘秋實

潘崧昌化人康熙乙卯武舉從平耿逆論功授都司原作康熙王子武榜副車未詳所據今從府志

宿白水蘭若

自入烟霞路煩襟分外清踈林邀月影寒澑襍蛩聲山靜梵初放心閒境轉平欲將慧業意從此證無生

送人之滇南

漢使求人域迢迢賦遠征蠻花沿峒發瘴雨積江平地近王昇宅人懷諸葛營到時秋月滿應動故園情

汪霦字昭泉又字朝采號東川錢唐人康熙丙辰進士授行人司行人己未薦試博學鴻詞列一等改編修歷官戶部侍郎有西泠唱和諸集

東川父名徵魏美先生其仲父也所居在章家橋西門有旗竿經鄰火焚而不折尚餘焦痕里人咸以焦旗竿汪家呼之東川主順天鄉試焚香告天誓矢精白榜發號得人丁內外憂歸廬墓三年既服闋自以連遭兩喪應服六年乃投牒請假服淺色衣履不赴優觴迨歸田後杜門埽軌不與外事有求見者必肅衣冠出雖溽暑不苟晚好禪法名開衣號果祥見僧碩揆借巢集西泠唱和詩東川歸里偕其門生倡和之什也按暴書亭集有題汪祭酒霦詩卷後詩注云祭酒有記得年時重九日全家倚閣看秋山之句則東川詩未梓者多矣府志人名臣傳

大梁東友

星文三尺劍霜刃十年痕自是無知已非關不報恩風悲朱亥里日落信陵門憑爾一相問今誰古道存

喜王露滑至自三峰

經時三徑爲誰開乾鵲聲中屐齒來久客奚囊多舊句貧家尊酒只新醅浙中家貧者絕無舊醅正與杜句相反不妨小住爲佳爾相顧狂歌亦壯哉晚節最諳泉石味雲林深處好追陪

曾向天南把酒卮飛揚意氣更誰知千秋燕市悲歌侶一卷松陵唱和詩海務乍殘人散後江楓初老雁來時釣龍臺上還山約及此幽尋也未遲

何裔雲字合名號曾園錢唐人康熙丙辰進士官湖廣桂東知縣行取主事有秋水堂詩集

曾園以內閣中書出宰桂東邑當鼎革初紅苗盤踞旋破滇逆蹂躪曾園下車之始計戶口僅六百有奇綏輯招徠流亡漸復就鄰邑乞麻豆茶麥木棉鵝桕等種教之樹蓺并導以釀蠟種菌法又疏治新溪故水道以收舟楫之利民用以饒桂東舊時代鄰郡監司買米轉運千里甚累民乃具文白督撫遂上聞湖南州縣六十有三皆若襍派由此得請豁免者四十有二人咸頌之行取後乞假歸里杜門著述不復出府志入循吏傳

丙寅四月出都將之桂東

金臺繫馬十餘年萬里分符隔楚天落日渡河春雨後故人揮涕柳條前瀟湘有路還生夢海嶠多雲半是仙誰謂荒城無事業稻花思滿石溪邊

將之桂東適匪莪自金陵會于蕪城感賦留別

夢寐交情重升沈官味輕張燈驚白髮倚檻聽黃鶯邗水濤何處衡陽雁幾聲秦淮有書札頻寄到山城

贈曾汝翼明經赴京

中原聲氣往來疎擬向同人賦卜居剝啄忽驚孤鶴夢溪山喜對故人書一官已自慚彭澤三策應無讓仲舒君去薊門揮手別湘江春雨獨躊躇

陳齊永字大年號勿齋海寧人之遴子康熙丙辰進士歷官太常寺卿

勿齋初宰山東臨邑甫下車值蝗災出庫鏹僱人力捕挾旬捕蝗萬石歲大稔邑快手蕭某殺人而嫁禍于鄰夢神告匣中人三字悟曰古之圖甲即令快手必蕭某矣嚴鞫吐實一郡稱神行取擢御史累官太常卿府志八循吏傳

送張權六之任烏程

十年風雨共雞壇醉倚華簪欲別難自昔漢文推博士至今聖世重儒官雲開卞嶺橫青嶂風上蘋洲動碧瀾我亦片帆思北發水嬉勝事滿河干

題查氏七烈傳後

鼙鼓喧闐動地來畫樓引決極天哀莫言粉黛輕如葉能使江山氣不灰一代紅顏留信史全家碧血掩蒼苔獨憐長樂諸男子遠媿當年巾幗才

祝增字任菴號喻存海寧人康熙丁巳舉人官山西平陽知府有躬厚堂詩稿

康熙丁巳特恩詔各省援例貢監生開科每十五名中舉人一名任菴由孝廉歷宰雞澤鄆縣刺解州所在以清節稱尤善治獄三刺五聽境無冤民知鄆時河決邢家莊身立衝口堵築屢潰六日卒得定遂修劉忠宣所治兩渠故道民稱祝公渠膺薦守平陽卒于官年六十一父老哭送輀車塡塞塗巷崇祀山西名宦祠所著有春秋質疑墨林類纂府志八名臣傳

署齋偶興

姑射峯回選勝吟一邱一壑是吾心俸餘欲買青田鶴書能

仍揮綠綺琴雨後烟嵐飛臥閣簾前瀑布挂虛岑雲山三晉曾探徧吏隱風流自可任

金成器字伯鼎仁和人康熙丁巳舉人

病中柬友

一病剛三日支離已不勝春寒侵瘦骨夢醒怯殘燈壓藥還需粥扶行欲藉藤何時足力健峭壁約同登

楊聯萼字椒園仁和人康熙丁巳舉人有備德堂集

介之推廟

傲殺從行十九人蕭然高蹈自沈淪但思卻賞標臣節不謂焚山及母身封土有田何太晚返魂無路竟成神我來正值清明候冷落炊烟襍野燐

張會禔字洵安號冰畦海寧人康熙戊午舉人官江蘇溧

陽知縣有何求集

冰畦由嚴州教授遷知溧陽溧陽故產米區每易一令吏胥輒借較斛名科民閒錢十餘萬爲贄冰畦未入境即張諭禁革輿論德之旋解組歸府志入循吏傳

春夜寒甚口占

不盡蕭疎景寒來春色中雪凝窗紙白風定燭花紅薄醉餅

先罄微吟筆未融如何關塞遠枕畔唳歸鴻

張吉字王士仁和人康熙戊午舉人

王士領鄉薦時適其再從兄柳齋官國子監助教每上公車俱以柳齋同攷禮闈格于例不得入試遂鬱鬱而卒見塘栖耆舊集

題廬山圖

只道廬山遠山今在眼前舉頭雲窈窕傾耳水潺湲藤樹千

年古烟扉萬壑連丈人呼欲出攜手陟層巔

秋懷

倚杖松陰下微風送晚涼草枯螢火聚雨過稻花香把釣看流水持螯入醉鄉芙蓉初放蕊秋映小池塘

施瀛字七帆仁和人康熙戊午舉人官福建建陽知縣府按志及歷科題名錄康熙戊午榜皆無施瀛名或順天中式府志失載存以俟考

仙霞嶺

奇險由來此嶺傳青屏橫截萬峰巔當關只道前無地絕頂誰知上有天氣束千盤江浙路風開一線海門烟蓬萊縹緲三山遠應有雲霞自接連

登山

披荊直上石巉巉拂袖清風透葛衫四面亭開皆見海兩來船過並揚帆脫離塵市神初遠看到青山日半銜欲訪勝游

何處是詰朝重叩虎谿巖

王脩玉字倩脩號松壑仁和人康熙戊午郡歲貢有蕭遠堂集

松壑少與毛稚黃吳志伊虞景明潘新彈徐敬菴諸公訂詩文交稱鷲山十六子父以誣獄被逮吏卒環衞甚嚴松壑往視鞭笞交下色不爲動康熙戊午貢京兆徐太宰潮以詞林分校得松壑卷曰此名儒宿學也拔置前列得官博士其後嚴司農沆欲以鴻博薦辭不就需次里門者二十年境日貧日嘗一食暑月著故棉衣恬如也因自號恬翁

府志入孝友傳

漢京篇

漢主功成宴長樂桂殿椒房相繼作金城抜地鎖河流玉闕淩空映山郭勝地崤函百二雄丹巒翠巘列離宮諸侯虎節通闕內天子龍旂出禁中金爵觚稜雲外直青門朱邸橫南北五陵車馬沸香塵萬戶烟花動春色香塵春色暗飛揚玉

戺金鋪繞建章已見鑾輿臨上苑俄聞翠輦過平陽平陽上苑笙歌起夜月春風喧戚里鴛鴦宮前賜錦筵麒麟殿裏迎珠履大道高歌帶狹斜鳴鐘食鼎競驕奢公子銀屏九華帳佳人金犢七香車交衢複道紛驅鶩鬭雞走狗章臺路獵騎朝穿灞上雲游人晚度新豐樹新豐碧樹夜啼烏趙舞燕歌粉黛殊挾瑟每留梁苑客當鑪曾識霍家奴奴童飛彈馳連騎年少探丸輕郡吏俠客芙蓉寶劒明倡家桃李妝樓閟俠客倡家清讌長葡萄美酒鬱金香縷成碧玉擎鸚鵡種就青桐棲鳳凰鳳笙宛轉陽春曲含笑含顰歡不足錦衾蝴蝶羨雙飛繡幌鴛鴦羞獨宿可憐楊柳拂芳隄可憐翡翠巢金屋自謂繁華越古今豈知富貴等埃塵得意排雲上閶闔違時戢翼墮荆榛鏡裏容顏朝夕變玉貌蛾眉君不見長門買賦

望宮車班姬辭輦悲紈扇薄俗紛紛難具陳人情翻覆竟誰眞金張結綬多賓客汲鄭家居少故人莫道榮華常不改蕭曹衞霍今安在試將流水閱年光漫舉浮雲看世態瞋息滄田幾變更蓬萊空自訪仙靈誰能避世如方朔待詔金門稱歲星

東沈開先

美人迢遞阻江橋薄暮憑高野望遙谷口秋聲嚴瀨雨樓頭雪色海門潮風迴鴻雁音書斷花發芙蓉草木凋極目不須悲庾信江南賦罷總蕭條

汴城感懷

荒城處處起寒雲一望驚沙白日曛蔓草已凋朱亥墓春風不度信陵墳壕邊古戍屯征旅野外河流飲馬羣欲把興亡

問遺老角聲哀怨不堪聞

泊富春城下

孤城一片水雲閒黃葉丹楓滿目斑今日已無黃子久誰人能畫富春山沙汀渺渺漁舟聚烟樹霏霏宿鳥還自笑此行無一事虛隨估舶度江關

雪夜醉題

寒臘已盡春漸賖朔風凛冽啼城鴉乍疎乍密春後雪半落半開梅樹花金鑪熾炭薰鷓腦玉瓶貯酒傾流霞春愁欲遣最難遣綠窗小婦能琵琶

錢登峰字泰觀錢唐人康熙己未進士官中書

秋懷

木葉下河干雙橋一水寒悲秋淹異地乞米媿同官小市人

烟靜荒城野草殘年來勳業少頻向鏡中看

沈鈞字開平號晴巖仁和人康熙己未進士改庶吉士薦試博學鴻詞列二等授編修有斗虹集

晴巖事親以孝聞嘗割股肉和藥以療父父病頓已旣而母病亦如之爲文唾地立成諸子百家奔集腕下詩以陶徵士爲宗然亦未嘗以摹擬傷格惜斗虹集已佚不傳方舉大科時與上海錢越江金甫旣膺薦舉又中戊己鄉會試三月廷試授翰林五月循例選庶常復列其名兩與清秘之選士林榮之越五年癸亥卒行醇學博惜未竟其用

府志入孝友傳

送趙恆夫司榷邗關

含香建禮識英名視榷新持使節行薊北暫移琴鶴去竹西長聽筦弦聲從教箠篚登天府自有文章繼漢京最羨風流官閣底梅花一樹賦初成

秋夜偶成

夜靜蛩鳴苦霜寒鶴夢醒秋聲來枕畔但覺客偏聽

盛鍾賢字右子於潛人康熙己未進士官江西高安知縣

偕汪韞石游天目

步步穿危磴相攜過石林峰奇全入畫雲冷半垂陰陟險疑天近臨崖畏壑深退心何所寄吟嘯託知音

吳任臣字志伊一字爾器初字鴻征號託園仁和諸生康熙己未薦試博學鴻詞列二等授檢討有託園詩文集

託園本閩之莆田人從父徙杭爲陸行人培所賞孫鑒菴治以故友陸彥龍之女妻之少即齒落然好奇讀書家貧教授里中會兵亂江南大姓皆竄匿里中少年載其書入市以一錢易一帙託園罄脩脯以爲市于是吳中書悉歸之併晝夜讀之久益淹貫石門曹度聞其名聘爲子師以沈思病心躍躍出天際張卿子遂辰爲調治二年而後愈方許豸爲學使者黜其文陸行人手加註釋徧告邑士大夫使者大慚亟易之由是名日噪明天官奇壬之術射事多中又精樂律市上見編鐘一枚日此大呂鐘也滌視款識果然又嘗與吳錦雯會飲馬

嗚九許錦雯問鄦殹二字何讀曰殹也同本秦權古文鄦許同本說文長箋錦雯歎服應大科時馮相國延館之爲佳山堂六子之一六子者託園與同郡吳農祥徐林鴻王嗣槐蕭山毛奇齡宜興陳維崧也既入翰林十年不遷官貧甚只一僕僕偶出客至婦隔屏扇茶茶熟自至屏持出供客寔如也會諸詞臣奉命校書多謬誤每奉詰責衆懼競以書致乞代校迫于情竭四十晝夜乃終卷而心疾作迨中允之命下而託園已先一日死矣年六十二所著有周禮大義禮通山海經廣注字彙補春秋正朔攷辨又取唐季諸霸國事爲十國春秋一百十四卷尤稱詳核雖失引文瑩玉壺清話之南唐先主傳要不足以相揜也府志入文苑傳

洪氏園 園在西溪明洪尚書鍾別業今已易主惟小邱尚存

秋憲當年賦遂初槿籬茅屋樹枝疎一溪香雪長攜屐滿院蘿陰正讀書乍可山如人影澹無妨月照夜臺虛荒烟此日迷花隝十笏憮糊指舊廬

送翁武原之任黃州 武原父世庸官陝西司馬

高歌一曲唱驪駒才子驅車出帝都名父佳兒齊佐郡西

秦南楚各分符綠楊橋畔和風轉赤壁山頭春草鋪此去洞庭波未靜請纓還許氣吞吳

王嗣槐字仲昭號桂山仁和諸生康熙已未薦試博學鴻詞授中書有桂山堂集

桂山少工儷語絢若朝霞晚爲古文亦罕其匹詞科之役以詩韻誤一字不中格僅得官中書舍人迫六飛南幸奏上孝德廣運頌甚稱上旨送駕時猶有爾進文字已看過之諭性簡畧與俗忤中年後好與酒徒游意極與酣嬉笑怒罵不復知人閒事著太極圖說論謂圖出于北固老僧傳于華山道士濂溪之名恃其詭託文凡七十九篇排斥二氏甚力亦可以破圖學之惑矣又工倚聲有嘯石齋詞

過陸蓋思山莊

疎雨青溪槳尋眞此暫過石橋迎水曲竹戸落陰多山暝烏喧樹池寒魚跳波秋軒眠未熟坐月聽漁歌

寓武原張效青陸蓋思林元俶家丹麓

東城風雨解孤舟數載飄蓬悵遠游綠浦烟寒歸夢杳丹楓日落故園秋攜家半畝惟栽竹游地三年漸狎鷗何處相思最愁絕月明寒雁度西州

半山

女兒家住半山頭日對門前溪水流忽見桃花溪口落無心更上半山樓

王廷燦字孝先號似齋錢唐人典子康熙辛酉舉人官江蘇崇明知縣有似齋詩存

聞溪泊月

久雨山容瘦溪流晚色明詩心宜夜月客路重春晴村酒醉無力鄰舟夢有聲隔林燈吠犬沙鳥忽縱橫

方正學祠

有志興周禮無功衛漢儲終懷君奭意不草鄭沖書暮雪寒江外春鵑夜月初萇宏碧血在秋水共涵虛祠側有水石五色斑然

龔翔麟字天石號蘅圃仁和人康熙辛酉順天副貢歷官御史有田居詩稿十卷田居詩續三卷

蘅圃爲光祿卿佳育子風流淹雅少日喜爲樂章以石帚爲宗旁涉王田蛻巖諸家之體光祿開藩江左署有瞻園禾中朱檢討彝尊李徵士良年上舍符沈明府皡日上舍岸登皆在賓榻酒闌棋罷相與倡和刻浙西六家詞行于時屬王石谷翚寫瞻園舊雨圖以紀其事既以貢士起家歷駕部視榷粵海入居臺省號敢言未幾罷歸貧甚至舉家食粥未嘗干監司郡邑有所干請士論高之初居橫河沈氏庾園園以玉玲瓏得名蓋宋宣和綱物也晚年移家張駝園自號田居王石谷爲作田居圖府志入文苑傳

宿聯峯僧院

中竺巋然南竺滅千年別構遺聯峰烟霞取徑費登陟翁山綫路便支筇衕衕排石作籬壁翻疑天巧爲人工當門一樹

更奇絶橫穿石腹摩穹窿藤粱青壁狀各異玲瓏岩石居當中江左名流陳仲醇董思白李長蘅留題滮漫莓苔封芒鞋竹杖我來晚風流歇絶成孤蹤夕陽欲落未肯落蒼烟薄靄聞疏鐘四山萬綠漸掩映殿角一株搖冷紅脫巾踞石正飽看打頭細雨來靀霥亟歸小閣下簾坐佛燈睒晃鑪烟濃老僧供客十月白酒名鯨波對卷千杯空陰晴未卜朝所嚮今宵且覓王無功彌勒同龕萬念寂南柯蟻子且橫縱

金墩五松歌

金峰之下三家村村前有阜名金墩千年一簣鮮崩蝕五松于此蟠靈根相傳植自李唐代閱幾劫火歸然存中閒神物煩撝呵待我摩挲留爪痕一松兀傲四松拱儼如列辟朝至尊又若老翁植杖立駢羅夾侍皆兒孫蕭森肅穆起人敬之

而鱗鬣烏足論悠悠者多不解事太息棄置荒郊原不見大

庾嶺下開道松連陰十里摩朝瞰近訪土人已莫識但云牆

野榛蕪繁又不見棲霞寺前引路松六朝圖影搖風旛脫斧

斤危遭霹靂一旦跡埽空王門就我所見識其大慈仁雙樹

非比倫此松幸得生此地天荒地老全精魂于嗟生物之理

固爾耳樹猶如此人何言耳目不得變憎絕乃得長私雨露

恩

集家兄石坪齋

聽雨樓仍在聯牀弟又來三年鄉信杳一笑旅愁開裙屐燈

前滿霜華鬢裏催紛紛小兒女爭勸掌中杯

秋夜不寐懷故鄉和耕客韻

平生蹤跡故園稀兩款橫河白竹屏魚市酒坊都不少山花

岸栁已全非最憐伏雨辭菱港又在江城換葛衣促織聲中窗月冷引人鄉夢到秋磯

立夏前五日同官集沈樂存侍御來雨軒花下

別開小徑夏畱賓酒釃茶香卷軸陳眼底果然無俗物尊前難得盡詩人須判花下今宵醉只賸天邊五日春堅坐莫愁歸路晚六街明月爛如銀

次韻臨平道中禊日逢寒食

久矣靑鞋倦遠探無端江北忽江南歸程剛到半山半春事恰逢三月三細雨斜風作寒食流觴曲水侈空談感時不覺吾衰甚詩力前人較未堪

九日泛舟大明湖登北極臺歷下亭

參差百雉俯晴洲捨筏來尋最上頭蘆荻作圍分占水鵲華

涌翠正當樓黄花羞插雙蓬鬢白鳥能牽一釣舟老去忘情
似垂楊偏於搖落逞風流
名流勝地偶然經巨壑雲莊問杳冥獨客栖栖拂殘碣斜陽
閃閃戀空亭一匳淨滁西風錦十里横鋪水墨屏可有白衣
能送酒綠尊相對眼尤青

棲霞寺中野牡丹綠葉紅葩綴花若芙蕖而小山僧
云花不結子分根亦不活惟葉上雨露風所飄墜處
即叢生自五月着花秋中方歇予異之而嫌其名之
弗雅也易之曰天雨花而系以詩

分形菡萏細巳甚比色珊瑚紅更柔不共三春鬬妖冶偏能
百日逞風流生成雨露天然種解脱塵根物外求定是拈花
微笑後一時散落到閻浮

寫山樓詩爲顧生隅東賦

萬竿修竹掩重關消領清風白晝閒不信閒人有忙事畫眉纔了畫春山

比肩人謫自蓬壺能寫徐熙沒骨圖未許于思誇絕技綺窗抛卻繡工夫

許汝霖字時菴海寧人康熙壬戌進士榜名汝龍歷官禮部尚書有德星堂詩集五卷

時菴視學江左識拔皆知名士試事既竣合讌諸生赴者二千餘人布席分題或詩或賦各竭其才至今傳爲盛事科場例不錄五經卷時菴在禮部侍郎時力持之得增額有差又廣兩浙湖廣解額皆著爲令予告歸田構別業曰也園方羊其中嘗作詩云青箱已付兒孫業白髮還尋山水緣靄靄烟雲扶短策春郊羣訝地行仙彼鐘鳴漏盡而汲汲然不思一日之息者讀此能無爽然其詩集分爲八編曰祥獻曰應制曰冰銜曰使旋曰河干曰還朝曰歸田曰酬應府志入名臣傳

贈湯宗伯潛庵先生

豫州天中央文星木躔角靈山拔嵩少德水交伊洛鬱爲人文區名賢代有作煌煌二程子千載振絕學後來漸榛蕪斯道孰開拓先生出曠世日朗螢火熠蘊蓄富淵源發揮啓橐籥本根秋實茂藻采春華落圖報祇辭章中懷諒巳薄初登蕊珠榜遂入石渠閣朝廷愛人才破例展猷畧分藩試敡歷江右專鎖鑰蔚州老司寇許予必斟酌謂公眞清廉才品竝卓犖薦揚大臣事彼此兩不怍適當時右文設科召宏博公仍歸禁院獻賦皁五柞衡文來兩浙悉剖荆山璞還 朝品彌高比岱長羣嶽東南資重鎮 宵旰切民瘼 簡在撫吳中民望胥踴躍吳俗久奢靡正氣日以剝大端示鎮靜積習還渲樸新圖鄭俠繪淫祀懷英削百事具規撫羣情奉繩約

久困漸以蘇病夫遇良藥　九重念舊臣　內召藉啓沃衮衣行有日里巷驚以愕耕樵出山野商旅闐城郭臥轍肩相摩攀轅趾交錯公去國本端公留一方樂計大無曲徇　眷隆有深託　天子建文華　東宮開講幄嚴嚴師傅席醇儒孰公若禮儀視舉止恭謹愈盤躩崇階領秩宗三禮兼典樂生平稽古力蒙此雨露渥憶余舊識公回首事猶昨初從魏公坐相見獲酬酢公貌謙而和公懷端且恪始知賢達意寧靜必澹泊儀型儼在茲小鳥隨鸞鷟拜獻忝後塵發蒙仰先覺近聞嬐婜輩醜正忌磊落蠅營玉可點火燎金欲爍明良既相遇眾女任謠諑願公篤忠貞襟懷等寥廓他時明農歸悠然臥巖壑

送楊自西少司馬終養歸里

銅柱留名紀壯猷翩然緑服放扁舟　兩朝養望儲黄髮八座辭榮奉白頭客久誰無歸里夢官高偏忘倚門憂先生夔日情何限手芼陔蘭潔饍羞

聞元炅字紫雯號毅公錢唐人康熙甲子舉人官山東汶上知縣

行路難

從來世路多嶇崎東西南北將安之天涯奔走苦離别舟車所歷堪悲思君不見太湖之水三萬六千頃湍急浪惡毛髮凜又不見羅浮之山四百峰危巖怪石淩蒼穹艱難險阻槩如此應悔當年作游子世人白眼到處逢黄金費盡無知己于嗟乎人生歡會能幾何不如飲酒傾百壺興酣且學高陽徒月明共醉歌且呼況復官防嚴夜禁咫尺門前卽畏途

吳燿字赤文號瀨濆仁和人康熙甲子舉人官河南儀封知縣

瀨濆初知山西榮縣邑遭水旱民多逋亡瀨濆下車即請賑蠲賦逾年民皆復業旋丁內艱起補河南商水縣以治河能奏調儀封病休卒于家府志入循吏傳

題柴南屏家慶圖

春光三徑佳垂楊雜繁杏惠風襲衣襟坐石怡佳景耽寂管弦輟養眞羅綺屛凝神萃太和百慮息機警膝前蘭玉繞後先皆雋永長公亭亭立有如玉山靜次君雖髫齡丰姿露新穎稚孫鳩車秀相逐笑顏逞而翁方盛年兩鬢垂青影良辰篤天倫門內樂事并積厚慶自長得之庸詎倖他日長安花爭看各馳騁重與展圖玩早識幾先炳乃今尺幅中和氣自流迸營營聲色場對此宜齒泠

顧之瑀字于佩錢唐人康熙甲子舉人

寄友

時憶垂髫筆硯親閒來著屐踏芳茵烟深螺岫寒光逼雨洗苔垣積翠新井底轄投情自切園林韭翦興還眞寸心無以酬知己漫倚闌干嘯一巡

楊中柟字公三號艾軒海寧人康熙甲子舉人官河南鹿邑知縣有艾軒集

艾軒由內閣中書出宰鹿邑遭年饑民有鬻妻子者惻然曰爲令不謀保聚奚撫字爲乃捐俸代之贖地勢窪下民嘗患水乃開渠濬河躬督畚鍤由是闔境無淫潦患卒于官府志入循吏傳

苦雨書懷

淪落天涯笑浪游强顏驅策亦何求半生旅夢枝間蝶十載閒情水上鷗暮雨那堪聞客枕春風從此送歸舟我身只合

滄江老底用徵名爲少畱

夏日雜興

換卻單衣日正長閉門無事卽羲皇翛然一枕睡方覺又趁
桑陰納晚涼

伴城和查夏重壁間韻

曉月池塘映淺沙輕烟散處見人家昨宵紅樹凝霜色應勝
長安二月花

沈傑字立齋號海嶽山人海寧人康熙甲子武舉有吟野
樓詩草

立齋詩見我聞集竝稱其善畫著有畫錄

范子振菴招看菊醉歸賦贈

棄官猶敝屣長揖歸林下種菊繼淵明沽酒飲清夜舉杯與

未酣好雨聲如瀉何殊投轄人放膽不辭爵

顧永年字九恆號桐村仁和人錢唐籍康熙乙丑進士官甘肅華亭知縣有長慶堂集梅東草堂集

桐村周晬失怙旣就外塾歸母氏翁督令夜讀口授三百篇年十三補諸生名譽日起成進士後作吏西陲以吾鄉漕運事爲言者所中師門波累編管奉天康熙丙子仁廟自將征噶爾旦詔戍者運糧軍前贖罪桐村遣其子棟代行遂得釋入關聞母夫人之喪有紀哀詩二章自後奔走南北以覓衣食家固無負郭一畝也老屋在梅東橋之西長慶堂額其祖乙董宗伯手書故桐村少時刊有長慶堂集今已佚惟梅東草堂詩尚存耳

次兒棟代運北征

天子方自將臨邊極西域一揮百萬師滅此而朝食轉餉出關中士不苦飢色我沐浩蕩恩願效疆場力馬革可裹尸行行何所怵忽聞先慈訃一慟氣欲塞四體軟如緜性命在呼

吸官符火速催同伴相促逼有兒立身傍垂頭但哭泣長跪前致詞此行是兒職巾幗且從軍須眉奚弗及結束棄儒冠弓刀親自執躍馬去無蹤路旁心惻惻望眼遠莫窮吞聲獨歸宅

生兒廿歲餘敎養無一善既失阿母歡父亦罕見面寒不會暖衣飢不會飽飯雖負讀書名誰與給筆硯所生尚如此何況疏與遠兒命本來窮父又遭謫譴徒步出長城三載忘其倦方喜共生還誰料復征戰禾黍或不登蕪稗時亦薦乃知秋實成不在種貴賤

一齡父見背無知入所憐如何白頭子有母抱終天六旬顧復恩盡付東流川堂虛不敢登衣敝不敢牽茍知母已死思歸亦徒然哀哉欲重見非夢即黃泉養兒空令老何如早棄

捐棟也代父行匹馬走燕然忘軀冒矢石一往更無前慚媿我爲子反不如汝賢

我居遼東西三月冰尚沍況涉漠北庭草木萌未吐千里擁流沙馬嘶不敢渡朔風晝悲號黄塵蔽欲暮所仗童僕親苦與樂相顧小心事長官莫更逢其怒汝當少壯年風霜非所慮所慮性情疎未必諳世故出門盡荆棘有罪孰肯恕豈乏老成人藥石語無誤志不圖封侯圖此骨肉聚安得柴桑翁歸來及早賦

傅光遇字松巖仁和人康熙乙丑進士官安徽望江知縣

有一草亭藝花詩

松巖會試中式後適母陸訃至使者遷延投其從父邸覘稍緩一日令無誤館選松巖察得大慟厚責其使者徒跣望星南奔府志八孝友傳

藝花

何必思林壑亭幽可避喧枕書當晝永埽地落花繁小杏紅侵盞新荷綠映門終朝謝俗事對客畧寒溫

陳元龍字廣陵號乾齋海寧人康熙乙丑進士歷官文淵閣大學士謚文簡有愛日堂集

文簡會試殿試皆第二由翰林入閣其出處有列傳可攷政績之尤爲人所誦述者則巡撫廣西時重建興安陡河石隄竝三十六陡門盡復漢馬援唐李渤故迹誠千百年之利也 予告歸里嘗爲西湖之游 三朝元老鶴髮風流一時觀者如堵牆以爲神仙中人不是過爾府志八名臣傳

出口旬日山川景物觸目賞心恭紀二首

旦暮寒暄異終朝備四時午風初夏好斜日晚秋宜春服隨人著冬裘入夜披自然安作息雲外不須疑

誰言沙漠地鎮日作山游嵐翠侵衣溼溪聲傍枕流汲泉烹

苦茗撥火試新芻自愧詩篇拙難題塞上秋

余結廬馬蘭峪之東偏當門有古槐一株亭亭獨立行役三載重來而衡門已圮老樹依然因憶杜工部獨樹老夫家之句恰相符合用爲首句

獨樹老夫家衡門靜不譁庭空喧鳥雀牆隙補蒹葭落日枝頭挂疎星葉底遮徘徊新月上圖畫滿平沙

七月十二日抵家率大兒拜省老父起居灑埽子舍

廿載晨趨傍　玉墀歸來白版舊雙扉官貧菽水風猶昔仕倦柴桑願未違兒訝鄉音重問字妻慚命婦理鳴機明朝問寢聽雞早夙夜還同在　禁闈

題陳章侯蓮鷺圖

墨花吹得綠參差小景分明太液池白鷺不飛蓮不謝搖烟

立雨已多時

伍涵芬字芝軒於潛人康熙丁卯解元官中書有讀書樂趣附偶吟草

梁學士同書言乾隆丁卯某忝冒鄉舉時吾鄉周在濤先生諱天相年登八秩重燕鹿鳴閱二十餘年南山上家于方氏見康熙二十六年市刻題名錄一紙即先生登榜之歲正榜五十名副榜十名同考十二房主司官銜表字鄉貫及監臨提調三場題目一一詳載于尺幅解元爲伍涵芬第八郎昇卽聲山先生因賦五古一章以紀其事今重屆丁卯某恭遇盛典並蒙特恩加秩先後之閒若爲之兆者不可謂非吾杭一段佳話也按本朝開科以來重赴鹿鳴自周先生始因無由采獲其詩附志于此

宿香積寺慧如上人禪室

曲圍幽棲處牆深小徑通年忘花甲外人老竹陰中水調來寒檳鐘聲散晚風東山有遠志買地欲相同

沈曰掄字卜子餘杭人康熙丁卯舉人官山東博平知縣

讀史

長夏烟林罨翠微良苗雨後湛新暉釐功須是求田少遠俗無妨結客稀處士盜名今盡見故鄉流寓竟誰歸桃花源路人人有向外求之卽便非

百本梨花水一灣茅茨新構兩三間舊家王謝偏懷土多事巢由更買山孤臥始聞棲鳥亂野居惟有種花閒西風蕭瑟無秋夏鬢髮勞人夜夜班

國朝杭郡詩輯卷四終

錢塘吳慶坻校字

國朝杭郡詩輯卷五目 以康熙二十七年戊辰至三十年辛未科目爲次其無年分可按者約畧附後

查嗣韓　查昇　湯右曾　翁嵩年　陸寅

淩紹雯　沈佳　張曾裕　馬銓　沈名蓀

楊中訥　錢肇修　潘樹枏　徐旭旦　滑楷

王丹林　沈謙益　施清　王士駿　黄祐

俞森　陸次雲　柴謙　吳樫　吳曜

戴梓　陳慈永　黄彥方　何石雲　張纘孫

吳祖謙　陳訏

凡三十二人

國朝杭郡詩輯卷五　　錢唐吳顥原本　孫振棫重編

查嗣韓字荆州號皐亭海寧人康熙戊辰一甲第二名進士授編修

皐亭家赤貧過時始學族叔繼佐獨奇其才補諸生旋入北雍十三年不拆家信或問之曰無救貧寒徒紛吾志耳覃精誦習夜分思臥輒灼兩臂自警康熙丁卯順天鄉試皐亭與侯官林文英全作五經題文二十三藝以違例不得謄錄榜發後監試御史陸祖修疏聞上許一體會試其後二人皆登詞苑奇才異數洵可踵明顏茂猷譚貞良馮元颷之盛至壬午以後有旨願作五經者聽敏速之士又視爲終南捷徑矣皐亭少時夢神人示以詩有五色雲中第二人之句其後果驗旣而歿于京師嬾眠胡同在圜襍志謂其地不利榜眼以丙戌呂無黨葆中亦歿于此也府志入文苑傳

贈陸翼王先生

海內孰耆舊寥寥數二陸巋然存典型天意重齒宿冰叟眞我輩風流邁百族大小叩輒鳴便便笥在腹去年病中風步

屧稍踏跼今春買帆去菑滯先生獨先生叟著書七十猶苦讀問字到羲皇探源窮若木矻矻坐焚膏那復計寒燠高摘與濃薰等身出手錄如何年少人廢書事徵逐先生聽稍重不任耳任目積然過小齋大聲相往復叟我亭樹幽石小亭可匊惜無酒百壺傾君泉萬斛放筆成短章爲君題尺幅

喜德尹弟復畱

小時燈火夜常聯此際依然客裏天努力且加分俸飯叩囊猶有作碑錢雨聲綠樹疎窗外人影青燈濁酒前他日鳳池仍握手也應回憶倍纏緜

夏重移寓有感

意外翻驚此會奇對君因憶送君時已愁歸去應難出豈料重來轉易離半截路東纔埽徑上斜街側又聯詩只餘綠樹

沈吟坐多少淒涼病骨支

查昇字仲韋一字漢中號聲山海寧人康熙戊辰進士榜姓邱錢唐籍歷官少詹事有澹遠集

少詹居海昌之園花鎮從同邑遺老陳潮生易讀書陳決其必貴以女妻之康熙間　上喜二王書鼎甲皆取習二王體者戊辰榜以少詹書為最因族叔荆州兼習五經拔置第二人少詹遂抑置二甲入詞苑己卯典江西試集同考十三人焚香誓天日某二十年備嘗場屋之苦敢負初心今與諸公約務矢公慎有違是言殃及再世每得一卷必反復推勘而後去取之洎直　南齋分纂佩文韻府歷朝詠物詩並分錄　御製文集其時張文端公英陳文貞公　廷敬厲文恪公杜訥皆老成宿德少詹以後進廁其間　寵眷與三公等會屬疾　聖祖處西華門賜第或犯陰陽忌　詔更賜厚載門第一區尤異數也別著有澹遠堂四六尺牘姓氏譜諸書府志入文苑傳

訪吳采山不值

秋水乘孤艇沿緣亂葦間時看黃葉落境共白鷗閒林影溪

邊屋鐘聲雲外山故人今不見月出棹歌還

題　賜金園圖四首

拜　賜恩無兩經營自昔年園因名始重圖與事俱傳綠野
應相似桃源望宛然不煩人位置天與設山川

閣以淩虛敞門因逐徑斜鎖開金屈戌簾卷玉鴉叉倚檻風
誇栖憑闌雨臥花最宜閒眺望時聽水田蛙

靜裏泉聲續閒來竹韻長鏡清魚避影桐翠鳥爭涼荷葉齊
過岸藤花不見牆他年歸隱處指點舊樅陽

山氣看常溼嵐光近卻無斜陽牛背笛細荇雨中鳧地夐如
棋墅身難乞鏡湖春風三島路且展臥游圖

八里莊

斷井冰膠汲水痕炊烟三兩不成村客嫌南語呼難應門對

西風火不溫白月荒途深夜柝黃沙野菜褋蔬盆耳邊俄覺
秋濤捲臥聽駑駘齕草根

湯右曾字西厓仁和人康熙戊辰進士歷官吏部右侍郎

有懷清堂集二十四卷

少宰少壯通籍名滿京都官諫垣日疏論瓊州採花黎沈香滋擾啓釁又疏論錢法大錢改鑄小錢不必銷毀宜減價流通皆如所請迨以少宰教習庶吉士典文章備顧問 眷注特隆嘗奉 命賦文官果詩 天藻俯和並同其韻有茸香一葉密待詩公之句又嘗 命隨諸王大臣游避暑山莊一時異數朝右榮之其後殁于京邸故鄉第宅在梅東橋棖楁尚存苔荒樹老令人有舊時王謝之感又有山莊在飛來峯下為明副使包公所營別業少宰有聞陳斐公為余料理山莊竹木兼完屋舍晚歲思歸慨然有作五古四篇中有云我歸定何日佳處夢已熟譬如長飢人說食甘于肉又云我衰又多病如何離鄉枌並鄉墟曲中雖貧心所欣其思歸亦云切矣豈知其終不果乎 吾郡詩境實自少宰始擴之懷清堂集已刻者二十卷 欽定四庫全書已著錄其未刻者阮相國撫浙時採入輶軒錄中少宰未嘗以畫名然敬業堂集及查浦詩鈔皆有題西厓畫詩則少宰又

工六法也府志入名臣傳

至香山寺

入林聞妙香臨流亂清影松風坐盤石孤意相與永花宮俯岧嶤雲物入秋冷鳥雀時一喧斜陽下高嶺

前衛

上下經重岡溪風亦多厲我行困登涉日暮前屯衛女牆被秋草廢壘今易世關東歲屢稔外戶夜不閉物情貴所無價賤米狠戾輪蹄交道路入關未迢遰來逢車連連賣穀供王稅時當三農隙市通百貨滯差幸關內民蝗餘獲少濟我聞海絕島鯨鯢未盡殪時出犯風濤無地可樹藝餘糧栝海船閒亦施小惠賈往三倍收法令不能制官司爲耳目上下久蒙蔽寄語横海軍首須袪此弊海口出粟禁豈但東南際民

愚無所知國有萬年計

南榮有軒三楹縛竹爲籬植襍卉其中以爲游息偃仰之地四首

讀書惜已老看花悔不早平生此二恨耿耿挂襟抱七年京城居庭未見寸草天機紛六鑿世網觸九惱豈知物外閒熙春自娟好形骸嵇叔夜土木太枯槁吾師郭林宗逆旅亦灑埽

枳棘編作籬薜荔栽爲牆年年貯秋雨草樹半已荒京國苦風埃此樂安可望盆盎得生意露下明月光破蟄走百蟲昨來微雨涼呼童縛竹埤花藥一兩行

文無催我歸海棠破昨夢牽牛始引蔓錦帶已羃空纖纖白棣花萬點雪吹凍勝春如佳人朱顏酒微中光隨暮色斂香

與曉風送嬾知世緣疏靜悟物態衆鼠肝與蟲臂擾擾爭羣動

南園飛胡蝶翩翩若有情花房釀游蜂戢戢如有聲喧妍感時節辛苦各自營我來卷簾坐讀書軒南榮一餉亦云樂千載如可并異時王安豐晬子秋水清嗟哉營營子爝火安得明

馬鞍山

山行日以高起伏勢未已盤紆衆峯盡一峯倚天起峯峯相羅絡雲氣間其裏雲生始膚寸萬狀變譎詭須臾滿太虛一氣失俯視雷聲如嬰兒雨在絕壑底不圖人間世險絕轉可喜汗漫乞天漿嵌空抉石髓正從九州外瀉此一泓水

桃源曉發寄方若及無功介夫兄弟

雞鳴首北路不見淮南樹相望已相思別來會幾時黃河流天外行子飛征蓋飛蓋路已遠黃河去不返願逐河上舟渡河入淮流河淮水同注到君門前住倘若烹河魚煩視腹中書

題松南釣磯圖爲令詒作

春波鱗鱗遠涵碧孤月囧囧瞑吐白萬條楊柳五湖風三尺綸竿一片石卷中漁釣誰畫本江左風流此詞客坐來興寄殊閒閒望裏神光猶脈脈平生廊廟才自大夢寐江湖性所適細觀鷗境訝許寬回首羊腸等閒窄雲根沙鳥來有信磯畔春潮沒無迹先生甫里編廝篷丈八江上容安宅箣笣細碎安足道答箸縱橫竟何益明年海上拔鯨牙大笑天邊坐鼇脊

穀賤行

江南得米如得珠闗東下飼雞與豬我馬在櫪市東芻秸槀纍纍子粒俱問之市人笑盧胡家有遺穗無逋租酤酒賽神神降巫村場擊鼓連臂呼女有衣裳男袴襦樂哉此樂無歲無今夏小旱豆莢枯皇皇閭井憂妻孥幸天出雨困乃蘇豐樂愼勿忘饑劬大瓮小甑粟謹儲今年要備明年須君不見堯湯水旱古來有勸農合在循良守

望覺華桃花二島

我循山行若弓勢脫手彈丸兩黑子鯨牙撐突波濤翻鼇背陂陀島嶼起龍宮浩劫不可問碑兀海雲何處是島中有龍宮海雲二寺閒道殘僧餘兩三買薪時復來城市

寕遠州食蟹

海濱物產珍錯交食指一動隨所遭飽聞稻香肥郭索白玉脂瑩去黃金膏蒸未出釜聲聲囂豈知手劈餘空螯大笑口腹負老饕人間名實多汝曹

題吳仲圭墨竹譜

猗猗淇園千頃綠三年坐臥意未足歸來合眼想檀欒別有風流在卷軸海東叩門無所詣悠然看畫如看竹吳生靜者藝絕倫落手天機謝拘束逸韻先封瀟灑侯清陰已入篔簹谷橫斜似見風掃徑敧側如聞雪壓屋窺窗掩冉摇碎金吹籟清泠戛寒玉梢頭片雨筆可追枝上輕烟墨能蓄連叢忽漏月流夜病葉將零霜脫木壯士幾輩直幹排劍拔千尋高節禿殷殷中宵雷雨過纖纖錦繃頭角矗底須縱筆如篁大趙士安好作篁竹轉笑成形似紆曲文與可每作竹況人朝士張潛迂疎修謹文作紆竹贈之淺

深向背生意眞朝暮陰晴清景逐湖州筆力儼猶在宣和院體嗟巳俗金錯刀偕鍾隱能鐵鉤鎖許誠懸獨自言神明出規矩要令披猖有邊幅不學誰能心手應以小喻大當三復年來與世絕愛憎漸覺心源少棖觸偶然玩物有此癖何異小夫金守櫝通靈妙畫會當去羽化銀杯哂童僕巧偷豪奪兩未知聊喜烟雲一過目

晚過妙光閣

披蘚香門入穿雲小閣登松閒耿殘照天外刷秋鷹勝節清游數流年百感增西風重九日吹灩酒三升

送查浦之蘭州

君去過洮水關門落木空黃河繞天外白草滿榆中悲壯寒城角蕭梢大漠風書生有燕頷辛苦笑雕蟲

萬里通西極　王師獻凱旋三河遺孽少列郡戍兵閒幕府風雲上才人文酒閒霜中明獵火小隊出蕭關送別青門側相思隴水頭因風候音旨雨雪向邊州苜蓿連天遠琵琶出塞愁金城方畧在暫爾借前籌

山海關

東西誰界絕封此一泥丸地接長城險天浮渤海寬連山邈碣石積水見辰韓吹角關門出邊風馬首寒

登角山寺 寺在山海關北角山頂

石磴千盤上松濤絕頂聞四虛風縹緲大海氣氤氳黯黯蜃成市飄飄鶴出羣老僧茶話久階下已生雲

九日大風寒甚不得訪平坡秘魔諸勝

投牀倦不聞譙鼓遐勝行須待曉鐘夜半風聲撼茅屋朝來

冷氣逼雲峯頻添白袷衣仍薄再上青山興已慵慚媿老僧爲後約可能踏雪到深冬

晚同聲山原衡飲皐亭寓樓

花鳥春來已舊游窗中落葉倏驚秋故人好在重攜手原衡新自檇李至明月生時更上樓青嶂晚從烟際出玉河寒傍檻前流與君長簟西風夜不待啼烏也白頭

崇光寺樓懷吳允哲

十七年前我到時老僧猶指舊松枝依然竦竦竹侵徑不改潺潺水入池桃李穠華收昨夢風埃蓬勃入新詩一杯茗葉山樓上幾度思君與共持

送友人南歸

別酒重行蔟馬蹄半年情好惜分攜春回塞北冰初坼人到

江南栖漸齊一帶曉光迷鶴市幾灣淺水繞香溪美人樓閣花橋路待我歸尋綵筆題

五月十三日喜磵房自汴城來京酒闌話舊感賦

千里嵩陽一紙書先五日得來書書來繾綣說相思每嗟落月何由見豈意深杯忽共持萬事風花傷眼底兩家羊酒記兒時白頭未忘平生約五畝柴桑指後期

送翁聿脩大令南歸兼寄鸞甫蘿軒同年

酒香臘甕歲方徂去且登仙子甚都鳧舄春來仍入洛蓴羹秋後每思吳四山回合雲藏寺一葦空濛雪滿湖寄語蘿軒老居士不妨潑墨畫成圖

試院水亭

蕭蕭夕葦鳴磔磔春禽語階下濟水深窗中太行雨

磁州道中

夾隄柳色映泉流滏口清源匯曲溝二十里中荷葉路水風吹綠到磁州

馬上

一天涼露斗斜橫羅薦輕寒近五更殘夢白河三十里水莊花氣杜鵑聲

琉璃河題壁

綠樹陰濃露未晞槐根青翠溼人衣平橋野店日初上隔水乳鴉零亂飛

須水店壁有題句云風滿山頭月滿城坐深衣袂覺秋生何人解識吟蛩語此是江南露下聲後二語絕妙不知誰作也依韻一首

遥知木葉下秋城七字吟來太瘦生最是水天涼月夜人間惆悵子弦聲

翁嵩年字康飴號蘿軒仁和人康熙戊辰進士歷官刑部郎中督學廣東有白雲山房詩十卷

蘿軒嘗與張廷樞等十一人試于南書房稱旨賜御書一幅遂有粵東提學之命先是學使者以瓊州懸海外檄生童附雷州考試蘿軒日吾豈以一人易千萬人命乎竟渡海遂著爲令分校庚辰禮闈張相國廷玉勵尚書廷儀皆出其門善畫以枯瘦之筆作林巒峯岫極古淡之致府志入文苑傳嘗結廬葛嶺下庭有老桂名天香書屋又構白雲山房于飛來峯西今皆不可攷惟城中岳官巷老屋尚存今孫氏所居壽松堂是也

癸未春正月按試瓊州渡海波平如鏡至中流有胡蜨數十旋繞斗柄舟子以爲神所助也試畢抵雷祭于海神有只問寸心無愧怍不知瀛海有風波一聯懸于廟中今已十九年矣始作此圖歌以紀之

擁節乘傳橫雙旌天容海色何澄清鼓浪浮波出輕使中央蕩楫風泠泠四圍山色望不見鳥雀無聲歸杳冥翩翩忽有蝴蝶下旋轉斗柄欣相迎矯如疏星渡霄漢捷如飛鴻搖滄溟青黃紅紫間黑白五色璀璨光熒熒來去無端莫測識舟子具道神所聽此言惝怳未可信書生章句守一經但知此身似泡露不與世俗同醉醒莊周之夢聊復爾蠢動孳息含精靈回舟急移羅浮棹裝束大繭歸南屏春來湖上花正好紙帳奕奕飛疎櫺縱之使去若雲錦遠颺山海空浮萍縹緲變化無終極何況人間影與形

陸寅字冠周錢唐人圻子康熙戊辰進士有玉照堂集

冠周墮地知宿生事十三歲詠留侯五古一篇居然作手後以父講山罹禍牽連繫獄獄白講山從方外游不知所之冠周上事老母下撫弱弟妹孝友肫至母歿遂徒步訪親暴書亭集有零丁一篇爲冠周作也荒崖絶

釁靡不周歷而終不得見其父哀慕勞瘁嘔血而卒年四十三府志入孝友傳昔王丹生槐言嘉慶閒有游天台者遇講山先生有爲易絮衣一襲事然耶否耶先生其已仙耶

過大兄桂林墓愴然有作

日月自虧盈山川亦崩竭如何長別心悠悠無斷絕一雁從南來餘音正凄切羽毛非不全形影自孤孑矧子骨肉恩值彼蘭玉折言笑纔一時倏忽已疇昔冉耕痛斯人顏回嘆天札由來黃泉人何必皆白髮昔我來西門道逢遠遊客臨歧更執手細語復嗚咽謂當萬里行又作十年隔傷人代揮涕矧乃情所發我行且念之行至隴陌飛鳥交相過但見松與柏嗟哉河梁人如爾尚生別

望遠歌

登樓望遠人爲我斫盡庭前樹小童執柯前致詞庭樹不礙

行人路山川遙遙千萬重盤迴古道孤雲封天涯極目不可通長空惟見歸飛鴻聞言淚落久不語顧謂斧斤且莫舉拂衣便爾下樓去垂楊紛紛正飛絮

路歧行

出門竟何之東西南北皆路歧僕夫執轡馬躑躅驪歌一聲聲最悲道傷桃李似惜別飛花故撲金屈卮人生目前貴適意不如還逐屠沽兒兄袁盎弟灌夫相逢自負高陽徒摴蒱百萬能呼盧朝金張暮許史拔劍欲爲知己死眼前誰是嚴仲子

黃山歌送孫無言歸黃山

歸去來歸黃山黃山白嶽青松閒飛泉倒挂聲潺湲紫芝白鹿誰追攀我昔行歌山谷裏翠嶂丹崖逼天起籃輿竹杖隨

老親古樹層巒頻徙倚只今黄山不可見老父天涯淚如霰
夢游遙賦俱不成翹首難逢故人面黄山歌一寄君碧溪流
水月初動嶺頭定應多白雲君不見轅固伏生八九十直上
明堂下車揖東山終爲蒼生出黄山此時且復入安得把茅
隨父傷公側公歸乃眞不可及

宣德箭歌

長安城東鬻廢箭故老欷歔萬人看金鏃敲殘鼓鏑鋒雅翎
落盡丹黄變棄擲風塵未嘗試老桿分明宣德字珍惜曾教
武庫藏標題尚識良工製高皇昔日戎衣著劍埽妖氛定雄
畧已見蒲梢入大宛更聞蒟醬開卭筰茫茫九服初通貢竹
箭東南待弦控包茅常例荆豫來司空檄取官胥送貽謀孫
子但垂衣夜夜黄星護紫微三殿日高香不散上林花暖燕

羣飛夕烽并罷平安火服御深宮無一可青甆燒出碧雞城重爐製就黃金裹內家擎獻龍顏動流落人間至今重金馬銅駝倏已非楛矢石砮成何用只今新製逾工巧故物休言舊時好猛將難調神臂弓仙人且代麻姑爪君不見銀泉山下草蕭蕭狐兔秋原正寂寥仰天大笑羽毛落一箭穿雲有射雕

將之黃山迎家大人別母始宿江上

乍別慈親去初來江上眠關山囓短夢風雨入殘年孤艇今宵發愁心兩處牽遙遙千里外飄泊有誰憐

冬夜襍感

憔悴相憐賴布衣董生巽子韋丈六鳳信音稀十年聚散兼生死千古文章定是非村犬隔籬空吠影海鷗爭浴自忘機

高山流水成惆悵一片寒雲凍不飛

淩紹雯字子文號北堂錢唐人康熙戊辰進士內閣學士

北堂父克充博學多文隱居教授北堂生甫三歲母朱口授毛詩便能成誦稍長貧不能延師父親授四子六經後授徒教學肆力于文康熙丁巳領鄉薦北上貧不能歸遂館京師戊辰成進士少習 國書廷試時用清漢合璧體書之讀卷官奏請 上裁置二甲末入館選爲人清介自守自庶常以至閣學不攜家累在都居翰林院官署衣服澣濯者數十年不忍棄飲食非薄自甘不妄交游府志入名臣傳

禁中新柳

春深彩煥五雲天膏澤新沾苑柳鮮秀質平舒衣似染韶姿全展黛初研絲絲好借經綸手點點能飛玳瑁筵總是
君恩多浩蕩身畱蓬嶼日三眠

沈佳字昭嗣號復齋仁和人康熙戊辰進士官安化知縣

復齋沈酣諸經善屬文與應嗣寅萬充宗兩處士講求樸學康熙辛酉舉于鄉出湯文正公之門師生最爲契

洽上方山五通神之毀人皆頌文正功而復齋實導之詳見沈廷芳所撰墓志徐尚書乾學開書局于洞庭東山屬纂五禮備考于舊說多所折衷著有禮樂全書四十卷續意林二卷明儒言行錄十二卷明人物志一百二十卷樂府中聲四卷一生學力具在其中初宰監利以母老乞養後補安化府志入文苑傳、

冬日贈友

離離山上葛纍纍園中蔓以彼根蔕同相結何繾綣嗟哉人世情離合隨轉盼同心異吳越中情隔河漢故人日以疎新人日以粲錦衾非古歡俛仰增惋嘆寄言刈葵者慎勿使根斷折葵葵易生傷根使葵爛

春雨寄王子

南山終日沈烟霧卷簾忘卻湖中樹野鳥爭喧沙岸傍行人醉失溪邊路渡頭楊柳已增悲遙憐楚客重相思白雲湖上銜杯日爲憶春風花落時

張曾裕字昆詒海寧人康熙戊辰進士官御史

昆詒初授臨朐知縣濬木力溝以通水利邑西南山僻多盜嚴立保甲時單騎巡緝至寒九厲年餘盜絕丁艱起補新樂縣縣故以社書辦公事歲舉鄉之富而愚者當之多破析家產昆詒第擇曉書算者親試以充民稱便擢文選司主事改御史卒于官府志入循吏傳

送權六之烏程

十載才名第一流青瑣暫借駐驊騮松陵唱和詩篇富安定規橅學業優花發苕溪邀夜月烟開震澤泛晴鷗敝裘猶識春明路佇看龍門瑞氣浮

馬銓原名肇基字遵素號澄園錢唐人康熙庚午舉人官內閣中書有澄園集府志選舉門失載見歷科題名錄

澄園爲陸梯霞弟子百家之書無不賅覽老年猶手一卷無勌色年五十舉于鄉雖得一階無意仕進每歲夏一日必出五十金爲瓜果費喜學劍學琴尤喜洪飲恆與大戶角酬嬉淋漓不復計斗石也所著有意軒隨筆儷

語樕華

竹林寺

古寺藏修竹紆回一徑穿近檐人覓日得蔭鳥忘天蓮宇欣聞梵蒲團學坐禪山僧頻瀹茗階下掬寒泉

春柳和吳寶厓

亭外長條復短條東風初試小蠻腰人來隋苑停香轂路入秦淮蕩畫橈吹暖麴塵春盎盎飄殘絮影恨迢迢紅欄宛轉關情思總在江南四百橋

元旦早發商家林

旅邸蕭然夢未成寒星幾點踏霜行誰憐此日車中客獨聽人家爆竹聲

沈名蓀字澗芳號澗房仁和人康熙庚午順天舉人有梵

夾集八卷青燈竹屋詩三卷退翁詩一卷

𤩽房起孤生弱冠有聲場屋年逾強仕始舉京兆試五上春官不第丙戌櫥前夢羅昭諫見過成一絕曰鵠袍烏幘一先生刺寫江東給事名八百年來成把臂可能還訪舊雲英未句用昭諫贈舊妓雲英詩意自此遂絕意進取需次得湖南攸令繼以年老扣除歿于京邸章豈續藻功爲文哭之云世稱名士但存老去頭銜天忌才人不許生還故里讀之令人黯然𤩽房嘗築涵青院于葛嶺有緣天仙子者芭蕉仙也時與唱和又有嵩山百歲道士能以瓜果活人來乞作畫其事皆誕而傳播甚著所著有蛾術堂文集十卷筆錄十卷史籥六卷僬錄一卷冰脂集四卷皆未刊惟梵夾集八卷則仁和趙昱所刊也陳楞山撰符幼魯曾皆其弟子子嘉轍能以詩世其家

新城夫子自秦蜀歸招同徐子文查德尹龔節孫錢亮工鍾聖與邸齋小集分得天字

三年下第去萬里奉使還師弟得合并歡洽情自然況復諸名儁促坐同一筵盈尊酒清旨堆案肴甘鮮兩條寒燭光結

蕊紅綻圓各就所聞見恣談相後先東西盡洛蜀南北環越燕典實備掌故荒唐徵稗編廣及草木譜細入蟲魚殘爐深火再架鼓響更乍傳言笑不知夜揭帷星滿天

題畫冊

篷開獵獵風腳舵曳瀰瀰浪痕杜宇飛邊蜀道哀猿啼處荊門遠紅夕照千里濃綠垂楊幾村已到落帆亭下客心還怕黃昏

玉山道中

筍輿肩上漫咿啞山到深時鳥不譁野店疎籬臨路出小溪清溫過橋斜一林紅變楓香樹數畝白開蕎麥花總是觸人惆悵事歸家纔得又離家

龍眠道中

草根濺水冷甚聽石骨沿溪到處青老樹四圍山四面中間恰稱小茅亭

鍾聖與招游大明湖次文盎韻

蔟蔟峯頭矗短簪瀰瀰水面染深藍此間大似西湖上柳浪亭邊花港南

韓家屋後竹風涼可惜臨湖少一廊若起玲瓏朱閣子也無妨築粉青牆（文盎有不安窗子只安牆之句故云）

北廟獰猙兩列開我聞唐塑嘆千回青蓮學士浣花老歷下游時應見來（北極臺二鬼傳是唐塑光色如古銅精絕）

送何秀才南歸

三敗聲塵歎寂寥一時萬念總都消只憑君問桃花信紅到西泠第幾橋

楊中訥字耑木號晚研海鹽籍海寧人維建子康熙辛未

二甲第一名進士官右中允有晚研齋詩集

耑木幼受業于朱竹垞長從黃梨洲游遂傳其學于經尤深于易春秋其論易卦變謂三百八十四爻無一爻不變即無一卦不變其指訟泰等十九卦爲卦變者朱子特因彖傳有上下往來之文故舉以見例何嘗謂卦變止於十九卦耶其論春秋五始之說謂自王褒因圖緯之說以黃帝受圖而得五始謂春秋書改元即位於此何休從而和之不知改元正號即位謹始王者之事諸侯用之則僭當春秋時周德雖衰天命未改魯安得有元年魯君不奉王命安得自即位聖人于元年之下即位之上以王法繩之故首書云元年春王正月意蓋託魯以尊周以見元者王之所自出正朔者惟王乃得改而非爲魯之元年足以善始魯君之即位足以奉元也左氏與公羊惟知此義故以正月爲周正以加王于正爲大一統王裒何休之徒不明乎此遂以元之氣正天之端以天之端正王之政以王之政正諸侯之即位其與聖人筆削之微旨不幾剌謬哉是二說也沓初白亟稱之耑木辛未　廷試讀卷官擬吳昺第一戴有祺第二耑木第三既進　御覽改有祺第一昺第二又以鼎甲久無北人拔黃叔琳第三耑木遂居二甲之首既官翰林一典試河南一視學江左罷官後築拙宜園于

武原與許尚書汝霖查編修愼行陳侍御勷修香山洛社故事曾被　旨督修密雲城以勞致疾工旣竣遂卒

寄題曹楝亭使君眞州署樓

高樓豁層霄灝氣挼呼吸四面卷疎簾平揖江山八合沓衆木深雨餘綠猶溼陰極目田疇缺處露城邑直視迷前川來途不可識曲折諒能通孤帆有時出廛密萬烟生隄遥一鳥立使君清政本忘機多暇日啓發在篇章偶隨羣彥集乍登暑已微坐久風頗急自顧轉蕭條承君好顏色回舟背桑榆俯仰若有失分明入我夢趁人尚豈岌朔後月漸升此景愈難得何當再溯洄撫心徒偪仄題詩無秀句瞻望盪胸臆

橫塘堙

橫塘堙虹亙龍眠壓波影千杵萬杵築得成荻花信至須臾盡怒濤崩奔屹于山雷轟電掣一瞬開天瓢倒翻銀漢決橫

衝側落無波瀾隄邊廬舍同秋毫居民倉卒惟呼號夫妻子母哭相向東西南北何所逃每每原上田浩浩屋頭水腰下長繩貫魚似安心且作團圝死東風盤渦打屍回十十五五猶纍纍防河使者仰天泣淚盡眼枯非爾力

夜發眞州

揚舲向東下明月出前村櫂破水中影潮侵沙上痕江山全入眼出處總難論不是因羇旅如何亦斷魂

園居襍詩

偶愜棲遲志城南小築幽夜深風弄竹人靜月當樓稍覺塵區遠還同物外求簟涼催好夢衣露入新秋

每喜當空坐呼童帚綠莎梵宮疎磬出城角夕陽多倚檻看馴兔臨池嬾換鵞興來無箇事醉月任婆娑

密篠叢深澗疎藤過短籬雨餘蟲墜網風動鳥驚枝遣興惟宜酒投閒不用棊夜來池上月新影照蛾眉

坐久心逾寂香烟定裏消池清星落水樹靜夜聞潮茅店雞鳴早官途馬足遙半生勞苦慣倦欲趁漁樵

高郵道中書事

秦郵幾帶盡荒蕪清水潭連甓社湖草舍寒烟何處在貧家斗粟料應無空懷憂國長沙淚難繪流民鄭俠圖聞道今年秋正熟官租想已半追呼

錢肇修字石臣號杏山錢唐人康熙辛未進士官御史有石臣詩鈔

石臣于康熙戊辰入籍遼陽有前出塞詩成進士後再至奉天述昭代之逸聞訪先朝之墜典佐以談諧參之謠諺為盛京竹枝詞百首葺廬舍營坂田將為久居計然湯西厓贈詩曰歸日清陰還待我兩家同占綠

楊春梵夾集亦有送同年錢石臣侍御謝病南旋詩則石臣晚歲眷戀家江卒未欲輕去其鄉也初授河南洛陽縣七載潔已愛民行取擢陝西道御史巡視北城兼掌登聞鼓院興利除害丰采卓卓府志入名臣傳妻林亦工詩方宰洛陽日衙齋蕭散薰爐茗椀夫婦倡酬爲士林佳話

題吳寶厓飲酒讀書圖

愛酒不能飲一勺亦自適愛書不能讀片語得新益物性天制之用拙固有術當其得意時少覺天地窄飲酒有眞趣不從杯中得讀書有至味亦匪在糟粕持此語世人匿首笑啞啞謂吾終日醒強作解事客不知狂夫言或具千慮一吳子眞酒人沈酣在六籍醒則摛其華醉則融其液落紙滿雲烟超然離塵域冰雪淨聰明形摹藐姑射油窗拂絹素恍然見顏色高座擁百城雅量容一石英氣不敢當拂拂光四射小巫顧卻走惶汗懼流失請降爲附庸黽勉事大國獨吾最少

許抗顏稱勍敵談言貴微中理足氣自逸

放魚歌

小奚擕錢入城市買得擔頭雙赤鯉鱗摧鬐脫不得死有時對人還躍起庖人霍霍磨霜刀主人顧之心煩勞物命當爲天愛惜豈倖他日身相遭神物從來多困抑市上眞龍人不識須臾放入江水中霮䨴秋天雲墨色

飲湯西垞編修寓二首

連朝潺雨接秋陰危坐蕭齋看陸沈入世幸無適俗韻閉門早有向山心身從病後知堅脆交在窮時見淺深猶喜巷南居咫尺衝泥來往記蹄涔

頻過蔣徑愧羊求許其花前泛碧甌索我小詩消永晝博君佳句慰羇愁清時五斗才難得豐歲三升醉易謀斂手長安

看棊局銅街燭騎正鳴騶

歸思

客歲冰河振敝裘開正芳樹又鳴鳩歸心與燕爭先後旅況因人作去留葛嶺桃花紅勝錦蘇隄春水滑如油回帆小泊橫塘晚玉串生寒正倚樓

潘樹枏字孟扶仁和人康熙辛未進士官福建福清知縣

孟扶知福清嚴明有風采行一條鞭法地丁屯折總歸一單不用差役滋擾改下堂寺淫祠爲朱子書院後告養歸府志入循吏傳

題三友居按雲蠖齋詩話長白顯公圖字象原以御史巡鹽兩浙署中有小圃荒穢不治公一日偶步得斷碑洗而植之有宋代遺松四字繫以長歌作者姓名已漫漶不可辨詢之老吏云此地向有三友居不特古幹參天狀若虬龍而有梅有竹互相掩映今屋已廢而木亦槁有年矣公慨然興復築室三楹額仍舊名徵詩以落之

當代繡衣使名公風雅傳東南瞻節鉞殿陛寄句宣富國才逾管成書論倣遷弓招賢四國屣倒客三千望擬神仙迴居當故苑偏壺尊銷暇日池館憶當年斷碣摩娑字長歌得舊篇寫來松句好想見鶴飛旋天意開靈傑人謀協淵瀘一朝輸土木萬古見桑田竹裊枝枝翠梅横樹樹烟是中堪獨樂何必戀平泉留記黃岡宅無忘綠野廛笑人同傳舍愧我忝流連念昔曾棼治思常得靜便琴堂羈薄宦花縣負先賢感此謝鞅掌欣然願執鞭讀公三友略遺愛幾纏緜

徐旭旦字浴咸號西泠錢唐人副貢府志不載未詳年分官廣東連平知州有世經堂集三十卷

吾鄉徐氏自世臣先生結登樓社清獻公訂鷲山盟故羣從皆好學西泠十歲舉神童以燕子一賦榴花七律受知當路一充拔貢三中副車康親王尚善貝勒延置帷幄己未舉鴻博科旋以靳文襄薦監開宿遷新河三

百餘里河成以六品服補興化縣 仁廟南巡 召對五次應制撰西湖金山諸賦及迎 鑾詩三十六章西湖十景曲援筆立就丁母憂起補清瀏移寧遠擢連平皆有善政宋太學生徐巨翁其遠祖也忠節祠在筆架山方家峪掌于宗子自宋以來數百年矣有利其材以餉己橐者祠遂傾圮西泠兄弟以私錢改建于孤山之麓追遠敬宗尤可法也

同人泛湖看雪晚歸

一夜千山白六橋人迹稀湖平波蕩漾鳥冷勢翻飛素練凝空碧寒光上翠微錢唐燈火暗緩醉莫言歸

霞起亭曉望

秋晴圖畫自天開曉起山亭望幾回宿雨初收華頂樹寒烟深鎖海門臺紅樓花影參差出古寺鐘聲遠近來滿眼清光看不盡更遲明月照銜杯

滑楷字駿雯一作晉雯號逸齋仁和人吉登從子康熙年錢唐

歲貢

將之東陽留別上子

欲慰離羣恨翻云是壯游獨將長往意來別故人樓月照江帆上霜明嶺樹頭我翻憐別後家食正堪憂

臘夜有懷王丹麓

冷風吹不寐枕畔已聞雞蹴舞思同志憐寒念解綈六年深意氣片席任東西庭下梅花發詩郵寄一題

王丹林字赤抒號野航仁和人康熙年郡拔貢官中書科中書有野航集十卷

野航年三十始中明經踰三年試爲教習又四年得官又八年而以疾歸遇嗇才豐世咸嗟惜其爲詩鏤章琢句婉麗輕新長安中公卿貴人談詩者無不願交野航野航又善畫短章醉墨畫幀題識落筆爭爲人傳誦其歸也阮亭王公江村高公皆有贈言蓋愛其才而惜其去也性友愛伯兄恂菴入都留之三載風雨對牀繪圖

寄意及野航病歸里舍兄猶持其圖索題野航立成一詩蓋絕筆也卒年五十一府志入文苑傳

沈潞公病中垂訊以詩代劄奉荅

少年樂新知衰暮思故友嘗讀昌黎言掩卷輒搔首與子三載別麻鞋浪奔走入門復出門飄蕩如亂柳平生所親暱一面旋解手竄身窮海濱狎處非我偶念子隱舊山卻埽鍵門牡畋漁盡百氏錘鑿出萬有不惜心力疲但恐居諸負昨日貽我書告我得疾久遠天思鬱陶夜起盼參斗治生葆性命老氏嗇可守家貧量其出體孱節所受菁華易銷鑠眾病勞乃取譬如戶上樞頻轉斯速朽人生最得計紈素飲美酒此外惟高眠支頤屈左肘著述成一家止足覆醬瓿胡為效蟬魚猥以書誑口我年差長大雙鬢漸非黝結交裘馬塲十已悔八九輪囷抱肝膽非子更誰剖勉哉寶其躬會勝瓊與玖

枯坐學木雞浮名棄芻狗相將焚筆硯耦耕事南畝

題畫送夏重還海昌

秋水淡無波秋葉紛已脫中有離別心寄此烟景闊孤帆迅飛鳥風起青蘋末目盡遠天外寒山翠如潑

烏目山人歌

山人好手當世獨學語小兒知石谷胸中更闢眞造化筆下了無凡草木殘山一角勢更遠壘嶂千峯妙不複水光烟景難爲言非有非無收衆緣以天爲師豈人授自少得名今髮禿往來 玉輅東南巡有 詔作圖羣手縮生綃收拾天半壁一一經營具成竹承華宮中 賜睿藻驪珠四顆光照屋兼金重幣紛造請貴戚豪門爭片幅俗工偷摹竊名姓一紙猶堪售十斛我生叜山兼叜畫好事頗苦力不足山人胡爲

獨見取眞蹟頻仍許收蓄湖灘春草遠茫茫秋樹書堂清謖謖展張素壁臥來看冬不知寒夏忘燠聞說君家在烏目嵐翠朝昏上衣服秫田可釀書可讀歸心已作弦上鏃他時對畫一相思眼注餘霞送孤鶩

畫松行

大松峩峩遶牀立劃破青天攙素壁一株直上一株偏橫迸一株雷奮蟄神龍挂海藏首尾鐵幹排空幾尋尺看久驚嗟渲染成霧掠烟梢說不得想君停筆摩眞松槎枒節甲生心胸澄霄欻忽夔魍走絕境杳冥霜雪封狂呼潑墨一埽就爾時正醉玻璃鍾四座無言有歎息但覺謖謖吹天風我聞才大苦難用空山老盡萬梁棟縱然丹漆致明堂豈免人間斧斤弄江湖我亦磊砢人三徑徒存手親種枕書畫底且高眠

髣髴寒濤春午夢

竹溪聽雨圖

檀欒渭川竹淸淺習家池已得俗塵遠況逢疎雨時青荷翻響急白鳥浴波遲蕭瑟風林趣惟應靜者知

送胡明府之灌陽

桂林南望遠雪夕起離愁帆影湘山轉城陰灌水流蠻花藏乳雉社雨應鳴鳩去及行春日東風南陌頭

贈李松嵐題山行小卷

秀色起諸嶺夕陽明遠天支筇入雲木散髮凌風烟竹外采樵徑花間洗藥泉十圍松樹老從問著書年

南郭春游即事同苧城希文

弱栁拖烟草斂塵輕陰元不礙尋春熟游老馬先知路無賴

鳴鳩莫惱人面水亭邀三客醉背牆花贉一枝新溪山端屬閒身管可用將錢買玉津

蘇舍人一菴舉第二子

花底匳賓瀉玉壺晴檐山鵲對人呼翠樓深貯雙荷葉大荷葉小荷葉賈耘老家姬名也東坡畫怪石古木與耘老札云可令雙荷葉收掌須添丁長以付之丹穴重添一鳳雛手札他年饒小許門風此日恰三蘇藥欄雨過苔痕碧更要宜男種幾株

陳履仁以棲禪圖索題爲賦三絶句

落花風裏安禪榻彷彿朱坡杜牧之檢點圖中差别處尚餘雙鬢未曾絲

才子能繙貝葉書香門白業宿生餘玉臺宮體知名久綺語終愁費懺除

冷雲枯木靜中因妙女天花散幾巡成佛怕居靈運後不如還去作官人

沈謙益字禹誠號裒齋仁和人康熙年拔貢見府志縣志列康熙十一年恩貢按湖州府志貢生表康熙十一年有拔貢無恩貢有花外樓集裒齋世居北郭與張祖望丹交善以明經應京兆試二十年卒不得當有司意

憶西溪早梅

梅信西溪早何人更倚樓林花開臘暖谷鳥語春愁酒旆山橋外鐘聲古渡頭應憐竹林靜歸去泛虛舟

和宋荔裳先生游壑庵

夙有烟霞癖登臨興不孤潭光殊悅性樹色不妨湖燕子穿虛牖蜻蜓點綠蕪可知招隱地更欲著潛夫

施淸字伯仁錢唐拔貢見鶴徵錄府志失載康熙已未薦試博學鴻

詞官湖南永州通判有攬雲懷新等集

伯仁以選貢試爲敎習除陝西布政司經歷尋知巴州薦舉後起廣州通判以內艱歸復補永州主講嶽麓書院所著有十三經異同解

岕行

相呼乘竹筏穩坐勝肩輿危石看疑樹回流歷數魚桑麻閒自好風俗樸猶初野老爭迎揖年來盡識余

王士駿字逸仲號秋渚益朋仲子仁和拔貢見輶軒錄府志失載官武義訓導有清貽堂詩存

秋渚性倜儻嘗歷齊楚與諸名宿交如王阮亭朱竹垞陸冰叟輩皆交譽云

宿烏頭城不寐有懷伯兄宛六季弟子謀

孤征離雁序撫枕不成眠秋色應無恙空庭自可憐平安遲我寄夢想爲君牽莫以懷人淚頻彈兒女前

贈吉人弟 時分守淮安

蒼涼游記問江沱路指山陽發浩歌公輔才名王掾貴弟昆詩思惠連多專城浯水分霖雨佐郡淮陰駐月波風度翩翩正年少勒勳鐘鼎未蹉跎

黃祐字鑒蒼號槐堂錢唐人文僖公子一品廕生歷官通政司副使有學吟小草

桐廬夜泊

漸覺家鄉遠長途第二程山多惟見樹邑小并無城野渡漁舟亂荒郊牧笛橫終朝篷底坐還聽鷓鴣聲

睡起偶成

嬾于世事少逢迎一榻蕭然午夢清人自無心春自老花多零落鳥多情

俞森字粲嘉號存齋仁和人由楷書選歷官河南河北道

存齋北游京師宛平王相國館之怡園以善書入實錄館敘勞得倅淮揚治河有聲旋晉僉事鄧舊山與之同時詩觀中選錄凡二十首蓋心折之也

中秋馬司寇招同沈補石飲月下

清光萬里望來空鄉里無端醉不窮長夜每憐歸夢少佳辰頻與故人同涼生一片蒹葭雪響入千家砧杵風坐久不知零露溼疎鐘已出未央宮

登通州城樓

雉堞雲齊擁小樓登臨極目海天悠南來秔稻千帆夕北去風沙萬里秋山勢遙臨東海盡河源直接太行流一聲淒斷孤飛雁烟樹茫茫動客愁

陸次雲字雲士錢唐監生考授州判康熙己未薦試博學

鴻詞官江蘇江陰知縣有澄江集

雲士高才績學連不得志于有司以鴻詞徵復報罷尋知郟縣有美政去之日耆髫走送累百里復起補江陰時湯西厓少宰尚未遇往從之游政理之暇互相酬倡極一時風雅韻事江陰或稱澄江集以澄江名記地也生平條論經史其發揮意理者爲尚論持平辨證疑似者爲析疑待正較核句讀文字異同者爲事文標異又撰湖壖襍志以續田志之未備撰北墅緒言以仿僮約逐貧之體製撰荒史八紘譯史譯史紀餘峒溪纖志纖志志餘以臚山川風土之異惜未全刊今多散佚矣又工倚聲有玉山詞府志入文苑傳

放鶴亭夜坐

孤山山麓寒梅發散步披襟嘆清絕風吹半謝半開花月照將殘未殘雪忽看皓鶴自西來高唳傳聲入寥泬處士高墳自寂然暗香繚繞浮虛白

北征襍詠

帆從京口出横渡過沙汀江海遙連白金焦相對青因貪趨

北地不暇汲中泠燈火揚州郭笙歌日暮聽

馬行憑夜眼蹀躞暗塵中月暈先愁雨星搖預識風界途寒水白引眺遠燈紅嘹唳哀中野傷心感塞鴻

戒心臨險阻僻路復荒年暴客多鳴鏑貧兒競索錢傍徨過襍樹僥倖遇炊烟杞思填膺切凝眸望碧天

得過三觀下因上岱宗巔海吸長河遠天包大地圓五更先見日九點半升烟孰謂方隅廣回環睥睨前

劉司戶祠

不畏批鱗逢比風肯求苟得恥雷同文章傳世科名外膽識驚人殿陛中言聽可無甘露變策行當令北司空書生孤憤今猶在每見昌平起白虹

贈芷江隱者

十二峯回十八灘漁舟欲上問津難山亭春盡無人過開遍桃花只自看

柴謙字存抑號南屏望子仁和貢生考授中書歷官福建道御史有儆曙齋集按乾隆丙午科舉人柴杰履歷以謙爲康熙丙申欽賜進士輶軒錄同附志以俟考

舊制部曹推諫垣必由甲科康熙丙戌詔試部曹三十七人時南屏方在比部恭和御製冬至詩有雪花欲共梅花落春意還同臘意舒之句上嘉賞謂有翰苑才遂擢中臺異數也後以軍事奉使大同歸化故集中多邊塞羈旅之作耄年歸里與范用賓允鏋優游閭巷鄉邦推重焉府志附名臣范允鏋傳

抵軍營作

茅屋兩三間苟安藉幪幪長垣杝栫遮短籬叢楚植經營二旬餘稍免風霜逼無庭貯琴書有爐置釜鬲頻來素心人嘯詠形骸適南岫飛晨光西嶺靄暮色嬾作嵇生鍛閒運陶公

甓悠哉歲時心塵慮從此滌

題哀忠節畧

錢唐趙氏高則原先生配也先生令永寧遭亢埏之亂被執不屈誓死投崖其事無人表彰趙氏乃作哀忠節畧余讀而嘉之題詩卷後俾作史者有所考焉趙名承興

大塊噫氣有時發雷霆丈夫抱奇節金石揚華英人生不遇九死一生地曷能表暴摩霄撼日之精誠吾黨有高子少負能文名丙子登賢書筮仕鵁鶄城撫字勞九載境內稱廉明胡乃鄰吏多貪墨姦徒走險勢驅逼豕突狼奔劫長官巡防猝爲賊所得先生奮義不顧身髮指眥裂血染脣潢池鼠輩頓揗拘志拚玉碎投嶙峋斯時岌岌彈丸邑誰令士庶登

陴集閨中命婦識兵機脱簪授甲立指揮賊破城完公復活共傳奇績出閨闈功成不欲受上賞忠義自足垂霄壤余也忝爲柱下臣大書特書當不爽嗟乎絕命之詞何錚錚彷彿平原罵賊聲

自高郵放舟東下

百里秦郵路扁舟一葉輕微風帆腳穩細雨浪花生客思隨流水歸心付短檠晚來魚味美猶飽故人情

與程自珍小飲

幽居偶見尋相與聽鳴禽欲問客中意但看春水深感時辜壯志謀食豈初心何以酬良會銜杯動楚吟

雪夜

一身天地外萬里雪霜侵寒意兼愁重春陰接暮深欲吟烏

有賦難遣未來心獨羨溈山徑香花滿碧岑

吳樫字岸青仁和人由功貢歷官山東濟寧知州有漁山草堂集

岸青齒未壯從其從祖大司馬雷村先生于閩海軍中淅米矛頭磨墨盾鼻于軍事頗有贊畫海氛廓清以功授泰安州丞在官十二年擢知濟寧州多政蹟如滅泰安香稅禽巨盜黃虎諸事皆稱著于時內擢部曹請急歸會 南巡回鑾復扈 駕至濟寧遘疾而卒禾中周青士篔每稱其詩朱竹垞序亦言其詩多優柔平中之響府志八循吏傳

經石谷

幽谷盤路東中隱太古石石腳跨兩崖石面平如席廣袤踰十尋帖妥走連陌厥狀何荒怪無乃巨靈擘理膩質復堅上多蟲鳥跡倚杖剔古蘚洗濯差可識盡是貝多語八分徑一尺書體頗清硬李蔡古筆畫夫豈晉風流舊志謬傳王右軍書或出老

禪伯野狐夜持誦山魈書翻譯所恨多脫落殘文似龜坼何
人發宏願辛苦此磨勒惜哉名不傳千秋竟寥闃

趙北口

長陂儼易水大澤連天池雲際落帆影岸旁聞馬嘶小家半
漁業柴戶繚網絲風鬟弄艇子葭菼涼颸颸波紋鳧鴨亂烟
汀鷗鷺敧塵襟一以曠渺然江南思

哭周青士

白首游都下嗟君道不伸長貧猶結客垂老復依人跡謝金
張館心悽箕潁濱歸途知漸近那意竟沈淪

小亭秋晚與陳梅舫對酌

日日擎杯遣百憂憐君白髮已盈頭故園重話渾如夢東岱
新吟半是愁采藥竟同吳市隱伐山且與謝公游霜梨丹棗

烟郊晚拄杖衡門儘自由

春日漫詠

年來仕宦頗多途憔悴風塵媿戴須何事長懷猿鶴侶未妨漫應馬牛呼絕交寧羨嵇中散買譽終羞阿大夫通塞休論存我志素期無負是眞儒

夙志靑雲竟未然一枝棲息漸衰年漫誇熟讀循良傳悔不精求貨殖篇才似馬卿猶納粟政如龔遂尚輸邊自慚計拙非違俗點檢囊中卻少錢

白衣庵 即邢子愿來禽館故址

汲徑蒿萊戶晝扃山陰猶識晉蘭亭僧魚佛火添惆悵不見來禽幾樹靑

吳曜字孟昭錢唐人夢鼎子官廣東惠州同知 族孫一騄眞諱

棫謹案孟昭公年十五聞仲鎮公殉難不知屍所號慟不欲生有僕進富言公禦賊時衣油綠色紗袍當可識認公挈之往溯江號泣以風逆泊舟窄溪即得屍于港口面目如生人以為忠孝所感云公既孤以父殉于蘭溪更名日蘭志哀也康熙初遇康親王于京師逆旅王與語甚重之延入幕中十六年寧海將軍惠獻貝子福喇塔征海寇王薦公以同知銜從軍公請偕弟融高公暲行以融高公有武畧給守備銜廣東既平題授惠州府丞時百姓瘡痍未復公撫循招集多著善政旋攝府事念父母未葬遂與融高公先後致仕歸里

粤城書感

不羡山中相還趨水上軍雅人仍白袷豪氣亦紅櫜手板誠難執桑榆已漸曛十年滄海使睜眼睫間蝨

戴梓字文開仁和人官翰林院侍講

文開生時母避難梓潼廟夢神授以兒故名工詩畫負經世才尤好兵家言康熙十三年佐康親王平三逆藩有功王假以監軍道職復佐王平臺灣凱旋入見上試春日早朝詩授翰林院侍講偕高江村直南書房紅毛國進蟠腸鳥鎗上命文開倣造十鎗賚其使西洋南懷仁謂沖天炮出其國造之一年不成上命文

開造八日成上大悅即封炮威遠將軍鐫製法官名以示不朽後征葛爾鞑以三炮墜其營遂捷在南書房時與西洋人徐日昇論律呂不合及炮成懷仁慙且憤值文開子京與張獻忠乾孫陳宏勳訟于朝西洋人乘間力構之徙關東籍瀋陽卒年七十八瀋陽稱耕烟先生詳見文學錄

烽臺晚眺

獨立俯荒邱清笳殷戍樓萬山環塞險一海抱天流白骨何年戰黃雲終古愁憑高無限感霜月滿征裘

陳慈永字貞期海寧人官中書以下五人未詳以何階入仕附編卷末俟攷

贈王丹麓

早登詞坫振芳風江左羣推作者雄天展朱霞懸古誼篇成白雪擅宗工枕函遙授中郎秘筆陣還追逸少同得附芝蘭親臭味北郊回望即樊桐

黃彥方字烈公錢唐人文信公季子官歸安訓導湖州府志學職

表云貢生

漁翁

一葉烟波裏秋江鱖正肥片風移釣艇痕月冷蓑衣鼓枻蘆汀去聞歌菱浦歸無心關寵辱天際白雲飛

何石雲字岱霑號艮齋錢唐人且純子官戶部郎中有鄂韡堂集

艮齋由泰順教諭擢陝西寶雞知縣雲南阿迷知州內升兵部職方司員外郎轉戶部郎中居官清慎晚年致仕卜居湖墅與吳允嘉石倉洪稗畦昇馮山公景相友善初游京師合肥李文定公天馥奇其才命子孚青受業焉

寄懷張泰亭先生

每憶追隨日流光逐逝波宦游成老大歸計總蹉跎北郭青山近西村夜月多何時遂初服同隱白雲窩

泊舟西泠橋餞別毘陵楊大鶴

草樹新來綠染烟春風都在裏湖邊嬾于熱鬧試投足壹向靜便聊息肩結屋相期娛晚歲歸田同賦是何年酒闌便指長安路愁聽空山叫杜鵑

余攝篆寧州命錫兒往迷陽署省母

汝去迷陽三兩程到時定慰倚門情蕭蕭孤騎秋風裏惟有青山相伴行

烏充山下舊亭臺寂寂朱扉映竹開幾樹梅花應放蕊老夫十月亦歸來

張纘孫字宗緒錢唐人官黃巖訓導有粵游草

宗緒司鐸黃巖時有兵亂偕室盧氏避于項氏之後園盧指淸泉語宗緒曰脫有不測是吾死所會兵解得無恙然其志節亦已可嘉矣旣歿宗緒賦悼亡二十章

上十八灘

西江江欲盡灘勢迴紆回急浪天邊下孤帆石罅開山深埋虎豹樹老宿風雷自歎常飄泊蕭蕭白髮催

巉巖潭底路何必數蠶叢地扼雙江合天開百粵雄榜人迷白晝詞客畏長風不歷山川險誰知造化功

吳祖謙字鹿柴號韋齋錢唐貢生官桐廬訓導有韋齋詩稾

韋齋曾祖名憲字無愆郡諸生也巡鹽御史葉永盛數延問民間疾苦因言四方之商隸浙者多其子弟皆才且土著于此矣公如開杭郡商籍許附本籍充諸生此恤商之事也葉即具疏言于朝遂著爲例杭之立商籍實肇諸此父名釪字禎明性孝友母嘗戲言薑性不孝新芽怒生老本僵矣釪感其言遂終身不齒薑其兄鑛除平樂司李甚貧歲以千金資其兄爲廉吏後兄死于漢口扁舟赴其喪值江漲水怒舟幾覆然卒不顧竟攜柩歸

紅葉

照眼驚心豔似春西風江上一番新銀霜漸逼青柯老砂汁誰塗綠葉勻曉日映來眞爛漫衰顏如此亦精神扁舟容與中流泊忽聽漁歌欲問秦

陳訏字言揚號宋齋海寧歲貢官溫州訓導有時用集按其元孫陳敬五齒錄但云廩貢生宋齋爲黃梨洲先生門人又與查初白同里友善故文格詩格俱有所受精于算經著句股述句股引蒙二書又有宋十五家詩選以子世倕爲都察院左都御史贈如其官

寄洪昉思都門

我憶長安客飄零寄此身賣文供貰酒旅食轉依人八口家仍累雙親老更貧多年還負米辛苦踏京塵

曇花雨中看瀑布

雨阻曇花且看山跳珠濺沫媚烟鬟耳根異響心逾靜眼界
奇忙意轉閒遍嶺閒雲蒼狗幻層霄絕澗白虹彎莫愁暫滯
羇行屩留客天緣或未慳

國朝杭郡詩輯卷五終

錢唐吴慶坻校字

國朝杭郡詩輯卷六目 順治康熙間人約畧爲次

徐士俊　沈元琨　吳農祥　徐林鴻　李式玉

陸敏樹　張　埈　湯可宗　陸　韜　俞　珣

王武功　陸繁弨　洪　昇　王　晫　沈　驫

朱宗文　朱大年　朱式曾　徐　汾　徐　鄴

徐　酉　汪志道　盧之翰　馮　景　景星杓

凡二十五人

國朝杭郡詩輯卷六

錢唐吳顥原本　孫振棫重編

徐士俊元名翽字野君仁和人有雁樓集

野君家於鄴水築雁樓以居一開爲婦室一開爲讀書室紀伯紫詩所謂新詩樂府傳桃葉定本名山署雁樓也時鄴水有詩社四方才士常主其家少奇敏讀書日有程課無論多少必自首至尾覽竟乃已至篤老不倦詩文跌宕自喜工書畫署款必稱西湖某人又工雜劇所撰多至六十餘種佳者欲與王關馬鄭抗手年近八十貌如嬰兒世傳其遇異人魯雲陽授以導引術云嘗集古今美人名字作百豔詩眞贋襍陳貞淫共列頗無可取而近時閨秀每以之書箑以供香匳吟賞團扇家家幾不知爲誰氏手筆矣

同寅同甲歌 有序

里中同於萬歷壬寅生者有沈扶九金孔賓張五聚沈無虛俞惠公胡循蜚暨余共七人今歲辛丑爲六旬初度紛紛然先後懸弧因賦此詩奉教諸君子蓋自壽壽人皆在其中矣

神宗皇帝三十年余生墮地同羣賢屈指倏經六十載不分滄海成桑田里門咫尺時把臂相顧各各皆華顚洛中耆英奚敢比香山九老豈偶然予汝出處或殊異貧也非病交相憐懸弧門左宛如昨壬寅之歲星回天請君試向歷頭看嬰兒抱出在余前

五君詠 皆知交中善畫而已逝者

我夌楊上吳生氣藏花鳥五色光陸離飛鳴壁間繞把酒供品題吳山在霞表桃源圖不存其人亦已杳 楊上吳澍

我夌周大赤畫理兼諸家潔性迴不羣點染與無涯一椽移白石小庭多幽花無人讀遺草孤冢夕陽斜 周大赤黻

我夌孫霞骨工於美人貌圖成宮樣妝筆筆欲爭肖嗜酒復看山興來恣狂叫聞墮刀兵劫仗彼寒烟弔 孫霞骨鶴

我愛沈椒羽能作畫中詩靈秀筆墨生古人相與期主盟霜臺社文酒佐酬嬉吁嗟逢鼎革人琴亡一時沈椒羽洪芳

我愛趙修虔文度是其父雖云未成家且喜能學步紅樹染秋山久伴篋中蠹惜哉早淪亡望斷雲開路趙修虔養志

弔沙門朗然有序

是余落瓜里中老僧也居土穀祠四十餘年恭誠有餘勤修苦行里人無小大皆重之庚寅冬杪一病而逝年七十有三矣所歷我里中繁華蕭索之象種種不一師終始安之徵其有定力云

沙門號朗然來自前溪邑撒手棄妻孥獨攜瓢與笠初從一乘師精廬結山僻既而投我里長者盡歡懌建茲庵與居齋魚響晨夕吾宗方盛時施供亦不惜念佛參三昧月朔無虛

席誰知十年來兵荒忽兼歷烏衣寥落多白梃或時出堂構成烟灰慘目難具述余居徙西水去此里纔十有時訪朗師相與話疇昔爲余指點之傷心涕頻雪庶幾道力人露電難奔逸恐生繫戀心桑下不三日我里旣荒涼吾師亦圓寂安得舊精魂重遇三生石

陸恂如招同許德遠羅集功陸吉人升賫滑夏占諸君子西溪探梅步入滑覲王也園歸舟喜賦

放舟入西溪羣山綴餘雪一望生寒光水聲佐幽咽編籬村舍縶瘦竹幾枝折逢人訊前路疑信每更迭滑氏有山莊梅魂破香結臨窗見小紅春色眞佳絕樓居何逶迤水閣驅塵屑恍若武陵源几案非凡設日暮不能留歸舟酒淸洌重茲主人情山意權與訣

邱山草閣小集

借得春山作畫廊更添花木兩三行人如林下清談客閣似川西舊草堂不雨不晴眞氣候非絲非竹自宮商數杯已覺陶然醉臥聽催歸叫夕陽

秦淮竹枝詞

桃葉隄頭連水平輕衫蔟蔟踏隄行儂家心事流不去嗚咽秦箏指上鳴

湖水青青浸栁花三山門外莫愁家而今誰更愁如我獨抱茵於數亂鴉

沈元琨字瑶銘號殊亭一號塊翁又號柏存散人仁和諸生有懷古堂詩集殊亭詞選

呂橋村澄序畧曰同里沈殊亭先生爲余外舅卓雙威先生中表其別業在溪南花木蓊薈桑柘環畦小築三

楹顏曰羣玉前臨石目港游魚可數超山蒼翠近撲簾几先生往來其中一觴一詠詩日以富因憶少時與先生文讌如胡氏之栖堂卓氏之竹里館皆南村勝地晨花夕月朋侶招從今十餘年來余遭家多故奔走燕秦先生授經會城一身如縛追念昔游不特曩人雲散即其地亦多涼烟蔓草余輩竟不復至其處求如歐公東園之感尚不可得獨覽先生詩能使陳迹俱新勝懷如昨非工于詩曷爲移人之情若是耶

餉張祖望上泥橋

涼風發樹梢四野秋聲起終日守寒窗愁來不能已徘徊庭除間睠言懷彼美可思不可即遙遙隔秋水流水浮素波繁星散餘綺漁歌向晚吟欸乃蘆花裏我欲泛輕舟繫在河之涘相對寫百憂一滌胸中滓

客中

客途偏寂寞獨自坐黃昏無處不鳴杵誰家最斷魂亂蛩悲石砌落葉擁柴門何意江城月還來照酒尊

南樓晚眺

極目南樓外蒼茫景色微斷烟生古樹斜照落寒磯入夜砧偏急經秋葉漸稀不堪蕭瑟處風逐亂鴉飛

重葺姚園次邵伊八韻贈雨峯

仙侶曾傳舊酒杯林亭絕勝小蓬萊吟殘皮陸今休矣憶昔招同卓亮菴王迪齋金岭立翁老會飲斯園今遡焉陳迹交挹芝蘭始快哉媿我家修成老拙期君世用是良材琴尊且共留清晝花徑門須日日開

江上簡毛稚黄

春風容易到茅堂牆角梅枝早吐香盡日凭闌看江色懷人隔岸正斜陽

吳農祥字慶百號星叟一號大滌山樵錢唐諸生康熙已未薦試博學鴻詞有梧園詩文集

星叟爲前明宮允太沖之子乳哺時啞啞私語皆建文遜國事過十歲始不復言年十三就館甥舍命作芙蓉露下落賦捧筆立就國初時老屋入圖屯中惟圖籍無恙因構樓于別業之梧園與弟農復登樓而去其梯戒弗聞世上事盡發所藏書讀之其樓即寶名樓也與吳志伊齊名人稱爲二吳應詞科至京馮相國延之幸舍與毛大可諸公稱佳山堂六子會有忌之者試日乃匿其卷不得因報罷歸里益揵戸著書爲文章才辨宏博馳騁百家即其所著古今體詩亦多至一百三十四卷星叟生時母氏張夢偉衣冠七人自稱北斗手一兒付之曰以是爲而子請其年日二七後卒于康熙戊午年七十七府志入文苑傳詩文襍稾今在蕭山王小穀太史家朱文藻言梧園在孩兒巷之西地名西牌樓昔猶及見其孫居老屋中穨然一酒徒而已

和潘次耕新樂府頌趙中丞作

城渠開

錢唐萬井苦斥鹵萬井春泥浸堂廡前賢遺跡阡陌荒三尺清泉千丈土千丈土咽不流銅街鐵市成山邱居者嘆息行人愁往往餘孛生斗牛城渠長何年塞長蓬蒿亂荆棘皇皇

負販兒奔走苦無力郭東有樵郭西禾我獨何爲困衣食城渠浚何年開不見融風晝夜起至今瓦礫埋黃埃我欲上天叩閶闔安得黃金白璧輸將來侃侃中丞公下教敕郡縣荷鍤萬夫歡立繩十里徧洑者細如絲奔者白于練民不疲勞吏無倦昔日河渠眼中見報公功德豈能忘譬如清流之水縣澤長

扞海塘

我聞海塘際此東南隅龍伯海若羣靈趨巨鼇擁戴三山隱翠旍芝蓋時有無昔者秦始皇雄風畧四海志大氣驕神人怒荏苒歲時風雨改亦有吳越王抵掌逞霸畧鼇子還鎖鳳皇山至今秋潮莽迴薄我公繼前軌保民惠無疆大旆懸析木長劍攉扶桑緊支祁婆竭惕息不敢逞何況幺麽小醜奮

迅仍跳梁其餘閏位偏方那可道自然萬里歸梯航扞海塘
海神恐紫瀾平銀山涌扞海塘氛祲消億萬年朝宗朝

營無道

豪豬蒼兕知是誰拔劍斫地闢東兒豺聲蜂眼不可辨收縛
赤子心酸嘶調笑刼人妻彭考責人子繫馬門前插雙矢親
戚不敢問何況吾閭里借問坐何事此乃收債耳民家收債
權子錢營中收債七寶鞭以一課十百計千鵃酒救渴殊可
憐屈指此患四十年慷慨中丞公大呼召掾吏問我民疾苦
此眞一異事握籌算盈縮按籍核名字臨安十萬家家有
其名留券陷朋舊舉息無死生乃召客將兒乃詣將軍營我
賣我薄產聊以代吾氓營兵乃聚訟吾氓乃再拜拜公天地
父母恩不然父母妻子罹禍瘵吾氓既再拜營兵亦歌呼歌

公師率覆育恩不然王法行當誅皆謳吟營無道

壬戌正月二十一日耿精忠伏誅作歌紀事

詔書促下三公府宣武門外列弓弩八閩蜂眼銳頭兒取决天街快歌舞當時強藩汝最厚男爲國王身尚主手持符璽鎮東南帶礪　恩深視齊魯三苗六詔行倡亂豕突鯨奔飭樓櫓頗頒鐵券申慰藉許汝子孫屬肺腑如何馳檄忽猖狂遂使干戈滿江浦勾連海船犯內地苦雨腥風遍吾土　王師三年方底定譬若游魚入焦釜長纓見係抵國門汝罪眞當擢髮數　皇恩寬大命司寇僅錄一門示金鼓其餘兄弟多見原森立冠裳照廊廡獨憐開府范忠貞持節軍門定行伍身沈大海魂不歸片骨無由覓網罟蕭臺遺老憶往事一杯碧血酹村隖翠旂芝蓋諒不滅淸漏迢迢月東吐

登數峯閣禮甲申殉難六公（閣爲先公同漳浦黃公所建）

五雲籌策大司農少府黃金久不供劍履南宮爭感憤衣冠北闕最從容玉河戰馬看晨渡鐵塞行人報夕烽最憶壽亭頻酹酒幾時長樂聽疎鐘（戶部尚書倪文正公）

傳箭江山慘夕暉相看正殿把朱衣九原馬革心眞壯萬死龍髯事已非蘭省才名推柱石柏臺丰采照神畿漢庭諫議如公少好御金燈碧海歸（左副都御史施忠介公）

忠清逸興夜留賓春日明燈理釣綸嘯荅能言天下事指揮先得眼中人高眠柔艣青絲舫起舞華筵白疊巾侍立絳紗思父執拜公風貌益傷神（大理寺卿淩忠清公）

陪都雙闕鬱岧嶤鐘鼓紅牆數六朝少日趨庭沾雨露同時開府入雲霄低迷海燕吹桃葉隱現宮鶯墮柳條飲泣可憐

章給事朝衣血裹未能消右春坊右庶子周忠節公公與先公後先爲南司成章謂格菴先生亦婚姻也

蕭然襆被出神京百尺明湖好濯纓印綬早傳貪吏去旌旂眞見使臣迎傷心故國仍多難何意孤臣享大名得薦椒漿還痛哭乘驄猶似鎮江城侍御陳忠愍公

吾家忠節世情疎折檻朱雲屢上書早計眞當憐范滂奇謀不用誤包胥崢嶸華髮絲相似磊落文章錦不如千古同心文相國故京柴市一停車太常寺少卿家忠節公

徐林鴻字大文號寶名海寧人錢唐諸生不著徐姓康熙己未薦試博學鴻詞有兩閒草堂詩文集四十卷

寶名居海昌鳳皇橋里先世閩莆田林氏分支于浙有名鸞者爲海昌徐誼壻遂氏徐寶名博學工文嘗游江右林玉逵吳慶百送之時年甚少笑曰吾過洪都惜子安已沒無可與言詩者同里姜侍御聞其才以從妹歸

焉嘗集四方賓客爲好會侍御誇示座客曰鐵網珊瑚能及我城北否侍御巡鹽淮揚及爲外臺皆與之俱頗有贊益浙撫雲南趙公豫撫襄平閻公皆延入幕府倚如左右手鴻詞之徵益都馮相國延之平津館爲佳山堂六子之一試後名在一等第七俄爲忌者易去遂放歸同里顧侍御且庵築願圃引同志相羊其中酒酣出大樽吁然若甕盎徧贊座客咸遜避寶名連舉三爵無酒態顧曰此何朝製也因驗鏤文曰此北齊文宣帝天保六年避暑晉陽宮罰爵也按其刻果然素不作詩餘及南北曲會查孝廉伊璜繆廣文伊人范處士性華皆好音律笑謂寶名曰得君麗句當譜入宮商即應聲書授陰陽子母分刌合度如夙習者江西王猷定漢陽王世顯客死于杭躬親含斂送其柩歸太倉王昊歿于京師寶名爲其主來者荅拜四明周容患水蠱爲治醫藥及卒收其文集扃識之以俟奔喪者其篤友誼如此府志入文苑傳

梧園憶昔簡同學吳星叟

葳蕤深鎖誤雕牆指點重過舊草堂千个漸添風折竹十圍已大雨垂楊蟰蛸郭索縈書幌翡翠飄零墮筆牀皁帽短衣誰氏子可知前度是劉郎

謁高文端墓 明大學士高儀謚文端墓在南屏山

雷峯隱隱薦花莊湖水青蒼半夕陽墓下疎花吹燕雀城邊畫角散牛羊兩湖雨露遲仙馭三殿風雲隱御牀辛苦受遺高相國手攜丹詔出明光

無題一首

閒房寂寂可憐春三見天桃映水濱玳瑁雙棲愁少婦蘼蕪長跽問新人啼殘玉箸書難寄枚到金釵卜未眞卻羨鄰春椎髻者平頭三十不知顰

李式玉字東琪錢唐諸生有魚川初集二集巴餘集

東琪父卓如築芙蓉園于學士橋以課東琪長而聲稱翕然爲西泠十二家之一與毛稚黃沈去矜吳志伊諸公善閉門篹述奇書滿家後家燬于火妻子啼號不獲晏處奔走南北久居長安終無所遇合工詞曲分刌節度不失累黍女董永香夢樓諸傳奇舊有刊本其他著則有詩匡史紳虎林雜事通考畧楊升菴二十一史彈

詞注各種具見巴餘集所刊
補園書目府志入文苑傳

道經六合

西行涉遠道乃經六合城龍津設浮粱駑馬縮不行驅策始得過力弱心怦怦半夜見星起霜露衣帶盈向午入旅店敗虀襍爲羮欲食梗喉閒不食飢疲幷何時濟江去故園梅栁生

舟中逢徐野君

野君先生老詞客少年曾選諸襍劇前後書成六十種王關馬鄭都辟易自寫春波傳小青孤山獨立輕衫碧紅豆筵前聽玉簫青松路下逢油壁我亦嘗題芍藥花誰捧玻瓈半膝席荏苒詞場數十秋相逢今已頭俱白

報國寺松歌

燕京慈仁號古剎中有蒼松寔奇拔卑枝墜地若卧龍高者入雲勢上戛巉崎歷落難等倫狀如猛士怒臂伸又如酒人醉不起縮頂偏袒橫其身一本四幹根何鉅偃蓋亭亭獨軒舉波濤晝捲午時鐘日月陰埋三伏暑枯樹無皮似頑鐵猙獰猛氣思才傑每恨生負秦政封於今死化萇弘血其餘磊砢皆奇材胡爲遠植黃金臺上林草木雖有數漢家陵樹今蒿萊

送友入楚

江上一爲別孤帆落日斜湘妃斑竹淚蜀魄杜鵑花地闊饒魚米灘高接虎牙邇來兵甲滿愼勿滯天涯

山寺夜坐

夜入涼秋永貧隨老衲棲螢飛深竹裏月出亂峯西進退愁

羊角行藏問馬蹄遙聞鐘磬發應在遠公溪

早發江浦

揚帆離南國歲暮且孤征山勢斜侵水江流曲抱城書憑鴻雁去人跨駱駝行風雪逢鄉使村醪與共傾

續詠懷古蹟

金陵形勝帝王州玉輦曾經小苑遊雙闕晴雲猶冉冉一江春水自悠悠東山宰相惟安石南國佳人有莫愁獨是後庭花落後而今誰倚景陽樓

蜀水西通萬里橋關門東近七星杓錦官城煖花常發玉壘山高雪未消客子舟船經赤甲行人閣道轉青霄臥龍躍馬終銷歇禪草長楊又寂寥

鄂渚遙通蜀水長西門楊柳又成行江城樓閣中流見楚地

山川百草香峽裏啼猿過灧澦沙頭飛雁起瀟湘可憐欲伴

彭咸者惜誦抽思賦九章

金陵酒樓上作

聚寶門前車騎多酒家樓子日經過停杯聽說南朝事宮闕

春深長薜蘿

陸敏樹字蕙畮號滑山海寧諸生遷錢唐有滑山前後集

滑山六歲隨父雲龍讀書靈芝寺過目輒成誦人以奇童目之二十二歲補諸生壯歲病耳聾自傷之作聾賦以自廣鼎革時虞維侃爲仇家所中幾陷不測冒患難救之虞始獲免晚歲館于婁東顧氏時婁東守聞其才以重幣聘之辭弗受有憐之者曰君盍去故而就新曰吾惡夫辭少而就多者將死戒其子曰黔婁生布被不掩楊王孫裸形以葬爾曹其敬承吾言言畢而卒年六十時康熙乙卯也詳見吳農祥所撰傳

約長臨入山爲雨阻

爲信經秋約山中訪洞天共尋麋鹿友閒問竹松年雨意妨

人逸風聲撼我眠筍輿空獨返馳思寄清泉

得次鷹湆安書

游子征篷意曰歸無定時倚閭誰佇立彈鋏暫棲遲歲月隨春去江風入夏宜年華知不再余亦任支離

張埈字效青仁和諸生

效青父蔚然官福安知縣生五子壎塤光球埈壇效青其第四也

同陸麗京諸子集雲居山樓

高齋落葉幾經秋散髮閒吟次第游草樹常依寒雨徑江濤偏撼夕陽樓清尊晚動幽人興白雪羣推大雅流遙憶文通還有賦平原一望使人愁

湯可宗字允釗號古田錢唐監生有古雪堂詩選一卷

古田少學于朱篁風孫宇台繼學于張祖望終日鍵戶兀坐深有悟于性命之旨先是杭城有震鄰之警舉城

倉皇竄避古田父萬英病甚不可徙其母氏宋命長子顯宗奉其姑高走棲水而已獨留侍時古田方數歲提攜保抱不以爲苦迨變既定而萬英卒宋延師教其二子而謂之曰若等父已歿家少生計莫思好衣食也後古田兄弟皆以文章名于時今任江山教諭嘉慶戊辰科舉人春其來孫也挑發直隸知縣道光乙酉科順天舉人上蘭其雲孫也詩書之流澤長矣

五顯嶺喜晴

陟彼千仞岡霪雨絕遐想行行天忽晴垂虹出仙掌啼鳥發清音窮谷生幽響壘嶂頓森列四野散蒼莽遂憩仙谷中開襟空翠上曠哉下界觀豁眼神氣爽樵歌隔隖聞攜笻欲前往

晚渡峽口宿山店題壁

驅馳日西暮長嶺何紆複久雨恐水至昏黑渡峽宿石觸乘筏鼓洄緩進篙速源流未及窮岸到驚叢木路傍鳴竹雞草

閒眺芹鹿沙響識行旅燈懸見茅屋隱構兩三椽亭亭沿溪曲潆洄動虛窗杳冥迷明燭箕坐不知疲心清頗有覺擔簦雖苦辛戴蓋亦勞碌此事世少知潛隱吾所欲伊人在巖阿明當往相告

晚渡錢江

興發乘孤艇帆開日漸曛雲霞千嶂合吳越一江分兩岸杳無際中流靜不聞鄉關咫尺是極目水氤氳

冬夜與樸菴道人話別兼懷無文老人

言歸意不欲惜別覺情深草閣挑燈語寒風入壁侵鴟蹲古殿冷虎嘯斷崖陰霜白愁分手躊躕祇自吟

河渚草堂贈沈氏

草堂新築亂流中隔水人家短棹通漫賦小山招隱士閒籠

雙鶴過鄰翁藤花色綻春深月湘竹香揺晚度風濁酒滿杯
吾已醉看君高嘯古溪東

病寓北山萬竹樓蔣抑菴陳二韓蔣修林載酒過飲

山齋何意過諸君載酒衝寒坐夕曛苦恨世途成痼疾喜同
登眺避塵紛滄湖驟雨低懸日峭壁連松埽落雲相送不知
歸路晚虎啼猿嘯一時聞

仲冬送仲昭先生之秦中

歲暮清霜慘別容依依把袂惜行蹤隨君一片西征月應照
秦川太華峯

送君愁淚自沾膺渭水東流千片冰無那悲歌雙鬢短寒風
還弔漢諸陵

陸韜字子容一名自震次雲從子彥龍嗣子錢唐布衣有

瑞石山房槀

子容對客恂恂終日不出一語及其遇知己忽然興發則捫蝨豪談傾露肝鬲所居在紫陽山麓刻苦讀書以咯血卒其師張秦亭哭以詩曰荒園寂寞綠苔生腸斷當年陸士衡春鳥不知人已去棠梨樹上兩三聲其內兄和未就夢子容曰予和已成爲君誦之誰向蓬門問死生諸公枉道駕車衡我游泉路無他樂惟聽蕭蕭松柏聲此事傳播人間和者頗衆府志入文苑傳

游烟霞嶺洞

避暑歷南山翠嶺探深邃桀壁蔽赤霄陰洞噓靈氣火雲熇不溫芳飈時冷駛連厓自作梁怪石聳無蒂蹲象桂獨鼻立佛挺千臂挹露訝冰凝捫苔吸髓膩脫帽起長嘯憩巖發清思遠追謝公輿遙踵許生計襱纖不須嗤絮纊盡可被裹糧坐窮年鳥臥適所志

東嶽祠

早登鹿鳴山載瞻東嶽祠青帝宰萬物栽培洵所司感格固至理明晦豈有私正月農務閒晝暖春日遲張燈滿祠宇火光照離離窈窕誰氏女三五行階墀桃花貼兩鬢柳葉畫雙眉俯仰玉座下素手褰神帷香烟襍蘭麝馥馥隨風吹再拜禮數勤嘿嘿若有期拜跽歲月久石滑如羊脂于嗟泰岱主乃是神明爲禱祈何侮褻風敎將焉持

老樹行同孫獻葵賦

小方井前一老樹皮膚作石根作土根邊一眼泉水生翠色春時似鸜鵒攀來不知幾百年祇見水流常涓涓朝含泰亭數峯月暮移古藹百頃烟烟迷月出何皎皎獨立亭前強哉矯浩氣特達竪雲霓歷盡風霜應不少西山衆樹此獨尊千樹萬樹皆兒孫枝頭不留鵂梟宿腹內堪容虎豹蹲岡頭古

墓霧霎霎石人石馬顏色改老樹常看白骨飛世人徒用黃金買人生百歲能幾何可憐憂樂如奔波奔波憂樂何曾已不如老樹西山裏

清湖行贈別甬東林筠甫

黯淡灘皇華村清湖渡口天黃昏高樓突兀青山側送別我友開清尊對飲竟夜詩嬾題山崖大木風淒淒月落深山不吠犬鐘聞古寺空鳴雞雞鳴樓下兩分手天北天南各奔走孤帆下水急于飛交情記取湖邊栖

靈隱寺

古寺隱青松高山壘幾重深苔披石佛落日吼霜鐘老樹殘霞斷歸雲一雁衡直于塵世遠杖履可從容

秋晚同薛麐友鳳師過秦亭草堂謁張夫子

泛艇過從野池光映落暉晚山天共遠秋竹翠成圍有志棲巖石嘗歌樂布衣向來情自切此際倍依依

西湖竹枝詞

閒倚紅樓十二重西湖流水日淙淙桃花夾岸游人過不看桃花只看儂

俞珣字璈伯錢唐人 清波小志載余璈伯珣仙姥墩詩秦亭風雅載俞珣詩而未著其字號籍貫始疑余與俞爲兩人及觀秦亭諸弟子所作如陸韜有雪後俞璈伯過訪詩孫忠楷有尋俞璈伯季璞不遇郎景詩則知璈伯實姓俞而清波小志以爲余蓋誤寫也然塘棲耆舊詩文集載有俞美英璈伯論沈瑤銘語是璈伯名美英按秦亭集美英爲秦亭壻仁和縣志載有俞美英蓮居晚磬詩而秦亭風雅有俞珣詩無俞美英詩豈美英後攺名珣與無以證之記以俟攷 璈伯與陸冠周張仲黃諸定男皆家于城東因爲東城十詠李式玉爲之序又嘗館于塘棲者三年朱韋玉瑋從之學詩

寄弟

弟昔六月去期我三秋歸秋來日思汝胡爲尚未回日夕徒仰嘆何由共牽衣父母屢愁病相顧空徘徊嗟我貧且賤困窮當告誰家中何寂寞二老自爲依今春桃李發無由把酒杯好花已零落黃鳥啼傷悲佇望日以久音信日以稀願言爲黃鵠高飛時追隨

贈張砥中

平生夔結客乃得張氏子往來季心家生長聶政里相逢狹邪間慷慨拔劍起肝膽向我傾直道自如矢異姓爲兄弟何須遜年齒當時管鮑交歷歷載古史今世豈無人輕薄非所擬君能比古人此身許君死

訪張魯唯下泥橋不遇

訪友過溪橋初冬葉盡凋睽離情未久寂寞路爲遥野鳥隨歸牧峯雲伴晚樵逢人還寄語採藥早相邀

寄弟

問汝何時始日歸窮年哀雁自孤飛北堂岑寂愁應久南國風烟信已違關月夜深知旅夢江花霜白少寒衣祗今相憶迴腸絶極目頻頻涕淚揮

贈石將軍

擊鼓吹笳日日聞虎頭爭說漢將軍馬蹄夜蹴江邊石旗色朝開海上雲部落羌兒多解甲土風蠻女不圍裙功名定遠非難事麟閣崢嶸早策勳

王武功字雒榮郡人

雒榮爲張祖望著錄弟子其詩載秦亭風雅又嘗與毛先舒陸進翁必遐必達徐逢吉沈錫輅趙沈塤吳允嘉

周京錢璜朱宏直周崧王嗣槐沈可璋傅光遇解天泳陸會禹徐張珠釋顯鵬共二十人著有西湖讌會集

日落望江送陸子容之衢州

落日懸江渚古渡生清暉海門噴雪浪巨艇難依迴旅雁已南返胡爲動離思詎忍冒霜雪況復違親知歡筵生感慨把袂轉噓欷揚帆信風去鼓枻越江湄渺渺暮雲白皎皎新月隨佇望柯山岑蘢葱何依依握手思晤言春日以爲期

輓汪魏美孝廉

矯矯雲中鶴長鳴珠樹巔夙昔步瑤池飛翔近九天哀鳴失故國憔悴棲茅椽不忍食周粟委餓空山間亭亭百尺松孤幹無傍枝春華徒芬榮後凋誠可悲冰雪皮已裂蒼翠不肯移千載垂丹崖寸心有誰知

游觀音洞

絕巘少攀躋策杖陟其巔日出紫峯曜風振綠蘿牽仰霑雲氣溼俯聽江聲懸嶺側路窈窕石罅水潺湲登頂指虛洞玲瓏嵌高天上有千仞閣下有百尺泉袒臂坐大士吹簫游飛仙亭午照炬火炎夏凍寒烟陰森刺骨冷兀突鉤衣穿冥搜山竅空深入地穴圓忽忽歸來暮歌詠任所便

六月四日露香亭同人雅集

夏日尋幽境紆迴到薜蘿亭空涼氣入竹密晚陰多座滿金閨彥詩成紫邏歌論交洽蘭芷訪勝有羊何疎樹懸新月遙峯疊翠螺花香當戶牖鳥語襍林阿大雅歸吾黨清流嘆逝波疎狂眞不俗漸覺醉顏酡

陸繁弨字拒石號儇胡仁和人有善卷堂詩文集十二卷

拒石爲明行人培子行人殉義桐鳴其配陳悲痛不欲生墜樓不死餓七日不死行人見形于夢曰吾以後事

累汝汝安得死是時拒石甫逾十齡從父執陳際叔講求問學而傷心家國無復仕進之心學使者張公安茂欲列諸弟子員報書辭焉年十五作春郊賦詞藻流美筆不停綴其伯麗京云王筠芍藥遜其敏正平鸚鵡讓其工矣與叔梯霞幽棲駱隖以終其身其弟子章藻功序其集云慈親待養隱綠上以棲遲諸父同游聚竹林而瀟灑可以概其人品所著有拒石子二十卷小賦襍著詩續各二卷又修宗譜自建炎以來凡四百餘年具有條理府志八文苑傳

駱隖襍詩

南樓秉燭日東郭放花初細草斜通徑新池別種魚開尊盈魯酒下箸有園蔬何必求軒冕平生樂荷鉏

小隱歸山去秋風一草堂雙流溪水白十里暮雲黃松鼠穿蘿徑山雞上石牀何須彭澤令到處是柴桑

湖上訪徐元亮

湖光澹蕩映朝霞洞口春尋處士家修竹開時遥吠犬綠楊

深處隱飛鴉君看白石還垂釣我向青門學種瓜況是介推能奉母未須哀怨賦龍蛇

登宜樓贈孟上人

孟公新築小橋西畫棟朱樓曉霧迷龍樹談經花滿席虎溪送客草侵隄夜持半偈神燈亂春轉晴溪杜宇啼虛擬舍舟歸洞口漫從支遁學山棲

洪昇字昉思號稗畦錢唐監生有稗畦集

稗畦居慶春門之東里師陸拒石亦師毛稚黃稚黃工詞曲稗畦九好之娶黃相國機女孫亦諧音律夫婦同年生辰在七月一二日作同生曲陸拒石序之後遭家難無恆安處挈其眷之京師客朱邸從王阮亭司寇游詩名大起乃取唐人長恨歌事作長生殿傳奇一時句闌競鈔習之會國忌止樂邸第有演此者爲言官所劾諸人罷職稗畦逐歸年已五十矣常欲卜居武康山中不果康熙甲申六月朔泊舟烏鎮因友人招飲醉歸失足竟墜水死府志入文苑傳王宓草着曰昉思以長生殿傳奇被劾而才名愈著余讀其舊槀幽憂草乃知昉

思不得于後母罹家難客游京師哀思宛轉發而爲詩
取古孝子以自勉世第以詞人目之淺之乎知昉思矣

秋夜悼故友沈子嘉

亂蛩作秋聲寥闃坐空舍荒燐襍野螢雨中冷相射葉落知
風生林遙聽泉瀉忽憶重泉人含毫泣清夜

夜宿永安寺

暝投山寺宿石氣拂衣冷風細蟲吟秋露寒鶴知警欲窺明
月光深松漏疎影

遙望泰山

一自辭燕京不復見山色馳驅千里餘平沙莽無極今晨渡
齊河倏看嵐光碧隱隱欲飛來遙遙復難即晚日漸以沈征
車去不息蒼然對雲松巳近太山側

山行至張夏

駐目望山色新句吟未成不知所騎馬已入山中行嶺勢斷
仍續石路縱復横冬深水不涸溪澗潺湲聲巖岫落日隱松
栝長風生惟見野麋迹還聞林鳥鳴停鞭一延佇心目倏已
清始知客行樂能愜丘壑情

曉行新泰道中

烟嵐暗不分朔風散清曉丹霞夾初日半出遠林杪萬松霜
霰凝蒼白爭縈繞西嶺特秀絕孤雲生縹緲山寒絕行人天
長數飛鳥飛鳥去不見青山行未了

征途曉發

夜發薊邱道馬蹄踏霜華月照千里白不辨冰與沙行行三
十里始聞啼曙鴉朔風起何處隱隱鳴悲笳徒侶慘不樂從
者咸咨嗟揚鞭強笑語前村有酒家

金環曲爲王貞女作

王家有女字秀文少小綽約蘭蕙芬項郎名族學詩禮金鐶爲聘結婚姻十餘年來人事變富兒那必歸貧賤一朝別字豪貴家三日悲啼淚如霰手摘金鐶自呑食將死未死救不得柔腸九曲斷還續臥地祇存微氣息詎料國工賜靈藥吐出金鐶定魂魄至性由來動彼蒼一夜銀河駕烏鵲嗟哉此女貞且賢項郎對之悲復憐朝來笑倚鏡臺立代繫金鐶雲鬢邊

燕京客舍生日作

男兒讀書亦何補破帽敝裘困塵土編荆織荻能幾時倏忽今年二十五母氏懷姙值亂離夙昔爲余道辛苦一夜荒山幾度奔哀猿亂啼月未午野火炎炎照大旂溪風颯颯喧金

鼓費家田婦留我居破屋覆茅少完堵板扉作牀席作門赤日熒熒梁上吐是時生汝啼呱呱欲衣無裳食無乳我思此語眞痛傷身滯他鄉悲屺岵潦倒誰承菽水歡悔不當年學稼圃蒼天爲我亦淚流一夜空階滴秋雨

沙河寓居

籬根連草徑沙上啓柴門疊嶂青三面垂蘿綠半村花飛羇客淚春動別時魂澤雉雙雙雊朝飛過短垣深巷斜通市高城近俛郊池寒魚聚窟樹大鳥爭巢嚴子哀時命劉生廣絕交敢云吾不媿且任客相嘲

寒食

七度逢寒食何曾埽墓田他鄉長兒女故國隔山川明月飛烏鵲空山叫杜鵑高堂添白髮朝夕淚如泉

蒙山道中

亂石繞東蒙崎嶇古道通一身千里外匹馬萬山中密樹遥
遮日輕花細逐風望雲雙淚落非是爲途窮

江諭封將爲淮上粵東之行詩以貽之

尉佗將漂母傳說到如今孰進王孫飯誰投陸賈金淮流千
里遠粵嶺萬重深厚意時人少天涯莫浪尋

贈佛日寺半間上人

孤寺忽逢君鐘殘夜欲分香臺容聽法蓺苑悔論文到處驚
烽火何方遠垢氛白龍潭上月黃鶴嶺頭雲

夏日姚素心過訪城西草堂

樓外亂蟬嘶門前駐馬蹄感君慰岑寂侵曉過城西靄靄遥
山翠陰陰密樹齊坐看雙白鷺花裏浴清溪

寄韋先生六象

聖代遍徵辟如何罶逸才草堂臥雲處遠在東山隈林月前後入溪花冬夏開始知有眞隱不望鶴書來

南歸

昔悔離親出今緣赴難歸七年悲屺岵萬死負庭闈禍酷疑天遠心剜覺命微長途四千里一步一沾衣

除夕泊舟北郭 時大人被誣遣戍昇奔歸奉侍北行

漫道從親樂承顔淚暗流明燈雙白髮寒雨一孤舟故國仍羇客新年入舊愁雞鳴催解纜從此別杭州

懷戴悔廬游雲間

咫尺雲間道平生尚未游悵余羇旅館思爾泛扁舟出郭穿深樹沿隄溯淺流遠潮乘月至疎雨見虹收縣近吳音熟城

偏海氣稠短篷聊穩臥佳境恣冥搜潭古龍歸未亭虛鶴唳不泐三誰最勝峯九孰偏幽呂藥樟猶活陳栽檜或畱殘魚眞入市黃犬果傳鄄滑定嘗尊菜淸宜辨棹謳幾村漁父屋何處美人樓二俊知延接三高想和酬虎頭癡可對船子話應投艇少夷光載家同陸羽浮蘆中疑侶雁波際似盟鷗萍梗隨孤劍風霜入敝裘我知懷耿耿君莫任悠悠服散姬人怨緘書病婦愁菊花行漸老歸及故園秋

柬李東琪

聞君昨日到長安驛路風塵乍解鞍古寺樓臺高避暑晴天松柏晝生寒親知把臂他鄉少貧賤論交此地難我自飄零歸未得秋江勸爾弄漁竿

毘陵舟次有感

傷心作客三千里屈指依人二十秋朔雪炎雲驅瘦馬春風夜月臥孤舟參差城郭連吳苑斷續帆檣接潤州此地經過半相識怕人遙指敝貂裘

夜泊

竹篾隨潮落蒲帆逐月飛維舟已深夜還上釣魚磯

將游大梁

匹馬嘶荒野羣山擁亂雲迢迢二千里去哭信陵君

夜過馬陵

月沒沙飛高岸崩馬蹄昏夜踏層冰白楊樹裏青燐火直照行人過馬陵

釣臺

逃卻高名遠俗塵披裘澤畔獨垂綸千秋一箇劉文叔記得

微時有故人

荅友人

君問西泠陸講山飄然一𥁞竟忘還乘雲或化孤飛鶴來往天台雁宕閒

王晫初名棐字丹麓號木庵又號松溪仁和諸生有霞舉堂淡成堂集

丹麓父湛字澄之號瑞虹初聚族居長板巷一夕盜入其室無所獲遂縱火祖母沈年耄不能避陷烟燄中經路且絕瑞虹挺身投焰負之出毛髮爲焦兩得無恙人咸異之丹麓年十二補諸生稍長棄去居湖墅爲往來舟車之衝四方士夫過武林者必造霞舉堂故座客常滿性喜方術一日檢書得同夢方時念張廣平客京師特千里致書相期試夢聞者絕倒顧獨不好棊見客手談輒亂其局或竟納子入匳曰日朗天清柰何爲此鬼陣家既落猶喜刻書客至質衣命酒四十後益困婦鄒戲語曰同學少年皆不賤柰何夫子獨長貧丹麓曰昊盧少詹有言貧者上天所設以待學者之清俸金陵吳介茲亦言天以貧德人今處儔類中天幸德我特頒清

俸義難獨享願以共卿婦哂曰君意良厚但不知何日俸滿耳聞者又絕倒婦文學公遴女也嘗仿劉慶義作今世說今世說補者舊風流藉資掌錄又搜采文章小品爲文津一編諸家襍著爲檀几叢書若干卷工爲詩餘有牆東草堂詞行世府志入文苑傳

雙孝子詩 湖墅詩鈔里有孝子李氏長中華次中楫萬歷二十五年二月二十五日大火昆玉讀書湖上奔救父不得赴烈燄抱持而死旌曰雙孝之門

往者李氏子救父烈火裏蹈之如平地至性忘生死兄弟俱灰燼相抱猶一體惟茲祝融神施毒何至此㶁酒既無術燎原勢莫止瓦礫莓苔中憑弔竟難已

田家詩

深溪映花蕊晴暉照山麓原田錯綺繡光風泛新綠中有古墟里疎籬繞茅屋左右三五家力耕以自足樹顛飛鳴鳩水涯布修竹昔時巢父輩寤歌潁水曲俯仰殊不愧所願禾黍

熟

贈揚州顧瑟如

陽山李子天下士量才未可斗石擬翩然一顧繫予思悠悠目斷錢江水此去便過六七月朅來又作西湖客相逢執手樂非常慷慨論交成莫逆座有驚人貌更奇虬髯碧眼挺雄姿主人拜手道名姓始知顧子非等夷顧子自言耽邱壑從來不爽溪山約有時風雨閉柴門寫就丹青遣寂寞丹青妙手貴逼眞喜君下筆如有神棧閣疑行蜀道險桑麻悅逼桃源春（顧子嘗寫棧道桃源二圖）觀者一時咸歎絕李子更向王生說繪事小技何足稱尚有新詩比冰雪新詩讀罷益徘徊天生顧子何多才只今猶自困藜藿世上升沈安論哉

遊吉祥寺

共傳山寺古乘興一相過曲水當門引深篁繞屋多鐘聲閒日月鳥語靜藤蘿感舊情無限徘徊託嘯歌

巢青閣感懷

巢青小閣隱蒿萊細竹疎梅次第栽虛牖每延山月入短牆時拂水雲來當年握槧嘗三策今日登樓賦七哀憑檻漫憐春晝永幾回吟眺自銜杯

春風

聞說長安花滿城看花但覺馬蹄輕多愁不爲子吹去堪笑春風亦世情

沈騛字舞襄郡人

贈王丹麓

論交意氣軼霄雯年少才名更不羣雅量美如山吏部丰神

清似鮑參軍隄邊走馬迷芳草座上飛花醉夕曛欲待春風齊射策玉珂金鑰恐輸君

朱宗文字景亭郡人

景亭室人李大家善畫工詩詞王丹麓嘗稱之

和王丹麓鳳梅詩

手植當年憶素梅參差庭下鳳儀來藐姑射比仙姿出萼綠華疑舞袂開氣逼寒雲通造化影移夜月想栽培肯堂嘉樹長留澤定引清標入夢回

朱大年字介眉仁和人

介眉幼從徐氏受學習嚴身之具不食肉者數年復遠引鷲峯近從闕里發羅菴林藪之藏搜輞川池館之蹟作爲歌頌詩文以自鳴其所寄府志入文苑傳

贈嘯翁

東皐住者宿結廬背野圃桑麻襍祇林香雲散花雨妄禪破蒲團法體忘賓主因地入三摩慧業越佛祖少悟半偈空行與緇衣伍青蓮證無生智珠信口吐梵唄絕知音字母叶上古比賦託風人正始今追數病瘦詢藥王春秋太吟苦脫草手編年歲歲翻新譜丙子詩百篇僧臘五十五余也恰同庚頭陀號壬午以此寄遠公白社圖後補策杖憚路遙溪石任嘯虎武林先雅曰詩見嘯翁村居詩集案丙子爲康熙三十五年介眉與嘯翁僧臘同庚則其時年五十五而嘯翁之世壽已高矣

春砧

深閨花落掩荊扉有女鄰家獨擣衣井上鹿盧臨水早社邊鴻雁帶書稀觸殘芳草愁心亂吹過垂楊風力微刀尺莫教重夜守星躔河漢及秋歸

朱式曾字子循錢唐諸生有坦菴詩稾

子循從游應撝謙之門才質高美讀其詩皆得春風沂水童冠詠歸之意才名傾動西泠府志附入文苑朱大年傳

竹窗晚吟

地瘠少栽花簷低不礙竹只是三五竿已覺遠塵俗況復案有書何妨食無肉疎風栩然來環佩聲簌簌翠羽舞縱横一灣吐新玉呼童埽葉煮天泉清享于君差不薄

游國清寺

路近丹邱側松濤萬壑秋望迷嵐翠重徑寂樹雲幽古殿紅塵隔空山碧澗流豐干饒舌處遺迹宛然留

途中立秋

殘暑未曾歇秋聲忽到舟江風侵野樹山水漲孤洲雨細沾

衣薄涼輕散客愁年年時序好多半異鄉游

徐汾字武令仁和諸生有萬卷樓集

武令一稱管涔子一稱京山人一稱炎州學者一稱嘯癡一稱髯徐爲世臣先生子少秉異資九歲通魯論易象十三熟六經左國十五誦文選秦漢百家書善騷賦十八專攻詩古文詞口吃不能言喜著書苦無由得錢易楮翰常于破几上起草束麻濡煤作字爲吳百朋壻婦亦能詩嘗撰聞乘一書論者以爲可裨掌故惜無傳本陶元亮舊傳有羣輔錄武令既冥搜其所未備復約畧晉宋以至元明得若干人爲廣羣輔錄又著賦辨及騷賦通韻二書包輯衆材廣證遠引孫宇台亟稱之

早從秦亭過西溪

杖策尋幽蹤憩彼西山麓新草露猶泫叢棘兔方伏飛泉喜漱齒絕磴眷高矚平圃既繁茂環皋亦芬馥禽鳥喋菰蒲陂塘屯篔竹響水急淙淙輕風遠謖謖步此憺忘歸將與安所欲卻謝軒冕塗無爲久羈束

廣陵游

冬十一月北風號霜飛颯颯侵征袍徐生此時駕小舠一帆直破廣陵濤好客主人情正豪飲我嘉醞把蟹螯有美如花出二桃鮑照城頭月半高君不見大業壯圖尚在否苑中走馬逐雞狗至今惟餘荒草埸春色還看當日柳

壬子秋闈被放康熙十一年

荆山頻泣玉三十鬢成絲奉母貧無饌憐妻巧作炊虞卿書嬾著李廣數嫌奇隴畝如堪問春耕我不辭

徐鄴字華徵仁和人汾弟

華徵名父之子吐屬不凡登涉所經輒形感寄又爲毛稚黃壻得才媛安芳以爲之配陶詠和弦研寫花月誠倡隨韻事也詩與婦合刻日靜好集

婦翁毛稚黃先生齋中聽歌

樂令多高致閒齋喜晚晴彩雲飛不去忽爾度新聲酒氣乘春暖花香著露清絳紗搖絳蠟不厭坐天明

壽内毛安芳四十

綠梅初發處爲壽對銜巵孝友我無似幽嫻今屬誰貧家欣淡泊一女且追隨還擬春風暖階前燦紫芝觀此詩可知其年四十惟一女而未有子也

太行山

太行山色鬱嵯峨盡日登臨不厭過雲裏千峯看碧樹天邊一線落黄河嵐光不斷迷烟霧瀑勢長飛挂薜蘿幾度側身西北望二陵風雨至今多

魏塘晚泊

春烟一片落帆多紫燕雙雙掠晚波鄉夢欲成眠未穩隔林

誰唱捕魚歌

徐畱原名克堅字沛師鄰弟錢唐諸生有錢唐懷古詩三十首

放鶴亭

澹澹兩峯雲溶溶一湖水但見遺空亭不見鶴來止清風拂寒梅苔蘚迷故址于嗟林下人幽懷曷能已

端敏祠 祀胡公世寧永清

逆藩謀未動舉朝無一語明燭在幾先九閽密投疏小臣間懿親上觸雷霆怒心惟知社稷笞榜畧不顧一朝事敗壞忠貞始昭露嗟彼王文成功名稱獨步要亦焦爛人徙薪公早慮

汪志道字覺先號冷松錢唐諸生有潦園集

冷松父子任湛深理學藉甚文苑冷松胚胎前光矯志勵學雲霞風雨含吐于行墨之閒詳見陸梯霞所撰集序

游桃花隝有感

二月春風吹客鬢江城汩汩通潮信汪生朝起愛新晴鼓棹攜尊發清興行行棹入桃花隝十里紅霞散芳樹江外青山江上波時時隱見花開處醉眠藉草復長吟麗日和風自古今仙源咫尺無人住縱有漁郎何處尋

杜茶村留飲書齋時有故宮人在座

浣花溪上話殘春詩句文章老更真酒半一聲河滿子不堪重見孟才人

盧之翰字書蒼仁和人有春栖堂詩鈔四卷

書蒼七歲而孤家苦貧不能具脩脯母氏朱自教之年十四豆剖新愈即出賈爲負米計遂廢舉業然稍暇輒

讀書閱市借人露鈔星纂雖道路奔走艱險困苦未嘗稍弛喜爲詩晚年與同里馮山公王文白景蔣公諸人結詩社稾多散佚其孫文昭多方搜剔錄爲一編

送包左仲之岳州

酒酣雙劍動送爾岳陽游遠道孤飛雁空江萬里舟雲連巫峽雨日落洞庭秋鶴髮君須憶殊方莫久留

晴後期張宏文克家且純登艮山

日色已明迴楓林爽氣開城邊青嶂出沙際白鷗來秋色合霜葉寒花照酒杯齋居正寥寂攜手共登臺

別家

依依遊子別日暮重生愁白髮親垂老長貧事遠游羣難空冀馬鋒自淬吳鉤目斷故山遠夕曛烟草稠

詠史

富貴等風絮遭逢良可吁也知乘駟客曾是牧豬奴流水成知已青燈笑腐儒榮華如固有何用泣泥塗

再送馮香遠之京師兼柬湯西厓

楓丹月白照吳鉤躍馬金臺復此游烏桕從看才子去瓊筵定爲故人留蛩聲磊落情何壯匣影棲遲鬢欲秋爲語竹西詞賦客好將佳句慰離愁

南湖懷古

烟鎖南湖落日昏沁園蒼莽易祇園殘僧不識前塵過初地翻教戚里存風際鐸鈴悲自語岸傍桃李悄無言白洋一曲成今古閱盡興亡見佛尊

王孫當日起樓臺朱邸嘗教歌舞來金地曾圍紫絲障琳宮罷泛玉交杯苔皴斷碣成青字蓮倒荒池辨黑灰朱栱依然

現禪寂寞雅疎栖不勝哀

馮景字山公一字少渠號香遠錢唐監生有樊中集三卷

山公年十七即學爲古文里中遺老徐狷次介不泛交一人最晚識山公爲忘年交謂其友汪杲日自陳際叔應嗣寅沒後杭州十萬戶虛無人矣今有半个人在馮山公也杲問故曰未知後半截如何耳康熙戊午游京師館項侍郎景襄第舉鴻博辭不就商邱宋公犖撫三吳聘延幕府宋內遷山公以母老辭歸卒年六十四學者私謚文介先生府志入文苑傳其學長于說經毛西河右文寃詞成以七條之與閻百詩論四書釋地駁其謬者十條所著古文爲解春集十卷燬于火其外孫盧文弨校刊諸書而未及山公仇一鷗賦詩云盧郎聞說工讎校不刻山公一卷書盧遽爲版行之山公之姨畢節婦遺孤女二無所依乃撫爲己女擇士族嫁之此尤行誼之可紀者

仲冬望夕復同汪少孤吳天濤飲觀我軒看月次天濤韻

朱霞半天散無迹千山萬山烟光白天相搖芒櫪馬嘶猶喜

處士星黃澤今夕冰輪異常格酒人入室開瓊液切鴨分螯佐晚看三人共醉青松側鹿去安眠天自全鶴來起舞情尤適罷酒登山寄幽討千年松枝化爲石萬物變化何所無紅顏白頭幾朝夕但得時和朋好偕醉月年年吾願畢

入樊中登後樂山望千竿園糧儲署有懷

瓦綠魚鱗竹屋低虹梁高亙絕攀躋倒垂柏葉張青蓋亂點薇花簇紫霓仙跡當年松化石南宋物祥徵昨夜鹿生麛蓬壺咫尺仙凡隔風動琅玕望欲迷

秋夕過北郭汪園懷寓昭時爲鎮遠令兼憶舊游

昔日繁花水綠波蘭橈泛酒襍笙歌黃頭起擊靈鼉鼓紅袖坐翻鸚鵡螺一失春鶯游屐少祇今秋蜨女牆多風臺月榭皆陳迹惆悵疎星點薜蘿

景星杓字亭北號菊公仁和人有拗堂詩集

菊公父名邦鼐字三岳性任俠嘗出家貲爲人排大難者三人呼爲景三俠菊公工詩能洪飲兼解音律書法絕類黃山谷嘗集詩人酒人乘畫舸數十遊鴛鴦湖中酒炙出長笛作數弄蛟魚皆驚起竊聽或挾勁笴射林薄閒命青猿疾走取箭爲樂青猿者其奴之尢蹻捷者也已而結屋東皐四面環以花竹屏妻子獨居三十年名其室曰拗堂性喜蓺菊花時連畦被畷爛如霞錦因自稱菊公尋厭其喧不復種而東城人獲其遺種以去數年後人猶識爲景氏菊家既日落値歉歲益困元日至屑藷蕷爲食性介粒粟寸縑不苟取也以康熙庚子重九日卒年六十九府志八隱逸傳易簀前一日以詩文稾屬桑水部弢甫後二十餘年厲樊榭讀其詩以生平不得見菊公爲恨所著有菊公詩五十卷拗堂詩十卷醉翁詩二卷拗堂詞一卷松風詞一卷拗堂文十六卷文羹一卷山齋客譚十卷蟪史三卷弢甫爲版行其詩八卷統以拗堂名之他稾皆藏桑氏弢甫有四孫遺書皆已分析菊公稾歸長孫濟壽濟壽歿遂不復可蹤迹

過訪桑文侯

桑公古君子比德於璠璵揭來喜屢覿顏色清而舒窮年兀

不語此中有太初靜者心自妙不讀仙佛書教子追古人長貧樂只且夙甘白華養鼎食非所須昨宵一雨過庭草綠有餘東皋春事起把杖意何如

飲五栁居憶戊辰秋同汪秋原巨觀醉此巳十三年矣悵然感賦

天都烟霞窟奇士之所匯二妙相閒出邈矣青雲器日但走巖壑衫袖拂蒼靄昔從二子游巖搜造幽異酒人迭來去五栁存舊肆每臨湖上樓浩歌聊取醉山川無今昔人事有隆替蹤跡惜飄散（秋原居吳門巨觀久寓長水）十年一駒逝忽復登此樓秋山有餘翠清詩參陶謝眞樂懷莊惠把琖追故人浮雲暮迢遞相見卽有期鬚鬢各憔悴嘗恐壽命促凭闌發深慨

糴官米

雞鳴風淒淒餓夫悲語妻侵星糴官米歸來雞還棲此夫夕不返應恐魂來歸不見鄰家老頭裂緣鞭笞又聞寡婦兒踐成足下轢始貪官米賤可食何知浥爛攙穅秕況復臨險難畏若虎穴蹫還期相守分餓死何復就爾官倉爲

看梅

雪蕊先春破窗前纍冷光映簾斜入畫臨水半横塘得月還添白無風亦遞香不煩調鼎鼐老汝在山牆

城東草堂夏興

竹樹栽差久蕭蕭漸有情筍穿閒地出花傍短檐明已覺遮蟾影還應助雨聲草堂無九夏爲汝密陰生

同王肯堂過沈八公

潭氣侵林白晨光上竹虛漸深三徑霧欲溼半牀書苦茗呼

僮賁科頭對客梳未須將竹杖談笑樂相於

蝸

蠻觸分疆在爭衡兩眼張花閒行負屋雨後暗緣牆貪進不知止一蹉愁見傷么麽有何意亦抱九迴腸

片雲石和戴斐男

一朵飄空下斑斑老蘚痕自郊雖不雨居谷豈無言星墮從之化風吹未許翻呼雲無不可君本是雲根

登吳山大觀臺

一笻扶上大觀臺東望澄江曙旭開鴻雁歸攜春色去鳳皇飛入郡城來心傷筋力渾非昔眼見滄波更起埃擬向乾坤圖不朽何如對影數銜杯

富陽縣

北控錢江阻上游潮平半日到杭州盈筐柴篺山橋午滿載銀鱭海舶秋百里遠闚天目鏡長竿誰下富春鉤劇思乘興張帆去鐵笛橫吹第一樓

感興

覆雨翻雲詎可論咄嗟古道孰能存花明繡陌爭馳馬草長閒階獨閉門聲勢眼前朱紱重文章身後布衣尊由來貴賤交情見曝背茅檐且自溫

別廬

身老子愚無以自給將鬻草堂爲衣食計堂前花竹木石皆手自栽闢今已盈拱作林徘徊瞻顧不忍遽棄爲作別廬詩以寄意焉

蕭蕭竹樹遶柴荆盡是詩翁手種成已賴四時供嘯詠況更

十載見枯榮坐拋翠石楮牀冷心戀清池照影明莫怨忘情
輕棄卻只緣身老子無營

楊將軍廟

將軍名再興建炎中隸岳鄂王麾下以三百騎戰金人于小商橋殺二千人中矢死焚尸得鏃二升謚威武今良山楊墅傳爲將軍故宅廟在焉星杓爲賦此作

僇力中原丈二殳商橋血戰分捐軀沙場不返銀胡䩮大將竟摧金僕姑祀典千秋存故宅忠魂終古傍行都裹尸得遂平生志老死徒慚小丈夫

玉樞書蒼文侯小集食菜

紫笋青稻白綸巾草舍陶匏集隱淪小摘霜蔬清勝肉數杯花露薄生春游從不棄貧中樂寵辱無關世外身君去我當

高枕上一眠紅日聽過辰

海昌懷歸

布帆張處棟初芽海月穿窗客憶家空掩柴門歸未得春風落盡蟢兒花

詠雁

刷羽西游春復春江頭相送月如銀秋來無數天邊字寫徧斜陽不寄人

國朝杭郡詩輯卷六終　錢唐吴慶坻校字

國朝杭郡詩輯卷七目 康熙間人約略爲次

羅志倫　黄中明　陳奕昌　陳奕培　陳奕禧

張昱　柴世疆　柴世垣　柴豫　柴升

吳朝鼎　查容　查繼伸　吳嘉枚　嚴曾業

嚴曾采　嚴曾榘　嚴曾相　虞汝翼　金張

卓長齡　邵九皐　胡榮　徐旭升　朱爾邁

章日躋　章勛　郎龍有　陳燾　姚際恆

項溶　王元斌　蘇輪　葛洽　陳清鑑

張潔堂　查昺　褚彤　茅兆儒　邵錫蔭

邵錫榮　滑吉登　滑汝謀　沈兆乾　陸鳴臯

趙沈壎　錢璜　邵嘉容　沈允亨　詹夔錫

何之鯨　馬思贊　張松霞　張美文　汪文孫

何鍾江　李世衡　傅棫菁　朱璆　金悳馨

王愚叟

凡六十一人

國朝杭郡詩輯卷七

錢唐吳顥原本　孫振棫重編

羅志倫字彝正新城諸生有寫意八卷

彝正身世未詳觀詩注中庚申年閏八月之語爲康熙十九年則知爲康熙閒人也

遊百丈山

卓筆峯晴翠靄浮逶迤曲徑漸通幽風回絕壑松長嘯花落深潭鳥易愁俗慮頓拋青嶂外孤情時寄白雲頭亭亭石刻西來意寂歷空山擬是秋

燈月五首錄一

簫筦盈盈次第陳萬家火樹燦於銀今秋兩慶中秋月庚申年閏八月此夜先開五夜春尊酒未闌猶飲客踏歌有意欲呼鄰嫦娥應讓燈初出不盡嬋娟滿一輪（十三夜）

黃中明字自鏡餘杭人官知縣

綠陰

月暗庭陰重高寒挂薜衣孤花春後淺萬綠雨中肥樹樹搖清幌山山護翠微灣頭消夏好漁艇兩忘機

初夏步嶼淵亭

天然雲壑小邱園四面湖山水到門芳樹綠遮仙子宅落花紅踏酒家村畱春有恨聽鵑舌消夏無方倒竹根醉俯岳潭深百尺臯亭歸去獨黃昏

陳奕昌字子棨海寧監生

子棨爲岱青司李殿桂子爲世父之杰後婦卓有賢行詳閨秀

和朱人遠看花曲

一灣碧水遶春城城外雞鳴井陌平花發江南剛二月煖烟薄霧近清明

陳奕培字子厚海寧監生

東莞城東十餘里梁平村有老人鍾敬祖今百有二歲家大人挈余同訪老人輿而出其子已八十矣賦紀

朝出東城路寒風馬頭迎遙村逶迤靜山勢鬱崢嶸門閭榜人瑞朱書官長名輿舁扶杖出試問何朝生正朔云嘉靖桃源有遺氓定居無轉徙坦爾安鑿耕雞犬自馴熟何曾見甲兵白髭相引掖老萊脚力輕父子幸健在笑看歲月更悠然商周代相對皆籛彭

陳奕禧字子文一字六謙號香泉海寧人奕昌弟官江西南安知府有虞州集續集春靄堂秋雨齋綠陰亭笑門諸集

香泉以太學上舍仕爲安邑丞入補戸部郎擢貴州石阡知府改江西南安幼時夢至一樓滿貯隃麋一神人謂之曰供爾一生揮灑自是書學大進令深澤時飲泉甘之作亭其上署曰香泉因以自號書專法晉人于秦漢唐宋以來金石文字收弆尤富皆爲題跋辨證詩格高秀王漁洋所賞斜日一川汧水北秋山萬點益門西查蓮坡所賞風傳冷樹飛霜葉雁宿秋江老白蘋未足盡之也所著有皐蘭載筆益州于役記十餘卷府志入文苑傳

閬中感興

閬中非昔勝惆悵莫開襟巴樹方冬變江雲帶瘴深有山皆鳥道無處不猿吟萬里成都客天寒慕錦衾

貴定縣候三兒至言懷

親承　聖語出天除相晤蠻鄉萬里初老去弟兄尤愛惜近來精力復何如邊陲付託　恩原重教養經營學有餘雖是與兒粗計畫見聞到底愧迂疏

蹔勞旌節赴南荒便趣舟車辦遠裝想卜句吳三畝宅預儲
負郭一年糧遠人志在營先壠久客身思返故鄉三十餘年
心事愜勝他爲政說龔黃

九日同硯銘尚賦

汀沙岸草水縈回南泛扁舟向晚來野路紅萸何處覓故園
黃菊傍人開地鄰邊塞寒聲早霜落秋林木葉催好爲苦吟
消令節月明風急轉生哀

張昱字景岳號槾園初名暐字繹武仁和監生充內閣纂
修

槾園以畫名而陳香泉奕禧以書名香泉每爲作書以
易其畫槾園歿後老屋焚如蜀楮吳綾都成烟燼矣

晚秋偕友泛湖飲芙蓉花下

湖光秋更佳結伴泛輕艓山色淡晴空凭舷快遠睫沿緣向

蘇隄澄波平帖帖曾見雲錦迎蘸水拒霜疊亭亭似水仙脈脈啓笑靨鷺靜閒獨拳魚跳健忽立柳外釣絲颭颯颯戰風葉天涼大酒腸況復情話叶暝色苦催人斜陽下城堞

喜錢鶴汀諸厲亭見過時初自京師歸

二仲跫然至柴門笑語騰塵容慙對友瘦骨欲生棱獵酒人依舊遊湖與可乘綠陰簾外羃相與曲闌凭

柴世疆字士容紹炳子仁和諸生有先月樓集

陰

江昏魚擊水屋暗鳥穿樓十里人烟落千林樹色收重雲埋石磴宿霧隱沙鷗不識前村路遙遙望一邱

山行遇雨

重雲漠漠鎖前川曉色迷離風雨天旅客竟從千嶂出荒村

故抱一峯旋層巒怪石如人立仄岸枯藤似虎眠悵望溪邊
飲犢者不將蓑笠過空田

柴世垣字恭季仁和人

由夷陵入峽

十日連山路雙崖忽此開水從千澗落風自百蠻來白帝城
遙接滄江首重回去程騃以遠歸思日悠哉

柴豫字頤園望子仁和諸生

康熙辛未秋柴方伯雲巖招同沈鉽玉亭楊許玉介璜江紱佩蘭嵋詹夔錫允諧周永齡舜侶伊庚憬堂柴壁東書周之麟徵虬柴升錦川釋岳峙壽傳暨其子謙南屏豫頤園湖舫讌集有倡和詩行世

秋泛

孤山寂寂倩誰陪作意迎人勸舉杯怪石架空圍几席澄波
倒影濯樓臺百年天假林泉趣同日人誇翰墨才金粟飄香

消息近輞川還待好秋來

柴升字舜聞號錦川仁和諸生有錦川集

舜聞與吳陳炎實厓柴世堂陛升吳朝鼎宇調有合刻總名曰浙西四子詩鈔有王丹麓序舜聞又有宋四家詩選

跋宋四名家詩

有宋多詩人動推蘇與陸東坡振元豐當時盡推轂放翁當南遷悲風隔西蜀中閒百載餘先後不相屬盛名誰與俱曰惟黃山谷雄渾學士專遒勁文節獨詩情何所如蒼松與翠竹厥後有石湖溫潤卻如玉立朝風稜稜疏議更可讀渭南同其時妙詩共欽服遺編等身長佳句不盡錄四公頗相類餘子都逐逐勿謂離愁悲勿謂廟堂俗但各登層巔寧論歌與哭詩聖及詩仙李杜已再續

蠶婦

陌頭細雨歸何晚簾裏篝燈夢自賒輸與人間羅綺婦一生只著木棉花

吳朝鼎字宇調仁和人

蘭膏夜誦 秋興十首之一

愛此良宵靜披帷樂有餘會將螢佐讀喜似雪臨書風遞秋林遠鐘敲野寺疏賞心渾不寐待曉更何如

查容字韜荒號漸江海寧人有彈箏集江漢詩

韜荒少時郡試第一及學使者試隷役止而搜檢之大怒曰朝廷求賢士而以不肖待邪徑拂衣出終身不復試性好遊南至滇黔北抵燕齊所至莫不倒屣吳逆之未叛也禮韜荒爲上賓既而察其有異志佯醉罵座出郎促裝行吳遣親軍要諸路韜荒故有力從馬上提親軍擲之地笑曰乃公豈肯爲老兵留邪吳聞大怒將命勇士擊殺之微服間道行得免集中有將軍有酒能投轄壯士聞雞已出關句紀其事也康熙乙丑復游楚之

攸縣頗有所眷遂卒于其家朱曉亭悼之云路旁香草露中花采采其如秋望緣哀些欲拈無處所不知雲雨散誰家三間死後屬青蓮之子高名亦與傳自古才人多好色才人未有不神仙朱與查為中表詩蓋深閔之也

送武曾之宣府

由拳城頭月華白置酒張燈宴征客由拳城外柳條青平明相送出津亭羨君意氣眞無比此去幽州幾千里攬轡遙看冀北雲挂帆徑渡淮南水太行山高日欲斜邊風颯颯吹塵沙候騎千屯吹觱篥明駝一隊奏琵琶上谷使者與君厚長揖轅門論故舊伐鼓鳴笳部曲前錦筵紅燭軍麾後觥籌交錯坐忘疲玉缸瀉酒醉莫辭壯士橫刀看草檄美人挾瑟請題詩丈夫三十猶未遇走馬窮邊那復顧野狐嶺下白草枯臥龍岡上黃雲暮客中行樂不知年但看月出幾回圓沙場

忽聽思歸曲應使鄉關望眼穿

贈別少典

鳴榔伐鼓不曾停月落津樓見曉星芳草自分南北路垂楊相送短長亭歌殘銀燭愁難別勸盡金壺醉未醒豈爲燕臺師郭隗一時客去感飄零

東亭夔子泥滑滑句戲拈一聯荅之（予有日暖啼鬪泥滑滑句）

平蕪綠漲熟梅天涼雨飄蕭罨畫船竹裏鳥呼泥滑滑江南魚戲葉田田日斜村店踏歌去風戛簾鉤倚醉眠欲把新詩驚小謝夢中得句總茫然

人日李分虎席上懷沈山子（沈時居憂）

相看此日爲人日漫說他鄉卽故鄉野渚流澌春雨足江天歸燕暮雲長主稱好事投車轄客肯題詩寄草堂阮籍由來

疏禮法可能重醉酒壚旁

查繼伸字寤五海寧諸生有寤廬集

東山自嘲

鹿門有兩隱龐公與浩然其跡有先後所性耽幽偏不爲好爵縻樵雲耨春烟孤矯因自適而幸妻子賢余媿非其匹蒙頭類清顯瞻眺東山麓朱衣堪比肩朱衣峯名朝夕恆於斯奕奕紫芝傳苦不能充腹晨起把陳編長吟譸歲月放眼破青天沁脾孝感飲孝感泉名嬾散石溟眠石溟精舍名問我何朋徒酒癖與詩禪

吳嘉枚字个臣號介菴錢唐諸生有壺山草堂集

俞潔存移居

采菊向東籬悠然集三徑終日讀陶詩形影變其靜所以達

者流不與世奔競隱居苕霅間浮游狎鷗盟衣被雲山巔寢食麋鹿性驅車共挽輪廡春互相敬鄰里話桑麻具言春社盛樂哉桃花源不問漁父姓何計得連牆朝歌而夕詠寄語韓魏家前途有虎穽

同汪岳如游西湖

明聖湖邊我舊游重來堪喜又堪愁溪山不改今非昨霜鬢頻添春復秋一路丹楓橫遠黛幾家烟火度危樓與君共醉林逋月折得梅枝當酒籌

夜坐

睡鴨香殘枕半攲短牕熠燿影依稀喚回癡夢知今是斬破愁根悟昨非苦志未消懷狗監壯心何事泣牛衣疎星落落天難曉乍聽晨鐘便息機

嚴曾業字廣成沆子餘杭貢生官兵馬司指揮

章邱道中

野橋環碧水古道夾青峯梨棗家家足烟光處處濃人稠知樂土俗勁見齊封晚色蒼茫際何來遠寺鐘

嚴曾枲字庶華號蕙裳沆子官新昌教諭

哭大妹沈少君詩妹名曾杼歸沈時晉八首錄四

嗟余早歲失慈顏形影相依苦共憐縱令弟昆無恙在未堪一痛絕隨肩

賦得蘋蘩夢已殘妹適沈君時晉歿年纔二十四芳名空向衆香看有詩入衆香詞遐素娥此日歸何處我欲招魂叩廣寒

良人已得沈休文此際情文總未分賸有諸孤相對泣可能畫佛視殷勤

謝庭咏絮憶才多獨對孤燈恨若何賸有素媳遺什在不堪銜淚再吟哦存稿有素媳遺詠

嚴曾槼字定隅沆子餘杭監生有兩堂詩

題水墨秋海棠

自是秋來黯淡姿斷腸休賦女兒詩花顛已當春花看不詠啼霜泣露詞

嚴曾相字右君沆從子餘杭諸生

和兄柱峯秋日洞霄宮遇雨

十年不涉此岩嶤俯仰雲山瞰碧霄萬壑丹楓迷夕照一溪白鷺舞秋潮泉看撫掌游魚出路入棲真仙羽飄歸去不妨風雨暗詩成翦燭與偏饒

虞汝翼字異羽仁和諸生縣志有白菴遺稿按白菴虞鈖號汝翼之叔疑志誤也

異羽讀書多大畧好與人談忠孝意所不可輒面數之益為俗兒所厭羣目曰虞四秀才所居在湖墅賣魚橋其巷曰虞四秀才巷巷亦因異羽得名詢之者又故謬異羽之音義稱曰怪毛然異羽卒不顧也里有周官懌者七十餘老儒素不識異羽一日語其子曰我必死我夢為上帝所推與虞君名汝翼者同事我名在第八九卽虞也因遍訪虞君為誰衆怪其誕不之信無何而異羽死死之日去周官懌死不一二日年四十四死後郡人孫姓者以疾卒一夕而蘇言異羽紫衣約帶治文書為冥官云

戲調王丹麓同巹

一載愁聽夜半烏鵲橋今不羨金吾論才自足傾新婦問齒還憂喚老奴紅杏折花臨寶鏡青梅結子綴流蘇憑誰寄語湯司歷閏月能將更閏無時閏三月

金張字介山號岕老又號妙高道人錢唐諸生有岕老編年詩鈔十三卷

岕老居下塘西俗呼張介山家貧喜吟咏酷嗜楊誠齋詩所作多效其體因榜其室曰學誠齋自言平生不知

有鏡歷二物以鏡近婦人而生平曾未特作一事又性曠無禁忌故于歷本不一寓目也齋中書畫古器位置精潔一時名流如徐孝先卓蕉村邵翼雲王赤抒湯西厓輩皆訂縞紵之雅其詩起康熙乙丑迄癸酉凡九年之作分年爲卷甲戌至丙子詩四卷題曰續鈔其外集五種曰已未詩刪曰幺鳳詩曰庚申詩刪曰學誠齋詩話曰雜著則皆有錄無書

六月自初十至十五夜月佳甚大小茉莉無不開露坐納涼共得雜體十三首錄二

小鬟年十餘庭下鋪設妥未晚先爲之看月有恆坐更深入漸稀獨我不嬾惰夜夜光彌明端爲我許可平生對萬物彼此意未果我固不厭月月亦不厭我

望前月將滿望後月漸虧但減幾希光誰能辨毫釐將滿殊可喜漸虧殊可悲一如新會合一如遠別離月生自月落萬古常如斯頗悟盈虛理人心妄爲之

贈沈武抑北行

容易草廬下長貧完令名偶然成一出便欲驗生平滿腹經書熟殘冬風雪生健吟驢背上人共歲峥嶸

清明後雨不已

便是居人合斷魂紛紛雨直過清明燕歸梁上紅襟溼船到門前綠水平偏漏書牀無避處乍停社會滅囂聲不須早晚看天色壞盡桃花自放晴

正月五日遊臯亭顯義寺懷左斗赤抒震一去非侶

琪客游禾中

輕寒較昨減些些有日無風天氣嘉山徑小行一二里野梅疎放兩三花（單瓣結子爲野梅開最早）尚留殘雪眞如畫每到精廬便欲家轉憶鴛湖湖畔客新年容易感天涯

酒半贈蘋園

從軍自悔氣麤豪不惜傾家買戰袍駿馬健兒零落盡看人容易擁旌旄

羽書不報未央宮處處謳歌耕鑿同我願時平常若此寧教壯士老無功

包羅河洛六壬數驅使風雲八陣圖不獨酒闌吾渴睡坐中曾有聽君無

推敲我謬稱詩伯烘染君權充畫師閒御壯年眞沒用一般消耗一般悲

壽靈隱碩揆禪師

少年元是好男兒老向人閒作導師英氣仍然銷不盡顏公書法杜公詩

卓長齡字蔗村仁和人

分荷花種與陸鶴亭鶴亭有詩次韻荅之

園荷未露影珊珊一角尖猶出水難分種恰逢春雨後到開還作牡丹看菱花淨拭持爲鏡芡實平沈瀉滿盤都是江湖搖落處在君欄檻望君歡

邵九臯字翼雲號鶴田仁和例貢官常山訓導有寓齋偶存原作康熙己卯副貢府志不載按仁和縣志列入例貢今從之

鶴田家栖水性耽經史喜振拔孤寒從健菴匠門兩先生游所交皆當時名宿

寓齋漫興

水遠山平一望賖栁陰疎更竹陰遮不多客約棊詩酒難禁園窺風月花長脛閣軀尋活計曲肱爲枕足生涯忽然兩腋清涼處何待盧仝七椀茶

露坐

暑因風過晚涼清蟬噪漁歌穩稱情攤卷北牕茶竈熟懷人南浦布帆輕柳梢滴露明河出荷葉跳珠翠浪生中酒不關新下第長吟猶自忍飢聲

胡榮字志仁號容安錢唐人有容安詩草

容安園有樓臺竹木而被以雜花有十景之目毛西河來武林每主其家相倡和爲作容安詩草序集中有題自畫石蟹詩則容安又工六法也

新竹

春去纔無幾亭亭綠壓檐風來不擾夢雨過欲窺簾嫩節霜畱白疎枝影自纖琅玕碧玉就愛爾葉頻添

徐旭升字上扶號東臯錢唐人旭旦弟有東臯草堂詩集

東臯風神蕭爽襟抱沖和與兄西泠弟北溟稱徐氏三珠樹相傳東臯嘗入山遇異人故精俞扁之術錢唐以

名士而隱于醫者三人一陸景宣一沈東江一東皋也毛稚黃序其集曰焚香默坐是其詩境放浪山水是其詩懷脫盡鉛華是其詩品獨見沈摯是其詩骨

尋蘇小小墓

錢唐蘇小小埋骨湖山下西陵弔古人日日停車馬香車寶馬徒紛紛柏葉松枝何處墳惟有橋邊青草色風吹疑是舊羅裙

題存樸莊

依然城市裏野趣澹人心流水一灣靜黃花三徑深醉吟無俗客來往慣幽禽直似桃源路漁郎未許尋

東湖清明讌集浣月亭同人分賦亭在台郡東湖

卻喜尋芳逐後塵追隨勝侶到湖濱天收雨腳山如沐柳帶風情色更新蕩槳便成游冶會題詩欲贈秉蕳人韶華歲歲

皆應惜況是清明已暮春

朱爾邁字人遠號日觀山人海寧人嘉徵子有日觀集

日觀居鹽官之小桃源以詩受知于王阮亭先生故感舊集中所收獨多又嘗寄以詩云故人朱季在何處駕飛鴻其婦葛宜南有氏亦工詞翰著有玉牕遺稿

發虎牙山山與荆門相對峙

一上一驚心山水互顯晦始知造境奇乃在高深外迴合萬仞餘絕壁屹相對亂石桀張牙橫嚙水之背頓使日月昏詎曉天地大西來壯游觀想當此地最傳聞昔公孫憑險據要害依之作浮橋敢拒漢旌旆一朝歷數歸地利赴王會帝王自有眞焉肯資汝輩

碧雲寺後山

曲徑自然好不知山已深蒼蒼石潭上了無人世心境幽思

轉寂秋氣加蕭森迴身躡高岫忽焉踰百尋橫阜展右臂谷湖蕩前襟下睎所歷徑雲壑彌沈沈寄聲謝熱客此地饒清陰

夜上雲岫菴

青山愜所懷一步一延佇不覺夜色來蒼蒼沒平楚失道徑轉紆陟歷忘峻阻忽然身已高鳥下聞人語欲辨已微茫東西無處所疎竹逗鐙光始知隔岩戸奮策爭先登卻怪來風雨住足問徐徐潮聲走遠浦

秋居

壯志逢搖落秋風倚夕陽築臺無駿骨挂壁有魚腸歲月數行淚江湖十畝桑悲歌誇結客非復少年場

古聊城

一矢卻秦帝功成不再論人曾蹈海去城爲射書存子亦懷雄畧心猶念舊恩難逢天下士掉首竟何言

峽中對月

已近天邊路扁舟入杳冥風來一水白月出萬山青久客人難少寒宵酒易醒明朝西去路愁絶是空舲

贈應徵君嗣寅先生

吾愛應夫子逃名一草廬封還宣室詔恥上茂林書玩俗安傭販迎門靜埽除祇留問字侶鄭重話三餘

涪州

楊柳天邊樹征人未忍攀雨遙三楚戍春入五溪蠻犬馬增新歲漁樵失舊山莫彈行路曲吾道合閒關

戎州雜詩

匹馬登城暮蒼凉極望閒青衣天半水烏撒瘴餘山風激邊笳裂霜危峽草斑獨攜雄劍在長嘯拂金環

擣衣石　惠力寺彌勒佛座昔為張尚書延光擣衣石

尚書第宅望依微石上猶傳舊擣衣豈謂先生騎鶴去空教天女散花歸寒砧響落黃旛動禪月光疑白紵飛莫嘆廢興成底事風流江左已全非

章日躋字式九號目湖錢唐人有叙倫堂集

目湖好客好遊遠歷齊魯江淮近攬三吳苕霅嚴陵之勝枯笻野棹日在佳山水中雖風雨不輟四方名宿而外酒人劍客古衲名姬恒滿戶內或賃舟結侶浹旬忘返日湖光無刻不變故欲以閒靜求之嘗避暑湖心亭來訪者櫓聲相接又嘗以中元夜大集同人至者幾五十人分十小舟各懸二燈鑪茗弦管之屬無不具是夜微雨羣舟任其所之夜半會于湖心亭上繼復聚于斷橋霽月明甚痛飲狂歌至曉乃罷目湖有詩云言采潭心白玉蓮水燈雲管雜舟前暫教風雨成佳會畢集人文動謫仙山月霽遲分夜半湖亭涼早得秋偏回流遞

醉漁歌散四面諸峯聚曉烟

紀此會也府志入文苑傳

送孫豹人之廣陵

七月來湖上湖山勝獨親是非存大道傾倒盡才人每醉僧房酒渾忘客裏身梅花發江路寂寂照征塵

送查伊璜先生之粵東

聞君度五嶺到喜值中秋大海艨艟雜千山猺峒幽如聞開合浦未可入羅浮有句應懷古頻登趙尉樓

越中懷古

屐雪登臨古嘯臺乾坤此日獨徘徊人經吳越干戈變城帶江湖鼓角哀幾見謀臣同草腐還聞游女踏春來鷓鴣啼冷青山外寂寂東風長綠苔

章勛字我朋昌化諸生有繩武堂遺編

我朋家素貧躬析薪以供親膳暇則讀書詩詞騷賦矢口而成墨蹟亦爲時所重康熙辛亥修邑志我朋總其事府志入文苑傳

自雙溪館至治平寺次東坡韻

亭前樹老猶餘古點綴寒空翠欲搖霧隱芝田封宿蘚風開蘭畹長新苗尋芳時涉雙溪館采藥頻過百丈橋何事幽居塵不到閒雲歷亂鎖山腰

郎龍有字潛長錢唐人璧金子有鴻遠堂集

癸丑辭館

桂樹山中有歲華幾年縞紵舊通家當筵設醴情原重彈鋏無魚興轉賒已負青雲淹絳帳空賡白雪付紅牙振衣千仭眞吾事留得寒氊映筆花

陳熹字允大號澹園熹兄海寧附監有觀復堂詩草

澹園爲前明湖廣參政之仲孫由諸生援例入成均受業黃梨洲先生之門

送查夏重之燕兼懷陸丈辛齋

三年身不到燕山官柳青青爾重攀賣賦千金誰是主題橋十字幾時還珍禽競集鳴相和寶馬爭嘶庶且閑尚有高人差兀傲與君晤對定開顔

姚際恆字立方號首源錢唐監生府志仁和諸生

首源博究羣書撐腸萬卷毛西河嘗作何氏存心堂藏書序以示其兄大千大千日何氏書有幾不過如姚立方腹笥已耳其爲一時推服如此既而盡棄詞章之學專精治經年五十日向平昏嫁畢而游五嶽予昏嫁畢而治九經遂屏人事閲十四年而書成名曰九經通論凡一百六十三卷又著庸言錄若干卷雜論經史理學諸子末附古今僞書考持論極嚴覈其家構海峯閣西牕面湖簷際懸舊窑霽紅椀夕陽映射一室皆作霞光有西牕絶句云高閣虛明木榻施晝閒兀坐每移時湖山一角當牕面烟樹殘霞晚更宜府志入儒林傳

宣和寶硯歌

紫潭千尺深泉落如飛雪百夫挽綆下篝火出淵穴此物由來帝座傍楓宸翰墨染龍香昔日良材取非易天府第一逾琳瑯漢庭玉硯不可見右軍風字徒追羨故瓦浪名銅雀臺遺甎侈說未央殿唐代澄泥不任磨那知良璞生斧柯鳳咮鸜睛積垂露金聲玉質含蒼波當時妙選良工琢絕去琱鏤崇古樸雙龍蜿蜒守天潢海濤屈注銀河落道君藝事絕代工萬幾之暇繪草蟲宮娃襯手星初潤御筆濡毫霧乍融移時縮身入五國天上奇珍散南北不知此硯落何方墨花黯黯無顏色毳帳穹廬久苦羈舊時懷寶豈堪思吁嗟人事有榮悴此硯巋然無恙時遷流更閱幾時主馬肝蠅翼光逾古轉入商山吳氏家購之不啻南金估襲藏再世亂離遭珠玉千囊盡棄拋獨攜此硯繫衣底經旬走向空山逃咄哉吳侯

誰能爾寶過頭目與腦髓若非呵護等鬼神兵戈所過瓦礫耳嗣君手持歸予齋爲言得所不沈埋予藏七硯亦殊絕終讓此石無與儕朝朝元雲出瑤島夜夜蒼龍舞天藻今爲好古堂中珍昔屬宣和殿上寶茅齋光怪起氤氳願託堅貞砥礪勤他山可攻匪玩物千秋萬歲壽斯文

家藏東坡笠屐圖貌似毛西河戲贈一絕

笠屐圖中貌逼眞千秋遺墨早傳神前生曾向眉山過莫認西河是後身

項溶字霜田昺襄子錢唐監生有耘業堂稿

霜田居東街少豪蕩及長折節讀書以太學生赴京兆試所交多四方名士聲稱藉甚然數奇試屢躓歸而從酒人遊嘗露頂短衣持蓋障日行市中軀幹偉然性愛滑稽時于廣坐中有所調笑或作爲詞曲輒被輕薄子傳述人以是多畏之嘗于瓶花齋見蟹錄一編客舉以問卽疏七十二條多錄所未載者游京師時以事南歸

一日忽復至時諸名士會飲某所逕造焉告座客曰予自家以十八日到都客訝曰何急事也曰予往來南北數矣有包程贏者未嘗乘也故偶試耳一座捧腹沈端恪爲霜田姊壻官京師無眷屬因嘲之曰三間無佛殿一個有毛僧族某躋禮闈爲顏其室曰佳士軒某曰奔走公車安得爲佳日佳士之所以未成進士者尚欠一走耳其任誕類如此著述頗繁遇盜平江道中被胠篋去歿後其子遷收拾殘帙陳東園明府爲刊於粵東

陳平谷凝園月夜招飲

凝園園裏花滿烟嬌枝嫩蘂相後先東風吹簾撲飛絮流鶯聲中春欲去主人惜春挽不留開筵秉燭消羈愁團團玉盤海上來摩尼珠墮玻瓈盃狂花點點夜悄悄銀漢光低天未曉馬蹄露溼人還家打門驚起雙棲鴉

早起途中望鰲陽

一片窗前月何時上粉牆疎鐘促行李殘夢著衣裳道里程逾半風塵日漸長遙峯青兀突望裏指鰲陽

新莊

雲陰不作雨嵐氣尚微茫蕎麥野田秀棗花村樹香笠攲迎日淡衣薄受風涼茅店剛中飯鄰雞叫短牆

出都

寂寞春明路誰憐馬首東交疏貧賤裏人老別離中此日同萍梗頻年類燕鴻祇因存傲骨未肯泣途窮

齊河縣

日晏停鞭未猶餘半日程圓沙明野渡老屋帶孤城石迸車聲疾衣沾柳絮輕年年新漲發碧浪比橋平

長安踏燈詞

帝里歡娛夜不眠月痕漸滿試燈天青驄馬上緇塵客不踏銅街十二年

王元斌初名儒旦字滄升修玉子錢唐諸生有寶言堂集

滄升以五經應舉原本註疏非時流襲取者比屢為主司所賞卒不售母病危篤與弟元墀刲股煎湯進病立愈及門如沈近思輩得其指授皆以名顯又嘗于康熙乙丑八月之望招虞宏武通趙璉漁玉柴世堂子構蔡宗仁仲安金起乾晉純姚與祁二京程斯彪虎文倪奕相公輔孫元枝喻詵馮文言簡書翁介賓永章西湖讌集分韻賦詩而弟元墀為之序

西湖讌集

孤舟蕭散水光寒秉燭酣髡興未闌遠岫雲烟秋色晚滿湖風雨雁聲殘清醪遠勝城中釀綺席殊非市上餐競說瀛洲今繼轍醉鄉終夜且盤桓

蘇輪字子傳號月查錢唐諸生有月查詩鈔二卷

月查詩徵材富有造境神化毛西河稱其清雄博達語警而氣軼與吳寶厓相倡和稱莫逆交有女日棻能紹其學

練江

洄洄新安江隨山屢曲折近崖劖石根遥峯補天缺四面巒蒼莽一碧注寥泬我乘蜻蜓舟破浪穿積鐵老木吟天風奔灘瀉晴雪力與虎牙爭勢防海眼決雷霆聲怒號陰色夏不熱險阻何地無燕居悔離別

同盛鶴田許莘野吳寶厓西湖讌集

桂花時節早涼天小集朋儕水石邊容裏行廚供午餉眼前勝侶半丁年秋雲欲上葡萄錦酒史頻傾藥玉船我輩論心非偶爾得聯羽翼看誰先

同盛鶴田許莘野吳寶厓石屋探梅

車馬湖頭處處逢獨攜詩卷泛孤篷看山最愛晚來好出郭始知春不同三尺魚標深樹外一聲粥鼓亂雲中明朝又是

花朝近籬落休吹料峭風

立春

村村社鼓雜巫簫鄉郭春回破寂寥烏榜迎來紅袖女杭俗立春日以小舟載女妓謂之採蓮船白梅開近赤闌橋草經細雨痕全綠人立東風酒易消眼底新陽堪嘯咏不須繙勝翦宮綃

過寶帶橋

一道長虹臥碧流平橋分作兩湖秋怪他寶帶無情甚不繫郎腰繫妾愁

葛洽字向高海寧人有東阿詩草一卷

向高為處士松之季子生有夙慧七歲能詩比長下筆縱逸不受籠絆識者知非風塵中人也一應童子試作海不揚波賦筆不停綴詞氣華贍邑令奇其才勸習舉業終不屑措意年三十一棄家遁去留一詞若與家人訣者內有隻手交還千古夢猛翻身摸着江心月句或謂其投海云

春暮雨中盧子萬里見過遂留酌東阿

病裏懷人臥綠蘿日長無柰雨聲何殘花不了東風債小閣新添燕子窩如我自甘流輩棄有君翻笑古人多相逢可要留春色千首新詩酒一螺

秋懷

也曾吳市學吹簫俠骨如山未敢驕極易低徊憐荳蔻最多反覆是芭蕉新愁半付團團扇往事全憑夜夜潮惆悵銷金鍋畔路青山紅樹總無聊

到此

百壺清酒四條弦六曲屏風五色牋到此徑須開口笑從來不使皺眉錢但看明月眞無價未有幽花不可憐二十五更長短夢不如胡蜨也蹁躚

三過天香館題壁

到來每憶前年句，春盡江南不可賒（此余辛巳江南曲也）。惆悵一雙癡燕子，等閒銜過別家花。

陳清鑑，字也堂，號疑山，錢唐人。有疑山詩集。

悼王松溪先生

西泠文盛日，多士充名都。十里一壇坫，列邦交蝥弧。喧張名與號，狠籍玉與珠。力辨領袖者，不惟賢大夫。王君隱北墅，海內知其間。太守願識面，繞朝傳著書。著書亦何求，友道非復初。空餘長庚明，不與殘月俱。惟有霞舉集，青雲同卷舒。東坡妙文章，性不好碁酒。醉客乃達旦，勝敗時挂口。正性貴諧俗，疾邪反遭詬。君雖罹謗傷，究莫損名壽。夫子不可作，今見牆東叟。清風無軟美，止水見好醜。衆皆惎先生，先生忘誰

某影滅光彌遠道存藝何有千載論詩文酒仙棊國手

烏石山房分賦得烏石峯前十一松限韻五微同人丁素涵朱贊皇郭河九莊蘇亭徐孫謀洪昉思錢右玉錢景舒吳寶厓錢恕白毛大可

路轉溪回入翠微岳王祠後弄晴暉十松排戶一株古雙岫攜雲片石稀隔澗蒼霞藏梵磬當門清露滴人衣衲僧曳杖來何暮月起山坳有鶴歸

沈方舟見過雨阻未及酬荅先此寄懷

幾度愁懷鬱未開清明風雨又相催桃花溼盡鶯無語楊栁寒深燕不來禁火豈能妨酌酒踏青何處又登臺挑燈漫把君詩卷一日須傾三百杯

過河渚孫先生故居

栽梅昔日問潛夫耆老凋零事有無磯畔釣竿迎箬笠灣頭

花檻映茱萸（地名茱萸灣）奚囊常滿新詩句犢鼻空懷舊酒壚惆悵溪西一片月清光曾爲照平蕪

悼恬菴

偶因訪道入深山去去東溪竟不還尚有天花飛講席獨留詩卷與人間水田衣在雲猶護香積廚虛鉢自閒一別那知成永訣此生無復叩禪關（附斐男和韻詩十年詞賦主湖山盡日名流共往還竹閣朝開烏石頂棕鞋夜踏碧松間袈裟雲散龍猶護經梵香消雀亦聞圖史滿囊誰拾取紛紛遺落在禪關）

張潔堂字清可仁和諸生

鄔忠臣詩（忠臣名象鼎字符九仁和人順治己丑進士授廣東布政司參議備兵羅定時粵寇未靖欲以計平之兵敗被縛不屈死事聞贈光祿卿）

讀書三十載宦達甫兩週寢食未及穩風波從此遒直因封疆故奚忍家室謀臣命盡賊手兒軀傷父投（子元祼姪聯珠並家屬五十七

人皆遇害古今傷心事同里泲泗流夏誠字克誠宣德己酉舉人正統閒官御史上將北狩犯顏諫之不聽乃命隨駕親征遇敵衛上身受數矢歿於陣復有慎公族俶紱字昌儒歸安人戊子恩貢知羅定州與次妻辛氏仲弟君範次子周賓皆遇害殉難委山陬死陪鋒刃席魂俱骨肉儔守土成羇鬼今當返故邱邮典下蔭子作霖其妻烏程李氏父邦楫母吳氏夢明月入懷生丙申仲冬于歸丁酉四月作霖北上閱七月聞訃吞金不死遂勺水不入口卒年十九方卒時白氣縷縷從髮際出家難頻遭未經題獎可堂有吞金不死心先死絶粒雖亡名豈亡之句

查昇字又微號止齋海寧人昇兄有紅蓮詩草一卷

止齋與其弟聲山共馳名塲有法護僧彌之目聲山成進士爲文章侍從之臣止齋獨抱一經晚猶未遇歷鹿亭皐依回幕府酒酣以往崢嶸蕭瑟開發于詩而年已老矣自少受關中馬中丞如龍知遊其幕最久紅蓮詩草者皆在其幕中作取庾杲之渌水紅蓮之意詩止七律一體其全豹則無從窺見矣

得家書

花生燭焰鵲爭檐寄到平安小印鈐接看便知人口吉讀來

翻覺客愁添年荒官稅如風火累重家常困米鹽爲報此身惟健在西江勺水未曾沾

聞東亭叔求雯弟捷南宮

竹林二阮稱同調翫世何如用世賢策馬燕山欣並轡看花上苑喜聯鞭積薪後者原居上花樣新翻每占先人道錢唐多利市儒酸賸有老夫傳自註余先年應試入籍錢唐嗣後叔荆州夏重弟聲山求雯皆隸錢唐俱獲售而余獨不遇結語用以自嘲

馬觀我新移書室漫賦長句

北苑清幽小洞天也憑位置得翛然嫩晴烘嶼花爭笑綠影篩窗梛慣眠是處正宜才子住前生應結讀書緣筆牀硯匣饒風韻不媿人稱食字仙

褚彤字弓一仁和諸生有寶復堂詩稿

弓一爲唐僕射後裔康熙初居沙河隱僻吳慶百稱其製作豐碩就矩矱有自命作者意

雨霽放舟入禹航

積雨當新霽扁舟去路賒沿塘稀見栁何處忽飛花讓櫓鷗

仍泛捎篷竹故斜炊烟遙起處知是有人家

江樓晚望

落日層樓上登高望不窮斷雲垂樹杪殘雨過江東楊栁拖

寒碧芙蓉醉冷紅最憐天際鴈幾點度秋風

寄懷蘭江金太古

落日風烟裏相思倦倚樓孤城一片月橫笛數聲秋好事徧

留眼新詩不寄愁故人音問隔望斷白蘋洲

秋日偕徐畯臣艮山曉步

出郭無多路微茫見小山水乾沙正白霜落樹先斑野鳥寒

仍浴柴門曉尚關莫言城市好終遜此林閒

茅兆儒字于鴻號雪鴻錢唐人有東籬草堂詩鈔

雪鴻居城北爲明少宰瓚曾孫能詩喜遊嘗泛棹淮濱求汝南先賢遺迹北謁太昊陵觀先聖厄臺驅馬渡黃河兼攬太行蘇門百泉淇水之勝所見既益多所作詩益壯今世說稱其孤介自持兼工書畫朱文藻言先生有女適嚴翁允大爲老友古緣之母先生子孫式微絕祀古緣家爲之主廟享展墓祭墓在茅家步

過平望

鷺脰東西路苕禾自此分遠村浮岸草春水漲湖雲客與憑孤棹歸心倚夕曛蘇臺留未得啼鳥不堪聞

不寐

自憐薄醉轉傷神孤館昏黃不寐身牕外棲烏猶市樹燈前飢鼠早窺人和愁傾倒常終夜與夢悲歡又一春山柝漸疎江上月笑聽囈語發東鄰

風篁嶺訪樹羅上人

結茅得遂是何年每到玆山卽悃然臨澗花開春在水遶牕雨過竹生烟蓬心入道非無謂華髮超塵自有緣歎息人間能幾夕林中泉上月明邊

邵錫蔭字樾森號越公仁和人遠平子康熙年例貢有藤閣新吟

越公少嫺吟事與其弟二峯南北往來塤篪迭和丁飛濤澎嘗爲序之父戒三先生創新仁和學宮後數年越公以祭器未合于籍氏爰取鼎俎豆鉶之屬皆依古制更定又考邑志所載名宦鄉賢久經入祀而中或沈廢者重立栗主稽先後而臚祀焉

燕山夜雨

細雨連山碧新秋水更清疎鐘沈遠寺寒漏斷高城客邸無親識天涯有弟兄眼前多少事何處遣離情

憶舊遊

風雨仍搖落江山且滯畱烟花殘落景楓葉冷高秋夢繞邊城月心懸故國樓誰家一聲笛柳岸晚悠悠

落花次毛景巖韻

新巢燕子語雙雙春色頻催未肯降只有梨花春不管隨風吹入碧紗窻

邵錫榮字景桓號二峯仁和人遠平子錫蔭弟康熙年例貢官江西安義知縣有就山堂集二峯集西江遊草

二峯初宰寧晉潔己愛民後以疾乞歸市書鬻衣以給脂秣百姓徒步送數百里外其詩衝口而成豪邁宕逸不事規唐橅宋少時與兄越公侍父京邸兄為詩弟輒和之嘗渡平望舟幾覆詩稿未失寄其舅林璐詩云奚囊畱取驚人句恐落波濤泣鬼神殊自負也兼善畫方隨其父宦遊時偏覽名山大川地必有紀紀必有圖點染極蒼雅

丁天菴歸自苕溪

百里隔兩月忽然凋秋栖年華易蹉跎浪游空白首丁子苕溪來向予索醇酒呼吸如長鯨不暇更開口覓食徧四方所向徒奔走人情最惡薄安能急朋友阮籍古狂士淚爲窮途有爾今勿攢眉放懷盡一斗新月正皎潔疎風入牕牖風月散人懷與爾重握手

過毛稚黃隱士螺峯山居賦

跨城壘嶂浮螺青盤盤曲曲如螺形先生結廬此幽頂抱膝吟罷呼山靈叢桂遣風蘿擺月閒庭花氣春冥冥胸中已貯一萬卷大名宇宙驚雷霆載書欲使老牛汗種松倒挂蒼龍腥偶爾臥向北牕下儵然夢落南華經有時曳杖恣所適白雲深處尋芝苓語君何必尋芝苓當與山靈對峙成遐齡

醉歌贈鶴化老人

鶴化老人不離酒自言酒是吾良友醉時落筆驚入神往往新詩挂人口人日詩中之聖酒中仙老人自謂鶴化一道者逍遥四海隨吾緣左手招酒星右手挹酒泉放歌豪飲狂且顛風吹明月墮酒甕吾道成兮返鹿洞狂塵茫茫一蜨夢

家震敷攜酒探西軒飲沈其杓辪圩公

時近重陽萬葉落北風蕭蕭吹書閣滿天黑雲不成雨孤懷正爾思杯酌吾家阿兄羅清饌攜酒小軒設高宴涼州葡萄琥珀濃金盤鱸鱠紛銀綫辪君鯨吞勢何猛大杯小杯不待請須臾但覺天地旋眼花幾欲落深井沈子醉歌乃擊缶倒源傾瀉談天口平常不見飲興豪今日亦能盡一斗惟我飲酒夔同調胸中騷屑發狂叫直至更深未肯休瓶空還向主

人笑主人走向鄰翁賒忽覩滿堂生月華共言今夜酉餘興
明日東籬看菊花

咏新草和佟中丞韻

黯黯江邊路萋萋陌上塵望中三月雨夢醒一池春色淺鶯
相妒叢深蜨作鄰年年隨意發不解送行人

王次瞻園亭

踏雪行吟者名園好往還樹頭飛白鷺門裏見青山麗景先
春足餘情小憩閒早梅將遞發讌賞許同攀

春暮憶故園

憑高遠眺綠陰肥燕子差池掠雨飛春去還傾桑落酒天寒
猶著木棉衣幾回物候愁中換一自鄉書別後稀只有啼鵑
啼不盡聲聲爲道不如歸

送周敫文

君上長安只敝裘燕臺是我舊曾遊論文久矣無青眼作客從來易白頭落日千山橫北雁清霜古渡宿孤舟周郎此去情何極翹首江干起暮愁

寄天竺俍亭上人

西湖西去得名山天竺先生此閉關媿我風塵爲客倦羨他猿鶴對君閒三生石古歌相荅九里松蒼水幾灣何日洗心聽白法定應盤薄不知還

題畫爲諦輝上人作

寫就溪山墨未濃萬家烟火一聲鐘老人借問我住處笑指白雲峯外峯

送客

客中送客同爲客春去畱春獨惜春送客畱春總無賴明朝愁殺渡江人

滑吉登字誕先號帀菴仁和人康熙年例貢帀菴慷慨好施有露香亭別業日與北墅諸前輩吟咏其閒例得州同知樂道不仕見湖墅詩鈔

昭明寺

余本幽棲人偶至招提徑叩門風淒淒俗慮泠然醒刻竹驚棲鳥披襟躡危磴天空淡無雲日落烟初暝遠公託欣賞孤琴發清聽共語覓無生燈燈了相證

滑汝謀字夏占號定菴仁和貢生全浙詩話作滑許枚云仁和歲貢按府縣志皆不載定菴爲逸齋楷之弟工書能詩見湖墅詩鈔

女耕田行

四座且勿喧聽我長歌女耕田妾家無子姑已老夫壻能養死復早薄田數畝舊所遺耕耨無人半荒草族中子弟氣食人欲佔此田逐妾身其人金多輔者衆佃戶逡巡不敢種老姑嗷嗷待朝餔含羞出門親荷鉏可憐耕田腕無力安得將來觀秀實未終半畝苦不勝淚灑麻衣重歎息不難一死向九泉念我老姑倚望柴門前誰家遊女相擁簇滿頭翡翠雜珠玉暖風吹衣香襲人道旁老幼目相屬妾容憔悴塵土中野田幸免狂且辱但願耕田勞且安種得升斗先了官自炊餘粒勸姑飽誓不將田與凶狡我聞其語心傷悲天地大矣此事誠有之人生無良不畏天作事橫肆何不然女耕田我長歌之君莫喧

沈兆乾字御六號雪堂仁和人有雪堂詩鈔

雪堂博學篤古用散逸名湖山間毛西河黃主一爲作志傳

雪霽泊秦郵示鄭重周

片雲天外喜初晴嘹喨時聞旅雁聲四野雪光明小塔一湖水氣撼孤城窗飄老屋香醪美船泊枯楊細浪輕此夕風微應臥穩莫辭翦燭話平生

陸鳴皐字士湄號鶴亭錢唐諸生有春及堂前集續集

鶴亭家下塘西篤志嗜古工書九長于詩歌與同學受谷介山厚容翼雲次厚九如輩名園精舍迭相主賓爲文字飲拈題限韻此倡彼和以故栖水之詩名噪于四方鶴亭善畫山水陸梯霞嘗乞作畫頃刻便就且系以小詩梯霞撫掌稱快詳見所撰春及堂詩序

初夏

園林綠暗雨初晴不捲疏簾睡易成竹節褪衣纔半露燕雛學語未全清塵生日影尋無迹風入琴弦聽有聲獨坐始知

閒境樂又看山上暮雲生

喜晴

霖雨連朝池水平鳥聲百囀弄新晴雲開半樹夕陽出花落滿園春草生窗影竹搖知雀下壁痕苔溼認蝸行解衣換得葡萄酒月下敲詩細細傾

趙沇壎字漁玉號漁村仁和貢生有沁雪堂詩鈔按西陵讌會集作沈壎宗雅堂西湖讌集詩作趙璡漁玉工場屋文兼工詩黃宗羲梨洲言其格法老成麗句層出毛奇齡西河稱其上追高杜下掩劉韋卽極其升降亦錚錚具樊川播州風骨

盧山道中

白雲橫山腰山半露微翠恍如擲虛空嶄絕屹不墜佳處多茂陰烟際出遠寺我從道中見十未得一二奇秀莫云狀而

況歷幽邃所以巖棲人終焉可忘世

苦寒行

漫空雪花搓作團冶鑄世界如銀盤黃雲四垂白日暗歎息
未得泥塗乾長安貴家獲獸炭紅鑪達曙焚椒蘭氍毹帳深
翡翠煖裒絲豪竹羅清彈朝來揮鞭騍獵騎人馬並駿交馳
看入門一飲連百爵殘杯冷炙如推瀾五侯爭遺餉樓護獨
有志士傷苦寒

唐廷陳招集雲巖書屋

即看荷芰換涼衣旋有霜禽帶雪飛玉笛一聲秋正遠梅花
十月樹全稀裁詩隨意題幽竹葺屋何年傍翠微爛醉頹唐
君莫笑吾儕志豈在輕肥

與錢我持

盛氣橫馳翰墨場新來鉛槧委巾箱襬褷倦羽棲樊圃架構宏材賦柏梁耳語最嗔程不識心知同感蔡中郎辭宮未卽傷顦顇買得燕支且試妝

魏和公前輩偕令子昭士重至湖上同人讌集分賦得年字

栁岸垂條劇可憐風流猶自憶當年曾披白袷來詩社爲探青山覓酒船客有看碑泣羊祜范忠貞公撫浙禮季兩先生爲上賓伯人於捧袂識韋賢定知俛仰嗟陳迹不待臨文發慨然

與吳舒鳧

湖海胸襟百尺樓客來牀下合低頭橫空吐語能傾座論卷題詩是紀遊塞上蒲桃聽篳篥風前楊栁撥箜篌曾聞海國秋鷹健迅疾回看脫臂韝

遣哀

辛苦高堂百病攻貧家無日得從容未衰鬒髮頭如雪垂老衣裳手自縫篝火宵深憐女病讀書晏起怒兒慵彼蒼若爲憐荼苦忍使寒門遘閔凶

杜門

連朝靜掩讀書堂四壁晴添雪色光簷溜濺空疑作雨瓶花經凍不聞香更無人謁談經座賴有書懸繫肘方堦下偶行挑菜甲紫牙堪佐晚菘嘗

次邵伯驛

薺菜花開春色遲望中烟樹渺參差雨聲滴破揚州夢正是扁舟夜泊時

錢璜字右玉號他石錢唐監生有雲起堂稿

他石少年博學善繪事兼精岐雷之書幼失恃作思母詩十二章聲情悽惋顧侍御豹文爲之序與湯西厓王赤抒洪稗畦吳志上沈方舟徐映川紫山友善詩存自康熙丙子益中年以後作也碧溪詩話云他石嘗假友人三金貧不能償歲暮遣僕坐索詞氣橫甚又有友人一僕頻來探問解錢一貫貽之他石作詩云豪奴眞作橫侵曉打門呼踞坐宣威命高聲索小逋絕交書未就哭世淚將枯一諾千金贈此風久已無翻羨多情者良朋一僕夫常歌零雨曲學寫遠山圖曳履頻來往探囊問有無昨宵持贈我燈下解青蚨

朱竹垞太史枉過

野性甘遭棄奇窮不受恩懷中常滅刺坐上每無言嬾翦蓬蒿徑深扃風雨門如何勞長者折節枉高軒

暮秋偕沈方舟過黃雪山房卽同映川紫山遊南屏

直道違時輩衰年戀故交高人不出戶好鳥定歸巢時映川自禾中歸水白涵隄外霜紅上樹梢吾將事幽賞未許暮鐘敲

共指南屏路香臺試一登松杉非舊物龍象是重興隔岸三

潭月空廊幾處燈長橋歸去近不用問山僧

飲吳志上若谷山房

一水常愁我扁舟共訪君路紆芳草合門掩薜蘿分池上朝懸雨巖邊夜宿雲梧桐翠靄靄榆莢落紛紛話永燭頻翦杯傳酒漸醺伯仁還縱飲季重喜論文軒冕非吾事麏麚亦我羣山川容放達大笑復何云

亦諳以詩見寄依韻奉酬

故山無日不依依一座花龕共息機作賦只宜招隱是賣文深悔出遊非澗泉響帶風聲急籬菊香含露氣微記得感秋惆悵處蕭蕭落葉亂斜暉

邵嘉客字伊人號竹巢仁和人

千日紅

誰染穠姿透骨紅三年不褪費天工啼殘蜀鳥山前血吹落吳江霜後楓雲鬢插來看更豔口脂塗去色成空藏春幾載顏將淡可許湯泉濯數叢

沈允亨字孟嘉錢唐諸生

孟嘉年十五補邑諸生居清波門外弔橋之南門對雲居山後臨學士港家素饒後中落館于馮氏工詩文善小楷與人交恂恂如也年甫五十而歿遺稿數十卷皆佚詳見清波小志

西城行

城上樹蝕矛城下堆髑髏獨有野菊花還如東籬秋今日吹寒笳明日寄征衣燈下刀尺聲燈外流螢飛

草堂成與景銘

去市未爲遠堂成豁素心水光通栁港秋氣接楓林不厭琴弦緩何辭酒琖深良朋在南岸風雨亦招尋

與東琪由蓮花峯出冷泉亭

曲折林陰合高低澗水流直穿靈鷲嶺來看冷泉秋香飯憑誰供仙巖任我搜與君吟落日再上酒家樓

鳳凰山懷古

何人可說興亡事此地堪爲汗漫游潮捲空江羅刹怒雲迷故國鳳皇愁獨松不守千年恨萬艒無聲四海秋畱得洗鉛池尚在半林黃葉夕陽樓

與紫燦讀書雲居寺

雲居寺在高城上灌木森森暑氣無茗椀鑪香依梵唄晴烟秋色滿江湖放開爾我形骸外忘卻林泉歲月徂何事西齋彭上舍朝朝危坐讀陰符

詹夔錫字允諧錢唐諸生有白石山房集

允諧常作客而繫思鄉里往往情見乎詞見湖墅詩鈔

花朝舟中苦雨

花朝逢客路又苦雨風催村酒濁難醉溪雲凍不開山雷殘臘雪詩寄故園梅夜夜東風裏吹將旅夢回

何之鯨字湘洲號觀瀾海寧諸生有存素齋詩草

擬寒夜怨用陶宏景元韻

寒蟾生寒鴉驚何人不動歲寒情海風浩蕩恨難平銀箭催殘天未明夜景長夜潮緊引愁端愁不盡生寒復生愁無乃造物忍

幽居

慈烏飛不遠日夕遶吾廬我無食肉相乃得遂幽居徑花開自落庭草綠還除開襟傾一壺展卷消三餘芳鄰有裘仲詞

客多停車穆如清風來惠然能起予

夏日村居

村村餉饁趣耕時天氣陰晴景乍移簾幔風微低燕子陂塘雨驟落魚兒預分秧馬纔收麥方罷繅車未賣絲閒我半生無一事按圖覆得數枰棋

馬思贊字寒中號南樓海寧人有皆山堂詩

南樓爲揚州推官麟翔子工書績學諸子百家無不研貫家有道古樓插架多宋元精槧旁及金石祕玩緗素眞蹟充牣其中不減倪氏清閟閣也性豪邁喜交游名賢俊流咸訂車笠之契朱人遠爾邁稱其詩一往有俊氣如天馬下坂峽水倒流辟易千夫瀾翻無地其室人查惜字淑英爲西崖先生愛女亦工詩有吟香閣集林下清風閨中良友尤可羨也

題陳宋齋看舞圖

丈夫富貴苦不早耳目誰能厭美好讀書亦要活性靈最忌

中年便枯槁家扶風與謝東山經術經綸伯仲閒有時開閤忽遣去君或能之我尚慳

插花山居詩同弟寒將作

未必桃源便弗如此鄉洵美是吾居衣冠俗儉風猶古耕鑿人多力有餘繞屋定栽千个竹幾家同種一池魚近來長算村翁富賣與山田得買書

濃雲煖雨互悠悠寒食前頭社後頭兩月筍膏充肉味一年茶事算春收鳥當久坐聲逾美花到無名種最幽料理茶鑪兼酒椀獨尋萱草對忘憂

最愛西風換夾衣一番秋色到柴扉不除衰草畱蟲語但掃空階候葉飛帶角未妨菱稍貴然其或恐豆旋稀直愁惱亂比鄰意珍重兒童喚鴨歸

大尖山下最佳處

林泉何處養疏慵準擬移家占一峯木未飽霜濃過夏水初收潦淨於冬山陰白晝疑天雨潮響黃昏雜寺鐘一事病夫猶當意茯苓根護萬年松

作先公年譜成

筆成年譜倍心酸留與孫曾子細看無數仁慈有數壽廿年書卷半年官

自署惟應撫字勞未妨庭訊及秋毫竹西歌吹今零落猶有衣冠像叔敖

南樓即事

蛛絲牽網撥難開高著梧桐低著槐自翦竹枝纔埽罷一雙蝴蜨正飛來

張松霞字北嵒錢唐諸生有壽初堂詩集

朱朗齋文藻言壽初堂詩集七律詩一冊其家青湖從故篋中得之無序跋不能攷其事蹟首行標題稱卷四則其前後佚者尚多也嘗作新燕詩八首云越州士女見此詩稱爲燕子鬚因其須似燕尾也卷中有寓城北門外草菴是嘗居艮山門外之草菴也又有詩題云春秋五十有八遭遇方洲彭夫子補博士弟子明年爲戊子知先生生于順治庚寅且有庚寅臘月十七日立春詩攷是年爲康熙四十九年先生年六十一皆可證焉

下五雲山投宿雲栖寺

五雲東去諸天近遙指光明建佛幢一徑松陰迷古院滿山花氣撲晴江春深忍草縈僧舍夜靜潮音到客聰聽說無生無上覺毒龍猛虎也須降

城南精舍

背郭成堂此地偏汀沙岸草曲相連橫塘秋水一羣鴨老樹斜陽幾個蟬江面層樓跳雪浪山腰匹練抱嵐烟芒鞋到處

尋幽勝時聽風琴響暗泉

園居

塵坌饒應此息肩園廬小結晚風前青歸潭水雙松倒黃入秋瓜一暈圓密綴蕪花蒼蘚地高飛燕子淡雲天機心靜會園翁語長與浮鷗並可憐

壬午歲除

歲更心跡兩悠然笑飲屠蘇不讓先面藥無緣知過候鬢絲有語恐增年燭燒寒漏將闌夜雞唱春風欲曙天自肅衣冠更浣手博山新火爇沈烟

首春登吳山

一月晴曛款歲華吳山春市亂如麻烟籠十廟燒香社花壓重樓賣酒家御輦亭前笙鳳爇仙壇峯上紙鳶斜來游選勝

登盤石遙見江鷗起白沙

井高士南園別業園傍有浣紗磯

地堪小憩便爲家尋得芳園在水涯新翠滴衣沿徑竹幽香隨步遶籬花道人菴近龐居士浣女村同越若耶健足忘機并忘老紙牕棋罷一甌茶

松蘿道院小憩憶江千盛嘯厓

鉛槧經年豈有因偶來仙觀避囂塵室中丹竈非前度牆外青山是舊鄰梧竹秋聲生院落鷗鳧閒夢隔江濱欲攜斑管鈔新詠獨倚樓中問主人

張美文字子韶號數峯標子海寧廩生有數峯遺稿一卷

子韶工詩古文許尚書汝霖深器之招遊京師館于趙天羽寄園與諸名流相倡和有國士之目年四十卒

送湯西厓歸里

鳳城高栁拂歸槎夾路輕陰護淺沙作客幾人能得意如君何事便歸家六橋春盡憐芳草九陌塵多怨落花且去湖山一放眼不妨冠蓋滿京華

汪文孫字孝猷錢唐人汝謙孫有羇音集

延芬堂集有奉簡大兄孝猷時居禾中詩云攜李居暫卜則孝猷徙居禾中韓門太史彙刊春星堂詩而羇音集不與豈其時已散佚耶

同錫山侯駿聲呂恂令飲黃鶴樓即事

尊酒翻于客路開相從良友共徘徊江寒十月無梅放日暮孤洲有雁來黃鶴空留磯上迹白雲時覆掌中杯情深何忍輕歸去偏恨斜陽樹樹催

何鍾江字赤岷仁和人官華亭主簿

深秋桂林手談

九日登高後庭階桂尚鮮枰開羅雁序香重號龍涎疑坐清涼國還經風雨天無分勝與負相對總欣然

李世衡字甸南錢唐人有韓江遊草

詠水車

波臣役使代人工石壘陂頭竹截筩綠水忽飛高樹外銀濤直瀉半天中輪回不費盤旋力造物應輸灌溉功獨有舟行多阻滯聲聲邪許喚無窮

傅棫菁字遙集號廷嶽仁和人有寶樹堂集

初秋過河渚徐高士隱居

高人隱河渚結宇自餐霞五柳門前水千山郭外家玉沙泉似酒仙果棗如瓜何必東溟去方壺句漏砂

朱璆字遠公錢唐人有泛香亭集

重宿昭慶寺感舊

重來湖上憶繁華但有殘妝似若耶磬引僧扉撐老樹月深荒苑臥寒花孤山不斷清禽喚短劍空留賣酒家惆悵止成今昔恨何人倚檻續琵琶

金悳馨字沚湑號樸堂又號新亭慙客錢唐人

樸堂家故饒其父名星瑞者官直隸雲南二十年以廉故家乃日落樸堂棄城中馬市屋徙居湖墅邱園養素不樂功名日坐水觀樓邀月看山恬然自足性喜佛法父歿時日跽靈前誦金剛經不輟樓上供大士銅像焚香誦經晨夕膜拜如枯禪老衲生子九人成立者四而長孫應鴻博大科兩叔會狀兩元位致通顯尤以文章風采震曜當時

長日遣懷

夢中全是覺全非脈脈傷心見者稀風困林花和子落雛成梁燕背人飛名流喜著高簷帽末俗偏憎大布衣妻解辟纑

身織屨於陵有李可同歸

草堂今雨稱幽居客散門前獨晏如私喜韋公方有穀空慚賤子出無車螢飄入戶占何驗鵬上承塵讖不虛一片多情深夜月案頭照見絕交書

瓶儲直恐廢饔飧稍繼春炊勿復煩偶爾羨魚因結網有時採菽向中原好風惠我來虛牖夜月窺人到小軒會得此閒佳趣否不妨傾倒與君言

門巷居然處士家肯將蕭寂換紛華健兒不用誇身手餘子何堪挂齒牙偶寄懷人吟夢草閒拈綺語仰空花官情見說甜如蜜怪底蜂王解作衙

黔中紀事

閉關日度幾重坡風物南天詭異多擇子書符醫墜馬館人

燒燭辟飛蛾花香酷烈蒸成瘴石理横斜壘作波最喜我來逢插稼滿山秧鼓和秧歌

王愚叟錢唐人

愚叟逸其名嘗以推心待人受人欺紿人目為愚故晚號愚叟馮山公景有愚叟百歲序

寫懷

吾心如秋月為鏡不為鉤雨過浮雲淨清光到處流

國朝杭郡詩輯卷七終

錢塘吳慶坻校字

國朝杭郡詩輯 卷七

系列叢書

清代杭郡詩輯三種彙刊

國朝杭郡詩輯

第二册

（清）吴顥 輯（清）吴振棫 重編
杭州圖書館 整理

國家圖書館出版社

第二册目録

國朝杭郡詩輯卷八目 康熙三十三年甲戌至四十二年癸未以科目爲次

陳　恂　楊中發　趙嘉楫　高式青　周　崧

潘元燦　查克建　曹三才　朱　樟　顧之珽

淩紹乾　楊守知　查嗣瑮　沈　宣　沈近思

曹三德　范允鏘　吳之錡　查愼行　陳世倌

陳邦彥　查嗣珣　高徐基　許　田　章藻功

趙殿最　吳　熿　盛宏邃　虞　宏　吳陳炎

凡三十八

　錢唐吳顥原本　孫振棫重編

陳恂字相宜號餘畕又號緘菴錢唐人康熙甲戌進士歷官翰林院侍讀學士有打包賸語清照堂夢覺集除豪集

緘菴在史局二十餘年駸駸通顯丁酉浙闈索泰張懋能主試事索爲緘菴丙戌分校所得士是科有陳族人中式者其人固市儈不能文也杭人大譁移財神像八文廟索登舟時至以瓦礫投之獄既成索與陳皆按治緘菴老且病以子代戍戍回課子極嚴有由科第起家官清要者碧溪詩話云學士居杭城師虎橋北其室曰惜陰書屋庭前有池池旁有山茶一本圍約二尺許高出簷際花開甚繁雍正閒忽樹幹有字如蟲蝕文辨之得詩一首云學士堂前書室幽我來懸榻枕清流蟬聲嘒嘒鳴山閣人語喁喁隔水樓簌簌竹梢先報雨蕭蕭梧葉早驚秋何時得向城西去紅藕花中載酒游古吳下月坡題此事甚異所謂月坡者仙邪鬼邪不可知也

題翁大參蘿軒湖莊

葛仙嶺下丹難覓處士亭前鶴不歸此地結茅堪小隱當時好事未全非百年花木酉人久幾度笙歌怨客稀明月滿湖

香滿徑東風寂寂款巖扉

青山莊訪張天門因以述懷

小橋盡處掩衡門疎密人家近水村一棹清溪漁父入三峯烟雨遠山昏樓臺窈窕平泉在竹石深幽獨樂存莫恨餘生無福受隨緣信宿亦前根

琴書永日可消憂獨對長松與古游甲子無心忘魏晉庚寅同降別春秋（余與青山同年生）卜鄰待識蒹葭路（蒹葭莊在城內）偕老終慙泉石儔卅載名場成夢幻浮生何事更他求

就莊主人新構壺中小樓閣道相通落成招飲漫賦

遠挹青山近接湖春風十里訪青都鶯殘魏野游仙夢補出張萱子夜圖栁外聞鶯看小步（馬名）花前沽酒喚提壺問津何必桃源遠隔水斜陽罷釣艫

四月十七日小和山謁冢宰先師墓

豐碑高望尚書墓瞻拜彌深粱木悲南郡風流經帳冷西溪烟雨板橋敧五三大業參元輔金德眞詩五三成一德照我皇家唐謂五星三辰也蔡邕胡太傅祠前銘七受帝命作此元輔六一名泉近少師公有莊近六一泉表德無文空展謁瓣香惟有寸心知

楊中發字美含號懷日海寧人康熙丙子舉人有亦廬襍詠

魏橋霜行

繁霜密帀綴瓊枝霧鎖前村到始知一片橅糊天近遠畫猶難似況于詩

聞笛

何人吹笛傍河干日落西山夜色寒三晉水邊人檥櫂一聲

雲杪客憑闌梅花簌簌吹應落楊栁依依折欲殘淒切不堪愁裏聽故園春色月漫漫

趙嘉楫字傳舟號西村仁和人康熙丙子舉人官定海教諭有盱游襍記

退菴氏曰浙江中額舊止五十四名西村于是春夢天摘其名在六十名外以爲又落孫山矣既而　特旨廣額遂以六十五名獲解

送恆夫視榷揚關

使節霜華曉共清一琴攜到廣陵城春江返照帆爭下官閣寒花月放明樓上人懷梁太子席間文會魯諸生阿咸偶入蓮華幕榷政先聞達　帝京

高式青字則原仁和人康熙丙子舉人官河南永寧知縣

退菴氏曰則原官永寧適鄉邑萑苻告警遂以書生督鄉兵禦賊衆寡不敵被擄百計脅降二僕爲所殺終不

屈械之七晝夜而守者怠遂乘閒從絕巘躍下支體盡折向官兵指示虛實一鼓而下舁歸手足不能展動者凡三月事見其夫人趙氏所著哀忠節署府志入循吏傳

王備五以吉壤贈孫嘉客葬其親嘉客索詠其事

佳城何鬱鬱漆燈熒煌猶未滅土花斑斑封斷碣青烏秘記留年月蛟蟠龍怒守窟宅葬師扼腕嘆奇絕一朝蓊蓊見白日素車丹旐臨其穴道者駭沸顧同列地靈特爲福人設孝子聞言再嗟咄頓地重陳王宰德分田讓宅有奇節未若此舉尤俠烈富兒千金購不得結念貧交輕一擲兩世要盟肉白骨頓令人心重交結烏乎南山有時裂此澤永不竭

周崧字屓巖一字岑年號菊人錢唐人康熙丙子副貢有白燕樓集

菊人工爲四六自製白燕樓詩稾序極圓秀可誦嘗與毛先舒陸進輩二十人爲西湖讌會集

十二月二日同人宿雲棲寺

古寺成幽訪芒鞋踏亂雲暗泉穿竹過小徑到橋分地僻塵緣盡筵開妙法聞任他楓樹葉凊夜落紛紛

潘元燦字然圃昌化人康熙丙子歲貢

盤蛇石

趺坐盤蛇石冥焉斷情想閒看蒼翠中白雲遞來往

查克建字求雯號用民海寧人愼行長子康熙丁丑進士官陝西鳳翔知府有紀恩詩鈔

退菴氏曰詩人以時代爲序其可據者惟科目而竟不盡然如用民列丁丑科而其父初白先生中于癸未後且七年閱敬業堂集初白壬午召試巳自用民東鹿縣署赴京卽直內廷明年二甲第二名成進士荅初白四十獲解三上春官成進士巳五旬矣

用民天稟英特讀書十行倶下年少登科居官廉潔內擢部曹邑人感之爲立生祠每遇生日走京師製屏幛

爲壽初白先生生辰亦如之故初白詩云不聞循吏傳兼補白華詩一時傳爲佳話府志入循吏傳

寄靈隱法座諦輝

冷泉亭上多年別夢裏清涼一徑通方丈簾垂花影外法堂人散雨聲中千山夜靜香林月萬壑涼生竹閣風敲罷木魚僧退院長廊惟見佛燈紅

芍藥

嬌紅粉翠趁風流十里珠簾盡上鉤回首東風舊時路鬢絲人老說揚州

紫薇

竹素堂前最好枝移來庭畔惜開遲小園不是絲綸閣也浸清光月一池

曹三才字希文號廉讓海寧人康熙已卯舉人官湖州教

授有半硯冷雲集廉讓堂集

望家書不至述懷寄內子

小兒女解憶長安應算歸期悲復歡每到聲華佳麗地還思粗糲腐儒餐良朋幾處傷離合薄俗何須計暖寒好待秋高家釀熟桂花巖畔話團欒

秋柳

記得青青河畔時千條萬縷濯春姿可憐荏苒風霜後一樣腰支兩鬢絲

朱樟字亦純號鹿田又號慕樵晚號灌畦叟錢唐人康熙已卯舉人歷官山西澤州知府有觀樹堂集合刻

鹿田由四川江油令擢部郎出守澤州少從毛西河游頗爲所賞征車所至載書以行涉勝地弔遺迹務窮考索而宜之于詩故其篇帙夥頤不減放翁退傳已刻者則爲叱馭古廳問絹白舫一半句畱冬秀諸集未刻看

則剡曲郎潛待雨軒花隝山莊鄉夢樓諸集也歸田後與金觀察志章陳孝廉景鐘莫文學栻汪徵君臺周徵君京相羊湖山之間以詩送老年八十卒府志入文苑傳

龍洞背 即杜詩龍門閣

蔥嶺峙龍門樛葛黏林藪至今儲陰姦怪氣絕翔走苔梯險逾滑一步九回首衆流瀦爲潭饕餮張其口白晝逞風雷石穴不敢叩梁山記蔥嶺石穴高數丈即此時方值淸冬水縮落枯臼倘冒暑雨行夫豈一夔吼吾聞李唐衰淫蔡產妖后見義山利州江潭詩自注感孕金輪所昭陽睨神器金輪主樞紐東方多侏儒學究王母羼奈何赤鱓公竟落鸜鵒手來尋禍水源無計塞嵌寶但聞波濤聲垠堮蔽前後斜日界連岡神劍飛來否義山江潭詩神劍飛來不易銷

千佛崖

利州千佛巖許公大手筆唐蘇頲有利州佛龕記流傳碑碣在科斗襍

梵刻蜀山稱玲瓏巧峭誰與匹藤陰貝多樹時潤太古色雕鏤窮鬼工消費年月日高穴暗藏猿壞龕誤巢鳦左拍洪崖肩右接維摩室世尊開慈光阿難傳其側或負春鳥窠或抱寒巖膝有時津梁疲臥示衆生疾有時摶龍象伸手試慧力武乃刀劍張怒且毛髮立翩翾如佳人瓔珞分五色好顏金裝衫素髮頂螺漆歲久生莓苔氣宇轉蕭瑟當年崇釋典象教守僧律自遭劫火焚十寺不留一此壑巋然存所性在眞實高雲猶縈紆清江尚奔溢欸乃空山中巴人弄船出

石砫行 有序

秦夫人名良玉忠州人掌石砫宣撫使印明季屢立戰功愍皇帝嘉之賜詩四章旌其功會流賊入川夫人以精兵扞夔巫閒軍聲大振蜀亡後張獻忠招之不屈夫

人固守石砫終其身其大節有足多者蜀人能言其事

爲賦石砫行

巴東健兒談石砫秦夫人系儒家女夫人父名葵忠州明經一朝冠帶領蠻酋娘子軍容壓益部弟兄分將白桿兵良玉及弟名屏皆將白桿兵見明史豈獨夔巫鍵門戶憶昔援遼破藺功內家裝束驚秋鴻綠沈槍舞春星轉花桶帬拖錦帶紅昂藏綽有丈夫氣帳下粉黛多雄風雕面侍兒工走馬繡巾小妹解彎弓水赤岷江徧流毒天墮妖星蟲入腹黃虎所過殺氣腥張獻忠面黃川人謂之黃虎見本傳枯骴髑髏饜人肉可憐開府不知兵謂邵捷春中丞用秦夫人語失爭蹊要爭平陸孤軍事急無柰何箸調帬驅空迫促蠻府家法以箸調兵則能飯者畢至以帬驅兵則全營悉出坐見東西蜀翦屠抽營膹有蛾眉哭孱婦當年受國恩璽書頻下懸軍門龍顏尚隔平臺見鳳紙親題

尺綍溫窈窕丹青人不朽試看他年麟閣上丹青先畫美人圖見思陵賜詩肯使勳名婦人有一時巾幗盡須眉馬下紅旗馬前酒蜀亡不肯樹降幡此身未死殘疆守大節英鋒未渺茫青史流傳挂人口成都顛覆百載前軼事猶能爲客傳紛紛叩筰旄牛族正朔皆稱大順年張賊僭蜀僞稱大順一婦嬰城勤保障蠻夷君長韜戈鋋夫人生長青閨裏不願低眉嫁鄉里請偕刀劍立邊功誓拋白骨沙場死迷離兔走木蘭詩玲瓏玉刻琬炎字寧南大帥忝同名左良玉忠勇何曾及女子秦夫人遭逢國步何艱難焚童能歌女能舞編入樂府朱絃彈一彈再唱聲嗚咽海棠花謝春風寒將門新婦誰最賢至今傳有沈紅蘭夫人媳沈氏繼掌石砫印

猿洞歌

蜀江流黃鎔蜜汁黃猿跳梁白猿立湍匯不容魚出入水深

反有枯魚泣亂石與舟相磋磨欲住不住盤千渦槳牙一瞥飛電過回頭但見榿木多榿林蓊匼何所有來往啼猿踏枝走母負子行子抱母續臂藤梢飲溪口我聞峽山美人去無情化爲女猿草木驚空山吹落玉環聲至今破寺留其名兩灘崩奔號千里奪命長蛟在船底上灘棹船下祝米一舟出峽三老喜

石雲板歌 觀霧山絕頂

泗濱磬失元音希石樓結撰高霞飛青花倒鞸芙蓉面挂出秋天雲一片塊然疑不辨宮商發音清越餘鏗鏘不知誰與工好事強錫嘉名同樂器一擊風露晴再擊林壑清以女相將和仙樂鳳凰欲下天雞鳴穴通四時按八節磨刀割之色如鐵太古留存正始音悅耳肯作蟪蛄吟懸崖彭觥助奇響

飄然只有雲來往我欲鞭起仙人吹鐵笛半夜空山吼霹靂

催租行

催租吏不出村手持官票夜捉人今年官糧去年欠不待二麥田頭春衙鼓三聲上堂坐又發雷籤急于火（新例發風火雷籤追）新糧半待舊糧催前差未去後差來男呻女吟百無計數錢先償草鞋費剜肉徒充隸胥肥醫瘡豈為農夫計誰憐禾黍被風吹秋粒無收官不知官不知誰與說短袖貧兒仰天泣不求按畝踹荒田只望緩征勾縣帖春來雨水皆及時青桑吐葉無附枝蠶山落繭車有絲不怕官庫堆錢遲東鄰白頭嫗起早黃口小兒啼不飽無錢能買爪牙威七十老翁拏過卯（杭州比糧日謂之過卯）

梅市

來尋梅尉市花徧渚田馨春水宜鷺鴨人家上畫屏嵐光鋪野白樹色到船青有客能吳詠閒教越女聽

汝州早發

林鵶初散欲平明春店街前曡轡行下蔡人迷朱粉色汝南雞忍別離聲微雲漸沒秋林遠殘月相隨短夢生偏是客心牢落處槿籬花謝白駝鳴

南湖春泛同虞尋樂廣文題烟雨樓壁

燕梢飛渡往來輕湖上荼蘼雨乍晴斷岸卻畱山意好女牆青出秀州城

亦有虛舟繫短槎新荷驟雨唱吳娃水樓半壓垂楊外遙指紅衣是釣家

顧之琁字楷玉號茶園又號月田仁和人豹文子康熙已

卯舉人官廣東電白知縣有丹井山房十硯齋諸集

月田年十一補諸生十四貢成均二十二貢禮部三試不得志就謁選人凡四宰劇縣初任三原繼任石泉以築安西城功晉行人仍任三水調電白所至皆有政聲中蜚語罷歸與里中周京穆門朱樟鹿田許大綸初觀鄭江筠谷金志章江聲吳廷華東壁戴廷熺鸝亭厲鶚樊榭汪臺復園梁啓心菽林杭世駿堇浦丁敬龍泓張湄柳漁江源敬齋陳兆崙句山施安竹田汪沆西顥顧之麟才田為湖南詩社擒裳聯襼如屏風然西泠十子後此為極盛矣卒前三日賦秋陰句絕佳穆門輓詩云可憐絕筆秋陰句月黑猶聞唱墓田蓋以此府志入循吏傳

以羅浮竹葉符贈樊榭

羅浮耀南離巖崿深且窈玉乳與金膏隱現半霞嶠陽崖產肉芝陰澗生朱草遇之一採茹換骨能不老所嗟塵世人入目等蓬葆常聞十三峯籠蔥萬竿繞圍徑二十尺其長矗雲表作篋環無端節目窮要眇葉大如芭蕉風來綠裊裊更有

劉仙壇符竹卻瑣小高祇數尺強單複各佼好一葉兩葉中篆籀若蟲齧枯腴自區別紋畫甚儇巧余昔展衰步探歷未曾飽今以轉贈君博物理難曉云可辟不祥符籙有至道稚川載登涉引據按靈寶抱朴子登涉符引靈寶經以保日義日爲吉入山宜佩之舉足任蹻蹻精鬼俱遁藏虎狠皆震掉酋倏五嶽游幽奇遂徧討毋須擇天禽書符以天禽日宜入山不待覓剛卯諸皐及太陰祕祝多僞矯惟有攜此符諸術盡可埽

八月五日集鄭鈞谷書帶草堂

魚鳥忘情久江湖引興長談經誰奪席招客共傳觴樓迥明殘照池寬納晚涼城東饒水竹吾愛鄭公鄉

郊墅襍賦

茅屋住來久龍衣歲一增治畦招健僕結社首高僧竹露寒

添硯松肪夜續燈夔閒兼夔靜可是爲無能

數口相依地如鷗聚淺沙幀天餘枥蔭繡石有苔花江上幽人宅山中處士家自然高臥穩無夢落東華

淩紹乾字子健仁和人康熙己卯副貢

子健與兄紹雯紹焻並有文名兩兄成進士子健以副車老爲人嚴氣正性矜惜名節父病籲天願以身代奉母盡孝母殁哀慟骨立卒隕其身閭里推爲純孝生平博聞强識手注經史性理諸書府志入孝友傳崇祀鄉賢祠

曹三吉士下第

知君不得意牢落晚涼天卞玉應羞泣隋珠自可憐愁從燕市飲嬾上薊門船風雨寒窗下憑欄意悁然

楊守知字次也號致軒又號晚研海寧人雍建孫中訥子康熙庚辰進士官甘肅平涼知府有致軒集二十卷

致軒嘗從初白查浦兩先生游深于詩律與歸安沈樹本平湖陸奎勳嘉善柯煜稱浙西四才子侍郎公被命築高堰時奏以致軒代遂留河工考最擢平涼守因事落職督河使者薦其善治河復至江南終于中河通判尹文端繼善總督江南時年才三十人呼為小尹致軒候補南河年七十矣文端知為老名士所以獎慰之者甚厚致軒指其鬢曰蒙公盛意惜守知老矣夕陽無限好只是近黃昏文端應聲曰不然豈不聞天意憐幽草人間重晚晴乎致軒駭然出語人曰不謂小尹少年科甲竟能吐屬清新若此府志入循吏傳

初三日同人集畫佛軒看菊即席分賦以誰知九月初三夜露似眞珠月似弓為韻拈得似眞二字

羣芳望秋零靡草經夏死可憐黃菊花淩霜破寒蕊艱難持晚節孤根託荒涘移栽到東籬發迹乃其始盧堂寂無人斜陽淡如水持杯一相對靜悟得微旨紛華桃李時目中寧有此大化默轉移繁盛焉足恃不逢搖落辰何以見君子招招同心人與花畧相似

淡交可耐久所貴存其眞殊方集羣彥道合意自親秋來常喜聚聚久散亦頻勞生各有役豈能免風塵天行或差忒世事如旋輪胡爲長戚戚顧影增悲辛譬彼園中花結根本相鄰偶然遇賞識儼若升堂賓不然遭棄擲憔悴依江濱飄茵與墮溷花乎不殊人

茅菴

樵徑詰曲盤蒼烟石齒欲齧芒鞋穿牆匡貯雲苔繡地一菴小結松陰邊窗前秋實垂香橼砌下細草叢蘭荃屋後雪乳渟靈泉名茶含露茁翠壁客到自揀春芽煎山人住山無俗緣解后亦復相周旋塵蹤回首空自憐東極海岱西居延重來轉眼二十年及肩小樹今參天老僧相視不相識但指客鬢驚華顚

杏花臺

取崆峒細石勻圓如卵者甃爲方臺臺之東西紅杏兩株花時燦如錦繖交覆臺上一壺一觴趺坐其下和風乍拂飛英滿席何必曲江始稱快游乎

晴光吹蕩東西陌細草蒙茸拖一碧夭桃穠李逞豔姿淡抹濃妝鬬秦虢就中杏花韻尤勝施粉施朱倩無迹小園隨意亦東風造物于人原不擇兩株醜樹倚南牆屢幹拳枝病而瘠婆娑正疑生意盡遇著春來亦榮澤搓酥點蠟滿芳條日薄烟輕漸開坼含嬌半面曉妝成有恨無言情脈脈絳唇初吐脂暈圓媚眼斜睃睡紋赤守宮沁透玉肌香宿酒輕酣浮粉液并刀細碎翦生綃獺髓補痕融琥珀能消幾日滿枝紅不待來朝一梢白樹開方廣函丈許惡草腥塵未闢闢杖頭

畫地規小臺築土登登高一尺花磚重壘護四圍平面勻圓鋪細石魚鱗團簇錦窠文更著蒼苔補其隙交柯密蕊覆輕陰一片吉雲張繡帟閑來持杯坐其下落日平臺展芳席殘霞零亂點青衫晴雪繽紛埋蠟屐何勞絲竹聒清虛鳥自能歌蝶司拍與酣亦復盡一斗點蕩心神動魂魄離離春影照殘尊醉臥花閒不知夕香車寶馬滿長安到處華筵交履舄錦袍少年矜意氣鰲禁鸞坡初對策玉鞭一騎去如風十里香塵紅霧隔名花本係天上種步上雲梯剛一摘年來頗覺不矜貴遍地紅香恣狼藉飄茵墮溷了不分點涴春風殊可惜淩晨叫賣滿街頭簾下金錢輕一擲乞相兒曹莫謾狂我亦當年看花客

鮓荅 生牛馬及諸獸腹中似石非石大者如卵小者如榛栗番人持咒用以禱雨無不立驗與輟耕

錄所載畧同但此物有五色而李時珍本草以爲白色蓋南人未之見也番人云龍精或涎遺草樹間牛馬放牧食之則孕此石興雲致雨氣類相感耳

邊沙四月草木鮮白駒黃犢紛滿川神龍有寶不自閟洩雲
流霧噴冰涎深山雨過土痕碧牛觸馬踶貪潤澤陽精入腹
凝不化醞釀龍漦成異石番兒歲晚無糗糧屠牛宰馬充飢
腸磨刀霍霍明如霜剖腹得珠喜欲狂清泉浴血出光怪陸
離五色森星芒邊地山高常苦旱一雨不時中谷暵前年夏
五豆麥枯蒿目家家望雲漢碧眼胡僧何處來手握至寶登
高臺鑪香盂水持密咒頃刻霆雨持轟雷焦芽卷葉欣欣綠
四野飛沙淨如沐千村萬落動歡聲斗酒豚蹄爭致祝邇來
閩越荒歲多粱郊宋野書無禾堯湯不免憂水旱人窮其柰
天災何安得此石三千斛載拜胡僧受符籙普天萬里盡施

霖倉庚京坻悉充足

藏佛大者高三四寸小者僅半寸許以最小而眉目端秀者爲貴番人極所珍重作錦囊佩之云可辟惡

古佛金容身丈六番奴縮造寸不足波斯銅鑄骨棱棱紫磨金塗光煜煜形模雖小相好具髮耳修眉垂兩目華鬘瓔珞覆半肩袒著前襟皤巨腹一手按膝一當胸直鼻方頤笑容掬香螺旋頂滴飛翠趺坐觀心意何淑雕鐫瑣細窮秋毫股壘衣痕儼如蔟胡僧敬佛如敬天絲索珠囊懸佩玉打包擕作護身符能辟諸邪逐天祿吾聞彼教有神通大納須彌小盈粟一微塵廣百由旬勺水能令八龍伏幽荒怪誕不可稽姑以華言通梵牘自從金人入夢來千五百年遭蠹毒毀冠裂冕烏可訓乞腦刳身刑更酷種因得果是何言奔走愚夫

競邀福平生作惡不自驚妄冀慈悲超地獄岷之蚩蚩何足云墨行儒名了無恧程朱既死呼不應長夜漫漫誰秉燭琳宮紺宇遍通都冷落鷲湖荒白鹿瓣香近不嚮鄒魯萬里流沙奉天竺昌黎一表百世師足破昏蒙回敝俗濫觴漸積成江河滿地髠緇豈勝逐何當奉佛還向西鑾伯番君自爲族祇園弟子數十萬仍隸編氓返初服盡收游手入耕桑婦婦夫夫傳似續西人學佛東學儒永判鴻溝勿相瀆

藏香有黃黑二種其粗如箸長可二尺許爇之烟氣直上高至一二丈始散作雲車芝蓋之狀其氣清烈迥異他處所造者

西番作香炷其製精以虔黃如屑代赭黑如磨倭鉛長條如束笴勁縷如張弦星光閃螢尾一綫擎孤烟修莖布濃穗散作兜羅緜輕風蕩游絲解髻飄垂鬅氤氳久不息蘊藉逾蘭

荃雄虹與雌蜃噓氣相糾纏翔鱗及翥翮蓄勢空盤旋路遥
物自貴力厚氣乃全嘗聞産香地多在東南天占城及交廣
紀載紛流傳馬牙沈水底雞骨求山巔臍豐麝自剔芸細人
爲編煎既重羅甲餅亦參龍涎舶能窮萬里樹或逾千年瑰
形結龍鳳瑞品成蠶蟬簷糖軟堪齧必栗細可研春膏阿槎
茁細馥摩勒宣衣防韓掾洩坐喜荀令聯譜繁難備舉錄夥
勞深銓蠻烟雜蜑雨孕氣歸山川藏香獨異類僻陋生西偏
霜嚴雪更苦破凍呈幽姸士窮不入黨孤潔祗自憐女靜不
召妒子處含嬗娟不近脂粉奩不登酒肉筵雲中招白鶴翩
然致神仙遐哉事輕舉吾將尋偓佺

藏刀

審刀棱棱藏玉珌牝牡相銜如橐筆鬃皮裹鞘金鍍環滑靶

圓筒峭而栗寒鋩寸寸抽魚腸凝波不動含精剛深林月黑鬼魅泣暗中閃爍明秋霜番兒好射兼好殺歲歲邊頭恣剽掠窮奇直遁天地外不受三章漢王約邇來頗識 主聖神塞門稽首俱來賓牽車服賈失險阻重譯萬里消驚塵吾
皇聖德邁堯舜舞羽格苗無戰陣狼心鳩眼化最難寄語元戎勿開釁

莊浪刀 折鐵作花細如絲髮鋒鋩犀利久而不刓他處莫能及也

良工夜採天上鐵鎔鑄陰陽成粹質金精得火氣彌剛百折千磨眞性出蛟胎鵁尾細莫分指顧旋作青螺紋深溪一淬鋒刃利截斷峯崿剸浮雲裝成何啻千金重白玉連環銀索控同心爾我論行藏藏器十年仍不用主人漸老負蒯緱筋力駑鈍霜蒙頭偶然出匣一拂拭炎夏凜冽如清秋破窗昨

夜蒼龍吼怪雨盲風撼林藪電光一道閃金蛇白帝精靈遶
牀走馮生彈鋏空自悲賣刀買犢計已遲寶光搖搖燭星漢
風胡死後無人知報仇瑣細非吾志刺虎屠蛟羞小試酒酣
撐眼瞠青天何限胸中不平事

咂嘛酒歌

楊花吹雪滿地鋪杏花一片紅橅糊榆錢簌簌風風力軟芳林
處處聞啼鴂青旗斜漾茅屋底天然好景難臨摹我畱此地
一事無太平之世爲羈孤東鄰西舍相招呼殷兄張丈相與
俱醵錢買醉黃公壚麥缸鵞黃新釀熟味醇氣郁過醍醐彭
亭翠甒如鷄觚細管尺五裁霜蘆低頭吸同渴羌飲一口欲
盡鴛鴦湖白波倒卷東海沸渴虹下注西江枯碧筩不用彎
象鼻龍頭屢瀉鮫盤珠須臾缾罄罍亦恥春意盎盎浮肌膚

劉伶大笑阮籍哭直欲躍入壺公壺吾　皇聖德獨逋租吏
胥不擾民歡娛今年更覺酒味好百錢一斗應須酤盲娼醜
似東家嫫琵琶箏阮聲調粗有時呼來彈一曲和汝拊缶歌
烏烏青天作幕地作席醉倒不用旁人扶樂哉邊氓生計足
白羊孳乳驢將駒賣刀買犢勸耕鉏女無遠嫁男不奴含哺
鼓腹忘　帝力歲歲里社如賜酺安得龍眠白描手畫作擊
壤堯民圖

南臺

蒼山如龍蟠大地突向南溪伸一臂溪流橫截不得前屹立
中天鬱蒼翠牟尼五色舍利光軒軒結構開龍堂宿雨初收
曉雲散松頂時有仙禽翔客來高興因看鶴鶴影冥冥上寥
廓長吟啜茗坐虛巖松翠橅糊日光薄

北臺

一峯拔地青瑯玕一峯矗天承露盤一峯頎然立玉筍飛橋橫跨浮雲端三峯離立儼伯仲肩隨並列朝星壇一峯露頂兩覆屋石火正戴芙蓉冠淩霄俯澗六松樹一一古貌開蒼顏老蛟作態自掀舞孤鸞蓄勢將騰騫翠蓋斜攲倚蘚壁碧幢對豎臨花關青天過雨龍就穴長髯怒奮圜鱗乾短長曲直各有意韋偃下筆無奇觀回飈謖謖流遠韻驚濤夜沸森高寒游人到此不敢渡頭目眩暈搖心肝泠然我欲御風去下視濁世如蜣丸

獅子崖

巨靈斧劈蒼山開磨青削綠爭崔嵬何年獅兒墮地走積鐵萬仞臿空崖老僧臨崖嵌白屋毛髮森然俯穹谷攀蘿直上

猨猱愁石齒棱棱不容足山寒月黑霧氣昏餓虎夜深來打門縋腰下磵得歸路此游奇絕驚心魂

西臺

蒼蒼萬木如雲屯怪石對立呀天門蛇盤一徑上幽險奥峭别自開乾坤禪房數閒大于斗小築松根踞靈皐夷然獨立古金天不與東臺爭對偶林壑三面邃且幽豁達一面開滄洲雲煙蕩蕩天渺渺目盡萬里窗開收荆關粉墨森老蒼虎頭遠勢存微茫一詩欲兼百畫本安得健筆龍文扛

香山寺

雲林煙洞開復遮蜿蜿一徑如盤蛇行隨樵子得勝踐賈勇不顧山碨[石亞]藤蘿援引上絕頂天表子立青蓮花罡風泠泠振衣裛清絕不用盧仝茶峯頭破廟植粉堵雖有像設無僧

伽虬松離奇石磥砢千態萬狀相呑拏平臨宇宙莽開闔俯視巖谷爭谽谺熊騰虎擲萬峯嶺井底趯趯跳羣蛙千霄礙日千丈樹散若苫薺叢禾麻長溪一綫縈碧玉矮屋數點棲烏鴉是時秋深霜氣肅木葉五色紛天葩青黃紅紫鬬泠豔脚底絢爛鋪晴霞四方上下九萬里目力有盡天無涯斜陽催我下山去徑度中峽隨麏麚回頭烟霄隔萬仞恍惚夢落飛仙家

柳

開桃遮杏半含羞罥蝶藏鶯可自由別路與誰同悵望春光無汝不風流埽來一色琉璃帚輥處千團白雪毬莫向長干更回首有人愁絕在高樓

裊裊婷婷各樣姿一枝枝只要低垂東風本自無拘管人世

誰教易別離句糝白氊鋪坐具冷凝青眼盼春期濛濛細雨清明候斜搭秋千影畫旗

崆峒紀游

一溪新漲響淙淙密栁行邊過小莊占好峯頭先架屋鑿空山腹便成梁林禽自送鉤輈語藥草多來合和香莫問軒轅有遺跡眼前人已到羲皇

絕磴劖梯度幾重肖形造物巧遺蹤晴雲細裊香鑪峽斜照孤明蠟燭峯翠影倒懸中隖埨梵聲吹落上方鐘年來濟勝嫌無具險處須人等駏蛩

後嶺前岡信步迴一層坡閒一層臺直穿詰曲崎嶇上始覺玲瓏破碎來兩犢鬬煙耕殹窟隻驢肩水跨雲堆牓窠大字何人筆劃破花陰半壁苔

浩浩罡風幾劫灰皺紅皴緑自成堆歸雲只在窗間宿飛鳥
翻從地底來雨驥垂駁奔玉㵎萬靈翹笏擁星臺夢中疑到
瑯嬛室金鎖牢扃不可開

壬辰季秋重游崆峒住山中十日游歷所至卽景襍
紀

數竹量松入苦吟跨谿淩壑耐幽尋佛堂廢後花無主塔院
荒來草漸深頗爲淒涼添古意卻緣蕭寂契閒心不須重問
當年事俯仰中閒自古今

緩步林閒信所之晴光冉冉㩡秋絲幾番鴻爪悲陳跡兩度
鷦鷯認舊枝絶巘最宜雲散後閒窗又好月來時憑誰挽得
南溪水一洗東堂疥壁詩

病嫌塵市苦糾紛遯入深山鹿豕羣林屋晴喧千樹雨巖霏

曉漲一樓雲搥廚蘭別名屢倩樵丁覓水引切麵也初勞衲子分飽食閒眠何所事松窗細讀柳州文

咫尺幽溪自往還紫苔蒼石碎斒斕葉乾錯認風鳴雪竹裂時聞谷應山算斗量金難換老論牀堆笏不酧閒名匾大有誅茅地借問何人肯閉關

斷麓橫岡莽互迴小橋南畔一徘徊流雲低搶松梢過激水斜穿石穴來天地有情終不老林泉無主為誰開閒游莫問興亡跡回首昆明幾劫灰

重游崆峒

宿雨新晴曙色催飯餘邀客上山來麥黃水自笄頭出卵碧天如鏡面開本為尋僧敲北院還因訪鶴到南臺童奴淨埽松間石趺坐苔陰著一杯

清溪涉馬踏銀沙峽轉林深路更斜村外纔經連夜雨山中又換一番花拈豪擬畫滕王蜨撫劍休驚白帝蛇只向錦囊添好句勝游歸與故人誇

映花穿樹互窺覘人影縱橫步騎兼疊嶂似屏圍曲曲亂峯如筍立尖尖倦依禪榻鑪烟靜渴愛僧瓢水味甜獨釋煩襟除妄想解衣聊喜散梅炎

行穿蒙密上巑岏折磴懸崖度幾盤攬勝襟期千古合好奇身命一朝拚危塗屢向過時怕眞境翻疑夢裏看驚起仙禽輪翅去游人拍手在雲端

東歸留別八首

僕以康熙庚寅四月守平涼壬辰九月罣議落職二三故舊時時見存今且將別去友朋贈處烏能恝然又四

五年閒往來邊塞所聞所見或附於篇

孤蹤迢遞落邊城敝屣麄官一擲輕射虎何曾侯李廣牧羝幾欲老蘇卿百年已分匏瓜繫半夜居然馬角生揮手關門謝朋好夕陽秋樹晚笳聲

回車豈敢效王尊投老班超入玉門三尺果難逃吏議一麾久已負君恩青蠅點豈饒完璧白日光寧照覆盆廷尉至平臺諫直孤臣心跡與誰論

去馬來牛一霎塵浮名誤我作勞薪早知靈運難成佛誰信曾參不殺人未免移文愧猿鶴何妨歸興託鱸蓴賣刀買犢吾休矣聖世田閒有幸民

吉凶那用問神蓍榮落由來有定期不計輸贏麄了局畧知甘苦莫言醫毒逢水弩元難避病到杯蛇最可疑枉費心情

陵爾雅渡江鹵莽食蟛蜞

流行坎止信前緣淹滯秦西倏五年鼷鼠依蛩原少足蝸牛上壁已無涎飢來欲乞陶潛食窮極難酉杜甫錢屢誤瓜期堪一笑今朝眞許賦歸田

不是征夫也白頭一聲哀雁萬山秋綱茶種馬開邊市厚貉豐貂選大裘節使莫忘嫠婦恤書生慣作杞人憂浩亹河與允吾谷誰上籌邊第一樓

擴清亭鄣到河湟一范軍中用意深小醜豈容窺雁塞舊田自合返甌陰預防蠶食營桑土蚤使鴞音革泮林從此邊庭烽燧息野人安穩臥青岑時寧夏范總鎮時捷方復察罕託合河套

牽絲刻木技如何傀儡登場一刹那竹馬才聞迎郭伋羽書旋見代廉頗陳人多似風催葉逐客忙如水疊波同著南冠

先脫絷諸君早晚唱驪歌

菊花

耐久相看擬入林澹交也有歲寒心問渠何苦淩霜出舍我
誰能冒雨尋東道幾時貽綠酒貧家非分得黃金只應寂寞
西窗下閒伴詩翁仔細吟

桂花和陳省齋

人間何處有天香一曲回闌送晚涼葉罅露凝蠶子白苔心
風慘麴塵黃珠毬蔟蔕纖無縫銀燼懸絲細有芒吟斷秋蛩
夜蕭瑟金魚牢鎖鬱金堂

函谷關

若將形勢數西秦扼塞山河果要津可惜泥丸封不住雞鳴
又見度關人

查嗣瑮字德尹號查浦海寧人愼行弟康熙庚辰進士歷官翰林院侍講有查浦詩鈔

查浦姿稟穎敏早歲即以詩名與兄初白方駕聯鑣海內目爲查氏二才子庚辰癸未相繼入館閣同官十年先後歸里是時皆年逾七十查浦自號益睡翁對牀風雨樂意不減兒時乃以家難牽連闔門塡獄挫戸及于寬典幸獲生全方查浦流戍陝右時初白以詩送之云吾衰虞死別汝健必生還或者詩成讖他時一破顏然查浦竟終于戍所初白得歸未幾亦卒論者皆惋惜之所著有查浦輯聞南北史識小錄音韻通攷諸書府志入文苑傳

牐河謠

朝宿分水暮宿分水水分南北客逢牐止牐本爲官不爲民堂子遞灌非通津鮮船纔過糧船泊前板未抽後板落民船嘈嘈重纜索

將游武夷自甌寧入建陽途中偶成

朝烟作霧寒濛濛肩輿似水浮艨艟風回霧斂忽見路危橋裊挂三枝筇空山聞雷卻見日雨脚已過西南峯南峯迎客復避客出沒不受浮雲封眼看得晴雨亦好翻覆何足關心胸不知何年來起蟄滿壑幻出千蛟龍張髯奮鬣矜爪觜失地變作仳離松山田梯水高級級野碓鑿澗寒蔘蔘老農習嬾午正睡一聲布穀催春春覺來掬水方洗眼笑看過客何悤悤我來不受塵事役原與猿鹿相追從幔亭錦幄渺何許即此已足耽游蹤泉清酒香野店淨當壚女插山花紅百錢一醉萬慮失去路隱隱隨遙鐘

重過法界寺樓見許華野蘇月槎壁間詩

十載題詩客茫茫去住中殘僧疎磬月游女落花風山入虛窗碧苔侵壞瓦紅龍紗今不見空賸壁西東俗傳羅隱題詩云起了東廊倒

西廊寺遂不能全葺

賈太傅祠

陳書痛比秦庭哭作賦情同楚奏哀已遣長沙憂不返如何宣室召空回身逢明主猶嗟命天奪中年亦忌才此日題詩還下拜也如君弔屈原來

題兄夏重放鴨圖

不知何處稻粱多一片空灘插槳過多少鷗羣上天去惟應容爾占滄波

莫因善鬭入豪家莫以能言向客誇來就先生一船宿夜涼同夢入蘆花

沈宣字似曾號文山仁和人陜西長安籍康熙庚辰進士官戶部主事

偶泊

海鷗何事更相疑游宦于今已息機偶泊一舟南渚上雲濤烟樹影依微

沈近思字位三號閻齋又號俟軒錢唐人康熙庚辰進士歷官都察院左都御史贈禮部尚書太子太傅謚端恪有天鑒堂詩文集

端恪家五杭村九歲而孤貧不能存活送靈隱寺為僧主僧憐其慧使之讀書應試有項翁者奇其才以女字之年二十一入錢唐學就婚有期矣主僧悔閉置寺中予以披薙于是郡縣三學諸生連名訴學使者主僧懼始出之合巹之夕尚以髮辮綴帽成禮焉逾年即通籍生平沈潛于六經儒先之旨遠宗朱子近紹稼書坐右嘗書伊川涵養須用敬進學在致知語自勵初宰河南臨潁修倉積穀以備豐凶築孔家口隄永扞水患遷粤西南寧丞以彊直不合于上乞病歸讀書授徒不入公府雍正初元召授吏部郎中不數年間遂總臺憲前後封事凡十數上時方議耗羨歸公已得旨允行端恪力爭于朝曰今日正項之外添耗羨他日必至耗羨

之外更添耗羨他人或不知臣起家縣令故知其必不可行 世宗曰汝爲令亦私耗羨乎曰非私也無是無以養妻子 世宗曰汝學道乃私妻子乎曰臣不敢私妻子但不能不養妻子若廢之則人倫絕矣 世宗笑曰朕今日乃爲沈近思所難 世宗一日問之曰汝嘗爲僧于宗門必多精詣盍陳之曰臣願陛下爲堯舜不願陛下爲釋迦臣即有記安敢妄言以分睿慮 上改容頷之丙午主江南試 御賜詩章以寵其行蓋異數也所著學易學詩讀論語注隅見錄小學詠勵志襍錄貞味詩錄皆理道之言府志入名臣傳

悼亡二首

嗟哉君之人天賦幽閒姿厥德正且和靜恭禮自持六年不外出十二喪萱慈行止在中闈鮮言惟其時孝友有至性父兄每稱之今夏歸于我病巳不可支將死始含悲拱手啓余知惟曰子讀書此外無一詞

相聚六月望相別七月七于嗟百年期二十有二日秋風何太肅摧我幽芳質彩雲不可思去之亦云疾秋去冬又來饑

中舊時瑟將理不忍彈傷哉我無匹非子之情兮實子之德
壹

得麟兒凶信用栁子厚韻

心死寒灰不復然那堪腸斷鷺江邊離家遠隔三千里養汝空勞十八年東野有書難記日（鹿友李先生來云兒歿于七月不知其日）西河無罪欲呼天一棺遙望秋風冷痛絕蘇隄敗栁烟

夢中得句

憶昔靈山學道初雲堂趺坐度三餘旃檀夜爇熏銅獸貝葉朝翻響木魚月色泉流心地淨松聲嶺落耳根除何緣忽墮紅塵網二十年來一夢如

曹三德字安道號日亭海寧人康熙庚辰進士官內閣中書有東山偶集

過語水

一雨結寒綠孤篷泊語溪烟圍城角冷水擁市橋低人影黃花外秋情紅蓼西離家才百里鄉夢轉淒淒

范允鏘字用賓號愚溪又號橘洲錢唐人康熙庚辰進士歷官山東道御史有結廬詩鈔閩游草花市吟南平集

橘洲初宰安平時滅征耗禁飛派嚴盜賊時糶糴循聲卓著行取主事旋入臺垣以言事忤旨謫坐臺站尋放歸里黃宗羲稱其詩清逾蘋末瑩等寒泉唐孫華稱其詩上之可追溫李下之可方皮陸

落葉

落花不上枝花落子還成春氣無衰歇一一含滋生秋來木葉乾摵摵下前楹碧梧響哀砌萬卉隨先聲婆娑變枯腊老幹猶力撐風定未全脫短髮三五莖一朝霜露浴力盡莫敢爭呼童急縛帚刺眼殊棘荊胡然嬾不埽以待燒茶鐺

濬城河

濬城河濬城河居人拍手且笑歌曾聞桑田變成海幾見平地開成河多少豪家恣兼并魚鱗按冊將誰何縣官任德不任怨此事到今空蹉跎中丞趙公撫兩浙期年通政人民和河陽王峯先生裘生叩馬陳時事地形圖畫如旋螺公展此圖忽有得是我之責誠非他舊隄新井各無恙胡不掘泥揚其波與民期以三日約巧侵豪占吏所訶莫謂家貧不中徒急移故壘巢新窠千夫荷鍤齊下土倚而立者提筐籮前于後喁聲轉屬鼙鼓弗勝空鳴鼉汙萊既闢檻泉出風吹縠漲開微渦岸容如削周遭在危樓飛閣臨嵯峨河橋燈火光于月客來渡口浮舟過錢唐都會百貨集行舟捷勝駿馬馱生民樂成難慮始臝裘三月羣言訛君不見數斗黃泥一石水白公隄

畔高陂陀

送盧公住清波菴

遂初聊爾避將迎覓得幽棲不署名節傍重陽標菊社逕從初地枕東城飽餐藜莧天應許老愛湖山世豈爭不著幽禪高講席桐魚小叩盡聞聲

閩南歸後惜分攜便染塵埃十丈緇相望正當無雁處乍來卻值有花時龍眠丈室雲畱影月到空林鳥踏枝任喚迂翁呼漫叟靜中觀物復誰知

吳之錡字燮公仁和人康熙庚辰進士官禮部主事

贈林鳳溪明府

九龍派衍舊家聲製錦鸕湖著令名皓月一簾冰玉潔春風百里鑑衡平膏流蔀屋民多樂澤徧荒村犬不驚始信雉馴

稱異績謳歌到處頌廉明

查愼行初名嗣璉字夏重後更今名字悔餘晚號初白老人海寧人康熙癸未進士官編修有敬業堂集五十卷

初白先生世居海昌袁化鎮五歲能詩十歲作武侯論同邑范文白驤稱爲曠世才既長游于黃宗羲之門所學益進領京兆薦越九年方赴禮部試值詔選耆儒以宰臣李光地薦入直南齋年已將六十矣一日天雨雪偕諸臣侍左右　聖祖顧之曰查愼行風度爾雅因徵御饌以賜　上幸南海子捕魚命羣臣賦詩先生有笠簷蓑袂平生夢臣本烟波一釣徒句甚稱旨俄而內臣傳烟波釣徒查翰林蓋同時有聲山學士故以詩別之此與　唐韓翃同爲玉堂佳話歸里後以弟嗣庭獲罪將連坐　世宗素稔先生端謹乃獨見原放還田里未幾卒年七十八所著有周易玩辭集解十卷蘇詩補注五十卷隨獵日記人海記游得樹樓雜鈔各若干卷府志入文苑傳

石鐘山

鄱湖吞天來噴薄南出口江流不能敵抵北乃東走懸崖峙

西灣水勢埽如帚孤城艮其背外扞賴兩肘靈區聚神姦石狀襍妍醜平鋪理橫截㫄鏬中劈剖熊羆飢攫人奇鬼起援手蜂窠挂篙眼鳥卵破甕缶一一皆下垂中空無一有有時應鞺鞳照影見星斗忽然風喧豗聲作蒲牢吼年深追蠡壞兼恐石斷紐惜哉坡公記石刻泐已久茫茫宇宙閒孰是眞不朽蘇公石鐘山記舊刻于南鐘石上明正統已巳石裂仆于水今失其處矣

早發齊天坡

山偪嵐氣侵仲夏曉猶冷離披馬鬉溼十里霧未醒流雲莽迴盪陸海開萬頃東日生其閒金丸上修綆殷鮮一輪血倒射卻無影蒼茫樹浮藻參錯峯脫穎攀躋足力窮目賞得奇景方知夜來宿乃在最高頂

雪後蒙陰道中

日出天忽高山寒雲不附峯峯帶晴雪遠近畢呈露馬蹄碎瓊田蛇尾曳絲路草枯燒不盡白者疑伏兔飢鷹下攫之注目始知誤糾然攫身上卻立槎枒樹樹更僵于人咆哮風正怒何處問旗亭衝寒背城去

出雲篇和西齋

山以東得名羅列非一嶺兒孫丈人行屈首殊未肯今晨天忽雲晴色變滄洞蒸蒸氣浮盎冒冒烟上井衆峯處囊中刻露錐出穎一峯獨埋沒有物踞其頂陽烏從東升對射卻無影林寒不受照萬象淒以冷大風西北來作力一何猛奔逃脫鱗甲破碎寧復整正賴湖腹寬吐吞在俄頃山人耳目炫夢囈喚初醒重看莫嶅高乃若裘挈領

畫叉

我有古玉器裒諸片靑瓊炯如一鉤月映出初三天纖纖銳兩頭弓勢未扣弦下連徑寸靶中竅外規圓愛惜徒手摩致用無由緣昨得桃竹杖肌理細且堅命工稍斲削冠玉于其顚呼之曰畫叉古製想當然東坡昔居黃臏有挂壁錢持叉日取百月費猶三千我今巳鐫俸仰屋方高眠夫豈有餘資貫穿梁上懸叉成等無用一笑仍棄捐何如刻作鳩扶我歸農田

送少詹王阮亭先生祭告南海

祝融南都水環匯赤龍渴飲九州外扶桑日枝萬丈高呑吐晨昏變明晦颶風磨旋鷖帆片霎雨珠沈蛟室琲幻呈綵縷現蜃樓淡八蒼烟失鼇背不知靈封畫何境禹鼎無從辨疆界元和一老去作碑廟貌千秋遂稱最茫茫元氣收不盡好

手何人復堪代康熙甲子　帝東巡特遣軺車告時邁瑯琊先生銜命往嶺嶠星明指華蓋祠官奉幣紛趨蹌天使陳詞虔跪拜靈旂肅肅雲蓬蓬一氣流通百神萃向風海鳥聽鐘鼓有眼蠻人識冠帶時清邊徼無烽燧道遠詞臣多紀載公之文章在館閣每借名區發雄概曩時蜀道今海邦盡洩光芒天不愛後先人物諒無幾寸地彼此恆相待所傷或從遷謫到終恐才鋒束機械如公擁傳眞壯游直放胸期寫豪快豈徒榮遇際曠典已見風流壓前輩佛桑花發啼鉤輈幾日歸帆下瀧瀨還朝快作紀行篇浩浩洪波納千派旁人若問陸賈裝徑尺珊瑚手親碎

豫讓橋

趙入宮臣廁中趙乘馬臣橋下區區欲報國士知可憐一死

何能爲君不見博浪一椎雖不中置身事外非無用首四句姜西溟舊作也詞意未盡爲足成之

夷門行

秦師圍困邯鄲城趙人乞援如乞盟信陵重以姻婭故坐視不救非人情三千私客赴急難致死一戰猶堪爭今者無端傾國出不以君命俄專征宮中符竊嬖倖手閭外力奪將軍兵鐵椎碎首彼何罪汝自徼幸貪功成誰爲此策大紕繆公子幾陷無君名生平下士頗折節慚媿虛左親相迎私恩不負負大義二者較量孰重輕先王正道日陵替術士詭計方縱橫不聞死事憫晉鄙但見好客誇侯嬴史遷本意喜任俠公論久掩吾不平千秋事往一感嘆弔古聊作夷門行

朱仙鎮岳忠武祠

平生感憤興亡際，往往無端供裂眥。晉之懷愍宋徽欽，失國偷生本同類。兩家子弟又庸下，南渡誰論復讐義。千秋乃有岳將軍，欲雪斯慚出奮臂。曾經讀史浮大白，況到提戈用武地。一條衣帶指黃河，倒捲狂瀾作餘勢。當時大業已垂成，談笑收京俄頃事。乞和語出金人口，二帝歸如反掌易。南內何妨奉上皇，中原未必虛神器。可憐計算不出此，姦相逢君有深意。朝廷不要兩宮還，那許邊疆壞和議。乾坤震蕩功百戰，性命風波獄三字。湯陰故里虎林墳，幾處經過頻灑淚。豈如此地更悲涼，血裹征袍等閒棄。二百年來祟廟貌（祠創于成化戊戌），兩行檜柏干霄翠。北風怒吼白日昏，猶有英雄不平氣。

蘆洲行

江干積薪如列屋，巨艦裝來聯萬斛。天生此物充正供，歲歲陳根發新綠舊崩沙岸冊未除新漲荒洲報方續三年一丈久成例增減何曾量盈縮不知此課起何年坐待摧枯涇同東我聞王政有遺利藪澤閒田聽樵牧如今尺寸籍農丞作俑必由桑與卜踏地輸租爾勿慳逃空那得出人閒但看歸雁知人意不敢銜蘆徑度關

送旅行

行人爲客居人主聊以稱呼代爾汝入門不揖出不辭主今知客卻爲誰等閒無事休爲客幾箇相逢尚相識相逢相識非不多賢於逆旅能幾何用王半山轉韻體

釆石舟次喜遇介菴叔卽送其游楚

半載家書斷相逢喜欲狂細微談近事安慰當還鄉別夢吳船隔征途楚水長忍辜今夜酒明日况重陽

留別吳梅梁表兄

幾日重陽兩兩晴天忽寒北風醒別酒落葉打征鞍不計授衣晚欲爲分袂難他鄉老兄弟情到勸加餐

藥師周晬

去年傳遠信錫汝藥師名我老歸初見兒今齒已生但求無疾病不敢望聰明撥棄人閒事猶餘膝上情

韶州風度樓

公進千秋錄開元極盛時知幾同列少去國一身遲終始全臣節安危動主思高樓瞻畫像風度儼須眉

雨後龔蘅圃攜酒古藤書屋分韻得能字

結鄰君最好旁舍綠陰增榻愛同時設門教一僕應異書便借看新句急催徵許我時相就衝泥到亦能

留別仲弟德尹　二首錄一

雞聲驚起對牀眠纔說江關便黯然與爾未曾經遠別得歸難定是何年渡江風物悲元亮懷土人情感仲宣瓦屋三間門兩版頻煩爲我埽東偏

沅江縣治濱湖居民皆漁戸水盛時舉家乘舟入湖秋冬水縮則結茅沿岸住

官舍無城傍水濱鵁鶄鵞鴨半居民疎鐙幾點夜呼渡老屋百家秋結鄰岸曲蘆深長響雨船頭魚健欲驚人饒他小縣輸漁課賦斂湖湘俗久貧

題桐城王方日所刻亡友蔣度臣詩集

不是無家忝別離蓋棺事了始歸期半生好客皆情累一第成名亦數奇篋底有金貧肯借人間無路老方知最憐湖海

元龍氣收拾光芒入小詩

回思腹痛平生語謬託知音撫絶弦長恐雲烟隨變滅忽驚珠玉已流傳九原可作應相慰同調無多又自憐不覺餘哀生感激爲君展卷一潸然

癸冬展假病榻消寒聊當呻吟語無倫次録存十六首六錄

臥看星回晷景移流光冉冉與衰期八言宦海藏身易自笑生涯見事遲夜似小年寒漸信病非一日老方知惟餘蓴菜思歸興蚤在秋風未起時

憶昨公車待詔來徵名忽忝廁鄒枚　主恩不以優俳畜士氣原於教養培身作紅雲長傍日心如白雪漸成灰依稀一覺游仙夢初自蓬山絶頂回

兩露榮枯其一天塵沙聚散幾同年車摧卻怪蓬猶轉玉碎
何圖瓦幸全蟻穴冰封殘雪後雁程風緊夕陽前故人珍重
留行意謂揆瑒兩院長回首觚棱自惘然

盡遣兒孫歸故里尚留弟姪伴他鄉囊空預借三年俸祿入
粗供四口糧隨身止三僕近領俸米六石足支半年矣舊積詩逋呵凍了近添酒
債典衣償蕭然此外無餘欠領取南窗枕味長

海內連年喪老成南傷秀水北新城竹垞先生歿于己丑秋阮亭先生于去年下世
讀書自要師前輩知已誰能託後生此段人情看爛熟向來
士習例相輕笑他江左衣冠族誓墓區區爲角聲

童時了了記觀河六十三年忽已過眼暗耳聾知老否葛涼
裘暖柰身何一帆去國談何易萬卷無家累亦多愛惜精神
圖省事明年兼擬謝詩魔

月下渡揚子江次西溟韻

妙高峯下曉鐘撞隔岸吳船正發幇風露一天人擁被櫓枝搖夢過春江

曉過趙北口

十里風埃過鄚州忽開雙眼見清流綠楊影裏平橋路數盡漁船數白鷗

大雨過玉蝀橋

雨聲衝破影中天百尺長虹萬頃烟鷗鷺不爭車馬道自遮荷蓋傾雛眠

曉過鴛湖

曉風催我挂帆行綠漲春蕪岸欲平長水塘南三日雨菜花香過秀州城

陳世倌字秉之號蓮宇海寧人誥第四子康熙癸未進士

歷官文淵閣大學士進階太子太傅謚文勤

文勤撫山東時方有蝗災單車密訪損稼重輕且察諸吏賢否具知其實而後視事嗣以事被劾 詔往江南治水自効濬吳淞白茆諸江事竣起爲副憲入閣後會淮揚大水復 命乘傳行河勘議入告皆有確見以衰老乞休 予告回籍 賜詩寵行將就道卒于邸第計自釋褐入詞垣敭歷中外五十五年以功名終世皆榮之府志入名臣傳

戊寅仲春將出都門留別同朝六首

追陪 紫殿愧齊肩心佩儀型十七年燕國文章推巨手鄴侯風度儼神仙東華並馬趨鈴閣西苑連茵侍 御筵齒序同朝慚最老合先諸老賦歸田

層霄斗極九天臨履跡衣香在 禁林時論共推霖雨望諸公須竭歲寒心每懷補職成虛願虔聽嘉謨矢好音豈戀江

湖辭　魏闕差將白髮對華簪

著作聲華重　帝廷難忘風月是頭廳　九重載筆題仙籍

幾輩乘槎仗使星視草蓬池春爛漫校書藜閣夜青熒儒生

結習心猶在欲藉餘年老一經

上苑花開聽鳳鳴南司車過避驄行漫持丹筆來先後（余曾兩入西臺）每伏青蒲憶弟兄（余父叔兄弟官執法者五人居臺諫者六人）已看霜容同鐵

冷仍期笑口比河清竹埤梧掖縈歸夢最愛臺垣有直聲

鐵網頻張學海瀾祇憑虔惕寸心丹由來科目人爭重郎語

文章報亦難共勵松筠堅晚節獨慚桃李屬春官昇平努力

期公等老眼還將拂拭看

來往長安六十年（余于丁丑歲暮隨先君子入都距今出都恰六十年）不辭青鬢換華

顛衣冠會比枌榆社　輦轂花明玳瑁筵（兩浙海寧各有會館於每歲正月宴

集同人入耳纏綿鄉語熟登堂几杖典型傳館內有三賢祠春秋兩祀以報先德春明門外柴車路梓里情牽倍黯然

陳邦彥字世南號匏廬海寧人文勤公從子康熙癸未進士歷官禮部侍郎有墨廬小稾侍郎少孤世父乾齋撫教之總角即工書筆意酷肖董文敏乞書者踵相接官編修時入直　內廷　御製碑版文章繕寫多出其手府志入文苑傳

書楊大東厓賞花詞後

粉白脂紅鬬豔香冶游還逐少年場輕盈態度依楊柳細膩風光上海棠好鳥有情當客語狂蜂無賴爲誰忙江南才子多閒思收拾繁華錦一囊

查嗣珣字闇瑛號東亭海寧人康熙癸未進士官安徽太和知縣擢吏部主事有榮古堂集一卷

湖人患水不常積葑列椽其上隨水高下以漁爲生

野鷺依沙靜人家逐水浮葑枯鮭作菜浪涌屋爲舟尚有魚梁賦而無烽火愁此居如可寄吾欲趁東流

田家鎮

青山圍四面小聚楚江頭暮雨翻鴉去神鐙逐水流簾鉤堪倚醉簟影欲生秋驛路更籌急眞令我欲愁

九江道中

蒼涼城郭夕陽斜官鼓隆隆晚放衙古路沙風吹蘚石女垣斑雨長苔花幾人吏治驅飢虎隔岸軍容起暮雅食肉封侯應努力生還莫道玉關賒

高徐基原名岑字爾詩海寧人康熙癸未進士官庶吉士府志楊姓陳

贈周允開 名初

對月懷周子新詩復幾何乘牛讀漢史叩角出商歌我志甘爲客君才自不磨還思相見日湖月共婆娑

又贈

古瓦積垣蔓草多杜門枯坐意如何吳天月落啼山鬼湘水蘭生怨楚娥寄遠空勞金錯贈銷愁何惜玉顏酡美人回首悲遲暮莫遣風流逐逝波

許田字莘野號畾農錢唐人康熙癸未進士官四川高縣知縣有亦快閣屏山西征燕邸前後等集（輶軒錄一名畾字畾父一字改村號青塍）

畾農少以能文與兄霜巖齊名號大小許始以貢生爲龍泉訓導釋褐作令頗有循聲少時曾刻集問世旣而悔之謂無一篇可存急毀其板西征集則晚年之作也

人日和絨菴用昌黎韻

春氣纔一吷景色巳堪弄僵栖漸含暉潛鱗猶負凍隗臺既難尋孚屐亦焉用與至具觴酌歡極洽賓從野薺青可擷盆梅香許共閒枰聊手談歸禽姑目送芳辰逐車塵淸夢繞湖葑檻猿豈易馴籠鳥急須縱殊鄉怨留滯遠別愁倥傯達哉彭澤翁五斗安足重

蔗村黃門祖芃生錢公殉節詩

閩嶠恃阻險猰貐風未熄　王師誓埽除揮戈翦荆棘桓桓芃生公獻策捷屢克山陬在肘腋掎角相羽翼飛符俾專任時委任將樂令志豈戀雞肋瘡痍勞噢咻鴻雁賴安集詎料嘯聚徒攻掠紛四出嬰城務死守督戰忘朝食糧盡民力殫援絕兇焰逼捐軀委沙場裹尸借馬革風雲爲效靈天地亦變色事

平卹典其寧有向隅泣竟爲吏議沮忠魂抱屈抑古道屬畏壘廟祀見遺直輝映劉將軍浩氣並充塞文孫念祖烈語次輒於邑當今 陛下聖何不拜疏入易名勅崇祀庶幾勸盡職

望華山

入關朔吹催隆冬芒鞋踏凍來宏農太華嵯峨當面落半天露出青芙蓉三峯窈窕各有態仙掌厓日月巖迴蒼龍嶺希夷峽古贔蜺骨公超市寂餘喬松崔嵬雄鎮跨三輔氣壓泰隴當河衝雲呑霧鎖吐光怪烟霏月出聞笙鏞呼吸帝座眺落雁緜亘地脈聯臨潼秀削千丈入閶闔混茫一氣通洪濛豈乏精靈鍊神氣忽覺星斗羅心胸司天少皞秉肅殺迎秋白帝含鋩鋒茲山突兀信奇峭衡恆嵩岱同爭雄韓公賈勇

亦好事投書訣别留遺蹤此老亦是未聞道如何辟穀棲仙
宮我行萬里若稅駕潦倒浪跡如飛蓬誓當脫屣來此住下
視塵世真雞蟲

宿草涼驛

誰闢蠶叢險勞勞驛路西斷崖依峭壁飛瀑響危溪野鹿呼
羣過清猿對客啼草涼樓上望如笏萬峯齊

潼關二首

雄關扼塞係存亡折戟沈沙古戰場地指中原嚴鎖鑰山蟠
太華壯金湯鯨鯢直下龍門近漢隴斜連鳥道長王氣已銷
八代改惟餘衰柳管殘陽

岡抱河吞禹鑿成峨峨形勝俯咸京嬴灰楚焰風俱熄漢苑
唐陵草又生沙磧留人呼野渡塞雲催雁過高城黃圖自昔

稱三輔纔見秦川一掌平

蜀藩故宮（今改試院）

名藩宮殿已成塵斷礎荒臺迹未湮巫峽風烟迷白帝錦城佳麗怨黃巾嬌鴉竟日猶啼樹燐火中宵欲近人華表已摧遼隺去棘垣空鎖不知春

晚春即事

十笏閒房小似舟零編斷簡滿牀頭苔生迮地春烟冷（杜詩古苔生迮地）荔覆低垣夜雨收燕子不來三月半桃花無賴八分休即看芍藥誰爲壻詩老通詞寄蹇修（孟郊詩芍藥誰爲壻人人不敢來惟應待詩老日日殷勤開）

章藻功字豈績錢唐人康熙癸未進士官庶吉士有思綺堂詩集

豈績爲淇上先生士斐第三子淇上明之老諸生也生于萬歷甲寅歿于康熙甲寅年六十一有花隱亭遺集惜佚不傳生三子長勘功字服伯次撫功字仁豔次藻功俱見稱于柴省軒先生豈績師陸拒石尤工駢體入翰林僅五月即引疾歸奉母不出楊自西侍郎稱其事親孝事兄恭與人誠蓋非獨文章之士也初卜居横河橋作息廬小序後又作信圖賦云圖在居宅之旁宅南爲佑聖觀又丈許爲巡鹽御史官署園中仍以花隱顏其亭云府志

入文苑傳

同家兄服伯仁豔鐙市作

十戸中人產花鐙一夕看明星飛火遠朗月出光難錦幔藏龍艦（刻木爲龍舟張鐙數百杭俗最盛）紅裙據馬鞍毋然啼暗壁攜手步蹣跚

兄弟相將好年年出處齊適觀隨遠近信步可東西爆竹兼風過鐙花著樹低喧闐歌吹客莫必問飢啼

壬戌移館阜園

假館謀生拙因人作計難可曾易斗米各自授盤餐懸榻當窗下張鐙把卷殘奔波莫漫笑風景好同看

可是嚴陵瀨（謂定隅）還分陳仲居（謂叔毅）留賓無制席作客亦同車罷釣溪魚喜攜鉏徑草除我來翻寂寞欲寄主人書

雨

夢回滴瀝又聞聲昨晚鐙花似不明久雨尋常拌寂寞急晴一半望收成乍驚小冷單衣早漸覺微赬數盞傾菜甲豆丁生計足百錢還欲覓蓴羹

燕

簾外堂前下上呼依稀認得主人無經營盡日雙棲所辛苦經年一弄雛無恙幸還尋舊壘（去冬厄于火者于家）即飛各自去長途碧紗紅雨閒消受且試春風到座隅

紙鳶

五色牋裁巧樣鳶春風送汝上青天一時便作雲霄勢十丈仍于掌握牽未假羽毛輕且薄似存皮骨碎還聯兒童誤認沖飛去跕跕須防墮水邊

金魚

生趣無過是養魚小盆擺列近庭除如金如玉十分似不短不長二寸餘略動紗兜攢影出（兜以紗爲之乃施魚食者）慣銜薀草弄晴初也知未必成龍去濠濮居然在息廬

內子死十年矣每依依夢中覺成一首

每于五夜夢中逢兩地傷心隔萬重怪我別離輕作客看他兒女長如儂米鹽瑣屑生前話面目依稀病後容十載墓門風雨夕昨朝新植一圍松

兒子繼泳病餘頗刻意爲詩禁之不得也

每于參朮覓生涯漫向詞壇借一階病若有心那便愈詩如無意始爲佳聲名不易先人得醉醒何妨與衆皆但飽三餐強健在五千書卷任安排

從吳友索得大兄遺筆以詩題畫併柬謝之

秋聲可但寫秋容鴻雁橫空毛羽豐不道平沙眞調絕只今異路嘆途窮臨池春草詩都廢破壁寒松畫最工兄館于吳醉後畫松壁上眞有百尺龍鱗之勢珍重阿兄遺筆在延陵一諾死生同

閏三月晦日遣懷時寓吳山倪莊

得返家鄉但浹旬曾從千里走黃塵也知避俗須高隱不信辭家可救貧難得半生閒散日幸留一刻閒餘春憑闌極目今何處柳色參差卻解人

坐靈隱澗西紅葉甚盛東邀楊以哉先生

春花有葉分疎密秋葉無花一色紅爲報籃輿須早晚但宜霜後不宜風

趙殿最字奏功號鐵巖仁和人康熙癸未進士歷官工部尚書

退菴氏曰鐵巖歸里後居丙舍五年遺命不用赴狀不備儀物爲近世大臣所未有府志入名臣傳

題淸漣居士長夏課孫圖二首

凉襟坐磐石繞膝過庭墀爲愛書聲好何妨長夏時桐陰紛碧砌荷淨貼淸池半部今能繼閒情自在茲

而翁眞矍鑠孫子待鋤經鬚喜雙絲白瞳憐舊日靑薰風來玉樹淸響徹花庭愧之池塘句披圖誦德星

從子誠夫以詩見贈次韻荅之

閒居瀟灑樂春溫菜圃茶亭認近村歲月且貪花裏過兒童不厭市中喧看書反復難求解問字推敲未掩門取次將成終老計草堂已埽舊巢痕

吳焕字快亭錢唐人康熙癸未進士官福建興化同知有晚香堂集

快亭在官有惠政後卒于任相傳已爲興化郡神矣

宿韜光

前身我本逃禪客五十餘年又學禪耳聽暮鐘揚佛號夜看明月照蒲團貧游十載都成幻夢醒三更別有緣痛築劬勞一抔土靈山依傍願年年

盛宏遂字紫翰臨安人康熙癸未進士官福建興化知縣

紫翰工書善詩少有西湖四才子之名知興化縣捐俸修葺學宫築修范文正公扞海舊隄海患永絕以疾告

歸卒祀名宦府志入循吏傳

宜園

小池多半細苔封翠羽叢叢个影重古帖時翻頻落蠹春花未蕊已招蜂教成鳥辨常來客飼熟魚知傍午鐘愈信清狂能習慣況兼天分本疏慵

虞宏字武進錢唐人康熙癸未進士官山東新城知縣

武進以新城知縣降長沙經歷爲諸生時賣文爲活一日家人告米匱適有持青蚨五百乞文者欣然納之甫送出門又一友至愬窘迫之狀乞貸恰如其數遂以贈之而晨炊竟廢

金陵襍詠

雨花臺下竹千竿日日經過興未闌獨立高峯忽長嘯一時回首萬山寒

閒來詩畫有餘清不信窮愁累長卿昨夜雨殘涼月上一庭

槐葉送秋聲

吳陳炎字寶厓號芋町錢唐監生康熙癸未　御試一等
官山東茌平知縣有北征江右江東聯復等集

寶厓文名冠一時四方賢士大夫咸忘分與之交寶厓睥睨一切兀傲自若世風日鄙所處富貴貧賤相較有毫髮尺寸之殊則稱謂頓改俗例自翰林科道官以上即其向時故舊致柬必書晚生署名惟謹寶厓投刺則概書同學吳某京師諸前輩笑之謂爲吳同學以其高才亦不甚督過也康熙癸未年　御試詩文一等　召入南書房纂修後出爲茌平令寶厓嗜酒嬾漫吏事或非所長大吏以聞于　朝復　命入南書房而寶厓鬱鬱遂死未遇時有吳君以倡延之坐講席嘗假館于竹竿巷之白澤廟云府志入文苑傳

長至日過慧善寺訪心壁和尚因晤別菴和尚茶話

佳節渾難遣惟應訪化城兩僧歸萬里孤客話三生詩味茶俱淡禪心磬共清別來吾漸老那復事長征

將入廬山過甘棠湖

背郭一湖水田田蓮葉新亭虛浮斷檻栁暗渡行人隔浦遙
疑盡看山近逼眞匡君迎我笑雲氣往來頻

謝公宅廢爲國慶禪院感賦

謝公游賞地名勝路人知草掩園棊墅烟沈洗屐池影堂傳
粥鼓飢雀下松枝賸有東山石依稀高臥時

宛委山

玉笥青霄上無人躡屐來雙珪分日月一柱走風雷白晝山
狐伏青田石扇開我探金簡字多半沒蒼苔

至惠泉酒市夜泊

微風背郭蹙波紋纔入蘭陵日易曛山市泥封二泉酒人家
簾捲九峯雲停橈露重魚初上滅燭星昏樹不分最是夜涼
風浪起夢回一倍感離羣

謁練中丞祠

九死孤臣百鍊餘荒祠下馬淚盈裾地揮碧血痕應化（公瀝血書成王安在四字）檻折朱雲氣自如（公諫誅李景隆甚力）落日蒼涼侵俎豆悲風慘澹逼庭除空階不改冬青色長護金川玉屑書（公著有金川玉屑集）

道上襍感

家居豔說上長安身歷方知行路難五里有坊聯記驛三家成市便停鞍糲粗甘讓侏儒飽裘敝誰憐李子寒歷歷舊游渾忘卻雲烟都作夢中看

何堪歲晚更離家寓目驚心換物華牽犬健兒腰帶箭騎驢少婦面蒙紗塵多不耐侵眉目餅硬無勞累齒牙轉憶故鄉殘雪夜竹鑪松火自烹茶

農家米麥久登場門外閒看車馬忙豐歲窮民還似鵠荒田

亂石欲成羊好諛官去碑留字趨利人多廟有香自是太平
眞氣象喧闐簫鼓鬧村莊

布衾正煖促朝程擊柝初停殘月明破壁鐙光驚狗吠斷橋
鈴響識車行霜濃故向人頭染風勁偏從馬耳生不羨劉琨
中夜舞最無情緒是雞聲

四十自壽

富貴茫茫任轉輪一杯自壽樂閒身壯心偶動雞鳴旦庸福
應輸肉食人覓句未能除習氣擁書聊足傲清貧今秋見說
江湖大欲挽魚龍上釣緡

浪游久媿作人傭不及梁鴻暫賃舂六度廬山窺面目一番
滄海盪心胸行裝畧似秋雲淡歸興眞成晚岫濃惟有著書
才未竭從今閉戶種長松

國朝杭郡詩輯卷八終

錢塘吳慶坻校字

國朝杭郡詩輯

卷九　卷十

卷十一

第四冊

國朝杭郡詩輯卷九目 康熙四十四年乙酉至六十年辛丑以科目爲次

錢　泉　孔衍昌　柴載庸　沈元滄　王　濤

吳學禮　閔　珮　邵錫光　汪見祺　盧　軒

成廷楫　周　奕　曹　璡　汪泰來　沈世屏

袁宏譽　周本治　鄒允煥　姚三辰　陳世侃

章撫功　陳世修　吳廷華　汪　坤　許惟楨

吳日燧　周逢吉　許惟枚　沈元會　沈錫輅

查　祥　徐　本　吳　濤　鄭　江　徐聚倫

楊嗣震　俞敦仁　金　虞　吳問鄒　汪援甲

許大綸　厲　鶚　沈　塤　王　㬇　姚之駟

俞元祺　王元墀　孫之騄　祝秉貞　張　韜

俞兆岳　祝　宣

凡五十二人

國朝杭郡詩輯卷九

錢唐吳顥原本孫振棫重編

錢泉字景舒號錦山錢唐人康熙乙酉舉人

葯園在城東隅康熙中立夏前一日毛西河謝東山朱贊皇郭河九淇昉思姚立方王魯齋蘇月槎沈瑤岑朱方來顧月田周屆岩王履方柴陛升張蘭佩胡逸蘅雲浦曉蒼吳寶厓快亭尺鳬睆輪集此送春時錦山最少在末座成集唐二首其一用王建杜甫句每度暗來還暗去暫時相賞莫相違其二用翁綬白居易句百年莫惜千回醉一歲惟殘半日春各相顧驚絕

題朱鹿田刱曲集

十年曾憶志山經盡歷金庭與玉京今日披圖如遇故卻輸健筆敵長庚

早識尋山又謝公應虛左版待詩筒細探名勝皆邀盼幸訪仙源及薙翁

孔衍昌字旦華錢唐人康熙乙酉舉人

芭蕉

樹植繞庭砌綠雲生夜涼不知春雨苦祗覺秋風長弄影苔餘碧低垂月在牀早來堪愛處清露滴衣裳

柴載庸字汝揆號畦叟仁和人謙子康熙乙酉順天舉人官直隸永年知縣

蕪城除夕有作

征人歲晚息征途可有椒觴待客無驛路又舒新柳色村居也換舊桃符三更短夢同駒隙一夕長縈共酒鑪回憶白雲親舍近含情應向膝前呼

沈元滄字麟洲號東隅晚號晚聞翁仁和人兆乾子康熙乙酉丁酉兩科順天副貢官廣東文昌知縣有滋蘭堂詩集

麟洲本姓徐出嗣于舅氏沈遂承沈姓沈故吳興望族
明歲貢生首踼始遷仁和于麟洲爲五世祖麟洲居忠
清里早歲屬文爲前輩萬充宗毛西河所賞查聲山宮
詹以詩鳴夔麟洲之才遂妻以女故盧六以序麟洲詩
舉謝師厚之于黃山谷李德新之于姚武功爲比兩副
京兆榜時官詹奉旨分纂佩文韻府命麟洲排纂進
呈輒稱旨尋詔入武英殿書局總裁奏請考試
聖祖曰沈元滄學問朕素知之不必考試又嘗語廷臣
沈元滄書法趙董與其外舅同逌書成叙勞得文昌令
文昌舊以諸生充里胥作姦犯科不可繩以法麟洲曰
我知懲里胥耳何諸生之有姦民多畜婢私之有所育
即供使令更以誨淫取貲老大不嫁名曰錮婢因上其
事于大府勒碑申禁倣朱子社倉法勸輸貯賑民多感
德者而上官乃以讒劾之尋以同年牽累急徵赴部事
白矣卒戍寧夏以不勝寒而卒年六十入府志入文苑
傳詩分六集曰康瓠爲家居侍親及爲查氏贅壻時作
曰灌畦爲移居龍山時作曰今雨爲入直武英殿時
作曰紫貝爲官文昌時作曰勞薪爲罷官後自京赴粤
時作曰西征爲由粤赴京謫居銀州時作有三子
孟公房仲畹叔皆擅著作才而畹叔又以功名顯

雜詠

秘殿從容召對頻廟堂氣象若爲新難逢沙汰江河手合有

招延羽翼入種漆樊侯知備豫憂葵魯婦枉悲辛今朝聽說
朝陽鳳一紙封章新進臣
避世金門不厭深華顛短褐歲侵尋相逢北闕青雲客誰和
南山白石吟數著能談天下事千秋須識古人心賈生已去
王通逝獨立蒼茫感不禁

甲寅閩變永嘉令馬公琾與溫處道陳公丹赤同時
殉難今春馬公子觀察君陳情　行在特　恩賜謚
忠勤敬賦一章以紀其盛

一官迢遞到巖疆閩海烽烟正擾攘此日陳豨終負漢同時
南八自忠唐三年亂定聞家祭兩字名尊慰國殤廟社靈旗
應儼在清魂千古戀桐鄉

白雲簃雜詠一錄

臨風雙鬢影飄蕭手把殘編慰寂寥賢母自能知陸績直臣幸免祭皋陶謗深誰爲珠犀雪路遠拌將髀肉消聞道恢恢天網闊那因鸞鳳放鴟梟自注用後漢陳耽語此被累以後重至廣南而作

王濤字浩疆仁和人康熙乙酉武舉歷官廣東韶州總兵官有浩氣集

進勦高坡箐歸途卽事

秉鉞出營門壯士奮忠烈颭颭笳吹悲草木皆凜冽旌旆亙長蛇閒道防侵軼未事愼綢繆臨事貴勇決霜威刜鍔寒風勁弦聲疾合圍似月闕分布類星晰馳突勢無前俘馘兩相埒逐北止力追焚燎憐餘孽窮寇苟伏辜奚忍肆翦滅轉戰本凶危焉保無拗折死者如得所果敢標勁節應審死如生何必淚幽咽

初秋有感

岑樓高爽接崔巍眼見秋光去復回滿署西風張翰思千林殘照李衡才壯心漸覺隨年減華髮惟愁作賦催獨坐銜杯空悵望風聲偏送角聲哀

吳學禮字慕林一字履和號立亭休寧人仁和籍康熙乙酉　召試一等第二名官兵馬司指揮

退菴氏曰立亭公少耽吟詠以早失怙恃家苦貧遂輟讀佐其族人司會計夜分讀詩或至旦尋爲儕偶所擠而去至雲栖依村翁之鬻草履者暇即手一編如故人笑之弗顧也後應　御試于蘇州賦詩四章書　皇圖鞏固四大字　欽取一等第二名　賜御書墨刻帑金百兩供奉　內廷纂修歷代詩餘書成授縣丞擢指揮見竹洲秀衍集

過憩雲精舍

憐君多道氣攜手入孤烟草徑疏林外柴門秋水邊白雲形

外相紅樹靜中禪日暮承趺坐同吟古佛前

許墅關阻雨和鄭天池韻

梧葉風清客路舟輕帆載得幾多愁覊情倦處三更雨旅夢回時一枕秋滿渚浮鷗隨水沒橫霄征雁逐雲流水程無限焦勞事那似躬耕老一邱

恭和

御製幸雲栖寺韻

峯頂宸游望午潮畫橋烟栁拂蘭橈遙知　翠輦經行處花雨晴飛六變調

江村晚步

綠楊灣外小橋橫斷續漁歌唱月明最是烟波生計穩不知塵世有浮名

閔珮字玉蒼號雪巖錢唐人康熙丙戌進士官御史

退菴氏曰雪巖先生初授四川峨嵋令邑民萬某貫于外比歸盜殺其家八口不知主名先生親行履勘無他狀獨一室張新幃其女兄云此爲客寢某日吾父來家言川西有客至先生憬然曰盜得矣縣逆旅故有記籍令吏收取遂得溫江客姓名以詢女則其從兄弟也卽移溫江逮治並獲其黨罪立具張熷爲傳記之府志入循吏傳

九日吳山讌集値雨

經年求術訪丹陽不厭羈棲歲月長風雨偶來逢令節詩朋佳會共聯芳黃花已喜開籬下烏帽何愁落道傍欲步峰頭待景霽未堪着屐問樵郎

邵錫光字克大號恢齋仁和人遠平子康熙丙戌進士官雲南祿勸知州有爾耳吟颿輪賸詠種瑤草

恢齋善決疑獄淸江縣何氏夫死族人誣氏毒其夫獄已具矣奉檄覆檢傷在胸曰此陰症也冤遂白府志入

循吏傳

憫河夫

行上淮安竄名入編伍鑿築限嚴程稽遲罹罪罟催工下文書翹翹插雙羽主將心徬徨上官親按部曉夜趲畚鍤無時住鼕鼓冬衣麻布裳尖風注强弩夏日面目焦蛆蟲生兩股言念同役人半作河旁土一日遲給糧飢餒灼肺腑一日折給銀十分短四五朘削任爪牙何塗籲憲府長跪訴長官祈念貧役苦一訴長官慙再訴長官怒差役督工程鞭箠倍嚴楚天高叫不聞忍悲淚如雨

汪見祺字無亢錢唐人霦子康熙己丑進士官禮部主事

喜晤王露湑

寂寞東籬罷酒巵長吟極望竟誰知清霜野寺愁邊路黃葉

江村夢裏詩四壁秋聲蛩泣夜一天涼影雁橫時關河又是逢搖落話徹寒更臥每遲

盧軒初名輅字素功海寧人康熙己丑進士官國子監司業有日堂詩鈔

素功著有春秋古經讀春秋偶得胡氏傳疑玩占廣師韓筆酌蠡又著三傳擇善未成

贈閻百詩徵君

人生一世如寄館光陰敲石何容翫俗士唐捐最可悲狗苟蠅營畢昏旦羨君歲月免虛靡寒暑晦明惟伏案擕蒱幾齒全不聞舍園佳景何知看百家觸處竝貫穿二典有時容點竄君著有尚書古文疏證同客南州近一年時時經室來搴幔簡編排次似魚鱗披閱忘疲手脫腕當其蓄疑鬱何如執熱未濯病未汗當其有得快何如足下生雲腋生翰淹通肯比叔譽窮

辨覈無愁何妥難頻煩沈思徹幽冥喜聽雄談起懦人惜君才不玉堂搔首為君發長歎我知君樂是讀書河汾飱粥寧夸謾盈箱著述好深藏不怕名山白石爛

司寇公招同唐實君陶子師沈昭嗣金介山吕山劉

集席園

下筆千言一瞬間著書長日得餘閒朱輪碾草春應徧烏帽穿花晚未還大有樽罍同北海何妨絲竹寄東山安車早晚崆峒下老子青牛漫度關

成廷楫字桂舟號鉋亭錢唐人康熙辛卯舉人官湄安教諭有大秀山人集

鉋亭祖肇穀順治中官戶科給事中郎糾松江提督馬逢知姦逆置諸法者也鉋亭承世清白少耽讀書謁選得婁縣令引見時世宗問家世以祖肇穀對上顧之喜他日復將召見鉋亭謂天威咫尺恐氣懾乃

以酒壯之連酌大斗入對語多錯遻賴上仁明不之罪既改教職東書載瓢欣然而往嘗曰吾無所用于世而匏繫于此吾其以匏顏吾亭乎門弟子胥稱爲匏亭先生生平無嚚飲澁吟左手引卮右手操不律與到疾書數十百言餅罄即止而臥以是終老府志入文苑傳

宿新昌郭外曉起作

襆被蕭然野店中形勞無怪睡情濃五更殘月牽歸夢十里荒雞代曉鐘村酒新篘爲客暖柴門方啓被雲封道林此地曾高臥赤水丹池知幾重

周奕字起旃號東岡海寧人康熙辛卯舉人

東岡幼孤事毋朱以篤孝聞性端介居京師公卿欲羅致之不可得見海寧州志

次韻陳秉之書懷

那得身如野鶴閒强將蹤跡寄長安功名雞肋徒爲戀世路羊腸未是難老眼不知花態媚愁懷都付酒杯寬淩風獨立

君知否直節蕭蕭竹幾竿

曹璡字季賢號白友海寧人三德子康熙辛卯舉人官遂安教諭有完吾賸稿

揚州夜泊

舟泊維揚道離家已浹旬鄉音朝暮變客夢往來頻日落雲歸岫風清月近人前途去尚遠遥望 帝城春

汪泰來字陛交號後山歙州人錢唐籍康熙壬辰進士官廣東潮州同知有半舫集

後山先以諸生 召試分修宋金元明四朝詩後成進士出爲潮州丞潮州瀕海多盜姦販往往運米出洋後山嚴行禁緝民始安堵戊戌夏山水暴發決北門外隄創議捐築躬先畚鍤不數月隄成民稱爲汪公隄工畫花草在白陽青藤之閒尤長松石府志入循吏傳

曉發

吳江城邊雞鳴發流澌齧櫓聲欲折殘夢朦朧去路遥吳歌斷續當風咽擁被難舒兩足冰推窗斜漏一痕月林野無聲瘦影寒清波不動烟水白此際心驚畫裏身此圖曾見詩人說夜來偏怪酒力微曉看篷上霜如雪

陪竹垞先生集匠門書屋明日先生之無錫

曲江池館石闌斜列坐流觴次水涯勝集補修三日禊春風正放一林花榻因問字遲楊子船亦藏書載米家去汎梁溪知有意運泉來鬬雨前茶

沈世屛字錫侯號帶河海寧人康熙壬辰進士官湖南長沙知府

芙蓉

年年江上笑春風秋自蕭條我自紅花譜應將蘭菊伴游人

未許筦弦同清宜霜露原非傲隱入蒹葭宛在中寂寞一枝成獨賞不須翹首問天公

袁宏譽字伊望錢唐人康熙壬辰武進士有秋吟集

秋日聞蟬

忽聽涼蟬噪驚心在晚枝殘聲新雨過幽怨夕陽知蛻在未能化秋來不自支閒階搔首處兩鬢已絲絲

周本治字念修號柴村又號早白錢唐人康熙癸巳進士官河南新野知縣有柴村詩稿一名聽綠軒稿

癸巳特開仁皇帝六十萬壽恩科二月鄉試八月會試柴村以二甲進士令新野八年會中牟黃水決口晝夜經營不一月須髮盡白因自號早白權知南陽境有白水支流向無隄堰民苦徒涉柴村捐廉築隄繼之者爲鄭公勳厥工乃竣邑民德之稱周鄭隄事詳家傳

春分前二日邀同蘭坡法言桂峰虛谷曁兒子一鳴

陪餘山泛舟湖上卽景

歲月駸駸入暮年春來湖上幾留連亦知白髮形容醜其奈青山景物妍結件偶攜花下酒爲君且解杖頭錢夕陽不許催歸去繫纜垂楊淺水邊

鄒允煥字堯章錢唐人宜平籍康熙癸巳進士官湖北江夏知縣

游雲棲寺

層巒霏翠靄曲徑引松風清磬鳴精舍閒雲度石磴夢餘潺潺急唄誦涌潮洪今古茫茫事禪機在箇中

姚三辰字舜揚號聖湖仁和人康熙癸巳進士歷官吏部左侍郎

聖湖故傅氏其曾祖應鳳字繼元始從姑姓爲姚繼元游齊雲受異人秘方以神醫稱又嘗采藥山中冥晦失

道據一大木覺有異俄而雷雨大作所據木騰空去始知爲龍後治疾手至立愈其家稱摸龍阿太云聖湖四歲而孤母氏楊撫教之性孝友篤友誼入館閣後典試者二督學者一爲會試總裁者一丙午山西主考已掣籤得某人矣憲廟置之取空籤書聖湖姓名付禮臣蓋異數也後以奏對忤旨命往將軍阿爾泰軍前觀本朝營制出歸化四閱月方抵大營塞外早寒夏至遇雪將軍置酒高會令賦瑞雪詩援筆立就將軍復舉酒屬曰吾轅門未有佳對若爲我題之軍吏伸紙磨墨睽睽環視于是引滿揮寫聯語多或至數十字三大營皆備人皆服其速藻未幾賜環洊躋卿貳以端謹聞卒年六十五府志入名臣傳

贈徽州太守竇容恂

日下論交巳廿年鑾坡班與鳳池聯棘闈昔共掄才地歙浦今逢乞巧天我訝使君雙鬢改人稱太守十分賢　璽書旦晚褒清節第一循聲四海傳

陳世侃字行之號誾齋海寧人詵第五子康熙癸巳進士官檢討有日永堂稿

聞戴壻植三將歸兼懷王壻孫同曁在外諸子

憶昔常懷株守慚今多離別轉難堪同官粵土分交廣（戴壻爲廣西東蘭牧最兒爲廣東大埔令）亞壻繁州異朔南（王壻爲山西平定牧）近喜崇文新注籍（銓兒新與館選）且愁對簿竟抽簪（基兒令宛平已罷官）老夫那得壺公術縮地常爲風月談

章撫功字仁鑑錢唐人藻功兄康熙癸巳　恩貢有清嘯堂集

仁鑑父洪上先生幼失怙恃奉祖母徐繼母高僦市樓一椽以居稍長喜讀書家貧不常得油會祖母喪輒就棺下燈讀之嚴寒無被覆以衰麻戰栗聲與歌誦聲聞出鄰人哀之餉以餅餌必以奉母不敢食也歿于康熙甲寅以明經終仁鑑其仲子也與兄勘功弟藻功建輪拔戟同爲蓺苑雄師柴省軒稱仁鑑天才駿發能貫穿六籍折衷百代

吳山望雨從隔江來

吳山越山幾山別一山雲暗一山白隔江雨腳來空虛接天波浪翻江黑雷聲隱隱光如射雨在高峰不得下窟宅蛟龍起怒濤挾水回身向天瀉登臨未及高山巔斜風吹雨過眼前拂衣大笑下山去白鷺背人飛遠天

蜘蛛

雖負經綸志曾無尺寸功游絲縈野馬羅織到飛蟲露綴珠光白風搖花片紅傳聞多巧思七夕上簾櫳

雛燕

雛燕今秋長喃喃坐語頻學飛愁不遠得食自相親海國夢何處空梁憶早春幾時天畔宿來去免依人

過故司農嚴顥亭先生湖山別墅

司農零落後寂寞舊山莊酒肆通門徑桑田錯水塘官鶯新

度栅巢燕久辭梁誰送鄰家笛哀聲向夕陽

陳世修字勉之號學村海寧人康熙癸巳舉人官遂昌教諭有學村遺稿

學村母爲石門吳孟舉之女乃遷居石門

江行呈祝艮仲荃

江行十數里羣山遠近布野樹變異姿荒村有古趣秋初江未漲淺瀨沙石露時有弄水禽臨流濯毛羽宿昔夢山水茲游愜情愫敢云學吏隱烟霞疾恐痼沽酒坐船脣漸看山色暮

閏月四日午發縉雲縣宿荊坑五日由桃花隘達岩泉行萬山中兩閱日漫賦長句紀事

羣山夾而峙澗水亙其中右有磴一綫宛轉穿玲瓏或蹲如

虎豹或攫如虬龍或如屏障列或如鎖闗封森如扞勇士氣懾儀狀雄嚴如對大賓心折道貌崇巨石危欲墮層崖斷復通厥木合千章松杉栝柏桐挺立交臥閒蔭此山蒙籠下晻烟靄集上崦夕照紅昏曉幻咫尺陰陽判西東横睇徑尋丈俯矚洞硿隆五里歷百盤十里轉一峰傳聞歲甲寅戎馬鼙倥偬甲寅平耿藩之亂始闢此徑卽此異境開宜勒磨崖功終疑五丁力斤斧運天工山腰結香茅小住多歡悰翠色撲眉宇攬耳泉淙淙晨起理雙屐急踏曉嵐濃遥望桃花嶺登頓入攜筇崖高繭生足嶺仄杵撞胸行行下澗岡勢急水奔䬝有石亦嶔岑有樹亦鬱蔥千級陡然下身輕一飛鴻放眼天地寬失卻青芙蓉

吳廷華字中林號東壁仁和人康熙甲午舉人榜名蘭芳

官福建興化同知有東壁詩鈔

東壁嘗游津門時查氏方以風雅號召海內吾鄉厲樊榭汪槐堂陳授衣對鷗諸名士皆在焉東壁刻燭聯吟咸共推服其詩具見沽上題襟集中倅興化日以事罣誤用薦入三禮館分修既歸主崇文講席生平學醇論高含咀諸經精洽貫穿所著有儀禮章句十七卷於喪禮九爲精審又著三禮疑義未經刊行府志入儒林傳

題杜文貞公小像

長樂坡前白譏甫（自注飯顆山唐摭言作長樂坡）太瘦生緣作詩苦我聞斯言不謂然是亦羣兒謗傷語三人各瘦公有云諸弟豈盡能詩人唐書文苑傳可考喪亂飢餓叢一身自公莅官天寶季漁陽鼙鼓勢何熾陷賊歸來憂患親老瘦當知從此始乾坤瘡痍勞至尊蒼茫家室空柴門三年奔走益潦倒一身皮骨憎空存我讀公詩見大略浩氣縱橫非束縛況聞下筆如有神豪吟安得身如削披圖恍遇山澤癯聊存詩案明其誣聞

說李侯亦憔悴千首敏捷終何如

秋日簡江門

清露蕭蕭入井桐流光無那促西風草堂秋在苕華上短髮涼生雨氣中我夢溪山歸未得君依筆硯老猶攻荒街泥濘何由見憑仗清詩一惱公

新秋雜詠

何處烟波勸客留小紅牆外十三樓分明一角西湖景惜少銀塘菡萏秋

汪坤字大隅號舍亭仁和人康熙甲午舉人

汪氏世居歙之槐堂里後遷杭舍亭六歲自外塾歸父呼問曰若讀何書曰大學問大學何學遽曰內聖外王之學也父大奇之甲午舉于鄉時館唐棲卓氏家人馳報舍亭方端坐書程子四箴容色如平常書巳徐起理書策鍵戶辭主人乃歸聞者以占德器之遠三試禮部兩遭親喪遂絕意進取勤于撰述所著有黃腫漫志悔

人草舍亭病餘錄村樂堂文集各若干卷府志入文苑傳子三浦沆浚浦才美早夭沆以學行知名

登金華密印寺浮圖

客思秋無聊紺園成獨往曲徑森松杉軒宇極宏敞畫壁蹴狻猊剛坐馴龍象牟尼淨若睡妙契無言想微飈驚墮葉空際鈴語響矯首矗支提金碧耀珠網振衣陟層層欻在諸天上迴遭肆遐矚天清絕塵坱雉堞狀蜿蜒人烟叢沃壤東南山逶邐連峰列仙掌雙水漭西流蘭江共滃蕩緬懷東陽守高詠屹無兩隱隱赤松山凝龍誰爲訪傳有讀書臺辨命論骯髒山川自泬寥人代倏今曩目倦海門東臨風增悵惘

秋日小憩白雲山房

乳竇峰前路秋聲入徑聞寒泉千澗落翠竹半窗分石瘦堆黃葉山深貯白雲結廬塵境遠趺坐到斜曛

許惟植字德培海寧人康熙甲午舉人

退庵氏曰德培爲宗伯汝霖從子年五十九始舉于鄉五上公車不第子勉燉孫道基迭魁春秋榜皆及見之詳縣志

西溪探梅

南漳春信早策蹇探芳梅聊擬疎檐索何須羯鼓催圖看篴底畫人望隴頭來去歲花光好臨風首重回

吳曰燧字瓚符號雪園錢唐人康熙丙申歲貢

雪園隨父介庵徙居吳門之南濠

喜大人耳愈

緩步春山得自由頓教夙累片時瘳朔風不用呼兒問官醞無煩近社求往事頻年知徹底爽心今日自從頭緣何憑仗龍華力笑語同龕不用愁

夢祖飡英彈琴

記得昔年雲響客草堂時與一尊同于今鶴化悲流水此夕神游若御風指下法傳圖譜外音殘曲在有無中夢回多少人琴感惟有空樓舊向東祖彈琴處名雲響樓

周逢吉字磬宜號澹軒海寧人康熙丙申歲貢官遂昌訓導有平昌集

澹軒少時爲文根柢六經爲同里先輩范文白驥張瑤圃華所稱重晚以歲貢司訓遂昌諸生毛儀南五人逋賦縣申學使者將除名爲之捐俸代償五人者得開復咸感激泣下訓諸生以程氏分年日程爲法聞母疾乞歸不待報徑去上官將以擅離職守罪之郡守曹掄彬力解得釋廣文無終養例自此遂著爲令詳見海寧州志

思親

慈闈逾八旬薄宦遠千里憶昨捧檄初吾親輒色喜揭來每

思親晨昏不能已堂前繞孫會雜沓進甘旨解釋倚閭憂眞樂無過此亟須賦南陔飄然返鄉梓

梭刻綱目發明畢偶成

史學能將經學參儒林舊數尹堯菴紫陽自有功臣在合繼春秋作美談

許惟枚字鐵山號南臺海鹽籍海寧人康熙丁酉舉人官工部營繕主事有味棻軒詩鈔

南臺初宰江南儀眞錄囚見淹繫六十餘人皆埽積零鹽兵役誣以私販者盡釋之淸丈蘆洲京口將軍占洲爲牧地屬兌丈勿聽曰法之行自將軍始其剛正類此歷知崇明上元俱有惠政府志入循吏傳

重九前五日捧日堂見菊豫擬登高之約賦呈蘧園叔

楓桕稍頭漸着霜江城又見菊花黃閒無官事身猶繫夢到

家園徑未荒同作寓公儕五老且拌日飲醉千觴龍山高會稱豪舉何處尋游細忖量

和袁簡齋河房宴集

朱簾斜卷晚風前楊柳蕭疏隔岸烟一様樓臺都近水向南明月得來先隨園詩話鐵山與予同官金陵予已薦牧高郵而鐵山猶有待詩意寓感

沈元曾字濂持號月帆又號茶莊錢唐人康熙丁酉舉人官湖廣辰州同知有澹菊堂集

茶莊初宰沅江察苛派之累民者勒石嚴禁數遇水患發粟築隄民賴以安辰州苗民獷悍難治茶莊至則芟薙土司之苛政而化導之苗俗爲之一變後乞病歸里囊橐蕭然日坐澹菊堂與藥鑪書卷爲伍自謂人澹如菊洵無媿云

贈宗上人

何圖今日見南能飛錫蕭然最上層僧臘欲借山樹老戒香

時逐嶺雲升秋來菊與人俱澹悟到詩將月共澄黃葉掩扉誰過問滿山風雨一龕燈

舟過瀘溪

百折紆回鳥道斜懸厓深處有人家披頭肩獠腰無袴跣足苗姬鬢有花怪石溪心蹲虎豹驚濤山下走龍蛇蠻方景色多如此獨坐船頭數暮鴉

春日郊行

春山滿路鷓鴣啼漠漠江烟送馬蹄芳草不隨鄉夢斷夕陽還逐暮愁低白鷗閒向沙頭宿紫燕爭銜雨後泥明日溪邊訪漁父一竿湘竹許同攜

湘東

乞得閒身向薜蘿詩囊藥裹載輕艖荊南地盡湘流斷塞北

風來旅雁過篷背雪飄歸計晚嶺頭樹老送人多十年牛馬
風塵客始脫朝衫換釣蓑

沈錫輅字南指號六飛仁和人康熙戊戌第三名進士授
編修提督山西學政

吳志上周穆門王仲昭徐紫山等二十人爲西湖讌會集六飛亦與其列

題蓬村妹丈乞裝小影

崚嶒瘦骨是邪非學飽何須歎腹飢況有北堂堪愛日破衣
還勝老萊衣

查祥字星南號穀齋海寧人秀水籍康熙戊戌進士官編
修原品休致乾隆丙辰薦應博學鴻詞丁巳補試充律例
館纂修官有雲在詩鈔九卷

穀齋以律例館書成復七品銜歸主皐比年八十二卒查氏門才一時稱盛查田則奬借務寬查浦則持擇不

苟穀齋少受詩學于查浦故取尚謹嚴無剽濫之習書法董思白精詣所至直欲亂眞府志入文苑傳

游臥佛寺二首

臥佛何人鑄愔愔古殿深暝懷經幾劫合眼到如今堂上喧清梵簷前噪夕禽從師得眞諦歸向北窗尋

竪起脊梁骨方成大法王如何都放倒說恁是擔當納處歸靈海收心入睡鄉不會經棒喝身世兩俱忘

送胡一山同年歸蜀

平生所學得稍展天下好官無了期且向林泉覓眞趣還將歌詠答清時似余潦倒誠無謂此去音書愼莫遲六十同年今幾个要傳消息慰相思

楊花

被風引入紅樓去到地重尋碧落飛笑我癡獃空裏捉問他

飄泊幾時歸淒迷客店黃昏雨撩亂江頭白板扉三尺魚竿
一篙水不知誰埽釣魚磯

徐本字立人號是齋錢唐人文敬公子康熙戊戌進士歷
官東閣大學士贈少傅謚文穆入祀鄉賢祠

文敬公逾三十數舉子皆不育夢神語曰公弗憂吾將
使一木和尚爲公子文穆生遂名之日本官編修後以
桐城張相國薦督黔學以鄂文端薦授黔臬擢楚藩簡
皖撫內遷總憲晉大空乾隆元年入閣距辛丑散館授
職僅十六年耳自聖祖朝以來翰詹諸臣素流平進
大率遠者三四十年近者亦二十餘年始得入政事堂
葢未有若是之速者也自皖撫內遷時會浙督奏江上
王益善揭竿號衆事連兩省命公往鞫至杭住舊府
不歸里第不通賓客細鞫三閱月案始定全活凡千餘
人此政績之在鄉里者恭編世廟實錄時文穆爲總
裁官而子以烜任纂修同館每舉唐褚遂良隨父直宏
文館宋司馬康同修通鑑以相況甲子以疾乞歸御
製詩章以寵其行并命內廷諸臣和韻賦贈彙寫一
卷歸後一年復寄手敕及御製詩三章眷遇之
隆終始不替誠千載一會也
年六十五卒府志入名臣傳

甘霖普降

特召大學士內廷翰林圓明園泛舟恭紀

甘霖昨喜徧郊畿　詔許新晴覽翠微萬井膏腴方被澤一園草木已含暉波隨櫂影初生穀涼沁荷香暗襲衣幸奉宸游瞻聖藻疇咨念念切民依

吳濤字柱中號旭亭仁和人康熙戊戌進士官御史

題易徵君廬墓圖

白雲一片望中虛銀海從教血淚枯讀罷蓼莪誰解和酸風滿樹繞啼烏

墓木蒼蒼歲月深青猿縞鶴是知音徵車戶外尋常事難易空山廬墓心

鄭江字璣尺號筠谷錢唐人康熙戊戌進士榜姓錢官翰林院侍讀有筠谷詩鈔續鈔

筠谷少孤貧里中有商人張靜遠者助其膏火用力精邃于諸經皆有發明所著有春秋集義二十卷詩經集詁四卷禮記集注二卷嘗論宋儒之學邵康節出老莊之緒餘飾以京焦之術數世特以二程推之遂列之六先生之目宋史亦登之道學可笑也又言陸王未可輕議不料顧亭林亦蹈此習云云此尤有卓絕之見九歲能詩稍長學于稗畦洪氏中凡數變卒歸醇雅以足疾乞歸卒年六十四病亟猶索紙筆作買棺寫眞二詩神明湛然其天定也貌寢眇一目故其自嘲有自號小冠杜子夏人嗤一目江東王之句府志入儒林傳

登虞山書所見

晴烟散林壑萬類各蕭爽登山俯嚴城川陸平似掌雉堞呀周遭飛閣起宏敞兩湖開鏡奩浴日波泱漭溝塍宛轉通千頃皆沃壤逼人石角奮刺天塔勢上元壇駐笙鶴琳宮盛龍象巍峩招眞侶金碧蕊珠榜四棨見翬翩朝旭射晃朗此邦

山水佳足以稅塵鞅悵望非吾土臨風發遐想

西溪草堂圖

吾鄉山水窟莫如西溪幽延緣一徑通落落淸瑤流夾岸無雜樹鹿角枝相樛霏微嵐翠閒香雪千林浮有時暑彴橫野竹寒修修尋幽窈窕入落英滿扁舟花陰路疑盡豁然見平疇四山圍瀞綠峰影映鉏耰此中隱君子毋乃栗里儔一茅麤翦葺六枳紛環周虛室靜生白怳然物外游矅鶴唳天半若與孤情酬仙源在枌榆柰何久淹畱

紫陽山丁仙洞歌

羽人蟬蛻遺仙蹤玉窗石室烟雲封藥鑪丹竈久蕪沒但見懸厓倒挂龍鱗松鶴馭飄颻駕霄漢瑤笙縹緲騰天半槖駝峰立啓岩扉月波池古畱苔片昔人化鶴遼東歸城郭雖是

人民非只今野鶴重來日唯認丹霞抱翠微

常山縣

風帆沙際落嵐翠碧叢叢一縣江聲裏四山雲氣中迎人幽鳥語隨意野花紅回首鄉心遠沿流直向東

飛來寺

澄江綠淨潔于苔羣峭摩天一綫開吉貝花中聞梵唄兜羅綿裏現樓臺榕陰濃疊千重翠松吹晴喧萬壑雷瘦石玲瓏電縹緲卻疑岩岫亦飛來

足疾臥牀已閱一春穀雨日蒙樊榭枉存并慰以佳什次韻率和

無復澆愁酒數巡科頭偃臥任天眞讀書未必窺全豹閱世誰憐號半人重惜鶯花三月暮空臺平遠一樓春勸君努力

追懽賞領暑風光現在身

徐聚倫字永思號寰峰仁和人山陰籍康熙戊戌進士歷官河南布政使有西塞雜詠

橋灣雜詠

西湖舊徑久抛荒萬里孤蹤客恨長夢幻八年仍筆墨風波三度任滄桑予自監司衡永以來被上官詿劾者三次雪山對面春添冷塞月飛空夜入牀黍粥兩甌鹽一箸誰堪與語自淒涼

緜延糧運數車聲戰馬千羣鐵甲錚風捲平沙喧五月夢回士室怯三更時當半夏無花木人到窮邊異性情隨從者俱與昔異更是毒蚊飛白晝嘈嘈耳畔作雷鳴

楊嗣震字東厓海寧人雍建從子康熙戊戌歲貢有晚雷詩鈔

東厓詩黃之雋序之見𢈪堂集

側溪

身入王蒙畫停舟向側溪歸雅林遠近呼鴨岸東西山色浮烟重晴雲抹樹齊幾家燈上後擊柝響高低

篁步

官道原幽僻人家占一灣灘南灘北水屋後屋前山候早禾先割霜輕橘未斑何時來結屋長日聽潺湲

自紅花埠至郯城道中作

瀟瀟絲雨過郯城土潤平田漸可耕卻怪世情難饜足居人求雨客求晴

棗林莊

遙林日色映初黃行旅人多趁早涼馬上得詩吟未就綠陰

風遞棗花香

俞敦仁字聚之號易齋海寧人康熙庚子舉人榜名卜金歷官山西按察司僉事有資事堂詩鈔

易齋由內閣中書歷侍讀出爲山西按察司僉事分巡冀寧道左遷福建汀州知府

送沈甫草 世楓

與君晨夕共彈指五年餘紱佩情何限芝蘭臭不如曉風吟藥樹殘蠟照魚書相對還多暇論文一起予

竝案收封事分麻草制詞十年較爾長片語亦吾師一去登蓬閣空餘老鳳池蕭蕭秋日暮又是雨如絲

過張丈雪煩齋話舊

童稚追隨日回頭四十年浮雲紛聚散落日共流連故態狂猶昔塵緣老漸捐惟餘感舊淚相對一潸然

金虞字長孺號小樹錢唐人惪馨子康熙庚子舉人官湖北孝感知縣乾隆丙辰薦應博學鴻詞丁憂未試服闋補山西蒲縣知縣有小樹軒集

長孺精制義經指授者無不得氣以去故叢碧樓文社爲杭八豔稱辛卯榜發之夜夢父謂曰適看榜兒又不中矣須爾弟同入闈方中也庚子兩叔以監生應試長孺果捷始游幕府繼則出宰之燕之楚之粵之晉足跡半天下居里閉日絕少府志入循吏傳

讀楊鐵厓先生詩題後

論詩劃詩派定知非詩翁纖兒效鐵體儈主仍彎弓此直畫黽爾何足涸乃公公于翰墨場雪爪留孤鴻古音至清奥義與風雅通僞體時別裁療俗伸奇功晚來翫金粟稍稍比絲桐坐掩秋水骨吹香蘭蕙叢筆墨有游戲匪獨羞雷同方公遘陽九息影菰蘆中有使彊青節款戶聲逢逢謂帝袞有闕

煩卿綴華蟲公時面牆臥鼻息干長虹自蒴赫虩紙封上蓬萊宮上言今老矣無裨天子聰性復便山野下言恕吳蒙使還天子笑夫不由朕躬乞汝醉吟傳弄笛橫江東豈無五色綫竟以白衣終

游華石山 亦名華石塊

玉井青蓮花秀不數衡岱云何一片飛墮此華石塊林巒紛鉤聯咫尺異明晦囷囷而盤盤五步欲三退躄躠始畢登幽曠乃益倍于時秋氣深石骨聳蒼翠一掩復一重如抗或如墜高下只數尋傲詭逾萬類造物窮鑱鐫卉木逞姿媚歸然千載松與石作強對俯欔青壁穿飛泉灑珠琲松聲雜泉聲倏忽風雲會稍覺肌粟生延緣走山背一覽大溪橫華蔚注其內溪山相映發麗色匪雕繢玉鏡嚲鬌雲須眉總形穢嗟

余木石腸重以塵土累他年五嶽期濟勝恐不逮寧知藐一卷婉嫿有奇態茲游冠平生捉筆存大槪如讀化山文可悅偏在碎

游栁州城南立魚峰

花朝風日淸且幽散髮偶作城南游使君種栁舊官渡一葉點破春江流江光山色暖相映造化不及停雙眸緣坡徑訪立魚處逝欲選勝竆冥搜山靈燮客遽倒屣峩峩碧玉簪當頭同人指點向予笑茲峰信美魚則不矽疑禪界涌孤塔漸歷海市登危樓岩扉東啓納萬象水天一色相句畱八門四壁皆緣淨亦有礎柱如雕鎪室西南隅窺奧窔洞壑穿漏風飀飀滿頭鐘乳䫉欲墮失足坎窞深難求誰將巨手劈西岸翕忽倒影靑紅浮陰厓乍恐奇鬼嚇靈境恍覿眞仙儔芒鞋

各各鬬輕捷西東下上不復謀峰回路轉幾聚散何啻曲澗
尋泡漚最後一洞須秉燭若瞰智井綆必修石鼓鍧砰石船
大豈無人物司干掫吾儕斯游亦云樂見險不止山應愁茅
廬咫尺且登眺惜有古佛無比邱殘鐘一叩泉山響栖江萬
戶皆清秋頗聞龍潭更幽邃盍往觀者山之陬潭陰冷浸太
古石坐覺凜冽思添裘魚峰反立碧潭下彷彿鱗鬣爭螭虬
乃識命名良有意向入魚腹空嘲啁風烟變化白日遒眼前
好景誰能酬歸舟更出城西路試把新題謁栖州

步出稽山門謁禹陵作

稽山門外風景清橫塘屈曲修蛇行溪流淲淲深見底人影
掠波魚不驚靑鞋布襪鬬輕健水風欲歇山雲生一林楓葉
渺何處紅紛翠疊渲初晴裴徊忽覩禹陵字華表屹立何崢

嶸不封不樹古遺制有夏忠質非虛名當年巡狩盛王會羣后劒佩爭蹌迎元圭聲敎被東海始爲於越開文明宮車晚出竟不返蒼梧遠葬同傷情至今寢廟枕山麓碑傳岣嶁千金輕赤文綠字世希有强作解事憐荒傖神功不朽在天地豈必篆刻留佳城仰瞻遺像起再拜側想疏鑿勞經營龍威秘笈盡妄語獨有窆石常孤撑雨淋日炙四千載著手瑩潔如瑛瓊山罍兩兩置亭側氣色古黝聲微鏗恐將圖物禦魑魅貢金九牧餘精英摩挲一餉增歎息緊古明德誰能京商周以降王道缺死骨不腐猶兼并三泉水涸玉魚出五陵露滴銅盤傾秦灰漢劫屢翻掌但有昏墊非平成人生能著幾兩屐念此氣結心空怦天寒日落且歸去前山老栝鵂鶹鳴

羅池栁侯祠

李花十葉迎風僵碁師索飯中書堂八關十六子誰氏奔走朝士如驅羊河東才地本天賦銳意功名偶塗附醉客未醒東方明獨惜清流非黨錮羅池跌宕從麤官蠻風瘴雨天漫漫衡湘南畔解文學厥功不讓潮州韓生不逢辰死威福鵩山青青江水綠年年雞卜舞山氓聽徹迎神送神曲

浯溪讀中興碑

文於天地不兩大我昔聞自浯溪歌浯溪深處漫郎宅後有作者何其多中興一頌巋然在手剔蒼蘚三摩挲當時翰墨鮮高蹈誰與八代回狂波鸞臺鳳閣數燕許東封石刻徒嫭娶斯文獨任起衰責枀薇六月相肩摩平原顏公忠烈士肝膽契合心手和特書大書照岩戸如日始出星交羅想當握筆幾透爪一一勁挺無纖頗因思往跡發長喟亂由人召非

由他妖妃孽臣不早斷迺出下策馳青騾艱難百戰兩京復
實賴靈武揮天戈儒官揚厲職應爾詎忍腹誹含譏訶餘子
紛紛若鑴鑿強作解事理則那三吾亭子高嵯峩下有石鏡
冷不磨飛泉瀧瀧生盤渦惜哉無人洗山骨柰此玉珮瓊琚
何

題陳章侯說劍圖

數卷陰符三尺鐵殺氣指天天欲裂慘慘幽厓白晝寒霜林
半染荆軻血雌霓雄龍粲劍花風胡捲舌空咨嗟魚腸去國
湛盧死世閒肝膽都敧邪陳生下筆開生面蝟磔于思睒岩
電曾聞結客憂黃衫況復專房有紅綫盛鬋豐容態絕塵決
雲何足鬭腰身丁香乍吐鶯語滑渾脫瀏灕如有神劍乎劍
乎有眞訣盜道多言鋒早折明朝歸去事猿公一笑鉤簾滿

天雪

寓樓春望

久坐意不適憑高舒客顏人烟千戶柳春夢一樓山今雨草仍綠隔江雲未還茫茫天宇盡垂首弄刀環

客感

水色山光碧四圍此中何處寄當歸江豚鼻出迎風舞野鴨聲高亂雨飛倦客不談明日事薄寒還著去年衣篷籠一枕游仙夢長板橋南舊釣磯

憶弟詩和蓀圃韻

恆衛相望動隔年那堪回首更江天寒燈此夕思和仲春草明朝夢惠連爆竹光陰千古其折梅書信幾時傳何當對酌屠蘇酒暮景飛騰亦快然

送門神

蓬門雖設鎮常閑寂寞經年兩抱關最是銷魂留不住送窮時節送君還

來賓官署偶題

雷江都是獞人家銅鼓鼕鼕報早衙坐客春風無長物綠梅花頂寄生茶官齋梅樹上有寄生茶

吳問鄒字浣陵初字晥輪□□人康熙庚子舉人官□□通州知州

浣陵與兄繡谷焯叔子煃皆有聲于時而繡谷浣陵交游聲氣尤廣故桂堂詩話有縞紵徧天下之說

題朱鹿田刻曲集後

自笑閒身不耐閒韶光又送一年還爲吟水部佳游草如見天台勝處山長目迎寒飛瀑下幽禽聽老怪松閒花朝出喚

春江渡春盡歸來花事刪

汪援甲字麟先號漚亭又號樸廬錢唐人汝謙曾孫振甲弟德容兄康熙庚子舉人乾隆丙辰薦試博學鴻詞官山西絳縣知縣有夕秀齋詩鈔

樸廬與紫巒重聞馳名藝苑有汪氏三鳳之目乾隆癸亥甲子二三年間淮黃頻告泛溢新安又蛟水爲害災賑事繁守令竭歷大吏擇幕僚之賢者往贊其事樸廬往新安者一往睢頴者再尹相國繼善嘗以其姓名聞之 朝集中頴上吟賑歎吟頴睢雜詠皆是時作也

暮春憶紫陽別業呈故園親知

縞李夕墮雪絳桃晨舒丹東風飄細雨佳節食正寒鵓鳩喚陌上倉庚囀林端景物時復呈異地孰爲歡荒園掩荆扉夢想紫陽巒昔我素心人永日恣游盤高歌攀叢桂幽懷紉芳蘭云何逸輿違百里會面難索居苦相思況復春未闌壁上

懸清琴古調爲誰彈

題樸樹廬二首

數椽耽舊地不羨屋渠渠幽邃紫陽岫清陰樸樹廬醉眠惟竹榻游倦有籃輿索句呼朋好高吟一起予

玲瓏山石峭繞舍望如屏即此會心遠敢云吾德馨柏垂纓絡古竹擁琅玕青最愛晨窗淨禽聲出遠坰

春雨偶感 時從會稽歸將之石門

小樓獨坐看春雨簾外霏微送晚風草色已迷原上綠桃花初綻嶺頭紅越溪昨日還孤棹語水明朝趁短篷把袂故人惟話舊十年行跡歎飛鴻

出都門口占

敢說霜蹄今暫蹶自知迂拙欲何求出郊新柳迎人綠卻悔

西山未快游

許大綸字若愚號初觀仁和人田子康熙庚子舉人官雲和教諭有茶兕賸稿二卷

初觀稱詩五十年自其幼時熟聞過庭之訓又濡染于笑庵月査寶厓諸名宿故其詩淸超拔俗脫然畦封之外爲學官三年以老休致旣苦貧又無子寄居僧舍以卒

畲民有序

雲邑僻處萬山有畲民一種散居村落止二三姓其婦女以杷蒙首短衣跣足入山樵採同姓爲婚官亦不問大率來自閩粵山中爲賦長句志之

長林蒼莽峰嶙峋山君木客爲吾鄰荒陬風土亦樸湻其稍生獰爲畲民面目傲詭不可親與國耘耔租賦均地通五嶺與七閩得非獠獦獞猺人何年轉徙雲溪濱爰居爰處謳

皇仁或斥其先犬所娠還疑傳之非其眞村甿笑指非吾倫肥瘠視同越與秦寥寥幾姓聯朱陳不與土著爲婚姻窮鄉生計多苦辛攜妻挈孥行荆榛天寒伐木手足皸健如黃犢奔如麕朝來叩門喚賣薪蓬鬢亂插山花新得錢易米喜不嗔往來數數漸擾馴浮生何必儕冠巾我固山中蟣蝨臣可悲可詫皆前因賦詩一笑忘沈淪

賣卜戲成

老于兔冊倦相親小市垂簾活計新不得爲農爲圃地且隨賣餅賣蔥人庭懸鬼谷聊從俗術愧君平不療貧事業荒唐堪一笑故交驚見慰沈淪

將之雲和留別吟社諸公

寒氊風味繼吾翁嶺路岩嶢際碧空短櫂緩循秋渚畔微官

遠寄亂雲中但須飯足心常定最喜山多看不窮捆載圖書從此逝好將清興報羣公

十月三日抵雲和暫寓郭外僧菴得詩二首

博得微官已暮年村甿走集笑華顛林巒萬疊堪娛目僧舍三楹且息肩苜蓿盤餐新活計章逢朋比舊因緣最傷神是髫齡事翹首龍川一泫然先慈歿于龍泉學舍時余甫十數齡耳

小邑如村古道旁微從深樾見宮牆秩卑未敢言官署俸薄空思構草堂木客山都逢亦好繩牀土銼臥何妨茲游聊博侏儒飽都講分遺雪色糧

解官吟

會無經術迪章逢老病難充秉鐸翁攜取琴尊歸去好忍拋吾骨亂山中

厲鶚字太鴻又字雄飛號樊榭錢唐人康熙庚子舉人乾隆丙辰薦試博學鴻詞有樊榭山房集

先生先世家慈溪故以四明山樊榭為號少孤貧其兄鬻淡巴菰以養之將寄之僧寮先生不可讀書等身搜奇愛博九熟于宋元以來叢書稗說所著遼史拾遺宋詩紀事南宋畫院錄東城雜記湖船錄玉臺書史皆極賅洽其詩婉約秀潔尚氣力者莫能勝之詞則直接碧山玉田其名秋林琴雅者單行別本也性孤峭枯寒又卞急不能與人曲折禮部試罷西厓少宰欲館穀之潛襆被出京比少宰迎之則已去矣又應大科誤寫論在詩前被放後吏部將注選復北行北至津門查蓮坡留之水西莊同撰周密絕妙好詞箋遂不赴選而歸揚州馬秋玉兄弟延為上客邗上題襟往還數載歿後葬于西溪王家塢嗣子志緗無子不數十年化為榛莽何徵君琪于西溪田家得先生及姬人朱月上栗主言之王司寇昶率同人送北墅牙灣黃文節公祠道光丁亥邑人公請其主移供西溪交蘆菴之塔院顛末載厲徵君祀志府志八文苑傳樊榭山房詩集家有其書今所錄皆集外未刻之作零璣碎玉不欲其湮埋塵土中也

六月一日集十研齋蔬食期炅上人不至分得粉字

積雨潤方收初夏勢已蘊山僧結夏期我輩服食謹丈人靜者流解菜鄙饞吻入市匪求益行園土膏墳瓠鴨及楮雞羅列費拾攟相招同此味意與信民近飽餘沃以茶意洽色無愠勝彼山中人但啜雲母粉

題范寬秋山過雨圖分得項字

小山別大山秋聳青挺挺不知涼雨過微雲滅修項千年華原筆魂在誰喚醒石劒挂天紳亂響入清迴村沽樹懸巘荒途馬旋濘落日臨長川喚渡苦無艇牽前復鞭後人馬俱沒脛踰時役爲勞卽次旅難竝回首數峰坳朱甍遠光炯

十硯齋銷夏賦一字至七字詩分得井字

井清深甘冷梧院陰苔甃靜雪走連筒泉飛修綆曉漱碧生華午斟涼聚癭一規漢苑秦宮千尺栟汧葛嶺只應時有墜

欽人白苧衫輕低照影

二月八日登弢光

入林寒尚在宜蹋最高層亂水釃叢竹春陰護一燈卷簷前代句塔葬舊房僧尚想連牀宿幽雲畫不能

銷暑小集分得蘿字

蒙密同烟荔如聞楚九歌垣衣牽碧障松帔挂青蘿漏月一潭暗飛陰三徑多緇塵吹不到幽絕此山阿

讀史十首

金源一勺水時事百年過飲馬鴛鴦濼揮戈鴨子河運移賓鐵壞國附活羅多可惜平陰路西樓計轉訛

入汴知何日青城氣寂寥怨軍降北塞子帝立南朝割地終無補渝盟未可要茫茫天水碧歌舞一時銷

海陵南下日江介想投鞭小别諸妃位初徵新戰船筆來虔
語溲醫諫姓名傳衎髀知天命先書大定年
川擅金蓮號林居横翠開千旗發春水萬騎至秋山輿極寵
鷹去歡呼射栁還西風故鄉曲憑仗好開顔
瓜步三軍駐符離百戰場乞和因象祖函首送師王天意全
羸趙人心守舊疆銷金鍋子好君相且耆荒
初設明金禁還爲擊踘游瑤池名殿暄景霽香閣午風柔治服
逍遥玉伶人珖瑁頭鳳皇飛向裏巧笑發輕謳
文獻中原舊波瀾劇老成清詩元好問小篆党懷英居得黄
華勝王庭筠篇傳矮柏名李純甫諦摩龍什在諱宋見平生王子可
異代元眞子居然烈士風寸心存趙氏早歳識蘇公長揖軍
門下高眠滄海東北轅嗟巳矣流涕恨塵蒙褚承亮

宣宗亦南渡草草到中州嗚咽青山轉淒涼汴水流監軍多掣肘强敵得無憂和議仍前轍應添上國羞青山轉汴水流當時二謠

孟珙懸軍入重圍天地昏空歌江水曲不返蔡州魂虞虢雖朝暮興亡有本根雪香亭上月終古照梁園

早起納涼

懶散腳不襪起來池上行露荷喧雨過風竹學泉鳴書續宵燈讀茶催曉汲烹漸看新日上屋角已先明

送子珍之睦州

故人新定去別我雨冥冥湖海須强飯風塵尚轉萍秋山臨夕渡孤棹指前汀牢落無勞歎雲林何限青

自秦亭山至法華山作山下十八里爲宋時幸洞霄宮輦道

數里晴峰色誰知輦道荒著花隨地白毛竹隔溪黃烟磬連

樵響風泉滿夕陽屬車思豹尾松柏久淒涼

永興寺

曉踏石頭路幽尋不礙回連峰緣徑轉香國隱花開修竹流疎磬長廊徧古苔翔禽白如雪知是看山來

雪中荅子珍睦州見寄

縈盈復紛糅新雪暖鑪前忽枉瑤華贈能令幽思傳寒聲嚴瀨水曉色定山烟何日偕桑苧來尋十九泉

元日重游南湖慧雲寺

初地春風早重過水一方祖堂連野色佛屋漾湖光松靜蒲牢吼花寒狒狨裝向來游眺地上日倍相羊

晚步池上

蕭條吾最愛取次繞池灣水老萍千點天空月半環畏寒魚

自定識暝烏先還漠漠生烟裏誰知此境閒

送徐紫山之廣州

非關爲別易兩地榻仍懸白髮八過嶺黃梅雨上船名齊高士傳興在遠游篇歸踐羅浮約丹砂訣可傳

徂徠山

徂徠初在望杳靄上朝暾山雪中無路松風下有村孤懷六逸往直節一詩存欲去屢回首遺蹤傷客魂

城東郊行

落日在城上行隨一水斜望中惟樹色意外有人家江雨初收麥籬風小摘瓜野情非共適那得此清嘉

聖因寺大恆禪師以龍井茶易予宋詩紀事眞方外高致也作長句邀恆公及諸友繼聲焉

新書新茗兩堪耽交易林閒雅不貪白甄封題來竹屋縹囊珍重往花龕香清我亦烹時看句活師從味外參舌本眼根俱悟徹鏡杯遺事底須談白香山有鏡換杯詩

偶見叩頭蟲戲詠

窗間壁駮響方空躍處翻身技便窮何物始能通叩叩可憐應只有蟲蟲手推一下朱門裏心疾多生翠幌中莫訝微形偏善媚由來强項本難工

獨游雲居寺

病眸愁鬢怯登臨古寺空山偶獨尋落葉滿城迷磴道片雲穿塔下湖陰多花佛地何妨住無客禪關不厭深日晚蕭蕭天籟起微風吹作妙聲音

同蔣靜山游報先寺

寶界入傳八百年高低石徑到門前離離風葉莊嚴樹薄薄霜雲玳瑁天愁豁始知禪有味眼清更覺野無邊偶來不為尋僧至斜日蒼茫下亂烟

玉几惠鄂州小集率賦寄謝

薄寒淒淒欲中人八行千里見情親楊雲空自矜書色最是捻來觸手新

光堯內禪萬靈趨藝祖孫曾一綫扶誰識書生談帝統過于河洛會昌符

古宮詞

禁近秦淮暮靄凝昇元寺閣影層層玉梅花裏瑤光殿雙著袈裟拜寶燈 南唐

內苑宣華錦幄溫牡丹紅襆照金尊酒悲莫向尊前諫已起

更衣瑞獸門 王蜀

摩訶池上暗香多水殿涼生笑語和親製塡詞教侍女玉肌無汗冷輕羅 孟蜀

南薰殿暖晝燒香蛺蝶裙拖窣地長共進樓羅新樣歷唱名第一得花王 南漢

月到瑤階漏點微九龍帳底夜珠輝小鬟背檻私相語何事歸郎不肯歸 王閩

宮嬪車子趁新晴去看臨安衣錦營緩緩歸來春正好杭州楊柳有啼鶯 吳越

楊柳枝詞

玉女窗前日未曛籠烟帶雨漸氤氳柔黃願借爲金縷繡出相思寄與君

六月十二日同欒城谷林集湖上

風翻十里綠雲斜隔斷孤山處士家坐愛片雲無住著頻移涼影過荷花

沈塤字昆怡號吹臺錢唐人康熙庚子舉人官寧海教諭

吹臺年十六爲諸生三十餘年始獲賓薦仍試禮部不得達晚授校官既衰且病病甚乞歸踰年遂卒遇亦屯矣教二子南金鉼皆有成立鉼縣學生張南漪熷其女夫也

分秧

長鑱短笠自東西布穀聲催病夏畦少婦提筐供麥飯老農秉耒祝豚蹄租完何必餘三歲食飽常看臏一犁無那同根渾莫惜紛紛南畝各分攜

王昊字晉三號雪子仁和人康熙庚子順天舉人乾隆丙辰薦應博學鴻詞不與試有論古堂集

雪子少有美才熟于兩漢陸梯霞先生掌教萬松書院愛其文以女妻之西厓少宰為陸氏甥故雪子亦時與游處懷清堂集中多倡和之什丙辰九月後始至京師旋入湖督史尚書幕故丙丁兩試皆不與

朱鹿田工部席上用楊孝廉戒浮韻

恨無猷畧佐　皇風下馬文章上馬弓掖纊不忘邊月冷擁衾還把被池烘逃虛愛說徐無鬼命酒愁聽辟小童蛾舞蛙跳咸自取也曾有句詠禽蟲

姚之駰字魯思錢唐人康熙辛丑進士官御史

康熙丁亥春　翠華南幸魯思方為諸生以所撰類林新詠三十六卷進呈　行在蒙　睿　乙覽儒者榮之後成進士改庶吉士遷御史府志入文苑傳

贈友

相知那必曾相見十載才名耳俊人縱有文章干氣象暫將詩酒慰沈淪滕穿自坐燈前榻角折人傳雨後巾藏揖阿誰

能代我枉教元宴賞風塵
長掩柴扉但著書寂寥敢擬子雲居知希原識猶龍貴失瘦
徒憐相馬虛自昔疎狂同謝譓于今詞賦慕相如停雲新望
來三益滿徑蓬蒿欲自鋤

俞元祺字貞起仁和人康熙辛丑進士官編修

貞起官編修以母老不能迎養告歸母歿哀毁將免喪猶練冠麻衣晨夕哭不止家人至不忍聞朔望省母墓得寒疾而卒府志入孝友傳

題王滄洲五經遺墨手卷

三年刻玉計仍迂萬里還鄉夢已無才子文章羇客淚卷中

三十七驪珠

王元墀初名儒曾字孝升錢唐人修玉子康熙辛丑進士官江蘇江都知縣

康熙乙丑孝升與兄元彬以中秋讌客西湖坐客皆有詩而孝升爲之序觴詠風流于兹稱盛是時會者爲虞宏武通趙璡漁玉柴世堂子構蔡宗仁仲安金超乾晉純姚與祁二京程斯彪虎文倪奕相公輔孫元枝喻詵馮文言儕書翁介賓永章詳見雲蘀齋詩話

西湖讌集分韻

竟日持觴對友生夜闌翦燭話深更舟前霧重時飛雨水面雲流忽作聲慨慷他年思楫擊殷勤今夕聽雞鳴天涯何必無知己促席談心即弟兄

孫之駿字子駿號晴川仁和貢生官慶元敎諭有松源集

未詳何年何貢府志不載四庫提要云雍正間爲慶元敎諭今附康熙朝科目後以俟攷

乾隆初年舉博學鴻詞科浙省試題有九法五政論歸安沈炳謙試帖盛行然以管子之說牽合周官擬非其倫也晴川作說正之著述甚富其松源集入欽定四庫存目中提要云是集凡五種其題曰松源紀行者初取道富春赴慶元任作也曰龍泉舟中雜記者歲試至處州作也曰經說者告諸生五經源流紀也曰敦行錄

者與諸生立條約及經傳雜訓也曰雜文者其酬應之作也集刻于雍正己酉庚戌間慶元古松源地故以爲是集之總名焉所輯有別本尚書大傳三卷補遺一卷亦入存目

扶病游理安寺贈雲岫開士

寺在深山裏探幽力疾來穿林試屩滑曳杖撥雲開松密陰沈晝溪喧瀑濺苔題詩無好句願就巳公裁

梅花畫扇

畫取梅花三兩枝一枝枝抱歲寒姿入門若論酸鹹事問著梅花總不知

祝秉貞字德園翼權子海寧貢生官宣平敎諭有今是堂詩草未詳何年何貢府志不載

江干早發

披星曉起出鄉關蝸角微名未許閒山遠雲屯纔露頂江寬

舟轉不知灣風微茅店帘初定霜冷楓林葉始斑忽憶十年前過此富春把酒看春山

張韶字球仲號權六海寧貢生由訓導遷六番經歷有天全六番稿（未詳何年何貢府志不載輶軒續錄作官休寧知縣有大雲樓詩文集俟攷）

渡江

揚子江心渡東風鼓櫂初山光搖北固晴色帶南徐燕掠紅潮急鶯啼綠柳疎客游良不薄未忍憶鱸魚

六番次前輩尹楚白韻

黑雲陣陣障蠻天蠻雨蠻風又一年灑索輸糧天際過（夏秋瀘水大發難渡以灑索扯糧過河）偏橋飛渡夜深傳（陸壁鑿洞插以木橫覆小板若一失足則身赴橫流矣）金釵（花名）豔豔依青幕石燕飛飛繞翠烟為問異鄉河水客山頭騎馬幾時旋

俞兆岳字岱楨號五峰宣瑱子海寧廩貢歷官吏部右侍郎

五峰由宣平教諭擢福建大田臺灣知縣江蘇松江同知山東青州知府內升通政司參議太僕寺卿巡撫江西入爲吏部侍郎令臺灣時平士寇戎弁欲張其事以覬富貴五峰陽喜圍鑪設宴火其狀曰殺人邀賞必有天殃卒誅止渠魁高安朱公軾視松江海塘工五峰請必用石高安公然之守青州以事至會城大府方讌客召公酒行起曰山左旱饑苹桃藉忍對笙歌行樂乎大府慚思中傷之乃引疾　憲廟聞強項名特徵入見時洊歷卿寺出總江南塘工八年成七千餘丈撫江右時汰南昌浮糧銀七萬兩汰大江沙糧銀一萬兩汰潯贛兩關陋榷銀九萬兩閭閻咸奭頌之府志入名臣傳

登滕王閣

滕閣虛無已五年我來重建又巍然閣于雍正九年五月燬于火乾隆元年予來撫是邦始鳩工重建　誰知帝子千秋蹟翻賴書生一序傳鶩共霞飛空色裏虹隨雨斷夕陽邊憑欄未盡低徊意早有漁歌出浦烟

祝宣字在麟號頤亭增次子海寧貢生官安徽寧國同知頤亭以孝友稱在官三十餘年累權大郡多著政績

齋中紅梅經冬未吐蕚詩以催之

淩厲冰霜色似縞幾度巡檐愁絕倒主人夔花花無言催花恐被花枝惱憶昔江南逢驛使百花頭上開最早雲階月地見冰姿縱令無花影亦好我無豔曲助君妍落葉莓苔躬灑埽即今世眼競妍華紅腮莫使臙脂老

山郭

山郭眞成汗漫游登臨每怯仲宣樓千山落日收殘堞百里荒烟屬斷郵碣石談空無右席山陰興盡有回舟江關遙隔河東郡西望寒雲感暮秋老父時官山右

國朝杭郡詩輯卷九終　　錢塘吳慶坻校字

國朝杭郡詩輯卷十目 康熙間人約略爲次

丁　澂　諸九鼎　諸匡鼎　宋維藩　張元時

陸會禹　徐逢吉　田世容　蔣　淑　蔣宏道

周　雯　沈紹姬　潘問奇　王　錫　翁必選

翁必遠　顧　升　周　敬　邱　京　王　溶

周永齡　戴　熙　翁鼎業　翁遠業　沈用濟

沈在泩　孫大志　蔣　芑　王求皇　朱　湆

馮　瑱　王　潞　趙金章　顧　棟　邵　槐

毛宗文　毛宗亶　毛宗旦　孫　宏　梁文泓

凡四十八

國朝杭郡詩輯卷十　錢唐吳顥原本孫振棫重編

丁灤字素涵號天菴仁和人有青桂堂集

素涵與飛濤彭弋雲景鴻有鹽橋三丁之名與張步青壇諸駿男九鼎有三子新詩合稾之刻毛稚黃評其詩以爲夷猶而靜韶逸而令按景鴻善書與同里王岳生齊名又工畫毛稚黃言景鴻作老孝廉三十二年不得一官竟以貧死今搜輯遺篇卒不能得其一字可慨也

寄王丹麓

憶爾園亭好曾留落日斜影分幽砌竹月送隔溪花裴迪詩偏廢王猷興不賒丹楓時掩映何似赤城霞

貞娘墓

虎邱山下㭊垂陰斷翠零紅不可尋明月曾窺歌扇影落花還妒舞衣襟千年埋鏡溪雲冷一夕飛香墓草深莫學西陵蘇小小壁車何處結同心

從征美人燈詩和玉映

不須脂粉自容暉束素腰身挂鐵衣豈是烏孫初款塞何來神女突重圍鳳尖紅映桃花靨犀帶香吹柳葉飛悄竊兵符行海上鮫宮新捧夜珠歸

諸九鼎字駿男一名曇字鐵闇錢唐人有鐵闇樂清二集

駿男與弟匡鼎齊名八方之機雲軾轍嘗同姜匯思渡江風大作舟觸郭璞墓石匯思在別舟意駿男必大恐怖而駿男笑談閒已過金山詩且成矣其倜儻如此又嘗入蜀後卒于武昌府志入文苑傳

雞頭關

雞頭何昂然似向雲中鳴陽烏隱未出催促戒晨征雄關半天上仰視不分明下視坤輿底忽見江流傾石路未盈尺坎窞復拄撐踰此北棧畢險盡始得平下坂行曠野清江繞褒城女子閒汲井農夫多耦耕水邊花百朵柳下鶯一鳴暫得

出艱阻稍慰羇旅情

秋林

半夜客渡河天河樹杪挂落月漾金盆明星燦若晝每苦秋陽烈暫喜涼露快五更天反黑撥樹方入砦斷石同埋臼叢枝若聚藂草巖苦霧迷泥路哀湍壞蟾泉水氣毒木客蘿衣怪須知在窮途豈得樂行邁

寬川埠

泥滓滑道途夜行無正路策騎不能前往往溪中渡面觸樹杪雲衣灑花上露月黑飢虎叫松密蒼鷹怒緇塵易染人恐失平生素蹇予泉石姿束躬自修嫭遇坎思安止臨深懍危懼寄語寰中人毋爲遠游誤

咸陽

萋萋芳草古咸陽自昔雄風憶始皇十二金人環殿闕三千秦女卷衣裳離宮跨渭南山下鞭石成橋大海旁卻恨沙邱車不返魚燈風冷路茫茫

諸匡鼎字虎男號橘叟又號鎖石山旅人錢唐監生有說詩堂集

虎男母氏程夢虎入室而生故字曰虎男幼隨父避地山居雖在流離未嘗廢學孝廉江公子九爲尚書文昭公孫命虎男賦瑞藹詩援筆立就因大欣賞以女字之番禺屈翁山負大名見其詩貽書訂交且贈以詩有子詩溫且麗日贈我瓊瑰之句其後齋油素游諸侯聞幣聘相踵年七十五卒嘗選刊今文短篇今文大篇二種其未刊者爲今文駢體一所居在豐樂橋東爲古橘苑地故晚號橘叟并撰橘譜一卷附集中府志人文苑傳

懷毛稚黃吳志伊

一夕復一夕倏忽秋已來蕭蕭草木落浮雲何淒其思我二三友倉皇倒裳衣吳均是傑士毛萇眞我師曠哉二君子嗚

世自有期作賦準相如題詩擬左思草堂時命駕宴坐日已移縱橫遞言論使我神明開嗟余之藻翰顧曲安能知嘗得聞淸言比翼欲高飛幽齋獨寂寞芳草自萋萋開軒命尊酒聊以寫中懷何能時聯袂與爾共徘徊含情未得申反顧增歔欷

夏日過張氏園賦贈五子

赤龍燒雲雲晝昏爽氣不至炎風翻我來避暑卻無地閒過牆東張氏園張氏園中有五子年少才華一何綺與來促坐賦新詩豔比芙蕖映秋水五子首推談書升與酣下筆鬱雲蒸更有子征與昭遠昂藏慷慨眞良朋麟友鳳師稱二薛千里齊驅皆汗血北窗吟嘯雅好書竹陰坐想峨嵋雪予與五子稱忘形幾年風雨同醉醒高談觴盡不歸去月光已墮池

中萍

斗壇夜醮歌

玉宇沈沈天未曉金獸香寒塵夢杳七星隱現挂高城鸞語空中珠佩悄玉葉爲冠羽作衣刻麟盤鳳俱光暉星壇燭影化流電銀燈吐穗螢亂飛匏樽斝酒生幽霧青蜺書符鶴書步靈旗既逝雲路遙卻埽壇花笑神嫗勸君祈年休學仙驪山茂陵草逕烟綠文金字久寂寞銅駝夜泣埋紙錢虬箭不鳴河影沒霞裾翠被歸瑤闕封章遙遙達九閽赤烏叫落天邊月

村興

野坐多幽興悠然草色閒月明沙似雪雲起樹疑山破屋荒藤蔽空林倦鳥還獨行無俗侶傾耳聽潺湲

牛潛子明府署中新築落成漫賦

落成欣有日正值九秋時古樹連巢徙新篁帶筍移彈琴鶴起舞把酒月來遲卻喜登臨處揮毫且賦詩

九日山陽黃大宗集林鐵厓觀察查伊璜孝廉暨諸同人飛來峯登高限遥字

霜清木葉更蕭蕭扶杖登高未寂寥天外鐘聲催暮色江邊帆影帶寒潮丹楓晴照千山迴白雁秋飛萬嶺遥卻喜吾徒頻醉酒何妨落帽任風飄

宋維藩字价祝富陽人

夏樂只基輯西湖游覽志价祝爲參定

天然圖畫閣

野閣臨高岸湖光返照清無雲山自麗不月水長明醒眼花

開娟撩情栁弄輕一樽聊適意詩句付閒評

十八澗

一灣流水洗詩腸徑踏梅花處處香十里溪陰登古刹幾疑身入白雲鄉

張元時字廣平仁和諸生

退庵氏曰廣平爲國初遺老岐然子岐然字秀初號仁菴晚年悅禪釋名濟義

集霞舉堂看牡丹

俛仰春復暮賞心安所之攜羣恣幽討言披故人帷名葩發朱檻綠葉映清池馥馥芳氣吐藹藹穠華披顧瞻傾城豔自傷蒲栁姿斗酒坐相索歡讌當及時紛錯列珍膳襍沓飛羽卮風雨一時駛新月流軒墀感茲綢繆意沈飲不復辭多謝賢主人良晤安可期

陸會禹字汝諧錢唐監生

汝諧與毛稚黃陸藎思吳志上徐紫珊輩二十八有西湖讌會集又嘗編纂救荒之政爲救饑譜四卷乾隆四年同里給事中倪國璉奏進之得旨嘉獎賜名康濟錄發武英殿刊刻

露香亭同人雅集

宿雨消炎暑薰風動綠楊蛟龍起昨夜冠屨集斯堂高唱雲霞合新詩菡萏香空亭聊解帶曲沼更流觴深樹鳴蟬寂浮梁落照長醉來歌濯足此地卽滄浪

徐逢吉字子寧一字紫山或作紫珊號青蓑老漁原名昌薇字紫凝錢唐諸生有黃雪山房集

紫山與於西泠後十子之列居清波門外夾字港近宋聚景園舊有花光寺嘗賦霓裳中序第一云水光翻野樹自怕近花光小住披衣起華胥一夢正在烏啼處蓋誌其地也宋呼清波門爲暗門故時人稱爲暗門先生屋前有古井井上鴨腳一本大數抱相傳爲南宋舊物寒飈夜振霜葉委砌此黃雪山房所由名也少壯好遠

游足迹半天下暮齡不良于行鍵戶著書緜歷十稔清波小志四卷則口授稚孫削槀者也暇爲小詩或塡小令以自娛適有佳客至則據榻雄談移蔭不倦乾隆五年卒于山房年已八十五矣府志入文苑傳紫山從母適趙氏有女曰琳紫山十歲琳才五歲一日客至呼酒紫山曰舍外何人呼卯酒琳曰海南有客賣丁香以適有粤估鬻丁香酒也紫山又詠幾叢芳草淒迷綠琳應曰一樹夭桃爛漫紅後適人早卒詩亦不傳

繫龍洲

桂席下蒼梧三江水漫漫雲林澹日色烟雨生秋寒巍然有孤洲其象如龍蟠窈窕樓閣聳蒼翠芙蓉攢舉首回望之西粤形勢單苟無此一柱何以砥狂瀾吾慮鼇力薄負荷爲所難再令龍擁護始得磐石安將見斑竹枝俱成青琅玕從此入東海高天棹紫鸞

七星巖

茲山信靈異烟彩逼霄漢纍纍七星似脈絡總聯貫褰衣窮

海色側足踏天半穿雲岫轉遙入門路忽斷花覆玉女橋苔繡仙人案金幢垂欲舉石乳滴將爛蒲草綠堪把丹鑪火猶爨別有深境杳恍若淩飛觀萬古陰陽褋一氣鴻濛判蝙蝠礀底出雷文壁間玩疑通懸圃山直達芝田館攀躋夙所愛奇險豈云憚福地吾當游歲月誰能算

鎮海樓

南海有高樓照曜淩天衢大風來八荒海氣充四隅舉手折若木放眼窮方壺欄楯百層遶丹漆何年塗此邦盛霸氣割據雄規橅往往自尊大不獨一老夫說者地使然其理誠有無桓桓永嘉侯入粵專征誅相度陰陽勢刱此眞鴻圖三城不敢仰五嶺爲之孤紫雲與黃蓋遂合成荒蕪至今幾百年安坐無憂虞我來秋氣清登眺萬象殊戈船跡縹緲銅柱功

橅糊但見番船中時時來珊瑚我家藐何所回望楚與吳安得乘黃鶴飄然此江湖

花田

南河多居民家家種花田其田廣千畝香氣成雲烟花房露未濡花蕊如明珠大姑采不足小姑采有餘陌上同歸來裏以紅羅襦今年采花女明年采花婦花落本無心人生易白首

南海襍詩

昔日五羊郡曾傳萬馬來龍髯攀不得虎旅至今哀白骨劉鋹墓青烽趙氏臺何從覓遺老灑淚遍蒿萊

向夕客心驚鯨魚跋浪鳴萬重雲出海一片月臨城鞍馬秋將晚關河淚獨傾書生無燕頷不敢復論兵

瘴海秋來後空庭葉落初淒迷常不散沾灑欲何如絕域雙
蓬鬢孤燈一卷書幸逢故人在此意共躊躇
蠻鳥苦頻啼經秋日易西潮回池水溢山壓草堂低白髮知
難免青雲未有梯雖然畱舌在何以報山妻

初春自古蕩至西溪花塢尋梅

雨過秦亭外人來古蕩西村醪斟白水山筍剝黃泥老輿猶
如此新詩漫與題尋香入東谷重把一筇攜
花源渺何所船進木橋頭翠竹家家密清溪曲曲流古香團
聚落新月小滄洲不借僧房宿蘆中一夕畱

寄莫栭亭京江

雨雪經殘臘風光過一春極知能念我垂死復爲人遠道憑
書札微軀仗鬼神百年心事在聊以報情親

歲暮襍詠

大雪埋雙樹空樓罕四鄰可憐當歲暮猶有未歸人乞食知君嬾貽金媿我貧祇餘三尺劍千里好防身寧都魏昭士寓湖上謀歸不得

有客厭城市移家向水村梅花深竹裏風雪小柴門涫樸還虞夏勤勞長子孫卜鄰吾巳決當與數晨昏沈君雷臣移家江村

金陵

樹裏風香閣雲邊本末亭江吞三楚白山帶六朝青伊軋秦淮櫓郎當寶墖鈴蕭梁餘習在高座聽談經

送陸蓋思之豫章

一帆西向豫章游綠水茫茫不斷流七十二峯何處是芙蓉吹落九江秋

田世容字書升號守廬又號乃庵錢唐布衣

守廬母患痼疾藥百試不效醫者謂唯天目山海風藤萬一可療然率在虎狼窟中不可得守廬毅然往竟得以歸進之果瘥續學攻苦工書法且能以松枝蘸墨作書壯歲作四方之游後依朱參戎客滇十餘年歸里巳五十餘矣遂不娶葬其親于九曜山因築廬于南屏之西題其門曰守廬署其堂聯云萬里歸來只贍得幾卷殘書數莖白髮一廬終守未敢忘兩行翠柏一角青山繪守廬圖名流咸有歌詠有妹嫠居子死守廬典衣殯葬劃屋之半與妹居而養之終身同時與蔣雪樵宏道以孝行稱徐紫山逢吉爲作兩孝子詩而人又稱守廬紫山爲南山二高士乾隆三年敕建旌孝坊于赤山步五年六月坊成閏六月守廬卒府志入孝友傳

襍詩

黃農去人遠古道不復還相逐慕榮利一生何能閒幸我悟昨非翻然歸故山鄰翁亦熙熙相對開心顏

晨起步田塍新秧苗柔綠連宵得新雨巳覺生意足稼穡固艱難時和易豐熟莯刺須及時用陸龜蒙句殷勤勗童僕

蔣淑字令儀錢唐人有靜山詩鈔令儀詩有靜山之目未知卽雪樵之兄否附編

雪樵前以俟考

落葉

秋深葉葉下寒空此日辭條西復東孤館夢回疑是雨長林聲起半因風霜青月白猿啼處野店山橋客路中惆悵離人回首望翩翩猶戀夕陽紅

湖上襍興

山北高樓住幾家紅闌曲曲抱湖斜美人似惜春光晚齊捲珠簾數落花

蔣宏道字賓侯號雪樵仁和人有五柳園稾

雪樵與兄靜山以文行相師友鄉黨稱爲孝子通醫術以養親居父喪不沐浴爪翦者三年卽終身屛肉食奉母時涼燠謹藥餌夜必數十起母幾百歲乃終雪樵躬負畚钁成墳朔望伏臘必造葬所泣慕拜奠畢景而反雖風雨雪寒不避家居無他嗜好喜讀書爲詩以自適徐紫山老病湖上時贈以賣藥錢數年如一日焉厲樊

槲徵君序蔣靜山詩畧曰杭有隱君子曰靜山蔣先生爲明少宗伯艮夫公之後少苦貧嘗什一于市獨喜爲詩從毛稚黃先生學卜一廛于古清河坊買赫蹏以給口實而資其餘以給詩中年後屢遭鬱攸慨然曰給吾詩者天能厄之終不能厄吾詩乃徙居城東其地風土閒曠饒水竹豐蔬蓏先生樂之余昏于蔣氏先生爲予妻之世父見先生貧且老或不能給朝餔終不欲以非分取一絲粟與人交竟數十年無一語之欺謏然後知先生殆古之有隱德者益足以徵其詩之稱心而言矣

按靜山佚其名今編令儀詩于前仍附厲徵君序畧于雪樵名下志疑也

紫山先生相招食筍卽席賦酬

身自山中來悲餘復感老人生耄耋年同儕亦云少喜有徐元直人羣獨矯矯高隱將百歲顏色如少好村居竹林春嫩筍未成篠昨日手書來燒筍邀我飽揮麈論古事指掌能了了食筍美且鮮飽德益不小拜手牀下辭林中叫黃鳥

新夏同沈方舟陳孏園翁允大厲樊榭游靈隱過冷

泉亭遇雨時方舟自金陵還期而不至者家兄靜山

老友還故山良會成小訂買舟發明湖斟酌極幽勝披翠覓靈峯窅冥猶可認樹老雲氣封泉冷雨聲應接膝坐空亭曠言得心印彷彿竹溪游缺一興未盡歡笑復流連永日同一瞬再期踏清秋但恐疎雙鬢西顧霽景微林中響烟磬

重過相國寺懷亦諳上人

前年春暮此過從忽訝詩僧帶瘦容今到禪房吟鉢杳寺門零落一枝松

周雯字雨文號野溪錢唐諸生有自擕集八卷

毛稚黃序自擕集言雨文博學能文兼習武事輕裘緩帶吟詠不輟按雨文先居太廟巷小園花石頗勝王丹麓爲作山居詩其地卽今之紫陽書院舊址也晚年貧困寄居感花精舍人稱爲感花主人

奉酬曹秋岳侍郎雨中有懷

牘有園林在青山不厭貧引杯會好客閉戶闃無人紫燕生
雛小紅榴結子新薄田何日買耕鑿老閒身
一雨連朝夕閒雲傍棟棲神仙難點石山鬼漫吹藜古木扶
蒼壁奔流瀉碧溪何當鳩喚婦高臥小窗西

毛稚黃隱君將欲卜鄰先有是贈

我住南山下君來此卜居分花開石竇隔竹共庭除洗琖迭
嘗酒推窗互借書晨昏殊不俗幽意復何如

同人宿集玉山房

深林人不到竹石向窗分嵐氣開青嶂鐘聲隔白雲雨餘泉
更響禪定鳥初聞唱和皆無意班荆對落曛

宿蒼雲上人香谷

借榻宿香谷高禪物外情竹窗分蝶夢茅屋有禽聲兩耳松

濤滿孤懷雲樹清興來堪著屐不復問陰晴

沈紹姬字香巖錢唐諸生有寒石詩鈔十二卷

香巖年十二學爲詩沈思苦索嘗竟日不暇食人呼爲吟癡家饒于貲居東城橫河兩橋之閒其北卽庾園園爲香巖從祖庾菴所築經營七年糜以萬計中有石曰玉玲瓏本包涵所靈隱山莊舊物爲北宋花石綱所遺沈氏以百夫牽挽閱兩月乃致之園中庾園之北別搆半山園兩園相距才隔一巷卽華藏寺巷也疏泉壘石亭榭窈窕香巖皆作詩以紀之後遭家難避于南屏遇妓蕭又殊婢落花脫簪珥贈之使他逸乃游吳楚閒晚歲寓袁公浦瓦盆土銼與彌勒同龕始末幾三十年以賣文錢給朝夕性坦率客有詣之者或蓬首徒跣自據上座談竟遽入臥內久之亦不報以是延譽者少傳澤洪爲刊其寒石詩鈔府志入文苑傳

淮陰侯

鼎足才堪角兩雄當年應悔滅重瞳分羹父子恩猶薄推食君臣誼豈終獨有千金酬漂母曾無一語感滕公名成自古身當退沒齒休論百戰功

重過燕子磯

秋江寒色曉霏微挂席重經燕子磯世事正如潮不定客心猶共鳥爭飛名山過眼都堪賦好夢留人只當歸卻羨蘆中有漁父風波到處總忘機

錢唐懷古

城上黃雲鎖戍樓城頭古木叫鉤輈地從江底分吳越天向欄前挂女牛尚有荒祠題伍員還將尊酒祀錢鏐可憐人事多蕭索花草依然發故邱

寄懷查伊璜前輩

亭亭絕巘結蕭齋高峙龍門百尺階蘇晉堂前宜繡佛馬融帳後有金釵淒涼歌板憐君僻磊落文章與世乖戞我巴渝長擊節汝南月旦媿齊諧

少年行

對酒當歌氣似虹金盤一箸萬錢空引刀割斷倡門柳更有何人繫玉驄

潘問奇字雲程又字雲客號雪帆錢唐人有拜鵑堂集

雪帆一生孤寂年六十外出家揚州天壽山母尚在堂江都田梅岑送其祝髮詩云自悔披緇晚低徊別母難其間居亦云北堂恩重未成僧祝髮詩云心比蓮花向佛遲蓋蓄此意已有年所矣後歿于天寧寺揚州守傳澤洪葬之平山堂側爲文志其墓書丹則查士標也傳序沈香巖詩集曰香巖與雪帆性情同才品同其境遇亦大略相同又皆予至好他日當爲合傳列之維揚寓客中以存武林兩詩人之名亦千秋之佳話也杭堇浦太史掌教安定時與歙人江昱往尋其墓不得賦五律一章以弔之雪帆先有詩與田梅岑合刻雲韈齋詩話言有宋詩啜醨選本未見

春日過東莊晚宿淡公蘭若

冶游連日好強半在城東雪淨三春路鶯啼一寺風月輪看

漸滿花片落猶紅梵榻堪留宿深杯對遠公

郯城

舍櫂纔逾宿征塵已滿衣酒漿經魯薄楓葉過淮稀水涸魚仍賤秋深棗漸肥津亭多麥飯此日可調饑

葫蘆峪

一徑如蛇入蒼藤手自分石生都似筍嵐起不成雲覓路經熊館抨弓散鹿羣日晡逢鬼唱疑是鮑家墳

嚴灘

漫整荷衣酹逸民灘聲猶自動星辰富春近日誰漁父天子當年有故人名到先生纔是隱賢如光武不能臣羊裘去後烟波闊留得桐江一釣緡

空舲峽

衆峯高處望巫陽天下奇觀盡此鄉楚國種田都在嶺巴童看虎只如羊潮添水勢吞沙磧黛合雲梢露石梁夜靜猿聲聽不見古人詩句恐荒唐

紀陳震生與友人話別

四十年前數弟昆後來生事不堪論身如魯殿經秦火世若麻姑語上元倏爾竟成三度淺巋然曾有幾人存今朝話盡西窗燭可是當時舊酒尊

秋興

少小襟期與世違布袍時復傲輕肥爲尋無忌棲梁苑曾弔靈均入秭歸苜蓿花寒天馬病神仙字老蠹魚饑晴窗檢點奚囊句風月年年有是非

書陳將軍便面

虎頭垂老臥江濱李廣空餘百戰身馬蹀平原芳草綠角弓閒殺射雕人

贈常侍

曾伴宸游太液池玉階金輦侍昭儀而今南內多青草不似園陵奉帚時

王錫字百朋仁和諸生有嘯竹堂集

百朋為毛西河太史所賞朱竹垞稱其集句詩爲天造地設自然渾成生平寡交游沈歸愚尚書選別裁集已有姓氏翳如之歎朱文藻朗齋舊居在東城花斗巷屋後隔圃正對聽事三楹即先生之居也其後人有王千大者以治眼科爲生越十餘年朗齋他徙而王氏宅亦屬之他人所謂王千大者竟不知移居何所矣

過朱氏山莊

纔過合澗橋便到雲林寺泉石奇且秀疑非人間世不知萬木中亭榭更幽邃溪聲隔竹喧松色當樓翠鶴識嶺雲歸僧

將蘿月至嗒然吾喪我安問形與器

夏夜徑山退上人蘭若納涼

一入清涼境不知有炎熱山深雲氣濃松茂月痕缺煩滌陰澗風寒生北崖雪坐久身心閒禪燈半明滅既遠紅塵網復遇青蓮舌相與談空空性眞亦了徹

訪友不值

著屐訪高士頻來桑竹林路行春水斷門閉落花深犬吠疎籬曲鶯啼碧樹陰歸途又風雨獨酌寫幽襟

冷泉亭

小憩空亭戀翠微上方日暮客過稀春秋閱盡水長冷風雨到來山欲飛嶺半樹高猿每挂林閒雲暝鶴知歸炎天坐久寒生骨思向僧家借衲衣

過李白廟

誰道謫仙狂豪情託舉觴氣吞高力士眼識郭汾陽

翁必遐字尹若郡人

尹若超若弟兄與毛先舒陸進王武功徐逢吉沈錫輅趙沈壎吳允嘉周京錢璜朱宏直周崧王嗣槐沈可璋傅光遇解天泳陸會禹徐張珠釋顯鵬共二十八人有西湖讌會集

湖樓春飲

吳姬隊隊七香車公子貪騎白鼻騧別有春情拋未得孤山亭上伴梅花

翁必遠字超若錢唐人有桐村集

荅俞璥伯見訊

落魄柰君何長歌復短歌風塵天地老湖海水雲多病久存華髮情深寄綠蓑瑤琴何日奏招我入烟蘿

飲吳志上梨雲閣

放達情如此登臨興若何逢君具雞黍要我入烟蘿芳徑紅塵遠名園綠樹多徘徊不忍去把酒更高歌

落花

我亦江南搖落人繁花吹盡倍沾巾忽開忽謝經三月多病多愁過一春黯黯獨悲空外影茫茫都是夢中身殘香冷豔東風晚腸斷陳王賦洛神

顧升字隅東號斗山又號石帆原名峒字虞東仁和監生有寫山樓詩集寫山樓題畫詩

石帆以有文在手故改今名工書能詩善寫人物其松石大幅尤佳嘗自署曰髯松屢應京兆試不第康熙乙酉南巡進呈詩畫冊仰邀睿賞性至孝年六十時父母相繼棄養哀思不忘乃摹像于硯端而肖已像跪于側名曰思成硯銘曰九十親六十兒悲唏噓見無期出誰告反誰面如在上視此硯所著有菽旨堂文集四

卷分綠窗詞鈔二卷府志入文苑傳其妻姚氏亦善
蘭菊嘗有寫山樓合筆寫山者自顏其所居樓名也

贈王石谷

虞山眞面目夙昔在胸中筆落烟雲滿詩吟鮑謝工朱顏猶
似少鶴髮已成翁乞與鷲溪絹般勤拜下風

題家慶圖

十年襏襫溷風塵抖擻歸來奉老親藜藿得充瓶盎足斑斕
時舞笑談眞　聖朝有道原多瑞祖德無虧敢厭貧四世一
堂餘慶在不嫌邱壑置吾身
披雲何幸覩　堯天　天語親承畫舸前翰墨特邀　明主
顧姓名曾聽侍臣宣相傳藝苑成嘉話長戀春暉頌大年曝
背茅檐有眞樂湖山花鳥亦欣然

杏村惠草鞋

最憂山邊與水邊芒鞋宜與我周旋龍孫老去畱為杖鳳咮藏來亦有田芟草涼生新雨後灌花溼透晚風前回思匹馬風塵裏十載勞勞意惘然

送月田姪北上時予客秀州

十載曾為汗漫游高堂雙鬢已如秋歸來破屋真甘臥怕聽驪歌上客舟

憶昔淮陰古驛閒相逢片刻信緣慳一杯濁酒情無限珍重千山與萬山

周敬一名惔字柯雲海寧人

柯雲能詩善書性誕不受繩束晚益甚人目為狂朱竹垞先生特賞識之結為吟侶如暴書亭集中所載三潭采蓴聯句一詩是也

送春

只爲送春無處訴一番沈醉荅離情恰上小樓紅日晚栁花飄蕩過重城

邱京字禹平號稼堂仁和監生有滇游粵游諸集毛西河稱稼堂詩得錢劉風味

襄陽懷古

楚國風光入眼青中流問渡一揚舲峴山晴色連雲夢漢水春波下洞庭墮淚碑荒人寂寞登樓賦賤客飄零低徊往事斜陽外忽聽漁歌起夕汀

贈霍邱劉玉章彬

白眼看人久號狂吟詩偏喜帶奚囊誰憐異地逢佳客共說江干是故鄉劉向傳經多偃蹇邱爲下第更淒涼聞君游遍滇中景作記還須首點蒼

王溶字鷺瀾錢唐人有芷閣詩稾

鷺瀾爲虞氏白菴高弟白菴所居有十景曰一徑桐陰曰兩池烟雨曰小橋步月曰鄰女敲砧曰石磴松濤曰栖屏鶯囀曰夜央聞躍曰昧爽鶯鐘曰南宅平林曰北窗短岫鷺瀾各系以詩見雲蠖齋詩話

兩池烟雨

兩池如襟帶遠近一濛濛雨驟隨風捲烟輕入樹籠色迷桃李岸花溼薜蘿中重坐方塘上瀠洄景似同

周永齡字舜侶號西岡仁和諸生

西岡三試不售遂服賈以孝養康熙戊子己丑歲大饑與妹壻張武遻設廠賑濟見湖墅詩鈔

跋宋四名家詩後

中盛不復作風氣墮庸熟溫李尚奇麗晚唐陽春曲降自五季餘餘子俱碌碌宋興星聚奎文章返郁郁自成一家言應首推蘇陸能敲金戛玉則石湖山谷四子賦性奇臭味同一

族究其所要歸大率在不俗窮且樂山水不屑問帛粟達則居廟堂頗輕位與祿故其下筆神一本平時畜氣可吐虹霓力能扛鼎足清思入太虛妙響落琴筑予亦江海人淡然無所欲雖無八斗才喜展名篇讀似清風徐來似明月在屋烏逢芳樹棲鷗向澄波浴會見天地心撲去塵面目

戴熙字斐男號鷟峯錢唐諸生有鷟峯遺稾

鷟峯冬夜讀書兩偷兒鑿其壁相與謂曰冷竟不可耐先生徐向壁日惜吾貧不能炊一湯飲爾鄭鈞谷侍讀爲其高第弟子視學皖江以書延之笑曰吾老于青氈矣毋汚我竟謝不往詳見龔鐸鷟峯先生遺事

春雨懷俞庶諧客潮州

憶爾潮陽遠天涯嘆索居一春連日雨萬里數行書野草陰常溼梅花凍不舒束裝聞已近驅馬莫躊躇

新安舟中襍詠

已入新安界風微細浪生水清眞見底山好不知名縴向雲中曳船從鏡面行荒村深處宿徹夜聽灘聲

休歙稱名地山川果壯觀一村千疊屋十里百重灘出水石形異逼人雲氣寒誰將春碓置處處激危瀾

魚燈

綸竿收捲處一點映波紅楓葉疏烟外蘆花細雨中推篷驚宿鳥近岸撲飛蟲尚把殘膏剔船倉理釣筒

翁鼎業字允大號澄園錢唐人有澄園詩鈔

澄園所居有迎素樓面臨湖山得攬勝之要與兄夔九及一時名士時時爲文字之歡

秋日送徐紫凝之粵西

桂郡通交阯由來道路難黃花愁古戍白馬駭危灘荔浦烟光薄灘江水氣寒蕭蕭萬里去落葉滿征鞍

翁遠業字居子錢唐人

新昌道中

石矼危欲動近郭下籃輿邑小羣喧市年饑盆種畬積雲喚鳩婦深樹狎啼狙觸熱傷行役東皐思著書

沈用濟一名宏濟原名漢字方舟漢嘉子錢唐監生有方舟集春江詩鈔

方舟爲閨秀柴季嫻靜儀之子兒時即工吟詠與弟在沚下帷一室晨夕唱酬以爲娛樂荆花一集丁飛濤澎嘗序之少時受琴于母氏一彈再鼓用以承歡其詩持格甚嚴而饒有思致風人正則也貧老無子依三韓人張參議廷枚遺稾數千篇皆託參議收弆歿後遂不可問長安陶友蘭者愛方舟詩臨卒命以其詩殉亦異人哉近有某中丞刊方舟詩于粤東選擇不精佳者概從刪汰原稾轉致散佚可歎也府志入文苑傳

春風引

三星燦燦光欲動誰弄秦簫引雙鳳繡幌銀屏不見人巫峯

十二深藏夢素娥飛落明月光隔花鶯燕催晨妝試問春風誰短長海天不斷雲茫茫

王百朋洗馬圖

我昨湖頭看洗馬一馬毛骨與衆殊夔彼神駿不易得阿誰寫入王君圖王君好馬如好色朝爲摩挲暮拂拭飜愁餧養太癡肥欲赴英雄無氣力看君抱膝依古松身如玉山氣如虹奇姿寧甘老伏櫪絕足直欲追飛龍回頭顧命二小童絡頭牽出長林中一泓溪水白如練片片洗出桃花紅四明魏子艮近來工寫照我欲仿此圖畫出追風驃自憐駑劣久沈淪奔走關山手足皴願策圖中千里駿同君西去埽烟塵

過毛先生稚黃幽居題贈

何處堪高臥千峯帶薜蘿先生此棲逸古道豈蹉跎策杖尋

幽徑鋪璮就淺莎波光澄似練山色翠于螺湖海胸中闊烟霞物外多閒聽猿叫聒醉與鶴婆娑長日坐揮麈有時還荷蓑茫茫天地老此外不知他

天下大師墓

曾聞遁迹入禪關身似浮雲到處閒解道龍蛇潛草野何年弓劍傷橋山緇衣那有中官識御馬誰迎老佛還一自櫻桃無薦地肯留青樹在人間

望西岳

五千仞削勢崔巍西鎮坤維玉作臺海日夜從金掌出蓮花春向石盆開宮臨白帝三峯立城繞黃河九折來欲跨茅龍問酒母芝田堪種乏仙才

虎邱山塘有白傳舊隄其碑爲居民埋匿汪松蘿掘

得之

片石苔封閱歲華憑君磨洗認龍蛇從今覓得春風路送與
吳娘踏落花

王昊廬宗伯捐資贖甲寅難婦百餘口

紅淚千行濺鐵衣傾家不惜拔重圍揮金欲笑曹瞞吝只贖
文姬一个歸

蜀溝早發

北風獵獵水茫茫多謝吳門鼓棍娘鐵鹿長檣四千里送人
夫壻早還鄉

沈在沚字菁園仁和人用濟弟

齊河道中

曉發星猶爛天晴霧半遮馬蹄敲石火人面撲霜花幽興探

僧寺閒愁覓酒家一鞭空外響驚起樹頭鴉

孫大志字廣其仁和人有松鱗集

廣其嘗學詩于毛西河太史頗得其指授

留別盧硯堂舅氏

聚久那思別別時翻自憐空聞殷浩詠長媿魏舒年落日催行客愁腸不繫船櫂歌當路發回首意茫然

游西山岫雲寺

長廊迴竹園閒宇傍槐陰好友同元度賢師卽道林歸雲看入檻流水聽如琴安得違塵俗時存物外心

蔣芑字豐有仁和諸生

豐有有西湖攬勝詩吳慶百爲之序言其豪宕感激讀古識要領辛卯踏省門佹得之矣而不見錄其詠御校場有云岳侯就戮韓王罷獵獵旌旗太白高尤爲吳所稱賞

梳妝臺舊址

梳妝臺畔草萋萋，過客傷心望轉迷。國破殘紅悲舊恨，春深嬌鳥怨空啼。愁埋寶鏡荒原黑，畏見晴沙落日低。繾綣如畱歌舞在，不堪行客一攀躋。

王求皇，字雄飛，號菊存，錢唐監生。有菊存園偶存稾。

將入都

杭州七上古燕州，六十年來老敝裘。蟄處龍蛇塵土夢，天涯鴻雁稻粱謀。旗亭舊侶沽新酒，陌上繁花釀旅愁。曉踏春明門外路，馬嘶殘月度蘆溝。

旅懷 時客越中

瀟瀟暮雨響廊腰，旅邸輕寒又幾朝。鳩語喚晴春正好，燕泥銜冷雪初消。花逢寒食應相賞，客向旗亭許見招。歸去玉壺

新酒會馬蹄芳草段家橋

待燕

櫻桃開盡最繁枝蜂蜨紛紛燕子遲記得去年春社早東風樓上捲簾時

掩籬門

綠蘿陰裏掩籬門城市依然郭外村莫道春歸芳事了桃花生子竹生孫

朱涫字亦大海寧人爾邁子有曉亭詩鈔一卷

上谷湖湖爲天目支流北達長水注當湖由東沔會于吳江入海

瀰瀰上谷湖長流似衣帶列肆半水中青山澹其外往往多賈人千里通吳會魚米接密廛菱芡盈廣瀨催作亂雞鳴嚴更無犬吠樂土吾願畱避跡于焉憩湖月暮澄輝湖雲朝靉

靉雲月豈有心呑吐無細大

送表兄查韜荒之燕

執轡相從苦未能長途空復念良朋衣穿大漠三秋雪書阻
黃河十月冰廢堞花深嘶去馬荒原草斷啄飢鷹遙知此去
金臺近姓氏高題最上層

三千客路重開關此夕相思不暫閒殘月樹頭迷野店夕陽
驢背度秋山漫憑濁酒消愁壘肯被清霜破壯顏引領天街
飛鏡遠流光夜夜燭刀鐶

馮瑱字瑤席郡人

過訪王丹麓留飲

步入高齋靜還成雅集歡騷壇誰獨峻觴政且從寬樹映池
波綠燈搖書幌寒悠然藉杯酒疑義析無難

王潞字臑菴餘杭人紹貞從子

夜不成寐

屏帳涼生枕簟秋徐吾東壁候蟲愁琴心客夢通孤枕雁影江聲共一樓老不讀書辜白髮衰難換酒憶青州何如早盡蓮花漏更擬明朝秉燭游

趙金章字錫九號清漣仁和人定海籍諸生

陛瞻弟招諸昆季園中觀梅

無事偏宜飲檐梅始放花寒姿明積雪香影入流霞籬落春何早園林趣自賒坐中皆白髮孌欒儘堪誇

顧棟字工掄永年子仁和監生

工掄父以事戍奉天康熙丙子　命戍者運餉軍臺効力贖罪工掄代父運至三十六臺父得免歸父歿哀號嘔血卒以孝行賜褒

和友人詠射

矍相常觀德由來六藝全電流嚆矢疾月滿引弓圓都尉雙鵰重將軍三箭傳桑蓬曾有志姓氏勒燕然

邵槐字舞青號晉齋仁和人宗賢子舞青名槐見塘棲耆舊集原輯及輶軒錄並以舞青爲名誤

晉齋少遭家難以教授五經餬口暇即苦吟不與俗客相接年四十餘喪婦不續娶卒無子至七十餘歿曾借其族人一老屋鍵其戶曰吾歿時可啓視之及啓有一櫬櫬中物纍纍皆殯葬必須之物也櫬上署曰不敢累人其爲人可知矣朱大樽茗香云

贈友

良友從來不易求于今何幸得同游軒昂氣度雞羣鶴駘宕風情水上鷗雅量何妨容俗士疏狂偏喜接名流麤才若我公休笑落落相知已有秋

偶作

早起呼童子開門埽綠苔今朝風日好應有故人來

毛宗文字建平號半山更號皐亭錢唐人有雅扶堂詩集

半山爲稚黃從孫稚黃集中稱其善書朱朗齋文藻言嘗見半山所題鑒徵上人畫竹深荷淨圖卷楷法精整是稚黃語固不誣也雅扶堂集中自題北郭草堂曰結廬在北郭開門見西山又以半山皐亭爲號故朗齋謂其所居當在艮山武林兩門之閒

自題北郭草堂

結廬在北郭開門見西山爽氣入襟袖清光生戶閒雨歇遠峯翠林靜孤雲閒有酒自斟酌無人相往還

題鑒公納涼圖 按此即竹深荷淨圖卷王暐丹麓周京白山吳儀一舒鳧吳允嘉石倉同賦詩而半山一人書之

垂楊高百尺池館綠陰中座客來陶令山僧即遠公茶瓜獻

清供荷芰送香風余亦耽泉石招尋調可同

同友人泛舟石塘歸及日晡而嚴城已扃矣因過八蜡廟投宿與修能師話舊爲作詩紀其事

郡城嚴啓閉僧舍得經過樹密來秋早牆低受月多煮茶談往事炊飯薦新禾社鼓聲偏急田家正醉歌

題吳舒鳧吳山草堂

吳山佳處草堂幽高士棲遲傲五侯雨過溼雲生屋裏風來落葉滿牀頭朝看海日連潮起夜挹湖光帶月收坐擁圖書閒騁望銷憂絕勝仲宣樓

除夕同佟鍾山別駕入靈鷲看雪兼訪碩揆上人

除日相將訪道林因風柳絮正紛紛山中清況梅兼雪此際閒人我共君驢背哦詩懷白墮僧房留客薦青芹欲歸更上

層樓望一帶嚴城壓凍雲

即事

纔逢熱食過寒食旋理生衣換熟衣竹不嫌貧加意綠鳥如相厚傍檐飛閒中信步花留住醉後高歌月送歸但得此生常似此更於何處履危機

春草 十首錄二

一片芊緜望裏開深於楊柳淺於苔舊遊迷卻王孫路入夢爭傳謝客才寒谷雪消沙正煖老梅香盡燕初來笛聲吹得斜陽落兩兩三三放犢回

已逐荒烟老歲華春來依舊遍天涯原頭獵獵征人度河畔青青少婦嗟軟襯芳洲千點鷺密藏官地幾聲蛙浣紗人去溪流碧一帶平蕪是若耶

安宜喬氏西爽軒送汪寓昭南還

下豉蓴絲滑似酥冰盤斫雪四腮鱸未能卽便抽身去半爲霜螯半酒徒

同人河渚觀梅作

和風輕漾家家竹暖日晴蒸處處茶紫翠峯巒烟靄裏沿山十八里梅花

汪家水榭舊曾游高氏山莊一倚樓載得管弦攜得酒遇花多處便停舟

毛宗亶字山頌號南屏錢唐監生有凝霜閣詩

山頌豪邁不羈其于詩則風發泉涌隨物賦形若成構在中無枯心落髯之苦

榆關曉發

殘月林梢尚半彎征車溼露下榆關地窮絕塞東臨海雲暗

長城北枕山遠堡疎烟人寂寂隔河亂石水潺潺故鄉不在金臺下何事征人鬢已斑

出都寄三弟辰再

涷合河橋愴客魂愁看脂秣對離尊三年蹤跡常燕市千里關山又雁門同氣弟兄皆遠別故鄉耆舊有誰存好將菽水承親意潦倒風塵未可論

安肅道中遇錢幼鯤自洛還京師

立馬荒原正夕曛據鞍覿面意殷殷已欣游子初辭洛卻苦萍蹤又渡汾郭隗臺前頻作客劉伶墓下恰逢君擬教沽酒聯牀醉無柰前村已暮雲

晉陽懷古 有序

寶賢堂石刻明晉王世子朱奇源所集也與淳化閣帖

並傳海內李自成破太原石散失不可蹤跡歲己亥郡守宗彝下令遍索得舊石二十䃶築亭以覆仍名寶賢及寶婺戴夢熊令陽曲復求民間藏本補摹上石遺跡得以不泯偶覽邑乘感而有作

晉藩殘苑俯郊坰蔓草秋風野火青日夕山前來牧馬雨餘沙際度流螢恰憐仙令探遺迹重倣銀鉤補舊銘明月不知雲海幻夜深猶照寶賢亭

毛宗旦字辰再宗亶弟仁和監生有俟秋草

辰再與湯西厓有舊西厓官翰林時辰再亦游長安相與研講聲律所業益進其詩自貢性眞不專琱飾亦不爲鬼瑣譎詭之製生平精于數學著九章算法若干卷

乙亥除夕

去年臘盡當寒天敝裘短褐霜風前今年殘臘復如舊開眼

已過廿八年始知窮達有定分可惜日月不少延憶昨炎蒸賦行役出門上馬心拳拳山川迢遙路險阻北走禹甸尋幽燕男兒賦命既窮薄天涯流落空茫然玉堂編修富文翰手骨自是蓬山仙平生好客為張楊每逢臘日開華筵金盤膾切銀絲鮮碧椀酒傾第二泉雕梁燈紅光燦燦膽瓶花冷顏娟娟高談不聞更漏傳但覺畫鼓聲喧闐椒花柏葉歡歲晚我獨未著青雲鞭家山雖有歲寒約歸去苦無二頃田人生聚散亦偶然有酒斟酌毋流連功名富貴等閒事明朝且讀南華篇

次韻方文輈旌德旅次

壯歲曾為客依然不甦閒川原驚我老魚鳥笑人頑有酒樂莫樂無家山上山自從鄉信杳日日夢柴關

寄懷從兄建平

燕南連趙北底事客輕游入世憑青眼思鄉易白頭烟波湖上艇歌吹酒家樓何日還山麓花時共勸酬

湯西厓太史寓齋花放

插竹編籬似小屏朱朱白白綴繁星枝因向日苞先拆門爲酉賓晝不扃鋪遍短垣猶歷歷賸來瘦骨已亭亭故園亦有閒桃李只隔西山幾點青

新晴湖上同錢治人許華野周臥滄岐年集水明樓分賦

出郭欣逢雨乍晴好風吹斷滴簷聲柳絲著地似無力花壓笑入殊有情纔放棹歸烟漸暝再登樓見月初生推窗莫使遮山色翠靄蒼茫四面橫

尋芳須趁十分晴聽徹中流弦管聲愧我不如飛鳥逸笑人徒有羡魚情冶容照眼異花發亂響出山春亦生判得連朝嬾歸去綠波一葉任縱横

四月望後一日吳門同湯西厓都諫吳寶厓周層巖岐年顧搢玉訪馮文子寓園即席分賦用樂天欲與元八卜鄰韻

水郭烟墟性所親自憐飄泊此閒身來尋舊雨穿三徑會負名花過一春盡此日歡君好客定他年約我爲鄰當階紅藥如相識記取同時酹酒人

花朝風雨與王漢階江頭話別

垂楊垂柳古邗溝傷別傷春豈自由二月鶯花懷故國滿天風雨作離愁斷無散失雲中雁絕不猜嫌水上鷗他日重尋

揮手處驚濤拍岸一孤舟

蘆花

垂垂楊柳傍蘆洲可惜蘆花不耐秋捲地西風舞晴雪只疑花在柳梢頭

一望汀洲散白花似雲如絮委晴沙無端苦學悲秋客終日飄零不憶家

孫宏字衛郊號南樓錢唐諸生有南樓詩鈔

南樓爲丁飛濤澎外孫生平游歷最廣北燕趙東齊魯南衡湘西巴蜀船唇馬足三十餘年故其詩頗得山水之助晚年以母老歸里闢小園蒔花數百種吟賞其間屬句未就夢中猶作吟哦聲

贈顧孝子 孝子名棟字工掄代父從軍運餉贖罪朝野稱焉爰作歌以贈之

偉哉顧孝子代父出邊關輓輸萬里上馬去鞭梢直拂寒潭山大義從軍何勇決少年不惜新婚別総童有志請長纓不

爲封侯慕投筆絕塞重關險阻憑嗟爾儒生弱不勝鐵衣凍合黃河冰三十六臺霜雪凝惟君義氣蒼穹眷定有神靈掣雷電妖氛潛匿鳥獸散威風不數天山箭奏凱歌鐃遍朔方王師旋報滅欃槍爲問飽騰誰借箸當時孝子身能當歸來拜父成歡聚親拂征袍馬頭住庭前笑語更開樽挑燈細問軍行處

石公子豢鷹歌

蒼鷹神俊何獨擅裂霧披雲掣奔電金眸玉爪勢軒然一擊萬里飛龍劍雄狐狡兔草間絕大鵬雲中灑毛血嗟爾啁啾鷃雀儔剝啄寧避秋毫瞥八月風高玉帳飄韝門健兒馳獵驕颯爽得霜勁秋骨兀立側腦看青霄摶風倏忽翻韝上百中何期心有向主人惠養恩已深忍思飽向蒼穹颺

村竹

南畝尋農老，東鄰問酒家。水深村路斷，石亂小橋斜。野鳥驚人散，山榴帶雨花。喜聞蠶事好，處處響繅車。

游聖果寺

翠微通徑曲，寶殿倚雲開。嶺樹穿簷出，江潮入檻來。磴危懸薜荔，碣古抱莓苔。何處尋靈運，繙經卻有臺。

梁山

長江空鎖鑰，峭壁峙東西。石倒猿旋挂，雲深鳥暗啼。濤聲驚澗落，日影傍峯低。弔古情何極，鄉關望裏迷。

泊涪陵

山色孤城合，林霏入暮斜。雲昏迷過雁，江淨落歸鴉。作客三巴路，維舟一水涯。長途終寂寞，村酒尚能賒。

寓土窰口占

山深殊窈窕暫爾拂征塵飯熟崆峒麥醅新土窟春篝燈堪作伴麋鹿與爲鄰多有茅茨舊銜杯問主人

峽口

峽口瀠洄一葉橫危巖峭壁兩崢嶸灘聲直上黃陵驛山氣平吞白帝城到處哀猿啼不住無邊怪石勢全傾那知身在羣山裏日暮猶聞鼓櫂聲

梁文泓字深甫號秋潭一號薜園又號龍泓文濂弟錢唐諸生有薜園詩鈔文濂爲雍正年歲貢故編于後

秋潭以兄溪父爲師終身執弟子禮惟謹性孤介寡交游布衣蔬食泊然自甘迨文莊公既貴遂不復應舉恥以官卷中式也工書眞行隸篆無所不能而于篆尤致力嘗爲說文補字補註鈔綴成帙爲人所匿世間遂無副本詩文稾多散佚且爲書名所掩故鮮有知者府志八文苑傳

題蔣湘帆湘江載酒圖

千斛之船空所有卻載酒人還載酒酒歌未已酒已空白眼青天杯在手酒人縱酒年復年酒懷飛繞湘江邊湘流作酒酒載船一帆縹緲陵湘烟湘江之山山幾面照見江山深復淺更挹湘流入酒杯船頭坐對湘帆轉帆轉湘流身世同一杯高浸四天空酒醒酒醉湘帆外任爾東南西北風

贈遠

夜月還晨月啼痕與酒痕青青河畔草嘍嘍遠人村一櫂迎烟水三秋隔樹雲相思何限極遲爾雁來羣

初五日口占

裹巾頮面日初紅洗足登牀夜正中識字免營沽酒直課徒兼有讀書功爐灰深覆浮浮煖窗紙新糊了了通憑語市朝

車馬客未須抵死笑冬烘

種樹得雨喜賦

油雲忽聚曉風前郭橐駝來喜欲顛密雨便隨疏雨後種花恰遇養花天紫薇葉老重重潤綠橘苞香箇箇鮮莫道太空渾不省從來膏澤有時偏

鐵士致予南塘書屋中屏塵事朝夕促膝予感其意示以此詩字數無多然不佞生平苦趣約畧盡矣

庭懸蛛網案凝塵閱盡年光番番新攬鏡有時嫌故我鈔書異日付何人慨慷賸有長歌在慰藉翻增太息頻位置不難渾未得一邱一壑臥雲身

赤山步訪田乃庵研墨出小照索題漫書四韻乃庵廬墓十年矣

徑向南山繫釣船村深屈曲引寒烟從來孝子多廬墓聞有先生道姓田隨意歌呼天籟叶數行科斗史皇編清襟高躅誰描得好與湖山一樣傳

嚴陵

閱盡人忙我未閒輕帆曉拂富春山江寒自覺裘溫厚魚美遑從帝往還半壁古臺高律律滿灘逝水碧潺潺垂綸悔不當初學空羨輕鷗浩蕩閒

衢州

高高樓堞挂朝暉白白灘沙擁釣磯一路碓房舂紙急前村鼓樂鬬牛歸橘林花白蜂王樂麥隴芒黃雉子肥聞說徐君遺廟在當年仁愛未全非

登陸

三百危灘七日程灘行行盡卽山行肩輿裹裹柔還健行李軒軒重若輕高處麻棚低處稻石閒泉溜草閒鶯我來只作游山想無復鄉心與客情

五月四日抵廣信晤雪槎郡伯

行盡千峯又買舟隨波曲折向西流山川略似吾鄉美情話兼寬旅思愁攬勝昨曾揩病目探奇還擬問遨頭停橈恰近端陽節記插榴花古信州

觀垂釣按時有勸先生應舉者作此示之

一溪新漲失前汀照見春山處處青香餌自香魚不餌釣竿只好立蜻蜓

身世消搖那可量犗投十二未荒唐語君好試垂綸手莫共鸕鷀校短長

復園牡丹以十月作花同人分賦四首錄一

穀雨收時翠葉新巳拚隔歲再相親儻來富貴原難料未及開春及小春

國朝杭郡詩輯卷十終

錢塘吳慶坻校字

國朝杭郡詩輯卷十一目 康熙間人約略爲次

周經邦 孫寅 吳文謨 顧洪 陳朝儀

趙端 馮復鐸 朱榆 應重華 皇甫士坊

張孫鳳 陳之瑜 龔茂基 金日燦 江運機

丁詠淇 陳克鬯 嚴烺 嚴啟煓 馮法唐

馮法京 袁宏謨 楊景漣 楊標 楊觀誠

孫永謀 徐秉仁 汪衣善 劉允升 張泰

沈岑 李濤 張一騤 王孫華 傅廷標

俞長纓 鮑庭堅 金標 金蘭旌 周豐

沈周世 陳善 陳綱 章達 鮑棫

倪祖喜 何洪文 李琯和 楊發 許掞

翁世衡 許大綱 高曰崇 周初 桂成章

仇瀾　仇瀾　姚廷傑　柴允鋒　柴允鍠

凡六十八

國朝杭郡詩輯卷十一　錢唐吳顥原本孫振棫重編

周經邦字理齋錢唐廪生有玉壺集

理齋精于文律郡城諸名宿如句山太僕輩多受業其門一歲逼除與其室人對理漢書値索逋者至指案上日已在是可將去言畢讀如故其篤學如此

山塘泛舟同堇浦作

景入初冬稱晚游蒼深巖壑起人愁千秋陳迹歸金虎十里橫塘見玉鉤古墖靜看棲怖鴿畫船淸似泛輕鷗梟溪尚有灣環路夾岸蘆花盡白頭

孫寅字柏堂錢唐人官安徽潁州知州有潁州集按潁州雍正十三年始升爲府

柏堂工畫今遺跡已不可得

題畫

爲羨鱸魚近釣筒烟波江上老漁翁歸遲蕩漾秋巖下明月

蘆花一笛風

吴文謨字彦暉錢唐人有長春堂集

秋日渡皖江

浩渺長江不斷流風波千古歎沈浮雲山烟樹六朝迹楓葉

蘆花兩岸秋鴻雁聲中來旅思曉霞影裏出城樓布帆無恙

扁舟穩極目東南羨海鷗

顧洪字省源錢唐諸生

下灘

不到艱危地那知性命輕舟飛穿石罅瀑急帶山傾怒似千

獅吼狂于萬馬征孤懷與流水相歎幾時平

陳朝儀字陛來號望菴仁和人官福建甌寧知縣有公餘

集

望菴數奇不偶試爲吏得閩之甌寧甌寧于閩爲最衝馳驅鞅掌寢饋不暇然好爲詩常抱沒世無聞之恥自序云聞有所得形諸歌咏深不欲以俗吏自棄可以想其志趣矣

沈梅菴招飲卽事

羨子眞能避俗情慚余官事走山城人生能得幾寒暑知已須當略送迎滿酌敢辭終日飲淸歌還記舊時名（歷數都爐門歌者）香正好供淸話新月偏來促騎行

趙端字又呂錢唐貢生有振古堂集

舟泊

淸風揉瀲灩澹宕夕陽時隄樹籠烟合山雲帶雨移曲橋流水疾短澗落花遲隔岸荒殘寺鐘聲傍晚隨

戴公園

碧草青蔬滿路生荒園猶識戴公名一從澤國嘶征馬無復春林聽曉鶯北郭烟消孤嶼出南山雲起衆峯晴吳陵泯滅同黃土留與村童放犢行

馮復鐸字又將仁和諸生

雁字

高秋極目幾行分賴爾窮居慰寡聞入塞喜多風雪句排空亂落斗牛文江天汗漫橫霄漢沙溆微茫點夕曛若使右軍能領略學書應不羨鵝羣

朱榆字守田樟弟錢唐監生

題兄鹿田刻曲集

慙余凡骨欠仙緣未踏山陰雪後船卻羨劉郎重誤入桃花又遍洞門前

才人偏嗜探幽谷詩境都從仙境生一折水簾山一面丹青翻恐畫難成

應重華字惠來號惕庵撝謙從子郡諸生有惕庵小稿

惕庵壽踰百歲以子際盛貴得封

述意

昔有魯狂士言志超羣英悠悠千餘年鏗爾有遺聲達人會其妙而我復何營薰風從南來曠然宇宙清開軒展書讀落月如飛瓊仰見青雲端相去尺不盈彈琴起長嘯梧鳳空中鳴知音猶尚在懷古思怦怦

皇甫士坊字子儀號儒齋錢唐監生有儒齋淨土集

退庵氏曰儒齋客幕久晚歲倦遊以念佛爲事子鯤乾隆辛酉拔貢

蘇小墓

西泠橋畔亂啼鴉芳家猶傳蘇小家歌扇影沈湖底月舞衣紅綻陌頭花春隄嘶斷黃金勒夜雨空懸油壁車惆悵風流年少盡不教司馬怨琵琶

張孫鳳字覺西號丹山仁和諸生有丹山先生集

小遊仙謠

玉顏紅頰賽桃花一本撐持五葉遮丹鼎九成鎔大治盧都觜上活硃砂

認蕉覓鹿正迷離卻有漁郎櫂暗移只怕覺來仍說夢落紅狼藉溼胭脂

陳之瑜字不瑕仁和諸生

秋野卽事

亦有好崖客同居數十家誅茅酉徑窄編竹夾門斜山樹吹

紅葉溪田漲白沙杖藜看父老搔首悵天涯

龔茂基字培源錢唐人官山東濮州吏目有澹若集

培源終身不娶仕爲濮州錄事位卑祿薄清節凜然濮州民猶尸祝之歿後從子鑑展墓詩云鶴子梅妻林處士竹師水友白香山可以盡其品槪矣

月夜觀潮

日落江爲暝風馳水自渾怒濤當夜卷遠岫入雲昏蜃氣連霄漢蟾光出海門不敎遮望眼天上露秋痕

金日燦字玉書仁和諸生有枕上吟

懷章豈績

別君纔半月正復似三秋隻影梅花瘦寒檠燭淚浮蠹書藏倣篋好夢識歸舟空對一尊綠何能解客愁

江運機字上觀仁和人

上觀身世未詳詩附鈍翁類稿杭太史世駿采入桂堂詩話中

和汪堯峯姑蘇楊柳枝詞

白傅遺蹤半草萊李娟張態亦塵埃依然隄柳年年在不見風流刺史來

嫋嫋婷婷故苑開昔年曾受使君攀若隨蓮鶴俱將去爭遣移情綣小蠻

丁詠淇字瞻武號蓀濱居士錢唐人有蓀濱詩鈔

瞻武二須堂集爲所自編皆古文也頗以扶持名敎爲主其曰二須者取諸葛亮學須靜才須學語也集中有蓀濱詩鈔序又別有仰編序仰編者蓋其筆記也

論詩絕句五十首錄二

承旨才華比李蘇虞楊范揭莫能踰閨聯才偶眞同調坐對賢兄悵異趨子昂在元時比之太白東坡松雪才技擅絕一代不免滌坐于乃兄可知才高終不如節高也

山川日月鎮常新天地元音自不湮繡出鴛鴦教細看金鍼度與慧心人鴛鴦繡了從君看莫把金鍼度與人余以爲遺山吝教矣作此轉語戲爲元先生解嘲

陳克鬯字震修號雲怡確孫海寧諸生有雲怡詩鈔

雲怡幼慧八歲作冬夜懷祖詩乾初先生見之欣然屬和焉

春夜宿吳玉章南樓

近市何曾識市喧知君心遠地同偏溪聲半夜忽相送燈影一樓還共眠節近花朝催暮雨愁隨芳草徧春烟誰能更作劉琨舞孤負荒雞已十年

嚴烺字曙升號琨巖沆孫曾采子有晛晴軒詩選

琨巖少穎異淵源家學詩古文皆踔厲風發所遺數奇而年命不永見其從兄仲章所爲詩序府志人文苑傳

秋風鳥柳州產相傳桃葉感秋風化爲此鳥

食指動奇絕非卵而得鷇徐知秋風禽俊味奪秋候雞雛一名秋候

駢頭腦可鹽入口髓成漱吳黃漫多脂燕鐵苦銛味吳中黃雀京師鐵腳大小與秋風埒為鼠昔可會化蛤今恐又都如龍嗜燕竟忘豺祭獸氣漸臘瓮香狀仿春林秀誰與遠寄此清矣龍城守秋風春物變鳥聲桃葉後麋軀報公門忠出花果右

清明日同東白弟虎踞關踏青

年時春草草此日清明好天涯有弟來相與論詩稿北郭多園林幽曠天所造新烟蕩遠空繁花媚晴昊況乘微雨後塵土淨如埽擕茶就清泉訪古及野老鄉思未暇生灑然豁懷抱

同姚南屏至南埜

君家幾處有名園南埜新開又一村向背溪山仍翠色往來燈火自黃昏壁間異代聞詩話亭壁書羅景論山棲志石上重遊見酒

痕猶恨桃源問津晚雙松化去茯苓存

題許九田浴鳧圖

海曲春潮去復回水禽浴處綠蘋開兒童不打池中鴨合有鴛鴦對對來

嚴啟煓字楚鄰號初鄰沆孫曾業次子餘杭貢生有古秋堂詩集

初鄰能世其家學以貧故奔走四方故詩多抑塞磊落之氣

寓相國寺酬沈叔艮次元韻

書劍渾蓬勃誰言氣自華征途今世債禪界宿生家懷古愁空集交君夢亦誇江鄉壇坫冷回首夕陽斜

古寺餘叢木涼從竹簟生今風飄旅思舊雨慰交情雛鳳聲嘗憶天漿詠更傾何當苕水上茶箭重尋盟

風字硯

尚有蘭亭墨瀋濃（王右軍用風字硯大尺餘色正赤）寓形專頌富春翁方員不逐時人好平坦還存太古風滌向月潭生地籟書成雲篆總天工鳳凰池本尋常物設盡諸賢過耳空（米芾硯史晉人有硯如鳳字者下兩足謂之鳳足所謂鳳凰池是也今誤爲風字）

林得軒新齋

牙籤遙映碧天空香結樓臺筆吐虹欲賀新齋無長物贈君明月與清風

鎖茗橋

樹裏環橋傍水莊從來此處斷人腸縱教鎖得茗流住難鎖愁人在故鄉

馮法唐字栩門錢唐諸生有栩門詩鈔

碧溪詩話言栟門著詩極多今所見者僅康熙乙亥丙子兩年之作其詩氣逸而情暢無沈悶裁綴之病

緼袍

咄嗟敝緼袍補綴已十年下體不掩骭上體露兩肩隆冬十二月藉此禦寒天寒天不可禦北風從內穿路逢挾纊者相視不敢憐

夜館

夜館一燈清寂寞身在故鄉如遠客緜無溫氣酒無力幾回欲眠眠不得破帽青衫年四十蠹老螢乾頭半黑强作詩篇書感激硯冰筆凍字跡白

金遠村雨中來飲酒

寂寞揚雄宅春風一片苦酒錢貧不省好友兩還來花鳥閒情在文章生面開故鄉空蠟屐誰上越王臺

初夏

日照一天雨陰晴不可量大眠蠶欲老小滿麥初黃紫燕營巢急流鶯叫樹忙英雄在寒餓悔不事農桑

廣陵吳子野別十載矣遇于湖上飲酒作

汝子復有子安能我黑頭一尊對老友十載別揚州身世餘殘夢功名笑野鷗兩峯蒼翠好相勸且句畱

湖泛同遠村

水底草分明輕舟鏡裏行山光一雨出春色衆花成酒在愁時飲歡從苦境生相看唯爾我落拓有同情

除夕

四十明朝鬢已絲過年有味若兒時牀頭壓歲金錢少次第高吟除夕詩

倒執殘編學讀書大兒小小體舒徐阿甦眞是貧家子只索青菘不索魚

那得家徒四壁存一椽寄託郎華軒（時寄居外家）竈觚逼近眠牀側何地燈迎竈子孫

也貼團圞百子圖松枝然火且圍爐青柴紅米不須貸歲暮無人來索逋

殘臘剛剛今夕除送窮何必結船車新春檢歷明朝是兩字迎春帶醉書

頻年生計累何郎（古銘）歲暮猶然宿草堂把臂引杯情落落貧交能久是文章

踏燈詞

月上層城晚色開十番新曲奏高臺俄聽鉦鼓聲聲緊又是

龍燈隔巷來

前引雙雙是彩旗馬燈對對坐燕姬少年學盡閨中態濃點
朱脣闊畫眉

新宮橋接望仙橋夾岸星毬水底搖烟火紅竿高揭起團團
燒出紫葡萄

圍屏安用料絲張大小珠毬亦少光製出新燈工巧絕輕紗
面面簇西廂

獅子鼇魚巧樣裁兒童高矗去還來遺簪墜珥今時少拾得
春蘭與臘梅

題畫

翠微深處到門庭仙者三人策杖行大柏長松風到處一山
都作水來聲

春屏行後復得詩一首

多少長亭共短亭一亭相送一亭迎此身安得爲明月照爾宵行又曉行

馮法京字鶴川錢唐人法唐弟

鶴川歿年才二十七葬鳳皇山下

夏日游蓮居菴

大火乘權日來尋老衲家石牀生野蘚古樹長藤花處士陶潛酒山人陸羽茶十年空碌碌一倍惜韶華

袁宏謨字汝嘉號雪坡錢唐諸生

雪坡爲朱澤州樟姊壻少同學于毛西河西河稱賞之嘗云汝嘉風格絕似六朝下帷朱氏日及園吟咏甚富以鄰火不戒詩草被焚子彤字謝庭諸生得筆法于蔣湘帆以能書名見抱山堂詩話

喜鹿田歸里賦此贈之

裹糧不畏長安遠豪豬韉踏紅塵軟禮部門前春思深柳絲染就宮袍淺錢唐才子善屬文今君穩作新郎君如何過眼迷五色姓氏不得干青雲掉頭竟去不肯住犢車直走叢臺路叢臺芳草碧于綫芍藥遲開菩薩面撐船訪寺春水肥風餐露宿筋骸倦始信人間行路難名場鹿鹿幾曾安孝標詠燕飄零久故國山川夢裏看歸來五月黃梅熟日及園邊紅蔟蔟男兒遇合會有時且課園丁洗花竹

題鹿田詠秋詩後

慣作悲秋客吟詩水竹居無才驚謝朓多病似相如索句鳥求友攤書獺祭魚吳江楓落後遙望渺愁予

秋夜驟寒

纖月初生秋未中青奴憔悴不禁風千家客思催刀尺一夜

邊聲上角弓字館呻吟憐獨語績房燈火校同功病餘自笑謀生拙嬾惰無心賦草蟲

楊景漣字泖峥號瘦仙雍建從子海寧監生有修吉齋集

（瘦仙兼精書畫時稱三絕晚年尢窶客士爭附其門）

廿里松

離城二十里當路一株松古岸寒濤落晴郊綠霧濃無心迎過客獨立寄孤蹤鱗甲長留在盤桓好倚笻

楊標字觀可海寧監生

三月九日李喬森（爲㮄）攜具過張氏園（在平涼）

賦就天隨久自憐（陸魯望有病酒自憐賦）麴車逢著又流涎竹君自愛嵇康嬾石丈能知米芾顛水煖浴盤先濯足戰酣酒琖忽張拳不須更說升沈事魚躍鳶飛信所天

楊觀誠字微叔號至軒中訥子海寧監生有漫興詩集

閏九月二十四日復至太原府凡道路所經隨筆而書以紀行役得詩四首

溪回見村墟略彴儼當路沿流安人家團結成小聚天風捲殘雲初日收宿霧寒鴉向客啼三五集老樹遊子衣裳單嚴程迫相赴行來自艱主詎敢怯霜露漂搖命終賤始悔遠游賦悤悤過前山投宿日已暮（娘子神）

行役得宿店眞若解飢渴前村望不遠孤烟起木末聲悲風蕭蕭餓鴟叫天闊終朝怯馳騁下馬尚躄躠入門即投牀征衣未暇脫醒來見銀蟾光彩目可奪鄉心鎮無奈詩思較靈活酒後與九酣剡藤任塗抹（康家會）

重山當吾前樵路爭一綫淩高怯登頓往往作磨旋直從灣

環底上與穹蒼面道旁見古松拏攫勢欲戰不知何年物鱗鬣靑一片一峯已勉强兩嶺乃疊見我僕旣告勞我馬亦疲倦淸夢知不遠歸鳥何必羨兩嶺山

連山意未盡陡起忽竝雋東西兩壁立勢亦頗相亞中開僅容騎犖确馬蹄怕日光難到地飛鳥不敢下無風自颼飀寒氣當面射仰視靑濛濛一綫路通罅此身落井底白晝怳疑夜迢迢三千里一步一驚咤雖然有古言過險要閒暇淩井

顧尊惠龍尾硯

黑龍盤山山爲圻精英入地幾千尺山高水淺飛不起一朝化作蒼苔璧至今石上有餘痕想見當年欲騰擲韜光抱璞知幾時神物終須見開闢磨礱砥礪斫爲硯堅確中間露溫澤焚香埽地實淸玩兩手摩挱那忍釋天空雲淨風寂寂庭

敞簷虛漏明月几窗如水絕纖埃斗室天然自生白清泉一滴發光彩文思直入風雲窟瓊瑤投我矢勿諼此硯貽自江都宅

靜學齋看紫藤花

虯龍忽見西牆隅鱗甲動蕩頷垂胡石家步障失顏色瓔珞寶鬘搖流蘇根株夭矯勢拏攫枝葉偃蹇尤扶疏輕綃翦出水紋縐淺霞斷作魚鱗鋪鮫珠串串編作琲幺鳳个个初將雛仙人九天落咳唾絡索滿挂紅珊瑚風輕日煖天宇淨紫雲一片光氤糢干霄意氣不自立依附喬木相攙扶我來剛值四月初落紅如霰聞提壺花前況與名流俱十千急急催童沽

九月望日吳維賢招同金聖修梅口陳知載黃右公

陳玉禾小飲酒後聽琵琶

今秋雲氣多沈緜牀牀屋漏難安眠遥山久失爛漫皺遠樹時帶模糊烟濮陽先生最愛客折柬書破桃花牋立心精誠感碧落吾輩遂得神明憐埽除陰霾補天漏爽朗開豁分坤乾近來晴日頗難得況逢明月今宵圓酒徒入門高興發促廹趁早陳華筵分湖郭索肥且鮮京口名酒藏如泉持螯把琖對蟾魄快意無不當吾前談深銀燭屢見跋樓頭已報三更天主人情緒猶未已徵歌聲與青雲緣曲終客醉皆欲去忽聞妙手徐調絃攏撚抹挑見指法神技似向呼韓傳崑山玉碎珠琲散鐵馬檐際當風懸輕雷出地繞堂輥怒瀑欲瀉仍回旋芙蓉泣露菊花笑老蛟起舞魚浮淵醉中世界昧南北此身疑在潯江邊人生悲歡寧自主念此不覺心茫然黃

花插頭杯在手逢場取醉仍年年驚秋雙鬢那肎換白日無柰義和鞭青衫淚溼傷老大好景易過難留連衆賓起別主送客皓月尚在天西邊歸憑餘醉支枕臥夢中猶覓江州船雞鳴酒醒睡初覺又聽簷溜聲潺湲

二月八日同沈斯才簡兮王翼仁遊丁仙洞

游絲白日剛青春寓舍正與吳山鄰久聞丁仙遺蛻處決起況有同行人殘梅數樹勢相亞東風吹栁枝枝新天空雲淨萬象現遠山遙水連蒼雯三間深殿在山麓傍有窄徑纔容身洞中曲折僅數武怪石橫亙何嶙峋縱空蓄怒勢欲落盤礴元氣完天眞巨靈斂手五丁避鞭策不受秦時神手摸崚嶒看題字蒼苔點點鋪魚鱗就中薩君最警拔詩意清矯如松筠石有元薩天錫題詩仙人自向蓬島去遺骨堅瘦支昏晨幾時歸

來華表上改頭換面嗟人民

送俞省源入都

別酒纔傾兩玉瓶客程都付短長亭途間儘有逢迎在柳眼沿河乍放青

闤邑新傳歷卷詩風流才調重今時任城莫便怱怱過太白樓連杜老池

孫永謀字武仕號介亭仁和人有歷年游草

古意

隻手詎能拍五音難孤鳴持家藉老婦圖事託友生兔絲岸上草不解菰蒲情入門無所語出門無所行鸞鳥啄雞粒顧影心怦怦

徐秉仁字友士號茗園錢唐諸生有秋吟集

段橋晚望

晚步亦殊勝何須到雪殘沿隄漁火亂渡水寺鐘寒湖淨無游櫂人閒憑倚闌鎔銀山月出彷彿鏡中看

秋鱸

斫膾喧吳市江南鱸正肥秋風吹木葉薄宦幾人歸晴渚三篙水寒潭一釣磯垂綸今古事適志莫相違

汪衣善字勇遷號怡亭錢唐諸生有問天集臥遊軒稿

早渡沂河

沂水無舟楫揚鞭直渡河沙明疑積雪岸曲暗生波野黑殘星少林香曉露多勞薪頻歷落自笑竟如何

花塢道中

溪聲行處斷翠色雨餘深野店斜連水孤峯半出林尋僧遥

古寺拂石聽鳴琴對此幽栖境彌增遺世心

劉允升字子上初字吉臣錢唐人有漱石齋詩箋

秋興八首之一

秋氣摧殘葉滿林惟餘松柏鬱森森風迴野徑寒初偪雲過晴山日半陰作客未舒王粲志耽閒誰識謝安心幽栖不厭村居小月上南樓聽暮砧

張泰字履安郡人有秋水堂合刻詩

惜花詩六首之一

漫隨楓葉泠吳江蝶夢驚開不得雙幾陣輕風頻灑砌數番紅雨亂敲窗鋪來芳草迷金勒吹去殘英墮玉缸狠藉莫令塵土污芳情一點冐教降

沈崒字峙公錢唐監生

湯西崖少宰掌院時禮峙公爲上賓有盛名于京師駢體鴻麗少宰酬應之文皆其代作也別墅在北郭花木蓊然晚年里居乾隆丙辰府學掌教姚江蘇耕餘滋恢薦應鴻博不就有辭啟盛傳于時句甬全紹衣祖望王千里外寓書索觀之時峙公年近七十矣兩耳已重聽無鄧伯道之兒有馮敬通之婦一女明豔絕世年十七嫁錢穆堂未幾亦夭後死至無以爲斂文章憎命抑何酷也

賦松吹書堂贈堇浦北上

松頂蒼濤海風蹙飛泉丁當荅空谷半橋龍影香濛濛夕靄橫林開畫幅伊人卜築臨清迴曲曲斜斜花繞屋茶烟一簇卷湘簾滴露研硃抱經讀書巢枕藉等身富吟社歌呼叉手速室延佳士五千卷座折諸儒三萬軸有時含毫心萬仞車馬敲門若睡熟有時金石出音聲孤村風雨搖窗竹有時隸事新且多綵筆滿堂醲賞獨有時夜話尋山僧天眼已作台司目徑路無媒掩兩扉文章有神傳九牧三浴三薰傾鉅公

一談一詠驚尊宿氣淩細草壓千槐只共蒼官數寒燠　文
思天子要宏辭天網乾羅帀地施　詔下大臣公聽採爲天
啟齒本所知士不求公公求士蕭然松下方哦詩孝廉聞一
竟知十出手一試先探驪朱衣引上淡墨牓鶴鳴雜樹離茅
茨眞學士宜宣室召行祕書合甘泉隨水北水南人盡去草
堂一蹴三清路松葢蟠爲徵士祥棟雲飛作人間澍蕙帳空
兮莫漫嘲竹筒喘者徒勞妒誰家趺坐佛隨成幾箇吹簫仙
便度雪天螢席三十年容易抽毫邀對御人言捷逕在終南
不見匡山讀書處

陶然亭小集

葦花如雪水如天風景西溪都宛然樹裏人家秋入畫城頭
山色澹于烟破除鄉思鵝兒酒妝點新聞燕子錢水邊有網燕者買得

數十放之一雙數錢謂之燕子錢亦新語也羨爾紅樓消息斷開籠猶得去聯翩

李濤字東來錢唐人有閒情詩草

東來父瑞翁與丁潔爲中表兄弟甲申後栖隱東皋凡醫卜風角𥠖術諸書無不遐覽東來善讀父書爲詩能得性情之正

古意

相彼鶡鴡鳥淋雨望朝陽陰晦久不霽白日何時光志士處蓬蒿所志在八荒悠然念蒼生努力維綱常枉已可直人苟且容何傷獨賢知不可徇俗亦匪艮權衡兩輕重于義有低昂匿跡守巖阿終身以徜徉

襍感

文章襍箄路道里共馳驅短褐與貂裘貴賤一已殊薰蕕若共器何以分賢愚權灼鼠變虎意失龍爲魚榮悴有定命末

俗空歎吁

麯院懷古 在裏六橋舊楊公隄畔

荷花釀麯秫甕香荷風入座院宇涼香風透骨酒覆面玉山頹倒醉爲鄉南朝盛事猶傳說離宮別院皆灰滅寒塘舊治自年年花落花開待誰擷空餘陳蹟當園畦楊公隄畔六橋西杜若花殘蘭蕨長日暮秋風蟪蛄啼

乙亥除夕

彈指流光賦索居星霜取次上頭顱半生落魄人將老萬事蹉跎歲又除柏葉尊前催臘盡彩花勝裏換春初壯懷未愜情何已羞覿東風到草廬

張一騤字石巖號石帆又號石樵仁和貢生

石樵善爲奏疏重其名者羔雁踵至游節所歷滇粵爲多年七十始歸寓台州著作皆佚張雨村刊台山懷舊

集時僅於僦篋中搜得詩數十
章鐔鍔夫容光氣自不可磨滅

石龍舟中夜坐

日落四山黑長川漾微明好風東南來颺我衣袂輕粵地苦炎歊八月暑未平烟霧暝林麓待月月未生披襟獨危坐對此百感盈欲鼓中流楫誰識濟川情

咏史

穆王肆元覽化人怳停車入火亦不滅入水亦不濡乘霧迅八極餐霞淩太虛玉帳設高會築臺天中居魂夢捐塵想怳然到清都既寤惘若遺云是神與俱復遄圃田駕造父爲前驅驥骨委原莽形民流毒痛歸來祇宮休惟聞猿鶴呼周道已衰息空佩靈飛符

自七里瀨至富春江

悠悠泛江渚渺渺乘烟霧瀧月淡生明長風忽來去嗟余悼行役泛泛逐鷗鷺淸旦發七里招我幽尋趣靑山相映發綠水自盤互夾岸殘雪鋪中流一帆鶩潺潺下瀨水霭霭遥山樹寒烟罥高林曠矚日已暮不覺鄉關近爲感江山故幾時了塵事築茅臨水住

李芝田自武林來

風流饒勝賞有句助江山李白月酬荅林逋鶴往還六朝松檜老三竺水雲閒試探奚囊裏攜來一破顏

丙戌正月北遊留別諸戚友

三十年來塵滿冠東風騎馬入長安自知綾刺盧生賤誰解綈袍范叔寒灞水一尊春正好薊門千里月同看平生不作牛衣泣底事悲歌行路難

定興道中

春風獵獵捲征埃獨倚斜陽百感來馬倦每奔村店住客愁暫對好花開三年冀北成漂梗二月江南盡落梅回首壯懷虛白驥新豐壚下且銜杯

寫懷

一別金庭意泬寥天門東望路迢遙比來情緒知何似楊柳春絲萬萬條

王孫華字君實號龍山錢唐諸生有瑞石精舍詩稿

龍山窮究六經傍涉羣藉凡方田測望韻學算法莫不深通其義督學交河王公徵諸生著述見所著石田集十三篇諷誦歎息曰眞苦心力學之士也開戶授經引掖如不及學者稱爲素心先生

梵天寺觀吳越王錢俶書陀羅尼雙刹

蘭若生晝涼貝葉委荒莽石幢太無情年年峙江浦每引摧

積客行吟舊廊廡我本淡蕩人推移侶漁父揭來廢寺中隨緣一弔古摩挲忠懿書勁體埽俗嫵彷彿觚棱文一二差可數適類玉局翁岐陽讀石鼓諦想金牛湖濛濛渺烟樹表忠矗新祠保俶留殘宇如何布金心不與英靈聚龍宮久寂寥鳳勢虛翔舞道傍有野老釋擔松陰午逌然顧我笑子亦太自苦壞劫恆河沙口述費覼縷即如高孝來御墨多于雨自從五寺興掇拾愁村豎南渡業猶隳區區況西府多幸茲石貞文采尚可覩詎知空王恩睫論何莽鹵語罷嘯入雲丁丁響樵斧

偕丁敬身金文石質夫葉載揚周幼聞趙端人舍弟書元莪山游鉢池菴分得門字

地僻經過少相將破蘚痕無塵風埽徑有客犬迎門舊詠沈

新壁懸牀待小軒徘徊楓冷處重與問雲根菴有楓冷軒竹垞老人書余嘗下榻于此

傅廷標字因是號半村仁和監生有螺齋詩鈔道光戊戌年始刊行

半村治詩古文兼工六法晚應幕府聘足跡半天下嘗師事卞芝亭而與項霜田金壽門諸先哲爲文字交詩情倜儻風流不落細碎古樂府尤得節短音長之妙竹垞翁敘其詩惜未付梓暮年攜其儷寓居台州張雨村廷俊采其詩入台山懷舊集

關山月

塞馬汗血風前嘶塞雁日暮沙頭栖關山一片團圞月夜夜沙場照白骨白骨年年化作塵紅樓女兒傷青春

雙蝶詞

窗前綠暗櫻桃葉東風吹落雙胡蝶誰家女兒團扇斜撲來描作衣上花不辭衣上留光彩只恐嫁時顏色改

秦箏曲

博山銷盡沈水烟畫屏十二愁無眠開簾坐對新月前纖纖慢撥相思弦相思弦相思曲郎不歸妾獨宿

過五人墓下作

廉吏收五人恥校尉來五人死五人死五人傳五人含笑歸九泉山塘路五人墓五人之墓秋復春閹豎之骨成灰塵

夜泊屠田寺（時多萑苻之警）

寂寞屠田寺天昏水氣蒸人聲出疎雨江影上春燈夢自離鄉遠寒偏到夜增囊空久羞澀翻恐盜相憎

山樓遠眺（時在袁州萬載縣）

每欲舒鄉思登樓思不窮人家秋草外城郭亂山中隱隱爐烟動荒荒樹色空淒涼向誰語雙淚溼西風

燕

春社初過入禁烟飛飛時到畫梁邊夢回花信才三月簾捲東風又一年磯畔雨昏芳草路樓頭人倚夕陽天舊時王謝高門第不待重來已可憐

春雨客中遣懷

蕭條客館晝常陰縱有芳菲何處尋天氣釀成三月雨燕泥營盡一春心身如病酒懨懨倦愁似垂楊漸漸深欲寄離情向何處彩牋書破短長吟

歲暮客中襍詠

埽除斗室滌荒塵客思先從隔歲新一枕夢催殘臘夜萬山雪擁未歸人重傾柏葉拌教醉獨供梅花當所親自笑童心猶不改亂裁紅紙寫宜春

秋日病起簡臨平顧名六

病骨支離太瘦生惜花強起下階行涼蟬何事悲秋甚咽盡西風柳外聲

湖上

湖上東風亂麴塵水邊楊柳自搖春分明一櫂歌聲過只送衣香不見人

柬別金壽門

子安天折痛埋塵張白湖早逝前輩凋零更愴神項霜田沈潤芳兩前哲先後謝世南北東西吾與爾不堪同看廣陵春

支公聞說掩松關詩僧亦諳隱居壑園仍天遣狂奴未放閒同學少年俱捷足獨留吾輩看青山

愛君書法喜君詩慚愧風塵老畫師藥玉船傾木瓜酒不妨

醉過幾春時

栁緜榆莢亂難收交割餘春上客舟十幅蠻牋抒別恨小紅橋畔莫回頭

俞長纓字名世號遜菴仁和監生有娛老集三卷

遜菴爲桐鄉寍世檢討長城從弟家甚貧篤于孝養善吟工書偏遊京師江淮閒晚年息影里門賦詩爲事

初夏卽景

晴晝綠陰滿一禽當戶啼動機呈物性安處得天倪竹杖有時負芸編常獨攜吾生厭城市適意在幽棲

早步湖上

鳥喚幽人起晴湖踏淺沙烟痕籠水面曉色亂桃花趣喜孤吟得春隨曲岸賒游蹤看漸集栁外刺船斜

過淨慈僧舍

待訪天龍最上乘踈鐘遠引度千塍樹陰入午圓如葢山骨經秋瘦有稜閒禮香龕過別院淨分茗盌對枯僧何時細領南屏勝徧踏寒雲路幾層

積雨

滂沱積雨誤芳朝野水分流健若潮寂寞江城寒食節銅街夢斷賣餳簫

纔斂晨霞幾許時鵓鴣聲裏織輕絲護花鈴轉東風急吹入紅香點硯池

絕無幽客叩柴關枕上游仙夢又還起盼烟林平遠處橅糊畫出米家山

鮑庭堅字虞臯號虹川餘杭諸生有懷謝山房集

巨猊石與柘村明府雄飛雪子訒堂同賦

山以石室名巨石懸中磨巉然凸奇峯結根本孤秀將崩故未崩細乳蒼苔溜疑從混沌初蹲此搏象獸壁立摠晴空巖雲千點瘦窄學芙蓉青班駁野花繡薜荔絡其腰松菌倚其肘下可坐百人寒心危若覆好詩振蕩吟天驚秋雨逗何處忽飛來無煩說靈鷲

金標字成冶錢唐諸生有偶鳴集

梅花簾

一從輕點壽陽妝又遣繽紛綴畫堂月到旋疑浮瘦影風來頓覺逗寒香漫勞雪舞虛生白不待春催暗吐芳試看湘波梅逐浪幾教鍾變屬江娘

金蘭旌字子萬錢唐人

讌席偶成

四座狂歌客金壺握手初酒聲燕士筑藜影漢臣書爐炭紅然獸盤冰白膾魚天街風雪夜誰許醉騎驢

周豐字伯遷錢唐人有雲畐集

雪窗曉寤

白遍峯前樹平低江上樓一牀新夢覺四野凍雲流𢕟燬開爐火清寒冷碧甌浮沈違世俗不貴五陵侯

玉山道中

秋樹蕭蕭景色微淡然風味薄征衣一溪清冷情無限兩岸嶙峋勢欲飛黃葉不封游子路白雲偏鎖野人扉莫愁道阻林烟晚遙見山城挂夕暉

沈周世字是怡海寧人有柿畦詩

栜影

搖曳春魂上碧隄不隨絮影亂沾泥半疎半密窺鶯眼疑雨疑晴送馬蹄遠水暗遮游舫外夕陽斜寫畫橋西累他少婦樓頭望愁指茫茫烟樹低

陳善海寧人

秋九遊韶光菴步白香山韻康熙庚午

爲訪韶光勝來過惠遠家雲根寒似竹霜影瘦於花密覓分泉乳齋廚供蕨芽僧閒留客久頻喚趙州茶

陳綱字松厓海寧人有咄咄吟

過人書齋

愛汝幽居好重來逸興添竹陰涼映戶巖氣曉侵簾笛向花閒弄詩從醉後拈不須栽五柳高致亦陶潛

章達字廷三號南垞海寧人

南垞能詩能飲能隸書尤善鑒别金石
書畫終身不求仕進葢高尚之士也

苦雨次周子芭遺韻

風雨催春苦未休才添濃漲入溪流閒花帀地紅飄淚芳草連天碧鎖愁漠漠烟痕迷野渡濛濛樹色隱山樓眼前陰翳何時埽擬趁晴光十日游

鮑棫字卜年號魯菴餘杭監生

登靈巖山

路轉峯回一徑平疎鐘微度午風輕山當開處全湖見雨欲來時衆壑清片石已荒西子跡豐碑猶動後人情流鶯嚦嚦如簧奏擬宿僧齋盡日聽

倪祖喜字嘉賓號雲逸海寧人有居易齋集

雲逸好讀書而厭棄舉子
業隱居修川以詩酒自娛

暮春

芳林滿院綠成圍獨坐銜杯晝掩扉風翦殘花香片片池涵新燕影微微一竿斜日三春老兩鬢清華萬事非世外狂徒甘落拓遣懷惟坐釣魚磯

夏日村居

槐移午影小窗明水溢盆池曲檻平綠葉忽低知鳥立青蘋微動覺魚行半園梧竹秋先到一榻琴書夢亦清旋看露涼山月上西風透體葛衣輕

何洪文字大經號適亭海寧人有餘閒堂草

立夏後一日作

一抹斜陽橫古渡水流昨日春歸路啼老黃鶯泣杜鵑聽成字字傷春賦臨風掠水鬬腰肢尚有垂楊千萬絲且向黃公

壚下醉梆邊月待已多時

贈粤東周令十首錄二

雙凫何日去花已遍河陽山雨桄榔暗江風茉莉香庭陰搖筆格階蘚上琴牀知爾能爲政吟詩宜日長

木棉花下路懊惱竹雞啼載石寧無舫沈香尚有溪山川自昔好名姓最堪題他日星軺返清風兩袖攜

李琯和字律陽海寧諸生有雲璈詩鈔

春晚

滿院蓬蒿一徑開卷簾只有燕飛來閒階晝寂無人到坐看楊花點綠苔

楊發字靜思號芑水海寧諸生

自杭城歸舟過半山下有作同章蓉江梁伊湄諸君

雨霽媚山容舟遲攬眾妙芳林搖新烟草痕補舊燒高詠謝
公詩聯吟有同調前指臨平山落日方照曜

許掞字仲溪號水仙海寧諸生有退思軒詩草

舟行

翠荇田田浪逐風長橋行盡短橋通秋波倒映蘆花白夕照
斜侵霜葉紅遠近林光相掩映高低山色忽西東飄飄欲化
莊生蝶不覺身居一葉中

翁世衡字任斯錢唐人

秋盡籬菊始華

秋容漸老北風涼聞道連宵竟有霜繞砌愁紅兼實綠滿庭
寒碧讓新黃將移南郡傳經第改作東籬載酒莊豈是天工
忘節序菊花開即是重陽

許大綱字民則仁和諸生有南昀詩鈔

泛西湖

何處堪誇錦繡堆六橋隄畔足徘徊柳貪風暖便便舞花惹人看面面開簫鼓畫船驅悶藥湖光山色引詩媒此中佳境原無盡領略還須四季來

高日崇字桂堂新城諸生

庭梅

冷蕊幽芳莫比肩生成玉質表林泉堪陪蕉雪詩人畫難辨雲林水墨天四面蒼山高閣外一株疎影晚窗前杖藜正欲衝寒去遠笛誰家吹暮烟

周初字允開號蓮洲錢唐諸生

退菴氏曰蓮洲詩世已無知者柴臨川於書肆中得存耕詩一冊因選入詩存以免湮沒

野望

氤氳沙岸合慘澹草堂空梅發初凝露楊枯不駐風暮來溪水白寒徹嶺烟紅淒切唯身在荒階有野蟲

漁舟

蕩漾迴波蔟輕舠鼓枻頻漣漪投細網撥剌躍鮮鱗把酒浮天白眠鷗入夢因利名心不涉風月一溪眞

桂成章字煥文號朗亭錢唐人有燕植堂詩稿

朗亭原籍慈溪因慕西湖佳勝遂遷居焉又嘗徧覽北直西蜀名山大川以布衣歸終老

春日招友

春初天氣和閒居澹衆有眼老猶喜書量窄未惡酒負暄弄穉孫得句懷舊友還能從我游孤山探梅否

東郊漫興

乘興步東郊行行慰寂寥異鄉無故舊春水盡江潮偶失山前路來尋溪口橋𦕅途歸客館風栁晚蕭蕭

永川道中

碧水澄鮮映野花山雲初斂日將斜歸雅薄暮方投樹倦客逢秋正憶家故國那堪違歲月邊城猶是隔烟霞風塵日逐羊腸道賴有溪山與自賒

述懷

窮途贏得志寥寥老眼年來笑斗筲衣敝不妨勤補綴詩狂何必細推敲六旬花甲將周及九十春光已半交行樂正須隨地得鳥飛猶許一枝巢

仇瀾字禹安號臥雲錢唐人有臥雲詩鈔

退菴氏曰臥雲詩鈔余見其手錄本凡古今體百餘篇

同人遊天竺泛湖而歸

花氣薰人二月天追隨三竺共吟肩捫蘿細認前朝字坐石遙聞隔塢泉茅屋酒旂歸路店舞衫歌箑過橋船遲留爲惜春如海爛醉蘇隄綠柳邊

秋日泛湖遇雨

蘭舟花港勝濠梁秋氣新佳送晚涼山雨乍疎雌霓彩湖風猶惹敗荷香相逢辯囿談鋒競攻取詩城筆陣狂烟水莫愁難畫取探微蹊徑異尋常（座有陸日爲善畫）

仇灝錢唐人

退菴氏曰石佛山詩輯於舊志後趙孝廉霖以臥雲詩鈔付輯獨無游石佛山之作恐係同名因兩存之

遊石佛山和左參政刻石詩并紀

青衣洞之南百餘武有小菴甚荒寂菴後頗蘊泉石之

勝按志稱七寶之支為石佛山古寺今廢疑即其地石壁閒刻有詩云吳山曲徑入西南方丈雲深僧兩三艾納吹風香細細葛藤罥日影毵毵泉分童子青衣洞塵斷維摩白石菴畫省若逢公事了海天送目再停驂後刻浙江參政左贊題知其為明初人惜郡志失收歲月莫攷爰次其韻傳諸好事

四顧初難辨朔南滄溟信說變田三盤空石賸波紋疊穿險泉通竹影毵字闕幾回捫蘚壁僧孤不肎離茅庵喧卑相去無多路誰逐飈車作右驂

姚廷傑字升聞錢唐人有澄齋詩選

歲朝

舊宇誰初葺古來多少新久交如乍識稚子亦嘉賓揖客時

勞手銜杯不去脣年年逢此日何物不精神

同友越中

勝地招嘉客同遊盡友生晴川雲是嶂風竹雨爲聲帆挂鳥來逐舟移魚不驚且休賦歸去此地不勝情

游吼山

艇從巖洞入恍似海雲吞終古水爲國千秋石作村壺中浴日月世外闢乾坤梵宇浮空翠回舟忽有門誰是開山手奇觀駭此峯四圍千仞壁半夜幾聲鐘水底天光細樓頭雲氣封他年重過此記取傲霜松

江亭

金碧誰削繞江濱日日江光到眼新不倦亦眠殊逸事逢醪輒飲即天眞多情自至惟明月有夢能通是美人况復園林

心足處琅玕千樹不愁貧

柴允鋒字敘硎世疆子仁和廩貢

敘硎爲前明御史祥元孫孫杰乾隆丙午舉人

夜讀

夜深何寂寞書史正相親坐久燈疑暗吟成句自新蟲聲猶在城月影好爲鄰深愧謀生拙寧辭原憲貧

柴允鍠字令武仁和監生

令武精醫術爲乾隆丙午舉人杰本生祖見同年錄

觀穫稻

此是田家寶還勞帝子知尊崇先入政辛苦費三時似玉光堪爨如珠價豈宜人人期飽食慎莫愧敲棋

國朝杭郡詩輯卷十一終

錢塘吳慶坻校字

1147

國朝杭郡詩輯卷十二目雍正元年癸卯至七年己酉以科目爲次

諸璧發　許焞　馬翼贊　何玉梁　沈文豪

范咸　周炎　蔣祝　俞鴻赤　張思間

高藹　楊正講　應際盛　金志章　周錚

梁文濂　汪德容　汪由敦　趙大鯨　包濤

查克念　俞維墉　江源　姚炳　吴國梁

王路清　王雲廷　王延年　許勉燉　盧報

俞大受　陳兆嵋　汪惟憲　鮑志周　伍炳日

凡三十五人

國朝杭郡詩輯卷十二　　錢唐吳顥原本　孫振棫重編

諸壁發字礎貞匡鼎子仁和諸生雍正元年舉孝廉方正

有硯香齋詩鈔

雍正元年詔督撫舉孝廉方正吾郡膺薦者四人仁和李庚星及礎貞於潛伍涵芬昌化童基礎貞年十九補弟子員四十餘未離席帽嘗爲三樂歌以爲家雖貧而無飢寒之迫有詩書之好且居佳山水間也老屋在豐樂橋東已而被火徙于衆安橋有詩見集中少受詩學于毛會侯際可其詩集會侯嘗爲之序

游海會寺步坡翁元韻

探奇古寺吳山行谽谺鳥道險不平千頃雲海眞窈冥竹杖力與怪石爭龍蟠黑洞成深坑水流彌底如雷鳴又若鼓瑟聲初鏗巉巖剗削爲堅城輝煌寶刹當路迎佛殿深邃門不扃唐宋故址久未傾沈檀裊裊浮烟輕大鐘一撞百里驚琉璃青色燈長明觀之不足神氣清松子落檐成雨聲

山居

半嶺通樵逕柴門古樹遮犬聲遙隔水鳥語近依花蕢芋添朝食扶筇看落霞從來軒冕客不到野人家

泛湖

小艇輕如葉浮沈荇藻間風輕微皺水雲過忽移山秋老長隄靜天空飛鳥閒南屏霜樹赤流盼不知還

題壁

未荒三畝宅僻處近城隅歲月留狂客江湖老腐儒陶詩惟詠醉栁谷合名愚春意貧家早寒梅點綠蕪

雨中送春

雨窗春暮似深秋雲樹烟花景倍幽長得清閒因善病久疎檢校爲多愁小樓遠眺山初綠野澗新添水欲流明日悤悤

交夏日一年好事倩誰畱

由十錦塘至孤山坐五栁居小飲

路入長隄照眼花如藍遠水好浮槎黃鸝怯雨歌聲急綠栁牽風舞影斜

酒榜爭看五栁居倚山臨水儘蕭疎客來密坐休辭醉薄醑先烹宋嫂魚

許焞字醇夫一字純也號慕迂海寧人汝霖孫惟模子雍正癸卯進士官編修有學稼軒集

慕迂在詞館時直隸大水奉 命督賑駐雄縣數月活飢民二萬餘戸邑士來謁敎以讀書之法屏絕餽遺嚴約傔從旋以母病乞歸遂不出

與吳芑君憩荷池有作

荷塘暑氣消復此數晨夕竹聲樹罅淸嵐影牆頭立微風颯

然來濛濛水烟白花容夕復佳相對褰裳涇林葉落清波惟餘鷺振翮把盞忽思君白雲杳無迹是夕芑君不別而去

送倪南琛師孟乞假歸養

三旬風雨駐征驂預數歸期樂事諳紅藕花殘辭薊北碧芹羹老到江南洞庭秋屐山含翠笠澤春帆水帶藍白髮堂前青瑣客綵衣真覺勝朝衫

馬翼贊字叔靜號寒將海寧人雍正癸卯進士官山東觀城知縣有寶穎堂詩鈔

插花山莊和仲兄

林迴路轉一條條家住南塘第五橋樵戶較多漁戶少去山最近去邨遙花間鑿石舂開徑海眼通池夜應潮但得鄰莊同世守平泉何羨李文饒

一邱一壑儘蕭疏虎落中間十畝餘蝕葉文成皆鳥篆傍山閣敞似樓居畫圖借作談詩柄月令編成種樹書合與南邨稱圃史朝朝洗硯注蟲魚

也算蒹葭水一灣小池如玦復如環三間兄弟東西屋兩角烟雲大小山老樹獨高蒼靄外遠邨常在翠微間晨舂夜績家風舊貪與鄰翁共往還

埽除門外俗間塵不許漁郎輒問津好是水窮雲起處偶逢鉏藥采茶人聞鶯出谷纔知曉看鵲成巢忽過春不負山居眞樂事半生疏懶是天眞

同祝時可升菴至嘉禾書所見

攲側風帆落照前平蕪百里綠娟娟飛鴉沒處烟藏樹燕子來時水拍天芳艸自生游女路桃花曾誤打魚船眼前景物

闕何事偏有心情記往年

游龍山

直從山麓裏山椒得氣松杉總不凋幾曲盤烟藏鳥道一支渡水轉龍腰悤悤翠幔千家市宛宛紅闌十里橋遠勢蒼茫收不得東南天壓海門潮

何玉梁字章江號樟亭錢唐人喬雲子雍正癸卯進士官編修有賢鑑堂詩存一卷齠齔吟四卷

樟亭少負雋才與兄墐栗以詩受知于毛西河西河集中有何氏二童子詩序甲辰丙午兩充北闈鄉試同考官而甲辰則尚未散館授職其後院長方削牘以御史薦聞母病耗遂乞養歸樟亭母李曾園主政之媵也爲廣東新會人每思念父母樟亭爲入粵訪得之通音問以順母志主講紫陽書院素工爲四書義揣摩家咸奉爲金鍼繡譜焉乾隆甲子夏淼嚴衢三郡大水壞廬墓棺槥浮江而下樟亭備夫撈浮棺五十餘慕義者踵起三晝夜又得二百餘具編號繪圖沿途揭榜俾子姓認歸其不可識者逾年瘞之人皆誦其德所著有南齋記

聞四卷史論十二卷府志入孝友傳

題蘇畊餘廣文寄吾廬

耕餘先生目如電風標峻整邦之彥獨力扛鼎才氣雄稷下淹中書萬卷暮秣閶嶠旦刷燕珠槃玉敦雲錦韉滿堂賓客詞疊疊捉麈一揮嚋或先瞢騰人海長安道特達如君見亦少春風鎮日坐絳紗成蹊桃李新陰繞年來博士多因循蒿萊不翦長於人先生至時親拂拭朱檽碧沼相鮮新西偏一室廣容膝異書奇字憑搜抉武功孝友人倫師皎皎澄潭心映月君不見有宋景祐中東南學者師胡公經義治事示區別大鳴小鳴鏗華鐘太學諸生若發曚天章閣上講席重緋衣銀魚步從容一天化雨春濛濛

送吕友荀歸蕙江

艸艸送君憶去年去年握別小寒天今年又送渡江去二月新鶯楊柳烟

沈文豪字再歐錢唐人雍正癸卯進士官檢討

獨坐

枯坐如禪定澄清止水俱妍媸形古鑑懷抱祕靈珠石臥侵苔老冰堅立鶴癯兩山排闥好安事歷崎嶇

范咸字貞吉號九池錢唐人雍正癸卯進士官御史有浣浦詩鈔十八卷

浣浦幼失恃師事金長孺周穆門兩先生雍正元年四月舉鄉試九月舉會試十一月行殿試以天時沍寒命殿上設金鑪十二并撤御膳以賜浣浦一歲之中以諸生遂躋侍從散館召對誤稱門生而天顏甚霽既退猶笑語諸大臣曰范咸欲爲天子門生也一統志開館四十年他稿皆具惟外藩蒙古五十一旂地遠難稽人皆束手浣浦搜求逸書徧訪蒙古故老得其家譜圖籍證以遼金元三史又向有外藩全圖及五路小

圖皆倩字本浣浦累譯以求其義而山川故名斑可考索而得之矣臺灣郡在海外氣候風土物產與中土異采擇見聞爲臺灣府志二十五卷其他著述則有周易原始碧山樓古今文稿玉堂叢餘灶下奏議海外奏議讀經小識皆未刊行生平足跡幾遍天下而仕路艱屯旋起旋已初由庶吉士官右春坊右庶子督學山西以事罷職在咸安宮行走授編修擢廣東道御史巡視臺灣又以事罷職主鼇峯粵秀書院乾隆辛未　南巡復御史原官卒年正七十府志入名臣傳

渡沭水

商鞅開阡陌北地水利壞不知捍注美翻憂衝決怪此害數千年倒懸久不解誰能建奇績氾濫爲之殺今人不如古慨想發深喟當時變法初大木劃其界黃金重一諾果決亦大快遂能致富強姦雄誠狡獪後世才質下頑懦等病瘵希聖既無人亘憖益疲憊委靡氣罕振萬事類匆賁我來渡沭水瀰茫勢一派但見作重隄聊爲制滂湃胡弗引其流藉以熟

嘉稗高下任縱橫驂駕迺見絓于嗟跋涉勞豈不苦行邁寄語治河者防川古所戒

十二月初七日過琉璃河

出京一日程忽逢石道亙車聲驚墮鐙馬蹄擊破甑傳聞築此時求仙意方勝名山藏嘉靖二十四年五利封相國陶仲以仙术建琉璃河橋文授柱國兼大學士青詞託幽冥厥初水瀰漫一色望晶瑩經冬猶苦涉夏雨空蹭蹬誰傾囊底智縱横密排矴不惜萬姓髓以爲齋醮佞吁嗟何其愚壘石成危磴計工實不貲毋乃帑藏罄思古督亢陂依稀此舊徑胡不開成渠灌溉資方堋後世治河策隄防爲大經行水貴無事柰何徒懵懵分以殺其勢疏瀹古可證元圭告成功庸夫自不醒

三月二十五日渡海紀所見

海門峽如東放舟還趁潮島嶼漸以遠仰視惟雲霄天與水爲一遠飄同秋毫極目杳無際意氣慘不驕問程藉指南放洋全以羅經定方向出海稱人豪船主曰出海亞班攬篷索上下等懸猱占風望向者曰亞班緣篷桅而上登降盤旋了無怖畏巨浪拍天起比似桅檣高龍骨船底大木曰龍骨從上過一落輕於毛遠望峻嶺矗水沸山嶽搖舵師噤不語謂是鯤魚尻噴沫散作雨十里聞腥臊轉瞬無所覩但覺心旋搖晚霞日初落星斗何迢迢夜黑青燐生非鬼亦非妖燄燄千萬點誰將十斛拋此境洵奇絕坐看過中宵雞鳴天欲曙華彩掀波濤天吳與紫鳳野火春風燒萬頃蕩金碧蛟鼉爭潛逃動心復駴目快事傾醇醪幸逢　聖御宇海宴無飄颻生平見未見恣意誇同曹得藉滄溟力永靜蕃俗囂歸將畫蓬壺游仙足解嘲笑語金華人踴踏虛鳴鑣

建河

建河多彎環川谷莽回互最奇雪浪中怪石四周布峯巒鬱崚嶒遮帀疑無路漸近似側避中有奔流赴或如雉堞高或如短垣錮白者人立啼黑者馲駝仆礧磈疊蜂窩科臼穿蟲蠹忽落千丈強潆洄白涎沍勢激成逆濤當風一何怒倏忽崩山移蕩潏倒海注上瀧邪許號駭視莫敢妒我獨意思閒安之若履素夷險早不驚劇快乘風渡歷巖過萬重怳惚騰烟霧

洛陽橋讀蔡忠惠碑

橋成數百丈斯世無與匹當其經始時程功一何密太守幾行碑突兀非凡筆其書嚴以勁其文簡而質後人才智下詫謂有異術煌煌石具存數語祇紀實矜張亦何爲青天與白

日

表忠觀舊碑爲學博余懋棅作有序

表忠觀碑已數易石其在觀者嘉靖間杭郡守陳柯重爲摹刻其在郡學者則正德間巡按宋廷佐自仁和縣學移至楊一清記之謂表忠觀諸碑十有四徙於櫺星門北之兩偏疑此碑尚是舊本向時文廟兩偏皆有周廊以覆石經及諸碑年久廊宇頹壞而表忠觀碑埋塵土中矣諸曁余君掌敎是邦治地得斷碑二旁有小字識云表忠觀碑總四片面背刻字觀其所存字皆完好凡二百二十三字搨而視之遠勝於觀中之新鐫者善乎楊少師之言曰物之興廢有數然振厲脩舉每存乎其人必有儒者之心然後能及此其他非惟不暇爲亦

固有不肯爲者矣余君來徵詩因爲長歌以貽之

金石有遺文考古重淵雅灰劫日銷沈誰歟好事者吾鄉溯霸圖功德被原野龍山新宮存故物非石馬憶昔先王封圖籍視去其國如傳舍表忠觀碑銘其功赤文綠字眞無價嘉靖中葉重磨礱其形雖存神不同當時斷碑半零落呵護久在膠庠中形消物化竟埋沒贗者流傳精氣歇世人無識更無學誰信畫肉不畫骨廣文先生風雅宗别裁僞體噓笙鏞搜剔斑駮不餘力百年忽發塵埃封碑殘碣斷猶有字其石則二碑則四墨氣淋漓搨硬黃不數輕綃數半臂古來興廢徒紛紛牛羊蔓艸荒秋墳金銅仙人尚辭去摩挲片石同烟雲好學深思賴儒者鼎鐘拂拭銘功勳君不見千年王氣今何在自古英雄同一慨髯乎髯乎走筆成龍蛇至今生氣猶

向人間誇吁嗟衣錦城邊路閒殺年年陌上花

經八尺有序

考明憲廟安妃姚氏字妙莊嘉興人生有異徵嘗盥手見水中日月雲霞爛然五色羽扇夾旁初入選時髮短不任髻渡松江髮忽長八尺故地名八尺後入宮生壽王事載錢牧齋集而人無知者爲作長歌以紀之

出門纔數日風景已非故見水不見山不盡迢迢路問名得八尺往蹟人傳誤事經二百年渺忽如烟霧感此迴中腸浮榮何足慕憶昔姚氏有好女語兒鄉是生身處盥手盤中日月明雲開雉扇雙雙舉天生絕豔自驚人敕使來宣是夙因雲鬟不勝宮髻繞妝樓空羨翠翹勻載將畫舫中流去吳淞江上沿洄佇一夜春風碧縷長妝成委地訝儔侶入宮天子

爲開顏偏燮金階小綠鬟祝得燕禖皇子長安妃名冠麗華班幾年金粉還銷謝鼎湖滄海成悲詫水雲深處話前塵妙莊小字薰蘭麝無那榜人總不知紅顏闃寂正堪悲春風窈窕承恩日已近傷心零落時世事繁華終寂寞不須怨恨東風薄經過怊悵爲題詩掠舟飛過華亭鶴

七里瀧

吾年三十始北征舟車轣轆燕齊行水見黃河山泰岱金臺獻策來神京十年省闥回翔久秘殿看花陰復晴壬子賓興趨楚粵黃鵠樓高鶴夢驚蒼梧棲霞絕奇勝青羅帶水舒幽情窮冬復走井陘道晉祠古木孤烟撐游蹤屈指數六國秦關蜀道稽行程今來夜泊富春郭輕帆風送桐廬城江山處處堪圖畫風雨時時管送迎須臾忽入烟霞裏耳聽柔櫓雙

眸瞪蕭騷竹映水深緣盤旋山壓灘流平坳裏邨人結茅屋宅幽樹老濃陰成荒臺指點披裘處高節清風仰大名自愧頭銜持使節惟捫幽獨喜心清先生出世我入世七里瀧前可證盟

赤瓦歌 有序

臺屋瓦皆赤下至牆垣階砌無不紅者此赤嵌城所由名也余乃爲作赤瓦歌

絳雲火繖張海國燒空滅盡青銅色信知天運應炎方摶土何緣變髹漆萬室於今陶者誰煬竈渾疑欺白日連椽櫛比紛參差畫棟朱甍幾回惑漢家黃屋禁例嚴風剎雨淋遮不得臨漳銅雀更何似香姜舊款無人識況兼四壁光炯炯環堵恍與宮牆逼簾前磚影更輝煌彤墀彩繪盈階墄華夢儼

上祝融峰珠煤貫屋祥光直千門萬戶火西馳照耀燭龍烏戢翼我思天台有赤城朱霞天半稱奇特又聞南方裔外山赤石爲牆標異域此間合是虹霓居羲轂軒軒火鞭扶六丁叱馭驅蛟螭故發狂飈銷鬼域君不見火焰山頭半焦土爚爚如焚少荊棘（彰化有火焰山）又不見燃翻地底硫磺山（磺山在州淡水）枯海破飛烟黑麒麟之颶吹繁星（颶有名麒麟者風中有火）流金爍石鯨鯢息溫泉轉作瘴母胎裂竅烘池土花艳刺桐萬朵吐紅絲驀地燒天怪繁殖扶桑照殿逞鮮妍豔豔緼緼錦交織海若自來足光怪丹邱浴日鎔金霱蒸鬱恆暘陽用九司天南正神明力十八重谿（諸羅有十八重谿）水湧騰九十九峰（在彰化）山崩岃魯陽揮戈勢當逐巫尪自焚尤應殛炬牛燧象爛功勳庶幾赫怒彰天德祇今海宴無烽塵不煩煅鍊洪鑪側承平但願

風雨調永息炎威靜八極

九月七日薄暮自潯陽放舟得二律

又見匡山背秋雲向晚生暮霞江上久疎月水邊明湖外風初軟蘆中客欲行琵琶音響絕非復舊湓城

栗里今安在難尋高士廬秋風人已遠良夜月同虛綠酒詩成夕黃花蟹上初（是夕始食蟹）明朝近九日風味定何如

送書閣學（山）使朝鮮二首

樂浪餘形勝河山帶六城簪裾戎子國文學魯儒生貢墨松肪薄名箋雪繭瑩東風長受吏紫氣接　神京

朝天留片石使節度重關落日龍灣水孤雲馬耳山好尋箕子迹莫羨陸生還詩思從何發旗亭夕照間

長夏雜詠四首

長日閒無事徒勞朝夕餐靜中知道在嬾處覺身安客語竟忘對家書漸怕看尋詩忽有得心愜獨爲歡

乘時期自適覽物且徜徉雲薄延朝氣風清變晚涼憂勞無處著榮辱久相忘得過卽可樂何當笑鳳皇

逢迎性苦拙變物意偏勝閉戶怕驚燕開窗爲放蠅追涼思故事清暑話良朋午倦拋書睡何妨喚不譍

日暮延清景虛堂竟夜開月光因屋隔樹影上牆來祇許閒人覺無勞醉尉猜倚楹神轉健幽絕足徘徊

登武昌城樓

武昌城郭枕江流天際波光檻外浮三峽雲山初入眼萬家烟火獨凭樓飛甍傑閣畱黃鶴遠渚平沙接素秋千載風流說崔李竟無祠廟在芳洲

九日雲中書院試士

鎖院深沈晝掩關坐來絕塞對秋山菊開野徑香仍潛雲在遥空影自閒誰復登高多古意漫言作賦笑才艱座中可有龍山客落帽風流未許攀

送穆門先生之澤州二首

文章儒雅笑烏蠻此日高風未可攀勇退何嫌薑桂辣辛勤無那鬢毛斑長安十上眞成幻絕業千秋定不刪踏雪掉頭從此去直將著作入名山

卅年函丈日相親匡坐絃歌道義眞遇合誠難非傲世卷舒自得豈隨人塵埃物色無知已雞犬田園有好春他日東山如可起先生原亦爲斯民

送根堂南歸二首

期君送我扁舟去豈意君歸在我前世事渾如飛鳥過宦情翻受侯蟲憐不憂白髮羞明鏡眞笑黃楊厄閏年爲想還珠橋畔路全家好上五湖船

寂寞蟬聲燕影稀那堪臨水送將歸舊愁轉又成新恨今是方知有昨非寤寐嘯歌君自得淹留羈旅我何依天高秋氣悲寥落不獨征人淚滿衣

清明泛舟五腦

漠漠經過寒食天今朝喜上泛湖船草青兩岸濃於染雲白遙空澹若烟酒店半藏深樹裏杏花纔放小樓前人間倍覺芳時美獨倚朱舷思悄然

次秋岑舟過天橋灣元韻

河橋殘柳不勝秋紅蓼花繁鏡面幽一片烟波風澹沲何時

買箇釣魚舟

周炎字在豐號藍圃仁和人雍正癸卯進士官大理寺少卿

題蘇耕餘寄吾廬

四明山水鍾靈秀戸牖玲瓏闢巖竇谿開日月古洞天孕毓人文啓華胄派衍眉山奕葉長篤生碩彥暉前後先生才氣吐如虹學參造化淩蒼穹陸海波瀾思綺麗韓潮騰擲想奇雄靈圖不惜探神禹秘論寧獨誇王充年少文壇爭嚄唶殿前立對天人策簉羽鷹宜集鳳池回翔暫爾臨饘席丕宣文教振金鐸別有光華新泮璧西子湖波幾曲穿吳山翠抱城中廛寄吾廬好居其下左圖右史憑丹鉛投來傳贊短長什畫擬逍遙六一賢其仰談經堂似玉多士景從欣樂育春融

檻外發菁莪日照盤中甘苜蓿琢摩才氣尚珪璋近幸掄英小子昜先生掄英課余穉子得與遐齡景福天頻假殊恩異數雲端下入親翰墨出經綸自有平泉供瀟灑南望光騰几席間儒林千載留風雅

蔣祝字賡三號省齋仁和人雍正癸卯進士榜姓朱官雲南永昌同知

題許默齋連枝圖

玉樹長埋廿載餘忽憑毫素託相於前因再結三生石往事重拈一卷書落月夢回花徑杳西風人臥草堂虛繞籬黃菊重陽候莫對丹青感索居合弟生辰後重陽四日

俞鴻赤字位南號華若海寧人兆岳子雍正癸卯舉人

華若精于古篆著有六書通一書

題旋吉弟詩稿

不忍焚遺稿天終忌爾才那堪揮淚讀知否馭風回磊落心如見蒼茫氣未摧青箱今已矣空負脊令哀

張思問字去疑號雪煩海寧人曾裕子雍正癸卯舉人官國子監學錄有虛生近稿北軒存稿息颿賸稿

雪煩以母病乞歸侍湯藥十餘年母終遂不復出

題天津查氏七烈傳後

苕華無分託春風豺虎縱橫燕雀空從說亂流身是葉卻看匹練氣如虹蔓雲早結慈闈願妖夢徒徵閬苑通撒手懸崖同一笑死綏還仗綺羅叢

題馬文毅公彙艸辨疑 公名雄鎮廣西巡撫死逆藩之亂彙艸辨疑者其獄中所臨晉唐艸書也旁注小楷出姬人顧氏之筆

物衆應知長糵芽百年父老歎蟲沙結纓自分遭豨突彙艸猶傳出兔罝慷慨墨池通舞劒沈瀾翠袖解簪花英魂好逐遙天雁銅鼓山頭寫暮霞

高藹字宗山號南村新城人雍正癸卯舉人官山西長子知縣有瓶笙集藹或作靄今從府志及歷科題名錄

南村初宰陝西保安換山西長子並有政聲所爲詩文皆臻典核

南郇

小隱團瓢樂太平葛巾蕉箑繞谿行山看峭蒨青蔥色鳥聽鉤輈格磔聲修竹映花兼映水好風催雨又催晴此間著箇王摩詰華子岡頭臥月明

啖苦櫧實

蒼翠林深擬短篷寒山落實仰秋風栝盤暫寘甕鹽外兒女

勤收橡栗中有用材堪驚櫟社無多味肯賺狙公卻憐苦口成佳契品與回甘諫果同

游海光寺和立齋韻寺前帶水環山有漁艇釣磯今成廢院矣立齋髫年讀書寺樓

偶逐宗雷到上方便如小劫話滄桑全敧沙觜霝殘艓半露檐牙出壞牆清梵疎鐘聲斷續危樓古堞影蒼茫淵明別久蓮花社誰解風鈴勑禿當

丁亥元日口占

誰識天邊處士星蹉跎歲月憶堯蓂疑年偶值六身亥後甲初逢三日丁小榼生葅堪送酒閒窗半席好横經守元尚白非吾事只看青山眼自青

楊正講字戒浮號畸甫海寧人雍正癸卯舉人官內閣中書有式徽吟

戒浮使酒罵坐有灌夫之風遇貴人意輒與忤補官數日以病酒死其詩清峭拔俗范浣浦侍御咸擇其尤者爲消寒集板行之

太原道中

驅車出平原入目彌青蕪橫斜燕子雙參差胡蜨俱遠山周四圍金碧將軍圖倏然雲氣生諸峰如逃逋涼颷挾雨來滴滴皆醍醐不惜幨帷洈殊欣麥苗蘇語僕且息駕吾欲向酒壚

永平試院三松歌次壁間韻

地亦不必計西東時亦不必論春冬三松挺幹自太古倔強肯受嬴秦封長河一帶遙掩映亂山萬疊圍龍嵸一株獨踞前庭中蒼髯秀發非蒙茸兩株離立後軒後枝交葉接爭蘢蔥文如虎變各炳炳頂如車蓋皆童童其實磊砢墮巖谷其

根蚴蟉穿垣墉翠障終古閟白月怒濤徹夜號天風先是一株被磨折金刀斮斷青虬龍碎鱗敗甲委糞壤蜿蜒無處尋遺蹤皇天后土公覆載遭逢順逆偏難同二松喪匹意蕭瑟琥珀作淚流猩紅同聲同氣不同死固將愁苦而終窮我來松下雙眼豁更看素壁詩錚鏦南山流水有餘韻聽者何必人非鍾苦難橫空盤硬語枝詞蕪句空磨礱近重陽今秋三序哉生明矣月一弓安得圖以射洪絹長攜懷袖開心胸栝闋歌罷三歎息夕陽古寺來清鐘

夜起有作

夜起撥殘夢花陰眼欲迷橫秋千里雁催曉一城雞破鏡猶天上征夫自隴西樓頭思婦淚供得幾宵啼

衰栁

一帶長隄楊柳依依柰爾何可憐生意盡只是夕陽多羌笛聲何怨寒鴉影自過西風搖落甚羈客獨摩挲

薊州曉發次韻

衆水圍寒玉連山隱翠屏輪牙盤落葉羸背戴殘星月牘三分白天開一抹青郵墟人語漸詰曲不堪聽

偶作

世事屏幽棲柴門杖短藜平蕪疎雨犢籬落夕陽雞行藥頻依柳攜尊或就畦流鶯啼不住只合醉如泥

彌陀庵謁林餘齋夫子即送南行

記否殘年酒一卮星霜荏苒誤前期那知歧路垂朱淚還向空門謁本師兩度摳衣搖落候大都見面別離時劇憐生意同枯樹又向河橋折柳枝

應際盛字昌期號穆堂錢唐人重華子雍正癸卯舉人官甘肅西寧知縣有集

穆堂宰西寧時值大軍凱旋之後民力未舒力請于臺使者減賦輕徭又捐俸儲粟以濟民食撫字三年邊邑以甦府志入循吏傳

登官山謁王母祠山在涇州西郭外昔傳王母降回中山周穆王宴于瑤池卽此地也

昔傳王母降此地卽瑤池不見飛來鳥徒捫壁上詩孤松落空翠荒艸沒豐碑寂寞碧峰頂春風日夕吹

金志章字繪卣號江聲錢唐人雍正癸卯順天舉人榜名士奇府志金志章金士奇兩列誤官口北道有江聲艸堂集

江聲居吳山之麓高才博學爲龔蘅圃所重延課其子龔氏故多藏書能盡讀之因從蘅圃游粵西以酬倡爲樂又嘗與沈繹城陳楞山諸人集趙氏小山堂刻燭聯吟有小山堂倡和詩之刻由內閣中書遷侍讀出爲口北道續三關兩鎮之志歸田後撰吳山志二十卷援引賅博一夕不戒于火蕩爲煤炱今所行江聲艸堂詩亦

被焚後搜晉記憶而得者也所著尚有
國朝謚法攷梅東瑣碎錄府志入文苑傳

登六和塔

浮圖淩虛空直上破青靄創建開寶初屹峙吳越界厚鰌蒼
山根高出飛鳥外我來試登攀耳目爲一快初桄穿沈冥稍
進離昏昧盤迴訝螺旋捫摸駴神怪每層四壁皆圖畫諸天神鬼逾時至
絕頂遂與日月會連山俯培塿長江繞衣帶海門列其東湖
頭勢淜湃會稽青嵳峨隔岸如點黛風帆與沙鳥一一類浮
芥回觀壁間書刦火燒不壞第三層壁上有石刻南宋諸臣合書四十二章經乃知
象教雄愈信佛力大賈勇旣忘疲登危亦思戒遨游挾飛仙
此樂一日再

出門

平生抱奇懷思著萬里腳嶽五瀆有四要盡領其畧讀書三

十年甕牖空束縛一朝事遠游如馬脫羈靮桂林天下奇山水秀難若涉江浮瀟湘登峯造衡嶽驂鸞從名賢酬倡有至樂攜我襆被囊殘書兩篋絡辭親别妻孥弟妹送各各長風吹征帆密雨灑烟蒻吾行自此遠揮手謝祖酌大笑視鵾鵬高飛在寥廓

銷寒分賦得冰牀

朔風號窮冬冬澤腹堅似鐵綏綏聽不疑鼎鼎望巳結行人罷褰裳利涉冰牀設排頭同貫魚一一岸旁列如砥喜上平覆盂象下鈇毋勞莞簟施自得偃仰適大力負而趨懸繩一夫掣奔馳勝疲驢滑澾笑跛鼈颼颼耳生風晃晃眼搖纈迥異從船危亦免漸車湼從容坐嘯間數里才一瞥迺知利用宏制器無巧拙乘時卽爲貴負載紛暮節莫待春冰消棄置從

此別

游桐君山用薩天錫原韻

桐廬江水見底清桐君山色青繞城仙人指桐去千載至今艸木猶知名我來六月火雲赤爲訪名山侵曉出芒鞵竹笠紫蕉衣瀟灑行蹤雜樵牧松風迎客如有靈笙竽響答淇濤膺丹崖轉處洞門豁石壁裊裊垂蒼藤危樓一凭塵懷少欲把仙書拾瑤艸西飛海鶴不歸來嶺上荒祠白雲老

大雪遣興戲成長篇

五更寒壓衾裯重侵曉無聲萬鴉凍山童啓戶詑奇觀鋪滿瓊瑤密無空紛紛透隙入重簾漫漫平高積危棟竹搖翠羽垂可憐松老玉龍蟄不動遙看馬耳失雙尖靜聽市聲迷一鬨初疑青帝出行春（後二日立春）導以霓旌萬妃從紛羅侍衛舞

蹁躚盡着羽衣騎白鳳又疑嶽瀆共朝天銀海瑤山均八貢不然天庚慶年豐玉屑霏霏落星䨓覃思擬議總難名轉覺沈酣氣方縱急須相賞沃巨觶撥觸牀頭開酒甕醉傾一斗與更豪忽憶南山騁飛鞚鼻端火出耳生風射虎短衣爭聲控歸來帳底擁紅妝檀板銀箏競相送狂思此事恐無緣寒乞書生知底用不如袖手向東菑看把鋤犂事春種

繡谷先生有所藏宋槧丁卯集亡去二十年令嗣甌亭游京師重購得之以歸同人賦詩爲記其事

樓居插架逾萬籤五車四庫皆能兼丹黃一一手勘定部分鱗次何精嚴就中名集數丁卯槧本最古心所愜何年一鴟竟羽化巧偷豪奪生憎嫌六丁冥搜苦無計廿載抱憾歸幽潛讀書繼緒有令子手澤每念襟常霑驅車偶然適燕市輒

紅撲面塵纖纖朝聞邸舍打門急有客持售初開函衛公故物忽驚覩悲喜交集敬拜瞻卷端題識認遺墨左方印記留朱鈐呵護定蒙鬼神力點涴未受蟲魚蝕探囊購贖敢辭罄百鍰索賈寧嫌貪楚弓楚得足深慰摩挱繙玩忘飢饞羽陵蟫簡共什襲宛委祕冊同包緘攜歸陳書告先子水沈細炷方銅匜孝思靈爽共感召丁部重入如新添熊熊且上吐光氣南極果應星文占抽思騁秘發高詠妙處神味超酸醎同時題贈悉巨手雕章麗句盈緗縑唯余經年負宿諾苦吟屢斷霜髭枯郢州有知應大笑笑我細響徒詀詀不如韜筆且藏拙靜看花影搖風簾

梅花

殘雪空山裏疏籬野水傍澹中微見影靜處忽聞香知已只

明月相思空石牀無言契幽獨繞樹發清狂

題張氏水亭

宛在瀟湘裏居然綣畫間碧環三面水青借一房山吹笛魚龍出捲簾鷗鳥還春來足幽事吟眺最相關

抵桂林寓齋

兩月川途久今朝始卸帆宜人傾桂酒蘇暑解蕉衫獨秀晴當戶高雲晚墮嵒驂鸞眞不爽吟詠對青巉

蕭山

竝岸牽烏榜穿城進越舲江通漁浦白山繞固陵青竹箭春逾美蒓絲晚更馨前邨一鉤月已映鷺鷥汀

嶅陽

一峯如卓筆孤店指嶅陽樹隱團茅屋溪圍插藍牆騎驢誇

婦健行役笑人忙回首風塵裏勞勞憶故鄉

同穆門月田樊榭堇浦集筠谷書帶艸堂分韻得二

冬

高秋多暇日文讌喜從容帶艸緣階綠梟花覆掌釀竹喧疑作雨雲起不成峯忽憶仙壇近遙聞烟外鐘先生所居地即宋時九宮貴神壇遺址

正月九日集南屏山舫

春陰過穀日霽色上閒門梅蕊欲全破嵐光猶半昏竹深留日影苔古潤雲根勝事同支許清言好共論

雨夜同汪積山晁鯨倪穟疇家長孺兒宿止愚谷山園

月額眞斯候天心尚可捫酒中人欲別涼後扇無恩坐久淸

宵短情深絮語繁他時對牀聽應憶此山園（時久旱至是始雨翌日余與燧疇有廬江之行）

月夜同人登虎邱

一片深宵月明明照虎邱松杉交影靜賫藻上階流夜舫吹簫客春燈賣酒樓他鄉有朋好竟夕此淹留

臺畔人初散虛亭月可中寒烟沈鶴澗疎磬落天風光滿疑無地人行恍在空忘言契禪悅還欲叩生公

楚粵游歸樊榭有詩見問聊叙景物大畧賦以荅之

萬里歸來杜華門一燈相對話黃昏浮湘路指風帆轉望嶽雲開帝座尊八桂好山皆畫本九疑斑竹是愁痕自慚未盡登臨賦虛把游蹤與細論

星沙遙望陣雲迷路轉衡陽更向西花藥一山連石鼓瀟湘

二水抱涪谿紅藕喜見臨風發翠鳥愁聞盡日啼行到嚴關
開眼界瑤簪拔地萬峯齊

土俗殊鄉可重陳崗花獞藥亦堪珍風林白蠟收蠻女社鼓
荒祠賽黑神桂海虞衡方志在渚宮故事歲華新遠游喜共
驂鸞到聞見聊將涉筆親

京口懷古

衝風激浪三山下百道帆檣阻去程江色遠吞瓜步樹濤聲
寒壓廣陵城威名北府荒烟冷霸業南徐暮靄平極目新洲
更懷古蕭蕭蘆荻客愁生

徐州見山樓觀大風雨

奇觀樓上對嵯峨倒卷天吳散白波汴水大風來泗上呂梁
飛雨渡黃河雲旗恍惚金支集雷鼓轟闐陣馬過煩暑盡消

淸興發披襟爽處一高歌

塞北詠古

六鎭當年起赤城長邊千里繞宣雲封章籌畫思源賀鑾輅周巡紀孝文榆塞祇今空舊蹟龍沙終古但斜曛遙遙異代聲靈在史冊千秋會策勳

桓州形勝北邊無創業前朝古上都斷碣尚存龍鳳記洪基空說帝王圖天寒牧馬嘶風入月黑鵂鶹繞樹呼莫問至元全盛日大安臺殿久荒蕪

塞北初歸穆門壽門復園樊榭堇浦招游湖上分韻

乍脫朝衫浣塞塵歸來猶及見殘春鶯花別似開生面山水依然對故人酒琖多年疎宴會舊交老去倍情親從今好結西湖社風月招要不厭頻

周鉟字鐵士號南塘仁和人雍正癸卯副貢有南塘吟稿

（鐵士家東青巷有南塘書屋頗擅烟水之勝副癸卯榜後于乾隆戊午復中副車迄不得解嘗言詩法當于質樸老蒼中寓深醇之味緜邈之音不宜作倔强語安難識字）

與沈丈桐扣有下帷之訂屢以事阻

寂寞揚雄宅迎梅雨乍寒池邊新漲合階下綠陰攢老覺攤書倦貧憐閉戶難休文衡宇近翦燭待盤桓

三月晦日

吹倦東風力天涯徧綠陰春從今日盡愁負杏花深芳艸迷歸路青衫冷壯心鷓鴣啼不斷一樹伴孤吟

散步半舫

地寂人稀到蕭然獨往還莓苔經雨合蜂蝶過春閒池印千條柳亭開半面山小齋剛數武幽賞不愁慳

燈下感懷

書卷生疎我自知衰年寧復耐奔馳漫憐退鷁飛無力猶喜春蠶老有絲長謝濁流清坐足補苴日課夜眠遲香消酒冷誰相伴挑盡殘燈獨詠詩

齋居有懷潘鐵梅

靜與蕭然任取攜入梅風雨已淒淒書能讀緩逾添味詩以吟多覺少題黃鳥有心歡客聽黑雲儘力壓天低企君高坐淩霄館一卷南華得喪齊

梁文濂字次周一字蓮峰號谿父錢唐人雍正年歲貢府志不詳年分官諸暨訓導有桐乳齋詩集十二卷後洋書屋詩鈔二卷補遺一卷欠伸餘句一卷鳴盛集一卷

先生少從淩進士紹焻學器之以女女焉弱冠即餼于庠而久困場屋嘗作貧歎云一椽居欠三年僦入口家

無半畝田有客僅能供茗荈非僧已笑絕腥羶可以想其困瘁之境其後南北游歷崎嶇登頓尤多羈窮之思耽學癖古老而愈篤故其課孫詩云生憎不學濫襟裾破屋三間事埽除乃祖乃翁窮到骨只今仍遣讀殘書迨薌林相國既貴累荷封錫七十生辰　純廟御書傳經介祉扁額以　賜並　賜御製五言律詩一章先生賦紀　恩詩四十韻是時鄉里以達尊相推重而讀書樂道依然儒素春秋佳日輒與施竹田顧月田杭堇浦鄭雪厓金壽門吳甌亭諸公酌酒聯吟以爲樂先居枝頭巷甚久後移竹竿巷今所稱清勤堂者是也乾隆二十三年卒年八十七府志八文苑傳

春晚登龍山

官齋只尺有烟霞共上龍山引興遐一徑泥新畱鶴蹟半巖風細落松花青畦宿麥時翻浪烏榜春人不障紗更向山南行犖确妝臺遺址問西家

衛輝店壁有十七女郎字貞菴者書最高樓詞一闋琅琅可誦詢之主人知非贋筆也不辭好事詩以紀

之

誰家穎異小蛾眉想見含毫書壁時些箇事偏凝綠怨最高樓且託紅詞夭桃脊厘樊川約楊柳歌邀白傅知自笑風情猶未減停驂輒與撚吟髭香山有楊柳枝二十韻內云新歌踏柳枝美小妓也

邮贈光祿卿鄔符九一門殉難詩

知公忠勇屬天成釋褐旋看出備兵藉手招攜初復國驚心禦寇又登城突圍李敢生非望謂其長君罵賊常山死有名慷慨從容俱不忝朝家恤典稱崢嶸

同人於放生池開詩社

聯袂游行趁曙暉西泠橋外入沙飛老鴉棲到樹頭禿秋蜨生逢花影稀客思苦因詩有壘魚情樂爲釣無磯山僧解事如齊已許我重來叩竹扉

題畫

一片雲根杜若芳一莖褎艸抱寒螿不同宋玉生秋感領取西風萬斛涼

汪德容字雲尺號重闓初名掄甲錢唐人汝謙曾孫振甲弟雍正甲辰一甲第三名進士官編修有重闓齋集

重闓入館閣後旋謫安西至乾隆己未卒平生多遠游詩文大半散佚其從子師韓爲編輯行世梁學士同書跋汪重闓先生小學偶拈冊後畧云先生書法爲吾鄉第一卒無有知之者蓋自登第後被事謫戍不還故筆墨流傳絕少此冊所集在家書中隨時拈出寄其公子者久而成袠其閒小誤不免固自言塞上無書攷證也前輩讀書不苟雖憂患猶諄諄以小學敎子弟懼其不爲秀才而爲吏胥市儈意深苦矣至于敗煤殘楮或楷或行筆筆顏筋柳骨即塗乙改竄畧不經意亦復古味盎然云

寄題樸樹廬有序

樸樹廬者余兄弟三人讀書處外祖王瞻亭先生實授

業焉時先君亦嘗讀書其中童年情事極不忘耳今此屋爲三弟鱗先住宅病臥塞外中夜無聊口占數詩命師濂書之卽寄三弟時丙辰十月六日漏下四鼓

吾廬卜築倚山根樸樹雙枝高出庭每到秋深風力壯似聞濤氣載南溟

一株叢桂小山幽曾記當年手植留檜栢多年皆老大青葱秀色晚窗收

外祖耆年守一書先君晚歲亦公車生平賫志風簷老此日科名實慶餘（外祖於明末補博士弟子歷十八科鄉試不遇丙子年六十八猶入闈是年歿矣先君戊午登賢書凡十二上公車壬辰自京歸卽見背及康熙庚子余兄弟三人南北皆獲雋甲辰余成進士授館職庚戌大兄成進士壬子癸丑姪師韓復聯捷選館豈不肖等能之蓋理數有屈伸實前人積善餘慶也吾子孫其勉承先志哉）

卅年辛苦憶慈親閔閔惟希舊學醇腸斷高堂恩罔極朝山

一拜更無人寒家中落無田而衣食者數十年先慈于拮据中培植不肖等讀書茹荼集蓼較之古人畫荻不啻百倍及見背而不肖等始獲科名言念及此不禁號泣腸斷也

九重雨露湛恩新二代邀榮 鳳詔頻報荅重親惟伯氏自慚無狀淚沾巾恭遇 覃恩大兄適官桐城詳請以己身赦 命貤封祖父母封典遂及二代臣德容自慚罪戾感激涕零莫知所報

汪由敦字師茗號謹堂晚號松泉居士休寧人錢唐籍雍正甲辰二甲第一名進士歷官吏部尚書協辦大學士太子太傅 贈太子太師謚文端入祀賢良祠有松泉詩文集

文端弱冠後游京師丁母憂歸至江寧大雨中覓輿夫不可得自肩襆被行田塍中六日抵休寧足盡繭後以徐文定公薦入明史館時尚未鄉舉也旣入詞館丁父憂史館總裁復特奏起復乾隆間直南書房軍機處參贊密勿前後凡三十餘年嘗賜御書松泉二字因以自號國朝鹵簿多仍前代文端奉 命釐訂凡旂

旝所繪星辰河嶽鳥獸之屬及諸儀仗器什折衷至善一洗荒誕不經之陋內府藏古印章數百篆文莫能識文端審訂註釋皆有依據性謹厚嘗謂大家子弟倍難面訣多則無從聞過屬耳目則不能藏拙故須謹之又謹誠至言也卒年六十七病中自言新正二日檢新唐書偶得李鄴侯傳自占月食東壁大臣當有憂者其明年鄴侯卒年六十八今歲六月月食于奎奎主文章而凝陰氣必有當之者吾其不免乎已而果然歿後聖駕親臨奠醊朝右榮之府志八名臣傳

齋中讀書

端居謝酬酢游息在六經迢迢三千載攷見得失林晷盡未遑倦隱几耽長吟嗒然以忘言聊復獲我心寡昧習所玩輿義不可尋蹉跎積朝昏歲月長駸駸庭柯隕衰蘀征鴻厲哀音輿言秉燭光敢棄分寸陰卻步不及前短綆不及深來日苦不多恐復不如今

題聽雨詩後

墨雲一片催詩黑翻卻天瓢來頃刻簷垂飛瀑萬瓦鳴虛堂颯颯驚秋聲憶當夏旱苦相望玉粟珠穤拜嘉貺此時勤買玉壺春側耳不負同心人輕雷過後淨天宇不賦愁霖賦甘雨

寄題經籯堂懷家兄君宣

郁南喬木下曲徑舊升堂樹響襍灘響谿光涵竹光風清浣衣步鳥語讀書牀兄也耽文誦春池夢正長

趙大鯨字橫山號學齋仁和人金章子雍正甲辰進士歷官都察院左副都御史有使滇集歸覲集古藤書屋集

學齋初官翰林時御試列高等遂邀不次之擢詞館六年一試自此始也門下士相國永公貴初撫浙詣辭問曰此去政將奚先曰劾貪笑曰貪吏贓入己者不必劾也相國愕然曰贓入己而不分潤上官上官早劾之不待君也今之巧宦全取諸民而半致之上或且全致之以貢媚而營私上下固結牢不可破譬如獲盜胠篋

百萬有所恃焉則無敢蹤跡之其所禽者皆竊鈇攘雞輩耳相國再拜曰微先生無能言及此也以養乞歸主敷文講席提唱後學夔才如命所識拔者如吳雲巖葉登南趙鹿泉輩皆以文翰起家人尤折服杭董浦輓章云四海尚知求筆跡九京何處挹文瀾猛拋膴仕抽身早苦戀慈親瞑目難葢學齋有工書名而歿時堂上猶健在也府志

入文苑傳

白龍崖

飛龍下空青爪鬣忿拏攫懸崖千仞高風雨九天落夭矯須潛藏洞穴忽開鑿山腰架石梁飛棟構傑閣云是避兵處昔人爰創作歲月幾遷流垣瓦多毀剝云有神物棲陰陽互回薄楚江流潺潺戍壘烟漠漠時清見山高縱目寄寥廓薄暮橫江來掠舟有黃鶴

游桃源洞

武陵山口桃花源千年想像靈境存漁人再尋已迷誤詩歌

紀述徒空言我來問津嗤好事振衣逕欲窮川原初行洞口
少人跡嘗見裂石通天門一區雲樹敞平陸四面烟巒如繚
垣良田畇畇收旱稅人家寂寂成孤邨更歷飛梁跨石澗勝
地彌覺無崖垠新篁千竿嘯風碧甘蕉十丈垂露繁瑤草無
名澗邊秀仙禽變聲林際喧瀑布飛湍吼空薄流泉乳竇鳴
潺湲古碑剝蝕難細讀佇立盡帶蒼苔痕于嗟嬴氏亂天紀
賢者避世鴻高騫偶從樵漁逃姓氏遂閱魏晉傳雲孫方今
昇平致上理堯民耕鑿超羲軒域中山川盡樂土何須物
外求田園卽茲已覺隔凡境神仙有無寧復論

磁州道中

歷歷征途破曉烟此邦風土最清妍鑪峰翠靄連城堞滏水
清流入稻田蓮渚波平翻白鳥柳陰風細擊烏犍分明好景

江鄉似趙北燕南未或先

包濤字春河號梅嶼錢唐人雍正甲辰進士官甘肅慶陽知府有梅嶼詩存四卷

梅嶼由比部郎出守平涼洗手奉職前守某承造運糧車二千三百兩并軍營所需鞍屜繩索毛橧鍬叉輪輻鐵掌等物十未及三遽報工竣奉檄起解梅嶼歎曰軍國重事敢諉過前人耶遂不惜工直晝夜督造尅期而成期年調慶陽其地經李自成王輔臣先後蹂躪民俗彫劫撫綏生聚遠近德之後以事鐫秩補江西贛州通判擢雲南路南知州乞休歸里先後宦游三十年歸田後每日晡不能舉火可謂廉吏矣卒年七十四所著有說書旁見三卷邸鄘衛三風詩意一卷左國枋言一卷三才備攷四卷唐詩律隅一卷讀莊解若干卷其詩則夏邑彭樂君方伯為版行之

奉餞張爾默歸滏陽罷席後引觴獨酌情緒紛來復有是作

客散庭空獨倚闌臨風聊復盡桮殘浮名此日眞蛇足入世

多年亦鼠肝去任但隨荷一葉平安剛賸竹千竿歸心早動歸期晚銜尾輕航下石灘

查克念字惟聖號雙峰海寧人愼行子雍正甲辰舉人嘉興籍有雙峰詩鈔六卷

雙峰著有史漢識大識小錄八卷讀書錄十二卷卒年才四十八

大兄自刑曹乞假去秋附漕艘南歸凍阻牐河今傳已抵京口詩以迎之

別夢依長枕回頭忽四年難畱惟歲月易得是林泉人似將巢燕官如已蛻蟬故應詩滿篋並羨兩神仙時與陳梅溪侍御聯舟南下

兩阻東寺讀壁間詩同東崖和其韻

忽因小雨滯歸舟蕭寺重尋一宿游豈爲逃禪須到窟傳燈錄如大會師主湖南東寺法席時號禪窟從來避暑不宜樓吟思白社慚靈運坐對

南窗叟子由潁濱南窗詩極爲坡公所賞甕滿春醪詩滿壁可知豪興兩難酬

俞維墉字奕韓錢唐人雍正甲辰舉人官鹽場大使

暮望

萬重山莽莽環繞一孤城海嘯風雲壯谿回湍瀨鳴浮圖殘日照粉堞隔林平雁字橫斜落秋思向晚生

江源字岷山號敬齋仁和人雍正甲辰舉人官直隸保定知府

敬齋與堇浦生同庚居同里同學相善同游于庠同舉于鄉迨堇浦以上書獲譴而敬齋亦以事罷職故堇浦壽敬齋詩云相呼爾我各成翁默數行年丙子同雲路一生偕進退雪泥幾載各西東也

題炅虛上人谿山秋晚圖

疎石瘦到骨空谿淨無泥想師慘澹時象外窺天倪師謂雲

林子可望不可躋風高木葉脫秋在栖湖西

四照亭暴雨用東坡大風留金山韻

風號萬木亂人語兩隄縛船不敢渡黑雲如墨潑空亭恨無一壁遮風雨四山回望碧嵯峨老龍躍起雛鳳舞誰踏天河決河水萬峰一洗黃姑怒猰貐斷澗霎時通湖面陡高三尺許俄頃日出僧帆歸隔院沈沈敲溼鼓

晚秋集雪莊

鯉魚風起送殘秋故土登臨動遠愁忽望橫隄烟栖外夕陽猶有未歸舟

姚炳字彥暉休亭籍錢唐人雍正甲辰副貢有蓀谿艸堂集

錢江夕眺

薄暮潮東落蒼茫海氣昏寒星臨水動晚日傍山吞宿雁呼前浦歸牛返近村估船遥泊處暝色鎖羈魂

報國寺銀杏樹

古寺參天樹連蜷野殿陰興亡猶在眼榮悴自無心（志載樹無心）碧葉風霜勁銅柯歲月深兒童隨野拾零落滿平林

吳國梁字鴛滄號書山錢唐人雍正甲辰副貢有書山詩鈔

書山皓首窮經年六十始中副車所著有書山文鈔十卷南北史緯二卷

于忠肅公墓

行人到此齊墮淚廟前屹立豐碑字古木森森蔽墓門英風颯爽猶生氣當年北狩誤謀臣賴公隻手扶艱屯援今證古具膽識旋天轉地開經綸社稷中興侵地復心事光明萬古

燭未聞裂土報殊勳旋見奪門遭慘戮姦權同盡骨全灰旌節猶看古殿開鄂王墳畔靈旗卷疑有忠魂痛哭回

鑑湖竹枝詞

朱樓面面映波斜游女明妝傍水涯多少畫船香送影大家爭看鏡中花

越羅衫子趁身裁鴉髻回盤雲作堆兩兩三三攜伴去梛姑廟裏賽神來

蓼花兩岸接菰蒲烟靄平橋淡欲無道士莊前菱正熟家家浮艇理秋租

王路清字賓遠錢唐人雍正丙午舉人有疏寮集茸湖詩鈔薊門游艸輶軒錄作諸生誤

賓遠客大梁夜飲周魚門所未即歸燈火落几案然卷帙盡詩稿數冊其燼餘也明年卒于京師厲徵君鶚序

其疏寮集云賓遠棲息臙下豪俠揮霍囊橐蕭然窮愁困躓莫可言狀則亦放廢不得志之士也

破涕歌爲何太史韋江母夫人作

華堂日暖薰風起錦帨飄揚映階戺鳳誥新從天上來輪蹄襍沓鳴珂里曲奏雲璈絃管遲紛紜賓客進霞卮願歌壽母生平事一作當筵侑爵詞太君世胄家南粵仙李宗風舊閥閱早歲能傳伏氏經弱齡惟繞倉公膝靑犢黃巾肆海東一朝烽火燭天紅山郵水驛居民竄誰是田單殹鐵籠耶孃竝走俄分散姊妹相從又中斷兵戈滿地數驚心鼙鼓喧天頻駭汗　王師振旅埽欃槍重見南中日月明童男幼女無歸所載置艨艟直北行海波汨沒山林杳枒棖檣帆臨浩淼懼色時疑鯨鱷來泣聲恐犯蛟龍惱萬里飄流達薊門侯王甲第度朝昏家山回首知何處畫角吹殘欲斷魂邑丞大義高

千仞不惜金錢贖髫齔中有一人年十齡儀容婉嫕符坤順拂拭珍同膝下兒恩深鞠育比嚴慈春風刺繡花開日秋月鳴琴漏靜時謝家道韞同吟雪逾時竝嫁乘龍客夫婿錢唐江上居片帆東下之西浙骨肉生離淚眼枯追思往事夢無殊爇香五夜呼天帝暗祝能還合浦珠自恨須眉遜男子不獲尋親到桑梓猶幸曾知父母名故園記得佛山寺物換星移春復秋好憑估客致書郵福祿街前黏片紙何人取得問從頭一家驚喜爭傳說地北天南久離失只謂難求落井瓶那知重獲投淵璧扶杖高堂正倚閭自茲音耗達番禺年年鷲嶺飛鴻雁歲歲羊城寄鯉魚軒車從宦游南楚望衞其如身在許因從暇日遣長須烏報天涯常陟岵明年老父裹糧來抱首牽衣哀莫哀豈是木蘭河上返還如定遠玉門回袞

翁鬢髮全非昔變女風神異往日藉令逆旅乍相逢對面相看應不識喁喁絮絮話家鄉小妹無蹤阿母亡廄中厮養皆酸鼻路上行人亦斷腸二紀之餘重聚首往來通問殊長久寄聲天下別離人同快愁心傾一斗純孝由來格上穹敎成令子擅雕龍校書夜入崇文館視艸晨趨建禮宮萱花榮茂陔蘭綠七十春秋膺老福聚散悲歡憶少年太君破涕爲娛樂楚舞吳歈且莫喧歌成四座悄無言何殊海上麻姑至細說滄桑三度遷

七夕曝衣篇

冰壺初挹金莖露蘭夜涼雲玉衡路織女黃姑過水逢靈官烏鵲成橋渡星房虛鎖隔仙槎月殿橫開駐絳車鶴駕翹棲緱氏嶺龍輿遙降蔡經家璇居漢曲遮珠箔芝蓋河陰掩羅

幕玉杼纔教機上停金梭暗向八間落金梭玉杼守七襄紫
綃雲霧織爲裳瑤階曉拂天孫錦絳闕宵傳紅粉妝漢宮複
道交丹掖太液池西樓百尺樓上樓前錦繡圍沐紈霧縠流
霞席素紗重疊覦翬褕内苑新妝服半塗紋飛鬭鳳誇三楮
錦蔟交龍奪五銖千條苧㲯氀毹覆萬片霞光藻龍繡廣袖
爭看石上花長裙故擘風前纈此時乞巧會多情此夜宜男
弄化生椒房燈照九微徹綵女鍼穿七孔成椒房綵女度專
夜點燭穿鍼月光下秦娥麗妾上雲樓趙豔佳人舞風榭五
陵裘馬多富豪紅樓少女戴金搖吳綾蜀錦巾箱啓阿禓齊
紈步障飄別有娼家納紈綺紅錦纏頭不知數舞館鰕須簾
作陰熏籠螺甲香如霧昭陽夕殿黃金碱幾處衣樓寶衣揭
挂向珠檽蘭麝飄鎖歸玉篋金蟾齧家家楚楚麗服新長竿

誰舉犢鼻褌書生曝腹中庭下拄腹撑腸萬卷溫

瓊花觀

高觀崚嶒出瓊臺浪有名古燈千佛暗荒蘚半牀平芳樹時
移影棲禽慣作聲卻憐二三月不共萬花明

新夏游香積寺懷汪端木

言尋南澗路復過北峰天雨雲泉流碧雲深僧入禪茶香供
客賞鳥語有風傳悔不招裴迪相思嶺月邊

會文紫陽別墅坐別有天

白雲引雙屐一徑入烟霞崦僻疑無路山深別有家晚風鶯
坐樹微雨鷺翻沙況復文瀾靜孤吟對水涯

王雲廷初名金鑣以字行號文山錢唐人修玉孫元斌子
雍正丙午舉人官國子監助教

退菴氏曰文山先生爲余祖姨丈幼聞其先人累世積德其子自華尚書以一甲第三人及第洊至通顯實爲忠厚傳家之報故先生家訓篇首云人家出一斲削元氣進士不如出一培植元氣秀才誠恐後人恃貴家爲狀貶祖德也官太學十數年上官保薦皆力辭著有太學十年詠文山先生著述頗多所輯國子監志卷帙最繁富未付梓其已梓行者有寶言堂家戒輯聞理欲消長圖說及絳帳蓮他杏林紀聞三種生平敦崇實行自齋尚書通籍之後時時寓書教督如云詞章之學只求文理無疵刻意求工則害道進取之途須知得失有命稍事馳騖則喪品悠悠忽忽便虛度一日便虛度一年便虛度一世戰戰兢兢始不負所事始不負所生始不負所學皆可書作座右銘也府志入儒林傳

游紫陽洞次徐立人韻

山色青葱雨乍晴探奇試共躡崢嶸樹攲絕壁空餘蹟鳥囀巉崖不記名石氣拂衣丹竈冷澗聲落戶月池清薩公遺句依然在底處遲回欲緩行

王延年字介眉號溯輪錢唐人雍正丙午舉人乾隆丙辰

薦試博學鴻詞官國子監學正晉司業　賜翰林院侍講

介眉熟洽諸史鉤較抉摘灼然可傳蔣太僕漣薦應制科未用後以史編經進　賜官學正尚書蔣公溥劉公統勳復以經學交薦壬申會試年逾耄耋由助教晉司業以歷代編年紀事進呈　賜侍講介眉嘗夢至一室一叟身短髮白坐榻上一人頎而黑揖而語曰余陳壽也黜劉帝魏遂貽口實指榻上人曰賴彥威先生以漢晉春秋正之汝先生後身勉而成之毋廢乃業時方撰編年紀事一書也紀夢詩云慚無漢晉春秋筆敢道前身是彥威即指此事書成名曰補通鑑紀事本末又嘗隨人入閩作閩江攷極詳核又有湧輪居文集府志入文苑傳

送翁朗夫之錢唐

先生不世才下筆璆琳瑯崟嵜藝苑寶錯落天葩芳醴泉及芝艸始信根源長卅年軺車徵多士羣翺翔咸頌文運啓豈特詞賦昌惟君屬領袖固應獻長楊柰何遽引疾翩然還吳鄉爭歎高飛鴻未得儕鸞凰比來著述富淅水時相羊名山

業已成聲望尤煒煌余昔附薦剡揮毫登金堂逢君愜素抱傾倒甘趨蹌匹諸陳后山有集名見黃明水未中程分襟情殊傷五載千里思重覿彌歡腸共話歲寒盟一笑舉一觴人生重義氣形蹟須相忘會合邈難期君復理歸艎酒闌語恩恩微意不得將願指松柏心葆此各老蒼

和穉威飲杭太史丁香花下

來向花前倒酒巵白頭應自歎彪之盡驚豌晚春光老便覺低佪舞態遲無力故皺芳艸徑有香肯趁海棠時丁香每與海棠同時開今歲獨遲至四月知他百結何緣解消息還憑隔歲期

許勉燉字思晦號晚榆海寧人惟植子雍正丙午舉人官雲南阿迷知州有晚榆詩稿

晚榆遷中書出宰魯山歷汜水陳留治行清醇古循吏無以過也陳觀國惺齋嘗過陳留作詩有云遺愛及後

世祖豆陳牲醪至今三十載民俗猶歌謡天公報不爽
孫子皆俊髦掇科如拾芥鳴鹿歌苹蒿兹其子道基其
孫鍊與華鐘先後皆得科第信廉吏可為矣以阿迷州
乙歸其子道基視學粵西迎養使署遂卒于粤府志入
循吏
傳

偕友憩西菴

遠林花樹照春潭老返雲巢路未諳臘有詩朋尋北郭相隨
步屧過西菴蘭闍寂寂清香散桑畝陰陰綠水涵笑我頻年
沈宦海枯僧容語遠公龕

牛口峽

關中王氣淨兵氛直指東都埽陣雲勝算不從淩祭酒老謀
能用薛參軍虎牢犄角棋先定牛口倉皇火自焚捲旆疾驅
擒二敵淩烟高閣早書勳

舟過衢州

平生聞說爛柯事今日看山不上山爲怕仙人棋入眼等閒一局誤人間

盧報字念劬錢唐人雍正己酉舉人

小隱自適

清況蕭疏小隱居與時消息任盈虛飛花點硯吟詩瘦明月煎茶解渴徐翠戞琅玕醫淺俗奇搜魚蠹蝕羣書憑欄縱目舒遐想流水行雲意自如

俞大受字槐谷仁和人雍正己酉舉人官福建漳州同知

春烟

曉烟如霧滿春郊漠漠輕移過畫橋映水欲迷千頃碧看花疑隔一重綃風回遠岫吹難斷雨霽平林薄未消茆屋誰家尚高臥任他門外幾痕飄

春屐

攜將蠟屐出春城春色都從齒畔迎芳艸綠深尋有蹟落花紅軟印無聲千山踏徧朝烟破一笠歸來暮雨生堪笑此生能幾兩阮家何事獨關情

陳兆嵋字閬風號眉山錢唐人兆崙弟雍正己酉舉人榜名兆崑官內閣中書

眉山與兄句山並以詩文著聲官中書二年以憂歸兩喪相繼遂不復出閉門授經以脯修所入給晨夕之奉小有贏錢即與羣從兄弟輕衫短策爲山水之游或賭酒彈棊以相娛樂吟興所觸輒引被而臥如子安之構腹稿者然後游吳山訪其族兄嘉言于山趾談諧極歡以中寒致疾卒年六十五府志入孝友傳

送孫武水之鈎州

蕭齋盡日沸瓶笙花落驚聞剝啄聲似爾青韶初作客媿余衰病欲逃名帆檣影帶蜀江樹書劍光生康樂城從此風雲

助文藻勝游眞不苦長征

汪惟憲字子宜一字積山號水蓮仁和人雍正己酉郡拔貢有積山詩文集十卷

水蓮先生貌白晳而豐頤目如點漆音吐清澈生有潔癖淡于仕進賓興之役往往不終場遽歸雍正七年例選士貢成均人爭欲得之目先生如仇先生乃託疾不就試學使者廉知之怒檄校官促以來以第一人拔之將且謂曰吾知生務爲名高所不隨牒入　朝考者吾將以計辱生蓋憂其才而亟欲成之也先生逡巡謝不敢然卒不肯行家吳山麓論文賭酒門無雜賓酒器多名瓷古色班駁可愛性喜游然約客泛湖必以曉星未落爲期遲則不復待客嘗有句云俗客尚貪朝睡穩吟情偏愛水波閒紀其實也于書無所不讀爲文深造古人堂奧辨別書畫眞贋亦具精鑒書法尤稱于時胡犹謂遠似蘇玉局近似李檀圓生平酷嗜松圓老人詩故氣格頗相近其別著有尊聞錄府志入文苑傳

雪後同金江聲登吳山作

年華如逝波彈指又冬杪說愁知更多爲歡遽訝少密雪忽

打窗酸風復折篠蕭閒門巷深岑寂屐痕杳隔晨快新晴映簷最鮮皎喜子有同心登山恣遐眺來看及未消走訂先犯曉有徑轉迷人無枝可棲鳥亂峰露頭尖遠艇掉尾小俯視百雉低默覺萬戶悄怡神足清曠眩目極要眇苦乏秀句傳如彼音節皦高歌定推郢美璧無逾趙急煩相屬和酬子以清醥

同太鴻敬身幼聞質孚泛湖觀荷太鴻拈花氣涼于雨句分韻賦詩余得氣字

清颸快彌旬不信夏日畏沿湖紅蕅花翻翻新雨溉偕我素心人約豈待詞費于焉掉輕舟滿篙載荷氣無須麴糵醺已醉色香味（五人皆不嗜飲）復步招賢寺寺僧笑相謂直指段家橋千頃碧雲彙蒲楊宜小休高興殊未既龜魚戲瓦陰蟬雀噪林

蔚我友吐佳言一一聞所未無窮出清新有句必名貴皎如冰貯壺秀若蘭集翡此游兼此客可以洗俗胃相逢詎偶然夙志庶其慰吾詩何足云自鄙頗難諱

雪夜小酌有懷

凍雲離復合寒月吐還遮薄薄頳顏酒霏霏點鬢花殘燈記曩昔孤館逐年華不少懷歸侶淒涼苦憶家

和太鴻秋夜對月將之婺州寄諸吟社詩

桂花香氣逗秋林有客將行坐夜深徙倚閒齋闢竹簟商量江路定棉衾望雲無復翔風燕（時久旱）對月先聞警露禽明日烟波快滿眼絕勝硯北動愁吟

丙午試後同人集別花齋喜晤眷瑤

粉壁經年試拂苔草堂重整舊尊罍今秋最若兼旬晦九月

猶遲雙桂開書畫通靈仍好在故人知我已先來與君豪氣消磨盡莫作飛揚跋扈猜

五月十四日早起舟過湖南

路上湖南只一灣曉雲開處露烟鬟舟行荇帶菱盤上人襍游魚宿鷺閒俗客尚貪朝夢穩吟情偏愛水波閑芙蓉面面臨妝鏡似逞風流鬭盛顏

夏日與楓山觀辰湖上納涼

梅漲遥疑亭榭浮重湖六月宛如秋追涼恰好逢前侶銷夏今看第幾游人倚栁風拋午扇酒兼荷氣入扁舟歸來怕逐紅塵路望裏嵐光尚逗留

桐敏二兒輓詩

一椽麤庇亦荒涼家計曾無儋石糧柹葉忍看題字溼槐花

空逐少年忙生平恭謹師賢哲半世交期失老蒼從此歲朝添恨事屠蘇酒煖怕拈觴（以己未元日沒）

倦游南北謝奔馳祇有朋歡性分宜竹屋連牀秋聽雨銀燈照座夜談詩中虛到處亂茶具戸小偏能戲酒巵（倪丈山友招飲爲君設龍眼湯以賭令）如許風流嗟已矣總令宿艸倍銜悲

上元夜與倪丈山友步至張家寺

一片玻璃環野塘城隅簫鼓接東廊（古于步廊）燈依遠岸星零亂烟隔重林樹渺茫耽寂應輸僧入定閒吟倍憂月分光祇疑同在承天寺不是王維華子岡

鮑志周字景濂號靜廉餘杭人楹孫雍正己酉拔貢官河南開封同知

靜廉由拔貢歷知陝西之湻化河南之濬祥符升開封府朱仙鎮同知乾隆壬戌之夏河衝黑堈口大梁危甚

靜廉馳往搶護轉危爲安民戴其德呼所保之隄曰鮑公隄後卒于官

宿遷除夕

扁舟江北渺愁予浪跡經年又歲除野岸桃符收店後鄰船爆竹賽神餘寒深倍怯征裘薄客久頻羞旅橐虛卻憶故園當此夕椒花盤獻頌三如

伍炳日字旦華於潛人涵芬次子雍正己酉拔貢有雲樵襍稿輶軒錄作諸生誤

幽居

紅鋪千里綠千里寫得風光別樣濃芸艸有香猶辟蠹筆花何力敢屠龍醉吟茆舍初三月詩在谿山第一峰久約不寒惟燕子舊銜泥處又相逢

國朝杭郡詩輯卷十二終

錢塘吳慶坻校字

國朝杭郡詩輯卷十三目 雍正八年庚戌至十三年乙卯以科目爲次

周　霱　梁詩正　倪國璉　裘肇煦　許道基

孫　灝　陸　峻　汪宏禧　汪振甲　陳兆崙

嚴　燧　馮永振　沈廷薦　曹猶龍　趙　鎮

林玉藻　沈維基　項方泰　張映辰　張　湄

董邦達　張爲儀　汪師韓　李肇開　章　楹

黃百穀　桑調元　朱奕曾　周　璟　周助瀾

何　熊　蔡朱澄　金　焜　邵　雋　程　川

張爲儒　陳　常　張國綸　符　曾　周本孝

龔之綸

凡四十一人

國朝杭郡詩輯卷十三　　錢唐吳顥原本孫振棫重編

周霽字雨甘號西坪錢唐人雍正庚戌一甲第一名進士官修撰

雍正丁未科以丙午江西考官查嗣庭出題織巧自作日記中有詆毀語諭停浙江人會試至庚戌科浙江加倍中式是榜一甲三名皆浙人而杭郡居其二先後恩義兼施天下讀書人咸感愧焉

退菴氏曰西坪先生一生好善多隱德性醇謹且精法律大司寇勵公廷儀延入幕府以石門逆書案屬先生核實先生得迹涉牽連者二十四人力為請公曰任重職決大獄得誦陰隲文謝責乎先生曰聖主好生豈嗜多殺烈風雷雨必不終朝因擬為奏對而二十四人者竟得免因作聖德詩以紀先生晚歲舉大魁提督陝西學政其機未必不轉移于此先生季女芷錄其詩屬子程榮付刊傳世而先生之善不泯矣他善事尚多余幼聞于其鄰程姓云府志入文苑傳

考棚儆官吏

有妄希夤緣者私諷家奴余憫其愚也思曲宥而善全

之然不可不明示懲儆也乃於覆試諸生日設瓷盌公案上注水滿之令其人捧而擲諸堂下彼則愕然余謂曰爾惜之乎爾身之弗惜而惜此區區者乎卒使擲之復謂曰一經敗壞能復全乎吾與爾猶是也忘身殉賄直鴆酒止渴耳其人免冠謝涕泣悔罪遂宥之而作是詩儆之諸生亦目擊焉而共諒余之苦衷也已

美甆擬玉石清泉表潔白注泉盈甆盌捧持防顛越無心或偶誤有心誰棄擲情事所必無智昏竟荒悖棄擲爾奚疑爾身且弗惜于嗟乎爾身弗惜余心憂爾不見瓦裂不復全水覆弗復收爾身弗惜余心憂

及第口占

爲領羣仙拜 紫宸親承 天語出絲綸顧名恰喜爲霖協

時苦旱唱名得霨上甚悅識面還疑省象眞靄承上問朕似會見過汝敬對日臣今日初覲天顏時
豈有文章能報　國要非溫飽急謀身頭顱如許登瀛晚年
四十有慙媿臚傳第一人七矣

梁詩正字養仲號薌林錢唐人文濂子雍正庚戌一甲第
三名進士歷官東閣大學士太子太傅贈太保謚文莊入
祀賢良祠有矢音集

文莊生五歲始能言稍長與兄薮林切劘相長有大小
梁之目乾隆初元文莊方丁母憂在籍以書房侍從舊
臣特　召起復素服入直其時直南書房　懋勤殿
而兼直　上書房爲廷臣中未有之遭遇辛未　南巡
奉贈　公溪父先生迎　駕吳江蒙　賜湖山養福台階
蔓日　御書扁額各一里黨榮之後乞養歸與傳玉笥
王露重葺西湖志已卯復官京師歷兵吏二部遂正揆
席前後居禁近三十餘年勤恪清慎于內臣亦絕無交
際　純廟尤以此重之與陳太僕兆崙同年相善文莊
爲掌　院太僕時爲檢討京察列太僕于一等御史劾其
徇私　上召文莊面問之文莊奏陳兆崙在京察前此
已四入一等臣雖欲矯情避嫌如公議何　上知其無

他諭日有則改之無則加勉文莊叩頭日臣敬領
皇上無則加勉之訓同列驚歎咸以爲有古大臣風嘗
言往在上書房爲上作擘窠大字適憲廟駕至
諸臣皆鵠立以俟憲廟命作書墨漬于袖因命
上曳之今弃此衣三十年矣他時服以就木庶存沒皆
志君恩也卒如其言卒年六十七府志入名臣傳

和任處泉同年應烈移居使閣詩

那事支筇挂百錢眼前巖壑足清便常從禹穴探靈笈別有樵風引客船倚檻翠飛千頃浪開簾晴裊半窗煙此間合結村農伴量課關心指陌阡

倪國璉字子珍一字西崑號穟疇仁和人雍正庚戌進士官吏科給事中有春及堂集

穟疇性儻蕩善畫工八分而琴尤篤嗜撫弦動操如見
古人嘗典試于楚于滇復視學楚南頗爲士林推重尋
奉命充安徽鳳潁泗等處宣諭化導使以勞勩觸黴
潦發痁疾卒陳句山太僕書其自畫七芳遺卷云灌船
雪騎少稱意拙目舉肥焉足叱深歎之也先是奏進錢
唐監生陸曾禹救饑譜蒙賜名康濟錄發武英殿刊

刻頒發，特賜毯幬表裏各二以示旌異焉府志入文苑傳

懷金長孺同年

賤貧疎畏友乖隔傷遠道飢軀不自主東西詎能料長孺卓犖人器深才復妙軒舉青冥鴻健捷霜天鶴排風運六翮萬里會遠到京華兩戹塞委運靜不躁但謀養老親辛苦淩粤嶠獨憐我與同飛札遠相勞溫言密如晤厚意愧難報懷君在平樂陽朔插天峭紅泉蒼澗發苦霧尖峯冒客心愁瘴癘客容詎能少持衡懷評騭刻琢削凡調九方別良駿神骨皆宛肖朅來倏三年芳譽已遠噪湘潭明月生西江亦流照兩情詎相違孤影還獨弔茲從汝水還師門傳美耗知君策高足北上隨羽纛僻已離蠻鄉近得赴　明詔年來數同人靜計魂屢掉騕褭馳復蹶號咷不先笑萍蓬聚仍散觸忤翻成

懊嗟我江湖人精疲目徒眊疑信待犬書殷憂託琴操夢驚顏色悴晨起衣裳倒回思在鄉國詞場互吟嘯賢昆作鯨鏗難弟亦玉燿弋想重雲矰引意深淵釣乍聞金撞春忽復花窈窕此樂殊不再迅疾走兩曜何時舊儔侶咸歸從所好璇樞善回斡神力仰大造杯酒集春星此願日延眺

天目擷雲篇

先祖鄰天公嘗偕伯祖征旭公讀書天目山中山多雲每以巨榼掩取寄歸先閉窗戶然後發之氤氳一室變態萬狀忽穿隙而出則頃刻浮于太清矣幼聞長者言心竊識之因作此篇書其事

天目撐天八千仞重霄列宿手可捫嬰兒山半忽啼乳其下雷雨喧傾盆閒雲滿谷時吐吞隨風靉靆如車屯山靈麾旄

布銀海羣峯出沒浮青鴛我祖讀書吹篪塤倚巖精舍雲爲藩紛紛白衣每來集欲與緗帙爭飛翻松窗一爲發奇興並啟山榼藏雲痕輕如無有密封識長須遠擔歸江村闔室來看掩蓬戶開緘一片騰春溫或驚矯矯孤鶴影或指澹澹梅花魂如縣可擁伴寒士似縷可織貽天孫飛棟猶堪閣晚雨冒簾尚欲翳朝暾含情不入襄王夢結意仍封隱者門忽穿檐隙不可攬阿翁翹首兒童喧昔聞白雲不堪贈大笑宏景非至言闕天竟割輪囷象觸石潛移造化根倘將神物并羅致宣沛膏澤蘇黎元翼輪斐亹不復論天池龍氣淩虛歎摩挲巨榼百年在尚疑雲蕋生朝昏

懷朱蕉田

良友三江隔天涯泛短篷詩瓢𦉢野衲藥裹送衰翁身世萍

難合關山夢易通昔年茆屋底風雪一尊同

送愓齋先生還海昌

橫浦同舟上龍城分櫂還論交深惜别爲客强開顔舊隱沙塘外新堂秋水閒遄歸娱白髪尊酒話江山

題長松銷夏圖

十日五日眞迹好生枝枯枝倒影涼漱齒俯戞澗泉碧息心坐嘯天風長炎官火繖化冰雪蛟龍溼霧生衣裳忽憶題詩入剡曲石橋濤涌煙蒼茫

懐西湖南山諸勝

江水不如湖水澄南風涼冷時堪登入雲但問樵採客踏葉偶隨歸寺僧一掬泉因瘦蛟活滿山桂與青霞蒸白波淼淼難可越坌倚葛陂三尺藤

裘肇煦字滄曉仁和人雍正庚戌進士官編修

題耕餘先生寄吾廬

坡公海外著書新指示諄諄夕與晨豈慮門牆依漸遠自知衣缽授彌親齋規山立胡安定經義瀾翻井大春去寄吾廬曾幾日敢誇臺閣影嶙峋

許道基字勛宗號竹人又號霍齋海寧人雍正庚戌進士榜名開基海鹽籍官戶部郎中有春隰吟冬隰吟粵吟靡至吟

霍齋視學粵西得人最盛所著詩文集外尚有經史十參數十卷攷据精核惜未鋟版

邯鄲蚤行漫成

病餘貪朝睡不知紅日高頗怪十日來獨醒常先朝敢云魔退舍良以身習勞昨夜星斗落雞鳴聲膠膠客心惺然覺我

僕扃其寮自樂鄉黑甜不夢遊消搖我生半行役陳迹踏趙郊昔往楊栁依今來雨雪驕簡書豈忘畏衡尺況累邀寒有春在胷暗有月在霄倦有氣在骨夢有神在膲敬慎踰巉嶮忠信盟波濤萬里寸心矢百年一日要矧伊平旦頃轉令昏惰撓我僕莫辭瘁出門駕星軺不見文章宿爛然炳南交

驚得右榭凶問慘戚塡膺恐父驚傷飲泣而已抒哀襍述不復成吟

百日無家書殷憂事非吉百日前有書已非病者筆長者寬遠懷微言道汝疾日瘠則甚矣而精氣不失强飯扶其羸艮醫效厥術余顧日旁皇琉璃本脆質況非風雨侵苦吟心嘔出亦有危而安天意憐百一降才既特殊忌才寧忍必危倖併一心夢寐往來密盼得平安紙滿堂歡喜溢今朝鵲鳥鳴

嗚呼生事畢

望書眼欲破拆書手欲爭把書心忽亂隔書字忽明書汝婦翁筆令弟字前橫草草無寒暄倉卒具以形揮手急屏置忍淚雨四傾豈不究歿日歿日徒自驚老親中庭立念遠心懸旌病訊百計匿殀可聞哭聲達心方飾貌哀抑喜且盈趨言夢弟至所患行已平

高陽有文史遠近咸指目及觀逢時具往往多樸屬吾弟肆及之唯唯意未足驚人豈鶩奇博奥三古讀經緯軋仙機輻湊轉暢轂十三學駢儷武庫仗無獨集左氏類對工倍宋賦十四爲歌詩楚騷命奴僕借隸詩話以弟喜讀騷裁縫到淵明集陶四十律章句天成斧鑿滅昌谷病昌谷苗軋故造境幽奇出以夷適方其孤詣時難易與天觸悄乎驅思迷耆然叉手速風前長短吟倚拍自成曲學書不屑意悅

步米家躅寛衣雅善騎探丸中鳥目多藝衆所矜逸才兼擅夙本事舉業文沆瀣鮮蘭蕕澆灌彌醇腴咨賞均文俗大小三四試新硎無一觝世貴明堂珍天種崑山玉自古誠有之誰謂此非福

西平鹽

西平鹽遂平鹽誰司轉運淮南兼淮南鹽貴沙土雜竭錢買土寧澹食羅灣水淺淺如無羅灣以北食長蘆長蘆價色民稱便計程百里越一縣悍民抉破丸泥封愚民趨利如蟻從梱載制挺横白日姦吏受賕官不詰往來歳月莫誰何奪及婦女驅牛羸罪貫既盈上官怒草薙禽獮悉力捕法在不貰俛無辭初時嘯聚鹽之故巨梟雖去竊負紛陳陳滞引煩處分榷司也識西遂苦特假一郡蔽全楚恐蘆鹽過汝私販滋蔓淮鹽蘆

鹽輸賦一汝既便蘆蘆亦得不然少貶淮南直

貞烈卜夫人墓在陸川縣萬丈坡明知縣瓊山張子翼妻子翼入閩猺賊猝至夫人登陴集民守禦城陷罵賊墜樓死邑人立廟祀之

萬丈坡高去天尺一縷寒光出坡脊訴天天泣回悲風散作霞丹沈血碧于嗟妻道臣道同可憐妻烈死臣忠三年寒宦勞于役一日孤城代有終何處妖氛突封豕烽入重闉拔劒起登陴灑淚集遺民墜閣齧骸待夫子瓊海茫茫渺故園聊憑螺髻駐魚軒靈旗莫颭千秋恨星落軍前五丈原

發沙河至邯鄲

叢臺南去滏河涯轍迹依然感歲華鴉曳歸雲籠澹日葉銜餘雪點平沙聰明碭泐摹陳蹟紫氣原荒弔趙奢猶恨星軺催短景一亭香韻失梅花梅花亭悤悤徑過

春申故封

黃公嶺下古專城千里雄都寵巨卿四子爭豪移楚祚三千養士失朱英君山翠遠游人集申浦春深野老耕可待過墟生太息當時桑海本無情

孫灝字載黃號虛船錢唐人雍正庚戌進士歷官都察院左副都御史有道盥齋集

虛船先生初入詞館即隨相國史文靖公宣諭三秦既登臺諫屢上疏如請雲南弛餘銅以息盜銷督撫劾吏須款證明白皆有特識以粱文莊公薦授湖南布政使尋罷 純廟南巡迎 駕道左起爲少詹事二十三年日食降 詔修省先生時已官左副都御史因上言伏聞 聖駕將以明年幸索約爾濟其地與俄羅斯接界僻遠荒涼非所宜往請停止以荅天意 上召對盛怒詰責先生反復申奏音制清昶顏色自若既出侍衛者皆爭前識君而 上亦感動僅予左遷補通政使年六十七卒于官家素赤貧歷中外不妄取一錢故清名重天下府志

入名臣傳

咏撲滿

西京雜記鄒長清遺公孫宏撲滿一枚因寓書示戒曰撲滿者以土爲器以蓄錢具有入竅而無出竅滿則撲之土麤物也錢重貨也入而不出積而不散故撲之土有聚斂而不能散者將有撲滿之敗而可不戒與云云

唐姚元崇有撲滿賦

有物工斂財厥功利摶土名卑貪夫憂質陋良冶侮守口深難窺吸箕仰有取六州鑄錢愚一竅穴金鴟形橅偃鼠微腰腹怒蛙鼓幣納周景千瓶投漢銖五情聯方兄親算用姹女數拄杖看阮孚繞牀詫夷甫滿籯笑遺經長袖比善賈豈意攲器危不堪墮甑撫唾壺缺一朝玉斗碎終古混沌鑿忽開膨脖脹何苦遫刪錢神論大戒皿蟲蠱盛滿厲所階脂膏怨

之府苟懷焚身防或較噬臍愈東閣平津侯西京媚臣祖故
人託諷規忠告敢傾吐布被飾清聲金門踐華膴厠名兒董
儒發跡羊豕伍撲滿何必哉寓言不無補

奉和堇浦冬日遊光孝寺元韻

軟紅落衣襟脂車日轇轕清夢庾嶺梅故人海天闊打門尺
素書驚喜出房闥新詩纔到口秀韻欲侵骨陳侯耽覓句論
交蛩負蟨把君五字吟示我剡藤滑蕉花荔子鄉六榕誰所
茇虞苑訪訶林王園舊禪窟羣賢得領袖一身雜仙佛言尋
贊公房清池帶林樾泠泠枯木音幽幽妙香撥冰炭忽入腸
寒飋偪毛髮惝怳境難留徘徊情未竭雙塔蓮花臺天寶年
可核鐵色苔蘚生字形圭角剮金紫中涓貴姓名幾殘闕可
憐僞漢鋹失險粵山屹蓋海鼓洪濤游魚尚濡沫金像俄銷

沈昌華久蕪沒空餘六州鐵千秋壽頌碣寶界頂初高降王膝終屈悲風墖鈴語低眉佛不曰我昨淩扶胥揚舲片帆欹木棉紅正然珠江綠仍醱地闢南朝寺天賸古時月安得范子遊壇影風旛拂

送周春圃之甘州

金明池上春草青梁園昔夢如流星江邊握手思樟亭剡溪夜雪君揚舲南船北馬竟不停年年書劄同飄零坐閱晦朔翻階蓂與君聚散雨葉萍天涯相見誰所令翩然佳客來寒廳舊雨廉纖撲疏櫺短檠重翦燈青熒友生風義篤鶺鴒古處直欲師先型春風惱客花冥冥陽關四聲不可聽馬檛蕭蕭指邊庭大馮使君才發硎幕府辟書苦丁寧居延絕塞雄垣屏弱水導源禹迹經焉支山色如嫱娙紅鹽飛雪堆瓏玲

我遊三輔探巖扃惜哉但涉渭與涇朝那西望無修翎壯君萬里身伶俜狹我眼界成焦螟

沛城開渠浚濠紀事 并序

沛城周袤二十里煙井萬家又四方商賈百貨之所塡溢而城中向無水道每積潦沮洳道不可行居者苦之環城之濠半就堙塞水之導而下者復無所宅歲在癸丑今大總制王公周閱相度謂宜開渠浚濠利我沛人爲上其狀于　朝許之于是萬夫騰歡畚挶雲集不數月而工成公既勤諸石予從襄事之後賦詩一篇恭紀我

皇上保惠黎元之聖心洎公憂民之績告于沛人且以申沛人之思焉

汴水源出大周山京索須鄭來赴之東流一支別爲蔡古之漕運千帆移趙宋故都河穿郭水門上下流瀰瀰至元以來就堙塞鴻溝蒗蕩車轂馳灌城賊訌自明季沙壅土積高纍纍大梁城中十萬戶四達之衢九達逵千輪蹄走百賈集魚鱗萬瓦紛參差泥中積潦苦漫漶水無歸宿將安支環城塹壕久淤澱空有其號無其施黔南公來急民事大召僚吏告有司此而不圖囷土處具爾畚挶宜毋遲譬如人身有脈絡血氣隔閡四體虧溢者欲疏淤欲濬上奏

天子條其宜　九重恩沛　制曰可吾

皇保赤亟洪慈城中之渠利用鑿涓滴入地曲折隨十三橋乃覆其上千四百丈長有奇四門掘壕數且倍眾流輸寫奔高陂匪惟導水水有宅兼豐物產饒生滋紅蕖綠芰雜蒲葦

魚鰕螺蛤隨取資其旁植以萬條栁其下拂拂風徐吹汴人額手拜且舞遂告訖事書之碑我聞水利首六府火金木土穀兼治以溝蕩水瀦蓄水町防偃規王政遺魏有史起善治水前召後杜人俱思河渠溝洫古所志師古不泥宜權時汴蔡故道那可復漕運四渠亦奚爲但令去患收所利疏鑿最是關蒼黎金水之河到城下浚溝彷彿迴淪漪節宣竟使水歸壑登陴曠望心神怡從茲作息載　高厚歌詠　聖澤流聲詩

送王甥栗臣之聞喜四首

自汝遊京國人傳宅相名泳寒休似舅珠朗見吾甥茶銚清譚夕書帷雒誦聲無端揮手別惆悵渭陽情

四門新入坐六籍舊爲儒太學何蕃首諸生賈誼殊金臺騰

上駟花縣傍仙凫卻負緇衣好憐才二大夫大司成陸公凫川少銀臺陳公句山皆招致賓館以吾遊不果

冰泮桑乾路單車幾驛過冷陘燕鎖鑰故絳晉山河聞喜今隸絳州草覆湖園址雲連涑水波王郎才磊落懷古意云何

此去膠投漆吾知地主賢門牆森玉樹篋笥檢芸編照影雙檠對隨身一硯穿白頭思大父雁字幾行傳

陸峻字際唐海寧人雍正庚戌進士榜姓高仁和籍官湖北竹溪知縣

目疾平復次杭堇浦韻

清虛卻礙片雲遮鍼石難除半點瑕不信交光迷正色直敎幻影亂空花吹噓大氣涵神水磨盪元精受月華我亦靜參龍木論方懸肘後未應差

汪宏禧字介純錢唐人雍正庚戌進士官江西贛州知府

題耕餘先生寄吾廬

吾師挺天質魁磊真人豪少年翰墨場登壇卓鉅旄偏師時一攻宿將不敢驕長安英賢窟斂手灑髮毛遽赴學宮去不羨獬豸袍芻人代嘆唶先生樂且陶讀書松桂林日聯賢哲交郡學餘隙地連畝榛萊蒿悍卒驕盜據藝蒔以自饕前官並畏怯逡巡多挫撓先生聞之怒義勇如激濤此是聖人居牧採焉得騷飛書上中丞禁遏不待朝先生誠好士好士忘勤勞所值得瑚璉行將登廟朝如賈獲奇贏摩挱兩手操又若選利器必取昆吾刀栽培而砥礪令厥美盡昭如斯十年來長養增丰標春風二三月灼灼開李桃先生實人師經學特枝條聞道勇季路養親嚴子皐友于念彌篤蓼孺兒瘨嗽

于嗟先生賢宜永播歌謠敢誇詩骨聳聊比秋蟲號

汪振甲字昆鯨號紫巒又號毅亭錢唐人汝謙曾孫雍正

庚戌進士官安徽桐城知縣有詹詹集

紫巒宰桐城時會天亢旱禱雨于邑之龍巖日午登山感暑成疾殁于官詩不多作亦不甚收拾所存者僅中年時詹詹一集而已初僦居城東蒲場巷古菖蒲巷也後乃買宅于芳潤橋見上湖分類文編憶槜園賦序

遊近溪題亦諳上人精舍

泠泠近溪水窈篠散清涼循澗劚山藥捫蘿陟崇岡上有嘉樹林下有澄湖光息機白足侶新詩託幽芳游衍憺忘歸何時重褰裳

夜坐次韻

節序感乘除情懷燕坐舒龍蛇數行字泳雪一牀書月湛庭階肅風催木葉虛歲寒知己在酬唱慰居諸

題王滄洲先生五經遺墨手卷

餐霞中散是前身席舍拈毫淨宿塵何事挼莎竟無據九原應有夔才人

雲韶奏徹鳳長飢嶺海文章憎數奇絕似桐江方處士至今風雨泣殘碑

陳兆崙字星齋號句山錢唐人雍正庚戌進士以知縣分發福建薦應博學鴻詞乙卯先試于東閣授中書入軍機處行走乾隆丙辰　廷試列二等第二名改檢討歷官太僕寺卿有紫竹山房詩文集

丙辰登大科者十五人吾郡居其四而堇浦先生及太僕尤爲眉目生平和易近人喜汲引後進洎躋卿貳侍直　上書房兼尹京兆而意致蕭遠有山澤閒儀飲次遇知己累盡數十觴未嘗沈頓而譚鋒彌健制藝縱橫排奡純乎古文書法蘭亭得簡遠之意梁山舟學士嘗云本朝不以書名而書必傳者陳文簡公元龍及太僕

也服官四十餘年家無餘財所居在柳翠井巷老屋數楹不能旋馬其清德亦可風已府志入文苑傳

懷人五詠

汪五積山 惟憲 拔貢生錢唐人

丹砂空青窖石室醉飽不如秔與秫大藥難爲俗骨醫人間自有神仙質積山先生清且逸月明風定波迴潏拂袖高吟採菊詩韜囊不試淩雲筆憶昔追陪游讌場柳暗楓疎霜雪密後期不待亦不訶預約昏歸戴星出出山泉水一年年泱漭闊河久相失

周先生理齋 經邦 僕受業師祖姑出也廩生錢唐人

一筆千言氣淩暴頭如山峯手飛瀑囚鎖靈怪羞剽盜鼎鼎年華迫衰耗幼從北面學爲文得其外郛非闖奥顔狂顧嫺任天眞嬰兒啼粲從人導修譚富貴也不俗僵臥煙霞亦非

傲安得相逢盡此公破除機穽歸元造

李七存存惺辛丑進士紹興太守永城人

髯長礙冬眠目炯燭夜室燮士同心肝與人若膠漆朱郭飽儒書龔黃足經術借問文何奇自云得父筆尊君雨蒼先生汝霖

徐括蒼元肅甲辰舉人歷孝豐太平令今分守玉環上元人

徐公之美美無度苦學陰何騁高步詩成便作大小書龍蛇攫拏走風雨十年作宰山水縣要遣村童讀文賦跛羊驚迫太行鞭拳木縈邀匠石顧紛紛江上採風謠長遣斯人理牒訴

沈眷瑤甲諸生仁和人

架有萬卷籤囊無一文錢庫有十樣箋坐無一片氈問君書畫近如何微笑低頭若有思白楊蕭蕭春盡時苦心只有螻

蟈知更誰奠淚當風吹

徐傅舟自琉球回京語次卽贈一篇 并序

傅舟少年善琴仁和人自請與 冊封使周侍讀爲海外遊亦奇士也

謝公泛海當新霽絲竹無聲風遽厲只爾喧豗碕岸灣那見重溟浩無際回頭笑殺孫與公面無人色欲垂涕謝亦强顏人不悟直待云云柁轉捩周郎使節迫王程豈比清游自專制遙睇扶桑點點煙萬里琉球此焉濟濟水貯水舟載舟千石米鹽一具樽人臣義不避艱險何與公事起投袂平生癖夔三尺桐待訪成連受絕藝謂不富貴又不仙乞米長安徒儌儌謷若臨流偶喚渡邂逅師德成密契姑米山尖狂飆奔萬斛龍驤葉簸蕩千夫叫號阿姆降 海神林氏未嫁女舟當危急輒呼阿姆則有神

燈來援阿姆閩中人呼姑之稱也霧裏燈移半虧蔽事詳周侍讀琉球志略若負之趨舟入山松間架屋臨危砌烏鬼扶輿鐵沙滑紫金琉球宮名擁帚青宮麗纔定驚魂對茗爐便發奇聲寫繚戾移情恢詭自得師傅指去來已隔歲　天子曰嘻苦使者特晉榮階照華裔豈知臣客有王生誰爲當官結轖繫官不三公不薦士士亦不前懲慕勢男兒遇合自有命要拓心胷蓋一世偏安士夫戀華屋油壁重帷新婦閉見說方期汗漫游盍款高閶訴上帝

同年公讌二首

新年情味了無歡十日匡牀臥淺寒芳徑乍來春意足晴園初試屐聲乾聯吟約不孤同調泥飲狂須讓冷官爲謝東君費料理纖鱗豪畜盡登盤

一醉相看白髮增轉令豪興劇飛騰隔年月向閒庭入得氣蘭非浴室烝寶海流光成轉載帝鄉風物又燒燈殷勤爲覓池塘句文弱憐渠病未能

聞同年杭二堇浦世駿就聘閩闈詩以志喜

聞說徵車入海天羈魂延佇驛樓前定知史稿餘三篋獨占湖山已二年過嶺日低晴戴笠下灘風駛晚行船只今面目慚猿鶴把袖何堪對鄭元

宿昔情懷各自知飛來風馭豈前期文章聲價憑他日山水遭逢在此時十里紅雲移日月中宵紫氣耿雄雌相看莫漫悲離別爲我搖毫賦好詩

長甲處士桑東愚採藥畫卷

戸部桑弢甫調元之弟也弢甫投簪遊五嶽已二十餘

年東愚隱城東足跡不出國門指爪長尺餘人呼長甲

處士

天鍾奇骨性遺榮車笠何分弟與兄兄早拂衣遊嶽麓弟無

移步出江城善人究許居鄉樂俗駕眞甘我輩輕藥有安心

指非指擬從童子問先生

題連枝圖 有序

連枝圖者同里許君默齋思其亡弟仲昭而作也尊君序賓先生以廬墓終身見稱榆社仲昭年方少刲股覗藥創甚而殤旣二十餘年默齋思之不已乃作此爲並肩坐石喁喁對語之狀嗚呼其憶昔邪其述夢也可感也自歎根性遷流遠不逮焉爲賦斷句八首以展欣仰之意且志余媿二録

阿兄眉髮五旬過乃弟鬅鬆未覺多二十年前風雨夜可憐此樹尚婆娑

一編扶世短長吟寫盡荆花片片心此是楞伽大功德醍醐如向頂門斟

嚴璲字十區仁和人雍正庚戌進士榜姓程官庶吉士

十區三歲而孤母氏朱教之覆九經如瓶瀉水爲文絕去儒鈍之習嘗疑雍冀齊魯之墟與鶉首大梁降婁元枵之躔次多有不合特著論以發丹元子之疑又謂筆迹之妙關于人品集唐史能書人爲一卷既入翰林以患瘰癧請急歸少間還京師其明年卒于邸舍年三十有一

題蘇耕餘先生寄吾廬

姚江奕世盛儒名第一欣聞雒誦聲官舍攤書依長者花時扶路有門生圖成林壑緣終淺老閱升沈眼倍明南北一時多聚散弟兄竊荷並陶成

馮永振字賓宏錢唐人雍正庚戌進士見題名碑錄府志失載官福建海澄知縣

輓滄洲先生

情同骨肉誼同師問字元亭不計時曾向湖頭話遠別可憐江上作長辭八千里紀靈輀路十七章成孝子詩雲亭大兄有紀哀十七首從此追陪難再得幾番風雨幾番思

沈廷薦字尚友一字上猷號澄懷海寧人翼機子雍正壬子舉人有見山堂詩鈔一卷

澄懷未仕早卒僅存詩六十餘首附瀉其父西園學士澹初詩稾後

水仙花

瑤華愁絕寄山根霧鬢風鬟帶雨痕彈偏湘弦波月冷暗香低引玉梅魂

曹猶龍字九乾號惺菴海寧人雍正壬子舉人有惺菴存稿

旅懷

獻策經三度離家又一年鏡中新白髮座上舊青氈嚴瀨絲筒捲遼陽木榻穿斑斑衣上淚猶記別時濺

留別蔣秦樹

驪駒一曲兩銷魂雪裏空勞印爪痕任是莫愁顏已老不教多憾舌猶存塵沙遠道難舒目風雨深山儘閉門行矣歲寒期努力好將事業付漁村漁村秦樹所居

趙鎮字雙林號淨名錢唐人雍正壬子舉人官江蘇荆溪知縣改東陽教諭府志永嘉教諭

朱䎖齋文藻言乾隆庚寅辛卯間嘗與吳丈西林並假館于汪氏振綺堂因得識淨名先生先生來輒與吳丈

譚禪論詩娓娓不倦燈蘂已上猶持淡巴菰爐中索火余與主人天潛相視竊笑

章安官署喜晤孫武水郎題所著戞戞集後

吳興清望重橋門奕葉聲華月旦存往事廿年懷舊雨心朋聯袂又文孫山中桂樹難招隱江上梅花易斷魂冰雪一編行篋富他時仍向玉堂論

梅隖太守和余咏菊詩後又成二律因再用前韻錄一

自是吾儕臭味同採芝那復羨黃公人來籬下何殊隱花到秋深不避風韡卻雲鬟眞素女穿成金甲本天工座中客到尊中滿意氣還應勝孔融

林玉藻字玉田號秋佳海寧人雍正壬子舉人 賜官國子監助教府志作學正

乾隆壬申會榜發落第舉子年逾耄耋者 恩賜新銜當途徐文靖授檢討錢唐王延年晉司業是時秋佳年

七十一與山陰王任湖授助教眞曠典也

題周了閒寒山白雲圖

昔人作詩如作畫停車盡日楓林下君今作畫如作詩白雲相看無盡時白雲還山日晼晚蒼煙一抹詩情遠結廬只在此山中安得蕭閒似此公

沈維基字抑恭號心齋海寧人廷薦子雍正壬子副貢歷官山東泰安知府見府志原作延平知府

心齋與父澄懷壬子正副同榜

題畫

遠浦雨殘紅葉瘦晴沙秋老白鷗肥不知煙水蒼茫裏向晚漁船幾個歸

項方泰字向榮號坦園仁和人雍正壬子副貢

詠菊

萬卉都零落籬邊菊吐芳寒泉或可薦騷客偶然嘗三徑惟知隱重陽欲傲霜孤高無與匹那肯借春光

張映辰字星指號藻川錢唐人雍正癸丑進士歷官兵部左侍郎有露香書屋詩集

藻川以少年起家科第長于詞賦乾隆丁巳御試翰詹諸臣欽定一等第三名由此特蒙知遇五掌文衡楚豫陜甘四邦一至再至官至少司馬以公事鐫二級改補副都御史卒于位年五十二生平立身行已沖澹自得不激不隨後進咸仰其風采焉府志八名臣傳

過四皓隱居處

隆準入中龍識度超世表强秦甫就滅叛者方雲擾力疾護諸將連年事征討主器必長子如何付襁褓此意籌之熟難以語窈窕英雄不勝情每因兒女惱呂雉徒回惶留侯計獨

早少見則多怪作書招舊好儒冠而長佩鵠立狀淸皦帝亦嘿解頤故作大驚慄謂兹羽翼成此座難屬趙哀哉戚夫人泣涕縈懷抱楚舞若楚歌溺愛一旦埽平生好嫚駡那忽重文藻韓彭手葅醢相國且械梏四人雖賢者沈溺同枯槁安能回天心使之遽顛倒桐封戒戲言大寶非草草君臣具深識藉以愚婦媼

捉騾行

軍行裝載需馬馱大吏檄下徵官騾縣官捉人兼捉騾惟恐濡滯遭譴訶吏人持符下鄉堡虎踞當道森閻羅行人豈知徵調急纍纍負重來關河道旁忽然遭捉騾鞭之令下邉問他簦屩貨物都棄置竟牽騾去無誰何囊金搜取意未厭但飽吾欲還汝騾可憐獨客無齎糧騾去難行空自傷朔風吹

雪盈路旁依人檐下涕泗滂沱之七日不得去眼見溝壑相
塡將方今 朝廷燮黎赤如捄焚溺拯饑荒轉輸供億一切
出 內帑絲粟不以煩編氓此邦官吏豈獨無聞見胡爲乎
縱令若屬爲民殃嗚呼東鄰有騾不敢畜西鄰納錢騾亦捉
縣官打鼓催騾足吏人告言騾難捉騾難捉錢已足安得年
年歲歲將騾捉幾家歡笑一路哭

下灘行

峽東懸流灘偪仄層波回旋不可測中有巨石虎豹蹲大小
錯雜形犖嵂舟人相戒且停橈百夫呼召集會豪分曹登岸
張兩翼長年數輩爭持篙船頭橫木長丈餘大繩絡緪絞且
舒一繩左挽俾勢定一繩右牽來更徐更有一繩貫中央漸
從石罅窮悠揚左盤右盤同履砥十盪十決無迴惶自天而

降高數仞舟中一呼岸皆應掉尾沿緣忽倒行正以效逆乃取順仰視白日流蒼冥俯窺水荇紛魚鱗坐船人不見船去但聞聒耳江潮聲潮聲漸平灘已下乘船放溜直于瀉回頭十里望丹青果然使船如使馬

許昌道中

放眼遙岑擁翠螺鞭絲帽影石梁過風來古樹秋聲健路入平原夕照多有客停車尋勝蹟誰人橫槊賦清歌曹家事業今何在贏得青青雨後莎

駐馬亭

駐馬亭邊試解鞍遂城南畔暫盤桓千林如洗遠山靜一鳥不飛秋水寒斜日平原看短影西風黃葉上長安青帘搖颺村沽近底事吟餘醉未殘

雨中過赤水鎮

長橋一帶宛垂虹赤水中分兩界通雲似釜蒸堆大白花當秋放戰危紅人迷古渡擢積雨馬踏平岡蹀躞風不識香山有遺跡綠楊只在岸西東

夜坐

丁冬遞響到簾櫳何處鳴號萬竅風夜色似年難得曉燈花如豆不成紅沈憂歲月千端集舊事雲煙一笑空飢鼠繞牀揮不去睡鄉未許夢魂通

西甯鎮署園亭

亭臺位置恰中央四面窗虛列坐方綠樹鳥棲連影動好花風舞隔林香池涵流水心無競人遇知交話自長紀太守子舊識周明府予同年猶子也盤馬彎弓紛角藝不圖境地得清涼是日於鎮署校場閱武

恭輓外舅梁谿父先生

少微一夜掩光芒凶問驚傳感異鄉屬望人皆尊國老論詩我自得津梁平交海內無前輩遺集篇終續後洋（著有桐乳齋詩集又續刊後洋集）神爽定陪林處士孤山梅鶴共回翔（塋域向擇于葛嶺之麓恰對孤山）

一桁朝衣看子孫長教南極傍台垣（薌林相公於壬申冬乞養）天章重疊恩尤渥（恩賜一品封典并 御書傳經介祉及湖山養福諸額）行殿傳宣語尚溫（辛未南巡接駕蒙召見垂問）欲向湖山尋杖履幾年冰玉隔晨昏（映辰于辛未拜別今八年矣）邊陲萬里遙爲位雨暗燈殘哭寢門

辛巳新正二日五十初度自述

知非空自悔從前攬鏡相看倍悵然磨跡踏陳還步步胡盧依樣又年年歸心愛讀陶潛賦宦味甘輸祖逖鞭一事墓田

求未遂露濡霜降最魂牽

初回暖律草萌抽晴日烘窗快醒眸百歲光陰今過半一年生計又從頭交親多故存亡戀疾病經時累未休閉戶安居思養拙漫勞車馬往來稠

張湄字鷺洲號南漪又號柳漁錢唐人雍正癸丑進士官兵科給事中有柳漁詩鈔

柳漁與杭堇浦生同庚幼時同受業于似裴沈先生沈禁諸弟子不得為詩兩人獨耽好聲律竊為小詩其後皆以詩起家柳漁楷法秀整癸丑一榜無出其右者進呈本列第一以策語未稱　旨改置二甲授庶常及入臺垣頗著風節典試滇中得人亦盛辛未南巡因疏言西湖南北兩山冢墓纍纍恐有司經理失宜紛更遷徙請　敕諭地方官敬體澤及枯骨之意疏入　上嘉納焉嘗巡視臺灣凡海外風俗之俶詭服物之新奇無不一一收入奚囊可以補從古詩人之所未及府志入名臣傳

春風行贈吳六昆田

春風拂簾花惱客晝長夜短思飄忽酌酒同君話疇昔六尺青衫裹狂骨眼中吳子眞人豪鷫鷞淬出金錯刀卻敵萬夫血濡縷當時怒氣吞劉曹南屏遠接鳳山麓紫翠迎人驕遊目惜君不醉舊壚頭辜負桃花香簌簌我本錢唐一布衣長饞托命棲幽屏種樹未得養人術決起每近榆枋飛忽乘款段千里走到處追隨爾我偶僦居廡下歲三遷索米長安月五斗下直甎休沐繞牀共朗吟幽燕老將頭顱白對花不免猶童心戒勿作詩詩何補萬舞公庭豈歎阻險破鬼膽語過奇巧斵山骨工徒苦君不見旗亭風日美且都名花壓肩春事徂但欲高歌和擊筑昔時屠狗今有無

萬壽寺大鐘歌 鐘高三丈餘大稱之表裏鑄全部華嚴經明成祖時造今寺毀鐘覆土中

鎫鐘之號號立武操戈內向豈禦侮幽燕老蛟頭角獰驪走

龍孫落煙渚金川殺氣蔽天闇千里江淮血漂杵袈裟頓易衮袍身惟許啼烏朝舊主新京定鼎思銘勳自昭懿德胡可聞貢金九州鑄大錯强用篆刻輝龍文衆音條理以鐘始奪倫有戒徒云云紀三平八了無辨考聲已失宮爲君懸之東序懼非位聊假華嚴書梵字清曉遥聞百八撞夢魂遞落毘耶寺乾坤本屬老僧家白髮來歸誰省視送葬西山冢亦疑數莖瘦骨歸何地郎今追蠡墮黃塵殿址荒寒草不春北海鯨魚同日死蒲牢吼絕悲霜晨天雨啾啾聚鬼哭當時空欲諧韶鈞君不見城門鐵板震千古嗟爾頑銅蘊棘榛

相見坡

危坡曲折凡幾變學字江流無此健前驅既往卻復還倒挽奔厓令覿面覿面難呼咫尺違相見猶之不相見人世差池

豈在多一室巳同千里遠何况山重與水斷

天津望海歌

大地不滿天東南水晶圓域空潭潭沐精浴華氣混涵兩輪出沒無停驂蛟鯨得宮恣饞貪眼光掣電亙撐鐔未容一髮山拖藍肯教人命逃磽确可憐祖龍眞狂憨採藥遠遣諸童男十洲三島路莫諳去不復返憑誰探求仙雞犬化蟲蚶取笑千古貲噱譚我昨建節旄㻞㻞重洋飛渡猶驂驔浪高如屋霧似嵐登艫四矚吟方酣或時縱飲傾雙坩穨然就醉眠𡢃㜗衹今轉念怯且慙痛定思痛情何堪丁沽一水歧而三東指瀛壖游目眈扶桑紅日津門含萬里咫尺聲敎覃乘槎破浪昔所甘吾生飄忽波中蕈歌罷野寺鳴鐘䉀悅有海濤春枕函

兒子霽計偕北上余送之廣陵書此爲別

目送揚帆去江天雪意中憂寧忘舐犢技不悔雕蟲夙夜予懷共飢寒爾僕同憑誰寄消息南雁正排空

世路有夷險才人皆苦辛雅音從正始花樣別時新怒奮青冥翅堅持白玉身無爲念遲暮健飯且甘貧

秋日野步

秋光引客出郊西貯酒寒匏取次攜十里稻畦都種蛤數家村舍不聞雞丹黃樹擁雲中寺冷澹煙生雨後谿弔古詩成誰與和風吹樵唱暮山低

夜泊東平

城陰秋草逐煙生倚櫂河橋數去程孤客有懷皆黯澹暫歸如夢未分明一川雨黑漁吹火五夜村虛鳥報更魯酒不堪

成薄醉眼悲殘壘過東平

臺灣褉歌

干頭眞聽草雞鳴石上流言讖早成七郡逋囚充臂指三江戰艦劇縱橫火飛龍碩紅毛盡颷涌羊山白下驚劫運不曾逾甲子俄看東海腐長鯨廈門僧掘地得古甎上有隸文曰草雞夜鳴長耳大尾干頭銜鼠拍水而起起年滅年六甲更始庚小熙皡太和千紀凡三十二字識者曰草雞大尾長耳鄭字也干頭銜鼠甲子也謂鄭芝龍以天啟甲子起海中爲盜至康熙甲子而滅庚小熙皡寓年號也鄭成功掘得銅礟曰龍碩無禦之者成功肆毒濱海民患之有善知識者云此東海長鯨也

青油紅旆擁風雲閫外專征兕甲軍窮鳥降帆爭獻璽尚方御錦遠褒勳乾坤何處存華髮妾媵偏能伴旅墳金盌不隨淋雨出一抔蠻土野花薰癸亥靖海施琅攻克澎湖僞鄭歸降聖祖解御衣製詩賜之大師取澎湖明寧靖王術桂投繯死妻妾從死者五人

牖戸誰懷陰雨思春華忽謝刺桐枝無端鴨母狂稱帝直爲貅羣怒誓師潮長海壘頻得力晛消冰雪未移時山頭碧血成陳迹釃酒還登五將祠康熙辛丑朱一貴作亂合郡刺桐不花癸亥克鄭逆舟進鹿耳門海水驟漲辛丑克朱一貴港口亦然前後若合符

穀雨集瓶花齋留別同社諸公得肴字

櫻筍年年野客肴岸舟水宅綠楊郊離筵風日俄成晩晝本湖山豈易抛萬里總輸鷗浩蕩一鞭愁逐馬蕭梢此行若問君平卜應識生涯蠱上爻

九日同人遊東城報國院分得朱子登天湖山韻

寺僻苔荒跡到稀雲開古堞見雅歸枯花數本囦殘雨野水一池明落暉佳節未忘花壓鬢薄寒殊苦苧爲衣登高腳力都非舊悵望秋山隔隴微

寄家書

去雁來魚莫等閒情多不覺我言煩願教鄉信如花信歲報平安廿四番

董邦達字孚存號東山又號非聞富陽人雍正癸丑進士歷官禮部尚書謚文恪

文恪少素貧封翁亦諸生性迂介工篆隸作楹聯室扁剝灰堆鈿皆精與黄松石樹穀交善文恪于雍正癸卯充選貢例當入都不能具資斧時張司寇照以侍講副八閩試事歸松石爲言其事一見乃大賞異曰三山一榜中無此才也貽以裘二襲挈之北行朝考入選以戶部小京官用又三年遂聯捷入館閣封翁就養入都歿于天津文恪倉卒徒跣三百里扶柩歸至臺莊阻淺而囊且罄方徬皇間遇楓溪程香篁賻以百二十金始得料量還里其後香篁竟出文恪之門亦異事也性和易奉母孝年五十如嬰兒官翰林時閉門聚生徒講肄中年積俸置屋數椽朝退手一編如諸生時與修石渠寶笈祕殿珠林西清古鑑諸書善篆隸法畫出入宋元諸家奉敕所作皆藏石渠府志入名臣傳

尊德會詩并序

今 天子二十有六年鴻朗垂光渻曜景鑠箕疇錫福河圖告祥朝之元老番番黃髮實惟耆成人越厥林下田閒耆艾魁壘之士吟德蹈化扶杖覲仁用以佐星雲之瑞而登仁壽之域猗與盛哉時則楓溪老友蔡君秋澄齒臻七十有八名德宿望樹矩植規教子型家東南楷式幅巾藜杖逍遙乎白牛之濱于是布九老之芳樽九老者二蕉戴賓年八十八緒三程緒祖八十七準菴蔣元八十二虎仲顧心鍇八十一秋澄蔡維熊七十八竹君許王猷七十三宸園謝永輝六十八第五錢家璧六十七六圃曹廷棟六十三即三友之文圃柔荑埽徑緜羽嚶林壺觴載行譚諧閒作三吳雨浙之彥欽其墊角畫以屏風長歌短引積爲篇帙命子季實修撰實來徵文余與君契闊譚讌悠悠我思武水蒼

茫片帆圓泖漁莊蟹舍昔嘗停橈欸乃於其閒羨爲樂
國今顧茲壽俊閭里遨嬉以詠太平而沐膏澤南陽之
鞠飲之得仙西晉之蘋食之難老是用心焉慕之吟翫
不足更系以詩
和風扇芳園庥氣陶萬類詠歌際　昇平壽康偕樂志我客
既怡愉爾殽亦陳饋相看紫芝翁各抱青雲器夔龍或懸車
黃綺非遯世叩鉢爭聳肩掩屐其聯臂澹泊膽瓶花飛揚斛
角觶都忘朝市心別寄耕漁意　聖人奏雲門元氣爲鼓吹
康彊而逢吉綽楔表　國瑞匪徒風俗淳亦見德福備請賡
九老吟重訂耆英次余也覺衰遲問年猶未至翠竹夢江村
蒪羹下鹽豉

題白雲泉圖

白雲一掬陽山隅涓涓滴下青泥珠大瓢挹彼來注此活火可試風前爐泉下架屋山人居林木窈窕羅蕭疏泉甘味洌漱齒頰能令燥吻生津腴眞如灌頂飫醍醐又似九醞仙家酤人閒點滴不到口而此日飲無時無顧我年來病未蘇那得到此嘗須臾一杯欲乞治相如消渴已蠲煩痾除山中煮泉良非迂惜哉身不遊姑胥東吳佳處夢與俱展卷爲寫雲泉圖雲泉之泉誰有諸有客自是山澤臞濯腸洗胃神清虛得非飲者其仙與

張爲儀字可堂號存中海寧人思問長子雍正癸丑進士官編修有寓庸堂集

可堂視學滇中卒于道陳相國世倌嘗言自諸生以至仕宦不改故常者吾所見可堂一人而已

暮行郭店塘上

日落崦嵫外蒼然暝色横枯蓬遮岸曲涼葉借風聲徑仄妨人過橋危待伴行遥看遠林際斜月一鈎明

贈慈谿楊學琨 楊爲前明萬歷甲辰狀元守勤之元孫聞其家三世同居藏書甚富

孤舟獨宿正蒼茫猶喜逢君是故鄉自昔早聞通德里于今競說狀元坊百年第宅留喬木萬卷圖書積石倉他日侯芭問奇字會須載酒一升堂

汪師韓字抒懷號韓門又號上湖錢唐人振甲子雍正癸丑進士官編修有上湖紀歲詩編

乾隆初元掌院學士以韓門奏直起居注記注之有協修蓋自此始後張尚書照疏薦校勘經史旋督學湖南以事左遷傳相國恒復薦入上書房又以事落職主保定蓮花池講席甚久少時以詞章名四方習清書時賦龍書五十韻臨川李穆堂先生擕入八旗志書館館中見者多不解李先生曰我尚有不知者何況君輩鄭筠谷江父執也贈詩云穉齡覩奇特自嗤還自賀常孰王次山不輕許可獨傾倒韓門故題其集有兼包竹

垞能肎拾漁洋唾之句中年以後一意窮經尢邃于易學所著有觀象居易傳箋孝經約義詩學纂聞譚書錄韓門綴學皆極詳洽自言命躔畢月以水爲命而木在箕度推命者多引韓蘇爲說又言歐陽公耳白於面名聞天下脣不貼齒無事得謗明道雜錄又謂其須不掩齒今有人焉耳則白矣又無脣不貼須不掩之患而乃謗罵多出意外云云此則韓門自寄其身世之慨矣府志入文苑傳韓門詩不勝錄已載于輶軒錄者不復及焉

叢睦坊舊宅

我高祖王父自歙遷錢唐醴泉故宅虛（里中井出醴泉名醴泉井）五世百載強我昔方弱冠擔簦尋舊鄉有宅爲人賃有田但輸糧一別經卅年重來徑益荒堂後犂爲田隙處棺厝匆僅餘門兩版題名橫屋梁（門有先曾叔祖副使悔岸公進士題額尚存）門內竹連叢一樹枇杷黃結實正纍纍掩映木筆芳借居雖族屬基址難可詳我欲載妻孥一葦辭濤江愀然寄籍入重違父母邦向天默禱

祝先壟兩傍偟安得添雙丁東西主禴嘗壯懷耆積齡淚落

頮水長頮溪環繞村前

襍述

家無一棱田田園復何憶所憶湖水濱迢阡連遷陌西風原上來搖漾黃雲色有秋眾言歡吾亦易飽食何必畝南東一一爲我得隄上尋酒壚柳下釣新鯽此興極不忘嗟哉十年客

安肅菜如玉黃芽白籠鬆北蔬品無上廣蓄支三冬忽憶故園筍割鮮四序供味以澁而腴嬌嬌君子風闊別今十年飽飫輸山農南帆競冬載乾腊價枉崇奚翅市駿骨虛名竟何庸

所居近積水夏潦冬尚濡家人苦陰翳競欲新其居湫隘疾

易生爽塏病豈無不見舊儔人廿載何樂胥張國子冰璜曷住此二十年
觀東鄰僧土木寧安軀藥根上人于蓮池菴幢精舍新構東軒住不踰年遽爾物故僘盧
在南中較此尤拘墟退守縮屋貧來年我歸與

寄題方樂只明府鳳山賞番圖

於鄺靈海市一灣鐵沙遠隔澎湖山鹿荒魚熟土俗異令長
缺皆難且緐君今遴調府南縣鍼路始跨横洋瀾木龍無聲
盪纓舞竹灣花嶼通荷蘭鯤身檥榜憑阿班海翁萬眾迎唐
官自從羅漢一門過鳳山三載馴南蠻是邑里六鄉十四木
城槃鼪磚橋環同艐定戸忽驚告長官行慶親賞番沙碼碕
頭出潭隩鴉猴林子來煙巒瑯嶠遠近越險阻淡水上下連
闐闠君坐高敞披羅紈迎涼脫帽容儼然明嚧小童立倚欄
彷彿仙侶攜雙鬟裸人之國道槃跚玉峯鳳集炎不寒或矜

出草麕麈牽或誇接箸騏驎餐或搖薩鼓奔如湍藤腰錦項
大耳環或濡鵝毛敎冊攤倍文語孟啤更端中有膩新步便
姍褕纔繫體銀牌頒舉酒大酌椰瓢乾金鼓競發罟旗翻清
琴洞簫口鼻媚花圍四季錦邊蓮嗣今豐稔輕螺錢漸臻禮
讓除刀瘢挽手謝別馳周圜掣掣洩洩歌有歡聞昔東都僭
僞鄭草雞拍水毛髮攢煩船鳥船烈具舉金印銀印爵柽刊
三世恩恩卅八載故事妄冀同朝鮮喪歸南安閱兩紀伏莽
盡剗旗結竿自古懷荒要文吏君能慈惠苛條刪月眉池畔
駐紅旆刺桐花底移朱幡治成考功奏第一道在詎畏行路
難歸見蕉黃茘子丹此圖粉墨珍明玕定知番俗工鳥卜卜
君萬里鵬風摶

後鳳尾硯歌

卌年前上金鑾坡故人贈硯我作歌卌年後作諸侯客新銘續製舊銘刻臣之壯也今已老中蹈險巇歷起倒回頭事事自知非獨有文章麤見道直廬妄擬同署銜（余嘗題竹垞先生集有長直有廬分左右前銜慙媿與公同之句）暮塗亦屢披征衫握槧橐筆兼匣硯都講河朔連畿南纖纚旅翮原非鳳燕雀喧啾鷽鳩控若敎翼整健摩蒼那能點校書充棟竹垞篋藏無一存龍泓化去經幾春潦倒天邊煢獨叟忘羈翮藉墨磨人

得嚴吉士十匾先生靈櫬至里消息（六首錄二）

交讓林間酌醴來（余家與先生比鄰僅隔一牆）十年遊宴忝趨陪（向曾同客淮上）馬蹄望嶽衝雲出鴨觜臨淮犯雪開嵇呂舊廬聞笛感殷劉同乘見船哀衡闈若使長堅臥貧窶何妨老茂才

迢遙奠饋設鄉關何處高郵抱曲灣郎事令人輕厚祿浮生

幾日放歡顏翠屏古寺題名在黃葉秋庭哭寢還牘有亭亭映江月往來長伴白雲閒

送王兩蒼明府之桐城任 二首錄一

昔年子舍寄桐鄉閭陌村亭念不忘聚訟最難除雀鼠先憂尤切禦螟蝗大江東去開雄鎮一水西流蔭女牆君過北關逢故老先公舊績尚能詳

六十初度

五十無聞又十春杖鄉年在巽鄉身頭今白似遼東豕衣尚黃遮冀北塵落落諸侯老賓客遙遙天上謫仙人琉璃硯水全枯槁曲學還蒙鑿 紫宸

五霜先壟別湖壖河朔移家向此間牛老那無身傷犢魚枯豈但目成鰥牘存棣萼相依藉幸得芙蓉共往還 自荷花館移蓮花池

百感盡消書一束箋經猶日手增刪（近年著有觀象居易傳箋詩四家故訓春秋三傳注解補正孝經約義語孟疏注辨異文選理學權輿等將次第脫稿禮有襍說）

南歸有期留別蓮西諸友

一年人住尚餘情何況林蟬十度鳴旅處抗顏貧獨學病來輟講負諸生感多哀樂身難料境歷炎涼候易更出郭放船津澱路琴高臺外愴秋聲（舍弟自琴高祠工所得病）攲闕數（上聲）牐越郊圻游倦曾非悟昨非被嫉摧頹轅固老持喪勞攖杜林歸小冠不製名從喚（病目踰年）大袑相牽手漫揮荷屋淹留還惜別雲山雖隔夢常依

李肇開字雨蒼號霞軒海寧人雍正癸丑進士梯姓朱桐鄉籍由戶部主事改官山西孝義知縣

初夏寓樓遣興

何須擇木寄高枝屬有天緣儘自隨粉壁落殘詩恰補紙窗罅在鳥頻窺飯餘隱几拌教嬾客到迎門幸恕遲彷彿小園成日涉偶留鴻迹有題辭

章楹字柱天號苧田新城人雍正癸丑進士官青田教諭有浣雲堂詩鈔三卷

苧田僑居禹航性耽簡冊生平著撰頗富室人周氏亦嫻詩律

六一泉

林谷祕幽鮮飢鼯踔古瓦冷逼石氣青香挾松皮豬山根鬼斧斷篁磵蛟涎瀉秋風吹老雲泱泱巖竇下泉非居士闢名猶居士假家園清瀨尾一泓寄瀟灑漱泉不盈掬擷花動盈把菱歌起清商此韻若爲寫

薄暮舟過湖州夾山漾遇大風雨

霅若餘不羣流趨交匯澤國州名湖老蛟作宅巨鼇戴一城掌大斷菰蒲驚沙北走篠簜闊涇爲濼浸淩虛無横亙何翅百千頃玻璃綠淨韡紋鋪小舸急棹恐及暮厭厭潑墨沆方隅顛風打頭拗折櫓迸落兩脚如竿蠭進寸退尺何所屆捫摸鎛漏愁衣袽長年瑟縮不敢呼彷彿冥晦奔天吳是中有物窮怪迂大鯤壓起方南圖長魚負水小魚立鼓鬐爭艫千明珠正爾險絕亦殊壯奇景易失徒嗟吁嗚嗚擁鼻急摹繪句挾風雨紛前驅他時出險聊一讀龍腥海氣還噴嚅

初遊徑山追次東坡先生韻

我生骨相宜住山歲華如水流長川因緣墮地已大錯牴牾於世無周旋五峰距我三十里何至判隔如天淵今年決計償夙負蠟屐孤往登其顛初從魚村縱遠目雲開雙角搖青

蓮到山曲磴歷千級鹿蹊一道微蜿蜒浮圖粘巖勢疑墮欲墮不墮依三禪巖上有亂石𡼖缺齧萬狀然壁立數仞終不傾仆相傳大士一夜成之綠杉蔽空障亭午漏景錯落紛連錢俯看竹尾百萬箇懶雲春隝積如眠羣山東來馳萬驥片墨斜下飛孤鳶須臾落日似懸鼓紫嵐赤霧相烹煎歸寮偃息聞梵唄伊蒲一飽殊便便茲山佳處略已盡說詭說幻徒樊然龍湫杳冥未敢探更圖結夏來餘年

黃百穀字穉登仁和人雍正癸丑進士

穉登成進士後需次縣令應姚少宰三辰聘校文江左將至廬州夢有沈初明者故明諸生爲合肥土神廟在廬州東門外與刻期交代而去醒即感疾竟以所刻之日卒于使院少宰按故學冊并訪其廟信然遂易主于廟厥後土人祀之殊有靈爽同鄉某孝廉舟過其境心擬翌日至廟詰旦有村人擔牲醴至道孝廉姓名蹤跡俱合蓋村人將報賽于神而神先示夢俾傳語以餽也金宗伯甡過其地弔之以詩曰一第俄成送老官居然

廟食楚江干風波不假飛符定山水還供點筆看正可客遨河伯餉莫教孫件社公餐九年兩過頻回首惆悵淸源舊雨殘原注穉登解符錄事亦詳載靜廉齋集中

理安寺

廢寺荒蕪已百年師今結屋更安禪林如支遁堪棲鶴社似廬山喜種蓮巖畔伐薪常易米石邊接竹每供泉詩成盡是雲霞色不數淸江與皎然

桑調元字伊佐號弢甫錢唐人雍正癸丑　召試通知性理　賜進士官工部屯田司主事薦試博學鴻詞有弢甫初集續集五岳集

弢甫先生父文佚翁名天顯居大樹巷鬻餈餰爲業性至孝父病膈翁合羊脂和粥以進父死乃抱鐺日夜哭人爲繪桑孝子抱鐺圖先生博聞强記伸紙千言賦鎭海樓詩多至四百韻幼受業于勞餘山及壯益究心宋儒之書性孤潔方官水曹歸寓輒反扃其戶以杜襍賓既以乞養歸闢餘山書屋于東皐別業論文講學盛比

河汾著有論語躬行實踐錄如錢宗伯蕣石盧學士抱經皆出其門而學士又其館甥也四方幣聘不絕歷主大梁道山濂溪歷下講席執業者咸稱桑門弟子好游歷日能步行百里徧涉五岳自署獨往生又號五嶽詩人所至吟詠成帙洞庭嵩山華山泰山衡山恆山閩嶠諸集皆紀游作也府志入儒林傳

退谷 西山六首之一

泠徑松葉滑過澗獨鶴行谽谺折流泉磊磊仄石迎盤登溪竹上逕造雲中亭想見雲中人秋衣隱遙青惝怳神清洞綠篆方新局神仙縱非虛狡獪初無情

由磴道上洪光寺 西山六首之一

嶰緣空翠閒禪關豁天宇不知乘淩高忽爾眾山俯晝林雲為瞑夜榻月當午飛瀑一道雪落葉四山雨遲哉古善卷不識腰下組

寄餘姚趙明府

古治何以隆鄉里有選舉徵辟布郡縣漢治猶近古所以傳
循良前後炳接武迨乎科目定賢儁格斯阻大哉立無方萬
世存良矩洪惟
憲皇帝旁招際海宇諸公草開來盛法同匡輔簡拔遺
今皇羣黎喜得乳惟百良有司一指爲侯數吾姚俗喬樸頌
口喧郊墅問侯何能然春陽一氣煦以殖我田疇以穀我士
女
瀕海是邦立文獻猶可徵古老互光燄照曜金鷄騰元精鍾
不竭士氣方雲蒸侯實漢賢良德教由之興論士先器識斯
語千秋稱文章有根本匪漫誼剡藤樂育出膠庠幾輩清行
登登山睇在昔激昂搟吾膺城東建聖廟歲久積觚棱我欲
躬土木版築先馮馮芹芳長石池規新惟侯能提唱重斯地

霞構瞻層層

明府當世賢行事越意表遙請揚幽潛一舉光吾道餘姚有布衣（先師勞麟書先生）經行鴻搜紹講壇風雨秋闈修以終老清名動天問遺書爲世寶肫肫孝感公（孝感徐大司空爲題二石）特筆照穹昊一碑卓大塘一碑壓宿草故里與幽宅光俾日月皎徐侯聞之起（徐太平明府以卓異入覲力題勒石）謀置匠斲巧旌彰倚明府風聲樹不小小子他日歸雪涕灑清醥

客從海鄉來語侯清且良窮海得父母赤子眉開張今年沙隴熟有穀堆滿倉如舊箔上繭如甕阪頭羊花利復三倍老幼釆擷忙顧惟桑梓私每飯耿不忘迢遙聞得所加餐快中腸寒宗執本分耕讀業有常誰與敗我類治之義所當兩年倚金華望雲思彷徨遲須一麈受清謳寄海鄉

酬和馬墨麟醉歌行贈予及孝長韻兼贈孝長

問奇跡斷眠空壜誰能索莫潛書龕春風泱漭踏何處人海
細瑣堆螺蛞搖鞭直排我友闥有客先到譁高譚杯前喜我
影參八不須呼月剛成三小奚揚揚添滌器凹金彎角窪瘤
㭊無事齊拌作牛飲無功之鄉忞遨探狂言市歲局龍齬只
𦄂拱揖簪朝簪今夕主賓認我輩驚瀾陡覆滄瀛涵戇甚汲
黯氣不滅飢死臣朔心猶甘公孫主父是何物字湼青史名
奚堪況復齷齪横驕酣污吻莫洗湘江潭落筆恥矜賦草就
運籌當使羌苗戡未怪雄心請脫穎欲嗤名士投空函朝暮
蹴飛軟紅土馬上虛挹西山嵐曹司期會若山重曰旅而進
同趲趲東閣暄和冰雪薄官梅半坼香苞含悵望千秋高韻
歇誰發詩興勞研覃劇喜故人吟卷積墨香浮架飼仙蟫扶

輪扊得好吟伴一時大雅雙驔駸嗟予年來兔管秃强與此
事中懷慙還輸詩思括奇險青天萬仞開魚鬣拓戟可曾邀
杜甫植棹忽復逢劉惔文章嵋奇交磊落彼已俱覺酸鹽諳
亙古聲光三不朽狂思籠取何其貪精神强悍耐盤錯春帆
休颺湖波藍人豪詎爲富貴縛夢亦骯髒雄槐邯推遷難緩
羲和馭出處肎放乾坤擔禁樹鶯聲已可聽遑擕斗酒兼雙
柑當筵姑一大酩酊燈晃髮影青玅瑹薝蔔林中叱撥去我
逕倒榻留花南

爲謝梅莊侍御題首夏軍中學易圖

百年萬事總敝屣赤肝陡激匪得已芒芒軫蓋須扶撈開闢
及今幾男子寰中磊落君其一匹馬當年窮塞出恢台幾斷
一河冰凌兢㣭凍層空日尋常蛸縮牛馬毛軍營六月圍豐

貂材官羽騎若虓虎到此意氣何由驕惟君剛耿不動魄覗若等閒茲一役把來先天後天圖坐偏西山北山石聖垂象繫章作編斯文憂患竟不刊我知君憂亦復大於山勢與杭靄齊巑岏澆以蒲桃一斛終難寬問君何所憂所憂不在飢不在寒不在七尺埋置塵沙端亦不在家山萬里雲漫漫亦不在賊火夜半星攢攢是時首夏當純乾一陰欲進方磐桓快心一夬忽復姤排之不得空長歎春明春樹連天綠鵷鸞春向臺端復春雨迷離一片雲孤臣淚盡蒼梧哭屈軼神羊安在哉惠文冠在拂黃埃賜環湔祓　新恩重詎忍長吟歸去來況復天門九重蕩蕩開守閽虎豹無疑猜此時奮舌動天意斗樞旋轉乾坤迴君莫謂封狼之皮已寢處四海蒼生各安堵憑城怙社者何物誰其埽清了斬舉我心惻惻我顏

憮我歌慷慨君試聽陀羅海遠不足驚

來青軒 西山六首之一

巉巉青不極來抱此禪扉泉壑冷秋色一峯明落暉白雲空際遠朱果雨餘稀遙意桂花發幽人寒未歸

晚泊臨平

夾湖芳草青茸茸中有一泓鏡面鎔孤篷到岸上明月古寺隔溪鳴晚鐘沙禽拍拍浪花大野樹童童煙翠濃荷鉏歸來倒濁酒此樂那能如老農

朱奕會字慰先號桂亭錢唐人雍正乙卯舉人官嘉興教諭有桂亭存稿

蠶婦謠

三月三日天氣清苕溪女兒逐隊行提筐攜筥不厭重爲言

採桑育蠶種初生細如絲薄刀切葉聲差差一眠二眠蠶上架桑葉漸與黃金亞衣釵質錢買桑葉只論有葉不論價大姑髼鬆髮不梳小姑辛苦唇不朱老婦椎髻飼蠶食衣裳不解體不舒日閒防蠶飢夜閒防鼠齧保蠶如保嬰刻刻難離抱三眠之後蠶始壯燒紙祈神祝蠶旺買牲市酒皆貸錢一家羅拜求神貺時交小滿蠶上山昂頭纍纍絲如蟠瓦盆烈烈然炭火雌雄結繭何斑斕繅車轣轆轉銀牀飛濤滾滾百沸湯大姑纖手把絲緒一莖抽出萬丈長纔喜新絲初出釜硃牌粉票來官府完糧刻日不許遲胥吏下鄉猛如虎蠶娘授絲與主公主公接絲賣城中賣絲得銀納官稅可憐今歲蠶事空蠶娘痛哭陳詞說辛苦看蠶枉勞力未贖酬神買葉錢寸絲尺縞留不得主公痛哭告蠶娘賣絲未足完官糧上

司行文又催促儘拌五月賣新穀

周璟字鐵橋號吾堂海寧人奕子雍正乙卯舉人有吾堂詩鈔

吾堂以五經中式

山居次樂天叔韻

煙霞深處草廬開卜築何年寄此間翠壁千尋當檻出青溪幾折抱樓灣蒼苔白露分三徑古木寒蟬滿四山除是高人勤剝啄更無蹤跡到塵寰

周助瀾字迴川號蘅齋仁和人雍正乙卯舉人官四川筠連知縣有松月樓詩集

筠連倚山爲城士不知學蘅齋置學田擇士之秀良者親課之俗患嘓匪力治之不少貸閭里安輯戶口日增尋以疾乞歸與汪槐堂金海住顧涑園諸公相倡和詩筆極疎雋通篆隸精研音韻之學著古今韻學考證及

雙聲疊韻圖譜誨人娓娓忘倦請益者踵相接任副憲承霈邵太史晉涵張助教羲年黃明府璋皆其門下士也府志入循吏傳

遊宏濟寺

幽尋宏濟寺隔水不可渡紆回緣溪行遂達前山路赤石夾徼徑宛似峽中度藤根走修蛇糾結石罅露濃陰薜荔牆窗葉杪欏樹入門見修竹屈曲朱闌護初從回廊轉突與石壁遇奇峯垂天雲涇泿起畫霧翠幄既交加紅輪豈能駐山僧麤解事茶荈亦時具世外覓良緣此間得佳趣閒房結構精前輩富題句高閣更重登遠景目前聚㣲鴿任飛翔風帆自來去暢哉此日遊樂事愜情愫欲別吾未能行行屢回顧

癸酉二月舍弟葭客自武林移梅四十三株徧栽姚江學舍喜成長句

十年京國風塵中犯寒破臘思冰容銅坑夢遠香雪海翠禽縞袂無由逢南歸一艇舜江棹程期促迫何悤悤西溪舊約幾回負孤山孰訪遺仙蹤今年春色倏過半落梅玉笛驚飄風豈知予季偏好事短札迢遞傳郵筒淩晨剝啄見花匠四十三樹移江東橫枝束縛疎影瘦僅留臙白餘殘紅虬根遠帶武林土片箬尚冐漁舠篷連宵幸值膏雨渥多情護惜勞天公長鬚奔走具畚鍤高下排列栽黌宮或近中堂倚翠柏或避左墄依榮桐本舒築窗橐駝術誅茅薙草農夫功綺窗晴昊領生趣佇看綠葉抽茸茸小寒一候花信早醱醅速客誇今冬我願後來勿翦拜之而拏攫成梅龍

何熊字叔熊又字太占號一齋錢唐人喬雲孫玉粱子雍正乙卯舉人榜名維熊官湖南祁陽知縣有世經堂集滇

南紀游選竹山房吟稿

一齋官宜山時鄰邑苗人構亂從中丞馳入苗塞禽其渠魁餘衆盡解散天河民田爭界結訟至四十餘年積牘高尺許棼如亂絲一齋躬至田閒一一契勘之案遂結在祁陽時續修縣志修熊羆嶺大路民皆感之

同樊榭先生吳南澗姊丈于瑤庚表兄湖上嬉春倣鐵厓體

路入西泠煙靄收峯峯暖翠明珠樓太平時節可行樂少壯心情多好遊況復春來九十日直須飲滿三千籌畫橈轉眼盡歸去尚有晚鶯啼不休

病中感懷

塵土勞人每自歎愁顏怕向鏡中看病思禪榻孤眠穩貧覺豐年負米難案上塵封卜卦硯閨中人試卻邪丸新秋時候剛流火雨雨風風又早寒

淮陰寄都中諸同學

漫託征鴻問所思燕南越北總差池囊空客有羞歸色路近家偏喜到遲撲面緇塵剛脫去愁人梅雨正行時只除髮白他無恙預報堂前老母知

重過南寧與朱方吳話舊

牽絲憶昨此停車地近交南氣候差逼歲風雷緣送臘入春桃李反無花監司偶遇館[illegible]且廉鎮常悲宋永嘉左江張觀察日譽歿于任萬民悲涕逾月古道如君能相吏那堪留滯向天涯

富春江晚泊

青山如畫遶孤城十幅蒲帆第一程落日未沈風力健滿江寒色待潮生

暮春湖上口占

長紅小白可憐宵一半春光付畫橈日暮遊人歌管歇寺門閒煞柳千條

蔡朱澄字通九號新儒又號蓉齋錢唐人雍正乙卯舉人歷官四川保寧知府有越中草茸城集北站偶存

蓉齋先生由内閣中書出爲山東萊州丞遷守保寧時有兄弟訟者兄句紳士懷金請託先生卻之即罰其金以給弟人以爲快性仁慈不忍笞箠有蔡五板之稱乾隆閒金川用師挽粟飛芻不絕于道先生經理北站事絕去苛嬈備恤民隱民感如二天去官之日有攀轅泣下者站夫人各率錢五文刊樂石紀德政可謂良二千石矣既歸主講蕺山年八十四卒其後老屋有融風之厄詩稿皆毀

陳子紱書舊從余游今年已七十矣老友黃西清其姻親也去冬爲作攜杖圖顏曰杖鄉夫杖一也何分鄉國爲作此詩以代祝詞

我年八十一百事皆拋卻漫說杖于朝先已病腰腳追思十

年前作郡未辭爵羽書時旁午棧道日奔躍朝夕不知疲精神頗揮霍陳子今七十其年正可樂老友黃西清與我年相若爲作攜杖圖神貌欲相薄兩人本姻親情款日斟酌宜其寫入妙豈祇存大略抑余更有言鄉國名豈各惟趁力尚强亟須求大藥切勿似爾師紛紜事酬酢富貴既難期神仙亦未學蹉跎兩俱失窮年嗟瓠落失時悔難追及早爭先著倘能從此言相期跨鸞鶴

嶗山 在萊州即墨縣境

香林仙闕迥雲寰曾侍 金輿翠巘閒 昔嘗扈蹕香山遂歷西山諸勝嶗山佳處頗似西山 一墮埃塵同下吏翻從斥鹵遇神山乘槎未見歸童女採藥何人鍊玉顏且向風前吟好景崔詩在上惜空還 東撫崔應階嘗游嶗山畱題鐫石故借用黃鶴樓事

蓬萊入望見神寰始皇嘗登嶗山以望蓬萊窟宅靈奇寶此間浪說有鞭能遣石御疑積水可浮山雲璈玉盞傳仙樂山有最高處名華樓嘗聞仙樂昔有道人登之得玉盞于此琳閣金燈耀佛顏山有華嚴菴供佛其中一朱碧相輝香火頗盛宿華嚴清夢遠欲逃塵網不思還

秋雨

今年未得秋前雨此日連陰入早秋殘暑頓消如逐寇好風頻送似乘舟蛩聲小院吟偏苦桐葉空階滴更幽最是蓬心感蕭瑟晚涼容易動離愁

金焜初名文濟字以寧號赤泉錢唐人志章長子雍正乙卯順天舉人乾隆丙辰薦試博學鴻詞官國子監典簿有妙明書屋詩三卷輶軒錄作官禮部司務證以詞科掌錄鶴徵後錄及先生病中襍成恥爲師句疑輶軒錄誤也

丙辰詞科兄弟並舉者楚有兩易宗涒宗瀛吳有兩楊煜曾述曾而沈東甫幼牧趙谷林意林及金赤泉質夫皆浙産趙金又皆杭人論者以爲極盛赤泉世其家學先父殁妙明書屋詩附鍥江聲草堂集後汪槐堂序比之笛漁小稿之附暴書亭焉他著尚有濃蘭詞蠡測錄今其曾孫濂已入詞林詩書之澤長矣府志人文苑傳

沙屯

野風送遊子路響車班班驅車入荒落蕭條殊市闤矮屋墍無多數家盡荆關老翁朴而野覗雞走籬閒村婦乏時妝布襖頭不鬟稚子摶土嬉叫號忘其頑敲闌臥牛犢破畚遺草菅俗陋良可嗟所欣心跡閒乃知太平世民樂忘險艱行行陟壚尾一笑開征顏

彈琴峽

蒼山如雲屯兀突失天廣迴峯互開闔變態未易倣軍都古名勝所歷愜心賞逾關更北稅得境洵幽敞呀然兩厓豁午

景高可仰輕車忽如流有地平似掌孱顏見峭壁孤拔無所甍橫空架佛閣鑿翠鮮寸壤下有溪水聲鏗若徽弦響成連不可作空山神爲往徘徊久佇立心寂生虛朗一嘯巖壑閒翛然絕塵想

題陳州倅半野園圖

仙人愛樓居達士喜清曠陳君脫凡俗別自具標尚爲園號半野拓地幽且暢西山橫遠秀升閣常在望一蹬開晴嵐千峯各殊狀蓑蓑列檐樹綠影細分張春風庭外至花氣泊衣桁軒窗散書帙吟弄見豪宕笑予居長安日與囂市傍遵衢滿塵土拂拂高十丈蓬顆打面來俯首不敢仰有時趨訪君八戶神爲王林泉偶憩息好友共酬唱踈狂汰苛禮襆坐混下上名香爇古鼎苦茗敵佳釀于玆忻聚首快比躋瀛閬君

才擬圭璧豈久棲閒放昨朝傳佐幕行李載車兩遙遙瞻翼軫百粵提封壯兆陽九奧區形勝諸郡讓州圖半山水戶版蝨猺獞屹屹蓮花臺浩浩湘灕漲踏歌狨女淫帶刀蠻俗强鉤輈吽溪雨竻竹搖秋瘴虞衡志風土記述非荒妄公餘事探討所獲無弗創去去同驂鸞此樂實天覞眞堪學元子頭銜署漫浪舊雨倘相思乞寄江山樣

聽洋琴歌

雲和之琴空桑瑟至人攄思中音律庖犧不作古樂亡禨省箏琶始競出此琴來自大海洋制度一變殊凡常取材詎用斲桐梓發聲亦自循宮商圖形宛然如便面中緪鐵弦經百煉鈿釘櫛比排兩頭二十六條相貫穿攜來可擊不可彈雙椎巧刻青琅玕琴師舉手指未落滿座肅聽生心歡初持孤

椎祇輕打秋樹寒蟬飲霜啞旋舒雙腕著意敲淅瀝雨飄青竹瓦左擊右擊無雷同疎槌密槌相間工五音和會含衆妙節奏宛轉包纖鴻琮琮琤琤盈耳注碎珮叢鈴滿煙雨簷前玉砌墮冰簪洞裏春泉滴山乳忽然止椎弦不鳴反舌入夏愁無聲中心一擊復成響地底陰雷破蟄轟有聲無聲相襍揉變化在心兼在手以心運手手運心小技入神希匹偶座中聽者皆忘疲共道此琴鐵勝絲梛公雙鎖未爲巧李氏百張胡足奇我聞古人作樂各有取舊典至今存冊府閑邪納正是爲琴如此曼淫同鄭嫵請君舉手絕其弦靡靡自古不在懸錦囊出我龍湫瀑追取希聲太始前（余家藏古琴背有文曰龍湫瀑）

孫端人學使寄惠珠參歌

神經五參配五色上黨從來稱第一土精變化夜呼人形似

小兒肥且茁新羅百濟高句麗五葉三椏無等匹未聞六詔點蒼閒亦產靈苗吐芬苾含滋孕液非在根瑣碎枝頭綴仙實花開香散洱海風子落晴烘緬甸日匀圓脫手顆顆同大小明珠迸鮫室定是瑤光墮地生豈同凡草空蒙密品嘗昔漏神農口炮製枉炫雷公術蠶頭羊角紛本草此種不收嗤脫失使君購得念故人萬里寄將情意溢開緘錯落瀉冰盤珍重勝分金百鎰阿儂善病遡更癯數粒咀含蠲宿疾題詩相報付煙郵紫氣回看耀蓬蓽（禮斗威儀云下有人參上有紫氣）

舍弟以錦川石八方見寄遂成長歌

醫無閭山秀且奇中產文石珣玗琪陵河大小繞其足磊磊流出排清漪前年吾弟遠出守一麾恰駐河之湄公餘賞玩到水石山經紀載良非欺漁人舟子競撈漉俸錢換得堆盤

匜一勺分裹遠寄我八方磊砢皆殊姿呼童淨汲井華水定磁三兩陳烏皮清泉一濯光怪發照眼五色何紛披一石黃剝鵝兒衣一石翠埽吳娃眉一石潔白一石爇生質了了陰陽岐第五一石造化爲芬芬郁郁雲陸離六七兩石增譎詭取譬令我雕肝脾孔尾采搖金瑣碎大龜血釁紅淋漓最後一石更肉好瑩瑩包蘊峯參差明窗注目細題品珍重勝獲千摩尼乃知造物眞狡獪天巧所到無漏遺興都王氣甲天下扶輿清淑難等夷英靈孕毓神俊出餘力及物含華滋懸黎結綠未足寶冷官麥此忘飢疲詩成捲簾秋雨霽仰覩寥泬心神怡

坐巢雲洞池上

徑僻穿林入空巖靜氣生洞深晴蓄雨林密晚聞鶯池影涵

天遠嵐光映日明吾師即此水坐久暢山情

鑑湖春泛

水闊淨無塵垂楊綠乍勻遙沽東浦酒越酒產于東浦來醉鑑湖春

小艇逢花住遙山點黛新風流思賀老吟眺溯平津

再過陳氏北園有感

名園占幽勝客裏屢頻來竹屋無人住巖花為我開雲開侵

戶入鳥倦隔林回二老吟蹤冷謂南麓誕江兩先生空庭徧綠苔

南歸渡江又不獲登金山悵然有作

昔去橫江渡重來打槳過山容寒亦好雁影晚尤多客意舟

師笑塵情古佛呵悤悤劇歸思空自狎盤渦

新菴

仄徑穿雲上橫峯向日遮陰崖寒有雪春樹老多花竹響過

飛鼠樓高納晚霞經龕思借榻臥聽演三車

出關

出關逾百里驛路望仍賖塞俗家家酒風村處處沙荒煙迷故壘急水斷浮槎行近前林晚車聲襍暮鴉

暮登平臺望宣郡諸山

林晚喧歸鳥平臺眺遠天虛明留小閣蕭灑憶前賢落日臨邊慘諸峯抱郡圓來朝理山屐擬到翠微邊

翟曉江晴江昆仲過寓齋索飲

擬作乞何飲飄然叩我廬官貧肴核薄交久世情疏小雨能驅暑清言祗讀書匏尊莫愁盡醉倒有籃輿

冷陘道中

紆折穿青嶂孤行不厭遙溪流石齒齒風送馬蕭蕭老屋黏

山蘚崇厓囷石樵此中堪小隱那得俗緣消
路入蠮螉塞入登薄笨車遠峯雲作帶古道石排衙僧閣因
巖構山橋趁水斜十年塵土客今日飽煙霞
煙衕重重峻風林曲曲通山奴收果綠溪女插花紅鳥破嵐
光出城圍磴道空忽聞征鐸響人過翠微中
合帀青無極峯峯勢各殊孤雲荒谷老怪樹斷厓枯水淨沙
逾白山空鶴更癯平生愛幽賞到處動清娛

過居庸關

南望羣山似建瓴孤城盤鬱逼空冥千秋設險雄三輔一將
當關扼八陘（關內設都司一領延慶衛）石壓斷崖愁虎豹水奔荒澗鬬雷
霆止戈　盛世銷烽燧草木敷榮夏更青

送省聞上人還房山

王城一月快相過歸去巾瓶仗馬馱山近大房嵐翠重春殘古寺落花多靜中鈴語傳香塔齋後茶煙颺綠蘿我欲從師求上法幾時掩竹到禪窩

病中襍成

世事紛紛了不知病來維與靜相宜杜門永日清于水熟睡連朝伏似雌小檢方書諳藥性閒煨米粥養詩脾已成嬾慢人休誚莫向嵇康責禮儀

連日淫霖水決渠青苔及榻甑生魚叩門不見來今雨摩腹空思暴舊書梁上漏痕時一補病中頭垢喜頻梳安心近得瞿曇法煩惱刪來六毒除

攝生有論昧前規伏枕無聊百念隨俸薄人猶爭乞米官微我更恥爲師鮎魚上竹徒多累虎氣騰空會有時幸免龍鍾

稱四十養將强健鬬熊羆

握臂量腰日幾回倦抛四體倩誰偎偶因艾盡求難得卻笑醫驕挽不來風幔嬾收忘晝暑夜燈頻剔積香煤明朝病起尋幽事先向蓮塘倒酒杯

邵儁字開先號晴牧仁和人雍正乙卯副貢

晴牧甘迂疎之名絕儇巧之態一言一動造次以禮自閑髫齡隨父天台廣文署中値山雨驟溢洪流入城僕媪皆譁走晴牧獨能掖母以免悖拏之性固與人殊也相傳歿後爲蔽山神頗有所徵翟晴江灝哀舊詩云文曹未通籍眞宰乃膺爵煙幢導雲車蔽山奠靈魄蓋用其說矣

衆安橋

豫讓終危趙荆軻誓擊秦三年埋碧血一劍泣孤臣氣壯河山色天成鐵石身至今橋下水流恨爲何人

程川字鄘渠號春曇錢唐人雍正乙卯拔貢乾隆丙辰薦

試博學鴻詞官河工主簿鶴徵後錄作縣丞有運木集

退庵氏曰鄘渠先生以歙産移家于杭志懃詞贍下筆千言當時有才子之目嘗作五鳳樓賦組織工麗山陰周元牧尤賞之其詩集名運木者以服官後有解木之役故也先君子東屏公與先生幼同硯席館京口相與唱和于祝氏見山樓先君子贈句云勸君莫漫誇頭角名士于今不直錢蓋傷之也所著有朱子五經語類五經文類春曇文集

富春江曉行

白雪黃沙岸春城曉見花樓明天外月簾捲雨中紗桂楫乘空擊江波泛影斜飄飄何所似身世一浮槎

送人歸湘潭

君豈江湖客今違廊廟心長安春正好湘水去何深壯氣虛燕市高歌發楚音三年忻聚首惜別顧分陰

登華石山

鬼斧分西華天生一削餘懸厓初拔地流水自成渠拏石松鱗老留雲秋壑虛會當發幽興卜此數椽居

送吳工部之盛京

張釋爲郎自有名一鞭奉使佐陪京東西遼合三春水山海關過萬里城注就考工書一卷人歸粉署月雙清要看尺度除淫巧留取冰心映玉衡

張爲儒字誠之海寧人思問次子雍正乙卯拔貢

誠之著有蟲獲軒筆記於經史多所發明年四十餘卒

郭星如有詩見贈賦荅

麥秋送餘寒雨疾風更駛中宵人不寐引燭披衣起散帙蕩幽情吟君詩滿紙清雅固自佳騷屑誠何以憶昨過省門相邀吾與爾槐黃曾共踏放逐顏均泚衣食賴先疇水旱災相

遜薄田秋不穫幾見長腰米貧賤足困人固窮見佳士早能齊得喪戚戚寧因此清琴既滿牀蠹簡還盈几一讀更一彈賞音得父子吾翁與若翁均已近暮齒韻事出貧家一博親心喜寧將兒輩憂上瀆高年耳可戲不可欺禮經有深旨

買得一印其文曰半閒石極精瑩字漸漫滅疑是賈秋壑家故物流轉人間垂數百年物固不可以人廢也詩以紀之

小印紅蟠尚宛然故都往事獨流連羽書自報長圍急石壘空勞上相鐫蟋蟀聲中如有恨木棉花發不知年美人狎客俱黃土誰料遺蹤市肆傳

己未孟春曉起甚寒著盌中見冰花輒賦之

長與寒流有舊盟稠花照眼未分明玉痕零亂松釵墮風葉

參差竹个橫累就重臺多變態圖來沒骨本天成貧家院宇尋常見只有溫泉不敎生

陳常字時夏錢唐歲貢官蘭溪訓導有爾爾軒集按府志雍正年歲貢錢唐無陳常海寧有陳時夏時夏敦孝友兄客閩中兵梗不得歸母思之飲泣目漸昏時夏乃擔囊走數郡宿處遇虎幸免卒得會兄于閩之南靖兄已成悸疾奉之歸母憂得釋府志入孝友傳

南屏凝碧樓

列岫環如障潮聲天外聞樓高秋帶雨山老夜生雲空翠溼難埽秋香澹不分機心久忘卻來往任鷗羣

九日登大觀臺

一年一日一登臺越界吳疆四望開水浸碧天和影斷風吹秋色捲空來湖山落拓供詩料時節蹉跎賸酒杯千古風流

誇落帽不知誰是孟嘉才

赭山望海（俗稱壁子門）

崑崙迤邐落神州直到東南天盡頭一道橫空攔海氣兩山中斷放江流鰌噴怒沫排銀屋蜃吐靈光聳絳樓未識支機無恙否乘槎直欲訪牽牛

登蒲州西城樓（即唐鸛鵲樓）

雄踞坤維古帝州百年登眺有高樓城圍河水第五曲地據中條最上游野渡暮雲飛鸛鵲平沙落日臥金牛（下有開元所鑄鐵牛五）少年不是西風客好句空吟萬里秋

午睡

數椽卜築近南峯儘日盤桓老此中酒爲消愁何必醉詩因遣興不須工生來落拓三分病樂得安閒一味窮不道野笆

籬外草一般也是被春風

張國綸字煥章號倜山海寧歲貢

次韻山居

聽鳥常揹石眠雲或枕流樹從何代種山可一窗收忽爾宵連雨蕭然氣已秋經年車馬絶樵父日來遊

野興

滿村花栁近清明步屧尋春率意行飯熟不須童子喚隔溪早聽午雞聲

符曾字幼魯號葯林晚號賈翁錢唐監生雍正戊申舉賢良方正乾隆丙辰薦應博學鴻詞丁憂未試官戸部郎中有春凫小稿賞雨茅屋雪泥紀游等稿半春倡和詩

葯林弱冠能詩執友陳玉几示之以法學大進與沈个庭吳繡谷陳南村厲樊榭趙谷林意林爲南宋襍事詩

七百首查初白序而傳之雍正戊申特奉諭旨令內外臣工各舉賢良方正之士送部引見擢用葯林爲太常卿汪公漋保舉授七品小京官分戶部學習一監萬安倉游歷正郎處膏不潤襟情高曠牀韓之外書一籤畫卷茗椀爐熏列置几案淨無纖塵入其室者幾忘在東華軟紅中也有潔癖人或坐其坐處必再三拂拭被服鮮奇嫌縠衲韡有光則纖髮爲之然實不名一錢其出也索逋者纍纍隨其後嘗僦屋不能償直屋主勒錢急嵇大司空適至調之曰是家詠竹能作吹得葉聲如水流者不可須臾緩耶乃一笑而罷

草橋觀荷

野水匯溪流種荷乘水長綠雲布渺瀰遙遙接菰蔣滉晃宛遊戲拍拍棲沙上紅蕅花滿匼香露極搖蕩顧我樂清遊與至每獨往采蓮食蓮的清味祇心賞水際騁遐矚雲煙互莽蒼遠樹畫秋意風蟬遞餘響懷抱一爲開宇宙在俯仰寄言蘆中人從我曳雙槳

懷意林

聽雨空廊眠涼飈起中夜梧葉落商聲離心遍秋野孤鴻遂南翔目送清川下時憶小山居殘燈耿窗罅

送陳山鶴歸里

燕市酒人如曉星落落散去空秋冥籬根有花發孤馨正好買取雙酒瓶爲君別語申丁寧其情自深彌可聽我與山鶴稱忘形醉中一笑陳心銘朝來南下疾發船潞河衰柳臨煙汀人生有若風中萍但隨波轉無留停到家且樂寒蟾廳幽光在戶夜不扃不妨忍飢仍誦經默忽有悟衹自惺明年抱書來廣庭孤弦約指揮湘靈曲罷尚餘聲泠泠回覜江上青峯青

雨中宿虎邱東墖院

蘚花深院寂行迹水邊稀山雨忽如霧翕然雲欲歸人家沈

晚色松影上寒扉爲覓投僧處林間佛火微

雨中舟泊白門

溼雨低帆重冥冥江路遙殘蘆易蕭瑟孤雁感飄搖秋盡身仍客舟停晚避潮煙中一吟眺遠樹見寒條

苦雨

欲攬羲和轡濃雲西北馳竟無逃雨法衹有望晴詩閤道聞鈴日篷窗枕手時轉思秋霽好霜葉最相宜

九日暮登陶然亭

人去荒煙合亭空落葉深殘蘆延雪色孤雁抱秋心野興夕猶發客懷高可尋重陽如此過草草菊邊吟

游陶然亭次壁間韻

路近城南葦荻深夕陽與客此登臨不因蕭瑟悲秋氣別有

離懷寄遠心新雁橫斜雲際字晚花低結水邊陰西風亭外紛無數又起書生洛下吟

和荅陸渟川

聽雪寒宵記虎年竹窗深擁竹爐眠欲尋舊雨滙邊夢轉隔梅花嶺外煙懷袖八行寧漫滅卷波三爵敢流連祇今憔悴東華路誰念轅駒一寄鞭

同太鴻敦復竹田聖基麟徵汎舟湖上

今朝出郭生歡喜滿眼西風作意涼綠淨鑑空滙鷺影清遊客夌水雲鄉秋山近晚寒逾瘦薦葉將疎遠尚香賸有閒心付邱壑別時九更戀斜陽

晚登紅於閣

闌干缺角月當橫迎面西風晴解愁醉裏山光虛到眼夢中

葉落不知秋水聲入竹微微響鳥勢穿林拍拍投獨聽晚鐘無一語只將閒意滿懷收

集字賦秋籬

籬下西風殘照天一聲新雁落雲邊霜枝露葉爲誰澹秋色晚香殊自憐瘦蜨相邀人對酒遠山微見翠生煙不知名處君須記坐憶春叢又隔年

牽牛

牽牛泣露華竹尾延一尺夜半月斜明涼花墮秋碧夜雨和樹谷娙

蕭蕭窗外竹槭槭庭中樹多少夜來思不是愁風雨

㮁枝

一絲一葉一清妍作盡春愁絕可憐我亦有情傷此樹最難

禁是曉風天

新秋晚雨

綠暈新苔土氣香竹簾垂地自生涼羈人一聽秋前雨燈燼寒花憶故鄉

周本孝字愼旃錢唐人由諸生保舉官武義敎諭

雍正四年奉上諭著知州知縣官會同各該學教官將府州縣之貢生生員內居家孝友行止端方才可辦事而文亦可觀者秉公確查一學各舉一人申報該上司奏聞請旨督臣李衛欽遵保舉若干人引見錄用七名本孝以教職用

寶石鳳亭

寶石嵯峨結小亭重重梯磴上高冥壁通海眼疑流乳星卓雲根認墜星湖水四圍涵瀲白嵐光三面送遙青天風擊戛聞鸞吹彷彿中宵和梵鈴

龔之鑰字景蓀號半帆錢唐人以軍功議敘官縣丞有前後出塞集

潞河留別諸同人

壯士撫劒起酬知豈為名馬嘶鄉夢遠雕沒塞雲平脫穎羞毛遂先鞭羨祖生樓蘭還未滅終欲請長纓

尊酒陽關曲流連潞水涯無家輕遠別感舊惜臨歧砧杵窮秋客風雲大將旗遼陽三尺雪回首憶東籬

將抵張家口與蒙古丹總管話別

跡豈殊中外交原重性情經年依絕域萬里共歸程藉草看調馬銜盃聽論兵從茲相念處別夢到龍城

山海關

鹿失秦關霸業摧秦城依舊壓崔嵬空聞戍卒邊庭老不見

仙人海上回蜃氣上騰朝日覲雁聲橫過拂雲堆水天閒話千秋事遙指龍沙問劫灰

進口與驍騎校安趙諸君小集

匣劍多情重報恩從戎萬里赴烏孫何勞紀績銘銅柱猶喜全身入玉門白髮鄉關偏繫夢黃沙烽火幾銷魂而今嬾聽關山曲蕭颯邊風滿酒尊

凱歌十二韻送京營諸護軍班師

都護會開府票姚近築壇羽書飛瀚海彍騎領奚官大漠風雲壯三秋鼓角寒雪山森萬仞沙磧阻千盤授甲催乘障聞笳盡據鞍敲冰晨渡馬結毳夜傳餐共識同仇義寧知行路難指揮勤 廟略譚笑滅樓蘭露布章初奏燕然石已刊龍沙回鐵騎 鳳詔出金鑾喜氣迎旌旆歸心逐羽翰臙脂山

色好行矣莫盤桓

塞下曲

羽書昨夜下邊營聞道今年議罷兵殘雪未消雞鹿塞歸心
已在鳳皇城

新春搦酒例分甘鄰幕招攜各自酣傳語迎鑾須梵唄一時
膜拜共諵諵

胡姬十五亦芳菲側帽山花白紵衣自有臙脂好顏色當年
何事索明妃

炎天極目片雲無赤日黃沙草樹枯忽聽殷雷峯盡暗雪花
如掌蓋穹廬

團團秋月照龍沙望日纔過影暮笳小帳夜來無一事閒將
新曲試琵琶

窮追絕塞大軍還察罕城西戰馬閒怪得一時狐兔盡防秋諸將獵前山

殘冬毳幕暖如春爐火初紅酪酒醇共說今宵寒色淺開簾雪已沒征輪

伊里荒江盡草萊巖冰終古未曾開從今蕃騎休南牧臘月王師萬里來

國朝杭郡詩輯卷十三終　錢塘吳慶坻校字

國朝杭郡詩輯卷十四目 雍正朝人生于康熙沒于乾隆者約畧爲次

王德沅 王德淇 諸弢發 黄樹穀 范炳

洪之震 龔之銚 龔之鏐 查開 吳焯

吳潛 沈嘉轍 陳芝光 徐繼穉 汪先舒

周永銓 諸朝棟 李杜 楊大晟 余國士

沈子豐 倪文 沈緒延 俞班荀 施槃

栁蔡 趙泰 柴才 張寅 俞艮模

諸師孔 吳鉅 章炳 俞珮 鍾彝鼎

徐瀾 范肇新 吳一楨 沈梓 厲鶚

楊楷 程鋐 董廷鐸 方策 徐夢元

金農 丁敬

凡四十七人

國朝杭郡詩輯卷十四

錢唐吳顥原本　孫振棫重編

王德沅字湘鄰錢唐例貢官瑞安訓導退庵氏曰雍正四年奉詔各省司訓槪用恩拔歲副貢生見任中如有由例貢出身者改銓主簿等官湘鄰例離任旋卒于家

題吳山笙鶴樓

胥山道士好樓居樓俯明湖畫不如千疊女垣當檻密一鉤新月上簾疎鶴回碧漢飛清籟笙落瑤壇轉步虛安得他年謝塵事結茆吾亦愛吾廬

王德淇字瞻菉仁和貢生有隴雲初集

穀雨

穀雨雨乍晴林光淨如拭陰雲閣不流遙山翠猶滴肩輿緩緩行賞心隨所擇享此無邊春莫惜春衣溼

結屋

小結三間屋寬如一葉舟書囊藏杝尾酒甕著牀頭看月通宵得焚香盡日畱此中能不繫櫂作五湖游

銀星井研

體用均堪貴無慚即墨君井田師地則星象具天文搏拊聲如玉吹噓氣似雲神光來夜半花散自繽紛

諸巽發字有貞號蘿石九鼎子錢唐監生

寄汪舍亭客四明兼柬陸二槿垣彭三菊逸

四明諸峯二百八十二峯峯奇特難端倪三子飄然眞仙骨可曾一一同攀躋試從絕頂窺石牖星宿日月空中低山心捧出青芙蓉古隸鐫刻誰標題其餘詩文有紀述歲久剝蝕恐已迷金鑱鐵屐得攜取好登邐嶂層崖梯上有松根之茯

茶下有洞口之舟溪劚茶掬泉穀可辟游山之糧無庸齎惟應美酒擔十斛但逢林巒佳處痛飲千玻璃從來天地閟靈境此中定有神仙棲倘能乞得不死藥歸來勿吝分刀圭

黃樹穀字培之號松石又號黃山仁和人有楷瘦齋稾

松石爲明參議寓林先生七世孫少爲綠牡丹詩爲蓺林傳誦父景林歿于保定松石泝江渡河至棗林遇大水泛濫行旅斷絕跣足行泥淖中至河間覓舟不可得附蟹舟行遭大風幾覆溺者再始達保定痤棺所在水醫露前和起之已朽乃號泣函骨以歸冒雨跣行七晝夜至德州始獲附舟南返繪涉水負骸圖以志痛方景林歿時寄顏未寫乃刺血書父生平每薦享懸之堂中哭祀之少眈經史于六書九有神悟詩文名重當時有欲以經明行修薦者辭不應篤友誼不以貧故吝周急母喪過時猶哭竟以致疾立廣仁義學聚書以公同嗜晚遊孔林得楷木之瘦攜置義學中遂以自號雍正丙午議開西湖得松石言宜直濬不宜横濬當事聞而奇之又于病中得治河法并治河之器曰清河龍有清河龍說其他著述有格物攷河防私議百衲琴清華錄卒後鄉人私謚曰端孝先生所居在婁羅橋郎玉照堂舊址府志入孝友傳

琴臺看梅和讓山上人韻

法華臺畔憶琴臺，聞道梅花已徧開。春到豈無人共訪，夜深應有鶴重來。何當踏月參疎影，卻恐題詩破古苔。妙筆清眞見香色，一回吟誦一徘徊。

夢父還鄉圖

行畧空勞刺血書，先容未寫痛何如。筆端想象神難肖，夢裏分明醒卻虛。昨夜還鄉宛然在，大家團聚說當初。三年南北三千里，盼煞白頭人倚廬。

示兒庭

六代書香一綫存，頭顱如許尚何言。力營義學藏經籍（予方以先少參講堂爲廣仁義學，聚書以待孤寒有志之士），要使清官有子孫（俗云清官無後）。汝已八齡須識字，誰能三載不窺園。卻將韓富歐陽范，學取東坡子

細論前夕請講東坡范文正公集序

負骸圖

負骸孤走保陽城日日愁霖淚雨傾秖有父魂兒命在夜來同夢晝同行

癸丑冬夜宿淨慈萬峯房示永明後人

爲展松楸到梵村墓門華表百年存白頭山嫗遙相指黃佛兒家七代孫按參議公人呼黃佛兒

范炳字虎徵號鶴亭又號蕉翁錢唐人有蕉翁詩稾

蕉翁世居臨平鎮後遷城中居織染局未冠嬰疾遂棄帖括惟閒爲詩歌而已性喜結納于貧賤失志之友訂交九篤厚閱十年病愈幕游四方以養親垂三十年憲廟御極詔天下自一命以上各舉所知無爲州牧姚君璞岑欲以蕉翁薦固辭曰某非坐作聲價念母氏老矣瞻望白雲遠游可慮捧檄之意非某志也客京師時有達官者勢張甚欲羅致固辭不往已而達官果敗遭親喪後杜門不復出所著有爲政指南兩窗紀聞二

書年七十四卒

喜晴

霖雨苦十日，乍晴心爲歡。開門放日影，始見門前山。山色翠欲滴，嵐氣猶相纏。雪瀑瀉危石，松風響層巔。呼僮移我榻，便我看山眠。野鳥亦有得，關關飛林間。

作畫寄董更村

去年同過高郵湖，涼風颯颯秋林枯。空塘人少日欲暮，天陰曠野聞啼烏。今年回憶去年時，繪出離情寄所思。寒鴉不散汀洲水，葭菼蒼蒼飛鷺鷥。

江上晚泊

日落空江靜，停橈古堠邊。陰霾深澗雪，寒結隔林烟。我自歸心急，人誰客子憐。梅花消息好，春意報新年。

同陳敬庵李春田沈愔農虎邱寺後山小飲

小構依巖出登臨倦眼開天邊河影沒雲際布帆來亂竹紆僧徑秋花落講臺相將愛幽僻移席就蒼苔

客齋種扁豆摘取爲羹

負郭無農課他鄉學圃能短牆堪種豆枯樹借沿藤帶雨繁花重垂條翠莢增烹調滋味美慚似在家僧

穀雨方攜子梅天已發秧枝枝盤作蓋葉葉暗遮房伏日炎風滅秋晨露氣涼連朝僮僕喜採摘報盈筐

吳興城南樓

三年爲客此登樓欲借憑高散旅愁弁嶺遠呈雲外翠苕川直到郡門流當時聞有窪尊會勝事誰追逸老游漫惜古人徒悵望落花殘照滿汀洲

春耕

五戊才過社鼓齊鄰翁相喚事東畦已逢花信風連日好趁鳴鳩雨一犁土脈正蘇牛犢健春寒未減麥苗低綠楊紅杏村莊小荷鍤歸來望欲迷

埜菴觀梅懷閆晴峯

湖南春色正當期重訪精藍念舊知可惜梅花不同賞天涯何處寄相思

重過招賢寺

孤山亭北西村路頻泛扁舟到水湄今日禪房春寂寞落花芳草憶歸人

洪之震字洊脩昇子錢唐諸生

奉和兩江慶制府春日江行圖

靉靆春江裏風吹使者槎輕烟迷遠岸奔浪嚙積沙關塞三年夢浮生一水涯近來添逸興活水煮新茶

詠粉團花次范容安韻

栖濃花暖暗江城得似此花氣味清碎雪作團愁夜冷好風破蕊喜春晴千層月影玲瓏巧一片冰姿補綴成自笑愛梅原有癖曉窗相對又牽情

龔之銑字仲嘉號鐵菴錢唐人

鐵菴與兄半帆弟北溟並有
詩名惜不永年故所傳絕少

舟至桃源寄明水家兄

弟兄團聚喜連宵又爲飢驅撥短橈故國鶯花方豔冶羈人情緒劇蕭條荒村古樹無春色細雨輕帆趁暮潮一樣青青河畔草不堪別後夢迢迢

龔之鏐字繼武號北溟錢唐人有北溟遺稾

秋夜同人宴集

同是天涯客清宵且放愁蟲吟當户月人醉别鄉秋樹靜露華結夜寒燈影流相思知有夢莫自倚南樓

甘泉席上朱玉壺姊壻以詩問訊依韻荅之

花底重聯金屈卮御憐往事費追思還將驛路旗亭泪灑向燈闌酒醒時潞水秋高沙似雪廣陵春老雨如絲十年孤負揚州夢輸與風流杜牧之

平山堂題壁

居士閒堂此尚傳風流猶鎖廣陵烟數峯青峭横天外萬樹驚濤落檻前淮海文章新事業竹西歌吹舊塵緣錦帆千里人何處日暮牛羊下阪田

留別瓜州諸友四首錄二

雲影迢迢點碧空竹西烟水此重逢卻憐樓上二分月悔趁江頭五兩風爲愛清談供茗椀何來別緒滿詩筒只今賸有唐衢淚灑向離亭落照中

消瘦誰憐沈隱侯比來心事不勝愁只因作賦悲王粲更有何人識馬周湖海從教虛歲月烟波一任度春秋別來何處長相憶風在深林月在樓

廣陵暮春即事

玉笛無心韻轉幽美人何處倚高樓莫教喚醒樊川夢惹起揚州一段愁

秦中曲二首寄半帆大兄

鬼草忘憂春自綠同仇未變雄風俗故宮明月竟何如猶唱

秦王卷衣曲

黃河西去接崑崙白草蒼茫戍火昏側帽垂鞭風雪裏蕭蕭一騎度龍門

查開字宣門號香雨嗣瑮子海寧監生官河南武陟知縣有吾匏亭詩鈔

香雨未弱冠時以從父嗣庭獲罪尊人查浦先生連坐謫戍香雨亦遂有秦中之役沈尚書德潛稱其克自奮勵不隕家聲所作深得詩人溫厚之旨

送春

迎春又值送春時小苑風微日色遲賸有藥欄紅一點伴他栁岸綠千絲隔年舊壘仍巢燕何處深山聞子規我有客愁消未得漫隨人賦贈行詩

吳焯字尺鳧號繡谷錢唐人有葯園詩稾陸潛鴻飛集

尺鳧以詩古文擅名東南尤工倚聲有玲瓏簾詞行世喜聚書凡宋雕元槧與舊家善本若飢渴之于飲食求必獲而後已故瓶花齋藏書之名稱于天下所輯藁習錄一編則記所蓄秘册也家有古藤一本構亭曰繡谷自號繡谷老人花時柔條下垂如瓔珞蜂喧鄉巷置酒高會吟賞不倦四方騷雅游屐至武林鮮不延接把臂或下榻經年講求摩切又嘗與沈樊城嘉轍陳蔚九芝光符幼魯曾厲太鴻鶚趙功千昱意林信七人各賦南宋雜事詩一百首援爬極富魏栖洲之琇詩云武林吳氏號詩藪亭子倚花名繡谷雅集當時多勝流豪吟遍日尚耆宿皆紀其實居在薦橋太鴻詩所云詩人家住薦橋街者也雍正癸丑秋招客游湖上指敗荷一本謂座客曰此名士下場頭矣聞者驚然未幾竟卒府志入文苑傳

有約寄朱贊皇

有約匡山隱仍爲薄海游風塵空短褐飄泊任孤舟雪鬢雙親老霜燈獨客愁燕雲一回首應悔十年秋

黃樓

山城面面走晴雷高跨東樓水界開曉汎直翻桐柏下秋渠

常怕雨風來市門通郭魚鹽集野戍連營鼓角催猶說當年
蘇玉局月明吹笛上瑤臺

題寅谷六弟枚里寓樓

作客如歸喜可知河灣長望立多時幾棱烟舍枚皋里一挂
風燈漂母祠小設茶場勞整頓分飛鴻雁各差池衣塵拂罷
還看鏡壓鬢新霜又數絲

題沈啓南冷泉亭圖次韻

晨坐高齋竟落暉祇因讀畫悟幽微聽來畢靜水生響看到
出神峯欲飛往事重題增感慨舊游如夢記依稀回思帬屐
經行處空惱耕烟閣筆歸田居侍御曾屬王石谷臨摹

書藍田叔畫蘭卷後贈石臣兄

斷葉零香三五筆坐令觀者笑離奇空山盡日無人到花落

花開誰得知

吳烇字西庚號叔子錢唐貢生

退庵氏曰叔子兄繡谷弟浣陵縞紵遍海內而叔子獨閉門自守見柱堂詩話故繡谷贈句云子交淡若水吾論不如雲

飯抱經亭微雨適至即席限韻

晨光曙高柯亭幌翳碧色老眼眵繙經十字不一得論詩契陶阮醉語天所力咄嗟辦觥飯牢丸雜饜食山近微雨過歸雲邀可卽

沈嘉轍字欒城號个庭仁和人名蓀子

个庭嘗主趙谷林意林家一時名流亦時過二林書屋有小山堂酬唱集之刻後由雲間歸舟泊臨平山下忽罹風疾到家一夕遽卒府志入文苑傳

臘鼓

消寒圖過半鉦鼓紀年華翠袖方輕點嬌兒忽亂撾邀朋喧委巷祀蜡鬧鄰家簾幙深垂處紅腔映燭花

題沈啓南冷泉亭圖次韻

爲看詩畫攬清暉遐想當年結思微古木千章陰乍合寒泉一道雪横飛風流已往誰能續墨瀋猶香知者稀曾憶晚來成醉後一亭烟靄見僧歸

送張東亭先生之吳門

庭前聚飲酒纔呼又轉篷竿鐵鹿盧明月滿山成別夢圓荷刺水聽吳歈船開五字長城客袖有三山岸幘圖（余曾題先生小照）若到伯通橋上望吳王花草問姑蘇

陳芝光字蔚九仁和人

青衣洞

我愛吳山巔先躋吳山麓有洞號青衣窈窕成幽谷藤蘿引層層縈紆盤石屋中有泉一窪正出流不俗冷冽沁人脾泓然清可掬小結三兩椽綠雲覆修竹信手披殘碑漫漶猶可讀側身俯仰寬誰言地形跼此洞長依然童子去不復涓涓聽泉聲令我起遐矚

徐繼穉字楚生號沙村郡諸生有沙村吟草

沙村博學多聞于經義多所發明爲毛西河所賞著有三禮音釋虎林間見錄金虞何玉梁梁啓心皆其門弟子府志入文苑傳

春日咏懷

纔向清明放紙鳶餳餹爭買落花前十年贏得兒童戲百歲拌教老大憐袖裏藏書終覆醬杖頭沽酒不留錢偶因客至醒詩夢又復閒吟過午天

半生蹤跡等浮萍鏡裏朱顏漸不如五柳已輸陶令宅百城空抱李侯書齊門好爵慚竽吹燕市長歌漫狗屠昨夜酒酣雙耳熱劍光飛入斗牛墟

汪先舒字令魏號果齋仁和諸生府志作兆舒

果齋休寧人徙居仁和補諸生研精經術學有本源汪由敦師事之著有穀玉類編府志入文苑傳

桔槹行

田家作苦誰最苦插秧芒種天不雨東南一望皆槁壤雲漢昭回暵焦土車水頗愁工費多不車孰令禾苗吐競挽桔槹就水濱片席難遮赤日午吁嗟乎城外車水汗翻漿城中飽飯吳秔香安得盡驅游惰助耕作稼穡艱難矢不忘

游香光菴菴舊名蕊香幢

蕊香幢記舊祇園此日重來一款門聽法更無人入室傳燈

惟有月當軒虛潭水靜魚龍伏高樹風多鳥雀喧獨戀金繩消旅思維摩坐對已忘言

周永銓字昇逸錢唐人寄籍蘇州諸生有東岡詩鈔

沈歸愚曰昇逸修己自好不肯見人惟家方舟與余過之則談讌不倦

戰城南

戰城南陣雲黑血雨迸空白日失色轉戰城東西又來戰城北刀聲鼓聲相併力髑髏纍纍腥風四吹積骸成莽征馬不馳將軍按部伍一半沙場屍縱有親知收白骨白骨滿邊陲安辨誰家兄與弟耶與兒愁魂慘慘泣陰雨鬼聲黑夜作人語生不得分主將一寸功死不得附鄉里三尺土惟有青燐炤終古

烏哺雛行爲朱氏許氏兩妹作

東巢有老烏西巢有老烏兩烏單棲各哺一雛哺雛不辭苦喙血灑灑惟雛之撫兩母烏乃向城南高樹顛訴彼勤劬鳴向天鳴向天衆烏翔側見翩翩燕巢在盧家蘭室之桂梁雙飛引子來過烏母傷烏母慊慊心自傷他烏子有八九尚復雌雄餵飼不相離唶我孤雛還獨守回顧烏子烏子飛飛啄林藪兩母烏日暮呼雛雛各歸啞啞返哺慰阿母

義卒行

有客爲余述州某姓卒代兄戍滇事余高其義作義卒行以紀之時康熙五十八年春二月

慘慘堂前紫荆飛飛原上脊令桓山之鳥欲去而哀鳴苦哉遠征人陟山望親還望兄嗟嗟行役萬古情一解彼少年者色何黯然娶婦未三月昨來黃紙到官行將出戍南滇歸告阿

母阿母呌天新婦口噤目眵倀倀不能前解二小弟前致辭母兒且勿悲阿母生我二人兒今有嫂未有兒何得遠去生死未可知弟當代兄役門戶兒自主之解三阿母兒嫂聞言淚下如綆縻大兒前致謝此事甚非宜感君區區懷我心已再思熟知此別異苦樂何乃反累弟爲切切相勸止但言兒嫂勿復疑解四翻然出門去意氣何慨慷別我先人墓辦我行子裝佩刀三尺餘挽弓三石強弓刀及戎服羅列東西廂親戚走相送酌酒歌同裳解五晨興拜堂上骨肉相悲切臨行囑兒嫂欲語復嗚咽但得兒嫂一心善事阿母常喜悅萬里羈人慰愁絕解六收淚就長道關山別思重白日結愁雲至情感蒼穹之子識大義行當早立功歸報

皇帝陛下無煩遠顧戀中揚名史冊垂無窮解七

別沈歸愚後有寄

別離無遠近分手還成隔輕帆三日程已是南徐客江海果君期茅茨閉余迹我心似流水一念分潮汐潮汐有去來我思無晨夕杳杳孤飛鳥去去一何迫翔集會有宜一枝從所擇願子崇令名毋使羇愁積

登青芝山

長歌紫芝曲獨上青芝山亭亭一峯秀側立重湖灣風磴入陰壑翠微松雪間遂造山之右雲隝非塵寰一隅露披豁衆嶺相迴環暮色川上來餘光媚烟鬟湖山落胸臆萬象開心顏天風不可畱楖栗穿雲還

澗上至湖濱游矚

曲澗引遙步曠望重湖白出林銅井僧歸棹洞庭客宿雨冒

春洲川光黯將夕

西崦舟夜

疎星綴林端殘月懸峯缺環嶺抱回溪巖燈遠明滅身落五湖濱孤舟夢松雪

李芥軒畫雁歌

寫物貴能窮物情李君畫雁如有聲神游象外意超忽不與時俗同經營沙明水碧分浦漵飲啄飛鳴逐羣侶瀟湘洞庭尺幅間細看恐是鷺湖渚君居鷺湖側還耕湖上田秋來稻粱熟雁鶩爭聯翩得食自聚沙汀邊叢蘆瑟瑟搖渚烟蘆花作雪雁飛起有若回翔白雲裏幾行秋色到君前揮灑天機入雲水君不見冥鴻高飛淩紫氛世間弋者徒紛紛機心盡處復來下伴爾還隨鷗鷺羣

寄家兄愼旃閩中

吾兄昨自中州還中州已納胸懷間偶然思弄建溪月復逾浙水經梨關東盡無諸國海色江聲盪胸臆環島遙迷蜃氣黃飛梁遠跨鯨波黑鯨波蜃氣愁行客吾兄此行應不惜吾兒只想鸞鶴羣振衣先謁武夷君三三曲澗晝屏夾六六奇峯明鏡分心怡玉女不得住揮手蒼崖歌白雲白雲處處還相送舊蹟千年落幽夢螺女江頭憶謝端烏君山畔尋徐仲亦知吾兄非浪游賢主相依官舍幽荔枝馬甲皆俊味客中飽食何所求只恐啼猿生旅愁

⿰魚孚溪吟贈歸愚子

⿰魚孚溪水清且漣⿰魚孚溪水與吳淞連吳淞片帆挂雲樹直到⿰魚孚溪屋邊住君家在溪側我家在江邊溪光江色兩瀟灑往往

相思乘釣船自從我卜城東宅送君翻作朱方客君去幾開溪畔花君歸還臥溪邊石我來訪君溪上行溪水迎人如有情門前問字多俊英堂上論文皆老成高齋學士定誰屬被褐先生方自名只今五十頭未白閉戸著書聲籍籍生徒自重沈雲禎時俗那知王彥伯愧我與子稱莫逆濩落相看感今昔空憐早歲憮儒冠徒爾窮年抱遺冊君不見鱄鮮門外水繞村田居蠶室好稱尊與君一詠滄浪曲世事悠悠何足論

夜發龍潭

一宿江邊市行人起夜分驢鳴山店月龍臥石潭雲出谷迷樵徑穿林散客羣鍾陵知不遠蕭寺曉鐘聞

哭亡兒鳴盛

往事多成淚傷心十九年晨昏前日夢骨肉暫時緣早慧終何益沈痾竟不痊一棺還戀汝相近卧牀邊

關山月

一片關山接塞天愁看白月迥臨邊寒侵古戍秦城遠暈逐連營漢陣圓少婦樓頭鸞鏡合將軍帳外玉弓懸金波盡入征人淚回照鄉園路十千

京口聞雁

楚雨迷紅樹吳霜老白蘋一聲京口雁愁殺渡江人

擣衣曲

一夕涼生秦女機砧聲不待雁南飛誰知萬里黄雲戍已有新霜上鐵衣

諸朝棟字宇上號雪堂錢唐人郡諸生有雪堂偶存二卷

雪堂少更家難避迹江淮間一時名流爭致縞紵垂老始歸癖嗜吟咏尤邃軒俞之學處方量藥能起人于死

古詩寓金陵祇陀林作林在萬竹園側

秋聲萬竹近秋色禪房深寒蛃鳴不歇高城月半陰地僻少人過詎歎無知音

絀者伸之本退者進之基所以老氏學知雄守其雌樂志在修己全身貴知幾不貪以爲寶榮名亦奚爲吾惟守吾拙瓢飲日熙熙

幽蘭有本性空谷含孤芳豈樂供采折置君白玉堂玉堂多佳人綺羅發異香華燈能炫目焉用明月光箏琶亂娛耳素琴空自張嗟嗟世上人耳目何茫茫吾其學漁父鼓枻歌滄浪

天孫五色錦盲者等素絲巨莛叩洪鐘聾者何曾知造車不

合轍出門遭衆嗤君子重守道詭遇終不爲
早歲不學稼空羨南山田垂老猶謀食手足同胝胼吒勞在
三時我勞年復年近得清淨理思屏塵俗緣讀易注老莊性
靈獲自全

秋花滿階下雨過顔色鮮莫嗟開太晩得氣有後先東園富
桃李此際胡不妍榮謝固有時大道任自然

颯沓秋雨至涼風吹我衣客心怯蚤寒農人苦朝飢飢亦不
可耐寒亦不可支惟祝大有年至治乃無爲

北山微雨過東壁已返照陰晴倏忽間往復事難料老樹涇
猶滴幽花吐欲笑此中有天機靜者領其妙且攜枕簟眠陶
公我同調

古有任俠子重義長輕身銜恩誓必報白刃血猶新至今千

載下高義薄秋旻今時非昔時今人非古人徒思侯嬴困誰憐聶政貧對酒歌慨慷蕭條懷隱淪

秋雨盪殘暑披襟有喜色雨多禾稼傷憂心復孔亟用舍亦何常一物分怨德春蜂能螫人釀蜜猶可食愚者昧其幾持論膠胸臆道惟貴得中因時以爲則

鬱鬱澗底松離離半死桐桐猶中琴瑟松亦長青蔥太上務立德其次貴立功苟能蘊奇抱焉論塞與通何爲自跼蹐竊幸游黃農

登飛來寺同馬德威愼五

舟行蒼翠中仰覺天宇窄但聞幽鳥聲冷日穿樹隙峽東江水靜紆回見金碧岧嶢飛來寺何年奮六翮艤舟事幽尋步履任所適雜花不知名作意娛遠客攀蘿轉犖确時憩松下

石飛泉挂空翠流響聲礫礫我來濯塵襟坐久清肝膈洗耳固多事漱齒亦何益還思窮幽勝靈境忽復闢雲氣拂衣裾烟嵐浮杉柏老衲驚客至迎詑指虎迹人生縈世網舉步苦跼蹐遇勝且徜徉如舌啖膾炙舟子遠相呼歸路足盤辟

荅徐紫山

讀君御老詩知君能御老息意返洪濛容顏長美好我亦任天和拙誠以爲寶習靜日更長避人事漸少時啓玉函經至理恣探討知雄守其雌歲寒期共保

重游桂林山莊醉賦

竹屏纔啓處山鳥向人呼攜得新詩卷來尋舊酒徒樓開當夕照水落見平湖坐久烟嵐合穨然罄玉壺

山光如戀客竟日酒杯中小戸寧辭酌素心況復同纔尋九

日蒳重對一林楓自笑清狂甚來游興不窮

卻寄湛碧堂主人

歷下名園背郭開地偏心遠絕纖埃閒披鈞褐月初上自理茶鐺客正來花竹有情猶悵望溪亭無恙好徘徊憐余擾擾車塵裏夢繞溫泉水一隈

李杜字尚陵號石臞錢唐諸生

懷杭董浦孝廉

夫君風致玉翩翩把臂蕭齋二十年舊事只如閒客夢清秋應返孝廉船半園野景穿梁月一榻松風待草元回憶擘牋燈火颩雨花消得晚涼天

楊大晟字開緒海寧人雍建孫仁和監生

香珠

芳潤珠成串輕隨玉釧鬆素肌纏縷絢瘦腕約衫重圓比荷盤滑香逾蘭臭濃深閨清寂夜閒記一回鐘

余國士字賡明號養素仁和人有白雲自怡集

退庵氏曰養素先生顯祖姑丈也童時屢謁見頗與分甘賜果之列壽八十餘與城西名輩結齒會相唱酬讀白雲遺集皆雅裁也倜儻好施稱于鄉里今其曾孫光治已登賢書殆積善之慶歟

嚴陵釣臺

謝卻紛華物外游攘攘堪笑杞人憂欲明素志同江水直把閒心託釣鉤舉世盡依新鳳翼終身惟戀舊羊裘客星未識歸何處賸有高臺萬古畱

雲棲

沿江僻徑到招提夾道重來古木齊架竹引泉通澗遠環山湧翠入簷低溪雲影護禪居靜佛梵聲和鳥語淒欲訪蓮池

舊蹤迹香臺回首夕陽西

沈子豐字羽侯令式子海寧監生

夏日閒興

憂此夏日長有書不厭讀如游武夷山一曲復一曲奥邃豁奇觀幽絕謝塵俗陶然臥北窗風颭蕉影綠揮麈見古人予心在空谷

登濟南四照樓和顧丹宸學士池畔石刻韻

樓上窗扉面面開南山積翠入樓來碧紗籠處詩眞妙始信先生天下才

倪文字又迂海寧諸生

村居

一灣溪水抱村居剝啄稀聞過客疎盡日題詩兒洗硯有時

買醉婦烹魚冷看山色夕陽古瘦到梅花明月虛差喜時平容我嬾不妨生計付樵漁

市居

龍山東岸是吾家水幾縈洄路幾叉近有林巒藏寺觀遠無城郭接桑麻魚鰕蔬筍常充膳盆盎階除亦種花利益養生非一事客能頻過酒容賒

沈緒延字湘酉海寧人

九日曲江道中

極天秋色滿關河客裏登高強嘯歌菊釀猶攜鄉味美萸囊難辟瘴烟多雨含落日穿青嶂鳥掠歸雲亂碧波故國迢迢行萬里望回庾嶺怨嵯峨

俞班筍字震森號玉亭海寧監生

同許西峯叟遠沙訪拙庵上人分韻得微字

訪道來香積，僧房靜掩扉。坐看春樹遠，不覺晚風微。梵語兼鐘動，歸雲挾鳥飛。風旛搖颺處，覓句悟禪機。

施槳字紅亭仁和人瀛子

紅亭年二十餘幕游江都後隨父任建陽游粵東十二年歸里後不復出

晚興

向晚白於晝，關門立不歸。樹頭風寂寂，花底露微微。獨鶴冷隨我，野雲飛上衣。月華長似此，作客未前非。

烟

細練輕綃擬絕倫，橫波漠漠遠還生。吹殘幾點夕陽雨，飛破一聲溪鳥鳴。籠樹有情偏羃歷，遮山不斷更分明。最先曉月征人見，野店雞聲一縷晴。

柳葵字靖共仁和人

夏日買舟湖濱訪徐子凝先生

湖西有高士結廬水之湄清癯如老鶴琴書常自隨垂老忽病腓閉關哦新詩艤舟叩柴荆綠陰滿階墀荷風扇庭戶餘香襲輕絺晉謁北窗下苛禮詔勿持談詩崇正始爲余別淄澠雲山韶濩音惟翁獨得之出門欣有獲歸途步遲遲回首兩峯外白雲無盡時

柳

陌頭楊柳作春愁日向東風舞不休爲報畫眉人未返長條莫遣近高樓

趙泰字魯瞻號湖友郡諸生有怡雲集

贈徐丈紫山

古樹高人宅門前野岸斜波清一湖水路隔六橋花延客炊茶竈邀鄰試釣車蓬蒿堪送老吟詠是生涯

坐雪

風峭雁行稀積雲凍不飛亂飄幽徑雪靜掩小園扉杯颺茶烟澹鑪煨芋火微坐深寒轉甚向晚更添衣

竹山閣

府治西南有竹園山宋臨安尹趙與𥲅嘗建閣其上理宗扁曰竹山閣歲久湮沒予別構數椽以仍其名俾攷古者知所自云

數椽棲隱處傳是竹園山舊閣渺難識新筠漸可攀蕭疏清影亂彷彿紫痕斑高枕北窗下翛然但掩關

寶奎寺

寺隱烟蘿裏猶傳故相家殘碑留碧蘚古洞散青霞（後有青霞洞）客聽鴉啼樹僧燒葉煮茶居然羨閒適坐到夕陽斜

訪怡雲庵（在大觀臺西麓舊爲吳莊）

精舍誰重構穨垣野蔓餘夕陽千樹晚秋水一池虛清峭存奇石荒涼指故墟動關興廢感吟眺總愁余

黃泥潭晚歸即事

著屐黃泥坂沿城暮景賒亂烟難辨樹殘雨忽成霞漸有砧聲動無多村路斜今秋寒意早刀尺促山家

偕陳墨樵訪朱草山房（明張慕南宅）

忽逢秋雨霽結伴過山房犬吠竹門靜人行苔徑荒層樓無賸木（內有三層樓今廢）老桂有餘香坐對前峯好雲居烟景蒼

柴才字次山號卯村允鋒子錢唐諸生有集唐詩初二集

弋陽舟中即事

一帶西流水秋風捲縠紋拋書聽鼓枻待飯立斜曛遠樹疑爲草遥山認作雲吳頭與楚尾歸路此平分

自適

兩峯晨夕對青削弄雲烟遠市方和靖高眠學孝先門無題鳳字案有問漁篇貨殖疎生計長磨鐵硯穿

張寅原名永錫字紫望號復初又號石樓錢唐人

石樓詩稾久佚其孫椿年留意搜訪始于汪氏老人處得之

桂堂羅漢松

桂堂花木交扶疎水石明淨軒窗虛中有一本松夭矯錫名羅漢歸眞如貝多曼陀爲匹亞黃鶴思巢不敢下戰風饕雪形神完得非五百仙人化主人耎禪兼耎松往往樹底雄談

鋒龍堂鹿苑時相逢樹亦諦聽含歡容吟侶摩挲疊高唱每以清辭作供養何年植此居士龕疇能繪爾尊者相幹擬筋骨恣盤拏葉倖須髮紛鬖髿張璪馬遠畫不得吾欲喚起盧楞伽

俞艮模字行方號楷存海寧人兆岳子官甘肅寧遠知縣有亦政堂詩

夜窗對月

光從楚尾照吳頭一片清暉萬境幽寂寞鈎廊拳獨鶴丁東簾幙響雙鉤花開天上伊誰折香到人間正及秋幸得邀同消永夜雞人漫唱曉來籌

諸師孔字漢瑛號傚亭仁和人傚亭幕游四川有涉川日記

登師來山

戎城訪勝一攜笻鳥道捫蘿落曉鐘爲愛名區古僧寺來登絕頂最高峯身親霄漢塵凡遠指點人家雲霧封浙水巴山幾萬里東南蒼翠隔芙蓉

吳鉅字典成號誠齋仁和貢生

窗前有菊數本顏色未脫香清以遠曉來風雪大作花如傅粉益復可愛漫成絕句三十首錄四

孤芳原是傲霜枝雪後看來倍有姿籬落夜深簾不捲一肩寒影和陶詩

纔過重陽花事稀誰將柳絮撒空飛黃花也怯西風冷料理新裝鶴氅衣

一幅柴桑處士圖著些風雪便模糊金英玉屑相暉處還似

從前瘦骨無

草亭東畔竹屏西淡白深黃倚檻齊最是雪晴春未到獨留

香韻傲梅妻

章炳字天節仁和諸生有見山亭集

春興

晨起出西郊積霧豁天曙沿溪溯曲水芳色來古樹蒼翠無

定形林光自回互澄波浴鴛鴦近渚集鷗鷺逸興與之俱岑

巒在指顧陟巘頓忘疲徘徊得幽趣扶筇更徐行欣賞恣遠

步春事良可懷勿復憂零露

游彂光庵

修竹搖清影禪關俯翠巖泉飛千丈壁樹影大江帆古洞山

猿嘯幽花野鹿銜晚來凌絕頂自覺隔塵凡

俞珮字季瑮號潛莊錢唐人官江西崇仁縣丞有潛莊詩鈔

桐江漁人歌

漁人來往桐江口雙足弄槳捷如手日暮纜舟釣臺下持魚上岸去沽酒小兒拈鹹挑青螺大兒提刀截黃韭老翁老嫗已忘機阿婦蓬頭不嫌醜酒來相對傳青瓢笑聲啞啞出篷牖醉眼不見山月高醉耳不聞江聲走但知山樹年年青不信風波日日有我來浪游過桐江覩此不覺心自咎嗚呼富貴亦何爲愁殺妻兒與父母

棲水晚泊

秋郊堪寓目晚泊試推篷木葉千林雨蘆花兩岸風地連湖墅北帆指石門東此處幽棲者漁磯一釣翁

鍾彝鼎字子韶郡諸生有隱翠軒集

曉起吳江

秋露月朦朧扁舟趁曉風鳥飛林影外人語棹歌中客枕餘殘夢鄉心逐斷鴻從來游子意飄泊任孤篷

客至

無事常高臥柴扉午未開忽聞鄰犬吠知是故人來雞黍留佳客山林老不才還期重九日同醉菊花杯

徐瀾字石原號松巖仁和人官分水訓導

雪竇千丈峯瀑布

靈巖何巉嶕千仞插青霄石隙飛泉迸林端縞帶飄始知山有乳誰謂地無潮仙窟朝垂箔鮫宮夜卷綃烟霏停日馭雲燦接霞標帝座通呼吸星河影動搖經冬雷殷殷長夏雪瀌

漉孕玉騰虹彩噴珠射斗杓淙淙清萬籟颯颯滌煩囂入剡探奇勝翛然神思超

范肇新字履元號容安錢唐監生有燕山江左江右滇粵諸游草

容安工爲章奏歷游幕府以老

邗上

重向江南理釣綸畫船搖曳水邊村棠梨雨細逢寒食楊柳風多下白門萬里游蹤春晼晚一帆歸夢夜黃昏飄零幕府清時老且把愁吟對謝墩

吳一楨字志行錢唐監生有鈎軒詩存

上元大雪

雲海沈沈九萬里青山照眼白于紙初疑天上鹽車翻忽見

江邊玉龍死銀花火樹溼未開兎魄蟾魂凍不起美人待舉玻瓈鐘櫻桃潑醲呵纖指侍兒含笑劈黃柑黃柑生骨欲冰齒玲瓏卻望水晶簾不解香羅入鴛被

草坪道中

路入溪山曲迢迢一徑偏斷雲依野樹恠石鎖寒烟鳥影千林隔猿聲兩岸連旅懷何處甚風雨浙東船

烏石灘曉發

沙磧起孤鴻張帆趁曉風宿雲深樹裏殘月亂流中野曠人烟斷峯回鳥道通瀫溪佳釀近且莫歎途窮

沈梓字荆有號定山塡子錢唐諸生

樊榭園中碧桃花

碧桃花放曉風餘終勝仙人洞裏居黃鳥坐窺缸面酒紅英

飛上案頭書繁枝入畫春方醉小徑升堂客豈疎應爲穠芳留未出看山閒卻小籃輿

厲鶚字子山錢唐人鶚弟

子山六歲而孤與兄相依二十一年於雍正辛亥遘疾夭亡

庚戌除夕

已響千家竹將殘一夜燈不知窗外雪漠漠硯池冰

楊楷初名楷南字雪門又字燮廷號春涯仁和諸生有春涯老人詩文稾四卷

春涯少與孫虛船陳句山杭堇浦諸公交善家鐵冶嶺與朱鹿田樟爲鄰保故唱和尤暱後以貧故棄舉業佐入幕府虞山蔣文恪淸江楊誠恪桂林陳文恭皆倚如左右手性不事生產而好施予尤篤門內之行里有兄築室而妨其弟之出路者弟忿要于路將辱之春涯遽日吾牆在屋外尚可移進數尺以擴爾之出路也弟與兄俱慙感而退嘗爲辭二十四則以箴口過且刻以廣其傳焉別著有短檠隨筆五卷楚游紀程一卷

東行雜詠

作客苦日長在家愁時短行期既豫定束裝未容緩旅況曾盡嘗此行懷自坦欲寛老親憂言笑不敢嬾堂前一片地明日白雲滿

人影滅又明殘月在山隙途暗幾難行賴此嚴霜白寒氣入短襟砭人齒相摑樹立疑人來石蹲驚虎逼哀湍摧心肝悲風攝魂魄曉行已十里明星尚堪摘深山無雞鳴今夕問何夕

西溪汪氏廢園同朱丈鹿田作

喬木餘根在殘梅老未移香泥交鳥跡荒沼浴鷺兒雨竹青連野春蔬綠滿陂風流殊不滅徙倚爲疎籬

程鋐字禹和號存菴海寧諸生有存菴遺草

存菴遺草一卷許太史焞序之

春日閒居

門徑紫苔封幽居樂事濃坐花忘落日芟竹得遥峯不洗黏泥屐時聽到枕鐘塵緣如可謝長此了行蹤

曉發玉山縣

石徑荒村外輕裘破曉行泉聲爭壑急雲意出山晴地僻漁無市天青雁有程旅懷似初日隔樹未分明

董庭鐸字覺斯餘杭諸生有正誼堂集

閒居偶詠

蝸居北郭傍城坡陋巷難邀車馬過酒劵累輕招客少吟箋消盡乞花多犬眠樹底沾紅雨鷺立池邊映綠波自喜柴門終日靜興來隨意且高歌

方策字載名昌化諸生

載名事母極孝學使豫章帥念祖疏薦入太學以母老力辭不赴課讀以終

鷲峯山房

遠公高隱地結宇傍山根新月窺禪室閒雲鎖洞門巖深晴亦雨竹暗曉常昏待入通幽處莓苔襯屐痕

徐夢元字端木號徐村錢唐諸生有珊珊軒詩二卷

徐村爲紫山從子久躓鎖闈近游吳苑遠則泛舟章貢之江以達沅湘之渚眺覽旣廣篇詠遂繁兼精宋元人詞曲之學歸後閉門卻埽老于一橋之居朱文藻朗齋爲訂其遺詩釐爲二卷府志入文苑傳

畜雞

我生時命多蹇艱家貧羸得身常閒年踰五十百不就每嘆新肉生髀閒今來吳閶頗健飯客窗無事愈習嬾疎櫺日射猶未起一首新成又日晚主人食饌愁未充忽聞喔喔雞聲

雄我無越石起舞志夔渠德備毛羽豐因戒庖人莫烹炙爲求稻粱治塒桀繞砌常敎啄草蟲隔花還看捎飛蜨窮黎歲儉慘滿前何暇微物謀生全治安無與南州事要使朝朝破晏眠

妹壻沈偉人久客歸喜賦

乍見未及語頓令煩鬱空悲歡一時集涕泗兩人同招妹延夫壻呼甥認乃翁開軒置杯酒且莫嘆飄蓬

尋金鼓洞

僧廚飽飯後雙屐踏斜陽野鳥引人聽好風吹我裳晴山分樹綠春草學花香欲問棲眞處平岡見短牆

登越城府山

細路盤空上危闌手自捫樓臺都到眼烟火各成村六月不

知暑羣山獨此尊夕陽明似錦猶見霸圖存

淮陰侯

眼見分羹與戛羹漢高安足共功名悞於南鄭從蕭相悔向東齊殺酈生敵破不知功震主家亡猶說善提兵良禽擇木君何有慚愧田橫好弟兄

諸葛武侯

西魏東吳日戰塵臥龍臣節最清醇隆中出處猶三代漢後功名止一人擘畫廟堂無負主鞠躬社稷已忘身至今五丈原頭草吹徧東風總不春

于忠肅

碑碣荒涼野草熏萃忠遺事慘人聞誰將天子爲孤注獨念蒼生建長君沙漠未歸勞碩畫乾坤重闢戮元勳春光不到

台峯側七尺高墳鎖暮雲

陶靖節

飄然栗里作遺民門巷初無車馬塵五斗功名還亂世一杯天地自長春宅邊楊栁原臣晉洞裏桃花尚避秦誰料義熙遷播後猶從甲子見完人

秋暮登丁仙閣

小閣巑岏倚石成芙蓉秋老露華淸洞中許椽新雞犬雲裏茅君舊弟兄日暮隔簾千嶂碧天高當檻一江平下方人語喧城市歸去氛埃步步生

冬日卽事

山容漠漠嚴寒日江色昏昏欲雪時天際有家歸未得客中無事睡相宜風高征雁啼聲冷雲重歸鴉過影遲多謝南鄉

素心友晚攜醽醁到茅茨

歸家

簾底呼兒典珮環燈前爲我具杯盤長貧不識居家樂久别方知見面歡小圃新梅香正破中天明月影初圓高歌一曲且沈醉莫管霜毛鬢似潘

木香

綠陰如蓋復如屏小朵叢叢擬素馨滿架露華春瑣碎一簾晴日雪零星開多兒女寧知貴香重園扉未許扃不是衆芳容易落荼蘼風過尚盈庭

香櫞

不屑纖同橘柚裝綠陰深護一團黃苞酣冷露圓還重影挂秋風皺愈香照眼規橅金作質調羹滋味玉爲瓤美人更是

深憐惜綵纈高籠入繡牀

司馬相如

琴聲入夜不勝春歸去臨邛共食貧枉道長門悟明主白頭哀怨是何人

明皇

蛾眉禍烈竟傾城馬首香羅未了情萬里淋鈴多少淚不知幾滴爲蒼生

黃熟梅

入夏離離徧小園吴鹽如雪蘸晶盤誰知黃閣調羹味卻與書生一樣酸

七夕

世間巧莫如耕織瓜果何須更乞天不信請看河漢畔牛耕

女織自年年

鷺鷥

高峯一足意蘧蘧只在垂楊水次居不獨山禽都羡爾侯門還有客無魚

金農字壽門一字吉金號冬心又號司農錢唐布衣有冬心集

壽門與石貞石丁龍泓陳授衣同居江干以詩相淬厲所居日前江後山書堂性不事生產好山水游齊魯燕趙秦晉楚粵之邦輪蹄殆徧其後寄食揚州者幾二十年書法尚古勁尤工爲餞隸體或截毫端作擘窠大字人尤稱之年五十餘始從事于畫始畫竹繼畫梅繼畫馬最後畫佛其布置花木奇柯怪葉設色尤異非復塵世間所睹或問之則漫應曰貝多龍窠之類耳人重其畫尤喜其題款多新雋語其署名則昔耶居士稽留山民心出家菴粥飯僧之類出奇無窮嘗蓄一龜大如錢甲上綠毛斑斕如古銅畜一犬曰阿鵲每食必于銀盤中飼以肉鬻阿鵲死作詩哭之甚哀其飲食服御亦好與人殊金錢入手即盡後客死于揚州無子生平手錄

詩集付其女收藏焉府志入文苑傳

南屏山中觀米外史琴臺石刻二大字同少穆月田江聲筠谷秋塍抱朴樊榭堇浦蕺林栖漁敬身竹田句山寸田賓之甌亭諸詩老大匠讓山二上人作

一僧導我行南山小而歸石洞雲逢逢松喧風靡靡突見米顛書劖削瘦蛟擬慨想趙宋間操縵者誰子琴亡臺亦亡何以辨物始惟餘徑尺字筆畫古苔委此音渺不聞翻爾戀寸晷重湖多少秋忽落青鞋底

江上歲暮襍詩四首

內史書蘭亭絕品閱世久風流翠墨香得之獨漉叟舊爲劉山人所藏楷爛字畫全光華神氣厚舊傳七遺民淋漓跋其後惜爲老黠工名蹟已割取櫝去珠尚存何傷落吾手少日曾習臨

搴帷羞新婦自看仍自收空箱防污垢一事勝辯師未飲缸
面酒（冬心齋中石刻禊帖）
有物爬沙行合眼聽怪絕索索復苴苴天寒一夜雪撒鹽與
鋪糅清曉生萬潔牀琴凍折絃巷門荒脫闃主人病耽愁澀
縮中陰閉身比枯木僵心如宿火爇坐失江上山微茫辨明
滅新添空澗中泉聲日嗚咽（雪）
高生作畫圖送予還鄉土淡墨善工愁至情寫終古鬱鬱刺
孤城愔愔飛小雨戢孴江南山樹有別離苦恍聞吹浦篴又
覺打津鼓吳艭一霎行朔風度揚子（叶）抵家市月深悶懷若
牆諸展軸每思君何時奉清塵（題廣陵高翔送予還錢唐山水軸子）
古鏡破難照中斂寒月精幺錢薄無用上漬丹砂明嗟吾兩
不如萬事忝所生可憐窮鳥賦鄉人多譏評十五知（戲荅楊三）

酬詩弟子東生枝鳳

前年子來謁蕭寺從我游入林風滿衣六月如寒秋授以五字詩韋郎最清貴其音近疎達其澹有滋味今年子更奇弔古狂不休雷塘嗚咽水何事干卿愁知我燕趙行送別出吟卷纏綿復纏綿一日三見面

重游安隱寺獨坐泉上歸從舊時松徑宿于舟中曉起開行臨平山色歷歷在目漫作七言長歌紀之

十年前曾泉上坐松毛毿毿松蓋大泉喧松喧六月寒熱痱全消無一箇今年重游泉上亭長松拱揖如相迎可憐我老松不老我髮已白松仍青寺門甎埨影矗矗撫松弄泉與僧熟臨平山下晚泊船又共汀鷗沙鷺宿侵曉紆回柔櫓行夜來濃霜變作晴數峯有意露圭角要試先生雙眼明

游魚曲

我生嘗羨同隊魚大魚小魚一族居綠差差水碧玉如飛花撲面三月初欲寄故人千里書故人遠爲宰相隔十餘載尺素迢迢望江海北固山下有毒鉤毋貪其餌慎爾游

與丁隱君敬身攜琴袖石詣南屏山中訪釋子讓公

君袖石我抱琴癖各具癖心同心妙僧須向巖中尋今年南屏暑早退入寺人影涼愔愔僧留樹下坐移日飯香蕣苦意頗深石有高格居然列上品琴多異光直可輕黃金天教此僧亦貪戀捶琴弄石發冷吟奇賞俱足夔之至疑石能語琴反瘖一僧二老大歡喜相對滋味如秋陰

北碕精舍得宋高僧手寫涅槃經殘本即題七言一首

欲嘗米汁來禪扉孤松解帶剛十圍向日苾芻香馡馡馴禽相對無妄飛懺堂拭案白拂揮漆龕朽壞生伊蝛殘經一卷認依稀口誦深悔前毀誹彼國長者忘是非文字不作陰符機聖僧手寫心弗違朱絲闌好界畫微法王力大書體肥肯落人間寒與饑閱歲六百方我歸如石韞玉今吐輝此中妙諦多福威昆明浩劫增欷歔

觀單仲謀舍人所藏唐薛稷畫鶴

高麗松扇撲去塵宣州木瓜香逼人客裏秋光冷如水白頭不著衣裳新彌勒同龕飽看畫玉貌皆寫青田眞胎仙本來壽無量尾凋粉脫更入神鶴乎鶴乎何長身褚公之甥藝絕倫今君結喉倒寒餓有此詎患翳桑貧若遇榷場錄名蹟一縑可値三百緡

汪澹人招要林館飲酒賦詩

桫欏樹底青愔愔曲池怪石羅堂襟芳樽畫陳朋盍簪主情稠疊手奉斟賤子取醉樂不任復設茗事舌本尋徑山雙井開蓬心水味極澹茶味深半甌嫩色如秋陰此時宜聽風中琴戴公昴弟懷瓊琛大小雅言和其音謝家兒好耽書淫一門有集須雕鋟何幸與之同淸吟

閔君改亭邀其郡中士友自小東門汎舟紅橋予亦繼游因作長歌

小秦淮上風光賤隔歲鉛華阻相見水本無情卻有情緣波如對故人面君今沽酒兼買舟連臂紫衣招白頭肯負紅橋好天氣雙鳥梳翎宿雨收五月荷香共淸坐花開不多葉頗大芳草雞缸醉罷休離愁別怨毋輕涴東船沸聲露正溥西

舫催弦燭漸殘莫笑吟詩苦鉤棘游絲書滿繡囊看

乾隆庚午八月予遊京師十月驅車出國門之曲阜縣展謁孔廟廟中古柏皆舊時熟識者裴回久之作長歌一篇

八月飛雪遊帝京棲棲苦面誰相傾獻書孄上公與卿中朝漸已忘姓名十月堅冰返堠程得行便行無阻行小車一輛喧四更北風恥作鶡旦鳴人不送迎山送迎緜之亘之殊多情冷光寒翠眉際生先師儒里瞻尊榮入廟肅拜安心旌爇香何必列牢牲告曰藝事通微誠於戲五經昌且明吾欲手寫承熹平字畫端謹矯俗獰隷學勿絕用乃亭刻石嵌壁開暗盲此間古柏含元精壽可千歲歷戊庚左圖右列如墉城弗爲火脅惟汝貞舊時熟識毋乖盟日坐其下繁籟清悅然

奏樂聞竽笙

簡陸秀才立

落花未全落四月有餘春野水多于屋荒苔不見人[illegible][illegible]空

遠託寂寂屬前因第一難忘者茶鄉與筍鄰

過淨雲精舍懷正相開士在西洛

雲離忽雲合疊疊復盤盤松子向人落山光滿屋寒悽心六
時好過眼百年看今夜託遙夢秋聲八節灘

贈楊仙翁

仙扉如滑玉仙磴有陰霞列坐襍山鳥逆聞尋磵花大年堯
甲子上隱漢元嘉向夕耽言妙清風出齒牙

安隱寺泉上

扁舟五十里到寺寺門清突與老松遇暗隨孤磬行鳥時來

石案苔欲上山榲夔此池頭水汲之雙玉罌

榼山寺示諸僧衆

壘嶂鉤連擁磴斜迦藍齋會設無遮佛烟聚處疑成塔林雨吹來半䄀花年記鼠兒碑尚在山尋雞足路還賒欲求文字資禪錄須辦緇帷著一車

褚先生恒謙老毁儒服委迹浮屠聞其瓶拂隱于鄞縣山中寄贈

渴來安得萬年冰卻羨清涼住九層晛謝朱幡烏府客老爲白閣紫衣僧長眉埽墖花間久左手鈔書燈下能歷盡劫灰人隔世飈輪碾破法輪升

正月十五夜風雪不止漫賦二首一錄一

芳陌華闉風雪寒閉門空倚曲闌干今年今夜無情月第一

回圓不得看

泛蕭家湖

迴汀曲渚暝生烟風柳風蒲綠漲天我是釣師人識否白鷗前導在春船

斜陽

板橋瓦曲酒壚荒一段淸愁百折腸蛺散冷香花落粉最難留住是斜陽

淮隄柳

綠柳一枝紅板橋東風用力媚春朝可憐種向淮隄上不是低頭便折腰

新編詩集手自鈔錄付女兒收藏題五絕句

舉世空嗟骨相癯常裁別體闢榛蕪他年詩話添公案不在

張爲主客圖

鐘聲斷處攢眉想日影趖初擁鼻吟隻字也須辛苦得恆河沙裏覓鉤金

古調泠泠造渺微玉池清水自生肥流傳若待官三品誰重襄陽是布衣

天涯詩老淚相稱悵觸清愁歲月增一櫂今成五湖長酒波如練雨如澠

卷帙編完頂髮疎中郎有女好收儲帽箱剝落經籯敝莫損嚴家餓隸書

丁敬字敬身一字硯林號鈍丁自稱龍泓山人孤雲石叟勝怠老人錢唐布衣有硯林詩集

隱君家候潮門外小樓三楹釀麴蘖自給身襍傭保未嘗自異篤好金石文字搜巖剔壑親治氊椎以志傳證

之著武林金石錄工分隸而篆法尤入古性喜作詩與布衣金壽門農居最近名亦與之埒又與布衣張畏廬沅酬倡張亦江上負才亢傲士也叠險韻相鬬至不能休後老屋燬于火所收蓄異書秘玩皆盡不自聊意所不可輒娛焉方制府觀承愛其鐵筆有司欲求以媚制府竟不可得江苑卿春以幣摯謁勿與通江亦竟瑟縮不敢見晚年遷宅張紗衖先以母柩往咸串以不吉故尼之不聽未幾竟死此宅詩集舊刻者惟越游小稾今所行硯林集四卷則魏春松侍御成憲彙其遺稾而并刊之者也府志入文苑傳

陳象昭招集師竹齋聽嚴可亭彈平沙落雁

嚴子優琴德寄跡壺倉公龍脣爲我拂滿座生涼風爛爛月潑沙瑟瑟蘆搖叢遠音入傾耳彷彿來征鴻恍疑烟江上夜掀霜中篷予本放誕人往往狎釣翁神形忽相移夢落江湖中少焉成寂歷方知秋堂空

小雪初晴樊榭見訪同游梵天講寺

朝來幽事動良友過我早清游敦宿昔一雪晴正好遷迤城

之南幾度暑彴小蹋凍乾蘚坡徙倚疏林杪𥇦風劃松雪殘玉落翠纛錢王此締構突兀雙墖表劫火雖皴擴鉤勒猶天矯金容歸浩空追蠡翳勿考依稀景泰字剔辨勞指爪靈鰻應就蟄寒甃儼深窅裴回日停午古意益緜眇高僧句通禪心析玉局老月履疑往來烟鐘寂昏曉久立肌骨森煩慮脫如埽江光瑩不搖極目點雲鳥

周穆門招同人游瑪瑙寺訪元僧芳洲後僕夫泉分得石字

瑪瑙寺中泉名踵僕夫闢捨舟試探尋午風透絺綌入門氣蕭洸壞佛殊脫頷老樹圜空陰清涼護甋甋縱橫末方丈入綆才數尺居僧昧緣起汲瀉但朝夕豈知老阿師深引孤山脈有懷中庸子氣味久莫逆輒以澆詩脾兼之洗琴格去茲

四百年寂寞閉眞宅惟餘泉內光森列上苔壁淡名猶不居先後命臧獲想其孤介胸寧肯供俗客甘疑玉迸漿冷似冰瀝液三漱詎下咽敬爲高禪惜何當題壁窠爲我勒堅石

岳鄂王女死孝鐵井闌歌

井闌鬱鬱生烟霧應是岳娘心鐵鑄泥中知不匿蛟龍雲裏寧輕下烏兔岳王岳王眞精忠一死能令骨肉同形骸雖後天地出聲名不與天地終銀瓶昔抱身如綆一墮千年此寒井晝神夜鬼時時警不敢近前窺已影

丙午正月樊榭自揚州回攜示汪祓江拓贈厭勝錢文并同人諸作因成七古一章

厲君昨返蕪城棹過我山樓賞晴雪論文考古眉宇飛出示縹囊古泉跡古泉田田數居五形如小璧文奇古未辨銅鈞

誰氏鑪但見墨凝遙代土或云厭勝昔所寶吉語紛紛誇善禱雖非句漏赤靈符堪配劉家玉剛卯萬歲千秋保命長滿堂金玉交輝煌伏邪斬妖矜祕術書騰之語何荒唐銅龍欲吟金虎吼威鳳高騫橫北斗就中致祝誰最奇元鶴白龜齊白首鎮魅更聞廉頗錢幕馬如躍鞭影先天籟珍藏白石錄可知好古同鑽研陳眉公云項氏藏趙將廉頗錢背有一馬固是鎮魅之物吁嗟乎昔之衰世多貪佞奚獨孔方司福柄渡水會懸夏禹章漢人佩夏禹印以厭水見吾丘子衍學古編鑑形更冶驅邪鏡見周密雲烟過眼錄想像裝成初佩時靈巫偃蹇前致辭競言此勝可長保詎省轉眼秋風吹吾儕豈負長輿癖把翫聊因文字力畫如洪氏漢碑圖書比薛公鐘鼎帖蕭齋墨響誰傳拓生香秀句吟紅藥祓江自稱紅藥橋邊吟客令我阿堵生清涼飄飄似跨揚州鶴飄飄似跨揚州鶴樓外千

山雪重作

烏思藏香歌 并序

周孝廉亦庵自日下歸以烏思藏香一枝來贈老夫紺紫其色其修赤只圓若春蘆之抽水濱矣月臘之八入靈隱敬爇佛前四方戒衆圓成菩薩戒寺中飯千僧流連法喜暮始抵家擁鑪雨作琤灑不止念是日以是香而作佛事非宿緣其能之乎乃滌研染毫爲作短歌輟筆次街柝殷然已報夜甲

藏香蠖手從三磔巧竊孫郎蛸髯色裹東西風萬里來故人把贈憐初識土臺居者烏思重萬本楞迦供唄諷懸知窈窕釋迦前爇孽喇馬迦毘衆粥香長者精和熏忉利市方貲策勳攬將天苑質多露散作華宮清淨雲憶昔胡香鶩弔譎一

月長安香不絕謙粒涂闍卅里聞博張志埽于闐鐵黃頭外道聲唵吽組鈴扇鼓鏗氈風饋醞鼽遝酣羊酪旃檀側信伊蘭叢

魏景初帳構銅歌狀圓如筩徑一寸長四寸許中空而底方旁出歧枝有孔上有字云景初元年五月十日中尚方造長一丈廣六尺澤漆平坐帳上廣構銅重二斤十兩凡三十二字八分書邗上方西疇所藏

魏宮帳暖春雲熱挈壺謾報銅龍咽巧笑長蛾緝父風悼后至今沈恨血淒涼往事逐飈風忽睹千秋帳構銅景初換朔希殷正土德黃矜見處龍景初元年正月山茌縣黃龍見因改元摩挲銘文三十二格澤朱竿知舊製蠅頭小字密于蠶筆蹤疑擅邯鄲勢漳水衝洪日夜哀曹家陵寢久蒿萊哀王冢破亦見此云伴圜圜鐵照子漢廣川王好掘冢墓周哀王冢石牀上有帳構銅一具無餘異物惟鐵鏡數百枚知此物之製

其來舊矣見西京襍記

張芑堂自平望來餉我閔餻詩以報之

閔姓名餻深雪色到眼團團秋半月只少迷離玉兔兒桂露猶凝昨宵溼唯春魯望識香秔不用淵明材酒秫浮三淅九方法好堪譬難渝素交節能久藏也賣處會游漁釣仙噉來頻見雞蘇佛鬆甘軟淡宜老齒易慰貧兒供絜白酒客操戈或偶然茶人把琖宜三益韋龍謝鳳競雕藻徒衒華筵一金直虹橋誇目雙暈花烟緜播詠加澆蜜何如此餻平且淡似水相於情轉出張生攜餽登我堂徑尺淺淺疏筠筐鑱花絳紙相掩映招人牖子看幾行蘭餘齋占殊勝寺殊勝寺在平望寺門有賣閔餻者專久此齋無別房老夫一笑爲庋置朝饔范甑騰馨香慈顏倚桯見莞爾婆娑鶴髮神揚揚淡然無味天人糧黃庭有語

義允臧老人食之壽而康感生之餽足慨慷攬筆作歌嗟學荒一雪忽霽開朝陽歌成轉覺情蒼茫獨立矯首風吹裳慈烏啞啞青天長

同厲樊榭杭堇浦王茨檐汪西顥符南竹游城西報國院池上分韻得門字僧靜山妙于茗事頗供不倦

清池臨淨域一徑隱城根魚意不嫌客鳥言如在村趣增茶串妙靜覺石闌溫與共論詩久誰參不二門時樊榭云今日詩中不二之門惟先生得之矣

春淙亭次樊榭韻

亭子石橋上宜人徙倚閒分陰同茂樹酉響與空山清聽時相接奔流去不還塵纓何用濯來此自能閒

同西林樊榭游辨利講院此詩集中失收

日腳逗松頂同過松下門房開青豆小牆接古苔昏晴磬韻尤妙秋蟲語不煩坐來成小劫未覺石闌溫

清明後一日集黃氏琴趣軒分用勞字

吟格貧師謝開軒亦慕陶奇懷欣客共狂態識吾曹茶賞煎新火花憐坼露桃冥觀隨物化未覺此生勞

小雨新霽集琴趣軒 此詩集中未收

雲卷中宵雨天青向午風朋來三徑好恰喜一尊同餘滴聽蕉葉新梢攪竹叢尤憐葵放處淡映夕陽紅

五月十三日同厲樊榭游智果寺

偶停艇子叩虛寮初見森森竹放梢鳥語狎人渾不去湖光似雪更難消名泉舊自高僧著壞碣曾經野火燒五月薦花思往句吟魂雖在倩誰招

同石門袁舒雯同里沈欒城吳繡谷趙谷林意林看夜潮作

月外寒潮雪嶺傾風前詩思客崢嶸飄沈鐵箭生遥感震蕩銀河秪舊聲倚檻共憐艮夜永隔江大有好山横誰入得似眉山老魚鑰留教出鳳城

宋宮秋望同樊榭用錢思復韻

殘碑無復見文章散作僧居礎又荒鉛水自隨乾蘚縮脂痕空借野花妝七朝王氣沈江浦五寺秋風埽佛場惟有潮聲是依舊年年飛怒撼城牆

題陳玉几小齋雲圖爲江雲溪作

尺紙千峯來眼底通神畫叟穆陀翁僧淵喜並川嶺側㓜輿宜置邱壑中客境自教幽意足家山安藉夢魂通題成蘸筆

欲書草嬈人胜務重怱怱

湖墅米山堂前明孝廉胡貞開瑟庵所構也孝廉善詩工畫有霜林寤歌且朴等集首夏與魏星槎秀才過之堂久易主軒窗荒陊魚鳥不親邈焉興感輒成一律

平岡復洞幾彎環露葉烟藤滿目斑直是小山叢桂地未輸流水古松閒舊巢招鶴蕪難下辛檻呼魚杳不還唯有狂皴留敗壁尚同遙翠鬭巉頑瑟庵畫石一株尚存壞壁

送讓公北上

萬里春風策瘦藤梅花樹下送南能山登齊魯未了處埨埽雲烟最上層此去諦觀覺王法來歸應續祖師燈白衣居士心空久擬問毘耶第一乘

過琴趣軒與倪生建中周生亦耕黃生相圖思蔭星橋食蠶豆黃生家園所擷者色味雙絕當與邵墳之產爭俊也因以七字近體示諸生集未收

吳蠶箇上未成眠豆子初離緣蛹圓一任風梅竊顏色聊同露茗鬬芳鮮閒飡偶并亦嘉會小槭剛逢似夙緣節物關情春已夏新詩題就轉茫然

黃生相圖福建回以燒酒蜂蜜所漬去殼荔支見餉賦四韻示之集未收

燒春崖蜜護芳鮮閩水閩山路幾千眼底乍欣光磊落舌端誰別味中邊絳囊已解淩風結紫核猶含抱露妍箇是遠人調劑法輕刑未肯玉堂仙東坡詠蜜漬荔支用輕刑句

鏡湖四絕句雙三亭在鏡湖之中地不數弓頗盡湖勝

雙三亭下望灣環一鏡遥窺萬髻鬟繞徧清光三百里分明都是會稽山陸參法華山碑云夏后氏巡狩越山方名會稽後世分而爲秦望釐而爲雲門法華其實一也

涼風嫋嫋水增波緲盡吴宮尉後羅會是西施昔游地至今菱蔓繫人多

鷺客鶩賓斷續村幾家依樣水邊門低巒吐盡秋雲散付與斜陽影倒吞

風流一散水雲荒誰似稽山賀老狂不見荷花上纖手徒教五月有清涼

國朝杭郡詩輯卷十四終

錢塘吴慶坻校字

國朝杭郡詩輯卷十五目 雍正乾隆間人約略爲次

陳撰 陳章 施安 戴廷熺 張暘

金吰 沈廷櫰 沈心 汪繹辰 田嘉穗

汪浦 施謙 顧正謙 陳基 汪立恆

李紳 朱軨 朱戴會 嚴晙 包大瑨

柴棨 項又斯 王裕霦 孫元植 周旦

吳應本 汪會萼 馮國佐 吳倫 孔尚質

周秉鎬 唐震 邵庚 翁世纘 朱允治

傅冠 曲藹 佘安 張昌言 朱世恩

周景琦 褚國輪 沈維 戴武孫 金肇鑾

許奎 陳勉忠 許光驥 查克敬

凡四十九人

凡四十[illegible]人

國朝杭郡詩輯卷十五　錢唐吳顥原本孫振棫重編

陳撰字楞山號玉几錢唐布衣乾隆丙辰薦應博學鴻詞不就試有玉几山房吟一卷繡鋏集一卷擬古詩一卷原輯入流寓按杭世駿玉几山人小傳云自言鄞人家世系出句甬居杭非一世矣據以移歸本郡

玉几山人為毛西河弟子工書又工寫生以墨暈之若不經意而品格極高亦不肯作故一紙落人間珍之若球璧與揚州李復堂鱓相伯仲始客鑾江項氏項氏既落館江都江鶴亭家意思蕭散如退院僧蓮浦所撰小傳言其有敬通之婦無伯道之兒終身甘旅偶一歸轉如旅人故其詩戌削疏澹中時有伊鬱怨咽之音也女慧而賢嫁南徐許濱江門濱畫亦入神品

石湖舟中

城鐘達野渡更漏入啼鳥戢羽起欲刷數聲霜月曉聆此嚠哳音所懷在遠道山隄礫菰蒲人家蒙竹篠水煙澹無際晃鷺窐浩渺不見烏巾人寒汀曳紅蓼宋毛珝石湖詩想見烏巾照碧波

乙亥花朝前一日嶰谷半蕉招集讓圃落梅下見手書詩牋

春事過將半亟去若流水園林當初時物色殊可喜招邀共循覽移日未能已軒前老梅花碎玉亂相委歎款風時來吹入酒杯裏漸覺枝上稀惆悵良有以一笑謝諸君譬若初開起

篠園十首以夕陽雙寺外春水五塘西爲韻見手書詩牋

幾年有此園築室延西白堂背風泉秋堂襟竹陰夕萬象來宴坐何者是主客今有堂

歲晚天地閉凜凜多冰霜仙人倚空亭綠髮漱正陽烏啼東方白一枝橫孤香修到亭

樹援初漱流延眺宜得地犖确行徑微清鐘煙際寺著色屏

風間下見蜀岡翠南坡

月始生浒東流影下上雙水木澄餘暉遠夢聞幽淙空明一鑒此坐覺塵念降初月浒

閣倚秋雨中人來秋雨外微茫楚塞深汨沒吳波大莫色入憑欄蕭蕭散埃𡒄來雨閣

沖襟抱幽獸性得形自親所寄在圖史鏡淨無纖塵林風引虛籟水禽鳴餘春暢餘軒

屋上覆松毛屋下落松子暝煙無人來孤寂亦可喜罷食繙道書松陰動疑水飯松庵

低闌接芳叢紅苞破三五梢頭繭栗時一夜蕪城雨相看禪榻畔鬢絲添幾縷紅藥欄

娟娟白蕅花亭亭倚回塘江姝澹不語彌望煙波長月曉綠

煙收空水寫明妝（薦麋）

細路如篆香屈曲迷東西手把青桂枝秋思紛難齊永懷山中人服食飲清溪（失題）

雨雪謠

風刮地雪滿塗踣者何黔之驢嗥者何赤匪狐行僬僬走擔夫室嗷嗷攘婦姑足無屝身無襦黃米玉白米珠十家哭九家呼莫呼又莫哭雨雪晛晥陽春復天寧寺裏賑官粥

使君行

陳嘉筵娛韶光堂上賓客紛成行虹飲霞流不記數甲煎沈水香霏霧此時絳蠟氣初熏樂伎前來奉使君幽性能消楊栁恨嬌心獨護石榴裙彈絲未已吹竹續一聲雨聲房中曲當歌不惜朱顏酡恰看長袞舞婆娑庭花影翻横爪出夜深

何處行雲過珠箔銀屏翠圍繞紅綃淺繫鸞腰小石家慣拂珊瑚枝少年欲賭金絲裹十眉列六博呼英雄百萬輕于桴誰知寒素論有無須臾拍掌色全盧仰天笑起纓自絕願將好采换彼姝最是使君才難控倜儻超奇莫與共濡毫立就青蓮篇奮椎快作漁陽弄舌辨懸河炙輠推從令鄰架縹緗開脈望會食神仙字照耀四座休驚猜使君復晉葡萄酒玉鱗搖動杯在手直須洗盡浮世塵王孫富貴詎便醜脫吾帽擘吾帷泠然吟罷白紵詞交窗列列藏星斗不信終身臥草茨

初春雨夜柬友

新雨不憐客淒然還舊聲況從空館聽約略早春情燈影水光澹餘寒雪意清知君有懷抱亦復坐深更

聞蛩

不寐夜聞蛩淒淒四壁空疎燈人醉後細雨客愁中失路依衰草長吟向暗風壯心殊突兀爲爾感飄蓬

甲午除夕

天地身仍客風霜影自憐艱難逢歲盡愁病入新年失路從飄泊懷人有醉眠長飢近亦得不擬送窮篇

春盡

爲貧常作客春盡未還家故國重回首江城正落花屯雲依樹斷深柳趁風斜寂寞年時意勞勞空歲華

古蕩歸途

日暮東風急歸途雨正繁泥深黏屐重雲溼帶林昏野水喧漁艇人家掩竹門遙憐折梅處回首更西村

送鄭季雅

滄江憐獨臥春草看還生媿我未能去對君空復情青燈安寂寞白眼任縱横看鼓齊門鋏悲歌總未平

作客

作客秋風老懷人夜月孤無文驚俗世有淚泣窮途水落溪痕淨林寒木葉枯醉歌隨意好回首日荒蕪

旅雪

雨斷雪方作塗塗白前除寒光依小院夕景明荒廬竹響驚未歇鳥聲來漸疎無人命尊酒清極轉躊躇

冬夜

寒檠小燄燼紅金散澹情懷寂寞尋一卷殘書開闔看數竿風竹短長吟已教老辨中邊味未便禪空更染心我欲捶琴

破蕭瑟無弦何處覓知音

荅孫于書

病入清秋瘦不支敢因搖落竟生悲黄金買駿原求骨綠鬢逢人且斂眉扼腕未須傷往事閉門眞覺愧清時何當學取河邊叟自擁羊裘理釣絲

書左寧南像

上將當時閫外尊漢家壇樹荷深恩獬冠御史前籌握蠻府參軍按劒論鄘鳴未曾營董卓石頭先已向王敦卻遺南渡淒涼恨秋草空歸江令魂

夜寄葭白北樓 見手書詩牋

小樓風雨挾微寒書味清于二麥餐涉海浮江從此遠握蛇騎虎不知難斯人若有沈淪恨世上應無特達觀推枕夢回

心卻會畏君初罷酒杯寬

新柳次韻 見手書詩牋

淺拂深描婀娜邊蘸黃藕綠總堪憐春風驛路初橫笛夜雨江城恰禁煙試看藏鴉還計日憶曾繫馬忽經年無端觸忤生惆悵豈待吹花賦別筵

寒食前五日汎舟紅橋

綠蕪煙冷畫橋空一夜春聲入雨中百六已臨寒食近桃花又轉杜鵑風

按歌畫板檀雙拍賣酒青旗竹半叉放艇石橋南畔去傍籬吹盡野梅花

夜雨時子將歸里 見手書詩牋

溼霑簫管潤霑書罷讀休吹適有餘一寸燭灰三寸雨夜堂

清切轉躊躇

陳章字授衣號紱齋又號竹町錢唐人有孟晉齋集

授衣讀書吳山夢綠庵程松門高士爲畫閉門覓句圖後游津門館于查氏水西莊在揚州時館于馬氏小玲瓏山館兩家皆以延接才俊著稱四方輻輳授衣與金壽門厲樊榭陳玉几及弟對漚狎主壇坫極槃敦巾舄之盛後遂卒于揚州王侍郎昶稱其詩上規王韋下則錢郎非江湖小集所可並論府志入文苑傳

荷汀納涼

孤遊去塵遠小坐戀煙渚水風能清人何地著炎暑紅蕖媚明波娟好如靜女冷香灑生衣淒若冒微雨不逢入浦船只有沙禽語日暮凝碧雲因思涉江侶

西潭夜漁圖

秋潭夜氣澄煙水湛寒淥孤艇澹夷猶蘆灣凡幾曲涼月沙際生亭亭耿如燭知君豈爲魚要令幽意足且莫扣舷歌恐

鷲鷗鷺宿

遊攝山

朝艫涉風湍暮策冒松靄攬勝情已恢出險心彌泰度澗屢踏石憩林一解帶微涓注藥叢積陽麗崦外足迹半吳越默歎此遊最幽篁梟孤磬投宿知所在攜月入荆扉然燈步香界叟詢前遊入夜靜引清話繩牀養腳力明欲領其槩僧樓坐清曉雨在西南峯忽然雲滃合不見寺外松殘梅飄歷歷澀澗鳴淙淙天影互明晦山氣襍春冬陸子鍾輝發高興不顧霑冥濛欆帽曳筍鞵子亦欣相從名園叩幾處危磴捨百重風爐酌乳泉石篇瞻金容回頭望來處但聞巖下鐘巢禽競歸翼遊客尋還蹤帶溼轉蘿陰門徑煙已封

夏夜宿環溪

追涼昨有期還尋舊宿處雙鵝向客鳴荷葉門前路登閣盡殘霞杳然平楚暮草響農牧歸野語籬根度藤竹多淸陰幽意與心遇所嗟縛塵勞經過不獲屢主人情最殷埽牀兼治具風吹林間酌月照池邊步夜深倦投席水軒微滴露晝暑氣難斂轉枕輒復寤驚魚靜還躍繁螢飛且住淸絕芰荷香披衣不待曙

早春田家

爲農傍東皋知時卽生理歲酒尚有餘獨酌茅檐底宿雨澹杏花微風活溪水珍重數日閒作勞自此始

晚步劒池

晝游夜復至境靜了不同疏星明澗底人語春山空僧扉待我掩露滴松閒風

舟中望縹緲峯

但作孤峯峭不似羣山亙翠影落前灣夕陽峯背暝應是無行人松花滿風磴

孤泛

寒溪景蕭條清幽復窈窱偶然泛扁舟不必有同調林疏見山樓岸曲隱漁釣喧寂與曩殊但覺所歷妙密竹已夕陰平岡尚殘照搖搖興難盡煙際孤鴻叫

行庵坐雨

漠漠雲初合蕭蕭竹作聲雨喧人自寂苔冷地逾清幽鳥忽雙下疎鐘時一鳴茅檐猶點滴樹杪夕陽明

江上早行

侵朝沙際路麥冷尚裝緜幽鳥初辭樹清江半入煙回橋藏

釣艇空谷響耕田幾處晨炊絕憂心祝稔年

歸舟

負土荒山去蒼茫欲雪天江湖暫歸客兄弟就衰年濁酒孤燈話寒更一舸眠薄田如可買送老傍松阡

落日放船好

落日放船好沿緣出綠荷低田分水急高柳得煙多欲罷當窗釣時聞隔浦歌江湖後歸客閒咏意如何

同太鴻話吴興舊遊和韻

春風陳迹已漫漫爲話蘋香憶碧瀾四月桑陰門巷綠半城谿色市橋寒老漁舉網銀刀出少婦繅絲雪繭殘果有心期不相負三間水閣未應難

悼玉裁

雪涕同興宿草情月襟水佩憶平生蛾眉自昔嗟難嫁牛耳從今失主盟俊及清流叨合契錢郎傑作讓齊名海山兜率知難覓聞道芙蓉別有城

寄秋涇

亭皐落日惜分攜滿樹桃花鶗鴂啼春色漸歸芳草外行人應近霸陵西情深畱別詩常記路遠相尋夢易迷九曲黃流如箭激鱣魚可得斷書題

夜過吳江

涼波如畫泛輕艭夢醒秋衾月在窗臥聽漁人煙外語白荷花裏過吳江

篠園水亭

枕簟茶瓜幽興長栁深池館自生涼片雲吹過西坡去一片

荷花無夕陽

施安字竹田號石友又號南湖老漁仁和監生有舊雨齋詩

竹田風貌妍雅績學綴文奚鐵谷焯嘗歎爲後來之秀家饒于貲性喜結客一時長人名德如杭堇浦梁蘐林奚甌亭厲月田寸田諸人皆騷壇夙契揮琴擊鉢以申古歡已而賈市折閱漸罄所儲乃叩其囊底之智出佐几案衣食奔走遂多牢愁結慉之情自序言雲亭明府捐俸授梓雲亭者遼陽舒瞻也府志入文苑傳

安隱齋小坐

野寺何隱森我來聞梵放閒尋田水聲微徑導孤杖當門泉一眼綠淨喜無恙松聲搖空潭時作飛雨響人影在其下苔色濺衣上石潤被淺莎沙明畫纖浪小坐試冰甌三漱滅塵想當時玉局翁于茲愜吟賞誰爲補茶經幽事付吾黨

十研齋詠蠶豆得豆字

荷鉏隨園官學種一頃豆暇讀月令書小摘春雨後平疇交桑陰細埂通溪澑卻趁吳蠶眠嘗新當麥候色翠奪鈎籃土香襍蒸餾詎惟供殘牙兼可備寒糗社會南屏來滿把出煙岫空庖屏魚鰕一飽懽童幼風味配茶杯清甘猶可漱

蘆筍分用坡翁和子由記園中草木詩韻

我家江南岸種蘆成青林過雨抽春苗綠淨頗自矜參差各抱節守孱如不任充廚苦味澹聊以供吟襟蕭瑟水煙窟誰遺白玉簪空叢掠漁艇影共波淺深但看飛秋雪過眼分衰與汀洲野鴨多畫手知誰能

芡酪用歐陽公初食雞頭詩韻同月田先生蔎林寸田甌亭作

吾鄉六月雞頭肥青葉田田滿沙背風味最數錢塘湖蓮房

菰米差可擬樓中煑酒快嘗新赤手森然出波底誰傳方法自廚孃作糜乃與防風比初看遶磨卷飛雪忽訝輕綃漉清醴琉璃盌盛白玉光和以蜜味甘冰齒此時合眼即江湖十宿漁船紅蕅裏不須遠憶會靈園劈破明珠定誰美吾儕說食繼歐陽詩味清虛聊可喜定知舌本戀餘甘一柸漫飲雞蘇水

王晴山招集平山堂索賦長歌時與會者百餘人

宿雨乍止林霏開松影滿地橫古釵我來適當清暑候沙路鬆快便輕轃平岡蜿蜒通蜀道其閒樓閣位置佳隋家歌舞已灰冷指點往事摧客懷卷簾一笑山色近搴裳涉波爲吾儕誰寫吳妝入小筆煙嵐一擦明鏡揩廬陵玉局本詞客白頭出綰刺史緺當年手種不可見泠泠修竹無根荄至今山

川閟清氣風雅往往供談諧漁洋老人最後起冶春七字非淫哇我生已恨歲時晚清游安得杖履皆今年懷餠廣陵市道逢耆舊拍手如洪厓先生白下賢訪古邗水涯好詩兼好客壺觴與不乖圖書五車喙三尺劇談混沌驅風霆堂前似省舊游處惜無栁影圍苔階江山百年有此樂今之視昔誰相差座中競鬭淮海句而我擬學劉伶埋蘭亭梓澤有故事丹青絲竹何爲哉昨者見獵弄柔翰五子妝點同優俳先生未許負夙諾枯魚屢索闔屢排何時孟公復陷我觥船一棹浮清淮載月時乘黃篾舫折花不須紅粉娃長牋急報釣魚叟江湖襆被行當偕

繡谷亭藤花歌得月字

春來風物相牽拂乞花償酒過三月吳郎道南相招攜紫藤

一樹花正發亭中捲幔香四周山蜂忽喧晴霞坼漏日愔愔出短簷緣階疊疊盤高格白頭種樹記前人一歲一看轉蒙密我昔曾泛賀家湖青藤老屋未蕪沒池光汎汎花濛濛留得春痕在畫壁眼中惆悵人代非三絕難尋古狂客何如君家此藤樹數世長養閱霜雪況復好事繼若翁留客盤飧供筍蕨與酬更遣吹紫簫吹落繁英撲巾襪

永興寺訪馮具區先生手植綠萼梅

白雲橫溪溪不斷上有精廬隔修坂支筇幾里始入門忽見梅花開兩本我憐祭酒手植時看徧東風供繾綣一株崛强如凍蛟冰雪滿身香不散一株枯腸半生死別有孫枝著花晚地冷何嫌苔蘚侵春歸頓覺芳時遠花光老人畫不如誰將水墨寫偃蹇旃檀清供在護持百年不遺梅魂返當年題

詩邀東澗前輩風流今已罕眼中耆舊況飄零應共此花增淒惋相期買宅西溪西燒筍年年就僧飯

二月二十八日皐亭舟中看桃花以舟行著色屏風裹人在回文錦字中為韻分得屏字

春寒二月愁未醒花時但有風雨零同人急踐開沽約小舫出郭穿回汀司家橋外不數里瞥見一株猶伶俜我疑桃源在人境茅檐雞犬聲可聽居民託業惟老圃徧栽桃李成畦町行窮溪路轉蒙密高下掩映桑柘青縞夜炫晝各有態相對何啻尹與邢春流詰曲繞浦漵野彴斷續通郊坰遠嵐一桁出花上雲霞渲染開重屏散步偶逢田父語紙窗破屋風泠泠吾儕看花歲一至那能襆被恣酉停災年行樂堪一笑乞漿何處逢娉婷皐亭丙舍僅只尺寒松夾路煙冥冥故人

莫訝生理拙抱甕行且隨園丁

西溪山莊曉起看梅

看花淸盥後幽興未全疎殘月一林外春寒千嶂初亭臺猶不改水竹最相於待與園官約繁香漫埽除

荅萬峯

吳山堂畔攬吟鬢小別星霜五稔餘繞屋尚多芟後竹堆牀還讀借來書下田水滿妨收稻秋港花深晚禁漁如此鄉園如此景幾人飛札問巖居近歲湖中漁戸輸官者編竹爲斷以禁私捕夏秋多雨豐稔尚未可期故并及之

臯亭山觀競渡

綠蒲節近雨疏疏忽破晴光一夕餘野渡人喧蠶市後栖陰風泊酒船初新愁已罷湘靈瑟遺事猶傳荆楚書看盡水嬉

還小立樊川歸路重踟躕

南香草堂食秋蕈分得九佳卽寄穆門

新涼有約過莎齋卻喜蕈羹下箸偕家近煙波供客易味宜鹽豉入秋佳閒來方物添詩料醉裏貧交戀別懷倘爲西風緩歸棹早煩鄉信寄吳蘋時穆門客吳淞

二月十五日同人展穆門先生墓用皮襲美過張處士丹陽故居韻

先生石屋閉煙霞彈指流光每痛嗟已約炙雞來墓下不堪聞笛在鄰家十年酒琖稀今兩二月春愁爲落花蟲臂鼠肝原一例達觀底用說無涯

聽鸝亭詩集

戴廷熺字綸長一字鸝亭號珠淵錢唐人官鹽場大使有

珠淵少爲吏茶陵彭少詹維新領浙藩始以文字見賞與王孫華丁敬金昡張暘及漢陽張芸倡酬嘗登六和塔賦詩百韻奇思泉涌一座皆閣筆又嘗賦失貓詩一時名流咸爲屬和裒然成帙家在吳山有田百雙以謀爲場大使斥賣殆盡旋奉裁失職而家已赤貧乃依梁文莊于京師復游湖北學使幕旣歸益大困冷坊破屋擁一老妻賣畫營餐其淒踽可想同時諸老招入南屏之社而珠淵亦頹然就暮矣卒年七十六府志入文苑傳

見蠍

扃戶類蟄蟲寒深風未已殘編就昏燈眼暗聊隱几欹欹忽有聲沿緣響故紙舉燈照壁閒一蠍近離咫待施戟刺能翹首厥狀傀呼童快攫拏手顫斃以履全身就糜碎尾毒猶逞技幸未遭痛螫那免遽驚起秋深百豸僵胡爲尚見此患生非意中卽事可比擬獨聞昌黎詩乃因是物喜

秋夜許江門顧寸田過聽鸝山亭分韻

雨過百蟲亂各抱凉秋心新月挂屋角明河界雲陰風前結靜契物外流空音茲意眇難說寄之無弦琴時序代蕭瑟楚客何悲吟曠哉蘇門仙長嘯深山深

讀施竹田西江遊草和見懷用昌黎韻

游魚戀深淵同隊結初念一遭涸轍窮尺水作微喻卑官詎本懷輕出迫指染遂令柑酒盟有耳失鍼砭讀君西江詩開闔屢忘厭入市慨碎琴鍥舟悔求劒斯意託長吟冷雨秋燈閃思君挾策遊隱約角巾墊三旬抱痁魔少陵詩不驗千里走依人荒雞促茅店區區菽水謀忍使一夕欠研田所穫微如農歲遭歉近者班宋儔文詠競香豔紛紛拾唾人學語舌頻譫意中述作才經史築深塹羣書手自鈔十年勤削槧大雅孰扶輪抗懷謝浮餤不與大科徵鄉社席已占惟余游惰

身華實兩無擅置之耕釣閒或者事非僭

予復游江南施竹田邀同謝葯庭餞贈長歌依韻奉

答

去年九月煙波寒結束布被游吳關菰蒲蕭騷夜聽雨短篷身落江淮間長康其載倚癡絕酒酣索句相回環歲華鼎鼎馳白日風塵黯黯凋朱顏暫歸郊扉計復出獨尋蠏火茱萸灣晤言彼美歎有幾孰堪託與池漚營已隨鷺眠笑瑟縮敢希虎變矜斑斕故人燕閩綰墨綬或翔雲路登清班嗟予四十困濩落顛毛宜早須鬢斑君亦偃蹇藥爐側哦肩攫側秋逾孱新交小謝健詩翮客中滿眼吟青山二君門逕競高潔愧我蕪穢何由刪年來屏除綺語累力追大雅窮躋攀要從典籍出醞釀如閱九轉丹初還飢來驅人走南北十年閉戶

誠緣慳一名亦令自裹縛吐絲始識春蠶艱衡門可棲羨野老桑田耒耜畱餘閒合并重感以言贈舉杯爲我歌刀環

施竹田移居步厲樊榭韻

結鄰昔傷吳山隅丰骨豪健雙眉烏花閒沽酒卽相覓吟成潑墨催爲圖年來萍梗各飄散就傾老屋誰撐扶君今草堂復新僦位置樹石連根株東偏西偏慈母喜茶具酒具殘編俱閒園一區門兩板階植蘭芷羅芳敷登樓隔城延遠矚翠巘冷浸金牛湖眼前物態未寂寞晴窗磊落梅梢珠破除幽事且隨俗頌室饋歲鄉風須貧交不作釀錢賀四壁遺有新詩糊

西湖采蓴曲

六橋春滿花娉婷三潭水深波晶溟滿湖錦帶涵清泠盪舟

三五采蒓女風前葉葉浮蜻蜓舒皓腕以頻撩拾韡紋艣劃雲破碧黛影手弄山搖青淨卧蔓蒻絲活潑軟玻璃碎光晶熒揀撥荇藻漉復洴甘泉汲浸一宿經冷膩脫盡漁涎腥待下鹽豉調翠鈿阿儂采罷西日暝綠鳧睡穩迷煙汀鷺咽姹唱誰爲聽楊花亂飛成白萍

宿趺翠山房

步屧禪棲晚茅茨未掩關秋聲多在竹人影獨歸山近郭草迷路迎廬月照顏孤懷愜幽賞得句詠歌還

蒔藥圖應眉山舍人屬題

吟藥知君嬾從看蒔藥忙插樊添徑曲汲井引泉長細雨靈苗茁春風淺墢香漸看生意足野蜨忽過牆

月夜訪雲巢不值

頻過意不厭暮色轉蕭然步步踏寒月山山棲薄煙客矜雙屐健僧賸一蒲團徙倚長廊久空懷無著禪

和陳句山移居韻

鳳闕南頭菜市東冷閒門巷侶羣公攜來手稿三倉外新署頭銜兩板中宛轉對牀思穎叔蕭寥居廡著梁鴻雞棲一榻無多地藥裹書囊轉徙同

正月十三日王素心金聞石李受之卣甫丁誠叔小集聽鸝書屋分韻兒子樹元李元葆元同作予得西字

佳客羣過野老棲春盤翦韭快招攜叢梅待暖猶含北珪月留歡未轉西頻捲白波觴有政催燒紅燭句無題燈宵燈市游塵動檐角欣晴翠羽啼

戲成失貓詩邀王素心厲樊榭諸同人和

數卷殘書謹護持銜蟬迎得浴蠶時一宵拋卻藤墩去便有粱間黠鼠知

繙經爲伴夜燈餘肯戀鄰家食有魚葵莧閒園還憶否秋風黃蜨影蘧蘧

張暘字東榑號滌岑錢唐貢生有瑞石山房詩

吾郡之詩清微蕭遠以樊榭爲初祖滌岑得衣盋之傳故託想幽艶發音玲瓏居瑞石山麓老屋數椽塵坌自遠業醫以自給城南內外層厓邃洞枝溪蔓壑暇輒往游探奇汲古一皆以五七字寫之碧溪詩話云先生四子理蘊丁丑病亡次年人日夢亡友吳石倉徐紫山沈欒城汪重闓陳玉几金江聲金麹農厲樊榭石貞石孫晴山金閬石諸公亦諸蓮峯二開士過訪云途遇亡兒悉知憔悴之況相約來慰知己之愛恍若生前以文徵仲寂寞一杯人日酒風流千載草堂詩二句分韻賦詩而別夢覺補成一律云春風淒冷放梅遲先友含愁慰儆帷夢裏聯吟人日雪燈前追和甫田詩風流地下皆同調憔悴塵寰獨後期更遇佳兒煩寄語眼枯頭白也

曾知先生思子之深懷舊之切並于此詩見之

盧敬甫招同孫晴山諸君秋禊泛湖分韻

湖水未全白艤舟郭門曉雲影散遙岑晴光豁林杪握手水仙祠歡虔託蘿蔦觴詠集名流修禊秋未老煙柳碧陰陰蘋香波渺渺靜聆縱橫談著作薄郊島七椀玉川癖茗飲興不小蓴菜勝江東魚羹傳宋嫂吾徒冰雪腸其此清虛飽酒酣叩禪扉泊岸歌船繞六一署名泉挹掬除熱惱寂寞惠勤廬惟聽梧竹擾蕩槳泛三潭疎荷殘曲沼微風薄醉顏涼意先幽鳥暝色籠空濛平橋忽遠眺領略四山青閒愁淨如埽良會頗綢繆眷眷吐懷抱延佇夕陽沈吟情寄紅蓼

初冬同吟社諸君自錢王祠喚舟至漪園晚憩南屏歸途留飲近雲山舍分賦 時方濬湖

冬晴霜信嚴敗葉聲槭槭心刪湖上行佳境豈暇擇延緣錢王祠小喚郭門楫飛飛雨黃鵠向我若舊識西湖關水利六井載圖籍蓄洩救上塘百里潤禾麥細民便膏腴隱占等陳迹兼之葑田淤圓鏡半殘蝕歲修屢爬梳撈淺不逾尺望中裏六橋長隄蔽蘆荻　省方悉民隱耕鑿預籌畫開濬西南隅募夫及農隙欣看復舊觀一眼盡空碧停橈叩僧扉曲折穿籬入俯檻問沙鷗臨流數金鯽山浮濃淡影樹著淺深色招邀過南屏日射林杪赤襲衣煙靄輕迎面峯巒集幽鳥小參禪高棲閱過客笑人羨勝遊曾穿幾雨屐歸路踏松陰緩步入城黑支筇楓嶺西再酌丁卯宅一弦月破暝草露芒穎溼主人剔寒燈拈韻限險仄劇談臨泛樂可惜暗門隔更闌萬籟靜風落一聲笛

映壁菴

草綠禪扉靜山空落照遲鶯聲悲廢苑佛影弔荒池苔石留
殘翠巖花染臙脂城頭一灣月曾照晚妝時

聖果寺同貞石作

曲磴疑無路松篁隔磬聲危峯低鳥影遠岸豁春晴古佛巖
間寂空山煙外明山川多勝槩重和謝宣城

三茅觀

仙觀餘苔石淩高憂夕曛湖光千樹隱山色一城分疎磬戀
殘葉寒潮浮遠雲不聞笙鶴響何處謁茅君

祖山寺 寺旁土山即武林山

太乙祠天水佳山紀武林荒蘿人徑遠古樹佛堂深址廢名
猶在時移迹可尋鑾輿經過後寂寞到如今

閒居柬徐紫山先生

遍地緇塵欲染衣，疏慵甘與世相違。吟詩難就獨叉手，遲客不來空掩扉。籬菊凋殘秋意老，霜楓蕭瑟夕陽微。最憐徐孺貧兼病，煮字無方可療饑。

楞山去冬旋里，年已八十二矣。臥病閉門，新正雪中奉訪，話舊淒然，賦此索和

春風話別記庚申，廿載還家卜舊鄰。踏雪相逢如隔世，犯寒重訪又經旬。吟分霜砌尋殘菊，興借秋陰泛白蘋。初冬十詠，玉几分詠殘菊及湖上秋陰分賦，辛丑至今忽忽四十餘年矣。屈指名流幾人在，衰年同看栁條新。

蒔圃自閩來杭過訪，以春茗見貽，即送其入京

寂寞城南舊草堂，君來閩海話匡牀。宦情衣染三山翠，風味

茶分二月香把酒花前懷旅泊逢人江上戀斜陽同訪丁敬身江上
悤悤別我朝天去千里春光柳數行

同樊榭敬身重遊雲居寺傷石貞石下世

廢寺重尋迹未湮吟朋地下久傷春四圍山色青蓮郭一角湖光冷逼人壞塔當年藏落彩遺蹤千載絕芳塵寺有中峯和尚髮塔及遺履尚存長廊靜對蕭蕭竹朗誦遺詩各愴神

留別西湖用香山韻呈城南吟社諸君

微風斜日散晴煙初唱驪歌漫撥弦鶯語同聽非往日柳陰共醉待他年旅餐最憶貓頭筍鄉思難拋燕尾船堪羡城南舊游好殘春吟徧六橋邊

青衣泉

暗泉幽響寶蓮傍曾入平原閱古堂千載玲瓏開洞壑一泓

寒碧換滄桑摩厓道士名先缺作記詞人愧正長莫問青衣何代蹟臨流且借舊瓢嘗泉壁有開成五年道士諸葛鑑元八分書止有元書二字

丁丑七月廿九日哭四兒理蘊

艱難家計强支持勞悴臨危祗自知淚眼巳枯遲暮日吟魂忽斷早秋時愁聽谷鳥呼猶慘貧撫孤孫夢亦悲孫兒本恕生甫兩月豈獨傷心成永訣五年兩度哭佳兒長兒歿巳五年

吳石倉先生招飲

江湖小集古香存先生藏有宋刻江湖小集子曾借鈔寄老菴前屢叩門今日相逢託杯酒蒼苔猶有舊時痕

者舊寥寥絕可憐暮年心事屬前賢頻將野史搜遺逸不似雲煙過眼邊先生選有武林耆舊集

哭梁二鄉先生

葛巾藤杖布衣偏落拓形骸似老禪記得清湖同泛棹繁花如霧聽啼鴂

一尊何處共清歡四體雖全句尚酸先生有四體雖全病滿身之句舊宅傷心雙桂冷城西諸老可憐殘壬寅中秋吳石倉王源村丁茜園梁二鄉四先生集密香齋以桂子月中落分韻賦詩今予城西舊宅已售人矣四先生先後下世

金昡字聞石錢唐諸生

聞石爲江聲先生從子長于史學能詩好遠遊卒于塞上府志附文苑傳

鳳凰山懷古

閉戸官家似仲家婆畱得計附中華南州裘馬英雄盛西府賓朋歲月賒潮撼危樓空疊雪雲穿怪石尚排衙幾聲牧笛斜陽外吹盡當年陌上花

還我臨安入夢來依然行闕曲江隈妝樓翠黛遙峯抹輦道

青楊近日栽誰撫河山悲地蹙猶誇圖畫自天開元軍忽壓鴟夷氣幻作松聲萬壑哀

那堪劫換又紅羊壺榼何能鎮海疆徒有遺民悲趙宋旋聞焦土說淮張軍聲歇絕誰貔虎山勢飛騰自鳳皇贏得蘭成江上宅城隅夏木鬱蒼蒼

沈廷標字孟公號寶田元滄子郡諸生有力行堂集

孟公從查查浦學詩與弟房仲椒園齊名後隨父東隅文昌任所東隅戍寧夏孟公間關侍養初白老人贈東隅詩云隨翁有好男指孟公也

書感

佩韋規素性懷玉非良謀詩書洵尚友賤貧將奚尤一燈撫衾影遙夕思若抽遡昔動魂魄人鬼相交憂狂飆傾大廈駭浪吞扁舟側身歷盤錯轉徑忽夷猶恍出千尋壑如登百尺

樓神仙竟棲止棣萼交勸酬踵項仰華廡盤飧飫珍饈惟當歡娛際更深漂泊愁回首故鄉渺景物思悠悠堂前萱草茂階下蘭蕙稠先子賫志没堂構詎詒羞馨香有五鼎羅薦猶山邱廿載幽明隔沈痛淚難收成名幸有後讜論進嘉猷寸衷天仰報忠孝企前修

風雨渡三白蕩

行盡江南路傷心易白頭波濤千里夢風雨一歸舟小聚樹陰合遙天水氣浮到家欣有日舉室慰離愁

沈心字房仲號松皋元滄子仁和諸生有孤石山房集

房仲幼時與其弟椒園日夕出家塾其父東阡大令以杜詩挑燈講論必成誦乃許寢東阡爲聲山宮詹女夫房仲初受業于初白老人既喪偶初白以孫女妻之兩世爲查氏壻且皆以文字結姻婭亦佳話也性落拓不事生産能篆刻圖繪旁及星遁卜筮脈訣葬經無不洞曉而尤精于詩初白于後進不輕借游揚獨論房仲詩

以爲老夫欲退避三舍其心折如此嘗獲硯山曹倦圃侍郎舊題遠山積雪字石高下二峯渾朴而皴染入畫一峯頂皚皚若雪因歎曰吾性孤而石亦孤孤偶孤孤不孤矣遂以名其山房云元配周氏亦工詩

湞陽峽

出峽復入峽客路何日夷探幽心不厭習坎景乃奇一壑環萬峯峯峯缺雲補之石攢猊兀突樹矯龍之而長嘯林谷振獨往情性怡懷古友喬松悠然塵世遺崖巔結茅屋默與山靈期

寄伯氏寶田用涪翁還家呈伯氏韻

既不曾種東陵瓜又不曾種南山豆才名與世等無用畫眉捧心較妍醜官以折腰貧勝前事到回頭悔已後主持門戶歷艱辛北堂髮白肌膚瘦歲月長供憂患心雲雨俄成翻覆手可知此日宜巧宦誤乃公事非貞友仕途莫歎觸危機清

節大抵遭辱訴煙瘴棲遲蠻海邊風塵往反京華走思親終夜夢魂飛我兄隨侍今賴有家中已歎食指繁爭奈天涯滯數口袖長方許遑舞腰衣倣行看全露肘塞翁得失本何常肯羨黃金鑄龜紐從來福善理豈誣達觀且進一杯酒蹇運期卽過陷河感仰皇天殊不朽幾時開帆轉順風東籬採菊歸陶公園圃鄉語稱吳儂昇輿將杖相追從多生兄弟眞知己遠寄衷腸付黃耳

四箴碑歌 并序

碑在瓊州郡學大成殿後形製四方無書者姓名或遂疑爲宋時物予按餘姚趙古則先生于洪武二十二年由國子典簿出任瓊州敎諭訓士子以禮法一時稱爲海南夫子此碑必先生手書以詔學者亦羹牆意也今

瓊山學前石坊上道義之衢四字爲先生所書與此筆法絕相類定爲趙書無疑因賦長歌以質諸識者

圓橋大路平不頗聖門肅入神明和牆高數仞殿宏闊罘罳老檜陰交柯六代宮懸設簴業兩廂禮器藏象犧尊經閣前物何有巨碑兀立形嵯峨廣二尺七高丈八中矩面面精礲磋年深不受蒼蘚蝕黝若元玉光瑳瑳上有八分大逾掌體兼篆籀隼尾波昂首循行幾回讀四箴字字星宿羅不署歲月及名姓觀者往往疑承譌憶昔洪武己巳歲天水航海舟維舸左遷萬里至絕徼棲身學舍同行窩先生理學究根柢諸士仁義從漸摩游藝隸法夙工擅大書深刻知無他宋儒立言衍孔訓造語叶韻便吟哦進德修業隨日用後喆世奉爲金科兼識誠懸心正訣精光千古爭羲娥朱崖洎自傳橅

定聲教未訖遠則那追憐身命坐磨蝎惠州移謫來東坡寒瓊煙瘴盤苜蓿蠻鄉復喜名賢過遂將禮樂變椎魯似施上藥回沈痾他山之石斧鑿取神翰縹緲神撝呵一字百金休計值完好詎煩補虞戈教敦實行功匪尠天留永鎮瓊臺山名阿蔡邑五經湮妙蹟周宣十鼓傳長歌姿媚執筆寫遺教曇瓌卻笑籠雙鵝星霜閱歷並石室邱文莊公于郡學旁築石室貯書其中以教後學蛟龍崛強淩銀河考古臺荒重惆悵冷煙亂蔓攢蟲窠漫游怪我到奇甸綠榕陰底親摩挲何當響搨作蟬翼汲泉研墨窮三螺巾笥攜歸粘座右定看虹影騰煙蘿

壬子清明看花詩

昔楊眉菴於洪武壬子清明賞花西江省掖去東坡看花吉祥寺已三百年作詩紀事并爲後三百年張本今

歲距眉菴時則年數已過矣吳江王載揚客京華折簡分牋招同人雅集王氏怡園各賦長句余家居聞其事喜風流之得嗣悵入社之無緣遙和一章卽寄載揚

眉山眉菴呼不起眼底清明又壬子回首三百六十年寂寞東風萬紅紫松陵詞客客燕京結伴討春春有情好花照眼杯在手名園列坐圍詩城沈醉人同花爛漫清歌闋後聞花歎自憐懷古守衡茅遙望日邊夢猶斷已見羣賢勝迹留不知後會更誰修寄聲內史流風在明歲蘭亭共續游

壬戌元旦同曹楷人陳雲川過聞心庵與顧栟櫚清話

今日立春後一日久晴轉覺風雨佳屠蘇各醉卯飲後衙寒艇泛野水涯金牛湖畔老詞客論交廿載忘形骸萍浮桑宿

故鄉遠冰牀雪祓殘僧偕土俗肯教藏糞帚和神養素長心齋產鶴亭長發高興餐花館主多幽懷相攜共集已公屋閒繙經卷拈詩牌伊蒲設供飽禪味筍蔬味美逾鮮鮭妙香垂箔縈鳥篆冷雲凝絮鋪松釵東君著意酬令節巡檐梅信放不乖舊雨晤言有眞樂歲朝一笑願已諧茶煙芋火澹無事簪紱安得如吾儕霜韡遙憶早朝罷投刺亂踏黃塵街

哭初白先生

詩擬烏臺案南歸病已侵全家少完卵何事不傷心藥石功難奏龍蛇厄竟臨悲哉當易簀益感　主恩深

舉世皆矜式趨承悔已遲瓣香拈不遠明鏡照無疲分忝昇輿列歌聞曳杖時西州長在望痛哭忍回思

孤燈

詎賴鑿鄰壁熒熒照寸心相憐孤影在所感百端侵遙夜懸
殘夢頻年伴苦吟幾回挑復綴花報喜何深

題邊頤公葦間讀書圖

數椽非泛宅光景似元眞雲水多於地菰蘆老此人忘機鷗
可狎送目雁來賓何日比鄰住相將唱采蓴

題杜少陵像二首

稷禼此身許生涯終若何文章開運數天地擾干戈回首悲
諸將傷懷放七歌沙鷗飄泊慣無計隱東柯
戴笠形全瘦艱難屬舊聞萬間思庇士一飯不忘君杜宇啼
殘月瞿塘結慘雲清魂何處所欲賦小招文

四月二十二日東萊官舍與椒園話舊

闊隔數千里流光十四年今朝騎馬到相見各欣然豸服眞

無忝蜂腰只自憐故園慈竹長一簣靄爐煙

禹貢青州域嚴城北海濱　主恩隆遠轄宦況得長貧閑外丹霞（山名）聳花前白髮新長懷春令頌暄氣合三人

平度州

策馬凌晨渡沄沄藥石河陂長山樹斷天遠海雲多古月秦皇祀高風甯戚歌窮鄉行部遍宦政護秋禾（時椒園因捕蝗行部邀余同行）

哭陳雲川

邱壑酬初願梅花占一村萬峯茅屋冷四海布衣尊垂箔雲常護彈琴石尚存盧鴻傳十志物表與招魂（君曾移家鄧尉）

亂蛩

亂蟲應候至老去怯秋聲造化亦何事古今同此情涼風隨斷續疎雨益淒清有客虛堂裏吟殘白髮生

遊六都嶰

旋忘輕策遠一徑入山深樹欝千年翠溪回數里陰危橋驚虎跡清磬遞蟬吟得此幽奇境彌堅出世心

秋夜

殘秋愁不盡霜鬢此生涯遠道無來雁孤燈有落花咽蛩情共冷采菊興猶賖風雨宵昏黑飛鳴任鬼車

送楊惠賓之金陵

日暮浩歌遠大江春水生人尋京口路帆指石頭城花發銜離緒龍蟠愜勝情六朝多古蹟早晚遍題名

銅陵縣

小泊梅根冶來過歡喜亭潮吞孤縣白雨失衆山青楊柳分行遠魚鰕襍氣腥野橋流一派旋欲補桑經

老梅於初冬忽放數花偶效吳體

古根不待氷雪催同時看菊還看梅九十月交暖如許兩三枝並爭先開未許吹之白玉笛急須酌以黃金罍若教寫入畫圖裏尚帶殘葉應疑猜

贈厲太鴻徵君

先生詩筆盡超羣餘子紛紛曷足云不信南山仍隱霧每逢東野願爲雲藏將椰子書千卷看到瓊花月二分（年來時客揚州）香土京華知不羨恐教猿鶴動移文

佛日寺

嵐翠香臺鎖幾重坐收九十九芙蓉定中野衲聞寒雁劫後空山感古松土脈遙尋丁字障（時覓先大夫兆域）塵懷頓豁午時鐘煙霞生處芒鞵健猿鳥相期物外蹤

歲暮懷故鄉諸友

海嶼殘年雨雪侵難忘瘦厲樊榭與髯金壽門龍泖有客眠虛洞敬身鶴渚全家返故林雲川子建讀騷香草合六圃阿瑛懷古白雲深栟櫚闕心更有江聲叟繪卣霜鬢蕭蕭日苦吟

安慶府

八卦嚴城水拍天茫茫荊楚野蒐前雲開灊岳千重嶂風送巴江萬里船西北有樓標勝概南東其畝望豐年由來此地當衝要開府牙旗儼鎮邊

重陽日登栖洲禪院三層閣有懷寶田椒園

杖藜散步覺身輕獨倚高樓動遠情萬里三人憐瘦影一年九日憂佳名野飛黃雀秋風冷水媚丹楓夕照明深感茱萸

霜鬢插閒偷擲拂話無生

寄椒園

秋來紅豆思南國日摘青蔬奉北堂絕徽音書長闊隔故園風景更淒涼

西湖柳枝詞和太鴻椒園

春姿濯濯果風流一片垂陰接酒樓不似短長亭畔樹時時只管別離愁

顧栟櫚過村居宣門招飲尋樂堂

寂寞柴扉水次開西風黄葉落成堆磯邊花鴨忽羣噪知有詩人一舸來

[illegible]城

馬蹄得得入雲根山下人家樹下門日暮酒旗風不定亂鴉

飛過古幢村

汪繹辰字陳也泰來子仁和諸生有卽是深山館集

退菴氏日陳也家中落客遊無所遇居城東之南園託業于醫以自給亦工八法

送吳二樹屏之武昌

河梁握別語酸辛我已無家君遠征飢朔半生多乞食狂衡十載未成名殘春綠樹懷人夢薄暮青山客子情挂席洞庭煙水闊好收詩句向南旌

田嘉穗字西成號欖腴仁和諸生有欖腴詩稿

欖腴爲人氣高而骨重與俗人對若不屑意者遇知己二三輩飲酒論文則盡吐其胷中之奇日夕而不厭卒于乾隆九年長子垣年甫九齡也成成山云

合溪亭

巢許逃名地清溪終古留志同溪亦合百里無支流羣峯欝

蒼蒼叢篁碧修修動搖溪光裏合并寫淸幽賢尹構新亭歸然溪上頭琴尊偶斯憩懷古恣冥搜高風渺何許浩蕩來白鷗

前溪櫂歌

武康三月花未開溪流淼瀰春水來水花相映深淺色輕舟一棹沿溪迴野鷗泛漾鳧雛起綠葦新蒲點溪水舟行偏愛傍沙隄觸葉驚花過花底西來銅峴東雲溪四十九里風光齊暮入花源最深處且宿溪煙待花曙

汪浦字蘅洲坤子仁和廪生

蘅洲性簡默爲文師三陳先生少陽之暢同甫之豪止齋之易皆能涉其津岸年三十三以肺病歿

桐華書屋小集同首存大宗芝田聖幾作

細雨澹春夕空階屐齒深暝禽喧隔樹積翠上重襟靜侶少

塵色清樽愜素心坐來風淅瀝燒燭續微吟

七月初四日夜雨

南畝苗將槁西郊雨不成忽聞喧萬瓦應喜徧重城珠玉難論價匏弦無此聲晚來便美睡枕簟薄涼生

施謙字自南號蘭坨海寧諸生有涵青閣詩

寄巢為董蒲賦

三載歸田兩𠑽廬巢經那復向空虛詩情少似西臺案家具多於東野車諫草至今傳直筆名山自此有藏書會心觸處能齊物新注蟲魚學寄居

蓬萊住近喜投閒嬾似嵇康儘可攀學佛已先同楞鈍得仙難似箇人頑偶然自謂羲皇上久矣臣居廉讓閒解道此生能寄耳夢魂何意點朝班

半山道中

衝寒倚檻亂鴉邊紗帽籠頭望遠天柔櫓聲移一行雁斷煙絲曳雨來船櫋人爭乞漁村火關吏横征估客錢蘇杖青鞵歸去好故園風景又殘年

題沈石田冷泉亭圖次韻圖藏龔侍御田居家

石翁乘興寫春暉三百年來古意微雲氣未隨蒼狗化泉光猶作翠蛟飛依然照眼林巒秀淒絕聯吟耆舊稀笑指孤亭留戲語投閒會見幾人歸謂田居

四照亭看牡丹

彎環一徑抱山斜絕頂來看穩重花倚檻笑裁天上錦聞香試鬬雨前茶開疑頃刻經仙手種近空王異石家老去莫嫌貪佛日綠陰如幄四山遮

顧正謙字鳳池號栟櫚之斑子仁和監生

題錫公子畫冊四首

芳甸碧蘚滋長林新雨沐岸栁遠含煙溪水靜生綠欣茲春日長轉㪅遊蹤獨呼童攜素琴擬向巖際宿

傍山結茅堂境僻少塵累竹色周四圍因風墮寒翠中有坐隱人枯棋靜相對時聞落子聲驚起孤鶴睡

涼飈拂井幹瀼瀼露珠裛石欄坐不移得句書桐葉小童捧硯隨空廊響聞屧靜待月東升清光散瑤席

雪晴發清興衝寒訪梅花夕陽在籬落一枝橫且斜持歸插蟬鬢香氣氤氳加同心寄幽賞讀畫烹春芽

陳基字有祺號復齋海寧人世侃子官順天宛平知縣

題三河縣漱玉泉

巖通銀漢脈靈液漱成川誰琢一痕玉如飛三峽泉溼雲生絕壁驟雨瀉晴天所冀穿渠遍常滋郭外田

汪立恆字寶符號代門錢唐監生有金臺散錄再錄

代門娶范氏生一子而歿代門時甫踰冠遂終身不娶不畜姬侍府志入義行傳

楊白華

楊白華不可捉飛來飛去將安託有時誤落糞溷中有時高飛傍珠箔高者何其清卑者何其濁同是天涯漂泊身相看且莫相輕薄

李紳字漢儀仁和諸生

退庵氏日題髫年就外傳嘗從學漢儀師師無嗣頗以後事相託時題家亦甚貧非力所能任頷其意而已迨十餘年後始與兄沆併葬其三代七棺以荅諄託之意今爲檢刻遺詩寒士屯蹇一生又斬焉不祀良可慨矣

橫河步月付吳子嗣程

清游隨處任天眞童子時攜六七人强踏桂華空自惜倦扶藜杖向誰親䟽唐李老悲零落英妙吳郎荾謹醇珍重臨風暗揮淚百年身事仗公鱗

朱輅字沛霖錢唐人

江上曉發

積霧蔽歸程殘鐘帶雨聲山歌來別浦潮信轉荒城旅夢村雞喚征塵驛吏迎勞勞殊未息千古此棋枰

晚晴

養拙一身輕悠然步晚晴溪聲聞遠近山色見生平鶴到松雲動僧歸寺火明星河看欲淡村酒向誰傾

朱戴曾字子敬號魯齋郡人有魯齋詩稿

舟次元夕

良宵三五夜孤艇繫潺湲一片波間月數聲山外猿楚歌增
客思野火照荒原料得鄉園裏笙歌遶市門

嚴晙字東升號春農錢唐人

秋日同人花港避暑

映波橋畔水瀜瀜樹杪危樓壓遠空紋蹙數層宮栁浪香披一陣佊荷風（老學庵筆記蓮葉透出水面放花者謂之佊荷）薄絲羞雪紅妝女竿餌驚飛碧繼翁（鷺爲碧繼翁）清宴追陪忘溽暑歸舟涼月浸詩篷

包大瑨字積山錢唐諸生

湖頭晚步

傍晚湖邊路無人自往還薄雲依古塔淡月冷孤山歸院幾僧少休巢衆鳥閒悠然塵世外不復有人間

柴棨字哲倫才從子仁和諸生

題畫書懷

深樹林前蔭青山屋後園秋閒堪涉趣雲嬾自忘機入剡耽
名勝披圖想解衣蕭疏邱壑意北苑筆依稀

項又斯字武瞻錢唐諸生

和顧雪堂端州寄懷

羚峽貽新句迢遥隔五旬素心懷永夕離緒寄雙鱗水曲還
通夢山彎故遠人莫愁花事減舊会早酉春

王裕霖字旦融號冶山錢唐諸生

秋海棠

爽氣來天末幽姿豔碧叢綠衣承冷露紅淚墮秋風怨女魂
猶在羈人恨與同最憐嬌不語寂寞倚牆東

孫元植字可培仁和貢生

過吳門

雉堞周遭迴扁舟傍晚過疎鐘起林杪宿鷺狎漁蓑霧鎖靈巖岫雲連震澤波重游逾兩載風景更如何

周旦字濟川仁和諸生

濟川事父西岡以孝聞

書銓八弟閒居詩後

塵世渾無染悠悠盡日閒茶烹雀舌嫩香爇鷓鴣斑綠變窗前草青延雲外山相看殊不厭神在太虛閒

吳應本字漢序仁和諸生

贈橫塘李翁

二頃田園足自謀悠悠身世付滄洲醇醪羣醉周公瑾下澤長懷馬少游早歲賦閒寧計拙餘年樂志復何求山中宰相

殊多事猶要分明畫兩牛

汪曾蒡字韡堂仁和諸生有玉蘭軒集

遊寶幢寺

放棹尋開士煎茶到寶幢綠陰交紺宇白業論禪窗秀撫盆花愛清消俗慮降山僧來往熟趺坐對銀缸

桐廬道中懷門人張大受

最愛桐君山水清米家吟舫指江城畫圖恰對黃公望風雅偏懷張伯英新綠滿衣篷底坐薄寒中酒客中行吾門都講推公子應有篇章寄友生

馮國佐字東巖錢唐諸生

泊小姑塘

去國二千里西江此日遊曉看山寺古晚泊野田秋岸柳懷

何妥江花憶沈侯小舟空泛泛何處寄離愁

吳倫字廷彝號青巢郭西詩選作書巢錢唐人

秋晚偕友泛舟孤山

孤篷雲水外迢遞入浮嵐林影橫新月秋光媚碧潭高人已長往遺跡任幽探好宿巢居閣烹茶共夜談

孔尚質字元長號湻齋錢唐人

夢揚州

老去渾忘舊日游珠簾璧月幾經秋無端又作揚州夢一倚紅橋水上樓

周秉鎬字武遷仁和人

中秋夾城巷看月

爲探姮娥去行行到夾城月從橋上看天與水俱清秋色今

年勝蟾光此夜盈偶然舒一嘯凝睇近三更

唐震字伊人錢唐人

懷友

滄洲滿壁上逸興臥游長修竹綺窗映清風石榻張南征羲馭赫旅寄蓐收涼矯首遐觀久明河瀉練光

邵庚字橫菴錢唐人

德水秋懷

山川人物入奚囊不數千金陸賈裝寶劍過徐留亦好玉環聘鄭買何妨連朝風起鱸魚美八月秋深燕子忙襆被歸來那自遣故園松菊未全荒

翁世纘字載武錢唐人

岐亭城下

出岫閒雲遠寒溪有客來雪風吹短笠明月上層臺避俗人

孤往幽棲路幾回扁舟正東下欝袍不曾開

朱允治字予功郡諸生有執軒偶刊

秋郊襍興

年來放浪水雲閒借得幽居偶息關雨久籬邊花影瘦秋深

苑外柳條刪緑蘿楚楚悲騷屈濁酒盈盈論史班長笛一聲

何處響半輪明月照溪灣

傅冠字似轂號南厓仁和人有河西草堂集香臺集

宿小溪梅花山莊

舟從水窟來微茫絶行境遠渚寺鐘鳴澄潭流月影梅幽開

小築宵深客袂冷況値野風生高吟燭當秉

曲靄字岷江錢唐人

寒塘歸雁圖

榆關沙磧白何處不繁霜還憶江南暖哀聲呌夕陽

盤龍阻雨即事

積雨重陰黯淡天山坳秋興亦蕭然門前征鐸臨晨動望裏炊煙薄暮連處處蕎花翻紫浪離離粳稻徧青田為霖已滿蒼生願銅鼓迎神頌有年

余安宇位中號藍田錢唐諸生

藍田以畫松名家惜流傳絕少

西湖晚歸

相辭籬徑外緩步六橋東皓月迎歸路輕衫怯晚風山容沈霧白漁火入波紅萬籟已俱寂疎鐘來遠空

渡湘湖

秋風勁行旅薄霧隱朝霞浦岸蘆飛雪霜林葉盡花田分桑徑曲路接板橋斜獨羨鄉居者隨時度歲華

秋夜感懷

明滅燈殘夜未央穿窗螢火影低昂增涼有意風篩竹敲夢無聲月到牀世事不知誰是否天涯何處問行藏獨眠半枕書狼籍任爾丁東秋漏長

張昌言字禹韶仁和人

遊石佛山次左參政韻

路出青衣古洞南來遊入夏月初三雲封幽岫蒼苔溼厓滴清泉翠篠毵已近仙臺眞去市無多僧舍亦名庵當時石上留題客想爲公餘暫駐驂

朱世恩字俊超錢唐人官四川重慶經歷有石亭集

月夜過烏石山訪恬庵上人

乘月來湖上尋幽欲叩關蛩聲依草徑螢火點秋山曲磴危難轉高峯快共攀定僧聞笑語呼我竹籬閒

周景琦字稚韓錢唐人寄籍長洲

漢川

漢川城郭枕江隄黯黯煙波日乍低我欲倚橈訪神女暮山無際楚雲西

褚國輪錢唐貢生候選同知有今古堂詩存按輶軒續錄褚綸褚國輪皆字嗣詢皆列有南坡集未知孰是俟攷

宿御方菴題壁

晴巖飛瀑下檐前蕭寺依山不計年翠竹四圍藏古佛緣桑一帶繞平田霜鐘敲醒三生夢月鏡明開萬籟天悟得釋家

微妙理便思芉火伴棲禪

聽歌

紅樓歌板動離情一串珠圓雛鳳聲惆悵夜深人不見花階寒漏滴三更

沈維仁和人

棲水竹枝詞

上巳家家賽五侯鄉娃齊上廟山頭拳雞村酒酬香願燈繭毬絲挂滿鈎

戴武孫佚其名郡諸生

懷恬公

見說婁江去愴余未有詩夕陽孤棹遠春水片帆遲客夢閒無著禪心靜始知夜來啼鳥散明月照清池

金肇鑾字羽階號存齋錢唐監生

存齋嘗師事樊榭徵君工書能文章以衣食艱大遂舍經生業權禺筴盈縮志意卓躒決策料事往往巧發奇中入貲當得行省理問卒亦不出與杭堇浦爲丱角交閒以五七言相酬和生康熙戊寅卒乾隆丁丑府志入文苑傳

夜抵樊港晨起入吼山

一鑑潭淸千尺深危樓面面石磷磷波紋綉日晃峭壁山影壓天翻巨鱗絕頂有泉時滴翠劈空無地可棲塵也知不是神仙窟恍覺身爲世外身

孤山老梅

忽聞春信上梅花開到西湖處士家欲覓孤山眞面目至今猶有一枝斜

過焦石

水激危崖勢欲傾篙師推挽費經營分明一角瞿塘畫我亦移舟畫裏行

許奎字冠奎號花厂海寧人有花厂詩鈔

題吳尺鳧荷鉏圖

暮煙深處隱山村迎笑曾無子侯門采藥不知歸去晚滿林寒葉月黃昏

陳勉忠字純夫海寧人世侃孫

落葉

秋聲疑作雨黃葉墮遙空飛出一林月聽殘滿院風誰家吹短笛有客感飄蓬大塊無私意蕭蕭萬木同

許光驥字千里號馴齋錢唐人田孫

謁于忠肅公祠

六軍星散塞雲紅與弟謠成帝座空豈願守圭私叔武不教奇貨與劉崇北門管鑰賢勞獨東市朝衣歎息同讞獄眞如莫須有湖山碧血兩英雄

姑蘇懷古

遠望靈巖插碧空夫差曾建館娃宮于今麋鹿秋聲裏當日樓臺夕照中伍員潮翻千載恨夷光船載五湖風可憐尙有須眉氣不願餘年老甬東

查克敬字儼思海寧人

袁浦踏青詞

芒鞵穿出柳重圍嫩綠初勻薺麥肥幾處墓田人祭埽落花風帶紙錢飛

國朝杭郡詩輯卷十五終　　錢塘吳慶坻校字

清代杭郡詩輯三種彙刊

系列叢書

國朝杭郡詩輯

第四册

（清）吴顥 輯 （清）吴振棫 重編
杭州圖書館 整理

國家圖書館出版社

第四册目録

國朝杭郡詩輯卷二十五目

乾隆二十六年辛巳至三十五年庚寅以科目爲次

孫士毅　徐紹鑑　楊學易　許飛鵬　曹延宗

周元鼎　姜以潮　王學濂　陸　飛　陳　嵇

嚴　誠　周　蓮　嵇奎光　羅　棠　湯　憲

翁光逵　周　燮　吳繩基　祝懋誠　沈世煒

施學濂　沈映桂　王　昞　成　金　張嘉猷

張時風　龔禔身　盧潮生　馮　元　嚴　果

高　順　郭之端

凡三十二人

國朝杭郡詩輯卷二十五　錢唐吳顥原本　孫振棫重編

孫士毅字智冶號補山仁和人乾隆辛巳進士壬午　南巡召試一等授內閣中書歷官文淵閣大學士四川總督贈公爵謚文靖有百一山房詩文集

文靖家臨平鎮世業賈時德清蔡某在鎮授徒强令附學父弗喜也補學官弟子仍令居肆年四十始登賢書庚辰下第旅困長安辛巳以二甲三名成進士卒不用壬午南巡應召試謂家人曰此試不得官當沈西湖不復與若輩見矣已而以中書用前此召試俱以諸生入選以進士召試自文靖始也不十年開府滇南緣事落職旋起用爲翰林院編修歷藩撫升總督職兼將相以征安南功封一等謀勇公安南復亂上表自劾削公爵乙卯苗叛時文靖年已七十有七以勞卒于軍營上追念勳庸復還公爵吾郡科目中膺五等封者文靖一人而已

初至秀山作四首（乙卯春閏督理軍營糧餉）

山城伏莽太縱橫風鶴還嗤草木兵白芀登陴齊授甲（時募鄉勇）

過賊紅秈給廩罷呼庚邑遭焚掠開倉賑之旄頭亟散蚩尤霧畫角徐移驛騎營不用丸泥封戶關城之守禦塞數門予至卽令洞開聽民出入使君來爲督春耕

春臺作息萬方同鑾觸無端動內訌釁起苗人讎殺客民已戒三邊嚴斥堠川黔楚三省俱於沿邊撥兵堵剿更勞十乘啓元戎敬齋公相聞匪苗滋事卽自滇南趣裝視師聖朝合著賢臣頌名將眞饒國士風希齋制軍入覲途次聞信卽拜摺馳赴軍營諭旨褒寵深以得人慶竚卜捷書頻刺閤恩言不喜得遼東朝聞虎旅下重霄上令巴圖魯侍衞馳赴軍前聽調遣夕詛欃星隕麗譙吳堰甘蟲原是識羅平鶩鳥竟成妖軍傳馬首迎裴度聞敬齋公相已至銅仁帝許階前格有苗奏旨匪苗投出者貸其死給復綸音來絡驛一時野哭變衢謠

蕭蕭霜霰已盈顚僂指瓜期帝亟憐某屢奏回京供職入之命事牽不果

覲建封仍赴鎮己酉由川督調任兩江辛亥復奉恩命赴蜀登樓德裕又籌邊流亡未復無分土黔楚難民入川境者二萬有奇奉旨概予撫恤創痛方深仗稔年郊望歸來聊一適茅茨次第起炊烟

匪苗干紀半載于茲予督軍儲兼防後路念征夫之況瘁冀露布之遄聞卽事抒懷再成四首仍用前韻

蜀山巀嶪楚江橫鉦鼓連連未洗兵燕爲危巢思避戊大兵臨楚匪苗震懾欲逃士因零雨感飛庚朝催蓐食風清塞夜數更籌月滿營料得趁墟人散後隰畛兩兩帶烟耕

彌野行看我稼同蚍蜉底事尚成訌千軍啞咤摧長狄五棨馳驅賦小戎椎髻早知依夔日黔省良苗于賊匪起事時投營自効卉衣從此被華風幺麿自絕前車在豈忘三秦與二東山左王倫甘省蘇四十三皆以內地姦民自取屠戮

毀室煩冤叫九霄卒瘏忍見羽譙譙丸探赤白原名盜匪苗有黑紅花三種石隕春秋合紀妖楚苗石三保黠苗石盄登皆盜首也羌俗牽羊防兩面羌人無信韋皐鎮蜀羌內附後潛通吐魯番故謂之兩面羌時逆苗紛紛出降故云虞廷害馬是三苗凱旋試聽蘆笙迓聯袂還歌踢踢謠苗砦吹六管笙搖足而歌又名踢踢歌字裏橫舟類米顛闞心深荷故人憐頃接沈觀察杏雨書具述全家阽危之狀並以予扶病駐劄秀山備勞慰問三經鳳翅雞頭路余三至蜀鳳皇嶺雞頭關皆入蜀險棧五度金戈鐵馬邊予料理軍務此爲五次頗老已嘶遺矢候終童還憶棄繻年跕鳶何日毆淫毒聞說辰陽突少烟時楚苗尚負固

徐紹鑑字治通號鏡山錢唐人乾隆辛巳進士官安徽舒城知縣有寒竽齋詩存北歸草

天津郵鎮

絕去塵囂市不譁隔隄深處有人家老漁遲爨爲縫網郵婦

早燈因浴麻烟黛橫空連遠嶂雲根低起傍平沙一鉤新月
林間上莫羨張騫泛使槎

楊學易字義承號琴最雍建曾孫中訥孫乾隆壬午舉人

有雪笑集抑隅草堂集

義承身居華胄而恂恂儒雅無異寒素博極羣書尤長于詩鄉薦時年已五十一先是以久困棘闈因發憤禱于漢前將軍願減算以博一第祈得五十功名心已灰籤迨秋試首題爲加我數年二句遂獲雋明年春偕計東北上復叩前門關帝祠得我曾許汝事和諧一籤怵然有省且憶劉忠定言他論五十爲卒之語卽束裝歸至家而卒兄蕡洲亦以名孝廉授敎習未及期卒于京邸時人重其學而悲其遇有二陸之目

幽居

不知天色曙但覺林鳥鳴披衣起盥漱胸膈有餘清手持淵
明詩咿唔面前楹時於字句外悠然對無生柴桑徑久荒晚
節粲秋英假令詩不高猶傳處士名而況下筆時語妙淡以

成朱絃一唱歎何地容新聲

送抒葵子

前月哉生明爾父有所之檥舟忽過我欲去重遲遲聚首十五載分袂竟在茲胸中千萬緒紛如抽亂絲恐傷游子懷不忍吐一詞執手强歡笑此意誰能知別來恰盈月無計慰我思都門遠莫覯幸有玉雪兒招之俾來前晨夕相娛嬉一旦別我去顧我垂淚洟本欲慰離恨翻增我傷悲故鄉見面易臨發心已違何況平生人握手知何時

題海鹽蓮峯家兄華陰行旅圖

噴雲洩霧高巃嵸呼吸帝座眞可通巨靈縮手不敢動三峯突兀撐晴空存仙壯麗在何處荒烟明滅斜陽中只餘倚天盤盤七千丈厓青谷白萬古無終窮宣城久遐舉太白徒豪

雄若非青天歷歷尚可問驚人佳句誰復憐其工生綃繪此歎殊絕令我四顧心忡忡我家與君出宏農三鱣大鳥傳清風自從遷徙落江海何異斂翼棲樊籠月明寒照玉石馬風輕香度青芙蓉夐而不見但搔首蒲池柏箭西望浮空濛羨君紫氣來自東銜環訪徧前人蹤鳴鞭一笑墮驢背荒唐肯覓修羊公披圖落落開心胸何須狡獪騎茅龍車箱箭括落吾手吾子攖身已過雲臺峰

顧俠君選元百家詩以元遺山先生冠其首因題于後

古人立身有終始麥秀歌殘肯再仕選詩莫作文藝看是中微具春秋旨箕山琴臺誰所作神童合數元才子天與初年知制誥九天珠玉隨風起拖雷車聲動地來如帶黃河何足

恃紅燈火滅紙鳶斷金字樓邊龍失水三十七軍走北地五百餘人僇東市孤臣虎口拔身去野史亭前日延佇空山遺稿天畱在欲訴愁襟憑寸紙（先生構野史亭于家寸紙細字輒爲收錄）古來期頤最誤人每恨賢豪不能死天公欲使名德昌早遣先生騎箕尾（先生國亡不仕元世祖聞其名將以館閣處之聞其卒而止）生前不作莽大夫死後應書前進士誰將詩集冠蒙古想見九原目猶視淵明豈肯臣寄奴我欲揮毫刪宋史若將公集殿中州完顏一代成起止維持風敎勿墜地豈獨先生堪雪恥嗚呼丈夫國亡多變節編入興朝亦宜耳憑誰寄語馮瀛王畢竟置身何代是

俞秉淵題鄭司戶秋江把釣圖索和卽倣其體

廣文先生堂繫馬襟期不在羲皇下簷花細雨夜無聲千里長江向身瀉驪山佳麗多爲塵白頭子弟無一人開元舊物

此本在苕磯茅屋猶如新台州老去空泛槩從此窮魚投世網江清何處容涸鱗秋色東南餘魍魎風波宦海無時無何不蚤賦歸來乎櫆頭艇子白浪穩輸與烟波一釣徒

喜鶴汀先生歸兼聞初春仍作楚游感而賦此

亦知君來難久聚如此家鄉豈能住歸帆乍卸浙江潮離心已挂晴川樹暫歸只將別恨添底事揚眉與氣吐豈知生平諸故友盡向天涯作流寓顧廷宣張絅懷等俱散去門前流水太無情不載人來載人去秋風春草年復年忽報先生已回馭阿儂未敢望從前握手朝朝更暮暮但願經年覯一面猶勝萍蹤不知處憶昨送君我抱病鳩形鵠面吁可怖而今豈但喜君歸瘦骨珊珊幸如故居者回思落日愁行人解作登樓賦相思三載話不盡及至相逢無一句開時莫惜惠然顧春波綠徧

來時路

俞秉淵歸自山左閱所作沖谷詩鈔即題其後

嗟君蹤跡如秋蓬喜君一棹來山東羨君長揖出詩卷插天朵朵青芙蓉世人學詩各有宗出此入彼羣相攻巋然李杜出天寶辟若巨手開洪濛後來好杜不好李杜有階級能攀從謫仙仙才無可倣絕逕但許風雲通壯如錢唐初破陣豔如貴主將還宮嶺猿夜啼霜月白海日朝隮鯨波紅瓣香欲往少此膽坐令故紙塵埃封君乎發篋自詮解掃除謬解歸牢籠閉門覓句心更細餘子落落誰爲雄敗衣終日走荆棘何如天馬行虛空當其奔放忽含蓄頓覺餘味留胸中伊余平生最嗜杜相逢水乳偏交融嗚呼二者有流弊狂言欲發驚盲聾腐儒涕淚收拾淨屏當玉女麾雷公廬山面目經洗

發泊舟始見香爐峰皮毛削盡煥神采光芒萬丈將毋同君登任城弔太白高樓長嘯來天風南池景物無恙否鳴蟬洗馬多遺蹤他年重到爲補作江山文藻無時窮少陵箋罷頻問訊一函其寄南飛鴻（聞星槎在山左箋杜頗多駁正故及之）

俞玉亭約游弢光不果

昔我弢光去蒼然一徑閒峯巒當戶立心跡對僧閒日色不到地泉聲多在山勝游今未果無計出塵寰

同人約游戒壇寺余以事阻不赴

路轉斜通寺溪迴曲抱林幾忘漢魏晉自有去來今盡日碧雲合孤村黃葉深此中有眞意與到愜幽尋

徑僻斷人跡林深鎖夕霏風前幡影轉烟外磬聲微欲訪青蓮宇來敲白版扉塵緣揮未絕何日問傳衣

梅花

解得橫斜意何妨但一枝空山相對處殘雪欲消時月色有虛照溪光無定姿春風如向北不敢怨開遲

落葉

霜清露白正愁予綠葉成陰轉盼虛遙聽深林疑走鹿乍飄淺渚忽沈魚美人流水秋題句名士空山夜讀書欲往靈湫尋舊蹟亭皐風景正蕭疏

春草

蔥蘢到處伴花茵綠繡平蕪漸漸勻消受紅羅留細步護持油壁襯香輪十年老我衫如舊一夕思君夢更新吟罷春風誰賞鑒街頭米貴正愁人

送俞玉亭之三原

箭筈車箱一徑通漫誇形勝制山東寶雞去後雄圖盡石鼓敲殘帝業空露冷神臺非漢月雁飛汾水又秋風憑君踏徧繁華地多在斜陽細草中

寄鶴汀

瀟灑襟期十畝閒名園坐對日寬閒滿天素月宵忘燭一卷黃庭晝掩關流水自環花外路殘烟欲動雨中山何當放棹南塘去踏破苔痕幾處斑

蟋蟀

幾番青眼到牙籠恩遇全收一戰中敢謂英雄多草莽由來甲士半沙蟲新亭淚後翻加號（馬士英號蟋蟀相公）葛嶺閒時更策功千古綸扉頻注意當年將相似和衷

吟聲惻惻破黃昏籬落呼童入夜邨粒米便須邀死力一鳴

何惜報深恩定知身在終橫草待得功成亦覆盆浹脰銜鬚緣底事紛紛戰骨有誰存

懷抒葵

最恨春帆十幅斜故人載去客天涯欲知別後消磨法盡日相看繡竹花花係抒葵所贈

許飛鵬字漢槎號東軒海寧人惟權從子乾隆壬午舉人

謁張忠烈祠二首

遺廟臨青甸精靈貫彩虹業終揚李翰名早識于嵩扞敵孤城險捐軀百戰雄乞師誰斷指配食盡貞忠

畫閣遺容邈琳宮祀典諧紀功先李郭遺愛徧江淮百里思畱轍三軍痛析骸呼兒誰共守銘勒茲勳階

雨中過淇水

溼雲翻墨灑空濛署逗朝霞一縷紅高柳分行烟作合長虹跨影水當中關河走馬頻年路士女漸車舊日風猶想桑田詩境好欲從雨後問村翁

曹延宗字因可號可堂錢唐人乾隆壬午舉人可堂年十四補諸生著有經史析疑十餘卷

重游王氏山莊

更無人迹有苔錢回首登臨一悵然曾聽樓頭寒食雨又來湖上晚涼天癡雲作意籠烟渚流水無聲入野田松下儻容施榻臥便消長夏日如年

城南懷古

雲斷山城夕照開百年人事等塵埃黃龍未遂將軍願白馬徒深帝子哀眼見烟霞迷水石可憐荆棘没樓臺東風不解

南朝恨猶遺雙飛蛺蝶來

周元鼎字定三號山簾錢唐人乾隆壬午舉人

鳳皇山懷古

故宮曾築翠鸞環南渡偏安帝業艱半壁笙歌埋白塔一時羅綺賸青山漆燈入夜樵人見螢火侵苔輦路斑聞說江潮三日駐迄今猶自響潺湲

山勢龍飛選佛場松陰無復蔽層岡宮梅親被光堯露檻甃空流德壽觴滿眼雲濤成俯仰接天烟樹管興亡表忠觀裏豐碑在尚有靈旗閃夕陽

姜以潮字星若餘杭人乾隆壬午　恩貢

南隄踏青

春光駘蕩賣餳天十里晴湖柳撲緜騎馬乘船都不會踏青

印徧展痕圖

王學濂字志周一字廉泉號耕塵仁和人乾隆癸未進士官四川德陽知縣有清燮堂詩稿

耕塵成進士後銓授碭山令黃書厓懷耕塵詩云說尹不去口江南客到時杏花生遠夢廉吏竟堪爲日飲清淮水閒吟杜老詩漫言經濟好儒雅亦吾師可以概見矣以憂起補四川德陽縣讞獄多平反有王青天之稱嘗攝緜竹篆吏進供億弗受及還留俸以俟後至吏役追送諸途御之迫卒于德陽任紳民巷哭尸設位以奠

重九前二日登蓬萊閣

斷鼇百尺駕巍臺秋色平分爽氣開瀛島星河環北極節樓鼓角壯東萊天低雲影千峯變風急濤聲萬馬來欲把茱萸期汗漫振衣身到九重垓

朝宗巨浸奠坤隅記里嵎夷列版圖荒徼即今通濊貊巖疆自昔痛倭奴北望朝鮮東近日本沙門守望餘烽息估客帆檣落照孤

傑閣若敎臨輦道會看春雨長龍芻

徐州道中感懷寄崇明范明府

彭城山色帶斜曛消息頻看海嶠雲蜀客黃樓會作賦吳蒙白袷尚能軍舞衫歌扇因緣薄華髮春燈荏苒分儘把生涯赴行役每逢佳節便思君

駑馬投槽又著鞭十年骯髒舊鞍韉依然蕭寺聞鐘客愁對清江上瀨船歸夢湖山春社外懷人詩句落花邊范丹心跡潛夫論自昔風流得共傳

陸飛字起潛號筱飲仁和人乾隆乙酉解元有筱飲齋稿四卷

筱飲家湖墅江漲橋之北善畫工詩性尤高曠除夕題畫詩云硯池含凍筆生丫卯酒三杯興轉賒歲事如何都不問一庭殘雪寫梅花其懷抱可想矣于湖上造小舟日自度航筆牀茶竈以水爲家不復知有軟紅塵土

得魚沽酒賣畫買山則舟中楹帖也後以貧售之他人作賣自度航詩所居聽事有荷風竹露草堂頗極幽勝後亦折毀陳二酉燦作詩傷之府志八文苑傳

孝子詩 并序

孝子詩爲余師作也師姚姓名麟祥仁和諸生居塘西鎮娶德清沈氏女生三子次最慧爲其族人某後先後俱沒竟無嗣懼實行之就湮迺爲詩冀采風者錄焉

孝子生早孤辛苦甘寒飢晨昏無以養莫慰母氏衰有僕業竹器負販相與爲不惜市儈伍豈慮世澤微梅花出秀句驚歎逢張醫有醫張某至孝子家見案上有句云月自梅花背後來問知孝子作大稱賞遂勸習舉子業始補弟子員阿母顧謂兒兒相寧富貴兒命實數奇一衿可終身慎勿妄有期再拜語阿母兒惟耽文辭窮居亦所忻講畫爲經師母年至八十孝子已白髭母身無苦患雙頰比凝脂

老妻倖德曜力作奉孀慈屋後有廢壤翻土芟蒿藜蒔蔬佐菽旨瓜芋大且肥嬌兒好眉眼十歲吐珠璣日讀三百行喜甚甘含飴阿母或上堂孝子走相依柔聲呼阿母以頮慰母頤母手撫兒頂攲側爲兒嬉庭前紅薔薇綠蔓穿疏籬牽衣坐花底爲母哦新詞春秋感節序母心或不怡婦時侍中閨視色懽扶持嬲姑行後闈嬲奴鳥切見嵇康與山巨源絕交書今塘西鄉語謂纏擾不已曰嬲百誘虁一欸抱頸負姑走姑語婦勿癡嗔呼故相惱兒前叱其妻老姑忽破顏婦乃笑不支一朝痛母沒夫婦爲兒啼鄰里爲罷社弟子爲廢詩孝子必有後淹沒竟若斯行孝豈在報錫祚理亦宜我詩不忍詳歌之有餘悲

同人省金丈麴農墓

寒飈吹霜林哀響激巖谷霜葉赤于血亂向人衣撲吾徒念

舊侶及此草未宿釃酒還空陳逝川不可復生存戀母兄死亦共骸髑與母兄合葬妻孥竟何如感歎樵牧憶昔築墳日殘暑尚蒸溽忽已迫仲冬徒傷歲月促墳成僅四尺其上無一木霖雨日摧塌漸恐作平陸回首各酸辛欲去更躑躅蒼烟迷落日老鴉作人哭

觀潮

滄江變凝紫帆楫散無影海門浮兩尖熻閃弄光景如牆萬人立目力破澥溟儼與大敵遇消息屢虛警晴空斷飛絲粉筆界修綆訌訌動鉦鐃磕磕走雷霆蜿蜒雙虹流蹴踏萬馬驕似聞詫伍侯英靈赫猶永忠孝理不二鞭墓甚亡郢於越又誰仇餘怒氣何猛流傳定多誣讀史齒嘗冷平生侈壯觀秋至聊一逞盈虧信弦望消長閱俄頃仰視浮圖高霜隼盤

絕頂乾坤送清曠耳目返晏靜

讀史襍詠

秦政哆虎口誰能料其須刻石登之罘萬乘轢海隅子房志報韓力士胡爲乎奮錐動天地事與朱亥殊生死秘一已豈宜他人俱十日索不得千載名亦無良雖狀女子氣矜荊聶徒疑工擊刺術神授猶素書無成恥自諱小憤戒一夫翺翔鋒鏑際從容帷幄邀至今穀城下黃石亦子虛

蕭何舊爲吏曹參歷戎行周勃織簿曲申屠嘉蹶張公孫飯脫粟懷詐虛贊襄田蚡治第宅賂遺通四方王氏寵不疑獻佞有安昌董賢貴莫比迎拜爲孔光後先皆漢相誰爲漢之良偏以儒術進敗德亂厥常鄙夫患得失何必無文章

和丁丈敬身觀忠天廟畫壁歌廟在北墅若蘭村祀越國公汪華畫爲先

曾祖諱瀚少微公筆 宋汪藻靈惠公廟詩鐵馬威神通異域衮龍書命降中天靈惠公卽汪華宋時廟號忠烈見瀛奎律髓忠天或當是中天或當是忠烈存攷

龍泓先生老嗜古絜劉彥齊眼無匹走尋北墅觀壁畫竟日摩挲塵暗撥故人重示畫壁詩再拜讀之心惙惙吁嗟我祖値喪亂避地來依山水窟空將鬱勃寫丹青平判年華銷麴蘗余祖没于崇禎丙子年纔四十有六平居率以十五日作畫十五日飲酒裹金致帛奚足多斷素餘縑爭歎絕俗師耳食續圖繪敢用雌黃插牙舌傳濤竊筆亂眞贋客主不分乃淆列濤本余家客余祖既没始以殘藁取利藍氏刻圖繪寶鑑不特不爲余祖立傳並與濤附譏識者鄙之可憐紛紛論雅俗六品誰能辨神逸今看此壁佛畫在上溯探微差未没記余畫癖自髫齡衝雨來看年十七神天颯沓辨黯黮丹粉淺深留凹凸龍頭菌蠢象麟轄幢葢飛揚衣秀發森或鑾君獰鬼伯形鈌神全意猶活

白毫光裏想眞如殘暈重輪互明滅長廊無人竄蒼鼠古木號風盤老鶻坐疑白晝弄荒怪行觸飛埃動毛髮是時剝蝕猶未深欲補但愁庸史拙洎今狼藉更廿年佛火巫香自薰爇飢驅顧我少家居枌榆舊社久蕭瑟先人遺跡寄靈祠詎比雲烟眼虛瞥好事如翁世所希珍重長歌稿新脫古來好手何時無零落空傷人代閱石馬銅駝盡劫灰玉軸金題遭割截君不見廟前流水抱桑田十圍櫟樹猶蓊蔚

運石歌

轉石西山嗚嗚啞啞方舟何許運高家高家堰險不遠淮隄盤盤出城上洪河入天不可望去秋淫潦何湯湯一日一丈難禁當河官縛茅此防險屋上魚跳八尺强

天子惻然念澤國特遣國工臨水測高寬厚薄準銅尺山脈

不傷殄民力大船小船行勿艱中丞入告停算緡官府與爾
僱役錢

轉粟歌

江南饑恃楚熟　特詔開倉趣轉粟唱籌量米臨江滸黃旗
十十復五五銅聲鍠鍠催曉起銜尾中流競邪許江水不動
平於槽帆曳不高鳴艣勞由來救饑如救溺祝風願風去勿
逆公家催運有程期官吏在船不可欺愼勿漬水兼糠粃一
粟一粒非我私客舟未發爾先發客舟俱歇爾勿歇嗚呼汝
不聞江南饑民旦夕死汝食雖勞猶飽喫

題李司馬畇木龍書

黃流澒洞古所患神禹不能使西逝巨靈一掌擘青冥崩豁
乾坤劃中界湯湯淮水河澌澌自昔分流與海會汎舟控引

漕東南以水敵水水以濟瀾浤騰鬱馳兩雄濁流必藉清流制其强易弱亦易强强弱相乘倏殊勢下民其咨帝曰吁親臨築隄垂億世九重實切昏墊憂凡百臣工敢云懈李君首獻木龍書相國崇功爾攸賴清口告險李首創木龍之法東軒相公克有成功帝命欽哉試可以永誌河防著爲例古來良法傳何多智創巧述得其意是法昉自陳堯俞昔制今增益詳備引徽落斧矩不踰木屑竹頭無妄費之而鱗甲杷梓爲挑溜停淤藉長計吁嗟乎吾聞人之精神足以貫金石以誠守之功弗替君不見錢唐鐵努沈作泥萬古潮頭猶卻避

武昌學署山亭坐月同戴丈綸掌李二受之得明字

山影倚檐平江流暗抱城酒難官蘗醉月得楚鄉明木葉有

秋意候蟲多苦聲露涼吹越葛各是故園情

同茨檐蘭陔過槐塘畱飲

離居思有道晴色入秋城老屋苔花潤深盃酒味清交因崇古厚氣以說詩平更歎茅容母畱賓許特烹

同蘇崑璠吳穎超星巖兄弟飲吳山酒樓

別有旗亭與相攜上翠微暮潮浮檻過黃葉入城飛老大常爲客艱難更一歸吳山舊游地向日酒徒希

送漢陽蔡明府遷任黃岡

茂宰移官日羇人動別愁柳條新上巳山色古黃州去鵠乘春水鳴琴上竹樓江濤獨淒愴詎止爲依劉

舟次桐廬明日入瀧有作

桐水綠仍舊霜毛白漸加去鄉憐石首今年家鄉黃魚最早取醉問金

華幾點孤篷雨深更短燭花戍樓知不遠紞紞鼓頻撾

七里樵風便飄飄水石閒波濤何處急日月此中閒晞髮淩

千仞披蓑占一灣輸他黃子久寫盡富春山

不寐

永夜翻嫌官舍幽薄寒先犯客衾裯霜晴白月欺燈入風急

黃河上枕流汩汩自工逢世術悄悄誰切為民憂故鄉消息

頻關念穀貴錢荒望有秋

離江陵

回望江陵隔渚烟又攜襆被載鰍船好風微蹙鞾紋水落日

初曛卵色天為客也知關定命逢人惟畏說凶年西陲耆定

銷兵氣塞雁銜寒信早傳

蕭山

達台門外集昏鴉霸業銷沈戰跡賒潘水東流通極浦固陵西踞抱寒沙夜航穿市千家寂縣郭依山百雉斜明日相逢越溪女短裙高髻摘棉花

登六和塔

江寺初晴淨麴塵塔鈴吹語喚游人龍蛇仰出標羣象河漢西流帶遠春得氣風雲歸鳳舞無情潮汐上魚鱗宋家宮闕錢王土俯檻蒼茫蹟已陳

湖上晚歸

寒烟漠漠荻蕭蕭湖上歸人酒半消兩岸霜紅鴉桕樹短篙撐過下泥橋

拄策荒村日脚低桑顛葉脫見鳴雞閒門狠籍枯荷葉白蕩西風看罱泥

陳嵇字元山號雪廬原名崙仁和人錢唐籍乾隆乙酉舉人有蕡香閣詩集

雪廬三上春官不第家居授徒又往來粵東西幾三十年右大指駢以左手作字別有奇趣工于倚聲吳祭酒錫麒甚推挹之有霞客道情詞一卷壺春詞一卷嘗念五代人文散失仿唐宋紀事詩例輯五代詩紀事三十二卷詩逸外記若干卷若所著約略語看竹隨筆課兒日錄絕妙好詞補註雪道人脤彙皆未成之書也

戊寅季冬同人觀龍興寺陁羅尼經石幢分韻得盡字

廢寺沿蕭梁鮑公此高隱中有古佛幢紀年千載犖嶄然能奪角阜爾竹柚筍周遭起觚稜石泐字或泯吾黨靜者流見之各殿殿手摸得全文不異蔡邕敏寒日正陰曀朔風轉淒縈圜圖作一闋觀者或至哂我思波利僧結願亦可憫獨行脚踝胝膜拜滂淚隕往還萬里途金字等懷瑾牟尼燭空虛

多羅感靈蠢再禮國一龕遺跡幸未殞淨土勝因緣塵區困羈靮誰超苦海深每懼捷徑窘鳥棲荼烟寒雀下齋盋盡細參文字禪其道在堅忍

清風草廬對雨

尚書結草廬秀色收羣峰森聳竹千个上樓烟翠濃山蟬不敢吟萬玉寒琤瑽絺衣汗新浣挂在檐際松東鄰颶酒旆西寺傳齋鐘鐘聲度遙嶺驚起井底龍奔騰山雨來黿鼉湖雲封飛泉迸石壁階水流淙淙跳珠散蕢末時有魚唫喁夕虹帶斷塔遠浦移釣篷鷗鷺有秋色回波亂芙蓉炎涼忽變態感我登臨胸

十六夜同人再飲五樓感賦

明月如故人相待在東巘依然照高樓此輿復不淺取徑循

琳宮泠然御風善昨夜驚飛鳥今夕吠仙犬危梯爭先登莫道來者鮮上有肉食子避之如禁臠但期布席寬無事勝地選重來琖更洗坐久燭頻翦歌必翻新聲令不數舊典俄焉海濤驚木葉盡飛卷漸看雲路迷未礙冰輪碾憑欄恣嘯傲懷古重游衍憶昔開霸圖此地駐春輦花田瘞愁香石井生古蘚我徒久羇旅蓬梗任飄轉有月卽中秋何須戒沈湎百年會誠難七日飲非舛聯吟下山歌懷抱藉此遣岐路各揮手明朝約誰踐

夏日過小有天園

南山路逶迤樹杪翠屏出岡巒互鉤帶一一勢遒逸誰輸買山錢於此築幽室虛館拓疎窗危亭壓文礩軒楹不在多往往謝丹漆亭午微雨過林梢墮盧橘老檜生涼颸山蟬鼓清

瑟危欄不可凭陰洞暫促膝靜中思物理與廢孰能詰錦衣開霸圖梵宇若比櫛千年刧火餘存者或十一壑庵坡公詩琴臺米芾筆涑水磨厓碑卦畫家人吉禮經數百言文古義亦質剔蘚三摩挲結體賞精密惜哉竹垞翁題名已鈌失未能齊得喪何以豁塵洳鏗然上方鐘敲落渡頭日

薲香閣懷同學諸子

疎柳閒疎篁脩然水一方圖書塵不到濠濮與難量風蹙魚鱗紫波翻鴨腳黃誰家舟不繫搖蕩晚薲香

舟中寄王少梁先生王名灝以甲科授東莞令嘗游海幢寺贈先君詩云樹老僧同瘦雛羣鶴亦雙

古寺飛雙鶴傳來好句工琴堂秋色裏烟艇海雲東倦客悲長路舟人惜晚風何當明月夜清嘯聽遙空

八日立春王侍讀湧輪招飲趙氏南華堂

八日攜賓從名園借客看點衣花五出埽石竹千竿水縮魚沝露堂深鶴氅寒圖書歸得計及此醉春盤

吳江夜行

風雪一川明吳船半夜行沙鷗何處夢水驛不知更偶憶吟楓客遥聞折竹聲余懷轉清曠何似剡溪情

酒旗

簪成宿釀向人誇粉字書帘出屋斜晴日一竿妨燕子春風雙尾捲楊花招來燕市荆卿侶認取餘杭阿姥家栁陌南頭還識我年年常是酒錢賒

和丁丈龍泖南屏得石之作

一朶芙蓉九華齊玉蟾蜍小硯山低南屏忽向窗中列東海

誰知袖裏攜不厭摩挲吟秀句爲憐磊落伴幽棲抱雲已逐飛烟散甲乙從知孄品題抱雲亦先生所得石

和黃相圃移居用樊榭徵君韻詩

自笑塵勞萬里餘五年歸戀一蝸居殘書散亂仍堆案野水縱橫不滿渠最喜故人成小築若容高臥即吾廬西湖只隔平橋路暇便拏舟狎老漁

先生四十未華顛寫入圖中勝葛仙尊甫濚江先生三徑雨分蕭寺竹全家春上郭門船安排茶磨呼僮碾拂拭繩牀借客眠莫道小園泉石少明年也費買花錢

跌宕風前皁帽斜無雙才子客爭誇詩清似濯空潭水人瘦宜栽遶屋花別有枌榆聯里社更無鵝鴨惱鄰家龍興古寺鐘聲動一破江城晚市譁

歲晚錐刀百不聞矮牋殘墨盡書勳定傳詞客千秋業敢與村師一例云沙上雪深留雁爪橋南水闊沒鷗羣結鄰倘踐他年約許我豪吟醉夜分

題姚春漪懷人覓句圖

步屧平橋路不紆琴樽花下屢招呼如何歲晚題詩客忘卻鄉園舊酒徒

桃花深隝桂堂新會記笙歌祖席陳霜月一彎鐘幾杵丹楓江上獨歸人

李生物化幾經秋每過溪堂淚欲流聞有詩歌三百首煩君重覓錦囊收李澄齋早世圖中所懷之一也

嚴誠字力闇號鐵橋仁和人果弟乾隆乙酉舉人

鐵橋少聰穎書一覽卽成誦篆隷行楷皆有師法嘗見其印文曰八分一字直百金其寶重如此畫則以紫毫

枯墨作之不事渲染尤工貌人物草草勾勒神態畢肖年三十六遽以疾沒府志人文苑傳

魏栖洲重葺草堂

栖洲先生堪絕倒妻子飢寒不相保撚髭搖膝誇詩好年才四十形漸槁前身得非郊與島數閒破屋縱復横晝夜不絕吟詩聲可憐徒有草堂名今秋猛雨天欲傾漂搖牖戶愁支撐於是先生少歡趣覆壓兼爲旁舍懼鳩工庀材勞百慮剜肉醫創非所顧艱難幾失吟詩處先生之居逼市廛號爲草堂胡以然豈不正賴先生賢先生之詩萬古傳杜陵韋曲相後先連雲廣廈世都有主人不識爲誰某此如傳舍豈長久愚者矜之良可醜孰與草堂名不朽先生隱德人不知寧獨風雅爲吾師囊空不寄尺寸貲自省厥罪安能辭今日居然來賦詩

題沈耕翁竊餘稿

沈翁白首精詩律弟子朱三稱入室朱三失志成潦倒扁舟襆被江南道篋中一卷沈翁詩祕惜寧論萬金寶世閒得喪難預期翁詩乃有人竊之仙官六丁不自取夜半假手於偷兒朱三不愁貲斧喪但愁翁詩無見時翁詩之好人不知授受獨有朱三私手鈔口吟經幾載十不記一空嗟咨歸來掇拾賸殘稿一鱗片甲將奚爲我思當年白太傅晚學無生起遐悟獨于詩卷未忘情南禪東林敎徧貯翁詩何能自流布而今傳入江南去安知不藉偷兒助浮沈顯晦皆有數區區朱三不足怒

書朱朗齋題壁詩後次九峰兄韻

沈耕翁老病幾死仍苦飢寒朗齋爲其門人獨持高義

來奉晨昏割草堂之半以居其妻子因題詩數百言于壁上辭甚感慨予兄九峰書四十字于其後而予和之云爾

吾子敦風義艱難葺此廬與師爲老伴入室只殘書遂有升沈感翻思會合初頭顱各如許相對意躊躇

九月朔日郁佩先招同吳西林先生魏玉衡陳元山丁希曾集東嘯軒看桂分韻得軒字

連蜷青桂樹涼影滿東軒半畝勢疑壓三秋香始繁坐分苔石冷吟鬬草蟲喧不覺芳華晚關情更酒尊

聞王丈古鐵訃以詩哭之

破屋古城東清羸見此翁自緣安大拙未肯怨奇窮九食三旬餒千秋五字工惟應邢石臼差得竝高風

枕上漫興

袴褶捐來一月餘，轉於岑寂得歡娛。題詩慣遣兒尋筆，讀畫時勞婦啓幮。自歎衰衾惟賸骨，忽驚對鏡陡生須。塵緣盡處豪心死，已分殘年作朽株。

輓沈耕翁二首

廿年還往見交情，折節能將輩行輕。委巷論文稱小友，草堂開讌其門生。書憐十上終齎志，室喜三遷總望衡。今日追思成腹痛，卻看遺稿涕縱橫。

看花載酒韻同分，杖履春風笑語溫。一室總饒貧士樂，此鄉眞見薄夫敦。文章喜我微名就（予領鄉薦後，家兒嘗過草堂探病，翁扶掖下樓，喜動顏色，已而執手嗚咽），詩卷憐公結習存（彌留時猶以詩稿屬其弟子）。貌取淸姿猶彷彿，歲時展拜肅心魂（予于翁詩集簡端寫翁小像，見者以爲絕肖，春秋瓣香之祭，擬陳之几側焉）。

周蓮字予同號玉井海寧人乾隆乙酉舉人官中書有玉井山樵詩鈔

玉井家多藏書偕其弟春自爲師友皆以博學名父中風危篤籲天請代及卒慟絕復甦毀瘠特甚母疾衣不解帶目不交睫旬餘須髮頓白所著有五代史鈔五百羅漢志嘗夢入雲棲丈室見壞衣斷拂老僧數百人皆在室中惟一座尚虛中有一人顧之曰後四十年君當來此遂寤歿後以其時攷之良合府志入孝友傳

寄懷秋坪夫子時游洛陽欲歸未果故末句及之

極望霜天照眼明數行征雁動離情楓林貯月連滄海柿葉驚風入洛城已覺索居荒硯雨還逢佳什感秋聲憑闌點筆添鄉夢憶此東山硤水清

渡京口憶坡公金山詩

仙翁笑傲筆生春游戲人間自在身便使無田歸亦得不知何苦誓江神

嵇奎光字日華號竹亭仁和人乾隆乙酉舉人榜姓朱官德清教諭府志訓導光誤作元

罌粟和張澹園明府士楹韻

蓬門一爲使君開拜賜新詩讀百回囊米得教臣朔飽十年前已賦歸來

羅棠字思召號澹石新城人乾隆乙酉拔貢官青田教諭有澹石詩草

澹石與兄棖有二俊之目與黃葭塘給諫許春巖方伯高東井孝廉陶午莊州倅戚鶴泉大令齊名詩筆清雋工畫山水明窗淨几風日佳美輒欣然命筆既登拔萃科司訓青田遽捐館舍年才三十六澹石少孤母氏撫之成立迨其卒也母氏猶在而子生未及晬辰又與孀婦共撫黃口有雙節詩冊今其孫以智亦登道光乙酉拔萃科矣

晚望

行藥憩巖頭積陽遠樹收麥田驅晚犢晉步集春鷗嵐徑全侵杖風和巳卸裘悠然發孤嘯身是阮嵇儔

上元前夕

壯心猶在興飛騰直欲韶華挽綵繩釭面纔傾人日酒街頭又賣上元燈檻開紅蕊憐春早歌踏青秧識歲登草草山城過令節傳柑卜繭看吾能

謝友送花交菜

深黃淺碧郢畦排記得年年雪後佳何意故人分小把頓教鄉思觸閒懷風流好譜冰壺傳況味差宜苜蓿齋珍重百朋榮口福芼羹晚配酒如淮

甘雨亭閒眺

雁背秋雲字字斜青山缺處補人家重陽連得幾宵雨開徧

滿塍蕎麥花

重陽寫烟霞圖贈墨樵

題餻憶殺故園秋貌取烟霞逕翠浮竹杖芒鞵堅後約他時二老話風流

遙山巚巚翠成堆雲外胎仙何日回點易亭前秋正好遲君也策瘦藤來

湯憲字吉甫號尹亭仁和人萼聯子乾隆乙酉優貢見同年齒錄府志優貢不詳年分湯誤作楊充官學教習候選知縣

尹亭從董浦諸老輩游詩淵雅中法度教習期滿歸里旋幕游皖江竟感暑而卒

栗餻分得曙字

西風吹碌碡刈黍方稹稹歡茲歲事登惜彼秋日除樓畝雲屯黃落碓雪飛素簪萸節正新獻餻俗仍故嗜味人其同方

法詳可泝雕盤粉試調瓦鼎湯緩注上手驚摶沙開面俄碾絮未防滫溲頻卻巳膠漆固擬之栗則佳飣彼餻若塑遂傾樵人筐偶奪狙公賦破殼詎愁堅抰肉或恐蠹增累成魁堆補綴等塗附密看漚影圓稀訝星光曙炊釜氣旋浮開籠香巳飫霏霏蜂翅霜馥馥花梢霧切以大食刀舉借青玉箸勻圓鵝掌裁偪側圭角露餉莫遺比鄰分必先童孺輕旛襍色標緑勝佳名署品偕寒具誇味恐牢丸妬入口飽猶貪買市紛若騖未許汚酒漿儘可屏蔬茹施棄將毋同食祿果安據聊學題餻人分曹摘遺句

秋睡

不信秋添爽空齋倦未舒放盃人去後拂簟夜涼初別緒醒仍在歡情夢總虛縈懷十年事伏枕意何如

西湖漁歌

霜風削面綠蓑寒冰斷茅家埠外灘爲乞天公莫全凍裏湖留得好投竿

翁光遠字履曾號漸門仁和人平湖籍貢生官歸安訓導有陟瞻詩存十八卷附編未詳何年何貢倣此下同

漸門孝行著鄉閭閒晚年以詩酒自遣

寄叔德清學博

總因疎懶宦尤貧禁得閒居又病身不省錢財權子母翻于藥餌辨君臣青袍舊恨緣隄草錦瑟餘哀挂壁塵珍重尊前還自護客窗凝望倦游人

周燮字理安號芩圃仁和貢生官景寧訓導有蘇門草

師林襍興三十首錄四

婁門西畔鶴橋東哲匠經營次第工碧澗匯迴開玉鑑翠峰環列彷蛟宮波騰赤鯉非驚餌樹囀珍禽不苦籠此地信堪娛小隱林泉雅與古今同

越城東武遠飛來此處峰巒何處開疑有異書緘宛委驚看平地涌蓬萊雲生洞口嘗為雨電閃巖邊即起雷歲久自邀靈爽護鬱蔥佳氣擁樓臺

翠光紫氣擁山家方丈蓬壺詎足誇臺下不游吳苑鹿巖邊常放庾園花梧桐葉茂延文鳳榆栁枝深集孝鴉最愛夕陽餘景好淩雲碧樹襯丹霞

寸心久與碧山盟此處來游冠一生東洞樹連西洞綠前林禽和後林聲補天賸石分殊象柱地餘峰立異名內有金華羊化否敢從瑤室問初平

吳繩基字其武號瓶谷邦烱子郡貢生有懷經堂集二十四卷

瓶谷少工吟詠與施柳南嚴鐵橋沈詠樓諸先生結吟社生平嗜好不雜惟彈琴作畫究辨書體而已所著有瓶谷雜鈔六十卷窮愚𫫇漏編二十卷

望湖樓步月

晚烟一桁碧新柳幾絲黃月影逢春媚花魂入夢香催詩愁夜短顧曲引杯長何必燒殘燭餘暉照滿廊

送沈沃田之揚州

紅橋吟社舊經師可柰萍蓬識面遲浣手蠻牋留别句關心蕭寺送行時他鄉夢月人千里獨客悲秋柳萬絲何日看花揚子驛草堂載酒共題詩

同人集梅花嶼寄懷龔匏伯二首錄一

籬落殘花也自紅青山高下夕陽中尋春湖畔新詩好賭酒旗亭故態同疊翠羅裙如軟草嫩黃楊柳蕩輕風誰知趙北燕南客極目天邊悵遠鴻

送朱朗齋之京師

沽水揚帆霜落初西風涼月渺愁予河梁恨賦陽關曲詞館爭求行秘書想到豐臺吟芍藥休從蘭省憶鱸魚儒生自有青雲路廡下應知非久居

祝懋誠字中完號是夫增孫宣子海寧貢生有金箕子遺稿

是夫博通羣籍晚歲益肆力於古

登占鼇塔望海同陳硯洲作

潮翻百丈晝冥冥薄暮風高響塔鈴萬弩未全驅罔象孤標

猶自鎮滄溟同臨鼇背雲根動爲逼鼉宮雨氣腥我欲憑闌吹鐵笛與君長嘯海天青

南歸舟中感事

蓬萊獻賦事仍違抹雨拖烟落拓歸浩蕩白鷗原泛泛翩翩黃鳥故飛飛碎琴慷慨難投軸擊筑悲涼易拂衣龍劒需時還自躍斗牛紫氣未應微

沈世煒字吉甫號南雷又號沈樓仁和人廷芳子乾隆丙戌進士官儀制司郎中有澹倶齋詩集

南雷書法酷似顏平原尤耽吟詠官京師時與同里陳寶所施耦堂吳穀人諸先生倡酬甚夥保舉御史未及授而卒

再過郎岱恭朗軒司馬招飲蓼魚亭即席率賦

薇省相親憶昔年重教兩度續前緣茅亭小築依苔徑山雨

初來響石泉萬里征塵銅鼓外一尊鄉思鏡湖邊多君念舊情彌切欲別重畱意悵然

海潮寺

翠竹陰濃護佛樓木犀寮畔午香浮潮聲繞戶廣長舌山色挂窗丫髻頭一榻白雲敲倦客滿林黃葉落高秋龎眉老衲安禪性不識人間萬戶侯

施學濂字大醇號介甫又號耦堂錢唐人安次子乾隆丙戌進士官兵科給事中

耦堂釋褐年已逾四十少壯時爲詩倜儻雄健有蘇韓之豪尤善于鑒古所見金石絹素能辨其流傳遠近款識眞贋如燭照數計晚年風流放誕喜與歌童舞兒狎檀槽唱雪縹琖鬪春意氣勃勃欲忘老也歿後始有撫州知府之命吳祭酒哭耦堂詩曰齋閤斜陽石氣秋即看書畫不多畱鶯花世界情爲累鰥寡妻兒祭亦愁四品新銜身後換一場舊雨集中收蕭蕭素旐江南去捲起吳波作淚流可想見其人矣

僕所得靈璧石希世之玩也名曰獨秀峰丹叔以爲有斧鑿痕瘦銅獨加擊賞僕以爲丹叔非不知石者直夔而妒之耳因用東坡仇池石韻示二公和焉

靈壁孕育奇鐵色幻丹綠獨秀一峰尊旁穿五穴足潛通小有天嵌空直透腹山舟先生寄書集杜榜寶石齋曰嵌空太始雪潛通小有天險從鳥道窺皺帶螺紋蹙兒童敲火驚異瑞報老牧鏗然戛磬鳴聘自淮泗濆昨夢入珠宮得之喜過玉澤含漿泑流氣壓蛟龍伏十年住京華邱壑久未卜二子數從游妙鑒各矜逐豈有拜米顛未見賞山谷造物本無私好醜隨所欲夔此材不材斧斯曲復曲三復仇池篇賞音來應速

山舟先生爲僕書寶石齋三字題額且跋數語以鬱林故事誇之殊有媿也次前韻荅謝

寶石數有九面面堆緺綠如八五都市眼飽意未足又如說石人畫餅不充腹胡爲費俸錢日受貧家釐九華始謫仙三生來杜牧誰載鬱林還扁舟泝河瀆典郡劇風流故事捐珠玉我猶點朝班默守甘雌伏文章本小技一官輕祝卜故人住西湖久厭紅塵逐舊巢指頭廳足音未空谷嗜好本無奇林泉乃大欲三絕虎頭癡十硯古巷曲山舟居竹竿巷顧氏舊址齋名十硯歸來有前言名山計已速

齒落用昌黎韻

少年食魚肉大嚼不黏齒中年食梨棗取半畧可已老來覓一餐下箸齒欲止齒豈知我難喝噉隱覺恥不知食幾粟食盡到老死每念饞扠時此病實由已拔痛如去丁壓腫先沃水瓦崩與土解此境難爲比吾齒三十二漸落空車似吾年

五十二落半知足矣以一支一歲尚可卜多紀人言有齒人得意同揮指我言無齒人有舌亦足恃有齒難自全無齒憂轉喜不見老疲牛乾草齧愈美欲食又興嗟絕倒兒女子

題黃山谷書少陵茅屋歌卷後即用少陵詩韻

連朝雨大聲激號雹點擊壞牆脊茅我居卑溼傍秋郊枯木不死又放梢寸地積水成堂坳閉門覓句頗費力漁獵墳典同剽賊今晨銜泥策蹇騎一卷墨卿輕拾得乍看魂驚喘未息忽覌氤氳古香色以手摩撫兩眼黑老人下筆可截鐵綫質堅凝久不裂想當揮灑得意候欲呼杜老成兩絕世間贋本徒紛紛神妙三昧無從徹上下文字千年閒要從毫末窺眞顏下視凡技皆土山便當什襲永遠貯書屋忍割三月俸錢買亦足

董蔗林司空所藏蘇詩定惠院月夜偶出二詩稿陸丹叔定為東坡眞蹟僕未敢信也一日丹叔用蘇詩韻二首來索和僕未見蘇蹟豈能臆斷姑先次韻奉答二篇

詩人玩古意苦疲秉燭流連達旦夜傳聞墨寶出髯蘇合眼驚翔鸞鳳下公書意造本無法濁筆奔泉渾欲瀉千年斷楮鑑毫鋩脫字欲補誰能亞偶書未署居士名鈌紙寧少官家借（無款失末二句皆丹叔云）玉堂手札落蠻鄉寄興已在東山謝幽人到處客寓公此院相留如傳舍出門幾見黃州月垂老尚想江南蔗飢寒逐客且麤安文字累人眞可怕錦贉收拾待公評耳食紛紛徒訕罵

何人學書工鉤搨兩眼昏黑畫成夜效顰鄰女自古譏春蚓

秋蛇格盡下百錢徒買隃麋丸墨汁淋漓空自瀉珍藏尚記兩盲翁畫竹爭看爪交枝亞曾見東坡墨竹二幀皆僞作其人藏之甚固鐵石充王未足奇雪珂貌董寧非借匏庵去後絕追攀近代錢王亦殂謝錢文敏王文莊二公皆學蘇字我今訪子在橫街欲乞輝光與鄰舍病癖同是栁州栁豪據今歸蔗林蔗未能餘技到此人筆諌此心益生怕行將絹素充衾裯我爲工嘲子善罵

沈映桂字大林號詠樓錢唐人乾隆戊子副貢有香粟齋詩鈔

夏日小園書事

我愛三三徑幽棲不翦萊晚風敲竹亂夜雨滴萍開張嵊園初葺陳遵客未來聽鸝偏習靜夢蝶故疑猜酒爲澆愁飲詩因撥悶裁太元思草就慚之子雲才

杳然深處詩有序

予家東城之偏其地有南園多古寺城根一溪發源報國寺左幾經委折而入祇園疎籬叢竹映帶左右當春水初生細流清駛落花浮於其上往往不知所之也余因取太白詩別有天地非人閒之意而名之曰杳然深處并賦七言二律索諸同人和焉

才倚城根度石杠四圍旋聽水淙淙延緣直欲通幽徑屈曲眞宜泛短艭花落溪頭常傍草竹穿籬外似遮窗山林氣味原非俗車馬休驚隔澗厖

杳杳桃源帶佛庵漁郎初到路難諳半灣流去紅塵隔一道分來碧影涵秋雨細看浮荇藻春城時聽叫嫣鶬閒心尚憶青蓮句天地須從寂處探

辛巳早春龔三深甫有揚州之行詩以贈別

惆悵良朋事薄游片帆飛處指揚州杏花春雨憑收拾大好題詩滿寺樓

由來客舍劇蕭條回首鄉關入夢遙欲解離羣多少恨春風春雨問紅橋

王昞字西爽號莛菴錢唐人乾隆丙戌會試中式已丑補殿試成進士官四川彭水知縣有莛庵遺稿

南湖晚泊

扁舟擊水響潺湲鷗鳥無心意自閒最好夕陽人靜外暮雲一片似春山

夢中句

回首秦臺草木薰斜陽古寺一溪雲攜琴獨向山中老吟到

梅花入夜分

成金字聲大仁和人城從子乾隆己丑進士官都水司主事有叢桂堂吟稿

秋夕

高梧葉落大如掌酒醒風回秋骨爽招涼小坐鵲影低倦眼忽開新月上平生潦倒阿奴態拓戟狂歌氣無兩王翁擫笛掃塵心野鶴孤飛入雲響翻然變調落高涼關馬飛霜栁營厰丈夫壯志欲投筆悔不長征縛袴往何爲低頭拜東野散髮年年困菰蔣搏空鶚薦雲幾重掉海鯨齊浪千丈詩成一笑天宇高萬里銀河意蒼莽

張嘉猷字艮彌號雪漁錢唐人乾隆己丑進士官安嶽當塗知縣

昨夢

昨夢西溪路梅花發故枝淡於無我相高到不求知落月懸林靜疎香破萼遲覺來渾不似紙帳聽鐘時

書影園瑤華集後爲鄭司馬楓人作（集中彙刻牡丹詩）

借得靈均淚重來弔國殤孤忠徵舊史（杭堇浦先生有鄭職方傳）餘事寄花王骨冷埋明月園空閉夕陽一編驚照眼休與問紅羊（按影園爲前明進士鄭元勳超宗先生別業福藩監國死難楓人其元孫也園中嘗有黃牡丹盛開一時名流皆賦詩）

影園遺意冊子

碧化東風入草痕影園遺影忍重論想通舟楫波平檻許借雲山柳繞門（園在柳影山影水影之間故名）色養竟辜潘岳賦素交又負孔融尊年年三月蕪城路飛絮飛花撲水昏

仙霞關懷古

絕磴盤空削萬尋雄關重鎖白雲深松杉葉戰神靈雨鼙鼓聲飛將帥心地接甌閩分冷暖氣鍾山海變晴陰幾番登眺頻回首落落殘霞冠碧岑

月夜登城北樓

海襟繚帶枕山屏郭北樓高接杳冥萬里帆檣浮夜月千家燈火亂明星混茫氣入平蕪闊突兀峰攢島嶼青自古金湯非恃險漫將遺事問滄溟

張時風字虞琴號桐谷仁和人乾隆庚辰舉人己丑中正榜官刑部主事

雍正五年有下第舉人文理明通特用教職之 諭時謂之明通榜乾隆三十四年有選用中書學正之 諭因又謂之中正榜桐谷首膺是選授內閣中書轉典籍升刑部主事告歸主崇文書院講席工為制藝後生多請業焉

聽秋圖

碧虛來商飈孤情倚秋樹妙以不聽聽生滅參無住底事宋玉悲不問廬陵賦君子六欲淸聲塵脫神悟桐高素月陰石瘦蒼苔附兀坐眞澹忘輕衫溼宵露

雪山觀獵圖

天山洗兵翔飈靖將軍會獵雲龍嶺長楊薄索遺周阹羽騎青林魑魅讋翔蓬之簳燕角弓批毫踤爪紛氄氈太平不許弛武備眼前射虎誰英雄軟裘快馬鳶肩客氣貫蒙鴻雌霓赤夢倚長劍淬蛟光廓宇馳情落空磧雪花如掌飢鴟號碎蹴銀椀淩巇嶆冬、瓏鑾緩少趫悍指顧健兒驅周遭草睟右掠鬣睫左月兔淪精星雁墮應弦霹靂凍雲飛屼劃芙蓉出搖朵駝羹掫酒醉歸來拍歌敕勒延高臺郎此已足破寒臧耳風鼻火何爲哉知君待歛落雕手斗大黃金印懸肘燕趙盱睢俠士豪相逢直欲輕屠狗吁嗟旗弊自有時從狩合奏車攻詩稜威震慴劾遠略淩烟連躁天神姿

招古渠昆仲小飲因雪阻改訂

雪等伴落不斷卬須我友日以緩初訂三五既盈明月滿再擬兩十之期或得桑榆暖季冬兩十雞鳴初見事文類聚人生適與皆隨緣握手談心快交款城東三葉古渠香祖絳邑錢雲柯趙省齋張芸書入座詞鋒破愁藩以予攢眉掉舌於其閒往往酸腸藉濯澣吁嗟乎弦柱絕兮風絮散何以唁之青玉盌更期妙口嚼梅花浸潤寒香沁肺脘古藤書齋棣鄂館載酒圍爐常燕衎敬先問候續相邀目送窮年星次短

暮春湖上

草色綠無涯垂楊夾道遮湖雲低覆塔林雨半吹花白舫垂綸客青旗賣酒家余情獨紆軫轉徙路三叉

同杭堇浦丁龍泓兩先生曹荔帷丁淨居徐南徐陳遠村程柯坪趙春巖寶岑陳南金諸同好烎虛讓山兩上人過鈍庵上人丈室遂歷游北山諸勝分韻

選勝來禪窟長隄路舊諳午陰松拜檻僧定鳥窺龕野艇沿緣去枯筇取次探歲寒巖外水沈翠滿湖南

錢蘀石侍郎畫扇

秀州烟雨筆能枯淡墨雙鉤韻轉添小璣乍分風蕊細半規卻有月痕兼香經宿省會傳詠障可袪塵亦避嫌畱與騷人常作佩好教物色到幽潛

湖上看桃花

十里沙隄錦浪明千株婀娜可憐生我來先煑桃花粥不望胡麻亦有情

伏雨連旬感懷憶舊偶集玉溪生句寄古渠

晝夜如絲一尺盈星光漸減水痕生于今腐草無螢火留得枯荷聽雨聲計歸家四月之久多雨少晴

淸切曹司近玉除茂陵秋雨病相如桂花香處同高第無限紅梨憶校書香祖同年前在閣時曾兼四庫校閱

題槐塘汪丈花隖遺圖

舊莊喬木蔭茅茨畫冊如陳述祖詩惆悵風流裙屐散還家深悔十年遲癸丑春暮假歸惕齋甥攜示此冊

花源只隔嶺雲西野竹彎環豔照溪三十三人題句在詞科幾個大名齊

龔禔身字深甫號吟臞仁和人乾隆壬午舉人己丑中正榜官內閣中書有吟臞山房詩

吟臞與兄葂伯敬身雪浦澡身齊名有東城三龔之目後與葂伯同官中書參佐東西對牀風雨致足樂也入直樞廷爲諸城劉文正所賞扈蹕至熱河癰發于胏亟還京師逾月而卒稿中有病臥自述一詩葢絕筆也

流水橋看月同四弟理身作

壚里明夕烟涼月一丸大荷香襲輕絺人影芋疇過小橋三折通碧水淨如簸風漪漾金鱗光與爛銀磨漁子拏長罛沙際鷺同臥松雲綠染衣草露溼妨坐唧唧寒蛩聲苦硬句能和

報國僧寺偶題

曾結白蓮社時過青豆房雨餘桐笠潤荷淨釣絲香讀畫鳥

皮几烹茶折脚鐺若論泉石意卽此是膏肓

臥病雜詠

草草辛花月鬖鬖逼歲時貓寒慵下榻雞暝解棲塒紅袖催
朝扇青萍理釣絲壺中有天地世事復誰知

對竹如高士看花當麗人但教安薜荔豈必戀冠巾守道終
無咎長貧似有因京華富朱紫怕染馬蹄塵

五月一日集江立寓齋次韻

竹壓回流艇子開幽居喜傍馬塍隈貪看水上羣龍戲好趁
溪邊一鳥來讀畫政宜茅屋雨典衣且盡故人杯遙憐隔歲
筵前客浪跡西江未肯回謂槐塘先生

秋日懷沈丈卽次贈別元韻

虹橋吟社溯相知衆裏翻嫌識面遲手浣蠻牋留別句心依

蕭寺送行時涼雲戀舊停檐角秋雨牽愁上柳絲何日探梅揚子驛草堂尊酒共題詩

盧潮生字信波號梟嶼仁和人同子乾隆庚寅解元有半瓢詩草

盧氏先世積德行義以醫術濟人梟嶼稽核事行搜羅蓺文彙有三峰志蠅頭細字數易其稿抱經學士爲之序

雨中懷兄東園

十笏幽棲地聯牀記舊云一菴空坐雨三載悵離羣鳥影下寒葦溪光亂晚雲明當攜榼至相對話斜曛

元夜前三日舟泊禦兒次李大青園韻

會有良辰約掛帆十幅風來乘春水綠轉盼杏花紅斗酒酬金粟長歌愧太沖市燈來遠岸簫鼓滿城中

慈雲寺觀魚同李青園作

共有濠梁意招提此暫居慈雲依碧藻曲澗漾紅魚芳餌應憐汝蕭閒眞起予平生爲逸興知樂且相於

馮元字富園號雙荷錢唐人乾隆庚寅舉人恭與乾隆六十年國慶千叟宴　恩賜國子監學正

除夕書懷

磁盆蘭蕊暗香含喜得清芬共一龕鄉信未逢鱗六六故園頻憶徑三三雪花飄戶冬垂盡柏葉盈尊酒半酣白髮漸添休歎老然藜照讀我還堪

壬子春留別王魯泉

聚散飛鴻踏雪蹤蠻鄉且喜足音跫人情漫道秋雲薄歸興爭如山色濃芳草綠波岐路遠層巒春樹瘴烟重樽前鏡髮

垂垂白還望淩霄得再逢

嚴果字敏中一字九峰號春山晚號古緣仁和人誠兄乾隆庚寅舉人有古緣遺稿

古緣蒼顏修髯豪曠喜賓客酒琖茶甌時時屏當尤喜與游侶偕聯襼掎裳窮歷澗磴一爲闤中之行晚歲頗耽白業書學大令畫瀟灑有遠意府志入文苑傳

懷人襍詩

菊人如處女深情曲中度到處成醉眠揶揄不復顧臥痾會稽山溘然卽長暮吟詩亦偶爾腸斷流螢句菊人有句云孤鳥夜寒棲別樹流螢風靜照歸人葑唐視之云此鬼詩也菊人其能久于人世乎未幾竟成惡讖　沈萌菊人

葑唐本達人痛飲得妙理寄身江淮閒懷人襍悲喜西攬幽并鄉東歷齊魯鄙闊面好英雄氣概有如此　胡濤葑唐

朱三饒性情人今貌自古端居符道心披圖協文府高談無

倦容精英豁眉宇足迹半天下一廛乃逼處朱文藻朗齋

仲謀走西北意氣爭豪雄挽强善射生左右皆能工醉倒胡姬壚巧笑倚春風落落竟失意蓬梗將焉終張賓鶴仲謀

詩人何東甫高寄草堂情青苔滿四壁門前春水生有時乘孤艇忽作西溪行寒梅嚼冰雪肺腑有餘清何琪東甫

吾門小朱子論心契如一縱達世所譏游藝道寧絀終期樂靜便含華務求實顧我均天倫玆言諒無失朱上林晚樵

雨後從方家峪入南山最深處

一月倦登陟感物惻余衷歡此春雨後著屐南山中陽厓寡宿霧春林無澹容仙人白雲裏抗手蓮花峰

山夜不寐有懷六四春颿兩同年汪秋穀張秋江朱青齋躬菴諸同學

余生寡所嗜結契在良友曩時言笑人徂謝傷某某存者沈與朱施潘亦僅有懷舊易生感交新敢云苟復此二三子歲晚洽杯酒遨游共舟車居止接襟肘卽事欣同心忘年戀攜手形跡旣已捐肝膈永相剖眷言石上松勿作風前柳別來未十日思君常八九山中桂花發還憶幽人否

長至後六日同人集古懽堂待雪得靜字

草堂歲已宴端居樂淸靜素心愜笑言耐此寒夜永細雨止復來殘星暗猶耿燈昏剔乍明窗風怯淒冷孤鴻叫遠天病葉墜深井淅瀝竹聲乾飄瞥急霰騁旋驚光入扉仍是月出嶺雪意故作慳蓄極降尤猛便須舉酒賀慶此豐年景

老鼠灘

偃鼠頗桀黠卑身欲飲河但能期滿腹不事苦求多胡爲目

耽耽礙此輕舟過

蓮花灘

中流蓮花石盤渦颯風雨是石還是華舟人噤無語宿業儻墮此菩提還接汝

同姚竹似由廟隝登北高峰頂

高峰插天山脈走風聲樹聲各爭吼披足上山山不前回視諸峰已在後墨雲陣陣連天來塵沙因風入人口盤盤百級身忘疲捫蘿攀葛頻引手須臾絕頂鳥不到豁然遠見湖上栁東頭極望浙江潮海氣盪胸吞八九安得振翮恣翺翔下視浮雲等蒼狗

秋日經古蕩

雲薄不成雨秋蟲時上衣溪從黃葉遠人與白鷗稀孤艇橫

前渡閒晉桂夕暉田園行處好魚鳥最相依

春日憶朗齋

春草忽已綠故人猶未歸登高見寥廓回首惜芳菲有酒不盡醉看花寧獨違遲君江上意多少白鷗飛

夜發龍江寨

山行起四鼓涼月墮西岡竹柏亂人影溝塍聞稻香車中續殘夢復此懷家鄉行行遂已遠回首烟微茫

黃峰橋

午飯及三洲黃峰古渡頭遠風招絕壑平野入新秋微雨暮初歇亂山人更愁如何汀北水不向浙東流

烟江避知圖爲朱朗齋作

漠漠寒江月出遲荻花楓葉動離思平生亦有江湖興憶爾

孤村獨臥時

高順字惠田號虛竹錢唐人乾隆庚寅歲貢有虛竹詩鈔

虛竹工詩爲吳東壁齊息園所激賞

風篁嶺聽泉

崒嵂西山隅停涤滴清泠涼風敲幽篁瑽琤起石井行行過五老漸入招提境山隈一徑通沿緣登碧嶺練色瀉寒烟珠光碎嵐影還石林下坐凡慮此俱屏洗耳延遠籟滌腸引修綆辨公如可逢烹泉時引領

懷里中諸友

杳藹吳雲隔水潯屏山堂下獨沈吟五更風雨貧交夢二月鶯花故國心稽古桓榮春入座登樓王粲淚沾襟幾時重整西窗約酒琖茶甌話夜深

郭之端字阜南號晴洲餘杭人乾隆庚寅歲貢

落花聲

有色原無色無聲卻有聲光風飄幔靜香雨點苔輕似共鶯嗁澀還憐蝶夢驚小窗枯坐久排悶獨搊箏

國朝杭郡詩輯卷二十五終　　錢塘吳慶坻校字

國朝杭郡詩輯卷二十六目乾隆三十六年辛卯至五十九年甲寅以科目為次無年分可按者附後

黃瀛元　許　鎮　汪日贊　沈孫璉　葉　誠

李　照　葉　葜　毛陳謨　潘成年　陳文樞

潘　豪　徐　鼇　仇養正　許華鐘　周嘉猷

沈德基　章志伸　汪步蟾　許　奎　梁履繩

許申璟　錢　棻　姚思勤　倪善理　張光湜

時長延　潘思齊　黃　炳　徐願學　汪介壽

壽啟斌　何宗灝　張廷琮　徐士珍　汪鳴佩

凡三十五人

凡三十五人

[illegible]

[illegible]

[illegible]

[illegible]

[illegible]

[illegible]

[illegible]

國朝杭郡詩輯卷二十六　錢唐吳顥原本孫振棫重編

黃瀛元字葭塘號洲侶於潛人乾隆辛卯進士由編修歷官禮科給事中

元鳥孤棲曲為蕭山汪氏兩節母作

元鳥乘春風花叢獨含素白鳥映皓鮮連翩集庭樹一解庭樹何離離雙鳥高下飛投來五色雛采色翻朱衣二解朱衣取覆雛白鳥去何疾元鳥獨悲鳴中庭皎白日三解蕭山大義村兩女同心居同居復同節烈烈王與徐四解翾翾棲翅飛鶼鶼共命鳥右翼忽摧積寒霜凝木杪五解慘淡孤棲曲彈以寡女絲歷歷一生事疇昔夢見之六解春風轉華敷際曉歸慈烏羽儀燦晨霞猗此五色雛七解

許鎮字玉渠海寧人乾隆辛卯進士官湖南溆浦知縣

舟行遇雪

波光雪影兩模糊蠏舍漁莊入畫圖三日鄉關行未遠計程今日渡鴛湖

汪日贊字羽階號栁堂錢唐人世勳子乾隆辛卯副貢官詹事府主簿有栁堂集

栁堂與兄虛臺日孜同居春草堂聽雨論文友愛備至虛臺後沒于京師栁堂旋里後遷宅馬所巷尋亦卒

園中隙地各補以桃作種樹行

種樹莫種棘棘成刺如箭種花休種桃桃花命如綫生得一團嬌東風想人面

遣興

客緒何蕭瑟端居意渺茫囊錢衣估值鉼粟鼠爭糧折葦補茅屋尋龜堵石牀相遭淡與泊遺味太羹長

對影日兀坐苦吟殊未成才疎稱去薄秩官冷博廉名未覺簿書擾惟餘詩骨清盤中時照見苜蓿正盈盈

沈孫璉字礫人號蘆士一號大雲錢唐人乾隆壬辰進士官山東道御史

蘆士入翰林値四庫館初開遂充纂修之役家素貧所入俸盡寄以佐甘旨自奉恆不給又善病病輒累旬不能起卒年僅五十

黑甜鄉

般若根塵幾種諳津梁倦矣學瞿曇元機坡老棋中悟眞味回仙飯裏參上士異牀方養晦好人同夢定輸甘思量補貼平生欠萬戶侯封叓此衘

簾暗香濃自在眠騰騰一枕小遊仙希夷睡有元門訣彌勒龕餘蜜味禪未怕雄鷄催曉日曾經芳醴晏鈞天版圖正隸

華胥國醉與溫柔只後先

葉誠字聲木號臯亭仁和人乾隆壬辰進士官寧波教授

有瑞石山房詩文集

臯亭善讀書重氣節尤精陰陽五行之學

遊零落山

晨興縛青鞵春明事幽適因果古寺遊側帽望青壁地僻行跡稀道左半窟宅寒逗花信遲草木初甲坼品痕臥蜿蜒紛若列檠戟洑流苔礫度陰洞鬼斧闢攀蘿陟前峯斗絕境愈仄老松插山腰姸暖翠欲滴嵐氣此長鎖霽色上鳥翮僧磬穿樵風琅然煩慮滌尋源得名泉茶浮葉家白願服土埳衣從今謝逢掖惆悵依佛燈孤光照巖石

二月十一日泛舟紅橋至平山堂探梅同龔梧生司

馬孫枝作

昨宵雨霽花信來蜀岡樹樹三分開晨起窺檐漏晴旭吟魂早與狂蜂逐岸幘司馬詩興豪對莊幸得相招要尋芳豈憚泥路滑出郭一棹穿紅橋十里亭臺勢若接兩涯景物紛難描妝靧藐姑照流水香疑篤耨隨輕橈名園未暇盡登歷沙汀屢轉來山椒花光聚處化城出虛堂閒敞遺六一數叢對酒思昔游疎影迎人如舊識探奇更入十畝園小香雪海舊名十畝梅園南枝北枝態殊絕濛濛花氣蒸白雲老眼迷離歸路失紛拏塵事再到難躑躅猶擬三巡看須臾霡霂灑林樹花欲留人雨催去

人日同倪州牧廷模汪別駕大鏞徐明府士龍集施明府峻寓齋

鄉音聽最好況復日逢人暫息塵中鞅招要客裏身梅花思故國竹葉醉靈辰宦轍原無定高歌莫厭頻

李照字曙堂號雲颿又號硯齋錢唐人乾隆戊子舉人壬辰中正榜官內閣中書有硯齋遺稿

九鷺圖

何人水墨開毫素白日晴窗起烟霧强將醉眼窺微茫乃見江南九秋鷺兩隻長鳴一隻飛兩隻共啄菰米肥其餘四隻夢洲渚黃蘆白葦相因依我家曾住苕川上綠蓑披雨聽漁唱西塞山邊今有無桃花流水應新漲別來幾載栖林巒身欲奮飛無羽翰卷圖高咏風漠漠憶爾磯頭青釣竿

九日偕同人登山招聽樵大令

一年好景莫如秋往事題餻勝賞留黃菊酬君新節物青山

當我舊交遊名心淡似杯中蟻詩思清於水上鷗倚檻復吟風雨句應知晴日與偏悠

葉茨字崑田號香祖仁和人乾隆庚辰舉人榜名芝壬辰中正榜官內閣中書

香祖與兄古渠藩弟絳巖莊並居東城外至五十先後告歸極湖山友于之樂人稱城東三葉云

九月廿一日陪古渠家兄招同項忻兩學博兒子承侍游招寶山觀海記所見

長風揚天聲豪興補吹帽茲山壓海壖一覽俯羣嶠積水無端倪巖城扼其要黑豆數帆檣佛香閟清妙碑開普門像踏浪勢全肖像爲吳道子畫天妃儼垂旒鐘鼓新作廟靈旗風颯然萬怪失淩暴蛟門老蛟蟠遍界佛光照我游已五至盪胷展憑眺壯觀安可擲足以償老眊尚聞春夏交蜃樓揚旌纛空象

有起滅吾誠懶嘿禱避人繞荒祠傑立瞻古貌東門外關帝祠有碑刻宋馬遠所繪帝像一騎一立歸徑犖确微兀列猶排雰苔繡古鼎斑瓣涌石蓮坿梓蔭山有亭四面石欄作蓮花瓣因名之曰石蓮危亭虛四面選坐隨所好池荷擎雨枯圃菊迎霜傲蟹螯正堪持濁酒試共倒

古藤書屋藤花歌

古藤書屋藤花歌我今補作非誇多深居默臥費日月當年手植知誰何名花舊巷記姓氏彷彿徽景城東阿宅爲張卿子章豈績故居蓬門詩卷久零落花隱亭句遺搜羅石耶藤耶始莫辨但覺鬱屈礧砢天際摩瘦蛟直上舞修幹彩鳳欲落搖烟蘿又如天女散時墮瓔珞明璫翠羽垂傞傞丰容遠襯碧空豔肥香細耐薰風和先生無事此靜坐有客日日斟香螺後之視今猶視昔此藤未譜終傳譌座中好事有嚴大古緣意許潑墨

圖高柯倏然已隨花落去徒令此願成蹉跎嗟乎徒令此願成蹉跎

兄古渠攜同弟絳巖登吳山二首

短髮看仍健長林得共攀言呼穿市艇不隔在城山石氣青楓冷江光白鳥閒因茲凌絕頂未信落人寰

一角開湖鏡關情景物知大觀成曠覽（昨遊大觀臺）良會惜前期

山市人烟集江樓夕照移為憐腰足憒小住且銜卮

毛陳謨字禹都仁和人宗旦孫乾隆壬辰郡　恩貢

（禹都精于小學音韻點畫校勘尤審往往能正古書之譌）

汀州雙柏

良材昔數新甫柏而今濯濯餘山石蜀相祠堂蔓草多漢臺空說烏朝夕臨汀雙樹世所希黛色霜皮修百尺高擎幢蓋

葉垂絲僵立蛟龍幹如鐵月明往往見朱衣見溧陽消夏錄其顛知有神靈宅白馬三郎橫槊來疑是當年親手植籃輿數日行山中蒼蒼鬱鬱多喬松此柏居然丈人行參天萬本皆兒童新羅巖岫疊千重靈氣蜿蜒有所鍾不遇於人遇於木此理吾將問化工

龍首山

龍首蜿蜒似弓曲溫麻百雉山之麓不別民居與市樓家家窗戶光搖綠靈虬一角塔亭亭翠浪千重松謖謖林間絮帽涌油雲雨後奔雷飛素瀑自古高賢未品題僻在荒夷誰省錄正如下士負奇才名姓無由登薦牘郡齋西面啟疏櫺圖畫天然橫巨幅齋中人似謝幼輿平生自許宜邱壑一擕書策走風塵何異汀洲著麋鹿茲山款客客應留茲客看山山

不辱昨觀南海翠微行頗羨老僧蘭若宿買山儻分賢守錢
誅茅好結陰崖屋但恐當歸寄故人鶴怨猿啼在靈竺

經汝上縣

梨花落盡已殘春槐眼迷離栁色勻宿雨未乾泥沒馬遠山
新洗翠迎人崎嶇自古燕臺路瀟灑無如汝水濱脂轄息息
仍北去幾時淸浪濯塵纓

登光嶽樓

仲宣暇日此消憂平野蒼茫古博州天末餘青瞻泰岱林端
匹素瞰河流鶯飛草長猶爲客落日西風久倚樓預認來朝
驅馬路兩行官栁綠陰稠

贈鄭纘成 啟緒

紫陌分攜倏五年近聞貧到坐無氈寶刀君尚未操割秋扇

我宜長棄捐把袂又欣萍跡聚當頭正値月輪圓酒酣依舊風情在一闋清歌意慨然

潘成年字惺亭號杏帘新城人乾隆甲午舉人

杏帘性詼諧詩文每多新穎嘗從杭太史堇浦齊宗伯次風游

洪氏小園 芳園十詠之一

屋側園林小依然庾信家山皆當面起牆以及肩遮冬榮連塍熟春衣帶荇斜兒童栽月季開遍四時花

陳文樞字天中號薇堂海寧人沆子乾隆乙未進士官禮部主事有花對山房詩鈔

踏雪臥龍岡寄懷大兄南園

嵎夷十月寒風吼地膚坼裂黃沙走海雲漠漠凍不流雪片吹來大如手臥龍岡向南窗橫石骨一夜堆瑤瓊蜿蜒似謌

玉龍起坐看鱗甲生光晶振衣直上踏龍脊縹緲還疑世塵隔霓旌羽扇紛來迎閬苑崑崙在咫尺去年此地君曾留雪花飄墮青羊裘蓬萊閣上吟詩侶定對寒窗憶昔游

潘豪字越雋號藻江新城人乾隆丙申歲貢

五十自紀

螘集南枝守一柯殘年猶望補蹉跎貧困豚犬添書累老爲蟲魚任墨磨與世推移非轉石隨時憂喜等緣坡底須五岳逍遙去自挈萊妻伴澗阿

徐鼇字駕山號江樓餘杭人乾隆丁酉舉人有江樓詩稿

詠史

黃鶴橫四海一舉奮千里哀音摧中腸欷歔帝爲起垓下歌虞兮與亡一轍耳薄后隨之代庶幾保終始如意就趙封曷

弗往從止不能庇一婦英主且如此毀壁牽后衣何怪孱孫
子

武皇逞雄心威棱殫八荒歲遣絕域使兵戈道相望東封泰
岱巔南浮潯陽江宮觀翔雲表渭南起建章騷然費繁興算
緡不足償納粟始家令爾後用巨商詔使天下知御史乃牧
羊百萬鬻司徒不過此濫觴

荆軻提匕首入關刺秦帝太子眞大愚誰爲畫此計繞柱郎
倖中扶蘇固賢裔義重殺人親憒兵勢必至況乃劒術疎豈
惟舞陽悸漸離筑空擲張良椎不濟祖龍三遇擊不死亦有
異

蹒跚負汲行樓頭笑啞啞帷房聲未終劒首已喋血雞鳴狗
盜雄勝尚非其列秦兵困邯鄲合從在倉卒從行十九人計

數一猶缺毛遂未薦時君何不使甃

羣雄沃炎精四海莽荆棘健者推董公太阿柄倒執中郎博雅才受彼卵而翼一朝臍然脂殃禍慘波及未著馬遷書先受崔浩殛抱璞偶然毀焚罔孰見恤解網古則無喟焉三歎息所以申屠蟠見幾不終日

雨中泛湖

登舟發棹歌微雨靄春曉空翠四圍溼望遠不可了一角馬遠山破雲橫樹杪烟際鐘聲微沙頭笠影小何處漁榜回時聞響岸草清川渺何極幽意並繚繞芳蓀庶可採沿流入深窈

垂虹舟晚

川塗指松陵湖光蕩震澤漁浦迴長橋楓林蔭水驛帆檣野

樹中停橈爨估客釣船行未歸何處烟波宅寒月浸江流茫茫葦花白

到家二首

井樹各歷歷村徑蔽女桑叩扉雞亂鳴隱約燈燭光老親驚喜心未見聲先揚笠裏猶在背風塵隨登堂具道離別苦再拜祝康强久客所欲言舉口不得詳兒童脚不韈離立視我旁囊槖襆然陳斯須羅酒漿粗糲良亦足人生又安望

清晨具衣冠款洽通里閭比鄰互移易諸郎皆有須親串知我來晤言相爲娛顏狀話肥瘦言各人人殊徘徊登隴首晴旭南山隅襆樹生炊烟藹藹交村墟田園雖云樂三徑久已蕪未歸腸九轉歸亦生計疎入門復三歎終恐飢來驅

何雙溪太史招集崇效寺納涼

迢迢九陌衢塀堞飛十丈白汗炙桃笙焦烟灼羅幌河朔忽見招主人發清賞篤速馬四蹄摩挲屐幾兩城南古棗花搆不在宏敞槐陰灑然清毛髮颯蕭爽觸熱豈不情給目有非想籬根蔓兔絲屋角挂牛蒡花以詞客名(記事珠紫薇日詞客)逞姿各競長能使半畝宮蔽虧得深廣僧雛頗好事初桃引我上高攀鸛鶴巢心目互回盪野綠延眾有皆於我乎仰諸天寂音聞一氣淩蒼莽須臾羅瓜茶其味甘澀沆清言不握麈諧語便(平)撫掌絹素拓數尋指示拙公像(是日觀拙菴照題卷者皆當時鉅公共數十人)盤山老詩僧詩境明月朗電光過不畱雲鶴矯何往(電光雲鶴拙菴詩集名)是圖篇什富風流溯疇曩鸞鳳筆飛騰猿鳥意惝怳杳緲絢春晴松露滴清響(園名紅杏青松)何年到山中狙公偕拾橡夕陽庭際微僕夫俄掉鞅回首淨居天晚風動菰蔣

秋夜梅簃席上借項珠樹作

洗琖臨前除流光泛前席積水明空庭滿頭覆竹柏不借影成三居然傲李白憶我長安來子方遠行役猿啼隴樹蒼馬踏秦雲碧豈無明月光夜闌鏤破驛子歸鴻雁前一笑話疇昔而我倦游人將奮南飛翮遙計後夜宿亦豈無素魄秋江蘆荻花相思渺何極及茲歡宴會促坐高岸幘座中澹蕩姿況有西園客新詞何所擬吹簫姜白石紅弦譜綠腰君歌我按拍但須蟻浮盃那問駒過隙余所不飲者皎皎有如月

醉時歌簡錢梅簃

短衣策馬燕南路日拂緇塵衣尚素世上輕薄徒紛紛新知最樂不如故肝膽豁達無等倫如公意氣眞可人耳語素賤程不識袒臂或許爾正平蘆池之陽森畫戟滄浪坐對生吟

情吏人日報官衙鼓祇當催詩銅鉢聲傾蓋逢君沽水上九闗木落秋原曠千里漳流不盡波瀉入胸懷一奔放亟呼長須典鷫鸘毋受猗玗惡客謗濁酒哀箏一曲清荒雞紅燭三更唱眼前懷抱得好開身後文章吾總讓君詩藹藹春雲姿畫法還兼黃大癡揮灑烟雲成供養雕鑱造化呈瑰奇顧余疲駑苦才薄說常在口寧非私夜漏沈沈月悄悄當杯且自恣傾倒萬事終傷不如意人生安得有美好一覺蘧蘧卧甕間滿園黃蝶飛秋草

江行曉發

潮聲夜落西興渡津鼓三撾峭帆去雞鳴喔喔何處村殘月空江富春樹載得東風五兩輕紅霞欲放水波晴桃花寒食春江店如此風光卻送行

題雁湖陶氏修復洛山墓田記後

大夫祭廟庶人寢稻雁麥魚有常品不知上冢始何年墓祭原與圭田準趙宋遺民劇可傷清門世業衍柴桑西臺漫與歌朱鳥北郭還來樹白楊三徑已成歸隱計躬耕常託南山旁手種水苗千頃富魂依麥飯一匙香爾來移家雁湖住採樵不禁城東墓是非城郭鶴歸來清淺蓬萊塵幾度空使桮棬感夏畦長瞻松柏悲春露興廢經今五百年文孫突起上舍賢豪右强宗巧刦奪瀝誠披膽通纒緜一朝故地返龜讙四仲維馨肅豆籩不是忠魂垂世永何來孝感得天憐中閒俄得還俄失祖武能繩爭此日子孫世世示無忘隴上行人咸歎息寒食棠梨酒幾巵邙山徒遺杜陵悲春秋多少無田者請看陶家五丈碑

東阿西楚霸王墓

鮑魚臭亂祖龍骨驪山金盌宵啼泣漢寢霍霍磨劍聲豈但一坏盜長陵王墓何年葬身首狐兔辟易不敢走當日鴻溝畫不得此土至今讓王有憶昔中原秦鹿失咸陽炬火燎天熱七十一戰當者破隆準豎子跳車逸一赦鴻門更俎上季雖大度非其匹俗子好將成敗論敗約縱兵孰曲直丈夫不帝亦何有不忍更將父老負天公必欲付金刀亞父何勞撞玉斗楚漢春秋總渺茫山河蔓草又斜陽長留此墓照天地行人猶似哀憤王君不見檥舟江邊餘落日空祠大聲哭杜默

靈隱寺

清磬諸天梵香臺出世心鶴歸雲岫冷僧在竹房深高閣連

江色寒泉結古陰何年掉塵鞅趺坐翠微岑

寂寞

莽莽昧生理棲棲辭故林秋風吹客舍塞草入鄉心未卜羅含宅徒羞陸賈金川原望迢遞萬里結層陰

送馮海粟歸里

秋風凋客鬢別淚滴青衫斜日半江樹斷雲何處帆故人從此去杯酒且同銜惆悵孤篷泊清猿流夜巖

天涯旅舍送汪曉峯入都

匹馬向桑乾蕭蕭落木寒天清羣岫出風勁一雕盤倚劒輕長路挑燈觸舊歡思君流水似七十二沽寬

月夜懷梅簃涇州

塞上秦時月燕南一樣看美人獨不見愁撫素琴彈烏鵲驚

難定關山迴自寒可堪聞玉笛磧裏駐征鞍

毘陵道中

落日催征棹平皐噪暮禽水烟寒不散雪鴈暝逾深夜火蘭陵市滄波楚客砧津亭三月宿迤邐近鄉音

吳閶酒樓

檻外游絲罥畫甍醲花天氣酒同傾雲開越岸屏千疊水浸吳天綠一城春草半池迷虎跡垂楊萬樹有鶯聲瀟瀟暮雨尊前曲他日愁心爲爾生

京口渡江

佛貍祠外宿烟收高挂征帆過潤州直下江聲三楚壯向人山色六朝愁干戈舊戍南徐壘今古浮雲北固樓難遣客情殘照裏更堪玉笛起中流

廣陵道中

輦路依微認舊蹤錦帆往事去悤悤二分明月猶歌管終古垂楊自雨風板渚山前寒食近玉鉤斜畔酒旗紅傷心最是雷塘草歲歲和烟繞故宮

津門九日登清閣

空林斜日噪羣烏傑閣來攀與客俱籬下陶潛虛采菊山頭杜牧且攜壺遠烟積氣沉滄海大漠圍天接上都兄弟故園相憶否西風寥落古城隅

高原極望敞平沙絕塞風高咽暮笳野色漸催羣雁落天容不受一峯遮黃雲夕照城千堞白草燒荒樹萬家但得糗粢憐節物未妨杯酒荅年華

送錢梅簃分司轉餉入都

一鞭直北指長安郭隗登高駐馬看禹貢山川先冀土漢家

鹽鐵領農官平沙秋草明駝遍落日邊聲畫角寒釃酒望諸

君墓側不須市上弔燕丹

旅次與馮拙人談西湖之勝

垂楊如霧草如烟約略杭州說亦仙黄竹一兜香市客綠波

雙槳酒人船遥聞花木沿隄處更起樓臺蔟水邊惆悵西泠

舊時路塞雲關樹隔三年

橫陽泛舟至永嘉道中作

蘋洲荻浦共蒼蒼水驛雲陰生晝涼百里山田環積翠一村

漁舍帶斜陽客程嶺外丹楓落海國風前白雁長曾是謝公

吟眺地寒烟蔓草滿池塘

天柱觀

琳宮百級聳岧嶤，引上星辰近碧霄。臺殿春浮秦樹曲，龍鸞晝散漢壇遙。屏風九疊張雲錦，石鼓三更荅海潮。徑欲臨風覓仙侶，一枝笻杖一詩瓢。

留别梅簃分司四首錄二

蓼花楓葉送行程，駐馬河橋酒細傾。夢裏亂帆瓜步水，燈前哀雁木門城。北窗敢擬陶潛臥，西閣應憐杜甫情。久客漸無腸可斷，陽關愁聽第三聲。

重向來時憶别離，陽關西去信遲遲。朔風馬乳湟中酒，畫角龍堆塞上詩。驚喜乍逢懸榻地，倉皇又是挂帆時。香殘燭灺西窗話，兩地愁心明月知。

旅中寒食

故園望斷隔天涯，節近清明客憶家。十里獅山踏青路，暖風

晴日慘松花

秋夜聞笛

嫋嫋西風起素波江潭憔悴怨如何誰家羌管中宵發偏是秋聲傍客多

天末佳人此夜心月明江上青楓林流將哀怨楚天去落葉湘波深復深

望遠

每憶鄉園看舊書園中松竹近何如當門千尺桃花水何處紅鱗六六魚

仇養正字蒙士號一鷗仁和人乾隆丁酉舉人榜名永清官桐廬訓導有未學齋詩十卷

一鷗父青士先生名然以甲科知上蔡有出寃獄事甚奇一鷗晚年以詩爲日課尤喜表章潛德馮山公景盧

學士文昭外大父也古文匹魏叔子歿後將就散佚一鷗寄學士詩云著作才超八代餘起衰大力竟何如盧郎聞說工讎校忘卻山公一卷書學士瞿然遂鋟解春集可謂言不苟發者矣癸丑五月忽夢故友沈某爲人談珞琭子之學沈素未能此心怪之而忘其已死遂以五行乞推沈纍歷日君祿盡矣明年此時當終憬然而寤心知不祥因賦七律六章以告戚友果以甲寅五月感時疾遽卒噫事亦奇矣

屋後老樹

老樹撲坌屋頂出生長不記年月日藤枯作帶蘚作衣柯青勝銅皮勝漆旁枝斷絕孤身孤黑夜突兀疑浮屠是何氣力長若此既無老死無偏枯迸苔裂石根半露踞地槎枒龍節怒日來月往閱人多神憑鬼嘯英靈護雷雨晦冥山之巔夜叉獨臂支青天盤桓應來羊裘老種植或疑桐家仙我生畏影走不已偶得美蔭聊自止樹乎同保歲寒心獨立不懼乃君子

渡黃河 此詩集中不載見張雲璈垂綏錄

皇天鬱怒如欲洩殷雷奮地地迸裂黃河之水何處來白浪高翻太古雪天氣穿裘匹馬立陰厓森森望舟楫欲渡不渡心斷絕中流崛强不肯平篙師解衣與撐突我生壯志奇橫不可當對之毛髮直豎心惴慄且如前年河上歸夜夜驚噩在牀席其險怕向妻孥說吁嗟乎萬古迴薄大氣力中閒沐日而浴月固天縱之成怪物縱有蛟龍不敢宅唐元奘漢張騫彼何人斯乃能探其源于昆崙巔我聞此水直與銀潢連二子何不乘此登青天青天蒼蒼河水急水勢力與嵩華敵龍門上世鑿無人微禹民其爲魚鼈豫兖徐揚頻徙移廬舍桑田遭蕩滴賈讓雖存上中下三策從來治河終乏術烏呼從來治河終乏術安得疾驅入海無停留庶幾世世大患息

楊湘石過訪

舊友頭俱白新年節又過儒門春氣靜破屋雨聲多岑寂貧中味傖狂醉後歌風流來往好計日別離何

山行忽至一寺

無端驚客到山外聽鐘來古寺花藏路僧房鳥啄苔境貪人迹少詩變夕陽催便覺桃源近迷津亦可哀

哭思木

君是風流賀季眞未容歸老鑑湖濱青楓遠夢來新鬼白馬長安少故人大抵詩流多病瘦豈緣才士不安貧門東兒女啼飢甚不僅同袍爲慘神

稻香酒熟蟹初黃更與何人共此觴方朔不堪飢竟死次公無復醒而狂鼓琴今日悲同調披髮何年下大荒甚欲北遊

收爾骨春風馬首劇淒涼

卉木菴

物外閒身笑寡儔偶逢勝處即句留雲閒臥榻來如客僧老看山不下樓眼底江湖供嘯傲菴中卉木自春秋欲招梅福尋仙去（相傳梅福隱此）黃鶴何年續舊遊

草花

別饒幽趣快初晴草上閒花歷亂生散入春風紛作態認來野老半知名暗侵屐齒行多礙細蔟帬腰繡不成料得化工都著意也須留眼看分明

釣絲

人生要是多牽挂難得漁竿在手中白髮任憑千丈雪大江消受一絲風垂垂盡日有閒意裊裊隨身信短篷敢說經綸

希晚遇卷舒長伴老漁翁

牧笛

落梅折栁何須問信口無腔大可聽流水坡前芳草碧夕陽聲裏亂山青愁來短褐歌難和話到三生石亦靈橫背輸他偏自在閒時欲續相牛經

雨坐

一徑蓬蒿翳又生泮宮牆外少人行雨昏破屋看書眼門掩空山落葉聲官似養高能謝客詩眞寫意不求名窺園別有閒功課老圃于今學得成

偕沈眉峯李省乎周端木臯亭看桃花

莫怪春衫半淚痕春風春草最銷魂今年了卻關情事看過桃花再出門

許華鐘原名鏗字詠會號華尹海寧人寧基子乾隆丁酉順天舉人府志失載官江蘇儀徵知縣

華尹二歲而孤事母至孝力學不怠以方略館謄錄敘勞注銓在官有循聲檄采滇銅遂死于萬里外年甫四十三

朝華詞四首

理髮纔齊額窺妝學畫眉小窗飼鸚鵡紅豆最相思

倚繡教添綫長貧遣賣珠曉辭妝閣去分與嫁時襦

願化沙棠檝偏盧玉鏡匳新來雙燕語頻觸押犀簾

回首烏衣巷誰憐野草花不如埽螺黛終老浣溪沙

戲書麗生蕉扇

一片綠天雲殷勤裁作扇與郎生比肩好風拂郎面扇面明月光扇柄青藤結明月易團圝青藤難斷絕

六一泉

邅迴倦周覽窈林翳巖岫青葱松柏閒石齒泠泠潄瑩白既珠飛寒碧亦鱗皺潭空月影浮澗古雲陰漏百尺掩縈紆瘦石虛其竇崖屋溼烟蒸灑然泠晴晝清泚刷柔筋頑禿轉奇秀蔭濃樹翠交峯回山綠逗兩賢企歐蘇殘銘屹未仆伊余乏靈源探奇生怐愗

蘇小墓

尖風擘栁鳴窸窣衝天浪影纖纖月水精簾冷玉如烟亂落桃花作香骨啼蛄銜沙紅霧昏漆燈一點明嬌魂東家蝴蝶緩歸去瀟湘翠竹千條痕綠洋寶篆暈金怨姮娥不遣春光暖掌中秀影舞時消縈枝纏葉游絲斷五更殘雨寒西泠飛泉爲佩雲爲屏青驄無聲子規咽天科何處同心結

周嘉猷字順斯號慕萱海寧人乾隆己亥順天舉人官兵部武選司主事贈員外郎

慕萱先以事去官會臺灣林爽文倡亂往佐軍諮後又從征兩湖事平復官而卒

荔枝詞

西川南粵嶺蒼蒼兩處勞他一騎忙不及阿儂生福地陳家紫與宋家香

佛桑花下曉烟籠妝罷凭闌一笑同好似折花貪及第勸郎先喫狀元紅

恭頌節相將軍嘉勇公平臺偉略

紫閣冠裳　盛世雄經邦又見黑頭公韋平濟美家聲赫韓范籌邊政績隆契合君臣真一德身兼將相是殊功西南萬里需　醲化公歷任滇黔川陝總督到處吏民感頌又建牙旗出海東

使星霄漢映光芒一夜乘風到大荒浪息千壽消蜃氣帆連萬斛渡龍驤雲車電馬疑相送翠羽金支若可望軍船渡洋風順波恬一晝夜即達鹿港海中怳惚萬狀咸謂得天神默護信有神靈昭助順　天書炳郁誌嘉祥特頒御書扁對于各處天后宮供奉

到岸傳呼十萬兵簞壺早向馬頭迎旌旗朗映扶桑日壁壘新開細柳營鹿港舊有營盤公察地勢移營壤接諸羅塡蟻穴路經半線化彰舊懾豺聲　睿謨將略遙相合要害先從北路爭由鹿港進兵與聖意合

紅旗飛奏捷書過報道千軍已戢戈翦寇從知風解籜歸朝仍卜海恬波元公袞繡依光切丞相車茵感澤多夾道臚歡諧鼓吹凱旋齊唱太平歌

沈德基字世求一字抑隅海寧人乾隆庚子舉人

山塘卽事

短簿祠邊日半斜停來畫槳倚吳娃珠簾不捲春風度大有閒情款落花

章志伸字在久號六圃新城人乾隆壬寅歲貢

題手鈔書籍後

家貧未辦買書錢時向他人丐一編鈎管屢經埋老禿藤牀不覺坐頻穿已拋此日功名想再結來生智慧緣留與兒曹能讀否惜陰聊以盡餘年

汪步蟾字汝驤號香巖又號訥菴仁和人日贊從子乾隆癸卯舉人

蠶已三眠天氣陰寒見鄉人問信

去歲愁蠶僵似卦屢生變今年蠶信佳買葉價爭先常覺天

氣寒憂心若攢箭野老前致詞歡容且盈面墐戶足防風溫和子未見但知宜來牟此景實兩便諺語蠶要溫和麥要寒衣煖匪我私機杼行看遍遙看布穀聲取次南薰扇

米蟲歎

年豐寒士不知熟生金無術難生穀況復農家正歉收安有升斗備儲蓄朝來負得一囊歸蓋藏已快倉箱足淋漓梅雨潮且蒸玉粒蟲生皎如玉蠕蠕動若新生蠶令我對此愁饘粥開囷恍如飯傷熱浮浮之氣欲滿屋玲瓏嵌空瓔珞垂消磨未肯饜牛粟既愁黠鼠傾瓶罌又兼租稅苦催促此蟲蠶食更無已勢如啟蟄形屈曲緋桃絳李亦生蠹符傳啄木能驅毒鷓鴣尾上無從收胡麻仙境隔凡俗自宜揚簸勤爬羅未可生憎徒側目宛從牙籤收脈望卷帙完好始堪讀又若

硯几浮埃塵屢埽無嫌帚頻秃顆粒剝蝕不礙飽世間尚有窮途哭惟願大年多樂歲狼戾豐盈任爾宿

梅花書屋圖爲穎齋弟題

數株籬落淡横烟漠漠雲容靜遠天生面別開香世界羨君修到藐姑仙

許奎字掌文（齒錄作昌文）號西鶴海寧人乾隆丙午舉人

題周松靄著書齋圖

百城南面坐消憂淨几明窗荅素秋青玉案前長抱膝綠牙籤畔鎮埋頭名山事業眞堪永策府精華向此畱千古才人同磊落虞卿何必更窮愁

金題玉躞半牀横談笑鴻儒四座驚夫子共推楊伯起使君曾比鄭康成朝窺石室雲垂硯夜檢蘭臺茗熟鐺肯許瓣香

歸社去華嚴妙義譜雙聲淹流會號陸公廚賴此移情合寫圖古屋秋深黃葉下名香日晚篆烟紆半壇江革分來慣殘錦邱遲乞得無御怪左家溷廁畔十年艱苦著三都

梁履繩字處素號夬庵錢唐人大學士文莊公孫敦書子乾隆戊申舉人

梁氏家法最嚴故相國父子功名赫然而子弟皆能砥礪素業不異寒畯夬庵與兄諫菴玉繩銳意經史夬庵于眾經中尤精左氏傳嘗鐫小印文曰臣有左傳癖撰左通若干卷分六門曰廣傳曰攷異曰補釋曰駁證曰古音曰臆說錢竹汀詹事見之歎服惜中年徂謝未及成書補釋一門三十二卷采摭繁富哲嗣久竹大令祖恩刊行之書法端謹其初與兄同居城西竹竿巷中表親張仲雅大令雲璈居城北梅東橋詩筒往來殆無虛日所刊梅竹聯吟是也歿後姚修白嗣懋夢見之徵吟云多情惟有窗間月伴我吟詩不肯眠殆所謂精爽不滅者

與

紅于行

有鳥栖珍樹一雄復一雌雌者守舊巢雄者翔空枝一朝去求食求食忽遠飛遠飛挾兩雛兩雛各分離雄歸雛不返雌也心傷悲四顧欲尋覓茫茫何所之城東有良家門第多光輝不幸倏中落錯迕人世非剜卻心頭肉攜女出寒閨十五固不足十一猶有奇有姊先粥去不知屬阿誰此女更嬌小母氏憐如兒父作不良計潛賣恐母疑各各不相見背地淚沾衣生長在良家何至逐犬雞事多不如意轉眼成卑微昔爲掌裏玉今爲絮邊泥昔爲欄前桃今爲井上葵父粥入我家朝夕奉槃匜癡小不解事瞋嚇徒爾爲當窗喚新名欲麿還遲遲命名各有意萱支與松支女來值霜節落葉辭故枝金風颯以降飄忽幾難歸歲月一何速倏覺兩載移阿母思

見女垂涕涇雙扉問女在何方母乃爲父欺還家告兄弟兄弟俱慘悽奔走訪媒妁言語互參差宛轉識處所造門前致辭始知通家誼說罷對嗟咨喚出認舅氏攜歸不取貲困苦乞爲奴王孫泣路陲富貴焉常恃歘若朝露晞羅遜焚賣券鍾離備妝資若女卽吾女高義世所希緬彼前哲風君子恥獨爲此舉非市義同類繫我思好去見阿母阿母長相睎好去見阿姊贖歸聞先期竝肩事阿母兩雛復安栖離合具有數聚散亦隨時寄語傷悲者遇會不可知

苗刀歌

苗人生兒餽精鐵鐵多鐵少厚薄別深埋土中積鏽黃一歲一鍊成銛鋼苗童行年十六七鍊數已與齒相匹安排爐鞲鑄寶刀牛革爲室筋爲條寒芒閃閃白于練拔鞘傳觀射人

面刀首鏤錯裝金鐶生漆塗柄纏麻菅屈伸如意光四照忽向手中作長嘯積薪數束尺許高揮時齊斷同吹毛鳴聲錚錚示餘勇鋒鋩不頓價增重苗人叓刀不去身腰閒屢躍如有神睚眦之怨必報復白日相讎誓盡戮人血漬處紫繡生晝夜不定刀光明于嗟苗人毋嗜殺兵者凶器愼勿跂勸爾賣刀買耕牛耕偏荒山爲田疇

古鏡篇爲醉白居士作 并序

鏡下豐而上銳長五寸厚半寸項有紐已剝蝕惟鼻尚存背之四圍列陰陽卦各六及符籙書四中央有照天天開照地地潔照人人壽照鬼鬼滅十六字旁署金大定丙午造以鏡人則長短敧側隨光轉旋無定相里中老人有識之者云鏡爲某氏物以之辟疫癘最驗

醉白居士獲古鏡鑄自金源年大定卦畫六六分陰陽雲篆糾紛難辨認四言非銘又非謎讀似神咒驅訞祲我謂此是道家物佩之勿去能壓勝白旃元錫摩欲流相對合有寒風颼形橅奇詭古所無如穀豐下牧鋭頭不須霹靂棗枝盤百靈持衞蛟螭搜試將此鏡照天地九關上徹九幽閉試將此鏡照人鬼壽光策功邪魅悸慎莫照麞頭鼠目之凡庸又莫照鶯脣鷺頸之冶容珍重此寶勿輕出繡囊包裹玉匣封不然遭涴那肯佳斷紐難留恐飛去

桐鄉金比部德輿得銅爵一中鐫精忠報國四字左側有小印曰岳珂建造攷宋孝宗卽位首雪忠武之寃復官賜諡其孫珂始得鑄祭器宋亡悉埋土中明萬歷時得自諸暨山中歸奉金陀坊第之家廟此爵

蓋其一也

昔歲薄游金陀坊鐵舟園中臺榭荒僅留祠屋一片地尚書木主猶煇煌誰其配者曹倦圃依依精魄遙相望當年忠武奇冤雪改葬鉛箱藏碧血復官賜謚總君恩家廟巍峩非僭竊文孫監造勒名氏祭器爲先重圭潔浮沈浩劫逐變遷獨餘金爵碩果全定有神物暗呵護銀杯羽化終非仙景鐘銘功同不儆精忠報國四字鐫瓜皮綠澀轉暈露湼背繡旗眞徒然秦頭壓日不知曉五國城中惡氛繞金牌冤等白符鴆山河玉斧朝廷小可憐身後一爵酒何如痛飲黃龍好好事得之輕鼎彝世人祇解康瓠寶金陀坊已他族滋墳廟栖霞歲灑埽相約他時湖上游捧爵樞衣薦清醥靈之來兮紛如雲臨風酹向忠魂禱

河岸即目

山勢紛相向中間噴怒濤灘聲趨萬壑水力拒千篙縴遠長如綫身輕捷似猱遙看心尚駭況復坐征舠

印江夜行

寒日墮危峯冥冥嵐氣濃尋途隨老馬束炬折枯松怪石疑人立空林懼虎逢行行不知處聞說近思邛

至遵義

人與春同到東風送客程江通巴子國山繞夜郎城乍覺方音變還驚歲序更家家喧爆竹應動故園情

過揚子江

翦渡輕帆速微茫曉霧昏山高盤海鶻峯名風起拜江豚地勢金陵接潮聲鐵甕吞紅船銜尾過任爾怒濤奔

淮河道中

摵摵晚風秋斜陽浦外收飢鷹盤壞墖臥栖壓空舟野闊天逾迥江平岸欲浮閒鷗忽驚起飛過蓼花洲

發楊村

行路值嚴冬驅車感客蹤雪肥搏馬足風硬壓裘茸比屋多坯戸荒郊有壞烽孤篷回首望無復浪搖溶

蘆溝

猶識橋邊路驅車兩度過風吹軟紅土春漲小黃河曉月斜如玦西山翠似螺無情溝上栁不管別離多

堰頭

店近馬蹄遠塵迷落日邊荒溪沈古道斷墖倚村烟老大悲行役功名惜盛年下車腰腳硬冷眼有誰憐

經廢墓有感

黃蒿門閉是何年，埋沒荒原半作田。那有銜錢烏鳥陣，頻來敲火石羊肩。生前華屋人應占，壟畔悲風鬼共憐。幾度空山寒食節，野棠花落草芊眠。

東阿山行

碌碡雙輪耳厭聞，換將芒屩踏寒雲。桃花紅過王姑店，山色青盤帝子墳。行路漸多愁膽薄，來車爭轍起塵紛。馬跑泉淨何容唾，漱口徘徊日已曛。

黃書厓屬題仲弟思蓤秋江釆魚遺墨

畫稿依稀尚墨香，空看九朽淚浪浪。東頭居處原如陸，絕筆留貽可繼黃。漁父夢魂猶縹緲，秋江風景自蒼涼。題詩者舊今何在，最是難兄更斷腸。

新柳四首 錄二

籠籠似隔淺紗寮霧撚烟搓第幾橋春色不勝眉尚斂夕陽無限額添嬌樓頭望遠遊人騎江上愁生估客橈屈指清明時節近粥香餳白已連朝

半惹吟情半惹愁空濛濛處曉鶯留細腰乍損憐韓偓長笛新翻倩李舟飲淥亭前春似織流金橋外月如鉤年來嬾識西湖面況復蓉湖作勝遊 己丑鮑若洲偕予泛芙蓉湖

西湖冶春詞

不攜遊伴笑疎頑畫舸停橈何處灣怪底今朝容易醉春風吹綠酒中山

新晴芳草軟于茵油壁香車動暗塵十里東風簾不閉看花兼看看花人

許申璪字淇園號竹濤海寧人乾隆戊申舉人

桐江道中

一入桐廬境琳琅石有聲水清眞見底山好不知名暖日晴江麗春風客棹輕弗愁灘阻淺挂席每兼程

灘行

布帆飽挂入西安箬帽灘頭赴急湍水力直爭風力勁浪花倒捲雪花寒清溪激石龍鱗活曲岸牽舟鶴翅盤邪許聲聲頻聒耳世途莫作兩般看

自常山至玉山途次口占

舟行連日厭通津一輛籃輿穩寄身江水盡頭初得路詩情濃處正逢春山田放犢催耕早茅舍盤蝸問俗貧倦眼莫愁花隔霧喜沾微雨洗輕塵

初抵羊城旅寓

闗山迢遞入蠻鄉客味舟車兩月嘗檢點遊裝輕似葉安排旅舍小于航林鳩喚雨桄榔樹野蔓垂烟牡蠣牆閱遍門前冠蓋侶浮生容得幾時狂

錢棻字季封號芬木又號硯癡仁和人乾隆己酉舉人

芬木工制藝善詩賦尤長于言情巧不傷雅麗而有則惜年二十四遽歿周慶承云

聽雪湖話川中形勝

日落山城黑天開石棧連蠶叢悲望帝鳥道接昇仙卓氏當壚酒嚴家賣卜錢錦官春色重不盡浣花牋

百丈孤牽處雙蹄險度時乘風過熊耳踏雪上蛾眉市客分盧橘園官餉荔枝蕭蕭邛竹杖新翠待輕持

巴江三折水夔峽一條天泉碧流鹽井花紅種芋田文章蘇

玉局詩句李青蓮猶憶瞿塘泊灘聲落枕前

故國憐夔子荒城弔𤘽侯屏藩圍北塞襟帶抱南樓樹色烏蒙曉笳聲白帝秋江山多戰伐指點說曹劉

村外散步

城居偏憂寺僧閒巒榼親攜樂未還古木棲鴉寒影瘦亂峯多石舊痕斑人歸紅樹白雲外詩在夕陽流水閒自是吾儕會心處何須分別買溪山

姚思勤字汝修號春漪仁和人乾隆己酉舉人有桂堂遺稿

春漪廣交游劬著述家住東河中庭桂樹一枝輪囷連蜷數百年物也名其堂曰桂堂因又自號桂隱計偕北上開設壇坫一時名公卿皆與之游旋以疾歿于都門人咸惜之嘗以唐人律賦自元明失傳約吳穀人錫麒黃書厓模黃玉階基爲琴臺夏課抽祕騁妍侔色擒藻至今言律賦之學咸推黃吳姚三家云所著尚有東河

櫂歌鎖闈考具詩皆未刊行

渡河謠

天風蓬蓬河水洋洋公無渡河渡河荒涼濁浪駭簸峭帆怒張一葦河曲九迴客腸來路日遠去路日長抵岸投宿王營車行人馬襍沓鈴馱郎當塵羹土飯茅屋炕牀耿耿不寐黯然神傷家書兩紙燈火三更再告吾弟復謙同行日歸故鄉公無渡河渡河荒涼

書屠清序衎哭母詩後

苦語出至情哭母淚盈紙四十如嬰兒哀哉屠孝子孝子敦詩書趨庭侍杖屨椿萱不竝榮有怙而無恃追慕劬勞恩蒼蒼者天只詩成十五章長言不能已惟我與君家至戚居同里我之高祖姑子之五世妣家風垂後昆母範繼前軌南北

隔音塵白駒過隙駛庚春來京師斜街走邐迤惻惻見素冠子方悲陟岵于今歲月周痛痒猶若此膝下喪童烏天涯弔舅氏未讀神已淒讀竟心欲死我憶苕生言題詩當銘誄

重九之集魏春松有五古長篇見示前詩意多未盡因再賦一首奉酬

登高有佳約便作淩雲想驅車到門前主人已先往仄徑追吟蹤踏葉馬蹄響江亭兩度遊隔歲忽成曩去秋兩登陶然亭皆有詩紀游今來異喧寂聒耳心怏怏主人如飛仙凭欄招我上爲言曲未終相見笑拍掌舍㩦盡去諸遂登黑窑廠坡陀幾盤折眺覽極莽蒼遙指西山岑秀若列眉朗小筆描黛螺我欲喚張敞戲謂芝厓誰贊黃菊花或曳紫藤杖滿城好風日席地襍少長來者即非俗何必盡吾黨睠懷蘆中人涼夢落菰蔣林禽解

人意求友弄圓吭健游肯告倦還寄塵外賞坊南棗林街妙語敂方丈竹石占生涯雲烟為供養蒲團坐六時麻鞵著幾緉廣陵羅遯夫手寫浮屠像壁閒有羅兩峯畫佛何年此面壁超然脫羈鞅主人導客歸虛齋啟簾幌茗香玉川至碧山高談氣颯爽座上喜添丁孟鼎宜以朋酒享霜螯勸我持尖團臍兩兩薄醉敧冠巾嫩寒披袷氅快哉永今夕翦燭檐月晃主人耽哦詩而我亦技癢喝韻鬬險捷吐詞祛慨慷一篇佇興成繭比秋蟲紡

積水潭觀荷分韻得招字

對水可終日訪秋潭上橋微風漾晴瀫倒影天泬寥碧樹鎖蘭若曲磴盤山椒濠粱樂同隊半邏扁舟招潭中紅蕖花翠蓋相扶搖涼夢西子湖烟波隔迢迢遂喚碧筩飲醉酣歌且

謠羣公美詞翰翔鳳淩九霄僕忝接芳塵附翼同枝條山人擅墨戲今之黄鶴樵翛然寫林壑任彼喧螗蜩放筆不歸去夕陽橫麗譙

題羅兩峯醉鍾馗

老馗醉酒不食鬼胸中浩浩皆天機蟲沙變相彼何物食之無味恆苦飢不如麴生我良友大笑掀髯飲一斗袍帶落拓烏帽敧顏如渥丹曳韡走兩足彳亍鬼背撐老馗役鬼爲酒兵玉山不頹仗爾力何以犒之酒兩罌南山打圍去獵虎醉枕虎頭鬼起舞酒波噀作滄海雲一霎滂沱瀉涼雨

羅兩峯屬題金冬心先生七十三歲自寫照

前江後山草堂舊獨立蒼茫老鶴瘦平生常抱歲寒心冰雪槎牙出吟袖名滿淮海身在田畫書詩妙如鄭虔壽道士眞

梅花仙倚杖一笑三千年

庚戌九秋同魏春松敬甫吳栁村法源寺看菊分得之字

展重陽後又一日高興忽憶陶公籬柴桑風景渺難接古寺訪秋倒好嬉入門松櫟十圍大飛翠矯若鱗之而秋陰護霜有寒色晝不能到寫以詩禪房深處坐賞菊高高下下位置宜瓷盆𦉥作佛供養瘦比老衲殆過之瞥見一枝好標格腳葉齊整香紛披淡交耐久快聯蓺盤桓惜少師林師（俞秋府號師子林師時已往江右）片雲頭上解催句歸途獵獵風帽攲詰朝妙語擷三雅只我慚愧編若遲

織畫

絲絲相累寸寸積妙不在畫乃在織七襄終日蘭檻東意匠

慘澹經營中畫中織路不知里度盡閩山與閩水水復山重別有天手經指桂相鉤連美人停梭倚繡榻願如畫紙離還合離時頭緒紛如麻合時挽就並頭花寫生設色兩奇絕壓倒邊鸞舊作家

晚涼次春松韻

簾捲不成雨坐來山舫秋迢迢碧雲合澹澹銀河流人意欲辭扇笛聲催倚樓分明上弦月翻說曲如鉤

顧涑園先生招集扶荔山房賞桂

柹外春風畫不成記來高閣聽初鶯園中有聽鶯閣秋光又到小山桂逸興同飛醉月觥碧玉點籌徵雅令絳紗圍坐待諸生吟壇別有從游樂莫比當年顧仲瑛

西湖舫課

鷺渚花洲聽所之筆牀硯匣總相宜得他秋水空靈意坐我春風蕩漾時幾疊屏山如脫稿一聲畫角又催詩繡衣往事風流在尚想扁舟謁絳帷

白蓮和陳春榆

月曉風清水熨羅縞衣仙子出淩波半池澹到秋無影一種香憐玉作窩雲翠盤旋嬌欲語粉紅銷減怨如何白描只有陳郎筆慙媿朱翁潑墨多朱泊翁善畫墨荷

春陰和兩峯韻

黑雲低壓軟塵紅轉盼纖纖灑社翁懵懂米山摹畫稿迷離花氣隔屏風尋烟不信春如醉過午還疑日未中只有道人知愛惜閉關趺坐養虛沖

倪小迂寄示憶梅二律依韻報之限林字

玉河修禊重三日怏讀梅花嬾瓚吟一段相思在空谷幾番牽夢到疎林美人遲暮因風想江路迢遙踏雪尋多謝頻螺寄消息宛如翠羽弄清音

撲面繁香忽滿襟相逢情與故人深塵埃不染矜高格翰墨何緣賞素心明月前身留畫稿春風昨旦坐詩林欲攜丁卯橋邊客水曲山眉酒共斟

法時帆學士招集瀛洲亭周覽水木清華之勝兩峯山人寫圖紀事卽用瀛洲亭圖四字爲韻

清祕堂開白玉京來遊心喜小登瀛花磚學步寧無愧柱帖題名與有榮柱間懸何義門先生聯句與余名暗合得地樹看階畔植依蒲魚在鏡中行先生今又乘槎到高揖羣仙笑面迎

碧城環繞鳳麟洲卓立金鼇最上頭水木清華歸藻鑑雲霞

瓌麗入賡酬舊銜得轉珠還浦前度曾來井認劉不是詩龕

平等佛誰能接引到閒鷗

藺檻垂簾敞曲屏綠槐濃蔭第三廳幾人避席如翔鶴杉石春松

石農不至今日吟壇儼聚星會者恰五人洗滌塵襟忘熱惱紛披老筆

見丹青澄波四照涵冰雪選勝瀛洲是此亭

春風野寺踏蘼蕪惜未先期約遯夫春間遊極樂寺時帆以未約雨峯爲悵結

夏重爲文字飲寰瀛當作臥遊圖玉河柳色遙相映瑣闥桑

陰秀共敷莫道問津烟水隔終期攜手上蓬壺

春正五日書厓招同人集翠雲館倪竹安有詩紀事

依韻奉酬

清臞我夔倪高士握手論交滿座歡莫笑經旬詩未和陽春

一曲和原難

探花筵上醉春晴（主人以花籌行酒令）銀燭雙枝照眼明茗盌酒杯皆可意居然新歲作傳生（用顧清句）

如此胸情近所無水琴山畫寄清娛扁舟坐發滄江咏喚起烟波舊釣徒（竹安出示釣臺舊作）

春殘澹灑墨痕斜五字搴香壓作家（承和新年禊詠字字清新）我欲臨風舒錦段乞君綵筆更評花（余舊有咏玫瑰花詩同人和者成帙王夢樓先生題曰春風錦段）

倪善理字觀國號禺山海寧人乾隆己酉舉人有西疇遺草

喜晴

一夜蕭蕭滴雨聲曉來乾鵲報新晴雲移別浦寒猶在水滿前溪漲未平嵐影好添春樹綠日光徐度遠山明閒窗最愛東風過坐聽黃鸝到處鳴

張光湜字履初號集堂海寧人嘉論子乾隆壬子舉人

贈陳誰園

閉門隱几即深山湖海虛明付等閒紅稻香吹田二頃白蟫書蛀屋三間兒原可譽何妨癖詩總能傳不待刪自嘆年來艱出處幾時載酒叩元關

時長延字雲葉號曼亭仁和人乾隆甲寅　欽賜副貢有見末山房學詩偶存

乾隆癸卯各直省諸生以耆年應試三場完卷未經中式者經巡撫奏名年八十以上　欽賜舉人一體會試年七十以上　欽賜副榜是科曼亭以七十以上　欽賜副榜

署後晚步擬託席給事寄書

梅雨新晴翠滴巖官衙有客欲張帆人閒索句思尤刻詩老看山眼愈饞深樹夕陽啼鳥雀斷崖幽徑遶松杉洞庭西去

無多遠好寄蘇臺書一緘

訪友南湖精舍

翠篠臨風響碧流夕陽斜映蔫花洲門前僻徑通官路郭外遙山入寺樓籬竹數彎遮過客水田千頃看飛鷗蓮峯當日談經處蔓草荒烟滿眼愁

潘思齊字希三仁和歲貢以下各貢府志不載未詳年分並附乾隆末以俟攷

希三工書取法不落晉以後人著續茶經二十卷蓋栖幽媚古之士也

過仙霞嶺

是嶺皆天險仙霞更插天不知修竹外已在萬峯巔野鳥呼蠻雨山僧貢石泉太平戎馬靜來往亦恬然

黃炳字文蔚號韜莽海寧歲貢有韜莽詩偶

韜莽績學工詩見賞於長洲沈文慤公嘗自刻其詩四卷又選古唐宋詩爲兩間絕唱二卷錄古今佳句爲狐

腒集四卷歿後多散佚

臞奴招同沈塵園杏耕陳心柯汪嘯亭邱生魯亭暨長君逸羣郊遊小飲竹下

春色上棠花鄉心亂暮鵶漫攜遊子屐同叩野人家泥飲無拘束佳肴辦咄嗟一杯澆古墓竹外夕陽斜

次南溪主人韻

獨立溪頭帽影斜秋江開遍異鄉花西風不管人無賴催典絺衣付酒家

徐願學字經鉏號希齋海寧歲貢官蕭山訓導有希齋詩鈔

村外晚眺

殘霞收不盡墟落澹斜暉木脫千山瘦天高一雁微扶筇秋

意老卜隱壯心違野叟偶情話晚鐘催我歸

汪介壽字純甫號芥圃仁和人沆子彭壽弟優貢有芥圃詩稿

芥圃工文章尤善筆札試廣文未及受篆而卒生平篤于同氣往往形之篇章

許丈默齋招飲四蓮池

咫尺城東路勞翁折柬招日斜花影轉水落漲痕消佳客如雲集歡悰比律調自今來往熟幽覽趁晴朝

懷大兄在閩中卽次送王曲屏還杭韻

阿兄負米作南遊每對荆花動遠愁聽雨夜憐同寂寞寄書人恨半沈浮兩月不得音問近始知爲中途失去九秋豪興隨雲淡千里離情逐水流爲誦異鄉加飯句杜牧詩異鄉加飯弟兄心尺書緘罷屢搔頭

大兄自閩歸喜賦

閭南千里阿兄歸入暮歡聲動竹扉白髮老人開笑口黃花時節著斑衣驚心怕說灘河險見面眞知頤頰肥願得百年皆此夕何須六翮羨高飛

壽啟斌字佑咸號筠圃餘杭優貢官黃巖訓導升廣西天河知縣有筠圃詩草

過陳蜨園齋中清話倦卽假寐醒復索酒戲成一律

几淨窗明書滿牀風流儒雅足相當雨餘芳草侵階綠風過瓶梅隔座香揮麈淸談霏玉屑仙遊好夢熟黃粱先生莫笑粗豪客要倒金罍索酒嘗

何宗灝字希程號商芝錢唐歲貢

春日友人招飲湖上

孅逐東風紫陌塵輕橈短棹泛湖濱柳絲新舞不著水桃萼

半舒先可人巧舌栗留頻似喚忘機沙鳥亦相親且攜金縷花前醉莫向漁舟更問津

秋日湖上晚歸

十里全湖展畫屏輕橈過處幾回停菱花風靜秋逾碧螺髻烟濃晚更清天半晴霞籠遠樹隄邊飛鷺落遙汀歸來漫倚舷為枕臥看斜陽半欲暝

張廷琮字蘭九號前山海寧　恩貢有靜遠齋詩稿六卷

前山著有廣獻徵錄八卷惜未見其書

豆腐和陳誰園四首錄二

傳得淮王術最神磑牀碾處粉光勻數家小市無兼味十載寒窗有故人蜀豉融香宜醉齒吳鹽散雪台霑脣釀錢偶赴鄰翁約飽啖居然勝八珍

晝粥廚頭歲月遷一瓢相屬有深緣割來雲母流脂滑點就瓊酥下箸鮮茅店曉光聞轢釜僧樓夜雨記開筵絕憐風味三春好擕爾同參玉版禪

郡中歸舟

落鴻聲裏客揚舲船尾吳山依舊青水驛空濛秋色晚一篷涼雨過皐亭

已酉中秋闈中望月

三條燭下漏聲傳涼露瀼瀼散碧天自倚粉垣看月色此中已見十回圓

徐士珍新城貢生官教諭

和友人賦夾岸朱橋隔柳絲

露華初滴曉烟收萬樹橅糊翠欲流幾度殘風翻畫檻半塘

飛絮隱簾鉤芳心宛轉三千縷綺思迷離十二樓料得龍池
尤足賞笭箵一棹弄輕柔

汪鳴佩字玉岑號鉏月山人仁和人郡貢生有鉏月山房
吟稿

玉岑素抱沖恬雅善山水其别業曰可莊在寶石山麓有初白亭梅花舫煑茶坪聽雨廊諸勝同時如顧涑園陳寶所諸公時與往還游屐吟襟此焉最盛也

聽雨廊

晴游與人同聽雨念我獨柴門掩寂寥蕭蕭響林谷夜吟一
燈昏猶枕松風宿

梅花舫

愛此不繫舟如通香雪海十年風浪平萬里心已改花動月
明時怳然聞欸乃

答篁村即步見貽元韻

結屋藤蘿下藏書洞壑偏倦知歸鳥意閒記種松年山近雲

微礙湖寬月正圓梅花雙鬢影猶帶嶺南烟先生久客嶺南著述甚富

國朝杭郡詩輯卷二十六終

錢塘吳慶坻校字

國朝杭郡詩輯卷二十七目 乾隆朝人約略爲次

丁　健　施學韓　趙一清　桑繩箎　吳爲金

吳中麟　汪彭壽　吳象鼎　嚴　鈞　陳宜振

陳葇孝　周　詰　李　睿　陳　燧　黃　基

黃　堂　翟　振　胡　濤　胡　灝　魏之琇

孫　健　沈　鵬　陳謝騆　張賓鶴　張　淇

吳壽宸　吳　紀　沈宗游　吳　均　屠　烔

殳世楷　馬　畋　毛　俶　吳世昌　陳光煒

高　商　顧大本　凌爾城　朱　霖　項　杰

江　瀠　禮思夔　嚴錫謨　何鍾錫　邱大振

孫元棟　王　鑑　陸　謙　黃宏業　王　翼

趙　鈞　董廷鎧　薛　洪　董　璜　張藺燈

張　潞　郁志文　楊　倬　章國佐

凡五十九人

國朝杭郡詩輯卷二十七　錢唐吳顥原本孫振棫重編

丁健字誠叔一字誠齋號淨居敬長子郡諸生

誠叔爲龍泖隱君子堇浦太史女夫故詩有宗法太史嘗邀同朱太守樟周徵士京金副使志章厲徵士鶚修秋禊于其家之寄巢以末座少年詩獨擅場名譽遂大起性謹愿語吶吶然如不出諸其口獨酷嗜飲卒以是致疾死其詩先與陳給諫鴻寶有吳船唱和集今與其弟魯齋松老詩並附刊于硯林集後

把鏡篇寄希曾致堯山甫諸弟

晨朝把鏡看我面如弟面覿面不得語孤蹤寄異縣所幸諸弟賢各各事筆硯仲氏志專一纂言及星算霜曉開風宵手鈔書等案叔兮性濡緩摛詞工繾綣偶然書八分上奪雀蔡善季也更小年亦復弄柔翰文選手一編雜擬詩可玩汲古道自尊干時計非便改弦而更張聽者或忘倦美女匪良媒誰歟致金釧爺娘坐高堂六十顏玉鍊大父與大母八十且

健飯人瑞四世難天樂一家擅胡爲守圭蓬落然久貧賤及早圖致身庶稱識時彥毋效阿兄癡爲世笑風漢

正月六日同寶所遊慧山以顧渚茶試第二泉懷梁大山舟限韻

經年客江淮但飲江淮水艤船訪名泉未到色先喜散步入松陰寒碧浸山趾竹罏咽瓶笙甌汎渚芽紫世尠別茶人誰復辨水旨因思君子交淡乃味無已旣嗤王濛厄亦誚陸羽毀何如晏坐僧澄觀得妙理

側理紙歌

舊聞海苔會作紙南越之人能造此水綿萬杵出鐵槽茇皮松皮未足擬今朝獲覩形橅奇高尺有七徑四咫皤腹虛心類鼓腔傍無接聯下無底映空諦視文庚庚細雨斜飛白雲

裏博物何人識者誰茂先既逝道衡死鮫工巧製擅千年倭儈肯酬輕萬里小山主人清閟藏一幅世寶緘藤箱蔡倫左伯造不得肌體姸妙堅而光不敢自私獻

天子親灑 宸翰輝天章君不見澄心堂紙百金值流傳江南更江北劉韓蘇石梅歐陽賦詩同聲三太息爭如此紙得遭逢楮生進侍明光宫卽今 賜錦成佳話韻事應傳百歲翁趙丈意林以此紙獻行在拜 賜宫錦四端沈觀察椒園以賜錦名其堂梁觀察瑤峯爲之書沈宗伯歸愚爲之記梁少師薌林書以勒石

法相寺竹閣觀李先輩畫壁

閣中誰灑雪色壁檀園居士酬筆蹟溪山幽窈樹蒼瘠穎秀鴟景妙創獲題云十月之望遊穎秀鴟歸把燈寫此惜哉風雨半崩坼年深墨淡意荒率想見揎袖岸巾幘虞老長孺開生子將同笑啞我

來恍坐空亭側讀畫看山并一夕昏鴉嘯羣飢鼠咋竹外吹來寒月白嗚呼萬事等浮塵佛宇曾遭劫火焚何況過眼之烟雲寺舊燬于火

徐六堂泛舟城南遇雨疊昌黎韻見示次荅一篇

端居無俚破幽寂藤床晝臥攲枕函我友扁舟遠造訪來看城南山青巉好雨淅瀝響篷背回風浥溼白苧衫足音跫然闖蓬藋羊求徑闢莓苔銜肯嫌地主少看待江光帆影窺門緘蕭蕭巷陌貯秋氣相對煩事皆湔芟新詩投我復洪秀字句剔藪兼疏巖有時清味盤苦硬何止與俗除腥鹹有時蒲牢振鞳鞈坐廢絮語傾喃喃及其放筆寫沈痛如屈被謗賈被讒鏤肝鉥腎鬬奇詭意匠所到神工劖誰云雕蟲一小技子雲文章後世監古來饕餮鑄饞鼎唯於墳索供人饞伊予

失學孏莫比篤好往往慙畢誠因君爲我發針砭庶幾痼疾瘳疕瀐

普賢寺鐵象歌（重二十萬觔南唐袁州刺史邊鎬鑄）

晉朝古寺城南隅中有鐵象形橅殊體巨貌詭勢仰視調馴馭狂愁番奴蹴踏直欲淩九有想見截流尾不濡普賢大士慈容愉敷袵而坐恆晏如六牙分身百千億暗中摩頂發蒙愚誰其鑄者邊和尚一方偏霸嗟無恙君臣惑溺紀綱隳禍利營心恣欺誑圜城高坐講楞嚴倉卒誰知北兵向後身靈運亦何爲維摩鬢久招譏誚可惜鑄鐵竟鑄錯枉使洪鑪役工匠

大安寺鐵香鑪歌（向傳吳赤烏元年鑄今按款識乃太和五年太和爲楊吳睿帝年號非吳大帝時也唯三國魏明帝有太和年號豈以訛傳訛歟）

堨來五月洪都客訪古來尋謝尚宅連朝牽率無事朋昨日城南今城北入門突兀見鐵鑪大可隱身高過額魍魎知難川澤逢饕餮寧爲風雨蝕斕斒繡澀暈苔花叩之鏗然韻銅石摩挲忽認太和字始辨從來赤烏惑細數春秋八百餘却爲楊家增嘆息政由東海鼎祚移孺子危如枰上弈楊花化李豈偶然卒至彭奴改元歷讓皇晏駕丹陽宮傷心空把香鑪擲十國春秋睿帝遷丹陽宮是日有使命來時帝方誦佛書于樓上使趨前帝以香鑪擲之俄而報晏駕矣十國瓜分何足論徒擁虛器堪笑啞何如此鼎鎮三門運往不隨年籥易團蒲頂禮佛前燈香破廊陰開薝蔔

臘月二十日猶滯瓜步舟夜懷鄉同實所作

殘年淹旅迹息榜向江涯月黑船燈閃霜寒戍鼓乖閒愁成楚調歸興阻吳鞋子舍鴒原夢誰知爾我皆

魏塘郭外泛舟

寛鄉收穫早原上散雞豚野雀翻楓葉疲牛齧稻根吟情懷北郭明天啟初有魏塘七子崇禎間又有檇州八子並結社于北郭風景愛南村一舸穿橋去斜陽已倒吞

小雨新霽集黃氏琴趣軒分得七陽韻

林烟開霽色好鳥引圓吭共愛青苔徑能消白日長捶琴徵昔事把卷喜同行鄰並如堅約村醪可過牆

九月十六日登寶石山天然圖畫閣

戌削秋巒紫翠開危樓遙面水雲堆殘僧似鳥依枝宿閒客如魚逐隊來城堞斷霞明繡嶺墖移斜日下荒臺病餘腰腳還堪試不怕陰厓有滑苔

修川道中却寄范大雪軒

連林烏桕雜雞桑罨岸青蘆卅里長一鬨趁墟人散後水風涼入打魚莊

雨晴晚度笠澤

絲柳黃含白竹扉楓江水暖鮝魚肥峭帆忽轉彎環岸鷺起鵁鶄拍翅飛

浩蕩烟波付釣舲人家春樹隱遙青眼前漁具箋難盡漫說天隨耒耜經

施學韓字禮耕號石泉安子學濂弟仁和諸生有南湖草堂詩集

石泉能讀父書詞賦雜文皆工妙善畫嘗自寫山陰齋舫圖杭堇浦太史爲之題句屢踏省門輒報罷遂抑鬱以死府志入文苑傳

皐亭山看梅

春風扇花氣香我身上衣我懷似冰雪來叩花開扉疎枝掠魚艇清影罥苔磯時聞仙犬吠不見野人歸青山隱白雲冷露滴翠微前村列酒帘一望烟霏霏

凍菽乳

食豆食其乳其味眞不俗又須風雪天寒劇凍成玉腐氣盡滌除烹煎隨所欲朝來城市遊一笑紛滿目物輕價亦廉但覺水淋漉人家弋此利戎菽貯幾斛破曉犯嚴寒旋磨聲轂轂荒街十字斜茅店一燈獨乍看魚眼沸有若馬酒熟撇缸鹵汁重壓囊泡漿足笑比女兒膚柔軟新沐浴淮南眞仙儒饌法傳實錄至今服玉方可以養儉腹呼僮攜筠籃買取往來速恰好當暮冬天花出飛六同雲頑不流預結一冷局施生粲然甗謂眞吾口福解事有廚娘檐端露幾宿不愁風裂

開正要冰雕琢晶晶凝光晶層層起紋縠堆案儼方珪觸手如利鏃悅口自清腴佐饌妙芬馥凍痕若蜂窠眞味勝膰肉清可配桂醑甘爲薦杏酪因思和羹手古今難更僕所貴得其時最忌趨炎燠物性苟未諳終自傷覆餗書生進一餐猶爲歲寒祝

題話墮集

阿師瘦到骨世外屏紛擾擁鼻作苦吟頗不入時調嚴壑參牒禪烟蘿寫詩貌卅年南屏居有若隱霧豹自適山水性紅塵夢不到左花右竹間靜乃契道妙咄咄驚人句力能探蘊奥俗衲工效顰俗眼無醜好嗤彼頑石頑亦識點頭笑

陳大烱居南湖以詩招予爲鄰仍用來韻答之

君家於南湖曠焉闢安宅雞聲柴門曉燈影草堂夕六時只

讀書喜爲古人役好月修竹林涼陰置一席濁酒破寂寥高談空往昔王粲願爲鄰此意與君析消渴惟酒可閒居正要詩詩味如酒味苦吟乃得之又必居勝地足以暢幽思南湖妙烟水移家知何時夫君竟先我三載廬于兹短章重致意行矣夫何欺

題丁大健吳門詩卷後

丁生庾鮑之匹儔囊中好句清且遒飽飫經籍餓不死昨年又刺吳江舟雞羣鶩食苦相軋蝸爭蟻戰怒勿休造物予我憂患境九陌不得騁驊騮酒酣吐盡胸中墨一洗今古無邊愁有時恂恂不能語貧女三十養嬌羞易占亢龍須有悔吾道當以剛濟柔甚欲爲君刷羽翮飄然上與羣仙遊

雲閒使院怪松歌

何人鞭起甲蟲長化成鐵幹高一丈鬼斧斸斸已千年枯枝時有白雲養蒼鱗片片飛空冥怒髯乙乙恣排盪窮冬日瘦草木死是公獨出矜無兩盤旋或與風雨戰聲落千山萬山響嗚呼人生得意會有時爨桐定遇知音賞攀枝附葉亦何爲如鷹在鞲魚在網世間是處皆女蘿爭時誰作歲寒想須知傲骨本天性雷霆呵護避精爽劫塵歷盡不回頭此老無乃太倔强客中誰與伴孤清天遣星精供偃仰月光昨夜挂枝頭溶溶翠滴仙人掌門外猶多抱節君清風暇日來相訪

後洋草堂賦送方三塘之松江袁大知之京師

吳江一棹月燕樹萬山雲二子遠行役飄然自不羣清詞洗秋雪健筆燦龍文莫笑予荒嬾閒居困典墳

春星草堂小酌

門巷少人迹秋光向晚澄怯寒重命酒話舊共挑燈小雨養
黄菊淸霜臥古藤夜闌還待月簾影碧層層

宿松靄山房

借得山僧榻泠然睡味閒關心是修竹合眼卽青山轉覺生
衣薄同沾涼露還竟忘城市熱顛倒客眞顔

共說山房好山房多竹風疎狂中酒後詩句閉門中茗椀僧
伽供屐鞋爾我同明朝恣游戲濯足澗溪東

松靄山房納涼

破曉同挐出郭船沿緣小憩寺門前綠陰滿地不知暑涼氣
中人渾欲眠茶果得參方外味鐘魚重結靜中緣十年熟識
山僧面豈媿當時玉局仙

淨慈寺納涼

層層樹影寺門斜一徑沿緣到法華引我清涼有修竹助人歡喜是荷花圍蒲幾處從僧乞野鷺何心入夢賒爲問南屏功德水鯽魚今在釣師家

石門道中

漁唱依稀過野塘炊烟四起入蒼茫一枝柔艣水天闊滿港蘆花客夢長何處孤村無好酒却留明月送還鄉明朝小泊臨平路渴就山泉細細嘗

由金家堰步至崇先寺

小泊梅花渡口船芒鞋直到寺門前人行隔岸水田裏詩在過橋籬落邊冰雪自添清瘦影林亭重結去來緣山僧爲我修茶事雪椀教烹第幾泉

和張大振采皐亭看花之作

我愛皋亭山下路人家處處傍桑田溪聲不斷隔林雨花影亂敲何處船芳草閉門曾有句流鶯勸酒豈無緣與君檢點江南景袖得春風喜欲顚

酒樓題壁

沿隄草色漲晴烟畫出江南二月天千點桃花萬條柳春風斜日酒樓前

趙一清字誠夫號勿藥又號小林昱子仁和監生有東潛詩稿十六卷

趙氏二林負天下名其家漸衰落誠夫奔走羈旅老尙依人自吳楚以至齊魯燕趙晉鄭之郊靡不有車轍馬跡焉生平博極羣書尤精于地理學凡海內郡邑志及山經水記罔不搜覽撰水經注釋四十卷朱箋刊誤十二卷寔爲道元功臣嘗補注三國志徵引極博皆堇浦太史所未采吾友汪君小米於金峩峰廣文所見明南雝刊本首冊有二林吟屋小印旁行斜上字如牛毛中多誠夫案語殆即其稿本也小米欲錄副而未果至今

惜之又以所居爲褚文忠公故里因取坊巷一切之見于圖籍者成褚塘閒史若干卷其集中署名曰瓊花街散人曰蘭風賣魚師曰東潛村民曰虞樂生

秋風起二首

秋風起胡不歸風來拂面吹人衣簌簌寒聲聲漸急霜高惟有雁孤飛秋風起胡不歸

秋風起客思歸牛不服箱愁無衣窗外月明憐影瘦征途夢杳逐魂飛羇人爭得不思歸

移竹同金門作

一雨三日涼涼滿雨未已閉關樂無人靜便心所喜所喜更何事宿諾踐不毀憶坐慧濟院萬綠正叢委指畫須芟鉏我謀亦爲彼亟乘膏潤餘適可成兩美移來五十竿嫩葉如流水牆根間疏密壅蒔利出舌糅土欏勻勻汲泉盈瀰瀰要令

牕牖閒清景從此始吾方欣得朋君曰且止止南齋餘隙地當相料理耳

九月三日辰州作

萬里經行日家書到亦難自憐雙鬢改不敢鏡中看酒盡愁方覺燈迴夢易殘雁歸知有候强把客心寬

十四夜觀燈城北鐙事都闌興盡歸來作詩自遣

忽聽喧呼小市前魚龍雜隊戲褊褼雲畱淡月過元夜人踏殘燈又一年北郭故家春寂寂田居侍御西庄少宰舊宅皆已易主南湖荒寺草芊芊繁華夢幻知多少獨對寒牕且放眠

清明病中寄懷次公

連袂春游去踏歌慨慨柰此病夫何靜憐語燕分明甚愁敧飛花落拓多自課園丁閒插栁欣看稚子戲飛堉行人忽憶

添惆悵曉夜嚴程寂寂過

發聚落城至大同車中感述

悠悠沙塞與雲坪走遍崎嶇感客情西望欣逢達速嶺東來怕指去酉城燈花黯淡愁難結鐸語郎當夢不成多謝封姨少憐念暫回狂馭眼澄清

迎春詞 八首錄一

何年擇地在膠宮兩寺輪番近不同故事相沿原最久臨安南渡宋遺風武林立春之儀詳載田副使西湖志餘當年兩縣輪年遞辦仁和于仙林寺錢塘于靈芝寺今移于郡庠不知其所權輿也

擬秦淮雜詩四首

春情何處遣銷魂白板橋頭綠水村二十四航龍藏浦花城夾岸竹籬門

清溪曲曲木蘭舟迤邐連岡接石頭初試夕涼歌最苦子弦新撥一聲秋

誰家水榭倚紅闌陣陣春風燕子寒去問坊名猶近古大長干外小長干

沈香甲煎酒初醒十二珠簾雲母屏若使一生花底活不辭天下作郵亭王百穀號天下郵亭

桑繩篪字軒竹號虎竹調元子錢唐諸生有菲泉書屋學語

軒竹年十三父徵甫先生病危延沈明經鴻鈞診視跪而雨泣求審良方既而母病瘨終夜侍側不忍離聞喘聲卽繞床走經年不懈後卒于大梁徵甫詩侶歌阿篪三垂戰藝酬皇天僵我圉客蠶爛楮之壽希彭聃蓋深惜其才而傷其逝也

步南園

良晨清興濃和風引游涉近寺綠檀欒野橋喧𣲙渫土厚肥茱甲樹古長苔葉可午遞疎鐘及暄翻細蝶佛社趣春遨芳鳴明紅頰晚梅如遺老冷眼飽塵刦亭白雲鱗鱗一色繚粉堞村畦淨如鏡沿緣汗微浹

精嚴寺寓齋

客來等雲浮清暉照禪室欲愜靜者心十笏借容膝細筠綠空庭烟華埽蒙窗戶冷經蛛絲壁古留蜂蜜春鳥不畏人繞桁喧朝日苔迹稀履綦飛過蒼鼠疾清梵遠微微幽磬林中出攤書明牕下頓使旅愁失塵囂不到眼想見古民逸

大梁懷古

青礎蟠龍甃玉除虛皇臺殿渺淩虛官家一夜渾無事坐爐銅盤看道書

吳爲金字象青焯孫城子錢塘人仁和諸生

象青承其祖父繡谷甌亭兩先生家學又請益于王茨檐先生故詩文皆有師法

秋日南屏坐雨

重陰漠漠度長橋曉過僧廬肯待招颯沓雨聲穿樹腹橅糊雲氣失山腰一涼到骨秋衣薄半偈明心午磬消水墨屏風誰畫得清遊應不厭連朝

食秋蓴

入手紛紛散似絲季鷹此日最相思年來略識悲秋意愁絕西風下箸時

吳中麟字萬洲號佛川城次子仁和諸生有佛川詩稿

佛川耽書嗜吟性慷慨喜施予皆善肖其祖父之所爲惜不永其年先甌亭先生卒

送丁大健之婺州

秋色西湖好詩篷不肯停容程江樹碧鄉夢越山青涼占藤
陰古愁添酒意醒赤松遺迹在遊屐定能經

訪西吳舊隱郎和其詩

是身還住世來往亦云聊影落淪漣水人歸略彴橋閒行拈
句適小立送雲遙撇去塵囂絕山春雪未消
深深齊插竹短短結爲籬夾樹開屏面飛花過井眉烟霞煩
與護鳥雀亦從窺莫遣酒人過難扶醉倒時

施大學濂　自乍川歸見過

橘柚香吹鵲槃徐閒吟正合覓相於秋燈影裏客來久涼雁
聲中月上初別夢應從今夜斷交情豈爲隔年疏還沽濁酒
畱同醉自向家園翦晚蔬

自鹽官復至清溪

兩度吳羌纔十日門前不減綠溪光輕艭繫處低徊久秋樹如人立夕陽

汪彭壽字靜甫號葯園仁和人沆子官江南鎮江經歷有菭花老屋吟稿二卷

葯園與弟芥圃承槐塘先生家學皆工爲詩而葯園又爲堇浦太史佳壻官參軍後以親老乞歸眞州鄭楓人觀察澐稱其詩淸雄俊邁之中寓溫柔敦厚之旨

靈峯寺

幽溪尋幾折香界歷千層谷暗疑無路峯迴忽遇僧松門斜抱石苔壁半垂藤坐對諸天近還參最上乘

靈峯諸勝

俯檻窺羣岫青蒼撲面來一峯蹲虎石雙闕鬬雞臺玉筍撐空瘦金英拂障開肖形呈眾妙雲路重徘徊

石梁菴

不惜蒼苔滑來尋紫石梁虹霓天半落雲海壑中藏攬秀穿
巖竇聽泉坐佛牀沿緣思小憩極目嶺途長

北溪

出寺尋東谷歸途指北溪行人隨鳥影落日聽猿啼雁宕輕
雲合龍湫積翠迷耽奇還怯險回首失攀躋

吳象鼎字和仲穎芳子仁和諸生有秋田遺詩

和趙芳谷白芍藥原韻

留得冰心耐後芳淡妝鬱鬱鎖昭陽影分鸞鏡春愁重夢覺
蘭臺粉蝶香消上相思沈碧水眼前新恨怯羅裳梁園花市
千年後內有行雲過雨堂

瓶中芍藥步韻

雲情雨思粉低勻小几黃昏泣晚春掩映嬌羞無藉甚文無香裹款歸人時欲南歸故云

嚴筠字可亭錢塘人有秋竹館小稿

可亭先世居若溪後徙于杭祖名世以治目疾有聲于時可亭克世其業又善鼓琴好爲詩所居在北郭水木明瑟丁龍泓隱君樂與之游手書秋竹館三字贈之因以秋竹自號卒後遺詩數十篇友人陳曙峯者家甚貧而爲之刊于木杭堇浦太史以爲詩可傳事尤可傳也

同丁丈龍泓春渚梅坨曙峯遊吉祥寺以少陵寺憶曾遊處橋憐再渡時平字分韻

郊外精藍靜今晨始一遊秋花欣鳥語雲態戀溪流木落山全出天寒稻未收入門聞梵放坐聽小遲留

北郭首夏

郭外烟光好耕漁野老兼水明分十字山遠見雙尖麥隴斜

連屋蠶門靜下簾吾廬欣不遠頻過亦無厭

題李長蘅小幅

檀園潑墨太淋漓坐愛林巒入望奇正是新茶烹活火松風吹雨欲來時

陳宜振字載詵仁和人有石屋磨芡稿

載詵爲桑弢甫先生弟子朱青湖彭言晚年自訂詩稿十二卷藏于家秘不以示人云

北邙山

北邙山頭日將夕白楊成列風蕭瑟回頭磊磊冢何多盡是千年遠行客原下死人春復秋新墳日壓舊墳頭夜半髑髏自相語我骨不知何處收日月更代疾如駛草木無知榮復死滄海無塵幾見飛河水難淸不可俟

陳萊孝字𡸣貞號誰園海寧監生有誰園詩集十卷

誰園癖耆古泉取鄱陽舊譜參證諸書爲鐘官圖經七卷客陝時裒集碑帖仿歐趙例爲語石外編二卷其詩酷摹初白周松靄春謂爲具體而微其篇章之繁富亦足相埒弱冠時爲杭厲諸公所推獎晚藏病足結休影菴杜門𨕖埽與東海半人鐘大源未嘗相見而長謠短咏唱和頗多半人詩云兩家俱病躄一卷獨傾心何期慳半面終古判辰參葢紀其實也年六十作辭壽文累數千言嘗夢宋瑯開持刺來謁相與論文終夕而去俄疽發于背遽卒葢椰亦以是病死殊可異也少工長短句有云見他竹影篩窻疎疎密密總寫著个人兩字爲董浦翁擊賞目爲竹影詞人云

種棉曲

海南人家家種棉交秋試花花燭天秋收一畮斤二百百斤價值錢四千丁男色懽婦子喜活計今年粗足矣豈知米價貴于玉五十斤棉米一斛八口嗷嗷竈突寒一家依舊團圞哭嗚呼枉道種棉勝種禾賣棉買粟能幾多可憐租稅兩莫辦南鄰相約走別縣

過半江叔惜陰書屋

仙容題詩處秋來幾度經海茶紅爛漫山鳥翠娉婷市遠烟蘿淨人閒筆墨靈客嘲吾不解安穩臥元亭一家依舊[illegible]

吾愛吾宗老風流孰與同政多循吏績交有古人風門對湖山好家傳倡和工先生元配戴續配沈並能詩問奇來往熟渾忘寂寥中

乙巳除夕

蕭蕭雙鬢歲依徂萬里歸來歎守枯自昔傲人惟舌在年來立地亦錐無送窮篋底添新草獻歲堂前賸舊符兩屋一家誰最長不辭最後飲酴酥余與安期弟同居

仲春武原張芑堂見過閱余所藏古錢余分豐貨一枚贈之閏月寄蟻鼻錢見報戲荅一詩

銅香圖裏結良儔投報居然樂應求眞似附羶熏蟻鼻豈緣

逐臭戀蠅頭，從來壓勝姑云爾。（洪遵泉志蟻鼻錢入壓勝品）未信宜男得果不。（西清古鑑豐貨晉趙勒所鑄，世謂之宜男錢。通典云豐貨名富錢，佩之令人富也）齒冷長輿負奇癖，不知此癖幾時瘳。

周喆字曙巖，號桐岡，又號髯癡，錢塘諸生，有游目偶存

髯癡壯游幕府，名重公卿，閒工爲詩，畫山水宗三王，顧不輕作，尤長于畫松，書法似其師張無垢，世犖而不爲劍拔弩張之氣。鄭司戸三絶，遂繼其名，髯固不癡矣。

過西林吳處士齋用靈運齋中讀書韻

高人如梅花，幽光照巖壑。塵尾落清談，四筵忘索寞。披雲見皎月，窺檐歡寒雀。示我養生編，如對草元作。使人意自消，罔敢違諧謔。水竹繞蓬廬，山茶倚草閣。清遠漢顏回，（厲樊榭徵君以先生比叔度）瀟灑晉康樂。何當結比鄰，輝光寄遠託。

雨霽登紅橋晚眺即事用楊廉夫花游曲韻

涇雲淼淼收空濛埽晴半日西南風朱朱白白銀塘裏錦鴨花鴛鬧江水水綠於油曲繞門桃花衫子栟絲帬落英欹襯嬋娟步玉鉤斜畔鴉啼墓蘭槳雙雙打水來隔花有客與傳杯花枝影落琉璃椀急撥繁弦促象版回頭瞥見日平西遙憶雲山閣上題廣寒宮裏蓬萊使人望橋頭二十四今朝誰爲拂銀牋高賦紅橋晚望篇

雪羅漢歌戲爲阮初白作時除夕前二日

一夜天公開玉戲銀沙浩浩韜寒翠壯哉一望白迷空儼似豪光放十地江東步兵狡獪生指揮左右分經營堆墀壘砌勢盈丈隨手幻作牟尼身鮫綃單衣水精衲白玉肌膚雲母㬹垂眉修耳古月顏笑口憨憨不能合莊嚴恍遇無垢天三風吹落峨嵋前身成意樹復何有妍光素影相新鮮少焉乾

雨生漠漠雪花又作天花著明朝試證舊形樵變態應知了非昨

紅花浦雨中見桃花戲拈

紅花浦下水欲平紅花浦上花猶明花光帶雨水波綴枝頭好鳥參差鳴鳥聲似笑車中客花未飄零客淚迹北轅南柁蹉跎雨雨風風鬢雙白鬢絲著意戀東風拗取花枝插鬢紅慢笑惜花人少主看攜春色過山東

寄芥舟

爲愛芙蓉晚來登水外樓半林黃葉暗一片蕻門秋涼月迷衰草清笳結暮愁相思渺何處目斷荻蘆洲

夜泊宿遷見殘月

半壁銜山起孤燈隔樹幽江聲還到枕雲氣欲沈樓清柝傳

荒戍離愁滿客舟遥思隋苑夜飛夢過揚州

重過南池登太白樓晚眺

任城南畔古名祠高下樓臺位置宜一掬泉清聊當酒二先生在莫題詩池光遥映湖光静雲影平牽山影移五載重來風景别拈髯駐馬立遲遲

費丈朗山自粤東寄詩見懷依韻奉荅

海鶴高騫天半霞散才猶自滯泥沙客愁密似秋牕雨詩興濃於春日花屋角火星移蟋蟀案頭緑字對琵琶琵琶行楷書卷瀨行時所贈者重來杜母民相習無事琴堂早罷衙

澄輝閣

高閣淩虛占斗牛水光山色檻前收樓臺半雜蛟龍氣島嶼平分日月秋閣在日月兩湖之間天外雪峯當海白可望雪竇山烟中塔影

到牕浮何時一倣判闢筆寫入溪藤作卧游

東阿境晚晴作

開河驛過又銅城雲斂魚山作晚晴幾點墟烟青不斷一行官柳碧無情荒臺纍壓餘春草古碣斕斑照野櫻馱馬殘陽心脈脈數聲淒絕杜鵑清

廣陵送春

霞脚初收晚日清一帆吹我過江城春從麥浪風中去人在楊花雪裏行舊雨半凋悲逝水故鄉漸近惜殘鶯無心重問隋隄月二十四橋空復情

遊卧佛寺絕句

銀海光收古月輪酣眠閱盡不眠人何當分取蒲團卧亂墜天花不著身

趵突泉

七十二泉名獨著卻嫌終有近名心請看第一中泠水流伏江腰恐不深

牐河放舟

爲愛蒹葭學溯游澄波如練泛清秋西風不管蘆花老日暮無情吹白頭

李睿字澄齋仁和諸生有溪堂集

澄齋爲遂初老人李南之元孫居艮山門外灞水橋時從臨江鄉人游酬唱遂夥年二十九而卒卒後其姊壻陳燧春榆裒其前後諸作而臨江翁點定之名曰溪堂集溪堂者亦澄齋自署別號也

魏栁洲看雪吳山醉後傷足詩以慰之

栁洲先生興高絕醉上吳山踏晴雪短筇不管玉山頹薄暮歸來頓成躄市兒拍手笑胡盧先生撫足增煩紆繩牀忽學

居士坐籃輿要藉門生扶武林城中百萬衆侵晨地震羣驚夢誰能曲局更高眠曷弗踊躍起吟弄南榮暖暖硯水融北牖炎炎鑪火紅何人走馬來相問定成長句杜陵翁

雷峯塔頂桃樹

我聞太華山頭玉井蓮花開十丈藕如船奇哉雷峯塔顛頂乃見桃樹枝摩天春愁茫茫自終古金碧樓臺化黃土何人橫絶倚天梯力挽韶華照眉嫵雨隄紅紫雲錦稠冶遊客盡迷雙眸一笻誰肯覓孤賞山僧談及空回頭西風纍纍紅玉子三千年來未有此東方小兒先得嘗不待瑤池青鳥使

天台萬年藤杖歌爲臨江翁七十壽

天台四萬八千丈老藤直挂石梁上我疑應眞鉢底龍游戲偶落蒼茫中詩翁藉得山人力截成短杖丁字式紫竹柔脆

安足言綠玉逡巡亦無色憶昔從翁湖之濱上人共飲龍井春一朝歸去秋隼疾五年飽看嵐霞新茲來值翁七十壽載酒湖船杖爲侑酒酣著手重摩挲鱗角崚嶒冷光濯兩峰峨峨青接天高鳥不到猿猱顛鏗然有聲振雲外世人爭指飛空仙桃花流水非人閒倚杖一笑三千年

鶯脰湖

一橋深鎖碧瀠洄新漲平添響似雷但訝船多成鷁退忽從烟外見湖開依稀泊宅鄰漁屋卽漸松陵出戍臺獨惜自來風景地久無皮陸關清才

陳燧字春榆仁和諸生

春榆少孤事大母及母甚孝能詩工書年三十三卒

過滿月菴尋樊榭先生舊遊處

東鄰有精舍蔽虧深樹裏矮屋如蝸盤清凉國尺咫吾徒苦
熱惱招攜隨步止初來意已幽稍住趣尤美憶昔厲徵君讀
書曾憩此文采映前後風流被閭里杖履未及從我生悲後
起只餘壁上詩一一勞僧指清游洵夙緣高談契禪旨啜茗
坐超忽松風浩盈耳

寒食登南屏同匏盧先生心舟上人分韻

觭足松雲上千峯展畫屏湖光過雨白野色夾城青冷節襟
偏豁餘酣眼乍醒支公能愛客下界即禪扃

送孫春嶼之粤西

髫齔論交竊益堅弟兄幾輩齒隨肩浮生轉眼人三十遠别
驚心路八千銅柱山深迷瘴雨桂林春早接蠻烟男兒會有
凌雲志祗爲魂銷一黯然

黃基字玉階號春圃仁和諸生有春圃遺草

春圃母氏姚夢食桃甚香遂生春圃少慧耽吟有長吉嘔心之癖所居在艮山門外鄭家橋恆從翟晴江先生游與黃書匡舒古廉吳穀人姚春漪諸先生往來結契壬辰三月相與坐跨虹橋上東風甚緊楊花渡湖而來春圃得句云廿載功名惟鐵硯一年春事又楊花意甚悽惋皆爲之黯然明年竟以病死年才二十七耳於春漪爲中表弟兄爲攟拾殘牋屬晴江先生審定爲春圃遺草二卷生平尤擅賦才惜多散佚

九月二十一日陪翟晴江先生泛舟西湖至赤山步

謝公癖登臨不受塵鞅紲昨因山僧期佳興遂一決而我得從游喜甚屐齒折是時風斂霧天水共澄澈扁舟截鏡面去若飛鳥瞥岧岧西南峰一一屏障列翠色紛相迎青眼望不竭遂泊定香橋前山弭清節

過太子灣

六朝王氣清故宮莽禾黍何怪太子灣荒涼遽如許西風吹

華髮不可無君語冬青出鬼燐竹塹竄松鼠誰家占一偏壘
石營壙巨地主易更新名豈隨人去

石屋

一徑折而南登高豁心目呀然石扇開突兀見此屋明牕玉
女啟圭竇越王築連蜷拓高掌空洞容一腹惜哉象教替龍
像半摧辱或斷嚴顏頭或刖卞和足香火慳因緣莓苔一蔞
綠方今習游觀選勝事奮揭而此棄如遺毋乃世眼俗我攜
九節筇不志三年穀素書倘相招負石屋中宿

水樂洞

水激之則鳴谷虛而後應人謀契物理乃表千古勝錢唐水
樂洞嘉名錫自鄭如何賈平章晏游荒國政決渠漑民田不
學白公請鑿井給民飲不行鄰侯令千金購別墅五畝闢芳

徑愛此山下泉鳩工疏泥滓雲岩萬壑空乳穴細珠迸松風一披拂地籟雜笙磬遂令後來人臨流愜清聽

烟霞洞

游龍仲左臂直下南高峯東標石屋秀西結烟霞濃烟霞何時顯開運元年中錢王思復古假寐神靈通告以十八老離散如飛蓬夢覺飽追訪洞口欣相逢乃鑿翠屏石一聚蓮社蹤流傳數百載游客爭過從風磴折屢上浩然雲盪胸修篁色瀟灑幽草花蒙茸愛之不忍去古寺鳴午鐘

讀西關淨化院碑記

西關淨化院剏建始吳越作記鐫豐碑開運識年月久之風雨摧一片榛蕪沒不有李內侍幾使磨刀鉞合力嵌山厓高身聳門緊淋漓鐵漬痕鏽澀苔侵骨有若水乳交無間可容

髮吾儕好奇古到眼與勃勃拉伴搜文字十指傚狐猾初觀訝目眩欲讀嗟口訥稂莠雜嘉禾雲烟隱缺月偶然得一二餘者認恍惚濡紙拓其文登登應樵伐

自翁家山入九溪

人家壓山脊一姓不可雙跫然足音至羣吠村中尨徑轉喜入勝翻似七里瀧峭壁左右列九溪流琤淙發源楊梅嶺南走錢唐江每逢一隝出一水相舂撞上立支離叟下無漁人纔吾將汲十斛煑茗開疏牕

暮投理安寺宿智公方丈

翠靄起將夕西風吹峭寒入山深復深欲憩腰脚酸梵唄出蘿徑一枝容借安喜吟湯休句坐我白石壇明星挂三五烱烱雲之端羣岫悄以靜木葉飛聲乾淸極了無寐秉燭對夜

闈

艮山野望同杭堇浦先生吳穀人何春渚黃相圃姚春漪倪小迂暨弟聖階分韻得樹字

城居苦喧卑所志在野趣駕言出東門彳亍艮山路艮山一培塿蹤跡認芒屩記昔春夏交新綠莽無數平臺藉輭草坐看沙洲樹年光逐河流風景逼歲暮木落天容呈霜寒雁聲度炊烟起前村蒼然暝色赴

題表兄黃思蔭棠秋江采魚圖遺墨

山蒼蒼江茫茫鳥飛不盡吳天長經霜紅樹老秋色青蘆旋繞漁人莊漁人采魚出前浦扁舟箇箇波中央或攜筌罶或罺籗或載筍蠡椮叉梁老婦晝槳兒鳴榔界破山影搖江光漁家樂事數不極扣舷一曲歌滄浪春秋更換忽八九江山

如故人云亡嗚呼江山如故人云亡烟深水闊不知處風露滿天生夜涼

晚歸訪李澄齋不值

地僻遠塵市迢遥一徑通耽吟聯白社招隱踏青蓬漁笛暮烟裏書燈秋樹中素心人不見惆悵小橋東

同人遊南湖慧雲寺

雨痕依約漬苔斑古寺幽尋未肯還壓水菰蘆沈冷翠倚風荷芰澹秋顔騷人已逐湖波逝（謂樊榭先生）我輩能如鷗鳥閒落日詩情應更好摻金一抹隔城山

蠶詞

駘蕩春風暖欲熏稠桑十里綠成雲阿儂瓦卦曾占得今歲蠶花廿四分

昨朝已祭馬頭娘蠶動吳匳事漸忙早起殷勤囑兒女莫教生客人蠶房

黃堂字聖階號月巖基弟仁和諸生有月巖詩草

月巖少孤兄嫂撫之至於成立後兄嫂相繼亡月巖益貧困不自聊又十餘年而死

雨後見月有懷書厓春漪二表兄

細雨晚初歇東風吹月來圓光搖水鏡清影入樓臺人靜聞琴逸天高有雁回遙知牕下客爲我一低徊

簡江大得天

不知若箇是詩豪腕下空髡十束毫事業眞如拆𧂐線人情誰解贈綈袍百年成敗彈棋局廿載牢愁付海濤却羨清狂畢吏部五更寒月醉鄰槽得天嗜飲故戲及之

陪翟晴江先生訪鄭家園遺址

沙隄曲曲水重重往事如雲不可蹤窰店乍經芳草合鄭家橋西北有窰店橋麥莊空繞綠陰濃鄭家橋北有麥莊橋曾拋鴉觜扶奇石花園兜八家鉏地時得湖嵌相賞龍鱗揖老松覽古愛從尋宿卯一時環矚笑村農花園兜尚有古松一株

田婦詞

木棉衫子木棉裳短鬢低鬟淡淡妝學得城中新禮數見人也解道勝常

殷勤先祭馬頭娘就近還燒十廟香收拾春衫理蠶藉不辭辛苦入蠶房

豆花棚外竹槍籬來往無人任笑嬉自是鄉村拘束少繩牀蒲扇納涼時

稻火煨將芋栗紅隻雞斗酒樂年豐儂家夫壻常相伴不用

回文錦字工

夢亡兒

分剕痛絶六逢年夢裏徒欣大被連推枕欲尋君共語悽雲苦月一天天

可憐一病閱三秋兩眼時深伯道愁今日荒墳埌君酒嗣兒已解淚偷流

翟振字健行號西雝仁和人有西雝存稿

西雝父補堂豪于詩與從兄晴江稱東鄉二翟西雝承其世業又受法于臨江鄉人所詣益進年三十餘咯血以歿易簀時索舊稿盡付之火朱古心任石屏遍為搜訪僅得此數首

尋菌閣故址

樹轉山徑幽陰壑墮松子揭來仙子居脩然遠城市嘒嘒寒蟬鳴激激哀湍駛如聞風外琴一洗箏笛耳菌閣既蕪沒高

風徒仰止擁毳思同遊事往不可指元珠探遺稿句曲稱外史鶴去何時還秋芳變蘭芷

水陸寺石幢得剎字

苔紋翠積秋雨滑瘦石橫階一幢拔橅糊六面蠶頭文古色塵封費磨刷眼明乍識十三字點畫細摹交鈌齾紹興之年二十五立石三月日初八河村憶來長帽翁焚香夜宿空王剎天花想像散陀羅瞥眼珠宮換埃坋斯幢乃屬後來建考古誰聞操筆札吟詩賸喜證遺聞寺門修竹風交戛寺與周家橋鹽倉基相近頗疑東坡所云開運河畱宿水陸寺卽此地也聞之老僧云舊藏東坡墨迹後燬于火有銀杏二樹亦宋時物

繭橋采藥得橋字

箬帽棱鞋野趣饒自攜筠籠問河橋行逢潑火雨初歇漸識綠江路不遙小圃漫教分土種短鉏閒許帶香挑茅堂歸去

還蕭散鄰火村春破寂寥

朱古心古泉遊吳興有謁廣陵侯廟唱和之作因次其韻

栎岸魚灣百里遥微風吹上尹公潮習池遊許邀山簡江國詩聞訪大姚烏榜夜程開霽月叢池春社薦烟茗白蘋洲畔無多路更待吳娘挽畫橈

胡濤字滄來號葑塘仁和人有古歡堂詩集

葑塘翁中年棄帖括爲治生計暇仍讀書不輟性孝友母邵氏病亟奔吳山神廟哀籲願以身代是夜母夢立峭壁岌岌欲墜翁趨救獲免比曉疾竟愈與兩弟至老相依未嘗析箸家數遷晚歲築室東城之宿舟河下與項秋子墉狎主吟社周樹村孫半峯奚鐵生諸君皆在社中吳西林汪槐塘兩先生亦時與焉翁善飲讌集之次歌古樂府及自作詩爲激楚之音鐵生擊缶和之益狂喜爲盡數觴其高曠類如此

嫁女詞

三星粲在戶百兩喧迎門扶杖出復入送汝嫁良人汝生得所歸老懷豈不欣骨肉有至性惜別聲還吞汝生十九年罔觸父母瞋女工既操作女訓尤克敦自從我病來汝心憂如焚終朝忘寢食遂使疾染身願從今日始長養如陽春努力爲人婦事姑猶事親隨夫敬兄嫂勗夫擇交賓水流自有源木生自有根瑣屑財利間愼勿傷天倫我語雖迂闊見理頗得眞伏枕成此詩并遺大女聞

郭西山樓訪朱朗齋

羣山涌西來崇樓扼其要城墉如不隔烟水足清眺幽人秉素節棲退事典奧雖微石渠榮永謝子雲誚揭來其盤桓啟戶暢舒嘯盪摩湖光動淩亂塔影倒結秀隱深蒨標奇露刻陗臨春憂抱豁展竟目所到微風褰虛幃苦茗出石竈幽居

緬前哲沈沒惜高蹈從來抱眞賞衹足供俗笑區區徒自騁落落竟誰好終期一枝穩及爾可同調

移居行

野人移居愛地僻志在名山戀泉石紅塵未遂白雲心陋巷三椽聊自適我家城東歷年久車轍不通門掩席芳桂空懷竇欑庭叢蘭虛擬羅含宅淒淫風雨苦相妒鼠穴蟲穿棟愁折聲價慙輕趙璧雙行囊困乏蘇金百陳君有屋當市尾庭宇寬閒地多隙樓外山光列數峯堂前槐影搖千尺一枝肯借野人寓三徑當逢良友闢時方八月秋正涼玉露盈盈升皓魄詩籤畫篋手自攜藥鼎茶鐺人共挈突兀何能助嘯歌清幽差可娛朝夕君不見故苑秋風亂烟草名園流水銷金碧寄語旁人漫見嘲人生何莫非傳驛

古意

玉階新栽數尺桃一雨三日春風高天桃豔豔展紅頰細草茸茸抽緑毛女兒十五還十六琵琶解唱相思曲對花不語亦不彈斜倚闌干泪雙落

呂紀畫雁

荒陂斷岸重復重蒹葭楊栁皆秋風雁羣南來墮空闊百百十十相追從飛鳴宿食各異態淩亂烟波都自在一行驚起曉霜寒夢裏分明見關塞生綃滿幅瀟湘色筆勢棱棱如畫鐵極知能事費經營寫入秋毫有餘力錦衣指揮畫苑雄以畫寓諫心更忠卽今粉墨留光彩遠勝當年陳直躬

次沈桐溪山中見懷韻

已了諸緣累青山便當家彈琴溪月滿扶杖嶺雲斜境靜風

喧竹春寒雨餞花還能沽野釀畱我醉烟霞

郊居雜詠

物外三農候江皐四月天草深眠犢徑水漲賣鮮船禮數鄉居約盤飧海味便更憐堪畫處晚照水亭邊

江草霏微碧塍花瑣碎丹種魚籬界水護鴨竹編欄檣燕翻宵雨門蛙沸暮寒石磯苔蘚重好坐把漁竿

野人居竹裏遲客到江邊園筍無官稅河魚換酒錢雨添瓜蔓水風潤麥花天稍待黃梅候蘼蕪更滿川

秧鍼青刺水栁帶綠于縑鑽杏家分火繅絲戶下簾地穿河溉稻人糞海成鹽正欲尋沙店平橋出酒帘

暮景塘懷朗齋

暮景塘邊向晚過月光依舊浸寒波入林沽酒野僧獨緣岸

釣魚村豎多回首昔游成夢幻與君生事各蹉跎數椽老屋仍無恙門對寒烟鎖薜蘿

登淮陰城樓

澤國西風氣早涼高樓景色眺微茫野烟淡接秋蕪綠江雨橫拖夕照黃詞賦只傳枚里在功名誰問釣臺荒古人已往空憑弔賸有蕭蕭柳數行

題陳氏江樓

高挹江光四望通陂塘俯視亘長虹遠天帆影秋蕪外故苑砧聲暮雨中鴻雁冷啼沙岸月鯨魚怒捲海潮風閒來擬就元龍臥長此登臨興不窮

秋草

人去寒塘獨自尋夕陽回首隔疎林沙汀水淺鸕鷀立野徑

烟昏蟋蟀吟已共蕭疎雙鬢影可憐憔悴一春心十年腸斷江南路此日相看思轉深

送含山歸苕溪

琳宮仙磬隱山扉送客羣來坐翠微野樹春濃人怨別水雲天遠鶴思歸行攜白石新詩卷去訪元眞舊釣磯今日尊前須盡飲東風回首亂花飛

漢宮詞

寂寞長門閉舞衣君恩猶在見時稀無情最是春來燕只向昭陽殿裏飛

渡江至山陰舟中作

殘春欲別意無憀渡口含風柳萬條又逐扁舟向東去固陵烟水晚迢迢

胡灝字景梁號雲溪仁和人濤弟

雲溪年十六卽廢書服賈而好弈耽吟嘗游梧蒼及武夷歸依其兄同爨而食凡數十年葑唐詩有云弟兄相愛有如此師友自今寧外求可以想見其白頭怡怡之樂

集古歡書屋試龍井明前茶

高人集茅齋妙語資廣聞春暄紅萼疏簷暗綠陰近寒家之供具煑茗聊代醞數椀沁詩腸滿紙橫清韻

送弟敬亭北遊

弟兄不忍別揮淚在南樓月夜今宵酒春風明日舟中原驅獨客平楚鬱離愁祇爲謀生事少年輕遠遊

宿雲棲山房

精藍留宿處香靄正氤氳亂竹搖明月深溪走白雲苦吟清露冷殘夢曉鐘聞曙色天將曉林鴉尚戀羣

經沈六尊三墓

草色萋萋憶去年，餳簫吹冷杏花天。飄零書卷人何在，憔悴生涯我自憐。十里橫塘寒食酒，一林春雨午炊烟。墓門追想徐君意，挂劍慚無報九泉。

送兄葑唐之淮陰

別離何處最傷情，烟水含愁繞楚城。舟入遠天人不見，路迴秋浦雁空鳴。論交新雨情應好，把酒荒園賦獨成。異日相思千里夢，去來飄忽正三更。

除夕

千聲爆竹畫城偏，寂寂生涯我最憐。荊婦抱愁炊午粥，腐儒帶病過殘年。春回枯椸斜舒岸，臘破寒梅淡著烟。便爾長貧安歲月，不須重作送窮篇。

病

身困愁城歎久纏悶懷潦倒悴青年簾垂永日蕭蕭雨人對春山寂寂烟牕外落花同此意鏡中短髮乞誰憐琴書典盡皆供藥那賸牀頭買酒錢

郊行

小暖輕寒二月天村梅才罷野桃妍慶春門外年年路趁好東風未雨前

青山如畫雨初晴綠水瀠洄兩岸平雞犬幾村紅杏樹春風吹滿踏歌聲

魏之琇字玉橫號柳洲錢塘布衣有柳洲遺稿

柳洲孤貧少習操作自給既而佐計于瓶窑鎭質庫中幾二十年晝營所職至夜讀書爲同事所厭又夜禁燈火乃坐帳中障燈默誦膏盡爲度兼攻岐雷之書業成辭歸懸壺賣藥復爲市扇作畫取資以供薄少置扇于

前攤卷于左手丹墨口伊吾不知德也學無師授力探苦索久遂豁然先有嶺雲集者鮑淥飲廷博所刊才氣橫厲排突一時莫與抗手後乃悔其少作力持風格手自刪定即胡滄來濤項金門墉與淥飲復刻栁洲遺稿是也歿後吳西林先生題碣曰詩人魏栁洲之墓所著續名醫類案五十卷已錄入四庫全書中

早秋微雨

溽暑忽退舍新涼旋入衣城中片雨過江上孤雲飛林密覺秋早地偏來客稀桐風灑碧翠草露明珠璣種藥乘土潤疏泉及潦微田園幸霑足穀菜免饉饑生事固薄劣物情無是非吾黨二三子歲晚胡不歸

登紫陽山追悼王逖先

流水赴東壑白雲歸西山長天杳無際獨鳥飛自還寂歷石林思悽愴風月顏故人昔吟眺今我重登攀松韻咽琴筑泉聲哀佩環但聞死者逸誰見生人閒杯酒且浪漫百年徒憂

患長歌向蕭瑟落日青楓閒

六和塔

五雲鬱蟠龍雄塔聳其臂千仞淩汪洋七層冒蒼翠我來仰高標碧落愁穿刺八牖開蜂房重櫚做鵬翅憑淩當絕頂極目駭無地鈴鐸飄琅璫心魂轉驚悸羣山東走海萬馬絕銜轡三折西上潮匹練縈之字秋風忽怒號瞑色横空至返照盪滄溟雲霞豁明媚夙齡尚壯觀兹覽劇閎肆願接諸天遊兼聞第一義

題嚴力菴畫西溪探梅圖

郡城西去三十里萬樹梅花一溪水日出烟銷不見人人家隱約梅花裏東風幾日吹林薄茅舍板橋春漠漠娟如靜女倚脩竹瘦若癯仙臥寒壑陂塘寂寂花愔愔清溪彷彿桃源

深了無塵埃汙履迹時有雁鴨鶩拏音天憐此境太幽絕特倩我曹爲摟抉載酒晨衝古渡烟尋詩暝踏荒林雪輕舟盪晴花正開入花漸深迷路迴月明疏影掠篷過風起暗香隨櫂來十年無復經河渚回首同遊半今古重看水墨意茫然始覺嚴兄用心苦

觀宋思陵勑岳忠武奪情墨迹

宣和圖書充秘府思陵筆法能師古奪情手詔岳將軍淋漓墨迹蛟龍舞世換時移五百年字畫小蝕文猶全移孝作忠纔數語手足腹心無閒然他時唾手中原復直抵黃龍如破竹不見將軍奏凱歌徒聞父老攀轅哭將軍授命久爲神此勑流傳空感人十二金牌三字獄可憐仍是舊君臣

鐵畫歌

蕪湖畫史錘當筆以鑪爲硯鐵爲墨屏山一張白晝寒寒雲盡帶括蒼色溪毛石骨勁而秀細草孤巒亦清瘦江湖若截米家船水底蛟龍莫爭走秋風蕭蕭不可卷蘭葉如刀竹葉翦楚纍窕骨鏽成花湘女淚痕斑作蘚由來繪事無此奇嵇鍛顧豪兼有之側聞前朝戴文進曾以銀工爲畫師

鮑以文新得華秋岳萬竿烟雨圖奚純章爲摹余便面

清風草堂不知夏烟霧溟濛雨聲瀉誰遣幽篁當座生新羅山人秋岳華山人平生擅花鳥此幅當年爲誰埽豈惟松雪補房山直挾米顛合坡老水痕墨迹交橅糊枝葉可數青珊瑚英皇有淚乾不得落日似聞啼鷓鴣洞庭之幽龍所都噓吸雲氣連蒼梧君山老父笑吹笛漢水佳人愁弄珠我今衰

疾畏炎暑獨對此圖心自語安得披蓑入水雲蒼茫一艇橫洲渚奚子筆端擅亭毒片時貽我湘天綠君能更作千萬幅何處人間有煩溽

吳山寶成寺麻曷葛剌佛

三佛肥瘠殊不侔共胎石壁施雕鏤左右夾輔中豪酋履僵鶆活搏髑髏野鼠欲舐頻眼偷綠蘿風動驚颼飀雷公飛騰肉翅遒東逐弗逑西鵂鶹嗟爾衆生何罪尤慈悲乃用相仇讐或云魔怪宜追搜或謂姦逆當窮囚驃騎指揮誰與謀厥唯宕戶蒙諳諏丹青金碧初塗脩男女跪拜香烟稠我來弔詭嘗獨游老樹雨葉空山幽天祿辟邪相對愁藥叉山鬼啼啾啾荆榛刺裾難久留劇欲乘興升槽邱噫伊佛亦米汁流朋集飲器資人頭不然妖腰亂領儔法力豈足煩戈矛大笑

佛能同拍浮一瓢便醉錢江秋

文山先生手札

楮墨黯澹雲烟愁中有家國千端憂尺幅留傳五百載忠義氣與江河流空坑之役詳於此骨肉淪亡都統死軍機誥勅重料理覼縷乃及汀無紙惜哉簡端剝蝕遺所逹誰某無由知羽書旁午若爲草小有塗乙騰蛟螭唯公大節在天地筆陣縱横且餘事珍藏麟角寶鳳毛不獨嶙峋數行字清風草堂六月寒焚香展軸肅衣冠吳興妙迹裝沈檀只作人間書畫看

四月湖上

楊栁絲垂蓮葉仰白鷺青鵁互來往四月西湖歌舞稀溶溶綠水平如掌湖心亭子浮波中大扇不搖天自風醉臥桃笙

夢颯爽水晶簾箔玻璃宮須臾雲起衆山溼雨脚萬條銀線集菰蒲獵獵鳴空潭便覺秋隨涼氣入北風卷雲雲不流雨峯濃翠堆佛頭高城回首向東望綵虹横跨三譙樓紅塵淨洗無氛埃還我金碧千亭臺散髮披襟叫奇絕南宮障子重重開同遊瞰我清興發重勸金杯十分凸恨不攜將吾衍來玉龍吹出雲端月

南山亭

虛亭凌倒影勝絕擅南屏盡日無人到寒雲向此停雨吹春嶂綠天吸晚湖青坐久聞清籟松風落杳冥

東皋春暮

亭皋人事遠偶影對斜暉白日林間靜青春水際歸花香隨晚步草色上晴衣綠酹誰家好青旗燕子飛

題王遜先隱居

我愛王夫子幽棲東郭閒開門向秋草倚杖對寒山偶爲論文至剛逢沽酒還晚來相送處屐印蘚花斑

二月三日同項金門報國院池上

池上已春草到來詩思生樹叢幽鳥聚花片小魚爭天斷女牆碧水涵僧磬清遠山橋外好攜手更徐行

南屏秋禊

紅蕅花邊艇子閒白鷗陪我過湖來好山好水竹枝曲涼露涼風蓮葉杯令節招攜宜選勝清秋騁望試登臺翠屏他日題名在合讓羣公擅賦才

施渙之自楚遊燕先以書寄

楚江遥送木蘭舟又指京華說壯遊熊館酒闌山郭暮鳳城

書到海門秋西風白髮愁千丈夜雨青燈夢一樓何日卻歸茅屋底小詩相與賦離憂

送嚴敏中力菴昆季之閩

伯仲才名世所稀聯珠並價有光輝新年竹葉傾人日遠道梅花點客衣黎嶺雲開雙雁度延津水闊二龍飛故人臨別偏惆悵臥病東臯獨掩扉

早春偕胡滄來東園寓目

繞郭春風步屧徐閒園景物類郊居池冰乍泮波光活屋樹纔華雪點疏遊女靚妝挑菜候野人閒話蓺桑初新年正有移家約擬就東臯並結廬

寓居湖上

菡萏花飄水氣香面湖高閣早生涼畫船人去秋光遠閒倚

闌干送夕陽

露滴寒塘栁影疎一痕涼月魄生初紅燈閃閃烟波暗正是三潭夜集漁

小雨簾纖散緑蕪湖雲著樹漸模糊午牕無事慵開卷卧看南宮水墨圖

垂楊夾路晚蕭蕭草逕泥香信步遥蘸水芙蓉爭著蕊秋光巳度跨虹橋

白鷺雙飛破渺茫斷橋西去栁絲黄滿林殘日孤山路蟋蟀聲中問柏堂

題漁隱叢話

故紙堆中老更忙千年鬼語費平章閉門忘卻連朝雨牆角繁英謝米囊

孫健字卓如號雙樹錢唐諸生有嶺雲集跖餘集

雙樹學書于城東鄭筠谷江筠谷重其品誼延課其子禮恭研經之暇時與同里魏梅洲沈桐溪沈耕寸沈玉屏施澹珍張東表陳雲渚嚴古緣鐵橋諸公倡于唱和故碧溪詩話以爲東城詩學之盛雙樹實有倡率之功

梅雨

五月吳天正熟梅斷雲含雨黯難開幾番陌上沾青草滿院牆陰遍紫苔飄處忽明江外日霽時猶殷屋邊雷陰晴莫問前村路劇喜伶仃屐齒來

四十初度自壽

謝遺親賓自舉觴燈前勸影祝年長富從道北常居阮閒愛漳南每就張喜婦差能偕我儉問兒誰解得吾狂醉鄉雖小堪雄長冷笑青蓮在夜郎

宿水樂寺呈桐溪

雨晴風細桂花天折柬招余續舊緣曳杖不期逢逸侶倚簷相與聽流泉狂探洞壑搴衣入醉借僧牀岸幘眠最愛主人風雅甚山中留客有詩篇

金衙莊看梅

狂夫非復舊狂夫來就寒梅相伴孤童埽徑便人曳屐花無言似女當壚浮沈釣侶溪邊釣想像壺公市口壺世胄金張都不問欲題勝境作東湖

沈鵬字振飛號桐溪錢唐人有桐溪詩草

振飛以先世居桐鄉故號桐溪貌臞而性剛幼訂姻某氏氏遘疾亟其母招與訣情詞哀婉感之遂不再議婚既孑然一身復不喜入城市授徒東鄉及龍井山中者數十年葢今之狷者也

立冬前五日同沈玉屏過棲退軒對雪追懷鐵橋

故人已下世重來傷我情況當肅殺候雨雪飄前楹琴書尙

滿榻鼠迹紛縱橫念其身在日智識何高明典墳無不讀六藝無不精著作日富有雕琢戕其生所失千鈞重所得毫毛輕達人解其會保身如孩嬰魏侯顧失魏不廢左右肱吾旣爲汝惜還以汝自程決志棄竿牘歸神遊太淸

李澄齋吟舫

矮屋賸吳船花溪冷韋曲莫問舊吟儔乘化歸寥廓石髮不知愁繡滿春階綠

智朗禪丈訪余準提精舍燒筍作供

不厭山村僻幽探月幾回屐痕隨澗曲笠影帶雲來道徹心珠皎談深意蕊開午齋參玉版機拙藉師裁

答九峯見寄

故人勞遠札問我住幽岑埽石曝新藥橫牕調素琴酒邀僧

共醉詩與鳥同吟萬事都無著閒雲卽此心

臘月四日同施濟珍慕白宿龍井汪氏山樓

不速三人至茅堂笑語迎疎鐘山寺悄新月水樓明燭跋燈猶續盃寬酒便傾平生足幽興飄灑意縱横

走馬塘再訪桐溪寓館（志稱覓橋爲走馬塘）

爲尋舊侶趁新涼又過橋西走馬塘烟郭日高蔬市散花村風暖酒帘香行蹤別後成疎闊眉宇年來各老蒼數載重逢惟一笑新詩吟罷更飛觴

雜憶

月魄花魂事渺茫自憐愁病卧江鄉彩雲已散音塵杳回首江天欲斷腸

陳謝騆字方裴號薏堂錢唐諸生有薏堂詩鈔

—薏堂居城東隅環堵蕭然授徒以給朝夕體淸羸善病而性愛游每與二三朋侶覔鞋瘦策安步爾峯三竺間足不知疲興闌始返卒年三十餘無子胡蒔塘往哭之索其遺稿寡妻從敝篋中檢付一冊乃手寫不全本也

寄胡蒔塘

昔年孤館枕江隈銀濤飽看日兩回握手同君江上咏淸尊沙店黃花開幾年多病希相見咫尺天涯況他縣江頭風月自多情泛宅何由遂初願枇杷陰濃水滿池寓樓又逢新夏時閒理殘編觸往事石榴花裏唱君詩

寄汪訥人兼呈潘鯍青

憶子南遊跨玉驄正予消渴臥城東八閩山色檳榔雨五月江流船趁風幕府蓮開秋水綠驛亭荔熟曉雲紅此行若見潘懷縣爲話茅堂思不窮

酒旗

河橋野店路纔通大字翩翩影颺空牛背夕陽驢背雪梨花微雨杏花風徧招物色來行處忽捲溪山到眼中我正尋壚懷舊事好憑指點過黃公

玉泉山中

壘嶂回環鎖梵宮忘機除是入山中清流如玉二三里丹桂弄香四五叢不定閒雲翻礀白無名野果亞枝紅何當埽卻閒煩惱一卷南華坐晚風

張賓鶴字仲謀號蕘峯又號雲汀居士錢唐人有雲汀詩鈔四卷

雲汀性豪邁酣飲狂歌不受羈馽嚴古緣誠詩云仲謀走西北意氣爭豪雄挽强善射生左右皆能工醉倒胡姬旁巧笑倚春風落落竟失意蓬梗將焉終讀此可以知其生平遊京師受知怡邸歿後訥齋主人刻其遺詩

送施茗柯之四川榮經任

施侯文章伯出宰山水縣叱馭自古然誰能量近遠春風動高旌旭日開芳甸悠悠計征途歷歷想行店赤甲天下雄錦江直于綫蠶叢何嶕嶢草木鬱葱蒨劍閣羅峻屏縈紆拂雲棧萬景摹不盡收拾富詩卷知公領大邑小鮮等烹膳揮弦歌嘯餘坐令民物變時清無矯虔況乃成政善燕寢清香凝書畫爇天焰巴陵洞庭東咫尺萬里見奕奕蟠銀鈎龍蛇綰義獻文章藝且兼吏才多益辦筆補天無功仁風手潛扇由來騰驤駿百里不足絆奏最書上上超擢得轉盼與公鄉井同獨乏杯水餞作詩以贈行雕蟲媿黃絹

胡葑塘讀書秋樹根圖

河漢澹清秋碧樹高于屋中有媚學子手把一編讀騷雅古猶今有志經可續叩寂而求音涼葉風簌簌

朱青雷得文君小印同人共賦

琴臺酒壚蝕風雨好色憐才尚矜詡文君小印在人間不信美人委黃土銅花暈碧秋斑斑鎔鑄香名壽千古鸞翔鳳翥勢騫騰秀色娟娟月初吐平陵外史淩雲才典冊高文馬卿侶豈無翠鈿倚春風應有遠山作眉嫵此印何緣落君手脈脈古情通一縷劇憐作賦黃金多遙憶悲吟白頭苦白頭吟與印俱傳以心印心如欲語意氣何用泉刀爲風流異世成盟主平陵手嗜鳥篆奇今復得此非小補他年刻書封禪文薦之　明堂光黼黻

江上

江上起愁心愁風更愁水安得喚莫愁纖手搖艇子

舟中

征篷此夕下清淮歸夢迢迢去鴿催夜半月明驚夢破櫓聲疑是雁飛來

張淇字漪園號竹坡又號石農錢唐人有吟蟲集四卷

竹坡以書名于時作詩不留稿如朱朗齋所舉白秋海棠云莫向秋風苦羞澀主人原不愛胭脂咏松云江海蕭蕭風雨夜倚窗只聽老龍吟米山云欲借閒雲封谷口不教車馬到閒門皆託意深遠耐人咀諷

春日山居雜興

山桃花發柳初眠卻喜棲遲遠市廛幾處草長園粉蝶一天雲淨度風鳶籬門半掩仍通客野水分流競入田此地風光無限好莫嗤陶令老林泉

吳壽宸原名綸字掌絲號小匏錢唐人郡諸生有識字田夫吟稿河中吟稿

小匏爲竹堂進士霽從子往時吳西林汪槐塘陳百藥諸公結可莊吟社小匏亦分龡壇坫居邾莒小邦之列

迨百藥弟篁墩官河中招往課其二子甫踰半歲遽以疾亡篁墩刊其旅囊遺稿六十餘篇曰河中吟稿附于自著苔碕小稿之後其附刊從父竹堂詩集後者又别是一本也

朱陳村歌

樂天曾賦朱陳村我今更覩朱陳民相違千載生苦晚昔聞未信今見眞衆人且莫囂聽我歌朱陳我來正逢二月春桑麻滿野青鋪菜機梭軋軋響中屋牛驢矻矻行平原山深縣遠風氣古女脩織紝男鉏耘兩姓締好傳世婚舅弟甥舅情頗欣有酒皆家釀有肉皆圈豚黃雞白菜各歡會相要醉倒田家盆年高似飲菊泉水客至喜逢桃花源不羨估客樂豈肯丁從軍死徙無出鄉況乃生與存我也暫行役不久還鄉枌青鞵布襪甘我貧不信但看村中人

偕陳文誥文謹兩生登中條山憩萬固寺

我來河中凡幾日日日懷鄉心鬱結二三學侶識我意攜我
條山與飛逸朝來昳蕩塵霾收晝開白日當空流顛厓下瞰
飛鳥背遠峯眉列低且脩林中匹練半明滅天邊幾點蓮花
浮下方汗漫躡元氣拍肩擬共洪厓游破衲山僧好事者指
點祇林古檜下入門磚塔涌層雲龍象荒殘祝融治維摩去
後丈室虛燕漇空梁鼠竄瓦昔有禪師明空住錫于此不辨泉聲共雨聲
白雲冉冉溪邊生負緣細路遶深竹臨流漫濯足與纓惜哉
曾無石上琴松風一曲來清音卻教流入虛堂裏伴我晝眠
清洗耳

大風早發京口

兀坐篷窗悶未休今朝放眼總銷愁海門風起春潮急瓜步
江空宿雨收檻外帆檣飛野馬雲閒鐘梵起沙漚若教斷渡

聞鈴語飽看金山十日留

汴城懷古

汴水微茫草色連客懷振觸倍淒然隋宮廢後花如雪梁苑荒來竹有烟千點亂鴉殘照裏一村寒犬晚風前興亡滿眼悲生事惆悵驅羸漫著鞭

過洛水

閒關信宿驛程賒古渡維舟未有涯才子至今思洛水居人從此望朝霞風寒遠浦浮輕鷁草長叢祠噪暮鴉惆悵客情何處著傷春容易夕陽斜

潼關

盤回天險霸圖雄極目蒼茫今古同太華西來圍晉國黄河東下扼秦中清時四海無戎馬過客單車逐塞鴻笑我羈愁

成獨往壯遊還自媿終童

得蘆士京中書

倦聽飛鴻響遠音書來往事費追尋晴湖小舫看山約夜雨寒廳襆被心得氣定如春後蟄散材難說爨餘琴數番遠道情珍重直抵雙南一寸金

瓶中芍藥同篁墩先生作

名花入手露初乾新試銅瓶膽樣寬惆悵明朝春去盡傍簾珍重百回看

吳紀字南江號菽田錢唐諸生有竹所吟稿

南江盛有文名年三十九賚志以歿子岱字魯望爲後于陳舉嘉慶辛酉省元壬戌成進士皆遺教也

宿萬松書院呈趙學齋先生

論文暮忘歸山色鬱蒼紫涼颸侵我衣淡月上窗紙朋輩各

翛然先生時莞爾謖謖松濤寒沈沈蓮漏止神清夢不成詩就心差喜微雨忽過林秋聲倍盈耳深山無俗喧啼鳥催人起獨捲湘簾看萬綠森眼底

寄趙鹿泉庶常

文社推豪情乍見豁眉宇縱談天風生握筆海蛟舞石渠多雄材舌戰力應努才華老或斂餘勇終可賈記得雨聲愁對局夜當午我欲夢中來秋燈競旗鼓

遊飛來峯

巨靈之掌秦皇鞭古來荒誕驚談筵慧理禪心自不定大言巨鷲飛西天千載眩惑豈聾瞶此峰孤絕無與連伏虎矯龍百千狀瘦藤穿隙通山巔縱橫偃仰擁蒼翠重巒面面開青蓮神工鬼斧不可測山僧此語信者堅峭壁何時佛森列誤

云盡是楊髡鐫就中蓮座四十五龍泐射旭各紀年祇有三像雜怪惡田公一擊眞快然我來正當十月杪山空樹淨驕飛鳥洞口呼猿猿不應扶筇獨上青冥杳憑高身是淩虛仙下瞰江湖齊眇小兩耳但覺風颼飀願隨山靈西去飛雲表

冬日遊風篁嶺

避暑來看竹衝寒爲探梅嵐輕林影斷風逆雁聲回絕頂盤紆上全湖泱漭開今朝吟興好莫使月輪催

沈宗游字秋白郡諸生

退菴氏曰秋白困于諸生赴棘闈者十一次竟賫志以歿時年八十餘矣

畫牡丹偶題

古井枯禪漫自誇白頭猶復豔春華寒氊幻境紅塵夢寫作人間富貴花

吳均原名維新字警銘號一齋錢唐監生官四川巴州吏目

退菴氏曰一齋叔父游京師二十餘年盛有文名不獲一第以吏館謄錄敘勞爲州佐愈自昂藏見上官或長揖竟以此失當事歡後卒于任詩稿多散佚

赴巴州任

盛世休歌蜀道難我來益部走巴山讀書高士樓名古守義將軍墓草斑（州有張曜讀書樓嚴顏墓）學字江高成曲折分州官小愛清閒只慚落拓書生習手板塵容未盡刪

屠炯字倬雲號亦村仁和諸生有紅蕖草堂吟稿

亦村卒時年九十六

九日卽事

一尊拌醉菊花閒閒領秋光獨閉關卻笑故人愁解事書來

會不約登山

殳世楷字端人自號不羈生仁和人有粵游閩游豫游諸草

端人以父浚年老客游迎歸奉養遂棄舉業出謀甘旨所至人皆重之渡海染瘴竟以疾歿族弟芳哭之云孝能供子職貧不受人憐紀其實也

赴興安途中書懷

肩輿一徑出榕城目擊風光百感生桃李村村開畫景犁鉏處處急春耕搔殘青鬢慚空抱度盡英年惜遠行欲解牢愁渾未得那堪重起故園情

江上阻風

寒江渺渺泊孤篷坐對青山紅樹中盡日相留不相送多情應是石尤風

馬敀字春田號柯亭仁和人

柯亭嘗陪陶司農獵獻五律一章司農嘆賞爲援例入國子監讀書

陪陶司農獵

旗隊舞蹁蹮雄哉獵渭川風披鷹翅落塵捲馬蹄懸野闊雲垂地村深樹接天馳驅渾未倦桐酒夕陽邊

毛俶字載南號松厓仁和人

孤山探梅晚歸

吸盡湖光酒一尊長隄歸路最銷魂孤山已上昏黄月冷落梅花獨閉門

吳世昌字升來號旭堂仁和諸生有旭堂刪稿續稿漫稿

旭堂敦行力學名重一鄉詩以和平爲宗不尚瑰奇不矜琱飾或問詩選本孰優曰葩經爲聖人刪定無偏見此後不免有偏見矣但熟讀陶杜全集詩不患不成家耳

蜘蛛

鳥羅不在山魚網不在淵飛蟲多誤觸吞噬恣飽餐我嘗思細物謀生亦孔艱採花蜂往復聚糧蟻盤旋何為彼獨暇坐獲誇安便斯理吾未解靜觀發長嘆

禿筆吟

我昔初識字弄筆今未了窮年衫袖烏塗抹亦非少夢羨謫仙花書媿張顛草才技久不進歲月如飛鳥坐令中書君頭禿嗟已老積來十八甕知歷幾昏曉物舊屢易新蒼鬢吾欲皓碌碌竟無名文房負斯寶

感逝為謝宋兩詩人作 并序

橋西謝張書宋漢臣比屋而居以紉鍼餬口喜吟咏唱和甚多嘗有冬日聯句云竹榻生香新稻草布衣添煖

舊棉花又題返牧云蓑衣半截帶殘雨箬笠四圍攢野花其工切正不讓作手也星移物換人壽不齊謝已去世多年宋亦今春病歿遺編散佚誰復知兩人之能詩者余故表而出之且歎逝者之不可復作遂援筆書此

能詩二妙羨當年化鶴于今去不還泉下倡酬仍作伴惜無佳句到人閒

陳光煒字廣之錢唐諸生

立夏

林塘改夏已全非昨夜深更春竟歸門掩曉風紅乍瘦窗含宿雨綠初肥手邊欲試輕團扇身上還披薄絮衣惆悵交交枝畔鳥分明猶是說芳非

高商字獻白仁和貢生

酬日修上人

竹林深處鳳城東寂寞閒居有遠公悵望荒烟遲夜月蕭條古木冷秋風新歌白雪人難和舊說青蓮法可通面壁九年猶未已忍將心地逐飛鴻

顧大本字懼傾號雪堂錢唐諸生

九日同人登粵秀山

偃蹇層厓巷尾通寬鞋瘦韈幾人同高臺草長劉王道仙樹花濃斗姥宮近海岸青長隱霧當秋雲淡不禁風登臨便有無窮思併入滄涼夕照中

淩爾城字翰屏錢唐諸生

存耕贈言

小築存耕翦草萊席閒無地可塵埃百千竿竹能醫俗三兩

卷書不賣歎卜夢自應占渭釣逃名何異鑿顏坏北牕穩臥無閒事早暮吟詩手託頦

朱霖字沛蒼錢唐人有日涉園稿

塞上

風沙連黑峪雨雪捲黃河牧馬晨聽角征人夜枕戈孤城隨地盡一雁冒寒過定遠封侯日功名塞上多

秋笳

清曉邊霜重悲笳入夢深一聲飛絕塞萬里觸歸心隴月秋風咽陰山夜月沈羌兒偏耐冷短拍和哀音

秋思

桂花零落晚風寒窗靜簾疎夜欲闌半枕相思千里夢一輪明月兩人看

項杰字文山仁和人

詠牆東草堂朱藤

朱藤裁勝地春至漸敷榮花向簷牙放根從石底生迎風搖彩佩著雨潤瓊英日夕牆東坐相看無限情

江瀠字研南號冷紅仁和監生

退菴氏曰冷紅久客揚州歸里而卒遺妾方妙齡偕其母處一樓守貞不改人比之燕子樓云

題松吹書堂

半似泉聲夾雨流推窗斜日在簾鉤先生正欲攤書坐無數松花落案頭

積翠陰中露屋痕亂峰環擁古雲根此間除卻尋幽客更有何人來叩門

禮思夔字韶九仁和人

漁人艇作家

不藉茅茨屋飄然弄一舟愛花棲古岸醉月宿芳洲少婦波爲鏡嬌兒針作鉤晨炊藏野樹晚唱狎沙鷗風急青蓑散竿輕玉尺浮漁家行樂處柔艫逐安流

嚴錫謨字邴謀號香巖餘杭廩生

春日憶西湖

春來游屐徧城隅只恨風流讓白蘇栁浪清音空自好梅花仙境到今孤十千厭買餘杭酒一棹頻懷西子湖笑我獨松關內客雙隄何日杖頭扶

何鍾錫字延左仁和監生

賭棊

一枰花外展曾說賭東山賭劫存亡判爭先勝負關燈花隨

子落樵斧爛柯還藉此丹朱戲悠悠趣轉閒

邱大振字愼行錢唐人

水面魚梭

漣漪清徹底尾尾擲金梭鰷縠挑花巧穿機弄影梭濠梁莊惠樂回錦蕙蘭多游泳非貪餌月鉤空落波

孫元棟字宇寧仁和監生

垂釣

江上獨悠悠蘆灣放小舟一竿同月臥半縷帶雲收驚餌魚知返隨波鷗自浮生涯一蓑笠何必著羊裘

王鑑字雲書仁和人

元夕觀燈

佳節傾春釀淸香新擘柑藜光輝夜午鼇背駕山三寶騎聯

翩騁鮫珠錯落探五陵游不夜士女樂遺簪

陸謙字與讓錢塘人

懷舊

百尺巉巖手自攀當年倡咏此回還依然碧落峯巒迴再到元都鬢髮斑雪霽江光連海宇雲開山勢繞天關一番懷舊春如綺簫鼓闐闐蔟市寰

黄宏業字克勤仁和人

新秋至柴次山書屋同登吳山坐雨

蓮劈瓜分接款顔笑攜涼屩復躋攀千章秋雨殿坳樹一帶夕陽江外山逃暑便思終日住遊仙恨不此身閒雲根判袂期重會小艇尋詩到水灣

王翼字夢交錢唐人

廣陵惜別

明日天涯又客身相依一載倍傷神薰風不解吹愁緒孤月何堪照旅人常共尊罍詩滿壁每看兒女淚盈巾邗江浙水人千里帆過芳洲問白蘋

趙鈞字松友仁和監生

赴桂林夜泊甘村

初發蒼梧棹甘村夜泊舟不聞城上柝卻對戍邊樓燈引飛蟲亂江吞列宿浮倚舷聊小立拂拂晚涼收

董廷鎧字晉三錢唐人餘杭諸生

湖上漫興

乍晴乍雨梅黃候輕暖輕寒麥熟時打槳歸來天色晚一湖烟景獨吟詩

薛洪一作鴻字澱山號鴻雪仁和人

鴻雪居仁和之青莎里少受業于盧敬甫沈桐敏兩先生之門讀書五行俱下工書法善屬文操筆立就不假屬草一生坎壈無所遇合

咏懷

南山有眞人靜默居空谷日月自加餐烟霞自奇服忽墮空中書神丹色如玉招余遺世蹤合氣于元漠渺然結長懷寥天一黃鶴

雨後自東城至椿樹灣買舟而返

連日逢陰雨城東望轉遙桑麻藏古寺水竹接平橋對岸聯魚斷分畦種葯苗獨嫌歸路滑薄暮蕩輕橈

董璜字渭珍仁和人有思存堂稿

有懷松溪

相隔鄉城逐望遙懷君獨上跨湖橋每虛把臂談清晝難得挑燈話永宵楓落澄潭秋瑟瑟月臨巖岫夜寥寥遲歸反覆橫塘路轉覺離愁未易消

張蘭燈字九微號鳳埜錢唐人

重到嶺南有感

憶昔來游鬢未華而今老病又天涯似曾相識當年燕何處重尋前度花閩嶠關心同調遠衡陽矯首亂雲遮不堪聚散兼存沒感遇懷人益自嗟

張潞字履佳號荻村錢唐人

過曹中翰別業有贈

當世爭名者歸耕得幾人引泉聊濯足遯竹好藏身棲納滄溟氣山留太古春柴桑詩卷裏風味自清淳

郁志文字簡成號質菴仁和人

夜泊里田

里田夜泊幾人家高樹參差隱暮鴉香稻春來憑野碓古藤牽處落繁花漏聲將住雞初唱燈影纔收月又斜一宿沙灘歌四發披衣起聽怯天涯

楊倬字子越郡人

秣陵雜咏

城南臨眺處傳是雨花臺野曠層陰合山空積翠開吳雲連海動朔雪暗江來坐覺烟霄外風聲戰角哀

章國佐字翊茲郡人

和許岱雲夢游看菊韻

秋容瀟灑淡無言有客游思到故園翠挹南山皆秀色芳招

秋圃幾香魂叢烟恍惚牽風影枝露分明載月痕拄杖忘憂思釆掇不知身在蓼花村

國朝杭郡詩輯卷二十七終

錢唐吳慶坻校字

國朝杭郡詩輯

卷二十八 卷二十九

十一冊

國朝杭郡詩輯卷二十八目　乾隆朝人約畧爲次時代未詳者附後俟攷

查　芬　何紀堂　葉以映　蔡　棨　程　瑾

吳　鑣　龔澡身　徐士榮　沈守正　韓芝眉

湯雯榮　湯霙采　周宗杰　孫　錡　孫　鍵

童　堦　蔣　仁　黃　晼　沈景良　倪念祖

張光復　葛　璇　吳夔元　吳　嶸　沈　碧

范　昱　唐學潮　陸曾蕃　吳金城　祝咸章

陳植滋　孫嘉駒　何元煥　章乾中　章金榜

張　燿　應昌緒　柏　硎　趙時敏　趙大櫆

趙元敏　謝　謙　柴暘谷　言廷坊　王守矩

周彥國　郭紹勳　傅肇莊　江　緡　任　經

薛蔭震　李　璣　沈　旭　錢　乾　施承烈

程樹本　李　鑒　羅　福　羅夔梧　曹有光

曹有成　曹允玫　許丹圻　張　灝　倪印元

倪惟鏞　許　琳　張景鈎　徐紹鈞　周利親

陳文楝　陳文枏　陸　建　金萬春　吳發第

郭名揚　沈毓勳　廖　齡　鄒廷梅　沈庭枏

濮　炳　金成楝　許　奎　汪　城　汪鳴逵

汪　錕　汪　淇　毛　逵　羅文璧　吳四古

倪　泓　梁　序　龔子駿　吳彝錫　吳德風

淩世材　孫成德　胡汝掄　王　絅　王　霱

汪　炘　鍾　汾　包廷相　陳思起　金　淏

張中發　諸　瀅　顧　景　祝　翔　朱　達

王　祺　黃茂芳　韓泓緒　陸紹裘　沈維樽

沈廷樅　徐兆桂　許肇位　楊興國　楊　基

楊廷遐　沈士瑛　程宏道

凡百二十三人

國朝杭郡詩輯卷二十八

錢唐吳顥原本　孫振棫重編

查芬字椒堂號查園海寧人愼行曾孫岐昌子有爐餘偶錄

暮歸宿白雲山房二首

日夕山氣涼蒼烟忽迷路遂忘投宿遠林壑屢回顧杳杳暮樵歌泠泠遠鐘度惆悵白雲中聞聲不知處

山莊古名藍徑僻少人迹抱閣兩峯高流泉瀉明月坐談不能寐夜景轉蕭瑟酌茗更焚香悠然得禪悅

秋夜遣悶

旅館當秋夕鄉愁未易拋晚風團竹影新月上花梢壯氣空鳴劍浮生等繫匏小山叢桂隱悵望舊衡茅

湖北漁莊晚眺次寶稼從祖元韻

又陪杖履倚雕闌樓外波光漾碧瀾細雨僧歸紅葉寺夕陽漁泛白蘋灘湖山排闥新添閣鐙火聯盟舊築壇憶舊同練江叔讀書事閒立斷橋人影亂滿隄春鍤挈壺餐時方濬湖故云

遠景微茫夕照明浴凫指點鏡中行涼烟萬縷曳山白新月一鉤爭水清檻外林巒成畫本樽前絲竹破愁城勞蹤輸與閒漁戶悵望寒波別恨生

春雪

春風疑不到天涯成句依舊漫空六出斜昨夜故山歸夢裏曾探消息到梅花

何紀堂字山甫號桐蓀錢唐人玉梁孫熊子郡貢生有行篋詠懷集

桐蓀從吳修撰鴻學爲詩文才華清綺又能讀軒岐之書處方量藥活人頗多性慷慨重義氣客山左有通判

馬登鼇貸桐蓀數千金無何馬死遺孤貧不能自存桐蓀立焚其劵雖以此致困不悔也所著有道樞書屋隨筆十卷續浯溪志四卷

己酉三月送惺菴兄裕成自江右入覲

報國有嘉猷匡廬最上頭雲連中岳氣由豫撫調今任水接九河流會任河督職比唐方鎮勳高漢列侯烏衣新甲第王謝不相侔蓼斷池塘草春連夜雨牀才名慚法護風義媿元方自笑生涯拙誰憐失路狂平生無限意落落任行藏

送雪巖荆五歸安肅

一尊別酒歷亭邊旅邸離情劇可憐明月剛臨秋水渡渭城又唱菊花天詩酬名輩推騷雅曲和陽春協管弦勝事留傳無礙處先生到處是神仙

邠州懷古

澗道縈回一望中村村圖畫記豳風民安儉俗閭閻靜地枕巖疆氣象雄野外霜林堆赤棗嶺頭馴犢逐黃童停車莫怯征途遠往事猶能說古公

葉以映字星聯號梅友世度從子仁和諸生

退菴氏曰梅友好吟尤愛吳梅村詩幾全集讀之予少時與同几硯凡事有年甫三十而夭且無後人遺編零落惟小園一作存予書篋中分燈之誼如新宿草之感彌切急爲錄之以苕泉壞洛波者予丁酉以前號也

雨後同吳洛波小園偶步用前韻

雨後韶華率意尋園亭十步亦幽深桃花洗淡夭夭面蕉葉抽長展展心乍欲有情蜂作隊生嗔無賴柳成陰十年塵夢慚艮友怕向春風說杏林

蔡棨字希曾號朗齋朱澄子錢唐監生

退菴氏曰希曾刻苦力學庚寅就北闈試卒于京邸時年二十九親黨痛之子任以祖訓成立中戊午舉人

戊子季夏將應京兆試次內子送行韻

一望雲程路正賒觀光此日赴京華未看桂子飄秋月已見槐陰覆客車詩句饒卿囊可貯文章媿我筆無花斯行倘遂乘風志好待佳音寄海涯

寒食

南陌尋春春已遲綠楊帀地有垂絲紙錢飄處疑飛雪正是家家上冢時

程瑾字公懷號元圃錢唐諸生

外大父元圃公性忠謹喜施予窮經皓首則有袁伯業之風焉屢躓棘闈齎志以歿次孫澐以己卯進士入翰林蓋積善之慶也

送吳退菴之遂昌

片帆飛影悵離羣唱到驪駒不忍聞官柳綠殘今送別燭花

紅短舊論文春歸客夢連三月山擁籃輿出九雲想得青城仙境近一時風雅定推君

吳鑣原名沆字汝揚號棣醒錢唐諸生

退庵氏曰兄積學力行精三禮左傳訓子弟于家塾顯及三弟淦皆賴兄教育成立屢葬親友無後遺棺鄉黨稱之

長歌寄懷傅畀瓢

文章有神交有道用杜句十年與子眞傾倒元龍意氣不可當莫邪干將豐城寶白眼常看世上人嘻笑怒罵憑天眞唾壺擊碎猶酣酒拔劍斫地哀歌頻試場文陣縱橫入千軍埽盡誰能及門外多稱問字來百城南面生徒集前年上策不見收凋喪氣骨悲驊騮由來伯樂難驟遇一杯濁酒聊澆愁君爲家貧憂落魄索米願踏長安陌使君相招入閩去半肩行

李礿爲客淚灑春風別故人揮手河梁日之夕從茲雲樹隔江天一紙傳心憶往年吾儕聚散眞不偶落落晨星空眼前眼前今雨旣不來遙憐舊雨重徘徊屋梁落月照顏色夢中識語無疑猜嗟余傀儡盈胸次醒而狂兮成底事王公貴人蹤跡疎也不願投禰衡刺卻思馬卿眞豪雄題橋數語氣如虹閉門不須誇養拙出門何必哭途窮明年與君相見秋風裏同脫平原公子之囊中

秋晚湖上

落拓偕羣季湖隄浪宕行栁邊遲染汁山外笑畱名竹閣久無迹蕉琴不復鳴倦懷休弔古歸聽讀書聲

龔溧身字春潭號雪浦敬身弟仁和附貢有鑒蔽書屋詩稾

送兄匏伯入都

去去三千里歸程約幾旬惟余猶灑淚況是遠行人驛路風霜冷都門景色新臨歧無可說珍重百年身

弔狀元墳

高冢知何代名傳第一人莓苔迴斷碣狐鼠坐荒榛遠想文章秀頻教涕淚新年年寒食夜風雨獨相親

徐士榮字芃遐錢唐諸生有逋仙詩存

老歎

老淚不空墮曾添萬里潮清流交四海白髮見三朝心比寒花淨愁憑濁酒澆繩牀遭客笑腳後挂詩瓢

少陵草堂

瀼水誰爲主投荒一老翁時危倚大帥詩在見孤忠烽火何

年靖妻孥幾日同堂前無長物餘得浣花風

江上感秋

商氣入羣木浩然天地秋寒聲盪空水明月在孤舟渺爾非塵境蕭然動旅愁誰家懷遠道吹笛倚高樓

沈守正字莊士號小樓仁和人廷芳孫世煒子郡諸生有不遠復齋集

小樓幼工吟詠最爲大父夔賞嘗云吾家衣鉢當付此子年十齡作綠梅諸詩附刻隱拙齋續集中壯游燕齊梁粵登臨之暇益多作詩後厭城市遷居德淸城山下尤私淑姚江于致知良知之學頗有所得有集三卷名日不遠復齋蓋不以詩人自處也

和查蘭圃登城山元韻

有山居屋後一徑入幽微身到雲深處情同鳥共飛夕陽明遠岫草色上春衣兀坐忘機久何妨靜夜歸

高郵道中

濃淡雲容頃刻非雨絲絲裏日光微黏天甓社湖中水坐看風帆葉葉飛

偶成

望裏平林高復低征車兀兀走長隄楊花似欲留人住亂向東風裹馬蹄

韓芝眉字近宸原名湄字伊人號月岑錢唐人郡諸生

月岑爲莫栁亭栻弟子少工詞賦纚纚千言有倒流三峽之勢晚年病足所藉以送老者殘書遮眼而已仲女鸞儀季女鳳儀以貞孝聞亦工吟事

舟行旅思

衰草連空浪拍隄寒雲漠漠四天低岸塡蘆葦蜂房密屋覆茅茨燕壘齊地遠江南山色少風來直北水程稽柁樓倚徧

無情思心逐斜陽到浙西

晚渡宜興西氿用羅江東金陵夜泊詩韻

遠帆如薺出蘆叢萬頃茫然獨倚篷水闊金鋪斜照日浪高雪涌逆吹風漁依淺渚生涯穩客到中流眼界空朗誦襄陽洞庭句置身宛在太清中

暮秋即景

平野西風淡夕陽疎林殘葉醉新霜弄寒天氣渾無事獨立柴門數雁行

湯雯榮字翠擎世昌子仁和監生官廣東開平典史

翠擎屢應京兆試訖不得志以方畧館敘勞得官浮沈末僚吟詠自喜後歿于粵中

水碓

軒轅造杵臼亦以息民勞山人廣遺意水利窮深坳溪流猛

有力石堰固且高支分導别派勢匯觸飛濤乘利當衝要制器象桔槔鉅輪運環環白水接滔滔園罾滿月躍響苔飢鴻號數尺練新漂萬斛珠分跳牐亦重啓閉轄或微塗膏二杵逸以待横軸亟相遭仰如雞司晨俛如馬歸槽雷聲轟雙耳塵滃沒二毛魏舒少自守德耀苦親操或擣萬杵藤裁扇供揮毫或舂千箱米炊玉飽貪饕晝夜機不息遠近勢莫逃鐙明映漁爨地仄妨江舠上架風折木周幂脊索綯雨雪蔽頗密草竊防寧牢晝但執妾婦冗則司兒曹利用各書日赴期如聞謦智巧奪造化力省趣耕陶想見物土宜可以補風騷

湯霙采字繽如仁和人世昌從子

繽如早歲能詩惜年未三十而夭

齋居

坐臥翛然日欲斜茅齋逸趣靜中賒黏牆半褪初生蝶隔葉遲開小朵花斂局不須勞算劫停毫無復事塗鴉端居自笑渾疏嬾小鼎迎風候煮茶

周宗杰字起凡號淡人助瀾子錢唐諸生有澹寧居詩稾

淡人爲迴川先生季子侍父官署暇輒吟詠足迹半天下近則燕趙楚豫遠則滇黔巴蜀所至皆有詩

懷沈虹舟夫子祖惠

拜送江皋又幾年先生音問竟茫然如今直道難諧俗從古儒生似謫仙但使有棠能蔽野何妨求艾賦歸田我思鼓櫂吳江去更坐春風授一編

孫錡字芍田號岸舟郡諸生

岸舟弱歲好結納而性不諧俗能爲阮公白眼遇畸士魁儒乃有性命之契雖升沈異路鄉縣不同傾蓋相逢歡言如故人亦以是多之

水接邗溝便不同村村楊栁綠含風小舟斷岸無人管一樹桃花作晚紅

廣陵襍詠

休言楊栁媚春妍到眼蘼蕪亦可憐最是令人腸斷處滿湖殘月曉風天

孫鍵字佩周號茸田錢唐人錡弟

童園看桃花

小擬桃源又一天萬株縈繞接山巔人從紅錦圍中住花向青螺髻上旋香粉淡飄風片結冶容斜𩈪日光妍徘徊不計歸途暮最看芳叢月上弦

秋日同人坐雨花臺

經年行役苦相催江北江南去復回春日纔探香雪海秋風又上雨花臺烟横落照連雲沒潮捲崩沙拍岸來且自隨時增逸興感今弔古不須哀

訪清閟閣故址

茶具攜將泛小舲雨餘新綠遍郊坰得從清閟經時坐不負梁溪半載停廢圃雨摇松韻古荒臺風閃佛鐙青先生翰墨依然在照眼芙蓉列畫屏

柳

春寒側側雨絲絲陌上樓頭翠影垂夢斷瑣窗鶯語滑半簾風絮晚晴時

童揩字巨川號鹿菴錢唐諸生有鹿菴吟稾四卷

鹿菴家貧幼失怙母氏苦節以十指給衣食不下樓者凡十五年朱青湖彭作樓居吟以紀其事鹿菴性至孝

年七十餘孺慕弗衰每道兒時事輒隕淚嗟嘆除夕詩云母子危樓共忍飢便逢除夕只晨炊于今醉飽看兒女歲歲傷心獨坐時此詩眞字字皆血淚也所居江上草堂在候潮門外閉帷深坐徑掩蓬蒿往還者非詩人則野僧數輩而已

觀犂

牛勞我與佚牛飢我與食飢勞牛勿憂春耕牛努力

次吳小谷洗硯圖韻

獻賦不得志墨磨忘日夜十洲幽興生仇十洲有洗硯圖滌硯林陰下圖成詩亦成招我雙不借翡翠綠更滋鸜鵒眼分射何年落君手藝苑增聲價我亦抱硯人鐵穿不得罷譬如縫裳女蓬門老未嫁文章自怡悅昌黎句疎狂任嘲罵硯田旱不乾聊以代耕稼願君張吾軍秋風一戰霸人間重名位此味如食蔗從來晚翠榮不與朝華謝

獨酌

把酒臨霜砌遙灘靜有聲月明天更大雨過室偏淸寂寂蔣生徑寥寥秋菊英幾番聞剝啄落葉打柴荊

八月十六日汪繡林方蒸砂沈笠人方甘白釋心舟集江上舊草堂拈得吾字

不分蓬蒿宅偏勞杖履俱娛賓憑稚子（菊兒生諸公贈詩今能揖客矣）酬句笑今吾旱圃蔬香缺秋江濤信無（沙漲潮久不至）如何作淸供明月贈歸途

次吳秋漁面示見懷之作

一緘都嬾寄草草八年過到我偏情劇因君有恨多時淸身自棄才盡病還磨媿昔荒唐句東山對客哦

訪友楚中不遇問渡黃鶴樓還里

高標負郭枕洪流共說仙人在上頭兩月闗津初問渡一天風雨未登樓懷中刺滅禰衡字江畔春寒季子裘回望斷雲烟樹外擁書室作漢南游

清明集江上草堂同用庚韻

驟雨連宵曉未平水邊林下少人行踏青已負樵漁約浮白還爭鷗鷺盟遠岫層陰迷野徑大江新漲汨重城年光最好清明節算到尊前幾度晴

還張雪漁詩卷題後

吾鄉丁叟金髯後丁敬身金壽門二前輩絕盛詩壇斷主盟江上從容開卷帙眼前突兀見書生相逢便作經年別此事須闗萬古情莫笑閒身慵擔荷從來老去不求名

鐙下點檢巾笥見鮑薇菴札有城南三友睽隔十年

又如是當尙畧歸來重結釣游之會語因寄此詩

開緘突兀題三友觸忤愁人到夜闌郎署春秋新鶴髮江村衣食舊漁竿有如皦日初心在陟彼高岡望眼寬若果十年重作伴吾儕努力爲加餐

東方青門

探幽久不到河干問疾重過話歲寒萬里循聲君作宰百年生計我垂竿牀前明月空相憶江上青峯好共看别後差能扶杖否幾時緩步上吟壇

過沈直夫墓

地下應憐我人閒未有君平生一掬淚今日盡孤墳

送沈春巖之京師

山通鴻雁水通魚無限離愁藉埽除君去休如鮑明遠三年

只寄兩封書

蔣仁字山堂仁和人

山堂原名泰字階平後得古銅印文曰太平之人遂易今名吉羅居士女牀山人皆其自號也居艮山門外二里徐家橋破屋數椽不蔽風雨面目孤冷罕與世接工篆刻而行楷書尤佳絕不趨俗媚彭進士紹升推爲當代第一郭頻伽麐論書詩中頻羅早達吉羅窮一首亦大爲山堂吐氣也阿林保兩窗官運使時延之入署偶爲書蘇詩有白髮蒼顏五十三句遂以病辭歸歿時年適符其數無子詩亦散佚

山閣雨中喜邵四右菴至即送晚晴山長還山陰疊涪翁仁亭詩韻

昏沈湖上雨舒卷雲中山雲山抱城走傑閣淩朝寒笠屐天際落古道君一斑不憚峻嶺滑送客吳越關行衣盡嵐氣笑語倚危欄相於歲晏裏聽雨圍鑪閒俄頃雨聲止霽色明江端賀監從此去中流應仰觀

丙午十二月五日雨中荅邵四右菴喜予至三用涪翁仁亭詩韻

賀監峭帆去余亦歸故山回睇萬松嶺雲霧霾高寒君家好兄弟文釆蔚豹斑不見數十日遲我風雨闕執手道近狀鳴瀑飛檐欄小樓日高臥翰墨有餘閒折梅懷陸凱（謂紹之）當筵贈蘇端窮達貴適意其餘曷足觀

題徐孝子晨窗舐目圖爲令子臨皐先生作

寢帷曉日光曈曨華池玉液金鎞功披衣幾度ゝ心忡忡快然一旦空花空授經夢寐調膳通霜寒菩翠足藹重（見孝子曉行詩）仿佛華黍蘭陔風爲人後者尤難逢先生苕霅澗底松（蘇子由詩徐君鬱鬱澗底松）篳門圭竇氣吐虹至行早過丁褚蹤（丁蘭褚無量臨平人）形茹神蕊情駈蛩庚渦癸穴忘蠮螉但知清臚谿衰翁豈期子職

憐蒼穹翳垢轉爲沆瀣濃跳丸晼之停簾櫳摩尼珠現修羅宮泛光明海洞鍼鋒了了地蓋星衢窮春花秋月不負公一埽煩惱億劫胸吁嗟習俗矯飾工目語頷瞬睺瞜傭眷韝鞠賸紛雕礲琳瑯椽筆愧蔡邕幾見入海孫法宗不則鄭州碑龍蹤伊誰慧眼含潔悰普施法界鐙光洪土苴五鼎千鐘豐生前菽水歡融融公眞砥柱撑鴻濛大業二年唐高宗爲鄭州刺史有爲子世民祈目疾碑記江經父蒨眼病飲慧眼寺故井水而差張孝姑祖喪明三年孝姑轉藥師經願以燈光普施法界第七日夢老翁刮祖目而愈黃犢嶺迴黃鶴峯峯峯雲霽青芙蓉哲嗣築堂於其中巍然七十方兩瞳殷勤索詩及阿蒙封題燭跋蠅頭紅舟膠浦凍長鬚衝乃知仲車淵源崇奕葉孝友精誠衷若矢人矢弓人弓憶昨探梅安隱東寶幢淪茗偕鮑溶元亭載酒遺揚雄臨皐丈與閬齊叔友善庚戌春信宿芸岩弟乂心遠草堂同鮑晼香游安隱諸勝苦雨歸舟竟阻良晤頃得手札

螭頭赤簡章法精嚴信壽徵也況復先生歸崆峒軒轅久矣驂茅龍或騎麒麟騎烟鴻眞人天際何由從畫圖窔爾驚丰容紫芝未識終盲聾

阿育王山放光松次錢少詹辛楣韻

華蓋虬松似幢幢翠埽肩毫光舍利現劫火石鱗堅玩世經梁宋蟠雲壽梵天直愁騰化去神物二千年

初夏同人飲俞香圃新居即送北上分韻二首錄一

幾年琴薦與詩瓢樂事歸吟舊墅饒笠人齋名此去天邊侶鵷鷺定知江上憶漁樵秦關百二謳歌久燕市三千驛路遙拌醉使君櫻筍會莫將離緒繫中宵

沈生芝山水卷

碧浪湖邊水拍村尚書南北有名園文孫異代風流甚六法

微參不二門

酒量詩腸不可窮紅橋鐙火畫船通悤悤二十年前事展卷分明似夢中

黃畹字小薌仁和人有松鱗草堂詩存

小薌丈跳盪自喜得酒歡呼雄辯竟夕與異調者値則瞪視不出一言以故不甚諧俗布衣游食久而不歸鄉人無知之者乾隆戊申先大夫遇之于山左相得甚歡唱酬無閒越數年以疾歸抵家未幾遽卒無子家無業儒者先大夫由蜀寓書其家索遺稾已不可得今所錄者則當時行篋中所收得者也

短歌行

栖依依雉朝飛出門去何時歸高堂生白髮賤子猶白衣男兒墮地無錢刀宛轉隨人去鄉里僕夫夙駕爰送于野仰天相望泣數行下載歌游子吟調苦難卒讀雞鳴風雨聲膠膠酒醒不知何處宿

長歌行

流泉雖清不如在山殊方雖樂不如早還青青之桐葉始華行人對之生咨嗟明年二三月遠道正思家牆頭爭枝鳥向我鳴喔喔攬衣辭高堂有淚不敢落請君漫笑蓬蒿人終老邱園是奇福

秋海棠曲

花愔愔秋深深短籬下斷垣陰雨初歇蟲哀吟日欲暮愁人心心所嗟在遠道郎歸遲花開早妾容華似花好夕衾寒晨妝縞同秋花抱霜老

病起獨坐

晴色唱亂鳥疎寮映朝曦病來嬾更甚坐對春日遲危芳落舞蜨新苔沿空墀時見簾外影銷殞風中絲息語當欲疾覽

景亦足怡藥物乍棄置茗盌聊相持新泉幸汲得手自燒松枝

雨泊無錫

望亭四望春陰生惠山影落沙水清風灣轉櫂柳絲短烟外鵁鶄三兩聲張帆卅里停搖艣小泊初傳候亭鼓五兩今朝送客風千絲薄暮催花雨不眠篷底聞瀟瀟嫩寒襆被愁今宵蓉江水漲綠波闊臥聽枕上生春潮溼鴉喚起城頭曙白雲迷漫不知處雨歇春江曉霧吹九龍一夜都飛去

貽穀堂席上聞歌

盆山雨過青茸茸交花石竹深淺紅蘋婆一樹已堪摘堂坳列席披清風分曹角飲西烏墮催點明鐙絳紗火更聽雲韶小部歌踏場倒剌看婀娜舞急傞傞整復斜紅綃貼地襯蓮

花泥人嬛娟嬌如嬾眼底横波臉上霞還翻别調陽關曲入破琵琶四絃促舉座相看靜不譁花閒月白湘簾綠不數新腔白雀翎轉喉嘹嚨酒皆醒梧桐葉落慈菰爛獨有離人不耐聽

濟南送周繼千表舅氏南歸四首錄二

同爲羇旅伴懊恨見歸人黄葉吟詩去青山送客頻涼秋多暇日小别欲沾巾遥計還家候江梅報早春

西風吹北渚楊柳不堪攀袂影分斜日秋心似亂山貧留書萬卷家賸屋三間吟伴他時覓城南儘往還

洗硯池小飲

山城夜來雨涼氣淨烟汀散步見秋色攜尊坐古亭野風開菡萏水草舞蜻蜓好趁魚牀去斜分一道萍

雲棲

林亭依絕頂緑霧散長松竹隖分泉細花房貯蜜濃聽琴蹲瘧虎挂雨見蒼龍更其三僧飯歸鞭度晚鐘

憶内

春流空自憶歸艭小別經年隔楚江河上書來鱗六六鏡中塵掩淚雙雙羈魂孤館飛斜月閨思濃花惜瑣窗最是夜深支枕卜一莖燈穗落殘缸

舊游八首錄二

萍香初試下簾鉤寶鈿銀珂觸舊游細雨夢回神女館空江人去木蘭舟試翻詞譜塡無悶不信湖名號莫愁何事樊川憔悴甚誤入明月是揚州

深巷重門日影西栁絲舞困易沾泥憐才心在終成錯語別

言無只解啼雙槳綠波桃葉渡亂山紅雨武陵溪子規聲裏催歸急欲問漁郎路已迷

送春八首 録一

倚徧危樓怨日長豔歌唱斷竹枝孃故山有夢不歸去芳草無情又夕陽金谷晚風飄墮瓣銅臺餘伎泣殘香人間愁悵知多少不信吳兒木石腸

再哭耕香舅氏

車蓋浮雲祇自勞死生消息動悲號楚天斑竹黃陵廟爽道銘旌白羽旄萬里難攜家八口一官空說夢三刀天涯臏有羊曇淚灑落蠻江走素濤

閒愁

瑤圃璇屏弱水通步虛吹徹玉玲瓏人間小謫青春短樓上

輕寒綠鬢慵當戶簾痕低罥月隔花鈴索細搖風閒愁比似機絲密祗恐流黃織未工

木瓜

酸楚頻年異地留遙思李白渺予愁生來南國稱嘉林錯向西風憶故侯小病支離宜釀酒佳期荏苒又經秋漫嗟濩落成匏繫牘有堅心歲晚幽

清源南歸墨翁自東昌來送留別二首

轉眼浮漚聚散頻東西岐路各沾巾向平垂老偏餘累季子還家不合貧黃犢難爲招隱計青山空憶未歸人白頭上策惟皈佛勸爾加餐結淨因

欲別還爲惜別吟破窗殘燭坐更深笑捐雞肋歌長鋏歸抱牛衣泣斷琴江上烏篷懸客夢風前黃葉亂秋心他年桑苧

君應念早辦鷦枝返故林

山行口號

山桑葉始放山蠶子已生石田霑夜雨屋上見新耕

下密城邊路山花鳥亂啼天涯春欲去人在海雲西

芙蓉

錦城芳樹醉西風不羨春闌蜨滿叢剩取秋江作明鏡彩霞添上晚妝紅

玫瑰

紫茸香朵鬢釵横柔膩差堪百和名三月春情濃似酒曉來心醉賣花聲

沈景良字敬履號菘町仁和人濬子有菘町遺稾

菘町與弟景梅皆能詩居近清水潭破屋數椽不蔽風雨有寡妹無所歸終其身贍養之而嫁其二女友人鮑

以文多蓄異書時借歸手鈔目短視嘗夜讀燭燼落于肩至痛始覺或燈燄焚其帽檐亦不省也歲除搜牀頭敝衣入市挾一硯還曰硯有先君子銘刻于上吾獲此度歲有餘歡矣壹獨游抵暮循湖隄醉吟而歸袖中酒錢零落于路兒童爭拾之初嗜茶不解飲年近四十漸事杯杓晚年乃以酒代飯卒以此致疾死嘗輯元人白斑詩爲一編跋後署菘町而不名

四庫全書即著于錄亦藝林佳話也

秋日訪朗汀

日高深閉門居士睡初起我來小剝啄出迎倒雙屐推窗坐吟軒花影落塵几一縷煑茶烟飄入秋光裏

典硯

一硯美如玉欲典無多錢今夕若沽酒明朝無炊烟揪髯成一笑無策可兩全不如姑置之且就高枕眠

蹉跎

雲物隨時轉年光嘆逝波看書雙眼少謀食一身多事往空

留恨愁來但放歌人生容易老吾已半蹉跎

雨後

江皋初霽雨著屐步沙邊水擁橋根路雲開樹杪天看人收蟹斷聞笛起漁船一徑秋光澹西風散溼烟

早春游皋亭山麓閒

天氣初姸暖聽鶯早出門軟泥新草路晴雪古梅村趁渡衝溪靄登山破蘚痕從今一兩屐日日踏雲根

夕陽

扶桑才挂曉暾弓又上西牆故惱公未肯遲留花隝裏卻教明滅亂流中長繩可買憑誰繫破帽聊遮諒我窮擬借濁醪持勸爾晚來自笑瓦盆空

題鮑淥飲夕陽詩後

來何暮也去何頻俯仰之閒迹已陳弔影冷陪垂釣客無聊閒趁倚樓人曝餘書卷方堆屋吟罷詩愁尚滿身更復隨時變光景一篝燈火晚相親

倪念祖字景西號曲江錫祺子仁和諸生

曲江詩多逸藻顧常遠游槀遂散失朱青湖言其家僅存五律一小冊

內弟繼暉別十有餘年自關中至京相見旅舍驚喜交集

困頓誰憐我君來且自親山河懷故土風雨謝勞人痛定思前事愁深失後塵何當任遲暮偏共賦傷春

九日

九秋當九日九載客長安苜蓿寧甘老茱萸不耐看風高鄉信杳霜冷敝裘單縱有長房術還虞縮地難

張光復字海周號絅堂海寧人官河南考城知縣有寄菴詩鈔一卷

別沈南雷 世煒

楝花風急送征鈴同向黃塵數驛亭三月風光愁裏過十年鄉夢客中醒埋頭鸛鶴愁烟雨整翼鵷鸞望杳冥此去京華早延譽離情多繞遠山青

葛璇字仲達號橘星海寧諸生有橘星山人集月我軒吟草

橘星梅花七律百首余嘗見之前有張學浩序後有自跋言詩作于甲子刊于癸未云云詩非集句朱朗齋謂武林許氏刻其梅花集古一卷當別有一本也無子有女靜畹亦能詩

挂帆過吳江

解纜復行行泬寥天氣清帆分斜日影雁帶過江聲生計只

如此輕裝又獨征今宵成客夢百感一時縈

示次女靜畹

妙意超言象悠然會在斯不多吾得句翻喜汝知詩膠滯原成迹淸空乃擅奇瓣香應有續還事繡餘時

吳門歸棹

一片鄉心急水流好山笑我不回頭扣舷休唱歸來曲怕有孤征遠客舟

哭夔元字月舟仁和諸生

月舟祖父皆早世髫年即能溺苦于學名雋一黌與嚴古緣果交最善時有倡和之作

閒居

苦楝花開燕筍肥浴蠶天氣雨霏微溪頭一望綠陰滿無數鷗鳧相對飛

竹

種得淇園竹數莖蕭蕭疎影半窗櫺夜來更與西風約併作秋聲枕上聽

吳嶸字介如號石齋海寧諸生有石齋遺稾

石齋工詩善書見鄭澐重修杭州府志卒年二十九

罨溪晚渡

勝絶此溪水居然罨畫閒白雲藏古堞紅樹出秋山寺暝鐘初動風高鳥未還不須頻擊楫霜露已摧顔

雪中西溪曉發寄家兄

山樓夜別淚沾衣水郭朝寒擁翠微去鳥不愁泥滑滑行人祇怨雪霏霏急裝事往心猶壯僵卧風高願已違聞說空山黄獨在何時同守故園扉

西湖竹枝詞

裏湖日暗外湖明兩脚收來鏡面平恨煞白沙隄一道無端隔斷兩邊晴

種菱種過秋雪渦採蒪採到裏沙河勸郎莫怪蒪絲滑菱葉中間刺更多

四聖觀前烟浪深西泠橋下月初沈神鐙夜夜常來往不照湖心照妾心

沈碧字秋河仁和諸生有只可編

舟次憶王笠漁舊句足成一律

瀟灑笠漁子清姸句有神山寒天未雪鐙細月如銀句笠漁別久詩應老情高意自眞何當烟水夕一葉擬相親

別家人之括蒼

珍重山妻健自持癡兒惟仗母爲師讀書樂與君同得行路難非爾所知風急一帆人去後月明千里夢回時深閨寂寞休惆悵記取團圞正有期

平昌竹枝詞

平昌山深暮雨迷平昌渡淺朝雲低朝朝渡口撈鮮鯽暮暮山腰打竹雞

絕壑何年白馬逃近峯今數眠牛高麥似眠牛還帶犢郎如白馬不歸槽

范昱字西崑號果初錢唐人郡廩生有敝帚小稾

望獨秀峯

晴嵐紛四野獨秀在城西僧自雲中住人從烟際迷路危藤作杖磴滑草爲梯聞有逃名客閒尋石室棲

雨後登三層樓和王丹植韻

層梯直上勢崔嵬手拓窗欞四面開一雁遠投天際去衆山齊向座間來臨風並是悲笳客霽雨還推賦霓才安得桓伊三弄笛爲傳秋思滿蓬萊

唐學潮字雨江錢唐人

春山

春雲澹蕩春烟空浮嵐暖翠横春風春山不肯露瘦骨但覺一抹呈春容夭桃花紅栁初碧羣鳥嚶嚶啼不絕成就春光滿十分暄和正是佳時節嬋娟曉拂鏡匳塵黛痕描出宮眉新千岩秀色看不足只抵雙蛾尾上春

春草

東風一夜遍天涯吹得茸茸草吐芽池水緑時春入夢燒痕

青處客思家踏殘暮雨游山屐碾破朝烟畫轂車羨爾多情
惜芳景裙腰一道點飛花

春燕

秋風曾憶別茅堂春社仍尋舊畫梁穿破綠楊烟外影啄殘
紅杏雨中香元元國在應牽夢盼盼樓空合斷腸養得雛成
春已老庭前款語看回翔

陸會蕃字用庶號蕉村錢唐人有蕉村遺稾 朱青湖言蕉村爲桑間居士後裔

題諸蘿石負耒圖

我昔少壯時崎嶇南北走氣淩霄漢閒落落世難偶傭書四
十年蕭然成老叟歸來衡門下貧賤甘自守雖無郭外田賸
有庭前栁昨過米山堂殷勤訪吾友示我負耒圖優游樂畎

畞我久忘世味願隨君之後納稼有餘閒與君共杯酒

庚申中秋客宿松夢得桂一枝詩以記之

秋風庭院夜涼天蟾窟分香到枕邊幽夢不知雲路遠鄉心疑共月華懸家山叢桂何時發客舍冰輪此度圓仙種自踰蘭麝貴好將攀折兆他年

吳金城字建雄錢唐人

夜歸即事

孤燈伴孤艇烟渚客行歸鄉夢故園近秋心今夜違櫓聲穿浪出螢火夾船飛明日三潭裏還尋舊釣磯

酒旗

槽牀淅瀝酒初篘競翦青帘挂樹頭楊柳曉烟新綠徑杏花細雨舊紅樓買春無計憑誰問邀醉多情爲爾酬最是一竿

斜倚處半搖山影半溪流

祝咸章字懷齋海寧諸生有夢蓮居詩存

懷齋著有經史纂要三卷夢蓮居隨筆四卷研譜一卷皆未梓行

同素涵上人自赤兔嶺登菩提山

逃禪入山深卓錫偕佛侶窈窕指修嶺崎嶇越敗堵嵐氣四山來于焉翠成隝徑仄見雉飛林密聞樵語攀援松與藤高陟遽如許回顧山下村蒼烟籠平楚歷歷初游地遙遙不可數枕石破苔眠掬泉帶雲茹溪韻激清泠夕陽迷處所誓將縛茅庵此願當無阻

踏車行

朝踏水暮踏水踏折水車趼生趾纔得田間溝水流已看河底翻成溝東家脫衣質西家持劵出三車高田雙車下田只

論有水寧論錢可憐貧家空兩手竟日徘徊復何有有女宛轉顏勝花傷心忍鬻豪富家賣來賣去苦錢少僱人踏水無昏曉失時溉田田已枯水滿田溝苗不蘇晝哭田畔夜哭女門外徵租來里胥

陳植滋原名學字典于號東垞海寧廩貢

舟行阻風同介夫妹壻梅峯四弟兒子觀國風盤登岸閒步

客中且作討春行渡口維舟趁曉晴日氣煖浮平野闊山光低撲萬花明我懷南國曾聽雨人在東風半解酲幸得天涯聯骨肉教兒攜榼聽啼鶯

孫嘉駒字幼魯號鄰谷錢唐諸生

鄰谷本徽產以商籍試補錢唐學弟子員工詩畫嘗客台州之樂城張雨村廷俊云

柳枝詞

殘月輕烟畫不成依依渡口送人行治游且莫傷離別半繫
春光半繫情

柔絲作態蘸涼波碧樹紅闌旖旎多笑問章臺人去後近來
眉樣又如何

何元煥字善章號雪村海寧監生有拾遺集

歸游西湖

錢唐門外上湖船湖上春殘劇可憐拂水垂楊多旖旎銜花
飛燕自翩翻歸途小住逢三月屈指重來又五年到此應須
頻著句莫教辜負浴沂天

章乾中字君懷號蓉江海寧諸生

早發西山口占

絺衣莫禁五更風迤邐鐘聲三寺通回首西山山上路不知身出白雲中

章金榜字元暉昌化諸生

元暉事母氏王以孝聞

龍門精舍

龍門岝㟧倚天開埽榻長懸秋色來可訝洞中泉作雨不妨松上石爲臺清風坐倚哀猿嘯夜月吟高宿鶴猜慚負十年蹤跡異經過此地重徘徊

張耀字綏周號樸齋海寧諸生

九日集近野軒

驚心秋老鬢生華覽古登臨逸興賒崔曙空懷關尹喜褚裒早識座中嘉題餻有句酬佳節近野開軒就菊花縱飲不嫌

更漏永歸途雲淡月光斜

應昌緒字人騏海寧貢生有蕙圃賸稾

癸未暮春望日重過雲棲寺贈承祖長老

短筇得得訪名藍逕轉溪回路舊諳正喜山中剛月半卻逢客到又春三嵐光潭影空諸相竹雨松雲定一龕願向如來求解脫講花飄處白猿參

柏硎字近甫號霞軒海寧諸生

靈隱寺

古刹千年在奇峯四面同我來尋勝迹磬響落天風猿去雲巒住泉存色相空徘徊意不盡僧話夕陽中

趙時敏字立廷號笠亭錢唐諸生有竹園山房吟草

退菴氏曰笠亭篤學博聞輯葩經多識一書又采國初以來吾里詩人之居西城者爲郭西詩選四卷足備

蒐討弟介亭文白皆能詩

湖莊閒眺懷朱青湖 時客江左

蒼茫望不極步屧且閒停烟水全湖白雲山一氣青籬疎花作障屋老樹爲屏好待歸舟客相邀坐草亭

趙大槐字位公號介亭錢唐人時敏弟有介亭遺稾

山樓坐雨

日暮凭樓望明湖見一灣秋光多聚水雨氣欲浮山野客披蓑立昏鴉接翅還予家南澗下歸去定潺湲

題友人西村别墅

結宇西村好乘秋我一過地幽饒水石牆古隱藤蘿老樹著花晚空亭得月多寂寥塵市外倚檻任高歌

海陵道中寄懷朱青湖 彭

客行易千里不覺歎睽離細雨征人騎斜風野店旗故鄉仍獨望節候已頻移遥憶高吟者無由慰路岐

淮上偶成

習習春風吹白蘋客行無計挽殘春長淮一去空流水惟見青山不見人

趙元敏字成珊號文白時敏弟仁和廪生有留雲室詩槀

舟中寄家書

鄉音經耳熟鄰舫賦歸與一紙平安報三行急就書離情江浦樹秋思竹山廬（余家竹園山）寥落長天外蘆花雁到初

小孤山

滄波一柱峙中央石磴回盤到上方古木叢邊臨絕壑孤亭峯頂倚斜陽帆隨鴻雁吳天遠人望瀟湘楚水長明日扁舟

重回首曉風殘月正蒼蒼

謝謙字又謙號菊城本姓鄭錢唐諸生有菊城遺詩

菊城好山水耽吟詠詩多隨手散棄無子其弟子張棲年檢其敝篋所藏而編錄之

十一月二十日偶吟

高山一曲少知音空向窗前惜寸陰老去菜根翻有味貧來米價最關心歲華僂指春將轉梅蕚含苞雪未侵一滯江村經八載幾回孤寂自沈吟

柴暘谷字東林錢唐諸生

初秋過臨川叔園居

暇日此招尋相看過竹林淺池波渺渺疏樹影沈沈乘興頻揮麈披襟但苦吟自知慚小阮還欲問元心

言廷坊字行之仁和諸生

行之爲雍正庚戌進士言士紳從孫嬰羸疾齎志以歿

游五層樓

翠微絕頂聳層樓作客登臨亦壯游五嶺嵯峨排地出三江浩渺接天流人烟樹影迷殘照沙鳥嵐光隱客舟北望鄉關渺何處不勝情緒入新秋

王守矩字方之昌化諸生

初夏入慧照寺

淸和當首夏到此愜幽心市遠人蹤少山深樹葉陰飛泉懸絕壁古木駕危岑誰是高吟處惟聞鐘磬音

周彥國字竹孫號鈞谷又號補林蓮子海寧諸生

補林爲松靄大令春從子大令稱其工爲詩文與陳曼生鴻壽交善歿後曼生哭以詩云名心汙漫落燕臺逆旅如君信可哀隻影未完婚嫁累驚魂況被雨風摧難將孤憤排高闔僅有遺箋續大雷白草黃沙歸櫬遠三

千里外沇瓊瑰蓋補林以病悴死京師也

寄家書

一紙家書寄愁難破旅顏相思託鴻雁何日共南還爲惜親逾老驚看鬢又班韶華似流水春色到江關

題畫

七里嚴陵瀨雙峯顧況臺幽人此爲宅一徑入蒼苔

鶺鴒

蕭瑟秋高百結衣隨人難覓稻粱肥何當山北溪南去鶺鴒夗央作隊飛

兒童角得一枝花掌上擎來亦自誇輸與金籠調蟋蟀西風啼遍相公家

郭紹勳字聞衣海寧諸生

將至郭溪留題閒園示陳硯洲

借楊名園裏同君擁鼻吟歸雲亭外冷春草雨中深閒園有歸雲閣春草亭不盡林泉興難忘去住心迴溪遲放棹憑仗一開襟用漁洋句

傅肇莊字翼千仁和諸生

冬日過鎮江

陽鳥猶南至征人反北行雪消嫌屐滑風定覺帆輕江闊潮無力天寒日有情家鄉回首望雲隱潤州城

新夏即事

桐木成陰柳已緜紛紛猶自點苔錢誰家按曲清溪上一路歸鴉夕照邊酒味人傳桑落最花容我怕海棠妍日長引睡尋常事腹笥無多愧孝先

江緡字瑞書號蘭崖錢唐諸生

同竹坡先生過東庵步韻

酒滿壺盧鳥勸提草生曲徑路全迷坐深茗後衣從解吟苦花前首共低慮有嗔癡誰得斷機忘得失孰能齊兒童偏有安心法竹馬騎來到郭西門人張椿年從游

任經字抑齋號石屏錢唐諸生有石屏偶存

任氏自南渡以來世業小兒醫故石屏亦明炊湯之術出游齊魯歸以患瘍遂不起所作詩文安雅有節翟晴江極稱之

荻蔗咸淳臨安志甘蔗舊貢今仁和小林多種之小蘆者曰荻蔗

諸柘小林圩栽植如列仗一種挺瘦枝比荻形差當得味自同甘有節不在壯寒漿析朝酲頗藉圖翁餉

水陸寺石幢

松塘曲繞瞿曇宇髯蘇留宿曾聽雨寺門修竹已無存寺藏修竹不知門東坡留宿詩句鴉喧雀噪成荒隖窣餘老樹閱冬春安論禪幢委泥土同游各有嗜痂癖魚頭攢集爭摩撫上有缺齾蛟龍文漫漶蓮花猶可數剜剔莓苔十手皆校讐滿半雙眸取七八憮糊讀未安雲章綺句待聯補就中一行較分明紹興之年二十五紹興迄今凡幾時滄桑遞變紛飆縷茲石嶙峋獨未磨流傳亦自成千古安得宏願交扶持撐空突兀仍初武

東皋晚步

東皋望不極野色澹斜暉水落半山出風高一隼飛疎鐘鳴古寺流水咽荒磯信步渾忘遠人家半掩扉

皋亭晚歸用毛稚黄雲錦堂詩韻

蒼茫烟靄入江雲歸路蟠紆日巳曛踏徧晴山青十里占來

春色暖三分沿洄溪瀨穿花出灑落漁歌隔岸聞勝地可能
留客住更招吟侶續遺文

薛蔭震字方春號鑑齋錢唐人郡諸生

鑑齋工于文而不遇家貧無子賫志以歿張椿年言其失足墜湖死

莆田道中

莆陽名勝地曠野勢漫漫浦迴平沙漲山迴碧障攢綠陰千
樹合秋影一溪寒遙見尋幽侶臨風把釣竿

游金粟寺

逭暑何如淨域寬招邀舊雨索新歡山盤曲徑藏僧隖樹隱
高岩護戒壇方丈佛燈看現在華嚴經卷惜凋殘日斜漸聽
鐘聲動歸渡清溪興未闌

李璣字正五號夢鹿仁和人

夢西湖

作客西江巳十年年年歸夢到湖邊雲封三竺度清磬翠擁兩峯橫晚烟人靜月高花入鏡櫓柔春蕩柳扶船醒來苦聽羇窗雨一夜東風喚杜鵑

荅陳午亭寄懷元韻

回思往事各悤悤刺眼流光轉眼空憶別池塘新草綠懷深旅館一燈紅可堪秋水蒹葭外不是春江花月中寄語遠人還記取石城消息近東風

沈旭字曉山號鶴艇仁和人

書懷寄徐石帆次見贈元韻

自別山中客吾懷誰與論草偏生陋巷燕不到愁門觸景悲時序思親亂夢魂可憐孤枕上多少淚痕存

貧居次錢梅圃韻

苦雨纏綿兩月零柴門寥寂晝常扃十年作客懸雙淚三代傳家賸一經燕子不來應有意燈花頻結總無靈眼前何物堪相慰滿地榆錢箇箇青

錢乾字時乘號梅圃仁和人

秋思次放翁韻

嶺下牛歸鳥倦飛碧空一片欲何依平林烟淡月初上小院風輕花落稀旅況蕭疎惟仗酒秋容清瘦欲添衣曲闌干外移時立暮景宜人未掩扉

施承烈字奉峩號蓀村仁和諸生有蓀村存稾

如皋徐觀政湘浦爲寧紹運副蓀村客其幕中湘浦時招武林諸吟朋觴詠蓀村必與其會已而館於城南某氏夜半火作倉猝不得出闔門死者九人蓀村亦及于難

將有紫狼之行湘浦持話雨樓冊子索題

連朝積陰靄膏雨恣灑沃媚兹幽居意憑高得奇矚川明和氣動草木競華縟拂檻栖千條烟縈衣盡綠登臨勝臥游好景遠塵俗羨煞畫中人徜徉清興足嗟予别思催腸斷春波曲相望隔雲山無因同翦燭屈指牡丹期歸來謁芳躅清話竭朋儕一醉鶯花續

壬寅除夕

年光如過客客裏過頻頻爆竹狼山夜梅花雉水春科名嗟老大世味飽酸辛兒女椒盤頌來朝四十八

酒帘

姓氏識黃公愁城望欲空價高三日雪影亂一竿風綠栖前村見紅橋小市通尋常行處好醉眼認西東

聞蟬

歸夢頻驚覺蟬聲唱晚涼不關風力健爲寫客愁長人世幾黃葉故園多綠楊一枝遙託處猶自滯他鄉

同人東篁山看桃花避雨李氏山莊茶話

青鞵三五共尋花花映溪光繞岸斜萬種愁消芳草路十分春在野人家牛歸壟上迷紅雨鷺起橋南落絳霞仙鴟柴門容客叩殷勤汲井爲烹茶(山下有斑竹泉)

程樹本字備中號訥齋錢唐人有楞枝詩鈔

竈餹

司命豈嬰兒乃亦樂含飴世人厭辛苦遂以甘爲宜椒餕芳且潔不如餳薦時儼若思嗜好歲歲無改移餦餭雖薄物維神其吐之殘年到蔗境分甘拜神慈

年餻

人心多好高諧聲製食品義取年勝年藉以祈歲稔粤稽所由來餌餈名旣泯沿久遂失眞劉郎詩料窘我本皐棲人麤糲餐堪哂欲更上層樓翹首待挈引

穀雨後三日率孫培放舟由六一泉至湖山春社看牡丹

識得浮生是夢游花風欲盡忍埋頭扶孫可作一藜杖走馬何如雙槳舟玉笛聲遲人自醉錦幃香捲客能留柔情豔思依然在珍重頻將老眼揉

李鑑字彥冰號江潯又號江村錢唐人有蓬窗集

彥冰安貧守朴不榮心于通塞之遭遊抵幽燕近游吳越流覽所及皆發之于詩

舟泛前溪重懷詹石潭文啓

悵望前溪水沿迴出遠汀久疎山簡報空負草堂靈岸草晚逾翠遙山澹自青天邊懷老友何事逐浮萍

早寒

漸覺霜威勁天涯難久留寒衣無婦寄敗絮有誰謀病葉吟風冷殘蟬咽露愁已傷千里目不敢上高樓

羅福字體占初名以靜號詒齋晚號海月山樵新城諸生

對月

明月挂簷楹皎皎萬里情誰其夔良夜共此金波清理周遠近一意愜物我平披襟坐相對渾然忘虛盈

杏花

高樓何處羨紅妝一種鮮妍壓衆芳澹著風流春雨動濃添粉黛曉烟長林鶯啼去聲皆豔蝴蝶穿來夢亦香豈是多情

窺宋玉朝朝含笑映東牆

羅夔梧字岡鳴號謙山新城廩生有留耕堂集

謙山落落自高精于鑒別書畫晚與二三友朋結詩社以娛老

秋日遣懷

盛夏方赫曦炎蒸鬱懷抱今夕知何夕寒風淒百草我心猶汲汲我髮已皓皓所以古之人榮名苦不早

冬夜

暝色簾前落青燈獨夜看愁多翻畏酒衣薄不禁寒片月窺虛牖微風度急湍還聞南去雁嘹唳在雲端

題遠山山水

雲山矗矗勢如奔山下雞鳴何處村數樹濃陰森繞屋一灣流水曲當門杖藜足遂田家樂高臥還知隱者尊寫出桃源

眞世界知君胸次有乾坤

曹有光字迪前號蓮浦海寧諸生有蓮浦詩鈔

蓮浦工于五言如俞寶華所稱霞天數點鳥風柳一枝蟬曉寒清似水春夢淡于雲落日沈峯影高雲警雁聲水明初過雨山遠欲生烟皆清警可誦

懷鄭禮門

夔爾頻年閉戶居何妨磊落註蟲魚夢回夜雨孤燈後人憶春風二月初方外尋詩新結社花邊載酒舊停車一瓻好近春明宅擬借牀頭善本書

秋柳

惆悵垂條折巳殘長亭短驛共盤桓一隄暮雨凝愁細數點昏鴉帶影寒不信修眉遭衆妒休將冷眼向人看題詩記得前游地綠徧紅橋十二闌

臨平山晚步

藤蘿窈窕入山溪興往孤笻手自攜松冷衣痕沾綠粉石危屐齒印黃泥野麋踏葉忽雙出幽鳥隔烟時一啼嶺上雲深迷去住數峯暝色夕陽西

七夕客中作

昨夜風飄一葉殘朝來秋思動齊紈誰憐衣上思親淚曝向中庭尚未乾

曹有成字玉汝海寧人有光弟

俞寶華言玉汝詩極工其槀多散佚

山寺

僧窗寥寂夢魂清滿院松風佛火明一線暗泉流不去空山夜半作琴聲

曹允玫字紫瑰號近亭海寧人

西莊襍興

山原翠不斷徙倚望斜陽耕笠溪雲沒禪鐘石路長鳥聲傳好語竹影畫雕牆可是催詩急幽情對古狂

次皮陸郊居元韻

習靜深林地閒閒亦可居耐貧惟木石娛老半琴書竹滿常留鶴蓮栽不礙魚還將春月夜緩步當吾車

許丹圻字對揚海寧諸生

寄錢秋艇

密密雨千行孤燈枕簟涼西風吹好夢一夜到錢唐念子不得見吟詩空繞牀何時同聚首美酒兌餘杭

張灝字又絜號鶴林錢唐人

鶴林作書類與化鄭燮且精瘍醫不要不近葷酒頗似老爛頭陀也嗣子椿年亦工詩

詠風和沈雲閣

肅肅涼景生因之林壑清驅烟開礀戶卷霧披山楹去來固無迹動息如有情日落山水靜爲君起松聲

月夜游雲林同沈雲閣作

散步循西嶺雲林古道場深山原寂歷近樹亦蒼茫月過千峯淨泉飛一澗涼酒壚無覓處茶話扣僧房

倪印元字首善號小迂一擘子仁和諸生有蕭閒館集

小迂貧稟穎慧少時其父嘉樹先生館于外母氏蘇組紃之暇開絳紗幔授經博服脩以佐朝夕小迂親承懿授偶爲小詩輒爲長老所激賞堇浦太史題其母氏香岩課讀圖七章有云所覩程夫人未老更酉餘力教東坡謂小迂也後從翟晴江教授游學益精進惜以貧故未竟其志而卒嘗撰西城襍紀分紀地紀人紀文紀事四門亦未克成書

金鼓洞

經聲出雲杪紆曲穿林幽林閒黃鶴去仙人渺難求千尋鬼斧迹石壁峆岈留金鼓不到耳寒泉自成秋

偶閲厲丈層雲見贈樊榭山房遺書檢得羅浮竹葉符四片蓋昔顧月田先生所貽也胡三竹見而愛之分二以贈并系以詩即用月田先生韻

天使求神仙海上極深窈鞭驅浮山來傳羅合雙嶠平生志邱壑遠未拾瑤草何能逍遥游追逐月田老齋心訪仙壇披霧拜羽葆高尚去不歸琅玕綠長繞竹生雙髻峯有石壇高百尺爲劉高尚眞人修鍊處葉葉留飛符意致超物表彩毫揮淋漓元籙索幽渺深若寒蟲鏤曲如篆烟裊摘來將素心登受惠匪小何緣繙遺書得四并完好青文百屈盤蠹魚疑新齩我讀樊榭詩默證出

心巧始知此數番袖裏烟霞飽三竹叩柴門點檢度淸曉言告辟不祥珍重來遠道轉爲朋友貽永宜子孫寶更期杖交柱飛躡神仙蹻魑魅形俱藏虎豹尾敢掉何須佩明鏡（道書云凡入名山必佩明鏡以辟魑魅）五嶽恣幽討即登雙髻峯巳不虛露卯小窮沙箸靈（沙箸竹短而勁可爲箸采須輕步否則縮入沙中矣）大鄣龍公矯（永泰中羅湯溪張竹葉有大如芭蕉者流出即龍公竹也）淸風乞此君塵俗頓卻埽

過南屏觀司馬溫公家人卦摩厓

天風吹我南山陲扶藜上讀摩厓碑偉哉涑水氣磅礴絕大手腕盤蛟螭擘窠卦字寫徑尺中庸樂記同昭垂（卦後摩中庸樂記各百九十餘言）三十四行體瘦硬詞嚴義正傳來茲思陵嗜古重聖學墨寶快獲前朝遺琳瑯五卷篋中祕夌敬直幷箴銘披誰與大官測上意一時鏨鑿留欽巖左傳別刊赤山岸隸法入

漢同于斯太子鸞有摩厓左傳晏子曰君令而不違以下凡五十字隸法與此卦同堅蒼斑駮見古色摩挲再四開心脾乃知大臣重感格豈在進說繁其辭惟茲所重有深意他人我意誰能知周郎密媕鄙太寡識小長蘆叟先我嗤謂竹垞先生軒頡字畫久漫漶後世訓詁疑相欺卽今斯邈亦變改室煩學士心神疲公之元氣照幽敻直與浯溪相攀追況當野狐誤國計坡公嘗目介甫爲野狐精本撥害將波其枝春秋學宮屏不錄今人妄以古禮治舊章變亂織新學利未及民患中之臣仁寸疏伏絳闕臣軾萬言陳丹墀安知反身事修齊公已默相爲扶持區區公法小技耳世奚但賞書淋漓我今來此坐臥久低回想見公英姿獨恨蘇王不在世才薄彈壓無雄詞急爲拓本挂齋壁遺燮足比甘棠詩

夜宿漪園

理安歸去踏晴沙屐轉南屏仄徑斜山雨忽來風又急跳珠亂響白荷花

臨湖百尺有高臺雲水橅糊墨四堆隱約沿隄明一點始知漁火栁陰來

倪惟鏞字太洪念祖子仁和監生

晚渡

小艇橫流畫槳雙浪花飛濺入篷窗一灣新月穿雲出照見離人渡越江

許琳字際唐號笠吟海寧監生有笠吟詩鈔

笠吟少耽風雅同邑鍾大令鳳翔奇其才以女妻之山抹微雲可稱佳壻中年以往閉戶養疴而吟詠不輟

病中寫悶

無端嘔血細于絲倦擁青綾強自持鄰比寄言須用藥山妻

苦勸莫吟詩豈眞病骨因詩瘦未必愁心可藥醫我是死生早勘達只憂傳與老親知

手鑪

洪鑪舒轉自春容斗覺氤氳出袖濃收拾生機歸一握調和元氣輔三冬偶因小坐常加膝即是閒行亦著胸手把從今誇執熱薄寒不慮暗相衝

張景鈞字繼才號梅屋海寧諸生有梅屋詩鈔一卷

梅屋爲元岵先生七世孫博採典素工爲詩文嘗補元史藝文志八卷爲盧抱經學士所采又倣厲樊榭徵君宋詩紀事爲元詩紀事惜未竟其業而卒年僅三十有五俞潛山思謙稱其詩俊逸清新不必以多爲貴

壬寅除夕二首

霜濃風細喜晴新爆竹聲來到耳頻自笑病中求利市漫隨俗例守庚申杯浮竹葉看分歲蠟結燈花話好春分付兒童

祝如願願儂強健藥離身

篆久濃香散硯邊起看星斗欲橫天喜逢扁鵲添今夕笑隔春風又一年典盡敝裘供藥債強扶病骨祭詩篇明朝賀歲休投刺報道維摩尚穩眠

徐紹鈞字彙如號香岩錢唐諸生

退菴氏曰香岩居桃花巷工詩尤精五律可稱五字長城與予大兒瀛日交丙申秋訪余于錢唐尉署飄忽二十餘年問之友人則憤鬱以卒且無子嗣僅見得香岩詩草三十六首亟爲錄存一二餘如江湖清夜夢風雨故人心村烟浮屋上江月照人清涼生衡宇開月在蒹葭外竹聲晴亦雨山色晚宜秋曙色春鶯外風光社燕前皆絕佳不盡錄也兄士榮亦能詩友人龔水南爲刻二徐遺稾

余秋室畫梅

滿懷冰雪不得吐放筆寫作孤山梅羅浮夢斷玉堂曉疎花冷蘂參差開先生寫花不寫色彷彿寒香沁胸臆萼綠仙人

下九疑世間桃李何曾識

集溪庲書齋

明月在高樹流暉入草堂竹聲空院靜秋色晚雲涼詞賦追文讌琴尊伴客牀城東舊游地三徑未全荒

同溪庲湖上

山山晴翠薄落日淡湖波竹氣清殘暑秋容上敗荷雨餘新漲闊天盡暮雲多寂寞南屏下西風起棹歌

幽棲

我家上湖口風物足幽棲埽徑古苔滑開門春鳥啼琴書從夙好瓢笠入新題已作忘機客看雲獨杖藜

童鹿菴張妙蓮吳秋漁集金岫雲城東草堂

一徑生秋草開門向郭開主人偏好客招我共銜杯暝色兼

潮上寒聲帶雁來南皮繼高會深媿座中才

寄懷秋漁

春漲曲江頭扁舟憶舊游鶯啼芳草岸人醉夕陽樓風雨疏歡會關山阻別愁桐溪烟水闊回首暮雲浮

周利親字析孫號幼圃海寧諸生幼圃弱冠入州學以解經受知于學使南昌彭文勤公丙午秋闈被放鬱鬱得心疾越數年夭卒病中盡焚所作詩文無一存者

題清明上河圖二首周春曰圖先爲邑中陳氏所藏後歸徐氏今又轉售他處矣

張著題爲張擇端圖成無復到臨安夢華追錄同千古畱與人間一例看

妙繪難從東武尋流傳摹本重兼金誰知藝事存規諫下降仙卿記姓林相傳摹本互有詳畧以演丑驢襍劇者爲佳譏靈素也

陳文楝字鬱爲號南園海寧人洗子官兩淮掘港場大使有南園初集

過許村

幾星漁火認前村斜挂林梢月半痕雨後更添春水活櫓聲搖夢入黃昏

陳文枏字維喬號香岫洗子海寧諸生有澄懷集

爲李必齋先生題畫

一角滄洲勢三秋烟雨圖豪情空北海高枕夢南湖各以思鄉客從之問釣徒爲君卜幽隱寫出小長蘆

陸建字豫庭號湄君錢唐諸生有湄君詩集

湄君少孤育于其舅氏袁簡齋太史隨園年三十餘以咯血卒詩沿隨園派而近體殊勝

靈谷寺

古寺遥相訪山花雨後逢林深先見塔雲隱忽聞鐘落日挂
殘壁流泉飛斷峯清風僧院過四處響青松

己巳上元日辭家游金陵舟中和存齋舅氏韻

一帆渺隔故鄉春南浦青青草未勻新歲初逢燈火夜輕舟
便載别離人梅花香散征衫雪玉笛寒吹落月塵千里關河
非遠道舊游重過覺傷神

贈紅豆村人

喚人春夢有啼鶯隔著湘簾聽幾聲夜雨漸抽芳草長午風
忽放牡丹晴未知作客原無恨才解吟詩便有情同是下帷
軒子裏書燈長爲兩人明

西湖三首次香亭舅氏韻 錄一

幾家簾閣近烟波紫陌流鶯自在歌春草渡頭生月早美人

衣上落花多水仙古廟輝金碧蘇小孤墳桂薜蘿領畧湖山無限意靜看漁子理輕蓑

紅豆村人渡江來將有杭州之行山中同作

隔江紅蓼染征裙一片帆移細雨餘卻喜遠人歸意外同看涼月正秋初棋聲不厭彈過夜燈影多情妮向書此去重攜故鄉酒桂花風裏與何如

宿州梅雨

河渠處處繞潺湲積潦頻年稼穡艱戶有流亡新燕少地難耕作老牛閒驛前疏雨漫漫路水外斜陽淡淡山不是漢朝歌瓠子如何消得浪千灣時議開濉河

送金補霞移居山村補霞無錫人尊人沂仲先生去官後遂家宿州

此身安處便爲鄉又挈妻孥自課桑膝上繡綳新楚產閨中

梳裏舊吳妝峯嵐滴雨迎眉翠溪水流花浣手香田舍今年多十斛我來知不惜餘糧

秋日憶隨園卻寄存齋舅氏

江上秋寒木葉吹故園風物動遙思燈涼小閣孤琴響正是空山落雁時

暈碧裁紅樹影鮮衆香國裏住神仙山中不置樓羅歷開盡羣花是一年

下帷曾住草堂西別後風塵滯馬蹄輪與午橋莊上鶴至今猶傍野雲棲

鄉心長繞謝公廬三萬牙籤想舊居要趁梅花爭放候歸來讐校子雲書

金萬春字荀若郡廩貢

同吳退庵朱靜庵厲墨莊爲鏡亭夫子埽墓湖上

負笈橫河憶樂羣卅年空拜廣川墳先型已杳悲遺履同輩相逢感練帬身事只今看逝水交情何處賦停雲柳條遮莫牽游屐惆悵湖隄袂欲分時墨莊欲北上補官

吳發第字希璟號芳林維嵩子錢唐諸生

赴吳興晚過烏鎮

買棹霅溪游停橈作小酤春缸傾酒榼晚市泊漁舟呼鴨村聲遠歸鴉樹影稠篷窗多野趣引興十分幽

郭名揚字伊伯號杏耕夢元子海寧諸生有杏耕詩鈔

游涉園海鹽張氏園

第五橋邊春水通扁舟恍入畫圖中梅花不帶春歸去酤與羣芳次第紅

沈毓勳字浚明號靜溪海寧諸生

靜溪性醇謹不苟取與嘗結長吟詩社長牋矮紙經其評隲者人無閒言

游棲霞嶺諸洞

天雞叫海日出郭啼鶯送扶筇尋絕壁烟霞散巖洞陟磴白雲蒸過澗清泉弄仙梵響林間一罅天宇空去窈窕老黃冠客來探牖甕翠岫微風蕩淨域野花貢慮淡違俗緣神寂清夙夢片晌作山人一一賞心衆

錢唐懷古

荒蕪宮闕莽蒼蒼獨上高城思渺茫十載軍威三字獄一生相業半閒堂古今山色風雲會吳越江流日月長碧血黃冠空抱恨莫須精衞到錢唐

禊詩

忽漫分飛雁不逢斷行兩載各西東孤舟寒食江村店暮客殘陽梵唄宮草長池邊春夢杳花飄樓外野烟空吟魂盡日悲歌裏目斷天涯泣路窮

採蓮詞

十五吳儂慣採蓮乘風兩槳蕩輕船羅衫薄薄人來晚一段新愁最可憐

廖齡字聖維號虛村海寧人有來復齋詩稾

虛村好讀書兼工書畫客京師幾三十年落度不羈卒以貧死

代婦

曉色送君行欲言復咽迫一別二十年歸家反如客但覺歲月長不知褰幾易道遠音問疏人老鬢髭白目注北征鴻望望雲山隔

鄒廷梅字作和號調菴海寧諸生有調菴詩草

調菴性孝友好學精思兼嫻書法

次張秋谷西湖寓齋冬日褉興韻

身入雲林畫清癯絕點塵喜于古木下見此曠懷人山水幽棲意冰霜閱歷身摩挲老眼倦對景結良因

沈庭枏字蕉鹿仁和人

蕉鹿性幽潔無子就食于義男左瑞玉家蓋北墅之羈窮也

石佛菴

佛著苔衣冷僧歸古洞幽溪雲檐下宿紅樹澗邊秋

濮炳字鳳來號拙齋錢唐人

拙齋家極貧衣食恒不給而課其子景曾等甚嚴孫城官直隸司馬

睫巢賞菊次吳退菴韻題十首錄三

秋老閒庭埽綠蕪看花破得睡工夫座中大似羅含宅不盡東籬采菊圖

秋容逾淡意逾眞開過重陽色尚新昨夜與君吟坐久滿城風雨伴詩人

一簾瘦影對寒宵清與爭呼濁酒澆但得此中千日醉豈愁雙鬢逐秋凋

金成棟字列三號篠廬仁和人郡諸生

篠廬先生以籑詞爲學使者儀徵阮公所賞乙卯丙辰間仲父秋農延館聽秋書屋余五歲受書亦在隅坐之列後聞盛暑醉後游紫雲洞致疾竟爲行樂死歿後數年見夢于先兄曼雲以手稾屬點定醒後僅記百鍊功成一語因爲足成之云魂魄何來夜欲闌袖詩仍許故人看一編心苦名何在百鍊功成骨已寒我自夢中逢李白誰從死後識方干醒來欲借巫咸問可柰雄才住世難

吳秋農招飲睫巢書屋賞菊

爲有黃花載酒從花香淡處酒香濃初經入眼知秋老每欲尋詩柰與慵應是落英餐未得誰言開口笑難逢月蟾燈蘂風流甚愧我難追處士蹤

蠶詞

采得桑歸暮雨過捉眠添火夜來多休將些子功抛卻一蔟紅蠶一寸羅

許奎字伯勤號東坨海寧人有東坨詩稾 按許奎有三一字掌文爲乾隆五十年恩貢丙午舉人見同年錄一字冠奎著花厂詩鈔見汪淮選浙詩其詩有題吳尺鳧荷鉏圖是與吳焯同時故編入卷十五一字伯勤著東坨詩稾見俞寳華選海寧詩未詳時代姑編末卷以俟攷

代贈琵琶客 四首錄二

一牀錚鏦妙入神偏敎座客鼻酸辛天涯何限傷心處多付彈箏擊筑人

五陵無復舊時豪趙氏園亭響鳳槽裂帛一聲生萬感輞川重聽鬱輪袍

汪城字魏公錢唐廩生有鴻汀題畫詩

伯牙鼓琴圖

焦桐僅數尺寫出古人心曲罷無知者空餘絃外音

汪鳴逵字鴻九錢唐諸生有鴻齋詩稾

滹沱河懷古

潢池氛燼半澄清猶畏風波阻敗旌若使將軍能策敵不教卜者有追兵滹河水急流沙亂麥飯亭荒落日橫行客尚知言漢事冰堅一渡幸成名

汪鋥字毓山號映波仁和貢生湖北試用縣丞有蘭陔遺詩

思安

莫憚山行險山行事事幽松聲穿石罅鳥語落枝頭水盡溪流咽烟昏江色浮筍輿終日坐小詠亦消愁

汪淇字瞻漪郡人

寄眞州示立先弟兼憶曩時讀書湖濱

夜雨空山獨掩扉春風寒映薜蘿衣泉鳴古寺靑燈暗猿嘯荒村綠草肥一水關河千里隔十年藜藿五更飢遙知此日長歌倦猶憶高樓待月歸

毛逵字錦來新城人

桂陽早眺

芙蓉蔟蔟水潺潺雄武天開首百蠻四壁萬峯皆鐵面九秋一葉未霜顏隔江相距鬬雞嶺飲澗全吞象鼻山欲上高樓

看日出朝來烟霧鎖重關

羅文璧字邃子仁和人

竹窗閒詠

王門竽瑟竟誰工室自蕭然慮自空庭有雙慈休任俠家徒四壁莫嫌窮藤蘿入夏頻增綠楓柏經秋忽放紅荏苒流光無計駐贏將把酒共嘲風

吳四古字南田錢唐人

貽葉此軒

雨雨風風不斷吹高齋清課正相宜張顛草聖揮毫健米老烟雲潑墨奇聽去鶯歌成妙曲興來茗戰敵新詩東鄰小宋偏親近不律爭衡出銳師

倪泓字彷廉錢唐人有松秀集

同人泛西湖

明日清明節，今朝共泛舟。一篙春水滿，千頃浪花浮。嵐氣疑蒸雨，楊枝不綰愁。白隄新別館，好趁夕陽游。

梁序字吳山，錢唐人。有江西倡和集。

田居襍興

擬作園瓢著老憨，息交從此罷征驂。閒身儘受林泉樂，好味麤嘗筍蕨甘。書可無煩鱗六六，園須新闢徑三三。柴門剝啄如相問，世事搖頭總不諳。

龔子駿字疆巖，錢唐人。

秋簟

囊篋無遺物，惟留舊髦毿。碧蒲雙鎖玉，黃莞細穿藤。瘦骨經秋臥，游仙入夢會。枕函半鉤月，寒已透雲棱。韋莊詩：山上雲棱寒未消。

吳彝錫字禹輿郡人

代陳長民寄關關校書

寸心共許乍承恩何事離愁動客魂夢繞秦樓人自遠歌殘南浦韻猶存相思雨溼梨花豔徙倚風牽楊柳昏更悵瀟湘疏雁影空勞目斷楚天痕

吳德風字直平郡人

代寄關關

樽前樂事枕邊恩別後相思夢後魂紈扇久疎眉語失羅衣雖舊臂裝存臨風寫韻神先倦醉裏懷人月亦昏欲問迴來腸斷處終朝洗面是啼痕

淩世材字柱宸錢唐諸生

題畫

麦爾通靈畫鷺溪潑墨宜迂倪形瘦削顛米態迯離翰墨有眞意烟雲無定姿匠心慿結構相賞漫酬詩

孫成德字立名仁和諸生

櫻筍

客談筍鮓及櫻尾著詠瑤篇有蘇子主人佐飮惠數莖童稚分嘗亦稱美復聞披枝不傷根心似蓉葹永無死廣種當匹成都桑我欲荷鉏共經理

胡汝掄字觔心號石村仁和人

小園

小園多屈曲一徑入林偏翠嶂窗前疊奇葩檻外鮮輝輝春日麗浥浥露華妍把酒何辭醉陶然便是仙

王絅字汾川錢唐諸生

破硯

爲田不忍棄古硯得來難池缺水先溢銘留字半殘綫痕循脈斷墨氣帶烟寒獨有珍藏意時同完璧看

雨後游礅光

雨餘石徑灑寒風結伴還欣著屐同扶杖看雲羣嶂出懸崖梭竹亂泉通海門帆挂殘陽外江岸沙明斷靄中歸去鐘聲催暮色一彎新月叫征鴻

王靄字吉人號雲鵬錢唐人

寄本鑑和尚

無生法悟卽長生解脫何求利與名牢掩鐵關疎世網直將金錫破愁城紛紛花傍經臺落瑟瑟風依寶座清聞道嶺南衣鉢遠涉江應共擷秋英

汪炘字藻亭郡人

春游

燕覓巢痕到畫櫳禁烟時節漸春融一庭靜鎖桐陰雨小院輕翻栁絮風鬬酒人迷香徑裏踏青歌徹軟塵中豔陽三月風光好處處花開躑躅紅

鍾汾字晚汀仁和人

春日寄可堂

梅蕚爭春又一時小窗春靜日初遲未知閣下窮經客可堂讀書文昌閣篋裏新添幾首詩

包廷相字立賢號西溪海寧諸生

次玉倩先生刪字韻

掩扉寂寂坐林閒世上浮変一筆刪菊綻秋霜思栗里梅開

春日憶孤山池邊水滿魚常躍簾外人稀草亦閒試看和鳴
枝上鳥遲遲倦翼已知還

陳思起字振飛號寸園錢唐貢生

望琵琶亭

停橈閒倚望暮靄隱空亭月未江心白衫誰座上青酒寒成
獨酌歌苦少人聽我亦天涯客年來跡似萍

金淏字雲谷仁和人江蘇試用縣丞有金地詩鈔

送春

歷過韶光事總非燕來鴻去兩忘機緣知春意隨流水空向
離亭絆落暉

張中發字士至錢唐人

題廬山圖

只道廬山遠山今在眼前舉頭雲窈窕傾耳水潺湲藤樹千年古烟屏萬壑連丈人呼欲出攜手陟層巔

諸灐字振宇號得志錢唐諸生

雪中懷友

辜負風飄六出花無才不敢賦尖叉笑人白紵春還近招我青帘酒可賒舊雨不來慵埽徑暮雲無際看盤鴉閉門坐到黄昏候松火爇甌自煑茶

顧景字子介錢唐人

送楊蕃祉北上集唐

上畧儒風並者稀權德輿一聲天鼓闢金扉韋莊鴛行既接參差影林滋鶯谷新遷碧落飛蒯希逸今日夔才非昔日韓偓紫衣全勝老萊衣靈徹世間第一風流事司空圖馬後橫梢意氣歸王昌齡

祝翙字斯卷號慕隱海寧諸生

正月十五日自武林歸

一棹歸來晚春光畫不成峯消殘雪盡水漲斷磯平幾樹梅
花放數聲山鳥鳴到家剛夜半月映九枝明

朱達字有聲號可人海寧諸生

吳山登眺

錢唐霸業舊飄零猶見羣峯列翠屏海水遠隨江水落吳山
近接越山青春城牧馬嘶芳草野浦漁歌下晚汀一自餘杭
沽酒後誰將風月醉西泠

王祺字祉叔號止庵餘杭諸生

題倪雲林畫

前賢不可作遺墨見深情偶寄一時興何期百世名晴光空

裏見秋思澹中生最愛無人處層巒遠更平

黃茂芳字艾圃錢唐人

春日連雨

過了燈宵寧自聊春寒莫惜酒頻澆色歸溪栁新于染香斂江梅靜不囂豐稔豫占由歲旦元日晴雨晴交割自元宵雨自上元小詩差喜能酬唱管領東風破寂寥

韓泓緒字東瞻仁和諸生

送春

雨雨風風爭送春春歸不管未歸人荼蘼花下香成霧楊栁亭邊玉作塵慘澹一尊名士酒殷勤尺素故鄉鱗薄裝整頓書三篋遲我歸期只兩旬

陸紹裘字佩颺號審研又號小放翁錢唐人

秋日襍言

日澹山容靜風高天宇清柴門無熱客古木有秋聲流水悠揚去閒雲自在行蘊眞堪守拙尊酒可怡情

沈維櫓字士周號亦休海寧諸生有亦休詩草

登吳山遇雨坐長春房小飲看湖上諸山

斜風細雨坐僧樓迴合嵐光幾處浮一片烟雲天際好疎鐘遙落暮山頭

沈廷樅字芝山仁和諸生按芝山當是孟公椒園昆弟行俟攷

女蘿亭

翠蔓交垂白晝冥不隨秋色怨凋零寄生未肯依喬木自結清陰覆小亭

徐兆桂字詵若郡諸生

過錫山停舟小憩

此地無車馬何人掩篳門白雲山半寺紅葉水邊村野曠牛羊集天寒鳥雀喧登臨少同志倚棹聽潺湲

許肇位原名萺字方穀號省齋海寧諸生有省齋集

登容寂樓

無事獨優游清風正滿樓山花千片落仙樂九天浮高樹侵窗綠輕帆映水流俗情消欲盡彷彿坐丹邱

楊興國字艮佐號芷庵餘杭諸生有薆日堂集

飛來峯

鷲嶺百餘重玲瓏只此峯高看垂崩劣秀想削芙蓉積翠晴還雨凝陰夏亦冬飛來梵宇外杳杳度疏鐘

楊基字霖若餘杭諸生

初夏郊行

鄉村四月足徜徉曳杖閒行景物長萬頃平疇翻麥浪一灣流水溢花香漁郎倚棹溪邊柘蠶妾攜筐陌上桑是處欲留雞黍洽醉餘渾欲傲羲皇

楊廷選字在茲餘杭諸生

詠燈

一檠寒燄可人情暗室渾同白晝明夜雨樽前花自結秋風帳底穗時生輝分藜火籠紗薄影弄香篝映字清最是酒闌歸院落熒熒相對夢難成

沈士瑛字虛谷餘杭人

洛陽道

二月洛陽道春風桃李花洛陽年少子流落阿誰家冉冉鶯

啼路珠簾畫閣斜名園今尚在簇錦裹香車

程宏道字邇鴻昌化人

石鏡山

拾級尋幽勝千崖一照中菱花凝水碧潭月盪雲空翠岫分

眉倩蒼烟點畫工山靈勤拂拭清影鑒何窮

國朝杭郡詩輯卷二十八終　錢唐吴慶坻校字

國朝杭郡詩輯卷二十九目

無名氏

閉戸先生　河渚生　花閒散人　靠天翁　墨　憨

梟　友　泊　菴　漱石翁　辨　菴　渡船翁

焦梧生　龍井山樵　烟水客　天容子　小林逋

竹　逸　心菴嬾叟　松總畫史　鬘　菴　藤　石

山澤臞叟　拙存生　藝圃遺老　長嘯客　失名稿

龍橋載詠　航海題襟

凡二十七人

凡二十七人

鷗濤散人　旗亭漁隱

山陰逸叟　柳丹生　畫圖道者　長嘯客　朱谷樵

竹　逸　泉谿漁叟　松巖畫史　樊　巷　蕭　石

鶴壽生　鶴北樵　烟水客　天谷子　小林道

鷗　友　漁　樵　湖石翁　華　蕃　疲游翁

問字生　研谿生　蓴鄉散人　葉天翁　瑟　懸

國朝杭郡詩輯卷二十九　錢唐吳顥原本　孫振棫重編

閉戶先生

退菴氏曰夏基西湖覽勝詩選有無名氏詩一卷計二十四人蓋月泉吟社之流也雖無姓氏籍貫可稽而蹤跡皆在吾郡因依夏氏本錄之以俟詳考

夏基曰先生以詩畫見志有來請者薄取其値以給衣食外此無營也嘗著賣畫文其詞云浪跡吳山埋名市肆時遭淪落暫依硯墨爲緣心厭奔馳閒用顛迂作癖詩歌傳絕取之生平富貴功名聽之造物故唐子畏云閒來寫幅丹青賣不使人間造孽錢惟予亦云貧向人前難一語不如筆底日逢春

閒居

閉戶先生者家居野水限牆頭幾竿竹牕外數枝梅倦寄華山枕狂揮栗里杯文成增鶴嘆一笑謝時媒

應客

客叩先生戶門拖薜荔裳烟霞成痼疾泉石入膏肓才大歸

烏有詩工樂醉鄉此衷殊不解皓首一茅堂

河渚生

夏基曰河渚生高尚不仕以詩酒自娛別號石齒先生以石有齒不談時事

與蒐友

身經寒熱識人情一枕奇書秘論衡世上遭逢難與語花前對飲好飛觥蒺藜斬盡舒蘭氣雞鶩驅開放鶴行稽古不知年已耄空教俗子笑桓榮

花閒散人

夏基曰花閒散人喜蒔花有花封集冬夏園花不絕取以自娛隱河渚閒養魚以給衣食

寄某隱居

偶爲貪閒日在家浮雲謝盡臥烟霞竹籬茅舍重重樹敗堵荒園處處花卻客已辭聲剝啄關門惟任鳥喧嘩滿庭新綠

無人到埽徑期君來煑茶

靠天翁

夏基曰明末有一士隱西泠面湖負山搆數椽其閒舟楫可至其門自稱曰靠天居士郎顏其廬曰靠天居靠天無他長十畝閒閒取以自給客有過者與談合輒置酒樂之人有問其蒔者靠天以實告曰世閒有㸐人無㸐地汝知之乎吾園負山而居前後種竹數畝桃梅杏李梨栗橘柚之類閒多植之三年成林四年落實又有池一泓面湖通流經歲不竭魚菱芡蕅之類畜焉傍池隙地則雜種桑苧杞菊取水以灌諸植漸蘩吾無事矣六年之後隨取以給衣食凡吾所爲如是而已客唯唯退

問天行

天意悠悠何不決生人或寒時或熱世閒運數不長齊富貴盈餘貧者缺我亦隨天降數來病眼睜睜能自別白玉青蠅溷世塗自顧不淄仍不涅踽踽涼涼狂者徒不解爲忠復爲節幸無榮祿負世尊蘊結文章一腔血蕭曹房杜讓昔人嚴

光周黨堪怡悅有命無才遂顯名有才無命惟藏拙紙牕竹屋草堂成身隱心閒世緣絕

墨憨

夏基曰墨憨藏書畫數百種皆宋元人舊蹟有來請者以高價售之得價以享同志嘗自題其閣曰影閣取與古人形影相親之意又題其廬曰非廬以其非猶人之廬也終老湖上足不入城人稱曰憨隱

題非廬

吾生無賸物坐覺興偏孤兒輩腸多滑老夫性愈迂漫將高士畫澹酌美人壺興至橫吹笛忘機得自娛

梟友又號頑夫

夏基曰鶴亭在孤山之北隱君子集焉皆以捕魚爲業梟翁置舟湖閒命僕數人捕魚以給時于花朝月夕置酒邀朋尋詩于錦塘斷橋之閒又或汎舟湖心亭坐望嘆曰此吾家莊也以視綠野平泉何多讓焉自著有鴻冥集

孤山卽事

自號頑夫只是頑日邀頑伴看青山客來有意尋梟社不在山頭卽水灣

梟社漁樵大隱淪日因山水道相親閒來貰酒林皐坐自擬身爲懷葛民

泊菴 按雲蘐齋詩話夏基號泊菴豈兩人同一號耶疑卽基也

夏基曰泊菴居湖上結茅爲宇汎一舟山水閒吟詩自樂嘗題其舟曰畫舫自爲銘云學不在經一藝可名勤不在田一硯可耕舟名畫舫取適吾情竹風當戶使花氣入簾清詩徭不漏細酒役不藏丁可以游石伍汎南屏訪鍊丹之仙客交放鶴之先生山邊餐秀閣水上望湖亭仁樂知樂兩得之矣

舫中玩月

年矢催人暗白頭挑燈閒咏夜牕幽坐看皓月流山外臥聽莎雞出柳洲與俗難爭誰是虎忘機獨羨我同鷗平泉綠野

何須問一艇橫撐任釣游

漱石翁

夏基曰漱石翁居笤箕泉聞清泉白石環列其門有語世中事者翁不荅或不察其意娓娓以世事言之翁拂然取石與水使滌其口課子以種花與竹爲藝有漱石詩百首以河渚生爲師

讀石齒集

空山抱岑寂所處惟巖石虛室靜且幽花飛落檐席雖無友共談有酒歡晨夕倦來臥東軒終夜長憤激依人良苦辛白酒無由得直道信難行吞聲寧處嘿

讀林詩

人生不得志慨慷塡胸懷況直賤且貧抑鬱烏能排妻孥笑我迂處室長多乖所以林老翁日與梅鶴偕彼物雖無知可以忘形骸

薛菴

夏基曰：薛菴介性自厲，義不近俗，隱湖上，種薑桂爲樂。有薛菴草四卷。

說劍

說劍雄風破曉嵐，不論山北與山南。于今甜軟都成俗，誰向林閒問薛菴。

渡船翁

夏基曰：渡船翁不知何處人，日撐小舶湖上，以渡人爲業。遇風雨常不出，飲酒賦詩，竟日忘疲，膂自號散翁。有星巖月榭詩集六卷。

湖上春興

一舟搖曳趁時光，盡日蘇隄獨舉觴。蝶賣嬌姿穿柳眼，鶯翻新雨助花妝。畫船檀板催人醉，紫陌游韁引興長。祇爲好春拋未得，此身不覺老錢唐。

焦梧生

夏基曰焦梧生隱湖上以詩文自命善鼓琴人有學者取其資自給有半焦集問世

題醉夢閒

人情爭穎我爭癡除卻彈琴即賦詩一曲無傳悲叔夜三生有幸樂榮期影孤惟取形相荅夢醒方知覺又非一任閒心成狡獪先生動喜與天隨

龍井山樵

夏基曰山樵隱龍井山以樵采自給每所樵處必記一詩以斧斤鑿石名重一時人終莫能得其隱處

龍井對客吟

飲不盡龍泓水樵不盡大滌山終年無客長閉關終日忘機心自閒老去求名恐不顯置身邱壑多開顏孟嘗平原今已矣囊錐彈鋏何其難雞鶩爭鳴非我願山鷗野鶴相迴環寄

語人閒輕薄子何須舌上生波瀾與君一飲復一酌結伴來樵山水閒

烟水客

夏基曰烟水客在西泠之湄葛嶺之間家置舟十數以賣渡爲業有賃舟者薄取以償居酤不務耕織以詩酒自娛別號十舟居士與東籬子爲友有烟水集

湖上卽事

白鷗棲處是吾鄉不用良田在舍傍烟水茫茫山萬壘徵輸可避里胥殃

輕舠牢繫野湖邊獨臥蔾牀且熟眠世上炎涼休去問翛然柳下渡窮年

天容子

夏基曰天容子隱湖上以讀書自樂題其齋曰靜寄軒家藏逸書數百種課徒爲業著天容子集十卷

示內

朝餐欣一飽兀坐理殘編獨立能忘世謀生不在田林舒憨

鹿迹沙遠嬾鷗眠誰謂梁鴻志名非德曜傳

小林逋

夏基日西溪隱叟家種梅花千樹自號曰小林逋其兄處城東隅種菊百種自號曰小淵明又號曰東籬遺老皆今時隱君子也有花閒續集四卷

坐雪輸樓示泡影和尚

一庭白月浸梅花兀坐撩人致可誇佳句欲成時貰酒高僧

忽過且烹茶凭闌曲盡寒娥態繞屋慙非處士家擊唾不談

當世事恐妨石上影橫斜

靜聽風聲入古梅巡檐坐望且銜杯松牕落影成珠箔竹徑

飛花點玉臺香引鐵心成豔賦韻疑仙子謫凡胎孤山道士

袁豐宅與我相親不用媒

竹逸

夏基曰逸翁隱法華山往來湖上家植竹十畝結廬其中題曰竹隱近山臨池構屋三開題曰引逸軒又曰集賢閣蓋取竹溪六逸竹林七賢之義也有忘暑集二卷

引逸軒

幽心一片託空虛瀟灑清風任自如不敢妄招塵俗累祇因曾見古人書

心菴嬾叟

夏基曰嬾叟隱湖上自號曰心菴與天容子爲友共泛一舟尋詩有所得輒書置小奚囊時人謂爲肥遯云

心菴閒詠

習隱終年老此山深林矮屋自閑閑宜休嬾出長辭世知足圖全但閉關醒眼已空塵界累虛心直破野僧慳一菴獨寄

湖山外鷗鷺無心可往還

松牕畫史

夏基曰野史性耽幽僻以書畫爲樂嘗與人約曰我輩生長西湖猶置身天壑山可以不買水可以從心挈友同游泛扁舟之一葉及時行樂選勝事以無窮亭梅皆會心之資隄柳盡撩情之地整壺觴以共酌載筆硯以先登辜無曠舉與不違時其高致如此

游藝園

家住西湖賸水東非漁非獵又非農屠沽市上無相識幸賴丹青換酒醲

不曳長裾不折腰門無車馬自蕭蕭祇緣無術迎卿相漫寫雲山作酒招

甓菴

自贈

老去求名覺我迂干時不肯類穿窬堂無畏壘偏生畏谷少愚公亦類愚古道照人書幾卷蓬門傲俗竹千株藜牀皁帽吾堪老豈必遼東有大儒

藤石

貽雲源處士

已知人境滑自得性情孤象簡難迴嬾黃金不賣迂花騫雲作幕松合月爲圖與古歡晨夕長歌酒在壺

除書幸不到終歲此林泉草勁猶蘭省花稠卽木天鵷班淥上見鵠紐樹中懸人羨承明貴吾夸處士賢

山澤臞叟

予家深山一溪橫繞致足樂也人呼我曰臞我卽應之日臞因成一律

縱有高齋客不游溪邊獨結小書樓家徒四壁懷偏壯賦薄千金價自優嘉遯非緣葵藿瘦樂飢嬾向友朋謀淩雲豈若耡雲客草就還教猿鶴留

拙存生

夏基曰拙存子傳稱家在天都白嶽間以拙自守署其扁曰拙存齋葢取杜老用拙存吾道之義也聯日世事有如蕉鹿夢何須著意機關人生只合淵鷗盟正好放懷詩酒

用拙齋自題

窮年寂守嬾難除賴有禽魚恕拙疏幾卷蒙莊消白晝數株修竹掩吾廬名高但恐爲人誤才大終當屬子虛容膝蓬牕吾已足何夸夏屋咏渠渠

藝圃遺老

夏基曰藝圃遺老藏書畫甚富潛處一室署日蝸牛廬郎稱蝸牛道士自以書畫名世

游藝園閒詠

閒居空外累獨坐即謀篇磊落成詞客疎慵入畫禪竹深禽適意山靜鹿忘年撥悶惟耽酒臨風一灑然

畫舫即事

謀生非有意嘯詠味無窮習隱名先遯逃禪念已空已知山水樂漸得畫圖工何處能容嬾逍遥硯墨中

長嘯客

夏基日長嘯客隱烟霞山耕雲鉏雨每于春夏之際過玉岑山坐箕泉上劃然長嘯人皆目之爲狂

山樓雜咏

生耽詩酒性情孤李白襟懷賀監徒少喜疏狂晚更甚淹留不覺老西湖

百衲荷衣百煉身幾竿修竹結爲鄰清風四壁皆塵土自信

胸無半點塵

一壺清茗一鑪香滌盡人間豔熱腸磊落自應爲世棄時窮不必怨文章

導虛守寂樂天眞好隱貪幽慕逸民前世葛洪應是友再來君復又爲鄰

失名稿　按此及龍橋載詠航海題襟不必定是杭郡人作因舊本所輯仍附錄焉 退菴氏曰二兒聞世于旅館得詩稿一本約詩二百餘首不著姓名詩中所酬荅皆 國初名家葢順治時人也

贈陸履貞

最愛翩翩陸士衡未須入洛早知名縱橫健筆追先輩磊落高懷畏後生自有古人堪共對豈無知己莫尋盟不禁雁陣分羣去一片寒江秋月清

與某夜話

飄零同是他鄉客門下羞歌劍鋏長五夜鐘鳴寒北斗一杯酒盡熱中腸浮名未足論千古敝褐何當走四方知已那堪離別意他年湖曲問耕桑

秋夜聞笛

短笛橫吹天一隅最宜秋夜月輪孤未知何處邀桓子恨不相逢問綠珠三弄梅花聲調冷千行斑竹淚痕枯南來鳴雁如相和爲報知音近日無

和湯西厓壁間韻

西厓北闈不第予亦以被放遠征感而有和

記得君行折柳時我來春色又差池江南江北誰青眼壁上空題黃絹詞

龍橋載詠

退菴氏曰詩百數十首記年爲戊申己酉庚戌似雍正年閒寒士困于場屋旅館所成龍橋亦未詳其地

孟春泛舟西湖分韻

初春湖上凍方融買放蘭橈旭日紅隄柳含金鶯在谷亭梅舒玉鶴摩空舟如貫月行天上人似登瀛入畫中到處句留先此日豔陽樂事盡人同

初夏

琴書慵整日初長病裏情懷百事妨風逗落花迷小徑雨添新草遍園牆形骸累我閒情少世味從人薄俗狂安得北窗高臥穩清風一枕傲羲皇

春富菴感舊

十年前事讀書樓院宇荒涼殿不修說法遠公何處去聞鐘

王播又重游頭顱自恨猶如故壯志誰憐尚未酬題壁願教勤拂拭塵蹤須爲碧紗罨

客中寒食用楊孟載韻

浮生又見柳垂檐佳景那如倒蔗甜酒量病餘仍不減春衣暖動可無添兒童鬬草牽襟角婦女尋花溼履尖時序暗隨風信轉星星莫禁點鬚髯

羽扇

篦開雉尾會成對扇製鵞翎定得雙掠羽未將秋色到梳風先教暑威降指揮藉爾成全蜀手畫憑伊涉大江一握莫嫌輕羽質使君高枕臥南牕

航海題襟

退菴氏自鈔本一冊詩三十餘首於廢紙中檢得前有小引云甲寅冬十月余自綏安調任璜溪偕友人及次

予傑雜處一舟其艙中正位設龕奉天后龕前不盈丈爲會食地其兩耳類號舍供棲息者土名貓雜一堵兩層毘連五六閒其大僅容一人人影則並域而居摩肩捉足而已挂席參差同行二舟已前發余舟爲石尤所侮其閒波濤之險艱處之困殆難名狀所幸諸同人亦頗達觀相與賦詩唱和島嶼之縈洄風雲之變態駭浪奔騰怵心劌目悉收之奚囊

敗格矣磧溪今彰化縣也

料羅守風

幾度衝濤已望洋山隈旋復檥舟藏瀾狂戲楫如吞吐風勁欺篷任簸揚已信黃粱成噩夢强將紅友潤枯腸繩牀臥久積唐甚何日東寧一葦杭

述海六首 錄一

千尋惟見浪排空畔岸茫乎不可窮潛伏魚龍資窟宅朝宗江漢滙鴻濛化成鵬翼風斯下網得珊瑚水亦紅擬學成連慚未至刺船今已一皤翁

守風兩旬舟中燭米俱盡驚濤不息

航海忘賚三月糧又慚袁石少仙方土瓜充膳難夸美海水烹茶盡減香蠟燭燼餘同珙璧燒春滴盡勝瓊漿萬緣屏絶驚濤裏卻笑枯僧尚未嘗

廿四日夜自料羅挂帆次日午後巳抵澎湖

兼旬雌伏養南圖忽得雄風賈勇呼一枕午眠猶未熟舟人巳報抵澎湖

國朝杭郡詩輯卷二十九終　錢塘吳慶坻校字

國朝杭郡詩輯

卷三十 卷三十一 卷三十二全

十二冊

國朝杭郡詩輯卷三十目閨秀

顧若璞　陸瑤英　鍾韞　徐燦　李因

陳皖永　卓璨　黃埈　徐德音　王芬從

葛宜　黃珮　潘楚碧　柴靜儀　徐義娥

毛媞　邵鼐　馮嫺　林以寧　顧姒

錢鳳綸　姚令則　王元禮　沈詠南　邵斯貞

張昊　張昂　裘容貞　楊守閑　郭蕙

顧啓坤　俞韜玉　李如秀　朱柔則　顧瑤華

蘇蘩　宋氏　楊守範　陸若松　許學蘊

閔懷英　杭澄　吳瑛　梁瑛　曹慰我

王氏　勞純一　戴韞玉　袁機　袁杼

袁棠　袁杰　柴源　周志蕙　陳蘩沼

孫又青　陳絢　陳素　陳長生　韓鸞儀
韓鳳儀　蔡桓　許元湆　查蓀　汪汝瀾
吳淑　徐爾芳　褚貞　陳瓊茝　陳瓊圃
孫文嫺　錢德麟　王端淑　黃媛介　吳山
卞玨　彭琬　彭炎　丁瑜　堵霞
徐映玉　薛貞瑛　吳朏　夏惠姞　湯淑英
朱中湄　陳坤維　亡名氏

凡八十八人

國朝杭郡詩輯卷三十

錢唐吳顥原本孫振棫重編

顧若璞字和知錢唐人明上林丞友白女參議黃汝亨子婦副榜茂梧室有臥月軒稿又曰嘯餘吟稿

退菴氏曰閨秀之作本應降格求之不得過爲繩檢至於韶霜茹蘗皆當表其貞操縱聲律未工亦藉以存其姓氏若妙齡夭折更屬可悲雖或未可言詩實有所不忍刪也其寄寓諸人及名籍未詳者附載于後

顧氏自滄江西嚴悅菴友白四世皆有文名夫人以不櫛之賢纘其家業歸黃東生東生善病結褵之後強半與藥爐爲伍歷二十三年而寡年甫二十八支持門戶拮据卒瘏而教其二孤燦煒自小學至古文詞皆口授手畫卒底于成其諸孫亦能詩一日雪中孫啓圻斐然有作次孫啓均啓埏啓疆奮筆繼和已而壉埃垣三女孫袖中簌簌有聲夫人索視之亦各成一篇笑曰幼女童孫皆知好學可藉手報地下矣歿時年九十餘所居臥月軒在湖墅半道紅世所稱黃佛兒家是也武林才媛視夫人稍前者有田玉燕玉樹樓遺草虞淨芳鏡園遺詠又如張瓊如之書梁孟昭之畫張姒音之詩文皆足垂豔流芬而已鮮有知其姓氏者因附記于此

夫人長子璨娶丁氏名玉如字連璧仁和人甚賢孝能詩夫人所撰壙志載其故有柔腸不怨君一語惜未見

全什

脩讀書船

秋日爲燦兒脩讀書船泊斷橋合歡樹下雨山峭蒨空水澄鮮斷燒留青亂烟籠翠與波上下儵有儵無忽焉晴光爽氣激射於叢雲堆黛之中令人心曠神怡不復知有人間世矣覽物興思爲詩以戒

聞道和熊阿母賢翻來選勝斷橋邊亭亭古樹流疎月漾漾輕鳧泛碧烟且自獨居揚子宅任他遙指米家船高風還憶浮梅檻短燭長吟理舊氊

宮詞

垂楊千條拂御墀涼風初到影娥池銀箏玉笛花前奏不唱班姬團扇詞

宮女承宣挾玉丸殘妝繡袴跨雕鞍御階不肯揚鞭過生怕君王笑眼看

湖中

湖光渺渺泠烟微汀鷺沙鴛佇不飛却欲抱琴輕別去芰荷分綠上羅衣

陸瑤英仁和人明吉水知縣運昌女諸生湯頤和室

夫人爲夢鶴先生女麗京梯霞姊妹行也性喜習書工詩詞嘗擬古奏薄命篇詞多辛切卒年二十四子二長仕曾諸生次郎西厓少宰也

江樓憶父

桂蕊飄香入翠樓凝眸江上望扁舟千家砧杵增腸斷一夜松濤動客愁尺素有懷憑過雁遐征無計問沙鷗天涯知共今宵月寂寂椿陰枕簟秋

又逢

又逢今日養花天何事憑欄思渺然切切鳥因歸去語芊芊草似伴愁眠江烟江月知何夕春雨春風不計年莫道金閨徒有淚心期早寄白雲邊

鍾韞字眉令仁和人海寧查遺室編脩慎行母有梅花園稿一卷

眉令爲前明名臣忠惠公女孫工詩及長短句有女兄字山容女弟字眉士鍼綖餘閒互相倡和曾有長繡樓詩集若干卷後與逸遠先生倡隨偕老仿彿鹿門之風疾亟時自以風雅流傳非女士所尚悉焚棄之初白老人就所默識者追錄六十餘首題曰梅花園存稿然無印本近時吳兔牀刊海昌閨媛詩始付剞劂

重過方氏山居

西溪山下路茅屋俯溪流又是經年別重來此地游名花多映檻脩竹半遮樓未識人間事耕桑已白頭

示兩兒讀書吳山

喪亂還家後，周旋只兩兒。苦辛都爲汝，貧賤且從師。愼勿趨時好，何須戀舊茨。晨昏原細故，努力慰衰遲。

秋夜獨坐懷夫子久客湖山

夜寒添半臂，秋氣透牕紗。孤榻齋中影，殘燈夢後花。授衣時已晚，望遠路偏賖。卻怪天涯客，經秋不憶家。

寄逸遠金陵

平原叢草竟何之，早夜能無聽子規。野水自添桃葉渡，東風重寄竹枝詞。人閒騏驥誰能識，天上星辰暗自移。建業朱張今在否，鹿門歸計好棲遲。

得逸遠京口信

長風遠去好乘槎，短札遥傳記歲華。屋裏寒梅三百樹，年年

偏看容中花

徐燦字明霞號湘蘋江蘇吳縣人光祿丞子懋女大學士海寧陳之遴繼室封一品夫人別裁集作字明深杭州人

夫人幼穎敏善讀書父光祿公鍾愛特甚時素菴相國方舉孝廉妻沈卽世因委禽焉相國之謫同徙遼左七年相國歿諸子相繼摧折康熙十年聖駕謁陵夫人跪迎道左引咎陳情疏請先臣歸骨遂荷賜環布衣練裳長齋繡佛更號紫管氏卜居小桐溪之上士人稱閣老廳後燬于火惟所謂南樓者巋然尚存而已工詩尤善爲長短句以燕京元夜詞著稱于時素菴居政府時手爲編輯爲拙政園詩餘善畫宮妝美人筆法古秀衣紋如蓴葉間亦點染作花草尤善畫水墨大士先後寫大士像五千四十有八以祈母壽生四子堅永容永奮永堪永堪永鵬查氏女文琳未室而卒文琳守貞終其身焉

送方太夫人西還

舊遊京國久相親三載同淹紫塞塵玉佩忽攜春色至蘭燈重映歲華新多經坎坷增交誼遂判雲龍斷宿因料得魚軒

回首處沙場猶有未歸人

秋日漫興

帝苑芳春鳳吹諧看花會遍洛陽街行吟緩控青絲轡擊節頻抽白玉釵共挽鹿車歸舊隱幾浮漁艇散秋懷霜風埽盡烟霞況愁見龍城葉滿階

李因字今是又字今生號是菴又號龕山逸史會稽人一作錢唐人海寧光祿卿葛徵奇側室有竹笑軒集

是菴性敏慧畫法白陽山人嘗刻沈香爲像以奉之洒然落筆則花竹之天斜禽鳥之飛躍高淡生動淨洗鉛粉妍媚之習又善爲有韻語顧人未有知者介龕葛公見所作梅詩有一枝留待晚春開之句遂幣聘焉從介龕宦游十餘年每過水木明瑟風日清美是菴輒濡墨作畫畫成介龕加以題識用芥菴二字私印鈐之鬮韻賭詩以爲笑樂會舟過宿州遇譁卒之變矢石雨集是菴以身蔽介龕叢矢創胷且貫其掌無何介龕死國難傫然稱未亡人雪操冰襟四十年如一日朱嘉徵序其詩以爲沈鬱抗壯過于烈丈夫有由然矣

秋暮書懷

時序催黃葉排空雁字橫獨愁增白髮多病怯秋聲老愧黔驢技多慚刻鵠評人情深可畏搔首嘆餘生

郊居用松陵集韻

避世牆東住牽船岸上居雨分三徑竹晴曝一牀書上坂驅黃犢臨淵羨白魚衡門榛草遍長者莫停車

臘日

閉門不知臘春信報梅花浮世如朝菌流光促歲華雲寒低落日風急亂歸鴉坐覺萬緣寂滿天星斗斜

秋江晚泊和豫章李夫人韻

石尤風急泊沙灣日落寒江鷗鷺閒秋水空明千里月荒烟暝鎖萬重山樵歌野唱猶行路僧寺殘鐘獨掩關潦倒篷牕

愁客夢漫披詩史手重刪

春日家祿勳南歸

欲賦高車過門前到者稀楊花銜幙入猶落故人衣

自家祿勳逝後余獨居竹笑軒手植梅花到今又數壽矣昔人有云白楊作樹紅粉成灰樹猶如此人何以堪撫景淒然偶占短句

曾詠梅花待晚春泉臺應念未亡人再生恐是非非想願化花魂作後身

白髮蓬鬆强自支挑燈獨坐苦吟詩此愁漫爲梅花道腸斷黃昏風雨時

陳皖永字倫光海寧人大學士之遴從女尚書鼓永妹侍郎楊雍建子婦副榜愼言室有素賞樓詩稿

倫光歸語可時兩家功名方鼎盛其後語可病歿司馬公亦謝世長子湋玉次子雅度相繼摧折綢繆風雨拮据捋荼有單門窮窶所未嘗者既遘閔凶遂捐筆墨晚年季子開緒與同社有咏菊之作因爲七律十六章以寄愁抱一時名流皆爲閣筆

三婦豔

大婦理琴瑟中婦抱衾裯小婦獨無事笑語戲阿侯良人宜飲酒明月照高樓

白鼻騧

誰家白鼻騧嘶過垂楊陌金絡錦障泥相逢不相識

林烈婦輓詩 有序

婦曾氏夫亡許以身殉家人阻之聞於縣令縣令委曲喻以舅在宜養乃不死後三年舅歿喪葬畢遂絶粒十四日而卒

盡瘁十年婦未亡三載人倡隨原誓死侍養暫留身殉節方完節求仁已得仁九原含笑去無淚更沾巾

小牕

小牕宜靜坐竟日不開簾破悶書千卷同愁鏡一奩硯留雲氣潤眉記月痕纖荏苒年光度催人鬢雪添

謁于忠肅公墓

北狩蒙塵執野驚樞機重望倚長城千金輕試垂堂險一木堅支大廈傾社稷有靈新帝業山河無恙舊神京任教罪我還知我青史千秋有定評

烈女孫秀姑詩有序

烈女浙之錢唐人幼歸楊文龍爲待年婦鄰有閻士積瞰其貌有鑽踰之謀烈女恐甚調鹽水中飲之而死撫

軍題旌置士積于法

不共春風桃李場蘭馨幽谷隕秋霜紅顏翻作生前累白骨空留死後香四海文章梨棗貴千秋俎豆藻蘋芳人逢　聖世皆麟鳳委巷閭娃也異常

落花

困倚春風悄悄憂杜鵑聲裏若爲留別離南浦飄紅淚訣絶東君賦白頭處仲遣姬開後閤季倫看妾墮危樓莫誇三月花如錦無此繁華無此愁

愁

萬緒纏緜境不同心傷眉鎖淚痕紅難抛夜雨孤燈下又入秋霜明鏡中酒力逢君難克敵詩才藉爾易爲工人間何處堪相送牛背斜吹一笛風

卽事

風風雨雨正愁人桃李無言柳效顰簾外落花飛不去多情蛛網解留春

伏中風雨不寐

簟紋如水帳如烟暑似涼秋夜似年好夢不來愁不去聽風聽雨幾曾眠

卓璨字文瑛仁和人舉人麟異女海寧監生陳奕昌室有俯滄樓集二卷

文瑛唐棲里人生而明慧好讀書年十八歸陳子棨奕昌子棨本岱青司李殿桂子爲世父之杰後後所生母沈慮子棨幼善病憐而育于所居之南宅未幾司李殁嶺表子棨奔父喪歸值沈病劇手租冊授文瑛文瑛曰爲人後而可受本生產乎見四世數棺縱橫敗屋中泣語子棨急葬之所著尚有詞滙行世

新秋坐月

清光斜照碧牕幽夜色堪憐最是秋侍婢尚牽金井水玉盤涼浸小茶甌

黃埈仁和人諸生韞煒女陸鈁聘室

埈爲顧和知夫人女孫生有慧根十四五時卽精虔梵唄見世閒歡喜恩愛事輒曰此熱惱場苦海輪回何時得巳及笄而病聞陸氏來委禽病遂篤力求出家受戒于雲棲僧大璸命名智生甫披剃而卽逝生崇禎乙亥卒順治癸巳年十有九大璸爲葬其髮于雲棲建塔焉詳見大璸所撰武林黃氏童女智生髮塔記大璸者和知夫人之弟顧若羣也

菊花

簾幙暗生香秋花冷豔妝不隨衰草萎獨立傲清霜

宮詞

長信宮中侍宴來玉顏偏映夜光杯銀箏彈罷霓裳曲又報西宮侍女催

徐德音字淑則錢唐人漕運總督旭齡女中書許迎年室同知佩璜母有淥淨軒詩集

淥淨幼時嘗餙男子裝對客衣上墨瀋斑駁清獻公絕愛憐之且謂生男如是當不誤改金根迨喪所天復罹火患能艱苦持家誨勉孤稚以有成立藎貞而能賢咏絮其餘事耳林亞清倡蕉園吟社時淥淨未與閱十餘年相遇京華亞清曰得子之詩正復後來居上

白紵歌

羲和六轡回蒼龍長紅小白紛作叢纖枝綽約隨流風翩翩冶態如驚鴻一寸眉峯暈春碧酒潮欲上蓮腮赤熱心擬化百枝燈長倚君王照瑤席

題大癡老人山水圖

昕夕畫水兼畫山淋漓元氣在筆端此圖神妙信傑作誰歟抗手惟荆關連雲欲接富春嶺鼓櫂直溯桐君灘晚飯雕胡

然楚竹路轉山腰見茅屋日冠山衣爾何人想見土風尚湻
樸自笑頻年車歷鹿子舍棲遲就微祿吾家舊在湖山澳別
來幾度春山綠曷不言歸種杞菊晴牕展畫三摩挲移情如
奏成連曲

題投筆圖

豈薄雕蟲技翻思汗馬功生當封定遠夢合笑文通　聖代
烽烟靜儒生意氣雄百年同一擲感慨畫圖中

養疴雜詠

盡日鉤簾坐風光亦復佳鳥棲雲護竹人靜月橫階對酒忘
羇旅繙書遣老懷時時學吳詠自擊隱居釵

三月望日樓居火後示大兒佩璜

高樓一炬委荒蕪補屋何從更賣珠釀酒已無田種秫打門

猶有吏催租晝操薪桂慵拈筆夜對釭花學辟纑盡付鬱攸無長物舟居陸處總艱虞

荅陳竹町

曾課嵇男仕歲餘簡編勤誦髮慵梳偶緣紅藥爲佳壻更戀蘋花卻聘書老去稻粱謀野鶴才高滄海掣鯨魚華亭同媿霑塵士願借春風一埽除

出都留別林亞清夫人

前身風格是林逋築室仍依西子湖班左妍詞才獨妙郝鍾懿範世應無埽除鉛粉留眞韻點染溪山入畫圖卻憶當年同里閈相尋翻似隔蓬壺

元冥飛霰歲將終去住無端任轉蓬未易相逢輕作別預思後會倘能同驚飈眯目邊沙白衰草黏天獵火紅長路關山

如見憶詩篇莫惜寄郵筒

出塞

六奇枉說漢謀臣後此和戎是婦人能使邊庭無牧馬蛾眉也合畫麒麟

王芬從餘杭人戸部侍郎嚴沆室

侍郎伉儷有贈荅詩什并尺牘十紙合裝爲一冊朱朗齋嘗見之載碧溪詩話中有脩玉臺詩史者當亟錄之以踵秦徐淸韻

和子餐寄懷韻

吟成紅豆已兼旬嬾把綢繆問束薪耐可有情長夜月生憎無賴等閒人千般鳥語須知幻滿徑花香不是眞珍重萱園窺得未休教容易過三春

葛宜字南有海寧人朱爾邁室有玉牕遺稿一卷

南有書畫算弈無不精妙兼通西法能以儀器測星象八歲時其繼母曹挈之觀潮龍王祠日觀山人時年十有一亦隨其母繼至兩母歡愛倍常並有佳兒佳婦之目遂締姻好旣婚以明淑稱後一指爲蛇齧有以草汁療者蛇毒解而疢厥之疾作侵尋數年而疾益甚一夕夢中得蕭蕭木葉送殘秋句識爲不祥未幾下世

送日觀遊蜀

蠶叢天地險劍閣古今愁揮手自茲別難爲芳草秋猿啼三峽樹月挂九江流不盡憑高目西風獨倚樓

雨泊皐亭山

雨色分高岸皐亭作客年宿雲封野店微火辨漁船對酒山長暝題詩人未眠空嗟前路遠處處接風烟

黃珮字冰芳錢唐人陳寶維室

冰芳精尺素工爲小楷饒有骨力

重陽寄懷寶維

重陽自是最良辰滿徑黃花欲醉人懶向籬前還獨坐把杯時復憶陳遵

秋海棠

參差媚影倚東牆花比人顏誰更芳深夜月明秋色靜輸他清露洗紅妝

潘楚碧字湘文仁和人湘山知縣顧瞿父室

寄門人錢雲儀郎用來韻

雞鳴風雨好相依共惜庭前花影微一自河橋千里別幾番魂夢暫時歸春禽著意來書幌夜月懷人到竹扉惟爾新詩能寄遠開緘不異覿清暉

柴靜儀字季嫻仁和人孝廉世堯女廣文沈鏐室有凝香室詩鈔北堂集

父雲倩工琴嘗以一琴名老龍吟者賜季嫺教以撥指揮弦之法因手錄琴譜而雲倩爲之序季嫺工書畫爲用濟在泚兩別駕之母子婦朱柔則又以能詩名風雅一門藝林佳話是時武林風俗繁侈值春和景明畫船繡幕交映湖漘爭飾明璫翠羽珠髻蟬縠以相夸炫季嫺獨漾小艇偕馮又令錢雲儀林亞淸顧啓姬諸大家練帬椎髻授管分箋鄰舟游女望見輒俯首徘徊自媿弗及

與冢婦朱柔則

深閨白日靜薰香垂羅幬病起罷膏沐淡若明河秋自汝入家門操作苦不休蘋藻旣鮮潔牖戶還綢繆丈夫志四方錢刀非所求惜哉時未遇林下聊優游相對理琴瑟逸響隨風流潛龍愼勿用牝雞乃貽羞寄言閨中子柔順其無憂

子用濟有遠行詩以貽之

吾子廉吏孫讀書昧生理三十未成名徒然懷鄉里外侮旋復來內憂方未已忽然遠行役披衣中夜起明星光在天河

流正瀰瀰行雲有返期游子靡所止攬涕下高堂長途從此始

野雀從南來翩翩思擇木感此主人賢飛鳴集其屋才地非獨優處卑願亦足矧有嘉樹林朝昏託栖宿鷹鸇過莫窺罻羅無由觸哀彼黃鳥詩長謠念邦族

勖用濟

君不見侯家夜夜朱筵開殘盃冷炙誰憐才長安三上不得意蓬頭蘩面仍歸來嗚呼世情日千變駕車食肉人爭羨讀書彈琴聊自娛古來哲士能貧賤

與顧啓姬

美人家住西湖湄芙蓉千葉含露垂想像芳姿邈難卽令人長歎中心悲安得移居作鄰里與爾旦暮長相隨長相隨遠

離別忽得錦箋長一尺不數郢人歌白雪多君一片心兩地相思深牀上古琴閒不理往往風雨作龍吟秋來釀得黄花酒開尊獨飲不甘口况復淒其對衰桺欲邀知己共論文香車肯過蓬門否

長信宫

玉臺妝罷無人見傷心空自悲團扇秋草徧生長信宫春風只在昭陽殿殿裏君王酒半醺嬌歌雅舞爭紛紛三千寶帳飄香麝十二長帬散彩雲衆中别有人如玉新妝豔豔嬌紅燭不許寒烏帶月啼恐驚春燕銜花宿誰憐長夜夢難成忽度流鶯似有情片月高高挂天漢千秋應照妾心明

秋分日憶子用濟

遇節思吾子吟詩對夕曛燕將明日去秋向此時分逆旅空

彈鋏生涯只賣文歸帆宜早挂莫待雪紛紛

東園

卷幔憐春色披衣畏曉寒葉稀將補竹花密欲分蘭圃近求蔬易村遥得酒難無人抱幽興來此看林巒

示婦朱柔則

偶來香閣裏看爾試新妝雲髻偏宜小春衫不用長病猶勤組繡貧不廢詞章尤喜能操作依依井臼旁

送顧啓姬北上

一片桃花水盈盈送客舟春來萬楊柳葉葉是離愁顧我窮途者逢君意氣投烟虹時染翰風月幾登樓只合薰香坐誰堪鼓枻游燕臺一回首雲白古杭州

過願圃同馮又令錢雲儀顧啓姬林亞清作

雕闌畫閣倚層空翠樹紅霞入望中照水雙雙看舞鶴銜蘆一一數歸鴻簾前夜映梅花月筆底春生柳絮風相過名園誇勝景清光喜與玉人同

諸子問詩法口占 二首錄一

四傑新吟開正始高岑諸子各稱能英華斂盡歸眞樸太白還應讓少陵

徐義娥仁和人

爲姪婦毛安芳四十

椒酒新盛琥珀光幾行歌舞在華堂綠池春暖欣魚出翠幰風和見鶴翔映座喬松還獻壽遶亭玉樹漸生香詩篇靜好人人誦倡和樓頭下鳳凰

毛媞字安芳錢唐人先舒女徐鄴室詩與鄴合刻爲靜好

集

安芳十餘歲卽從父稚黃先生問詩先生麾之曰此非汝事退則竊取古人詩集觀之遂有所得年十六歸于徐華徵甫七載而舅世臣先生棄家爲僧華徵復時時游周晉燕魯閒感時物之變衰輒斐然有作年近四十無子一日花下讀集小姑摘宜男草奉之曰嫂盍咏此以迎祥乎荅曰詩乃我神明爲之卽我子矣性至孝母病割股者三華徵病又割臂和藥年四十以疾卒族叔際可題其編曰靜好

雪

天涯一夜茫茫白積玉堆瓊亙長陌興來何處子猷船高眠誰是袁安宅山中千樹噪飢鴉自埽冰鱗自煑茶不怪滿身寒起粟只愁壓折老梅花

西湖

十錦長堤十里開遥看春草綠于苔金鞍狹路爭馳驟畫舫晴波自溯洄日映栁梢鶯百囀風吹花氣蝶雙來西湖西子

曾相與擬酹芳魂酒一杯

送夫子華徵之燕

此去金臺春半過先期把酒意如何從今不羨西園筍留與君歸看竹多

邵鼐字梅英仁和人祝仲嫂毛夫人四十

小築幽清樂事偏唱隨朝夕咏詩篇事親遠過男兒孝逮下誰如毋氏賢簾外梅花呈秀色堂中銀燭吐青烟親交此日爭相賀環佩珊珊儼若仙

馮嫺字又令錢唐人錢廷枚室有和鳴集湘靈集

又令爲同安令仲虞先生女家于西溪弱齡卽聰穎異人讀書過目成誦與伯嫂顧重楣爲筆研友時有錢仙巢之子照五隨其母游西溪過馮氏山莊仲虞及其夫人見而奇之遂以又令字焉長工詩詞與顧啓姬姒柴

季嫻靜儀　林亞清以寧　錢雲儀鳳綸
張槎雲昊　毛安芳媞　號蕉園七子

夫子辭讓繼產詩有引

夫子雁行中斷近被慈命以長房次孫偕余幼子兩續仲氏之後夫子恐蹈自私之嫌辭所析之田爲蒸嘗地余高斯舉慨焉成詠兼以爲勖

世風雖日降古道當復爲君家世孝友及君克振之內省允無疚清夢亦相宜瞻彼西鄰宅草萊生階墀榮瘁在朝夕人力靡所施君幸來天眷堂有鶴髮姿安貧耕筆墨菽水薄無虧稽古勝百城世紛何足縻鴻鵠翔寥廓俯視空塵泥相期固清節罔較是與非敦茲廉讓行庶使薄俗移

重九後二日林亞清顧啓姬錢雲儀偕游顧侍御願園即景限韻

何處飛來擬洞天丹山碧水非人間西風葉墜聲淅瀝此時倡和幾忘夕自憐瓦缶同雷鳴楓落吳江意已平低徊戶難爲別回首城西暮靄橫

爲徐母毛夫人壽

邇來閨媛孰爲賢羨子風詩有父傳獨許石麟才作偶長看彩鳳影同騫樓東梅蕊含芳早堂上椒花得歲偏何限色絲爭黹綴也將管蒯入鸞箋

林以寧字亞清錢唐人進士綸女御史錢肇脩室有墨莊詩鈔鳳簫樓集

亞清能詩能畫梅竹且善爲駢四儷六之文自序言少從母氏受書取古賢女行事諄諄提命而尤注意經學且願爲大儒不願爲班左自命卓卓絕不似閨閣中語從宦河陽退食蕭閒焚香相對鸞酬鳳唱傳播藝林以爲佳話所著尚有墨莊文集墨莊詩餘

憶父禹都

曉登百尺樓遙望中條山天際有白雲日夕自往還去來何寥邈引領難追攀誰云生女好少長違親顏豈不眷庭闈安能事閒關問寢久疏闊視膳良以艱回步循南陔躑躅涕汍瀾

畫竹

新竹出短籬亭亭如織翠明月升東軒竹影宛在地銅硯磨松煤濡毫寫其意清幽固可嘉愛此堅貞志

秋暮讌集願圃分韻

早起登臨玉露瀼畫樓高處碧雲涼池邊野鳥啼寒雨籬外黃花媚曉妝斜倚紅闌同照影閒揮綠綺坐焚香溯洄他日重相訪一片蒹葭秋水長

哭姊氏雙成四首 錄二

粉香零落玉臺斜雨暗秦樓幽恨賒此日蕊仙應侍案何時毛女一還家熏鑪錦帳餘蘭氣短碣丹書覆土花寄語門庭猶似昔滿畦秋潦潤桑麻

憶昔同乘一葉舟古梅花下作春游風清羅袂翩然舉雨壓茶烟宛轉留回首勝時皆是夢而今觸處不勝愁芳魂縹緲歸何處料得乘雲過十洲

哭程夫人

忽駕青鸞返碧虛瓊花吹折痛何如脩文應是才人盡徵到姮娥舊侍書

初春

百合名香手自焚雪晴天霽尚停雲寒梅才被東風拆釀得

春愁已十分

顧姒字啓姬錢唐人諸生鄂曾室有靜御堂集翠園集

啓姬在京師時有花憐昨夜雨茶憶故山泉句甚稱於時故宋牧仲中丞贈鄂幼輿詩云閨中有良友茶憶故山泉似此驚人句難爲贈婦篇畫眉君暫輟下榻我相延賦就滕王閣靈風促轉船又幼輿嘗與漁洋諸公九日飲宋子昭小園限蟹字韻啓姬代爲詩末云子本淡蕩人讀書不求解爾雅讀不熟蟛蜞誤爲蟹漁洋大驚歎啓姬並精音律所製詞曲有一輪月照一雙人面句亦爲漁洋所稱

毛安芳輓歌

憶昔當春時壽君慚不文未幾聞君喪奄忽如流雲流雲過眼空悲怨大火西流時倏變玉樓金屋網蠨蛸西風葉落空深院淒涼寶瑟掩餘音慘淡菱花冷釵鈿尚憶當年對鏡人鏡中鸞死悲嬌面織錦詩成那得聞墨池寒浸琉璃片不知何處弔君魂草白燐青望中見

題林亞清畫

梅花竹葉互交加濡墨淋漓整復斜憶得昨宵明月下横拖疎影上牕紗

錢鳳綸字雲儀錢唐人進士安侯女貢生黃式序室有古香樓集

雲儀爲顧夫人和知孫婦嶶音克嗣嘗以揚子雲作二十五箴而不及女史遂作彤管箴以補之

哭伯兄

在昔皇天傾覆卵無完理兄不即殉身感奮良有以摩挲雙匕首一夕再三起千鈞重一髮恐復憂天只荏苒歲月閒隱痛入骨髓未堪雠人胸抱疾忽焉死尸牀目不瞑不繼非人子尚有娥親在李壽汝莫喜

關山月

驚烏啞啞啼不休征夫遠戍關山頭尺書頻年秋復秋深閨好女背人愁涼蟾夜色當高樓霏雲溼露空悠悠玉兔半昏冷湘簾銅龍小咽淒更籌天河明滅横斗牛飛激冰輪使倒流繽紛桂葉枝幽蚪多結子花何處求卻憶城南安石榴

美人梳頭歌

新林一聲啼綠鳥三十六宮春欲曉牀上鹿盧牽素綆秋水溶溶鏡光冷漸看紅日捲珠簾雙灣卻月眉纖纖玉鳳斜飛嚲金蟬珮環摇摇曳湘烟下階獨自摘芳蕊櫻桃笑儂不結子

輓毛安芳

粉香零落冷衣篝架上殘書散不收明月未知人事改清宵依舊照妝樓

姚令則字柔嘉仁和人龍起女黃時序室有半月樓集

柔嘉年十四歸于黃羅屏時序其祖姑顧和知以臥月軒稿聞于時者柔嘉并白餘閒執經請益又其姒錢雲儀蕉園名媛雅擅清才繡閣然脂互有贈荅故半月樓一集遂欲傳祖庭衣缽半月樓者臥月軒之側樓也有寡姑夫死于難柔嘉爲鞠育其子女又以己久不育爲羅屏蓄妾媵生一女愛之若所生此皆巾幗中所難能者

錢雲儀偕諸夫人觀菊賦詩寄訊

黃花何處好白雪幾人歌林下清風滿籬邊逸興多晴光搖繡幙秋色上庭柯遙想停軒處幽芳拂綺羅

絕命詞

賤妾何薄命朝露不自存憶昔辭父母十四入君門上堂事舅姑寒暄共苦辛今冬省母病何意逢災屯比翼忽分飛長爲泉下人傷哉平生志一旦委埃塵膝下無兒女堂前有老

親勸君須努力奮翮淩秋雯

王元禮字禮持仁和人松壑女有梅笑軒集

屋漏歌

昨夜茅齋寒凜冽江頭老樹呼風入同雲密密烟霏霏隔岸漁翁似僵立苦思緣酒解愁顏偏向囊中看羞澀屋荒漏滴無乾處癡兒頻跳青鞋溼大女如癡小女拙臥啼門東索果栗怒罵不應反挽肩家貧憐汝安能叱九日泥濘一日晴遥望山林轉蕭瑟

湖上同柴季嫺朱順成

向暮遊人絕同君步曲塘有山盡秋色無水不荷香雅調傳琴軫閒情寄筆牀誰言閨閣友相得在詞章

題毛烈婦遺繡

一代幽貞麗管彤鍼黹還與薛娘同開匳忽墮思君淚滴向當年手澤中

贈朱順成子就姻西江

此去洪都遂好逑春江花月送行舟自來佳婦稱難得爲汝高堂喜不休

沈咏南字佩儀郡人趙某室

徵詩咏滇南四景并引

戊辰夏日閒居鹿園書室時花栁參差筆墨在御偶憶㓜時隨先君宦遊京師滇黔所過名山大川指不勝屈其最勝如銀壺磨盤之山六百里松陰蔽日洞庭彭蠡之水千萬頃鯨浪黏天至於風花雪月在滇南尤甲宇內風日清風驛地無塵人馬飛渡稍遲卽吹去花曰上

官花每朵十二瓣迨冬時爛漫勝牡丹遇閏月則開十三瓣相傳爲仙人所栽云若夫點蒼山之雪春夏不消洱海底之月朔望皆圓倘所稱洞天非耶余年幼白腹空疎未經題載敢拜文妝或詩或畫惠我珠璣咏南之幸也初不計甎礫之妄投焉耳

南游千萬里從小客天涯山絶雲飛騎波横龍戲槎有心貪看月無計更移花風雪多奇致觴歌乞謝家

邵斯貞字靜嫺餘杭人訓導陸進繼室

沈瑤銘元琨有陸蓋思北歸得讀其悼亡諸詞賦此寄慰調離亭燕云馬首歸雲如織征鳥夕陽飛急知爾關河腸斷盡怕見空閨遺迹和淚望遙山深淺黛痕難覓塵暗鏡臺人隔露冷筆牀珠滴無復春風聯秀句秋雨哀吟盈集騎省近如何莫遣鬢絲成白注邵夫人工詩詞有巢青閣遺集據此則靜嫺先蓋思没而命集與蓋思同

西湖竹枝詞

錦帶橋邊菱荷香東鄰兒女昨催妝淩晨棹槳採花去生怕前頭逢玉郎

未到清明土斛肥寺前新坼白薔薇買得酒來魚正熟月到湖心蕩槳歸

張昊字玉琴號槎雲錢唐人舉人壇女舉人胡大濚室有趨庭咏琴樓合稿

槎雲為步青先生長女其母陳僅課以組紃而性喜讀書眼光所到輒能解悟從兄祖望見其所賦詩有殘風殘雪斷橋邊之句愀然曰妹必以詩傳但恐福薄耳年十九歸于胡文漪倡和相得故祖望寄妹書有妹夫胡郎才氣英博琴瑟泠泠閨房雙絕之語一日槎雲方晨起與文漪論詩語及關盼盼絕句曰詩至此得無傳乎已而曉妝竟整衣臨牕徘徊久之凝眺雲際忽曰吾腸斷矣侍兒扶至牀目已瞑文漪傷之賦後惆悵詩四首比于騎省悼亡之作讀之使人迴腸蕩氣也先是槎雲夢白鶴下于庭作人語曰歸乎歸乎若夫婦七年之緣

盡矣槎雲跨鶴遽起及卒夢果驗集名趨庭詠者祖望所選槎雲及玉霄詩也

寒食

人倚雕闌竹倚衣女桑遙聽子規啼陌頭楊柳休攀折繫住春光不許歸

西湖閒詠

鄰家阿婦生嬌妒不許春光到妾家何事籬門關不住東風過處發桃花

豔陽春暖草萋萋水自東流鳥自啼三月楊花飛不盡東風一夜滿湖隄

卽事

雨過初晴鳥語幽懷人睡起獨憑樓試將心事量楊柳葉葉絲絲一樣愁

張昂字玉霄仁和人壇次女洪文蔚室有承啓堂集

玉霄姊妹皆能詩從兄祖望稱玉霄詩尤爲清拔嘗爲作怨詩云小樓不藏愁愁已窮天海到天大不容入地厚莫載雷霆固無聲龍蠡潛其形只此寸心知洗面鶯花在小樓十字用玉霄所作詩語也

悼姊槎雲

長夢何時覺終成不返期寒牕朝喚鳥孤榻夜啼兒綠鬢遺香在黃泉夙恨隨春風搖白草無以寄相思

裘容貞字貞吉錢唐人張輿孫室有函貞閣詩鈔

貞吉爲步青孝廉子婦夫早歿

積雨

積雨春深後蛙聲鬧綠溪烹泉聊試茗看燕自銜泥破壁添苔蘚荒園長蒺藜思親情愈篤忘卻素琴攜

楊守閑字禮持海寧人中允中訥仲女檢討陳世仁室有

貯月樓集一卷

禮持早卒女斐刻其遺詩以行後以孫用敷貴贈夫人

清明日有懷拙宜園

遲日輕雲淡沱天小園風景正堪憐釵懸柳葉聊隨俗鑪煮茶芽不禁烟辭樹鶯花風裏墜認巢新燕雨中偏每逢佳節增惆悵翹首南雲一惘然

新歲閨詞

輕寒料峭弄妝遲新試帬衫問侍兒道罷勝常無一事小梅花下立多時

郭蕙字素嫺仁和人諸生汾女傳廷標繼室有澄香閣吟

素嫺工詩善畫隨其夫半村流寓台州旋悲珠隕張蕊田題其集云篇篇鏤月與裁雲風調何曾讓左芬憔悴半生遺稿散棠梨花下一荒墳詞意極淒惻李調元雨村詩話極賞其曲沼影搖楊柳月畫闌香繞鷓鴣斑夜

靜庭花和露咽月明寒雁夾霜飛二聯有晚唐人風味

澄香閣納涼

涼月無聲似水流坐來自覺景清幽風敲竹戶茶烟細露滴蓮房暑氣收點硯螢飛憐倦客隔牕蛩語促新秋徘徊永夜渾忘寐銀漢何勞問女牛

不得遠書夜雨口占

深沈院宇一燈青愁緒渾如酒未醒江上漫思魚有信檐前翻怪鵲無靈夢回子夜銷紅燭簾捲西風入畫屏正是寂寥傷景候蕭蕭冷雨透疎櫺

河樓閒眺

浪軟波平雨後天亂蛙鳴處草芊芊一雙燕子歸何早隔岸人家未起烟

始識閒中畫似年每於飯後抱書眠麥秋天氣松花熟買得新茶手自煎

顧啓坤字順貞仁和人錢唐徐吳昇室有鳳臺草

落花

花落溪水中水流花不住寄語水中花莫向前村路

俞韜玉字隱倩海寧人錢唐徐吳昇繼室有鹿門草

梅花畫幛

羅幃一幅寫寒芳掩映輕紈韻更長樹隔曉烟還有色花當夜飲若聞香清姿倩伴幽人夢瘦影橫陳高士牀好是午餘猶兀坐瓊枝不惹蝶蜂忙

李如秀字小蘇錢唐人徐吳昇側室有芳菲草

春雨

原野青如積園林翠欲垂桃夭含密蕊柳嫩壓柔枝宿霧虛
偏合浮雲晚不移山光終靉靆芳草轉迷離

朱柔則字順成號道珠錢唐人諸生沈用濟室有嗣音軒
詩鈔

道珠爲柴夫人季嫺子婦閨中兩世能詩世不恒見當時惟山陰方彩林楊珊珊姑婦皆以詩名沈尚書德潛謂姑近儒者婦近書生與柴朱可以相匹道珠又工繪事方舟嘗客紅蘭主人所因畫故鄉山水圖寄之紅蘭主人題曰柳下柴門傍水隈夭桃樹樹又花開應憐夫壻無歸信翻畫家山遠寄來遂厚贈之而歸一時傳爲佳話方舟有妾曰顧春山道珠約與觀梅有美人不到不開花之句讀者知其不妒而慈且使春山聲價頓增十倍

寄遠曲

閒居無一事夫婦喜雙清詩句更相和圍棊每對枰小鬟歌
送酒壺子戲吹笙誰使爲羇旅迢迢悵別情

半載無消息深閨空爾思艱難門內盡憔悴鏡中知女病求巫覡兒飢問餅師貧居二十口獨力愧支持

空復憐兒子迢迢隔薊城燠寒勞問訊衣食苦經營歲月嬉游慣詩書背誦生幾回當與杖思汝氣全平

往日遭多事衰門强自持儉從鄰里笑病畏阿娘知生計愁顛覆焦勞且歲時童年憂失學燈火課諸兒

一片白蘋洲茫茫總別愁書從天上寄人向夢中求長日何難曉芳顏且易秋猶存舊巢燕窺爾讀書樓

恨少垂楊柳殷勤繫玉鞍夕陽鴉背暖春雪馬蹄寒入世逢迎拙依人去住難癡兒啼向我昨夜夢長安

獵獵風初勁沈沈雨未闌因憐兒被薄轉憶客衣單棲燕將雛苦征鴻失侶寒居家與行路同是一艱難

聞說燕臺路生涯亦可憐恥彈門下鋏誰乞廣文錢久客非長策歸耕有薄田一棺痛慈母急爲卜牛眠

送外之大梁

前時失意悔游燕此去中州枉自憐飄泊君同蘇季苦操持吾媿孟光賢計程已隔三千里念別誰堪四五年方舟云此行以五年爲期莫向長亭歌折柳恐催客淚落離筵

河渚觀梅約顧女春山

相期河渚玩春華一棹迎風路未賒樓外有梅三百樹美人不到不開花

方舟廬先姑墓感賦

寢苦枕塊空山裏卻望松楸淚泫然縱使慈烏能反哺可能飛得到重泉

顧瑶華字畹芬錢唐人福建知縣裘樹榮母有自怡草

春日寄四妹

花逐東風發柴門柳半垂鳥啼春氣早人病曉妝遲感物悲身世驚時悵別離何年重聚會三復脊令詩

蘇棻字梅友錢唐人諸生輪女仁和舉人許大綸室有春蕪閣遺稿

梅友歸許氏僅一年而歿大綸掇拾殘牋追悼成感舊詩七斷句

秋江

潮落平江外烟迷斷岸中隔汀秋鷺白背日蓼花紅遠水魚吹浪孤帆鳥喚風欲題楓落句學賦未能工

秋日重過南屏山莊即事

籃輿得得記春遊重過湖莊又杪秋無數好山青抱寺幾株

垂柳綠遮樓雙松古肖阿羅漢一塔積如老比邱清景如斯

殊可戀夕陽明處少遲留

秋花

疏疏細雨滴蒼苔庭畔秋花一半開小婢不知人愛惜亂和

枝萼折將來

春望

碧桃枝外柳絲柔鳥入花陰唱轉幽誰說江南春色好漫天

飛絮最關愁

湖上聽鶯

空濛山色映湖光柳暗花明菜甲黄兩岸曉鶯啼不住綠楊

影裏葛家莊

宋氏鄞人僉憲儒女仁和陳輔室

氏美而文合卺之夕輔剔燈微吟云油凍知天冷女應聲云香銷覺夜闌自是唱隨歡甚後有子矣忽抱疾而卒詳見詩觀二集

誄夫

崑山片玉本無瑕女子生來願有家豈料中途妾命薄莫教兒女著蘆花

楊守範字靜閑海寧人兵科給事中存理女錢唐諸生顧宜曾室有靜閑遺詩

靜閑能爲時藝小賦亦婉麗爲閨學顧祖棨孫婦四載而寡旋以病歿

新秋夜登溪樓

角聲吹漏夜涼輕客況蕭條夢未成紅蓼月高新雁度黃蘆風戰戲魚驚起閒閒閣詩懷遠獨倚危闌秋思溝千載白雲空碧落人間何處話長生

題畫梅

暗香疏影雪霜姿無限春光占一枝景物依然人事異綠䆫非復看花時

陸若松字長青自號龕山女史海寧人上猶知縣葛惠保室有永菴詩遯

署中秋夜和邇周韻 按惠保字邇周光祿卿徵奇之孫

誰憐作客又經秋坐久閒庭夜氣幽離思空隨靑嶂繞歸心遙寄白雲浮孤城畫角驚殘夢遠浦寒砧送暮愁憶得五湖明月好莫將塵俗負漁舟

許學蘊字珏樓錢唐人西寧知縣應際盛室有珏樓吟稿

穆堂大令官秦中時封公惠來年近八旬難奉遠行珏樓留家侍養恪盡婦職爲時所稱其詩多與閨媛倡和

得川中家信

連接天涯字，深知遠客情。官閒街鼓靜，民樸訟庭清。薄祿娛堂上，安居荷聖明。靜觀消息理，簷鵲肯虛鳴。

吳山春眺

登臨猶見霸圖雄，陌上春來語更工。水鳥亂飛青嶂裏，江帆低壓素濤中。川原曾歷紅羊劫，歌舞都隨白雁終。欲為興亡尋舊址，兔葵燕麥颭春風。

閔懷英字畹餘，號蘭軒，錢唐人，昌化方祐俊室，有猗香樓吟稿

應夫人玨樓序猗香樓吟稿，言畹餘事舅姑及父母皆以孝聞，善本書插架萬軸，窮治者廿餘年，有所觸撥，輒發爲詩歌，故能洗盡鉛華，獨存至性。

舅母偕往徐村埽外祖母墓兼游六和塔理安寺

春郊埽墓出城東風靜雲天日色融原草盡鋪鸚武綠山花齊放杜鵑紅縱觀寶塔浮圖麗漫扣禪關法境空花鳥留人猶未倦夕陽漠漠月朧朧

途中即事

舟渡餘杭雨霽天山村日落起炊烟沙鷗撲鹿忽驚起處處野塘開白蓮過餘杭

平川漠漠盡桑麻古道無門問落花經過前王舊錦里碑亭荒冷集寒鴉過武肅故里

杭澄字清之號鈞圃晚號定水老人仁和人編脩世駿妹

趙萬暻室有臥雪軒吟草伏杭吟

定水老人少穎悟嘗從太史兄學爲制舉文旋棄去一意爲詩太史稱其風格蒼老杭氏姻親有官北直隸之新河者招其壻以往老人偕行無何轉客慶都令林飛鵬所以痢死老人伶俜無依挾一婢一蒼頭遞其棺以

歸里驚魂既定與方芷齋夫人以酬倡爲樂然一生境遇坎坷涉歷危險故所作亦多牢愁血淚悽心寒魄之語歿後無嗣詩二卷方夫人選其臥雪軒吟草一卷版行之伏枕吟聞舊藏朱大令上林家

夫子寄小照索題余以巾帨將意作小句侑之

終日念遠人終年不相見鴻雁從南來因風寄婉孌盥沐捧瑤函焚香開畫卷卻喜尺幅中容易得覿面婦職侍巾櫛路遙慚莫踐巾帨聊寄將先以表悁悁

端午書事

今日是端午興致何寥泬爨烟冷不炊卻疑是寒食時俗競所尚菖蒲雜艾朮桃虎懸當門彩縷五色綴獨坐緘尺素深情託鴻翼幽懷念遠人悄然心倍切境閒塵務蠲詩書藉怡悅相對古人篇名言霏玉屑觸事偶得句聊以酬佳節

汝貞木歌爲老婢秋葵一作高秀作有序

秋葵爲祖姑朱太孺人婢役趙氏六十四年歷三世死

時七十有九尚處子蓋亦僅有者别有小傳

後庭一株女貞木根節虬蟠葉樸樕雨露栽培近百年輪囷偃蹇忘榮辱勁節難容蟲蟻侵蒼枝寧許鵶鵲宿恥與凡材弱植林參天喬蔭成孤獨暄寒歷盡飽風霜柯葉依然舊時緑今年老幹忽枯槁摧折奄然隕寒谷主人悼惜長太息嘆嗟未已歌相續君不見夭夭灼灼桃李花爭妍逐豔逞榮華弱質隨春幾朝暮飄零一旦委泥沙又不見松柏青青貴標格孤潔之才誰可匹比堅鐵石心不移顔色青葱如一日嗚呼噫嘻此木亦渺乎小耳乃其志意矯矯侔松栢而輕桃李我欲問木木何知木自安其本性爾全形蜕質盡天年還湢守樸貞而已

乙卯孟夏堇浦二兄應　詔北上値四十初度聊作長句送行且祝壽也鈎圃吟草一卷刻古今體詩一百二十八首獨無此篇因錄于編

東坡先生生丙子吾兄亦生丙子年其間相去數百載高才掩映無後先吾兄襟懷殊倜儻有金買書不買田門攤市集恣收拾聚蓄萬卷刊譌偏遂藉學以充其才淹貫該洽無比肩作詩自是邁李杜論史直欲薄固遷傲睨當世罕其匹羣儒辟易皆俛然乃知才大世所忌數番上策不得意丈夫會合自有時既具異才遇當異比年

天子下璽書爬羅剔抉求眞儒名字赫赫掩不得聲華遽以達　帝都盛哉此舉誠　曠典　本朝兩次搜巖嶭大科拔擢五十八人固陵長水稱無忝歷代名更實則是遠溯其原自

漢始下逮晉唐及宋季煒然著作垂青史擁書萬卷如百城
大廷對策筆縱横遭逢　聖明展懷抱如兄斷不負平生今
年四十當强仕覽揆辰值長途裏鬱葱佳氣滿溪山尊酒風
光差足喜穀苔春暉日正長欣欣顏色動高堂飄零弱妹才
無似北望遥飛介壽觴

獨坐

久坐不覺暝羅衣怯晚風遠星隨月後孤嶼入雲中歸鳥争
栖樹浮烟欲蔽空天涯一長望懷思正無窮

辛未五十悲吟

十載傷心淚何曾一日乾老深無後痛貧覺立孤難寂寂墓
門草深深習井瀾此身原已死休作未亡看

戊申春日寄懷湛堂

晴烟漠漠柳絲絲腸斷春江是別時千里相思兩行淚三年光景幾篇詩生涯似兔初營窟蹤跡如蟬不定枝卻怪天涯久留滯何年得遂鹿門期

春雨有懷

耐寒未卸木棉裘怪底深春似晚秋滴我庭階一夜雨憐君湖海數年游頻傳鄉信勞黃耳幾度歸帆阻石尤試看天涯芳草色旅人何處不生愁

靜遠堂後庭小梅欲放余明日行矣詩以誌別

數枝冷落傍東牆疎影離離對夕陽紫萼含苞初識面綠英垂蕊未舒香爭妍原自輕桃李耐冷何曾畏雪霜我欲明春與花約花須遲我更傳觴

秋日感懷

深閨事事總堪憐中饋蹉跎負昔年明鏡數看朝有淚寒燈屢剔夜無眠鬢閒霜雪隨愁長身外炎涼逐境遷百慮徒敎心力盡思量何計可回天

吳瑛字若華錢唐人河道總督嗣爵女平湖屈作舟室有芳蓀書屋存稿

若華少慧能爲詩文小詞律賦亦流便有姿制兼通經史工制藝深刻近隆萬人成婚後甫半載而歿年僅十八所作制藝今有刊本相傳仁和孫尚書鏞母楊夫人善帖括尚書錄會試文呈母夫人母笑曰淡墨雖書第一未免齧筆似魚非文絕品夫人之文世葢未有見者不知較若華之文又何如也

新磨古鏡

古鏡朦朧減舊清一朝磨洗倍晶瑩雲開夜月秋毫見雨過菱花色相明閱世與亡疑有眼辨人好醜總無聲玉臺妝罷時時拂莫使浮塵又暗生

秋夜

落葉蕭蕭暗打牕秋閨明滅閃銀釭遙憐江上西風冷驚起沙頭白鷺雙

留別淮揚道署

三載依依玉鏡前舊梳妝處最相憐不知今後紅牕裏又是何人點翠鈿

秋風

滿耳蕭騷夢不成殘雲涼月夜淒清等閒吹落長林葉雜入千家擣練聲

梁瑛字英玉號梅君錢唐人師燧女仁和黃樹穀室有梅花字字香

寓林黃氏世有文人閨閣中亦多才媛梅君爲顧和知五世孫婦賢而有文足踵臥月軒遺韻嘗自號穀梁氏

蓋其從女兄亦歸于黃因仿晉楊彪之妻袁氏自稱日彪袁氏者以別之事兩世姑能得其歡課諸子萬卷樓中日程月課若嚴師焉松石棄世梅君手撰行狀數千言委曲眞摯門人故友見者咸閣筆性喜梅有梅花詩屋四壁書古今人集古梅花詩千餘首無梅時則從壁上觀之以當梅花日晝不如也人目爲女逋仙又自集古人咏梅句子成一帙林夫人亞清名其集曰字字香者是也後豐溪吳砥瀾之婦汪刻其詩百一于歙州三原員果堂之婦李又刻其十一于揚州皆佳話也晚歲以子易官濟寧板輿就養年八十九卒

按松石女兄名玉字蘊之號栗齋適張情田有覗夜樓倡酬集女弟名瑱字奐之號魯光適康石舟有聲畫集當時與梅君時有倡和惜覓其詩不可得

梅花集古

年年覓句爲花忙幾度巡檐費品量句似梅花花似句一番吟過一番香

玉照樓下早起

自掩屏風護曉寒飢來忍把落英餐門前流水清如鏡花似

垂頭照影看

檢校先大父松森先生玉照堂遺稿

清白比來誰見賞遺編猶作舊時香傷心玉照堂前月徒洒春風泪數行

曹慰我字雪軒海寧人

初夏次韻

閒坐風牕度歲華石泉清供一甌茶楝花風裏寒暄亂纔脫輕綿又夾紗

殘紅撩亂墮香魂槐葉成陰晝易昏幾日丁冬簾外雨苔花延緣繡柴門

王氏海寧人錢唐洪守純母

女士少好讀書其母戒以勤女紅毋溺于文事乃于深夜篝燈私竊研究其好學如此歸于洪爲勗思先生孫

安貧若素紡織之外以文史自娛四十後族人延課女弟子後巡道覺羅永公聞其名延爲女師年五十一卒詩稿燬于火

初夏即景

四月春歸興轉非琴書獨對掩柴扉籠烟翠栁辭金色著雨新篁卸舊衣雲自無心緣岫去燕猶有意遶簾飛閒身不識蠶桑事一枕清歌酒力微

雨中晚眺

映水明霞檻外生數聲清笛動江城侵池眠栁枝枝倒截嶺歸雲片片横

勞純一字安峻石門人心齋女仁和劉玉峯室

書寄外書後

南枝初放故園花屈指行人到海涯欲折一枝憑驛使恐勞

客夢屢還家

除夜思親

無端爆竹又催年惱亂愁心夜不眠遙想吾親千里客寒燈旅館正淒然

戴韞玉字西齋歸安人思恩知府永椿女同知錢唐陳淞室有西齋遺稿

西齋母氏沈夢謝安石遺紫玉半玦遂生西齋因以韞玉名幼嗜緗素年二十歸陳半江仍侍其尊人宦游四方半江砥志進取南北試率不利且一落解輒殤一子至後遂無遺雛西齋窮子沸鬱一一寄之于詩亦多不自藏弃其後半江挈之入粵踰嶺涉海至潯纔閱月即以病殪亡年止三十而半江于是科即獲鄉舉西齋已不及見矣其姪戴菔塘璐言其始入粵時題觀音岩壁云已超塵土三千界漸覺靈明四大空翌日傳至羊城以爲仙筆未幾即下世蓋詩讖也

送外赴江西金學使幕

目送洪都去臨分最愴神夷猶江上棹珍重客中身汲古綆非短量才尺自均芙蓉雖入幕只恐旅愁新

旅魂入夢忽得雁翦分波月魚驚曬網船二句爲足成之

野花橫略彴片影自娟娟雁翦分波月魚驚曬網船好山當野岸怪石遏流泉眺望空濛裏時生薜荔烟

送張氏表妹之京師即次留別原韻

城南相送暮寒凝苦憶風流咏絮能（是日微雪）璃匣關情隨畫舫珠簾飛夢繞紅燈裁書不惜魚頻寄拔宅誰將鼠共昇此別京華多韻事藍田日暖泮春冰

家大人改官潯州恭賦送別

忽傳　恩詔出彤墀出守潯江路險巇十載勞民心似水一

身去國鬢如絲浪花蕩漾朱旗捲帆影翩躚碧樹移謫宦情深溢浦月登樓夢逐嶺頭枝俸錢散去謀生拙鄉井句畱飲餞遲達命不須嗟李廣望塵無復避元規影形固是周旋久寒燠難期童僕知紅淚縱橫愁遠道白雲繾綣憶當時家大人秉臬晉陽予寄懷詩有今夕思親雲是白之句自憐識字原非福爲說投荒更足悲翹首天涯轉征旆行廚洗手進瓊枝

桃花殘後慨然有作

轉眼殘紅覆水潯可憐結子未成陰沿流不是輕陰薄春雨春風力不禁

袁機字素文錢唐人江寧知縣枚第三妹如皋高某室有素文女子遺稿

素文幼字于高後高以子有惡疾請離昏素文言女從一者也婚不可離疾我侍之死我守之卒適高高狂暴

無人理傾匳具爲狎邪費不足扑挾交下甚且以火燒灼之姑救之毆之折齒既欲鬻妻以償博進不得已歸依母氏以居長齋素衣克孝其母高氏子死哭泣盡哀越一年亦死方病亟時其弟樹爲治湯藥素文笑云弟須無多當留爲苦吟撚弄勿燎卻也羸憊之中閒雅尚如此

有鳳

有鳳荒山老桐花不復春死還憐弱女生已作陳人燈影三更夢曇花頃刻身何如蜩與鷽鳴噪得天眞

聞雁

秋深霜氣重孤雁最先鳴響入空閨靜心憐永夜清自從成隻影同是感離情誰許並高節寒林有女貞

寄二弟香亭

年來芳訊少雁字隔長河惜墨緣書拙敲詩費紙多生涯雲過影心事井消波極目遙天月清宵隱薜蘿

得香亭步蟾兩弟家信作此寄之

經年離別悵何如漁弟樵兄兩索居每恐峯高無過雁偶因潮落有雙魚關山風月情何限鄉國琴書味有餘只爲家貧歸未得江南江北各躊躇

袁杼字靜宜號綺文錢唐人枚第四妹松江韓永思室有樓居小草

綺文早寡亦依兄子才于隨園一子名執玉十四歲夙夏雨云潤回青簟色涼逼采蓮人既而疾病目將瞑矣起問母日舉頭望明月下句若何日低頭思故鄉也遂點頭而逝故綺文哭子詩云傷心欲指靈牀問兒住何鄉是故鄉

秋齋閒詠

閒庭埽落葉秋月上林梢竹老穿山徑槐稀露鵲巢描花嫌紙窄學字借書鈔擬製玫瑰醬頻呼小婢敲

春日偶成

碧紗牕外日初紅看女梳頭畫閣中稚齒已能移曉鏡疎簾不怯坐斜風階消臘雪尋春蕊天捲寒雲送去鴻底事西鄰有蕭寺一聲鐘到小樓東

寄兒子才

長路迢迢江水寒蕭蕭梅雨客衣單無言但勸歸期早有淚多從別後彈新暑乍來應保重高堂雖老幸平安青山寂寞烟雲裏偶倚闌干忍獨看

遊雞鳴寺

車行夾路草萋萋一上江樓望轉迷風急始知羅袂薄曉花落盡晚烏啼

蒼蒼烟樹帶斜暉石塔層巒傍翠微無復蕭梁宮殿在臺城

猶見紙鳶飛

袁棠字雲扶號秋卿錢唐人枚從妹汪孟翊室有繡餘吟稿楹書閣遺稿

秋卿伉儷和諧尋卒汪乃序其遺稿梓之子才太史曾選素文綺文秋卿詩刊三妹合稿傳播藝林時比之孝綽三妹云

憶西湖

武林三月湖水平桃花浪暖春風生山光水色淡無際別有天地塵埃清玲瓏飛閣連雲起疊翠鋪紅濃淡裏坡公吟咏太多情欲把西湖比西子此中風味我曾嘗可惜十年離故鄉故鄉晝遠宵不遠昨夢泊船聞藕香

送春有感

留春不住柰春何飛絮飄紅委逝波巧舌鳥如鶯最少無名

花著子偏多萍浮池館魚吹浪香減酴醾燕出窠正是綠肥
紅瘦日可憐青鬢暗消磨

舟中再送賽英大姊步蟾三兄

離筵把酒對青山未定行蹤幾日還分付離亭好秋水爲儂
流夢八西關

夜過姑蘇

繁華初認闔閭城隱隱亭臺月色升兩岸吳歌平岸水紅樓
高映滿江燈

春閨雜詠

佳節清明又一年梨花深院斷腸天東風微雨添惆悵捲起
湘簾聽杜鵑

數椽幽屋絕塵囂無數庭花手自澆也有不平閨閣事海棠

牕下讀離騷

袁杰字淑英錢唐人枚從妹

淑英生稍後未得與合稿之選其詩才實足抗衡

奉和簡齋大兄見貽元韻

地隔鄉關夢鮮通忽來詩訊自南中宦游結宅鄰江令歸隱名墩屬謝公舊約未忘聯舍月新吟頻憶對牀風只應歲晚相依樂賸許追陪玉局翁

柴源字瀚如錢唐人給事中禹門女通判孫宇奇室有映雪堂詩稿

退菴氏曰宜人于季嫺夫人稱祖姑夙禀家學隨宇奇于四川宇奇落職卽家于蜀甲辰以子是試吏迎養至滇譚中丞尚忠欽其詩學延爲女師時余亦在譚幕因以梓誼接見年七旬矣中丞爲序其詩刻之

紫薇花

官樣花於官署宜半年相對賞奇姿楊誠齋句紫薇長放半年花薄膚徂盡惟存骨老幹淩空不見枝紫綬碧雲看處好香匙茗椀坐來遲台垣占得滇南景勝向黃昏伴草詞

和屠芴巖刺史五日韻

一集松陵景陸皮今聞勝友鬭吟卮正逢楚俗簪金虎好嗣騷人賦赤螭瓶史情懷堪記月本晙事水雲才調最宜時借元量事美汪耦塘僉判傳來七子香箋句屠隆事試與羊何共和之

當歌對酒樂朋從官與那如逸興濃佳節幾驚嘶麥蛬余以甲辰來滇今七載矣權官還喜甑蠱龍子遲現攝監廳有情歲月宜吹笛是處招提可聽鐘我欲遂初添白髮鄉心空憶杏飛蜂孟郊句始去杏飛蜂及歸栜嘶蛬

周志蕙字解蘇鑁唐人脩撰霱女陳仲衡室元震母有浴

碧軒稿

解蘇髻齡問字于從父補雲居士雷甚愛之迨嬪于陳琴瑟靜好時有倡酬其孫景福號石泉輯其手稿裒入陳氏家集

懷西坪叔父

悵望征途遠離情日日生夜長增客夢楓冷動鄉情把盞邀新月翻書對短檠應憐小兒女亦解數歸程

送西坪叔父之新野

芸牕少日共吟秋無那頻年賦遠游幾度梛梅成別恨一番鶯燕又離愁江行旭日銜舟尾驛路青山戀馬頭此去湍陽莫畱滯白河春水好回舟

無寐

夜靜樓高夜更清銅壺滴盡夢難成每因卻病求仙術無計

驅愁仗酒兵窗破月來千點白燈殘風弄一絲明半宵轉覺驚心悸漫聽鄰雞枕上聲

除夕

幾月辭家思不窮韶光暗度逐東風一年病骨逢春健五十衰顔借酒紅華髮漸添明鏡裏萊衣爭舞綺筵中椒盤映燭催殘臘守歲藏鈎有阿戎

余自乙卯秋僑居武林每念故宅不能無感

故園一別幾經秋每見黄花感客愁空有寒蛩啼仄徑更無長笛倚高樓飄零直似辭巢燕浪跡應同逐海鷗願得幽居如仲蔚蓬蒿三尺亦何憂

雨中泛湖次西坪叔父韻

瀟瀟疎雨儘堪游草滿陂塘水滿洲青靄漸迷蒼樹杪白雲

深鎖玉山頭數椽茅屋投輕燕一派平沙立遠鷗九十韶光

今去也欲留春住可留不

柳

歲歲逢春春可憐爭禁三起又三眠絲絲愁緒隨風亂濯濯

丰姿著雨妍古渡欲牽遊子棹離亭留贈旅人鞭一聲長笛

河橋晚回首蒼茫幾樹烟

陳蘩沼海寧人建水知縣履祥女太常卿江都謝溶生室

題月桂圖

雨過清風作晚涼連雲老翠入新黃天風一夜來仙闕世上

龍涎不敢香

孫又青餘杭人

詠月梅

梅花一夜發高樓烟色微茫素月流何事姮娥慵折桂偏尋
春色到羅浮

陳絢字蓮蕙海寧人刑部侍郎論曾孫女監生玣女海鹽
諸生張上發室有吟香閣集

曉泛

霜逼曉冥冥鴻聲起遠汀波光翻落月帆影帶殘星蘆岸微
畐白松厓漸見青前村雞唱處旭日滿柴扃

過田家

風光最好野人家門徑斜臨綠水涯短旆青颺茅店酒疎林
紅隱竹籬花禾登場圃喧檐雀草滿陂塘少鈿車卻羨夕陽
茅屋畔閒聽父老話桑麻

陳素字雲有海寧人查寧室有花角樓吟草

雲有工填詞吟草一冊前有乾隆甲戌虞山女士王季錫序

暮春憶外

小庭昨夜東風惡滿架薔薇盡吹落殘紅片片逐春歸空有濃陰如翠幄春來已是惹人愁春去重教恨未休柳外高樓空望眼花前攜手記前游前游頓覺成輕別易水燕山渺天末水繞山圍幾萬重夢中有路應難識衡陽歸雁幾時來擬把征衫著意裁肥瘦不知近何似欲持刀尺轉徘徊

蘆花和夫子

繁花如雪滿汀洲搖落江潭處處秋遠共白雲催暝色長隨明月映清流片帆影外輕鷗起柔櫓聲中遠客愁蕭瑟不堪回首處年年飄泊五湖頭

秋思

唧唧蛩聲絶可憐寶釵簾外露涼天不妨訴盡空閨怨莫向天涯攪客眠

陳長生字嫦笙號秋穀錢唐人太僕卿兆崙孫女廣西巡撫歸安葉紹楏室有繪聲閣稿

秋江晚行

落日下江潯暝色在高樹漁燈生遠岸歷亂不知處微聞柔櫓聲又繞蘆洲去

花朝曲

去歲花朝花已落十丈殘紅飄繡幕今歲花朝花未開春風不到蛾原來蟣原已作經年佳欲覓春花無覓處空餘芳草綠萋萋愁說王孫從此去王孫欲歸歸得無孤燈深夜聽啼烏此時卻憶故園柳緣到門前第幾株遥知柳緣無人折都

爲年年不知別今朝釃酒酹花神定祝春花堆似雪春花如雪不歸家卻見他鄉雪作花莫怪花神太無賴春光原不到天涯

觀音門舟夜

落日金陵渡輕帆此暫停水流三楚碧烟鎖六朝青漁火殊明滅滄波入杳冥夜長人未寢篷底漏疏星

韓鸞儀字隱霄錢唐孝女有綠牕同懷稿

韓月岑錢唐名士也有二女仲曰鸞儀季曰鳳儀幼耽書史嘗讀古孝子傳卽言之娓娓喜形于色及笄媒氏以姻事來言二女聞之泣告母曰家貧親老兩弟孱弱兒豈忍一日離膝下耶長弟患嘔血不止則刲股合藥季則籲天減算父夙工詩暇則與父酬倡伸紙握管如書生得一佳句共相歡喜以是家雖貧得天倫之樂嘉慶丙辰夏父病危不治母又病歿仲哀毀病甚驚起奔寢所一慟而卒季與弟經營兩喪備極荼苦視姊含殮畢椎胸痛哭執弟手曰汝身似續所關幸自愛吾當與姊從兩親于地下矣遂不食越七日亦死及殮見臂上

創痕未合蕋當父瀕危時亦曾刲股兩人不知也鸞儀年三十九鳳儀年三十七詳見朱彭所撰韓氏二孝女行畧

姚米山太守翀以盧觀察望吳山八峰詩屬和家君因率弟妹限韻各成八咏錄二

玉筍峯限尖字

巉岈卓立自然巉音巉不逐龍孫冒雨添解籜無心完太璞笑他玉版斲新尖

棊盤峰限平字

坦如方罫自然平未許人將黑白爭惟有紫陽招野鶴滄桑一局寄閒情

秋夜月下觀並蔕蓮與隱雯妹聯句

兩歇銀塘月正圓霄紅蕖翠葢映清漣倚風舞袖疑垂手雯

浥露花房雯比肩洛浦神姝憐影語霄江東喬女想容妍絕勝太液池中品雯郤占三秋桂子先霄

韓鳳儀字隱雯鸞儀妹

玉筍峰限尖字

雲牙交迸出巉巖秀挺依稀玉筍尖朔雪春雷經幾許未曾減亦未曾添

劍泉峰限鋒字

棱棱峭立異羣峰疑淬吳鉤光上衝虎阜石頑徒試劍生公見亦讓機鋒

蔡桓字宜卿朱源女保寧知府朱澄姪女乾隆己卯舉人遂昌訓導吳題室姻再姪陳鴻塡諱

憶父時遠幕陝西

小樓雨過燦虹霓曉鏡慵收晏啓閨愁倚牕櫺苦吟望白雲遥在陝城西

插瓶花有感

折枝皆可添瓶供貴賤看來有小差一夜繁英都落盡紫薇不及馬藍花

病中詠秋荷

出塵花品夌池荷零落秋風可柰何共羡蓮房多結子子多羸得苦心多

許元湣錢唐人之鈞女王映奎室有韞輝樓稿

女士歸王僅半載而姑與夫相繼死事舅以孝聞

題先夫子遺像

數月相隨隔杳冥畫圖不語歎飄零一生經濟嗟辰已半世

文章禍丙丁時遭回祿堂上有親傷暮景膝前無子認遺型幾回欲擬招魂賦腸斷紗幬燭影青

查菉海寧人乾隆戊申舉人許申璟室

和竹濤杏花韻

不爭春色幾分添怪道幽閨日下簾多事午橋消息至春愁提起上眉尖

汪汝瀾字聽月秀水人廣東鹽運司經歷璉女海寧舉人許申璟繼室有雙桂樓小草

聽月爲雲壑殿撰從姊其母苕溪張氏亦能詩

春日咏懷次潤民從弟韻

病餘機杼事蹉跎花樣時翻怕擲梭矮屋簷低巢燕少疎幬紙破受風多愁城檢點平生業書蠹經營分外魔試問韶光

畱幾許斷垣新綠上藤蘿

暮春雜詠

泥香卻趁燕歸去歷亂花叢費翦裁剛把東君畱暫住一簾風雨又催回

吳淑字仲梅錢唐人守戎孔皆女嶶州汪碧園室

酬夫子見懷韻

西風庭院碧梧秋銀漢初斜火欲流卻誦新吟添別恨江南江北不勝愁

徐爾芳字蘭友郡人

白石榴

五月山榴爛似霞忽經梅雨洗鉛華白雲萬點畱春色素纈千重換絳紗縞袂乍親逢石醋練裙欲妒誤梨花折來試共

紅葵插照眼分明粉頰斜

褚貞字紉蘭海寧人

褚氏爲諸生某之女幼工吟咏既長以所適非偶賦落花詩數十首自序云歎蠶絲于作吐身隨縛而難追悵蠟淚之將枯心已灰而猶熱亦可悲已

落花詩

烟凝一徑護深紅轉眼飄零悟色空從此香魂歸去好任他風雨五更中

陳瓊茝字芳余仁和人同知淞女

陳半江淑配歸安戴西齋龢玉以詩名有女二曰瓊茝曰瓊圃挹其緒餘皆工吟咏

螢

幽叢月不到螢火逗新凉著露沈芳草因風度短牆數來光不定撲處燄難藏小立香階畔時時點芰裳

陳瓊圃字閬貞號鉏月瓊茝妹歸安諸生費錫田室有紅餘草

閬貞兼工六法夫亡誓以死殉卒年二十有九母西齋殁時年亦僅三十才豐數嗇何母女之相若也

自題山水畫册

路轉千峰一逕斜烟霞深鎖野人家春來更有幽棲處開遍東風枳殼花

家住江南楊柳灣一蓑烟雨打魚還數聲蘆笛秋風暮飽看青溪兩岸山

蒹葭深護水雲鄉門掩青山對夕陽吟罷小樓閒眺望晚風吹起白蘋香

峰含曉日樹含烟野水微茫接遠天如此溪山誰領取風光輸與釣魚船

孫文嫺仁和人以榮女嚴知方室

隨父至玉泉省母墓

歡喜相隨過玉泉松林一拜轉淒然生平纔識西湖面追想慈顏淚暗懸

錢德麟字貞淑錢唐人諸生諸濹室

貞淑青年守志以節孝旌

花影

月上閒階照小叢低枝移影入牕中半簾烟鎖雲拖地疑有幽香度檻東

夢筆生花

一枝枯管燦雲霞豈是文通夢裏花欲向案頭書恨賦筆尖憔悴誤兒家

王端淑字玉映號映然子山陰人王思任季女宛平丁肇聖室原輯作錢唐然言寓武林以當非錢唐人今從輶軒錄有吟紅留篋恆心等集下寄寓

王季重先生有八子獨女玉映能讀父書故尤愛憐之嘗言身有八男不易一女負才犖犖能對座客揮毫而陳其年且稱其長于史學初得徐文長青藤書屋居之後寓武林之吳山與四方名流相倡和毛西河避浙中閨秀詩未及玉映因寄詩云王嬙未必無顏色爭奈毛君下筆何引用恰合一時盛稱之然西河嘗有寄玉映詩云江東女士當代希會稽王氏多烏衣著書不讓漢時史纖素自憐機上詩云云非不極意推獎或者玉映寄詩之後作此以相嘲耶王映善書作畫長于花草有疎落蒼秀之致順治中欲援曹大家故事延入禁中教授諸妃主玉映力辭乃止卒年八十餘

採菱曲

蘭橈桂楫西風裏無數菱花照秋水羅袖垂垂薄晚烟美人臨鏡惜華年採菱歌罷不知處漫逐歌聲亂流去

小樓曉望

江城殘漏盡曙色萬山齊海闊星沈野烟深樹隱溪鼓聲虛
夜月車馬試春泥誰解幽人意樓頭燕子低

吳山春望

越角吳頭一望開黃羊野馬總堪哀草痕新綠扶山閣花氣
輕紅落酒杯一鏡春涵朝日動雙疊潮走暮江迴龍舟鳳輦
今何處南院西宮幾劫灰

代外贈別毛大可

西泠月落板橋霜衰柳長隄祗自傷幾日窮愁兼別怨一帆
秋色帶斜陽浮雲影逐離亭路歸雁聲淒夜夢牀學采芙蓉
江上去黯然回首恨茫茫

黃媛介字皆令秀水人楊元勳室有湖上草

皆令文學象三之妹與姊皆德名媛貞者並擅麗才而皆令尤有聲書法鍾王人以衛夫人目之作小賦頗有魏晉人筆趣畫亦點染有致家貧僦居西泠段家橋賣詩畫自贍凭一小閣與兩高峰相對隃麋側理是其經營稍給便不肯作然終不免責珠補屋之嘆汪然明先生時時招至不繫園與閨人輩飲集每周急焉繼從風雪中渡西興入梅市與商夫人諸閨媛倡和著越遊草少字楊世功元勲初以貧不能娶久之始歸于楊夫婦偕游江湖為閨塾師以終無子女遺詩千餘篇自作序言備述一生茹荼集蓼之境

懷季貞夫人

以我今時坐知君舊日居簾前數桂樹池畔狎游魚翠逕千峰近紅凋萬木疏恐君他日至我已賦歸歟

同谷虛修嫣湘君趙璧遊密園遇雨集韻牌

花影紅分袂桐陰綠映枰新荷憑曲水密樹隱流鶯野望莎烟遠檐飛雨點驚平隄看嶂氣歸屐好連行

採菱同祁修嫣湘君趙璧

輕舟放槳喜潺湲碧栁丹楓落日閒欲採湖菱愁指滑背人先是脫金環

搴得菱蓬水濺衣曝時尤得趁斜暉中流不是狂風起應把全湖盡摘歸

湖上

西子湖頭千頃春風光不獨去來人朝嵐夕靄誰收得半在憑闌半釣綸

秋夜懷月輝孫夫人

肅肅秋聲滿院聞晚風吹盡一天雲滿階落葉蛩鳴後好月當空疑是君

題樓居贈女伴

十二朱闌映碧流佳人倚遍不知愁遠山翠黛遙相向日日

妝成嬾下樓

吳山字岩子安徽當塗人卞琳室有青山集

夏基言岩子居湖上三年詩膾炙人口錢唐令張譙明爲之分俸可謂一時佳話魏禧青山集序云卞君楚玉夫人吳岩子家青山既轉徙江淮無常地有西湖梁溪虎邱廣陵諸集最後彙次之以青山名楚玉中道即世未有後夫人依女夫劉峻度以老鄧漢儀題其集曰江湖萍梗亂離身破硯單衫相對貧今日一燈花雨外青山自署女遺民以其詩多玉樹銅駝之感也

集不繫圖

棲倦絲無緒鶯嫌雨不梭雙隄寒蛺夢孤棹冷漁蓑貧爲耽

游老吟因感舊多毋云腸似雪猶欲浣春波

泊舟香口

薄暮到香口風迴即泊舟一溪分竹進兩岸斷江流落日明

殘牖荒烟襲廢樓籬邊雞犬靜寥落使人愁

湖上和吳太史駿公

靜坐鑪烟一縷斜偶聆鸜鵒報賓嘉人來東海龍爲御客向西泠水是家秋瘦那堪田作硯春榮惟賴筆生花半山夜雨添新翠欲繫門前長者車

秦淮舟集同劉李諸夫人分韻

一棹輕隨柳岸斜晚霞落日集詩家六朝風物秦淮水三月春情穀雨茶隔樹嵐光青照眼護橋烟色白侵沙萬重樓閣闌干遶處處籬邊著好花

卞玨字元文當塗人琳女揚州劉峻度室有繡閣集

吳岩子長女元文工詩辭次女德基善畫並賢能精筆札先後事劉孝廉峻度如劉敞王拱辰故事

重至西湖

高峰開霽色新月斷橋西水靜漁舟合風平燕子低踈鐘驚

宿夢往事帳新題落日孤城上時聞鼓角齊

湖上和韻

小閣平厓石徑斜曉雲宵月自清嘉薜蘿陰處鳥爲窩菡萏香中魚作家雪咏幾番慚柳絮春題多爲贈梅花龍門久識知難御蓬篳何當司隸車

別半塘

半雜風篁半管弦半明溪水半橫烟酒邊紀夢乘花舫壁上題詩當彩牋跡似鷦鷯今謝去興同鷗鷺又飛旋春深燕子還來住只費香泥不費錢

秦淮和韻

淮流一帶遶雲斜綠樹紅闌幾萬家水氣近人涼度扇蘭風入座味侵茶看山望裏來空翠放月舟中啟護紗無限六朝

詩酒思流鶯啼過上林花

彭琬字玉映海鹽人吏部侍郎孫遹從姑浙江總兵官馬孟驊子婦

玉映與妹幼玉稱雙璧同寓西湖王端淑稱玉映詩巧慧俊冷不作淺浮小語

懷陳夫人　檇李詩繫作懷王辰若夫人

湖上烟生碧樹枝柴扉晝掩落花時何當得睹雙文貌堪羨摯來道韞詩曲逕茶香留夜月朱闌鳥下看圍棋三春風雨愁深淺病骨支離無限思

彭炎字幼玉海鹽人琬妹朱化鵬室

幼玉詩不多見而名句絡驛王端淑稱其才情兩足似勝姊氏姊惟幽豔妹則英特而博大矣

懷陳夫人

芳草萋迷襯柳枝悤悤良晤夕陽時纖眉畫就春山色素紙

裁成白雪詩風送花香沾去袂鳥啼竹徑冷圍棋歸來靜掩閒庭月欲向清光寄所思

九日

鳴蟬無話戀寒柯柰此登高病起何忙裏不知秋色老青山紅樹夕陽多

丁瑜字靜嫺長興人御史臧眉錫室有皆綠軒詩集

靜嫺僑居湖上甚久晴光雨色妙寫吟毫後隨其夫官魯山令以姑死南歸歿于葉縣孫宇台爲作丁孺人傳甚稱其賢孝初于歸後未嘗及詩一日言所夢有五言句二臧驚曰子諳四聲乎曰然因以皆綠軒集示之

按錢唐人有丁瑜者字懷瑾父允泰工寫眞用西洋烘染法瑜守其家傳專精人物俯仰轉側之致極工適同里張鵬年亦善畫詩雖不傳其人不可沒也因附識于此

西泠九日

爽氣連江闊天高雁影重晚烟迷古渡宿霧鎖秋峰葉落楓

隄滿溪流竹逕淙愁心寄歸鳥何處可攜筇

簾捲西山暮重樓帶夕陽疎鐘催落月孤棹遠迎霜峰影橫

江出溪光入座長故鄉歸思杳籬菊夢中芳

西湖秋感

憶別西泠悵遠遊疎烟澹月夢中留一聲斷雁雲中落數點

輕鷗水上浮賸燭漫尋蘇小墓挑燈重賦水明樓東風轉眼

經年恨此日山光又素秋

家居

木石風花結四鄰寂寥門巷久無人昔年燕子今重到始信

交情爾獨眞

堵霞字綺齋號蓉湖女士無錫人伊令女吳元音室有含

烟閣詩詞合集

綺齋僑居杭州好學能詩工繪事作花鳥蔬果不用粉本嘗與胡氏容安合畫小冊吳繡谷題云童叟江南稱畫逸鵬雲舊記屬君家西湖十二橋頭水流盡落紅無數花

將之鴛湖留別又令馮夫人

分手湖隄上行行去路賒棹歌生別浦帆影逼蘆花歸去仍爲客重來卽是家一枝聊足寄不羨雁栖沙

留別故園女伴

繡幙紗窗春淺時離筵翻與進金巵短長亭外三更夢大小橋邊五字詩燕睡空梁聲寂歷鶯飛別院影參差家園別後應如此揮手東風去路遲

徐映玉字若冰崑山人有南樓吟稿

映玉父錦川翁始由崑山遷郡城映玉歸孔氏從良人僑居杭州久之遷吳徙香溪上年三十五以徙卒沈大成云

感懷

崚嶒玉骨瘦如何嘆惜年光幻影過春事不堪愁裏盡雨聲偏向病中多無才敢擬璇璣咏有怨空吟紈扇歌背壁燈昏情黯黯雲邊同悵有姮娥

題錢唐陳如璋寄外詩後如璋亦沃田師弟子也

玉人望遠感深秋閨裏紅燈天際舟爲憶藁砧腸欲斷雁聲蛩語替君愁

銀河耿耿夜迢迢清夢依稀在緯蕭羨殺謝娘才獨絕然脂弄墨度長宵

織得回文託便鴻旅情閨怨御相同應知一幅光明錦淚滴珍珠字字紅

薛貞瑛蘇州吳江人寓西湖

從吳江至西湖

元宵不見一燈紅礙殺平江半面風到得西湖覓西子那知殘雪尚朦朧

寓清波門作

羊燈照我下長河吹落梅花比淚多女伴今宵休記憶冷風殘雪賸清波

寓樓見梅花一樹喜而有作

樓西望不見西施樓角寒梅有一枝從此吟魂得相傍黃昏捲起暖簾兒

吳朏字冰蟾華亭人寓西湖

遠眺

秋光瀟灑散平湖水白沙清浴野鳧近渚風光殘葉落遠山

翠染碧雲孤閒將靜閣供憑眺淡取疏林入畫圖夕照漸低村樹隱銀蟾一點漏高梧

夏惠姞字昭南華亭人寓西湖

蘇隄春色

暖風晴日冶游天柳拂長隄引馬前掩映珠鞭花外見參差錦帶樹中還夭桃夾岸生紅浪芳草連雲起碧烟忽憶髯翁吟嘯日水光山色盡詩箋

湯淑英字畹素吳人吳肅雯室寓西湖有繡餘軒稿

重寓湖上

重過層樓燕壘陳向陽楊柳幾番春意中芳草依然綠眼底明湖只自新畫艇橋邊鶯語接晚鐘隄上馬嘶頻鳧鷗似識當年面招我孤山就隱淪

朱中湄字遠山南昌人寓西湖

春望

春深湖上草萋萋滿逕殘花踏燕泥新栖乍成鸚鵡緣晨雞誤認鷓鴣啼閒看水影連雲起坐聽鐘聲出寺低風送幽香來小院一彎新月挂樓西

春盡

閒花落盡淡烟垂庭院深深小倦時無數蜂聲喧午夢幾行蛛網挂遊絲誘兒漸學家鄉語喚婢重箋旅邸詩滿樹榆錢穿落日好教變作買春貲

陳坤維

桑弢甫水部買得元人百家詩後有小箋黏陳氏坤維詩蓋故家才婦以貧鬻書者惜不知其里居顛末一時名流如厲徵君輩皆用元韻作詩以紀其事雲蘐齋詩話云余詢之書賈葉姓者云其書得之城北故家桑水

部見而售之墨迹尚新疑係郡人姑採之以俟攷

丁巳又九月九日廚下乏米檢元人百家詩付賣以供饘粥之費手不忍釋因賦一律媵之

典及琴書事可知又從架上檢元詩先人手澤飄零恨世族生涯落魄悲此去雞林求易得他年鄴架借應癡亦知長別無人見珍重寒閨伴我時

亡名氏

長沙周宣猷雪舫言作令海鹽時因公事來省獨遊西湖見一女郎題孤山放鶴亭壁云云擲筆竟去其裝束似杭人欲問其姓氏不得事見雲蘡齋詩話

放鶴亭

梅已凋殘鶴不舞荒涼誰識孤山路世間多少學巢由爭似先生足千古

國朝杭郡詩輯卷三十終

錢塘吴慶坻校字

國朝杭郡詩輯卷三十一目

名流寓寄

夏基 李漁 王猷定 沈涵 倪燦

高士奇 鄭景會 王德璘 高輿 萬經

張琳 翁馮淵 汪元文 戴永椿 黄梁

任應烈 石文 張沅 朱升吉 戴文燈

馮華 吕發 鄭大倫 江羽青 汪日煥

金榦

凡二十六人

國朝杭郡詩輯卷三十一　錢唐吳顥原本孫振棫重編

夏基字樂只號磊人徽州人

退庵氏曰宇內名人有以他省他郡而寄籍杭州寓居杭地者不可不存其實輯寓一卷

磊人隱居湖上與毛稚黃陳際叔孫宇台諸老相友善著有西湖遊覽志可補田志之缺府志入明隱逸傳

寶石山天然圖畫閣錢王封壽星寶石山在崇壽院一勺泉之陽

萬山雲霧裏一閣自天開落日疑無路迎風自有媒畫從心上得圖向鏡中來雅集皆同志春花綴壽杯

雨窗感事

春深花事雨霏霏忽睹梁間燕子飛故壘思歸愁未穩新巢待葺意多違山川如舊雲常變親故傷貧跡漸稀垂老不堪逢喪亂孤雲野鶴欲何依

李漁字笠翁蘭溪人有一家言

笠翁少游四方自白門移家杭州營芥子園於鐵冶嶺又卜築雲居山俯視西湖若在几席命日層園客至弦歌殆無虛夕其楹帖題云繁冗驅人舊業盡拋塵市裏湖山招我全家移入畫圖中生平好著書創造之奇自開戶牖不欲蹈前人成迹器用之制烹飪之節亦務以翻新見巧爲主所撰傳奇蘗劇甚多歌板舞衫扇其香豔故一布衣下士而姓名足以傾動一時殁後葬于方家峪九曜山之陽錢唐令梁允植題碣曰湖上笠翁之墓歲久墓圮趙寬夫坦嘗爲修築之

從郡署移寓婺寧菴

誰引招提路隨雲上小峯飯依香積煑衣倩衲僧縫鼓吹千林鳥波濤萬壑松楞嚴聽未闋歸計且從容

山中送客

送君歸人間去去休回顧少頃白雲生欲下山無路

曉行

雞鳴自起東行裝同伴征人笑我忙不道有人忙似我馬蹄

先印板橋霜

絕句

膽瓶春色映櫺紗一座清香數琖茶散腳道人無坐性閑關

十日爲梅花

王猷定字于一號軫石江西南昌貢生有四照堂集

于一爲太僕止敬子善古文爲人倜儻自豪嘗自謂讀書三十年方悟慚愧二字窮愁著書力追大雅寓西湖昭慶僧舍與漢陽王世顯先後客死徐林鴻視含斂送其柩大梁周司農爲輯其遺稿刻行于世毛西河詞話云于一宿妓于塔山之息柯亭禾中朱錫鬯曉過于一尚未起錫鬯隔幔坐待之于一不知也向妓誇生平貴介任俠且日吾雖老猶將買汝置行帘矣錫鬯咥然遂驚起慚責幾成大隙次日坐客有問予于一作何語者予誦張鶴門醉公子詞應之云伴醉許佳人千金贖汝身一座大噱

清明夕同方朔于皇游狠山

清明天氣佳集侶狠山遊數里見嵯峨山遠心已周須臾臨

絕壁十丈峭且幽巨靈何代斧積鐵無寸柔懸溜滴蒼崖棲鶻聲啾啾絕頂肆遐矚乾坤共綢繆海水流下天天盡水不休遙望三吳影一抹青黛浮臨風發長嘯軍劒如孤舟

軍山看月

日見海天低夜見海風苦海水浴天時星辰皆作雨孤月下海中清光散諸嶼閱盡山中人月明自終古

螺川早發

月落秋山曉城頭鼓角停長江流賸夢短棹撥殘星露溼鷗衣白天光雁字青蒼茫回首望海嶽一孤亭

送侯述鄴之秦

蒼蒼樹色滿西陲古道咸陽舊雨吹太華一筇看日月軍書十萬領熊羆壯心未老鬭雲亂孤劒長鳴隴水知幾處旌旗

迷漢代昆明應續少陵詩

百戰關河一劍游動人清淚極邊州圖書盜賊歸何處財賦兵車莽未休鐵嶺塵飛三輔暗瓦雲風動五陵秋君行莫唱烏烏曲咽盡銅川水不流

山陰早春餞朱十

春水已流澌輕鷗浴滿池梅花開也未須問栁姑祠

沈涵字度汪號心齋歸安人康熙丙辰進士官內閣學士

按歷科鄉試題名錄進士題名碑錄館選爵里謚法攷及湖州府志皆不言入籍杭郡惟府志以為歸安人錢唐貫而浙人詩存則直以為仁和人原輯編入本郡今移編流寓以俟攷

心齋與兄懷庭先生三會同舉丙辰進士由翰林歷官內閣學士兼禮部侍郎壬午督學福建絕苞苴杜干請惟以甄拔孤寒激揚風教為已任八閩文風為之轉移構生祠于烏石山陽心齋聞而力止之令別祀閩中先儒及去後閩人卒肖其像以配焉見湖州府志

送竈

入臘四日歲將徂聲聲爆竹轟庭除庖人奔走來告余竈君
今日返碧虛圓餳作糜燈作車請君端拜薦一壺余聞此言
三歎吁五祀之設夫豈徒六府火穀常相須炎帝苟非神農
俱縱有庖器安用諸皇天降割延三吳炊烟處處成邱墟今
年波浪連江湖黔突盡爲鼃黽區竈婦餓死竈妾逋偷生暫
作釜中魚幸逢
聖主詔蠲租流移復業因少蘇下肥上瘠膏澤敷唯神此去
歸帝居盍請眞宰矜無辜來年多黍復多稌閭閻快樂　宵
旰舒四時享祀仍豐腴黃羊酬報罔敢渝神其聽之毋我迂

賦得虛心高節雪霜中

上林嘉植總淸芬素質淩雲是此君勁骨偏宜松作伴孤標

雅許鳳爲羣琅玕百尺貞臣操篔谷千尋學士文願與軒皇調玉律咸池長向九霄聞

倪燦字闇公號雁園上元人康熙丁巳舉人已未薦試博學鴻詞列一等授檢討按進士題名碑錄館選爵里諡法攷但言江南上元人府志載入順天中式舉人榜於鴻詞科云錢唐貫而詩觀直作錢唐人誤也又府志作授編修亦誤雁園爲白門諸名宿領袖早歲即名重海內已未官檢討貧不能僦居館于張冢宰者十年在史館蒐羅極富所著明史藝文志敘窮流溯源不下數千百言可與姜湛園刑法志序並稱傑作書法詩格秀絕一時後卒于官詳見鶴徵錄

送喬文衣之劒州

渝峽遠通涪萬水嘉陵險接閬中山分符刺史初行部舊語參軍正解蠻橦布芋田徵稅薄青松白鶴訟庭閒他年更奏殊方績應在文翁伯仲閒

尋天池過螺峯遇雨

行到螺峯遇雨時行人如豆雨如絲芒鞵拄杖供奔迫古木叢梢相蔽虧五步穿雲看不見雨來讓路語方知山魈竊食茶丁飯錯當茶丁問是誰

高士奇字澹人號江村又號竹窗平湖人錢唐籍歷官禮部侍郎謚文恪有扈　駕隨輦苑西城北歸田等集

文恪先世隸餘姚後補杭州府學生員年十九應京兆試被放日益貧困新歲爲人書春帖子往往自作聯句爲　聖祖所見立　召見旬日間三試皆第一遂命供奉內廷擢中書歷侍講升少詹柏梁侍宴天祿校書行幄屬車賡歌載筆　恩眷優渥故葉訒菴贈詩有內府錦襦邀　帝賜天街官馬任君騎侍臣盡識銀鉤體宮女爭吟壁月詩之句當時無軍機處撰述　諭旨多屬南書房地既親切權勢頗翕自大學士以下皆仰鼻息奔走恐後然忌者亦日衆會以蜚語放歸越五年復以原官召仍直內廷久之以母老陳情因令致仕以全始終猶命擕書編纂以榮其行又數年乃卒生平工鑒賞著江村消夏錄一書有別業在南屏山下見城北

集西溪亦有文恪舊築東西二莊聖祖所賜竹窗二字尚存

題盧徵君嵩山草堂圖 并序

盧徵君草堂圖卷余向在京邸見之圖凡十幅自書幷歌字法遒緊其畫巖壑幽邃樹木沉鬱非唐人不辦五代楊少師宋周益公皆有題識二十年來常縈夢想歸田後得馮氏舊圖于平湖之北翠竹蒼柯清流環市坐臥其閒足以怡老甲戌秋復蒙 召入都此卷竟爲我有退食閉門時一臥遊尚懷高世之蹤益動故園之念率成長句

神鬐在水不入篊仙禽在野不受籠達人泥土視軒冕林巒剗跡偕洪濛嵩山徵君巢許蹤高柯百尺龍門桐召拜諫官臥不起草堂僻徑臨蘢蓯巖姿壑籟有神會自寫不假丹青

工墨痕迴出濃淡外絕境直與虛無通手書十志字遒勁藤枝薙葉紛相蒙在昔右丞妙詩畫輞川舊本留清風徵君絕藝亦兼擅藍田少室將毋同宏農好古愜眞賞跋尾小印蟠絲紅筆法獨啟元祐派胚渾坡老兼涪翁開運下迄湻熙代五閱丁未雲流空神物不隨陵谷變以之嗟感周益公慶元到今復幾世暗中呵護煩蒼穹（五代楊少師凝式跋中止書丁未歲前七月宋周益公必大跋以爲丁未乃石晉開運四年是歲漢祖起于太原復稱天福七年又閏七月故曰前七月自開運丁未至宋湻熙已歷五丁未周益公跋于慶元已未蓋寧宗五年也）黯然之光久愈發何啻寶玉搖晴虹我在修門昔曾見愛此壘巘藏玲瓏歸田五載親抱甕栖湖拓地芟蒿蓬石廊洞戶頗幽雅十指媿未嫻皴烘重來那免猿鶴怨故園青碧羣芳叢雲烟一卷快入手槐根敧枕遊高嵩

送張仲張

水國芙蓉幾日秋羨君歸與滿滄洲閒園修竹開三徑小閣清漪咏四愁白璧投人悲按劒黃金結客倦鳴騶冥鴻自有圖南翼未合終身狎野鷗

冒巢民年八十寓書索詩兼以字卷及金少書畫冊見寄

甘陵南北昔紛綸櫟楷爭看墊角巾周黨三徵堅閉戶桓譚萬卷鎭隨身花閒置驛金爲簿竹裏聞歌玉照人老去更誰論往事一竿風月臥江春

秋日思歸

蔚藍天氣嫩寒初萬軸牙籤校石渠華髮近添潘騎省青山應笑謝中書致身霄漢心元苦努力田園事有餘深柳江村

沙岸曲秋來香稻滿吾廬

西隄偶得小舟泛玉泉山下

麥莊橋下草萋萋裂帛湖荒路欲迷石閒疏花緣岸出水侵臥柳拂船低親人魚鳥忘機久揖客峯巒入望齊日暮扣舷歌一曲清尊他日許重攜

鄭景會字慕韓一字聚瞻號海門慈溪人錢唐籍諸生有醉愁海門鷓鴣劒鳴諸集

海門爲高州守寒村先生梁從子僑居錢唐其詩爲朱竹垞太史所賞所爲古文精邃奧衍若論庶母書諸繼子論諸作據經證律足端風俗其室俞安平亦工詩詞有平泉山莊詩詞稿

客署遣興

綠綺琴猶在臨邛久不彈雨疎梨子落風過棗花寒醉後功名薄愁中去住難照人隄上月相對思漫漫

送友之江右

送君千里獨揚舲一曲驪歌不忍聽日落狐穿英布墓花深客醉魯公亭天連百粵秋雲綠地接三湘遠樹青別後援琴懷舊侶滕王閣下水泠泠

悼洪昉思

潦倒名場四十年歸途竟作水中仙尊前顧曲無公瑾鄴下論交少仲宣故國魂招烏戌月新秋夢斷白蘋烟臨流欲灑山陽淚悵望西風倍黯然

聞毛檢討歸里門有寄

戔戔束帛返邱園嘯傲空亭鶴與猿潮落海門沙岸闊峯迴鷲嶺野花繁研經鎮日垂書幌問字何人載酒樽相隔每憐衣帶水離情脈脈黯消魂

詠白腐乳和陳子宏

漢代相傳術更奇全身入甕酒如泥香同雀舌神俱爽味壓雞頭病頗宜濃挹酒漿酥透骨細勻椒末冷凝脂儒家本色由來腐佐食何須麴櫱施

韜光僧舍望遠

層巖夕鎖萬株烟遙望天低秋月圓湖外鳳城江外嶺一齊收拾到窗前

王德璘字文白上虞人有槑林集原輯及輶軒續錄皆作錢唐人今本盧氏說移編流寓

盧抱經學士言文白上虞人寓杭州祖書蒼先生割宅以居之有錢唐懷古七言長律若干首馮山公景爲序之學士舊弆一本南北轉徙遂佚去王氏後人不振又相繼以死遺稿皆不可復問

卜築

卜築西城郭棲遲湖上樓蓬蒿三徑雨黃葉四鄰秋樹裏橋斜出門前水亂流乾坤何處好吾意樂林邱

送翁誕登之永嘉訪陸蓋思

路隔一千里江連五百灘石峯迎棹險雲氣入衣寒山縣了無郭書齋半是蘭士龍詞賦客相對足盤桓

高輿字巽亭平湖人錢唐籍士奇子康熙庚辰進士官編修巽亭初選常吉遂授編修且奉命卽家校刊佩文齋詠物詩選及淵鑑類函復纂駢字類編未竣而卒聖祖眷念舊臣行將大用惜其中道而委化也

聖駕南巡念臣父士奇儤直勞予謚文恪又至臣父墓所賜奠且以臣之謭劣未及散館卽授編修謹撰詩四章以誌

云

羽林遙從玉輿來花萼迎旌爛漫開淑景人人爭就日歡聲處處動成雷承　恩幸接龍顏近眷舊新聞鳳詔裁　特賜易名頒大典小臣銜結重增哀

憶昔先臣守一氈遭逢聖主賜陶甄匪躬原屬傾葵分異數頻承湛露偏乙夜披陳邀顧問孤蹤孑立荷矜全未終報稱旋歌薤猶仰　恩華到墓田

祇因親老憶江鄉　詔許歸田奉北堂日月照臨光自近雲霄瞻仰道偏長迎　鑾幾度叨殊澤晉秩當年拜寵章稠疊恩多難負荷九京猶自矢兢惶

考行稱名世所欽秩宗定議協官箴一生終始邀　宸鑒兩

字褒崇慰夙恍堂構豈堪承世澤班聯特許廁詞林多慚父子蒙高厚願矢微臣捧日心

萬經字授一號九沙鄞人康熙癸未進士官編修乾隆丙辰薦應博學鴻詞

九沙爲斯大充宗子充宗以三世墓葬杭之西溪遂開講于杭因以守墓九沙少承家學又叩質性理于應嗣寅參攷地理于閻百詩故其學日富入翰林典試山西尋視學黔中還朝爲忌者所中遂有通州修城之役鬻產以應其隸書得鄭谷口之傳罷官日貧遂賣字以給朝夕有女亦善分隸閨媛中未有其匹也薦應詞科年已七十八矣在同徵中爲最長復爲部議所格九沙學問深博尤精三禮撰書甚夥如萬氏禮記集解續纂春秋隨筆明鑑舉要列代紀年九沙分隸偶存辨志堂四子五經說約集解諸書是也先居胭脂橋後居師虎橋兩燬于火假陳氏竹竿巷七桂廳以居老境益苦又病足以父號跛翁遂號小跛翁生平無他嗜好獨好寫照不下數十幅然悉被燬八十二歲吳人欽嵎陽又爲寫探梅圖故東以詩云火焚九沙八十年來照幸留老臉

倩君圖惟肖也

卒年八十三

弔周烈婦

天地有正氣綱常藉人扶當其志所激弱女勝丈夫四明濱巨海潢池肆樵芻象邑當厥衝殘賊甚剝膚婦也冰霜姿詩禮爲楷模倉卒走避賊從夫出闉闍弱質旣窘步況負六月雛夫婦不相保踉蹌各奔逋事勢在危迫死生決須臾舉身赴清流不復憐呱呱一死祇自全含笑歸冥途荒荒白日黯慘慘寒雲鋪數日具含殮顏色腴不枯健兒盡膜拜聞者咸歎吁烏乎烈婦心豈爲聲名圖巾幗留正氣身死名不徂會當紀彤管國史他年書

張琳字佩嘉號玉田江蘇松江人寓錢唐有秋葉軒詩四卷

王田瓣香剱南康熙丙戌其友趙炎所選定秋葉軒詩近體多于古體而七言律體又多于諸體

歸舟至雲間聞宮聲已返吳門悵然有寄

我回東海棹君上洞庭船積雨連三月歸心各半年緣添吳苑樹香發聖湖蓮正擬連牀話相逢卻黯然

晚泊浦口

維舟不覺夜去路尚迢迢落月懸沙觜疎燈出樹腰客愁人易老村酒醉能消幾許鄉關念多君慰寂寥喜接族兄繡菴札

約友香塘看梅

近說香塘路叢梅照眼新我思攜酒伴去覓詠花人冷淡全勝雪孤高不受塵懸知今夕夢不到故山春

寄吳以誠

別來無日不消魂潮嚙湖塘雨打門正想醉歌芳草岸何堪

愁臥落花村閒庭樹少無棲鳥壞壁春深有蘚痕重約歸期長夏好科頭相對詠黃昏

翁馮淵初名少游字澥門慈谿人康熙辛卯順天舉人官山東蓬萊知縣有翁山詩鈔

澥門以馮姓入籍河間舉京兆試罷官後挈家住杭之東城張卿子故宅栽花蒔竹門無襍賓

立夏

憑高聊縱目細雨轉清和雲氣千峯暗烟光兩岸多愁深鶯節變春去柰人何回憶湖山約年年負薜蘿

汪元文字乾若號杏村歸安人錢唐籍康熙丁酉順天舉人有蓮溪草堂集

杏村爲顧且庵侍御女夫所居在蓮花莊上接苕霅雙溪之水因以蓮溪名其堂與杜牧之碧瀾一曲相近矣慶百序其詩云如和風麗日使人流連不已應聲酬酢無不慊人意

貪看山不遠蘿薜未須捫半嶺穿泉竇中峯蔽寺門新苗雰

閒眺

雨長古樹亂烟昏我有閒居賦難招熱客論

寒烟

五湖才落日桑柘掠輕埃不覺空中積幾疑霧未開孤村籠

水去遠樹接秋來一抹眞如畫江天露草萊

泊舟江上

六幅輕帆五兩懸停寒敎卸淺沙邊舟牽初柂新烟地人醉

殘蘆細雨天無弩射潮憑短櫂有懷鼓瑟記長牋春風容易

欺游子底事勞勞便一年

戴永椿原名永禎字翼皇號卯君歸安人仁和籍見進士題名碑

錄及館選爵里謚法攷府志作錢唐貫誤雍正癸卯進士官江蘇按察使有漸

成草堂詩存四卷

卯君成進士以編修改御史巡視西城署山西臬司調江蘇秉臬七年有廉平績丁內艱服除會尹公繼善節制兩江兼理河務請卯君與俱是時天然壩開揚州濬支港分達于江卯君董率之輯揚水通江紀略左遷潯州知府調思恩軍民府歸田後買邑中城南舊宅葺家祠其旁闢數楹蒔花帖石召故人嘯詠其中取坡公句顏其額曰漸成草堂

灘石

山澤氣交通高卑本定位逢溪必有灘順逆隨所至爾石何為者當途梗地肺舟人本難上爾復工作祟磊砢扼當中湍激行不利更有細碎子瑣瑣事填委譬腹本清虛腥膩攪腸胃又如支體輕瘡癬苦重膇含沙非有心聚族居何為膠淺費掙牽觸危遭齧噬間有秀潤質諦審非可變點之不成金拾之究非翠無補几席陳長滋行李累石乃星之精隕時貴

賤異不見泗濱磬煌煌清廟器不見端溪硯常隨玉皇吏九華賞蘇公一品寶米芾凡兹瑰奇質珙璧敢褻視似爾獨何名瑣屑堪吐棄於木爲多節於土爲頑塊於金爲粗鑠於水爲斷滄五行之濁氣於汝爲俱備徒招過客憎不顧長年詈汝心匪可轉賴吾一開譬桂海在嶺南吐納快一噏汝行舉族徒須彌納纖芥有言不吾聽信誓且旦在行煩秦皇鞭驅除盡醜類更乞初平叱變幻出游戲頓令巉巖路易爲平坦地詩成試命酒臨流謀一醉篙師報前灘汪洋無阻滯布帆箭疾飛一往快如駛一笑豈詩神利涉由天畀

代灘石荅

我作嘲石詩朗吟未畢石有詞言君責我吾不辭試陳一言曷聽之吾雖硜硜抱頑質要是陰陽二氣所鍾之一物自從

女媧補天缺煉成五色天巧奪完完圓蓋體從此億千萬年永永無漏洩其餘散作瑤光星紛如撒豆耀天闕當時侍晨奏達通明宮玉皇再三歎謂是開闢以來未有汝石再造之奇功爐錘造化惟汝力錫以十賚酬勛庸谽谺磊落乃天性天上官府難相容是時客星明熠熠斗牛之野光上燭帝遣天官視下界乃是子陵嚴先生舉足加帝腹帝嘉先生之高躅賜以桐江七里之瀨爲湯沐敕汝石往伴幽獨日傍清善供濯足或廉以隅棱以角或規而圓環而曲或凝如脂或潤如玉上應列宿文不入俗子目爾來一千六百有餘載沙轟湍激長不壞高檣大艦長往來未省吾族能爲害水有時而淺深風有時而順逆君行適遇逆風淺水時於石何尤相譙責借令梗塞果由吾他途利涉由君得何爲取道必出此豈

謂假途在得虢假君欲速苦淹留曷不乘風生六翮君行未識行路難前途西江十八灘灘灘石齒齒撞擊無安瀾船膠篙斷不得上十日九坐愁驚湍湘江水洞庭波君行必出此森芒劒戟驚盤渦其閒險惡名號多踏著卽是蛟與鼉君行到此應自悔悔今出語誠爲苛吾聞險易在自慎入險如夷恃忠信習坎之初正發軔豈其惟水濱是問石言瀾翻等客難吾行豈屑更置辨從汝灘頭凝客舟南山擢時汝應爛

兩足背各生一痏創甚有作

我昔歷幽并足繭動萬里去年役淮南胼胝涵泥滓行年巳就衰筋力猶自恃昨改濤江守私心翻竊喜籤程雖云遙飽聞山水美行當窮攀躋可令塵土洗天公忽相妒薄罰降及趾或言風淫然或言火鬱起旣無華陀方紛紛或妄揣左右

背浮紅雌雄互角觭穴深穿重膜墳凸蔟新壘藥號離宮丹丸名太乙紫塗之日兩三稍稍止清水徒然腫皮膚何曾拔根柢創甚卞和足餐望麻姑指爪足輾轉思致此艮有以少不四體勤壯踏長安市要津競奔趨而我以爲恥上官宜善事而我不加禮游或命輿丁嬾或脫巾屣養成一驕惰報以兩跛踦刺史非聞官文書日塡委豈其衙鼓撾但擁黃裯被何以勸農桑周行南陌裏何以謁宮牆生徒同拜跽鑾方事雖簡安得稱臥理未疾果未瘳長告費一紙皇天憐餘年滿望只如此樂全榮啟期人半習鑿齒一笑謝老龐吾足今臏矣

丁副戎士傑餽羊一牽已付屠者矣俄而奔歸原處殊可念也釋縛就畜志之以詩

餽歲舉鄉風蠻方之縞紵元戎辱見存投我以肥羜柔毛黑而文厥角利若斧畝之日成羣飼之月逾五拜登欲朵頤將以速諸父何期是物黠脫繫竄林莽捕者求之急一躍出瓌堵循牆諜來蹤歸乃伏圉所意本在求生跡似同戀主郎此物情善殺機頓消阻追擒請就烹余笑未之許年來亡羊慣所爭不在汝宥玆一命微生意盎然普豈惟御脂膏兼亦飭簠簋偶動不忍心夫豈待牢補馳詩報軍門嘉惠存五羖

兩齒將落久而不下痛極作詩

衰病急箭攻齒落固其宜欲落還未落創甚不可支拔之懋傷齟齬之徒羈縻起而責問齒齒曰先生癡自我在君口六十年有奇少小喜餳蜜厲實始階之自壯及宦游役我無已時餅硬頤尚朵螯空手自持會嚼大庖羊亦截文廟犧無堅

我不破有動我必隨勞勞已云邁力盡今當疲況君入瘴海茹蔬飽蹲鴟吾儕亦何用尚欲嚌膏脂所以遲遲行意猶戀故枝麾之便當去何庸責我爲余聞之瞿然物有盈必虧木壞生隕蘀牆傾首決籬晨星已兩三是族歸無遺玗見百骸毀豈徒兩齒隳幸而脣未亡兼有舌如箕忍痛聊須臾姑以芩連治悟徹生有涯一笑翻成詩

寄大女二首

自我投荒後蟾蜍六換新望雲憐弱女挾策憶良人得馬不足喜亡羊莫當嗔須持菩薩戒小事勿生嗔

路隔七千里腸回十二時一燈青似豆雙鬢白於絲汝弟來何日諸孫見詎期老尤思少女可免病厓羸聞四女病小愈近懷稍慰

發錢江抵嚴灘

團團牛磨笑勞人驢券郵符卅載身今日篷窗安穩坐江心
飛不到纖塵

癡絕舟人豔俗情船頭猶自插雙旌天公不薄南遷客紛遣
青峯與送迎

黃梁字瑾禾江南吳江人餘杭籍雍正巳酉舉人官教諭

賦得江樹晚逾青

晴江返照樹痕新槐柳參差列畫屏晚岸陰濃沈鴨綠橫林
冪歷隱鴉青光生翠蓋歸雲擁色映蒲帆暮艇停極目川原
無限碧詎誇蘭芷靚溪汀

任應烈字武承號處泉山陰人錢唐籍雍正庚戌進士官
河南南陽知府

處泉與孫虛船杭堇浦陳句山梁文莊爲襟契之好以
文行相切劘文莊旣當軸薦四人于朝處泉與焉時有

以所薦皆杭人彈　奏者文莊言鄉里故人少壯相習臣知之深故敢薦也　上意遂解處泉出守懷慶所屬孟縣爲韓昌黎故里其子孫向無博上因創議上大吏請于朝遂著爲例丁本生父憂服闋補南陽禽巨盜李會盜頓息上官廉其賢能委以全省捕務他郡屬皆聽節制前此盜未有也豫藩趙城密請于河南南陽懷慶開礦下撫臣議撫臣轉檄各屬皆凝藩伯面持論雅阿獨處泉直抒所見侃侃千餘言大約謂貪不可知之利役有本業之民而或至釀成意外之患其事必不可行撫臣據議覆奏事遂寢旋丁本生母憂歸買宅山陰郎宋陸務觀快閣遺址也課耕敎子以樂餘年越中後進多從受業年六十七卒府志入循吏傳

移居快閣三首

江吳岸越任飛鴻幾度移家逐轉蓬山色蠡城非不好水光鑑曲更涵空風流何處追狂客蹤跡重教記放翁從此常禧門外路捉條筇杖勝花驄

料量家具又多乎一畝之宮足自娛疊石略存山意思蒔花聊破睡工夫方池濬後留雲在弱篠移來待雨蘇淸興未妨

長閉戸閒情恰稱白髭須

敢謂吾廬安樂窩比鄰風物定如何菱租魚市生涯慣麥隴禾塍本計多烟際呼將能語鴨莎邊畜得換書鵝遲他社鼓蘉蘉日擬其村翁一醉歌

寓南屏山房帀月將返山陰畱別讓山上人詩見話墮集中

附刻

巳公茅屋結層巔山色湖光落眼前借我僧房纔一月味他禪悅巳三年三年前借梁相國奉訪恆公適來住茶筍香清斷俗緣無那片帆東渡去鐘聲回首夕陽邊

石文字行之號貞石上虞人錢唐諸生有貞石詩鈔

貞石父兄以貿易來杭因家于杭之石龜巷家貧力學不屑爲舉子業與陳授衣學爲詩授衣其姊壻也貞石善爲幽怨之音金壽門厲樊榭丁龍泓諸公愛之遂結爲詩侶授衣言其家有小樓青山滿簾翠滴筆硯唱酬

竟日樵蘇不爨未嘗知世有可悅之事暇則把臂吟嘯林麓間不暮不歸後喪其妻又無子境益悴鬱鬱致疾以歿年才二十九有句云蕭郎三十行年近守家無兒最可憐厲徵君選定其殘稿爲一卷踰二十年其友人釀金板行之而吳與姚玉裁爲之序府志附文苑傳

同丁敬身訪張丈應華有贈

靜看林景過茅茨徑曲村深步屧遲南北舍分新竹色兩三客對夕陽時鄰多野老同耽隱貧有閒人共課詩長日閉門殊自得橫空意氣許誰知

寄陳授衣

魚腹音傳迹尚留谿門何日繫歸舟追涼曾共青山晚恨別俄驚碧樹秋舊雨風流原可憶浮雲世事又何求眼前不見陳驚坐俯仰悲歌隘九州

八月十二日對月聞鄰家歌

偷聲減字翠蛾顰水面吹來細若塵知雨滿筵紅蠟燭不須簾外月如銀

西湖感舊

碧桃猶繞舊池臺吹徧東風尚未開游客重來人不見簾前細草短于苔

張沅字應華號畏廬又號歔邱福建人有頻伽集

畏廬自閩徙杭家候潮門外窮老江濱兀傲自負每得奇句必命兒子持示丁龍泓龍泓知其有擊鉢之好輒奮速藻書付其子報之疊險韻至無算而氣不竭積卷盈寸題曰南村倡和當湖陸雲軒夔之爲刻其半

遊湖山斗閣

佛螺仙髻小嵌嵓碧甃朱欄迴不凡水葉消沈魚影出亭花岑寂鳥聲饞緣章香染芙蓉幌梵字晴翻瑇瑁函倘使安期眞可遇春來相與覓龍銜

包家山紫石峭壁三疊前韻

西風吹老碧雲嵒秀削芙蓉骨軼凡鴟臭頻依藤竹軟齋魚初響午僧饞會留仙步花千疊誰劈神工斧一函早遇米顛應下拜蒸霞何似丈人銜壁上有蒸霞二大字

淨因寺桐木羅漢四疊前韻

五百分身住此嵒十八位梵餘色相更超凡手中獅老看花粲鉢裏龍愁渡海饞人境奪成眞自得文魔刪盡只空函夕陽一片頭陀石洗淨苔痕讀舊銜有虞德園先生碑記剝蝕不可讀矣

籬下鶯粟初茁命兒子逵遇並除草八疊前韻

小圃疎籬對遠嵒到門莫笑主人凡喜看嫩甲經時美便當園蔬可已饞葉作羹可食客至何妨燒短燭春來每積乞花函著成七命吾家事會署芳名第幾銜

朱升吉字曙升原名霞字赤城嘉興人錢唐籍諸生

江上秋懷

江上潮聲迴山邊樹色秋西風吹落葉一半下寒洲射弩何年事揚舲此日愁前途逢賀監買醉酒家樓

戴文燈字經農號匏齋歸安人乾隆丁丑進士官禮部員外郎有靜退齋詩集八卷

匏齋爲富陽董文恪公分校京兆試所得士因延課其子相國文恭公久躓禮闈爲東陽校官境窮而業愈進成進士後官儀曹者八年儤直諸公每有經進篇章輒資以商榷汪文端公金檜門總憲尤所倚重遽以疾卒所作詩文甚夥病中手定詩八卷詞二卷子璐請文恪序而行之

銅鼓歌

春風招我城南隅平生夔古情不渝忽從僧院見銅鼓寶氣騰趠光樵糊土花暈碧蝸蝕篆以指畫肚煩追摹斗紋連錢

錯水草刳中縮項提壺盧叉如繫腰擊杖鼓圓臍凹凸陰陽殊金蝦蟇跳乾鵲噪淋漓元氣神明扶發聲一聽鳳凰叫奮響復見蛟龍驅流傳未識幾何代人言潛躍曾江湖吾聞周官鼓人職四金六鼓申錞于後來伏波下揚越威棱遠讋麓泠姝插天銅柱限中外旦旦信誓蠻獠孚範金作鼓置郡縣壓東小醜如囚俘歲時膢臘羣奔趨高張四筵紅氍毹前者唱于後和喁雲鬟墮髻垂羅襦金銀釵腳斜插鬟拔以擊鼓聲嗚嗚交人聞之心膽落此語自昔亘匪誣怪今蝸角蠻攻觸（時聞交南內江方熾）神物無乃徒虛拘烏呼日南十三郡龍編羸𨻻皆名都宋之開寶明宣德失手一棄成逖逋請纓誰裂終軍繻樓船下瀨何時無誅夷梟獍復版籍五管風靜消鳴枹歸來更獻銅馬式大哉無外恢 皇圖

題張孝廉守愚耕田識字圖

有手欲把鴉觜鉏，有口欲談鶴頭書。天公慳此難并得，吾兄奢願毋乃虛。君不見東鄰屋山高矗矗，黄者爲金白者玉。秧歌芸鼓祝雨風，收得千倉萬倉粟。又不見西鄰咿喔村夫子，嬌兒蓬頭婢無齒。跰躃行叩屠沽門，撐腸拄腹徒爲耳。鳴呼人生憂患亘有由，三倉羣雅空冥搜。子雲問奇亦投閣，昌黎識字終潮州。如何終買二頃田，門前穲稏黄雲稠。朝驅觳觫飯畬火，醉舞獨速眠糟邱。沈吟此事意未决，揶揄路鬼聲啾啾。肉糜可食餅可畫，蟪蛄何足知春秋。兔園一本手斷爛，相對行歎復坐愁。吾兄吾兄負時彥，眼空世事百不憂。架有賜書盎有粟，宏誓大願非輕求。宮贊吾友託豪素，潞亭秋水攜歸舟。縹緗萬卷足南面，薑韭千畦儕通侯。新秋涼露一示我

妒君奇福能兼收放歌企脚北窗下仰睎塵俗同浮漚耦耕知我已無分或許載酒相從游

沈錫斗歌

古來良工重制器一技有得名不磨文房服玩多擅巧煅冶方法推嘉禾先時元吉號黄錫博古一一收宣和爨矮之壺鸚鵡杓月波春釀喇紅螺存周沈老又繼作爐錫滑澤平無頗攜之晝榼製樸儉此斗猶得供摩挲巧偷豪奪幸不及且免羽化歸山阿長安羶葷列盤饌柘枝筵酌金叵羅暹羅斛角堅昆碧層沽轟飲朱顏酡折脚鐺邊笑措大忍飢煑字擁鼻哦吳船酒到潞亭岸青銅三百寧爲多二十九日日日醉斗兮斗兮柰爾何

雨中遊東林寺二首

霜餘林脫葉雨後石生苔礀響雙龍出松鳴萬馬來昔賢披講座今日弔碑材拂蘚遺文在誰將生面開（李北海一碑爲居民所殘滅虞伯生一碑仆置于路）尚有田田葉荒寒水泱渠勝游傳畫壁（三笑堂影壁繪像頗佳）淨業付齋魚典午名賢在羲皇太古初莫言諸佛少此事押綱餘

贈陳竹町

過河空自泣枯魚嬾惰無心慣喫虛世事早知鐘盡後離憂偏在雁歸初正平此日羞懷刺安道由來怕曳裾賴得故人相問訊出門一笑竟何如

廿年冰雪見交情（謂亡友姚玉裁）話舊驚呼隔死生江左文章誰並軌西湖風月仗齊盟談天自笑憎多口畫地從知不噉名明發白沙洲畔路獨攀衰柳賦蕪城

除夕抵平樂

去年燕市風前雪今歲灘江嶺外舟自算此行幾萬里最憐一別又三秋驚飈不定東西轍昨夢多疑汗漫游好爲歸鴻報消息玉梅餞臘過昭州

憶舊游四首

海涌山前倚畫橈玉奴絃索玉人簫九枝燈影琉璃脆一抹紗痕茉莉嬌春水斜通吳子苑秋風吹過泰孃橋酒旗歌板應如昨不向行人寄柳條吳下

清淺紅橋水一灣柳絲荇帶入花閒夜船燈火眞無岸曉日園林別有山隔舫衣香熏百和當筵笛色授雙鬟二分明月珠簾下惹得樊川鬢早班廣陵

渭橋水落灞橋回漢苑秦宮半劫灰七宿春城猶北拱五陵

秋色自西來鶯花杜曲豪家夢蒲栁江頭野老哀今日太平無一事函關紫氣接蓬萊闕中

山作瑤簪水熨羅鷓鴣聲裏柰愁何只言風物宜人好杜詩宜人獨柱林不道炎荒遷客多窗雨壞牆侵薜荔驚濤入峽走黿鼉雲陰一望蒼梧野斑竹蕭蕭聽楚歌桂林

馮華字位三號秋船烏程人乾隆庚辰舉人官仙居教諭

秋船家思溪後遷杭州習杭音登賢書後應咸安宮教習期滿選仙居教諭少年蜚聲藝苑爲齊息園張藻川兩先生所奬拔中歲游歷江右中州觀風覽古詩宗宋人而書法獨得唐賢矩法且好飲每當哦詩作字必滿飲數觥以發其興司鐸仙居放情山水益沈湎于酒疾遂不起

苕溪故居

頻過舊里鬢成絲一水灣環打槳遲每自故人留宿處難忘童子釣游時板橋落葉秋將老茅屋清樽醉不辭向晚溪風

吹獵獵菱歌漁唱總堪思

抵袁州

瑞陽取次到宜陽秀絶雲山占一方郭外烟江環曲折楚南嵐岫接青蒼燈明小閣千家夕草雜閒花滿路香今夜卸裝何處宿宜春臺下景賢堂

文安館即事

長安九載苦淹留來就清溪客館幽隔樹寒烟朝叱犢當門春水晚拏舟時繙架上新書帙偶到橋邊舊酒樓風外不嫌漁唱近吾家原在白蘋洲

呂發字發之號節庵本姓吳歙人籍錢唐有獨樂吟草二卷

舟中

歲暮猶行役，興懷轉自傷。片帆隨去雁，一夜入他鄉。岸冷風摧荻，冰凝水落塘。寂寥回望久，雲物總蒼涼。

歲暮

風雨催殘臘，年華又欲遷。不堪愁作伴，因與酒爲緣。好鳥聲如契，寒梅香可憐。如何困行役，終日費周旋。

鄭大倫字青璧，四川人，籍海寧。有瓠軒問梛稿。

與趙雲岑坐

比屋通艮晤，論交若飲醇。嘉言持作贈，浴德結爲鄰。細數春花落，閒題錦字新。天涯存古誼，相對轉情親。

江羽青字霞宇，歙人，籍仁和。

送客之興田

行藏隨分且徜徉，石廩仙芝九曲香。此去遨遊知不厭，寶峯

鐵笛閒松籟

汪日煥字旭瞻歙人寓居仁和

旭瞻學詩于厲徵君詩即附刊樊榭山房集中

秋雪庵贈與耆上人

偶繫春風艇難尋秋雪詩千峯遙供養一衲古須眉野竹遮橫彴疎花出短籬客來閒指點空闊鷺飛時

金輅字壽封號耐雲又號荆村常熟人有耐雲遺稿

耐雲家饒于貲性孤介不諧于俗每爲羣小所搆乃棄去挈妻孥爲杭之寓公工畫梅蘭詩尤雅潔歿後其女夫王臺集殘稿百餘篇板行之

野眺

杏落飛紅雨山橫鎖碧烟春光初一晌蠶事已三眠水長魚苗貴籬疎槿葉鮮江村好詩料收拾寄吟肩

陋巷

陋巷無車馬琴書鎮日親病來思健好貧後見吾眞白髮能欺老青山不笑人蕭蕭何所寄四海一閒身

春晚喜晴

林梢一抹暮雲橫預卜明朝可放晴打點杖頭錢幾個銷磨湖上月初更不知白首埋何處且託青山寄此生蝴蝶夢醒誰是我未應栩栩戀浮名

兀坐無事口占

賃得湖陰屋數椽端居日暇永如年無魚久已羞彈鋏有酒何妨便學仙幸以長貧辭俗累每於多病語因緣披裘不作沽名客何必溪頭問釣船

國朝杭郡詩輯卷三十一終

錢塘吳慶坻校字

國朝杭郡詩輯卷三十二目 方外

止嵒 淨挺 今釋 智瑛 明方

戒顯 宏覺 大璸 通問 顯鵬

序燈 同谷 德玢 元輿 正瑞

元迴 元通 元瑢 原志 德艮

寂證 普映 海雲 定兩 性質

通賢 通賢 濟萃 海岳 海懷

寂進 心印 大涵 智一 聖潛

元尹 大善 實昌 得信 實慧

超源 大寧 德言 義果 如理

雪峯 明義 靈苗 隆樹 上緒

明中 明奇 明翹 實寧 成鑑

湛谷端文　施錫昌

凡五十八人

國朝杭郡詩輯卷三十二　錢唐吳顥原本　孫振棫重編

止嵒一作正嵒字豁堂靈隱寺僧有同凡草

豁堂善畫仿元四大家見圖繪寶鑑續纂王文簡言其詩無蔬筍氣比之湯休帛道猷之流然以爲即徐世臣則誤矣豁堂鄉貫府志以爲金陵郭氏子姚江詩存以爲餘姚徐氏子未知孰是夫空門託迹號曰出家是其家之所在正不必深考但就卓錫之所因而繫之斯亦可已

田家

田家無他望所望在平畦但恐終歲力不得遂其私何哉造物者亦得厚我施夜來微雨過使我菽麥滋登邱一以眺秀色遠參差此時桃與李豈乏好容姿顧予朴野性獨與此相宜及時務耕作那敢貪天爲

湖上晚歸

我家北峯裏雲木何依微日暮空翠合飛來沾我衣松月如

有待水禽相與歸隔林幽磬出隱隱發清機

黃巖送方孟培歸寧海

在遠無相識逢人似故鄉寒潮連桂檝春雨別松陽柱折江瑤脆杭炊楚玉香歸與及耕釣烟水計何長

聞琴

密篠拂瑤石蒼苔横素琴俄然青松樹爲我成幽吟風靜半溪月泉鳴何處林遥從弦指外一見古人心

春暮過月公山菴

清溪初過雨衣衲受微風一徑松陰裏孤帆麥浪中山幽便静侶雲懶似衰翁容易將春老當杯莫放空

靈江舟中

西湖見月別湖濤月半臨江江水深幾聽棹歌諳越調漫隨

人語作鄉音風腥曙枕潮頭長鹵潤寒裝海氣陰便是東流
亦辛苦與君同負住山心

宿福緣寺

月交春小欲開桃地僻人稀暖卸袍門入蒼陰穿徑古窗搖
翠色落峯高秋深葉散千重錦夜靜松來萬壑濤信宿未遑
今暫去還期挂衲煮香醪

湖心亭同諸子晚眺

夜氣始闢如鴻濛孤亭獨立湖之中纖雲絕點太清裏片月
忽來滄海東偶一長嘯衆山響白雙老眼萬古空兩峯西去
青不盡總屬蕅花垂釣翁

月下由御教場下投淨慈宿朗公房

御教場中月直時下山全不道歸遲三松影落平湖月一路

沿鐘到淨慈

黃巖小橘甚佳喜題一絕

橘花如雪憶長洲橘子黃時到古甌多謝吳天憐夢遠飛霜釀出洞庭秋

戲贈友人惠日鑄茶

幾日春游遍若耶入城布衲滿烟霞正愁仙福難消受又喫人間御貢茶

淨挺字偎亭仁和人有雲溪近稿

偎亭者徐世臣繼恩也號逸亭明崇禎壬午副貢性至孝嘗割股療父疾少時結登樓攬雲諸社高文積學主壇坫三十年與西泠十子爲密契甲申之夏發憤草檄以危語中貴陽逌南都陷遂棄詩書斷酒肉有絕俗之意歷十餘年父母皆歿乃從洞宗愚公受具爲僧主禾中資聖寺武塘慈雲寺鶴勒菴若西溪之雲溪菴乃其所創也又以天竺雲峯中落矢願恢復期年而工成年七十卒未落染時著十笏齋集二十餘種落染後著學

佛攷訓周易略等二十餘種見毛大可所撰墖志

山居

寂寂山中人居室塵不埽白雲環逩之階前盡荒草徒侶絕往還形容樂枯槁一笠與一瓢兀然忘其老空山罕人迹只聞禽鳥語一聲金磬幽匡坐泯情慮朝引清風來暮送落日去客欲從之遊往往不知處門外白楊花門內蒼松樹

錢唐懷古

青邱西郭水連天慶忌孤墳落照邊夜夜海潮飛白鳥年年江月度烏鳶越王臺榭愁荒草吳苑笙歌泣斷烟七十二峯零亂後只今依舊采蓮船

西溪道中贈嬾耕上人

秦亭高望兩峯齊十里寒光壓短溪青嶂半開紅樹影霜橋一帶白雲迷僧行古渡遮鴻迹客語空齋雜鳥啼相對渾忘時早暮隔林遙指夕陽西

今釋字澹歸郡人廣東韶州丹霞寺僧有徧行堂集

澹歸姓金氏名堡字道隱號衛公崇禎庚辰進士官禮科都給事中永歷朝忤旨遣戍廷杖兩粤事潰遂出世于丹霞苦行精勤興建丹霞禪楊緣法廣大而一文一絲不私其身家十方學徒腰包而至無不服德皈依刹宇既成迎其師天然和上居方丈身就執事之寮粗衣蔬食超然本色沙門若不知其爲少年才名甲天下之金道隱少壯制藝奇古爲庚辰之冠眼空一世披緇後堅忍荷佛法盡變生平夙習丙戌秋涅槃于丹霞

聞高齋還公安

別離不覺易過後悔常遲此老已歸去何時重見之嶺雲緘舊草江月憶新詩零落尋山寺虛齋只夢思

毘陵天寧寺贈鄧孝威

癡夔都歸清夜猿九招未許弔湘魂憑君感慨詩中史賸我蕭條物外尊誰遣兵荒爭洞壑尚餘衣食累乾坤一瓢去就隨人事片葉書懷且杜門

人日龔芝麓鄧孝威垂訪海幢寺

勝流坐對即空山未礙梅花笑往還風雨雜陳今昔夢松筠長護死生關珠川定寫何年淚玉竹猶分一樣斑此去相思無近遠曹溪元不隔人間

無題二十四首 錄十六

飽食安眠即是家香爐茗盌豈無涯竈投夢裏還成夢蜂到花開不損花孤竹待扶曾拗曲三桑已老莫生丫難教洞壑來尋我且向西軒呪晚霞

金莖琦樹一時焚薜荔裁衣賸作帬生事蕭疎纔粥飯人情

輕薄又詩文千峯壁下狙公芧萬室瓢中蕩子軍自是衰殘
愁落脚錯將妒眼羨流雲

一觸因緣自作儈貿中五嶽儘憮棱指開古鏡光如舊坐老
蒲團破未會此去即成無口䳄從來不學下韝鷹只今兒戲
都何意四大渾銷一片冰

萬里難安舊草堂只容瓦礫共商量並存鬧市三分狷獨注
長流一半狂下澤寒還催折軸東風暖不抱枯楊急輪轉到
迷離處今古英雄竟白忙

閱盡昏鴉繞樹啼何妨鈍鳥得蘆栖半生冷貫風從北一榻
炎蒸日向西但有挂絲能縛象即教改歲亦攘雞原來雙眼
無私甚入水看人總不齊

涼入秋分露已零碧天爲滅最繁星七年破衲風前暖八月

潮聲樹上聽無事到頭難得白遠山擡眼忽然青一聲大笑板鳴後木榻何心待草亭

人間何事不摧殘魂斷霜風趁馬鞍學道始堪兼疾病乞身甘與換飢寒生逢善友能操業死是亡僧莫置棺起宅覆巢多少恨一蝸行殼幸相寬

活計春來嬾出門阿誰屐齒破苔痕本無去住休賓主不遣存亡報子孫野老滿盤分果熟道流貼體解衣溫莫嫌飽喫叢林飯也得金吾棒下恩

獨臥虛庭宿鳥鳴鐘聲徹耳告秋晴忽忘呼吸空三世似有冰霜入五更一望星橫雲歷歷半敧花動月輕輕算來日出無些事竹枕重安夢不成

商飇幾夜卷平蕪休道炎州草未枯香冷暗飄黃有菊聲輕

徐墮碧非梧春秋莫辨移時相生死難成夢境呼我亦旁觀
惟袖手聰明起處便糊塗
僧堂宿罷宿孤峯換水安魚豈異同隔世偶當留敗笠甏來
僻欲撫高松鉢盂有柄依三觀鼻孔穿繩守一中除境除心
俱莫說除除早已不空空
石上題箋付與誰春成漫與少陵悲香新藷飯初開圃色壞
荷衣醉貼池地㷗暫忘紅榾柮人荒難待白須髭便將半著
收全局也合偷閒過此時
老怕應休學少年憂時成結喜成顛無弦得弄琴三疊有件
裁看石一拳閉戸鈔方偏伏枕因人博飯媿栽田楊花又現
浮萍相水泛風飄不異緣
生憎夢裏未曾閒搔首秋林落照閒拔俗始逢師與友誅茅

定欲水連山無端花發如栽石多謝風來免破關看煞白雲分片片相隨去也不知還
風雨崇朝苦未深爲憐頳尾半浮沈蒼鷹自喜追毛血元鹿何辜席藁砧七寶不皆天上落八音偏向哭邊尋若知同輩應無憾直下求安只此心
曾于明白盡挃排窟裏藏頭事亦乖劇夢纏緜千日酒妙身分付一堆柴誰能相外安無住好在空中趁活埋但與通盤俱打徹到家依舊著芒鞵

戴菴

落葉平坡外騎牛古寺還一回風雨過幾幅米家山

光孝寺鐵埳

我見南漢碑輒憶雲門老有寺閴無人庭前一丈草

智瑛字玉華錢唐人

玉華姓徐名滕字而上諸生少以制藝名家與錢唐令顧公咸建交及顧殉國難即從土橋老瞿曇削髮以老

題鏤竹紗扇

鏤空寫圖畫捉影愈憮糊看到風生處方知竹也無

明方字石雨住仁和報國院

石雨嘉禾陳氏子雲門散木和尚以斷拂子付之自稱斷拂子居寶壽開荒钁土得石函舍利乃薰禪師瘞所也先有嚴居士疏云五百年前石田五百年後石雨又碑志石田忌辰正與石雨誕日同其爲再來無疑見吳本泰西溪梵隱志

九曲嶺

一歌登一曲汙漫不爲遙逼面雲連石過頭杖沒腰竹疏生就嬾松老養成驕鎖得溪聲住泉流不可招

戒顯字願雲號晦山住雲林寺有晦山和尚全集

別裁集以爲雲南人靈隱志云太倉王氏子弱齡游泮後入金陵華山禮三昧老人祝髮受具雲䕶齋詩話云雲林多詩僧頤公而外則有晦山載堂慧麟廓門玉山巽峯以貞迂叟杲堂鮫雪雲白睿石山臞曇印冰厓聖允大樸共十七僧皆能詩吳門徐增子能彙輯一編名曰珠林風雅

登黃鶴樓

誰知地老天荒後猶得重登黃鶴樓浮世已隨塵劫換空江仍入大荒流楚王宮殿銅駝臥唐代仙眞鐵笛秋極目蒼茫渺何處一瓢高挂亂雲頭

宏覺字夢破仁和人有蝶菴集二卷

夢破姓汪氏名浩字道闇童時爲郡守孫鳳林所賞試輒冠軍後游橫山樂其林巒之勝誅茅架屋攜妻子居焉名曰蝶菴人亦以蝶庵先生稱之客至傳柝葛巾草屨迓客于草堂之上春秋佳日負杖東行至留下或剌船河渚開俯仰登臨終日忘倦故人丁式死妻女貧無依贍其衣食二十年如一日其重行誼類如此初參漢月藏公名濟斐字月用乙酉後從博山援公薙染乃易今名詳見同時胡介所撰蝶菴先生傳諸草廬浙詩選

既未拈出此節而輶軒續錄遂以宏覺濟斐爲二僧矣

寄劉喜符下第

得失於今易地觀吾將斗酒賀劉安碧翁能解幽人意放爾歸來理釣竿

大璸字石公仁和人住雲栖寺有石公新舊稿

石公姓顧名若羣少爲諸生中年落染初住虎跑寺後主雲栖法席

初出江口

孤嶼天際浮連檣霧中出秋容肅驚颸潮勢盪落日凭欄舒遠眸推窗散餘帙未能冥至理且冀綜道術吾生定有涯誰能因蓬篳

別馥菴

偶裂塵網出因爲汗漫游夔兹山水縣與子成淹留朝看白

雲起暮聽江水流有時還策杖臨壑復登邱茅屋多眞意動息無所求心期既歷落顧此忘百憂好風西南來羽翰生素秋臨岐一揮手意氣淩滄洲君還坐巖壑幸無生怨尤

從古法師曲水菴至一公秋雪菴

鶗鴂一鳴百草死芙蓉獨泣江上水更有蒹葭似秋雪湖西山淺孤光起遠公結社廬山岑永公恰號東西林丁丁蓮漏滴香冷我來折角閒招尋門前湖水鴨頭綠三畝之宮百千曲斜陽釣艇拾蘭芽彎隄斷埂遙相屬

、詠史

興慶宮西花蕚樓五王簫鼓晝同游曲江宰相千秋鑑纔得開元二十秋

通問字箬菴松陵人理安寺僧俗姓俞

訪鹿長居士

快論猶能勝昔年句香筆底走雲烟攬青直上城頭路靠晚同尋郭外船掠盡一溪風色好豁開空界月輪圓山僧自笑波瀾窄瀹茗頻添落澗泉

病後喜顧山臣居士至

住山豐儉過年年播弄晴霞曉嶂烟不受世情當面吐慣撐湖海逆風船一番病骨安閒在三到荒林笑語圓莫怪待君空索寞得來新茗試新泉

顯鵬字彬遠一字秋蟾號嘯翁永嘉人杭州東郊栖禪院僧有村居詩三卷

徐紫山清波小志學士橋側有笑隱菴又名法喜院老僧笑魯者居之予童時見其人自言從董宗伯其昌陳徵君繼儒游故其書法不落時蹊每朝夕往來橋畔眺望湖山意有所得輒賦小詩一日舉一燈千古夢萬壑

老僧寮二句示予是時予未知詩也後歸天台山年餘復來沒于菴中繼席者爲翼菴其徒彬遠奕是俱能詩

按彬遠名顯鵬自稱嘯翁老人棲禪菴在諸葛廟北近鄭家垻見艮山雜志康熙初翁來卓錫于是卒于四十七年戊子僧臘六十七世壽則不知也張潔園芳村居以後詩序言嘯翁永嘉人而未詳其薙染以前之蹤跡二徒曰青笠鑑曇吉瑞俱前歿呼爲老龍乳虎而哭之慟青笠曾刊翁蘋洲詩略跋云受業門人正鑑記黃書厓武林先雅云嘯翁似明故侯之裔然不知其姓宋周密號弁陽嘯翁著草窗詞一名蘋洲漁笛譜今其號與詞名宛然相合豈俗姓周即崇禎周后之族耶又案毛稚黃等二十人西湖讌集亦有顯鵬詩且載其字曰彬遠今輶軒錄及全浙詩話皆作彬遠而不舉其名誤也

題曹將軍水廟

斷碣依江口荒祠落照平人烟雙徑出古木一橋橫水國蛟龍氣靈臺鳥雀聲千秋功業在廟貌獨崢嶸

讀稚黃先生遺稿

木落當殘歲孤墳一望春黃泉雖有汝草野即無人子舍圖

書在湖山翠色新定知高妙處長與白雲親

示越眉

一椽聊自息閑戸莫辭貧養壽宜忘慮居村必近鄰無求原率意有道是遺民眺望亦吾事相攜到水濱

讀徐孝直先生詩集次韻賦贈

其向東林訪舊朋茫茫塵世逐飛蠅一春梅事偏多雪二月河流已斷冰雨暗金笳空北渚風高鐵笛滿西陵忍將詞賦添憔悴身似湘纍在碧澄

酒態文心更不平年來蹤跡竟無倫清尊獨對烟霞老白首難同子弟親夢寐湖山勞騁望棲遲歲月逐芳春奚囊詩句誰堪比古調長懷漢與秦

寄紫凝

參差亭榭歲華新湖上幽居傍水濱詞賦終能為棄物桑麻自可作閒人林光不斷飄殘雪草色無窮望好春婚嫁少完兒女事早來東郭結比鄰

序燈字奕是郡人有嘯隱偶吟錄

九日吳山讌集值雨次韻

吟懷未許老重陽霜雪無端入鬢長幾度白衣虛令節致疑黃菊是孤芳野心一片湖雲外灝氣三秋海日傍山閣若逢閻伯嶼方君詩思敵王郎

同谷字惠荃郡人住淨慈寺有雨華草

退庵氏曰惠荃與陸氏景宣徐氏野君友善詩無語錄習氣

憫荒

靜臥空山感佛恩清泉野蕨此身存驚聞齊魯民相食痛見

桑榆皮共吞誰是長孺能矯詔盧頃公緒有哀言我慙定力難持久齋鉢朝朝乞遠村

德玢字玉山蘇州人雲林寺僧

秋日過米山堂與胡循蜚話舊留宿

屋裏青山晚池邊紅葉秋主閒方對鶴人到不驚鷗傳茗當良夜挑燈話昔愁茫茫湖海上誰是泛虛舟

宿村落

城市那有此桐陰開竹扉閒庭石苔厚僻徑野花肥蟬噪隨風落鴉歸帶月飛偶同村叟話一坐釣魚磯

元輿字月庭號載堂秦川人住柏菴有雲閒草

正等寺孤松

見說雙松樹華宮左右分昔年同拔地此日獨摩雲寺古龍

無伴巢空鶴失羣晚來根畔坐相與對斜曛

焦山

江海無波一鏡平焦先隱此最知名奔濤響接金山寺陡壁陰連鐵甕城姬代篆文傳古鼎華陽鶴迹記仙卿眼空三詔餘何有兩漢乾坤落葉輕

正瑞字慧麟南昌人佛日寺僧有鶴峯稿

登韜光

一上韜光路幽篁鎖晝陰方池清漢出殘碣綠苔侵葉脫飛晴雨山深噪暮禽斜陽引歸客寒韻滿空林

冷泉亭

泉亭幽絶傍靈峯樹老烟蘿覆幾重洞壑劈開青玉峽雲霞深護碧潭龍逼空螺髻攢圖畫漱石溪聲雜寺鐘一坐凜然

毛髮變冰壺清澈豁心胷

秋日登五老峯

天半崚嶒如削玉五峯齊立面彭湖何年裂破千尋掌此日懸空萬里圖碧落風回龍鬼泣蒼厓路陡狖猿呼高巖騁望眞無極遠見微茫大小孤

元迴字巽峯湖廣人雲林寺僧有采蘋草

過雲嶺菴

爲愛山堂靜層層入薜蘿方池深竹暗峻嶺亂雲多樵外無人至林中有鹿過幽探情未已帶笠出松坡

元通字廓門沔陽人雲林寺僧

送廓聞兄歸楚

同條同里復同年道續靈峯更廓然總是故鄉先駐錫何如

此處且談禪別時月桂天香下歸路晴川霜葉前君過沔陽人問及爲言明歲買江船

元璿字睿石號荆山翁太倉人雲林寺僧

睿石爲太倉陳氏子晦山由靈隱移佛日以衣拂付之後嘉善魏青城請住東塔寺凡十一年退隱寶積院有荆山秀州二集宜山居士盛遠復選刻其詩曰續林雪見禪林詩品

獨坐

獨坐溪邊屋頻聽落葉聲斷雲停樹散殘照入窗明花放晚香細澗流秋水清老眈書一卷門外嬾閒行

春日遣懷

不覺春將半身閒種種思雨來楊柳重寒壓海棠遲久閣登山屐新吟送雁詩梅花殘鄧尉卻負故人期

懷文可禪師二首 錄一

清秋旅夜獨懷師衣捲西風落葉時寒食記談游粤事小春曾送入吳詩論心舊雨三年隔歸夢殘燈一夕遲昨過山堂見遺像滿頭短髮白絲絲

過選佛場

招提來訪不辭遙行盡松杉過板橋新燕向人尋舊壘老僧留客話前朝綠迷曲徑環池柳紅映疏籬隔岸桃此地悠然眞可羨何時高卧聽江潮

立春夜同徐而菴話舊

靈峯看雪已經旬每對寒檠話獨親司馬病身偏客路少陵詩骨老風塵冰巖夜凍猿聲斷曉樹春來鳥哢新且闔籃輿同過歲先生原是住山人

懷高峯靜室

千重雲壑萬株松一個茅菴對北峯猶記昨秋乘月到夜深聽打隔湖鐘

原志字碩揆雲林寺僧有借巢詩集

碩公姓孫鹽城人王澤宏塔銘言公手刃父仇乃還鄉告祭父墓部署其母與弟得所至通州佛陀寺祝髮

酬李南枝秋日同佟鍾山見訪

經旬雨未休阻我碧山遊擁褐過今夕思君從去秋泉穿溪石瘦雲護草堂幽雙璧不常見吾將老一邱

舟行寄友人

烟雨江南一葉微松潭漁火夜相依斷沙雁起金精出孤嶺猿愁木客歸楚國柑橙勞夢想丹陵霞鶴問音徽無因得似滄浪叟始憶離巢已倦飛

山齋遣興

棋局茅亭幽澗濱竹寒江靜遠無人村梅尚斂風前笑沙草初偷雪後春鵬鷃喻中消日月滄浪歌裏放心神生平自有烟霞志久欲抛身狎隱淪

德艮字以貞福建寧化人雲林寺僧有谷聲集

登雪竇

扶藜宛擬上歐邱孤頂平開一逕幽烟鎖萬峯圍祖窟瀑飛千丈吼神洲松杉古翠侵毛骨殿閣高寒接斗牛最喜更闌風雨夜鐘聲遠逐亂雲浮

寂證字飲雪湖廣孝感人雲林寺僧

雪夜

雨雪連三日空山布衲單澗邊泉響咽天外雁聲寒不寐更偏永懷歸歲又殘天涯多寂寞隨我只蒲團

普映字雲白荆州人雲林寺僧有碎金集

八月送以貞首座歸閩

同堂逾十載晨夕在靈山九鯉一帆去三生片石閒荔枝應我寄柱子與誰攀别後遥相望西風落葉斑

海雲字山臞江夏人雲林寺僧有蒳村集

入匡山訪友

匡阜如何久未登訪君路入白雲層鐘聲響出前朝寺石骨寒撐萬古藤數煑碧泉淹夜話頻燒紅葉代秋燈相逢知己眞難睡五老峯前日已升

定雨字潤生號冰壓蘇州人雲林寺僧

冷泉亭遲月

薄暮孤亭畔松風合澗秋龍橋人影息鷲嶺梵音幽月上遲

方得蛩吟久不休此時澹無慮星漢共悠悠

性質字大樸湘南人雲林寺僧

登天童

海嶠巑岏幾百重山門廿里鬱靑松雲開金碧玲瓏寺鼇戴芙蓉太白峯震旦一人懸毒棒滹沱千載振綱宗我今到此生慚愧幸得追隨有大龍

通賢字石香號迂叟江南常州人雲林寺僧有東游草

宿臨平過友

日暮過皐亭東行月正明幾村家犬吠一路寺鐘淸投宿逢知己燒燈話舊情別離將五載今夜在臨平

通賢字聖允郡人雲林寺僧與石香同名

渡海

一身天地外萬里盡洪濤巨艦雙帆疾中流四面高洪雷奔白日亂雪捲金鼇觀此滔滔者浮生毋乃勞

濟萃字奕山雲林寺僧

冷泉亭

滴瀝辭雲竇泓澄北澗陰亭餘玉局墨記載樂天吟影浸松杉古光回殿閣沈軒車如到此六月已寒心

海岳字中洲京口僧住海寧安國寺有綠蘿菴詩

中洲主鹽官國師道場與朱止溪陸冰修陳令升查二南朱人遠陳子文陳敬之查夏重德尹諸老相酬和

冬夜期朱止溪不至

更籌數將半兀然不知寢霜氣透窗虛月華散庭影鄉思鬱莫攄客襟亂未整夜分期不來燭花照孤冷

訪友不值

尋君復不見寂寞出林閒落葉溪邊路浮雲海外山午烟桑柘隱秋色戸庭閒夔爾幽栖好歸來亦閉關

海昌諸同人西池雅集分韻

招遊無處不從容圓嶠方壺興自重水鏡清虛空眼界池光蕩漾寫心胷詩成雲擁涼臺樹茶熟風生講閣鐘一代唱酬應更遠竹林千古續芳蹤

海懷餘杭徑山寺僧

瀉玉巖在徑山東

千山春泛亂銀蛇百道流泉涌碧霞匹練倒垂吳市近落紅高瀉蜀門斜濤驚不息雷潛地珠濺皆圓水雨花若使有桃隨岸種問源舟恐失漁家

寂進餘杭徑山寺僧

題王周畫石林茅屋

幾許崎嶇石橫空直似山松杉行布列苔蘚色斕斑缺處誅茅補閒門帶月關此回眞得意夢不到人間

心印字樓林禪林詩品梅里志並作樓林原誤樓朴輶軒錄又誤作樓林 海寧僧

樓林曾主梅里靈源寺夌客喜論詩庭有老柹號所居日分柹山房文士能詩者多與之遊嘗選梓同人詩曰分柹山房偶編與斯編者周篔青上沈進山子李光基季奕子兆鋐八表徐在皆山李良年武曾弟符分虎諸子巡二觀蔡曜遠自并樓林十八朱求俟詩方外得錢宜買酒醉中有路可逃禪蔡嬾人詩堪持羅什吞針鉢也設東坡煑肉鐺皆贈樓林作也

暮秋山行

便無城市想一路聽潺湲徑踏高低葉秋荒無數山故交多事後知賸幾人閒廢迹何朝寺殘碑臥蘚斑

九月十三日過修竹居讀去秋壁閒諸作因憶武曾

乘輿訪秋竹蒼茫挈杖孤霜深楓桕老我與笠瓢俱隔歲重游處人懷三徑無聞公有歸信猶得及秋平

訪蔣丹厓村居

編蓬匾別業寒色上袈裟野水涵修竹漁舟載晚霞臨風秋作意近日眼生花自喜諳蔬譜來年且種瓜

宿潮音精舍與雪菴

羨爾今年白業精禪餘常耦道人耕藥闌前月紅三徑我鬢今年白數莖有興不妨來信宿無山何以慰平生雙趺暫假蒲團息夜夜深林鳥打更

送張居士權六之任烏程

故人舟楫別禪關且共離尊月一彎每惜花時長水隔更愁君去兩峯閒自天詔許開風雅當暑若遊好往還霜後定應

招野衲羨他官舍靜于山

大涵字雁黃吳江人住海寧安國寺有遊草五卷

雁黃爲潘氏子九歲出家旣長入靈巖從師繼起遊南岳有名楚僧忌之謀折其足乃夜遁走大雪中飢則摶雪食之自號喫雪子後在黃山聞樵伐木聲有悟盜擊之不死見陳元龍所撰雁公塔記

過富陽

老來漁釣漸相關盡日舟行目未閒翻怪晚風情太薄急吹人過富陽山

智一字苾芻住秋雪菴

苾芻嘗爲吳本泰撰西溪梵隱志後序

秋雪自題

秋窗底事雪彌漫風颭蘆花起釣灘點點定僧衣似溼飄飄漁火笠疑寒遠籠竹浪烟凝翠澹抹楓林葉尚丹忽聽小舠

歌欸乃西巖彷彿認晴巒

聖潛字師林號浮山雲林寺僧有藥香詩草浮山爲平湖陸氏子母見紫衣僧入室而生禮德山妙峯脫白

晚步松風臺同無菴作

薄暮隨休公登臺禮古墖碑荒字微茫樹老風颯沓不見敎海龍大慧稱爲敎海老龍惟聞棲禪鴿瞻依榛莽閒林黑凍雲合

遊南磵理安寺

朝爲南磵遊暮宿理安寺林壑萬籟淸石樓孤霞寄檐前河漢流窗下斗牛企高臥聞淸鐘泠然發心地

白龍潭

白龍躍已久蕩漾碧潭空漁父扣舷去桃花兩岸紅層城連睥睨香墖映玲瓏懷古臨芳渚滄浪動晚風

元尹宇宇亭一字旅三住海寧安國寺有泊齋集

宇公爲常州呂氏子舊住平陵康熙甲午始來臨官意氣閒靜信筆爲詩差有禪趣陳御史勳序而刊之集凡二卷詩居一焉自言舊有山居詠閒落索等集盡燬于火後復記憶輯爲一帙五言如馬宿青林雨人眠古寺鐘門靜一灣水窗寒四面松七言如當窗山靜先天畫遶砌泉鳴太古琴林中犬吠僧歸寺溪上人喧客到船尖頭屋插白雲任折脚鐺收黃葉煨亦自可人

題天嵩上人村居

屋構孤村畔門開五柳邊小橋斜入圃狹港曲通船窗白松梢月簾青竹底烟誰知栖隱意不必在山川

山居四首 録二

蒼松翠竹碧溪南卜得幽栖且養憨山徑敧斜隨石轉茅檐缺突就巖苫有香花落風千點無字經繙月一函夜後放頭鼾睡穩不知身在亂雲菴

篁滿黃精甕滿齏生涯隨分足幽棲青遮茅屋松千樹綠遶柴門水一溪世上休言蕉底鹿山中不畜枕邊雞新鋪草薦繩牀軟睡到天明鳥自啼

大善字心宗號虛閒錢唐人住西溪

虛閒俗姓魏

北峯起雲

峯頂白雲起雲起峯岩嶤乍疑半嶺雪翻作滿山潮影漏日光澹氣蒸天漢遙夜飛溪上宿零雨溼芭蕉

八齋

松頂結庵雲鶴伴四窗迎日接天開泉聲入磬簾前落山色和嵐几上來背嶺屋邊千个竹面峯階下幾株梅渾忘塵世兵戈亂靜夜驚聞聲似雷

實昌字智巖住大雄山崇福寺

山居

壘壘青山一徑通幽棲巖穴隔溪東庭參柏樹諸天靜門掩飛花萬法通好鳥調音人未起閒花吐豔日初紅個中清景誰能會彷彿巢由趣不同

矮屋山頭少客來惟餘松竹夾巖隈雨畱細草粘香屐風送閒花點繡苔野鳥音隨清磬散牧童歌逐夕陽回滄桑不問何年事憶昔雄心冷似灰

新陰亭午罷鉏犁萬個菴南一水西層壘巖阿雲最嬾扶疏林樹鳥偏啼身忘樂事平爲福悟到空禪定不迷山下儘通樵子路放歌隨意過前溪

得信字悟菴錢唐人西湖烏石峯僧有蓮槎詩鈔

恬菴俗姓徐爲侍郎賫村族子棄家爲僧所與游悉名公卿飛錫所至逾淮渡河過江涉嶺地主莫不延接恐後其在燕京邸第王孫至欲以精舍供養恬菴不屑也其詩爲徐紫凝吳寶崖兩公選定紫凝其兄也

金山

片石中流踞浮雲絕頂生一江天示險千里浪難平昨夜飄花雨當年駐甲兵神龍眠未起坐眺石頭城

留別賫村伯

待鼓錢唐柂蕭然瓢笠孤每來非乞米此去欲編蒲身在千峯定心隨百草枯清溪今夜月流照竹樓無

東范用賓次來韻

慧遠曾招雷次宗東林遺迹蘚苔封我今復舉蓮花社君但來登烏石峯白日空堂觀止水黃昏小閣聽疎鐘巖前莫怪多風雨松老時時欲化龍

荅閔憩召見過

相逢且莫話窮愁乘興何妨十日留麋鹿終身能避世英雄若個得封侯蕭蕭風急千山暮莽莽雲昏萬里秋極目正堪題妙句與君再上最高樓

病起偶作柬洪昉思諸公

白露才過秋又分終朝抱膝對斜曛四山涼氣全歸樹一塢寒烟半化雲裁錦夢輸蕭穎士瘦腰病似沈休文巖前晚桂花開好那得題詩共數君

實慧字雨懷住理安寺

雨懷姓張氏鎭江人雍正五年奉敕住理安寺見理安寺志

登大人峯

有峯號大人屹立倩虛表披雲造其巔一覽衆山小

超源字蓮峯郡人有未篩集

蓮公善畫點筆秀潤雍正間召入内廷賜紫衣杖鉢敕主蘇州怡賢寺其詩揣摹王孟舉釋典元妙融化出之殊有空山冰雪氣象沈歸愚尚書別裁集云

題畫

溪口有亭巖邊有屋不見人歸空留雲宿

雪夜踏月

踏雪兼踏月不知寒夜深吟魂同皓魄延佇溪南岑清光蕩銀海孤影依珠林靜極動靈籟想像太古音此時神與跡可參不可尋

至日偶成

羣陰剝盡時轉覺山光靜有風條不鳴心與水相映孤雲閒自飛野鶴寒依定寂然天地空萬物原無性

夢故友程風衣

春雨何淅淅春雲更沈沈程君已隔世宵夢來相尋自言身朽心不朽象外風月皆吾友從前膠擾海天空祗是泉臺無美酒斜陽烟柳門前溪欲別不別重牽衣寄語淮陰小兒女我今野鶴同翻飛

友人枉過開化寺

青眼多情客攜朋問暮秋人同山共瘦時與水俱流黃葉迷村路清風滿寺樓荒涼郊外景肯向錦囊收

夏日訪梅道士

飲我石中髓坐君松下堂此中無傀儡何地不清涼骨相烟霞古衣冠松柏香傍人催返棹明月滿江鄉

重陽前一日萬柳堂月夜書感

萬栁蕭蕭客思濃鳳城寒柝閒疎鐘溪邊風遞秋聲遠廊下月移花影重黃菊香清臨九日白頭人老隔千峯行吟漸覺衣裳薄玉露涓涓暗滴松

雪夜畱馬大鉢宿深草堂

畱君寒夜伴龕燈冷淡風光歷未曾明月孤圓千樹雪凍雲深鎖一牀冰喜逢宦海回頭客靜對空山打坐僧得句莫傳塵世去恐爲人見但生憎

題畫

春浦風生栁岸斜好山何處著人家白雲遮斷橋西路不許漁郎問落花

登清涼山

清涼絕頂立移時雲水蒼茫兩不知安得畫圖分隙地生埋

瘦影死埋詩

大寧字石潮錢唐人

寄胡柏菴

時有渡江夢孤懷歷歲深滄雲歸鳥意春樹野人心岸草青圍屋山花紅滿林好知千古事明日幾回尋

德言字心學吳山雲居寺外麓房僧有趺翠樓集

苔陸雲士以家藏中峯和尚墨跡見贈

幻祖高風在欣逢手跡歸筆花今始見書法古來稀虎向臨池起龍從染翰飛敬輿留俊句千載共瞻依

義果字巨濤住雲林寺有蕁草行人集

巨公俗姓章潤州名家子髫年祝髮于焦山時郡守滄州陳公賞其妙年好學不吝指授遂爲入室弟子其後雲水參學漸得綱宗侍雲林諦公執役九年無怠容師命參三不是問不是心不是佛不是物是甚麽語未竟

師打一竹篦因有省呈一偈云一擊敲開海底天塵塵刹刹盡歸源當場拈出無私句鐵馬嘶風躍九淵師頷之旋受付囑

繼主法席

早春過邗上游平山堂

東風冰初泮輕帆渡江水爲愛平山游杖笠閒來此悠然爽籟生漸入翠微裏怪松蟠龍鱗老梅破香蘂殿角拂烟雲丹臺遠塵滓落日垂西岡層巒列屏几淹畱心目清欲歸情未已暝色催行人疎林鐘忽起曠然有遐思支筇重徙倚

韶光卽事用陳長沙公韻

密竹深藏磴岧嶤上翠微山空容樹老僧定見雲歸香界消塵思疎鐘送落暉窗開湖海近指點片帆飛

冷泉亭納涼次友人韻

萬竹浮雲散雙峯破暝烟深林畱客屐清露滴風蟬月滿宜

良夜山空獨聽泉還同方外侶更步石梁前

重登北固山

江山歷覽開新霽北固重尋古梵宮三國樓臺秋草裏六朝烟樹夕陽中海門東去濤聲壯鐵甕南迴地勢雄更去淩雲亭上望蒼茫天水思無窮

江村晚霽用杜少陵韻

踈籬曲徑半黃昏返照全收烟雨痕野老捲簾山作畫漁人吹笛梛爲村鳴琴不厭風過竹倚杖欣逢月到門最是孤舟江上客莫敎當此黯消魂

秋日偕中洲和上登金陵北極閣

幕府淩虛到上頭黃花白雁正高秋江山王氣銷龍虎象緯荒臺賸女牛木葉晚風生遠嘯水雲斜日起深愁松林竹徑

歸途景藤杖相將興未休

如理字庭敏號日齋仁和滿月菴僧

夜坐聞潮

兀坐草堂夜銀河淡碧空露寒千戸月潮涌五更風越嶠濤聲外吳山雪浪中悠悠渾不寐漸覺小窗紅

曉霽郊行

曉霽穿林碧烟開遠浦明漁村初曬網田舍始營耕軋軋繅絲響潺潺流水聲歳和時可望我亦愛郊行

阻靈峯

白雲留我山中住故向靈巖鎖不開乍散乍浮還自合飄然一朵進窗來

夜之廬菴

衝寒冒雨過餘杭叟買扁舟泛野塘水靜荻深無犬吠隔籬
相喚煮茶香

雪峯昌化僧

石室冬梅

一枝瘦影頗精神陡矗寒梢不染塵玉骨豈愁冰雪冷空山
幾點已生春

明羲字佛日號煦園南昌人住理安寺

小東橋在小天童泉聲和上所築

三里五里之溪曲且幽七尺八尺之水去且留長石彎如霓
短策古如虬邀白社兮遲陶陸采藥草兮擕阮劉橋上松陰
交覆不知夏橋下花明歷亂不知秋既不容洗許由之耳又
惡肯飲巢父之牛數魚行兮澗底待月出兮峯頭一聲長嘯

譻林邱師兮師兮是樂也乃隱山者之所宜有非吾師之所應謀曷不移此當大江之東鎖奔飛萬里之積流

苔雲公

拋開世務事優游漱石何妨復枕流三脚茶鐺燒月下一枝藤杖插雲頭雖無桐島堪棲鶴卻有松巔可飯牛卓錫肯來荒僻地賸攜春色到林邱

雲公洗硯圖

天開地闢一西湖付作雲公洗硯圖只恐春烟春霧裏惱人越洗越橅糊

靈苗字培風郡人住天竺寺

赤鼻歌

我生難比冠玉佗胳胎先具誰規摩春風屈指已四十鼻根

未壞朱顏酡相從心起我心白相從心滅我心赤素容素質乃天眞何乃年年傷落魄或言甘酒肺家風世人皆醉將毋同或云坐久生虛火達摩九載如何坐我觀百物根先枯大木揭然爲灰芻不然渥丹將謂何病根合在山之阿

隆樹字樾堂錢唐人住淨慈寺有懷墅近草

樾堂胡氏子投南屏瑜老人脫白見雲蠖齋詩話

雨後湖樓晚眺

極目湖隄外烟開鏡面平雨餘蓮葉淨風淡樹聲輕坐久襟裾爽吟成夕照明即斯堪小隱何必問蓬瀛

中秋後一日同人夜泛

夔此湖中月輕橈挈伴游清光涵碧宇涼色淨高秋梵磬穿林出菱歌逐水流夜分情轉劇風露十分幽

上緒字亦諳號近溪錢唐人有益後集

亦諳幼薙染于吳山之開元寺後卓錫于葛嶺涵青院未幾移居南屏即孫山人舊隱處也層崖相望松竹交陰倚閣眺湖晴光雨色俱在檻下誠精藍絕勝處與厲鶚陳撰施安符曾時有倡和久之去游京師不數年示寂于臨平之小林

移居葛嶺用淵明韻

昔慕湖上山今愛湖上宅移居遂我情湖光見朝夕人生靡有常何事苦行役苟能釋俗氛何妨門閉席栖栖矯世者事恐易今昔不若倚仙翁丹經相判析

移居南屏再和陶韻

一歲三易居未始安其宅昨尋南屏幽日隱雷峯夕故人適嘉招欣焉從茲役精廬下瞰湖波光如綺席西吾開山僧也倜儻儔事蹟迴往昔余方慕道深理應從此析

酬葛陂

園扉亦何好蒼翠饒松竹月出含清暉溪影搖空綠素琴誰與彈高歌誰與續慨然念良友幽思結心曲忽枉巖中作披緘輿躑躅何當訪敝廬思君如瓊玉

湯紹衣月夜過話

小院鐘聲徹空山遠近聞何人知此意有客獨尋僧野竹迷青篠溪花覆紫藤惟應無月夜孤寢照松燈

七月望後湖上有懷

良宵安可寢秋月此初圓寥寂山中客淒清雨後天放舟孤嶼側聞曲斷橋邊不禁懷人意空波坐渺然

明中字大恆號癸虛住淨慈寺

恆公爲桐鄉施氏子生而茹素七歲投楞嚴寺爲僧儒釋之書皆能通曉善畫爲詩無蔬笋氣雍正間于千僧

中選有根器者二十二人復于二十二人中選四人八侍恆公在其列　命住吉祥苑池南萬幾之暇日必一至　賜手敕數千言及鉢杖如意等物乾隆初放還歷主聖因天竺淨慈乾峯四道場時　六飛屢幸　賜紫者三賞　駐蹕淨慈見錢尚書陳羣所題楹帖有詩好何妨客屢過之句因問和上也能作詩麼以曾作詩對因手書　御製詩一章以賜且　命仰和焉入寂後梁山舟學士爲刊其遺稿

宿萬峯精舍

我身如孤雲去住在空谷偶來萬峯頭意倦便一宿水涼山影沈樹暝人烟蔟夜靜冷吟蟲秋聲散叢竹愛此風味清得句重燒燭

過吳氏瓶花齋二兩出紙索寫洗研圖卽題于首

我來瓶花齋風日愛清明藤架葉初齊新陰綠書幌大几橫無塵疏窗高且敞主人示破硯珍在鳳咮上洗滌日摩挲能教我技癢乃試古墨丸圖成不盈丈枯筆慚無師巨崇嗟已

往聯對巖壑人烟雲借供養

題南山亭圖

南山山之坳置亭淩空青不假别名字榜曰南山亭鐘聲散林杪朅來凡慮醒當年汪孝子枕塊依松扃眞氣貫巖石奇書出雲屏賢孫思祖德保護煩山靈懸知千載後草木有餘馨

同人白雲山房看梅

問梅過靜域素侶兩三俱花影近山瘦雲蹤到樹無忽聽疎磬落轉覺晚香殊小立春風下幽禽笑撚鬚

東湖寓齋喜讓山自南屏至同集張鐵珊藝舫

念我棲遲久尋閒忽共攜浮屠烟水外逸士板橋西著意留情話燒燈復小題如何先理棹寒月返蘇隄

冬日歸乾峯

自笑身無定歸來亦偶然到門先看竹未飯且嘗泉曲磴餘秋葉深山少世緣年時方釀雪一鉢暫留連

㲜庵池上納涼

逭暑投深㲜清風導我游層陰飾薄日涼翠潑高樓山向此中寂人於象外幽池邊閒弄水欲去更遲留

穆門茶園蔎林竹田寸田過訪坐竹閒亭分得竿字

五月空亭晝尚寒了無塵事得相干山光照眼青三面竹色侵衣綠萬竿風靜最宜僧入定月明好與客同看不妨覓句頻來往小啜茶香一倚闌

復園池上紅板橋新成

我來池上曉風恬略彴新紅映畫簾繞柱荷花香乍細浸闌

秋水碧初添隄平不礙船脣窄雨過惟愁屐齒粘栁外烟邊頻管領月痕坐待兩頭纖

秋日同蕟林竹田寸田汎湖至南山訪讓山分得師字

荇繞船脣打槳遲烟波澹蕩早涼時疎鐘忽度秋陰薄曲徑閒隨野色移前夜清游貪看月故人相訪只參詩琉璃燈下憐癯影謙老茶經是我師

秋日同竹田鐵珊四照亭看兩用賈仲頡詩句兩聲中爲韻得詩字

短棹西風握手遲空亭茶話又移時四山雲氣曉初溼萬竹雨聲秋正宜畫夌米家新潑墨地鄰天竺舊題詩此閒淸景供消受試與芒鞵訂後期

嶺雲重葺山舫詩以落之分得覃韻

蔄花居外淨慈南結屋如舟我舊探掃壁數峯原偶爾（余爲山舫畫壁）離鉤一句此重參（用船子事）不須春水浮晴綠亦趁天風盪蔚藍截斷衆流忘住相把茅翻笑活埋菴

明奇字具如郡人（具如書宗懷素畫仿東坡）

村齋次孫先生可堂韻

爭道書巢莎里東眼前佳趣孰能同兩三枝柳輕烟羃四五條橋曲水通閒憂清尊依菊影幾攜吟屐入花叢隴頭有意傳消息梅蘂先春破小紅

明翹字楚木仁和報國院僧有晚楓閣詩

贈龔居士硯北

硯北吾所企標韻何翛然立言等金石抗志淩雲烟手捫白石下歌苔洽風前頫遂達者趣力謝區中緣午窗散緗帙夜檻鳴清泉談詩渺時輩述德追前賢託交義彌尚佇立期鴻騫

雜吟

層層烟水泛流霞海闊天空路轉賒豈意月明霜露下夜來依舊臥蘆花

垂老栖遲白石巖了無一法別仙凡年來嬾與人閒事月落秋池花滿衫

實寧字道可號沁園仁和報國院僧

伏日喜張妙峯解元過訪

豎議值張議炎威燄烈時一靈瑩豔雪八解浴清池瓜蔓綠

深淺蓮衣紅參差雲峯釀雨黑消得酒如淄

成鑑字大圓號秋泉潮鳴寺僧

奉贈菫浦先生

謝絕高軒過閒居小巷幽頻添爭弈與全沒罷官愁酒不因僧戒詩還遻客酬惟餘孄殘輩心迹恰相投

湛谷字靈源錢唐人

漫與次荅菫浦先生

西湖八社賴扶輪每到花時踏遍春雨笠烟蓑招隱客朱顏白髮爛柯人方傳參附難醫老水滿池潭不洗貧各有硯田勤力墾讓君著作等君身

細雨斜風逐釣輪輕寒四月尚餘春時交還佛期仙輩羞伍尋章摘句入鐵聚九州空鑄錯書藏萬卷未全貧誰言遇閏

黃楊厄已過階前柏樹身

四時吹嬗任風輪閉戶閒消若下春色卽是空空是色人非磨墨墨磨人蟲生茶蓼元甘苦花落金錢足傲貧爲釋爲儒無不可莫疑老去會分身

救挽沈痾荷法輪藥爐聲裏過冬春感懷那待吹鄰笛出世空求離欲人（金剛經離欲阿羅漢爲人中第一）會老堂營三徑側賣文錢濟幾家貧閒居飽喫香秔飯珍重光陰不壞身

訊汪魚亭比部足疾

聞道跰躃未疾嬰閉門笑謝踏花行詩名合繼汪元量長路應憐阮步兵家釀坐斟拌酩酊畫圖臥看倍分明嗟余一榻支離慣繭足兼旬不出城

端文字道揆號愚山海寧慶善寺僧有愚山詩鈔一卷

愚山桐鄉吳氏子爲雪廬和上復顯孫行方雪廬主揚州建隆寺方丈愚山與其兄弟行巨超皆爲雛僧雪廬伏几手披口授訓其讀書臨帖佔畢如學究蔣苕生云

毘陵道中

解纜毘陵去春波動晚橈馬嘶芳草渡人語綠楊橋野潤初經雨沙平欲上潮鄉關程尚遠歸思正迢迢

宿水樂山房

片雨過青山深林獨掩關有雲來枕上無夢落人間地僻塵氛遠泉流意趣閒清音聽未足風竹更珊珊

曉至淨梵寺

流泉決決瀉清溪曉策烏藤上翠微行盡白雲聞犬吠坐來青嶂見僧歸殘花如雨飛松逕清磬隨風度竹扉試上高樓舒望眼千巖紅紫亂朝暉

施錫昌字旅巖吴山道士

吴山九日宴集值雨感賦次方漢水韻

雨中菊放趁重陽詩興無如此日長滿座豪吟思往事幾人秋思對寒芳鬢羞露白冠先側眼喜留青山更蒼且醉茱萸酬令節漫歌巴曲和仙郎

國朝杭郡詩輯卷三十二終

錢塘吴慶坻校字

粵東省城西湖街
富文齋承接刊印

文瀾書館系列叢書

清代杭郡詩輯三種彙刊

國朝杭郡詩輯

第三册

（清）吴顥 輯 （清）吴振棫 重編
杭州圖書館 整理

國家圖書館出版社

第三册目録

國朝杭郡詩輯卷十六目

乾隆元年丙辰至三年戊午以科目爲次

杭世駿　沈廷芳　陳士璠　金德瑛　顧之麟

倪嘉謙　湯　聘　范容治　吳紫滄　沈濟焘

俞調元　陳豫誠　祝　淦　諸克任　江汝器

聞肇堭　俞永㢸　盧憲觀　錢　琦　周玉章

何陳調　張自新　費士桂　金韻古　蔣作楫

吳世英　許　鉞　蘇　白　祝維誥　高瀛洲

吳　景

凡三十一人

國朝杭郡詩輯卷十六　錢唐吳顥原本孫振棫重編

杭世駿字大宗號菫浦晚號秦亭老民仁和人雍正甲辰舉人乾隆丙辰薦試博學鴻詞列一等授編修有道古堂詩文集

雍正己酉壬子乙卯三科鄉試聘鄰省舉人同考菫浦先生曾充福建壬子同考官既入詞館校勘武英殿書籍纂修三禮義疏時方侍郎苞以經學負重名羣官公會人多所諮決侍郎輒下己意先生至則徵引駁難侍郎無以對遽避席去會下詔求直言遂上疏陳四事下吏議落職後迎駕湖上賜復原官高廟巡塞外嘗于馬上微吟迎風葦露清于染過雨山痕淡入詩二句顧謂從臣曰此杭世駿詩也先生于詩用功深嘗曰吾過韓杜當北面東坡則兄事之每呼曰蘇大哥與丁隱君敬爲親家每論議古今意不合必推案交詬乃已居京師賦方鏡詩二十四章和者至千餘人齊侍郎召南尤賞其詩因集蘇詩及道古堂詩爲一卷題曰蘇杭集句生平勤力著述石經考異三國志補注諸史然疑詞科掌錄續方言文選課虛兩漢蒙拾榕城詩話桂堂詩話鴻詞所業經進講義史記考證禮經質疑經史質疑晉書補傳贊已刊行漢書疏證禮例續禮記集說

兩浙經籍志續經籍攷皆具艸稿晚年欲補金史因構
亭日補史今傳鈔止本紀五卷蓋未成之書也性喜奕
而不工所居在許衙巷嘗與巷口筆工施華對局終
日不倦蓋施技更劣也卒乾隆壬辰年七十七府志入
文苑傳先生詩不勝錄已
入輶軒錄者不復錄焉

春盡日集復園對薔薇作

造物弄景光繁卉沐洪化醉暈凝百層狂豔張滿架妖嬈殿
餘春爛漫逼初夏攢條發輕英接葉逗微罅敷如錦帳圍垂
似寶釵卸彩雲飛不收燕支抹還乍銜香百和薰膠[illegible]五色
砑窄窄蜂須排點點猩舌咋下蘊玉雞茵上覆紅綃帊露浥
朝氣含霞烘晚陰射密刺鉤芳靜疎籬寄低亞薄寒畱幾分
小雨幕三舍窮成巧婦纔摘處新妝罷笑靨風所撩頼乜鳥
不下歷亂千娉婷偃仰盡婭姹朱碧誤看成緋紫洵可借睹
君多駘蕩對我若邀迓畫疑買臣歸張祜詩當畫開時正明媚故鄉疑是買臣歸

坐索麗娟價花事等積薪風信此啾蔗轉愁朱顔凋慮逐青娥嫁東皇謝管領北墅得休暇惜花復惜春卜晝兼卜夜盥手掬露華㕙尾滴糟醡青赤帝互爭詩酒各定霸近嗅屢前席高照亟燒樺拂塵落坐裀牽裾礙行炙妍姿媚主賓嫣態曜亭榭側光上衣紅倒影入杯瀉筆舌何鷹揚粉澤亦狼藉飽看霓衣舞會有錦袍謝

送同年金姓之東昌

相守無懽悰送子走馬去青袁不著花纍纍在高樹赤心持奉子將子尚無吐布褐有石交簪帶少胏附神明旣不闕歡詎又何助陳八負屯膏握鹽定溝瞀薄植期前修駑足切退慕回首一蹉跌萬事歎錯迕朂子金石堅欽子文章富惜子遠行邁鬱勃發奇趣鵑山秋在朝華不秋在暮朝暮鵑華間

秋色猖棱度灑詞搜清寒渺渺澹思慮惟子磚瓦姿碌砢擲
霜露誰能不雕厲輾轉自耽誤誦子歷下詩得陰雨恐懼潘
生琉無近情此意或可語索米亘以艱寄食豈容屢久羈童
僕疑習見親暱戮九十月之交余亦奮南翥

越秀山懷古

峩峩越秀山千古閱興替臺隍夷夏交月表秦楚際緬維老
夫陀荆蕀此翦薙中原方逐鹿兵甲惜勞弊從容得闢疆屈
强遂稱帝帶海爲藩維蕈山作屏蔽不知漢廣大頗恃兵鋒
銳卓哉陸大夫一語豁蒙曀稱臣請內屬蹶起解椎髻朝臺
壓閩閩奕世永帶礪牝晨誤遠圖煽處乏調劑戈船下牂牁
一往失重閉險設釁可乘時衰力能制始知開國人貶損有
深計　清朝息金革曠宇喜開霽秋風吹餘花孤客恣幽憩

日落樹盤鴉漸來城上鳾江天雨蒼茫俯仰供流涕岧嶤腐
史筆憑弔落荒裔

太廟峽

亭午泊中宿已信江路陋斜陽弄曛黃迤入太廟峽濺濺幾
派衝巑岏丙峰夾橫厓窺客舟仰首黑雲壓頗疑蛟龍宮石
柱顛倒插怪石石遮攔層遞儼置牖緣坡被菅茆過嶺叫鷓
鴣冬冬江風景森嗇值我來恰舟師爪足行背纜貼山脇捷如
倒飲猿肩彎互相接須臾下平岡出險繞一霎平生慕飛仙
焉得終日挾

硯湖月泛

平川靜不波清景一池納牽舟漾漣漪晚色忽焉合團團閃
金餅雲際尚開闔寒光一以照涼氣到贏蛤須臾出高梛激

潋巳四帀鎔銀妙傾瀉水月互歌欲懶無御風姿赤脚不可
踏船頭横素琴船尾出畫榼叢蘆青翛翛因風自摧拉卽事
陶塵襟夕霽變淒颯高吟驚睡禽林籟遠相荅回望山烟重
恨不攜瘦衲上人謂竹谿

晚過慈雲山房尋指南上人

招提宜晚尋一徑踏荒草斜陽澹不收導容有歸鳥閒房枕
長流矮屋界叢篠中有清吟僧律精詩更好繙經雙樹底運
筆露長爪十年香火情相見念吾老捶琴魚出聽煑茗葉初
埽借此佛屋清款款寫幽抱俯見人影瘠華月漏林杪詠歸
借吾徒覔句待子討

包家山看桃花復登桃關絕頂觀潮各作詩紀勝

二月幾望春過半城南花事貪天功欲雨不雨風日淡似霧

非霧烟光濃一舟迢遞赴滁水沿緣嶺脚停烏篷人家鱗次
花匼匝間以翠篠搖空濛翻疑屋瓦有阡陌界作畫格塡青
紅梵天寺古風峪峭絕壁不與漁郎通淩虛放眼泝空闊一
洗塵面噓天風清江帶繞山一角烟帆幾葉張虛弓春潮輕
輥春浪緩雪花迸落嵐光中山頭紅雨江白雨鼓盪地軸燒
天穹登登蠟屐倚頑健尋奇直過桃關東江天清麗坐收拾
載筆略記探花蹤

秋雨集桐乳齋同用乳字

重陰漠漠秋無主向晚蓑蓑吹作雨青桐一樹紛蔽簷高格
撐空孰敢侮倚巖僵立欲傲人對我臨風時一俯高齋得雨
兩幽絕大葉打窗怒莽鹵軸簾對景竹閣開句引吟朋走邃
午或眠踏壁或據梧或倏雕談捉枝舞轟轟卧甕困酒龍哀

衰枯椎來義虎擬將元化一鐫劖詩腕雖孱力猶努我曹辨
詩如辨秋秋聲無媚有清苦即如此雨三數點落在高梧韻
尤古酒酣得句呈孱收雨師卷舌不敢吐悠然逸思積一腔
散作秋痕滿天宇坐中秋士半墊巾物外飲徒仍接武假饒
無雨不逢秋也復蕭閒借詩補我思賞雨雨忽來我欲延秋
秋不拒天公有意縱逸民不盡風光任攜取試教舉示罷參
僧世間眞有千男乳

清遠舟中望對山野燒

赤龍破陣膽氣豪金鎖狂掣誰能操衙衙上天飛更墮蛩蟺
屈走蟠㘃嘈蛩廉勁虐嘘毒燄決計欲盡山中毛荒崖榛薉
已淨埽深穴蟲蟻將安逃須臾金餅閃峰背冉冉推上扶搖
高圓珠挂空恣擺磨勾惹鱗爪伸爬搔高天厚地兩狓猾炎

光娥影交相鏖阿房烈炬眼未睹陸渾澀體牙頻聱百蟲將軍忍坐視燋爛神鬼紛譸號嗟此荼蓼非難嫭汝何蚩蚩不憚勞摩牙磨磨吐赤舌瘦骨豈足當饞饕一冬枉爲嬾農役八蜡不得需牲醪江船無燈短篷黑不顧獨客心煩忉風回柂轉立翠壁望而不見目屢蒿手中有酒不能噗汪然溢淚徒沾袍

鷂鷹石 在始興

鷂鷹石汝在荒江何所獲魚蝦瑣細不足吞鳥雀啁啾去難迹既不能入草搏剛蟲又不肯登天展健翮終朝跧伏水一涯老死徒爲行道惜我欲挾汝旋可憐赤手無縧鏇我欲借汝住蕩蕩童山少高樹篋中吠嗽方法微登臺呼汝摩霄飛轉愁雙眼未曾化飽郎颺去飢仍依于嗟乎鷂鷹鷂鷹何足

責金門豈少淩雲客曩時意氣今摧頹空向人間語疇昔君不見鵾鷹石

晴綺軒觀宋林酒仙像

仙乎失足蹋蛟窟衣苔帶藻無人將塵寰游戲不得意毀形變服皈空王埽除二見空五濁只有米汁從容嘗小飲三百桮大飲一千觴偶然不醒抱甕卧上天欲呷天瓢漿蒼苔綠樹句清婉時時吟弄同寒螿仙名遇賢有門前綠樹無啼鳥林下蒼苔有落花之句至今祠屋飽秋雨龕燈夜透糟邱香我不識酒仙亦不入醉鄉松毛蓋瓦藤織篁晴軒招我追風涼循廊讀畫詫奇筆五髻浮動青螺光棱棱壞衣不遮骭比鶴差瘦如猿長甘蕉樹底曲彔牀容色貶瘁神飛揚畫師凡手貌不得豈仙酒酣落筆自寫枯僧裝其中吳紀聞仙能自圖形無毫釐不相似我無北磵半偈銘枯骨又

無中吳紀載傳篇章借仙金斝酹仙酒仙雜詩金斝又聞泛玉山還報積與
仙身後宛轉澆詩腸即看壁間栩栩呼欲活爲我聳肩曳袖
之句從頭商

十二月十九日東坡先生生辰釋方珍合竹西羣彥
設祭寒香館賦詩紀事

玉局仙人姓蘇氏與我生年同丙子遙遙相望七百年公已
騎箕先我死嗚呼公非一世才下筆萬斛泉源該黃樓吹笛
偶然耳赤壁攜酒胡爲哉嘉平之月日十九磨蝎身宮恰臨
丑孔釋抱送或有然申甫降神夫豈偶宛虹橋畔風日晴已
公茀屋竹滿庭玉了又古出畫像短屐雙縛笠子輕詩冊載
筆續續至喚艇敲冰破寒翠瓣香私淑葢有年願附門牆非
買醉思公所嗜如公在花豬竹鼬元脩菜皛飯仍參白糝羹

櫻筍稀奇少人賣敬舉一觴爲公壽糟牀先辦眞一酒仙才海量不論斛意欲從公借升斗大科對策入三等詞垣草制推巨手據掌致地尻益高絜禱諄諄公鑒否佛說法報有二身坡詩用之金山捏塑能偪眞廣州小金山寺有公塑像龍眠白描此其二棉津祭後無其人老僧元理邁琴蜜琢句還比靑蘿新竹谿已招孔巢父蓮社復挈劉遺民嗟余後死頭已白也向閒坊屐吟屐仰公最早識面遲禪喜徘徊到深夕贄公請業合有詩公眸炯炯能辨之落紙艱劬筆屢吮持鼓雷門憂破哂窺檐苦月出林暉揮手辭公且回軫

琉璃河至三家店道中作

平橋疏雨斷寥落幾郵家貧女楸花髻荒居栟葉茶石坡秋草滑磚塔夕陽斜高樹披涼蔭棚棚嗅寶瓜

南園池上作呈鄭侍讀江

涼碧積一頃蒼然秋始中寫峰無正影漾竹有微風野艇不著岸人家盡住東只些清意況常照抱經翁

題陳元孝遺像此四詩見隨園詩話道古堂集不載因亟錄之

南邨晉處士汐社宋遺民湖海歸來客乾坤定後身竹堂吟暮雨山鬼哭蕭晨莫向厓門去霜風正撲人

秋井苔花漬荒廬蜃氣蒸飛潛兩難問憂患況相仍柱策非關老裁衣祗學僧淒涼懷古意豈是屈梁能

巢覆仍完卵皇天本至公蓼莪篇久廢薇蕨採應空劫已歸龍漢家猶祭鬼雄等身遺著在泉下告而翁

袁粲能無傳嵇康亦有兒古人誰汝匹信史豈吾欺寂寞看徒畫蒼涼祇盆詩懷賢兼論世淒絕卷還時

出國門作四首

西風涼入袷衣輕似促羈人出鳳城雁隔斷雲聯遠陣馬銜殘月帶班聲湖山待我看秋色驛路從頭問舊名稍喜漸能除妄想仁祠還證古先生

塵漲都亭失翠微一行風柹撲人飛蜨將曬午先垂翅荷爲延秋早褪衣七載舊游程可按卅年壯志事全違窮檐肯負名山業史稾還堪證昔非

鹿盧短綆汲銀華古井無波賸可嗟隔歲夢違仙鶴髮滿湖香負妙蓮花人材似此三十平過骨相看來百事差蕭瑟風前一回首可堪眯目盡黃沙

館號翹材傍禁除花磚綾被近何如神仙窟宅原難占玉雪才華似可居史局未知誰秉筆翰林聞說有羣書朝參分與

疎慵隔依舊秋風下澤車

喬孝廉汲明經億上舍元臣招飲縱櫂園

到門便覺綠差差許借漁竿作釣師野水幾枝穿戶牖高城百雉當藩籬松矜蒼鬣撐檐立柳曳涼蟬盡日嘶好事猛思湯小宰雲裝月駕坐題詩

高懷誰似石林翁言事休官品地崇朝右丰裁吾未逮詞科名次偶相同康熙己未召試石林先生名在第五一番握手茶瓜外異代知心涕淚中遠送柴門還惜別識君叓客是門風

甲子書懷

衡門兩板短差肩喜值唐堯甲子年傍郭漸忘山遠近入春整共酒流連投閒轉叓生涯拙開卷常誇樂事偏雨便下帷晴出市頭衙新署地行仙

蔟蔟梅梢凍未醒二分春在謝家庭娛親計日嘗兼味課子隨人占一經賦稿每依藩溷改婦言試踞竈觚聽近來苦被詩人識寫我癡頑上畫屏

元亭步可隱雙趺漢聖經神任世呼悶卽捉棊招橘叟癢思搔背倩麻姑春游尚鼓連朝興詩債先償隔歲逋所學問渠何可信略知止足稱潛夫

浣筆猶能頌太平更饒頑健荷天生投鄰看竹頻驚座借寺繙經偶出城好事傳來疑失實新知過後恐忘名祇慚飽食無他補長代三農祝雨晴

東皋襍詩 六首錄五

東陽幾日焙春荄綠野浮光刺眼來近水許多黃蛺蜨菜花先背小桃開

雨後風僝感百端平原處處作春寒斜陽一桁忽如抹紅上酒家青竹竿

東郭人家近野塘水村南畔足幽香今年十日雨八九苦竹編籬補壞牆

莎徑斜編槿樹笆茆簷低稱野人家紫茄白莧青蠶豆小雨吹成五色花

日日攀青踏碧還莎衫桐帽稱疏頑橋頭一角肯留客近聽流泉遠看山

題黃棠遺畫二首

桃源迷後蘆鄉闊不見漁郎黃子眞老我空江無一物濾泉洗句薦秋蒓 秋江采魚

微風欲起清姿動曉露初晞病葉涼如此荷花好世界不留

殘夢在陂塘水墨荷花

沈廷芳字畹叔一字萩林號椒園元滄子仁和監生乾隆丙辰薦試博學鴻詞列二等除庶吉士散館授編修歷官山東按察使有隱拙齋詩文集

椒園先生爲查聲山宮詹外孫父麟洲公宰文昌被累戍寧夏母查氏晒居嘉善不從行先生每歲南北省覲極行役之苦方未遇時有日者日君星命應入詞垣官中外然求一第不可得異哉人以爲誕及以大科入仕始信既由翰林改御史以言事被黜乙丑復起視漕山左以少陵嘗游任城于其地建祠祀之請

御書畫臣詩史扁額一時皆賦詩紀其事官御史時奏米豆者百姓所仰食登場之日既徵其地丁漕糧則闗稅宜在可免奉

旨允行戸部議以米豆既免正稅請將載米豆之船料復奏言米豆之稅免而載米豆之船料除之之船加稅船料復奏言米豆之稅免而載米豆之船料增猶二五之與一十也請竝米豆之船料除之奉

旨交九卿議行其後先生外轉有司遂復請稅米豆知故時益自游墅闕監督始官河南日請以湯文正公從祀孔庭雖不果行論者避之後以母老乞養歸居瓊花街年七十一卒性喜夜坐京師呼爲沈半夜善講經有十三經注疏正字八十卷古文謹守望溪家法尺寸不敢

自恣詩則少聞業于查浦初白兩公春容和易骨幹自存沈文慤擬之清渠寒流空山殘雪所著有理學淵源十卷續經義考四十卷鑒古録十六卷文章指南四卷盥蒙襍著四卷府志入名臣傳詩已入輶軒録者不復録

山居讀書二首

山居澹無事宛似生民初讀書日閉戸書聲遏雲衢襟期一以開塵壒一以祛窗閒有鳴鳥池中多潛魚魚鳥亦解聽吾心樂何如

春山浮遠烟秋樹疎長林終歲抱幽獨端居忘升沈一室天下寬圖書橫古今聖哲貴遐尚閒靜夙所欽時詠先王風亦撫邱中琴泠泠五絃響飛泉激清音餘情有至樂可以助微吟華膴非可慕消摇披吾襟

積水潭荷花和李玉洲

禁垣直北水接連花開傳是玉井蓮綺日初出露猶泫一碧
上印玻璃天涼風忽從蘋末起颯颯捋動淩波仙中央無舟
不得泛令我悵望徒洄沿南屏東鴨湫江國湖山歸夢尋鷗
邊芙蓉作裳碧筩酒醉倒且就陂塘眠

西山碧雲寺

西山金銀五百寺烟霞列峙齊崢嶸碧雲之寺特輪奐土人
猶以中涓名俗稱于公寺在昔明季亂天紀君王深拱居九閟坐
令逆閹竊國柄九千歲欲臣公卿高楊周左一網盡清流黨
禍悲縱横當年突兀構此寺寺後此輩爲壙塋鑿山剷石築
幽室巧匠雕鏤光晶瑩老姦誅死骨不瘞翁仲華表空恢宏
表忠述祖誰作記穹碑並立深鐫銘途人憤結思掊剗神怒
欲將雷斧轟

聖皇在宇作正氣宥小紀迹巖廊清峩峩張公琰列臺諫巡視郊外感慨生皂囊疏入 制日可旋發其穴夷其坑三丈之碑百尺繩磨治踊躍趨村氓吁嗟乎汝曹遺臭安足數德昏轉益悲亡明作歌俯仰浩惆悵空山雲暝陰風鳴

送春

作回鄉國夢撫景獨傷神酌酒向斜照流光如故人嵐薰山翠重花落樹陰新倦客不歸去年年御送春

乾隆甲申四月朔重游鼓山同星河宿長相圃作此詩

刻集後主閩中鼇峰書院時作見黃氏先雅詩存

春光三月駛嵐翠萬重深選勝得清境相於探遠岑瀑飛分練影籟發和龍吟御憶殘秋日登高豁朗襟曲磴旋螺上層松古寺連水雲封邃壑風雨颯晴天山峻傳

閶鎮碑殘認宋年欲歸還眺望更就石牀眠

丙辰五月一日隨應制科諸臣謝恩頒月給餐錢

恭紀排律一首

運啓文明晝茹茅盡彙征聖朝隆盛典多士荷殊榮既稟時還給匪頒月有程端居充腹笥飽食抱經籯未仕先叨祿知書足代耕依棲雙闕近感激衆懽并仙仗初辰列彤庭旭日明門開金馬舊閣紀石渠名拜舞隨鵷序雝喈效鳳鳴羣公本才俊儒服媿鯫生憶在先皇日曾隨老父行（先臣於聖祖時蒙詔入武英書局纂修屢荷恩賚）殿廷珍膳撤羅葛賜衣輕世受便蕃澤難抒報稱情三年佐書局（廷芳自庚戌至癸丑曾爲一統志館校勘）重到滯瓊京被薦尤滋媿承恩轉自驚

匪材眞過分獻賦負虛聲遠道遺慈母封題報兩兄寸衷多
奮勵壯氣益崢嶸忠孝心長切涓埃志獨萌謝　恩還念舊
感涕欲縱橫

新秋偕朱藥岑問友人小疾卽飲寓齋

未歸湖畔補叢書人海茫茫且卜居舊雨共尋塵迹外淸會
恰泛夜涼初永懷鷗鷺盟秋水又見星河澹碧虛醉詠藥闌
幽興極維摩一笑病何如

飲杭大宗丁香花下

墊枝花又垂垂發走馬來看笑退之綺席乍鋪賓不速瓊英
相對酒嫌遲香生斜日溫風候開占春深夏淺時爲報流鶯
傳好語玉堂景色勝前期

陳士璠字魯章號魯齋又號泉亭錢唐增生乾隆丙辰薦

試博學鴻詞列二等除庶吉士散館改戶部主事歷官江西瑞州知府有使蜀集夢碧軒詩文鈔

魯齋十踏省闈一不得當其後乃以大科得官在農曹一以淸案牘免拖累爲急務一典蜀試頗稱得人兼明炊湯脈神之術同徵友山陰周元牧臥病京師日走六七里爲察其支蘭而藥之遂獲無恙大學士公某以治疾召謝曰吾知爲郎不知爲醫竟不往以是十年不得遷某公敗始出爲瑞州守先是夢人贈句云路回碧落三千里筆瀉銀河十二時醒殊不解抵瑞州郡廨後有碧落山而京師距江右正三千里是年太歲在亥十二時亥也後竟卒于官

夜宿甓社湖

甓社湖邊春草生甓社湖中新月明千絲萬絲楊柳拂一行兩行漁舠橫驀然長笛鄰舟起滿座聞之愁不已我來欲探夜光珠惟見茫茫白烟水

山行

紆曲疑無路蒼茫別有天橋攲藤蔓絡磴斷草痕連啼鳥破山雨落花香澗泉風塵慚俗吏徙倚暮雲邊

途中紀事

月映湖光分外明蘆花影裏一舟橫夜深聞有鄉音在曉起開篷問姓名

金德瑛字汝白號慕齋一號檜門仁和人原籍休寧雍正丙午舉人乾隆丙辰薦應博學鴻詞未試先成一甲第一名進士授修撰歷官都察院左都御史有檜門詩存

秀水范湖汪氏稱藏書家檜門爲汪氏館甥因得恣其漁獵讀書有精識通鑑一編點勘皆徧老猶篤學不倦有袁伯業之風分校北闈者一典試江闈者四視學江西山東順天者五總裁　會試者一嘗奏請加賑鄒滕飢民宜復黃河故道茲得　溫旨後靈輀從運河歸鄒滕徐宿間居民夾岸哭迎且送曰微金公我幾不活性孝友置義田建宗祠鄉人重之論詩則以刻削瘦澀爲能視學江右目蔣清容士銓爲第一才人清容至繪象祀

之府志入名臣傳按丙辰鴻詞之徵得兩狀元檜門與金壇于公振也檜門詩已見輶軒錄者不復錄

東林寺

去郭三十里息駕廬山陰喬木標古刹言是東西林遠師負高名影堂傳至今虎溪不數武一過何容心士既志出世魚鳥同飛沈肯令軒冕羣車馬來駸駸晉人惟好事緇流亦浸淫淵明不降志自得絃外音慧遠弗之就反欲相逢迎我聞栗里石雲深不可尋

三峽橋

地靈故顯異弗與懸瀑同轉雷深澗底磊落眠癡龍水無一寸直石作千重墉遂令至剛物長受至柔攻射之不可透激散乃飛空道邊蒼髯叟萬株髮鬖鬖日光午不照谷陰風更雄松聲既如濤濤勢復如松下上相震盪古佛耳亦聾子由

三峽客觀茲心猶忪況我東南人險絕何由逢

介山懷古二首

君臣本一體利祿所不言酬庸須爵祿義在心亦安公子出亡久從者扞禦艱有勞斯有報寧得曰貪天三士五人後功當次第論駢脅非烏喙豈其膏遂屯安有母與子訕懟私斷斷賢者甘飛遯于志可兩存功名狐趙外見此廉讓尊立國崇高節亦令風俗敦臣如丙丞相口不言曾孫君如漢光武嚴光放富春旌善置田里庶幾斯人還亡何遂沒齒乃謫子推焚

臺麓秀東峙汾水從西流中間平於掌漠漠艮田疇如此得偕隱樂哉誠鮮儔公子斬袪走母在焉得留蒼皇處狄日道路成阻修及乎十九年相見應白頭試問毛與偃有此至情

不公子既反國素願良已酬寧當尸祿食復從征諸侯堂上樂養志游子懷故邱介山渺何許千載令人求

蓬萊閣觀海

丹崕如虎踞毒龍不敢吞傑閣翼以冠如鳳淩風騫五城十二樓焉用誇崑崙但見潮與汐浩浩奔流渾近岸轉澄綠石華散蕡蕩令人愛而狎鑑影淸心魂世閒惟陽鳥至大莫與尊東瀛幾萬里只作洗頭盆枝枝紛島嶼面面通水門俯之列几案繚去如籬樊神仙信有諸招手試言言離人立於獨窟宅徒孤邨爾居有宮觀此地亦樓軒爾或厭闃寂驂鹿翔鸞鶴逢人解易地兩情應平反得意適所適妄羨生煩寃岸幘一長嘯驚起蛟黿鼉颯然風濤變乃向閣前翻

觀舟下劒浦諸灘詩存未載

晚行空翠中肩輿自容與忽聞長灘聲浩浩響終古空谷晴
殷雷白晝灑飛雨石質本强梁水性尤易怒朔東激使迴離
立互撐柱叱之或是羊蹲處或成虎曲折布爪牙洪河溢一
縷舟師識窾竅神定楫徐舉無厚入有閒妙運成風斧一葉
下懸流後仰前若俯頃刻失盤渦回顧渺何許不念波濤驚
御笑登陟若由來安則遲快意須險取吾今悟生理捷徑甘
讓女

王文成紀功碑

寧藩亂氣方哱嘮不知上流有文成逆書達朝朝士擾中樞
端坐唯王瓊虎出捕鹿羆據穴一月遂破南昌城葦中漁舟
不可渡婦言弗聽溺縱橫濠也猖獗果何濟天爲孫許留忠
名大賢指揮坐武帳春風談笑攜諸生自言勛業本餘事試

手卻令毚休驚縱之復擒匪所難敢導天子爲佳兵公族行誅嘗慘恒臣子守職埽欃槍茲捷豈足擬中興崖間傾刻浯溪銘得毋矜伐誚元凱山靈無罪顏爲黥當知明室勢外重干戈往往起宗盟前有漢王繼安化爪牙護衛皆鯢鯨流傳庶足示炯戒一寒逆膽消姦萌到今鋃鉤鐵畫在光耀牛斗潛魑猩有人如此眞豪英撫掌豎子眞蚩氓胡不安樂效乃祖囊雲閒看廬山青

制硯歌贈陸莆塘孝廉

書生硯田苦耕耘田之授受由他人莆塘乃欲創物始月斧自闢蒼雲根渾然元圭質素璞疆場凹凸逐手分平留掌面蕉葉色細出鐘鼎雷回紋零星小石湜游戲一滴滉瀁珠含脣晴窗曉日光鮮新高吟騷雅追皇墳袖間無聲運削斤淵

淵古氣相氤氳鍾王韓杜未落紙隱約逗露先天文囊中蓄得端谿品相戒不許俗手捫每燙青花浮荇藻恰遇妙斵鐫瑛琨餘工試與遣暇隙譬運重甓連朝昏文章已出戒剽竊制器那用躬辛勤知君寓意弗苟且詩筆埽盡窠臼陳硯成獨許享其逸此田屬我長子孫

烏石山謁范嵇二公祠

烏石一拳秀偏存碧血斑春秋祠死事賓主其名山萬戶人烟聚千疇氣象閒承平當暇日指顧但開顏

清江浦渡河

黃淮萬派納咽喉竹落金隄役不休自古河渠無上策迄今廊廟尚殷憂三農有粟全輸漕四瀆惟江未合流天爲生民留澤國莫言設險恃人謀

徐州懷古

帥五諸侯其滅秦英雄開闢古無倫漢營氣早成天子垓下頭終德故人落日霸都濉水壯東風姬血草痕新天亡戰罪徒分別項伯功封異姓親

秋濤怒捲古彭城太守臨隄服築成猛士詩人樓九日羽衣吹笛月三更曾吟大集淋漓句今聽雙洪斗落聲歎惜故山歸未得不勝風雨弟兄情

閉門寂寞陳無已文字南豐一瓣香不向蘇門作賓客況從時相假衣裳士生貴富天常吝志在孤清死不妨安得斯人式通俗洪河東下日湯湯

送張少儀觀吳門二首詩存未載

西風日日送賓鴻游子經秋興已慵上國不羈千里駿故園

去對莫釐峯停舟前浦潮生晚策馬寒林葉落重幾度燈花
驗歸夢老親望遠倚孤笻
太湖山似舊崔巍紫蠏黃柑勸客回行轍總隨鴻爪滅短籬
還見菊花開頻年懷抱看詩篋萬頃烟波入酒杯結社雞豚
貧亦得他時容易說歸來

顧之麟字大振號寸田仁和人乾隆丙辰進士歷官順天
通州知州有寸田遺稿

寸田以庶常出宰山西平遥直隸阜平欒城玉田終通州知州南屏山舫詩社之盛上繼入社遺風寸田與梁薌林杭堇浦施竹田顧月田諸人時相唱和

灤江秋泛

峯危欲墮江江勢欲截石坡陀更數卷臨江飲江碧飢蛟誤
渴虎掉尾不得出放舟水石閒容與信擁檝山缺日乍漏山

障日復匿波痕界陰晴鱗羽弄明滅一灣入翠微烟巒忽逼仄轉輻不到處斜陽與收拾回望偏涼汀虛閣映纖月求仙臺亦荒長春宮巳沒一片秋精神千古濯魂魄往事難具陳舟人爲余說

臘八粥歌

飽飫不思食肉糜淸淨恆願披緇衣雲寒雪凍了無悅轉用佛節相娛嬉麤牙之稻粲如玉法喜曉來炊作粥取材七寶合初成甘苦辛酸五味足稽首獻佛仰佛慈曰汝大衆共啜之人分一器各滿腹如優婆塞優婆夷嗚呼此日曾名與慶節冬青樹冷無人說何如佛節永今朝歲歲年年有臘八

浴湯山（在昌平湯池十有二分以房以四池浴婦女其泉可溉稻田民間有挹以助爨者）

石煑不爛薪不窮湯泉流出湯山中注以方池欲盈尺塞之

不敢當其衝乍入肌膚畏羹沸久坐頭腦眞冬烘濛濛溼氣漲烟霧石汗下滴聲丁東豈有陽燄焚地軸不借暖律回春風展舒四體免僵臥鍼砭百疾殊火攻吾聞天下溫泉三十六硫磺氣濁硃砂紅各有根源作炎熱惟此清潔無與同池旁分甃十有二內外禁隔如房櫳長乳之星絕窺伺賜浴不類華清宮溉之釜鬵助烹飪灌彼秔稻成青葱造化洪爐信奇妙匪獨澡雪便吾躬

中秋後一夕鄧園主人招飲分賦

秋半閒園最繫懷得因嘗果召吟儕經連宵雨天仍霽減一分圓月正佳大戶未須懲宿醉小眠更爲啓新齋已來郊外無拘束起舞清狂與客皆

俟洛波秋試回過縣共游小泉山

相攀客路小流連十里來尋勝地偏坐石涼敷秋樹影看雲

遠寫老晴天時名且莫論文字朋輩何須較後先卻歎風塵

今廿載對君徒媿出山泉

雨後新城道中

半截河邊郵路西涼雲卷雨吐天低瀰漫水面翻鷗影明淨

沙頭印馬蹄客袂已忘三伏暑官符不禁一程稽平生清味

眞銷得風帽攲斜上大隄

臘月十五夜對月

十二回圓惜夜分共披寒色趁微醺南枝何處尋梅影北嚮

惟應照雁羣歲稔已喧迎社鼓官閒預作送窮文素娥此夕

眞無賴搗藥空天靜不聞

倪嘉謙字有光號裒山仁和人乾隆丙辰進士官陝西褱

遠知縣有紫塞吟歸田襍詠

陪許司馬游清涼寺卽席用壁間韻

覓閒來古剎晚景逼殘年風靜辭枝葉霜晞近午天梵聲寒澗外廬舍亂峰前瘠土因饑歲荒涼幾點烟

同安定公游石宫寺

結伴到招提寒郊馬不嘶叩僧探石室踏葉上丹梯河帶一圍束山屏百幅齊劇思登塔頂烟靄望中迷邊山無兀突之勢一望惟平沙而已

湯聘字莘來號稼堂諸暨人仁和籍乾隆丙辰進士歷官湖北巡撫有稼堂漫存稿

稼堂自吏部郎爲御史頗有建白後由辰沅永靖道擢湖南布政使以事落職罰修孝感縣城隄各工工竣復由臬使擢至巡撫會緬酋叛亂雲貴總督楊應琚失機稼堂以楊事牽累幾蹈大辟聖朝寬大終獲生全良

厚幸
已

重游東皋卽事呈同遊諸君

春水平隄一艇横杏花深處話浮生小橋隔岸時通馬細栁如烟不礙鶯誰抱素心輕富貴我從醉眼識公卿莫敎風雨閒相迫葉葉枝枝鬭曉晴

范容治字民思仁和人允鏋子乾隆丙辰進士官廣東保昌知縣

游光孝寺同杭堇浦

砌外菩提樹經今歲月忘僅能殊栱把何處認蕭梁宛矣悲人世無由說久長相從看落葉又恐怨他鄉

吳紫滄字西洲號些舟仁和人乾隆丙辰舉人

題麻姑圖

西華靈氣鍾瑤京十二玉樓珠珮鳴人間漫說許飛瓊玉容縹緲徒知名畫圖省識繪仙卿揚得麻姑十日成六萬年來歲幾更靈丸駐景猶傾城太華髻子垂朱纓來從阿母冠晨嬰霓裳一曲奏蓬瀛羽衣翩若五銖輕鳳文履舄綴琦瑛不栓飛鸞步襪行光碧堂中露氣清卻疑風送步虛聲行廚各進羣稱觥金盤玉梠甘旨盛手劈麟脯飯青精九天鈞奏鳴靈箏八琅之璈雲和笙雙成子登同錚鋐仙人手爪如秋鷹爬背復怡金母情豔服麗綵耀前楹豐容妙貌疑雲英天廚靈藥祝長生錦囊金笈敎諸甥披圖仙子見分明何須壺嶠覓方平

沈濟𤋮字心恭號在川仁和人府志海寧人乾隆丙辰舉人官石門訓導有薙餘草宅山蟲語隱學軒集

讀水經注

呂氏春秋曰昔戎夷違齊如魯天大寒而後門宿于郭門外寒愈甚謂弟子曰子與我衣我活我與子衣子活我國士也爲天下惜子不肖人不足愛弟子曰不肖人烏能與國士幷衣哉戎歎曰不濟夫解衣與弟子半夜而死

渭不自鳴淸涇豈甘居濁薰若炫其旁何異蕕之惡凜烈夜增寒師弟郭門宿胡然人已閒頓令殊厚薄致死分所宜授衣情求篤殺人以惜身國士何不淑國士何不淑寒威應更酷

虎悉東渡江

陰陵縣多虎百姓苦之南陽宗均爲守退貪殘進忠良

虎兮虎兮食我田豕毋傷我民八蜡爾祀　守兮守兮毋吐與茹進退不違我將去汝　守兮虎兮貪殘一兮守實招之誰與恤兮　虎兮守兮仁暴殊兮寧曰異類莫與爭兮　陰陵有虎宗均驅之何以驅之賢姦其區之　陰陵無虎下民樂之凡百君子災祲爾度之

郫縣民姚精者為叛夷所殺掠其二女二女見夢其兄當以明日自沈江中喪後日當至可伺候之果如所夢得二女之尸于水郡縣表異焉

之志不可虧之體不可虧之生不可虧之死不可虧吾父何見殺孱弱實相羈吾兄幸生全敢不惜吾屍精誠通寤寐喪至如前期湯湯郫江水蹟竝首陽奇豈欲博表異庶使無遺罹生民迭治亂兵燹痛瘡痍死者不可作生者多委蛇志節

仗男子孰與梭蛾眉二女挺高風千載愜人思不識偷生者何以對殘碑

久雨初霽西湖閒眺

湖闊山光近雲開樹色鮮翠微浮瘦影蒼蘚膩輕烟隄沒難尋路橋低欲礙船塵氛一洗淨風景自無邊

俞調元字祇文號燮齋海寧人艮模子乾隆丙辰舉人歷官山西汾州知府

燮齋初爲山左鹺司蝗蝻食麥爲文禱劉猛將軍廟有蟲穴地銜蝗入穴化爲蛤偕出復入數次盡化爲蛤矣復以勘水災墮河中遇救得免桑工部調元贈詩云埽除蝘螣風前蹟騰出蛟鼉浪裏身蓋紀實也令濟陽以卓異擢刑曹矣會淫雨河溢秋田不登即勘報請賑郡守以他縣未報詰之因言成災即當詳報何暇關會他邑某數日即受譖豈有私乎卒得賑及守汾州値金川用師晉省助餉百萬汾屬當輸三十萬乃集衆于城隍廟出矢言聞者皆感動不數日畢輸其後有贏餘銀數千兩盡核冊分還之一錢不入私室朱文正公珪每謂

人日此山右第一賢太守也後以勞歿于官

望天門山

壺頭山勢高穹窿烟嵐凝結淩青空山腰誰鑿石壁破雙扉洞達中玲瓏旁有崇山及圓頂峯巒圍抱經千重傳聞方壺相彷彿至今來往多方瞳攀援我昔一登陟筋疲力盡終難窮縈紆盤磴知幾許奇險祇可猿鳥通平生雅有山水癖日夕相對情逾濃方壺縹緲不可卽茲山眞足開心胸終當鼓勇入天闕徘徊就覓神仙蹤

上巳日偕胡書巢張愚髯從鵲華橋放舟至歷下亭

春三恰喜日逢三勝境乘舟次第探大半人家臨濟水依稀風景似江南微波漾處魚苗活細雨過時梯色酣冷醉閒吟忘歸去夕陽凝紫徧晴嵐

陳豫誠字健新號霽巖海寧人錢唐籍乾隆丙辰舉人

霽巖性至孝嘗刲股療母篤疾博究羣書兼精內典

彈琴罷作

直與性爲一至和天地通此心游太古何在不春風鳥語自爲曲松濤亦應宮凡音求悅耳桃李笑牆東

祝淦字貽孫號人齋海寧人乾隆丙辰舉人榜名游龍有日新書屋稿四卷

貽孫四歲喪父母吳氏課之識字每課必首舉人字日人須頂天立地既長追感斯言遂自號人齋

送豫堂家孟歸省

風勁霜嚴臘正殘天涯兄弟別離難高堂夢遶歸期晚雁陣聲驚客路寒一紙家書心惙惙時聞叔母病信三更茅店夜漫漫園梅有信傳應早花發人歸一勸餐

過清溪洞

古洞幽深別有天長途小憩亦悠然溪流活潑源頭水佛座參差世外緣鐘乳無聲垂玉筍丹崖有色綻金蓮是眞是幻渾難據洗卻塵煩更着鞭

諸克任字伊人號虛白錢唐人省三子乾隆丙辰舉人官寧波教授有虛白齋遺稿

虛白少工箋奏馳聲公卿間蹤跡幾徧天下鄉舉後當以縣令註銓以非所欲遂爲儒官初選建德教諭郭中丞一裕重之專疏上聞挾之入山東幕府久而得歸補嘉善教諭大吏蒞浙必先郵刺通訊遇大疑獄材官驛卒飛檄以迎定議然後去在嘉善十一年鏃厲庠序士論翕然入縣志名宦傳府志入循吏傳嘗游甌括諸山中流連石門瀑布之勝因爲入山錄紀其展齒所到并附小詩筆意頗修潔

慧山

曉日泛輕航探幽興不忘白雲隨意合青嶂逼人涼渴耐山

泉熟狂聞市酒香更尋支許話披竹入禪房

訪湛長史故宅

我聞湛長史宅近此山峰舊句空留卷荒齋不可蹤野雲隨水淡高桂得香濃欲問前邨路墟烟隔暮鐘

贈青田王丈

主人隱城市抱膝此長吟結客黃金盡彈琴秋水深苔痕新上砌槐影舊成林去去重回首相思不可禁

桃花嶺次遠菴觀察韻

一徑入叢碧山山響伯勞人隨石磴遠雲擁戍樓高細雨千畦溼長風萬木號羽書傳近事白簡映青袍是日過縉雲得縣令被劾之信

秋夜感懷亦園司馬并酬元韻

雨雨風風不可聽殘秋況味舊曾經鏡添白髮愁非病枕繞

寒蛩夢亦醒鄉信寄將翻懊惱庭花落去總飄零懸知此日南屏路一片山光放眼青

丹陽道中曉發

歸夢憮糊纔到家奚奴催上獨輪車東風拂面吹微雨碾得春泥一道斜

題陳二雪三披裘圖次袁簡齋太史韻并序

雪三初生與兄同舉襁褓不能兩具裹兄而遺弟越宿兒僵矣母氏置諸懷久乃甦雪三既長畏寒甚未冬即披裘寫此圖所以志劬勞也

游子秋懷祇自知廿年往事一回思羊裘似雪人休訝爲記呱呱欲泣時

江汝器字寶傳錢唐人乾隆丙辰舉人官内閣中書

火鍋

炙𤎩曾聞熱洛河珍堂今日快傳鍋涼炎氣攝樓鯖熟水火美調段饌和祛冷可煩紅炭擣滌汗猶喜緣橙搓寒宜火齊尋常事一飽丹田好自摩

聞肇埕字若谷錢唐人乾隆丙辰舉人官四川南江知縣

仲春璇菴首倡花會次晴江韻

相歡猶憶少年身此際俱驚白髮人隨意盤飧堪永日賞心花鳥足娛賓春情雅與詩情洽宦興何如逸興眞杖履喜從同輩後好將擊壤繼陶民

俞永弼字始乾號念園海寧人乾隆丙辰副貢有念園詩草

念園工丹青故詩中言畫者十篇而九

慈利道中

直疑人在畫圖中轉恐倪黄筆未工兩壁嶙峋開錦幛一舟演漾入花叢桃源重許漁郎問玉壘何須力士通欲爲靈均賦蘭芷荒烟漠漠暮雲空

作山水扇頭因題

雨過青山翠欲浮深林一片緑陰稠湘江春色濃如許枯筆秙來卻似秋

湘江

畫圖曾識瀟湘景細雨斜風客棹歸身在景中難畫得烟波千頃一征衣

盧憲觀字賓王仁和人宛平籍乾隆丁巳進士歷官山東按察使

題易徵君廬墓圖

霜露淒清秋正陰邱園一望總蕭森白雲滿眼春暉盡喬木難忘寸草心

錢琦字相人一字湘蘋號璵沙晚號耕石老人仁和人乾隆丁巳進士歷官福建布政使有澄碧齋詩鈔十二卷別集二卷

方伯之祖禹侯名世英嘗載米十餘艘過巢湖已泊矣而大風起湖中他客舟盡覆禹侯募人拯一生者予米十石一死者予五石聞者皆踴躍全活無算而舟中米為之空鄰婦劉氏一日夢有大官張軒葢抱一兒傳呼入室嘈日誤矣尚在左壁入喧馬騰都往錢氏屋及旦婦來告夢異語未竟而方伯生成童時縣試名在前列縣宰胡公每月招赴署校文二次家在江漲橋距縣治十餘里屆期必四更起持燈沿湖至清波門候門啓而入值雨則跣足往胡公廉知之留署中受業焉一日詠楊梅有丹心千古在莫笑帶寒酸之句胡歎曰此非常人也釋褐後由詞垣遷給諫巡視臺灣觀察常鎮調江安糧道歷江蘇按察使四川江西福建布政使旋以京

堂內用奉　旨終養服闋入都年已七十五以原品休致卒年八十二生平涉歷甚遠山川之助吟嘯頗豪而海外諸詩尤爲雄偉

庭前古藤歌用杜少陵古柏行韻

庭前古藤如古柏輪囷屈曲盤階石霹靂一聲老蛟怒牙須倒竪三百尺三月四月春意闌落英滿地空憐惜天女新垂寶珞紅步障橫遮春晝白我昨壯游東海東脚踏鼇背跨鯨宮琪花瑤草紛似織一洗眼底繁華空塌來輭紅復插脚兩度鹿鹿嘲春風三間向陽吾廬小十年種樹前人功闌干十二高于棟密葉繁條壓架重疑來罨畫小溪游誰鋪歌席清音送赤杖終看夜化龍紫雲猶認朝驂鳳好留清蔭蔭年年借作萬間廣廈用

抵臺陽任

四溟中斷海潮迴鐵板沙礁面面開天設鹿門嚴鎖鑰地凝
蜃氣幻樓臺星槎遠載春光入官府喧傳上界來合是前生
香案吏江山管領到蓬萊

歸田詩八首 錄四

積歲頻叨 錫類恩版輿今得奉晨昏池開硯北窗臨水橋
近梅東路似郿有酒連宵邀弟妹采蘭是處領兒孫天教消
受清閒福車馬紛紛莫到門

但教菽水便承歡聚順門庭禮數寬八口衹餘妻子累一生
才得夢魂安劇憐到處都如客最怕逢人尚說官不覺此身
嬾慢慣朝朝睡起日三竿

夢醒前塵四十年舊時游釣故依然三間自葺藏書屋一畝
天留負郭田未免有情枯樹賦不煩多費小山篇無端兩足

差强健錯惹人呼地上仙

便覺胸中芥蔕無一邱一壑足清娱分花乞竹新功課種草耕烟舊畫圖過去光陰如隔世贈來形影認眞吾時從膝下牽衣候笑説兒今是野夫

齒會詩

閒居無事集里中同志者九人爲會時予年七十六孫瑤圃庭蘭七十四孫芥舟廷槐七十二汪存齋鵬飛六十九胡青厓夢楠六十八成成山城六十七許石蘭鉞汪晴漪廷藻皆六十六陸亢宗邁祖五十九倣洛社故事以齒叙次迭爲賓主率成四律呈諸同好並索和章

錄二

九人六百有餘歲每遇佳辰迭召呼齒竟馬加憐我長杖多

鳩刻健誰扶坐消大塊閒風月好續耆英舊畫圖正及
天家開壽宴明年歲紀五十年有旨特開千叟宴白頭都合醉堯衢
萍蓬會合本前因難得相逢一味眞天肯與閒兼與健座忘
誰主復誰賓散花偏示維摩疾謂青匡飲酒思交公瑾醇如此
良朋如此會徑須消盡百年春

雍正丁未與簡齋同案入學忽忽六十年矣簡齋寄
示重游泮宮詩率和

歲歲黌門文運開劉郎老去又重來壺中日轉前丁未冊上
名存舊秀才都說是翁猶矍鑠爲尋陳跡獨徘徊平生幾枕
邯鄲夢此是黃粱第一回

周玉章字琡大號藥闌仁和人乾隆丙辰薦試博學鴻詞
丁巳進士歷官侍讀學士有燮蓮堂集

藥闌以諸生應制科旋舉京兆試成進士入詞館精史學能文章詞賦不落凡近館閣諸英無能出其右者生平篤于氣誼事後母至孝爲時稱重家甚貧一日薪水俱盡抱琴出典口占七言示其内子有屡屡既盡荒廚冷芋栗無多果腹難之句爲諸生時與錢璵沙朱東江竝負盛名歸田後主婺州麗正講院從游者麇至府志入文苑傳詩見輶軒録者不盡録

謁大禹陵五十韻

山川永明德陵廟儼規橅大越傳王會茅峰覽勝區茫茫懷夏烈蕩蕩溯唐虞一自星精降爰看文命敷女媧承系遠石紐賦形殊息壤隳臣績司空簡帝命斡旋崇伯蠱指授伏羲符衡嶽先刑馬塗山已識狐憂民咨浩浩弗子泣呱呱疏瀹多與役灑沈敢憚劬八年經櫛沐四載迫燒濡西寫流沙廻南迴赤岸紆馭舟龍掉尾照闇豕銜珠河使泥封跡淮神索貫軀九州欣底定三壤則征輸地闢萊夷牧材收肅愼砮錫

圭綵帝眷鑄鼎覺岷愚祇叙思皐贊昌言拜益謨陰陽消六
沴日月剖雙瑜納誨懸韜鐸征頑不餓俘雲軿邀玉女天廐
駕飛菟龜啓官占兆龍浮受命圖總師陟元后安邑奠王都
旨酒防沈湎雕牆誡侈踰舞干昭大夏擊壤復康衢隴上矜
耕耦車前泣罪辜晃旒羣后讓玉帛萬方趨特舉時巡典寧
寬後至誅那知登會計又似葬蒼梧灑竹追湘水攀髯憶鼎
湖桐棺非玉匣葦槨屏珠襦示法惟崇儉安人不變徒祇今
亡劒舄在昔著盤盂事蹟千秋隔精誠歷代孚高原虛綱罟
喬木禁樵蘇梅杏隆檀柄丹黃負構櫨馨香升瓚斝禮度盛
追呼暫爾招舟子還容拜褐夫仰瞻心肅穆佇立意踟躕不
見耘田鳥時來止屋烏齋宮扃殿左窆石聳山隅兩廡塵交
黯中唐草半蕪隱墳穿狡兎危棟竄飛鼯陵谷會遷否衣冠

別瘞無皁封湮馬鬣殘碣立龜趺井穴形全塞岣嶁篆可摹探奇眞好事考古愧迂儒憑弔詩徐索行遊路再扶烟嵐張
罨畫風籟聽笙竽咫尺通南鎭前蹊日漸晡

霪雨不止小窗撥悶柬沈桐敂二十四韻

霪雨昏兼晝沈陰噎且霾可憐貧士計長壓老農懷刈麥時方近盈車願恐乖價應騰米聚市獨富鰕鮭井罷垂長綆廚多束溼柴柵因欄鴨樹葉爲飼蠶指瀰漫浮萍影離披偃豆藍塗歌泥滑滑橋沒水湝湝盡日扃戶無人肯叩齋蟏蛸低網牖𧍝蟈亂跳階幾見鳩呼侶希聞鳥弄喈落紅多濺淚芟穢復生荄衣桁寒侵潤琴絲緩失諧芳洲閒白榜翠巘阻青鞋眞覺愁如海空期酒似淮無憀尋筆墨欸爾憶朋儕短句緘筒寄奚童冒雨差放懷知作達對景定增佳素壁橫句

鎖烏欄落折釵文偏工點竄詩不費安排雅韻推君最窮愁豈我皆何當聯几席渾似隔天涯巨浸聊投蚓北史以清吹蚓投魚鄙聒蛙報章行見慰霽色轉南街

侯㚒門四十初度相與感懷話舊

觴書魚蠹案乾螢襬襪寬衣不換青巧畫蛾眉仍見醜獨彈古調欲誰聽策名纔得升三舍旅食猶能教一經鴻爪偶留沙上跡便令人識草元亭

相看四十歎頭顱伏櫪歌麏碎唾壺噉餅有名終是晝博梟每下不成盧窺來東閣重悲李夢繞西湖待隱逋襆被京華無長物酒酣示我袖中圖

髀肉全消馬足塵一番挫折越精神身宮磨蝎焉能祟口角雌黃莫認眞白紵新詞留客和青氊舊物與兒珍鯉魚風便

吳江水弟子寧惟原憲貧
彈鋏歌魚笑不爲也從假館寄烏皮舊交萍合來燕市初度
星周憶楚詞海鳥乘風終颯沓嶽松經雪不離披青蓮好夢
憑君證萬八峰頭一杖藜

何陳調字戒平一字守之錢唐人裔雲孫玉梁子乾隆丁
巳進士官河南鞏縣知縣有中州游草

題山陰倪處士數峰歸櫂圖

晚峰歷歷指歸程如雪蘆花撲面迎一片秋帆漾秋水不知
中有讀書聲

張自新字祓躬號拙齋昌化人乾隆丁巳進士

拙齋著易經通論四卷極爲張文和
相國所器重人比之佳山六子云

贈石室雪峰山人

白華參破勝青蓮妙諦何須訪大顛人老禪關詩境裏寺依
雲竇石龕邊棊飛蘇局原無刦譜入陶琴也不弦好拾巢枝
供茗戰夜深重與話當年

費士桂字宮裁號丹林錢唐人慈谿籍乾隆丁巳進士官
衢州教授有丹林詩文鈔

宿蓮花寺

雲山縹緲野人家中有香臺集暮鴉衲子自持三藏偈勞人
獨坐一池花階前草長侵獅座腋後風生試雀茶堪笑俗緣
猶未斷鯨鐘聽罷又塵沙

金韻古字振聲仁和人乾隆丁巳進士有靜對軒稿

晚雨

雨聲在荷葉虛檻忽生涼古樹帶新溼蒼苔浮靜香夢遥冰

簟冷夜半酒尊長得此蕭蕭意風搖蠟炬光

蔣作楫字巖升號誠齋仁和人雍正乙卯舉人乾隆丁巳明通榜官四川仁壽知縣

康熙三年停止會試副榜雍正五年有下第舉人文理明通特用教職之諭膺是選者時謂之明通榜誠齋初官慈谿教諭歲饑捐俸糴米以濟貧者遷仁壽知縣有以金三百投車中者捕治之則以兄子被誣求昭雪也鞫之得狀雪其人而還其金縣人久而思之府志入循吏傳

詠海月

溟漲蓬壺外虛舟赤岸邊石華淩雪散珧月逐珠圓攬鏡從盈手臨流欲扣舷不須珊網結似其玉輪懸瀚海窮奇錯清和快靜便勝游憐謝客採掇入吟船

吳世英字緒昌號嘉樹錢唐人乾隆戊午解元

緒昌居仁和嘉樹里因以爲號少日爲文有敏思風發泉湧頃刻立就以不得事父且起則取父所輯春秋傳

蹝讀一卷然後旁及他書家貧無插架閱肆借人日夜鈔誦不輟三上春官不得當遂不復出課徒養母終身不離膝下母卒服除或勸之仕歎曰得官以榮親親亡又何求乎後自放于酒沈飲上頓則擊腕悲歌爲思母吟聞者酸鼻

丁家山展墓晚歸

山靄清暉落照斜歸橈回首望丁家霜丹柏葉悲風木露冷蓮芳感歲華對策自慚虛一鶚閉門聊復畫雙鴉只期杖履娛遲暮丙舍躬耕願尚奢

汪孝子詩

天生至性得誰如一慕終身不改初每憂南陔吟束皙還因風木泣臯魚精誠有力回蒼昊純孝何心耀史書嗟我亦含春草意披君軼事倍欷歔

許鉞字靖岩號石蘭錢唐人乾隆戊午舉人官廣東廣州

同知有積厚軒稿

晚晴

驟點翻荷葉依然放夕曛池收將退水風揭欲開雲槐樹疏陰潤蟬聲遠唱聞憑軒舒望眼野色許平分

項三秋子招集湖舫分韻得扶字

夏淺勝春日頻煩折柬呼雲開山聳翠雨足水平湖小艇收魚笱荒臺臘鼠姑尚餘豪興在藤杖不須扶

七夕雨

不耐爲文媚女牛自甘才分拙如鳩頻年賴有書堪曝此夜惟應酒可酬蜥蜴咒來三尺雨蟪蛄吟破一分秋問誰會見天孫駕辜負人間乞巧樓

蘇白字竹泉號二隄仁和人乾隆戊午舉人

水月亭納涼

避暑湖山廟，尋幽水月亭。窗連蕉葉暗，坐覺客衣青。雨洗輕陰散，風吹薄醉醒。晚來仍買棹，鐘韻出南屏。

祝維誥字宣臣，號豫堂，秀水籍海寧人。翼權孫。乾隆丙辰薦應博學鴻詞，不與試。戊午順天舉人，官內閣典籍，有綠谿詩稿四卷。

豫堂爲斗巖員外之孫，詩文深得家法。故居海寧之園花斗巖，還秀水，得錢氏綠谿莊，擅泉石之勝，因以名其集。大科之徵，爲奉天府丞王河所薦，部議謂非三品大臣，格于例，不得試。因留京師，所爲燕臺新樂府一時膾炙人口。滄郡王聞其才，延爲上賓，迫官中書，公卿皆爲延譽。查張兩相國尤重之。乾隆丁卯，選翰林中書各十人校録李善文選注，于張相國園，大官具食，中貴人擕尚方珍物分賜，月凡四五。豫堂亦在分校之列，書成，召至懋勤殿，令各鈐小印識之，又屢隨清蹕，故灤河、遼海風景數見于詩。淹滯下僚，久之當以同知外補，而非其所願，量遷典籍，乞病歸，未及家而歿。詩已見輶軒録者，不復録。

午日奉陪渲郡王游平頂山

山中夏多寒五月裘未脱客居居重午汎蒲少舊醱梁園偶清暇游興勢莫遏陂陀邅逶迤賓從般轇轕欵鞍在山麓策杖漸木末衆勇早先登我懦遲未達徑迷巨石礙澗仄蒼蘚澾仰攀怯猿狖俯蹴胃蘿葛稍行氣力微屢憩喉吻渴樵夫笑相指邏卒導前跋直上千仞巔始得兩眼豁平岡邈仙臺老樹接僧闥聞鐘心始定題壁句可掇層霞近如絢空翠濃似潑人倚諸天高鳥下百里闊長城自終古大漠但一抹巉絕疆圉險劃然中外隔遙吟極夷猶異境悉包括平生好泉石幽討志不奪如何千金軀亦復勞屐鞨趨陪勝情倦歸路夕烟撥玆游良已疲數日猶躠躠

苦雪吟

乾隆二年月在子積陰連旬勢未已項冥乘時黑龍奮羲和
弛馭赤烏死已愁溢岸雨灌灌更苦彌空雪纚纚細如塵沙
大如掌乍緩乍急隨風靡朝疑稍霽當戸明暮復無聲滿庭
委何來沴氣塞宇宙但有重陰淹刻晷凍雀山頭那解飛餓
夫道上誰能起余時放舟舊鄉去擊水衝飈日幾里摧殘竹
木壓篷席蟄伏魚龍困泥滓舟人僵立鐵作衣客子愁呻冰
到齒荒郵酒壚久冷落窮舍茆檐半傾圮場前有穀難舂揄
官裏無糧急鞭箠或云此是豐稔兆維倉與箱致可喜或云
此是陰抗陽補救氣化勞燮理側聞　聖朝憫黎元能令海
宇除瘡痏子飢予寒動得所時雨時暘瑞應紀柰何天道渺
難測肅殺過甚於胡底吾欲排雲款天閽屏翳風伯煩敕使
埽清千疊烟霧跡驅出兩輪日月軌坐看萬類皆熙春煦嫗

敷育從茲始

夜紡解

嚴閨霜逼紅釭淺隔簾影吹金鈴犬紡車伊軋千迴轉一縷柔心抽不斷錦衾角枕閒舊香風吹指澀抑復揚桁上無衣盎絕糧睡穩勿驚兒女傷辛勤夜半未盈把別院時聞欹鼓打

春米行

雀飛忙穀上倉誰家相杵聲低昂年豐妻子飯不飽賃舂寧惜筋骸老從朝丁當至日晡簸之蹂之喘未蘇主人猶嫌力作麁糠粃一半抵青蚨為言主人莫相賤古來賢達傭中見涸跡塵埃那得知請君試讀梁鴻傳

賣菜謠

賣菜翁朝朝負擔來城中日未及午筐已空一日失利心煩
忡嚴冬紛紛雨雪作壓破短衣赤雙腳往來窮巷買無人土
竈烟消啄飢鵲天寒何處開朱門羊羔日暮開金尊登盤誰
識蓄鹽味日食徒供萬錢費

蜀道難贈馬曇麟

世人皆云蜀道難蠶叢魚鳧誠巑岏五丁斧絕壁三峽驚飛
湍其上猿鳥鳴其下蛟龍蟠危峰千仞惟雲烟天梯一綫誰
能緣崎嶇杜少陵悲歌李謫仙我讀二公之詩已嶄絕何況
星飯水宿跋涉于其閒乃有馬使君奉　命諭蜀符昔賢歷
陳倉抵散關劒閣盤回以造天長風吹壑樹欲顛枯藤絡石
馬不前揮鞭叱馭若坦道始知忠信可以忘險艱朝入成都
城暮出成都郭乘軺指岷峨持節到邛筰僰童巴叟野似鹿

瘴雨蠻烟毒如藥鎮撫惟悲羽檄馳巡行但喜祅氛卻七年歷徧西南陬山川嶮巇曾不憂詎意宦海風波浮羊腸詰曲乃在人心頭一官坎坷西曹裏直道難容古如此所幸遭逢聖天子平生心跡于今理嗚呼世情反覆隨雨雲區區蜀道之難何足云

石將軍行

石將軍高嵯峨防風遺蛻三丈多身被烟雲帶薜蘿千尋猛氣淩巖阿森然欲逼揮金戈是何造物巧琢磨一方永鎮煩撝呵鐵騎當年紛鸛鵝曾來邨落驅幺䴠中郎殺賊傳恐譌虛崇廟貌當陽坡漢中郎將孟淼破賊張純于石門士人立廟祀之據北平古今記云係栁城之石門非此也石將軍即在廟側嗟爾將軍起何代興亡閱盡王侯輩葢世英雄血戰勳弓藏鳥盡人誰在祇此精靈長不銷撐持半壁關門

遙有功不言何所驕形橆偉岸空蕭條年年獨立棲風雨來往山前肅行旅深林豺虎寂無聲沽得郇醪還醉汝

歸來吟

歸來乎靈泉之鄉田數塍蠡湖之濱屋幾椽五年作客歷關塞蕭條生計餘荒烟丈夫不能致身廟堂上奔走風塵空莽浪雪深遼水踏層冰雲斷燕山愁列障棲棲彈鋏王公門斂眉俯首寧復論有家十口隔吳越錯落何以慰覊魂歸來乎窮邊草木不見春荒郇熊虎常齩人麻鞵那惜腳跟破蓐食何辭腹中饑衝寒十月天雨霜江南葉落鴻雁翔到家顏色已非故稚子老親俱斷腸拂我衣上塵理我牀上書急須買一斗痛飲聊爲娛小庭梅花況復舒後園菜甲還堪鉏疎泉支石芟榛蕪酒朋詩侶閒招呼及此不樂胡爲乎醉倚闌干

看明燭畢生窮達誰知足

瀋陽歲暮四首

舊都王跡亦雄哉膴膴周原四望開八校旌旗邊帥靜諸陵風雪禮官來宮槐歲老先時落城角聲高薄暮催幸託承平瞻氣象獨憐皂帽尚徘徊

直走三韓路向東無邊沙草感飄蓬天寒鷹隼迷長白水落鰐鰉下混同先帝巡方來警蹕遠人問俗見淯風鄰莊處處堪漁獵景物依稀識沛豐

縹緲蓬萊雁影愁青州盡處是營州山形近北環龍塞海氣經冬少蜃樓控引中原分兩戒鬱蟠王氣鞏千秋朝鮮歲有朝正使鴨綠寒濤日夜流

危樓急景下觚棱徼外奇寒得未曾客子手皴吹宿火戍兒須斷拂堅冰雪埋虎落人參伏風偃貂裘湩酪凝南望鄉關驚歲宴一尊相慰有親朋

高瀛洲字翰起號懸圃晚號願圃仁和人乾隆戊午順天舉人府志失載官安徽太平同知有小稱意齋集

懸圃少與杭堇浦張栘漁受業于沈似裴討究經學書法尤遒美初官中書在閣中冊寶及碑版文字悉以委之出爲太平丞乞養歸買宅于西文昌閣卽陸氏白鳳堂舊第也屋後接顧且菴侍御願圃分其一角故又號願圃遂不復出當事聘修海寧州志又與王侍郎昶邵編修晉涵王太守文治修西湖志及杭州府志府志百餘卷編纂非出一手時有牴牾懸圃重加校訂三閱寒暑始稱完善暇日則與同里錢璵沙吳嵐田金海住顧涑園汪槐塘姚素山成成山施武箴陳摩郵諸老輩迭主文字之讌一時以香山洛社比之

度平靖關

行行望若窮陡見插雙壁曲折近盜奇目娛且心惕崖紋亂

縱横瘦硬疑始劈霜痕泐山腹時露一綫坼轉側贓屭顧旁
澗深百尺濃陰架作梁下有陳葉積懸猱咋不穩往往向空
擲小鳥叫高柯幽邃弗可弋草肥人影瘦樹廣樵路窄羣峰
指天起有似巨掌擘横雲難周遮衛作數片白堅踞踞其中
才抵側立甓居人距不遠儻怳霄漢隔非無謝公興深恐齒
折屐我從使旌來惘惘爲此役斜照豁雙眸微風盪兩腋翺
通石髮香吻潤竇乳滴磴滑馬蹄軟辛苦赤手勒峻坂上復
下俯視苔徑直墟里已生烟皇然亟求息夜深枕席安猶幻
滿眼碧

集古歡書屋試龍井明前茶

儆袭脱復著一雨還春寒門徑長蓬蒿寂處殊尠歡良朋招
我出寧敢辭蹣跚不謂廢鼓音復此登吟壇命以試茶詩端

爲花事關越甌發新香灑然沁肺肝初煩活火烹猶帶清露
團物情快先睹所尚非一端過時或不釆遂與秋草殘平生
飽閱歷觸處知所安忽感兩腋風爲我借羽翰

登襄陽文選臺

帝子矜元覽菟狐集腋時覩風憑道古邀月罷繙詩直擬千
秋式偏成八代衰只今耆舊盡烟樹任迷離

即事

每飽不忘饑翳桑近在門俸錢當日媿蔬食暮年尊筋力誠
無補詩書尚可敦眠餐空送老祇覺負晨昏

晚次順德逆旅主人折芍藥佐飲輒邀汪凝之同年

各賦一律

惜别殘春又一年風光收拾曲闌邊不圖婪尾闌心日正值

扶頭到眼前霧縠淺籠肌理細雲鬟微帶睡痕偏分明解語無人會說與將離劇可憐

重和芭滑孝廉臥病之作亦以自廣也

不信閒愁默默同更堪春雨誤春風一環苔蘚旋堆紫無數蜻蜓欲鬬紅小病恰從忙後補劇談休放醒時空人生合有難分侶藥鼎茶鐺盡日中

酬友人韻

侵尋不覺鬢毛斑作手何緣得遂攀每訝新聲如異俗老耽故紙是家山十年悔失窮經力早歲虛隨珥筆班坐遣韶光殊可惜賴君提唱及餘閒

家故有浮香樓爲西谿勝處查查浦先生題詩曾有卜鄰之約追和元韻二首

容易招攜共一邮獨留佳句到衡門只今樹影常年繞可憶
書聲入夜喧看奕有人傳橘叟牽蘿無力愧桐孫浮香樓畔
當時事魂魄因依好細論

上策惟應早掉頭底須白髮八扁舟菟裘老去仍謠詠華表
歸來孰唱酬長占清風詩數卷重憐落日路周流先生游跡最遠暮年復被謫邊地相看窮達都何益此後眞能百不憂

十月二十四日假許氏四蓮池小集金海佳宗伯首
倡雅詠奉次元韻二首

欲枉高軒恐未宜酌量勝地一尊移巳叨太守行廚味又博
先生即席詩媿之勸酬緣戸小勉思屬和恨聲雌追隨杖履
情何極洛社流風宛在斯

妄念塵襟了不侵飫聞今古足規箴平生自悔辜餘力漸老

彌知惜寸陰小雪時光晴亦好薄寒林樹影猶深相將永日
閒園靜未許游蹤一徑尋

吳景字春郊錢唐人乾隆戊午副貢

題耕餘先生寄吾廬

龍門高崔巍瞻望情無已憶昔謁荆州頗得先餘子渴飲我醍醐飢飫我甘美樗櫟非良材栽培過桃李化雨浹春風蛟蜃爭雲起而我搶冥塵垂頭傷馬齒夫子笑謂予遇合豈偶爾且吾好子者意寧獨在此讀書志聖賢努力研經史會當造其微緼袍榮金紫唯唯退且歸下帷尋涯涘浮雲任去來得失淡于水嗟哉樂育心曲成終與始顧我何足多亦以徵好士

國朝杭郡詩輯卷十六終

錢塘吳慶坻校字

國朝杭郡詩輯

卷十七 卷十八 卷十九

第七册

1149

國朝杭郡詩輯卷十七目 乾隆四年己未至六年辛酉以科目爲次

陸　秩　袁　枚　梁啟心　金文淯　王執玉

吳嗣富　張學浩　陳景鐘　陳廷訓　許逢辰

陳士珖　祝兆星　張　果　栭　溥　吳可馴

皇甫鯤　孫　焜　周　京

凡十八人

國朝杭郡詩輯卷十七　　錢唐吳顥原本孫振棫重編

陸秩字賓之號抑齋仁和人堦孫嘉穎弟乾隆已未進士歷官工科給事中有抑齋詩文集八卷

抑齋年十一補弟子員雍正已酉以五經舉于鄉乾隆丁巳考授中書已未以二甲第一名入詞館與兄嘉穎先後同列清班時有二難之目能詩善書與到筆隨動有奇氣

張琴

元音墜微茫孤桐向誰理危襟遲月明焚香窺化始希夷無聲初泠泠太古水空傳鍾子期獨識弦中旨

白雲山房

卜築依靈鷲輕楹在翠微竹聲圍石几僧影到柴扉白髮人眞澹青山願未違一枝如可借欲息漢陰機

閏四月朔日送金竹泉歸任桐廬

難得津門聚歡成十日游跡同楊厄聞人與水分流天地無青眼江湖有白頭鄭虔從此去鼓棹問漁鷗

袁枚字子才號簡齋錢唐人乾隆丙辰薦試博學鴻詞已未進士官江南江寧知縣有小倉山房詩集

簡齋年十二補諸生旋食餼大科之徵年二十一在同徵二百人中年爲最少成進士入詞館後始乞假歸娶因繪爲圖散館以未嫻清字改知縣分發江南初試溧水調江浦沭陽再調江寧未幾引疾尋起赴秦中以母老乞歸遂不復出年才三十二耳宰江寧時有賈人販布江行舟觸戰船溺死一兵衆兵縛控舟子兼及客簡齋心知過失殺無罪而累客必傾貲乃令乘風張帆作觸舟狀縱之去以埋葬錢發兵完案侍郎尹會一督學試江寧有兩騎衝其前麾且嫚罵稱親王家奴他縣尹不敢問簡齋立擒治則爲大將軍投書制府者也搜其篋得關節書十餘封悉焚之重撻遣去十三年江南災銅井民運米至吳門有牵衆劫之者簡齋以荒政當弛刑召其魁訊之乃土人過糶非劫也諭以情法追米還之其强敏類此去官後僑居小倉山下名曰隨園備享林泉之清福其人長身鶴立聲若洪鐘事母孝友于姊弟母年九十四而終迎養寡姊年至九十妻亦白髮齊

肴一家怡怡如也篤于故舊嘗爲亡友沈凡民司祭埽三十年如一日程編修晉芳死負五千金往弔焚其劵且撫立其孤尤喜汲引後進嘗自稱吾之官不擇日葬親從宅不用形家言而未嘗遇患不學仙佛而年登大耋通脫性成遂于世間蕩心佚志之事往往爲之然身歷四朝年既最高才名遠著故隨園詩文集上自朝廷公卿下至市井負販皆知貴重之海外琉球有來求其書者仕雖不顯而百餘年來極山林之樂獲文章之名蓋未有能及之者也以嘉慶二年卒年八十有二詩見輶軒錄者不復錄

行役襍詠

男兒年二十漸衰珠玉顏況乃遠行役風霜悴其間飲酒未及醉坐看白石還所著一尺高不供史家刪勉旃崇節業銀管長斑斑否亦鍊玉液金骨列仙寰生人皆山水且共耐清閒

看山有所得日暮聊爲文厥聽舟人子村語徒紛紛醞釀非素樂典墳情所忻萬謀窘一字迫如臨三軍

無心推篷看不意與月近欣然臥以觀星盡惟斗柄始之肌膚寒久乃心肝映白雲如覆被八面漸貼鏡萬里湛清華九天涵綠淨狂癡不能還吾亦見吾性

南游過楚江西征臨越甸當塗想分割龍津憶征戰或營酸棗臺或起明光殿平畛開歌舞危巘收組練亡何歲似流悲哉日似電白骨埋中原朱扃罷華宴史冊尚流播山川滅聞見泰宮無遺瓦漢苑少殘箭荒煙廢冢傾衰草流螢徧黃雲自南飛白日但西瞑閒寂窘游志衰颯窮遐睠慨然至于今歎者凡幾遍平生豪橫心雖悟不得遣

易水懷古

燕丹買匕首欲揕秦王腰仁義非不佳急則治其標一時田光輩輕死如鴻毛荆卿慷慨行祖餞風蕭蕭長虹貫白日虎

狠氣不驕可惜咸陽宮殺人先露刀股血空淋漓祖龍竟脫
逃魂歸易水旁化作陰風號至今白衣冠慘慘時一遭時來
藥囊重運去阿房焦歎息諸英雄不如一趙高

登華山

太華峙西方倚天如插刀閃爍鐵花冷慘淡陰風號雲雷莽
回護仙掌時動搖流泉鳴青天亂走三千條我來躡芒蹻逸
氣不敢驕絕壁納雙踵白雲埋半腰忽然身入井忽然影墜
巢天路望已絕雲棧斷復交驚魂飄落葉定志委鐵鐐閉目
謝人世伸手探斗杓屢見前峰俯愈知後歷高白日死厓上
黃河生樹梢自笑亡命賊不如升木猱仍復自崖返不敢向
頂招歸來如再生兩眼青寥寥

嘉靖四年酒

世間老物無不有嘉靖四年一罌酒罌面泥封字數行光祿中丞人某某罌高三尺酒一尺逃盡酒魂存酒魄想見當年議禮時爛醉鈞天無醒客膩如膠漆丹如霞香氣能開十里花酒人欲飲不敢飲未染一指先千嗟我最畏飲勇忽賈僊僊願逐化人舞三杯呑盡兩朝春心腹腎腸一齊古

隴西將軍歌

袁子改官江南行路逢將軍徐國英將軍自言隴西住陰山月黑磨刀處磨刀殺敵不殺仇對天呵氣生金秋少年恥作掾功曹青海橫行亂舞刀身披白鎧逢雷鬬手擊黃獐帶血燒高麗犯順莫離支有詔將軍夜出師其時大雪天三更雪花打甲鏗有聲刀光色白火光紅齊射戎王甲帳中白骨埽盡髑髏臺箭聲響振武安宮殺氣隨身化作霧插花唱過陰

山東歸來萬馬齊昂首戴著兜鍪殿上走常呼淩統欲操戈不拜蕭曹空使酒銀鐺鐵鎖九天聞將軍獄吏果誰尊餘生宛轉　君恩重猶念山河鐵券文老兵慷慨一何怒王侯陰喝不敢訴平生出血幾石餘背上箭瘢三百處陰雨金瘡痛未消新軍已換霍嫖姚于今流落江湖場蕭蕭鬢髮漸老蒼灞水有人呵李廣燉煌無檄召陳湯當年麾下僧騰客列爵紛紛半鼎食賜宴公然肉拌貂搏戰何曾手打賊吁嗟乎將軍言畢我心死君不見長槍大戟猶如此

分校

沈沈棘院華堂開戰酣萬蟻鱗甲來主司峩冠南面坐簾官綈几東西排一十八人眼如漆一十八枝筆植鐵硃字迸離照眼紅疑是諸生心上血披沙檢金金未收暗中默禱心中

求楊後但聞舉子怨此時誰識簾官愁百鳥叢中一鶚見再拜親標某官薦朱衣可得點頭無偷眼還看主司面孫山以外雖漫漫我誓加墨心才安紅勒欲下不輕下訓誨還當子弟看可惜一卷文超羣五經紛綸井大春主司搖手道額滿怪我推輓何殷勤明知額滿側難破額內如渠有幾個獄底生將寶劍埋掌中空見明珠過吁嗟乎科名有命文無功君不見李方叔蘇文忠

題栜如是畫像

生綃一幅紅妝影玉貌珠冠方繡領眼波如月照人間欲奪鸞篦須絕頂懷刺黃門悔誤投遺珠草草尚書收黨人碑上無雙士夫壻班中第二流綷雲樓閣起三層紅豆花枝枯復萌斑管自稱詩弟子佛香同事古先生勾欄院大朝廷小紅

粉情多青史輕扁舟同過黃天蕩梁家有個青樓樣金鼓親提妾亦能爭柰江南不出將一朝九廟煙塵起手握刀繩勸公死百年此際盍歸乎萬論從今都定矣可惜尚書壽正長丹青讓與㭨枝娘

寶刀歌爲雲若司馬作

雲若司馬眞英豪磨墨捉我題寶刀此刀不許俗筆寫也須筆健如刀者拔鞘相夸風滿庭將拔未拔刀先鳴電光熒熒射窗冷夫容飄飄上手輕伸則鏗然屈則轉從古英雄善舒卷海上長鯨見汝愁月中丹桂爲誰短精鐵鎔成歷幾年孟勞身分壓龍泉可磨巴漢三江水可走哥翰萬里天摩挲擬叩金環問吾戴吾頭不敢近今年六月如秋涼疑是刀來照此方吁嗟乎神農藥堯舜法一半生人一半殺不如君家此

物知恩仇不報仇時繞指柔

美人彈琴圖

今夕何夕銀河明單凫寡鵠升天行幽蘭花開碧雲斷美人獨坐難爲情一張青琴當郎抱不肯無人輕有聲疑是卓文君彷彿趙飛燕義髻濃梳洛水妝煙華搖蕩香雲鬋織罷流黃手爪傷久疎雲雨朱弦變蕩子去關山烏啼蕙草殘孤鸞欲作語對鏡發長歎不愁明月空牀冷只恨陽春識曲難何處分釵王敬伯何時按拍董廷蘭北斗離離挂寒碧妾心宛轉與琴訣一片瀟湘指上波萬重幽澗花間雪彈畢還將古錦包曲終不覺衣裳溼四弦三調本淒涼琴語琴心暗裏藏只描一幅相思態寄與千秋播搭郎

費宮人刺虎歌

九殿鼕鼕鳴戰鼓萬朵花迎一隻虎女兒中有有心人詭說儂家是公主公主姿容世寡雙色能伏虎虎心降笑捋虎須向虎語洞房請解軍中裝一杯勸一杯沈沈虎竟醉刃此小於菟下報先皇帝紅燭千條撒帳光白虹一道衝天氣妾手纖纖軟玉枝事成不成未可知妾心耿耿精金煉刺虎還如刺繡時一刀初刺虎猶縱三刀四刀虎不動帶血抽刀啼向天可惜大才還小用吁嗟乎城可傾山可平總是區區一點誠君不見滔天狂寇是誰斬霹靂不能美人敢

施將軍廟 將軍名全以小校刺秦檜不克死

一德格天閣正新一刀殺賊乃有人敷天寃憤仗誰雪殿前小校施將軍將軍煉心如煉鐵可惜荆軻疎劍術事雖不了神鬼驚懸頭市上香三日當時元姦黨滿朝縛虎如羊氣太

驕忽然刀光狹路照太師頸上風蕭蕭烏乎三字獄兩宮駕
總在將軍此刀下後代聞英風尚且有興者君不見腦碎銅
椎阿合馬

虎口行

入虎穴登虎口吾戴吾頭虎牙走欲嚙不嚙虎不如狗君不
見太原守姓邊名大綬解一公順天人宰米脂鬬賊故鄉公所
治欲斬此賊計不得施不知若祖若父作何狀生寧馨兒急
掘土中屍我欲見之解二壬午正月九日雪花如矢稱娖前行
到三峰子二十三墳宰如也金椎丁丁啟解三撲面一條驚蛇
翔張口呀呀吞日光髑髏青銅聲骨節黃毛長四山妖雲毒
霧天茫茫解四碎其骨伐其樹腊其蛇平其墓純灰瀦沃雄黃
燒馬通熏蕩牛溲澆軍民聲如雷指日滅黃巢解五賊姻艾朝

楝報賊賊大驚登時一矢貫目睛公還鄉賊入京旁人勸公逃公曰老母在何能行解六一路哭矣賊來捉矣騎蔟蔟矣母妻子女齊入獄矣縛公上馬獻闖王麾下萬目睽睽看掘墳者解七公自念丈夫死耳何悲哀但不知抽腸釘舌千災五毒如何來解八過獲鹿出固關獰獰闖至黃衣冠一騎牽公上一騎搖手言大王屢敗眠不安莫遽奏王傷王心肝解九再馳再驅曰至壽陽邏騎十人漸不成行一騎大笑汝何不亡公乃狂竄轉覺心戰解十打背大呼驚賊追遁回身面之是傖父持鉏想剝衣裾贈之以敝襦晝伏夜趨百險千虞而反其居解十一扣阿妹門疑阿兄魂抱老母慟母云是夢闖賊口小哆萬頭一齊墮汝何人斯交臂而過解十二 聖朝擢公五馬軒軒梨園演公觀歎紛紛富貴壽考子姓如雲公書其事記苦辛

我歌爲詩告千古但憑天莫畏虎解十三

春寒

重裘逢二月袖手步芳林殘雪有餘色百花無競心踏青苔影薄禁火客愁深傾耳碧溪畔黃鸝遲好音

夜過瓜洲

霜雁一聲語煙江雨所秋蘆花三十里吹雪滿船頭我欲乘潮去孤帆夜不收蒼茫雲樹外明月出瓜洲

海棠下作

神女儼成行蕭蕭兩海棠吹紅風亦軟驚豔鳥先狂置鏡傳嬌影張燈助晚妝料應香不得業已斷人腸

題張睢陽廟壁

刀上蛾眉喚奈何將軍鄰境尚笙歌殘兵獨障全淮水壯士

同揮落日戈六射須胥渾不動一城人肉已無多而今雀鼠
空嘑竄暮雨靈旗泠薜蘿

博浪城

眞人採藥走蓬萊博浪沙連望海臺九鼎尚沈三戶起六王
纔畢一椎來黃金宮闕神仙遠白璧光陰山鬼催此日西風
如力士當車還擊布幃開

澶淵

路出澶河水最清當年照影見親征滿朝白面三遷議一角
黃旗萬歲聲金幣無多民已困燕雲不取禍終生行人立馬
秋風裏懊惱孱王早罷兵

景泰陵

雨帝當年一曲闌西山槀葬草漫漫目夷守國才何大叔武

迎君事本難金鎖門高星象動玉連環小淚珠乾阿兄南內

如嫌冷五國城中雪更寒

柳子厚祠

金章紫綬照江濱王者衣冠古逐臣但說權門難託足誰知

文士易成神宮庭慷慨伊周事湘水淒涼屈賈身賸有荔支

丹一曲至今歌徧楚南人

禰衡墓

荒墳三尺掩蓬蒿撾鼓餘聲作怒濤落筆爭誇賦鸚鵡罵人

何苦學山膏干將易折終非寶元豹難尋始是高知否才流

生叔季揚雲一曲反離騷

一卷

一卷青鐙兩鬢絲高吟子季別山詩圖官已類昇天佛閱世

誰憐折臂醫春夢五更初醒後南方三十早衰時也知充隱非吾事偷得閒身老或遲

仁廟遭逢蘇子美漢文矜寵賈長沙兩人成就終如許萬古風雲更可嗟雲裏豈無含翠草春深原有未開花笑摩腰帶從容記幾個金龜在酒家

心似彈棊局未平嗇夫中有鄭康成八年縣譜談何易一卷讒書著不清年命慣遭磨蝎累宦情都付子規聲回頭尚賸桃花米且去江東作步兵

津陽門外賣車欄不畫淩煙與已闌都會自來迎送地龔黃可是應酬官情知風利船何泊且喜花飛露未乾試看永明春正好神仙早挂竹皮冠

出山詞四首 錄二

天涯有客賦長征身要從容馬不停故節又從江左認移文

應向北山聽梅花送我開如雪春草留人綠滿庭攬轡揮毫

緣底事幾行傴約付園丁

出門身在百花前難免花枝笑獨眠南陌馬銜紅杏雨竹樓

書鎖綠楊煙長抛春色偏正月小住名山合四年薄宦心情

江上水好風吹處便開船

西湖小竹枝詞

妾在湖上居郎往城中宿半夜念郎寒始覺城門惡

蠶絲難上手蛛絲易惹人蛛絲吹即斷蠶絲永著身

朝喚岳墳前晚喚茅家步不知相思魂船家可能渡

再題賈太傅祠

一別先生五十年洛陽年少也華顛自憐枉受吳公薦白首

重來意惘然

多情容易損年華一哭梁王壽竟差若把湘蘭比君子春風只發二分花

事定方知石畫高徒薪端不動弓刀如何七國連兵日不祀長沙一少牢

一篇鵩賦斷聲聞看破浮生水上雲只恐魂歸還痛哭千秋幾個漢文君

梁啟心字首存號蔎林初名詩南錢唐人仁和籍文濂子

乾隆已未進士官編修有南香草堂詩集

蔎林幼負異稟號爲奇童與蔣林相國自相師友有二難之目訓導公家故貧居鳳凰山麓母淩夫人夜織蔎林兒弟方幼戲于旁虎突入戶夫人驚絕既蘇視兩兒戲如故問之曰有大獸來四顧而去亦不知爲虎也鄰里咸異之既成進士改庶常例當俟散館以訓導公春秋已高乞假南還會相國入對純廟廉知其孝郎家

授職蓋殊恩也訓導公喜吟詠老而彌篤春秋佳日輒與耆名老德閒僧韻士往來西湖之上菽林未嘗不撰杖以從道旁觀者太息以爲善養志者莫菽林若矣訓導公歿哀勞逾節疾遂作卒年六十四府志入文苑傳詩見輶軒録者不復録

泛舟出東新關至皐亭山看梅同穆門江聲龍泓堇浦甌亭作

早暄梅信舒新晴漲痕淺小舟銜尾出野塘風正軟遥見皐亭麓平林白於繭暖煙結曾陰積日下西阪人家依水住大半花作堰入春已逾旬幸我來未晚相將恣幽探腰脚猶可勉

由金家堰步至崇先寺

捨舟理芒屩一徑何逶迤行行如有礙玉雪交柯枝早蜂戀斜暉境寂時聞之山腰白雲屯詎料梅所爲緜亙不可極忽

露殿角鴟是中實香界供養羨阿師溪橋繞寺門小憩忘其疲須臾暝煙合惟有鼻觀知不逢梅花僧此意當語誰回頭認歸路月淡風披披

宿皐亭山下田家

倦足思小休匿客煩野老溪流恰當門竹密如結堡新月下茆屋梅影不可埽爲我啟山廚眞率亦足飽春暖罷燒松夜寒仍薦稾夢回殊忽忽力田悔不早

梳妝臺（在鳳凰山下今爲映碧菴遺址猶存）

趙家大內山之垠半爲佛寺埋荒榛郎今空上梳妝臺不見昔時梳妝人梳妝人在何處一樹冬青三日潮彩雲朶朶隨風去人去臺存徒爾爲好峰如髻月如眉山僧不省行都事合十臺前唄辟支

瓶花齋百八酒器歌

餘杭酒價過十千注以凡器弗復直一錢香螺蜜犀亦何有
差可銅鎗銀盌藥玉船繡谷主人蓄瓷歎奇絕百有八種一
一堪流傳大者容數斗次者受兩瓻其餘瑣細難具陳大都
中四可敵卺一卣天青卵白魚子斑觚棱斲削圓攢欒古情
妙製吾目所未見底用分別汝定均哥官春深夏淺集酒戶
屏當箏琶罷詞賦各以意授畧不銖兩差惟我汚襟灑面愁
失度幾年別夢芙蓉城麴生冷落糟邱崩人琴已逝留口澤
摩挲舊物悲塡膺安得美人數向摩尼借一手一卮藤花下

三周竹垞詩詠娘子事

四照亭暴雨用東坡大風留金山詩韻

秋亭無人木葉語似語諸公且無渡忽翻玉女洗頭盆散作

禪師咒鉢雨平湖乍驚江海瀉老松亂學蛟螭舞笱鞋滑遶麻衣單促坐寒生風轉怒須臾欲挾亭飛去更置吾曹在何許茲遊險絕恨無雷檄取阿香來擊鼓

清勤堂前後老桂七株家大人花時觴客各賦長歌

小子亦附作

年來買得宅一區十畝不足五畝餘風廊水檻交縈紆蒔花種竹非自娛歲時往往扶籃輿中間古桂凡七株百年外物無生枯自有此屋此樹俱想見侍御手植初宅爲顧且菴先生故居一株北堂高扶疎瘦藤作骨霜爲膚一株南榮青槭糊棱棱硬葉當軒鋪旁有一株尤絕殊盤根拔起孫枝麤再歲已見爪角舒欲與老幹相撐扶小園壘石疏清渠三株壓檐如覆盂蔽虧白日森階除其一僻在牆東隅偃蹇不肯受束拘著花

雖好人罕譽有若逸士逃空虛株株似此皆畫圖涼露一夕香紛敷滿堂滿室連井閭後洋街裏風呵嘘悦踏月路臨天衢我聞青桂之館仙所都又聞金粟之龕佛所居非仙非佛此境無眼前忽復周吾廬若不痛飲眞蒙愚平生招隱繁有徒牆頭過酒不待沽折簡立至聲讙呼黃雪點點黏尊壺飽花氣似餐醍醐阿爺大笑拉髭鬚看客醉夢騎蟾蜍朗吟直到日脚晡詩成繞樹樂只且明年此會不可孤乞與大椿揚靈符不爾恐被花揶揄

冬夜同壽門坐南香草堂聞雁

清坐各無寐初聞一雁過冬心空外響北思夜來多歲晚驚霜雪天高畏網羅草堂無恙在相對意如何

惠山寺

別業精藍幾廢興（寺初為宋湛彦之別業）短筇扶我最高層秋花色淡如愁女古木心空似老僧龍尾道盤千嶂月金蓮池瀉一壺氷平生不識中泠水未敢汚他第二稱

立秋後三日雨中泛湖

濛濛溼翠滿重湖一棹中流乍有無涼意十分歸枕簟秋聲幾點到菰蘆水花帶雨弄姿態風柳牽船成畫圖我與鷗盟幸無負笑他堀堁羨蓴鱸

江上秋曉

一天涼露靜江聲望裏蕭然山色明帆影欲隨初日上沙痕猶認夜潮生風清羅刹秋無浪樹暗婆留舊有城幾點眠鷗呼不起蒼茫誰共此時情

湖上送春

送春又上郭門船老去閒情未肯捐酒幔歌簾前代夢水萍風絮一湖煙誰家櫻筍能留客明日鶯花不值錢白髮青山兩無賴第三橋外草芊綿

送同年陸三坳齋侍御還　朝

馬頭霜重去逡巡此後重看諫草新　聖代即今無闕事訏謨自昔屬儒臣循陔願慰吾誠忝望　闕心懸爾倍眞好向深巖問予季鬢絲聞道近如銀

城北泛舟看荼花

白洋池北小門東暖蝶紛巡野岍風飽食年年憐舊味貪看處處續殘紅幾家亭館疏畦外一角城闉落照中好是園官多近水玉流金地過烏篷

送謝山同年赴蕺山書院山長

好趁秋潮去莫遲　淸時賢守重經師過江理學傳人譜異代風流共墨池褰展自今湔舊習弦歌長此入新詩冬餘輟講須招我踏雪同探禹穴奇

初夏泛湖至孤山作

一篙新漲裏湖寬小雨飛來作夏寒山翠忽低林影合杜鵑聲裏倚闌干

金文湆字質甫號金門錢唐人志章子乾隆丙辰薦試博學鴻詞己未進士歷官直隸天津知府有埅進齋詩集

金門根柢家學與兄赤泉互相鑱礪有二難之目由編修出守屢獲咎譴蒙　恩寬赦嘗倣王伯厚困學紀聞爲蛾子錄三卷又嘗著讀史卮言後自塞上歸殁于問津書院生平著述胥歸散佚詩亦零落撤壞不如赤泉之附江聲以傳豈非所謂有幸有不幸與府志入文苑傳詩見輶軒錄者不復錄

四月廿九日杭丈堇浦招集疎雨書堂分韻得看字

久旱池水縮一雨生清瀾山石乍經沐點滴苔痕攢老樹大十圍濃陰高團團孤撐蔭牆屋攜手同相看愛兹城市居亦復饒林巒過從忘日夕酌酒追古歡是時夏方仲高館如秋寒晚晴藉幽草坐覺衣裳單適當歸鳥散引琴時一彈

封大吟室聽劉仙兒彈琵琶歌

劉仙妙手天下無四弦十指紛披敷春風吹客逢長途猩疃士坑同跏趺簾垂酒滿彈向吾千人圍聽寂不呼撥弦幾點秋風疎洗心入肝驅煩蕪輕撚緩扣發響初兒啼帀月聲呱呱漸彈漸緊相支扶呢呢私語聽憮糊忽然突出膽氣粗偶然閴寂形神枯戛然長嘯鶴唳孤紛然襍沓啾羣雛繁音促節無停迂悲歌樂笑分須臾一弦有似百指梳十指又似千弦俱嘈嘈入耳難別區一聲刀截還空虛微音緩緩絕復蘇

一調便可傾百壺忽聞萬馬奔長途千軍手畫鳴彎弧的然獨響金鏷鎗淒淒戚戚何縈紆明君出塞悲穹廬酸風割眸霜剝膚清淚滴滴凝明珠時彈此二調曲終客散神氣徐燭光焰焰流耀瑜遶梁逸韻猶未徂遥空天籟鳴郊墟飲酣更酌一石瓠神飛但覺興有餘箏琶兩耳平生軀聆君此曲百慮祛如籠放鳥壑縱魚禪心忽爲君手渝雍門彈琴孟嘗歔漸離擊筑悲酒徒子建箜篌涫髮竽舉似劉仙俱不如嗚呼劉仙妙手天下無

張南華西溪煙樹圖爲作九言長句

西溪西去煙景何空濛山光水色掩映無終窮梅花錯錯粲列萬玉女九十日春日日浮烏篷徐牽兩纜步步入煙樹細捲風幔寸寸延晴峰一重二重掩但見山俯仰十里五里莫辨

村西東花光歷亂斜陽忽飛雪望眼不到處處疑雲封幾年軟紅塵土插雙脚妙境一别夢想無由通兹圖誰寫景物乃逼肖展覩不啻置我篷窗中南華山人十指負仙骨浮嵐暖翠下筆無王蒙孤亭突兀枕流出倒景小橋屈曲跨水淩長空竹籬草舍人家各聚族朝鐘晚唄僧寺皆分宗扁舟若更寫我汎其下藥爐茶竈酒琖兼詩筒山靈聞之應亦當首肯勝游辜負屈指成三冬還君此圖鄉思增撥觸庭前雪樹又見來春風

煖坑

巧壘花磚淨頻添獸炭紅錦衾鋪熨帖活火度玲瓏夢破疑春透身慵甚酒中朝來人懶起餘煖尚烘烘

太平鼓

團扇形同巧連環響更兼一聲鳴　盛世亂點隱重簾擊罷
花含笑攣來月照匳春風吹入耳想殺手摻摻

十一月七日汪西顥申及甫兩徵士寓齋小集步山
字韻

終歲清齋抵八關荒廚留客發春顔酒杯到手同君盡庭樹
經冬似我閒移榻暮寒侵短袖卷簾新月吐西山一鐙鄉語
聽無倦歸夢何妨著意删

游張園

緑楊門外板橋横新水如船接岸平三月春寒花尚淺一簾
煙重雨初成𢾺危瘦竹扶衰步高下疎畦入曉晴莫便酒闌
催晚棹野懷吾欲與鷗盟

人日宿栁河溝

十里平隄爾許長輕寒蓊蓊襲衣裳山銜雪意雙尖白栁試春心一縷黃溝澀有聲停馬耳風低無力囀鶯吭金龜貰酒茅檐臥有夢應歸舊草堂

同人西苑看荷

屋外青山鏡裏泉栁陰涼覆碧池蓮分明一片江南景多少紅窗載酒船

十丈花頭高出牆苑東苑西流水香石橋過雨遊人少白塕紅亭半夕陽

吾州六月西湖畔繞郭常開一萬枝不是諸公攜酒榼眞成辜負看花時

花香恰與衣香值花氣渾如雨氣涼千點蜻蜓雙白鷺五龍亭外藕絲鄉

王執玉字㵎松仁和人乾隆己未進士官知縣

寄奠孫先生介亭

瀕行猶爲說官箴前輩論交氣誼深詩骨忽驚埋朔雪夢魂終恨隔遥岑月窺舊戸書千卷風埽寒邱葉一林堪與名山同不朽文章千古有知音

吳嗣富字鄭公號崑田錢唐人國梁子乾隆己未進士官編修有玉壺齋稾

退菴氏日崑田先生與余家同爲休寧九門後裔嘗督湖南廣東陝甘學政中年乞歸遂不復出與錢璵沙諸盧白汪槐塘成成山顧涑園姚素山鄭半桐翟晴江諸先生月作齒會尋一觴一詠之樂仇一鷗懷里中前輩詩云如君爭不是神仙瀟灑風情似樂天五十歸田九十死養親以後養生年此眞爲先生寫照也先生以雍正己酉舉于鄉乾隆戊申預行己酉正科重宴鹿鳴子安世乾隆辛卯舉人官餘姚教諭

祁連積雪

玉龍自西來崢嶸卓萬古頭如菌蠢縮鱗作之而豎倚雲光的的曜日色楚楚問是祁連山山名肇漢武曉出涼州道盤馬得快覩寒芒四面來冷豔一團聚極目天外峰晶瑩不可數是時方夏季六合正酷暑勞勞執策者忽到清虛府風從兩腋生冷冷日破午百里復千里厭觀憑仰俯頗聞黃黑番內有藏春隖寒藉馬通薰飢將羊胛煮金牌許市茶繁纓多畜牯老作雪巢翁半是伊吾部蛙鳴亦有池蓮開亦有渚絕巘閟重陰生意誰爲主歎息造物奇於焉築瑤圃

雪後集紅泉館用東坡聚星堂韻

癡雲忽破分如葉此夕適來當霽雪主人豪宕草堂幽更逢上客成三絕風尖最愛簾押垂冰重何嫌屐齒折紅爐圍坐煖氣蘇明燭隔窗清影滅競呵凍筆寫高吟毫端十丈金蛇

挐以詩下酒酒復清不覺酕醄眼雙纈汝南人去峨嵋遶繞堦還對霏霏屑巨辰盛事耐追尋何人過眼同飄瞥高會欣陪此日遊勝情記取他年說矯首庭前百尺松橫空老幹蟠寒鐵

重陽前二日袁子才招同儲晝溪管水初金質甫袁叔度蔣靜存賞菊分韻得無字

節已重陽近門因三徑殊適來當此夕相對總吾徒花影依鐙出秋寒入酒無醉中清興劇更約采茱萸

菊影仍用無字

一片秋花影東籬乍有無瘦來消不盡佳處淡難摹冷作青鐙伴幽從皓月俱高人攜酒過醉復倩誰扶

張學浩字不羣號夔堂海寧人乾隆己未進士官東河上

北河同知有變堂漫吟六卷

呈錢香樹大司寇

一代文章伯

三朝柱石臣呼爲

天子友收得宰官身翰墨隨章奏簪裾領薦紳蓮花橋畔路

長接 帝城春蓮花橋大司寇住宅也

趨謁尚書第依然儒素風樓臺無地著井樹與人同喜近棲

梧鳳光邀戲海鴻吾鄉文獻在衣被更何窮

陳景鐘字几山號墨樵錢唐人乾隆辛酉舉人有研雪山

房稾

几山居清波門内六官巷承徐紫山清波小志之意爲清波小志補未卒業友人莫又張栻續成之凡三卷其詩幽靜雋雅非以甚囂塵上爲豪放者

繅絲曲

三春雨足桑葉肥家家飼蠶晝掩扉三眠三起近小滿桑甚垂垂葉已稀盼得紅蠶齊上箔更喜同功繭不薄大婦收拾繅絲車小婦安排湯滿鑊銀絲抽繹比清霜虛室堆牀生白光啞啞軋軋聲不絕綠陰低處新絲香小姑回頭笑問嫂轉眼相看織成縞茜紅鴨綠染隨心長剪腰裙短剪襖嫂云小姑爾未知阿哥正苦賣絲遲明朝抱入城中去已值官糧徵比時

山陰道中

我識山陰道人家青嶂中野塘秋水渡斜日落帆風白鳥依漁叟烏牛背牧童板橋楓葉港處處小舟通

二哀詩 辛酉春爲紫珊守廬雨先生作

黃雪山房老西湖舊隱淪詩成一代史志表百年人喬木風
猶昔衡門草又新篋中猶手稾相對淚沾巾
逝矣田居士南屏賸草堂野禽穿枳落荒竹壓書牀字古墨
流黯詩寒句有芒路人憐孝子相率拜題坊

六和塔

寶蓋高擎一七層隔江煙火見西興寒潮帶雨攻秋岸海船
乘風望夜鐙白草已迷南渡寺紅兜猶說北來僧閒中指點
興亡事獨倚危闌百感增

涵清院

金蓮閣下小池塘雨漲新痕石髮香敗葉打窗僧夢冷嬾雲
棲屋佛鐙涼珮環有約鳴秋月蟋蟀多情泣夜霜莫向峰頭
更南望故宮煙草自茫茫

雷峰之下如上清宮普寧寺淨寧院皆古刹也今已基址莫考矣乾隆戊午冬予與栁亭鴻雪步回峰之陰並湖而西悉菜圃桑畦荒邱冷厝雖有一二漁舍禪關亦柴扉晝掩寂若無人因拈一律以紀荒涼之景

罾篷蟖舍瀕湖住拍拍西風浪捲花野赤柏林鴉逐伴敗黃蘆岸雁成家地荒莫問前朝寺煙冷空連臥水槎惟有斜陽千古在危峰孤塔畫殘霞

長橋長橋側宋時有朱嬾酒店水心集朱嬾曲云憶昔翦茅長橋濱朱娘酒店相爲鄰自言三世充拍戶官抛萬斛嗟長貧案宋耐得翁古杭夢遊錄宋時酒店除官庫子腳店之外如花園酒店直賣店散酒店菴酒店俱謂之拍戶長橋自王生與師兒同死後人亦呼爲雙投橋云

朱嬾店外鵓鳩鳴野步無人小艇橫一曲雙投橋下水春風

吹雨弔王生

陳廷訓字六辰號紱堂仁和人乾隆辛酉舉人

游弢光用湯西厓少宰韻

磴道盤紆倚石根松杉影裏亂泉喧巖深竹色斜分徑夜靜濤聲直到門逸興已如鷗浩蕩清游更擬月黃昏時訂望夜再游白家詩句留殘碣時看閒雲護墨痕

坐雨書懷簡王桐墀湯對松竝索和章

鬢髮星星逐漸生年華判盡短長縈一椽未卜從王翰五嶽能遊憶向平野逸只宜邱壑置情懷合結鷺鷗盟由來臭味酸鹹外好句還期擲地聲

過太湖

連朝風日逢晴好三百頃湖開鏡匳春水遠浮帆影小晚雲

低墜草痕黏筠竿插界圍漁柵栖邑成村颺酒帘一翦輕風餓十里上方遙認墻痕尖

許逢辰字北原海寧人乾隆辛酉舉人楊名堂官雲南雲南知縣

送子南鍾之九溪作

老眼看離別人生能幾何傷心今夕短回首暮雲多鴻雁天邊斷關山馬上過應須懷祖訓壯志莫蹉跎

陳士珖字懷珍號月嵒錢唐人士璠弟乾隆辛酉舉人官海鹽教諭有月嵒偶存

孝女行爲覺羅八姑賦

翩然南飛雁嘹唳不成行回翔顧其母羽翼徒摧傷遼西有好女孳葆雙明瑙自言 皇家子生世出承明巍巍金張第

奕奕有暉光阿母太夫人阿父春官卿阿兄使持節麾蓋何煌煌十三調緑綺十四裁紅緗十五弄柔翰能讀孝經章銀瓶汲深井生小未康彊塵埃一吹墮襁褓胡不令妍媸少定態憔悴生姬姜藹蔭卒不殄嫓嫿能相傾自我遘茲疢何以拜姑嫜願得慈母憐不受俗眼驚逡巡向阿母聽兒理中腸母生諸伯姊各各自頡頏燕燕雛西東有母獨徬徨念兒徒區區不願承筐筐昔有好女子名爲北宮嬰自比青溪姑居處本無郎兒今脫纕珮易兒舊時裝煢煢昔背父辛苦今隨兒替襄晨理髮願孃晚加糧兒勝衆女子兒有平生孃鼻鼻御史綬肅肅中丞旌十年從江左經歲闔閭城　車駕昨南來下　詔襃且揚昇汝東西澌徙汝節錢唐阿母千里來有妹相扶將願兒勿内顧高堂況壽康句吳實都會四海方昇

平左湖右闖嶠大吏修封疆努力奉當官家世本天潢明時百務理官閣日以清爾進百歲酒我侑千金觴歡樂云已極倏忽悲風翔兒生廿八歲拉脅柰支當願母南山壽牽母越羅裳幼小未離兄涕淚何披猖兒生幸未字兒命胡不長兒歸獨安依歸兒祔耶旁惻惻慈母意哽咽不成聲阿兄送汝行徒跣涉郊岡其日天爲冰野雀繞榆枋幽燐寄淺草夜夜啼𪇆鴔曹娥求死父不恤從父僵惜哉豈不孝母乃軀命戕女子重全歸膚髮貴自防感此後凋意怏悒不能忘我作孝女詩永言崇令名

送顧古湫之湘南兼懷墨樵

客路方聯袂旋聞作楚遊清江樊口月黃葉洞庭秋斫鱠生鄉思揚舲聽晚謳衡陽增雁侶遙憶白雲浮

新春旅館

客心驚改歲觸處憶江鄉夢斷蘭橈水愁生菱鏡霜春風迷遠戍柳色淡晴光回雁無消息南瞻雲路長

祝兆星字表天號次軒海寧人乾隆辛酉舉人官湄安教諭有三多草堂詩鈔

丁酉除夕

七十明朝是生涯一夢中由來忘歲月那復計窮通處世無懷氏居家不了翁老妻知我意簪勝對春風

張果字誠然號蓋翁仁和人乾隆辛酉舉人有蓋翁詩集

按浙江辛酉鄉榜無蓋翁名當由順天中式府志失載俟考

蓋翁性剛直內外斬斬義形于色然素所不喜見其善未嘗不稱道好友相切劘或引繩批根初若難堪者既退未嘗不推其美危苦患難若身受之葬死恤孤汲汲如不及四歲失恃十八而孤三十二而鰥女夭子瞽獨

奉後母一弟居舌耕不給而妹及族之嫠與獨者復待食焉爲弟授室子終不得娶以死少時母尚未葬適先塋見纍纍而殯者輒心動自是凡十至京師渡河逾江走關陝粗衣糲食惟恐過每歸輒葬數棺三十年來所葬已逾百矣始生時大父夢大冶令來謁衣冠凜然捧其首而拜垂髫時方晅酣輒見有馬從雲中來躍而騎自視須眉奇偉披髮白袍蹴踏大海波濤間旣寤則暗室中光明異常纖毫畢見每語及古今節義事躍躍神動忠孝之性豈偶然哉詳見姚之烜所撰蓋翁詩序府志八孝友傳

洛陽于童君二樹志館中見亡友思餘遺集感賦

滿頭髮白雙眼青落落舊雨如晨星沈南邵北吾益友賢于兄弟敦典型生得知己死不恨恨皆先我歸幽冥出處兩失左右手傷哉井渫羸其瓶萬里九招魂不復幾同馬革僅裹形白日飛霆驚冢嗣棄官徒跣眞伶仃負骸返葬西山麓骨肉四散紛飄零自我不見十八載昏昏夢覺常惺惺絲蘿互結膠漆固夙緣未了目未瞑死長已矣生不忍忍令蓬轉波

飄萍老馬爲駒三至衞感懷舊事嗟積齡客窗突見舊吟詠悦聞咳唾來中庭一讀再讀三歎息匡我不逮邀君靈

津門舟次

知是魚鹽地人家傍水居名園經雨後野艇受風初濱海流全濁迎秋柳漸疎蟬聲驚午夢不得到華胥

七月十二日偕成子可堂沈子春畦伯鸞送成貞女暨汪生合葬定香橋

憶昔遭家禍雙雙正妙年拘幽齎志沒聞赴毀容眠入地壁方合飛天鏡不圓窮泉相見晚無忝柏舟篇

乙酉立春日集雪舫同葉六古渠兄弟作

訪友來東郭迎春著屐行苔階潤雨色芸閣動書聲馥馥細梅綻嚶嚶好鳥鳴謝庭同唱和永日有餘情

追悼法音禪兄曁樹虛吳居士

力疾封師墖傷哉匍匐情去來通一氣付託了三生執手神先別傳鐙夢不成十年辭盡地倒屣有誰迎

五十初度述懷東邵思餘

細柹青蒲刺眼新百年贏得半閒身秦關楚嶠供詩料鶴子梅妻結夢因把卷不知雙鬢雪栽花惟望一枝春風塵來往誰相識安樂窩中偶卜鄰

除夕偕顧孝廉涑園郎處士嘯闓訪孤山梅喜遇石田和尚次涑園韻

歲晚務閒欣有伴沙乾草軟靜無塵半篙鴨綠消殘雪幾點猩紅廳早春破冢塊然誰是主高僧戾止更何人妻梅子鶴風流在他日歸休許作鄰

蒼筤亭主人以破琴瘞鶴于園亭石畔徵詩悼之

琴鶴相隨古有之鶴亡琴在轉生悲難禁化羽登仙去卻令焦桐入地隨風過竹間聲寂寂月移亭外影遲遲長歌當哭爭傳頌我輩鍾情莫笑癡

戊子正月二十三日爲老母九旬壽

九旬老母七旬兒環繞慈幃進壽巵轉眼十年駒過隙縈心萬縷繭抽絲皤然手足都無恙藐爾門閭尚可支自責自嘲還自幸一瓢春酒一篇詩

立夏前一日旅店作

八上計偕春夢醒殘
膻有墨痕香東皇將別猶憐我飛送榆錢滿客牀

栁溥字德洋號潔夫又號曲江錢唐人乾隆辛酉副貢有

河東集

潔夫畋漁百家故臨江鄉人有柳下先生文字猗頓之語嘗在雲居寺之外麓房講經授徒築嶺上多白雲亭領江湖晴雨之趣其生辰則七月十五也卒于是日約客觀潮觴詠流連興盡始罷仇一鷗懷里中前輩詩云山中前事尋詩卷江上春鶯叫墓門偶問雲居讀書處白頭僧是舊僧孫謂潔夫也府志入文苑傳

遊白蓮菴

屈曲陟山巔湖光在眼前石寒侵瘦骨林靜愛枯禪嫩筍山廚飯春茶古澗泉蕭然忘世味風外響鳴蟬

偕勞孝廉郁亭重遊白蓮精舍

蕭寺久不到淒清風日閒寒蛩吟亂草紅葉點秋山憩足亭臺下評詩水石間白雲無恙在終日戀柴關

新秋同人泛舟湖上遇雨次汪大抒懷韻

佳游苦觸熱風雨散炎蒸列坐人咸集登山屐未勝窗臨雙

岸柳棹澀一湖菱江米知應賤何須問斗升

山居

桔槔園已灌古井有肥泉雞豚牆頭粟驢耕屋後田黃花青萘地鴻雁白雲天便是人間樂寧須閬苑仙

穫稻

槿籬板屋野人家老樹開殘秋桂花新削竹籤鋪早稻深添芋火焙秋茶百齡甲子忘朝露三徑功名指暮霞我亦天涯一逋客願從食力種菑畬

吳可馴字驥調號南澗仁和人廷華子乾隆辛酉順天副貢見沈廷芳南磵詩鈔序府志失載　有南澗詩鈔三卷

南澗嘗葺宣化郡志凡塞上之山川風土草木之狀類秦漢以還之事跡無不搜剔網羅勒爲圖經頗稱賅洽天津查氏好延賓客南澗隨其父東壁先生寓水西莊時從汪槐塘厲樊榭諸君游沽上題襟亦分一席

集苕花館題陸包山承天寺福興院畫卷

姑蘇遠近高低寺，六十坊前慶雲被。剎幢最古是能仁，殘碑勒載蕭梁事（寺在蘇州甘節坊，梁衛尉卿陸僧瓚捨宅創，初名廣德重元，宋初改承天能仁）。北院禪棲花木深，名流往往高軒寄。誰與題壁抒麗藻，石田倡韻楊祝次（沈高士周、楊儀部、祝京兆允明）。三公雄筆鎮山門，直等江心玉帶視。六丁一夕下取將，隔代吟魂孰招致。包山水墨化結習，濡毫灑灑含清思。失詩乃以畫補之，畫成詩亦復附志（僧松隱屬包山畫圖，黃志淯書三公詩于後）。完斯公案非偶然，詎獨老僧叟文字。何時散佚來北原，收入米家書畫記。苕花主人癖嗜古，寶此不啻千鎌值。長夏招要避暑飲，傳觀競樹詩壇幟。塵世茫茫感廢與，我來把卷發深喟。前人捨宅創浮圖，後人據寺竊閏位。可憐築土號三輿，黃葉西風驚夢寐。日月光懸爝火熄，後宮滅盡雙

蛾翠蘭若粗能復舊觀劫灰旋又幾銷毁斯圖歷今二百載前輩風流故未墜乃知壽世重文墨作緣底用金布地展之壁上嘗臥遊疑有濤聲出松吹一名雙蛾寺舊有二異石故名元至正末張士誠據以爲宮洪武初復爲寺正統中燬成化中僧道澤戒昌重建

題翟晴江郊居圖四首

東皋風物好一徑埽喧塵誰識機雲屋偏於水竹鄰門開迎野色客到醉花晨長此尋遐賞眞成獨達人

我家曲江上屋後枕青山山色共朝暮江潮日往還與君同市隱終歲隔塵顏南北兩相望白雲中自閒

京國尋鷗侶常乘款段過僦居聊復爾座客不嫌多暇或著山志時還擊缶歌重陽佳日近自壽意如何晴江著東皋志

豈爲浮名惜憐君在遠游那堪悲下第獨自賦登樓白日鄉

心暮黃花客眼秋一尊須盡醉莫復感羈愁

登蕭遠樓有懷汪西顥樓在口北道署東偏

故人疏問訊選暇獨登樓千里共明月一時生別愁笳悲山邑暮潮長海風秋寄語家江客何因盟白鷗

甲子秋日趙飲谷先生自陳州至津門訪蓮坡主人于澹宜書屋即席分韻

衛河千里一帆通褭屐追歡笑語同佳日漸臨簪菊會先生眞似浣花翁捲簾雨闇秋陰外刻燭詩成夜漏中從此直沽添勝事入林高詠有山公

太鴻徵君別買小舟以詩見示戲荅

扁舟穩坐瘦維摩搖膝孤吟意若何自比襄陽泛書畫眞堪笠澤狎煙波片帆緩渡山容出一榻涼收水氣多還有柁樓

雲鬟在臥聽子夜發吳歌

九日袁子才庶常寓中平臺登高

平臺高倚梵王宮無限秋光到眼中一片閒雲沈遠塞數行歸雁界晴空可無黃菊酬佳節只有青山識寓公回首故園風日好茱萸插帽幾人同

上谷雜詩

武宗遺跡半銷亡無復金鞍擁翠妝留得新聲在弦管梨園猶唱玉娥郎明武宗在宣府日盤遊無度常聚樂妓數百人騎從歌舞道路間以絲竹按新聲令所傳玉娥郎曲乃御製也

香犢鈿車暢夜遊鐙城九曲步勾留未知拾翠人歸後銷得春風幾許愁鐙夜村莊城市多立竹木設黃河九曲鐙男女中夜穿之謂之銷百病

朋輩朝來慶盍簪頭銜十品吏新參昨從鐙市招摇過無數

兒童駐篠驂每村鎮設立鐙官有司先期給以劄付皂役輿從衣服甚都各鋪戶醵金為賀其牌書正十品加半級或數十品不等鐙場有爭鬬者許其薄責開印日繳劄于官

傾城未卜御如皐射雉何須賽技高願乞定情詩一首為郎

濯錦織弓弢宜俗娶婦設香案于天井中置斗米插弓矢而拜之拜畢男執弓矢導行入房內合巹乃按置弓矢而與婦同拜

塞上春風埽冶塵捲簾人向曉妝亭處看山色濃如畫影入

眉峰一樣青宜郡四面皆山至春暖人家纔捲簾幙雞鳴黃羊二山尤秀對影如眉

梨頰蒸霞酒暈微北山寺外耍青歸晚風亂落桃花片人踏

軟紅香滿衣四月男女多郊遊謂之耍青北山寺在城北五里北山上四月初一日郡人攜酒羣遊此時桃李盡開自清遠以北出廣陵門一路霏香聚雪足稱勝賞

畫簾低罩茜紅裙十里香風散綵雲竟是揚州明月夜玉簫

愁殺杜司勳宜城內亦有二十四橋五月初十日郡人羣進香城隍廟至十五日止廟左右人家皆垂簾排

日嬉游有徹夜者

佳節徵歌水調傳四圍山色映嬋娟最憐今夜銀蟾影照出清暉處處圓俗最重中秋節處一二百里外者必策騎歸家蓋過此以往即寒凍無良會矣是夜庭前盛設瓜果轟飲賞月

龍沙何處弔征魂捲樹悲濤咽墓門一襲寒衣燒不盡撥煙猶溼淚絲痕十月一日哭祭墓所翦紙爲衣焚之謂之送寒衣宣俗清明日七月十五日及是日闔門老幼哀哭無節新喪者亦然蓋前明陣亡軍戸遺俗也

燒竹裁綃夜漏分送窮兒女太殷勤何時嫁作盧家婦十二金釵壓鬢雲除夕幼女翦綵爲衣并果餌置筐中夜靜開戸送之謂之送窮媳婦

西拔貢

皇甫鯤字翼滄號瓶城又號鈎坡仁和人士坊子乾隆辛

瓶城工書能爲擘窠大字貢八成均廷試第一客京師卒無所遇

早春西爽閣晚眺

宛轉拾層梯樓開道院西林烘禽語碎天襯暮山低花霧和簾卷春風滿袖攜出門回首望雲外數聲雞

孫焜字國華號嘯峰餘杭人乾隆辛酉拔貢官壽昌教諭府志作訓導有燕游粤游吳與桂村吟草苕溪襍詠

合歡花

交柯接葉一枝枝開趁梅黃雨細時未許名花誇竝蔕應教結子號相思團飛粉蝶都成隊借宿交禽不肯離仙種合栽如意館高燒紅燭醉瑤巵

周京字西穆一字少穆號穆門亦號辛老晚號東雙橋居士錢唐廩監乾隆丙辰薦應博學鴻詞不就試後考授州同知有无悔齋集十五卷

穆門篤于門內之行其婦賢而不得于其姑至困悴以死穆門事母益孝無幾微見於顏色私憐其婦終身不更娶以報之有弟巳析產乘穆門出遊而貨其居穆門歸乃更僦屋不置一語人以是重之大科之徵年巳六十矣力辭不獲至京師徘徊公車門外數日卒稱疾遽歸中年游歷頗廣南閩海北燕趙西秦晉懷人弔古一寄于詩晚歲息影湖山里中為社集者咸奉為職志詩成寫以長牋醉墨淋漓頗近爭座位得者以為鴻寶或題酒樓壁好事者鈔詩貰酒有詩價爭如酒價高之句乾隆十四年年七十三卒樊榭竹田為論定其詩山陰令舒堃畝為雕板以傳府志入文苑傳詩見輶軒錄者不復錄

楊花篇

春當三月春風織吹落繁紅復吹白悤悤折綠上林梢又送楊花撲簾額捲簾坐看風中春無情有情來向八十年客路緇塵滿一夕春歸白髮新楊花知是可憐生無人處惜隨飄零有時欲捉捉不住飛作池塘水上萍浮萍浪迹鵑啼血留得牆東一堆雪忽然滾出打毬場撩亂輕狂沒分別陌上人

歌楊白花飛來飛去落誰家畫樓大半垂楊樹費盡春風隔

絳紗

弢光

山寺不知處深林聞遠鐘行當窮澗竹到欲臥雲松冷對一

泓水青來第幾峰遙看渺江海于此盪心胸

遊國山寺

岳寺藏林澗遙看隔翠微竹泉分暗響松日弄清暉香水曹

溪口巖花古佛衣山茶間味永春半正緋緋

褒斜谷

閣道橫空出連峰疊嶂開地隨秦塞盡山自漢中來行蟻緣

旋磨黏蝸貼寸苔誰云去不得戰處滿蒿萊黃牛鋪為吳康卿戰金兵處

漢陰

日晚漢陰縣揚鞭指堠亭雲分蜀道白山入楚天青西巘逢
園叟舊有灌臺爲丈人抱甕處東流問水經安陽城舊在漢陰宋皇祐四年及于漢水今移漢之陽
息機猶未得煙樹正冥冥

臨洮城

萬里黃雲壓隴頭邇來六月正披裘陽坡麥熟關山雨冷磧
羊屯塞草秋板屋門前看雪嶺金城帳外認熙州夜涼獨覺
清暉苦此是河湟舊戍樓雪嶺即露骨山宋王韶開熙河爲徑通奇兵

澤州官舍除夕呈鹿田太守三首錄一

又說今朝是歲除山城風雪壓寒爐誰家蠟炬烘簾幕客裏
椒盤味筍蔬此刻光陰一擲耳明年生計兩歸與應將甲子
從頭數余明年六十春到江鄉好荷鉏

哭金門弟

憶昨清游把酒卮吳江白月落帆遲銷沈許事憐幽徑眩轉華年指繐帷花到春深人去後山當秋盡雁來時從今莫聽橫塘曲一拍歌聲一淚垂

冬日同樊榭放舟湖上念欒城尺鳧都已下世彌覺清游之足重也分韻同作

一角西山雪未消鏡光清照赤闌橋小分寒影看梅萼半入春痕是柳條閒裏安排塵外迹酒邊珍重故人招孤鐙落日空臺榭歲晚重來話寂寥

經行上苑禊詠

西直門通御路長草芳沙軟落花香平原十里青天影看見斜飛鷺一行

映街高柳逼天青露出西山展畫屏放眼春風一萬樹淥烟

和霧暗金庭

花牆低亞水波清藻底游鯈小隊行知向玉泉山下落響潺潺裏跳珠生

折入長林過畫橋御溝東去碧迢迢昨年說有船來往滿面楊花雪未消

行盡園林荒沼存任八垂釣坐松根問渠指是朱門逕三十年前絕屐痕

碧檻朱闌賣餅家閒來消渴一甌茶清甘卽是門前水椀底沈沈散綠牙

中秋虎邱山塘卽事　二錄

船上鐙搖樓上鐙鐙鐙相接百千層一般月浸姑蘇水除卻山塘冷似冰

看著蕭郎也太癡酒顛花惱費尋思逢人只說紅鐙好華月當頭總不知

國朝杭郡詩輯卷十七終　　　錢唐吳慶坻校字

國朝杭郡詩輯卷十六終

國朝杭郡詩輯卷十八目 乾隆七年壬戌至十三年戊辰以科目爲次

凡三十八人

國朝杭郡詩輯卷十八　　錢唐吳顥原本　孫振棫重編

金甡字雨叔號海住晚號耋叟仁和人虞弟乾隆壬戌進士會試殿試皆第一人授修撰歷官禮部右侍郎入祀鄉賢祠有靜廉齋詩集二十四卷

侍郎自癸卯鄉舉後更閱八科卒無所遇瀕倒公車奔走衣食備嘗艱厄之境而志氣未嘗少挫終以會狀致身臺閣性至孝母嚴夫人病亟時矢願寫華嚴經積三十二年始竟凡裝八十一軸先後未嘗一日輟筆立朝三十餘年侍書上書房十七年恭慎廉勤克稱厥職以疾乞歸始買宅於諸巷侍郎次女幼時一日于中庭忽大驚怖問之云見一藍面人從天而下以魁星像示之云正同是年侍郎得會狀亦未喻次女獨見之故後女適汪康古庚子科外孫汪如洋亦得會狀乃悟魁星示象次女獨見者蓋狀元之女而又狀元之母也侍郎聞外孫大魁寄次女一詩有云當年會狀憐嬌女今見敎成會狀兒亦科名中一段佳話也官京師時倡議醵金建仁錢會館于虎坊橋側至今鄉人無旅瑣之歎同里倪山友先生濤著述等身歿後幾至湮沒侍郎上其周易四尚六藝之一錄于朝得著錄四庫全書中生平禮貌謹肅雖短視從不張鬖鬗見賓客八十歲時賦長律

八十一章示座客明年八十一遽卒或以爲讖云所著有清悟錄史漢評林訂誤諸書府志入名臣傳

宿東平

雨歇晚烟生遙指東平宿横流漫城闕馬渡正齊腹肩輿冒奇險水上踞浮屋時時一低昂棬注滿筐籠中閒或蹉跌吾亦委溝瀆高厓槐栖根如骨脫於肉秋禾下田種束矢露其鏃不知水涸後仍可冀成熟填淤信肥美落漲故應速無聊穵覽想庶以免縮朒注目尋丈閒涔涔必顛覆嘗聞臨淵戒境本現平陸風波有時定靜鎮在當軸掀舉出泥塗非余力所戮禮容因雨廢無復道旁伏張燈坐孤館壁影見嚬蹙終宵蛙黽喧勢敵萬鵝鶩回思行路難歎息咏維谷軺車尚如此其柰驢尾秃

萬山甘露菴

羣峯莽回互草樹密於髮緣厓沙路轉裊裊造天闕正如黃金蛇首貫青玉玦風生土囊口夏景頓蕭瑟清池涵荇藻一顧解煩渴況有趙州茶宛然甘露滴精藍隱山脇未到我已悉香殘經卷少閉戶飯筍蕨高枕送輪蹄終身養癡絕癡絕亦復佳此境故難得

逢魚苗船有慨

絳帛舉其標銅鉦立其號舟師氣粗豪詫是魚秧到茸茸蠶始生戢戢蝗未跳滲億陶缶中數與恆沙較販鬻自江湖陂塘資轉漕乍畜不盈鍼後以滿尺報經傳子范子求富應迎笑評値競紛紜辨物特精妙未堪斤兩權難用升斗料如觀粥厚薄因選聚精鑿買者慎分苗貨之快輕糶寧知當未售精力亦殊耗新水藉資生挹注鎮環繞體種䅉其中猶虎同

產豹呑噬戒騷除雖夜必頻照謀生逐利動疲劇少憂懊吾舟方阻漲旁訊俄傾要撫事感深衷泮水藻堪芼潛鱗亦蕃夥類豈盡惟肖鯤鮞樂涵育徐待龍門燒跋扈亘可憎詎足辱賢畢槪嚴非種鉏復愧在寬敎惟人難變化古語殆先告爭似養魚翁計日有成效

舒桐閒風景可愛禖言志美寄同年姚石農編修範

遠山青近山碧盧壑飛泉如曳帛晚稻種早稻收野塘浮鼻見歸牛草際迎人蜨林開喚婦鳩垂檐自有濃陰布曲徑都將短籬護客飯就松棚兒喧占沙渡即此是花源何嘗隔津樹輕雷送雨晚來多可惜籃輿草草過因風寄語石農子如此田園可歸矣

預題盧紹弓編修文弨檢書圖

古人寫書辨魚虎近代鹵莽隨雕鎪誤書思之亦殊適此殆漫語不必售以文害辭辭害志落葉那堪常打頭平生頗喜正文字管闚難指天星稠倘逢佳友對佳本晨夕瓣香禱祀求盧郎溫潤乃如玉獨有校勘嚴仇讎目勞手倦苦相角授經餘力閒須偷匆當退食百城擁縱橫穿穴貧旁搜尋蹤宛轉蛇赴壑得雋掣曳魚銜鉤後先左證每連逮新舊遒責期畢收時時堆案凝雙肘正似獺祭陳沙洲寫眞擬作此圖好眞景何待圖成酉諸公同直總親見羨君勤敏爭歌謳君勤轉足長我惰佇看卒業容借籌憑君耕穫我竊享計較勞逸誰爲優傳神更勿取形似安知君是我則不

得二舅父嚴楚鄰啟端先生古秋堂詩稿感詠

惟余三舅氏風雅總傳詩一老遺編在中賢失意時茫茫今

兩別寂寂古秋期卅載重收拾羊曇淚轉滋

送王遠亭先生葬感詠 并序

先生諱燮字贊元號遠亭錢唐名宿也以五經屢薦不售無子依壻潘雲麓太守以居當雲麓司榷臨清卒於雍正壬子館潘氏與先生詩酒盤桓忝荷忘年之契有作輒蒙許騭字必蠅頭精楷一筆不苟時年已七十餘飲酣意氣甚壯猶作少年風致余嘗戲作勸納姬啟先生笑頷其意不果亦不能也同懷弟孝廉某有子數人索嗣弗允今亦遂無可嗣焉雲麓罷官後移居嘉興先生殁于其家已而雲麓亦亡其居遂不復保先生之柩厝于荒野者三十餘年幾迷失矣甥孫張蒙山孝廉果屬其外孫潘國學樂天倫展轉訪得附葬于其中表李

氏之阡在九里松之陽余嘉張潘二君之義而深幸先生之得所歸也先生以歲貢需次歿後始選某學訓導將署衘短碣以表之而近時已無記憶者則虛名亦不克享也重爲感愴紀之以詩

清源懷舊雨角里滯歸魂窀穸依中表扶舁得外孫達觀同荷鍤失意獨空尊司訓銓身後銘旌亦不存

入七里瀧望釣臺

桐江西上雨廉開催放扁舟入峽纔風信有無占七里諺云有風七里無風七十里釣竿來往認雙臺東西二臺對峙天寒我亦披裘坐市遠人方買菜回山水特因高士重灘前頻作客星猜

新年襍詠題詞

回首辭家十載餘舊鄉風土夢華胥卷中重認新年景卻似

初來占籍居

暮春之月日行佳山水閒田家風景尤可樂也得絕句六首

雪點征衣送柳花拂鞍時見筍梢斜翠微樵徑分明在强半都教茂樹遮

日氣烘黃宿霧醒偶來繫馬坐空亭陂塘如鏡曉風靜柳帶蒲芽相對青

疊嶂穿來喜就平沙洲缺處石梁橫松篁滿隖碧雲合中有畫眉千囀聲

溪山蕭灑映清暉竹露松烟潤客衣千頃綠畦誰界破一雙瞥見鷺鷥飛

千層翠浪麥畦風香篆紆威一徑通茅屋斜開依水曲飯牛

人在綠陰中

鴨闌低亞接雞窠喜見田家字畜多清響忽從林外度半池

萍葉一羣鵝

鍾鳳翔字千仞號梧村海寧人乾隆壬戌進士由庶吉士

改直隸東明知縣調任邱有梧村詩草

玉帶橋在東明縣北門外

漆水繞城流烟波古渡頭長虹天外起畫舫鏡中遊栖鴉扳

罾岸歌喧賣酒樓魚鰕乘早市不讓洞庭秋

張開士字軼倫號古香錢唐籍仁和人乾隆壬戌進士官

湖南常德知府

張氏世居北郭青莎里先人好施貧其家古香九歲而孤讀書窮晝夜雖除夕元辰不輟成進士後選銅陵知縣移知桐城宿州擢常德知府未之官奉諱歸遂不起年裁五十九知銅陵時歲祲請賑不獲見巡撫泣曰民

無鳴矣苟蘊年而壅利安用官爲言畢袖印置几上再拜求去巡撫改容謝之聽其請有儒童爲盜所誣劾于其冤江南羣吏才智縱横而古香曼詞矩步造次必儒者常侍制府高公坐欲有所陳先搖首引書語高笑曰汝又賓賓作學子態邪滿席爲之軒然然兩薦知府他吏不得獨古香得之皆高奏也聞其死爲欸息者再居官二十年家無生產府志入循吏傳

白菊

天然素質占高秋月下霜前韻更幽未許蜨蜂窺色相難將粉黛寫風流錦屏圖處顔如玉烏帽簪來雪滿頭九日籬邊誰送酒白衣人去幾枝酉

王三曾字景鄜錢唐人乾隆壬戌進士官衢州教授

酉錫菴訪酒僧不值

企從雲外賞燦爛映流霞壁上圖書滿窗前松竹遮醒思桑落飲潔品霧中茶蓮社空相訪鳴鐘日已斜

汪臺字抱樸號復園仁和人煜子乾隆丙辰薦試博學鴻詞癸亥郡歲貢官天台教諭

抱樸爲西厓少宰女夫學詩得其津梁與厲樊榭杭堇浦周穆門施竹田金江聲吳甌亭諸名宿常相過從吟賞爲盛嘗繪有亭角尋詩圖名流題詠殆遍家有復園即北園也在武林門內抱樸大父所營構凡六十餘畝飛閣重樓穹林窈洞名勝稱于一時後展轉易主抱樸節嗇衣食復其園之故觀十得二三有先春亭橫秀閣竹西舊地城北水房諸勝王茨檐爲之記嘗集名宿賦秋陰詩又復園紅板橋成丁鈍丁諸公詩以落之牧牛行者爲之圖皆此園故事也比數十年來蕩析傾陁往迹幾盡而城北汪家花園之名則猶有知者

東阿

水沙清淺馬徐過刺眼桃花可奈何蕩漾春風吹月上一宵鄉夢在東阿

秋日南屏坐雨

石壁崚嶒手可捫午鐘寂歷靜無喧軒窗望久宜聽雨松竹

行窮始到門雲氣半遮山下路秋光早入水邊村清虛此腹便蔬筍更欲從師契妙言

張世犖字遇春一作寓椿號無夜又號無垢一號妙峯錢唐人乾隆甲子解元有妙峯遺稿

妙峯生時母夢大士授以青蓮故自號夢蓮生工詩書法仿大蘇氣勢豪縱性嗜酒丐書者必飲之盡醉醉後輒隨筆作書彌有風力鄉舉時婦翁夢闗壯繆降于庭因以妙峯功名問神日汝自檢鈔袋見蟹兩半隻遂覺解之日半蟹爲解兩半合則圓矣榜發果得元是科妙峯錄遺三次無名有故人幕于江南夜夢有人云何不歸試荅日久無此念日公不歸浙無元矣如此者三遂心動束裝旋里至衆安橋遇妙峯徘徊道左詢得其故乃得同補遺入闈云晚歲佞佛不治人事著有南華模象記楞嚴了義妻方氏名慧蓮亦習禪誦先卒妙峯嘗于吳門舟次夢方乘空而至有二童子執旛前導其旛白地紅綠上書清故方氏四字妙峯後卒于潮鳴寺其同年友汪魚亭憲醵資葬之仇一鷗詩云詩腸酒膽兩無嫌有髮稱僧張孝廉逢著屠門從不避瀾翻舌本說楞嚴頗肖其生平也府志入文苑傳詩見輶軒錄者不復錄

桐川晚泊

水碧石粼粼萍花見底淸鳥孤銜靄重帆破受風輕柴解初供箬黃橙好解醒桐君如可訪采藥過餘生

過樊榭故居

圓澤留前約淩晨踏石橋三台黃葉寺一徑白菘苗澀體誰能和吟魂似可招他時修地志獨行表東臯

重過宗隱菴贈鶴上人

客歲安心地今秋喜又過到門桑徑暗入座鳥聲多萍合樹無影風皷竹有波支公新秉拂吾欲贈松柯

報國寺池上

負郭招提寺秋深得暫經人依槿樹岸家縛豆花屏城曲炊烟直籬根約舫停游魚吹細浪一種避羶腥

西溪汎舟遇雪

縱棹沿河曲溪風捲屋茅凍雲糊渚尾急雪亂梅梢點水圓紋散霏空溼絮交衝寒思茗芋酒戸共僧敲

題栁潔夫牧農圖

南山扣角是狂謀欲賦歸田不自由五栁漫圖高士宅三農遙憶故山秋露苗烟蕊瑯琊稻紅笛青蓑子母牛只有張顛耽麴蘖擬將墨妙寫糟邱

重九泛舟湖上

登高違俗怯巉巖且自湖頭喚釣船指點木蓮濃處泊尋思鷗鳥隊中眠波浮紅葉遮山影籬護黄花漲竹烟且認酒旗拌酩酊解人惟有杜樊川

湖上晚歸重集梁氏清勤堂次堇浦韻

飄零殘桂僅三分牽率湖頭日又曛鴉帶晚鐘投古寺墖沈
秋水擁孤雲興來未放琴詩伴歸去猶馴麋鹿羣怪底巾庭
翻荇藻滿天月露白紛紛

濟南待牐

曉雲如墨復如霞滴滴嵐光冐露華雞唱似呼林杪月鷺飛
平貼浪頭花漸聞市語城闉鬧旋見炊烟屋角斜津鼓幾聲
魚鑰啟又隨雪沫漾浮槎

京邸除夕友人招飲

故人拙宦似清卿朝夕常憂原季貧我效韓宣稱賀客人爭
阿堵祀錢神青霜白雁催殘臘綠酒銀燈促上寅寄語鄰雞
休戒旦一杯遲作酉年人

梅東橋夜坐

秋清夜永漏聲遲橋畔人稀獨凭時水面雲生迷樹影山頭霧沒見星移露零淺草蟲先覺月入深松鶴未知靜景尋求須靜者千家夢熟正奔馳

過白洋河舟人云已入淮安界矣

鵝黃柳綫鴨頭波雨歇遙山翠似螺今日淮南好天氣風帆輕颺白洋河

祝華鼎字洵文號九日海寧人乾隆甲子舉人

春日龍山禪寺

虛亭坐危石相對即禪林落日去羣動孤雲來寸心因兹美人意撫我雲和琴芳草上階碧未知深不深

聞擣衣

一樹西風起鳳城千門萬戶擣衣聲不知塞外寒多少祇覺

閨中月倍明

陳璵字煥若號雙厓海寧人乾隆甲子舉人官國子監學錄有閒閒草如無室詩草

雙厓嘗品評晉唐宋元明法帖倣唐詩品彙式曰正統曰絕軌曰會通曰拾遺曰資獻分爲五部論者謂其鑒別精審在渤海藏眞玉烟堂諸帖之上以子用敷貴贈通奉大夫府志入文苑傳

曉發盈川潭

盈川潭下水沄沄一片征帆曙色分夾岸灘聲初過雨滿天嵐氣不成雲無邊風景催新句有客篷窗話舊聞自笑如萍空浪泊此身何日謝塵氛

羅埜字枚卜仁和人寄籍昌化乾隆甲子舉人官廣東遂溪知縣有詠史樂府

按浙江甲子科鄉榜無枚卜名當由順天中式府志失載寄籍昌化疑有誤俟攷

石生墓 明石大用正統閒爲國學生祭酒李時勉忤王振坐囚首木大用約諸生疏救無一人乃憤然抗疏得釋後舉于鄉爲戸部主事墓在縣城南一里許

士可殺不可辱囊頭今見司成衄民生三事之一建言誰是陳東匹書生淚如泉赤手竟回天卻如孤鶴唳雲際羽翮蹁躚君不見幽壙石馬英靈老行人猶指青青草

李莒州事 明李昌濋于崇禎閒以貢生授莒州判攝州事大兵至與夫人何氏子爾璇僕郭登雲死之

大兵南下鼓聲促志士全家沸天哭五日代庖名義重臣力竭矣死莫贖妻殉夫子命俱絕碎礫蒼頭心似鐵嗚呼哀哉李莒州見危致命天爲愁殷家孤竹漢無終眞堪鼎峙光千秋

申發祥號南屏錢唐人乾隆甲子副貢官直隸新安知縣

庚子告歸留別新安士民

出處一生殊草草，此間亦是理殘棊。疲驢踹磨徒陳迹，倦鳥投林已後時。衆裏自嫌肩脰下，尊前人笑步趨遲。爲今好把頭銜換，不署農師署釣師。

有何功德被斯民，飽喫魚鰕過四春。冐以臺符供役蠹，怕辭牒訴見風涫。間來易覓安心法，老去難追軼足塵。莫怪此行偏勇決，大都耽誤坐因循。

龔本字立夫，號東塢，仁和人。乾隆甲子副貢，官仙居教諭。

東塢髫年入泮，試日猶著繡領紅袴。見隨園詩話。

老屋雨後

老屋四三間，結構依城曲。細栁若受梳，高桐如出浴。松竹合遠颸，清響送陸續。此中敷坐具，涼陰埽炎熇。書琴襍匏尊，位

置殊不俗隙地師齊民瓜蔓延徑緣牆頭壓衆山倏忽雲駕

葦颯沓雨點來濺珠復噴玉小圃貪天功油然生意足

階下秋花如繡喜賦一詩

紛紅駭綠鬬鮮妍六枳籬邊竹檻前小草作花因得地老夫

娛目卻貪天晴雲罩處秋光滿清露吹來涼影偏從此破閒

添活計安排筆硯與周旋

寒夜寫懷

沈沈暝色暗柴荊髡樹蕭森墨染成魯酒三杯嫌力薄吳緜

一稱怯衣輕牀頭燈暗花猶結樓外風酣勢未平心事五更

難撥遣被池危坐看窗明

看庭桂

牡蠣廧陰碧蘚封連蜷古幹影重重曉風吹過葉微動夜雨

漬來香更濃好就曲闌敷坐具時從幽境策吟笻天香滿院
娛清晝一任泥深斷客蹤

題黃翠篛竹溪滌硯第二圖

遠溪烟篠碧重重溪面魚吞墨瀋濃我有紅絲勘書硯近來
老嬾笑塵封

姚成烈字申甫號雲岫又號西溪晚號依迦叟錢唐人乾
隆乙丑進士歷官禮部尚書

宗伯乾隆戊午舉于鄉乙丑以二甲第二人隸吏部歷諫垣出爲觀察使洊擢廣西湖北巡撫內遷大宗伯薨于位年七十一方議裁冗員時有欲裁中書科者公方爲主事言中書科典書錫命上應薇垣不可裁事乃已爲御史時以山西沿邊州縣丁糧凡逃亡故絕者飛灑累民疏請查辦患遂稍殺其後領藩吳中及撫楚粵疏請豁免版荒沙壓鹻廢田畝租賦不下數千頃觀察常鎭時修復寶晉書院得二碑于土中爲蘇文忠米海嶽像董香光書贊者出之榛莽而珍護之亦翰墨緣也宦迹所至輒有善政榜于廳事云行可以告天之事充無

欲害人之心可想見其生平矣有記室庸于才每創稿必爲削改或請别薦之以省已累瞿然曰若老矣非我焉歸若知其才庸而以薦諸人是欺人以便已也酉之八年至内召方已其用心類此

己亥元日卽事

巡春梅嶺來荏苒已八載舊事去騰騰新知屢更代粤中時有秋倉箱感天賚元正氣象佳物華紛可愛僚友共趨分靖共資翼戴愧我乏寸長久未知引退敢忘在山清永言芳草佩努力荅春光時哉思茂對

秣陵客舍對菊次蔣侍御榕庵韻

露裛枝頭溼未乾分擕佳種到江干澹心多向寒時見傲骨原宜物外看風雨一尊秋欲老雁鴻千里歲將闌年來爲愛黄花好始信香從晚節難

薛芝字秀三號鳳岡仁和人乾隆乙丑進士改庶吉士有

檢餘詩草

鳳岡少孤與其兄事寡母以孝聞乙丑與同里姚雲岫成烈同爲二甲進士姚居第二薛居第六薛得館選而姚以不入詞館爲憾其後雲岫官至大宗伯壽七十餘鳳岡未及散館卒于京師可慨也

儀邑城南晚步

客懷每倦遊城闉聊散步秋晚氣逾清炊烟靄欲暮敗荷冷方塘叢葦夾廣路微風忽吹衣纖月宛在樹荒野正徘徊寒鴉落無數

寓揚州準提禪寺

未緣小隱在牆東暫宿招提與不同衣染佛香風過後庭搖槐影月明中詩牋茗椀供清味鐘韻經聲悟靜功半夜聞雞眠不著蕭蕭落葉打簾櫳

汪憲字千陂號魚亭錢唐人乾隆乙丑進士官刑部陝西

司員外郎有振綺堂稿

魚亭比部官京師數年以二親年皆周甲請急歸遂不復出所居名館驛後即古武林驛也體素羸居父憂食糲服苴踰期不變制遂以毀卒年裁五十有一錢文端公比之荀顗謝貞云性耽蓄書有求售者不惜豐價購之點黕丹黃終日不勌生平邃于易學著易說存悔二卷乾隆三十七年　詔求遺書其長君汝瑮以祕籍經進　御題曲洧舊聞書苑菁華二種　恩賜佩文韻府一部文綺二端足爲海內耆學之儒勸矣

二月三日潘秋田梁視公兩大令陳春齋編修邵椒石庶常枉過靜寄東軒玉蘭初花登樓限韻

白日麗光春晝靜落盡殘梅柳芽迸熟客數輩來叩關相看一笑倒屣迎挑菜節過二月二衇衇情懷何所寄老樹得氣花驟開玉作肌膚蘭臭味小樓高踞花之東千朵萬朵森玲瓏不肎低頭照俗眼仰天作態搖春風憑欄坐久思茫然眼底翯翯眩生烟置身恍疑在鶴背使花爲鶴當乘軒

蓮居庵修禊同用梅宛陵韻

横河雙橋修眉綠窈窕城隅比空谷河流轉抱蓮居庵花木深深幽趣足殘碑三絕費拂拭虞長孺之文經奇李長蘅之書瘦硬宋比玉之篆蒼嚴樊榭東城樵記云爾借取新濺裙幾幅遨頭老輩證前塵西湖和遍花游曲清游今喜朋簪盍悟到拈花離凡俗葯園皐園徑術通榛芳闌自衣冠族喬木誰家長子孫比鄰盡日喧童僕惟有春光慰飄蕩不隨長物同棄鬻石鼎汲水付僧雛薺菜和根炊客粥人生會合風團絮陳迹俯仰車轉軸佛火催歸未及曛古驛流鴉倦遊目

題嗜酒叟修竹圖丁亥初夏值艮園先生於荷風竹露草堂方與筱飲酌池上倩賢阮寫眞未脫稿逾月又同過散花灘雲溪寓齋筱飲後至袖出嗜酒叟修竹圖蓋補圖甫竟墨淋漓猶溼也立秋前一日先生以此軸屬題疑即是前畫及展視則別爲梁溪吳生筆夫境遇偶耳屢見于畫而不易

先生其眞有嗜且愛者存耶漫題幨首并牽連及之

春杯婪尾四月初陸家老屋多林於寫出先生太古貌水禽仰面窺窗虛補圖著意尤不苟荷風竹露眞能手自云與求不暇懶溼墨蕤篁動戸牖我時對客歎奇絕艮園風景宛無別江郎雲溪酬勸何郎東甫醒笑指微渦生眼纈東軒赤日射前廊長須背負畫在囊幨頭有題舊所識斯圖雅稱小軸裝挂壁徐徐究畫理失卻探微逢道子神明標格將毋同與我周旋復爾爾先生嗜愛何其專肎隨時俗見異遷消受直須畫百本占斷清福耽林泉苕花差差隔清晝日暮無人倚翠袖月明吹夢到滄浪涼露滿身秋竹瘦

五月二十日香樹師來謁表忠觀因陪泛湖上師用東坡介亭餞楊次公韻作詩紀事即依韻奉呈

南風吹舟當祠門梆邊沙路郭外村不忘明德本忠孝齊邇長水思淵源籃輿周覽睠烟樹青帘酤醽傾罌盆掐肩喬松自仙骨搴芳沼沚無塵根由來豈弟神所勞綏我君子轂後昆信修敦勉在三義執經請事六二坤溪山披豁悅眞性筌竿發響酬清言扶攜還喜要歸路仰視三五橫前軒

喜晤宮守坡用東坡韻

與君同游昌黎門會合詎始長水村璵玗探徧十二卷有才何啻萬斛源東歸築室九仙頂榑桑夜看翻金盆入門驚喜復相見自道萍梗初無根當時寓公盡豪俊意氣往往推元昆江沱派自東北匯峨岷秀絕西南坤時清容易致身早河魚累寄殷勤言我亦停雲勞迨遠登山臨水隨行軒

南屏山舫雨中訪王士會鎮之兄弟臥起有作時士

會將還蜀鎮之送之江右

山舫從僧乞松風許對牀馴鷗渾似客別雁易爲行宿雨清明後篝燈花木房團欒也容我離夢定分將

潘丈秋田古柏山房落成招飲卽席限韻二首

誅茅古柏下小築得三間葉布清陰滿風來白拂閒主人能雲山果不礙清絕此山房詩到多題壁樽殘屢就牀名花徵夌客當暑坐忘還何事登樓數看雲或出山

頻上幽興託濠梁來往從今熟閒扉叩不妨

繡谷亭紫藤盛放步入瓶花齋牡丹未殘坐久雷雨

口占呈主人

斑斑砌埽爲藤花深屋嫣然雲鬢斜似遣齊奴開步障不妨姚左各名家草堂兩地春都滿詩句同時客共誇新羅山人寫藤花圖

幀頭題詠者十一人讀畫品茶眞不惡漫勞急電掣金蛇

伏日陪杭太史陳太僕諸公南華堂避暑分得山字

三十六鷗飛不還綠楊依舊俯潺湲名園避暑娛新節大雅扶輪借小山藉甚聲名元白在過從親故紀羣閒倚樓未覺前塵幻乞得清涼羽扇閒

謝太傅祠 *祠在薦橋東東山衖內明嘉靖中侍郎丞祀其考文正公建也並祀晉之文靖宋之正惠亦名三太傅祠衖以祠得名*

過里憑車地姚江謝傅祠科名光奕禩進退識安危系表三公舊功宗一姓宜溪毛能感格玉樹儼參差

和儀封張錦堂上舍 *琦* 湖上即事

瓜皮艇子任徜徉忽地催歸暝色蒼到岸自橫楊柳下俯聽篷背雨淋浪

洗盡鉛華到骨清兩峯秀色與詩爭竹枝采入西湖曲老鐵風流有繼聲

次錦堂齧別韻

才子清門畫戟開嘯臺鸞鳳共徘徊暫教繫馬西湖柳疑帶嵩陽秀色來

蕭然襆被住湖樓移向春淙碧澗頭猿鳥溪山爭識面也應相約待重游

許菼字敦兮號酉峯海寧人乾隆乙丑進士官河南許州知州

乾隆丁卯詔選翰林中書各十八校唐李善所注文選于張相國園酉峯與同里盧召弓文弨祝宜臣維誥並與其選出知滎陽調鹿邑開水利清積逋姦民習爲順刀會悉置之法風遂戢擢知許州徼調河北犒軍置頓整暇部伍帖然府志入循吏傳

晚坐

幽輿憑誰遣迎涼日落時惜蛾遮牖燭救蜨埽簷絲秋近蟲先覺風生竹早知避炎宜卜夜此味最堪思

曉泛太湖

人來地少雲多處舟在山輝水媚間響屧廊中歌舞歇五湖髣髴見烟鬟

湯蕚聯字繼芳號水南仁和人乾隆乙丑進士官編修

水南習國書散館一等記名以御史用辛未卒于京邸年甫三十一

平定金川恭紀八首錄一

諸葛南征日汾陽見虜年陣雲橫碧落烽火徹蠻天威震巴郎外風清昔嶺前策勳應第一會看勒燕然

雨中偕王蘇門赴 圓明園

極目濃陰壓遠岡溟濛烟裏色青蒼風來萬壑樹聲滿雨到一天雲氣涼路滑石痕添細漲林疎燈影漏微光對牀剪燭西窗話棖觸還餘舊日狂

次韻送陸禹三九秋南歸

楓林葉老傲霜餘整理歸船半載書冀北秋風驚曉雁江南清夢憶鱸魚寒潭月冷停橈處古徑雲橫著屐初去去不須愁遠別君才未許竟潛居

西風瑟瑟顫南枝極目歸途征馬遲指點寒山迷遠色安排清景入新詩還家不減看雲興掃徑應留買菊資珍重柞助無別語騷壇端合倩君持

鄒瀚字北溟號鷺目仁和人乾隆乙丑進士官湖南桃源知縣府志官同知

豐城懷古

男兒多意氣長劒倚太行一揮走魑魅握此百錬鋼嗟哉豐城劒徒爾發奇光天地之神物當爲烈士裝蛟螭不得斬不如埋土香所以延平津化作雙龍翔

俞成字亞田號雲客臨安人乾隆乙丑進士官福建臺灣道有西山草堂詩稿按題名碑錄俞成直隸順天府昌平縣人蓋寄籍也府志于甲子鄉榜載俞成見進士順天中式乙丑進士榜則失載

忘吾有引

僕近善忘作詩纔閣筆已不能成誦蘇子云今我亦忘吾是殆眞能相忘者因自號忘吾記以詩

坐忘非顏子心忘豈莊叟佘老而善忘萬事竟何有今日所作詩記前已失後更追溯從前一字能記否自笑無心人故

應少我偶久飽塞外塵不識湖邊栖吾今已忘吾高臥日穿牖小童催飯熟喚醒一伸肘

與孫楷夜話乾隆四十九年二月朔

去年别我京師去居庸關險千巖阻今年念我遠塞來單于臺空四角擢夢裏光陰月裏影舊事重題酋先冷一生蹤迹似浮萍半世功名爲畫餅自落泥塗不復憐張家口外暮雲天紙窗飛雪呵凍筆夜雨殘燈理蠹編歎息行年六十四老馬低頭鳥垂翅大海波瀾沙漠塵蹉跎畢竟成何事洪洞縣尉壓晨昏遣爾迢迢出鴈門胷將清白常牢記便是吾家好子孫

雪後山澗閒步

遠翁寂寂久無聞卻戀深山似舊羣雪與老人頭比色風來

春水面成文草根有信纔離土石竇何心偶出雲正訝充廚時物少澗邊一夜有香芹

偶題

未能御粒亦餐霞但是逢山認我家塞外聞如僧打坐天邊遠憶客浮槎春來凍地希生草月入空齋獨聽笳爲報故侯今老矣更無心種舊時瓜

老去光陰空復淹愁來書籍并慵拈藏身好學龜頭縮失手誰令蛇足添久客擬成風土記憫農猶切雨雲占時望雨夜來篋笥何顛倒明日山廚斷米鹽

吳龍光字彥和號斗墟錢唐人乾隆辛酉舉人乙丑明通官順天南路同知有寶田堂詩文遺稿府志但見于乾隆丙辰副貢其辛酉鄉榜乙丑明通榜並失載浙江歷科題名錄辛酉無斗墟名當由順天中式

退菴氏曰斗壚長嗣豫軒名大受官山西蒲州府同知方其宰任邱時余長子昇往遊幕中得見寶田堂稿皆殘缺漫漶就其可讀者錄十餘章以歸聞尚有定林詩草則爾時已未之見矣

口占五首 錄一

裸體讀古書當暑大快事蒼蠅麾不去乃輒敗人意咄嗟知己本無多生前卻柰弔客何

示定隅

李白杜甫生並世我昔讀詩心忡忡不恨不得見李杜誰令兩人闊絕于其中嚴十乍歸出新作頭塵未去何悤悤長篇短句一百八往往欲語羞雷同從此唱和豁胷臆叔穀妒我城之東柰何遠人且如此把酒急須招湯子 西厓

西厓以詩見貽次韻奉荅

日來喜作佳句新往者噬肉忘遇毒得姓依稀數趙張如人

彷彿文朱綠成章共道爭妖妍握筆自分苦刺促一朝南還
有定隅三舍北去避子玉示我祕草何豪雄伊彼鮮葩莫點
辱直云好友東頭住便宜此輩高閣束竹林聲亂雨催詩荷
葉香生風轉燭同心刺刺語不休屈指脈脈意所屬陳生京
華甘蓬勃湯子鑾村望塵躅何當苦屬返敝廬儘許故人飽
脫粟計程西粤定早歸此際東城能免俗萬里都忘道路艱
五日乍洽平生欲喜極詼諧矢口談苦憶詩詞隨手錄疾雷
奮響鼓不聞流水知音弦且續面目形似良可憎旌旄各自
司其局虛名便可問寒暄益友卽知宜教督交枝奕葉臭味
合披肝析膽歡情篤得意將詩莫浪傳衆口鑠金亂心曲

偶成

欲化莊生夢休嗟顏子貧簞瓢且安我存歿竟誰人破膽觀

青史勞心問鬼神沙鷗小天地隨意可沈淪

贈嚴穫菴

鼎是和梅後臺仍列柏時早知心似水聞說鬢成絲鄉月于今滿人風與古期爲言裘敝盡挾策更何之

落花

何處春歸早風花一片飛雨深初卸影香重欲黏衣宛轉游絲靜飄零㭊絮非狂來問造物可解惜芳菲

贈友

五陵裘馬信佳哉青眼何當爲我開懷玉有人憐楚璞賣金無骨上燕臺三更雞喚劉琨舞八詠樓傳沈約才終古窮通只如此不須搔首問天來

李倩字㳄金號太青仁和人乾隆丁卯舉人

太青與沈雨齋隆沈厚田范周讓谷天度同爲句山太僕著錄弟子

雪蕉

嫩葉時舒卷盆中綠影浮過春猶積雪得雨不驚秋品較美人潔香應幽客侔（蘭爲幽客）涙傳摩詰畫小草亦風流

周昱字青原號依堂錢唐人乾隆丁卯舉人官四川銅梁知縣有正彝堂集

青原髫年孤露賴賢母教以成立官蜀時值金川用師檄辦軍需局事緪行沙度踰越萬里後歿于儈格宗營中勞于王事未竟其施論者惜之詩多行旅之作翟晴江謂不雕琢而工不攟拾而贍不屑顏詰曲而奇其子璜字次球郡諸生亦能詩遺稿在朱青湖家青湖厄于火稿亦被燬

接船巖

絕壁立萬仞大江走其下灘高峽束盤洪濤若奔馬有壑當其衝谽谺出廣廈危椒森天戈怒激水倒瀉連檣緣蟻行欲

語口先哆險絕心骨摧浩歌淚盈把永念垂堂言敢告後來者

遊千佛山

秋清天日佳杖策踏危磴烟巒媚塵顏岡阜互盤互微聞檜柏間輕風送孤磬遂尋招提路名藍據絕勝巖奇鬼斧劈洞黑神龍孕莓苔絡佛頭猿鳥識禪定有閣俯層空大千可一凭明湖藐瀇汙華鵲皆妾媵村墟襍市廛羅列紛飣餖生平瞻望懷到此愜幽興未知腰腳疲坐愁山日暝歸途何所攜白雲可持贈

上巳後二日孔蕻谷繼涵澹文廣作招同朠源繼浩賓立菴誠施養幾溥馮蓼洲朠槐讌集張曲山莊用白香山青旗沽酒趁梨花為韻分得酒字

東風著意催楊柳柔條綠到青川口游絲嬌鳥媚春晴滑笏波紋淨塵垢名園近對嵂山開翠黛烟鬟列窗牖暄妍天氣愜招尋烏帽青衫從兩牡柴門徑僻略彴通一曲迴溪帶左右短牆低露接枝花小沼新栽菡蔕薦石几蒼苔不世情布席傾觴翦春韭流連景物忽傷懷淪落風塵歎衰醜握成拱璧泣荆山著就元經覆醬瓿千秋萬歲知者誰名士登臨悲峴首鶯花如海爛當筵況有忘形山水友世人但識五鹿耶博徒頗知彥道否吾曹偃蹇類野鶴何論雞口羞牛後如此風光不醉歸流鶯笑人多孤負諸君作歌我擊缶今日應須盡八斗玉壺還有梨花酒

雨次樂鄉關

萬壑排雲出孤村抱郭幽雨深斑竹嶺風急白蘋洲灘響夜

方壯螢光涇不流鄉關應最樂無那旅中遊

吳雲巖修撰鴻以予有滇南之役招同吳省齋舍人

槐朱秋浦庶常棻元集湯對松編修世昌寓齋次日

復枉長句見贈予以有待未發復邀龔嘯父駕部同

梁春淙上舍肎堂沈莘田祠部清任袁古雪舍人匡

蕭再用祖餞賦此留別并志良友拳拳之意云二首錄一

積雨初收烟景昏天涯惜別重開尊一杯酒盡金臺客萬里

人行銅鼓村北闕屠龍工未得南山射虎壯猶存明朝回首

斜陽裏雲樹濛濛是薊門

南陽

禾黍離離野半陰鬱葱佳氣久消沈名家將相風雲散原廟

衣冠父老心十世炎精何處問千秋漢臘此中深湯湯白水

還東折猶似當年翠羽臨

登襄陽郡樓

莽莽荆襄割據州夕陽西下獨登樓峴山曉翠當窗入漢水寒潮抱郭流放眼關河紛故壘驚心風物逼新秋杜康臺在烟雲裏一醉江頭狎白鷗

聞翁麟徵祥旅櫬歸里

二更月上樹啼烏望斷西風鶴影徂我已無舟傾范麥君還有夢到黄壚卅年事業三秋葉八口生涯六尺蒲多謝江城老司馬爲收幽骨葬重湖

得阮初白曙書詩以代柬

萬里天南記昔遊三年官閣共淹留分題多在涵青舫被酒同登寫韻樓招得殘魂歸絶域不堪蓬迹復他州江鄉鰕菜

由來好何日同君狎野鷗

褒城縣

行盡褒斜出漢南漁梁蟹舍舊曾諳楓經霜老紅遮寺潦淨秋空碧照潭萬里客程催白髮五湖鄉思負黃柑來時記著羅衣薄又換征裘上短驂

馬龍州

日落城頭戍角鳴一天紅葉散秋聲舊樓莫問天官蹟城西有南薰樓峻嶺猶傳漢將名雞骨卜年沿故俗爨書紀事笑荒傖那堪東望龍門石蠻雨蠻風碧草生州東有李元禮碑

楪榆襍詩

列嶽天南望秩同橫空削就玉芙蓉曉風吹上白雲墮露出青青十九峯點蒼山蒙氏曾封為中嶽

聲聲布穀喚長鑱百里波光啟鏡函天到榆城暄色早試燈風裏試春衫

料峭東風釀暮寒鴨頭新漲綠漫漫春游不唱楊枝曲別有夷歌打草竿

隊隊明璫出薜蘿木蘭舟散采菱歌河干七月松明會紅藕花中白紵多松明會里人弔鄧睒昭妻寧北妃也

鍾麟書字學洙號硯齋海寧人乾隆丁卯舉人官陝西雒南知縣有埽葉齋詩鈔

六月廿八日抵家

家園一別十餘年悵望慈幃淚涌泉同輩弟兄驚禿髮舊時童穉訝齊肩室無婦歎歸仍客囊乏錢看宦亦仙回首紅塵眞大夢從今只合去逃禪

吳儀字軼倫號檢齋錢唐人乾隆丁卯舉人官金華教諭

有檢齋詩稿四卷

檢齋鄉舉後以親老絶意進取杜門卻埽惟以臨池作詩自遣生平篤于孝友厚于族誼鄉黨稱之卒年七十五

次初秋夜坐韻

人靜梧桐院飛螢上玉鉤蒲團堪養拙枕簟巳知秋藥裹經年慣妻孥逐日愁何時行卻杖釣艇逐閒鷗

虎跑口占

幽徑未曾經到來塵慮醒泉甘畱虎跡藤古化龍形禪榻茶烟颺薰風花氣馨同儕方戀賞鐘吼促南屏

次鶴栖七夕韻

牛規弓月柳梢頭繡幔鴛鴦翡翠鉤幾見銀河尋好會卻驚

玉露滴新秋萬家遠思歸砧杵一夕癡情屬綺樓老至不堪時節變西風蕭瑟使人愁

張熷字曦亮號南漪仁和人乾隆丁卯舉人有南漪遺集

南漪雅才淵思與杭堇浦汪槐塘王茨檐符南竹稱松里五子于學無所不窺而尤精于史自班范以下無不貫穿畡洽與修浙志兵防其所輯也晚年則壹意治經不復以泛濫爲事乾隆閒詔舉經學南漪徵詣京師待詔金門久而未試會有故人之招遂復南下甫抵家巷遽歸道山可歎也府志八文苑傳

自虞山至徐市

漾舟逆溪風漸失城下路夾岸荻蕭蕭未辨遥村樹悄然客望迷前溆不知處緣流忽復轉時與渚禽遇落落幾人家邱樊翳盼顧荒亭犢臥閒溝塍屢回互田女訝來舟偶語輟農務投止望林廬日色已曛暮

續食

續食來京師卽次淹晨夜黃塵烏帽底忽忽芳景謝春既非
我春夏亦非我夏吟眺憶林巒游盤乏亭榭苦厭輪與蹄歷
鹿襍歐歍廣韻歐歍嘔鳴也嗟哉聲利場端憂乃多暇亦知旋面目
本志難變化已往不可諫未來安足覬不如早言歸片帆竟
南下亟須營菟裘老境思啖蔗何爲久牽羈俯仰長悲吒命
酒且自寬人生如傳舍

竹田至邗上同飲項氏露臺

梯石扶闌上憑高憶舊遊故人仍共醉薄暑已全收晚樹團
清影涼雲釀早秋還聯徐穉榻永夜此淹留

四月晦日雨中泛湖卽送授衣江臯之維揚

遙林溼翠雨斑斑春盡西湖樂事閒別澗有聲爭入浦暗雲
如夢欲遮山還攜勝賞風烟外忽發孤吟水石閒惆悵河梁

分手近且將尊酒緩離顏

南沙送友歸里

槐柳陰陰覆草堂好風薰面上河梁溪翁笑我不歸去卻送故人還故鄉

梁敦書字幼循號沖泉晚號鐵幢錢唐人文莊公次子乾隆丁卯順天舉人　恩廕員外郎歷官工部右侍郎

沖泉司空由刑曹出守銅仁量移遵義文莊年老奏懇留京因復以部郎用比至都則文莊已棄世矣其後歙歷中外廉白自效不墮家聲閒作詩文亦能守家法司空集韓極工當與山舟學士集杜並傳方秉臬湖南時適梁文定公爲中丞撫循之暇修舉廢墜長沙鐵佛寺舊有鐵柱周刻陀羅尼咒爲澶化元年所鐫久湮土中以修寺發土得之因爲精搨遍貽好事者王司寇昶爲作詩以紀其事云

施大醇自三河至予適以事出晚歸喜晤卽和未字韻

我友遺書來不耐俗事沸行將過敝廬數日遲不甐侵晨問疾出自辰直過未車音失倒屣歸晚得所慰快讀冰雪詩頓散炎蒸氣茶甌復酒甌前會尚髣髴席地話離悰俯仰成歔欷須臾出朗月欲去與未旣

立秋前一日限立字

久雨快新霽方花礎猶溼涼掞樹聲來披帷生習習乃知伏未終忽覺秋又及三百有六旬行過百八十人生如寄耳相催何太急孤懷似孏雲不耐折腰揖吟朋三兩人書卷四五笈點檢舊寒衣瘦骨竦鶴立有酒樂今宵去日不可縶候蟲還自鳴聊和送夏什

文石歌并序

白鷺洲在思南郡郭東一里萬勝𤁋瞰二水中分沙禽

翔集頗有吳中風景洲中石子磊磊如玉在璞如珠在胎土人善識別者水落時挐舟采揀剖鑿磨礱文理畢露備極天巧會予暫攝郡符購得若干枚以爲晨夕几桉之玩用長沙周雪舫蜈蚣石歌韻作歌二首錄一

南宮好奇久折服朅來思唐得石窟靑怪泗浮書浪讀爬搔羅別見未熟白鷺翔洲識韞玉蟲豸槎枒漫江腹披沙制璞判品目未許凡手强鐫斸水落魚龍困約束不爾詎肎洩胚育墨玉金星直拏戮對兹奇石氣慴伏定藝貯供踰水陸井華滉瀁神清肅洒信蠻鄉靈氣畜在人不如物可欲或慰賢而吏荒屬秀澈況超愚溪谷我孏避喧如避蝮耽此便可食無肉銅江袖石地隨縮詑我杖底有亭毒

蓬壺朝旭爲湯光祿先甲賦文石

我公等身富著述書法恰與光祿匹餘事風流水石閒到處
搜羅不失一文旌近自思唐歸攜石滿篋生光暉過從主與
客成二冰甕清異爐烟霏或如江上漁磯瀵剩有垂綸涪一
片或如峽內鐵堂開何處尋詩人對面其餘衆美難具陳就
中一石何玢豳海天一色白晶漾絕壁拔起凌蒼雯青黛橅
糊溼欲瀉紅雲繚繞光紛射我疑火炎昆山巔又疑夢遊赤
壁下公言此是蓬壺尊初升朝旭蒸天閽小山旁列附庸耳
餘霞倒映扶桑暾始皇求仙徒涙好博望乘槎恐虛蹈壺中
九華昔縱傳海上三山茲可到千態萬象徑寸中一覽暘谷
馮夷東縮地有術縮本畫蛟龍潛伏雲氣通是時庚暑方揮
汗嵐氣波光動几案清絕茶甌又酒甌衣裏生寒忘日旰前
年曾作萬勝游題品自謂窮巖幽今來觀止氣已懾碔砆詎

與球琳儔公將旋京致使命僕也瓜期備朝請問字還當借異書玩石時從養本性

宿居庸關

長路崎嶇緩緩行當關聲勢更崢嶸兩山夾峙成天險一水中分畫地形逶護北門呈疊翠近連西晉鬱陽城夜深殘月猶相照凜冽餘寒未覺春

王騰蛟字步元錢唐人乾隆丙辰薦試博學鴻詞丁卯順天舉人

步元爲介眉侍講同懷弟工詩詞能文章當其並薦大科人爭羨之乃歷游四方竟無所遇遂連蹇以終歿後無子著述皆散佚

上巳

風流晉永和祓滲鄭詩歌曝藥舟何穩還兒車偶過談稱束

晢雅詞羨儁文多寒食欣看近鞦韆映綠波

何廷模字獻葵號西舫仁和人乾隆丁卯順天舉人官江蘇海州知州

西舫初宰如皋遷牧高郵調海州袁簡齋稱其有幹局所到豪暴屏跡胥役肅然麥如皋風俗之醇卜宅縣中後丁母憂服闋不起遂卒于如皋生平喜談詩而不輕作嘗謂詩無生趣木馬泥龍徒增人厭

秦淮感舊

十年不作白門遊忽把孤帆卸石頭聞說舊人都不在春風愁上十三樓

迢迢一水遠通江郎去潮來妾倚窗羨殺載郎船上槳隨波來去總雙雙

千金亭

空亭千古對平波野渡斜陽獨客過莫怪無人留一飯報恩

人少受恩多

贈釣叟

萍開風起水生紋一葉飄然泛夕曛魚在綠波竿在手船頭閒坐看秋雲

許昂霄字誦蔚號蒿廬海寧人乾隆丁卯歲貢有蒿廬詩文集

蒿廬有詞綜評本附刻初白菴詩評後持論極精當

讀蠖菴寄遠之作感賦卽寄

酒徒詩伴已無多野性難馴可柰何千里懷人憑短紲十年抱病惜修蛾好將慧眼尋禪窟更借清談袪睡魔雨後園林蒼翠滿待君步屧發行歌

佩兼新居落成率賦六言

阮氏阮分南北陸家宅判東西濁醪牆上頻過蠟屐雨中自攜

屋後千章古木門前十頃平疇已祛酷吏無暑更祝良農有秋

四壁客題漸滿一條僮約初申看花看竹來往記取貧交數人

周斌 侯蕃

小周后提鞵圖

弱骨豐肌別様姿雙鬟初綰髮齊眉畫堂南畔驚相見正是盈盈十五時

多少情悰眼色傳今宵剗韈向郎邊莫愁月黑簾櫳暗自有明珠徹夜懸

正位還當開寶初玉環舊恨問何如任教搴幔工相妒博得

緦夫一紙書

一首新詞出禁中爭傳纖指挂雙弓不然誰曉深宮事盡取

春情付畫工

陳枏字東麓號杳齋仁和人乾隆戊辰一甲第二名進士

官編修輶軒錄錢唐人上虞籍按題名碑錄及府志皆不云上虞籍或是上虞人仁和籍俟攷

送汪西顥之閩

萍蹤天際合奄忽易相違解逅歡今夕暌離感昨非夢回江

水闊目斷海雲飛偕隱知何日家山共翠微

登黃鶴樓

獨上危梯倚絕巔遙臨大別對晴川兩崖烟火樓臺外萬里

雲嵐几席前粉壁尋碑詩尚在羽衣吹笛跡空傳江山俯仰

成今古目送斜暉意惘然

鍾和梅字若羹號韻圃海寧人乾隆戊辰進士官江西德興知縣府志臨榆知縣

春日郊行用少陵游何將軍山林韻錄四

習習和風扇披襟分外清花香方醉蝶柳暗正藏鶯筍戞田家味藜分野老羹村翁留客住乘興且前行

千樹垂楊柳拖烟重不支濃陰連綺陌嫩綠映清池漸暖游魚出新晴好鳥知羣芳爭吐豔夾岸看紛披

一篙春漲膩十里杏林開淺水浮清藻輕風落早梅遊人攜酒去驛使寄花來滿眼收佳句題詩埽石苔

野寺村迎客烹茶汲澗泉花茵堪作席柳絮不成緜嫩草縈新帶青榆綴古錢幽林傳午磬流水應前川

葉世度字敬思號函齋仁和人乾隆戊辰進士官湖北黃

梅知縣

退庵氏曰函齋先生爲余表舅氏余幼時嘗從學品行文章皆可師法所著有函齋文稿文餘行世工書法神似顏平原善畫山水松石以丁卯戊辰聯捷成進士由庶常改知縣初宰廣東陽春繼宰湖北黃梅皆以詿誤落職嘗留黃梅主講者數年歸里後卒

小赤壁登高和石上詩韻六安西門外

澄瀾移桂楫散步陟林邱已合翠微老端宜風月游雪堂客眞到原詩雪堂無客到蓮社酒應留不逐龍山會還兼赤壁舟

欣言四美具虆纜上崇邱感慨逢佳節酣嬉繼樂游琳宮憑徙倚雲物爲遲留有此斐然作應浮兩玉舟

和丁荷衣見貽元韻

萍蓬不意此重尋把臂欣然語入林蕉鹿雪鴻寧有跡行雲流水總無心舊憐作賦同王粲相和如琴是李欽赤壁遲君

明月下洞簫鶴唳共清音

留別黃梅士民〔三首錄一〕

未必張顛與米顛揭來稍暇灑松烟江山渲染忙濡筆花月聯吟好劈牋乞墨朋簪雲委積供書小史玉清妍向來棠蔭無遺迹鴻爪留將異日傳

霍山甘明府餉新茶

石泉槐火自西湖竹閣煎茶憶大蘇珍重清風來使者〔茶一名清風使〕龍團新貢紫琳腴〔時辦貢茶〕

己亥秋遷館經黌堂亭臺古雅而無花木戲作鳳仙雞冠叢景題二絕于上

池臺喬木古書堂卻少花枝綴景光秋到林亭蕭瑟甚戲調紅粉補幽芳

誰道秋容不及春妍姿又見一番新臨窗下筆開生面我是
陽春舊主人

邵樹本字立仁號蕢村錢唐人胡然子乾隆戊辰進士官
掌江南道御史

蕢村由編修擢御史督學山西士習丕變故事生員補廪增由縣府轉詳吏胥或故延時日以資需索奏請聽教官徑申學臣以便寒士著爲令乞養歸主講紫陽書院多所獎進府志入名臣傳

仙霞關

縱目南天第一關控閩鎖越入雲間金城百雉誇屏障鐵騎
千屯鎮海山花落梵宮天雨淨山有天雨庵霞横鳥道嶺風蠻重
門不用鳴宵柝絕域輸琛此往還

江郎山

仙傳黃石已茫然更有仙山不計年萬仞雲封臨白日千尋

壁立插青天蓮開曲沼承甘露山上有碧蓮池時有甘露茗采新芽帶曉烟試跨長虹淩絕澗朗吟驚起老龍眠

邵祖節字濟川號椒石錢唐人乾隆戊辰進士改庶吉士

題新安水香園居重葺

攬勝沿阮溪尋源弄清淺芳園結幽栖靈區藉人顯疊翠引泉流古梅蔽層巘橫斜秀繁陰佳石露仰偃水香清靄浮嵐錯當戶轉六六芙蓉峯勝蹟如數典眷言柴桑翁田園傲軒冕桃澗與栗亭映帶供游眄當年盛古歡觴詠朋知屐詩畫擅雙清志乘並稱選嗣響同輞川靈氣襲舒卷春秋幾遞更風雨澀塵蘚何殊三徑荒惆悵乏情遣我友勿棄基結構重完善渠疏仍渟泓榛伐就芟翦高懷寄琴書收帙兼籀篆寧惟先志承雅尚固不諭我亦思尋壑假途空懷緬雲海天下

奇邊胥廓吾褊潛口途必經探奇行自勉披圖宛相招園游終可踐

貽皇甫翼滄

君才亘不偶吾道未全孤藜火明高閣秋聲滿碧梧與酣搖五嶽賦就麗三都切玉昆吾利誰知價最殊

寒山舊廬和石上張文端公原韻

此閒別是一林邱不出門庭足勝游盡借好山圍四壁得緣危磴上層樓仙蹤化鶴雲常駐佳句磨厓翠欲流便擬款扉尋舊迹江湖環望破新愁

陳淦字揚對號鐵巖海寧人世侃子乾隆戊辰進士官翰林院侍講

六月十日雨後夜坐校杜集

破暗燈如豆窗開夜氣浮斷雲還帶雨落葉已先秋前輩風流邈（謂漁洋諸名公評語）殘編取次讎夌他清絕處童子早垂頭

趙賢字端人號淺山錢唐人乾隆戊辰進士官湖南永順知縣有淺山堂集

淺山本姓勞贈公幼撫于趙遂冒其姓所居吳山之麓有淺山焉因以為號初宰湖南瀏陽瀏陽民買田宅稅多隱漏或列其戶名畝數以上且啗以厚利慨然曰朘民自肥可乎下教限一月投稅否則當按以法先是民知有發其事者方惴恐待命既而知官之健以正稅征也爭先輸納及月而畢卒無破產嬰法之禍以循卓調永順卒于官喪過瀏陽士民傾城奔赴哭聲殷道路漢書有云慄慄楚黎寒君為命淺山有焉府志入循吏傳

九日懷全謝山

詩人已在濠梁外秋水秋山想舊容箕岫鶴飛雲朵朵湘江雁度月重重黃花解為離情瘦白雨偏如客思濃憶著風流尋陸弟登高雅與未曾慵

壽葉鶴塗先生洛六十次丁敬元韻

草元亭上許誰尋問字過從我最深瀟灑梅枝名士韻清醇酒味主人心常開絳帳數晨夕獨抱芸編閱古今此日桑弧懸戶在只將佳紙索新吟

畫壁旗亭處處同邇來蹤跡轉西東十年京洛應憐我半世文章已負公好瑟吹竽徒笑拙還珠買櫝未全工尊前幸有如澠酒酌向空山送暮鴻

秋日寓居感懷

船脣鞍背趁晨雞落魄天涯意已迷半世功名魚上竹殘年蹤跡絮沾泥黃花客裏開偏晚紅日愁邊晷易西自歎不如池畔鳥夕陽枝上得安棲

吳鉤撫罷意蕭疎枯坐胡牀落木初捧檄毛生空有願搴幃

潘令久閒居世情冷似經霜栁生計聊同食字魚多謝曲闌干外月盈盈一水結相於

如練秋河欲二更松牀蒲薦一燈明瓦溝得月添霜色庭樹顚風作雨聲意馬有程馳恨枕酒兵無力破愁城段家橋下西湖路何日歸尋鷗鷺盟

早歲梳翎慕碧霄到今回首路迢迢怪人好作儀同面顧我偏羞彭澤腰秋蟀春庚人鬢改蘆簾土銼客魂消可憐羽翼摧殘後一片傷心逐暮潮

渡江卽事

一夜江邊春水生大風吹浪打船聲夢回只覺衾裯薄窗外金焦粉點成

小船如葉復如杯一個山僧似古梅背著夕陽過野渡雲峯

缺處鵠先回

鍾蘭枝字露皋號芬齋海寧人和梅弟乾隆戊辰進士歷官內閣學士有芬齋詩稿

正月六日移居澄懷園

上林東去號名園小住何勞卜築煩鴨綠半池通曲徑螺青千岫列高軒境幽自得仙源樂心遠常同勝友論且喜嚶鳴破岑寂對眠清話閱朝昏

獻歲天開麗景遲新鶯拂羽欲遷時門環一水烟霞出地接三山草木奇御麥芳鄰堪共卜未容俗客漫相窺筆牀茶臼安排處準擬閒亭好賦詩

朱心學字劭亭仁和人乾隆戊辰進士官河南湯陰知縣

劭亭恂恂若處子而文豪氣猛不類其爲人性篤于孝親亡以哀慕死翟晴江灝哀舊詩云經年苫著膚永夕

淚洗面毁瘠禮未任至性不可勸紀其實也

維揚旅思

邗江旅館寄生涯獨坐宵分客思賒游子不堪吟寸草孤燈何事綴繁花蟲聲幽咽荒階露雁侶參差淺浦沙遙憶故園慵倚枕窗櫺又見月痕斜

錫仲達字躬桓餘杭人乾隆戊辰歲貢

洪瀆村訪孫翔圖妹壻

爲憶紫髯客輕橈溯遠汀鷺拳清淺水人語短長亭到岸山迴合登堂客醉醒攜殘分韻險涼月上疎櫺

國朝杭郡詩輯卷十八終　　錢唐吳慶坻校字

國朝杭郡詩輯卷十九目 乾隆十五年庚午至十七年壬申以科目爲次

葉　能　陳克光　吳嗣范　胡　濙　陳存矩

張　崗　許寧基　查昌圖　許承祖　吳　鴻

柯一騰　湯世昌　吳　坦　都　鏞　陳鴻寶

郭夢元　盧存心　楊　疇　江鯨南　宋樹穀

盧文弨　周天度　沈清任　黃大齡　龔　同

查　義

凡二十六人

凡二十六人

[illegible]蓁

唐文瀾　周天度　沈清任　費大鏞　黃[illegible]同

曹[illegible]元　盧存心　[illegible]　汪應南　宋[illegible]敦

沈昉　[illegible]昌　吳[illegible]　蔡[illegible]　陳[illegible]寶

[illegible]　[illegible]坤基　查昌圖　許承祖　吳[illegible]

莫[illegible]能　陳廷光　吳嗣范　胡[illegible]　陳存年

國朝杭郡詩輯卷十九　錢唐吳顥原本孫振棫重編

葉能字位三號蓉城仁和人乾隆庚午舉人官湖北來鳳知縣

重任蕉溪告歸時留別諸生二首

三楚行程又幾千重逢竹馬意懽然不妨熟路回輕駕終遜艮庖治小鮮前度來游庶人媚深慙傳說使君賢于今解組還歸去惆悵蕉溪雨一鞭

了卻當年未了緣一朝胥㳄得悠然蕉溪僻處萬山未設學校余爲申請題准建學定額六名春敷芹藻黌宮麗秋憶湖山玉宇鮮未有文章禆下邑敢將圖像倣思賢有爲余寫照倣陸介夫守成都時思賢閣者句以御之騰騫他日思多士藹藹眞看著祖鞭

陳克光字志潔號雪軒海寧人乾隆庚午舉人有木禾集

舟中襍詠

一片歸帆望欲無斜陽猶是照平蕪東風吹處黑雲合畫出遙天水墨圖

遠水連天望渺然清風送客漾晴川扁舟非學鴟夷子身入煙波境欲仙

草長荒村亂作堆壞橋攲側繞莓苔岸花飄落無人問泛泛浮鳧自往來

雨霽隄邊栁色新縱横田畝接河濱豆花麥葉園茆舍惟有村農不負春

吳嗣范字希文號篁谷錢唐人國梁子嗣富弟乾隆庚午舉人官景寧教諭有自怡集

春日偕桂一厂栁潔夫金虛谷登吳山

消盡輕寒雨復晴無邊光景望中生花迎舞蜨參差影柳拂
啼鶯斷續聲踏遍靑山春有態醉殘紅日酒多情吾儕不是
林泉客文教由來有令名

過磨石嶺呈諸同學次邵二晴牧韻（離綏寧百餘里）

雨餘風細淨無塵曲磴盤旋送夕曛紅樹遠從峯頂立淸溪
多向峽邊分逡巡草屩踰危石䨲靆籃輿入暮雲獨有會心
人領得蜀牋瑤句盡鴻文

楓門嶺次家六兄韻（嶺跨綏寧城步二縣）

丹楓無復擁荆門一綫羊腸望欲昏野水分流穿石壁寒雲
環繞吐山根攀蘿直作天邊客入夜還驚夢裏魂有鳥高飛
飛不到南荒絕險合推尊

次六兄重九日肅州曉發

一輪纔挂海門東候吏催程太遽恩野菊迎人誰送酒征鞍落帽不因風幾灣淺水名猶黑數點空山號是紅州城外有山名紅山笑我勞勞成底事榮枯直欲問元功

三過元次山別業不獲登覽因賦四韻以示同志

勝地經過日未汍年年翹首望青林瞑帆不遣從容駐春色何緣次第尋鑑石離離蒼蘚嫩唐亭靄靄白雲深于今別卻瀟湘去花發鳥啼千里心

胡滋字聲甫錢唐人乾隆庚午舉人有南唐禚詠

送趙靖猷

兒齒十年長大雅九吾師昔與仲氏游後乃辱兄知憶兒里居日在我猶童兒當時與二季日夕相娛嬉幽居在東郭水木含清姿持竿沼邊樹蔭樹花開鬖有時列盤饌痛飲至夜

歸河梁明月色攜手步餘暉迨兄既入仕我亦東西馳不見六七年但聞德政施歸來鬢已蒼況我更早衰兄家屢遷徙我病日支離不復頻來往蹤迹疎自茲仲氏復下世慘慘中腸悲涉世厭機巧變觀兄所爲人皆翕翕熱我獨靜自持人皆悻悻直我獨守其雌如兄今有幾當爲蓍錯資

南唐襍詠三錄

窺伺君心有妻憎去讒遠色最難能戚姬若早遭疎斥豈至名將人稱稱种氏

偶類王敦開後閤旋呼杜牧宴華堂達人視此同兒戲不爲朝班再綴行韓熙載

秋濤萬鼓聲孫晟

鄧艾解嘲重說鳳卞稜登第屢彈箏那知冷澀幽泉水忽作

陳存矩字以方號素峯海寧人乾隆庚午舉人官江西永新知縣

寒夜疊韻

寒夜三更柝浮生一病身錢難需藥裹客已厭風塵輿到題詩疾愁來看鏡頻含情誰共語明月獨相親

青蓮先生終于寶應元年十一月十日今乾隆壬午已千年矣潛山繪像拜奠東軒邀同人共和

仙游適千載修祀此軒間何以侑尊酒華不青可攀平生絕凡調終古仰酡顏風月依然在還應倒玉山

蘆溝橋逢聯江徐子卽別

蘆溝橋畔接征鞍十載天涯歲月寬文字泥人悲客老鄉關繞夢欲歸難論交猶憶當年勝執手應珍片刻歡爲喜相逢

復相別斜陽滿路值春殘

張崗字任齋號玉峯錢唐人乾隆庚午舉人

新秋夜雨

一夜飛殘雨蕭然暑氣微秋心謝團扇客思到寒衣地迴砧聲杳家遙尺素稀誰憐淹旅館孤坐閉煙扉

題孫羨門渡海圖

酒醒燈昏後欣披渡海圖海平千嶂立風急一帆孤

許寧基字心宗號右榭海寧人勉爔子道基弟乾隆庚午順天舉人有右榭草府志誤作開基

右榭少有聖童之目跳踔名場才名藉甚年十七舉于鄉次年得咯血疾又三年而卒其兄竹人爲陳曼生鴻壽外王父曼生言右榭遺稿詩詞凡四百餘首論史激昂言情委婉其風範可得之行間字裏也

邯鄲懷古

平原佳公子結客兼韋布意氣詎不豪相士亘巳誤虛聲何區區直得黃金鑄長平十萬師草草委衢路秦軍壓城下倉卒誰當訴事幾敗乃公謀忽及其婦碌碌因人成詎免毛生噱客從大梁來曾拜信陵墓侯嬴抱關吏溷跡晚方遇豈緊趙無人毋乃求未預恥從賣漿遊羞與博徒伍履綦徒紛紜臨難各反顧豈待約楚歸事往始奮悟昔讀趙世家慷慨亦生慕徒以濁世中翩翩足比數龍門史筆嚴斟酌重毀譽有酒何處澆迴望夷門樹

擣衣曲次元人韻

征人關外歸鴻少織女機頭秋信早秋來那惜妾衣單寒到君邊衣未到鳴梭拋後淚波新持出前灘月更明短杵勞勞憐妾意寸腸敲碎不停聲錦衣有情教歌舞鐵衣無情棄塵

土更愁君著憶家深洗淨啼痕千點雨

曉發清苑

人共朝雲出城留曉月看笨車空歷碌野況覺酸寒客有摧輪慮居無煖席安何緣慣馳驟儂本住江干

偶感

搴花攜酒任銷磨清興偏於冷淡多莫道文章工應制何曾魂夢解登科一時豔說淩雲賦舉世翻嘲斫地歌三載春風見臚唱馬蹄草草杏花過

磁州

滏陽山色蔚掩藍雨裏經過畫裏探自此山川歸冀北試憑風景話江南不教鷗鳥驚幽夢只少漁船映淺潭楊柳眼笑迎三度客晴絲依舊碧毿毿

貴介親勞執轡迎引車屠市話平生奇謀慣自飢腸出冷笑難從肉眼爭食客三千恩獨重行年七十命原輕大功未報身先刎公子何必受五城

大梁懷古

流盃亭下晚風徐吳蜀詞人盛曳裾家學舊傳枚少孺賦才獨讓馬相如平臺文藻稠雲幕梁苑春光細草梳盡說孝王能養士鄒陽猶上獄中書

隋宮陳迹悵依稀大業興亡事已非千里淮南楖陰直半帆汴渚漲痕微中原有路春難到滄海無家人未歸欲上長隄望京國桃花開遍燕初飛

陳橋驛

颿借微風到岸遲陳橋十里落陰時悤悤王業談何易兩兩

孤兒失亦奇天子豈敎人逼迫臾臣莫道帝鶩疑袖中禪詔何時草擬問陶公子細知

病馬追和曹唐韻

朔風勁翦鬛毛齊聽鼓猶思趁倦蹄踏破三邊心未死瘢深百戰氣難低長城窟底愁凝血大渡河邊惜障泥縱使他時終攬陣向人愼勿便驕嘶

偶成

莫道千秋事可盟諗癡今已悔平生要知才亦生前定何苦名從老後成身在夢中姑逐鹿神遊象表說飛鯨偶然一墮風塵裏誰許風塵物外行

題竹人圖應伯兒命

勁走蒼龍未可馴居然人有竹精神頭銜異樣風流甚不號

詩人更酒人

老葉蕭疎淺黛勻雨餘描出畫精神家園新筍年年發燕子來時不見人

查昌圖字天池號半莊海寧人嗣韓孫乾隆庚午副貢

古意

採蓮勿傷根藕斷絲難續剝蓮休見薏心苦味不足郎作相憐歌妾作相憶曲蓮花復蓮花莫遣秋風促

許承祖字繩武號復齋自稱雪莊居士海寧人焞弟乾隆庚午副貢有西湖漁唱七卷

復齋承大父宗伯公志構別業于西湖巾子峯下郡王廟西顏日雪莊金壽門農爲書楄中有師白堂鏡湖樓寶雲精舍竹笑軒待月廊雪舫諸勝暇時扣舷蠟屐窮深極幽作七言絕句三百六十五篇篇各有題題各有注以視董靜傳楊蟠郭祥正西湖百詠見聞又一新焉乾隆丁丑翠華再幸手錄進呈特賜文綺二端是

固鹿頭赧郎所共傳爲希遇者也

鏡湖樓

神仙何渺茫樓居性所好矧當明湖畔皎鏡洗昏眊迎眸軟琉璃野馬飛不到煙鬟浸倒影靜境釋浮躁滴水了筆端玲瓏非意造一榻一棐几尚容寄嘯傲

復齋

卜居先人志齋舍義取復回頭食其山中有藏書屋兒時祖硯遺庭訓聆家塾敦素本世風敢忘堂構築頭顱已如許把卷焚香讀還笑塵中人不知學爲福

寶雲精舍

對山稱主人戀此羣峯繞峯頭矗高臺寶氣散雲表飽看煙嵐態變滅隨昏曉有時攜筇遊采茗入深篠清泉沁詩脾一

勺鑭百擾歸來聞清鐘新月上林杪

竹笑軒

松濤有怒聲梧雨作淒色修竹蕭閒姿一笑頗自得軒窗除俗韻對爾倍幽特與愜召朋儕入林披胷臆同爲虛心侶任眞不少飾客去與未闌碧鮮照硯北

吳鴻字頡雲號雲巖仁和人乾隆丁卯解元辛未一甲第一名進士授修撰歷官侍講

雲巖工制藝世有名元之目督學湖南時壬午科典試爲錢公大昕王公杰雲巖閱諸生闈作決丁甡丁正心張德安石鴻翥陳聖清五人必售榜發日使人走探自第六名至末僅聖清一人雲巖旁皇莫釋少焉五魁報至則四生已各冠其經矣一時傳爲佳話性和而謹尤好獎掖後進吳門宋小巖銑幼年落拓京華愛其才館之于家督課舉業其後亦入館閣癸未仲春自外歸已有酒所猶炳燭屬稿擲筆就臥遲明視之則已化去是夕有夢翰林署中騶導呵殿云吳狀元代韓昌黎爲土地者府志入文苑傳

登端州試院樓望七星巖作

振衣淩丹樓氣引星辰上崒然莽蒼間厓壁屹相向云是北斗魁精靈落炎瘴削特無寸膚參差非一狀怒如熊虎蹲逸似鷹隼放作疑閶闔開肅穆排雲仗又如羽衣客星冠禮眞相巖竇聞中空結構訝奇宕攫此數畝地樹作一城障端州富山骨刻斲煩巧匠眞宰不可彫萬古乃無恙疾雷殷空谷滃雲搏巨浪倏忽霽景清宛與諸天傍我家山水窟見山發遐唱突兀眼已驚回薄神彌王徑欲捫參井終須傲禽尚呼吸苟可通得句力相抗

荅古渠同年

穠華萬桃李不若蓮華新求藥三神山不若餐霞人之子抱仙骨沖澹夙所親長嘯倚風前玉樹何璘珣揭來示雅裁膏

馥含元醇欲和復輟筆離緒重爲陳自君辭玉堂朋輩惜且珍本是鵷鷺隊忽作雲龍巡華星返文昌（謂瑤峯先生）素衣猶緇塵豈無河東賦吹嘘不能神排雲叩天闕奮飛恨無因雲中降帝子林際隱春申芙蓉助我愁憔悴秋江濱

書董香光臨松雪翁唐律眞蹟後（松雪眞蹟舊藏婁東王氏今入御府曾見涇南司寇臨本香光此冊僅存其半幀首有朱竹垞章綺堂兩先生題詞任子廣輿得之轉以畀余）

吳興墨妙不可逢誰其嗣者香光翁風煙飽歷神理在寸縑尺素球珉同華亭自夔寫高格不與承旨爭長雄（跋尾云素不爲吳興書略得形撫耳）偶從墨本一臨倣筆勢矯若翩飛鴻山堂溪上句清絕天門一詠摩蒼穹（詩見松雪齋集中）想當王孫下筆日故國山水生悲風名家寶此幾百載有筆不敢矜鵝籠公書肖意不肖

象始信異曲原同工何年吹落鈞鼇手千里遠致函詩筒開
緘生氣動毫楮諦視反復光熊熊豐城雙劒墮其一寶氣自
足驚長虹秦碑漢碣世希有詎在完好兼初終竹垞隸法何
精融綺堂駢句工磨礲此皆妙手擅前輩得一已似吴江楓
當時題此三歎息常恐零落隨飛蓬傳聞初本藏婁東珍襲
已進明光宫　至尊賞歎動顔色鉤摹曾命尚書公八閒天
上異所歷退把此卷心忡忡瑤峯書老靑兩瞳防我覼等秋
雪空殘編未敢貢玉府眞蹟還欲輝蘭叢焚香靜對兩文敏
絹素疑與神明通

朱宗盛明府出示所藏汪松泉錢香樹兩先生合作
卷子香樹先生自跋云昔元白齊名長慶閒郎文字
題跋往往連署姓氏文同畫竹必屬東坡題識鮮于

伯機作書必虛左以待松雪余與松泉同學交善共事班聯館中以元白方比異于與可東坡偶然會合者因續成此卷云云展讀之餘爲賦長句綴於卷末

朱君香樹先生館甥也

玉堂風誼推諸老餘事霜毫富清藻我生雖晚猶及門奕奕須眉映蓬島昔在 先皇開講筵黃山秀水相比肩詩成奏御共封匭朝回退食交吟鸛上林求友三千載香案紅雲輝靉靆北斗三垣地望齊春風千樹心期在一從疏傅謝金門香樹先生於壬申年子告歸里 出處分承 聖主恩箕尾忽寒台斗色謂松泉先生 彭籛重預 寵光溫巋然尊宿靈光殿感舊山陽淚如霰此卷題歸坦腹人當年雙照尚書面長箋灑落煙雲開白耶坡耶安在哉誰能憂彼身後事山中故人招歸來卽用李蘇

卷中所書二詩語感詩成讖三歎息世間何者非塵埃惟有斷縑與殘素珍重可抵千玫瑰

舟發韓江卻寄梁瑤峯先生

仙山咫尺悵經過一度流年隔絳河北海未應愁客少司空只是為情多重拈春碧知誰共欲採秋蘭柰遠何珍重雲龍天際影月明清夢度遙波

登淩風樓文信國駐兵于此有集杜句云樓角淩風迥孤城隱霧深萬事隨轉燭秋光近青岑後人思之因建淩風樓

丞相英靈迴未消荒城樓角隱岧嶤勤王義激孤軍氣靖亂威留二將驕信國以梅州部曲多不循法斬二將以徇之終古九賢同廟食南溟萬事逐秋彫百花潭水青龍見誰說洲名負此橋城外百花洲上有狀元橋

連州懷古

峽轉城開判粵疆湟溪關路接瀟湘伏波祠廟餘殘碣魏國林亭半夕陽張魏國居此建列秀亭嶺闢八排雲氣黑村圍十室野田荒夜猿秋雁分岐地腸斷元和主客郎

雷州守符蔭孫君吾師文定公諸孫也憶文定之喪鴻偕門下士與君經理旬月乃罷距今已三年矣兹來炎海追憶寢門述德抒情用成長句以補哀誄之闕

一慟西州草木荒太行迴眺氣蒼涼英靈終古歸河漢楨幹中朝惜棟梁舊德祇今思聖主孤忠自昔鑒先皇生平澹泊同諸葛并少城南八百桑

息機十載臥田廬晚領黃扉典石渠論道功深前席裏假年

心在注經餘（先生奉敕注易未成而卒）何來走卒誣司馬獨屏羣猜雪敬輿話到主恩深深重處老臣涕淚一生俱

桂堂秋色夜沈沈猶似寒爐抱膝吟四海共揮知己淚一言深識相公心（先生嘗言聚奎堂片席爲天下安危治亂所從出）酸鹹味外存孤賞桃李門前接舊陰（鴻鄉試座主溧陽周公出先生門先生典試癸酉京闈鴻亦分校）今日海天增悵望猶思戶外聽彈琴（嘗于謁見日先生鼓琴罷召入）

浯溪襍詠（八首錄六）

巖花爲蓋石爲屏刺史當年有斷銘開卻持竿刺船手溪山占得好林亭（唐亭）

纔過溪橋畫不如逢人先問魯公書華星秋月文章在字字仙人透爪餘（顏碑）

中興功罪議紛然三策舂陵擬杜鵑猿鳥不知前代事興亡

都付一溪煙山谷詩碣

刻畫眉須了不疑景收石壁理難知料應湛湛江楓裏會照湘娥泣竹時石鏡

綠蘿陰裏晚烟寒判字如椽護石壇木客無聲山鬼靜至今猶說栁都官栁應辰押字

略同峴井思王粲亦似愚溪祀栁公若爲摩厓添筆法也應配食到涪翁元顏祠

柯一騰字蘭墀以字行號策甫仁和人乾隆辛未進士歷官戶部郎中有策甫詩鈔

策甫與兄帝夔一鶚以詩文鳴于時由庶常改官農曹十年丁父憂歸逾年而卒遺孤甚幼存稿皆散佚其弟子同里朱點從符竹窗家所藏小冊錄得數詩亦珠林之一葉也

揚州贈胡徵仕

小住近清明春帆忽遠征潮聲落瓜步草色入蕪城洛社題襟侶紅橋載酒迎極知烟水外風雨過江情

送施快亭假滿之官

送客三江驛移尊十里亭瓜期趨令甲畲課付添丁官酒迎眸綠家山入夢青故人憐錯節知爾試新鉶

直沽

孤城遠與白波齊樹擁岸門落照低盡日帆檣風向背夾河楊柳水東西天連尺五黃圖舊海上春三碧草萋耆老尚知山碣石誰教故蹟久沈迷

西溪訪袁石羽時寓張氏園

獨石橋西水一村居人多傍寓公園溪行欲盡竹逾密秋到未深蟲正喧風裏敗蘆藏鴨艇門前臥柳結魚樊平生虛有

林泉興此事于今亦讓袁

荅陳仲璠陳自號九華山人

故人爲訊舊生涯食指于今幾倍加將老漸知情是債長貧竟以客爲家青袍未忍千三事赤脚還期踏九華聞道山中頻乞米愁君餐盡五溪花

雪後過西溪

雪消古路足幽尋風送寒香引客心臘月溪山行處獨梅花世界入來深微茫烟外開茆舍格磔聲中起水禽淸賞卻宜終日坐嫩晴天氣午陰陰

舍弟南歸有寄

關河涼重客衣輕燈下裝棉送遠行黃葉滿山秋易老暮雲無際雁孤征鄉鄰歲歉多寒餓骨肉年來半死生傳語天涯

苦相憶數行空札若爲情

同顧念青之寶坻

潞河東望策輕車百里蒼茫問古渠海上遺民金大定闕門流水魏黃初浮杯綠蟻三重酒入饌銀刀二寸魚欲與孫公補談苑海龍王宅劫灰餘

湯世昌字其五號對松仁和人乾隆辛未進士官工科給事中有嘉藻堂詩集

對松成進士時方閏五月 朝考以閏月定四時命題對松作四詩違例不錄時 上亦賦是題閱卷無當意者大臣復以對松卷進中有綵絲續命競渡繼清音一聯甚蒙 褒賞遂置第一入翰林性剛直嘗謁座主劉文正門者拒不與通且有倨色對松怒曰而公大賢果縱爾如是邪手批其頰聲達戶內文正亟延入遜謝焉已而薦舉御史文正以對松名上遂轉御史擢工科給事中章疏凡數十上時有湯多諫之名嘗巡視臺灣以事左遷御史

伏日苦雨

入伏已一旬炎曦避三舍晴見金蛇掣還看銀河瀉格鬬蛟龍陣飄墮鴛鴦瓦苔色滿牆頭漏痕穿屋罅重陰颯以秋當暑不知夏鬱溼安足悲流潦恐害稼魚鰕入地腥遺子或蟲化補苴計必周昨年鑒可借瘡痍殊未復雨師休驕霸我聞急返蒼龍駕園蔬碧平鋪風稻紅穲稏轉移一瞬閒田祖以任城南卅里飛雹下窮黎亦何辜救飢苦不暇願回霹靂車誠迓火耨望三白養豚酬八蜡篇終雨轉急沈憂迫中夜且呼河朔杯棼尾滴糟醡

游寄暢園二首

惠麓最佳處行窩舊有名徑穿雲篠合灘接石梁橫屈曲泉流甃周遭翠入楹廿年塵土夢到此一爲清

日落憩嘉樹（堂名）微風生綠漪疑看摩詰畫如讀韋公詩露泠調琴地雲移養鶴池尚書歸未得初服遂何時（大司寇味經前輩擬以病乞假尚未果）

聊城懷古

聊攝東封舊川原似掌平誌存微子國地即博州城樹古疑巢叟臺荒憶魯生何來迷玉版幾見茁芝英短碣儕麟閣巍樓倚嶽名永懷參政烈（謂鐵公鉉）曾躡北平兵鼎鑊光千載春秋奠兩楹纍纍時多曲筆吟望不勝情

吳坦字履平號天垣錢唐人乾隆辛未進士官江蘇溧陽知縣（府志泰興知縣坦誤垣）

渡紫陽河次鄭同年毓英韻

遠岫羣趨壑中流一掌平望涯爭利涉擊楫羨澄清倒影連

峯漾盤渦逐鷁輕征夫指前路山驛與邊城

題畫蟹

街若郭索走毫端逸態知從何處看卻憶小仙筵上趣蓮房蘸墨墨初乾江夏吳小仙能以蓮房濡墨印紙數處縱筆成捕蟹圖

都鏞字文在號荇洲海寧人乾隆辛未進士官福建德化知縣

修隄上板橋

三板橋危年復年重謀支木客行便自今霜曉有人迹無復渡頭停小船飛絮著身風力軟驚魚避影水痕圓枝間恰恰流鶯語爲勸先生樹底眠

陳鴻寶字位人一字衞叔號寶所仁和人乾隆辛未召試賜舉人中書歷官工科給事中

賓所姿稟清沖才兼麗密嘗命舟江介與丁誠齋健分牋覓句有吳船倡和集官京師時與梁司空沖泉吳祭酒穀人朱司業春浦施給諫耦堂沈儀曹南雷蘇大令方潭狎主齊盟槃敦騷壇于斯稱盛

贈王丈

杖履多佳興田居計亦艮梅開春酒榼雪霽小山堂身健隨時好心閒與日長兒孫況成立一笑得寬鄉

寒食湖上同張慎修作

新草城根綠透苗東風十里布帘招山溫水軟春難負花勸鶯酬酒易消細馬馱人晴入畫香餳夾路喫聞簫歸途應記題詩好二六橋邊百五朝

送鄧蒼亭宰墊江

薰風初拂繡羅韉送子西行正妙年百里雷封連白帝千盤雲棧逼青天製來錦美都從蜀別後衣香可記燕六六鱗魚

何處覓相思憑寄浣花箋

滄酒同丁誠齋用東坡眞一酒韻

木門城下水澄泓傾倒尊前見麴生一石肯嫌滄海小百觚自愛聖人清載來畫舫浮春色夢去糟牀滴雨聲欲乞麻姑傳釀法滄州麻姑城有伯倫元以酒爲名

望雲

東風十日雨如絲飄落園梅更幾枝有限春寒還泥酒無端暝色又催詩愁多已覺看雲嬾坐久渾嫌得月遲未放青郊游騎騁天公此意待誰知

聞諸公游草橋覃給諫園明日於張曉巖給諫所見周篔谷明府詩次韻二首錄一

九陌韶光眞繡錯一時游騎似珠聯閉門正字渾成嬾注酒

偏提不共縣愁外風花過上巳客中芳草負今年豪情健筆君兼擅老我惟拌㱒醉眠

杭八 義寅

堇浦先生少孑貧無以給來京師見之昔先生以詞科起家文章經術海內傾嚮乃不庇其身後爲可悲也竇忝韓蘇之門雖薄有助之而一官貧老不展余志因用道古堂集中無米詩韻作詩贈之且以告世之與先生交者

趨庭曾是抱經人蹤跡飄零敢怨貧自向天涯投倦羽誰從滄海恤窮鱗前賢事業青箱儆舊日門牆白髮新太息爲卿名父子紛紛俗眼肯相親

九日同沈南雷張曉巖過法源寺看菊口占仍用前韻

偶向城西采菊行秋光如此可憐生西風卷過重陽雨又放斜陽野寺晴

書亡妹素安生秋閣遺稿後并序

素安字定林余次妹也幼知書多病長樓居鍼紉之外惟近筆硯足迹未嘗踰戶閾兩大人雯憐之年逾三十適比部沈君世燾又七年以疾卒今沈君將刊其刪存遺稿以行于世屬余點定因成五絕句蓋余之所感不盡在詩矣錄二

生秋一卷其寒燈落葉哀鴻感不勝樓外謝家飛絮盡琉璃硯匣夜凝冰

深閨弱歲已耽書花竹娟娟映綺疏一自工文兼善病人間眞有女相如

郭夢元字棐忱號雪鴻海寧人乾隆辛未歲貢有吟安軒詩鈔八卷

雪鴻選德清訓導未赴官卒

訪張勇參不値歸途遇雨卻寄

武原城上啼春烏烏夜村中訪故人十載名園勞夢想一時交臂失情親小橋流水舟橫渡細雨斜風客墊巾他日重過君在否芒鞵何惜往來頻

盧存心原名現字敬甫號玉巖錢唐人乾隆丙辰薦試博學鴻詞壬申恩貢有白雲集

玉巖居貧力學嘗私淑勞餘山立行不苟外舅馮山公以文章著稱玉巖能得其淵源弱冠作勸行篇桑弢甫比之昌黎原道所居在東里楊日數間草堂與弢甫宅相近自總角至衰老出入早晚恆與俱里之婦孺呼曰雙先生

贈嚴山暉甥孫

花裏看書靜閉門無數春鳥枝頭喧竹外俄聞剝啄響開門
一笑逢甥孫甥孫適從苕水至遠來訪我鉏經地博古研求
蒼頡篇搜奇細核凡將字慨然大雅今漸淪古文道喪無學
人詹詹但求弔詭異纖纖好爲繁靡新何當一埽榛蕪闢天
地開春擢華秀將子有意古今綜如我何堪大小叩河漢不
必捐涂渠錦繡不必遺麻苴涂渠不絕至四海麻苴有時勝
五銖子不見韓愈爲文集衆善又不見杜甫爲詩衆美擅詩
易莊騷盡取裁庾鮑應劉兼貫串發爲萬丈光焰長埽卻新
異如秕穅豁然天門詄蕩蕩淸虛碧落朱元黃此是文章超
雅俗未如理學追濂洛大道茫茫試一探回首韓杜如邱續
子今未至且沿流加以才調非凡儔讀書擬將萬卷破放筆

直縱大海流闌干花影移時語放眼春光容易去上若下若
茶已槍裹湖外湖栖易絜愼毋辜負青春青相期不朽重丁
寧送客閉門晚鴉噪低頭矻矻窮一經

蕭山道中

古堞依峯勢長隄界水痕春陰垂野寺碧色動江門竹暗連
千頃花繁轉一村山陰猶未到巖壑已堪論

石屋洞

石蓋雙扉置屋牢垂垂巖乳滴僧袍谷中虛牝出天籟洞底
深泉通海濤風雨驟飛驚蝙蝠藤蘿橫挂捷猿猱會須築室
山坳畔痼癖烟霞屬我曹

九溪

一棹烟霞嶺外溪白沙青石淨無泥松枝屈曲千章暗蒲葉

丰茸兩岸低野徑花開紅躑躅游人身在綠玻璃小船暫泊
漁磯畔隨意看山獨杖藜

登鍾翠亭和弢甫韻

秋江滾滾浪搖青隔岸羣峯面一亭風攪萬松迴颯颯雲開
雙鳥去冥冥扳厓長嘯山俱動枕石孤眠酒易醒欲訪茅盈
馴鶴地不知何處是仙扃

代簡

有客回棹語水濱因風一紙獻雙親白華采采來千里預借
梅花十月春

楊疇字書傳號薲洲海寧人中訥孫觀誠子乾隆壬申舉
人

蘋洲以名孝廉充敎習卒于京師詩僅見此
數章清麗芊緜可稱佳搆惜無從得其全稿

春日懷人詩十首

草痕仍作去年青一夜東風徧遠汀蓬徑不來新舊雨天涯無數短長亭空梁顏色愁中看失路關山夢裏經讀罷淮南招隱句猿啼鶴怨總難聽

五兩飄飄趁曉風翩然相逐兩征鴻春愁烟水孤帆外驛路梅花細雨中此去好尋陽羨宅當年曾說大蘇公郵筒未覺江關遠休對清尊歎轉蓬 陳丹中楚舟兩表弟僑寄蘭陵

雁少猿多路幾千桄榔影裏度吟鞭山城雨過飄榕葉佛館風清放木棉官燭對然披夕霧玉臺聯句豔神仙珠江舊是名流地莫爲思歸更惘然 許十八北苑攜家入粵

勞勞亭畔易黃昏廢沼荒宮欲斷魂巷口亂飛新燕子路隅誰識舊王孫三春游騎青絲鞚萬古垂楊白下門莫向寒窗

悲擁髻昆明劫燒忍重論許十漢街酉滯金陵未歸

一聲長笛客登樓放眼關河入暮愁南國文章風氣別大江波浪古今流花穠鈴閣趨庭暇酒熟宜城挈伴游箧裏范磚書好在應將刊誤續三劉俞星源表兄省親楚中臨行時借余所閣後漢書以去同行者介弟沛五及何子善章

幾回西笑憶長安百里山河次第看三輔人家連板屋重關天險鎖泥丸珠簾零落秋風冷瓊蛩淒清夜月寒莫使仲宣誇獨步灞橋詩就駐征鞍俞玉亭表弟入秦未回

嚴冬風雪滿林邱揮手河梁路阻修從此還家無遠志幾時乘興放扁舟殘霞紅處看魚尾新漲青來似鴨頭極目橫山山下路烟波無際使人愁蒙泉

楚中人去影形分蘭訊經時不遣聞野岸又看芳杜若洞簫

何處弔湘君夢回孤館常飄雨路入空山獨望雲正是思鄉
擡倦眼蘋花滿地白紛紛
孤城形影亦參差莫恨他鄉握手遲人似蠟珠〻墮淚曲憐
紅豆最相思三春栖舞偏東面一夜梅魂返北枝徑欲相從
共幽賞石闌干外坐題詩
節序驚心雨鬢華蹉跎無計送生涯三年零雨頻傷別十日
春寒竟負花卻笑鮎魚難上竹最憐燕子慣辭家新詩吟罷
愁千斛極目遙天起暮霞

江鯨南字季伯號淼川錢唐人乾隆壬申舉人

天花庵

門掩疏枝曲徑幽道林曾此闢山邱紫騑雲散祇園跡白鳥
魂飛佛國秋上有放鶴亭竹裏平橋通別澗松間斜閣度危樓笛

聲吹斷江城曲天女應知在上頭

宋樹穀字笠田號桐門錢唐人乾隆壬申副貢官甘肅兩當知縣有晚香書屋詩集

笠田初宰安徽蕪湖後宰兩當以甘肅案謫戍黑龍江明年歿于戍所時有同里汪翁耀川與笠田善慨然出塞攜其櫬歸葬湖上爲贖故廬俾其子納婦焉翁故貧士而能爲人所難遂皆稱曰義士袁隨園汝宋茗香大樽徐雪廬熊飛皆有詩紀其事

咏屋上草

秋雨積我檐秋草繁我屋分行隨瓦溝踞勝等山麓得天雖有餘貧地苦不足踐踏幸免加滋蔓遂逞欲率爾占萬閒偶然餘一角下止駭飛鳥仰望饞奔犢垂垂映垣衣密密成翠幄高先偃疾風柔能格響雹慣被炊烟遮不受樵斧辱鴟吻口以藏龍鱗日以駁省牽蘿補苴代索綯約束寧宵事翦除

留作百花褥

漆園城

傳是漆園地憑誰問是非春風驅馬過蝴蝶滿城飛澗水隨村曲林花過雨稀仙蹤如可跂願此掩荆扉

徐州

中原扼要此徐州涼雨初晴客獨遊戰壘幾朝餘石骨河聲萬里過城頭鶴飛定下誰家苑燕返難尋舊日樓只有雲龍好山色蕭蕭草樹又深秋

當塗縣

一帶姑溪繞郭流碧花紅樹凛生秋兩朝戰績存前史六代軍聲重上游我亦夌山思買宅誰能玩月更登樓蒼然片石横江上賸有漁人泊釣舟

獨步淨業湖

風吹隄柳綠斜斜淨業湖波亂似麻京國清明初斷雪故園三月已飛花靑帘易買三升酒白乳空思七碗茶日暮一行飛雁落知渠會否過吾家

東顧孝廉　又

前宵白雨昨清風爍石炎威轉眼空萬竅商聲先蟋蟀一年落葉又梧桐花開涼夜香偏久吟入秋來句易工爲報湖頭二三子好修遊屐理詩筒

山村小步

如此春光不自持寬鞵短策步來遲得時花柳有矜色入畫雲山無定姿佳節放閒村學散豐年預兆老農知日斜碧水橋頭坐何處餳簫向客吹

盆梅

數枝也復影橫斜惹得羈人鄉夢賒拋卻西溪千樹雪瓦盆三尺看梅花

出京留別

六年燕市聚遊蹤酒席歌場處處同一夕西風人去遠便從天上望諸公

對月

桂花庭院晚風輕簾捲西窗看月生只費一鉤縣樹杪已教秋思滿江城

紅花埠題壁

六年京國夢江城此是江南第一程爲算還家多少事昨宵枕上聽三更

山塘閒步

疎狂猶記少年時幾處歌場鬬雪詩今日舊游零落盡酒痕

只有故衫知

似此風光絕可憐相攜朋好踏春烟怪他楊柳舒青眼只向

長街看少年

春日郊行

晴湖淼淼柳依依麥隴靑靑草色肥潑剌一聲魚跳水帖波

幾陣野鳧飛

十里修隄曲更斜一叢綠樹幾人家東風作意催春色未落

梅花發杏花

森森松柏綠陰成挐榼相逢上冢行夢寐西湖遲爽飯年年

時節負清明

一抹荆山屋外青白鵝黃鴨滿前汀新楊拂帽花攲路我亦將身入畫屏

盧文弨字召弓號磯漁又號檠齋仁和人餘姚籍存心子乾隆壬申第一甲第三名進士歷官侍講學士有磯漁詩稿

盧氏先世居餘姚後遷于杭老屋在批驗所前所謂數間草堂者也學士襲其家學又受業于外舅桑弢甫先生所業日進先以馬姓由祖籍援例入國學中戊午順天鄉試授中書後始復本姓洎入翰林儤直上書房兩充會試同考一典粤東試視學湖南以條奏學政事宜降調六品遂乞養歸歷主鍾山崇文紫陽晉陽婁東龍城講席生平博究經史尤精校勘凡古書音義譌舛偏旁脫誤無不一一鉤摘參訂務斷至當而後已自少至老無一日之閒所校書多至數萬卷嘗擇其尤要者如經典釋文孟子音義逸周書賈誼新書春秋繁露方言白虎通西京襍記蔡邕獨斷等書版行之其不能盡付剞劂者又錄其校語爲羣書拾補其他著述尚有鍾山札記龍城札記儀禮注疏詳校抱經堂文集各書晚年品望愈隆從游日衆學者因所栫之堂稱抱經先生

卒年七十九學士有張遷碑拓手甚工秦澗泉大士夔而乞之不與一日乘學士外出入書舍攫取以去學士歸知之追至其室仍奪還未半月秦暴亡學士往奠畢袖中出此碑哭曰早知君將永訣我當時何苦如此吝邪今耿耿于心特來補過取帖向靈前焚之眞不讓延陵挂劍之風也學士有僕人趙姓者能熟誦杜詩灑埽之餘手書不輟學士字以肖生蓋析其姓之半而言其肖已之耽讀也疾作作病馬詩云不戀三升棧豆待施一箇微帷十載受恩空負千金買骨有誰見宋小茗咸熙耐冷譚惟未詳何郡人附識于此

壑庵

犬意怪客過見我吠不止青石甃渟泖泌水殊可喜山僧自午飯覺已忘我爾徑冷生苔花風微委松子樹陰逗新涼山雨又將起墨雲南峯來添作一池水

東園晚步

人家活水環曲徑疎樹夾童戲隱豆棚螢飛上蒲篷比屋機杼響滿畦菜秧插過籬防吠犬開欄喚歸鴨青烟出林深白

酒就爐呷郭外數峯遙路口一燈恰樂此晚興饒汀鷗許我狎

酬張丈東扶暘讀金石錄見貽之作

湯盤禹鼎古有器今其在者衹文字世閒何物最堅牢金石猶然遭失墜固知古人絕夔名亦望後人能好事幾番風雨逃劫灰年經月緯分部次誰云歐九欠讀書集古足以徵傳記後來更得趙湖州復喜閩中有同志芸籤縹帶二千軸手自摩抄誇博識北狩空悲易水寒易安詩南來尚覺吳江冷北狩應悲易水寒恤緯遺嫠獨憔悴零星故紙重天球一想前塵一垂淚在處若有神物護傳寫人閒矜枕祕雅雨山人夙嗜古爲屬校讎辨同異易安晚節負奇冤奮筆平反頗快意來詩亦復相印可名教千秋敦氣誼更有左證君知否慷慨詩篇投遠使嫠家

父祖並高名信息鄉關重誣諉是時紹興歲在丑年五十三何所冀紹興癸丑韓肖胄胡松年使金易安送之以詩云嫠家父祖並高名又云只乞鄉關新信息時年五十三稱嫠則嫁明矣不事當日久自分明巧鱵何人空作僞可憐杞婦痛摧城翻比談娘歌蹋地堅城自墮憐杞婦之悲深易安祭夫文也僞作上綦學士啟中有云局地扣天敢效談娘之善訴雲烟已分霎時空鱗爪猶爲來者企文章要自以人重冒使無端蒙謗議書尾丁寧復垂戒早識吾儕有同嗜見彈求鴞未足嗤案圖索駿那可致插架新添三十卷已覺暴富亘不啻異寶于今落誰手君若得之煩見示

贈盧茗園　修其

寂寂揚雄宅唯君數往還交憐同臭味貧有好容顏疑義常從析新詩更許刪悶來誰慰藉眞意最相關

重游泮宮詩

雍正壬子余年十六應童子試受知於安溪李立侯學使列仁和學博士弟子員今枝幹重逢開正齋祓敬造學宮周覽舊迹同人咸有詩見贈余於聲律廢閣久矣誠故我之難忘矧華子之多忝勉爲屬草匪可云酬

苦語東鄉未慣經也當暑夜市門停那堪白鳥攢通體焉得青蚨坐廣庭累我老親常護視勖予小子百丁寧一爲追溯當年事撫景淒然淚眼熒（艾千子會備言小試之苦余雖再試弋獲亦少嘗其味矣　朱文藻按當時縣試几席皆用錢賃錢多者擇縣堂寬廠處高坐錢少者則僻處于兩廊室皆黑暗聚蚊之地故有白鳥青蚨之句）

余名阮字偶相同義取荀瑩命我公去越苦爲尋范蠡棄繻難更認終童乍因著籍窺周鼓聊復依文辨楚弓不爲困貧寧有此幸邀寬法　聖恩隆（余庠名嗣宗祖書倉府君初欲以余後大宗故以此命名紹弓

余舊字新名乃依傍舊字爲之引見中書日誤奏履歷蒙恩仍許供職朱文藻按先生先以餘姚籍馬姓援例八國子監中式順天鄉試舉人引見日仍奏盧姓仁和籍遂因復本姓云

年時同輩早飛騰貴盛偏嗟壽不登（謂姚大宗伯諸公）獨以勞生疲道路空懷燕語對親朋晚猶爲吏聞陳寔（陳半江淞癸卯歲尚爲正定郡司馬會一通書人泮時年十二庠名淵）里有談經憶戴憑（謂戴深其源府學案首聞其尚在末由見之）作計歸尋釣游處與來還可策青藤生小袁閎僅一年輪他先著祖生鞭（袁簡齋先于丙午重游泮宮）頗聞綳藻多新製（賦贈甚多）復枉珠璣落彩牋嘉貺勝如丹鼎藥後期還擬鹿鳴筵（文昭與簡齋鄉舉皆戊午同人咸以重赴相期望）欣逢壽寓宏開日饒有霓裳舊詠仙（浙江袁與藍應桂成城顧光陳兆瑜及文昭皆戊午同年也）

周天度字讓谷一字西隩號心羅錢唐人經邦子乾隆庚午解元壬申進士歷官河南許州知州有十誦齋集四卷

心羅家下塘西少丁窮困飢鮮半菽寒惟一氈年十六始讀四子書畢父理齋先生遠館歸絶不一問里中有中也養不中之誚心羅聞而恥之乃入會城從陳句山太僕游太僕禁諸少年毋泛覽一日案頭文選失所在索之急羣指心羅太僕恚甚罵曰吾不令若曹業此者時未至耳今拈一題試若若即能效其體將遂恣爾意題爲齊景公待孔子二章心羅立成二藝文采爛然太僕讀之驚歎稍長爲句讀師博訂豪吟與松里諸子相角逐嘗北出居庸抵宣府並塞求金元遺蹟一日雪霽偕友人聯騎登張家口之講市臺明王襄毅諸公款奄且處也寒風動地大漠同縞慨然賦詩四章而退好事者至寫朔雪圖以傳之初宰齊陽調清苑內遷主事再出爲州牧未幾遽卒府志入文苑傳

按心羅母姚氏善詩見陳太僕集注

立春日大雪有雷電次日大雪雷電越十日又大雪尺餘奇寒紀事一首

惟王首載春歲行攝提格青籥啟蟄房萬物未甲坼長街競腰鼓臨望紀元夕土牛送滕六忽與謝仙追同雲冪四維急羽飛六翮乍如珠跳瓦俄看遥曳帛陽冰鼓陰火般勤頓旁

魄蘇蘇或遂泥索索更來虢嚴風吹槮枝照曜雀餳白旅人歎龜手重纊齒餘齘吾聞古洪都方輿稱水澤其地瀕江湖其俗便絺綌長虞炎精熾無慮元冥赫何渠積淹旬黍律驕不易踆烏蹲寒號顧兔伏蛸磔得無載籍誕或者司歷失昨宵氣加凜飛糝又騷驛夜漏咽會冰曉色射窗隙龍戰譬百萬鶴語動尋尺上天豈無意史氏慎取索竹歌哀黃臺鵝池拉蔡柵況今蓬婆外壯士猶負戟誰歟薛孤延敢告莊青翟紀異咄咄詞放管落棗核

彌陀寺銅佛歌

宣城東北隅去府治二里許彌陀寺在焉梵宇巋然埴碱崇麗攷之地志不載何時所創大抵金元故跡也階下植立數豐碑是宣德十年重修時立文爲楊士奇金

幼孜篹並有扈蹕巡邊同寓茲寺云云亦不詳其所自始碑于紀元之處不知何故悉皆剷滅存者彷彿可覩爾寺之後殿有銅佛一軀髹塗佛二軀皆長二丈餘足趺有識橫列曰正德十四年造蓋正武皇盤游時也己未四月望前五日偶過其處感荒刹之傾穨覩慈容之摧剝無端悵觸浩謌而歸

上谷城東彌陀寺琳宮巇嵲何朝置新史荒蕪舊史湮重修碑泐宣皇字入門空首禮空王芬陀利花貝葉裝寂寥師子座黯淡滿月光香燈法雨何蒼涼吾聞西天象敎徠西極應眞入夢黃金色由來我相本非相誤與羣生酬福德牢牢千載護持力始猶擘紙碁絹寫作圖漸已捧土揭木驚愚夫旃檀易朽繡易脃乃致范金斵石垂形橅卽如此像創自正德

十四載鐘簴移來貌不改髻頭螺子含遠青額開卍字凝朝釆想當初鑄日猶及金甌全大慶法王（武宗自號）隆法筵更有國王夫人九娟妍（劉良女武宗幸寺或有賜予必書鎮國公同夫人劉氏）神策諸軍宏願力傾城士女紛喧闐屏翳熾炭洪鑪然鑄成幡花供養爲因緣奕奕長明燈倏忽石火滅我來摩抄三歎吁相逢不異恆河劫噫於乎佛爾何不向雪山頭黃蘆穿膝趺兩眸不然但入舍衛國瓶衲相隨行乞食胡爲一身墮落塵土閱窮年兀兀如等閒酸風射目烟撩鼻興亡飽閱淒心顏莫倚金剛堪不朽從前未落貪夫手君不見秦時翁仲久銷沈漢代蜚廉亦何有欲往尋僧證苦空掉頭不荅雙耳聾拂衣背手出門去半規月上蓮幢東

題吳東壁先生梅屋勘經圖

漢儒說經數馬鄭鏗鏗三經如靳駿誰與繼之賈與孔榛蕪
翦闢窮幽探流傳派別盛南宋衛黃一出羣言弇輓近俗尚
王氏學聖籍庋置供魚蟫章逢衮衮四百載釣名空腹辭囉
喃常時器數昧講習乍臨賓祭顏赬恧先生世之經大師年
始服政抽朝簪生平談禮有癖嗜至味不異米汁耽方其精
思別同異堅壘何足當戈鋋箸書滿家不療貧緇塵華髮空
髟髟五千月俸給芻賃自餘未可醉二三長安少年習新詭
古義詎肎尋周聃先生之貧固其宜請更捫舌無多談撰杖
曷不歸去來西溪西有梅花莽湖州名酒旨且甘遠挈花夢
同清酣醒來晴窗負暄坐研硃點墨書眠蠶弟子汪萬久入
室橐籥日鼓春風函先生歸哉僕請從相期問字香之南

題閑關頌酒圖

我性不好游昔年滄海今幽州我性本好酒昔常茗艼今常否八年三十劇老蒼事事白衣換蒼狗昔年頗薄兩晉人謂有此輩徒紛綸近知渠亦大解事眼前寄託非其眞手把一鉏出門去除是酒民無可語不然仰屋但著書大人先生更誰許吁嗟乎披子圖攖我心爲子吟男兒安得千黃金故鄉倘有種秫讀書處子亦入山恐不深

楓香驛題辭

江驛近江城陰陰夏木清四山渾雨氣一路足溪聲攤飯安長簟微吟對短檠勞人最多感飄泊若爲情

送陳長卿之官建德丞

送子難爲別輕舟倦客蹤畫簾江上雨斜月隔城鐘但祝吟身健無愁酒力慵黃䌷高擁處行入翠微重

禮金地藏墖用王文成宿化城寺韻

帝網高懸法界中萬峯插笏盡來同仙人自葬玲瓏骨龍女常依縹緲宮金刹燈搖華藏月石田香護貝多風朵眞莫問來時路回首從敎百慮空

送陳桂汀表兄楚游卽用齊次風太史元韻

烟水迢迢鬻子城郎當風鐸送君行莫借宋玉窺臣里偶借蕭公作騎兵官閣攤書淸晝夢閒宵聽雨對牀聲來朝我亦揚鞭去紫塞前頭一雁橫

題陳長卿客燕圖

梁園客舍暫相依回首烏衣事半非京國飄零人易老海天憔悴夢應稀畫堂微雨深深見翠幙輕寒翦翦飛可惜銜泥舊時侶西風社日不同歸

上谷襍詩 錄二

清遠樓高挹翠尖萬家列屋覆華檐重城不礙青山入一到春來盡捲簾

白楊獵獵起悲風玉几金牀往事空月落鼯啼山鬼出野燒紅照谷王宮

沈清任字萊友一字莘田號澹園又號疥憨仁和人乾隆王申進士歷官四川川東道

澹園在儀曹時以精勤稱出爲兼湖道因遊黃山致縱要犯落職旋起爲蜀郡丞從軍敘功擢官觀察復以事罷去歸里後日以詩畫爲業九工畫梅易簀前猶搦管作疎枝老幹也書法亦具工力蜀中人九稱之李賓夫若虛懷舊詩云屢掇科名屢罷官門庭收得盡單寒于今歸作湖山主百尺珊瑚拂釣竿指澹園也弟清藻乙未探花早歿

十一月三日重過娘子嶺

一綫人如蟻千屯米似麻長官常作客山店竟成家啼鳥喧林靜尖風落日斜者番娘子嶺何處隱清笳
木葉脫將盡殘秋又早冬三年思遠戍四馬立危峯老衲清茶供澄溪玉粒春明春兵事息民氣定從容

陸赤南以劒囊詩草見示奉酬贈什元韻

絲桐一卷徧春溫抗手筵前酒滿尊古調誰彈廣陵散微吟猶傍孟嘗門乍窺文豹斑先見欲覓羚羊跡豈存若問江東舊詞客巴山夜雨爲君論

送響泉歸里

十畝西泠亦有家老松修竹間梅花苦飢祇自羞方朔獻策憑誰問左車荒壠九年拋鶴鹿（家阡在半山鶴鹿峯）病軀萬里夢蒹葭秋風憶殺蓴鱸味濯錦江頭八月槎

書李對山松窗錄詩集後

眞賞從來得未曾味濃于酒淡于僧飄蕭圖畫看千幅歷落知交聚一燈兒女心情偏綺麗丈夫志氣儘崚嶒何時泚筆同陶寫欲問青蓮笑不譍

黃大齡字與三號春雨錢唐人乾隆壬申進士官江蘇泰興知縣有春雨詩鈔

是年二月鄉試八月會試春雨與龔嘯父同皆春秋聯捷

春江吟

青青枝上蟲始自田間來何時傳兩翅輕舉能徘徊俯視謝儔侶與爾隔塵埃升高詎爲福弱質禍所胎淸風方見借黃雀已相猜吁嗟扶搖樂未必勝蒿萊

春雲軟于緜隨風自斜橫長繩繫白日響荅空中箏低昂各

有節宮徵不可名謂此爲天籟中有比竹聲謂此爲人籟昭
琴孰虧成天然兩無著息彼莊惠爭

龔同字肖夫號嘯父仁和人乾隆壬申進士官兵部主事刑部郎中府志

同人步沭陽郊外有懷載夫兼寄暢鶴鴛山青原

花栖年年鬬舞腰尋芳何事枉相招少陵客況詩千首彭澤生涯酒一瓢天外鵁鶄書未得春來鶯燕語偏嬌無端惹起離人恨夢繞湖山十二橋

邀同人集與古齋詠畫枯得沈石田長江孤棹圖

片帆吹去復吹還萬頃波涵窈渺間曾記扁舟橫北固爛銀堆裏看金山

詠史

新豐雞犬樂平生免向宮中擁篲迎垂老祇應憐仲子不教翁作一杯羹

漢室申盟帶礪新販繒屠狗盡功臣誰憐誑楚捐軀者十八人中第一人

寂寞元亭載酒車秋風秋雨泣童烏宦情未豔朱丹轂何事重爲莽大夫

查義字如岡一字堯卿號選佛海寧監生考授主簿有選佛詩鈔區農詩文稿未詳何年考授以所交皆乾隆初人故附編于乾隆初年科目後

堯卿績學數奇試輒被放北遊京師爲宛平同族查儉堂禮所重館之數十年時杭堇浦汪槐塘萬循初諸先生皆與儉堂游堯卿接席聯鑣輒上下其議論以是學業益高然卒不遇區農稿久佚其存者惟龍尾山樵殘稿耳書法逼眞鍾王畫蘭亦奕奕有神韻嘗輯國朝詩因一百卷尚存

循初及次功弟出示陶然亭賞雪詩和作

昨飲玉山亭京師旗亭名盡一石飛落金臺雪三尺平地先馳歷鹿車巉巖更蠟登臨屐詰朝載酒城南亭城南亭子如建瓴小坐但生虛室白放眼已失西山青此景我非目覩見傳來詩句泠然善諸君吟力退寒威日暮不持寸鐵戰我作和詩如同遊平生道路常悠悠西風雨雪藍關外獨上燒丹老子樓

沈畹叔侍御視漕濟寧重建杜工部祠堂

遙遙風騷誰萬古草堂先生不祧祖四海八荒俎豆之況是先生舊遊所天寶初載承平日鯉庭趨對來東魯睥睨曾上嶽雲樓乘興亦作南池游南池水木最明瑟對景泠然發清謳同游許主簿祠以許主簿同祀知復非凡流詩句崢嶸在人口誰令遺蹟成荒邱繡衣使者適莅此公餘重與斬荆杞百夫邪許不日成三間突兀淩烟水使君文雅宗刺手抉鳳髓精誠

曠代自相感那論齊楚地隔三千里祠成再拜羞明粢雲中髣髴揚靈旗草堂先生原不死草堂之文今在茲六丁取不盡金薤振餘采散作風霆聚作星夜夜騰光射青海

題薦汀叔嘉祐石經攷後

石經興替約有七遠溯孝靈近光堯從前志錄亦略備攷據獨疎嘉祐朝嘉祐石經世罕見厥咎往往歸金遼亦疑宋末石尚存淪亡或在元明交豈知 昭代乃復出神物不逐雲烟消二體點畫各驚絕髣髴藺紙蟠螭蛟周官古本得重覯一字直逾千璚瑤大又字法具深義肎炫奇字如奏重閒包予叔嗜古近無比搜剔辨晰窮牛毛創始歲月推慶歷書丹姓氏隨舉標始知仁廟重儒術西清東觀何足豪正史紀載多闕略羣言聚訟徒紛呶此編豈特志金石史書未備咸并

包為功圖籍眞不細未待剞劂先手鈔奚翅祕典忽創獲浣手披頌忘昏朝

方于魯墨馬歌

望風騕褭驕嘶急肉騣隱隱珠汗溼擣成定需十萬杵五花徧灑金壺汁吾聞韋偃畫馬若有神飲齕意態皆逼眞此乃不待好東絹欻見東壁騁騏驎艮工惆悵多奇思款識細書壬午字爾時邊鄙尚敉寧監牧從容馴上駟肖形猶動伯樂顧逸足堪收戰場利越今百又七十年森森龍性尚矯然裹以豹囊什襲久時有光芒燭星斗晁叔用墨詩有電光燭天星斗昏之句

無米和杭堇浦先生作

茅屋烟消隔宿炊舉家袖手日高時詩裁泌水飢云樂帖寫平原拙可知漫對勞薪憐巧婦笑將畫餅賺嬌兒禹糧滿地

青陰好共話提筐采擷宜

誰從煑字覓奇方那不關心及雨暘時望雨甚切古道無交空杵臼終年難接是青黃每因負荷輕千里媿向侏儒競一囊何日瀵田農事遂豚蹄盂酒祝豐穰

瓶菊

曉添一掬寒泉水夜鼓三湘古石牀泉冷琴清花未謝朝朝喚作小重陽

國朝杭郡詩輯卷十九終　錢塘吳慶坻校字

國朝杭郡詩輯

卷二十 卷二十一 卷二十二

第八册

國朝杭郡詩輯卷二十目 雍正乾隆間人約畧爲次

趙昱 趙信 汪沆 唐樞 王曾永

王曾祥 符之恒 金涫 金顧裴 王德溥

華嵒 黃琛 吳嗣廣

凡十三人

國朝杭郡詩輯卷二十　錢唐吳顥原本孫振棫重編

趙昱原名殿昂字功千號谷林仁和貢生乾隆丙辰薦試博學鴻詞有愛日堂集

谷林父東白先生學為經師母朱氏為山陰襄敏公曾孫祁忠敏公外孫是以幼稟庭聞內行醇至徵車報罷當事將處以三禮書局睠懷寢門拂衣而歸生平多義行山陰金小郯詩人也窮老無子將之楚谷林遇之江上日八十老人盛暑為二千里之行非情也固留之止其家半年而病醫之藥之死則殮之呼其從子而歸其柩以葬之晚年為人所負家事稍落顧怡然不以挂胸也嘗與張奕先東亭沈嘉轍个庭金志章江聲陳撰楞山陳芝光蔚九符曾藥林厲鶚樊榭施安竹田張傳繼青弟信意林有小山堂倡酬集又與个庭蔚九藥林樊榭意林及吳焯尺鳧為南宋襍事詩行世家有春草園池館之勝甲于一郡小山堂藏書數萬卷山陰祁氏澹生堂所儲太半歸之聞他人有秘本精鈔則神飛色動必多方致之乃已故儲藏之富校勘之勤與同時繡谷亭相匹乃俯仰未及百年而緗縹秘弆化若雲烟可慨也已府志入文苑傳

慧日峯訪亦諳上人不值留題二首

夕亭轉蕭澹竹外罨微明漸見玉盤上遠自孤桐生水色侵
露氣結此人境清永坐有餘思暉暉弄前楹
空外生清機偶契入禪境微風過藹香廓然纖慮淨夜涼蟬
一聲林響落餘聽但惜賞音稀寥寥誰與證

甲辰上元前二日讌集南華堂用少陵雨過蘇端韻

簡鄭進士瀛洲

春陰散池角晨起招夙好試燈風景佳巾車煩過早扣扉同
啄木荒徑慚未埽逢迎語笑溫雙屐躡應倒清話闞茶角炊
菰復煑棗小雨梅簷過林寒香意抱壘韻拓長箋佳辰風草
草登壇孰雄長推轂有鄭老角逐來數子森森壁壘保余也
媿曹滕退舍奚復道

意林于園中修葺隱几山樓更起一層江湖諸山歷

歷在目賦詩寄示不勝故園之念和韻荅之

結念春草園吟共二林屋夢繞清華境親會布水木旅食故鄉心湖山常滿目家弟日盤桓一編風雨讀爲報岌嶪樓枝梧防傾撲（昌黎詩杇机懼傾撲）西偏倚一層危出竹間綠望望江湖山翠浮麟鹿逐臨虛藻井連檐梠聚如束平烟下杳然百尺寄高躅仙人夙好同意像超凡俗遙岑撫隱几橫檻臥籧曲（來語）以（樓有檻可置簟臥游）感懷倦翮微遂息故巢欲左右圖史陳畦町蔬果足明年春水生歸櫂布帆幅會當重與子對牀訴幽獨登高尋舊約老眼快新矚

吳大敦復游京師重得先公所藏宋刻丁卯集題詩索和賦正

故人繡谷翁素業今有後插架饒萬卷郎君能寶受昨歲賦

北征目擊心慘愀一編手澤新故物爲吾取歸來屬流詠父
客若某某遺書重丁卯感逝在癸丑雲烟洶過眼聚散無乃
偶身沈名自飛家禪學業久太息予索居賤老邱樊守五載
京國游蹭蹬風塵走還將舊雨尋室是人琴否瓶花坐空齋
老藤延几觴憶翁耽典籍雯護等瓊玖往往許假鈔校十得
其九叢書精審過運管勘不苟頗繡谷主人藏書悉手校精本矜惜不輕借人獨許予鈔
予所藏多繡谷亭本予偶得善冊先生見之亦必取以勘定書跋于上檢閱故人遺墨對之增感嗟哉衣食
謀勿爲飢寒詬吾亦示兒曹制矩緬良友誡以蒲公言三復
眞不朽蒲傳正誡子弟日寒可無衣飢可無食至于書不可一日失

苦寒

上章涒灘歲月正縮其和隆寒閟元陰布始望無頗臘去春
已交肩㚖威棱訶靈臺善推測驗應無差訛僉云今年甚徵

訊黃髮皤羲轡卻三卯士囊颷六多大地騁怒虩長空呺嗚鼉哀哉氣淩兢噫歎聲咤波道路薳猛厲仆殞在頭俄高門與噢隅狐熊不知他予也羇旅人起歎方薦瘥凍指韓子怯齘齒杜陵哦獨坐頻軫粟共飯難掇莎長炕（二字見舊唐書高麗傳）鍊石炭窟室轉蝸螺越絮延燠熅齊紈退緫紽緐簾時一揭絕似寒門過如蜎輒跧跼如牛或寢吪如兎臥罝罟如鳥縛媒囮弊褻厖茸擁如腫背橐駞退筆漫滮書如細尾篆科又如傖寄巢傴僂一鳥窠又如師面壁寂定一達摩體僵袁安室氣蒸焦先窩陰凝乾雪積老樹堆璨瑳鬖髿屑冰白羣山明嵯峨瓊箸排瓻甋縞帶膠輪軻凌牀如陸行腹堅曳澤河枯荄經野燒吹不醒黑鷩（草名見管子）毹幕重覆羃膏脂厚凝鍋夜燭一再跋冷淚乾銅荷深杯或逡巡醉面難爲酡窮薪火屢

傳不灰木已磨背負獻君曝手療不龜瘑寒只窮誇爾老無燕玉何入穴伏冰鼠作繭閉絲蛾向晚愈恇怯暉難挽魯戈春凋晨光出生意惜婆娑東撥候暖律胡能少蹉跎羣物待嘔咐陽回三變禾圖梅數九九唱罷銷寒歌

荅玉几貽研

玉几貽我端溪石云是端州老坑出神功鬼斧琢不成天然一片瓌奇質紅暈綠暈涵精光直如日射虹蜺蒼金刀乍瑩鸜鵒血瓊卮初瀉葡萄漿松風亂灑蓬窗午玉蟾吐水隃麋舞雲氣濡毫筆不罄鼉磯龍尾安足數年來筆墨眞蕭條黃昏敧枕從清朝報君短章不稱意媿無平子英瓊瑤

包家山觀桃花

城南二月春風生招同游侶謀郊行小雨未成林日薄屐攜

兩兩登山輕包家山下桃關裏花發江村縣十里點點燕支

上竹梢樹樹珊瑚生海底更憑絕頂搖雙眸冉冉駐足紅雲

浮湲茵眠藉意無盡蒼荒舊寺風颸颸酒邀花色烘人面後

日飄零愁片片惜花孤思赴春情欲抵千金買歌扇徑隨犖

确轉山腰天開畫幀難渲描幾日沙頭見新漲落花時節生

寒潮野艇如鳧飛影亂層波緩緩烟江半殘陽一角越山青

暖枝扶起春陰散

近得高麗墨二枚分遺繡谷樊榭及敬身來索無以

應請三君用山谷謝錢穆父松扇韻賦詩辱示依韻

酬謝

雞林之墨堅畫紙擣試藥圭審疑似重修政和本草高麗墨貢入中國不知用何物合和不宜入藥海天需伴筆札來紫服羅巾給房子高麗圖經房子使館之給役也

其服文羅頭巾紫衣又善筆札兩丸分遺松聲寒麝香月墮青峭山從今謝
郤李公揮鈔取畧盡相知閒

再用前韻寄敬身幷遺琉球扇以償高麗墨之請

硯光點漆可鏡紙烏玉玦形毋乃似松烟恨不貯三丸餉供
蠻牋寫丁子科斗名丁子見稗雅敬身喜作篆籀幾日舶趠風吹寒摺扇宛轉
來中山珠宮冷氣壓三伏合置君家懷袖閒

臘月望日南華堂賞雪樊榭敬身二君索蜀石經毛
詩殘本廖瑩中刻梓韓集同觀各賦一章以作消寒
之會

朝來雪作同雲天萬玉妃舞裳翩翩南華堂中客繼至際此
冷淡消殘年蜀經韓集出二妙清談雅辨聽蟬連自來紀石
經有七碑洞今祗開成全那知俗本轉繆誤毛詩空使標鄭

箋開成石經毛詩卷首標題有鄭箋而實無康成一字蜀石本卻有箋註小字校明南北雍刻梓其間字句正誤甚多恨不見全經也遺經廣政惜斷爛二南賸止邶風篇調輞恐鞫文義後蜀異淆訛同立肖烏焉更指缺畫避廟諱唐家厚澤深如淵石經于高祖太宗諱皆缺畫唐之澤深矣王深寧嘗言之唐之文章自韓始亦多善本爭流傳唐之古文自韓愈始坡公語也韓集有閣京蜀杭石諸本是刻攷異尊朱子采經證史窮精研世綵堂遺廖氏印古香把翫工雕鐫世間神物不常有往往書冊空垂涎寒山金石重繙討謂在咸陽覽宮前吾於斯語敢盡信急思橅搨豈其然寒山金石林云蜀石經在西安學宮其舛繆如此又聞韓氏有家集親書繭紙如雲烟昔人何幸得靚此浮休亘愬三生緣研北雜志長安安氏舊藏退之家集二卷繭紙正書有退之親自改定字後為張浮休取去予也所寶希世有日夕對之忘飢眠客亟催詩起白戰奪吾幟矣衝中堅

中秋同欒城藥林意林作

好懷明月裏初染桂花香水木竟如洗石臺高始涼平分秋思渺清入夢魂長無限蛩吟意多依草露荒

九日過白雲山房有感

風流耆舊遠盡日掩秋堂野水落寒石亂山低夕陽白雲從過眼黃菊又初霜空有琴書在塵封已半牀

石田翁冷泉亭圖圖爲田居侍御家藏余近得之上有石田自題詩一首繡谷欒城樊榭授衣虛舟敬身意林依韻同賦

飄蕭落墨染晴暉幻出靈機思入微流水縱橫秋影去亂峯點刷白雲飛亭延野趣閒儈住夢破花香過鳥稀我與烟霞已成癖圜瓢結得便忘歸

次韻顧枅欄過蘿軒先生別墅感懷

寒扉雙掩認溪隈汎破秋烟一艇來畫閣空招山影入林風還度水窗開香參金粟靜中味松老白雲深處栽惆悵謝公絲竹遠晚波流響自生哀

購得山陰祁夷度先生文集又吳門王邵棠見遺澹生堂藏書印章予蓄祁氏書僅數十冊年來欲廣收而未能也志感二首

文獻江東舊業傳澹生堂認蠹餘編負慚宅相搜遺集重憶館甥悲昔年（家慈實祁之甥自幼撫育于祁先君嘗假館澹生堂其時祁五先生尚存藏書充五楹之樓望若瑯嬛秘府云）

忠孝成家惟習學兵戈換劫等雲烟黃金散盡貧猶樂何惜初時裝釘錢（昔人慨祁氏藏書散去有不值當年裝釘錢之句）

繆書深印赫蹏光刓角精瑩水玉方四庫標題千帙徧一瓻

爭抵百緡強曠亭舊蹟荒園業（曠亭額王百穀爲夷度使君書予昔年來過亭已傾圮扁棄之屋角亟攜以歸欲於園中構亭仍懸是額以志景仰）遺像清風曲水旁（寓山池上有忠敏公遺像郎公殉節處）誰爲流傳王粲是令人尤念蔡中郎（書多爲梨洲先生所得故云）

趙信字辰垣號意林昱弟仁和監生乾隆丙辰薦試博學鴻詞有秀硯齋吟稾

（意林從兄鐵巖殿最與臨川李穆堂紱同官戶部侍郎意林投以南宋雜事詩穆堂奇其才欲以鴻博薦意林讓之兄谷林而後亦爲通政趙之垣所舉報罷南歸與谷林溫經研賦搜訪秘編一時有二林之目又嘗與梁文莊公倡和有同林倡和集蓋文莊號薌林也嘗獻側理紙于　行在有宮錦之賜因以賜錦名其堂焉所著臨署一編杭堇浦極稱之府志入文苑傳）

食熊掌

三月電流光繁花日漸老池水涵青銅風篁搖翠葆小山春事佳開徑石未埽有客初解裝來自嶺南道山熊蹯一雙遠

致豈云少秋時柔更鮮冬蟄舐亦飽老友轉分腴掀髯喜絕倒謂欒城先生謂余莫輕製其製亦須考聖惠得膳方酸醯䅼淸醥奏刀除厚踠溉釜脫長爪久漬大如球細膾膩似腦正值牡丹時申訂集同好配之惟蓴羹佐之以香稻我輩藜藿腸饕饞性縈繞無故不食珍見美亦難矯醉後爭餘甘煳月出已皎

題陳惟允采菱圖次樊榭韻

采菱復采菱菱香不知數綠葉出波平刺船響於雨佳人重芳鮮三五沿南浦淸歌唱滿湖餘音嫋如縷蕩槳山之陰竟日忘炎苦照影惜朱顏驚飛雙翠羽此中把釣翁時聞更親睹夔住水鄉寬晚峯窺倒樹

夏五雨後同樊榭登隱几山樓望江湖諸山寄谷林

五兄客茸城

高樓雨初歇微風散林滹夕氣生四檐積翠撲雙目杳靄翳湖雲無心自相逐南睇江外峯峯峯立青玉新水流潺湲下視合苔綠昔游跡半逢流光如轉轂言念吳淞間烟波泛晴淥好山各自看歸來話簾燭

雪中樊榭敬身集南華堂觀蜀石經毛詩殘本廖瑩中世綵堂韓集同賦

半生嗜古窮搜羅往往祕冊親摩挲物雖自是聚所好其柰儉腹未讀何良朽蟫斷供饑校青編同勘招客過城東南隅偕二妙視書具眼明差訛璚街急景肯還往談經說史如懸河空堂微霰響竹白喜無他好賡詩哦消寒吟罷出鑒賞竹帛金石光遮那蜀經殘本字清謹二南雅化垂編摩法書蝌

石號雙絕洪評王品誠金科蜀石經毛詩乃張紹文書張延族鐫宋洪文敏王深寧俱有石經證評韓文元本惟六經起衰八代功巍峩廖氏世綵堂開梓古香瘦畫無譏訶一朝把玩兩墨妙寒家稱數樂事多嗚呼人壽能有幾獨傳風雅名不磨蜀國已亡宋社屋徒令觀物生悲歌高齋歸去各分賦苦思莫踏雪滿鞾

漢銅雁足鐙歌爲馬半查賦槃下有篆字銘云竟寧元年護爲內者造銅雁足鐙重四斤十二兩護武嗇夫霸掾廣主右丞賞守令廩護工衣史不禁首山宮內者弟廿五受內者

首山銅錠漢氏遺短檠涵綠光離離槃腹銘篆追秦斯示我不讀口囁喫雁足蹼連無危踦竟寧元紀內者治當年陳列齋清祠古器等量輕重夷斷然不爽銖與錙五鳳鑪式應類玆信哉漢物夫奚疑吾友半查寶鼎彝獲此尤夔形橅奇廣陵風雅酬歌詩招邀亦采葑菲辭我欲乞許俟後期秋堂相

對明書帷金錯斑璘勝九枝馳頭鳳腦殊妍媸曾聞山谷意仿爲鎔錫製巧尺寸宜惜不于今一見之涓[illegible]定惬高人思（山谷欲仿漢銅雁足鐙以錫爲之見山谷與党伯舟書）容與摩挲感盛衰鐙乎鐙乎千古垂渭陵不照徒咨嗟

重過慧日山房和亦諳上人

山腰隱藺若窗外石鏻鏻谷鳥吟初旭巖花弄早春境幽堪避俗雲嬾亦宜人記得曾游歷鴻泥蹟已陳

東堂檢書作

樹老苔深蔓草荒檢書聊復坐東堂疏花亂石空三徑落葉孤琴共一牀吟斷白雲晴又合醉餘黃菊冷猶香知音寂寞還搔首握管躊躇到夕陽

四十生辰自述用五兒四十生日韻

四十無聞老大時罷求名利計年支明廷燕石非眞寶廣樂齊竽亦濫吹強仕未成枯樹賦耋吟曾有小山辭流光漸杳觚棱夢散帶披襟閉戸宜

我生最憂是秋中滿眼清華點綴工殘月尚遲晨露薄新涼欲破早香叢棣花鄂韡昭如雪萱草金英不染風富貴無緣身散漫此心擬與白鷗同

于今將斷羨魚情自覺悠然懷抱清吻類未膏千卷澤頭顱已見二毛生難錮婚嫁塵氛累多悔關山辛苦行（余于京師已六往還矣）卻勝襄陽游興早閒居空笑孟亭名

顥頷容華意懶疎畏人小築樂何如安心不逐追風驥棲迹徒巡負醋壚歲月百年將過半池亭一夕已涼初弟舅相見回回老好詠南陔奉母居

和樊榭秋日病懷韻

西風獵獵晚晴初舊約看山願已虛時復靜居非畏客年來多病爲饑書繞廊散藥孤斟後隱几焚香小睡餘知是先生能學佛語言文字暫消除

汪沆字師李一字西顥號艮園又號槐塘坤子錢唐諸生乾隆丙辰薦試博學鴻詞有槐堂詩文集

槐塘博綜羣籍又受詩法于樊榭文詞淸豔與王曾祥杭世駿符之恆張熷稱松里五子黃西淸琛爲繪松里五子圖嘗分修浙江通志及西湖志大科報罷客天津查氏宇令又聘延修志所爲津門襍事詩一百首即是時作也後溧陽相國欲以經學薦以母老辭旣歸旋客閩中新將軍幕府爲撰福州八旗志後游燕游楚所至皆待以上客顧性伉直有不合輒拂衣去不能稍稍屈意以媚俗也事親孝兄弟未嘗析箸迎養寡姊惠周戚黨前後葬三十餘棺喜獎掖後進士論重之在五子中最稱老壽年至八十一卒晚年自定撰著有湛華軒襍錄小眼齋讀書日札全閩采風錄蒙古氏族畧新安紀程識小錄泉亭瑣事汪氏文獻錄論語集注贍義靑囊

解惑瘧苑諸書府志入文苑傳

五松堂避雨

濛濛東峯雲吹度西峯頂緜延逕不分積翠萬重暝穿橋入名藍一杯薦苦茗俄聞羣樹喧雨腳散修綆不愁角巾墊詎免行縢濘蒼髯五丈夫離立似相請一徑詣其下黛色落衣冷葉密灑難到天漏光微炯戀此未忍去淡日逗前嶺

盤泉石觀水

隔嶺聞潺湲尋聲不知處納踵轉陂陀瞥見湨堆絮羣流爭一壑飛沫竹箭去想見瀑漲時雷硠駭灩澦稍進淺可揭落葉浮黃葵三掬三咽之何必紙囊濾其上石如削其下石如鋸夔之坐須臾挼飲林猿覷

度羅睺嶺步入潭柘寺

幽討阻谽谺入山紆我轂層霄裊脩嶺坱圠不易蹴十步九舉轡馬如鵠首縮安得鏈崆峣奇秀萃一族夷險理難齊萬境有倚伏度嶺地稍曠斷續有茅屋樹密徑難測峯轉途屢複石齒鏗瘦笻藤刺胃巾服平生蓮社人心期上方宿

渡渾河望石景山

盧溝流太駃欲渡愁無梁秋老野潦退量之一尺強車作艜子漾馬作鳧翁翔失喜薊門道翻若雲水鄉舉首眺山麓浮屠接青蒼回飈起天半吹落替戾岡前年下大水巨浪高岑襄至今金閣寺龍象悲荒涼溯源自陰館㶟漯鳴湯湯嚙岸愁墊潏先時貴預防

小吳軒曉望用清遠道士韻

佛屋晨鐘號落月淡天漢高柯滴殘露似聞蒼鼠竄山僧促

我起忍寒事幽翫宿霧隱短堞一髮尚漶漫逶迤射朝曦河流明斷岸遠烟溼不飛幾點帆影亂亦作匹練横山腹亙其半蒼茫彈指生霏微過眼散乃知起滅因浮漚同震且下土未聞道卽景慚染翰兹游冠平生奇絶發三嘆辟彼優曇花一現莫可贊

雙峯閣

秋風戰敗葉蕭屑墮巖罅霜落山轉佳變此雙不借懸厓徑逼仄十步五步下樹頭見僧雛招手笑相迓登登躋傑閣目眩發奇詫但聞大浪喧不辨千渦瀉寒潮盪殘陽破碎光倒射壯觀恣幽情願戀山中駕

泛舟游阿育王山雨中望太白諸峯

四明山水窟三佛寄高躅擬著消瘦衣偏遊期未卜佳我同

調人喚船在蘆洪孤櫱蕩寒烟微雨溼修竹冥濛睋前峯數
朶青可掬蓊然雲忽歸又見太白麓昨宵被酒眠懷抱苦瑟
縮解酲藉名山快若鳥出谷矯首窣堵波瑞光千丈燭持帚
謝塵緣願就諸天宿

甘露寺

昨宵三詔洞今指北固山山勢崱屴若斧劈脚雖未插心則
孱呺然一徑出山麓劣可容足繚而曲前牽後接攣環登漭
瀁長江肆遙矚峯回路轉得寺門佛燈晝闃松陰昏赤烏遺
刹歷千祺蓮花鐵鑊嗟無存老僧面癯衣色壞導我扶笻到
上界多景樓上斜日明沙鳥風帆淨如畫由來京口紛戰爭
至今鼓角帶邊聲射堂喧踏蔟士馬甘露寺前人不行名山
會須屐再蠟卬齒三市衞公墖天風吹袂下山去回首蒼茫

白雲合

姚江待潮

泛船桃花渡卸帆龍泉山山雨江上來吹我衣斑斑此時坐愁絕懷我山中客雙桐蔭一簾倚闌自吹篴或變水滿湖縱艇掠飛梟時憩綠陰下醉聽提葫盧我家小園亦不惡新抽三竿兩竿竹況有枇杷繞屋垂摘來大可充詩腹胡爲彎跧篷底獨自眠芳茗一勺思無緣潮水鹹澀不可煑茶船癡艣硬不得前乳竇峯石齒齒合澗橋水瀰瀰十束香茅吾老矣

雪中查儉堂禮出滄州陳醞會飲得求字

酒經列品逾千種我未遍酺徒冥搜邇來酒國第甲乙南數越州北滄州譬之嵇詞阮旨各有致二者妙理當于象外求直沽地接清風樓鯉魚灣水綠似油紅砂大甕家家筯昨朝

雙鳴遠自五壘城邊寄恰值雪花門外吹漉漉手如癉瘃毛蝟縮霜棱勁折銀貂裘故人與發恣拍浮開尊盎盎春意柔不遠之客周南張北中央劉爲言漉藏剛一紀二十三務無此清而劉（趙瑒熙寧酒課滄州二十二務）杯傳到手不復酉泥飲爭效巢鶴囚醉鄉自昔矜上頓麴部便可營糟邱人生何必萬戸侯釀王亦足傳千秋坐聞枯樹鳴箏颸義和叱馭無停輈仰屋著書非良謀何當移傍瓠河古驛住日夕茗艼臥看青天鷗

素山集里中同康熙甲申生者桐峯摩村躋堂柯山兒及子六人宴于端華堂酒半出順治元年所製銀杯命後甲申所誕哲嗣奉以壽客肇舉齊年之會遠希會昌元豐諸老之高風甚盛事也摩村斐然有作予續賡一章用以紀實

枌榆五老衡宇鄰過從步屧不隔旬惟予粿秕玷後塵柯山
居士齒冠倫一麾出守猶逡巡諸公袞袞佩印紳甘棠之碑
樹嶙峋政成遄歸狎釣綸宰官偶現遨頭身比部心戀鶴髮
親遺榮一疏蘭陔循暇續入社羅衆賓登堂拜母展華茵小
同揖客詞恂恂問年先後齊甲申改席擘出鑿落銀紫芝煌
煌爛若新開 國紀元第一春良工製巧銘詞諄觴行疾若
下阪輪插芳咀甘殽迭陳笑言和懌音叩錞竹溪人物遜此
辰方今 聖治被八埏絪酉行見隸僕臣詠歌太平娛夕晨
山屏水鏡湖之濱箯輿粟杖莫憚頻歲寒令德保松筠嘉會
勿替耄耋臻

題商編修盤樵風涇圖

前年會買山陰櫂萬壑千巖看總好橋名夢筆記江郎寺訪

天花懷賀老耽奇拌欲十旬留梅雨溟濛樹喚鳩此時淋漉那復顧蘭渚柯亭日泛舟清游彈指成陳迹漫說人生幾兩屐箋唐東望暮潮生小築難營一區宅朅來騎馬向燕市雪花十月飄瓊蕊欲出翻愁堀堁泥空憶烏篷盪烟水寶意居士今翰林寓同靜曲常相尋籠鵞采箬有微尚擁鼻燈前動越吟越山如髮樹如薺極目鄉關路迢遞爲倩僧繇老畫師寫將別墅明窗底（圖爲張天飛編修作）竹垞松寮地百弓樵風涇口石帆東尚書遺構依稀在坐看朝南暮北風（編修別業係倪尚書鴻寶舊址）生年滿百亦轉燭枉笑春蠶自裹縛世間得失盡雞蟲當杯且暫聽絲竹況聞林館塵埃少卻惜筍皮蘀未到對圖何異刮金鎞頓使羈人豁懷抱西陵渡口喚箯輿遲爾他時賦遂初酴醿酒釀三千斛乘興能來履道居

雨中過横塘擬訪友不果

之子三旬别尋幽趁短橈雨連山氣白風挾樹聲驕雲重忽經夜溪喧似上潮經過不相見一賦小山招

雪後送周朗庵還山陰即用留别元韻

軟語離堂燭影殘酒痕猶涴舊朝衫飲如坡老剛三爵才似劉公可百函去路雪消秦望嶺到家風卸剡溪帆明年不負東游約岣嶁同探上翠嵓

書曝書亭集後

老去無心典石渠扁舟歸釣小長蘆排籤自笑搬蠹鼠釋褐人憐上竹魚曠世才華追屈宋百年蹤跡半江湖如何史筆高三館栥負蘭臺七上書

重九前三日查儉堂招游陶然亭歸飲沈椒園隱拙

齋分賦

城南水木淨無埃先喜黃花爲我開日下此亭推勝地天邊有客獨登臺晚山青向樹頭出疎雨響從蘆外來凭檻莫嫌寒色重故人還約汎深杯

秋夜懷蘅洲先生

迢迢清漏隔簾遲人定堂空枕獨攲雨響敗廊聞葉脫螢飛高樹覺星移三間苦憶東西屋十首甘輸婢僕詩安得横塘同小隱秋風臥老槿花籬

池上

又看池上柳吹緜曲徑重來一惘然花外倚樓人不見苔痕緣到畫闌前

西溪

無多漁舍夾溪斜小艇沿流不下叉一鳥背人飛過水忽驚吹起白蘋花

唐樞字訪庭錢唐監生輪軒續錄乾隆丙辰薦舉博學鴻詞按詞科掌錄及鶴徵後錄皆無唐樞名附識俟考

遊粤山道院

粤山是處足句留萬壑千峯一望收自昔仙宗憶劉阮至今鐵笛歷春秋上有鐵笛仙松杉葱鬱層樓靜道路回盤石洞幽悟得浮生合行樂此身天地一沙鷗

王曾永字穉歡仁和諸生有寄巢詩草

穉歡爲茨檐兄姓友變因貧遠游蜀中十餘年茨檐嘗寄以詩結句云天涯想亦同蕭索底事言歸竟不歸叉寫結耦圖以寄令原之慕穉歡題寄一律有攜鉏到處情相沿漁弟山兄總比肩之句後歸館三墩喜與田夫野老游偶有所得輒付吟詠

歸自四川喜見茨檐弟

過了皐亭望北關一枝艣進沈塘灣新居不遠欣容膝白髮相看各解顏秉燭且陶村舍酒聯牀爲說蜀都山飢來只恐驅人去可得閒閒十畝閒

別張遇春三十餘年晤于施竹田舊雨齋都不相識依韻荅酬

平生舊好羇人夢乍見驚疑問姓時風格自來存古貌情懷端覺異新知萍蓬身世惟愁緒荏苒年華各鬢絲四海論交零落盡歡場酒地不勝思

王曾祥字麐徵號茨檐仁和諸生有靜便齋集

茨檐食貧力學饘鬻不給手未釋卷又嘗假館繡谷吳氏小山趙氏養素王氏皆藏書家茨檐左右采獲益肆力爲古文詞歲終貧甚其室人趣其假貸于戚友至暮則質衣購硯而歸聞者絕倒性和易而嗜飲時從酒人

游遇要人富兒一不當意輒掉臂去之中年息意榮遇絕迹省門雷翠庭鋐來視浙學聞其名禮意敦迫將以優行貢于鄉一日同人集陸筱飲飛所茨檐適至或舉其事以爲慶茨檐不屑也酒酣則曰今此一官亦不易得得矣桎梏徒自苦豈若詩場酒地與君輩皮皮之爲樂耶皮皮相戲之謂杭人方言也後翠庭作兩王生傳一茨檐一江都王世球也堇浦俯視一世聞茨檐死嘆曰吾浙無王瞿讀書種子斷矣瞿蓋其別字云府志八文苑傳

初夏小飲南軒有懷樊榭南漪

入夏苦塵累蕭散得俄頃愛此花木幽寓目供細領解事地主賢杯酌不待請櫻筍雜豆蔬率爾亦修整維時雨初霽薄暮淡烟影纖月不到地苔色侵衣冷還于古藤隙一見碎光併意寂趣有餘吟苦境便靜高蹤愧顏原合志思張郦幾時息世紛並坐挹清景

送女歸張氏

汝生二十餘朝夕分罔缺終年薄梳洗今始事揃搣衾裯幾日成脂澤乍時設舊繡姊所貽香纓手自結箴管及綫纊汝毋藉補綴茲焉重相授物微情轉切處貧難爲富恃巧不如拙勤身濟有無安意歷曲折既以奉尊章還用調等列古稱婦言容不在矜妍悅宗室雖未敎內則吾恆說汝歸有賢名吾亦慰晚節

自題乞食圖

生事常苦拙安能撚須坐默誦陶公詩乞食奚不可同里三五輩夙昔稱知我分能相饋遺詞不煩忝荷欣然進一觴起更索蔬果念此意氣眞披圖一笑瑳還思失業徒孰救飢渴火如我適所求未便傷轗軻

吳飛池招飲因疾不往

我生嗜飲等渴羌偷鄰不數銅陽狂分曹選格氣如虎樂與大戶爭雄強今春忽患痒疥疾勤禮藥上無精方搔爬晝夜勞指爪痂疕剝落紛單牀入夏陰血轉涇滯兩足重腿須扶將怯寒時復護項背伏積幸未侵膏肓誰與侵曉款竹戶拉我竟日追歡場乍聞意色亦飛動強起直立旋顛僵劇知高館豐食典藏魚幽菽兼雲鴿談詩施竹田符南竹稱絕妙善謔況洽潘秋田與張曙雲年來所事多蹇剝舉步罔敢踰尋常頗膺先士論運命稚紛不擬饕官倉盤飧尊酒事纖細亦有定分緣彼蒼強取快意重委頓未若兀兀安枯腸垣衣四面靄深綠笙典數卷饒古香烟雲入夕各散漫飲徒與我同蒼涼芳茗一盞清病思坐看明月回修廊

甌亭欲合城內外詩社大會湖上詩以請期

杭社舊屬詩之會此語聞自牟陵陽于今壇墠益紛錯鳳山
松里南湖傍犄我北墅邾莒等敢與吳楚爭雄強聞君有意
事九合氣頗騰躍情飛揚譬彼怯夫常苦畏日習金鼓膽亦
張又如朽鐵艱一割時加淬厲還生光卽今湖山逼秋暮風
物正復憐蒼涼芙蓉兩岸接朝日楓葉一色凌清霜我老無
力興未已目所能及神相羊壘場聊爾志投報筆陣豈必競
短長坐待艮日奉舊約追逐公等同翱翔

河塍懷徐孝先先生

素冠終不易老淚死猶含友似王修竹心惟鄭所南浩歌聲
激烈縱飲日沈酣未負梅花約幽居時一探幽居其河渚舊宅名

施竹田移居

卜宅城西路來過逼歲除故人多送酒長物只擔書好補門

前栜仍畱屋後蔬近湖魚蟹便將母足閒居

集繡谷亭送陳對漚之揚州

酌酒古藤下離顔惜故人野程依樹遠暝色赴愁新往事餘長恨君時悼亡清詞寄治春淮南多舊雨能慰冷吟身

懷吳西林

平生慕高隱眼底秪吳君詩思寒潭水榮名遠岫雲全天寧藉酒餘習但論文一曲伐檀引何時許共聞君近譜伐檀詩入琴曲

寄家兄

緘詩千里說歸歟又復蹉跎六載餘門戶獨支貧過昔皃郎漸長意非初同盤竊慕楊延壽推業終輸何幼璵檢點目前無限事臨風淚盡數行書

讀書篁菴襍感四首

一區花木占清寒暫寄閒身亦自寬豈有三車呈寶地漫將六鑿證蒲團客來苔石聯分坐雨過烟巒得靜看卻笑年來遷次好又從禪老學安單

閒看春事幾暄妍便有幽懷感昔年好友無多雲易散前塵似夢月空圓花鈿陌上曾同拾石鼎吟邊記共聯如此家江如此景幾回清醒負觥船

平生求點共相將忍使分攜十載強書去須憂沈遠道人來還說窘歸裝關心舊燕雙巢屋刺眼新篁綠過牆陲偃單牀成好夢水雲寬處話耕桑

青壇媿爾戀癯儒坐閱浮雲幾卷舒壯志可能酬一蹴苦心空是惜三餘頻期好客能攜酒不怪清時少薦書臺省諸公看袞袞卻容何地著迂疏

堇浦書問近況卽次其閒居詩韻荅之

借得三椽水北廬上鄉秋黍見與與他時兒子慙王霸此日雲山屬魏疎野老無妨分社酒先生祇合授村書小文不信君傾倒問字何人過隱居

符之愜字塈幾號南竹仁和廩生有秋聲館吟稾

南竹通敏善誦爲樊榭著錄弟子年十五從游城東臯園得寒烟棲木末活水齧城根之句長老莫不稱歎日課四部書外凡奇觚怪牒手自寫勘夜分不止文不多作詞意簡遠有魏晉風詩尤峭逸棄俗如唾清思窈冥在松里五子中齒最少而名相亞疷羸成疾卒年才三十五

洗心亭

空亭臨止水雲色晚來定熱惱已埽除願從鸋宿證樵歌遠岸聞鐘韻虛谷應竹裏山禽啼似爲幽人聽

溪上集

溪聲繞僧房僧房在溪上我來沿春流偶憩聽溪響寒蒲淨逾芬輕鯈閒更往相賞竹石間坐啚春盎盎爲寫梅花愁涓涓月微晃

自佛日淨慧寺沿溪行二三里尋龍藏泉抵暮而返

山游欣晝長到寺日未落焚香乍謁佛境寂興已躍溪流響春山骨立露石腳尋源小沿洄冷趣蕩神魄衣香染松花土淨長筍箨徑轉峯愈奇勢作龍踞壑象形鑄造化巧借鬼斧鑿昂昂見頭角凜栗不敢摸泉沫飄回風如歎出齒齶晚逼寒瘁瘁林虛烟漠漠歸路迷行雲俯身揖黃鶴願放三日晴明朝試芒屩

雪霽望湖上

小樓望遠淩虛空朝暮看山幻不同連朝雪壓瓦溝冷閉置

絕類寒號蟲眼明惜此天宇潔日射高檐響餘滴推窗面面對湖山貢我三峯兩峯雪近峯飛光金鱗鱗遠峯帶寒無點塵峯峯玉立正清絕白蓮花開冒古春須臾白雲蓊欲歸荒荒殘日冷無暉山腰靉靆忽如炊不辨雲雪隨空飛我見雪峯不可圖更愛雲氣來縈紆吟髭撚斷難著語時見哀雁斜空書主人平生鷗鷺侶閒心欣與清景遇紙窗枯坐一燈紅自對黃梅琢新句

十二月十二日潘二（啓賢）唐大（樞）王二（曾祥）汪五（沆）

張大熷集孤山飲梅花下

閉門十日聽幽雨清夢偏繞孤山春朝曦忽上破窗紙火迫結伴來湖濱遥峯幾點黯晴雪刻露寒碧無纖塵暄淒數夕迴異候一番天意風烟新移船就飲古梅下飛香綽約侵衣

巾瓊姿世外映孤格不可貌取通以神對花未敢酬韻語恐貽處士聞而嗔時從竹罅度湖影微波晃漾生魚鱗殘陽暉暉在半樹炊烟已見來城闉天寒月起風正急有酒不醉眞癡人

汪五沆拉余同朱振祖雨中看荷以詩索和因邀振祖共賦

綠雲不動水無波山影初分鳥影過午睡未成人被酒新涼有約雨喧荷開尋古路衣微溼自戀空亭風轉多見說秋來動歸興小長蘆好覓漁蓑振祖時將歸秀水

柴氏別業

雲木幽奇處茅亭一畝寬小橋連野水虛室貯秋寒久住捐塵色全生託釣竿白鷗機已忘笑語共憑闌

秋夜泛湖同周大天度宿鏡水樓

漁燈遠明滅夜色近高城抱被此同宿停杯無限情鷗寒依葦立山靜見烟生便識江湖味扁舟風水聲

金湆字麴農仁和人

麴農居北墅家甚貧幕游燕秦間與顧月田厲樊榭杭堇浦諸老宿相與款洽計其齒似小于月田而覗杭厲為稍長然諸老集中未嘗及之惟王芡檐有輓金丈麴農詩云先生詞賦近鮮匹我得交于遲暮時廿年以長分猶父一日不見心相思陸篠飲北墅三老詩首章云河塍有金丈斷炊不言飢飄零走秦趙骯髒為歌詩可以畧測其梗概近今數十年幾無有能舉其姓名者而其河塍故廬居民至今稱金家弄魏瑤舟彝憲苦心搜爬不能成帙春松侍御附刻于丁鈍丁硯林集後

題王馭陶耕讀圖

十年客長安棲息不為塹冠蓋紛往來襟懷抑何淡得錢輒買書晨夕事讎勘浮榮復何益畫餅那可啖獨惜隴上田蕪

穢抱微憾翩然竟南歸奚啻弛荷擔

朝望越山青暮望越山紫山下有良田吾家世居此出卽秉鉏耰歸而讀書史人爵非不懷先訓具在是我來此卜居遥遥隔江水瞻焉懷故鄉圖以貽孫子

誰能爲此圖華叟洵不俗漠漠幾棱田陰陰數閒屋書以課子孫耕以責奴僕此外無異營均足致成熟我則顧而笑無乃似村塾如何耦而耕負米一人獨

沈烈婦汪夫人輓詩

婦人不幸喪夫子只此兩途而已矣前年隻燕去年來昨日孤鸞今日死死固不易生亦難炎風苦熱朔雪寒一朝引決百可了生者何多死者少忠臣殉義士殉名烈婦之死非以情金石不渝志不變意氣彌重生彌輕君不見上爲紅鹽下

爲滷一杯可使人千古

題浴鷺圖爲王容大作

駱丞七歲能詠鵞後有作者誰復過吾年七十又加七坐對此圖難著筆籠鵞浴鷺自有分因詩作畫更不羣染去無煩黃似酒圖成惟見白于雲一鷺引吭一鷺没隱約全身尾側出一鷺浴罷踏水行餘各整翅若有聲沈浮顧盼極生動莼絲荇帶紛牽縈新羅山人信好手不見新詩能畫否

蔣貞女詩（里有蔣貞女幼字丁右文之子璞山璞山十九而夭貞女誓不他適依父兄以老）

足不踰三徑心難負一人暫依兄嫂住深念舅姑貧絕意除環瑱關情到米薪有時還剪燭竟夕話艱辛

送陳明文

一夕幾回腸西池草又芳離鴻將斷雁各各不成行洮水春

將老邠原路許長天涯兄弟淚相顧欲沾裳

癸亥花朝後一日月田先生招飲屬和早春臥病之作卽事感懷

嬾將白髮㔸紅緜好句拈來不離禪藥裏心情三徑雪梅花消息一溪烟清泉瀹茗留僧話深院移燈對鶴眠七發不須重脫稿天教微疾警衰年

秋懷十二首和秫田弟韻

霜氣平添入硯池一番惆悵雁來時難將落葉哀蟬曲和取陽春白雪詞荒圃蜨飛衰草滿寒塘鳥渡夕陽遲謝家小弟悲秋甚獨把吟毫對菊籬

一臥溪山守敝廬故人消息隔無諸焚來筆硯情非激典到琴書計已疎幾石匏瓜人濩落一車蘭葉鬼軒渠明知誤我

神仙字老向殘編作蠹魚

老樹蕭疎老更殘西風挾雨橫相干鶴矜瘦骨逢秋病翚戀

微吟覺夜寒絕塞功名歸馬稍一鐙心事付魚竿門前便是

羊腸路未許人嗟蜀道難

詩情縹緲出林臯莫怪東坡愛和陶已覺滿頭添素髮肯教

左手負霜螯消磨白日愁難遣寂寞黃花格自高指點人閒

閒富貴十年前已等鴻毛

偶逢客到一班荆薄俗人誰問姓名筆札定煩秦博士文章

寧愛魯諸生鳴琴自荅空山響橫笛閒吹出塞聲惜別十年

勞慰藉自慚華髮一無成

茫茫塵事不堪聽合向空山縛草亭盡日浮雲看變態一簾

秋水寫眞形森歸萬木寒烟白瘦立千峯夜雨靑知否中山

艮醞熟曹騰身世不知醒
三十蹉跎四十過逢秋增慨待如何㑹前歲月堂堂去洞裏
仙人踏踏歌坐覺流塵生野馬愁將昔夢問龍鷟年來大有
傷情處那得詩成好句多
春風十里綵羅裙容易凄迷散馬羣紅樹四邊生海日白蘋
一望隔溪雲愁中對酒應難醉病裏添衣嬾更薰多感候蟲
聲最苦伴人迢遞到宵分
瀟瀟寒雨溼棠梨單枕秋來鎮獨棲病借醫方鈔每誤貧賒
藥物檢難齊三更短夢遲寒雁十里荒村失曙雞添得艮朋
頻問訊卻將蓬徑作桃蹊
蘿葉藤花覆幾重時時僧院到疎鐘蛛憐破網晴還綴蟲惜
殘陽暮自舂遠札一開愁抱豁好書重讀故人逢關心又是

黃花節北舍南鄰擬過從

浦口晴帆不住飛一林斜日照征衣南溟秋老鵬應化北嶺巢寒鶴自歸白壁共傷知己少青雲莫訶故交稀紛紛朱碧看成錯莫便長謠託采薇

隱囊粽几倦還憑百感無端取次增烏桕曉催吳苑客白雲晴寄剡溪僧恩讎未許憑長劍身世何堪話一燈贏得詩成還獨笑不堪吟賞只堪憎

夏日游驪山作

戲烽臺下路三叉獨倚松門日又斜一片閒愁誰管領滿山紅殺射干花

篠飲雨中見過即事口占

雙柑孏復聽啼鶯深掩重門罷送迎怪底君來逢下火一天

寒雨逼清明

金顧棐字爾壽號秫田錢唐諸生有綠桑軒詩鈔

秫田爲北墅詩人與魏農莢檐稱三老前輩論列名流皆重其人而惜其著作之湮沒輶軒續錄載其自序云少時館東城張氏與洪昉思先生家咫尺日夕討論復與石龕漁村唱和時有三金之稱後客走四方所交皆名士歸訂綠桑軒詩鈔年已大耋付子顯以應網羅者云云原集今不可見流傳佳詠則猶時時見之輶軒所錄僅七律一章耳王澹和德溥有題秫田所畫云我識畫師亦無數獨有金丈天機清又云終歲作詩不作畫偶然揮灑烟雲生是秫田不惟工詩且工畫也

九日尋洪昉思先生不值

數竿修竹覆柴關書幌搖風一室閒定是與人同買酒不知何處去登山欄花浥露香偏細檐果經霜色自斑獨立空庭秋脈脈半林斜日暮雅還

閒坐斷橋與友人話

橋上游人屐幾穿水流橋下自年年憑欄喜得春晴日放眼
寧遲雪霽天畫舫泊來聞鐵笛玉驄嘶去見花鈿繁華世事
君知否消歇還如夕照烟

題王馭陶耕讀圖

泗水絃歌遠句龍報賽長人情爭繡壤吾道在青箱照案流
螢聚穿林布穀忙横經兼負耒若箇說相妨
君家名父子允矣鳳將雛高廩屯紅粒芳芸繞碧廚烟霞追
谷口歲月問潛夫道是平生願依稀在此圖
一卷横牛角伊余舊逸民衰遲拋素業奔走汚紅塵破硯成
何事長鑱覺誤人中田有廬否鑿壁願爲鄰

過麴農兄墓

宿草已差差哭兄兄不知傷心紫荊樹刺眼白楊枝有土堪

澆酒無人可說詩池塘春夢好回首憶當時

題王澹和浴鷺圖

籠畔羣鷺尚有無漫將書法示官奴于今卻被新詩賺側翅翻身入畫圖 按華秋岳訪澹和于寶日軒見新作鷺詩愛其翻身穿翠荇側翅拂清波之句因爲作圖

王德溥字容大號澹和錢唐諸生

澹和事親至孝營幽窆十歷寒暑陸筱飲爲畫種松圖以寄哀又嘗割田以奉族祭割宅以居寡姊其師王君助闓其子之師王君芟艤歿後甚貧爲經紀其喪並贍其後人與人交吉凶緩急未嘗以無爲解由是家貲亦日減先是其父釣字馭陶耄年歸里闢養素園以娛老樹石池館之勝甲于里中澹和喜聚書又築寶日軒爲藏弆之所秘冊古槧充牣其中嘗輯北郭詩鈔未成而卒

癸酉歲暮過西馬塍市上見樹根一枚長僅數寸不假雕飾逼肖三足蝦蟇遂傾囊售歸漫成短篇希好事者屬和

千年樹餘盤根化爲蟾可長存入市相逢買得歸摩挲拂拭忘朝昏張頤如虎撐雙目似躍兩足一足蹲背上癖磊長肉芝疑有熒煌之光如吐吞若爾之來從月宮我當守諸中庭覆以盆若爾之變成仙槎我將乘以入河尋其源嗚呼人生幻想無已時何如几案恆相隨不須笑我襪覆黽離奇困蠹非人爲

題讀畫舊廬

好景當窗牖如披圖畫新烟雲驚屢變魚鳥喜長親不負看花屐無忘漉酒巾扁舟門外泊時有賞詩人

茨檐先生移居有作卽和元韻

一任霜毛白到顛風流人盡識癯仙祗期門巷清如水不厭軒窗小似船乞竹欲將餘地補移牀好就醉時眠從兹更謝

閒來往免使苔階損綠錢

曹大荔帷徐六南徐同過養素園

三徑將荒近欲鉏忽聞二妙過吾廬潭雲山雨供詩筆庭樹檐花映客裾嬾性自來交最淡高懷應諒禮全疎若憐郭外風烟好祗待還能具野蔬

華喦字秋岳號新羅山人仁和人有離垢集府志入寓賢以爲閩人僑居杭州錢唐縣志以爲臨汀人自少游學慕西湖之勝遂家錢唐輶軒錄則直作錢唐人而原輯言自閩遷杭入仁和籍按秋岳子浚乾隆庚辰舉人先大父少同几席知其家世甚詳所言自有依據也浚子繩武乾隆甲寅舉人仁和籍居大夾道巷口見同年錄畫徵錄以秋岳爲蜀人蓋誤

徐紫山言秋岳詩如春空紫氣層厓積雪玉瑟彈秋太阿出水足稱神品其畫善人物山水花鳥草蟲皆能脫去時習而力追古法一幀之值今日已重至兼金矣

游潮鳴寺

天高晴色好取徑入東園野水開魚國荒烟塞寺門林空秋氣冷殿敞佛容尊為有逃禪癖貪尋老衲論

曉入花隖

曉踏青林雨山烟溼敝裘軟風微嘯樹空翠冷如秋擊竹調清韻摩厓記勝游梅花千萬樹多處白雲幽

題畫

羣木籠烟秀一峯入戸奇鑪香窗鳥避庭果樹猿窺點點水花碧濛濛竹影移茅齋讀易者得意少人知

遣興

雲腳含風亂不齊凍陰移過小樓西鄰梅乍坼牆頭蕊臘酒新開甕口泥貪遣客情隨野鶴怕論家事避山妻瘦藤扶我籬邊立閒看寒沙浴竹雞

竹溪書屋

紅板橋頭烟雨收小臨深閉竹西樓蕖塘水繞鴛鴦夢落盡閒花過一秋

春愁

半幅羅衾不肯溫一燈常自對黃昏紫鸞去後從無夢春雨蕭蕭獨掩門

黃琛字西清號山民又號筠笑錢唐人有市曲茅堂集

山民九歲喪其父再岑先生元嘉比長覩遺貌刻意傳橅凡數十易紙圖成呈其母若兄及戚黨故老咸曰惟肖惋聞僾見其有冥通之驗耶其後作畫遂入神品金農贊曰出走萬里詩思縱橫歸老丙舍孺慕彌誠韓𧝝被體一眞渾成滇行可法庸德難名可以見其人矣集中詩一百首淸峭鑱刻不染塵俗嘗撰有車笠契一書足備吾郡獻徵

出門感賦四首

先子有蓬廬遺書那能讀一氊坐不暎遠路走漸熟將誠守吾拙衣食苦未足當歌行路難鹿鹿違所欲人境起波瀾無事無反覆低頭念阮生會向窮途哭

庭前兩古樹一榮忽一枯我或堂下立每見歸老烏回身上堂拜白髮藤杖扶可憐貧家兒覓食常江湖關山託旅迹遠道非良圖咄哉攢眉客太息無時無

幾畝負郭田買亦不易耳時時理征衣貧士乃至此不若飯牛翁開能住鄉里高天布濃雲空山響流水平生犯愁埃悔恨到沒齒酸風忽吹來淚落連珠子

兩兄送出門無語但熟視心悸骨肉分居家寡生理愁我江湖行託身淚脊裏帶病往依人二天于誰倚柰我飢來驅偪人不肯止回頭望山林烟雲固如是

丁僊亭

采藥瑞石山孤雲心與往城郭似昔年野鶴出天網生人老無用歸眞靜可想林端坐空亭淸聽松聲響

獨酌

閉門日無事獨坐但飲酒飛仙亦何爲未若杯入手小園春風華得看難使久伯倫眞吾師流年始不負以我斐古人身落千載後歌呼鐵如意笑彼擊破缶活埋固狂言放達非世有可憐浮甕中儵忽成白首誰期絕粒生願博醉開口壚頭月正圓對影得三友

種竹示姚孝廉大呂

伍胥山之東遠祖留舊宅宅邊花樹林彫朽不如昔荒苔土一方誰能辨肥瘠八月日遇辰爲移數竿碧好雨忽吹來天

陰幾朝夕籊籊復娟娟寫影上窗隙讀書憐家貧得與其疏
索門前剝啄聲倒屣迎閒客指點話此君同坐草上石食肉
非我心狷潔已成癖是中趣甚長聊愜願所適

閒居

我昨江上立遙望江東雲雲離復雲合不覺日已曛歸來草
堂臥夢與吳越分今早此靜坐心向抱節君意外王居士願
領近所聞

墨海行

先生舊有十二硯一一題品登名場銘鐫篆隸及眞草各屬
好手珍收藏其時吾郡胡翁 楨 賞識妙摩挲幾到研幾堂爲
言寶物慶得主老人病眼重開光前年小友記短李 繼沆 廣
州游徧歸錢唐出贈片石亦古潤阿囡上學分書箱今我遠

涉過五嶺二峯翰藻風吹香松聲似雨日卓午白頭硯客來深坊眉紋龍尾自昔數新坑總比他山強一枚古質費工琢千金詩價坡公償中虛可蓄星宿水堅貞四角邊涯方墨天今始棹小海麻姑口勿談滄桑烏丸忽落波忽涌烟雲湊合心神涼筆山若喚嬾蛟起猩毛黑浪眞相當先生正坐瓶花旁藹藤雪色八尺長十指技癢誰商量頂髮鬆快脫帽狂顚童手捧心想我此翁顚米兼顚張

河渚

河渚周圍水人家不種田魚鰕覓生事茶笋作豐年遠近迷無路東西趁有船此鄉風俗美歸臥恐無緣

訪王三丈本山居

繫艇從湖岸柴門老樹陰片雲纔雨過一徑入花深泉石餘

清話茅堂見素心何曾買山隱閒處卽開襟

竹林寺

夾山最深處修竹結秋陰黃鶴遠人事白雲生道心高僧曾卓錫初地遍鋪金世外閒朝夕泠泠鐘梵音

與宋上舍聯棨言懷

故人逢意外作客感秋深老樹下病葉黃花知苦心夢迷三徑遠雲合四山陰回首田居約蹉跎直至今

王丈本將歸里

江海倦行役看君初白頭一枝思小隱孤艇別殘秋井社歸眞樂壺觴過舊游淸貧得無恙遠勝旅人愁

蘭溪溪上遇故人

意外見交親原知號半人天涯看白髮江岸話殘春竹負三

三徑書憑六六鱗還鄉俱莫定何事慰愁心

晚泊睦州

水勢瀧瀧不盡頭布帆風落且停舟平生眼白成孤客七里山青會一州爲酒買魚逢晚市離家看月近中秋題詩欲問嚴夫子昔日漁竿肯借不

曉起

童子開門天忽明小園樹上起雜聲心空萬念見眞意人老一峯踈世情紅藕香凝秋露溼綠筠雨洗曉風清今朝準擬閒無事去與鄰翁話蚤晴

題青藤山人水墨荷花

青藤潑墨寫長圖筆趣江東絕代無幾朵荷花幾張葉水清水淺似西湖

吳門寓館賦呈一二朋好

如此江南畫不如遠山雲白水清虛閒憑一榼荒唐酒斜日樓臺弔闔廬

過淮上

書生潦倒欲何之繫艇來尋漂母祠一飯千金皆往事夕陽紅處似當時

臥疴

病夫那不説蕭寥忽展鄉心更幾條天目山中此時雨又添流水駱駝橋

畫梅題贈包山人永思

溪雲斷處隱人家繞屋吹香瘦影斜雞犬無聲春冷澹一雙鸜鵒上梅花

吳嗣廣字芑君號樵石海寧諸生有抱秋亭就鷗閣詩草

樵石嘗請業于初白老人之門故詩境頗相近

西山頂遇驟雨歸題穀原石梁觀瀑卷

丰容雋狀三秋肅滿眼空青不可觸袖中無筆寫晴寒但見荒烟截厓腹須臾山雲滃欲來溟濛一氣浮樓臺狂飈吹雨倒江海澗底深沈猿嘯哀前坡迅湢奔溪口後嶺懸流怒聲吼衝林激石雹橫飛珠濺簾旌汞穿牖對此忽憶開先三峽泉劈破雙玉龍騰涎蘇公摹寫何雄妍又如置我黃華水簾下絕壑洶洶馳驚湍遺山曉夢猶蹁躚平生游屐絕少緣荒渺未暇窮躋攀天台瀑布無千里空向王郎畫裏看

五更過鴛湖

岸草蛙初動村雞漏報殘烟光千樹漾水氣一城寒客枕眠

雛穩篷窗露欲溥雙雙沙宿鳥猶是夢湖灘

聞笛與南臺分韻

暑溽誰眠得蟾光照白頭數聲鄰院笛一夕海城秋玉漏頻催句金波解蕩愁可曾知趙嘏長倚客中樓

中元前五日送古銘返古梅書屋

清曉河頭葉乍飛扁舟追送雨依依情同去水隨孤槳客到鄉園正落暉應喜山妻供食案竟無稚子候門扉秋風淨埽梅花屋吟興雖饒意總違

吳山寓樓

百尺樓頭豁眼明霏霏烟靄遍春城東風滿院梅齊放細雨空山草又生二月餘寒裘褐戀十年舊夢弟兄情浮雲世事都如幻只有青袍色未更

社前一日

原頭未聽鶺鴒啼原下新融燕子泥十日春陰寒不出杏花飛過小樓西

國朝杭郡詩輯卷二十終　錢塘吳慶坻校字

國朝杭郡詩輯卷二十一目 雍正乾隆間人約略爲次

施廷樞 張傳書 柯一鶚 吴穎芳 吴 城

曹 芝 周二學 張 海 蘇大振 蘇雄振

張永祚 吴維烈 吴維嵩 蔡朱源 沈 濬

翁光選 林 元 朱 霞 洪青選 汪世勳

汪 鵬 陳 流 張 玘 楊鴻逵 盧 同

楊煥綸

凡二十六人

國朝杭郡詩輯卷二十一　錢唐吳顥原本孫振棫重編

施廷樞字愼甫號北亭錢唐監生有十駕齋集

北亭少嗜學甫冠即謝去舉業精研博覽于經史傳注皆有所糾摘時杭堇浦張曦亮全謝山皆以淹雅稱閒與上下議論北亭則引據確辨證精皆讋服之無能與爲難者家業中落奔走衣食之閒修福州府志之楚修荆州府志既歸而葬其親于龍井躬荷畚鍤遂得咯血疾竟不起卒年四十五其遺詩爲葉世組鄭信許承基所刊府志入文苑傳

偕厲樊榭先生登聖因寺竹閒亭逭暑

避囂訪僧夏追涼叩禪扃拾級展游目憑高舒顏形一亭納萬翠驕陽逝不經襆坐緩巾帶淸言極窅冥燮茲碧蘚淨圜列如長屏回風一披拂參差韻瓏玲嵐光逼虛棟湖漾上短櫺幽造異檢束勝賞同林坰執熱邈何有煩慮豁爾醒戀戀不忍去暝色催歸舲

大風發馬當抵九江作

疾風吹沙日軏脫蒼茫翻動蛟鼉窟大波小波疊乘陵帆飽弓張箭離筈浪花高捲灑篷窗遥望湓城如一髮桑落洲邊攲側過小孤山色秋嵯峩丹霞翠壁不得上雲中招手空如何三更放舟潯陽郭九派沄沄潮已落琵琶亭古臨江津江月娱人共主賓卻憶多情白司馬青衫淪落只含辛

泛舟西溪至蘆菴

艓子淩晨發精藍向夕登到門花遲客入夜榻分僧霜重侵溪閣風多颭佛燈朝來富幽事肯負一枝藤

送張誠然入都

甚欲相從結耦耕傷歌歌罷復成行鶯啼草長江南岸破帽騎驢薊北程白髮滿頭猶道路緇衣好士幾公卿旅情遥夜

知何極應念欒欒太瘦生

冬日同王馨徵飲瓶花齋

隔巷招尋步屧遲入門晚色上疎籬把杯小試烏巾酒翦燭重吟白紵詞時敦復出所作冬白紵詞見示大好雅材追正始最憐日飲似袁絲與君歲宴成還往月迴窗虛記去時

四月晦日同陳授衣江皐吳敦復張曦亮家竹田兒泛湖遇雨即送授衣江皐之揚州

緩帶風前醉復醒閒看畫舫入西泠但愁雨腳跳珠白不放山光繞郭青三月鶯花已陳迹過時筍蕨賸餘馨故人暫整還鄉旆惜別仍勞倒玉瓶

聞杭堇浦南歸之信同敦復竹田作

郵籤南下初炎候消息傳來已及秋酒琖預期十日共明湖

要續昔年游時清漫折朱雲檻老去長浮范蠡舟回首觚棱
眞一夢只應心事付林邱

過嚴陵釣臺有感謝皐羽事

朱鳥歌殘怨不勝半生汐社只飄零憑誰更向西臺畔一問
當年許劍亭

張傳書字繼青錢唐諸生

退庵氏曰繼青與兄東亭奕光皆入小山堂倡酬集家居東城與先君子東屏公以比鄰相款洽時有觴詠予方幼不及識也庚午辛未閒嘗爲錄詩數次皆記憶不全如贈沈君詩鳥語花香生腕底詩箇碑板滿人閒贉馥殘英亦可想其風致

西池

我行西池曲夔㨬西池水池塘曲復深池水甘以泚涼風陣
陣吹蓮花香不已

柯一鶚字帝夔一字鴻儕號柯亭郡諸生有鶴程行草雙清草堂集

帝夔與龔載夫原肖夫同及鍾希菴士傳末孩辰三諸人結吟社有與古齋倡和集顧涑園光稱其七律如神驥獨行一往雄駿當其得意前無古人嘗之吳門飽食河豚醉歸寓舍作水墨小幀未竟毒發遽卒

游清涼山

古寺絕游迹況當歲晚時禦冬僧劚茶趁食鷺窺池松嬾不入畫竹枯猶見詩自憐幽趣好歸路伴鴉兒

孟城寄暢鶴

不見周生久醇醪意若何春風愁裏度樂事夢中過明月琵琶牐芳林瑪瑙坡故人如念我江上鯉魚多

從邗溝過法海寺

綠漲邗溝出郭船紅橋春色柳如烟百年幾見新臺榭小部

猶翻舊管弦翡翠捎波驚醉眼海棠怯雨釀花鈿嗟余作客
耽風月氣味如登品外泉

客行感懷

浩蕩春帆送客行短長亭堠數分明雪殘北固荒荒白水到
南徐灩灩清何處關山容好夢可憐魚雁最多情世途老大
偏增畏況復離憂百感生

和星列歷城曉發

唱徹晨雞客夢殘五更走馬向長安風傳曉角秋聲壯霜落
高城曙色寒挾策敢邀知己顧攝衣肯作腐儒酸可堪潦倒
冠猶在此日誰敎貢禹彈

西溪泛雨和拜颺

雨漬春烟緑樹新小溪分漲碧粼粼山村酒賤櫻桃熟一路

鶯聲似喚人

吳穎芳字西林仁和布衣有臨江鄉人集

西林先生自稱臨江鄉人其稱名于釋氏則曰樹虛所居在艮山門外俗呼吳家更樓地形斜折而北乃更其名爲曲尺村幼嘗應童子試隸呵之退而嘆曰求榮得辱何以名爲遂不復試專用力于讀書同時張定夫毛睿中皆詣先生廬焚膏繼晷爭以無所疑辨爲恥其所著撰言樂律者曰吹豳錄五十卷言字學韻學者曰說文理董四十卷音韻討論四卷文字源流六卷金石文釋六卷其采掇羣書爲詞章之學者曰金屑錄若干卷尤精內典有大藏摘髓若干卷惟吹豳錄說文理董尚有鈔本流傳餘皆未見方西湖淨慈寺重飾五百尊羅漢時大吏欲每像題以額人莫之知過訪先生因爲口述八十餘尊日老德善忘不能悉舉具載某經如言檢之果得其博識如此平居足不入城市家有園池桑竹之勝製一小筒削竹籤書賞花釣魚圖棋賦詩鼓琴吹笛等十餘事置筒中客至則隨手拈一事與客共之必盡歡乃已晚年家事日落城中士大夫爭相延致館于振綺堂汪氏壽松堂孫氏半舫項氏者凡十餘年爲詩不撣數改嘗屬十友審定一有所否即去之故集中所存僅三百餘篇世頗惜其多遺美云府志入文苑傳詩見輶軒錄者不復錄

人來訊近況答此

孤村烟火晚微徑草露滋四顧無可語我懷白雲知素無四方志安坐足生罨物以不材棄甘爲幸靈癡罷弋亦罷釣節酒更節詩局影省内疚起足念在茲春蘭嘉蚤秀霜蕙惜後時天令榮悴別役志將奚爲芳居山岑林臭委谷底莽處地各自殊葆性豈外奬郊原曠以靜不限索幽賞晚徑烟篠暗曉門清江爽矯翼鵠舉空聯羣鷗戲廣顧已何異營衡門聊偃仰子孫羅我前居然作家長

程氏館聽琴送黃海胡子

南浦别多憔悴深叩檻忽聆丹鳳吟掌上十指有長短坐客滿堂誰會心認得縹緗幾行字大匠注眸不相棄劍芒已露

幽壤光感激臨行灑秋淚客懷醉攪如亂沙寸心愁謝霜後花江亭欲雪未成雪三十六峯寒到家橫壓吳山截江路離魂尚戀烟郊樹擲杯起枕日落遲灑落沙風送愁去

郎又邠采藥圖

郎倈愛我不見醜語盡窗光忘卯酉腹充道氣腕清風卻背朱門向山走深山采藥非韓康不博市錢唯愛香紉蘭穩稱高士服屑蕊合作仙人糧逢雲披雲水涉水肩上紅泥黏鵲觜鹿跡場裏苗更肥犬吠叢邊根定美山中之樂可終古嫋嫋秋風汎芳杜慎勿此意語世人彼方鵷雛嚇腐鼠紫薇术序君須讀稚川內篇我新學君如采得九光芝分餌衰年伴

騎鶴

元祐黨籍碑

黨籍之碑蔡京筆八桂林邊遺此刻石碑可毁名不滅標識翻爲著賢德當朝百僚諧一口渺小安民片言剖彼哉石工何獨賢胸無祿位得失牽不須苦爲諸公嘆是是非非後來判魯國曾譏孔仲尼殷監亦誚周公旦千佛名經昔所羨百篇譜述今猶見曾布章惇幸竄名老子韓非可同傳墨君頗繼蘇黄蹤心正筆正閶栁公但貽玉輦龍沙恨誰賞銀鉤䖏尾工

宋思陵諭岳鄂王奪情手札

無避兵革輕私喪墨縗從戎臣職當況卿素志在恢復中原進取由襄陽札中語當時君臣視手足傾瀉赤心置人腹不虞一德能格天萬里長城頓傾覆細觀峙紙戈劍鋒不獨敵營強挽弓石經尚留首郡學銀牓未换九里松金陀幾編句中

泣遺軸雲仍寶奕葉客來舒卷幾春風一一蛟龍損鱗鬣世事滄桑那可道千秋一例吳爲沼鄂王祠廟肅堂堂門外西湖日花鳥

董旭顧升合作觀音畫壁

昔聞道元十幅狂蹤迹風雲逼空鬼脫壁又聞楊坦資聖畫菩薩明眸欲瞬天女活西湖戒壇後壁五丈強董顧兩翁合逞長三月經營壘難破寢食都廢坐一傍忽然下筆氣象分海風吹落西天雲金毛五色夢中見滿月毫光非所聞婆竭羅龍睛起電善財合掌蓮花片浪花吹作寒星芒肩髮飄風千紺線丹青慘淡未百齡時有雲氣浮虛檽太宗戈法乃是虞監補子昂房山兩手同筆精古今能事貴得偶愁絕神工幸合并

和客途過松亭主人

浮江信縹緲旅泊倦關津游子落花晚主人芳草春淮徐依未得盧霍去無因粗了平生意相將狎隱淪

寄沈大列辰

白露雲銅洗淸風蕩玉琴蠨蛸游子意蒲㮕老夫心多醉夢前夢無聊吟舊吟如今逐宗炳投分臥東林

送友人適江南

年年帆卸楚城濠江介加餐爲蟹螯晴日遠明京口岸秋風寒動廣陵濤同槽自古相蹄齧得路何人借羽毛遥念暮秋零亂葉賦成秋興續離騷

朱橋薄游和友人

平田耕勢壘魚鱗水陌吹香樹影翻大好溪山應得寺不多

雲木別成村紅憐簪鬟新花樣碧是湔裙舊水痕解渴豈辭

春酒薄埽莎醉去枕槐根

戊寅季冬同人觀龍興寺陁羅尼經石幢分韻得深

字以下皆錄集外詩

葛栃靈隱山褚書瑞石岑烟雲忽變滅眞迹不可尋有唐胡

處士墨妙鐫璆琳龍興與尊勝幢開成垂至今朋儔興勃發嗜

古如書淫殘年撥百事獨向空門闖破殿轉檐北拔地高嶔

崟八棱桃木殳二仞蓮花簪蕉葉羽勢矯火珠頂相森藥叉

隨跙跪散脂持鈇椹羅刹狀貌惡擁衛神鬼欽歲久客土積

踵趾嗟陸沈誰歟攆剔淨琢石爲坎窨觀之動神魄膜拜伸

寸忱乃推捷足者騰越細摭搏漫若月隱霧朗則天横參泥

塗走寒蚓孔竅鑽書蟫龜胸坼康瓠蛇腹斷古琴紐結原憲

襽㨯裂天吳奓濤挨粗蘮滓滑摸熟劍鐔詳求面貼蘚擬議
指畫襟逢艱禁快舌印是歡羣心鉤形翻罔罔測義嘗駸駸
貫穿百華易蹭蹬一字禁目勞輩遞矚意別入互箴嗤癡俗
冷笑訝怪儈私覵聞風續造詣鬧市來噫歆須臾畢條貫膽
錄俱陳厥遺珠罔兩得逸兔韓盧擒文從既字順經整亦緯
紝因緣波利事秘密牟尼音危機鎮崇岳業火澆甘霖商量
事印搨鐫取思摹臨三藏檢譯目八法詳懸針吳興志詳載
同此功德林宣和譜旁攷紀述堪探撢辛瓌篆碣額德本題
碑陰豈唯楊李並兼與顏栁參又知藏舍利六九聚豆豉光
色斂幽閟罅隙爭窺覘其時迫凍冱慘凜雲日霽微霜寒淅
淅遠林淸愔愔惜茲最勝剎汙蔑相陵侵穨牆圜陋陋枯蔓
紛䆲襂影臥荒月黑額染炊烟黔但覺棄若屣誰爲寶如賝

險將取擊礉幸不隨敲砧臭帑溷厠逼香火鐘鼓瘠蹄迒付
伺犬叫嘯唯飢禽當春蟻緣脊抵臘鼠穴深塵應街風扇洗
用暴雨淋蘷橫挂巾服腥饗櫟釜鶩鄰娃肆訑謾市儈對酗
斟內蝕生獅蟲外奪逢宵壬函中猛吐惔地上重布金象教
力猶替吾人脃難任與極悲思集暝色催長吟

荅黃相圃

陵令抱渴長徵君養疾久韶和改新律寂寞祇自守臘中事
璮椎嘉貺意何厚八幅翠墨香白蚓互蟠蟉眞當懸帳中奚
啻隨肘後郊居耿獨思如何阻擕手搴裳不俟招披帷粲笑
口幽室幖書齋筠牀臥琴勵清言闊復尋詩律細還剖湖邊
盛開游塵褋我何有春泥可試屐落花巳黏屵當時玩芳杜
曷月問壚酒重復靚芳音字字等瓊玖君吟成好歌我和抵

擊缶

倪建中招同人集樂朋來館集字賦詩僕未及與也

丁龍泓先生過之留詩見寄依韻奉酬

信宿溪山襆被攜詩壇一老獨扶藜政如列國偏遺晉郤喜諸侯盡主齊豔色自矜顰不效陽春欲和調嫌低極知老境超神妙琥珀千齡自化瑿（按元倡有不能集字之語故荅詩云然）

龍泓先生重疊前韻見貺奉荅一首

開士齋公日共攜遠追花事撥榛藜西溪汎久波新綠東郭歸來栖未齊半偈禪心催夢覺一囊詩債壓眉低況逢瘀絮難塡韻磨損松煤半斑瑿

和黃相圃移居用樊榭詩韻

老我前人拾唾餘謬來載酒叩郊居無雙名士稱江夏有分

清才厠石渠同巷舊聯吟月社西城新闢讀書廬審知咫尺

湖壖路聽得鳴榔響夜漁

向說毫光放搶顚龍輿有約禮金仙夜神力護滄桑刼處士

名存書畫船乍惜瘢胝傷鳥迹細看波磔効蠶眠君家最近

相料理肯費氈椎麝蜜箋

應有層樓倚郭斜豁眸高處客來誇呼同鬬句心雖怯坐伴

看山眼不花浮水春雲通翠幌入城風絮撲鄰家扁舟儈鶴

如能共避卻三橋士女譁

徹天臯鶴自聲聞戰勝紛華始立勳發冢詩書莊叟笑滿堂

金玉老聃云百年未繼淹中學萬里方空冀北羣許伯鄭眞

俱有宅或輕鈞石重銖分

吳城字敦復號甌亭焯子錢唐監生有甌亭小稾

甌亭爲尺鳧先生長子承其先業雅好聚書儲藏所未備者搜求校勘數十年丹黃不去手尺鳧先生于繡谷亭植朱藤一本歲月既久花時柔條四垂如瓔珞蜂喧鄰巷甌亭必命酒觴客復繪朱藤圖丐人題詩于圖之四周以志先澤所藏酒器一百八事皆哥定均官之選自爲錄以紀之家故業鹺中年以往不耐煩囂舉而委之仲弟王垣而時從焚廬讓山兩開士游借榻僧廬靜參白業又設禪龕于所居齋中團蒲結跏儼然空山老衲也先是石倉舊輯武林耆舊集因其體例斷自國朝復爲甄錄二千三百餘家可稱大備今其稾本不知流傳何處所居在九曲巷口與振綺堂汪氏館驛後屋衡宇相望乾隆間詔徵天下遺書兩家皆進善本蒙
賜內府書籍鄉邦誇爲盛事而甌亭是時已歸道山矣卒時年七十一府志入文苑傳

雙韭來自越中菽林竹田同集繡谷亭分得掩字

怒濤挾風雨崩騰不可撼連日江上舟貼岸孤篷掩有客過吾廬旅程云自剡昔別荷未開今來暑已斂山川供閱歷歲序感荏苒知君氣素豪詎畏三折險但得酒共酌一醉燈睒睒井水浮甘瓜明珠剝白芡甕看畢卓臥饌陋蒸壺儉亭角

繞藤涼陰空薄疎簟夷猶月漸高清漏傳幾點

詠竹夾膝

六月火雲飛兀兀赤腳踏冰不可輾桃笙藤枕嬾畫眠忽被一涼清到骨誰截此君空復空交紋壘翠何玲瓏招涼珠與延清室相伴依依豈爾同西風一夜吹瑟瑟長門冷落知誰惜頻年自笑在家僧莫慮歡情容易失

題王鏧徵村齋圖

不必追高隱聊為鄉塾師三年秋卷罷十口午炊遲經案飢鼯去庭階碧蘚滋村齋曾遺事應自有新詩

橫塘風俗古常傍水雲居屋角瓜壺繞牆陰桑柘疏笑談驚野叟燈火問農書嬾散巡簷步春風滿學廬

十日坐孤館相思便見過兒童消寂寞里社共酣歌徑僻行

人少村深古木多兔園拋舊冊急就讀如何

先君子舊藏許渾丁卯集失去二十餘年余于京師重得之以歸先子圖章宛然簡端撫今悼昔因得長律三首

手澤猶存小劫中金臺重購自城東去來空自悲雷劍得失何須問楚弓風景年年人代換殯宮寂寂夢魂通九原不共殘編作灑淚摩挲讀未終

浪漫天涯劇可憐放懷隨處領山川淒涼過眼烟雲錄停泊浮江書畫船燈火青熒如昨夢風簾點勘記當年縱橫私印猶完好故物歸來信夙緣

汗簡芸箱破寂寥古香依舊伴清宵拜經莫笑同痴嗜啜墨何能慰腹枵檢校歸裝惟筆硯思量生計只漁樵江山風月

雖堪主豈忍重經丁卯橋（放翁有若論風月江山主丁卯橋應勝午橋之句）

集瓶花齋送張鐵珊還當湖

藤陰長晝閉門幽忽慢相逢又別愁手補圖經尋善本（君時有修志之舉）醉聯詩句上層樓（春初余偕諸同人集弄珠樓）半生落落漁樵侶一雨蕭蕭荻葦秋此去故山好招隱木樨香發待歸舟

江聲先生七十

脫卻朝衫理釣綸蕭疏雙鬢白如銀湖山生長林君復鄉曲風流賀季真幾卷丹經消永晝四圍翠嶂闢閒身典型老友嗟零落杖履追隨不厭頻

冬日同蔎林雪舫西顥蘭林過皐園用樊榭集中韻

時樊榭已下世

步屧城東晚景佳小園無恙動愁懷衹餘老樹空腔在無復

清游舊雨皆幾度朝昏添白髮頻年聚散負青鞋淒涼莫把
前詩和一字吟成一淚揩

曹芝字莖九號荔帷又號晚客錢唐貢生有洗句亭詩鈔

荔帷爲汪韓門高弟少丁制藝與從兄可堂孝廉春林
進士有曹氏三彪之目書法遠宗晉人寸縑尺素人爭
寶之屢躓省闈益肆爲詩歌以抒所蓄時從董浦樊榭
壽門西顥江聲諸先生游參席聯鑣讋爲畏友董浦翰
苑閒居二集皆乞其序言蓋深重之也盧雅雨都轉禮
致淮南名譽益重公卿贈言如嘉興錢文端公云海內
文章陳伯玉舲窗書畫米南宮長洲沈文愨公云天上
美人歌扇影席閒才子酒旗詩其推挹如此孫淵如觀
察九喜集中已少餘糧還養鶴又添新債爲修琴一聯
嘗手作篆字楹帖張之座右深以不及見前輩風流爲
恨也府志附文苑傳子
壽號十松官沙縣丞

田家題壁

律動土膏發村戶樂趣時晨興秉我耒主伯來東菑良禽向
人鳴園柳稍已披超超晚風善厭厭遲晷移感此忻所慕力

耕免苦飢幽風歌自勸無勤長吏爲

雨中同金江聲梁薆林施竹田汪西顥舒雲亭諸先生丁誠叔許復齋方曼陀徐南徐陳遠村施石泉萬近蓬大恆讓山兩上人集得薆堂觀金壽門處士畫

梅摺扇分韻

先生逸世姿冰雪爲心肝樟亭有老屋萬樹梅花攢倦抱花影睡飢摘花蕊餐年來滯淮市幾度花吹殘鄉夢偶然作竹扇濡松丸歷亂枝向背冷落烟彌漫茅堂雨不止客起紛傳觀直疑自寫照對鏡摹高寒此花與此老顧影何曾單願作畫弟子共結清閒歡

方曼陀招游南屏分得轉字

故人有夙期湖上清暑醼破曉出郭門先後集賓彥水花鋪

禎茸風葉翻綠扇一艇橫其閒意釣引竿綫俄焉抵佛廬碧綵高下絢爲貪羣壑陰坐藉青蘚片山僧解酉客苦茗供清讌靈靜妙勝堂歡喜菩薩面我苦乏智慧不撥機不轉公等文字禪了義肉貫弗香清境彌寂譚久候亦變漠漠暝烟涼習習晚風善蕭然此時意裁詩寫矮卷

梵天寺

錢王功德遺兩幢豎卓筆不侵風雨霰各志歲月日爲訪元鏡泉徑造毘耶室涌壁何莊嚴諸佛萬形出泥牆札租碑徧讀口嘍嘌靈鰻事有無古井猶怒溢何至羸其餅鹿盧試懸繘緬懷子朱子看雨兼散帙道性既虛恬禪心復靜謐不知空山中誰與共賞悉朱子過梵天寺有讀書清磬外看雨晚鐘時之句

三一菴

佛宇紛鉤連又指巖岫表人語譁高層天光暗密篠危闌排軒陰曲磴盤木杪一練漏江影滉白寒淼淼明滅認蒲帆十幅爲之小傳聞古仙人辟劍有靈沼神龜此出沒昂首嚼朱草客來坐陂陀澄慮悟空了俄延暝色催烟際墮歸鳥期爲桑下宿眞趣足幽窅

爲張看雲題董尚書畫山水

董公喜書兼善畫秘府圖書日臨寫憶昔長安初識公公乘紫鞚連錢馬訪我梁園芍藥軒花閒展席羅尊斝酒酣爲作秋湖圖溼烟密處搖菰蘆喚人埽壁張暑月炎風卻退涼生膚二十年來彈指過包裹肯教寒具涴昨卸征帆老濞城溪堂讀畫松圍坐坐上張中菰絕倫畫法子久傳逼眞磬頭之山工點染能令好事輕千緡平生公亦丹青友用張諲王維李頎事倛

奉班中今白首一幅淋漓舊贈遺天上人間無敵手君不見
唐宋畫家多磊落前有荆關後李郭公自家風述董源烟雲
變幻精神拓就中一徑紆澗谷板橋低接幽人屋複嶺重岡
望不窮浮嵐遠樹看難足須知異境不可得但許人間賞烟
墨乞我題詩揖我來喜君面帶蒼山色何時雲氣上衣襟遂
我登山臨水心斯人邱壑合位置誅茅擬結層厓陰

丁丑耘六十

丁兄丁兄高明器入俗避俗疾若翅才名卅載動公卿雙鬢
青青改夢頓黃塵掉首忽歸來依舊清潭弄圓翠我苦生涯
車脚煩到處哦詩充賫贄一笑雲山幾萬重官府寄茶來換
字人生只合巍峩醉況我多愁而少睡丁兄六十剛平頭我
亦今年五十四相期結屋並郊原買斷一弓爲釀地閉門轟

飲莫教醒醒時還讀無功記

古鏡篇爲天台任古井賦

天台老人袖有王度古鏡記舊藏一鏡厚寸又七廣尺四背刻千年土蝕之款識幾回欲讀難辨且姑置吁嗟壽光先生形古異寒芒迫視恍恍心發悸應有赤衣乘龍夜半至何難驚走狐貍之怪雀鼠魅老人今年八十二其體支離神槁悴平生觸澹鮮耽嗜但餘一鏡守巾笥言念父兮不忍窺言念母兮不敢棄老人嘗言其父生平對鏡輒泣因貌肖乃祖也又言父歿時母年才二十援鏡毀容自矢不嫁君不見路隋韓皐貌類父塵匣常封掩雙眥並見唐書又不見寡婦梁高行玉臺懸處親髮劓見列女傳鏡兮鏡兮足風示歷盡人間節孝事可憐屢照未嘗疲中有潺湲千斛淚爲語老人須寶秘道逢盲者慎勿遺淮南子盲者不可遺以鏡我是塵埃負局生正恐

短目同短智相期來訪天台路元錫白㸌聊一試

弄珠樓題壁

閒逐馴鷗影蘆洲復蓼洲笠分千樹雨槳劃半湖秋落葉散淒響亂雲生晚愁野心無處著吟上水邊樓

二月十九日過岫公蘭若

一衲作詩苦閉門忘萬喧閒雲流似水芳草綠無言春駐桐華節茶煎穀雨痕佛燈貪夜坐夢國笑槐根

除夕前二日同人放舟孤山分得畱字

百累何能割殘年且暫休花光明似雪人影冷于鷗寂歷空亭晚沿緣一徑畱夕陽如有意紅上酒家樓

花朝前三日集許氏園亭時檻外緋桃盛放

人從古路認三叉白板雙扉夕照斜天下蕭閒成我輩人間

佳麗有桃花月明楊栁橋邊路客返江湖夢裏家高興無涯
騰八表便疑身世住雲霞

題徐春書彈鋏圖

按劍消磨出匣心諸侯誰送買山金斯人湖海聲名大老屋
烟蘿日月深已少餘糧偏養鶴又添新債爲修琴好詩一卷
愁難讀半是無聊嘆咤音

人間夏屋自渠渠獨客偏教嘆瑟居頑鐵有聲聊當哭壯心
無悔只如初君乘落日嘶風馬我跨寒天嚼雪驢何苦相逢
在歧路一回搔首一踟躕

周二學字幼聞號藥坡又號晚菘仁和諸生有漸于集

晚菘從金長孺受文法從翁蘿軒龔蘅圃受詩法若龍泓樊榭壽門槐塘芙檐珠淵諸老輩皆素心密契花酬月倡有聲于時書法似文文山尤精鑒別所蓄書畫甚富擇其佳者錄爲一角編兩冊自比于馬遠殘山賸水

以未見元以上眞迹爲歎耳又別爲一書名一粒粟大抵仿雲烟過眼江村銷夏之例更著賞延素心錄一卷所載裝潢之法甚詳

林阮林爲畫扇頭兼題佳句次韻奉荅

薪桂米如珠豈能缺不買瑣屑亂幽懷艱難非一載儘有天地闊苦壓屋子矮不好涉世故寧復計尤悔惟欠困鹽車竟等凡民待何緣達酬肆捉筆意先餒

至後同吳琳嵓薛廷章汪子宜沈眷瑤游湖南法相寺坐竹閣各賦二詩用壁間李檀園書東坡谷林堂詩韻

山行誤亦佳何必問生疏佛屋非其故林木好于初天台在人境寺外石亭署曰自天台來四字一見如起予高寒少游屐時復集香車半偈參古佛平橋俯清渠雲層接人語身若淩空虛山僧御

燮客煮茶進談餘堆案無俗物梵典襍儒書竹閣如新築竹樹亦蕭疏四壁檀圞蹟晚年尤勝初規橅形似閒虎賁實媿予延緣日之夕喜不喧馬車松樹落清響溪流度寒渠浮生雖若夢漫等雲烟虛能辦買山錢何必求其餘延陵先有作拂硯索吾書

戴鸝亭邀食江珧柱余不得同分韻得味字

腥風掀鯨波賈舶逐蜃利鮮珍貴海錯況乃超品類馬頰豈嘉名海月亦髣髴食典怪不登鼎娥笑成咥戴子興不淺每歲必遠致爲開聽鸝亭怳別有天地春花俯近紅晚山含遠翠未羅櫻筍廚先破蝙蝠翅翠香浮露英舉酒快揚觶紫蓴根脫滑黃頷臛豐膩次第列盤中不止美兼二清歡猶未足各以詩紀事余欠口腹緣豈謂不同嗜瞥眼即春來老饕定

知味

題汪五西顥購得沈啓南奉萱圖眞蹟

萱名忘憂憂可忘奉萱圖合張高堂匏翁所寶石翁蹟珊瑚多幸添珍藏（君家珂玉有珊瑚網鈔本傳世）定博慈顏開笑口酌彼康爵還壽母（圖購于母太夫人八十壽時）花間板輿樂歲月不換驊騮金絡首今之視昔何古今猶是春風人子心（春風白髮映高堂石翁圖句也）千金詒書杜門謝美談直使傳詞林詩篇絢爛南陔補媿我卮言何足取與君兄弟卅年交（謂令兄衡洲）俯仰能無感舊雨

過丁二敬身

出郭詣徵士嬾乘下澤車風如寒食近雪比梅花疏來不問奇字坐惟觀好書饍霜糝玉屑何必餉山蔬

新晴散花灘早步

春泥軟可步風定不吹衣啎樹鳥成語抱花蜂嬾飛桑畦連麥棱野渡接漁磯佳日肯虛度樓居看落暉

散花灘阻雨疊前韻

歸錦橋西路春寒欲透衣天纔分卯色雨忽作絲飛箬笠尋僧寺魚罾歇釣磯延緣還北郭雲散放晴暉

輓王謇徵

北郭遷居隔一城論交不媿古先程功名非願麾談笑邊幅慵修本性情道合全歸堪放手身無欠事肯貪生但留著作縣家學菽粟書田舌可耕

張海字巨川號璞齋錢唐監生官安徽潛山知縣

璞齋性伉爽喜周人之急援例爲四川滎經縣尉時西藏軍興羽書旁午璞齋措理裕如升敘永廳照磨奔馳塞外著西藏記述土俗民情無不詳晰瀕行各土司番長遮留泣下宦游三十餘年年九十六卒于家

戊寅述懷

念昔交游滿　帝圻一朝分手任東西微名黯黯憐蝸角薄宦迢迢信馬蹄芳樹茂時秦棧暖亂山深處蜀城低由來凡鳥原非鳳何敢心憎枳棘棲予游京師十餘載雍正庚戌春授四川滎經縣尉

閒曹無事合安眠豈料輶軒促問邊四塞雲霞多聚米百番瘴癘獨懷鉛郫筒酒美人常別丙穴魚嘉客未旋羸得頻年西域地葡桃處處送張騫壬子奉委至西藏等處

豈有循良得著聞松滋父老忽欣欣舊傳五日張京兆今作三年白使君報政迢遥心向日搴帷反覆事如雲誰知大別山前路又爲勞人暫息勤

角巾未遂返江湖巖邑依然任牧芻北海有情還薦鶚南邦何意再飛鳧千山襮絕風連楚六蓼雲開月滿湖只是不堪

遥縱目故園松菊已荒蕪甲戌夏復授知英山縣

蘇大振字依玉錢唐諸生

滁陽春游

春風吹我出郊坰極目平蕪處處青野店跨橋通水市山坳圓樹隱茆亭酒香古社逢花飲瀑挂高巖駐馬聽解事樵夫頻指點引余幽勝入雲屏

蘇雄振字岱宗號爲溪錢唐人有江左上谷滁陽等集

爲溪年八十後不復作詩惟日誦經書或問其何所取意荅曰帶了去語雖近禪而心仍篤學

左侯行

康熙戊寅余隨兄暮抵北關宿友人書齋塾師張年八十餘少爲寧南幕客談軍中事甚悉且云侯殂九江戰艦艤岸舆尸以殮隨舉火銀匣函骨而去越今又六十

年塾師墓木已拱并名氏漫不記憶言猶在耳紀以長

句

平生論書喜論史抵掌高談興不止憶昔闞門遇塾師夜話書齋感慨時皓首師年八十餘丰姿倜儻意躊躕自言少作寧南客老守殘編兔園冊干戈騷屑記當年韜鈐武功談今夕侯從謫校總元戎赭面修長氣概雄指揮諸將開藩鎮辟易千人立戰功中權作握萬夫長偏裨同輩皆惆悵大帥張旌排闥來尚書授節齎金兕敵氛從王赴朔邊矢心報國誓軀捐蛇矛立陣干軍埽猿臂彎弓七札穿黃巾蠭起屯西土三十六營爭嘯聚朝議督師辦巨寇詔任將軍殲伏莽牙帳森森幕府威虛懷下士世還稀文人筆札劉公幹掌記方嚴喻布衣性情樂易無偏喜帳下不翻歌舞妓滕口清談枾敬

亭關心藥裹楊醫士子本儒生厠幕僚戎服隨營轉戰勞囊

閒時載中山顙腰下常懸大食刀神機策應原須愼調度中

樞多悔吝瑪瑙山前賊遁逃朱仙鎭上軍蹂躪運籌帷幄事

偏違坐使豺狼突出圍穀城請擊心徒切鄖竹窮追計已非

朝朝烽火傳嚴令晝角橫吹鼙鼓競主撫主勦日周章援楚

援豫疲奔命坐鎭嚴疆校射堂練兵過對陣左兵法盡龍驤八千

子弟環樊渚十萬艟艨駐武昌校尉兵多屯戍已司農餉乏

呼庚癸東篋如何可荷戈裹糧甬道空翹跂中原處處盡危

機力疾行間老鐵衣銜轡未寬頻趣戰師徒屢發忝驪飢前

營精銳後降將專兵閫外無專餉增竈晨烟釜未炊量沙夜

月籌空唱剽掠驕兵禁未休時時仰屋歎難籌敢云縱寇因

糧盡只爲屯田少食謀虞淵日薄龍髯下一木何能支大廈

樞臣記得是熊楊柄用人猶說阮馬半壁江南坐井㝵廟謨
錯亂王室昏豆萁不惜同根煑故劍渾忘割臂恩一朝將相
嫌疑起怒髮衝冠恨切齒按劍思清君側姦揮戈直向南中
指侯也原非跋扈臣疏陳罪狀達楓宸寧為馬革輿尸帥不
作灰釘乞命人板磯城築西防左皖江赤燄彤天火大將傷
心楊柳營游兵攘臂芙蓉邏將星西墜白雲深轍亂旗靡戰
鼓沈萬隊健兒齊解體五營豪傑盡驕心小侯歸命朝天去
平原客散關河阻馬鬣墳高定久封麟臺廟食知何處回首
從戎正少年而今白髮滿華顛不見臨淮新壁壘徒懷楊僕
舊樓船暢談忘寢興勃發燈殘月轉茶烟歇正襟危坐聽匆
喧雄雞三唱明河沒此話相傳歷歲年老翁墓木拱寒烟古
來多少英雄淚不獨田文涕泗漣

夏日泛舟具區

六月方徂暑扁舟湖上還荷花三萬頃香徧洞庭山幽勝藏春鴨涼思消夏灣神仙何處是縹緲白雲閒

合肥道中

江淮巖邑傳金斗縣有金斗驛廬子遺封亦壯哉高峙一山當郡拱謂蜀山合流兩水抱城來連天芳草藏舟浦落日西風教弩臺多少英雄閒屈指征途憑弔有餘哀

張永祚字景韶仁和諸生官欽天監博士有兩湖詩草

景韶曾祖秀初先生名岐然國初時寄迹緇流稱仁菴禪師故景韶詩亦喜作禪語母爲徐處士士俊女通曉星學甫離孩抱即從母夜瞻五緯稍長極意步天兼習九章算法無錫嵇相國督浙閩大器之薦于朝授博士召對言天事後皆驗又以張司寇照薦入經史館校各史天文律歷兩志歸里後取平昔所著天象原委足成之凡二十卷堇浦張博士見過詩云觀天乙巳占應驗校歷元嘉議費調紀其實也卒于竹竿巷萬氏清

白堂寓齋有女能傳其學嫁諸生沈度字天橋亦善推步法其所著書在度家先是景韶年近三十尚囿童子試天竺山中有女不肯妄許人得青一衿始可景韶謾以諸生應遂委禽爲贅壻假人襴衫攝盛而往久而知其非也且泣且詘督之攻苦益力卒儼然爲眞諸生破涕始笑畫徵錄言景韶善山水未見傳本府志以八方伎傳似未允也

夏日幽居

無事幽居日倍長一篇時對竹匡牀風聲檐角能消暑樹影階前會送涼靜處方知千慮妄閒中始悟百年忙寒冰三尺街頭賣便是仙人濟世方

吳維烈字烈承號東屛曜子郡諸生 姪孫鉁 孫塡諱

先曾祖東屛公操履純潔嘗言學者當做實地工夫勿徒尚絺繪家業中落饘粥或不給而未嘗稍屈其志組經蕤史以終其身迄今五世童孫尚知佔畢皆公之遺澤也振棫謹識

偕許藎子翰青蔡芷橈新儒游竹林寺偶作

避静游祇園慈境亦良美曠望盡茱畦蕭閒遠城市坐久爭
談禪皮毛託元理因之戒朋儕明眼勿為爾俗僧假佛靈經
懺紿婦子高座悟虛空仍未脫生死喫飯與穿衣究竟莫逃
此自古聖賢人皆從實地起

飲祝氏園見山樓園在鎮江府城西

樓上看山好金焦入望初壯懷嘗北顧客夢竟南徐天地莊
生馬濠梁惠子魚平生鄙彈鋏卯酒且澆書

送姊壻段依階赴平南縣任

蘭亭宴罷送方回五嶺山高雁序陪三弟岳贈同行隨俗休敎驚越
雪寄懷且可待寒梅河東不帶書三篋海嶠宜烹石數枚好
與志元添襍組羊城佳地莫空來

戲贈程大鄘渠

白眼看人年復年三紅猶待檢陳編勸君莫漫誇頭角名士于今不值錢

吳維嵩字岳瞻仁和諸生

退菴氏曰岳瞻叔父少有文名試輒高等以幕游卒于粵西

赴平南縣幕留別大兄

囊書襆被越江濱楊柳千條不是春四十男兒羞負腹半生頭角復依人山過五嶺天無雁夢入三秋夜有神從此臯園增別恨羊城北望賦河滣

蔡朱源字旨韶一字芷橈號雪鴻錢唐人有雞肋吟寄寄山房集

芷橈先生爲大父退菴公外舅性倜儻不羈工章草以館班議敘州同未授職幕游吳楚閩粵閒其後卒于鳳翔詩草散失者十之九振棫謹識

九日寓齋作

勞生難曠迹扃戶過佳辰清竹憐家弟黃花憶老親雁鳴游子意秋寫故園貧獨立西風外寒吟烏角巾

江上

落日臨江上笳聲咽戍樓青山幾樹外白水一天流芳草含新怨烟花入舊愁興衰疇昔事我欲問沙鷗

晚泊孫村次陸豈磷韻

涼天新月白薄晚細吹風犬吠幽籬下人歸遠樹中隔河燈火亂入望水雲空曠攬清無限鳴榔出葦叢

席上賦感呈廣濟張愚谷夫子

座中有游子未敢醉華筵不見孔文舉長悲王仲宣秋雲人意澹流火客心然日落愁何似江山起暮烟

婁義門遇雨留宿

一雨水平街留君話小齋夜燈清短榻風竹響空階墨士琴尊侶林徒金石懷別來無限意取醉脫形骸

蒙泉澗草堂落成與舍弟澄同賦

夙負烟霞癖今居山水深家鄰和靖宅人有樂天吟明月隨清影澄湖寫素心娛親同愛弟松下弄幽琴

懷義門

曾約清秋醉鳳山仲冬猶自客郊關事無定數元難料人到中年豈易閒行色不離流水外鄉心常在早梅間破愁此夜還無賴高詠樓頭月一彎

秋晚自北口之漁陽

蕭蕭班馬出長安幾處霜林野外看關塞風高天勢迥江湖

秋老雁聲寒居庸西峙屏藩固薊鎮東臨渤海寬遙望長山諸島在黃羊白草入三韓

沙河晚眺和翟晴江

短衣側帽舊詩徒高詠澄川興不孤野岸夕陽漁曬網寒皐落木雁銜蘆人烟負郭遙堪數山水臨秋淨可摹入暮西風吹鬢影河梁歸去瘦藤扶

秋夜江樓懷吳東屏

西風入夜雁啾啾天末涼生感舊游豈有停雲同把盞不堪橫笛自登樓草從人去年年綠詩到秋來字字愁無那蕭疏楓葉外月明回首大江流

河橋柳

青青河橋柳送盡幾多愁不惜自搖落但憐人白頭

雪意

卿憐謝女才儂唱陽春曲日暮倚高樓風流人似玉

草蟲

霜高羣動收草蟲寒不歇共此悲秋人門外弔孤月

偶興

半榻鄰梧蔭短椽苦吟供我日高眠江湖詩集無人采涼雨

秋堂聽暮蟬

西湖襍詠

栁戶青青晴酒帘粉香酥雨盡清恬春風小詠紅亭下飛燕

銜花打帽檐

六橋如畫郭雲屏醉眼看山栁外青箾箾風流今不再空餘

香草夢西泠

一編心史水南書會傷蓮龕聽木魚湖隱歸來才半隱怪他
羅漢又移居

秋夜坐雨

不似去秋秋夜晴竹牀茆屋一燈清座中大有瀟湘意畧少
船頭風浪聲

過孤山次檇李朱氏壁閒詩

鶴子不還風滿亭嬾雲無夢到西泠梅花香徹詩人骨斜日
半山春草青

題友人買山圖

滿眼風塵非故吾江山何處詠潛夫時清未許言肥遯小擬
閒身在畫圖

沈濬字心韶號晴山仁和人有晴山詩草

晴山居北郭足不入城市縛茆作屋把卷長吟雖饘粥不給亦不問或當風日清美則芒鞋布韈遨游佳山水閒了不知枯菀利鈍爲何境緞綬金玉爲何物也王荚檐移家爲鄰並因與訂交臨江鄉人集中亦有贈句此外則知之者絕鮮超邁遠引固非充隱弋譽之流作詩不甚愛惜捨棄者多沒後其子景良掇拾殘賸而荚檐屬汪槐塘序之

耕牛歌

四蹄蹇縮雙角彎力倦筋枯誰爾憐肩皮穿蝕瘦骨立羸老還將賣得錢觳觫泥塗但垂首麻繩早落庖丁手牛病當烹何足論終能不負主人恩亦願主人自愛惜不須辛苦爲兒孫

蠶婦詞

屋角交交桑扈啼牆頭桑葉雨中肥連朝風日清且美蠶子初生一髮微憶昨迎神親拜禱紫姑曾許春蠶好若得收成

過十分今年要製紅帬襖亂頭麤服不成妝東家西家日夜忙晝夜隄防蟲與鼠蠶老還愁天欲雨南風吹落楝花香繰車幾處聞悠揚絲成織作須及早門前水滿將移稻聞說詔免明年租今年官稅愼勿逋

僻居荒野老矣無聞庚午仲春茨檐王君移家郭外與爲鄰並差不寂寞得五律四首

老不諳時務蕭然久索居家都無長物架只有殘書上壁苔痕滿遮窗竹影疏是閒容懶惰荒僻稱吾廬

素心誰與共是地豈南村日涉亦成趣端居聊避喧爲鄰分蘚徑列屋共柴門行誼知無忝看君古道存

閱世如棋局爲生有釣筒移家來郭北寄跡自牆東書法顏公妙詩稱謝朓工十年曾夢想頑鈍待磨礱

拙性眞堪笑耽吟亦自媸幾曾誇格調吾亦問師資幽圃花
閑日疎林月上時興來容倡和幸與討論之

寄蔡效青

只隔雲峯百尺天詩筒何事絕經年夢長能過前溪水暑退
還尋沙港船坐享烟霞眞要福來分泉石恐無緣知君款客
非無具十畝初收種秫田

攬鏡

攬鏡猶然未白頭自甘淪落又誰尤貧因麥嬾非關命瘦爲
耽詩不是愁妄念盡教歸鹿夢俗人判與割鴻溝近來只解
關門坐欲去看花且復休

春盡

布韈繩鞋嬾出游等閒春逐電光流晚風池館楊花急斜日

樓臺燕子愁無數香車歸院落幾多白髮上人頭般勤洗盞重斟酒或款東皇爲小酉

翁光遐字秀曾號醒翁又號者庵仁和人錢唐諸生

者庵以商籍補諸生庠名胡進屢試不售晚年棄舉子業以詩自娛

驟雨

不見河魚落驚看幕燕翻雲低全壓棟風急爲闢門餘怒雷猶震飛泉石欲呑病軀涼便好冰簟且温存

夜坐寫懷

豪氣消除已半生蝦蟇聲裡坐三更茹茶慣後甘如薺歷塊過來道總平雲翳空花慚對鏡酒屯愁陣怯談兵自知毫髮殊多憾入世波瀾未老成

林元字阮林號蓮山海寧人遷仁和有書潤屋稾老眉集

按各書皆作林元惟輶軒錄作林文元恐誤

林氏世以醫著稱阮林伯祖大文判太醫院　世宗在潛邸嘗令療閻徵君百詩之疾祖鴻遲官陳州牧父世俊官永昌太守阮林性通倪不問生產先世宦橐垂盡乃欲以醫術爲療貧計而切究者皆華陀褚澄孫思邈許叔微之書處方量藥與俗工殊故道貴而術不廣卒年五十八當時南屏詩社極盛獨阮林與林表不入社然杭堇浦先生言阮林詩拔奇于韓清深有理致生平著述甚夥讀書識字錄意蕊餘譚文選難字其襍著也醫學精蘊叢書方歌袖鏡醫門撮要醫學辨難其方術也兼工寫生山水花鳥皆入逸品

過戴鷳亭山居

秋意晚更深水竹互明媚溥溥滋清露了了刷寒翠天風動長呼萬木有潮勢新月如待人依約峯外至吾徒快合并豁茲離別意耳目羅幽賞曠然淨無累得句吟復吟寒肩聳山字

暮春湖上

春滿明湖只一家盍簪乘興泛輕槎生憐澹沲風吹酒正值廉纖雨養花到眼山川須我輩隔年塵土媿京華清歡莫任流光速柁尾新荷又茁芽

朱霞字林表號竹塍錢唐人

退庵氏曰杭堇浦桂堂詩話謂林表善音律能詩以貧爲人司會計嘗作賈說貽之美其賈名而有士行顓幼時曾見于張卿子巷談詩度曲亦頗儒雅惜所作皆散落不存此首于殘紙中得之堇浦所手錄也

題巨濤上人聽泉圖

能名巨公名未面巨公面何圖尺幅中一笑獲相見往從晩師游謂楚木上人賢達爲公先閏夏苦驕陽煩襟滌戒院俄聞漱玉聲得自冰雪卷熟視阿師誰彷彿平生善一挂珍珠簾一疋鷺溪練天風灑然生謖謖涼吹偏苔滑石頭路插脚信所便爲公參一詞公聽勿我嗔茲泉發河源蒼虬何代變何不

結團瓢漉漉弄石硯何不坐霜根屈鐵激飛霞以何因緣力天花手片片松泉合并來是二是一貫行行欲何之前路日方宴數問何無言此諦於何薦披圖移風軒素巘忽流電

洪青選字步洲號萊仙新城附貢有龕峯文集萊仙詩草

萊仙有才而尚義嘗于文廟左建魁星閣又于三溪鎮建文昌閣縣人德之府志入義行傳

石臺 芳園十詠之一

藏書宜石室直上卽平臺紅樹重重見青山得得來裁雲斜點筆邀月笑銜杯眼界高如許登臨亦快哉

汪世勳字捷三號蘭厓錢唐人官刑部貴州司主事

蘭厓爲周雨甘脩撰壻少補諸生文名籍盛時有冰玉之譽屢躓棘闈循例銓主事身乞假歸生平直諒坦易遇弱不能振及以緩急告者輒助之戚黨有貧女未字爲擇配理裝送之先世居黟縣宏村省視邸隴惠周宗族有雍睦之風生子十日章官至江蘇巡撫日荚日永皆登賢書日孜日贊同副乾隆辛卯南北榜孫應紹

與日㷋同乾隆已亥榜孫會科目不
絕門材亦云盛矣府志入義行傳

王岑樓紀事詩爲適許氏從妹作

踈池壘石暫棲禪羣從相於寄誦弦午夜書聲侵別院秋風
文戰著先鞭鳳簫斷續悲今日虎榜東西憶昔年贕有賢徽
千載仰情親一本倍凄然

汪鵬字翼蒼號竹里山人錢唐人有裒海編

竹里嘗以所獲孔安國孝經傳皇侃論語義疏山井鼎
七經孟子考文上之朝已錄入四庫全書而孔傳
皇疏知不足齋鮑氏刊之七經孟子考文眞州阮氏刊
之流布益遠歲乘賈舶游日本先後歷二十年于彼土
風俗甚悉惜未補吾妻鏡以繼竹垞之志業也後歿于
舟中先是海舶例不攜棺入中土十年前有客死者竹
里爲島中人言之得破格從事至是不煩請託竟舉喪
以歸人謂忠信之報云生平慷慨好施予朋好中孤寒
者助膏火以成其名親串有婚嫁
不克舉者成全之府志入義行傳

花街

日本妓女所居其八唐館也以申刻點名出亦如之名日應辦爲賦一詩

紅綃隊隊雨霏霏斜挽烏雲應辦歸蜀錦尚嫌花樣拙別將金片繡羅衣

陳沆字湛斯號澄齋海寧監生有稻蘺集

澄齋生爲華胄而性嗜縑素研求經史工詩善八分書別著有小波詞鈔自序云詞調十二宮所住字各不同一字止倚一聲或用折字過腔必歸宿本宮所住之字今人分宮按拍一字中往往攢蔟虛聲五音淩襍住字既得任其遷就詞調遂不可復古云云頗爲精審

望茅山歌

穹廬曉坼寒雲封馬蹄得得來句容眼前突兀見嵂𡼭巨盧削出三茅峯我聞茲山有五穴七塗九原相交通形勢曲折或如已亦名已山金陵地胏眞玲瓏洞天第八福地一茅君于此

留仙蹤大茅游行會駕鶴二茅兄弟皆驂龍繡衣亭上風月淨翚眞縹緲時相逢磐石千年鎮洞鼎谷水決決丹砂紅獨飈飛輪發東海更有轍迹傳青童華陽隱士桂冠至邱壑一洗琳瑯胸何當靈符佩五岳芒鞋踏徧青芙蓉三日征途滯不得塵埃人事徒悤悤

賦得桐華

漠漠桐英洗露華夜深垂處繡簾遮香流碧月雙鴉井夢入丹山小鳳家初落影疑分桂霰未開絮欲亂楊花箜弦風裏聲來軟夔尾淸音聽轉賒曹唐詩桐華風軟箜弦清

新栁

平隄春漲碧粼粼一夜東風散麴塵數遍長亭短亭路乍邀青眼送歸人

張玘字次桓號瑤呈仁和人有篷窗吟稾

瑤呈壯游幕府卒于粵東

贈洪子公璵

緬彼荊山璞淵然潛輝光非無驚世姿見擯徒徬徨卓哉我洪子懿度欽圭璋貞素默自保蓬蓽日常羊君非故絕俗世自不子臧坐令天廟器委棄瓦礫場嘉蓮在碧澗蒲荻亦滋昌慚予忝中表倚毗艮無方勸君莫戚戚至寶不終藏歲寒眞乃見凡卉任爭芳

寄長蘇孟噩二舅兄

我聞燕山秋色早七月霜飛榆栁槁風沙塞上動地來須臾迷沒黃花堡夜聞哀雁攪離思曉聽悲笳增旅抱自古羈情秋更深塵埃況復頭蓬葆燕市高歌共酒人西風短後同傭

保骯髒時將斗酒澆等閒肯向朱門埽丈夫有志終自伸眼前蠖屈奚足惱勸君努力崇令名莫漫憂心惄如擣

秋日登巾峯

氣肅晴光萬嶂開憑高一望北風哀東連海嶽新秋寺西枕江關舊戍臺講席猶餘花爛漫丹書不附鶴飛迴獨憐日夕霜鐘遞墖頂雲澄月正來

楊鴻逵字大瀛號蓮峯餘杭監生有亦寄軒詩文集四十卷

蓮峯別著有垂露庵襍記八卷

冬經南塘

望中衰柳尚婆娑湖面凝寒水不波村店酒香沽客少弋陽腔俚閱人多紅皷數里霜林醉翠斂千峯夕照酡天地茫茫

成底事獨來亭畔一高歌

盧同字又川東陽諸生仁和人有竹磵偶吟原編流寓按盧氏遷杭已久其子以仁和籍舉于鄉今移編本郡

又川高祖心泉自東陽雅溪遷杭之東里父金聲字浩亭號崔閒以醫術顯性至孝商邱宋太宰有疾公子編修至時方督浙學固要浩亭往道過關山所見關壯繆廟無慮百十必入祝母壽筳占母安否太宰病既應手愈將爲入貲以母故頓首力辭而歸又川克繼其業有窶者來則資以藥餌不責償也乾隆庚寅子潮生舉解首人以爲陰德之報所著有周易觀象十卷圖說三卷

城東春水

春雨連宵足新晴照眼明船如天上坐人在鏡中行活水蒸城潤輕風入座清曉來凭閣望處處浪花生

楊煥綸字師典號竹巖中柟孫海寧諸生有瓠落集竹巖遺集

竹巖少作郎爲長洲沈文慤公所賞同里許霍齋視學粵西招與偕行粵游一卷皆是時作也中歲徂謝遺槀半佚

渝水道中

連峯如帶圍偃側溪流曲乘舟出其閒左右不相屬俄頃舟過處回視斷仍續一片蒼翠影高下緣叢木冥冥黑淵底疑有蛟龍伏上灘何艱難力盡三篙竹

渡溪

涉川臨淺灘蕭條散陰翳仲冬之月溪未寒濟深則厲淺則揭輿丁排列如連環我坐輿中膽不豨穩于萬斛舟放流灣復灣便于一條杖㭼葛山前山小板橋頭且小住亂葉斜飛緣榕樹㵎泉橋下鳴淙淙剛送行人趁新渡

棲霞洞歌

我慕鄭冠卿澹然寡世營飲得仙人涓滴酒退去馮乘求長生日華月華今何處山中定有箜篌聲塌來古洞探遺迹扶筇何處捫天根洞口橅糊不可視攜行全賴狂道士燈燈相續成聯珠絕勝燃犀照江水四圍突立皆山精千丈倒垂盡石髓長者玉柱短瑤簪自下而上相依倚或如廣乘之翠鸞或如琴溪之赤鯉鳥從安樂羣飛來象自摩耶忽駐此其餘鐘乳凝靈根忍草曇花黯紅紫桂華詩集孰流傳錦野東西卻已似仙鼠如鴉耳畔翻黑淵錚錚響杖底以火索照火氣青白晝渾如游夢裏乃眞地獄變相圖作畫應須吳道子瑠臺瓊室高嶙嶸中有一道風關通行盡未盡三里許悅逢曉色穿房櫳入洞頗爲洞所駭出洞依然心眼空冷水巖前一瞻眺雞鳴犬吠山村中桃源之說殆如是休使嗤笑來韓公

人日有感

征程往歳度渝江閂眼雲山到此邦時住邕州山館蕉葉無烟積覆地桃花著雨墮當窗春來今日謂人日客過上瀧思下瀧磨耗生涯唯别賦枉誇匹錦價無雙

國朝杭郡詩輯卷二十一終

錢塘吳慶坻校字

國朝杭郡詩輯卷二十二目乾隆初人約略爲次

盧　鍾　鄭繼坤　張承顯　鄭景濂　黄萬鈞
趙時楫　趙承錫　汪　時　顧　塏　姜培允
鮑鴻勳
凡六十六人

國朝杭郡詩輯卷二十二　錢唐吳顥原本孫振棫重編

嚴垣字金門餘杭人沆曾孫烜子有武雲書屋詩

思歸

夢裏還家豈是還晨雞喚醒更茫然心如乳燕秋遲社身似鰥魚夜廢眠毋病三旬游子遠妻亡一載旅魂牽便思乞得長房術忍畏長途緩著鞭

送春

曉鐘未許輒先鳴肎放東皇返上清滿地落花蝴蝶影漫天飛絮鷓鴣聲愁開小院離筵酒怕問長亭去馬程九十韶光誰不惜醉中詩句夢中情

田嘉穎字道腴仁和人有原本堂集

道腴有別業在韻榆復幕游京師山左故居里閈之日絕少詩五卷文一卷皆藏于家

野田黄雀行

黄雀黄雀連遭饑飛來田澤長羽衣剝啄香稻體漸肥翻入廣野不思歸前有網罟後有機歸來歸來人依依

曾孝女詩并序

孝女曾氏父名尚增宗聖裔也以翰林出爲郴州牧孝女年十一二歲值母張宜人臥病不起孝女侍湯藥歷四載不倦乾隆戊寅冬宜人病轉劇而孝女委頓亦殊甚宜人憐之曰兒病矣盍少臥命老嫗侍我孝女懼拂母意卽帷幕外假寐老嫗就榻前爐火烘衣倦臥衣爇火及宜人榻孝女驚以手撲火不得滅守宜人榻前呼救時寒甚漏下已四十刻家人寢正熟聞變起撞門入則火已及帷宜人自度不能免促公掖孝女出孝女哭

挽宜人臂不肎釋家人負公出復奔孝女孝女不許且哭且呼曰速救夫人夫人出我乃出時宜人已在烈燄中猶見孝女以手捧宜人面哭不止公大聲呼孝女速出孝女卒不出遂從宜人焚死火既熄求其骨見孝女以身抱宜人骸卒不得解觀者皆涕泣不能仰視孝女生于乾隆甲子八月二十日歿于戊寅十二月廿三日僅十五歲也

宗聖古孝子傳家多義方承武數十世忠孝扶綱常篤生郴州公作牧揚清光有女名衍綸十齡能文章十二遘母疾侍奉牀第旁十五母疾革日夕心徬徨憂勞遂羸瘠午夜遭奇殃假寐帷幕閒老嫗事藥湯爇衣延臥榻孝女起驚惶疾呼救夫人母面尚捧將有人扶女出嚙臂仍入房抹母竟不得

抱持同死亡秀水鄭太史虎文云有扶孝女出者齧其臂仍入火救母不得出遂同焚焉骨肉既合并膏血難分張吾人丈夫子聞之痛中腸乾隆戊辰冬吾母疾亟值夜鄰火發吾救之僅免緬昔有曹娥拯父溺大江死抱出重險血肉猶無傷痛此母女魂萬古兩相望安得幼婦碑表此孝女殤郴人感純孝祠祀修蒸嘗鄭太史云今郴人已祠祀之視古兩不忝韲臼誰能揚

吳嗣韓字雲瞻國梁子錢唐諸生

文丞相祠

眼看荆棘臥銅駝事去英雄可柰何討賊空揮諸葛扇迴光難借魯陽戈山河並壽掄元策公廷對策萬餘言言經濟日月爭光正氣歌柴市孤忠高萬古緬懷往事淚滂沱

西湖懷古

湖畔荒祠半草萊英雄回首總堪哀將軍未向黃龍去相國曾乘白馬來碧血千秋應未化丹心一點自難灰憐忠猶自供蘋藻野老春秋奠酒杯

朱昺字莔潭號曉園錢唐監生有西湖聯題詩

退庵氏曰莔潭爲鹿田太守從子守田上舍喆嗣耽吟不輟予相見于豐潤玉田間嘗偕游盤山裵松石之勝相與倡和而未及存稿後以嗣君得縣尉出京就養不復相聞矣

三生石

李君與澤公隔世猶物色如何今之人對面不相識

鏡湖樓

小樓臨湖濱水光達宵曙人從鏡裏來又向鏡中去

吳嗣蘇字次穎國梁次子錢唐諸生

謝安

征西告潰奈蒼生公輔勳名屬阿兄手板可嗤朝士節清談

不礙右軍評東山遊屐高塵世別墅圍棋授甲兵江左風流

自千古未堪王儉與齊名

查岐昌字藥師號巖門愼行孫克念子海寧諸生有巖門

精舍詩鈔

藥師詩排奡妥帖能繼其家學年三十始補諸生屢躓棘闈年五十卒所著有巢經閣讀古記二十冊約百卷俱散佚詩已刻者二卷未刻詩二十二卷詞二卷文二十四卷

游滄浪亭次歐陽公集中韻亭係商邱宋縣津先生重建三韓吳中丞繼葺住僧元普繪成圖卷吳中諸先輩率多題詠

湖州長史行樂地盧陵居士題詩篇年深蹟往近誰主風流

雲散亭依然城南徑曲步微仄長林豐草相連環香飄桂木

挺森秀蔭密野竹分清妍有山有水與世遠不村不郭忘囂

喧回頭鱗屋隔萬戶霧非霧兮烟非烟我來吳市六百日咫尺欲躋尋無緣乍逢清景墮空杳小憩寧必非游仙蘇君當日不稱意笑收風月吟觴邊結廬何妨在人境負郭纔有下潠田至今北碕漁可釣潑眼唾涤清而漣曾聞池館後豪奪創業始自吳越錢婆畱孫盡申公死跡與身滅皭垂憐闡幽繼微開府賢好事僧繪丹青天畱題人續六一句字字珠出驪龍淵青衫綠鬢柰襦客移牀曲尺思借眠異才蹭蹬有餘想芳名蜚遯流他年濯纓濯足取適與姓氏詎望當時傳

曉渡太湖望洞庭諸山

萬頃湖光一棹開東西浮出小蓬萊烟汀露渚蒼茫外笛唱漁謳浩蕩來挂樹銅鉦從下上踏波沙鳥任飛迴一灣舊入雞豚社應許儂家置釣臺

春栖和江南袁明府簡齋韻

染就鵝黃薄襯烟江干管領豔陽天可知態好惟春月贏得風流是少年綠展眉痕萱草外青留眼界杏花邊不緣芳信闌珊後特爲淸陰駐㬥鞭

𠋫衣拂馬一條條萬縷纒緜作意飄乍起乍眠終古渡半迎半送幾前朝情牽舊雨還新雨夢遶長橋又短橋莫倚東皇誇爛漫露華濃處鬬輕腰

戊午秋客秦淮禊詩有流盡舊家簾幙影之句爲時傳誦近稿佚去重游悵然補綴成八首

烏衣名巷里名珂夾岸亭臺貯翠蛾流盡舊家簾幙影秦淮依舊水如羅

亞字低闌護板橋大航燈影已蕭條游人不管南遷事一樣

興亡話六朝

玉樹金釵句極妍丁丁新調試吳紘袖中紅本都官妓宮戲

新呈燕子牋

市隱園中樂事稠白門柳曲記眉樓彥回少日眞名士老去

從人唱石頭

鴨毛新漲白鷗潭瀲灧波紋皺淺藍殘月曉風楊柳岸詞人

低唱憶江南

斷烟零雨莫愁湖樂府流傳此地無邀得閒人來汎艇紅衣

散處引雙鳧 前輩題咏多指莫愁爲金陵人非是按古樂府莫愁樂云石城女子名莫愁善歌謠石城在竟陵其曲云聞歡下揚州相送楚山頭莫愁在楚無疑今石頭城下有莫愁湖蓋因石城轉譌耳湖上多荷花故云

柳翠梅妍十六樓任他蕭寂亦良遊顛花殢酒生來嬾身是

當年許散愁 北齊書許散愁自少不登孌童之牀不入季女之室

百花洲畔蹟全蕪聞說天開似畫圖桃槳一枝隨鏡轉教人回首憶西湖馬光祖青溪圖舊有百花洲天開圖畫亭宋時號爲小西湖今廢

查昌禧字開祖慎行孫海寧諸生有花南吟草

收茶

茶把自爲供原非賣茶傭蓄會先八月月令仲秋務蓄菜灌已足三冬趁得風光好還防力輩傭筠筐攜采晚剷取意從容

查岳字聖俞號牧之祥從弟海寧監生

展上巳小集廣業堂

一觴一詠又江南月次重三日又三青眼來看花總好白頭相對我何堪杯盤襍進餘櫻筍睥睨粗安且笑談更喜茶烟青未了鬢絲禪榻鬬清酣

俞省源邀看桃花二首

春船不繫栁絲長看徧桃花泛野塘人影悤悤過橋去追歡

偏是白頭忙

紅雨紛飛又一村劉郎前度已銷魂揭來只合曹騰醉衫上

重添舊酒痕

俞棠字省源號甘村艮模子海寧監生有荆南燕臺鶴城

等集

桑工部調元言甘村五律清蒼老

練七律尤渾灝流利情韻並佳

作家書畢有作

旅況書難盡鄉關路復賒去時憑雁足到日燦燈花砌冷蟲

聲急窗疎月影斜夜來成遠夢飄忽又還家

春暮書懷

春光來去水東西物理蒙莊那得齊過眼烟雲成舊迹逐時

花月入新題事如馬角原難望路似羊腸最易迷芳草繫人歸思切子規何事柳陰啼

楊知字誨仲錢唐諸生有審是齋詩鈔

誨仲爲何義門方樸山兩先生弟子久困諸生中窮厄飢艱踵決肘見暮齡家無一椽之託每攜其子執禮僑寄僧寮府志入文苑傳

月夜陪鮑明府登淨慈寺鐘樓

我家南山南日夕聞此鐘今夜一登樓臨眺明月中太湖未受月水面春烟封南屏萬木合鬱鬱多蒼松松間月漸高但覺生清風湖山各呈露劃然分衆容憑危一俯視此身如乘空自幸閒有餘得陪塵外蹤遇茲清夜賞聊共開心胸

別家

門外雨如絲征人此別離病妻憂遠道幼子問還期山發寒

梅後江生春水時登舟重回首心事少人知

連日陰雨抱病

乍覺生衣薄空齋涼氣侵掩窗聽暮雨開戶見秋陰未作寒來計難爲老去心幽憂自成疾相遣藉清琴

聞孫孝廉載黃自開封歸里

憐君落羽困幽燕又復羈棲汴水邊懷袖可堪無一字別離空記有三年漆林凋處裝初裹芸草生時席再聯但恐南來正風雪寒江暫阻孝廉船

留別汪上湖

經年湘水遠相隨江樹重看綠滿枝百舌坐聽聲歇後千峯愁對雨來時守官何事遭訾議獨客將歸悵別離卑溼願君多自愛公忠自有 聖明知

三月六日漫成

武陵溪上雨如絲浪泛桃花沒釣坻遠客看春獨惆悵去年今日別家時

張彝字天民號蕁䈁仁和諸生

蕁䈁爲鳳麓學士第四子性落拓不飾邊幅工詩篇什甚富皆已散佚嘗賦炭詩八十韻盛稱于時今於沈編修鏁處得其稿亟錄于編其子念祖修潔自好歿後無子天民弟子孫堅士樹果任其祭埽墳墓漕糧歸入孫氏戶下爲之輸納亦近時高義也

咏炭八十韻

栭柞燎爲炭誰云朽偏速堅可歷億年斯語傳抱朴名理今難詳物製世猶錄詎必隸春官職司有專屬霜寒草木零斧斤入林麓斷梗臥杈枒一時下溪曲縱有楨幹姿山靈惜不得吳才老韻補都木切深塹聚厥材列炬熾以族掩取句芒功鼓動祝

融毒枝摧燒尚延烟盡燎須撲水火用既濟金石聲未剁俄
見青銅柯積成元圃玉曲若兹勾弦直如徵引纆莫卜切黔象
牙俱焚吳牛角一握官府徵冬儲牌簽襍案牘四尺五尺量
千挺百挺束輓運汗牛馬捆載壓艫舳餘者歸市門緇塵染
賈服萬樹易枯榮幾家異寒燠汏哉豪富子一買什伯麓匝
匼密周遭冞匽紛星麗圍爐古銅湛鑽燧新火出竹鹿切燒時
失烏金熾處推紅璞精或刻獸形巧且傷琴斲閒來擁彈箏
興到烘擊筑柏葉纖指拈香錢細意覆三沸茶鐺鳴小煑酒
鎗矗長筵宴初開深盃舉相屬肢和舞衣輕喉暖歌珠續佐
烹溉釜鬵行炙膏衡楅狂呼盧雉梟靜評絲竹肉露頂覺風
恬揮汗如雨沐熱倩攢柤梨燥思掘蘆菔隔簾雪片飛逼座
燈花簇樽前豔綺羅門外僵輿僕客散餕還搖雞聲氣猶熇

不思用物宏翻訝時令駭豈知行路人墮指已可掬嗟此蓬
門士伏處體皸瘃舉火歎無資擔囊取莫卜牛衣臥難安鵓
結肘頻捉冷廚未黔突長饞壽黃獨椀冰結癭瘤硯凝暗鴝
鵒側理凍艱書不律呵仍禿坐覺青氊單笑憐黃耳伏鞠通
軫底潛脈望卷中縮材藉百鍊老用仰三冬足吐氣自成虹
談經空折角素無庭前槐落葉會未蓄更少轅下駒馬通乏
半蹋但撥一痕灰難爨五升粟辛苦謀炊溼哺啜議畫粥歲
晚意茫然柴門聞剝啄迎問見使人遠道書來辱題封標炭
資喜極煩禮荅都木切計用轉勞心持籌紛仰屋節嗇仍負暄
遷就且果腹笑學喑啞吞羞為屢屢鬻客路走風塵物價騰
京洛重或比桂枝貴每論十斛敢作附炎態甘等處冰竇徒谷切
所欣地主賢不待羈人告篝衣每得熏提壺逝以濯宴坐

擁阜比高談過炙轂范叔頓忘寒鄭卿未毁塾一笑熱因人

終慚煖生閣（余玉切）安得眺八荒借取龍銜燭植之廣廈閒灼

似宅暘谷安得呼太乙燃杖其徵逐不令卯金子擅美于天

祿安得謁玉皇侍報香案役分灑煨燼餘煦嫗徧窮壑大造

鑪鴻濛陰陽氣爍煜人生春復秋萬事流火促卽今初陽生

白日漸東陸山寒豹隱霧候暖鶯遷木炎涼境屢更閱人如

炬目臥雪豈長貧炙手未爲福太息物力慳那滿人心慾吟

成賁炭翁白傳詩誰讀

甲申冬十一月己巳　恩賜　上書房諸公哈密貢

瓜散堂僕少抱經學士攜歸分餉因次補亭少宰碩

亭朶議聯句恭紀韻奉酬并呈諸公

徑尺瓜承筐　恩暉共煒煌匪頒來紫禁納錫自金方哈密

邦之衛伊吾　聖所疆地腴蕃蜜食㕙蔓燦芝房暖入風吹
綠膏流土韞黃盈盈懸葉底磊磊壓花當羅水淸環渭祁山
鬱助芳蕨冬期述職方物待來王低亞穹廬角遙分織女章
重如渾脫滿巨較斗魁强植處雲橫積收時草隕霜修藤落
其實老圃兔于㢭入　覲知　天大縣生仰　運昌敢云誇
異種莫漫賦丹瓤羊髓脂方潔龍蹄質應剛款關輸貢遠重
譯走途長　鳳詔垂綸綍鵷筵秩紀綱分將西域味渙作九
霞漿夙飽山家趣新霑湛露光甘疑飑蠶側香撲寶刀鋩中
使傳宣早仙班領取忙　恩膏霑珥筆拜賜響珩瓖歸路珠
投乘提籠馬撒轀庭闈輕滫瀡祧廟重琮璜簪盍來吳質歌
成付雪娘製燈皮掩映貯椀子撐攘渴止寧須茗痾除早愈
肓儒臣遨　厚澤鶴客愧迂狂懷核會嫺禮含香未入囊瓠

浮難適用匏繫詎終藏恭覩　皇圖盛長依　化日暘分甘
榮偶被納履幸無妨五色誰增價雙莖或兆祥惠承冰谷味
夢想杏園觴一片登和璧餘珍謝楚餭幽詩如可採持此頌
明堂

宿遷遇大兄端甫別後卻寄

一夕對牀眠前程渺數千家貧同作客路遠獨經年歸夢江
南月離情冀北烟幾行書鄭重爲促塞鴻傳

送盧敬甫姊丈遊廣陵

川上霜侵舊二毛悠悠悵別立晴皐雁過淮北秋聲迥木落
江南客夢勞靜夜月明瓜步驛長天風激廣陵濤故鄉遙計
歸帆日廿四橋邊水幾篙

小集湖上至孤山看梅步盧敬甫韻

湖樓飲罷惜餘閒爲憶林逋訪舊山石路通時雲滿抱梅林深處鶴孤拳半池疎影鬧春色一縷寒香澹醉顔最憂盧仝老徵士筇枝扶月漫吟還

宋慶嘉字禾君仁和諸生

禾君與汪晴江春溶盧敬甫存心及敬甫從子息池壽朋相賡和押銀字韻詩亦彼此互見

壽盧息池

卅年末席廁同人蒲柳先凋白髮新廬嶽遠探千尺雪秋濤歸趁一江銀時歸自江右黃華色鬬霜華豔小阮年齊大阮春有約三三聯舊雨湖濱載酒鎮相親令叔敬甫去年六十

周鶚薦字儕鶴仁和人

荅禾君

飢來驅我復依人空負湖山幾度春夜雨孤燈情似鶴秋風

半榻鬟如銀摩挱舊物氈無恙檢點詩編句有神更爲抱琴呼稺子故交問訊不知貧

汪春溶字晴江錢唐諸生

書同聲集贈盧召弓 余與敬甫息池交垂三十餘年中間頗多文酒聚會敬甫擬收拾舊稿爲同聲集不意與禾君先後厭世今令嗣召弓持所已輯屬書既感仁孝之懷益傷良友之逝奉贈一律仍用集中銀字韻并跋數言

屈指同聲少二人 謂禾君敬甫 流光過眼與時新披吟不覺淚如雨握管深慙鉤似銀夢到蓉城仙作侶灰飛緹室谷回春 書成時適長至 悠悠行路休相問兩世交情久益親

盧壽朋字息池仁和人存心從子

初秋同人集湖舫

鵬鷃任逍遥何用分人已與來招朋儕共泛城西水山光澹

長晝悠悠今昔覗何妨避殘暑遠向清泠涘蟬聲咽咽鳴不

厭聒入耳秋意靜涵波平鋪一端綺移時轉沙汀雲鷺翻波

起爾我胥忘機俱落空明裏飄然一葉舟送以清風駛沿緣

五栖居共食鮮魚美

開春同敬甫叔集桑弢甫草堂

蘭堂聚影共三人轉瞚流光又感新屢易歲華情似漆獨憐

老態鬢如銀簾開風透梅花信尊滿香消竹葉春促膝有時

旋欲別弢甫將赴禾中談言能得幾回親

陳台字耕山一字亙山號松田海寧人豫誠弟

與諸同社至萬渡訪孫丈德元

遙知隱士家高下遶桑麻小徑惟通鳥閒庭有落花竹牀披

道記石鼎試春茶同是忘機者歸途日已斜披道記本徐孝穆山齋詩

嚴際昌字而大號味村仁和人錢唐諸生有存存堂集

味村爲紉菴先生孫富于儲弆精鈔祕槧不惜豐價求
之生平著述有五經提要三禮注研輯慎終錄諸書其
室人龔亦能詩
有絲窗閒咏

過常山次薦香元韻

夜雨愁行役朝晴喜見山肩輿從北郭曲道向西灣地勢連
三省重防設兩關漸看遲日暮飛鳥倦知還

新正詣汪晴江先生新宅見門簿題句即次元韻

曉風寒沁北窗西雪壓檐如白堊泥吟倦不知今雨集有人
門外次新題

王承祖字遜先號古鐵錢唐人有石蘭堂集八卷

古鐵大父赤抒中翰以詩鳴康熙間父竹所供奉內
廷食館俸古鐵少稟家學故其詩調高而氣清初嘗流
寓津門後涉章江度庾嶺歷桂管復跳身爲甌脫之遊
既歸而隱于城北斂廬垂老益窮三旬九食而杜門卻

埽忍飢誦經可謂篤志之士其弟子閩中姜修爵爲版行其詩

食蕈

口腹愁累人吾貧滋味薄菘菌葵蒋蓼葱韭藜莧藋因時取飣盤隨意恣大嚼微情所尤嗜蝚蝑蕈絲弱湖波春正肥小艇蕩還泊舟人出瓦盎采擷縱歡噱入手忽脫手沿流活難攫攜歸漉清泉要及涎未涸烹先珍雉尾羶不數羊酪最喜滑流匙還看翠浮鑊當餐呼婢妾小竈可時索劇憐萬錢廚肥豢塡慾壑不知一飽後寧辨精與惡斯理本易明吾言洵非謔點羹下鹽豉方法古堪酌客至亦足供相期歸儉約

仙霞嶺

西風吹細雨送我山中行籃輿冒深翠虛壑嵐濤生修篁夾磴道古木還交橫回盤徑欲盡仰見蒼厓傾躋攀覓往路暗

澗沙中鳴尋聲屢紆折藤葛頻牽縈崇關忽在望睥睨高崢嶸想當草昧初巨莽藏鼯鼪啼烟復嘯雨白日無光晶悄然心魂悸拔劒誰敢偵時清天失險蛇龍捲麾旌巖花饒媚色野鳥多和聲擔囊不須戒穩趁東西程俯仰異今昔足慰行旅情

曲尺村同吳西林翟晴江賦分得村字

吳君棲隱地繚曲殊他村隨地各築室面勢互闢門迤東里才盡轉北巷還存花竹過南茂桑麻折西繁石橋跨流水彎環進漁艕微微草閒徑有若修蛇蜿植援護雞鴨縈帶籬與藩過客愁出入空認屐齒痕意行往而復恍惚難具言夔此紆且邃足以絕趨奔我情多坦直知不利孤騫何如來此住庶免時俗喧

觀鮑以文所藏文丞相草書尺牘（公二女環娘、栁娘，散失兵間。環娘不知死生，栁娘依乳媼徐，留敵營。書葢爲此作，并及軍事）

朔氣高凝宋社屋，丞相義旗猶自卓。一旅思將天地爭，六庚難使山河復。空坑潰後身遠竄，擾攘干戈分骨肉。盈盈閨稚十齡餘，翠眉紅頰珍雙玉。寶釰交揮塋鷺鵜，繡衣片裂飛羅縠。烟昏塵暗敵營陷，鴉鬢低垂看影哭。存亡消息兩遙傳，丞相含辛親草牘。不知高義竟何人（書缺首數行，其人惜不傳），物色聊將存者囑。倉忙軍事猶未忘，覼縷衷言俱可讀。墨痕黯淡紙色古，跡矯龍蛇應寶蓄。鮑君得之祕異錦，展示明窗肅心目。兵燹頻經劫獨留，鬼神永護光常煜。當年蹂躪劇堪哀，萬里中原

何慘黷

送西題之福州

風前歌折栁相顧意茫然行迹幾時定詩名到處傳愁邊新歲月望裏好山川書遠憑誰寄帆抽荔子船

遣兒子宜穀之泰州

三年吾抱疾憐爾久飢寒乞米知難繼投人冀好看關山雖不遠舟楫願多安去去無他囑浮生生理難

火伴催同發臨行淚暗垂汝懷應善遣吾病尚能支近海羣商聚牽江巨艦隨到時應得便休遣報書遲

七月十六日兒子宜穀之閩詩以送之

吾衰怯行邁汝壯合經營幸有殊方友猶敦古處情江船尋遠伴村學散諸生去去休垂淚全家藉此行

喜得兒子書

柴門方獨立有客問吾家忽得東溟信能開老眼花裝輕身

不累俗異飯能加川陸秋俱爽渾忘道里賒
復道新知厚能令遠客安一尊勞契闊數口念艱難許爲謀
生計先畱度歲寒汝曹何以報知亦有心肝

柬諸來青

經旬不見諸生面料得深居影伴身壯歲天公閒我輩一編
詩句擬前人家饒水竹應多味心鄙錢刀自合貧秋暑漸闌
堪信脚高談莫厭往來頻

春曉同蔡濬川高伯陽泛舟花神廟尋岳湘亭訂櫻
筍之會

才露清光便出游午餘同泛總宜舟柳條風動帽檐拂花氣
日熏衣上浮要看青春幾日盡莫慳杯酒百分酬錦苞紅顆
時新味試問良朋許會不

秋日查蓮坡招飲水西莊

風聲入樹急疑雨雲影隔簾遙似山境好欲生三宿戀年來難得一身閒

犖确聲中骨蛻蛇翻聯影裏尾銜鴉果然人力爭天力棲畝猶開晚稻花

陳梓字桐友錢唐諸生家于粤

過泰泉寺

微風淨氛垢天半見高秋疊疊青螺壓層層翠羽浮僧穿黄葉徑人倚碧雲樓共道空明甚清光逼斗牛

夂浚字衞瞻號竹村仁和人有見餘詩草四卷

退庵氏曰竹村幕游半天下見人有義舉善行輒喜必力勸行之又著潤身錄皆訓其子孫修德立品之言

偶意

養性惟沈靜庭前草自删生涯隨處有世事幾回閒風皺池頭水月移窗外山何當時散步攜取白雲還

客中病起

鬢毛早已報成絲寥落天涯强自支病起綠窗疏把酒天晴黃鳥勸題詩梆掩翠色臨書案桃放春容入硯池安得西湖䣾客醉故鄉風景動人思

晚泊黃牛塘

水到春來綠似油晚烟帀樹月當頭黃牛塘下灘聲急瀉出離鄉一段愁

魏三湘字得吾錢唐諸生有可焚集

遊韜光庵雨阻信宿者數夕

信宿在禪關句畱未得還千竿風撼竹一片雨連山蘿滴當

樓翠苔滋市地斑曉來新漲急枕畔自潺潺

詣蕉石山省言緜墓

勁骨薶黃土雄心幻碧烟死生成一別風雨隔三年衰草斜陽亂悲風老樹顛蒼茫秋色裏四顧獨淒然

葉菁字咸山號幹亭錢唐例貢候選知縣有也園詩草

退菴氏曰咸山家裕十貲築也園在九曲巷

晚過長江

一身飄似葉況復在舟中山遠平沙闊霜凋萬木空波光奔落照帆影飽春風遙望蘆深處漁燈幾點紅

春思

百卉爭妍日陽和播鳥聲綠鋪階草軟翠貼沼荷平明月梨花夢東風楊柳情何人吹玉笛春思滿江城

張靄生字雲先號雷壄郡人

雷壄嘗撰述靳文襄公與幕友陳天一問荅之語爲治河述言

過仲夫子廟有感

劒佩雄風何處求尚餘祠廟對清流殘碑有客看遺像野市無人薦庶羞殿角風聲喧燕雀門前日色冷松楸結纓已遂成仁願豈惜平生志未酬

沈渭字鴻舉錢唐諸生有處囊集

春江䄙感

窮愁只合寄風塵卻恨風塵悞此身舌尚在不歸問婦裘將敝矣笑依人毛生捧檄寧無意張翰思鱸別有因惆悵年華不相待隔江梅栁又驚春

唐灃字又東仁和人有秋浦小稿

得湯對松書

不盡思鄉淚來書獨夜看故人憐臥病異地勸加餐歲月空山晚星霜客夢殘與君共愁寂遙憶白雲端

雪霽訪蓮上人

侵曉鳴雙屐行行入竹林春回雲物秀雪積草堂深清磬淡塵慮半山聞梵音探師禪座處寒色滿遙岑

送湯對松之武昌家玉林三兄幕

五年形影鎮相隨瞥眼冬餘此別離吳越恐違中夜夢山川應入計程詩愁增月午書橫榻思劇花閒鳥涴棋寄語江州老司馬春來余亦挂帆時

孫鳳儀字愚亭號半庵錢唐監生有牟山詩集

九月朔爲溫公忌辰是日懸黨人碑于堂約同人設

奠拜祀爲賦此詩

追溯前賢蹟六百有餘稔時屆授衣節音容當不泯家藏元
祐碑熏沐拭塵溷叉軸堂中懸生氣猶凜凜是日天氣清朗
儕集茅徑雜黍聊具陳眞率法先聖椒漿酹深卮跪拜致恭
敬神去動靈旂心悲淚欲揾三百有九人傷哉陷姦穽若非
罹毒網何以顯忠正僅免身後戮實乃公之幸安民抑何賢
附此傳名姓後議頗軒輊鐫工列王俊直道自古難恐刺生
梟獍斯舉豈無補元姦徒悻悻千載有遺臭筆勢空遒勁昔
之端禮門轉燭成灰燼碑毁名尚存什襲藏逾甚予家喪亂
餘遺此傳緜亙呵護在天靈韞櫝必誠淨堪嗟我輩愚無地
避弓矰未能學冥鴻遠舉天外奮勿受閹上災毋爲權者憎
俯仰諸先生一寫幽悰憤嫉惡貴勿嚴千古不磨論

沈光祀字誦芬又名曉字明東錢塘諸生有竹裏樓集

盪水石在曹溪

象嶺鬱盤紆曹溪遠溶漾風濤相吞吐水石互摩盪底柱當中流勢激春湍漲宛如灩澦堆屹立瞿塘上中虛石鏬通倒吸兼天浪瀾翻避其衝渦轉搤其肮此下乃龍湫淵深不可量崇朝雲雨來奮地雷霆壯鼉鼓鳴江潭鯨鐘響崖嶂砰訇怒未平撞舂力相抗怪石踞其旁爭雄不多讓猙獰伏虎形蜿蜒臥龍狀前通招隱巖遙隔青松障伏流貫其中奔騰苦不暢泉石頗幽奇林巒亦清曠涉趣不知還臨歧一惆悵

秋日集越秀山房

歌舞岡猶在呼鑾路已荒羣雄爭割據陳迹感興亡古冢開城塹離宮入道場一杯空酹酒秋草半芸黃

依山樓

飛樓出上方一柱倚空蒼半嶺見新月千峯猶夕陽松風吹夢斷雲影入簷長試問西來意天花滿石牀

出郭

出郭吟秋路不遙西風吹鬢雪蕭蕭寒山影裏尋茅店流水聲中度板橋岸斷已添新蟹舍池乾猶插舊魚標江南宋玉多愁客搔首長天向泬寥

山行

峯攢岫列紫芙蓉野老登臨曳短筇疎雨杏花村店酒夕陽松影寺樓鐘人閒逝水驚彈指天外層雲起盪胸咫尺仙源圖畫裏漁郎何處覓前蹤

沈泰字心舒仁和諸生

德華庵

竹院蕭蕭傍古巖門依曲徑絕塵凡臨池石几憑風埽倚檻
花鬚任鳥銜客到寧嫌穿斗室僧閒不慣著緇衫乘秋擬約
重過此好啟窩中詩一函（內自在窩爲周埜庵藏詩之所）

沈乾字沛思號東田仁和貢生

遊雲居山

高邱倚城隅四圍列荒圃樓臺半傾攲惟餘楓樹古行行歷
層巔俯瞰迷環堵左眺湖水湄右窺大江浦乾坤任澒洞風
烟遠吞吐惕息憩寺門徘徊日亭午稽首禮慈雲問訊周堂
廡中峯遺迹在拂拭離塵土摩挲子昂碑筆勢尤媚嫵勝事
今已遙名藍誰復主言尋慷慨人濁醪就市酤相對話沈淪
披襟瀝肺腑日暮陰雲生寒濤驚牖戶微月出林端朦朧隱

山鴟曳履趨前坡漏下又數鼓

陸文謨字典三號芭洲錢唐監生

雲居寺禮中峯和尚髮塔

棟桷倚層庋精廬起宏敞夏木轉繁陰軒窗挹西爽湖山開晝牒徙倚快心賞松際亂蟬鳴竹根暗泉響幻住老阿師空理此曾講至今窣堵波瘞髮尚瞻仰山僧出遺照眉目謁高朗雙舄猶几几靜作跏趺想維公文字禪所交悉魁黨松雪所南翁精靈定來往摩挲淨土碑低徊幾悵怏虛廊生晝靜氣息疑惚恍何當垂慈光爲我一指掌

吳天煒字霆光郡諸生

賦得斷雲含雨入孤村

如離似合往來蹤窈窕山巔障數峯銀竹將飛還隱現蕊珠

欲落轉從容短牆漸看柔桑潤茅屋如沾零露濃淡遠一般

圖畫意南宮染就墨溶溶

王道寧字志安錢唐諸生有有懷堂集

感懷

桃李媚春日孤松秀寒冬芳姿豈久要勁節還青葱隕落非

所憂曠然生心胷延陵表清節㦤屣侯與公二疏謝榮名祖

道長安東矯矯去塵俗振古瞻高風

李昇字漢中海寧人

天台道上

海門山遶大江隈玉闕瓊樓次第開山氣橫空當面起江聲

一綫逼雲來九秋風雨生蘆荻千古英雄出草萊福地豈知

行客到沈吟我欲賦天台

楊策字孫符號鑿堂本姓吴海寧人

鑿堂少失怙恃依其舅氏楊致軒遂從楊姓既壯有几案才客游四方爲諸城劉文正相國所重

亞父冢

佐項亡嬴計亦工莫將成敗論英雄鴻門有便殲隆凖薄海應須變楚風竟使蕭曹鳴得意反教平勃笑無功墓前芳草侵眸緑遺恨千年尚不窮

周龍騏字稼秋號稺林錢唐諸生

訪荀子讀書處

錢唐山水佳自古多僑寓許由隱稽留傳者疑牽傅荀况本趙人悲歌習難汙游跡到武林亦愛幽閒趣結廬靈芝鄉紛華目無遇當其得意時大論盡傾吐有醇亦有疵昌黎爲糾誤名與揚雄齊聖籍終難附若其守正時讒邪無所懼廢死

走蘭陵不復歸邱墓蕭寺距城遙猶存讀書處訪古詣西山行行望烟樹偏駁學空勤語本程子愴懷感歧路衰栁挂斜陽徘徊不忍去

倪錫祺字孔階號圖南仁和人官江蘇海州州同

去官

去官始覺一身輕湖上樵漁老此生兩鬢星霜催暮景十年淮海盡虛名娛情久擬陶彭澤縱酒何如阮步兵歸到敝廬惟課子閒時更作看花行

趙廷璧字揢蒼仁和人

感懷

揢蒼一生耿介父子相繼逝友人餘杭馮孝先賈于萬馬贊思同里陳文江田砠夫孫可堂張夏峯方天行姚霽山查雨林盧耕心沈位蒼經營喪葬置田餘杭以給春秋上冢之費此事亦徵吾鄉風誼之古故附識之

誰掉三寸舌縱橫干侯王誰獻萬言策慷慨陳虞唐所挾雖有異奇氣皆吐揚鬱鬱淵槃士侃侃懷孤芳思達青雲路振衣千仞岡顧我握中玉質孕昆山陽含聲中宮羽備薦任琥璜由來璞不示窮力試寒鋩鐫就碧玲瓏觸手[illegible]琳琅價低十五城願言進上方藉以五就藻貯用千珠囊賈從長安來車騎何軒昂曰予工相玉幾輩遙相望三釁擇良日開此貫日光且云是匪玉第玉何能良我聞物無脛力能致八荒誠爲世所貴不使等秕糠何意洛陽市側聞久荒涼時價售骨董十五紛羅將樂懸製一磬取用燕石當圜絲被枯桐亦登大舜牀抱玉求自獻躍冶譏不祥毋寧夔我足什襲聊深藏

傳梅字玉堂仁和諸生

同善譜次可堂韻

子荊過我手陳編傳自前明萬歷年葛屺瞻馮具區邵汝宣虞德園陸庸成鄭孔肩釋蓮池及餘杭徐茂吳餘姚屠長卿惜字放生垂有譜孳孳爲善恍人先

胡吉豫字子藏號立菴錢唐人

隋隄楊柳詞

閣道螢輝貯滿囊燈輪百丈鹿盧忙而今腐草蕪城下鬼火燐燐出短牆

清磬疎鐘林外幽枯枝落葉暮鴉愁誰憐昔日繁華地馬上徵歌夜月遊

馮準治字次萊號蔗田錢唐人

除夕

一歲又除夕客心還若何風塵雙鬢老貧賤一身多舊歷愁中盡殘年病裏過萊衣眞可念歸計莫蹉跎

潼關懷古

高岸千盤立重門四扇開河流縈地轉山勢帶城廻石馬嘶秋草銅人泣露臺從來形勝處臨眺重徘徊

紅城驛題壁

馬頭殘月慘孤征綠繡龍沙春草生幾曲溪流兩行樹路人遙指近紅城

寒食有感

風雨瀟瀟劇可憐江城寒食落花天貧家自是無炊火不獨今朝爲禁烟

韓承節字羽若郡人

寄熊務先

齊無鮑叔牙夷吾不自保唐無常何賢馬周且家老退之與

東野願爲雲與龍飛翔天地閒時時得相從我爲北溟魚請君爲波濤我爲北溟鳥請君爲扶搖送我至天池快意長逍遙

人日

酒酣角技愁眉舒況逢人日與有餘詩狂不減杜陵叟吏隱絕似柴桑居公等經綸志廊廟老夫迂拙甘樵漁春來濁醪幸未罄趣令小僮借漢書

吳鏡字靜若號穆齋錢唐人

客舍

舍北無詩伴溪南有酒家疎狂憐薄醉寂寞笑生涯樓迴長醽月牆低不礙花繞闌幽與極城鼓巳三撾

納涼

日暮竹林下啾啾鳥雀過暗泉通曲徑壞壁引垂蘿雨歇蟲
聲細雲開月色多悠然遺俗慮高枕盼庭柯
夕照紅將斂亭皐四望通幽懷寄遠水孤影傍疎桐拂石當
文簟移牀就好風蕭蕭羣籟寂如坐白雲中

偕曹耐菴張佩嘉登薛氏山亭

孤亭突兀俯晴空曲磴危廊翠影重芳樹參差迷遠堞白雲
稠疊鎖羣峯園鳩暗下頻呼雨野鶴高棲半在松擬就此中
消永日相攜猶得步從容

曹鑑字鏡三號曲江海寧廩貢有他山集

秋夜不寐

人靜燈花炧更長雨氣深那堪千里外孤枕此時心遥雁流
哀響秋蟲和苦吟悲秋正蕭瑟鄉夢杳難尋

武林懷古

漫說錢家與趙家離離禾黍感繁華樓臺今昔知何似燈市與衰劇可嗟烟冷西陵啼暮雨夢回南内怨朝霞春來踏遍湖山曲依舊風光屬栁花

祝喬齡字東瀛號方壺海寧人官工部屯田主事

方壺由算學補欽天監博士遷主事喜交游遇患難緩急不以亡爲解族兄維誥贈句云得錢嘗急難無米亦留賓詩中有人摹寫絕肖

六月下浣游積水潭漱芳軒觀荷

積水清涼境芙蓉浥路塵九門多熱客何處有閒人香散迎風遠珠跳帶露新憑軒凝竚久隨坐藉花茵

孫羽芳本姓楊字君賓號鶴林仁和諸生

寫懷

無端幻出夢中身悟徹浮生豈論貧自有本來眞面目何妨
別去舊頭巾釣殘落日波閒餌伐破閒雲嶺上薪三萬六千
如一日逍遙塵外問天津

沈宏勛字貞新錢唐諸生

園林無俗情

性不耎塵俗園居憶舊林桃李𥜥榆栁交夏盡成陰枝鳴黃
栗留交交送好音聽之便忘倦一杯手自斟薄酌不求醉撫
此無弦琴琴酒聊自適中有太古心

沈麒貞字德餘仁和人

游佛石山次左參政韻

招提岑寂鳳城南不倦登臨擬再三陰洞寒聲泉滴滴蒼崖
垂影篠毿毿探奇有客穿雲磴弔古無人過草庵指點壁閒

遺句好淩空鸞鶴莫能驂

陳縝瑜字以珍號顾圃仁和諸生

歸田園擬陶

榮枯有定分物理安自然豈云薄軒冕不桼世網牽生涯叓耕鑿臭味在林泉遂此麋鹿性養我草木年策杖以流憩越陌而度阡春秋風月佳杯酒中聖賢來往多素心古誼同周旋偃仰盡一生樂事何弗全

朱敏學字震行錢唐諸生

暮春喜晴

忽聽鳩呼婦晴光透竹扉花殘疎影亂林澹積烟微新燕窺檐落游蜂拂檻飛城頭登眺者又著潙苗衣

顧啟文字虞成號敬齋錢唐貢生

江沙踏月次韻

子夜促寒更乘閒趁月行天空光皎潔沙靜影分明放眼江峯闊豪吟星斗驚勝懷俱雅調首唱擅清平

程濬字于大號莯洲又號又村錢唐諸生有駢拇集

莯洲自序云貧同趙壹骨似虞翻閱歷多艱憤懣思洩故有欲澆磈礧新耽酒要寫牢騷近學詩全是子山危苦語半爲東野强歌篇諸語蓋亦懷才而不得志于時之士也

遊范公祠

閒過句畱處城西得勝形半分湖水碧斜傍曉山青春色餘三月棠陰覆一亭恩波流不斷俎豆自宜馨

遊岳墳後山題僧壁

春風吹雨六橋西武穆祠前碧草萋愛踏青山雙不借笑攜白墮一偏提溪雲擁樹藏僧舍野竹敲風縱鳥啼到處清幽

堪憩足多他老衲乞留題

贈張家寺智水上人

卓錫東來近碧湍翛然清思託林巒高吟對客推齊已朗鑑知人是嬾殘上人善相術開落門前花不問榮枯世上眼慵看獨將淨業精修處生鐵牀邊坐臥安

陳參字平遠錢唐人

天眞山同彥遠送明遠還太末

琳宮高閣倚雲開百級千層最上臺積雨初晴青嶂出澄江無浪片帆來蕭條古木叢烟上落莫寒塘鳴雁回遠道故人今日去持觴無奈晚潮催

王澄字子登號松吟郡人

十一松磴道

烏石山房外參天十一松夜深穿月影風至亂疎鐘色奪晚春翠形蟠將蟄龍避秦忘寵辱不願大夫封

何斗文字麗天錢唐人

贈友

冷淡襟期迴不羣幽居相對只閒雲殘花時落烏皮几醉墨頻書白練裙筍之一經堪愧我家餘四壁獨憐君偶來共踞胡牀話塵尾橫斜到日曛

何錫爵字鼎三錢唐人

河渚探梅晚過橫山草堂

弭棹西溪勝春流抱野塘早梅千樹發晴雪一溪香松下尋苔徑山坳見草堂坐看嵐翠重烟景漸蒼茫

盧鍾字恆山號東軒錢唐人

築室數椽詩以落成

居近吳山遠市譁聊成斗室不求奢碧搖雲影數竿竹紅絡春風一架花曲徑久荒因築砌小窗初就未籠紗道人自問堪娛老閒誦黃庭到日斜

鄭繼坤字子乾錢唐人

七夕風雨

涼風疎雨斷星河欲渡還如此夕何幾處空閨勞佇望無端良會又蹉跎蛩依綺戶吟聲急桐落銀牀秋思多為報明年須借問鵲橋取次得重過

張承顯字啟周錢唐人

咏庭前葡萄

瓔珞懸絲翠幛鋪垂垂清味賽醍醐千枝點滴成冰淚萬顆

勻圓記事珠大苑至今稱土產涼州自昔供天廚瓊漿沁齒親嘗遍消得文園病渴無

鄭景濂字培茂錢唐人

泠泉亭

消夏過山亭石罅泉聲咽喬木颯高寒清風灑寥泬呼童持茶鐺掬水烹香雪坐待月華明彈琴伴清絕

黃萬鈞字觀石號販公錢唐人

清明

難得春遊一放晴況逢佳節又清明踏來芳草當時路聽到黃鸝此日聲人影不離花下過烟光都向屋頭生吹餳插柳年年事翻怪東風太世情

趙時楫字聲伯錢唐人

送沒山夫之楚

不道驪歌動暮年西風吹急雁聲偏暫教酒債償吳苑將使詩名振楚天山色秣陵青櫂尾月光彭蠡白帆前計程應說三千里爲有參軍招隱篇

趙承錫字君榮號敬齋錢唐人有香遠堂稿

雨夜

雨聲在荷葉虛館忽生涼獨對孤燈坐閒斟濁酒嘗螢光流暗壁蛩響亂迴廊漸覺增秋思宵分旅夢長

汪時字蒼霖郡諸生

無題

白雲深處矗精廬望斷銀河竟渺如已撫焦桐傳密語更無青鳥寄封書樓頭夜月收殘黛鏡裏明星埋曉梳此際思君

無限意翻從零落總當初

顧塏字聲皋仁和諸生

歸夢

沖淡會無意依然來夢中振衣還故里入室話鄉風栩栩迷

胡蝶嚶嚶叫草蟲應知椎髻者零亂歎飛蓬

姜培允字亶貽仁和人有池上樓詩

雨後池上樓對月

雨過殘暑收風來夕涼透皓魄出林端熹微映窗竇登樓艳

流光窅然一清晝蟬鳴喜歇絕魚躍爭吐漱高梆濯虛館閒

雲歸遠岫但見波影迴縠紋吹若繡荷香侵几簟淸露沾襟

袖賞心無外求自茲絕塵垢

少年行

走馬白銅鞮揚鞭共鳥飛章臺何處是垂栁傍雙扉

鮑鴻動昌化貢生官江西峽江縣丞

竺雲山

寂寞寒山頂豪吟意欲仙烹茶分野席採藥滌巖泉竹密藏鳩雨松稠破鶴烟金經閒一讀高臥可忘年

國朝杭郡詩輯卷二十二終　　錢塘吳慶坻校字

國朝杭郡詩輯卷三十二終

後學吳慶坻校字

國朝杭郡詩輯卷二十三目 乾隆初人約略爲次

姚　遷　張艮樞　許　機　姚麟祥　洪鶴書

龔培序　龔　鐸　龔　斌　龔　洪　高繩武

許震元　許升元　戴葆元　張　作　吳元治

俞　楷　張濟川　陸攀堯　周宸望　符元嘉

孫以榮　沈　情　王國熙　范鶴年　王　鏘

陳　鑑　柴　畾　張廷讃　張廷俊　張　泰

張鵬翮

凡三十一人

國朝杭郡詩輯卷二十三　錢唐吳顥原本孫振棫重編

姚遷字定三號雨郇仁和諸生

潮

海門通一線浩氣拍天行江闊連雲卷山移帶雪傾怒濤排兩岸振響入重城出沒風波裏舟人更可驚

張艮樞字天木號樂園錢唐人有繼述堂集

秋林散步

散步向林東樓臺樹色中板橋依岸曲石徑傍巖通天遠暮雲碧谿深落葉紅秋來人意淡一嘯萬山空

秋晚登紫陽山

三載重來坐翠微歲寒松竹兩依依長江過雨歸潮急老樹經霜落葉稀亭畔尚傳騎白鶴洞邊何日遇青衣憑虛一覽

秋無際惆悵寒空雁陣飛

許機字南六仁和諸生有萍影集十卷

南六父名維新有鶴峰集十五卷見道古堂文集今未見

孝烈祠 祀孝女亳州魏氏木蘭唐封孝烈將軍祠在完縣

緩急無所用生男又若何勳名辭漢爵廟祀共曹娥紅粉朝臨鏡黃沙夜枕戈將軍英氣在重讀木蘭歌

姚麟祥字孔書號紱齋仁和諸生有鳴鶴軒詩草

孔書家棲水早孤業竹器以養母有醫者張某至孔書家見案上有句云月白梅花背後來詫知孔書作大稱賞遂勸習舉子業事母至孝人稱姚孝子乾隆乙酉解元陸飛其弟子也篠飲齋集中有孝子詩序述極詳

問松歌

南山之麓有古松修柯老幹摩蒼穹夜靜響風雨月出蟠虬龍蒼髯鬱鬱連書屋瓮頭松花酒初熟新醅凸盞眼般清新

韭堆盤眉樣綠酒肴羅列青松前且歌且飲人中仙酒醒卻
在松下坐酒醉還于松下眠明朝欲起還復倒頭著松根身
藉草仰舒白眼問高松昨宵醉後歌誰好松不能言空訊汝
松鼠啾啾代松語須臾鼠亦驚避人但見松鍼落如雨日高
歸去不用扶手中提得空酒壺風來松杪作鼓吹送我高陽
一酒徒

九日同人登高次韻

趁取重陽天氣朗同登水際好樓臺山因雲散全身出窗爲
風微四面開客思正如霜葉亂征帆多帶夕陽來未妨流覽
遲歸去門外僕夫休便催

同沈舜山過高固哉不值

小小茆堂靜掩關主人不見坐中閒才拖藜杖衝寒去要看

梅花向晚還碧靄消殘金鴨睡紅棋著過石枰閒歸時檢點奚囊裏好句應多不用刪

洪鶴書字希聲號花邨錢唐人昇孫之震子有花邨小稿

花邨爲朱朗齋文藻童時業師晚年嘗語朗齋云年衰就木相見無幾兩世遺詩及花邨存稿皆藏篋中異日必以相累語竟淚涔涔下明年遂歿同時有都翁又禮者年八十餘與花邨竝屋而居好爲詩無子竝見碧溪詩話

冬夜不寐

淅瀝淒風夜悲涼孤月看一身誰伴侶萬事總艱難欲寐憑何策謀生總未安牀頭小兒女熟睡不知寒

謁海昌海神廟出春熙門登鎮海塔

百里鹽官地孤城海若鄰衣冠登舊俗桑柘有湻民水色迷邨落潮聲到枕茵長隄資扞禦應識荷　皇仁

孤塔城南聳登臨亦快哉雲低津樹合天闊海帆回市語吳音襍晴嵐越障開錢塘西望遠鄉思忽難裁

龔培序字念倫號虛白仁和人有竹梧書屋稿

古興

堂密有美樅千年雨露栽君王輦得之爲起中天臺世雖重棟梁性已傷根荄青青歲寒姿出山安在哉爰知大匠求直木先見災願同樗櫟壽託身長不材

送江西楊司馬之任

市橋烟栁款行驂纔唱驪歌酒半酣司馬青衫辭冀北詞臣白髮夢江南吟詩惜别渾無賴君去春歸兩不堪何日相思償舊約天街攜手共朝簪

龔鐸字詠照一字南陔晚號擁樵錢唐人海寧諸生有三

顧堂詩集

南陔爲文長于數典工駢儷體鏤金錯采雕繪滿目

鎮遠道中和鹿柴明府韻

日日穿雲去籃輿縱遠眸山深盤磴道關險聳危樓倚樹澹忘暑聽泉爽過秋僕夫新騎滑嶺上怯回頭

醴陵縣夜泊

樵糊樹色壓孤舟山自迢迢水自流一箇將沈未沈月五更江上照人愁

龔斌初名鎮字典瑞號硯北晚號半翁仁和諸生有有不能草

退庵氏曰硯北先生人品學問郡人所推重道貌凝然從無戲言失色顯以同里自幼親炙欽爲人師詩文其餘事也

硯北先生性孝友從兄鑑遘疾幾殆爲朝夕禱于神曰兄鑑品學爲鄉黨重不可死願減某算以續其年時甫就傅也晚主趙州講席時族子某將令陝西盡出所蓄二百金以佐治任族子納劵以行後族子廉于官以死遺囑召其子檢劵焚之厚德多類此

萊園修禊同杭堇浦汪少白余秋室施栟南分韻得轉字

朗景舒淑鮮朝日媚晴晛曰維莫之春宜修永和典名園依綠水細路向郭轉借我素心人拄杖破屩蘚風前栟態柔烟外花光淺草色亦自佳一碧細于翦臨流飛羽觴得句酒獲免大巫懼見嘲小戸又怯湎詩成人遂醺深霧曖睒䁯蟾蜍銜明珠纖痕妒眉展

重九杭堇浦汪槐塘集半翁山居山陰趙溪山適至同游報國院以佳辰燮重九分韻得燮字

商飈蕩宿雲天宇淨無礙素節與不孤欣然集朋輩有客山陰來相於逐游隊盈盈一水間蕭寺占郭背池上屋三楹游憩素所愛楓樹飽霜紅花葉受風碎亦有野菊花向客作姿態卽事多所欣觴詠詎肯廢牀頭老瓦盆一笑無恙在歸來沽清醪隨意列魚菜小飲竟陶然技癢不可耐拈籌古柏前分韻遽下逮羣公如雄藩下國焉敢對衰齡惜飛光良會恐難再未敢怯大敵援枹不停擂

夏涼竹堂卽事次成成山韻

種竹密無數小園容易秋蕭蕭一陣雨薄暑已全收露坐開吟卷風前倒瓦甌與君消衆熱世事復何求

餉王別駕

九十春光强半過雙丸無那擲如梭鳥從夢裏嚔偏數花向

愁邊落已多老去分陰都愛惜客中好景易蹉跎浮萍蹤跡難爲合輒對東風喚柰何

墨春園看牡丹即席次張藻川先生韻

萬斛春光第一叢竹闌干外夕陽中連朝作暖不成雨驀地卷香何處風良會肯辭浮太白短箋聊復拂輕紅偶於露下拈花笑可惜楊家指印空

苕溪舟中

布帆輕輭受風多郵落悤悤眼底過急雨乍收新月上不知何處采菱歌

龔淇字菉川號讓泉之鑰次子之銑嗣子錢唐諸生有讓泉遺稿

讓泉工駢體文刊有讓泉四六行世

贈謝舍人墉集杜

天子正前席乘時各有人騫騰坐可致詞翰兩如神通籍踰青瑣中閒謁紫宸謝庭瞻不遠得士契無鄰

高繩武字啓新號湘紉一號蘭陔仁和廩貢有蘭陔吟稿

湘紉馴謹讀書歲科試輒冠郡庠尤工書屢困棘闈悒憤以卒先是王澹和德溥招集王茨檐杭堇浦汪槐塘丁敬身諸耆宿荿盧讓山兩詩僧于養素園湘紉亦與槃敦之會其詩必句㪚月鍊而成故多深穩沈細之作中年始從事于此人比之高達夫云府志附文苑傳

同人過化城庵看秋卉分韻得請字

行行歷初地蕭爽異塵境妙香縈淨筵天葩落藻井煜若秋半花豔奪春來景繞砌整以妍映竹閒且靚小蜨團枝低乳貍臥苔淨開軒延涼颸得趣益清迥伊予澹蕩人狂欲次公竝近復學陶潛止酒聊自儆覩此良會歡敢詡我獨醒願言

無相違因之申後請

黃童子集古篆百二十壽字歌爲茭檐三丈作（按童子名經，黃楷癭樹，穀仲子）

嚮用五福一曰壽後世緣以祈長年夏尊商彝及周鼎螭虬蜿蜒雲雷斑永寶用享宜孫子器不可覩文頗全薛尚功董廣川鉤索點畫丹黃開明誠金石恣漁獵宣和博古工雕鐫弟子黃經夔竹素明窗棐几橅遺編百二十字字別柬以尺幅形橅完牆東孝子豁雙眼乞歸擬代無疆筵翁今年甫八十七方瞳鶴髮桃花顏以字計數僅過半假年正復春暉妍惟恭則壽靜則壽如彼童子方便娟更有一語爲生勗寓林家學承薪傳人生自當志不朽吉金可泐石可刓遺書萬卷日夕究終始豈惟書法駸駸直度驊騮前

馬塍訪姜白石葬處

寂寞番陽叟千詩不療貧江湖諳客味風月老吟身此地曾埋玉無人與薦蘋徘徊菌閣址都半委荒榛

奉和茨檐王丈移居

作達渾忘雪滿顛逍遥人擬地行仙鄰翁惜別攜蠻榼家具重移借釣船野景獨開西閣望好風時趁北窗眠所欣朋輩交情在到處能賫買酒錢

二月十六日梅垞攜榼過荷風竹露草堂次筱飲韻

浮生賸有醉鄉寬客主都忘飲最歡劚得狂鞭堪下豉貫來縮項爲加餐令徵前事增豪興春到中分減峭寒月色滿庭抛不得朗吟歸去詫儒酸

上巳遣懷

春光曾眼過悤悤曲水清游悵莫同花信雨斜風駛後素交帆影馬嘶中謀身竊笑醯雞舞問世疇憐涸鮒窮擬趁新晴貰郫酒西塍應有未殘紅

許震元字秉乾號楓嶺錢唐人

楓嶺爲張滌岑暘佳壻又爲戴鷳亭廷熺弟子陶鑄既深津梁有在故搖毫落紙蔚爲雅材病亟猶倩人起草仰臥微吟而絕嘗合滌岑鷳亭二公之詩附以其弟雲舍升元鷳亭之子秋穀葆元滌岑族人翁山作及雲寺僧雲巢清懿凡七人皆從八紫芳山社者彙刻取斯集杭堇浦太史爲之序

虛壓齋頭與珠淵滌岑兩先生論詩

自昔重風雅詩才如林立屈指工詩人百家不獲十天生李杜才卓然大成集竝駕超前賢餘子嗟莫及舉世孰師資陳言溷勦襲近爲唐宋梏遠被魏晉縶枵腹以從事鼻漏如東涇詎知三百篇靈臺在呼吸陰陽符盈虛聲律諧出入得天

或仁柔和聲風習習稟姿或剛戾筆端寓躁急或作懷人詠榛苓慕山隰或爲思婦吟卷耳盈筐泣壯士寫俠烈肝膽照袴褶貧兒驟富貴撏扯輒羞澀詩以道性情閒不差黍粒讀書固貴多師古無可執卓犖舒懷抱光華自奕熠露咽寒蟬悲雷鳴怒蛟蟄以茲喻賦詩音韻始相翕我聞二君言欣然思負笈從茲學步人升堂認階級

南郇古樹歌

君不見南郇之南一樹古偃若游龍蹲若虎屈曲虬枝翠蓋長幾飽冰霜歷風雨礌砢離奇迴不同孤高不作臨風嫵未知枝葉何年凋靈物千秋應不腐吁嗟乎爾何不化作游龍歸大海又何不變爲玉柱登天府不然拔爾靈根植瑤圃胡爲乎幾回相問終不語

上巳日懷虛廛在皐亭

引與皐亭去天晴玩物華水香游客舫邨暖野人家上巳喜無雨滿山都是花定知詩句好吟到夕陽斜

花架十六韻

弱植扶依援柔條屈接檐繽紛春乍暖掩映日方炎錯彩支平幄低空織密縑稍通風料峭微滴雨廉纖冉冉輕紅綴層層嫩綠添坐堪張研席倚可啓書籤香聚生衣染陰濃午睡恬玲瓏施露網披拂隱光蟾月漏盈階影山窺一角崦攀躋枝易墜采摘刺防銛小憩秋千罷經過鬭草㦿蕊繁交衆榖蔓長奮蛇蚺陋豈瓜棚比華應步障兼鳥音聽隔幔雲影度重簾紫燕低雙翦青蟲挂一纖惜芳人病起遙見立淹淹

鄴中

漳江雲樹噪寒鴉銅雀臺荒夕照斜天許英雄干漢統人推詞藻擅曹家氣盈樂府歌三帀膽落漁陽鼓一撾垂死遺言望松柏分香賣履最堪嗟

同計介濤戴春曇訪徐見珊

青苔古巷此郗居始識伊人善結廬遠水雲生江欲沒深山鳥語谷仍虛竹林舊社初逢子花徑閒吟肯共予裁紙鈔歌吹笛破繞梁清興有誰如

秋盡漫興

桂花香過菊花黃葉葉丹楓正著霜雁陣幾行鴉萬點尚留秋思在斜陽

許升元字廷燮號雲舍錢唐人震元弟

閏九訪讓山不值歸詣雲居晤栭潔夫夫子

閏九風日佳登高展吟屐緩步陟南屏盤礴石路僻心愜松靄青目騁楓葉赤入山未云深寂境遠塵陌隱隱聞鐘音屏款已公宅禪僧問似雲雲飛任所適徙倚對幽花撫景玩奇石引興健晴游歸途踏嶺脊古寺結巖椒秋殘氣蕭槭耽吟恣紆回攬勝忘日夕回望南屏峰壘嶂蒼烟隔燈前抱名流山僧叓留客米汁供齋廚熏顏清興劇好會不意逢分題託前跡相於青豆房涼風透窗隙拖裟循雲根月昇山徑白

石門洞觀瀑

芝田溪轉烟濛濛輕帆斜挂濃陰中篙師捩柁下灘速掀篷四望山玲瓏一舠風順波濤汨俯瞰石隙生怖慄幾盤巖腳幾灣環驟聞震谷風雷疾停橈振衣沿流行言尋石穴登崢嶸涵澹澎湃隔林響恍疑撞擊萬鼓雲中聲銀河倒瀉淨如

練怒濤驚走天容變白日捲雪空中飛噴珠百丈目光眩因
思此水來潺潺泉源欲探無從攀相傳黎眉讀書處想見浩
激淩空山人間幽境此奇絶犖确高低徑曲折嵯峨峭壁直矗
雲端眼底清涼解爇壺中光景非塵埃有意留戀終徘徊
耽閒未得誅茅住日腳欲墜舟人催

春日鴛湖即景

一棹停烟際盈盈鴛水清蓼汀拳宿鷺葦岸囀春鶯雨過片
帆溼風來單袷輕篷窗供四望天半白雲横

和陸虛廛冬日湖上韻

欲探梅花信船行動水波渚寒沙鷺集日淡野雲多爲愛林
巒靜閒隨騷客過一枝迎杖屨引興久摩挲

正月十六夜步月鐵冶嶺

策杖翩翩快共登遙峰漸覺月初升蟾光不滅上元夜人影盡依春市燈塵外凭高延野望林中得句憶山僧白雲古寺鐘聲近擬叩禪扉與倍增

戴葆元字秋穀錢唐人廷熺子 秋穀美才早世人皆惜之

九日登風篁嶺止宿鉢池菴

山游小雨濛緜渺隔遐矚一徑綫路縈振衣上高麓馳峰臥荒烟奔澗挂飛瀑巖石各爭秀蒼翠互斷續逶迤款禪扉繞門但修竹締構自何年占斷南山曲鉢池玩渟泓清可供讀沐晚風逼衣單細草媚秋綠雲臥愜夙情穩就精廬宿

次日自楊梅嶺至理安寺

已從招提宿更理登高屐腰腳快輕便臨風振健翮溼雲棲

前峰晴翠冒深碧松杉列翠屏盤鬱絡瘦石緣溪憩孤亭溪流劇奔突修竹漾嬋娟繚映覆禪寤遂偕白足僧匡坐契閒適示我詩數篇癩可繼標格把玩久忘歸林昏疎雨滴

看梅分韻

風光駘蕩趁良辰望裏梅花刺眼新芳草暖添三徑色夕陽香聚一園春僧寮地僻安茶串畫閣叢深笮酒巡最是勝游歌板促已弦明月待歸人

讀東山集戲成應金閶石先生命

東山編集老逾顛如此情懷劇可憐嫡妮竟忘雙鬢雪癡頑學泛五湖船徒聞恩怨成牛李未有功名等儉淵酬唱栁花工麗句為君感喟綠窗前

冒雨訪讓山上人

數聲清磬度微風試叩虛寮曲徑通湖影漸沈秋雨裏禪身

遙在白雲中山居有客鄰沖晦時余僦居高士坊之左蓮社何人赴遠

公從此風流繼還往他年我亦淨名翁

水邨襍詠

田園繞屋水爲鄉臥柳浮荷市岸長家住每依黃篾舫生來

不識紫游韁

長河分溜入蔬畦桑柘林深徑自迷行過淺灘灣一角綠陰

多處忽聞雞

官租早畢喜年豐耕釣安生戶戶同水上只今無鬬鴨自教

常偃竹枝弓

片片炊烟荻岸明小航催渡過溪行水禽睡穩客歸去笛弄

野風涼月生

張作字星若號翁山錢唐人

晚過靈隱寺

石徑環溪水香臺面衆山人行殘照裏鐘響白雲閒佛界蓮扶座禪房竹映關談空聽老衲靜極竟忘還

石子岡方正學墓

日月移新主衰麻有舊臣何辜到十族一死遂成仁氣節扶雲漢文章動鬼神天留此坏在岡上哭千春

避喧徐邨即事

坐看石苔色今朝緣過門寒臯春雨滑斷岸宿烟昏來屐黏花片歸船倚樹根故人爭請藥不厭訪深邨

孤山卜居

不獨梅花好幽棲愛此山亭空雲自宿水靜鶴常閒遠磬穿

林出孤舟載月還誰來讀書處晚火共松關

冬日晚望

寒風催暮雪亂點旅人衣極目蒼茫裏空江一雁飛敗蘆橫艇小遠火出林微不遇漁樵侶長歌獨自歸

滁州寒食題六一祠

何處看春不可憐環滁山色杖藜前離家未幾逢寒食勝地重來已隔年冷豔半亭花褪雪清流幾曲水籠烟歐公老去遺祠在新火分炊夕照邊

冬日同許楓嶺雲舍黃快亭湖上探梅

沙岸南頭古寺東幽尋樂有故人同波光欲暮涵深碧梅影先春破小紅蠟屐踏殘孤嶼雪酒旗颭盡六橋風歸途景色殊清絕扶醉微吟月在空

吴元治字舜揚錢唐諸生

送陸汝皆之開平

送客殷勤問開平路未經夢隨三水闊吟共一燈青新邑山城小扁舟落日停候芭賢弟子早晚到寒廳

别杭堇浦先生

杖履蠻烟兩載陪春朝愁對别筵開兼金已分難辭去奇字能容再問來逝水年華空自惜飄萍生計轉堪哀清懐枉介韓夫子愧乏東都處士才

俞楷字正之號範庵海寧諸生有存雅堂集

範庵績學爲杭堇浦太史所重延課諸子嘗言範庵樸遬無威儀五言入陶韋之室

遠岸

遠岸望如畫夕陽紅未沈鷺飢窺渚久鶴倦坐松深山學美

人髻雲知高士心鯨鐘響何處橋外指禪林

登吳山尋友

細磴梯空上奇懷觸目成山穿堞入雲壓市闤生深入竹栢徑微聞鐘磬聲捲簾吸湖淥吟思不勝清

張濟川字東之號南皐仁和諸生有南皐詩鈔

東之居負郭之南園自稱爲南皐生爲王芡檐曾祥女夫嘗從桑弢甫于餘山書屋講學論文得其指授弢甫主大梁書院時其父挈之往游後館于輝縣之孟氏百泉故多山水而孟氏有省園者擅亭榭花竹之勝晨吟暝諷篇帙益多以病喝遽謝世同里許許州裘爲板行其遺詩四卷

奉懷盧丈敬甫 存心息溟壽朋

旅夢牽三載音書滯一涯青山追杖履皓月想襟懷遠客心情惡小園風味佳何當奉尊酒數老聚茅齋

送郭二之考城予亦南旋

人生無定在我亦卽南行鄉思原同苦秋懷亦共清萍蓬飄遠地鞍馬別孤城何日重聯袂依依話客情

謁夏峯孫先生祠

大道不絕如絲懸先生獨俾洛學傳徵書屢下臥不起百泉卽是清泠淵蘇門代有高人躅一姓輝映無後先我生不識古流派襪瓢酌取雲中泉

陸攀堯字勳佐號疎邨海寧人有疎邨集五卷

疎邨爲綸山先生宏度曾孫嘗從桑弢甫于大梁書院懇苦著述不與俗諧壯而未婚客死濟陽官舍故弢甫五嶽詩侶歌曰攀堯德比孤竹堪三十未婚老枯蟫照徹九幽薶琅函也遺稿爲沈廉使廷芳所刊

登樓二首

秋色連豐沛河聲繞大梁高城撾暮鼓疎木隱斜陽百戰中原地千迴獨客腸登樓舒望眼山海路何長

朔風吹薄暮遠色起平蕪浩蕩山樓迥蒼涼野景殊洪河連

地動秋嶂插天孤萬里黃雲散飢鷹入夜呼

明湖褉詩

日落孤城秋曙光芙蓉橋畔色蒼蒼漁人隔艇烟中語白蘋

花香露氣涼

周宸望字闇谷號暢鶴京子錢唐諸生有欣託書齋詩鈔

暢鶴與柯一鵾帝夔鍾士驥曙河傳宸三未孩鍾士希庵周昱青原龔同肖夫龔原載夫周兆龍駕山結吟社有與古齋倡和集

新秋

一夕西風枕簟秋嫩涼池館雨初收蘆簾入夜寒生幕竹戸

無人月上鉤爽氣先從襟袖覺年華還逐逝波流思量身外

無餘事獨把綸竿拂釣舟

和女史陳坤維題元詩選卷尾韻

一段牢愁底處知卻看卷尾綴新詩爲拈書籍從人賣獨啓箧箱只自悲帙亂有誰憐手澤架空還復號情癡傳觀渾覺增惆悵夜雨青燈展對時

容安先生席上喜晤秀水朱丈稼翁話怡園聚散之槪賦此志慨

追憶怡園賦銷夏卅年前事我如癡癸卯六月中旬先子開筵與稼翁有怡園之聚快觀春風面去日爭傳水竹詞稼翁前年題湖上絕句膾炙人口話舊人當星散後落帆風趁燕來時劇憐高會空陳迹賸有遺編漬淚滋先子集中猶有曩日分賦之作

符元嘉字樹谷錢唐人曾從子

春江

淸波宛宛縈沙曲江流一瀉風邊綠試看孤艇自搖春歷歷汀洲紛在目夾岸風吹楊柳花晚潮卷雪夕陽斜喚船渡口賣魚客横笛林中沽酒家人生只合臨江住水鳥沙禽襍雲樹似展黃癡萬里圖江外峯青不知處

春雨

瀝瀝生寒峭翻成二月秋檐聲驚燕語花氣亂春愁山影渾如霧斜陽不到樓晚來衣帶潤還復覓香篝

春鶯

春風着意送啼鶯翠幕流蘇曉未醒不管春愁與春恨儘教喚起主人聽

孫以榮字可堂仁和諸生

可堂家北郭受沈氏根亭疾革之託輯湖墅詩鈔入卷凡古今體詩二百三十五首上兼勝國下逮茲時又攙

以己作人或誚之然北郭文獻藉以流傳亦未可盡廢也

湖上遇游人臨歧口占

偶爾來游烟栁邊清談亹亹與悠然相逢不用通名姓萍在西湖雲在天

沈情字吉士號根亭仁和諸生

游京師歸

驅馬上長安風霜涉遠道一望滿郊棷幽蘭互衆草盈虛如轉轂江湖人易老靜以滌塵襟默默當自考

秋日吟

何處秋光好秋光滿緑湖不知幽徑遠卻與俗情殊相望橫橋外漁舟入畫圖堪憐茆屋下著述老潛夫

王國熙字維翰仁和人

中秋後一日偕可堂德勝橋玩月

月是今宵月圓從昨夜圓閒攜詩酒伴同向市橋邊靜影團疏樹長河淡遠天一輪當此境相對共悠然

范鶴年字雪軒海寧人有聽濤樓詩鈔

雪軒爲杭堇浦著錄弟子堇浦罷官歸修海寧志雪軒嘗與其事生平篤于師友之誼與同邑楊詠俞楷交最善楊俞皆工詩蓋雪軒友非寒弗交交非詩弗善也嘗游江漢越秦隴歷張掖登皐蘭已而又遷轉碣石析津之間久無所遇而歸歸數年而頗頷以死遺詩一冊藏于杭氏朱朗齋文藻從堇浦之子羲寅借閱錄之

戊辰盛夏米價騰貴民情洶洶懼不及秋予發所藏米減價平糶而力有不繼作此詩以示同志

春霖腐菽麥哀此民食艱粟貴倍往價百錢謀一餐富者有餘積貧者虛炊烟飽食覩人飢豈曰心所安涓埃澤廣厚爲惠亦殊偏矧時屆盛夏禾黍青在田秋成尚云遠溝壑那得

延流匯成江湖壤積成邱山作詩告同志我意深拳拳
飢民投袂起請貸向巨室厥勢日蔓延洶洶正未畢卓哉陳
太史平値議賑卹未雨蚤綢繆囷廩傾所出施惠貴當可仁
聲溢蓬篳同志亦有人贊者十無一空城近萬家鳩形繪難
悉樹德與樹怨爲計誰得失衆力足移山救荒豈無術

閏七月三日同周穆門施蘭垞梁薌林丁鈍丁施竹
田吳甌亭王茨檐諸前輩趙誠夫丁誠叔同學集堇
浦先生寄巢秋禊分得幽字

禊集追春賞欣此林泉幽華飈激清吹澄波涵素秋流楉動
圓荷濯足起輕鷗高懷寄觴詠邈焉希前脩

除夕作

照耗一燈微吟詩送歲歸親朋催宿負兒女索新衣身病流

光駛家貧樂事稀百端交五夜天遺覺前非

去歲當茲夕還浮漢水槎游蹤天外鳥世事夢中花暖入春暉永歡爭暮景斜椒觴辭歲後一倍惜年華

鍾吉士千仞鳳翔改令東明

新除大邑古河濱東明有黃河故道舊是花甎視草臣薄祿不辭緣母老清名自愛任家貧烟開城俯黎陽樹水落沙高瓠子津天祿校書殊寂寞郎官民社日相親

王銶字友仁號酉濱錢唐諸生有春水齋稿

酉濱嘗問詩于堇浦太史太史教以熟讀昌黎少陵太白左司河東襄陽右丞七家詩酉濱奉其教積四十餘年始自訂其集益其用力深矣

水碓三十韻

清溪界寒郝曲水繞千尺圓波市岸澄微瀾漾天碧郝人事

機舂築堰踞溪舂結廬小詠茆痊臼深埋石豈建屋頭瓴類
安柱底碣纔分勢高低早作㶁衝激似軸杵既多如車輪乃
隻循環得周流掠鹵竟高擲走況日經天横伴牛負軛千盤
皆利順一往無拂逆彼此互翻騰起落迭敲擊橐橐異牆成
登登防地坼知行不知止一揚還一抑動若俯仰然旋非推
挽則高下祇隨宜疾徐偏中拍詎莛將撞鐘匪梭弗停織百
拜額稽頻九回腸轉劇在磨蟻獨行奔槽馬齊食脂韋不用
施鹿盧儼相掖情方水車閑巧視風箱敵直因勞天工漫爾
逸人力去舂前年冬此縣凶荒極青錢三百强斗米不得糴
今來甚豐稔穲稏臥阡陌早稻割已多遥擔碓旁積安坐待
精舂洪波聽淜渹飯徵穀頭良粟判雲子白簸揚從輕風椎
鑿假片刻巖廬林薄内炊烟午時逼我歌幸有秋卽事生悦

懌

登春江第一樓

城郭江天儼畫圖高樓望眼入寒蕪山連别縣青難了水浸遙空澹欲無犀甲千秋遺迹遠漁竿終古寄情孤風帆片片閒來去付與詩人一撚鬚

陳鑑字以三號遠邨錢唐貢生有遠邨吟稿

遠邨與徐秋竹陳篁墩百藥曹荔帷施石泉諸人以詩相角逐杭堇浦太史稱其爲業尤警斂踔厲風發大放厥辭

崇聖院

輕舟郭外停野岸步蕭爽旋穿固寧巷卻見般若榜門臨翠礀乾石礿壓修廣沿階忍草繁目楝古柏兩經寮窈而深佛屋虛且敞嵌壁貞珉留好事先吾黨言觀會尊者軒聯藝入篠

鷂茶甌瀉吉光泉名禪味愜幽賞意行山之陽犖确斷林莽惟聞栁浦鐘飛送吟筇響

過吳丈東壁

行吟過深巷亭午落花初野屋市聲寂石橋人影疎授經多弟子攲枕只叢書茗味供陶寫清談一起予

同北山老人過春淙亭

靈鷲峰前路陰森午不知涼生松際雨風颺鬢邊絲夏木自新色泉聲如舊時山人能導客幽討未嫌遲

南山亭秋望同舒雲亭明府粱蔎林先生施竹田丈徐南徐舅氏吳次公曹荔帷諸桐嶼施石泉讓山上人分韻

游屐爭乘一日閒只緣有客住南山謂雲亭明府詩成米老殘碑

畔秋在黃妃古塔閒樹影蕭疏搖碧水雲光渲染上孱顏憑
欄卻見當頭月待送吟朋鼓枻還

題興福教院

獅子峰連乳竇泉無多精舍寄枯禪茶分新水修篁裏瓶養
幽花繡佛前鈴語得風聲不定林鴉覓食晚爭先齋心欲了
尋山願畢竟吾生有夙緣

柴蒸字中子錢唐人才子

送臨川弟重游粵東

秋月帶霜明秋風作雨聲一帆開遠水千里慘離情炎海人
重渡迴峰雁獨鳴遙知青嶂苦無那急謀生

張廷謨字汝梁號若垞晚號抱山老人仁和諸生有蘆碕
草堂詩集

若垞五福里舊宅燬于火五遷厥居最後宅于東城之珍珠巷中年南游嶺表北之山左容曲阜最久嘗與修闕里志其詩格古氣蒼不墮纖靡之習兼工倚聲有降婁鴻爪兩集其拭醭叢談府志誅茆諸書又本研究之素謚爲緒餘者也

雨中自赤城回浦

首夏苦淫潦山路復威遲十里方一磵五里又一溪常時淸淺瀨今已沒路歧潺湲響迢遞瀏瀏勢若馳茫洋內無主厲揭兩莫施鸜鵒鳴其上猿狖嘑相隨追登桐崖嶺僕御疲且飢苶然襆坐臥下視萬緣迷始知向所歷登頓極㦸陂主人具雞黍更設蔬與醨感此意良厚聊醉不復辭明發更前首勞勞良自悲

由吼山度河而東得異境焉俗所謂旱石塘也絕壁積鐵懸瀑亂濺攝衣捫葛僅至半厓而驚風瑟瑟凜

乎其不可久駐矣

茲遊信多奇快此都蔗啖腰腳雖云孱到此無不敢散策陵陂陀勝處尤在險賈勇輒先登蹺蹋神屢撼梯飈飛雨濺磴蘚襟英幓松栝盡捎雲襟裾緣堪染異境忽眼前譎怪若鬼鑿上竦壁立鐵下裂無底窨側足小窺覘谽谺慄中徹栗然惕難留彳亍八厓广頓覺神形清埃壒紛澹澈何當鑱青厓奇觀庶一擥

雨邨至杭未幾即將還天台而余以假館狄氏弗克一送并不稔傲裝何日爲之惘然作此即寄

我生無根蔕在家亦如客共此城郭間曠若千里隔自我不見君忽忽歲兩易握手重咨嗟余顏更非昔皮骨死生餘所幸尚相識余去夏一病幾殆合并曾幾時分張悵復迫念此腸內煎

當貧不下嗌相望況匪遙相憶空脈脈四三老弟兄漂轉各南北會面良獨難翻飛乏羽翮君行度天台仙靈所窟宅刀圭儻能匄分將幸勿惜

夙昔一首示諸弟

夙昔抱微尚矢志輕輕肥豈必慕高邁先民情所依素業幸勿墜敢厭蒿與薇家藏富典籍不幸隨烟飛守殘而保缺靜念堪嗟唏立身患不早利達非可祈令德良已劭誠哉隱不腓願言終其昜黽勉娛庭闈仲氏有遺則承懽庶無違

寄周補堂京師

燕京秋九月魯國客三千搖落已如此分張倍黯然青雲誰得路白髮獨盈顛局趣荒城裏風塵老仲宣

登瓜州大觀樓

勝地俯瓜州高城莽蒼愁一聲何處雁落日大江流身世同漂梗天涯獨倚樓安能攜謝朓汗漫共清游

暮春雨村來湖上與余作十日游别未幾余復有天台之役與雨村會于求是齋

舢趠風前小住身塵勞屑屑笑何頻湖頭十日驚陳跡眼底雙峰識故人余曾下榻于雙峰下幾半載獨愧弟兄惟我長恰從漂泊與君親殷勤半榻煩重掃甓結青山未了因

重九日登龍山石佛寺此會稽之龍山也山爲石戸所鑿漸成深潭漁人不能施網罟而潭上片石壁立中鑿佛一軀卽雨匡間建爲寺創于明成化丙申成于宏治戊申

秋禊年來悵屢違天涯忽得上崔嵬澄潭網絕魚鱗老古峒雲深佛胛肥海氣遠從孤島泊烟光寒傍夕陽飛莫嫌短鬢妨吹帽只欠風流是白衣

早春湖上

水光山色接天青烟外沙洲鬧鷺翎一點暗黃初上柳春風齊到十三亭

三溪

纔舍烏篷又筍輿穿林得得落花徐緣溪細路曼如綫翠碧一雙銜白魚

過仙巖登溪上亭

樓榭參差出翠微繞巖雲氣欲生衣一亭倒插綠溪上白鳥背人無數飛

獨過枝津園

小園無主任依遲臥柳通人雀墜枝只恐再來春便老櫻桃花下立多時

張廷俊字彥超號雨邨仁和人有涵遠山房詩集

雨邨家台州幼耽吟詠齊息園先生稱其詩韻清遠生平以山水友朋爲性命所居擅台岩之勝遇名流息轍則陶巾謝屐款洽流連嘗仿漁洋感舊集意刊台山懷舊集秀句名篇足供採掇子應虞應虎應藻皆能爲詩

尋萬峰山房

絕壑生春寒樹杪度清磬結茅緬高風地即孫太初隱處攀蘿陟幽徑泠泠石罅泉松竹籟交應豁然一閣開湖水夾雙鏡羣峰若新沐空翠滴飛磴支遁出遺編心舟上人以樊榭穆門諸老詩冊見示詩筆各古勁會心匪獨余塵慮都滌淨諸公邈難追微吟破烟暝

晨步湖隄荷花繞池用東坡清虛堂韻卽寄若垞

湖隄草軟鋪晴沙僧堂寂靜如退衙薰風催夢山鳥喚池塘開偏紅蓮花歸途雲樹隔千里一椽暫寄同浮家從游落落二三子朝昏出入隨棲鴉還招詩老鬭險韻筆鋒到處開奇

葩時邀若坨來寓老我夙饒山水癖更燮汲水煎名茶適遣僧取白沙泉貪游那畏早露溼起聽法鼓方晨撾披襟出門得妙境如渴得飲饜得爬湖光瀲灩樓閣迴但有吟嘯忘咨嗟挐舟再覓花盛處琉璃世界蒸明霞

外江

帆影落天際春風送客游灘聲喧過艇漁火亂中流夢繞寒江外烟昏古渡頭年年苦行役深媿水邊鷗

清明日招同陳耘莊雪懷心舟兩上人集薦花寓廬

得花字

修篁夾徑寂無譁社日初過燕影斜勝引乍聯情自劇新詩欲就手頻叉偶憑山閣聽疎雨閒憩僧廊數落花瞥眼年光春又老舊游悵觸思無涯

恆嶽

派接渾源嶽勢尊衆山環拱配天孫舉頭星漢天疑近放眼幽燕氣欲吞金殿輝煌藏寶籙玉壇隱見出雲根聚仙臺上頻回首松柏蕭蕭映曉暾

上巳日沈菊溪攜酒具邀同人集薦花寓廬賦謝

佳節誰能强閉關朅來希辰破愁顏春陰半挂垂湖柳曉日初銜一角山白髮共輸游興健青尊應笑酒緣慳（予性不多善飲）君雅誼眞稠疊十日湖頭數往還

偕家若坨過吳竹泉雲根園

十年淸夢阻滄洲忽共閒鷗問昔游舊雨見如初把臂（予與竹泉別十餘年矣）濃陰涼似乍經秋直疑幽處雲將洩不覺狂來句欲搜乘興儻容頻插腳攀林莫厭日登樓

永福院寓齋述懷次施竹田五十生朝詩韻

勞勞自笑成何事已覺形顏較昔非怯步賸攜桃竹杖稱身剛就芰荷衣年來詩句從頭訂老去朋知似髮稀漫說重湖風月好此來聊息漢陰機

不攜蠟屐便乘船出入無拘意灑然買宅未能償夙願嬉春忽已異韶年歡悰若夢憑誰說故里如賓轉自憐敢謂湖山歸管領暑沾清福亦神仙

和陶凫亭湖上雜詠元韻錄一

手淪雲腴破睡昏山條水葉自成邨誰人得似柴桑老看盡桃花始閉門

續夢中句

石樓風送五更鐘夢落西南第幾峰汲水不知殘月墮片雲

又過隔溪松

張泰字玉鉉號芍田仁和人

芍田移家台州之黃巖以布政司經歷銜充四庫館謄錄

陪孫席珍元戎游岱石山和韻

郭西多奇峰靈異鬱盤錯中有石丈人須眉謝雕劖吾儕麋鹿性於茲得所託其如困塵網終歲守蝸殼仲春天氣和小隊駐巖腳許我共追隨淩晨興先躍乍陟忘崎嶇稍前屢迴御直欲捫星辰恨不控飛鶴鐘聲何處來迷悶忽如覺石櫃與天梯起伏形勢各最上境愈奇嵌崟蘭若著其牖生烟雲其門羅嶂崿樹杪瀑雷喧觀者俱錯愕紛紛怪石蹲森森鬼斧鑿迴顧所來徑蜒蜿如絙索一抹海山青萬里天宇廓才覺離塵囂欻似棲碧落拂蘚坐週遭更取峯霞酌醉耳酣笙

簀餘歡寄林壑歸來記長篇摛詞媿精約

暮秋送章南波弟還里

相聚忽遠道相送難具餚涼飇正悲鳴游子將何之白露萋華鮮秋風摧南枝徘徊執君手戀此須臾時君歸以今日我歸未有期願君少延佇此後長相思

良晤不再至別促心摧傷臨歧拗衰柳西風吹我裳仰觀鴻與雁奄忽天一方會面旣預期豈畏道路長所悵在羈旅不得由中腸屛營未忍別相對心茫茫

乙亥歲杪自霞城至丹崖候潮口占

夜靜霜鐘急孤帆逐大風放舟殘雪裏小住落潮中水闊林燈暗天昏人語通睡餘鄉思遠夢下海門東

春日偕雨邨東歸卽和其韻

筍輿咿軋繞江濱江上晴光映角巾好鳥送行剛二月靑春作伴恰三人登臨乍喜看如畫蹤跡渾憐轉似輪同訪夢中歸去路到家猶及煮香蓴

樂淸道中眺雁蕩諸峰

峭石如僧抗手迎仙源何處莽榛荊山禽嚦罷孤猿和獨立風前對晚晴

大小芙蓉紫翠分飛泉百道落紛紛人家都種椶櫚樹樹裏炊烟襍晚雲

張鵬翀字靜公號小南錢唐諸生有城南自娛海岸織愁新安游囊緱城等集

小南先世家北平曾祖名思哲字邁遠崇禎閒官鄧州知州遭亂去官挈家來錢唐隱于湖上及鼎革于重九日以栗餻黏藥服之暴卒嗣是世世不食栗餻小南貌魁梧美須髯慷慨好學以諸生終

酉別章阮川

黃梅雨後送行舟昨日相逢復越游一載萍交渾是別千絲柳折幾多愁山陰雪棹寒生浦江上雲帆冷入樓君到新安見題句伯勞飛燕想悠悠

晚霽偕淩江聲登吳山第一樓

共憐霽景春三月同上吳山第一樓殘照入林羣鳥亂新苔襯石落花柔峰前竹送晴檐翠江上霞依晚渡舟狠藉梧桐歸路靜酒家燈火暮烟浮

國朝杭郡詩輯卷二十三終　錢塘吳慶坻校字

國朝杭郡詩輯卷二十四目 乾隆十八年癸酉至二十五年庚辰以科目爲次

施養浩　梁夢善　王　誥　諸克紹　汪得稻

邵晉之　汪　治　吳　增　厲　玥　李汪度

汪　新　袁　鑒　鄭之翀　周嘉猷　宋光熊

吳　寧　施鳳起　程之章　周心傳　成　城

徐肇基　周成瀣　徐觀海　洪　棣　蕭立選

凡二十五人

凡二十五人

徐肇基　周以濂　徐觀海　洪林　蕭立選

吳璟　沈鳳起　孫之詩　周心傳　成城

汪鑰　黃璽　嚴文炳　周嘉猷　朱廷錦

邵晉之　汪溶　吳增　厲功　李江虎

姚夔謙　梁夢善　王謨　諸克紹　汪紹焯

國朝杭郡詩輯卷二十四目[illegible]

國朝杭郡詩輯卷二十四　錢唐吳顥原本　孫振棫重編

施養浩字靜波號茗柯又號西彝錢唐人乾隆癸酉舉人官四川滎經知縣有出塞八塞詩

茗柯工詩能書畫入元人之室人以鄭司戶三絕目之甫官蜀中坐前在郡王府時聽從人代爲求書遣戍巴里坤隻身窮塞縣歷三年　恩釋回里在塞外見石本大士像誓願生還當摹萬本今城中寺院猶有當日布施供養者

過臨清關

路逢關吏如逢虎不踞深山踞水府搜人筐篋索人錢束筍帆檣齊駐艫舳河此去是初程暑月行人苦似烹津口留難秋水涸空嗟白髮倚閭情

壬午三月游陶然亭作

帝子修游錄夔山如夔書命偕聯轡侶閒款定僧廬幽意尋

芳蹝豪情縱鋻魚平蕪工遠勢領取作巖居

寂寂亭前景林陰檻外移苔邊宜鶴子烟際佇鶯兒風雅今韋曲蒼茫古渼陂晴雲搖曳久妝點似藩籬栁子厚文以白雲爲藩籬

邊碑

雪封烟鎖迴難攀卓立貞珉鎮此山集古欲增金石錄搜奇端自漢唐還銀鉤勢作迴戈勁紫蘚紋疑戰血殷堪笑閒僧能好事強將頑礦擬斑斕敦煌太守雲中裴岑將郡卒五千人誅呼衍王壽建祠以誌萬世云原本湮沒今西門外廟僧立石殿階陋劣可笑雍正九年大將軍查郎阿以南山達坂陡峻不能運車糧乃相度山形開鑿以通之山巔得唐碑係貞觀十四年伐高昌國麹文泰左屯衛將軍姜行本勒石紀文碑字多殘缺

進嘉峪關

幽詩風景見窮邊寒谷生春藉力田勝國僅聞呼瓦剌天

家直欲圖祁運擅裘君長今安在戎馬書生事偶然出塞等閒歌入塞　皇恩軫恤俟三年到戍之次年即奉恩旨俟滿三年再奏烟際飛甍四照明年來每飯想崢嶸勞人舊識長城窟噩夢新離細柳營坡老隄邊容泛艇潘郎賦裏好稱觥小樓筆硯安排就欲譜西征萬里程

彭家口離夏鎮三十餘里一名十字河有活沙最凝舟行

紫燕窺魚蜨戀莎瓜華豆莢滿荒坡柳根犁纜山根縴惆悵舟行十字河

梁夢善字兼士號午樓錢唐人文濂子乾隆癸酉舉人官直隸蠡縣知縣有木雁齋詩鈔

午樓爲相國文莊弟年十七舉于鄉被服儒素以貴介絖綺爲恥所交友如丁鈍丁厲樊榭金司農袁隨園皆

當世名宿六上春官不得一第文莊之不為乃弟私李景讓不得專美于前矣午樓秀嬴善病又困于計偕幾二十年出宰百里非其志也卒年僅四十餘嘗與程蕺園晉芳沈雲椒初聯舸南下相與倡和者五十餘日蕺園言其得一題冥思殫慮必造古人幽微單渺之境而後止其詩發源于貞元大歷而以玉溪生為歸惜多散佚所存僅此揚州羅兩峯聘嘗記其一絕云閒門寂寞鎖蒼苔怕見春光日日催偏是東風故相惱又吹花片入窗來檢集中無之

雨中集桂堂送徐南紀之淮南

虛堂集鷗朋急雨破階蘚有客之淮南良用展芳餞豈不愛杜門寂寞難自遣大江春水闊風挾片帆翦到日天氣好游興定不淺酒杯羅花間行卷富儀衍未嘆羈愁生合感時序變栁色弄初黃余懷亦流緬

集王平圃石畫軒食魚分得素字

初冬氣候佳夙約招晚步主人稱好事戶外已盈屨入座忝

清談宿鳥撼高樹明燈列四隅有酒豈云酣芳肴相錯陳酬
酢不知數須臾出雕盤巨尾足驚顧二尺長有餘何處罟師
罟匪從灤京遺迺自潞河泝口腹誠累人烹鮮信所慕寧知
燕市飲復遂江湖趣細膾庖丁勞大嚼齒神赴已免呼堂堂
曷俟誇煦煦當箸三嘆息浮生等枯鮒長安塵海中鱗攀而
翼附顧我嘗烟轍將爲衆人吐誰能溉釜鬵餘食共雞鶩且
欲嘗肥甘更看裂縑素分曹拈險韻罷飲還小住明星一以
繁烟霜滿歸路來朝著食經兼用傳好句

杭堇浦先生招集桂堂分詠南北史得旱自暴

陳代黃奴作天子宴舞春風爛紅紫萬幾不御災旱生仰視
火雲蔽千里中宮毋后慈悲聖夙㤅菩提樂清淨珊瑚舌轉
貝多文稽首空王乞民命庭前赤日何蘊隆蘭房椒殿無涼

風捨身自暴救衆苦玉肌汗染輕綃紅海潮音妙徹中外太
液池邊籠瑞靄定無左右扇龍鱗疑有天神張寶蓋俄看少
女生庭樹樹上啁啾鳴翠羽蓮缽空騰華鬘雲寶珠雜降香
檀雨君不見後來觀音名號象曼陀佛鳥聲聲喚柰何誰知
張孔承恩日但唱瓊枝璧月歌

燒香曲用玉溪生韻

空庭晚鎖雙銀魚侍女執拂尋花鬚長安巧製丁緩鑪屏山
瀲灩開紅藻篤耨烟濃手親炷願得層城降王母明犀半卷
夕影寒碧絲只向金猊吐瓊窗粉暝春雲昏紫衫籠袖當重
門蜂棲蛈宿杳何處今夜月來無夢魂乍卻重迎皆一氣頃
刻能傳百年意翠帷斜倚不聞聲著體朦朧憶心事丁丁冬
冬更幾度不信人間有風露

集程葴園寓齋賦冬菊分韻

風急影幢幢秋心未肯降護寒垂淺幕迎暖就明窗雪點清堪亞梅開韻得雙寫生餘凍筆酉貌對空江

貧女

少長貧家慣朝來綰髻新銅釵憐似玉用王建詩錦瑟感如人刀尺窗中影花枝陌上春東鄰曾早嫁金翠已成塵

寒螿六韻

一片西風影荒園舞力微自經春事歇無復過牆飛漢殿香應冷秦樓夢已稀花須含易盡粉翅掠安歸往迹迷紅暝新歡斷綠肥忍將紈扇撲憐汝態全非

南屏讓山上人山舫新成詩以落之分韻

高僧本自愛山居偏仿湖船小結廬竹檻遠連雙鏡動花龕

坐拓八窗虛心能觀水原無迹壑可藏舟信有諸下界風波渾不定安棲眞與世情疏

秋日同景李門過吳式如寓齋

惆悵青春事已違相看空詡鬢顏非傲居冷落逢朱戶賭酒淋漓到白衣身賤始知科第重時平祇覺將才稀時座間談兵層樓極望秋如水回首冥鴻萬里飛

晚泊京口

春風遙指潤州城城角殘霞照眼明沙岸漸高舟自落雲帆初駐月還生千年士馬推雄鎭百里烟花接舊京明日渡江須擊楫漫將懷古寄深情

秋草四首

捲簾人自對西風回首天涯悵望同金谷園中行跡斷碧雞

坊畔舊游空梧桐影落斜陽外蟋蟀聲寒小院東記否踏青
時節近畫橋歸去太悤悤
玉階芳信漸依稀歲晚王孫尚未歸鶗鴂鳴殘春已去蘅蕪
香散夢全非黃昏望遠愁迷路緣慘逢人問換衣最是鄉心
搖落處青青河畔早霜飛
秋風娟娟倍堪憐舊日曾來拾翠鈿謝客詩成聞暮雨晉公
莊廢瞑寒烟羅裙捉蜨纔三月紈扇流螢又一年太息紅心
憔悴盡輸贏誰與鬬嬋娟
迎涼節至感芳華彷彿三春怨落花馬散玉關肥苜蓿月明
青冢冷琵琶飄零苑柳垂寒露蕭瑟江楓映晚霞千里無人
空極目萋萋門巷是誰家
熏鑪四首

何處曾聞百和熏似從天上氣氤氳卷衣定合來秦女繡被
何妨擁鄂君小爇寒灰輕結霧頻添活火細生雲樓高盡日
窗全掩自理當年百摺裙
不上春風玳瑁筵傷人常在畫簾前芙蓉帳小憐同玩翡翠
牀空伴獨眠夢去恰如懷墮月抱來錯認玉爲烟阿灰可是
相思苦微雨黃昏感二年
鑄成應自費黃金丁緩傳來用意深午夜不離才子座西風
常爇美人心閒尋荀令經畱處偶憶溫岐悵望吟今日鳳城
寒太劇早朝偏又負香衾
鬱金堂畔鎖銀魚寂寂猶看透綺疏小篆依微風定後回文
縹緲酒醒初侍兒候火垂紅袖令史更衣曳紫裾鵲尾更教
添篤耨有人芸閣自修書

九月十二日出都自廣渠門抵張家灣登舟有感

何處人間有雁聲暮雲無際且南征西風禾黍臨官道落日牛羊近古城生意漸如衰柳盡浮生只共片帆輕勞勞蹤跡年年是淒絕天涯此夜情

桅燈和雲椒韻

一點移從絕頂安長河燈燄落清湍天邊月露爭相映水底星辰摘未難人世風波看子細夜船兒女認團圞竿頭直上應非易援手須憑百丈寬

王仲宣墓

千年詞客此荒邱烟草萋迷引暮愁綺歲聲名聞倒屣殘秋風味怯登樓清才大半嫌通倪薄宦從來嘆滯留蹤跡因人誠不易歸曹何必勝依劉

病中偶述

飛騰意氣復何時病裏形骸百不宜薄宦竟同爲客苦長貧方悔養生遲癡僮倦秉王褒約老嫗空吟白傅詩蒲㭒望秋憔悴甚朱顏直恐鬢成絲

王述菴同年招飲即事二首一錄

折簡相呼便出游東頭車轉過西頭平生不識杯鐺樣看飲還能破旅愁

王誥字陛三一字西灑號訒堂仁和人乾隆癸酉拔貢官宣平教諭有仙都百詠仙都襍詠

西灑幼孤力學家有楹書焚膏研究稍壯授徒養母一時名士多從之游與梁學士同書葉太守蕃交最契既登拔萃科司鐸縉雲遷宣平縉雲士瘠民貧而山水獨富西灑剔秀探奇足之所履目之所接感託之吟詠成仙都百詠一編梁學士爲之序年逾八十卒

冬夜書懷

至後已三日清宵寂庭院漏聲憺無聊圖史披欲徧推几起裴裒半圭月當面遠樹送影寒薄霧連峯變我本樓居士而置山水縣詎折五斗腰肯爲一氈戀所歡天一涯心與蹟誰見但繹薛令句且供茅容膳餐霞不可期淩雲羞自薦坐久聳吟肩待曉呵凍硯

將至郤金館用范石湖途中郎事韻

日華亭午明憑眺趁春晴地峻烟雲闊心閒道路平纔陳新柏酒重到舊蓮城不笑頭銜冷風花解送迎

小東山宋潛說友別業

非關無地起樓臺郤爲巖棲別業開頗似見機藏利濟惜非知止賦歸來荷衣未伴青山老蠟屐偏經細雨催自笑打頭

居矮屋不求依傍足徘徊

小赤壁（壁峻百仞廣半里餘下有茂林堪憩宋人鐫小赤壁三字于巖上）

削壁霞蒸草木幽下洋魚鳥樂人游借將一葉且同駕沽得數升何待謀晴日風花春自在浮雲吳魏事空留山高月小倘相值不數黃州數栝州

松洲

捲地松濤動水濤溪光藻色碧沈沈雲縈一片連蒼昊纛立千章失遠岑景欲撩人開口笑花思釀酒掉頭吟徘徊底似陶貞白逸響空山勝鼓琴

諸克紹字聞衣一字文漪號鐵橋錢唐人雍正乙卯舉人乾隆甲戌明通榜（府志失載）官長興教諭有研北刪餘二卷

古意

兔絲附松柏裊娜百尺長松柏摧爲薪兔絲萎道旁物貴自樹立攀附安可常

題畫竹

曦菴先生工畫竹目中直無文與可枝摹篆法葉八分卿用卿法我用我此圖風景何蕭騷數枝偃蹇山之坳穿厓迸石蟠螭蛟忽然放筆作直幹淩淩勢上干青霄其餘風叢雨葉不知數濛濛碎影空烟霧想其成竹在胸中生氣淋漓溼毫素盧堂六月疑清秋鳴泉汩汩風颼颼不須快鼓嘉陵梔如在篔簹谷裏游

送周聖符之嶺南

游燕蹤已倦復欲泛南溟瘴雨來湞峽梅花數驛亭舟隨鴻影遠歌向蜑人聽倘弔虞翻宅蕭蕭禪室扃

陳屈宗風在江山勝概留君行正慷慨我意獨夷猶客路多
青眼高堂早白頭砂牀若可採何日寄羅浮

雨花臺

寶公說法處突兀矗空臺花雨三天寂松風萬壑回樵歸黃
葉下鐘聽白雲隈梁宋蒼茫事無僧問劫灰

壬戌元日阜河閒步至黃河口觀龍王廟同仇聖與

伊人弟賦

旅泊當元日維舟記阜河人稀春帖少船靜白鷗多節事緍
新歷懷歸憶舊歌蹇驢淮浦宿轉瞬五年過

縱步陽侯廟憑闌望海門盤渦擁敗荻巨浪失孤村淮泗交
流大風雲一氣歕靈槎如可借吾欲探崑崙

涿州

趙北燕南際驅車增慨慷孤城抱涿水落日淡樓桑代遠殘碑鮮天寒驛路長何當乘錦鯉一曲鼓清商

送家宇成叔祖游禹航

粱父吟方罷懸壺興始新學從艱苦得老見性情眞坐隱橘中叟忘機海上人紛紛名利輩一吷等浮塵

不藉紅藤杖游山野興濃閒聽竹外雨獨撫嶺頭松燮醉陪秋社爲歡狎老農洞天與福地相待起雲峯

懷趙重先撫寧人

迢遞無終國蒼茫碣石山清風自孤竹落葉滿榆關之子幽棲處相思雲樹閒六年消息斷悵望塞鴻還

別高翰起

欲別不忍別感君知我心青衫仍故國白雪自孤吟此去暮

雲遠相思秋水深行藏都落落已覺判升沈

登觀音閣

百仞危磯振策探上方高閣倚晴嵐當年鐵鎖橫天塹此日清鐘伴佛龕祇覺寒潮生檻下不知春色在江南何時抱被山中宿夜看星河倒影涵

送翟晴江歸里用東坡贈翟秀才韻

已見雄文驚日下忽傳旅思動鄉關功名塞馬得失外心事波鷗蕩漾閒汲古天供閒歲月近游家傍好溪山人生自貴適意耳漫說春衣染汁還

汪得稻字步山號少白乾隆丙子舉人榜名又銓有少白遺稾

少白勇於爲義積學能文書法尤有名于時所著觀靜圖說頗究性理之奧

讀少陵集有感

故國悲秋白髮臣蕭然戎府也艱辛將軍揖客吏敢侮特奏郎官不入秦

可惜江村不耐貧元戎後隊馬蹄塵高風未到陶元亮酒肉何曾不累人

一任乾坤老此身竹寒沙碧供幽人梛花輕蕩桃花薄不是浣花溪上春

邵晉之字聚階號檀波仁和人遠平孫乾隆丙子舉人

甌亭先生招同方三問渠吳山小飲

客共征鴻度遠汀招邀又上翠微亭主持風雅人爭附時甌亭纂武林耆舊集看到林巒眼倍青拄笏不愁今日短尋幽那論舊時經歸途別有豪情在醉倒藤花四面廳

汪治字兩坪錢唐人乾隆丙子舉人

新柳

柔條換出一番新弄日含烟裊裊輕縮任韶光知幾許碧梢頭上問流鶯

吳增字原餘號任庵錢唐人乾隆丙子舉人官會稽訓導

范洗竹邀同金雲友家退庵學署觀梅

一冬五風還十雨晴入春梅梅萼吐燈市蕭條買不來豪興爭將花事補何君東閣好頗開林老孤山嫌太苦同是山陰道上人請君常作梅花主

厲玥字映川號月湖仁和人乾隆丙子順天舉人官東陽教諭

春日詠霞

春陰壓晝欲成雪古岸老梅僵似鐵鮫人泣冷珠亂傾玉妃寒粟侵肌生蕭蕭萬點打茅屋過于雨滴芭蕉聲晚天風緊勢尤橫瀑響裂山心陡驚圓跳瓦縫漏入室承塵臥架俱爭鳴吟邊噤瘁同蟬啞硯枯筆凍不得寫詩腸清苦索酒澆忽已飛花吹滿野

禪房秋夕

人定疎鐘後蕭蕭槲葉林龕燈照殘夢階雨滴秋心生計無如拙禪關不厭深草蟲何意思向曉尚微吟

雄縣道中次三家店壁間韻

路暗多楊柳林香發棗花浮蹤仍作客僑寓轉爲家蹭蹬年雖老馳驅志尚賒晚來投野店窗雨灑風斜

石門洞瀑布

石門瀑布寰中希終古雷聲轟翠微絶頂長如霽雪墮半空散作秋烟飛行經巖下溼吹面看到日中寒逼衣除卻當年讀書客更誰來此悟清機

李汪度字受之號寶幢仁和人乾隆丁丑進士官侍讀學士

寶幢歸田後主講敷文書院最久仇一鷗養正懷寶幢詩云繭紙蠶頭鬱古情斯文鍛鍊似天成歸田爭說鄉前輩院長依然老學生讀此可以想見其風軌

讀孫先生介亭辭世詩次韻

紫府依然鶴馭回雲旗縹緲與徘徊徒聞客坐司空冢不見神歸許氏臺瞬息駒光眞過隙破除蛇影本無杯一聯遺句高千古一死便埋三尺土再生仍讀數行書末比昆明劫後灰

汪新字又新號芍陂仁和人乾隆丁丑進士歷官湖北巡

撫贈總督銜謚勤僖有芍陂詩稾

勤僖由翰林入諫垣時有建白典試廣東江南視學福建出爲監司洊擢巡撫嘗言居官有六字訣眼到心到身到故所至皆著實效時川陝楚三省逆匪鴟張撫楚三年督戰饋糧鞠躬盡瘁未嘗一至節署年七十三以勞卒于襄陽軍營士民傷之比于羊叔子云方視學閩中與化郡郭鍾嶽年九十二應童子試勤僖拔取之并贈以詩云已栽桃李更栽松看取虬枝學化龍好護雪霜榮壽域他時名號薄泰封郭年過百齡疊荷 國恩授官司業晉光祿卿庚戌恭與千叟宴眞不負此詩矣

古意二首

涼飈散炎暑秋林發清商撫景忽云邁露白已成霜密葉漸辭條翻飛落銀塘銀塘白日冷闊絕水一方迴風或飛舞天末徒相望眷言秋氣悲離別摧中腸

越禽辭故枝飛翔向南陲一朝嬰世網巢居安得私寒暑幾代謝山川或孤羈頻有鸞鶴羣蹁躚在雲逵時復吐好音鳴

和山之嵋去去莫回顧處堂非所期

辛峯閣聽雨和鶴江韻

春愁無計遣況復雨兼風薄霧凝高閣寒雲沒斷鴻蒲團同白足箬笠媿漁翁勾引離鄉思更殘滴瀝中

過吳門別家兄研岑

喜極翻成恨逢君又別君連牀他日約摻袂此時分竹屋春宵雨江天驛路雲關情飛短夢後夜各相聞

程四既培惠故山茶筍詩以報謝

細篛封題麥顆芽故園風味許全賒多君遠摘峯頭翠洗我昏消眼界花半榻松風回倦枕一甌香雪敵流霞酪奴顛倒彭城誤未許元𥼶一例誇

壘東青瑤伴彩牋貓頭猶帶粉光鮮破除塵世晨凫饌重結

禪關玉版緣味外酸鹹畨澹泊盤中菘韭關清妍長腰白飯
眞堪配何肉從今累並捐

交河馬上口號

雨餘風景快清和拂拂垂楊淺淺波爲愛軟紅初試馬亂蟬
聲裏過交河

袁鑑原名枏字汝甘號春圃錢唐人乾隆丁丑進士歷官
江寧布政使

春圃爲杭堇浦張無夜兩先生高弟故精于詩律晚年尤好松雪雁門之詩以翰林起家居官以幹局稱然屢起屢蹶終至落職以歸聖壽祝釐賜還四品頂帶家居十載歿于揚州其後人闇甚寥落七尺之棺至今未歸眞宅亦可悲矣

虹橋秋泛

出郭聽爲汗漫游虹橋曉放木蘭舟芰荷香氣宜初日鷗鷺

情懷赴早秋自喜琴樽今雨共敢誇風雅昔賢儔盈盈綠水
依依栁暫擬名園作小留
雁落平沙古調稀冰弦聲徹樹間扉荷亭逭暑茶烟颺竹院
尋僧木葉飛山雨暗移游客舫水風涼上酒人衣林鴉櫪馬
都喧散賓從傳呼子夜歸

鄭之翀字天飛號半桐錢唐人江子乾隆丁丑進士官廣
西賀縣知縣

半桐夙承庭訓學有淵源既返初服柴門灌園騶樹槃
花幾于成癖與顧涑園成成山高願圖翟晴江陳摩村
諸人月爲齒會尋一觴一詠之樂老無子以族子景輿爲嗣

四月廿日查香雨招集秋水堂艮園汪丈示詠新綠

次韻奉和

熟麥天氣涼池塘雨新足折柬有佳招抒懷散蹤躅頻來魚

烏親勝引冰玉續（謂兩主人）欣素侶合并接長者高躅（謂艮園丈）虛堂
映叢桂薜荔紛郁縟芳沼覆苔痕碧梧颺修蘦析翠篔幾番
緘書蕉一束負戢坡翁仙妙語傳飲綠要是餐霞人神解契
遐矚緬昔葛坡游扁舟泛湖涨道詩闕餞春雅媿深杯屬堨
來丁令辰華筵仍屢促君家薜車子工倚吳趨曲扶醉襍然
謡旗亭誰省錄

同人集竹裏館卽送張雨村還天台用李靑蓮宣州
謝脁樓別校書叔雲韻

詩翁東去不可畱竹閒餞別增煩憂吾聞天台拔地四萬八
千丈直接神仙縹緲之飛樓自古詩人足仙骨淸吟耽向淸
游發盍簪會不及旬時閒卻西湖一輪月重晤期占大火流
新篇應得慰離愁芹香桂馥款君住相約同傾藥玉舟

杭郡庠宋高宗御書石經歌用王漁洋傳經堂歌韻

聖經於鑠列代崇建炎碣刻湖堧東庋藏雲閣久蕪廢淋臥
風雨翳秋蓬僧伽規取累白墖追計洗濯加磨礱力爭業已
損什一扞護可忘申屠忠緬維光堯習玩惕此事闡學非無
功恢張六籍發奇觀寶氣往往干長虹七經邑書肇漢末劉
向尚謂乖師宗遠披石鼓證史籀始快墨海蟠蛟龍思陵家
法規逸少高廟著論仍景從惜哉抒翰及小雅三復竟爾忘
彤弓千年文運啓　盛世甄陶萬國車書同觀爻跡紹羲一
畫補詩樂備笙三終周環海宇置廟學豈惟勒石傳辟雍吾
杭郡校首承化多士敬業樂鼓鐘殘碑迥廡綴佚墜青佩繹
玩時從容嗟我六書苦茫昧如振金石驚頑聾祗忻　至教
被庠序藝圃異代訏　皇風

汪蔗塘先生招集竹裏館送樸亭范儀部掌敎赴閩

同用亭字

竹徑梅方好離樽此再停人臨八閩遠山接九仙青夢筆題江石談經續考亭春風桃李在樂育徧漳汀

周嘉猷字辰告號兩塍錢唐人乾隆丁丑進士官山東益都知縣有兩塍集

兩塍有異稟讀書一過即背誦如瀉瓶水承其父儀部公徵之學而周旋萬九沙杭堇浦諸公間撰述頗富官山東時壽張王倫揭竿倡亂凡軍中芻糧儲𤋮悉以委之無不立辦乾隆三十六年土爾扈特和碩特款塞内附巡撫周公屬作賀摺奏上奉御批垂問巡撫以兩塍名奏聞性喜金石嘗閱南宋人寶刻類編正其譌謬者一百二十餘條若所跋高福李克輔碑魏公先廟碑唐無憂王寺塔銘諸種則爲王元美趙子函都元敬諸公之所未見矣

百花園

偶結山水緣復到招提境刳木縛危橋結厓壘飛磴竹密鳥
道迷林靚猿蹤敻疏巖佛罏龕倚樹僧入定款客筍蕨肥棲
禪埃壚靜暝色暗孤燈泉聲入清磬背繞曲澗泠側臥飛梁
亙我欲窮山椒巉巉絕樵逕

雨後約游馮氏園及期不果錢院長巽齋以詩見貽
依韻奋之

晚春興已闌近游塵可避匆值宿雨零且博花閒醉危巒微
攢青高樹暗滴翠急颭竹逕敧橫飄蛛網綴當官輟行吟得
休聊取快出郭烟靄縈攜朋簪履萃豈期牽世緣莫或展遐
思我友古之徒小園情所寄芟尾花未殘驚心雨猶滯碧葉
稠蔽楹紅英嬌點袂即目多可欣無事良足貴遙睎熙景融
近矚幽姿媚飛觥酬鬱葱帀樹索清異柏瘦縮虬文藤拏絢

霞氣勝賞恣遷延俊味侈讌會再從雙屐游願以遲新霽

下灘

杉關直下三十里閩嶠扡舟從此始兩厓夾東溪貫中演迤紆徐清見底灘聲漸起忽怒號水石相搏生洪濤老羆當路不肯讓蛟珠迸落如飛綃舟人捩柁噤不語安危咫尺爭秋毫洪舟百斛輕如席首下尻高聊一擲浪花灑面毛髮慄旬訇劃破波心碧高岸林巒冉冉移炎天冰雪皚皚白須臾十里五里間磊落千堆萬堆石我坐舟中不動容浛然一笑御長風如今出險還思險卻憶平江臥短篷

上灘

洪山橋下扁舟發百里孤帆映明月水平似掌縠文生倏忽灘聲振林樾中流浪涌沸若湯撒星亂石波中央黿鼉偃蹇

驕白日蛟龍倔強横飛梁奔湍箭激紛相射盡日舟行纔一
舍高岸還愁地軸横懸流宛向天潢瀉三老卓篙腰似弓長
繩百尺牽晴虹蹣跚據地作虎子一聲阿𢹂揺秋風洪流反
扞堅于鐵竹篙欲斷繩欲絶尺寸攀躋雪嶂開紛紛蹴踏冰
山裂一灘未了又一灘咫尺若上青天難灘聲澒洞客愁滿
朝餔輟箸忘加餐

舟行襍詩

宿雨晚來霽村烟結薄陰艇邊歸燕急笛裏暮蟬瘖遠樹寥
天畫危橋估客心移舟向蘆荻閒弄碧沙潯
水程三兩宿斜日到津門地接漳流壯天連海氣昏魚鹽輸
運遠度曲莞弦繁彷彿江南景千艘渡口喧
西風一夕急獨雁叫寒汀水闊平蕪沒天低暮靄青投綸濠

上叟篝火罾中星漁唱鄰舟起鄉音許暫聽

兩度見蟾魄客行猶未央峭篷追走月烟水接新涼不寐憐

清影微酣憶故鄉雲鬟今夜溼小院爇沈香

七里瀨

第二嚴陵瀨水經注自桐廬縣至於潛凡有十六瀨第二是嚴陵瀨輕帆送旅人兩邊

山夾水一路鳥鳴春樵唱傳空谷村烟表去津溯游春鷇水

從此客愁新

野望同江二岳南作

平疇百頃覶遙嵐刻鏤溝塍野趣含射鳥兒能歌舊曲多牛

翁每帶餘酣幾家聚落藏深綠一道平橋暈軟藍竟日幽尋

誰伴我有人無馬不成三

宋光熊字可堂仁和人乾隆己卯舉人

昭關

魏王不信公孫賢危言未肯加刀鋋伍胥材武楚不用舉國大索胡喧闐嚴關橐載如蛇伏較險田文走函谷庚申重入一潸然宛轉行蹤紛在目發墓鞭尸事倒行郤嫌恩怨未分明殺奢尚有讒人在獨保殘骸意未平

風雨過清流關

聒耳風聲橫沾衣雨脚稠川原歸晚色雲樹入羇愁古戍重岡險金戈百戰休憑誰問遺事立馬重回頭

吳寧字方舟號浣亭錢唐人乾隆己卯舉人官雲南通海知縣

渡荆江

歲晚荆南道言尋百二雄馬蹄官渡雪帆腹大江風險阻存

天塹興亡閲霸功孫劉前日事遺恨水流東

歸家

萬里關山道一星離別情親朋從識面卑幼但知名近市觀時尚營家策代耕枝棲如可託願作受廛氓

渡江

邗溝初過又南征問渡江天秋色清黄葉淺深隨岸遠紅船下上趁潮平風生瓜步千帆直雲護金山一墖明猶憶昔年舟北向驛前梅蕊送遥程

檇李道中晚行

何須烟雨訪名樓野岸尋芳亦勝游墖暗禪燈蕭寺晚橋藏漁火葦田秋頻聞鐵馬丁丁語猶聽繅車乙乙抽今夜片帆何處宿皇華館外重維舟

冬日過田家三首

短短雙扉白竹編黃泥牆子半横阡橋邊酒旆三家市林外雞聲午舍烟望歲劇憐珠似粟書秋喜免石爲田築場納稼清時樂吳下香杭舊有年

雨笠烟蓑久荷鉏每從歲杪乞三餘羔羊舊譜周流火蟋蟀新裁魏役車擘苧篝燈勤女手索綯乘月葺吾廬旁人莫作桃源看蘆荻叢中是舊居

打槳輸糧泛短篷又隨鄰叟賽年豐酒延田祖三升白券執司農一印紅每以多魚朝薦鮪更從于貉歲私豵木棉裘煖香杭滑坐待東皇斗柄東

施鳳起字眀亭號客臺又號迂圃仁和人乾隆己卯舉人官江山教諭有山左白下明州三衢諸草鐵闌泉齋癸卯

春後編

退菴氏曰客臺與予同里社又巳卯同年工書長于詩古文自江山罣誤歸以賣文爲活七十外得風疾足痺不能行因號半人同年孫春巖延館于家以資其薪水子早卒遺腹生一孫春巖亦時有資給周亦耕刻其遺詩于桐華館詩存中

迂圃家太平門工篆刻自作小印曰太平門裏太平人又嘗自署曰鐵闌亭汲者後不戒于火依婦翁康石舟棲止于散花灘上境益窮而詩益工

硯瓦山

三衢亦孔道妙絶行徑微兩山如排闥翠竹更四圍俯看澗底石硉矹不可磯而有水涵蓄水色緑且肥其南兩硯洞扃戸雲霏霏尤奇洞冬暖炎夏汗不揮何須問琢硯便此靈境希惜哉未一試神動空色飛顧我老磨硯石田歲同依龍尾與鳳咮無能療斯飢一卷肯予贈几案增光輝靈境不可到

持此告淬妃

跋莊竹軒感秋詩八首後並志連日山行卽次竹軒前兩律韻

無端胸次類飛蓬快晤南華白髮翁萬里吟情驢背上一天秋思雁聲中竹軒從塞外歸投箋浣手須薇露有客驚時亦草蟲幾日別來如問訊萬山堆裏趁西風

楓才丹染菊才黃秋色欺人共老蒼蕭寺廢興年紀某冷官來往路開荒蔬烹蒜葉僧供素江廣僧供葱蒜列入蔬品今始見浙屬上游亦爾樹摘薑苗客饌香坐起田園憑檻望輸他螺黛不凋傷

嚴陵灘

嚴陵灘水急如梭放眼推篷灘乍過鴉帶夕陽銜尾遠鳥聽叢竹畫眉多山頭雲氣吞江瀨船底篙聲碎石窠何處先生

舊垂釣一竿彷彿挂烟蘿

上巳偶步

鶯啼草長過江南曉霽平岡翠滴嵐雀舌去烹泉第二虹橋來過月初三船移人影波如畫面醉熏風與亦酣自笑不輕投半刺名園未許一時探

次荅齊教授蒸圃 世南

煩君爲我謝同人雁燕征期秋與春老去鶯簧叨餞席歸來雛竹是芳鄰山光雪竇空相失水色沙隄看一新漫道抽帆風正好瀕行小語立逡巡

程之章字端民號柯坪仁和人乾隆庚辰進士官雲南東川同知有爽籟山房集

退菴氏曰柯坪釋褐後始從堇浦太史學詩然所造已如此葢天分優也以恃才不合于時偃蹇東川以歿

二曜七星硯歌爲意林外舅賦即次田居集中用東
坡龍尾硯歌韻

于闐靑鐵世爭惜溫潤終慙和氏璧阿誰引手捫三辰奪得媧皇鍊餘石月阿日窟符天時七星珠綴媥孄辭斷炊侍御昔寶此飽蘸墨壺飢不知山骨瘦劉銅雀垢冷面遭呵亦時有瘿牀竹几共摩挲獨究遺經啖趙後田居刊陸氏三書緹囊兜裹天孫雲明河水滌無纖塵南華堂主得何處金聲玉德御配歷落嶔崎入邱遲銘語妙難擇硯側刻梁藥亭銘快雪晴摹釵股畫請翁更買王玲瓏龔氏舫齋玉玲瓏石宋宣和物也今歸姚氏試效奇章甲乙別

以高麗狼尾筆貽施大學濂令弟學韓媵以長句

蒙將軍昔屯中山扳毫載穎製始嫺何來方物跨海至墨華歎薄腥風寒吾聞扶餘啓宇提封寬臣服百濟包三韓箕疇

九數紹羲畫歷漢唐宋聲教彈白硾紙潔鋪鏡面烏玉玦挺
磨松丸皮盧一脉誇殊絕（高麗謂筆日皮盧見孫穆雞林類事）月給不羨蘭臺
官文犀翠羽裝衍異截竹獨取梢雲竿虎僕豪過鋭雞距力
易孱猩猩毛埽禿躍躍兔齧殘奎木一星攙天紀蚤弧光射
滿月彎跋胡疐尾夜隨雨粟霣解與文字共雕劖縛以雍羌
縷膠以軒渠鸞䕥以溝漊之夕漲架以神嵩之層巒傑者居
前毳者後六寸之管塗朱殷（筆管或元或赤其色不一）使錄常譏徐兢闕
工名未審蔡藻刊銛若宿衛列戟攢健若俊鶻秋空盤圓椎
枘鑿撥鐙備倒披金薤垂瑱玕誰與巨手克稱此機雲麗藻
於菟斑朝呼銀鹿遣送似臨池想見清露溥期君跑䟫寫紈
素定有好句醋風鬟（用蔡松年使高麗贈館妓詞中語）

詠竹火籠同趙四　珍　陳大昌圖

緯翠光瑩寒玉劃琵琶螺紋費縈綰辟邪梟藻策勳同丁緩
工良見應赧一枕火爇鵁鶄青紅泥鑪小圓腹停攜來藤柄
屈月轂界以鐵格疏風檽寂寂秋心轉嶰谷板閣彎跧晴雪
撲攏袖清宜柏葉薰烘簾煖稱蘆花褥回首桃笙古怨多辛
勤灰裏撥陰何南朝宮體吟須穩寫寄湘江十幅波

舟過南屏

波光帖帖天鏡沈南山倒插綠玉簪沙鷗掠渚飛上下湖雲
滃樹移晴陰松間僧擁貝多葉天外風吼蒲牢音斜陽一抹
掩層碧塲影送客催清吟

寄懷橫塘胡二朗汀

東郭幽人宅桑陰晝掩門停雲低列嶂落日澹孤村野闊移
帆影橋平壓漲痕定知吟興劇叉手對籬根

避世牆東客耽吟洛下生芸房鈔术序水艇狎鷗盟風定釣
絲直雨餘竹簟清臯亭山色好涼翠撲簾旌

南湖即事

參覃夏木逕斜通玉照堂空賸釣筒小試竹鑪烹雪乳水亭
消受白荷風

周心傳字曾望號筠浦錢唐人乾隆庚辰進士官廣西賀
縣知縣府志作西林知縣有筠浦詩鈔

舟中晴眺

形勝透迤望不窮晴光豁眼柁樓中山連建德青圍郡江過
桐廬綠映空襆被遠回長鋏客片帆春挂白蘋風飛行百里
雙臺路又見冰輪出海東

去官旋里途次口號

蓼繞牽絲莅粤郊上官會許鬬娥媌醫誰與鶺更三折卜竟從詹問六爻跋浪登龍空激水隨陽退鴇且還巢網鱸栽菊吾何敢十載空囊負故交

成城字衛宗號成山仁和人乾隆庚辰進士官郎中有慕嘯軒集渤海吟玉磬山齋詩文集

成山學碩蕤精爲沈萩林先生入室弟子萩林嘗以其師初白老人井田硯贈之有傳盋之義戊午鄉舉後循例選安吉校官旣中甲科以歸班補黄巖教諭擢羅源知縣歷官臺灣同知捐選郎中以繼母年高乞養卜居于后市街母卒年已七十遂不復起與顧涑園鄭半桐翟晴江陳摩村汪槐塘高願圃諸老輩月作庚會極觴詠流連之樂會以臺灣舊事謫成塞垣當事奏請主講虎峯書院因慕唐之天隨子宋之放翁以天放自稱後卒于成所

秋晚同俞西林萬元美仲先兄弟游鑑湖得好字

浮雲滓太虛頗快風力埽招要得吾徒出門日杲杲波明霜

鏡開萬影動青藻御眺西南隅峯峯爲遠抱方船或采菱連

疇亦刈稻閒置官舍中不知秋已老沿洄及夕嘌急棹恨歸

早借問絲竹音何如山水好是日署中演劇

隱拙夫子舊藏趙松雪銅印文曰吳興旣失復得命

門人作詩

書契以來制作盛篆印乃自先秦時後代文士尚標識姓名

刻畫紛紛爲有宋末裔松雪叟畫神書聖工臨池肖錢爲印

撥蠟鑄大輪厚郭形橅奇不著以人著以地字體夭矯虬龍

姿當年卷軸重海內辨別眞贋人皆知此印往往署首尾摩

挲護惜如清琪流傳至今五百載文敏已逝當付誰粤有荻

林子沈子隱侯族望遙分支苕山霅水溯自始名品入手眞

相宜一朝失印報左右檢點笭箵長懷思偶然宦轍駐東海

友忽持贈顏色怡由來寶玩聽聚散象犀金玉無久期楚人之弓楚人得所言弗大徒見嗤物或有靈歸故地珠還劍合理不疑況復眞賞終必就輾轉授受天之涯作文記事同子厚先生作記印一篇拂拭光氣纏色絲藏之書府作世守以比張氏鵲印孔氏龜

雨晴早起有懷龔研北薛上之

一夜池塘溢循階可得魚薄涼侵短褐餘潤入殘書屋漏時妨睡官閒似謫居故園兄弟在極目正愁予

喜家大人攜心白寶成曰未諸弟至

幾日看雲立何心聽雨眠忽聞鳩杖至況復雁行聯小別鄉關近長貧家慶全兒童知有味笑語滿燈前

哭吳東壁夫子

遺經猶在篋脫手襍丹黃義闕匡先鄭功多配后蒼先生著三禮疑義儀禮章句諸書未刻石渠餘論在東觀校書長不負公卿薦名山爾許藏

賤子邀殊盼平生風義存親承丈人行幸出大賢門提耳心偏切關情語最溫卑羈在山谷感激爲聲呑

六客堂閱文呈太守李肯堂先生

此地夙多名太守而今典郡得髯蘇東坡三至吳興嘗知州事公之來也人目爲髯蘇後身故云重開六客堂相見徧召三吳士與俱古徑蒼苔摩石碣疏林白月映冰壺軨材媿列曹劉後長爲論文置坐隅東坡後六客詞有看取曹劉今對兩蘇張之句時王博士石亭錢茂才冶村在座

詠薜荔牆用蔡大雪鴻韻

交枝引蔓葉初肥碧影蒙蘢合四圍急雨亂侵開窰障古泥

新剝護深衣且看處處垂青瑣張佖詩休將薜荔為青瑣作覺朝朝坐翠微幽意自生塵自遠更無人至款輕扉

謝董雲溪送佛手柑

一簾疎影夢初酣長日眞同老學庵忽與兜羅分供養怳疑結印對瞿曇清芬合作黃花伴妙韻如邀勝士談窰貯青瓷頻拂拭關情風味是江南

徐肇基字次木號蒸圃又號香塍仁和人乾隆庚辰進士官江西寧州知州有香塍遺草

香塍早失乾蔭讀書蕭寺中不以貧阨隕其志官江右十餘年頗有政聲解組歸來擁鼻高吟依然寒士風味

初秋

雲物迴悠悠明星大火流晚蟬猶帶暑老樹不驚秋小院琴書靜疎窗枕簟幽吟詩不成寐涼月下簾鉤

題古遂書院壁

地僻有閒趣迴塘徑更幽夕陽明畫閣烟栁帶滄洲花發層臺麗蟬鳴獨樹秋故山風景似俯仰起離愁

九日

池館凄清倚碧紗深秋木落雁飛斜殊方節物非吾土倦客登臨苦憶家十載萍蹤違白閣一年心事負黃花多情且醉茱萸酒莫遣蕭騷鬢有華

周成澄字蓮浦錢唐人乾隆庚辰舉人官陝西鳳翔知縣有襄雲偶存草

觀潮口占

八月秋風江上寒浪花捲處玉龍蟠鴟夷當日無窮恨卻與錢塘作大觀

徐觀海字匯川號壽巖又號袖東錢唐人乾隆庚辰舉人

官江西寧州知州

袖東居孤山之麓有西湖才子之稱工詩文善篆隷畫以蘭竹爲最塡詞譜曲擫竹彈絲無不嫺妙官司馬時以事謫江西判官李實夫若虛詩云青藤家世米家書占斷才名未肯居何日西江布帆穩琅玕影裏見南徐謂袖東也

題丁魯齋畫松歌

畫松好手不易得誰其作者高士丁畢宏韋偃去已遠難將新意追先型君家貌古心更古古龍寫出之而形鬅鬙亂矗夜叉髮颯沓斜擻鸞皇翎鷔螭御走瘦蛟舞怒雷殷撼奔雲停孤根曲節勁如石其下應有千歲苓初疑香影落晴晝彷佛清嘯藏仙靈奇情鬱致洵無匹妙想結構通杳冥我官于鄂百不有但餘卷軸羅寒廳日長藤榻擁書坐好風謖謖搯

疎櫺夢回忽見蒼髯叟軒然一笑眼倍青此時安得有此友
歲寒聊當座右銘何時攜爾嵇山去飽飯濤聲攲枕聽

周亦菴明府以景德鎮圓靈月采陶硯爲贈并新詩
見貽因作竹石小幅即和元韻奉報

十年夢遶湘江秋含毫耽味老不休湖州彭城兩仙遠任我
放筆叢篁幽萬竿玉立腰瘦硬往往潑墨雲烟浮埽㦝雜距
已成冢堆卻藤紙嗟如邱先生憐我病風手陶甄月采來案
頭松烟無聲麝煤古淒淒忽瀹元雲愁屏除紅絲與玉帶策
勳得此吾何求酒氣拂拂十指出露香韡粉窮雕搜作歌報
君步君後效顰毋乃忘其羞

和查榕巢觀察中蓮池見訪原韻

屐齒如傳空谷音閒情淡遠寄遙岑卷簾一榻讓花影坐看

白雲初出林

洪棣號鶴亭仁和人乾隆庚辰舉人官龍游教諭

壬午仲夏聞純齋同學自南來未晤因寄

季重才華贍鄉園譽早聞但曾披白雪未及附青雲從奮南溟翼來空冀北羣何緣欣握手霽月乞光分

蕭立遷字淩飛號薌泉錢唐人乾隆庚辰舉人官江西德與知縣有薌泉吟草

薌泉家於飛來峯側與孤山徐袖東觀海有西湖才子之稱出宰西江年已六十蔣心餘太史稱其退食一燈雒誦鏗然其老不勌學如此所著有經學源流尚書鈔左氏內外傳戴記莊騷史漢八家文評

過富陽

風水兩不遭欲到富陽久灘淸細石齒履軟平沙走人家幾疊烟縣郭數株梯春江第一樓高傍山城口攬奇得十五吞

川約八九滔滔清絕處過者重回首

午泊東館

灘高流又急怒水逢舟戰進寸退還尺愁坐臥亦倦米鹽江店襍薪炭山家賤逐利舟子停尋村客步散此閒風氣古迥隔他鄉縣紅裙少婦湔白蜆野翁飯矮房出高竿舊窩遲新燕搔首睦州城氤氳雲一片

千尺雪

曲折緣層厓危亭得奇隙中有鎚鑿痕滿空飛冷白怒啰盛氣顛跳沫競奔濤踞坐防瀾翻直下等千尺陰寒透肌髓何由測泉脈聊爾浣塵顏別去殊可惜

法螺菴小憩

楞伽山徑半平陸十步五步看不足山腰穿入佛者廬別有

烟露成麗矚法螺精舍烟霏微耳目變易神工奇天生巃嵸石騁怪凹靑凸白周四圍肖形未許蝸殼並下削中豐上瘦挺瞰空盤旋勢欲飛樓閣崢嶸結其頂我聞雞園鹿苑鴿伽藍以螺取義禪可參新篇刻畫亦安用彈指變滅隨雲嵐

夜歸

解纜當殘日抽帆阻石尤眼穿歸樹鳥心狎傍船鷗厓雪明孤棹篷霜壓敝裘忽看燈火亂小港出漁舟

國朝杭郡詩輯卷二十四終　　錢塘吳慶坻校字